AKA MORTSCHILADSE

Santa Esperanza

Ein Kosmos aus vielen Romanen

Aus dem Georgischen übersetzt
von Natia Mikeladse-Bachsoliani

mitteldeutscher verlag

Das Buch wurde mit der Unterstützung des Georgian National Book Center und des Ministeriums für Kultur und Denkmalschutz von Georgien veröffentlicht.

INHALT

Inhaltsverzeichnis des Herumtreibens der Spielkarten
und tausenderlei anderer Dinge ...   7

Weinrebe
1. Weintraube ...   37
2. Zwei mit Weintrauben geschmückte Häuser ...   57
3. Drei Ochsen mit Weintrauben an den Hörnern ...   75
4. Zwei mit Weintrauben beladene Ochsengespanne ...   95
5. Fünf Hacken und Weintrauben ...   115
6. Mädchen mit Krug und Weintrauben ...   134
7. Ziege mit vollem Weintraubenkorb ...   153
8. Ochsentrinkhorn und Weintrauben ...   171
9. Der Schultheiß mit Hacke und Ochsentrinkhorn ...   192

Brombeere
1. Eine Hand voll Brombeeren ...   215
2. Brombeerstrauch und zwei Hände ...   135
3. Drei Wetzsteine und ein Korb voll Brombeeren ...   255
4. Vier Brombeersträucher ...   276
5. Fünf Ferngläser und ein Brombeerstrauch ...   297
6. Ein Korb voll Brombeeren und die Witwe ...   317
7. Mit Brombeerkörben beladener Esel ...   337
8. Brombeer-Dörrobstkette ...   356
9. Bauer am brennenden Brombeerstrauch ...   375

Distel
1. Distelblüte ...   397
2. Zwei Sicheln und eine Distelblüte ...   414
3. Ein Boot voller Disteln mit drei Paddeln ...   433

4. Großes Boot mit Kanonen und Distelbündeln ...   453

5. Ein Blitz vom Himmel und brennende Disteln ...   473

6. Verliebtes Paar im Distelfeld ...   493

7. Disteln fressendes Maultier ...   513

8. Pfeife und Distel ...   533

9. Der Scharmadin zündet seine Pfeife mit
einer brennenden Distel an ...   552

Säbel

1. Messer mit schwarzem Griff ...   575

2. Zwei blinde Kundschafter mit Säbeln ...   596

3. Drei sehende Kundschafter ...   616

4. Der Hauptmann mit zwei Säbeln und zwei Dolchen ...   634

5. Die Mütze des Feldherrn und fünf Säbel ...   655

6. Baschlik tragende Frau mit Säbel ...   675

7. Geldsack, Peitsche und Säbel ...   696

8. Bärenfell mit Säbeln behängt ...   717

9. Der Burgvogt mit einem großen Säbel ...   738

INHALTSVERZEICHNIS DES HERUMTREIBENS, DER SPIELKARTEN UND TAUSENDERLEI ANDERER DINGE

Zur aufmerksamen Lektüre unentbehrlich für jene, welche sich entschlossen haben, diese Hefte zu lesen. Denn eben hier sind alle möglichen Verzeichnisse des in Hefte unterteilten Buches angegeben. Ohne diese Angaben findet man keinen Anfang und kein Ende, obwohl weder Anfang noch Ende unbedingt verstanden werden müssen.

Bei meinem ersten Besuch auf Santa Esperanza, das heißt auf den Johannesinseln, im Jahre 1997, verbrachte ich dort nur vier Tage. Es war eine spontane Entscheidung, von Istanbul aus auf diese Inseln zu reisen. Dabei hatte ich für einen längeren Aufenthalt weder Geld noch Zeit. Mein Vorhaben wurde durch die vereinfachten Einreisebestimmungen erheblich unterstützt. Wie in vielen anderen touristenreichen Ländern konnte man sich auch hier bis zu zwei Wochen ohne Visum aufhalten. Erst danach musste man mit seinem Reisepass in der Hand die örtlichen Behörden aufsuchen und eine Erklärung abgeben, wie lange und aus welchem Grund man länger bleiben wollte. Falls man arbeiten wollte, musste man einen Nachweis der Arbeitsstelle vorlegen etc.

Ich konnte damals nur vier Tage in Santa City, auch Saint-John-Zitadelle genannt, bleiben. Nach sieben Jahren habe ich mich erneut dorthin begeben, obwohl die Einreise im Vergleich zum ersten Mal wesentlich mehr Mühe kostete. Natürlich waren die vereinfachten Einreisebestimmungen für Touristen gesetzlich immer noch in Kraft. Laut diesem Gesetz konnten aber nur Bürger des Europas mit aufgelösten Grenzen und Großbritanniens problemlos in das Land einreisen. Alle anderen Reisenden mussten sich vorher um ein Visum bemühen, ohne das sie nicht einmal zwei Wochen bleiben durften.

In Europa hat man schon fast vergessen, was ein Visum bedeutet. Man bewegt sich ungehindert auf dem eigenen Kontinent. Wer aber einen georgischen Pass in der Tasche hat, ist gezwungen, bei jeder Ein- und Ausreise tausend sinnlose Formulare auszufüllen, in denen zuweilen die eigene Augenfarbe nachzuweisen oder wahrheitsgetreu zu beantworten ist, wer einem die Koffer gepackt hat, die Ehefrau oder die Geliebte, und ob man bei dieser Prozedur anwesend war. Es könnte schließlich sein, dass einem die eigene Frau heimlich eine Handgranate oder Giftkapseln in die Innentasche des Koffers gesteckt hat. Der Besitzer eines solchen Passes ist auch gezwungen, auf irgendeinem Papier seinen Aufenthaltsort und die genaue Adresse anzugeben sowie die Mittel, über die er für die Reise verfügt, und so geht das endlos weiter.

Weiß aber ein Reisender vorher, wo ihn die Nacht überraschen wird?

Die Aufgabe des Reisenden ist ja das Reisen selbst. Es sieht nun aber einmal so aus, dass man es als Nicht-Bürger des Europas mit aufgelösten Grenzen beim Reisen schwer hat. Dieses Europa mit aufgelösten Grenzen fragt einen ja, warum man überhaupt reist. Als Antwort darauf deklariert man auf diversen Unterlagen sein Einkommen.

All das ist verständlich. Aber Santa Esperanza gehört nicht zum Europa mit aufgelösten Grenzen, sondern liegt im Schwarzen Meer. Dort herrschte Krieg und die Einreisebestimmungen für die Europäer von außerhalb des Europas mit aufgelösten Grenzen wurden wahrscheinlich deshalb verschärft, um das unbeschränkte Hineinströmen von Menschen in das eigene Land eindämmen zu können.

Wo aber kann man ein Visum für Santa Esperanza erhalten? Dieses winzige Land hat nicht einmal in Russland, geschweige denn in Georgien ein Konsulat oder eine Botschaft. Die Antwort darauf findet man im Internet auf der Touristenseite von Santa Esperanza. Ich suchte sie dort und wurde fündig.

Es stellte sich heraus, dass das Land keine Botschaften besaß. Wie bei vielen anderen, ehemals von den Briten besetzten Ländern, die dem Britischen Staatenbund angehörten, sitzt auch von diesen drei kleinen Inseln ein Hoheitskommissar in London, welcher zugleich den Botschafterstatus innehat. Ebenso sitzt ein Vertreter der Briten in Saint-John-Zitadelle. Wenn man sich in Istanbul gut umschaut, findet man auch dort einen Menschen, der als Konsul von Santa Esperanza gilt und einem nichteuropäischen Europäer (der sich vielleicht nicht einmal Europäer nennen darf) ein Visum erteilen kann. Die Position dieses Mannes wird auch als Hochkommissar bezeichnet.

Da ich mir fest vorgenommen hatte, die Inseln erneut zu besuchen, hatte ich bereits meine Ersparnisse zusammengekratzt. Ich wollte vermeiden, extra von Tiflis nach London zu fliegen, mich also zuerst um ein Visum für dort zu bemühen, um mich dann vor Ort noch wegen eines Visums für die Johannesinseln abzuplagen. Aus diesem Grund begab ich mich auf umständlichem Weg, jedoch mit problemlosem Grenzübergang, nach Istanbul, um den Ort aufzusuchen, wo der erwähnte Kommissar seinen Sitz haben sollte.

Der Kommissar liebte die Georgier nicht. Um es europäischer auszudrücken, er mochte die Georgier nicht. Sicher gab es dafür einen Grund, den zu offenbaren er sich nicht bemühte. Es ist erstaunlich, denn er selbst war Georgier, sprach aber dennoch englisch mit mir.

Im Gespräch verwendete ich zwei, drei georgische Wörter, die mir auf Englisch entfallen waren. Er erwiderte auf Englisch, dass er dieses Georgisch nicht verstünde, weil er Johannisch spräche.

Er bestellte mich in drei Stunden wieder zu sich und fragte mich mindestens zwanzig Minuten lang aus, was ich unternehmen wollte und wozu ich unbedingt ein sechsmonatiges Visum benötigte. Ich beantwortete seine Fragen, so gut ich konnte, hatte aber das Gefühl, ein Examen abzulegen, in dem er mich über die Geschichte seines Landes ausfragte. Meine Antworten waren etwas vage, denn das Einzige, was ich bis dahin über die Geschichte dieses Landes gelesen hatte, war eine Broschüre von Nebieridse. Es stellte sich aber heraus, dass er das Visum längst ausgestellt und es auch schon in den Pass gestempelt hatte.

Endlich gab er mir den Pass zurück und riet mir, mit dem Schiff zu reisen, was auch wirklich viel günstiger war.

So bin ich zum zweiten Mal auf die Johannesinseln gekommen und blieb dort ein halbes Jahr.

Die letzten zwei Monate lebte ich in einer Mietwohnung im Strandviertel.

Bei meiner Abreise war es schon Februar. Doch der Winter ist dort wunderbar, und man vergisst die Kälte vollkommen. Nur die Feuchtigkeit kann einem die Knochen erweichen, aber hauptsächlich in der Nähe des Meeres und weniger im Stadtzentrum. Das Meer ist stürmisch und in zwanzig Schritten Entfernung entlang des Ufers fällt fast immer eine Art feiner Nieselregen. Die Sonne scheint selten, aber dafür sehr angenehm. So ist der Winter in Santa City.

In diesem halben Jahr wurde ich fast zum Einheimischen. Das Genuesische und das hier gebräuchliche Türkisch erlernte ich mit Mühe so weit, dass ich eine glatte Drei dafür bekommen hätte. Dagegen machte ich im Johannischen solche Fortschritte, dass es mir, ehrlich gesagt, viel mehr Spaß macht, diesen georgischen Dialekt zu sprechen als unser Georgisch.

Ich hatte in dieser Zeit viele Freunde gewonnen und der Abschied fiel mir wirklich schwer. Ich mailte meiner Frau oft, ich hätte einen guten Platz gefunden und wir könnten hierherziehen. Eine Arbeit hätte ich sehr leicht gefunden und würde diese auch weiterhin finden. Meine Frau aber schickte mir Nachrichten, was in Georgien alles los sei und dass das Volk auf den Straßen demonstriere. Natürlich machte ich mir Sorgen deswegen, aber wisst ihr, in was für einer Stadt ich auf Santa Esperanza lebte?

Ich lebte in einer Stadt, die ein Jahr zuvor einen Krieg durchgemacht hatte, aber in der nun keine Spur mehr davon zu sehen war. Saint-John-Zitadelle, im Volk nur Santa City genannt, ist eine Stadt, die alles verdauen kann. Nicht durch Bosheit und Kampf, sondern wegen ihrer Unsterblichkeit und ihres Zaubers. Denkt nicht, ich sei ein Tourist. Auch wenn ich mich wie ein Tourist ausdrücke, kenne ich alles von innen. Ich wollte mir schon immer eine Stadt ausdenken, diese aber hat man sich bereits ausgedacht. Das hatte ich gleich bei meiner ersten Stippvisite begriffen und ich dachte in den folgenden Jahren immer von Neuem darüber nach, wie ich wieder hierherkommen könnte.

Ich kam wieder, war aber eigentlich schon auf dem Rückweg über das Meer, bis Trabzon und von dort aus nach Georgien.

Die Rückkehr fiel mir schwer, obwohl mir meine Leute auch sehr fehlten. Sie waren es schon gewohnt, dass ich zeitweise verschwand und wer weiß wann zurückkehrte. Ich musste also zurück und begann, wie ein ordentlicher Mensch, fast zehn Tage vor der Abreise meine Siebensachen zu ordnen.

Ich habe in meinem Leben noch keinen Tag verbracht, ohne etwas zu schreiben. Auf den Johannesinseln gibt es sehr schöne dünne Hefte mit schicken Umschlägen. Sie erinnerten mich an die zwölfseitigen Hefte, die es in meiner Kindheit gab, nur waren sie etwas schmaler. Ich hatte fast zweihundert solcher Hefte mit verschiedenen Geschichten gefüllt. Die Geschichten hatte ich teilweise aus den hiesigen Geschichtsbüchern verkürzt abgeschrieben oder aus Zeitungen ausgeschnitten. Alles, was man mir erzählte, schrieb ich auf. Was man mir aber nur zur Hälfte erzählte oder ohne Schluss, beendete ich selbst. So sind eine Menge Geschichten zusammengekommen. Das ist selbstverständlich, denn ich erfuhr viel und schrieb und schrieb. Diese Geschichten waren ganz unterschiedlich, etwas von diesem und etwas von jenem. Beim Zuhören und Aufschreiben dachte ich mir eine Menge dabei und bin, so glaube ich, hinter die Lebensweise der Johannesen gekommen.

Als ich diese Hefte schließlich zählte, waren es genau einhunderteinundvierzig, also ein ordentliches Stück Gepäck. Ich konnte mit meiner alten Gewohnheit, der Vorliebe für neue und unbeschriebene Hefte, nicht brechen. Ich muss unbedingt in ein leeres Heft schreiben, und bloß nicht in ein schon beschriebenes. Deshalb sind so viele Hefte zusammengekommen. Sie waren auch billig, nur drei Pence das Stück. Zusammengezählt kamen alle auf nicht mehr als drei hiesige Pfund.

Wenn ich jetzt nicht aufhöre, von den Heften zu sprechen, nimmt das kein Ende. Das Wichtige dabei war, dass ich für diese Hefte eine Methode gefunden habe. Alles fing mit dieser Methode an, sonst hätte ich aus den Heften nie ein Buch binden können, mir wäre das auch nicht eingefallen. Ich hatte das Material nun einmal gesammelt, und der Plot eines Buches entsteht ja durch Gesammeltes. Nach meiner Überlegung musste nun die Fiktionalisierung beginnen. Das dauert bei mir immer sehr lange, manchmal zwei bis sieben Jahre. Danach schreibe ich gewöhnlich alles sehr zügig nieder.

Fünf Tage vor meiner Abreise schenkte mir ein Freund eine Packung Spielkarten. Spielkarten werden auf der Insel am häufigsten geschenkt und sind das gängigste Souvenir. Die Geschenkpackungen und die echten Spielkarten ähneln sich jedoch kaum. Man verlässt Santa Esperanza unmöglich ohne solch ein Geschenk. Ich wollte in den letzten Tagen selbst Karten kaufen, aber die Souvenirexemplare haben je nach Ausführung ihren Preis. Eine besondere Erinnerung kann man nur teuer erwerben. Jene, die nach meinem Geschmack waren, konnte ich mir nicht leisten, bei den einfachen aber fiel es mir schwer, eines auszuwählen. Ich hätte es nicht bis zuletzt aufschieben sollen, Sie kennen das vielleicht?

Bevor ich mich entschieden hatte, schenkte sie mir mein Freund: Er warf die Packung einfach im Café vor mich auf den Tisch und sagte, diese Karten gehörten mir. Ich solle sie gebrauchen, wie es mir beliebe.

Es waren sehr teure Karten, was mir äußerst peinlich war. Eine Siebenhundertpfundpackung verschenkt man nicht einfach so.

Ich wollte sie bezahlen, aber er drehte die Packung um und zeigte mir eine Inschrift: Es ist hiesiger Brauch, dass auf der Packung häufig der Name des Besitzers steht, was jedoch nur möglich ist, wenn die Karten von einem Meister seines Faches auf Bestellung angefertigt werden.

Er beruhigte mich, dass dieses Geschenk schon vor anderthalb Monaten bestellt worden sei und er es nicht allein bezahlt hätte, sondern alle Jungs aus dem Club sich daran beteiligt hätten.

Ich war häufiger Gast in diesem Club. Mein Freund hieß kleiner Matalo und war der Sohn des Clubbesitzers. Deshalb sagten sie mir noch im Herbst, ich solle die Karten nicht selbst kaufen, ich wüsste sie nicht gut auszuwählen.

Trotzdem war es mir etwas peinlich, auch wenn ich mich gewaltig freute, denn der Preis und die Qualität der Abbildungen zeugten davon, dass man mich für keinen allzu primitiven und gemeinen Typen hielt. Dann kehrte ich nach Georgien zurück und flog, nach einer Woche Aufenthalt in Tiflis, nach London. Das soll euch nicht wundern.

Ich begriff, dass ich das Buch bereits geschrieben hatte. Und als ich dies bemerkte, begriff ich auch, dass ich in Tiflis ein Jahr für etwas benötigen würde, was anderswo in einer Woche vollendet ist.

Ich hatte fast kein Geld mehr, aber ein Ehepaar, gute Freunde, gewährten mir Unterschlupf in einem Randbezirk der Großstadt. Ich werde sie hier nicht namentlich erwähnen, das haben sie nicht nötig. Sie nehmen mich immer auf, wenn ich kurz davor bin, völlig durchzudrehen, und ich meine Heimatstadt vor lauter Liebe zu hassen beginne.

Als ich nach London flog, war mir das Wichtigste schon klar. Das aber war die bereits erwähnte Methode, die ich mir nach Mitternacht im Strandviertel überlegt hatte.

Damals brachte mich Monica nach Hause und sagte, sie würde bei meiner Abreise zum Hafen kommen. Sie ist ein guter Kumpel und überhaupt ein tolles Mädchen, die, wie es dort heißt, durch einen Spiegel hinein- und hinausgehen könnte. Trotzdem verabschiedete sich Monica von uns immer mit den Worten:

»Bei Männern habe ich kein Glück.«

Ich trat also in mein Zimmer und betrachtete – halb liegend – die Karten. Ich hatte auch Jessica de Riders Roman »Das Tal des farbigen Wassers« vor mir liegen, zog es aber vor, die Spielkarten anzuschauen – ich hatte das Geschenk am Nachmittag bekommen und es bis dahin noch nicht geöffnet.

Ich hatte schon eine Menge Spielkarten auf der Insel gesehen, aber diese waren irgendwie anders. Das Wichtige an der Sache ist, dass das auf der Insel verbreitete Kartenspiel Inti nirgendwo anders gespielt wird. Die Inti-Karten unterscheiden sich vom gängigen französischen Spielblatt durch verschiedene Symbole und die verloren gegangene Bedeutung der Farben. Es gibt also kein Rot und Schwarz.

Im esperantinischen Kartenspiel gibt es auch vier Symbole, allerdings nicht Herz, Karo, Pik und Kreuz. Deren Stelle hat die dortige Ethnografie mit ihrer Symbolik eingenommen. Und die Farben werden durch Weinrebe, Brombeere, Distel und Säbel ersetzt.

Was ein Säbel unter so viel Pflanzenzeugs soll, weiß ich inzwischen ganz gut. Die Weinrebe bedeutet gleichzeitig Weintraube, die Brombeere steht für eine Beere der Brombeere, die Distel aber für eine stachlige, schreckliche Blume, die bei uns auf dem Land am Wegrand sehr hoch wächst und als Unkraut gilt. Das hiesige Kartenspiel besteht aus 36 Karten. Um richtig spielen zu können, braucht man jedoch zwei Packungen, also 72 Karten.

Ich kann nicht näher auf die Spielregeln eingehen, da ich sie selbst kaum kenne. Sicher ist, dass alle vier Farben jeweils aus neun Karten bestehen. Es gibt weder König noch Dame, Ass oder Bube, dafür aber vier Frauen, vier Männer, vier Rinder und viele andere Dinge. Schultheiß, Trinkhorn und Boot. Den Standardkarten Herz und Karo, die als gute und hübsche Farben gelten, entsprechen im Inti-Blatt die Weinrebe und die Brombeere. Die beiden anderen werden als schlechte und böse Farben bezeichnet.

Ich schaute mir die Karten an.

In Santa City ist die Spielkartenmalerei eine hohe und wahre Kunst. Die Bilder sind so schön und anziehend wie aus einer anderen Welt. Beim Betrachten dieser Bilder musste ich an Pirosmani* denken. So, wie die Bilder gemalt waren, musste man einfach an ihn denken. Jeder Meister hat seinen eigenen Stil, kann aber auch im Stile der anderen malen. Ich war selbst in den Werkstätten gewesen, in denen man spezielle Spielblätter als Geschenkexemplare anfertigt. Ich habe die Karten so lange betrachtet, dass ich dabei sogar einnickte. Dann habe ich sie nach Symbolen und Farben auf den Tisch gelegt. Ich weiß nicht, warum, aber ich legte zuerst die Weinrebenkarten, dann die Brombeeren, dann die Disteln und zu-

---

* Niko Pirosmani – gebürtig Nikolos Pirosmanaschwili, 1862–1918, georgischer Maler

letzt die Säbel in Reihen hin, von der Eins bis hin zum Mann. Dabei entstand ein längliches, viereckiges Bild. Die Geschenkblätter sind gewöhnlich größer als die Spielblätter. So ausgelegt, sahen sie noch viel schöner aus, wie ein einziges Bild.

Das ist verständlich, denn man malt die Geschenkblätter auf einen großen Karton und schneidet ihn danach in sechsunddreißig Teile. Früher wurden die Kartenblätter jedenfalls so hergestellt und dieses Prinzip dürfte in den Fabriken heute noch angewendet werden. Ich weiß es jedoch nicht genau.

Also gibt es zuerst ein Bild, das nachher zerschnitten wird.

Im Strandviertel schläft man im Winter mit dem Geräusch der Wellen ein. Bis man einschläft, denkt man an viele angenehme Dinge. Auf der Porta Nova ist es im Winter so, dass … aber davon erzähle ich nichts mehr. In solch einem halbschläfrigen Zustand überlegte ich mir, dass es von Vorteil wäre, meine gesammelten Hefte auch so anzuordnen wie jene Karten auf dem Tisch. Jedes Heft sollte ein Bild der Spielkarten zugeordnet bekommen: pro Heft ein Bild.

Damals wusste ich noch nicht, dass ich das Buch eigentlich schon geschrieben hatte. Ich überlegte mir, die Geschichten als Hefte bestehen zu lassen und die johannischen Spielkarten auf den Heften zu verewigen. Ich begriff, dass dies nur der Anfang meines Vorgehens war. Wenn man so etwas ausgedacht hat, findet sich auch eine Fortsetzung.

In Trabzon traf ich meinen Freund Ahmed Kaya. Er kam von Istanbul aus extra dorthin, nachdem ich ihn angerufen hatte. Wir sehen uns sonst kaum, und warum soll man sich da noch voreinander verstecken?

Als Kinder haben wir zusammen in einer Basketballmannschaft gespielt. Später ist er weggezogen und wurde zu Ahmed Kaya. Auf dem Weg nach Esperanza traf ich ihn in Istanbul nicht an, wer weiß, wo er sich herumtrieb.

Ahmed Kayas schwieriges, vergangenes Leben werde ich hier nicht beschreiben. Als wir in der Kneipe genügend gelacht hatten, denn wir hatten uns nacheinander gesehnt und lachten deshalb viel mit- und übereinander, erzählte ich ihm diese Geschichte. Das geschah unwillkürlich, denn wenn man etwas auf dem Herzen hat und es lange niemandem erzählen kann, versucht man, es dem Erstbesten mitzuteilen. Ahmed Kaya war keine Zufallsbekanntschaft, sondern ein Kumpel, also war klar, dass ich drauflosredete.

Ahmed Kaya hatte zwar von den Inseln gehört, war aber selbst noch nie dort gewesen. Er hatte einen türkischen Pass und konnte leichter als ein Georgier dorthin reisen. Er schlug mir vor, ein andermal mit ihm zusammen hinzureisen. Er wollte mich in Tiflis anrufen. Wir vereinbarten das fürs nächste Jahr, und ich erzählte ihm weiter von den Karten und Heften. Dabei zeigte ich ihm das Geschenk des kleinen Matalo. Er betrachtete die Karten lange.

Meine neuste Erkenntnis war die folgende:

Ich hatte um die einhundertfünfzig Hefte, aber nur sechsunddreißig Karten. Ich musste die Hefte also so verändern, kürzen oder einige ganz weglassen, dass nur noch sechsunddreißig übrig blieben.

Ich hätte natürlich die Eintragungen auch vollständig verwenden und einhundertfünfzig durch sechsunddreißig teilen können. Dann hätte ich in jedes neue Heft mindestens vier alte hineinzwängen und die Bezeichnungen der einzelnen Karten draufschreiben müssen. Auf diese Weise hätte ich sehr dicke Hefte erhalten, was ich nicht wollte, da die Spielkarten auch dünn sind.

Das alles erzählte ich sehr bildhaft Ahmed Kaya, der sonst weder Bücher noch Zeitschriften liest, nicht einmal türkische. Aber Ahmed Kaya war einst General gewesen. Er hatte mit seiner Armee sogar eine Schlacht gewonnen, war schon einmal ein Bandit und noch viel Schlimmeres gewesen und wusste in jeder Lage das Wesentliche herauszufiltern. Für Menschen seines Charakters ist das etwas ganz Normales. Sie wissen immer, was das Wichtigste ist und wo sie zuschlagen müssen. Anders können sie nicht überleben. Jetzt ist Ahmed Kaya Besitzer eines kleinen Ladens und kein Bandit mehr. Den Instinkt eines Wolfes, die richtige Stelle am Hals des Feindes zu finden, besitzt er immer noch. Den Instinkt behält man. Für ihn sind jedoch alle Geschichten Feinde, die besiegt werden müssen.

Während ich erzählte, fragte er mich plötzlich:

»Wozu das eigentlich?«

In seiner Sprache bedeutet das:

»Wofür brauchst du das?«

Ich sagte, es sei interessant. Er aber erwiderte, dass es keinen Sinn habe, diese Hefte ohne Grund in Spielkarten umzuwandeln. Warum sollten es getrennte Hefte sein, wenn es keinen Grund gibt? Dann wäre es doch besser, die Geschichte als ein Buch zu binden.

Er drückte es nicht genau so aus, aber man konnte sich seinem Gedanken nicht entziehen. Ich dachte ja ähnlich.

»Das sind die Karten, nicht wahr?« Ahmed Kaya schaute die Bilder an. »Komm leg sie mal so hin, wie sie zusammengehören. Vier Reihen von der Kleinsten bis zur Größten, die Farben hintereinander ...«

Wir schoben die Teller weg, stellten die Flaschen zur Seite, machten Platz und legten die Karten in vier Reihen nebeneinander: zuerst die Weinreben nach Zahlenwerten, dann die Brombeeren, schließlich die Disteln und die Säbel.

Ahmed Kaya rauchte und schaute auf die Karten. Er raucht immer sehr ruhig, nicht nervös, und sieht dabei aus wie ein nachdenklicher Mensch.

»Was sollen die Karten eigentlich?«, fragte er plötzlich.

Tatsächlich, was sollen die Karten? Ich denke, es ist ein Spiel.

»Was bedeuten diese Spielkarten überhaupt? Farben, oder was? Trümpfe ... und außerdem ... viermal die Sechs, viermal die Sieben ...«

»Das ist keine Sechs. Es wird anders gezählt ...«

»Es gibt doch viermal die Eins? Die Zwei auch und so weiter, oder?«

»Ja.«

»Also?«

»Also setz dich und schneide Speck.«

»Gibt es bei diesen Geschichten auch welche, die zu den gleichen Symbolen passen würden, ebenso wie eine Farbe zu einer Geschichte?« Ahmed Kaya strich mit seinem Finger über die

Brombeerreihe. »Wenn du es wie ein Kartenspiel gestalten willst, müssen die Geschichten auch wie Karten sein. Du sagtest doch, dass sie die Karten zuerst auf einen Karton malen und danach zerschneiden. Male sie doch auch auf einen Karton und zerschneide diesen dann so, dass Farbe und Farbwerte zusammenpassen. Es sind Karten, weiter nichts. Es gibt viele verschiedene Spiele, die mit denselben Karten gespielt werden können, weil es die Farben gibt und alles andere viermal ...«

Dann sagte Ahmed Kaya nichts mehr. Ich redete weiter. Nicht vom Inhalt erzählte ich, sondern vom Prinzip, nach dem diese Geschichten angeordnet werden sollten, um vier neunteilige Geschichten zu erhalten, je nach Farbe. Vier aufgereihte Geschichten.

»Nicht nur so«, schüttelte Ahmed Kaya den Kopf und zündete sich eine neue Zigarette an, »sondern auch so. Nicht nur für lang, sondern auch für kurz. Eine Farbe besteht doch aus neun Karten und den Farbwerten – vier Karten. Hier, viermal die Eins, viermal die Zwei, viermal ... Wie viel ist das? Das darf nicht einfach so bleiben, sondern es müssten lauter Geschichten sein.« Ich hätte pfeifen können.

»Nicht nur vier Geschichten, sondern noch neun dazu, so dass es in die Länge und in die Breite geht.« Ich pfiff vor Staunen.

»Die Karten sind so gestaltet, dass man mit einem Kartenblatt vieles spielen kann«, sagte Ahmed Kaya entschlossen und verabschiedete mich am nächsten Morgen vor meinem Abflug nach Tiflis.

Wie hätte ich nicht nach London reisen sollen? Ihr seht doch, dass Ahmed Kaya so einiges weiß. Ab und zu ruft er mich an und fragt:

»Kennst du deinen alten Kumpel noch?« Er nennt am Telefon nie seinen alten oder neuen Namen. Er ist ein Flüchtling und ein ganz anderer Mensch. Einer, an den man sich noch heute mit Abscheu erinnert.

Zu Hause sagte man mir, um mich zu beruhigen, ich könne gehen. Natürlich war das schwer für uns. Es waren ja nicht die alten Zeiten, als man des Erwerbs wegen irgendwohin verschwand. Außerdem konnte man nur noch mit Mühe am Boden des Geldbeutels etwas zusammenkratzen. Auch wenn mehr drin gewesen wäre, wollte ich ja nicht nur am Telefon oder über E-Mails Kontakt zu meiner Familie. Das geht mir jedes Mal von neuem so, wenn ich irgendwohin verschwinde.

Meine Frau behauptet, von weitem besehen, scheine ich ein anständiger Mensch zu sein. Von nahem stelle sich aber heraus, dass ich ein wenig spinne. Deshalb lasse ich auch nur schwer jemanden an mich heran. Wenn dies aber passiert ist, schnüre ich sofort mein Gepäck. Meine Geheimnisse kennt jedoch nicht jeder. Gott sei Dank habe ich Freunde an verschiedenen Orten, Menschen verschiedener Nationalität und unterschiedlichen Charakters.

In London ging ich im ersten Monat nicht aus dem Zimmer. Nur ein einziges Mal ins Stadion. Meine Gastgeber meinten, ich gleiche dem Helden einer deutschen Geschichte oder noch mehr einem Poltergeist. Man stellte mir das Essen vor die Tür, wie in alten Pensionen. Ich glich Griffin, dem unsichtbaren Mann bei Herbert G. Wells. Nur mit dem Unterschied, dass ich mich nicht in den Nächten zum Stehlen ins Haus des Bischofs schlich.

Ich saß da und stellte Listen zusammen.

Jeder Eintrag und jeder noch so kleine Fetzen bekam eine Überschrift und wurde so aufgelistet, dass man sah, was sich in den Heften befand. Außerdem erhielten alle sechsunddreißig Karten des Spiels eine Überschrift.

Auf den Johannesinseln bezeichnet man sie mit nur einem Wort. Das wäre zu kurz. Ich dachte mir für jede Karte eine Beschreibung aus. Ich hatte mich schon früher an Pirosmani erinnert und gab nun den Karten Bezeichnungen in der Art seiner Gemälde. Wie zum Beispiel: Sarkis schenkt Wein ein; Schete stiehlt ein Pferd; Anna, eine kinderlose Millionärin und Eine arme Frau mit Kindern.

Das tut weiter nichts zur Sache. Das Wichtigste war die Schere. Die Geschichten mussten so angeordnet werden, dass sie sich überschnitten. Das war eine angenehme Tätigkeit. Ich hatte eine große Schere, mit der ich die esperantinischen Hefte zerschnitt und danach wieder zusammenklebte. Ich klebte und überklebte.

Während des Klebens hatte ich wieder eine Menge zu schreiben. Viele Aufzeichnungen wurden ausgesondert, aber nicht ganz weggeworfen, sondern meist ein wenig abgeändert. Ich band drei Hefte zu einem, zerlegte ein Heft in drei Teile und war lange damit beschäftigt, bis es endlich dem glich, wovon Ahmed Kaya gesprochen hatte.

Wie ich das schaffte, ist eine andere Sache. Dabei begriff ich, welche Arbeit Filmregisseure haben, wenn sie sich wochenlang ins Schnittstudio einschließen. Nur dass sie es schwerer haben, weil nichts mehr nachträglich gedreht werden kann. Ich dagegen kann so viel dazuschreiben, wie ich will. So oder so, besser konnte ich die johannischen Geschichten, die alten und neuen, die ausgedachten, dazugedichteten oder verkürzten, nicht ordnen. Aber ich schaffte es, die einhundertsoundso vielen Hefte auf sechsunddreißig zu reduzieren und miteinander in Beziehung zu bringen.

Jedes Büchlein erhielt als Überschrift die Bezeichnung der Spielkarten. Ich gab jeder der vier langen Geschichten einen Titel und den neun kleinen Geschichten noch jeweils einen eigenen Titel. In diesem Durcheinander entdeckte ich, dass die Hefte so angeordnet waren, dass gar keine Verknüpfung miteinander mehr nötig war. In jedem Heft wurde eine gesonderte kleine Geschichte erzählt.

Folgendes ist also herausgekommen: Die vier langen Geschichten setzen sich aus neun kurzen oder sechsunddreißig kleinen zusammen. Man kann also aus der Schachtel ein beliebiges Heft herausziehen und es als getrennte Geschichte lesen. Man braucht dafür die anderen nicht unbedingt zu lesen.

Ein Sack voller Märchen ist daraus geworden, oder etwas Ähnliches …

Zwar gefiel mir das, ich ließ es aber nicht dabei bewenden. Ich setzte die Korrektur fort und musste nun wegen des vielen Hin und Hers Inhaltsangaben hinzufügen, wie man diese sechsunddreißig Hefte lesen kann. Das ist aber nichts Endgültiges, wie ich noch erklären werde.

Die Inhaltsverzeichnisse dieses in Heften geschriebenen Buches sind mit kurzen Kommentaren versehen.

Die erste Farbe des esperantinischen Kartenblatts ist die Weinrebe, auch als Weintraube bezeichnet. Die Weinrebenkarten haben als niedrigsten Wert eine Weintraube und als höchsten den Schultheiß, der in einer Hand eine Hacke hält, in der anderen eine Weintraube.

Diese neunteilige Reihe heißt »Das Buch der Zurufe«. Darin ist nichts Romanhaftes oder dergleichen, was heute für Bücher so unumgänglich ist. Vielmehr wird die Geschichte und der Alltag der Johannesinseln, auch Santa Esperanza genannt, beschrieben. Es sind einige Geschichten darunter, die von den Inselbewohnern jahrhundertelang bewahrt und überliefert wurden, und auch einige Geheimnisse, die den Leser zur Lektüre der anderen Hefte anregen sollen.

Das Inhaltsverzeichnis dieser neunteiligen Geschichten sieht so aus:

Das Buch der Zurufe

1. Weintraube
2. Zwei mit Weintrauben geschmückte Häuser
3. Drei Ochsen mit Weintrauben an den Hörnern
4. Zwei mit Weintrauben beladene Ochsengespanne
5. Fünf Hacken und Weintrauben
6. Mädchen mit Krug und Weintrauben
7. Ziege mit vollem Weintraubenkorb
8. Ochsentrinkhorn und Weintrauben
9. Der Schultheiß mit Hacke und Ochsentrinkhorn

Im esperantinischen Spiel ist die zweite Farbe die Brombeere. Sie beginnt mit einer Hand voll Brombeeren und endet mit dem Bauer, der an einem brennenden Brombeerstrauch steht.

Das Buch dieser Reihe beschreibt das Leben eines jungen Mannes in Santa City. Es wäre unnötig, an dieser Stelle des Inhaltsverzeichnisses mehr darüber zu erzählen. Die ganze Brombeergeschichte heißt:

Das Buch vom Fremdsein des ergebenen Scharmadin* am Ufer des Kara Deniz**

Das Inhaltsverzeichnis sieht so aus:

1. Eine Hand voll Brombeeren
2. Brombeerstrauch und zwei Hände
3. Drei Wetzsteine und ein Korb voll Brombeeren
4. Vier Brombeersträucher
5. Fünf Ferngläser und ein Brombeerstrauch
6. Ein Korb voll Brombeeren und die Witwe
7. Mit Brombeerkörben beladener Esel
8. Brombeer-Dörrobstkette
9. Bauer am brennenden Brombeerstrauch

Danach folgt die dritte Farbe, die der Distel, eines stacheligen Unkrauts, das auf dieser Insel Budsgi genannt wird. Die Reihe beginnt mit einer einfachen Distelblüte und endet mit dem Scharmadin, der seine Pfeife mit einer brennenden Distel anzündet. Ich muss dazu sagen, dass Scharmadin weder im vorangehenden Buch noch in diesem ein Vorname ist. Diese Geschichte heißt »Das Buch des unglückseligen Tigers« und darin ist hui, hui, vom Schicksal der Frauen die Rede:

Das Buch des unglückseligen Tigers

1. Distelblüte
2. Zwei Sicheln und eine Distelblüte
3. Ein Boot voller Disteln mit drei Paddeln
4. Großes Boot mit Kanonen und Distelbündeln
5. Ein Blitz vom Himmel und brennende Disteln

---

*   Scharmadin – früher Amt am Hofe: rechte Hand des Königs, heute auch als Vorname gebräuchlich, besonders für Glaubensfragen zuständig

**   Kara Deniz – türkische Bezeichnung für das Schwarze Meer

6. Verliebtes Paar im Distelfeld

7. Disteln fressendes Maultier

8. Pfeife und Distel

9. Der Scharmadin zündet seine Pfeife mit einer brennenden Distel an

Und gleich folgt die letzte, neunteilige Reihe, die dem Wesen des Säbels entsprechend zusammengestellt wurde. Sie beginnt mit einem Messer mit schwarzem Griff und endet mit dem Säbel schwingenden Burgvogt. Wie in jeder Säbelgeschichte werden auch in dieser die Säbel geschwungen. Einige beginnen und andere beenden hier ihr Leben.

Deshalb heißt die Säbelgeschichte:

Das Buch vom Ausreißen und Sterben

Der Inhalt ist in bereits bekannter Reihenfolge von der ersten bis zur letzten Karte angeordnet:

1. Messer mit schwarzem Griff

2. Zwei blinde Kundschafter mit Säbeln

3. Drei sehende Kundschafter

4. Der Hauptmann mit zwei Säbeln und zwei Dolchen

5. Die Mütze des Feldherrn und fünf Säbel

6. Baschlik* tragende Frau mit Säbel

7. Geldsack, Peitsche und Säbel

8. Bärenfell mit Säbeln behängt

9. Der Burgvogt mit einem großen Säbel

Das ist das Inhaltsverzeichnis der vier neunteiligen Geschichten. Die anderen werden später aufgezählt, denn das Niederschreiben von Inhaltsverzeichnissen kann sehr nützlich sein.

Da ich schon einmal dabei war, machte ich mich an die viertei-

---

* Baschlik – kaukasische Kapuze mit langen Zipfeln, die um den Kopf oder Hals geschlungen werden

ligen Geschichten und gab den neun Geschichten Überschriften. Den Geschichten in der Längsreihe folgen also die Geschichten in der Querreihe. Das sind kurze Geschichten, die aus den vier Längsgeschichten quer abgeleitet sind. Mathematisch berechnet entspricht der Umfang der vier neunteiligen Geschichten genau dem der neun vierteiligen. Wie könnte es auch anders sein! Der Umfang der neun vierteiligen und vier neunteiligen Geschichten entspricht genau dem der sechsunddreißig einzelnen kleinen Erzählungen. Von solcher Mathematik war ich erneut begeistert.

Die neun vierteiligen Geschichten beinhalten genau das Gleiche wie die vier neunteiligen, nur anders angeordnet: Man liest sie nach dem Kartenwert des Spielblattes. Zum Beispiel die Einerkarten in der klassischen johannischen Farbfolge: Weintraube, Brombeere, Distel, Säbel. Diese Einerreihe heißt:

Hefte von der Liebe des einsamen Genuesen

    1. Weintraube
    2. Eine Hand voll Brombeeren
    3. Distelblüte
    4. Messer mit schwarzem Griff

Dieser Geschichte folgt gleich die Zweierreihe, die die Erstere wie eine Decke umhüllt. Darin wird aus dem Leben jenes jungen Mannes berichtet, der mit dem jungen Mann aus der Geschichte des ersten Vierteilers bekannt ist, die in den Heften des Genuesen erzählt wird. Dieser Teil heißt:

Das Buch des Reißaus nehmenden Inti-Spielers, Inti-Spieler aber bedeutet auf Johannisch Kartenspieler.

Die Anordnung der Hefte ist wie üblich:
    1. Zwei mit Weintrauben geschmückte Häuser
    2. Brombeerstrauch und zwei Hände
    3. Zwei Sicheln und eine Distelblüte
    4. Zwei blinde Kundschafter mit Säbeln

Dem folgt das Abenteuer und die Qual der Geliebten des Inti-Spielers im folgenden Vierteiler mit dem Titel:

Geschichten von der Klagefrau und vom Leben

Die Reihenfolge der Hefte ist:

1. Drei Ochsen mit Weintrauben an den Hörnern
2. Drei Wetzsteine und ein Korb voller Brombeeren
3. Ein Boot voller Disteln mit drei Paddeln
4. Drei sehende Kundschafter

Und da bereits viele Länder eine Königin hatten, lässt die vierte Geschichte dieser Reihe nicht auf sich warten und heißt:

Die Beschreibung der letzten dreihundertfünfzig Tage im Leben der Küstenkönigin

Darin sind die Hefte folgendermaßen angeordnet:

1. Zwei mit Weintrauben beladene Ochsengespanne
2. Vier Brombeersträucher
3. Großes Boot mit Kanonen und Distelbündeln
4. Der Hauptmann mit zwei Säbeln und zwei Dolchen

Für das Inti-Spiel genügt eine Geschichte, beispielsweise die des Reißaus nehmenden Spielers, nicht. Deshalb entstand eine fünfte vierteilige Reihe:

Die Leistungen der Nachkommen der Medrosche*

1. Fünf Hacken und Weintrauben
2. Fünf Ferngläser und ein Brombeerstrauch
3. Ein Blitz vom Himmel und brennende Disteln
4. Die Mütze des Feldherrn und fünf Säbel

---

* Medrosche – früher: Fahnenträger

An dieser Stelle muss ich erwähnen, dass ich während meines Aufenthalts in Santa City mehrere Male das örtliche Geschichtsmuseum besuchte, das sich in der alten Zitadelle befindet. Der Direktor des Museums, auch Vorsitzender oder Präsident genannt, war ein hochbetagter, berühmter Mann der Insel. Er kam jedoch nicht mehr ins Museum. Monica, die mit der Familie des Herrn Museumsdirektors befreundet war, erzählte mir seine Geschichte und dabei entstand:

Die Tage des Letzten seiner Familie

1. Mädchen mit Krug und Weintrauben
2. Ein Korb voll Brombeeren und die Witwe
3. Verliebtes Paar im Distelfeld
4. Baschlik tragende Frau mit Säbel

Es wäre schlecht, wenn ein Vagabund wie ich die anderen Vagabunden der Stadt nicht beachten und nichts von ihnen erfahren würde. In ihrer Geschichte findet sich wahrscheinlich viel Hinzugedichtetes, das dem Leser wie ein Märchen vorkommt. Ich kam um diese Menschen nicht herum und es entstand:

Ein Bündel Geschichten
aus dem Leben der Armseligen Gottes

1. Ziege mit vollem Weintraubenkorb
2. Mit Brombeerkörben beladener Esel
3. Disteln fressendes Maultier
4. Geldsack, Peitsche und Säbel

Da ich die Vagabunden nicht vergaß, konnte ich auch deren König unmöglich auslassen. Der Leser mag denken, er sei erfunden oder Blödsinn, ich weiß aber, dass viele extra ins Strandviertel kamen, um diesen Mann zu sehen und zu hören. Er heißt Luka, die kurze Reihe seiner Geschichten aber:

Lobpreisungen des Schriftstellers Luka

In vier Heften sind um die zwanzig Geschichten aus dem Leben Lukas untergebracht, die mir die Menschen erzählten oder die in den alten Zeitschriften zu finden waren.

1. Ochsentrinkhorn und Weintrauben
2. Brombeer-Dörrobstkette
3. Pfeife und Distel
4. Bärenfell mit Säbeln behängt

Die letzte Viererreihe aber ist die herzzerreißende Geschichte eines alten Volkes, welches auf einer der Inseln Santa Esperanzas lebt. Man nennt es die Sungalen. Diese Reihe heißt:

Quellen über den Fall des Sungalenlandes

1. Der Schultheiß mit Hacke und Ochsentrinkhorn
2. Bauer am brennenden Brombeerstrauch
3. Der Scharmadin zündet seine Pfeife mit einer brennenden Distel an
4. Der Burgvogt mit einem großen Säbel

Als ich mit all dem fertig war, ging ich in den Hollandpark, um mich mit den Füchsen zu unterhalten. Es ist ja bekannt, dass es in London mehr Füchse gibt als streunende Hunde in Tiflis. Im Hollandpark ist es ein Leichtes, mit Füchsen zu sprechen und sie zu füttern. Ich weiß nicht, ob es am schlechten Wetter lag oder an etwas anderem, dass diesmal kein einziger Fuchs zum Vorschein kam, obwohl ich lange an der markierten Stelle saß.

Vielleicht war ihnen der Nieselregen unangenehm. Ich liebte es dagegen, mich im Regen herumzutreiben oder nur dazusitzen, meines Erachtens die wichtigste Kraftübung. Das finden die heutigen Ärzte sicher nicht gut, die alten jedoch würden dem zustimmen. Während ich also bei diesem Nieselregen und Nebel in Erwartung der Füchse vollkommen nass wurde, dachte ich mir etwas aus.

Wenn man wie ein Erstklässler zählt, waren es dreizehn Geschichten Zeile für Zeile, parallel zueinander und längs, senkrecht und waagerecht, aber ist das nicht zu viel Mathematik?

In Mathe war ich zwar schwach, begriff aber dennoch, dass an den Schnittstellen, wo sich die langen und kurzen Geschichten kreuzten, neue Hefte entstanden. Man kann schließlich dieses Buch der Geschichten nicht nur entlang der geraden Linien lesen. Das tut nichts zur Sache, wenn man es aber überdenkt, müssten aus diesen sechsunddreißig Heften nicht nur linear angeordnete Geschichten entstehen. Es könnten auch andere Abenteuer herausgeschmolzen werden, wenn man die Hefte richtig auswählt und anordnet.

Also gab es wieder Arbeit. Deshalb ist das Erzählen der Geschichten in einzelnen Heften günstiger. Man braucht nicht alle Hefte hintereinander zu lesen. Wenn man sich für eine Geschichte aus dem Inhaltsverzeichnis interessiert, sucht man sich die entsprechenden Hefte heraus, legt diese der Reihe nach hin und liest sie so.

Ich suchte einige Personen aus den sechsunddreißig Heften heraus und legte die entsprechenden Büchlein nebeneinander. Dabei entstand Folgendes:

Leben und Taten des Chetia aus der Familie des ehemaligen Priesters

1. Der Schultheiß mit Hacke und Ochsentrinkhorn
2. Drei Wetzsteine und ein Korb voller Brombeeren
3. Vier Brombeersträucher
4. Baschlik tragende Frau mit Säbel
5. Zwei blinde Kundschafter mit Säbeln
6. Messer mit schwarzem Griff
7. Ein Boot voller Disteln
8. Ziege mit vollem Weintraubenkorb
9. Drei sehende Kundschafter
10. Disteln fressendes Maultier
11. Der Hauptmann mit zwei Säbeln und zwei Dolchen

12. Bauer am brennenden Brombeerstrauch
13. Der Scharmadin zündet seine Pfeife mit einer brennenden Distel an
14. Zwei mit Weintrauben beladene Ochsengespanne
15. Der Burgvogt mit einem großen Säbel

Chetia, den Helden von »Leben und Taten ...«, traf ich nicht mehr auf den Inseln an. Man konnte sich aber noch an ihn erinnern, sehr gut sogar. Deshalb suchte ich mir aus den ungeordneten Heften, wie beim Kartenspiel, ganz leicht das Nötige heraus.

Dem gütigen Museumsdirektor wird im Inhaltsverzeichnis schon eine vierteilige Geschichte gewidmet. Der Königin ebenso. Doch ihre Beziehung zueinander sollte man ebenfalls näher betrachten. In den Heften verstreut, findet man noch einen Alten, einen sehr mächtigen und beachtenswerten. Aus dem Leben dieser drei ehrwürdigen Menschen kann man noch einen Geschichtenband zusammenstellen:

Das Buch der drei alten Könige

Dessen Hefte sind wie folgt angeordnet:

1. Zwei mit Weintrauben beladene Ochsengespanne
2. Eine Hand voll Brombeeren
3. Zwei mit Weintrauben geschmückte Häuser
4. Drei Wetzsteine und ein Korb voller Brombeeren
5. Mädchen mit Krug und Weintrauben
6. Vier Brombeersträucher
7. Weintraube
8. Zwei Sicheln und eine Distelblüte
9. Ein Korb voll Brombeeren und die Witwe
10. Zwei blinde Kundschafter mit Säbeln
11. Der Hauptmann mit zwei Säbeln und zwei Dolchen
12. Ein Blitz vom Himmel und brennende Disteln
13. Verliebtes Paar im Distelfeld
14. Großes Boot mit Kanonen und Distelbündeln,

15. Der Scharmadin zündet seine Pfeife mit einer brennenden Distel an
16. Messer mit schwarzem Griff
17. Bauer am brennenden Brombeerstrauch
18. Baschlik tragende Frau mit Säbel

In diesem neuartigen Inhaltsverzeichnis konnten natürlich die Liebesgeschichte und deren zahlreiche Verzweigungen nicht außer Acht gelassen werden. Aus diesem Grund ist das folgende Buch entstanden:

Wisramiani,
ein Buch über das Leben der beiden Liebenden

Ich gliederte dieses Buch in vier gleiche Teile und setzte ein Schlusswort hinzu, natürlich auch in Heftform. Die Liste sieht so aus:

Früher
1. Eine Hand voll Brombeeren
2. Drei Wetzsteine und ein Korb voller Brombeeren
3. Distelblüte
4. Vier Brombeersträucher

Später
5. Mädchen mit Krug und Weintrauben
6. Brombeer-Dörrobstkette
7. Ein Korb voll Brombeeren und die Witwe
8. Bauer am brennenden Brombeerstrauch

Noch Später
9. Ein Blitz vom Himmel und brennende Disteln
10. Pfeife und Distel
11. Zwei Sicheln und eine Distelblüte
12. Messer mit schwarzem Griff

Zum Schluss
13. Bärenfell mit Säbeln behängt
14. Die Mütze des Feldherrn und fünf Säbel

15. Der Scharmadin zündet seine Pfeife mit einer brennenden Distel an

16. Baschlik tragende Frau mit Säbel

Ganz zum Schluss

17 Der Burgvogt mit einem großen Säbel

Jetzt komme ich an die gefährliche Stelle, zu jener eigenartigen Laube, in die mich dieses neuartige Inhaltsverzeichnis führte. Erst nachdem ich die drei verschiedenen Inhaltsverzeichnisse erstellt hatte, begriff ich, dass man aus den sechsunddreißig Heften unendlich viele Buch-Büchlein und Lebensgeschichten verschiedenen Umfangs und Inhalts machen kann.

Diese sechsunddreißig von mir geklebten Hefte erzählen beliebig viele Geschichten über die Johannesinseln, auch Santa Esperanza genannt, über das dortige Herzensleid oder die Herzensfreuden.

Deshalb verzichtete ich darauf, neue Büchlein daraus zu erstellen. Einerseits sind die interessantesten Geschichten schon gebunden, anderseits kann jeder, der die Hefte in der Hand hat, beliebig damit verfahren: Wenn einer nichts zu tun hat, kann er alle meine Inhaltsangaben umstellen: neun kurze und vier lange, drei aus dem Durcheinander herausgezogene Hefte, so wie man aus einer Kartenpackung reihum einige herauszieht. Nur kann man diese sechsunddreißig Hefte selbst nicht mehr verändern. Aber selbstverständlich kann man nach Gutdünken neue Hefte hinzufügen: Das esperantinische Inti spielt man sowieso besser mit zwei Kartenblättern, also mit zweiundsiebzig Karten. Alles ist in den Händen des Lesers, der so zum Schreibenden werden kann.

So steht es also um Bücher, die als einzelne Hefte geschrieben sind. Besonders, wenn man wenig Ahnung von Mathematik und vom Kartenspiel hat.

Den Fortsetzenden, Nachdichtenden und Hinzufügenden kann ich aber mit den Worten Marco Polos, des coolsten aller Berichterstatter, Mut zusprechen, dessen letzte Worte vor seinem

Tod waren: »Ich habe nicht die Hälfte von dem erzählt, was ich gesehen habe!«

Deshalb denke ich, dass jeder im Schreiben geübte Mensch zum Erzählten etwas Kluges hinzufügen kann. Wenn einer aber etwas hinzufügt, sollten es gleich vier Hefte sein. Wer zu faul ist, kann sich auf den leeren letzten Blättern der sechsunddreißig Hefte im Schreiben üben. Ich werde ihm aufrichtig zur Seite stehen, wenn es irgendwelche Fragen zu Santa Esperanza, also zu den Johannesinseln, gibt.

Ich habe dort viele Freunde. Es sind gute Menschen und das Leben dort ist voller Wahrheit. Dort gibt es das Meer und die alte Zitadelle. Für die Liebe zwischen Jungen und Mädchen gibt es jedoch sieben verschiedene Bezeichnungen. Es gibt vieles, wonach man Sehnsucht bekommt, und wenn jemand beim Schreiben etwas benötigt, stehe ich, was die Inseln betrifft, als Berater gerne zur Verfügung.

Überhaupt kann man diese Hefte auch von Anfang bis Ende lesen: angefangen bei den Weinrebenheften, von dem niedrigsten bis zum höchsten. Danach, nach dem gleichen Prinzip die Brombeerhefte, dann die Distelhefte und ganz zum Schluss die Säbelhefte, die mit dem höchsten Blatt, dem Burgvogt mit einem großen Säbel, enden. Ich entdeckte noch eine Besonderheit: Wenn man sich entscheidet, alle Hefte zu lesen, ist es egal, wo man beginnt. Man muss nur das Gelesene mit einem Kreuz kennzeichnen und dann zu einem anderen Heft greifen. Die Geschichte wird so oder so verständlich, egal in welcher Anordnung.

Eines muss ich noch hinzufügen. Dieses Buch besitzt eine weitere Eigenschaft, die auch fürs Kartenspiel typisch ist: Man kann von den sechsunddreißig Karten oder Heften eins, zwei, drei oder vier verlieren, aber dennoch weiterspielen.

So oder so, ich flog endlich aus London weg und erreichte Tiflis. Ein Vagabund zu sein ist ein gutes Handwerk, aber die Gewohnheiten eines Vagabunden sind oft eigentümlich. Ich kehre zum Beispiel immer früher als ausgemacht zurück: Wenn ich sage, dass ich am 28. abends da bin, komme ich tatsächlich am 27. an. Zu

Hause tut man so, als ob man mich nicht erwarten würde, aber sie haben sich meinen Trick gemerkt und warten deshalb bereits auf mich. Als ich diesmal ankam, verkündete ich:

»Wenn man nicht weggeht, bekommt man keine Sehnsucht nach dem Zuhause.«

Das ist ein banaler Gedanke. Meine Frau aber sagte:

»Nun stehen wir auch noch in seiner Schuld. Als wenn er deshalb weggehen würde, um Sehnsucht nach uns zu bekommen.«

»Kann sein, dass man an eines denkt und dabei etwas anderes herauskommt«, gab ich ein bisschen nach.

»Ja, etwas ganz anderes«, erwiderte meine Frau.

Ich aber zog die gebündelten Hefte aus der Tasche und legte sie auf den Tisch. Das war's, und was kann man sonst noch erzählen? Es steht in den Heften! Auch auf deren Umschlägen wahrscheinlich.

Aka Mortschiladse

Tbilissi* – Istanbul – Saint-John-Zitadelle – Trabzon – Tbilissi – London – Tbilissi.

5. September 2003 – 19. April 2004

---

* Tbilissi – georgische Schreibweise und Bezeichnung für Tiflis, heute meistens so gebräuchlich.

WEINREBE

WEINTRAUBE

WEB-ESPERANZA – TOURISTISCHE SEITEN
WWW.SANTAESPERANZAHOLIDAY.SANTA.SOL.SA

Home
Geschichte
Sehenswürdigkeiten
Karten
Hotels
Freizeit
Informationen
Kontakt

GESCHICHTE

Die Geschichte von Santa Esperanza reicht bis in die hellenische Epoche zurück, als es an der Schwarzmeerküste bereits griechische Kolonien gab. Auf zwei Inseln des Archipels sind Spuren der hellenischen Architektur und Gebrauchsgegenstände aus dieser Zeit erhalten. Höchstwahrscheinlich war die griechische Bezeichnung für diese Inselgruppe Hippolytia. Der Name entführt uns in die Welt der Mythen des Herakles und der Amazonenkönigin Hippolytia, die den Helden einst aufnahm. Ob die griechischen Kolonien tatsächlich so genannt wurden, lässt sich schwer nachweisen.

Im Mittelalter, nach dem Niedergang der hellenischen Kultur, verloren die Inseln allmählich ihre frühere Bedeutung. Nach und nach wurde die Inselgruppe von der Bevölkerung verlassen, die Stadt zerfiel und alles Umliegende wurde zerstört.

Die Wiederbesiedlung der Inseln begann erst im 12. Jahrhundert.

1

Der Archipel liegt im Schwarzen Meer, 117 Kilometer von der georgischen Küste entfernt. Im 12. Jahrhundert gelang es dem georgischen König David dem Erbauer (1089–1125), die kleinen Königreiche und Fürstentümer seines Landes in einem mächtigen Imperium zu vereinen.

Auch wenn Georgien am Schwarzen Meer liegt, war es nie ein Seefahrerland. Dennoch versuchte König David der Erbauer, diese Inselgruppe, die er im angrenzenden Gewässer entdeckte, für seine strategischen Ziele zu nutzen. Der Archipel wurde gleichsam zu einer Speerspitze für alle, die mit feindlichen Absichten über das Meer nach Georgien gelangen wollten (siehe Karte). König David errichtete auf der Hauptinsel ein mächtiges Fort, dessen wichtigste Befestigungsteile bis heute erhalten sind (mehr: siehe Freizeit/Sehenswürdigkeiten). Auf der Hauptinsel wurde ein christlich-orthodoxes Kloster errichtet und Johannes dem Täufer geweiht, es war eines der wohlhabendsten in Asien. Das Kloster besteht bis heute und zeugt von der kulturellen Vielfalt der Inseln.

Nach dem Niedergang und Fall des Georgischen Königreichs verwandelte sich die Garnison der Festung Johannes des Täufers in eine Bande von Kurzstreckenpiraten, deren Existenz in irgendeiner Weise zuerst mit dem allmählichen Untergang der Imperien von Byzanz und Trapezunt, aber auch mit den Krimstädten und später mit den dortigen Khanen verbunden war.

Laut byzantinischen Chroniken wurde der als Johannesinseln bezeichnete Archipel von Artschil, einem Nachkommen der Kommandanten der Garnison, verwaltet, der sich im 15. Jahrhundert zum König erklärte. Kulturelle und spirituelle Kontakte zu Georgien wahrte das Kloster weiterhin, sogar als es der Piratenkönig an Konstantinopel verkaufte, ohne vorher den Patriarchen des geschwächten Georgiens gefragt zu haben. Zu dieser Zeit war Georgien bereits ein in mehrere Fürstentümer zerfallenes, verarmtes Land. Es war vom Meer abgeschnitten, und bis zur Küste gab es in Entfernung eines Wochenmarsches weder Dorf noch Hütte.

Das neue Land, welches sich unter der zunehmenden Aggression der Osmanen und nach dem Fall Konstantinopels herausbildete, entdeckte die Johannesinseln erst 1603 wieder. Melik Pascha besetzte die Hauptinsel mit acht osmanischen Galeonen, ohne auf Widerstand zu stoßen. König Solomon Zichistawi* nahm den muslimischen Glauben an, bekam einen Kaftan und die osmanische Garnison zur Aufsicht. Er wurde Pascha der Johannesinseln.

Damals zählten die Inseln insgesamt zweitausend Hausstände: aus der Garnison, aus den elitären Schichten der plündernden Piraten, den Bauern georgischer Herkunft, die Kürbisse und Hirse anbauten, den Mönchen georgischer und griechischer Abstammung sowie genuesischen Kaufmannsfamilien aus Kaffa, die sich Kaffiner nannten. Die Inseln gewannen für die Osmanen nicht zuletzt deshalb an Bedeutung, weil sie dank den Kaffinern zu einem wichtigen Sklavenhandelsplatz wurden. Selbst Melik Pascha war Osmane georgischer Herkunft: Er war mit fünfzehn entführt und verkauft worden. Deshalb verschonte er das Kloster. Überhaupt hatten es die Osmanen nicht auf die Zerstörung der drei Inseln abgesehen, sondern wollten sich an ihnen bereichern. Das war für alle von Vorteil.

Während der osmanischen Herrschaft wurde die Inselgruppe zur Verbindungsstelle zwischen den Krim-Khanaten und dem osmanischen Reich, zum Handels- und Durchreiseort sowie zum Zentrum des Sklavenhandels.

mehr: <u>bitte hier klicken</u>

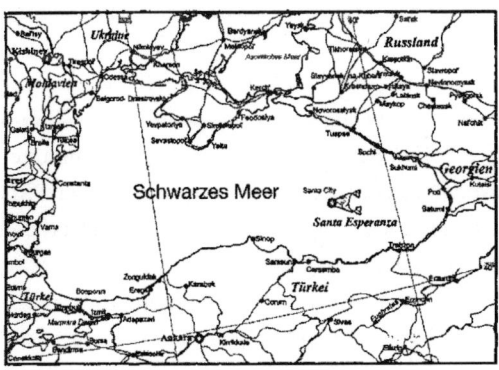

---

* Zichistawi – georgisch: Burgvogt, hier als Familienname

1

SEHENSWÜRDIGKEITEN

Für Touristen gibt es viel Interessantes auf Santa Esperanza: nicht nur das Meer und die Sonne, sondern auch die lebendige Geschichte der Inseln. Auf Santa Esperanza kann man sich auch geistig erholen. Es ist ein Ort, wo man in die Geschichte eintauchen kann.

Auf der Hauptinsel des Archipels, auf der Staatsinsel, wie sie hier genannt wird, gibt es zwei touristische Zentren, eines am West- und das andere am Ostufer. Am Westufer wohnen die Touristen direkt in der Stadt, der Santa Esperanza City, die aber inoffiziell nur kurz Santa City genannt wird. In den Akten heißt sie Saint-John-Zitadelle. Diese Bezeichnung findet man jedoch nur am Flughafen und in einigen wenigen offiziellen Dokumenten. Santa City ist nicht mit staatlichen Einrichtungen überladen.

Am Ostufer befindet sich das sogenannte Bungalowland für jene Urlauber, die eher das Meer, die Sonne, die Freizeit und den Strand genießen wollen. Das Bungalowland liegt am besten und ruhigsten Strand der Insel, da es in der Bucht fast keine großen Wellen gibt. Reisebüros bieten auch Ausflüge vom Bungalowland aus an.

Santa City dagegen hat zwölf hervorragende Strände und noch einen weiteren Vorteil gegenüber dem Bungalowland: Hier lebt man als Tourist in einer zauberhaften Stadt.

Stilvolle Kaffeehäuser, Kneipen, kleine Restaurants und Clubs befinden sich hauptsächlich im historischen Viertel der Stadt, das drei Viertel von Santa City ausmacht. Der wichtigste Ort der Stadt ist der Sklavenplatz, der sich in Ufernähe zwischen zwei Hügeln befindet. Auf diesen zwei Hügeln erstreckt sich die Stadt. Vom Sklavenplatz aus verlaufen Straßen bis ins Innere von Santa City, wo Touristen auch ohne Führung viel Interessantes entdecken können.

Am Rande dieses Platzes kann man unter einem Schutzglas die Reste eines hellenischen Palastes besichtigen. Von hier aus kommt man auch in ein zur Hälfte in der Erde und unter Glas befindliches Museum, das die hellenische Epoche der Insel vollständig vorstellt.

Auf dem Hügel südlich des Sklavenplatzes befindet sich ein altes Fort, ein Beispiel georgischer Architektur aus dem 12. Jahrhundert, mit späteren türkischen Anbauten und britischer Inneneinrichtung. In der Festung befindet sich das historische Museum der Stadt. Auf dem Hügel nördlich des Sklavenplatzes liegt das orthodoxe Kloster (die Kathedrale stammt aus dem 13. Jahrhundert und ist aus porösem Stein errichtet). Die Kathedrale befindet sich innerhalb der Klostermauern. Sie wurde vom georgischen Ikonenmaler Theophilius ausgemalt. Es gibt viele griechische und georgische Inschriften.

Die Klosterkathedrale ist für nicht orthodoxe Besucher jeweils am Donnerstag von 14 bis 16 Uhr geöffnet. Die Klosterbibliothek ist jeden Tag außer Montag geöffnet.

Das älteste Gebäude im Hafen stammt aus dem 15. Jahrhundert. Dort steht auch der Kigli-Leuchtturm (1859).

Die Altstadt besteht aus fünf Stadtteilen: dem sogenannten Glücks- oder Cheiriviertel (kheiri quarter), dem State, dem Pfeifenviertel (pipe quarter), dem Genuesenviertel und dem Strandviertel. Das Stateviertel ist im 19. Jahrhundert um den Gouverneurspalast (19. Jh.) herum gewachsen und ist hauptsächlich ein Wohnviertel. Hier gibt es viele kleine Pensionen und Hotels. Architektonisch gesehen ist dieses Viertel sehr interessant: Seine belebten Straßen sind ein Gemisch aus viktorianischer Architektur mit georgischen Holz- und Glasveranden. An der Grenze von State- und Cheiriviertel steht die Mehmet-Moschee mit zwei mosaikbesetzten Minaretten, ein klassisches Beispiel ottomanischer Architektur. Das Cheiriviertel wurde von den Osmanen ausgebaut und hat sein orientalisches Flair bis heute bewahrt. Wer durch dieses Viertel spaziert, sollte im »Tschaie«, dem ältesten Kaffeehaus der Insel, unbedingt einen Kaffee oder Tee probieren.

Die Viertel sind um den Sklavenplatz herum angelegt, so dass man sich als Tourist leicht zurechtfindet. Man kann sich außerdem gut an der Zitadelle und dem Kloster orientieren, welche auf den beiden Hügeln liegen, an den Mehmet-Minaretten, am Hotel »City Piazza« und an der silbernen Kuppel der katholischen Kathedrale »Santa Maria de Esperanza« am Rande des Strandviertels, welche von überall her in der Stadt zu sehen ist. Die Kathedrale wurde im 18. Jahrhundert errichtet, anstelle einer kleineren Kirche [...]

mehr: bitte hier klicken

HOTELS

Auf Santa Esperanza gibt es komfortable Unterkünfte für jeden Geldbeutel. Das fünfundzwanzigstöckige Hotel »City Piazza« (4 Sterne) ist das höchste Gebäude der Insel.

Das Hotel »Rigoti« ist siebenstöckig (5 Sterne) mit einer Präsidentensuite, in der schon Aga-Khan, Grace Kelly, Klaus Kinski und andere Berühmtheiten abgestiegen sind.

In der Stadt gibt es viele Drei-Sterne-Hotels und Pensionen. An der Ostküste der Insel befinden sich eine Reihe von Bungalows und dahinter viergeschossige Hotels; Reservierungen können über die acht Reisebüros vorgenommen werden. [...]

Liste der Hotels, Fotos/Sightseeing, Bedingungen, mehr: bitte hier klicken
Liste der Reisebüros, mehr: bitte hier klicken
Liste der Reiseagenturen, mehr: bitte hier klicken
Restaurants, Cafés, Clubs, mehr: bitte hier klicken
Wassersportarten und Unterhaltung, mehr bitte hier klicken

Web-Kontakte:
sunshine@santacity.santa.sa
santasun@santacity.santa.sa
suntravel@santacity.santa.sa
esperanza@santacity.santa.sa

WWW.SANTAGUIDE.SANTA.SOL..SA

Home
Staatsordnung und Territorium
Staatliche Einrichtungen
Demografie
Gesellschaft
Status
Aktuelles

STAATSORDNUNG UND TERRITORIUM

Santa Esperanza ist ein Territorium im Schwarzen Meer, das Ihrer Majestät der Britischen Königin untersteht und einen Sonderstatus hat. 1857 unterzeichneten Oberst W. Rollston seitens der Briten und Sari Beg seitens Santa Esperanza ein Abkommen, wonach das gesamte Territorium des Archipels für 145 Jahre mit Wahrung der Eigentumsrechte der Bevölkerung an das Britische Reich verpachtet wurde.

Santa Esperanza wird von einem Gouverneur verwaltet (zurzeit Sir Cecil Pitchgamer Monte-Cristo), der vom Sekretär des Britischen Außenministeriums ernannt und vom Parlament mit der Billigung Ihrer Majestät bestätigt wird.

Der Gouverneur anerkennt die lokalen Gesetze und die Verfassung von Santa Esperanza, welche seit 1901 in Kraft sind.

Seit 1919 ist das Parlament von Santa Esperanza ein gesetzgebendes Organ mit eingeschränkten Rechten. Seine Existenz ist in der ersten Verfassungsrevision garantiert. Im Jahre 2002 wird es in eine umfassende gesetzgebende Instanz umgewandelt, da nach Ablauf der britischen Pachtfrist Santa Esperanza zu einer parlamentarischen Republik wird.

Auf der Insel ist, den erneuerten Vereinbarungen von 1956 und 1987 folgend, eine bescheidene britische Garnison stationiert.

Es gibt zwei wichtige politische Parteien: die Konservativen und die Liberalen.

Das Parlament besteht aus 31 Abgeordneten.

Das Land wird vom Gouverneursamt aus regiert, das aus sieben Departementen besteht. Gerichtsinstanz ist der oberste Gerichtshof, der sich aus sieben Mitgliedern zusammensetzt, den Sekretären.

Santa Esperanza hat eine nationale Armee, die hauptsächlich zeremoniellen Zwecken dient. Sie besteht aus dem Johannischen (Georgischen), dem Osmanischen (Türkischen) und dem Katholischen (Genuesisch-italienischen) Bataillon.

Auf der Fahne von Santa Esperanza ist in der linken oberen Ecke die britische Flagge abgebildet. Sonst ist die Fahne weiß und hat in der Mitte eine goldene, siebenzackige Krone.

Santa Esperanza hat kein Wappen, aber zu den inoffiziellen Symbolen zählen: Krone, Sonne, Mond und Weintraube.

Amtssprache ist Englisch. In den Schulen lehrt man vier Sprachen: Englisch, Georgisch, Türkisch und Italienisch. Alle nationalen Schulen unterrichten jeweils in ihrer Sprache, haben aber die drei anderen Sprachen obligatorisch im Lehrplan.

Die Zeitungen auf Santa Esperanza sind englischsprachig, obwohl es Sonderbeilagen in den anderen drei Sprachen gibt.

Auf Santa Esperanza besteht Glaubensfreiheit.

Alle Menschen sind gleichberechtigt; dabei gelten aber die Prinzipien der Staatsbürgerschaft. Mehr: <u>bitte hier klicken</u>

Offizieller Staatsfeiertag ist der 26. Januar, der Tag der Krone.

DEMOGRAFIE

Santa Esperanza ist ein Vielvölkerstaat. Die Bevölkerungszahl beträgt (laut Zählung von 1997) 237 000. 58% der Bevölkerung ist johannischer (georgischer) Abstammung. Dieser Teil der Bevölkerung spricht einen georgischen Dialekt, Johannisch (mehr: <u>bitte hier klicken</u>), welcher sich im 14./15. Jahrhundert von der allgemeinen georgischen Sprache losgelöst hat. Dank dem Kloster blieb das alte georgische Alphabet erhalten, das heutzutage in Georgien nicht mehr gebraucht wird. Es ist eine spezielle Kirchenschrift in Minuskeln, die in Georgien Nusschuri* und auf Santa Esperanza Klosterschrift genannt wird. Die georgische Bevölkerung schreibt in dieser Klosterschrift und in dieser Schrift werden auch Bücher gedruckt. Außerdem gibt es im Johannischen Spuren eines anderen georgischen Dialektes, des Megrelischen**. Megrelien ist eine Provinz in Georgien, die am Schwarzen Meer liegt und historisch gesehen mit den Johannesinseln regen Kontakt hatte. Ein großer Teil der johannischen Bevölkerung ist megrelischer Abstammung.

Unter der johannischen Bevölkerung gibt es orthodoxe Christen, Moslems und Katholiken. Dies spiegelt die Geschichte der Inseln wider. Nach alter Tradition nennt die johannische Bevölkerung nur die orthodoxen Christen Johannesen, die Katholiken sind Genuesen und die Moslems Osmanen. Die Vertreter der letzteren beiden Konfessionen werden den ältesten Bevölkerungsgruppen der Insel gleichgesetzt, den Italienern, welche hier wegen ihrer Herkunft Genuesen, Genovesen oder Kaffiner genannt werden, und den Türken oder auch Osmanen. Die lange währende religiöse Koexistenz bedeutete auch nationale Einheit.

19 % der Bevölkerung sind Türken, 10 % Italiener, 8 % sind Briten und die restlichen 5 % sind Griechen, Kosaken, Juden und Spanier.

Santa Esperanza ist ein multinationales und multikulturelles Land. Es gibt viele Mischehen, eine der wunderbaren Errungenschaften des Landes. Im Sommer, zur Hauptsaison, wächst die Bevölkerung nicht nur wegen der Urlauber, sondern hauptsächlich wegen der vielen Gastarbeiter, die ins Land strömen, um im

---

* Nusschuri – alte georgische Kirchenschrift in Minuskeln, die sich im 9. bis 11. Jh. aus der Majuskelschrift entwickelte
** Megrelisch – ein Dialekt der georgischen Sprache, in Megrelien (Westgeorgien) gesprochen

Dienstleistungssektor zu arbeiten, den die einheimische Bevölkerung, wegen des Touristenbooms und einiger traditioneller Besonderheiten, nicht allein besetzen kann.

Für Ausländer gilt hier das sogenannte Staatsbürgerschaftsprinzip. Dieses Prinzip besagt, dass nur jene das Recht auf die Staatbürgerschaft von Santa Esperanza haben, deren Vorfahren bei der Volkszählung von 1919 schon auf der Insel lebten. Die Briten genießen nach eigener Definition einen freien Status auf den Inseln. Im Gegenzug haben alle Staatsbürger von Santa Esperanza Anspruch auf einen britischen Ausweis. Das Staatsbürgerschaftsprinzip besteht aus folgenden Etappen: Auf Santa Esperanza kommt den Familien nach Alter und Abstammung unterschiedliche Wertschätzung zu. Je älter eine Dynastie ist, desto mehr ist sie mit der vielseitigen Geschichte der Insel verbunden. Deshalb besitzen jene Familien, die über fünfhundert Jahre alt sind, eine besondere Autorität. Danach folgen Familien, die vier Jahrhunderte alt sind, und so weiter.

Die Verfassung des Landes unterscheidet jedoch nicht zwischen ihren Bürgern, obwohl auf das Prinzip des Familienalters hingewiesen und vermerkt wird, dass es in der Geschichte der Insel eine besondere Rolle gespielt hat.

GESELLSCHAFT

Die älteste Bildungsstätte auf Santa Esperanza datiert wahrscheinlich bereits aus der hellenischen Epoche. Leider gibt es keine Überlieferungen aus dieser Zeit. Vor der Besiedlung der Insel durch die Genuesen war die Hauptbildungsstätte das christlich-orthodoxe Kloster. Danach wurden genuesische Schulen und ein katholisches Seminar errichtet. Eine katholische Schule wurde mit dem Eintreffen der katholischen Missionare im 17. Jahrhundert eröffnet. Und nach der Ankunft der Osmanen auf der Insel entstand eine Medrese.

Das moderne Bildungssystem entwickelte sich auf der Insel im letzten Viertel des 19. Jahrhunderts, als zwei private englische Schulen gegründet wurden. 1902 eröffnete Charles Heyes ein erstes Ingenieur- und Bau-College. In den folgenden fünfundzwanzig Jahren wurde durch die Vereinigung mit weiteren sechs Ingenieurs- und Marine-Colleges das Santa-Esperanza-Heyes-Hochschulnetz geschaffen, von der Bevölkerung Universität genannt.

Charles-Heyes-Platz, Denkmal und Museum, hier klicken [...]

WWW.AMAZON.COM

Edmond Clever

Auf der Suche nach der Tabakspfeife: Im Schwarzen Meer versunkene Glut. Verlag Mailand und Andrews

Fünf Sterne
Baronesse-Lesley-Preis 2001 für das beste Reisebuch.

Pressestimmen

Observer: Ein äußerst spannendes Buch, das zum Nachdenken anregt über den Undank der Geschichte und stolze, von Mythen bestimmte Menschen. Wie mit Kristallfeder geschrieben und kristallklar zu lesen.

Mail: Eine Erzählung über einen seltsamen Ort und noch seltsamere Legenden, die Meeresduft und gleichzeitig Albträume der Vergangenheit ins Zimmer bringt. Ein weiteres Buch von Clever über Santa Esperanza, in dem uns der Autor überzeugt, dass auch kleine Inseln unerschöpfliche und einmalige Welten sind.

Santa City Times: Mr. Clever ist bei uns schon eine Berühmtheit. Deshalb erstaunt uns solch tiefe und intime Kenntnis der esperantinischen Seele nicht, auch wenn das Buch von einem Fremden geschrieben ist.

1

Times Literary Supplement: Die Eigenart dieses Buches besteht darin, dass es einerseits ein ganz gewöhnliches Buch ist, geschrieben von einem erfahrenen Autor, andererseits aber auch ein ungewöhnliches Buch, die Geschichte einer Schimäre, die wie eine gewöhnliche Geschichte erzählt wird.

Auszüge

[...] von den vier großen Legenden des Landes, die auf Santa Esperanza noch heute lebendig sind, handelt eine von der längsten Pfeife der Welt. Die Einheimischen nennen sie die »Legende vom großen Kalian«.

Die Besonderheit der Sagen von Santa Esperanza besteht darin, dass sie multinational sind und nicht sehr weit in die Vergangenheit zurückreichen. Jeder Legende liegt eine wahre Begebenheit zugrunde, die in der Folge zum Mythos geworden ist.

Die Suche nach dem Mythos der Tabakspfeife bereitet keine große Mühe.

In Santa City gibt es das Glücksviertel, das sogenannte Cheiriviertel, in dem sich das altertümliche Kaffeehaus »Zur Tabakspfeife von Ali Bey und Basila« befindet. Dieses Kaffeehaus ist auch auf einer der Stadtrouten im Reiseführer eingetragen als besonderes, zweihundert Jahre altes Café mit schwarzem Holz und Steintischen. Kaffee wird hier nur nach türkischer Art gebrüht, in Europa oft als griechischer Kaffee bezeichnet. Die alten Steintische widersprechen rein türkischer Tradition, nach der der Kaffee auf dem Boden sitzend genossen würde, so wie in vielen anderen Kaffee- und Teehäusern. Im Unterschied zur heutigen Türkei kann man auf Santa Esperanza noch viele solche Häuser antreffen, wo man auf dem Boden sitzend speist oder trinkt.

Ein weiterer Unterschied ist, dass die Türken in der Türkei heute Namen und Vornamen haben, auf Santa Esperanza die Männer aber immer noch den Vornamen und den Namen des Vaters tragen.

Solche Unterschiede sind jedoch für die Geschichte der Tabakspfeife unwesentlich.

In der hintersten und finstersten Ecke des Kaffeehauses »Zur Tabakspfeife von Ali Bey und Basila« sitzt an der Theke ein dickbäuchiger Mann. Er trägt ein hellblaues Hemd und einen Goldring am kleinen Finger der rechten Hand. Der Ring ist so massiv, dass man damit Nägel einschlagen könnte. Kein Zweifel, das ist der Besitzer dieses Kaffeehauses, Morad Bey, ein betagter Mann, mit ergrautem Haar und zerzaustem Schnurrbart. Ich habe ihn der Beschreibung nach sofort erkannt.

Morad Bey hat schwarze Augen wie Gagatperlen.

Den Namen seines Kaffeehauses hat er patentiert, so dass ihn niemand auf der Insel ohne Erlaubnis benutzen darf.

Morad Bey weiß, was er tut. Er ist der eifrigste Sammler von Tabakspfeifengeschichten auf der Insel. Trotzdem hat er nicht das Monopol darauf, und man kann es ihm ansehen, dass er das sehr bedauert.

»Noch ein Engländer, der sich für die Pfeife interessiert«, kichert er und bestellt beim Kellner augenzwinkernd einen Kaffee für mich.

Alles hat natürlich seinen Preis. Man hatte mich bereits gewarnt, dass ich Stunden ohne Bestellung im Café verbringen könnte. Wenn ich aber Morad Bey nach der Tabakspfeife fragte, müsste ich mindestens drei Tassen Kaffee bestellen und zwischendurch wenigstens zweimal Morad Beys berühmte Kalian-Pfeife rauchen.

Auf allen Tischen des Kaffeehauses liegen sehr schöne, drei Handspannen lange Pfeifen. Daneben in einem Kästchen verschiedene Mundstücke, aus denen man sich ein beliebiges aussuchen kann. Die Reinigung, Pflege und Desinfizierung der gebrauchten Mundstücke ist eine Arbeit für sich in solchen Kaffeehäusern.

An den Wänden des Kaffeehauses hängen Gravuren und Lithografien, auf denen verschiedene Episoden der Tabakspfeifengeschichte abgebildet sind. Die Arbeiten von John Keanan sind über hundert Jahre alt und erinnern an Gustave Doré. Morad Bey behauptet, dass jedes Pfeifenstück unterschiedlich und einmalig ist. Wenn man die Geschichte der Pfeife nicht gut kennt, hat es keinen Sinn, sich diese Stücke anzuschauen. Auf speziellen Regalen sind einige Gegenstände zur Geschichte der Pfeife und drei

Stücke der Tabakspfeife ausgestellt. Die verrußten, ausgetrockneten, einst speziell bearbeiteten Teile lassen keine besonderen Gedanken aufkommen.

»Es sind nur noch neun Teile davon erhalten geblieben«, sagt Morad Bey etwas wehmütig. »Zwei befinden sich im Museum, vier bei verschiedenen Privatpersonen. Sie sind unverkäuflich. Wer würde sie schon verkaufen? Ich bin glücklich, dass ein Stück im Besitz unserer Familie war. Die zwei anderen Teile konnte ich mit Mühe erwerben. Unsere Familie ist mit den Nachkommen Ali Beys gewissermaßen verwandt. Ich hatte im Bungalowland zwei Holzhäuser, die ich verkaufte, um die Stücke zu erwerben. Das ist der Riemen von Basilas Sandalen und dies die Hülle von Ali Beys Fingernagelschere. Solche Reliquien besitzt keiner auf der Insel. Ich habe alles versichert. Diese Vitrinen sind feuerbeständig. Nachts wird die Alarmanlage eingeschaltet, die direkt mit dem Polizeidepartment verbunden ist.«

Aber was bedeutet die Pfeife für Morad Bey?

»Wir werden diese Pfeife bald wieder nötig haben. Es wird bald so weit sein.« Der Besitzer des Kaffeehauses meint damit sicher die angespannte politische Lage auf Santa Esperanza. Ab Sommer 2002 wird Santa Esperanza ein unabhängiger Staat sein und man denkt auf der Insel viel über die geopolitische Lage, über Russland, die Türkei und das nahe gelegene Georgien nach.

»NATO?« Morad Bey versinkt in Gedanken. »Ich denke, Russland wird dem Beitritt zur NATO kaum zustimmen. Lesen Sie doch die Zeitungen … Außerdem benötigen wir keine Raketen und Panzer. Es gibt hier sowieso keinen Platz dafür.«

[…] Das genaue Datum der Entstehung dieser Legende ist sogar bekannt: 1662 wurde Ali Bey, ein Georgier christlich-orthodoxer Abstammung aus der Dynastie der Artschiliani, Pascha von Johannien. Auf Santa Esperanza gab es nie eine Königsdynastie, sondern nur die Dynastie der Burgvögte Zichistawi. Als die Johannesinseln von den Osmanen besetzt wurden, wechselten diese die Burgvögte nicht aus. Denn sie wussten, dass die Zichistawi das umliegende Meer, das Land und die Winde der Insel besser kannten und mit den Gegebenheiten vor Ort viel besser zurechtkommen würden als irgendein eingesetzter osmanischer Beamter. Dieser wäre zwar ein guter Verwalter, hätte aber keine Ahnung vom Leben auf der Insel. Er wäre sicher auch etwas verängstigt, wenn er, auf die erste Zinne der Festung tretend, ringsum nur das offene Meer erblickte.

Das Einzige, was die Osmanen vom Burgvogt, welcher damals Solomon Artschiliani hieß, verlangten, war die Annahme des islamischen Glaubens, im Grunde nur eine Formalität. Die Zichistawi nannten sich zwar Könige von Johannien – für Georgier höherer Abstammung empörend – aber eigentlich waren sie nur Burgvögte und Piraten. Die osmanischen Gesetze garantierten ihnen ein Gehalt und ihre Garnison wurde verstärkt.

Nach dem Tod des Burgvogtes übernahm dem Brauch gemäß sein nächster Verwandter diesen Posten, gewöhnlich war es der Sohn oder der Bruder. Die Neuernennung eines Burgvogtes erforderte die Zustimmung Istanbuls, auf einem Papier mit Wasserzeichen, Siegel usw. Dabei verging oft mehr als ein Jahr, weil man dem Sultan die Papiere zur Bestätigung des Verwalters eines so winzigen Stück Landes zuunterst unter den Dokumentenstapel legte. Der Sultan vergaß oder übersah bei all dem Stempeln und Unterzeichnen diese bedeutungslose Angelegenheit oft vollkommen. Der neue Burgvogt musste unbedingt zum Islam konvertieren. Das einzige Vorrecht, das die Moslems hatten, war das Recht, Heeresdienst zu leisten. Einen Nichtmoslem hätte man nie in die Garnison aufgenommen. Damals besaß zwar jeder Johannese auch ohne den Wechsel des Glaubens ein ordentliches Schwert und einen Säbel sowie eine gute Pistole. Aber der Glaubenswechsel gab ihnen das Recht zum Seeräubern.

Schon vor der osmanischen Besetzung beeinflussten die Genuesen Geschichte und Kultur der Insel. Da ist zum Beispiel die Geschichte der Familie da Costa oder die Geschichte des Spaniers Gines de Passamonte, der das Kartenspiel auf der Insel einführte. Erstaunlicherweise wird die Inselgruppe, die in georgischen Annalen als Inseln Johannes des Täufers erwähnt wird und bei den Osmanen als Umit-Kale, als Festung der Hoffnung, in keiner der europäischen Chroniken so bezeichnet, sondern als Santa Esperanza, was heilige Hoffnung bedeutet. Diesen Namen gab der Insel der erwähnte, mittellose Abenteurer und hierorts einzige Spanier Gines de Passamonte.

Aber wir sind schon wieder von der Geschichte der Pfeife abgekommen: 1662 wurde der Neffe des verstorbenen Burgvogts Karakaschi, Ali Bey Artschiliani, Pascha der Johannesinseln und trug seitdem den Namen Ali Pascha.

Auf Santa Esperanza behauptet man, dass es jenseits des Meeres, in Georgien, ein Lied über Ali Bey gibt, in dem er ausdrücklich Pascha genannt wird.

Ich war noch nie in Georgien. Dieses Land war zweihundert Jahre unter russischer und danach unter sowjetischer Herrschaft. Santa Esperanza hat aus diesem Grund, trotz seiner georgischen Wurzeln und Kultur, wenige Beziehungen dorthin. Seit einigen Jahren hat sich Georgien vom russischen Joch befreit, befindet sich aber seitdem ständig im Bürgerkrieg. Ich habe bemerkt, dass sich das Gesicht eines Esperantiners verfinstert und eine gewisse Vorsicht zum Ausdruck kommt, wenn man ihn über Georgien ausfragt.

Denn in dem georgischen Lied wird auch erwähnt, dass Ali Pascha Georgien verraten habe.

Persönlichkeiten wie Ali Pascha gibt es heute nicht mehr und auch im Mittelalter hat es sie kaum gegeben.

Mit einer schrillen Persönlichkeit hatte er wenig Ähnlichkeit: Er war weder blind noch besonders despotisch, schrieb keine Gedichte und trank nicht gern. Es gibt keine Chroniken, in denen seine ruhmreichen Kämpfe beschrieben werden. Darüber hinaus: Was auf diesen winzigen Inseln eigentlich nicht verschwinden kann, ist verschwunden – das Grab Ali Beys. Da sich die Esperantiner dessen schämen, haben sie die Legende vom Ertrinken des Ali Bey erfunden. Er sei ins Wasser gesprungen, um Basila zu retten, sei in Wellenstrudel geraten und hätte nicht mehr ans Ufer gelangen können. Nichtsdestotrotz nennen die Historiker sein genaues Todesdatum.

Ali Bey war auch kein Sterngucker noch dachte er über die Erdkugel oder dergleichen Fragen nach, die einen Menschen seiner Zeit beschäftigt hätten.

Die Esperantiner meinen, dass ihre Insel, dank Ali Beys Weitblick, der älteste Meereskurort der Welt sei.

Morad Bey erzählt mir mit Wehmut, dass es nur ein einziges Bild von Ali Bey gebe, von dem während über zweihundert Jahren alle anderen Bilder abgemalt wurden. Dieses Porträt habe zu Ali Beys Lebzeiten ein namenloser Italiener gemalt und es sei jetzt im Museum ausgestellt.

Ich habe mir dieses Bild angeschaut: seltsame Kleidung, ein müdes Gesicht, ein Turban auf dem Kopf und ein gekrümmter Dolch in einem breiten, gestrickten Gürtel, die Augen wahrscheinlich aufs Meer gerichtet …

John Keanan hat über sechzig Bilder zum Thema »Ali Bey und Basila« gemalt. Als wahrer Künstler unterstützte er die Ansicht, dass Ali Bey ins Wasser gesprungen sei, um seinen Freund zu retten. […]

WWW.SANDRODACOSTA.SANTA.SOL.SA

Die persönliche Webseite des Poeten Alessandro da Costa.

Alessandro da Costa dankt seinen Freunden Antonio, dem Besitzer des Cafés »Nonela«, und Sulia Mandaria*, dem Manager der Kneipe »Chemsebi«**, die darauf beharrten, dass diese Seite entstand.

Sulia und Antonio schenkten mir diese Seite zu meinem vierunddreißigsten Geburtstag. Wir sind gemeinsam im Genuesenviertel neben der Wasserpumpe des Vanettibrunnens aufgewachsen. Als Kinder schlichen wir oft zur Wasserpumpe im Hof und stellten den Brunnen ab. Das merkte man trotz des Lärms der Menschenmenge auf dem Platz. Wie oft hat uns der alte Wächter Arsena mit einem Fußtritt davongejagt. Mir besonders rief er hinterher:

---

* Sulia Mandaria – der Name ist abgeleitet von »dort ist die Seele«
** Chemsebi – georgisch: »kleine Happen«

1

»Und du! Du! Wenigstens du ... weißt du nicht, wessen Sohn, Enkel und Ururenkel du bist?«

Sulia Mandaria bringt einen alten Trinkspruch seiner Vorfahren aus: »Mein Spruch klingt schlecht auf Englisch, denn das Herz freundet sich nicht mit jeder Sprache an. Ein Wortschatz häuft sich dennoch an und der Allmächtige schaut hernieder ... Den Menschen verlangt es auf dem Weg zum Geistigen nicht nach dem Mund, sondern nach den Augen. Wenn der Mund nur Schaden kennt, rede man mit den Augen und nicht mit dem Mund. Ich schließe hier und weise mit meinen Augen auf das, was als Nächstes gepriesen werden soll.«[*]

Alessandro da Costa

Ein freier Mensch und Poet. Geb. 1965 in Santa City, wohnhaft im Glücksviertel, in der Straße Via degli Obertenghi in einer der Villen. Mit Unterstützung seiner Freunde gibt er seine und die Lyrik anderer in den vier Sprachen heraus.

Für Dichter siehe: dacostapoetry@santa.san.sa

Richtlinien für die Herausgabe von viersprachiger Lyrik, hier klicken

Alamano da Costa – genuesischer Fürst. Im 13. Jahrhundert machte er als Seeräuber die Gewässer zwischen Sizilien und Afrika unsicher und überfiel des Öfteren Kreta. Die Venezianer setzten seinem Treiben ein Ende und nahmen ihn gefangen. Später wurde er

---

[*] Anmerkung des Autors: Sulia Mandaria kennt die alten Sprüche und bat uns, diesen hier aufzuschreiben. Er ist überzeugt, dieses Kauderwelsch sei eine Weisheit. Da er diese Seite selbst entworfen hat, konnten wir nicht widersprechen. Er prahlt auch gern. Denkt nicht, wir seien Säufer, wir sind ja schon vierunddreißig Jahre alt.

gegen eine hohe Summe freigelassen. Nach dieser Schmach führte er sein Leben lang Krieg gegen die Venezianer.

Wer wäre nicht stolz auf solche Vorfahren? Es gibt ja nicht viel, worauf man stolz sein kann. Ein zweiter Zweig der Familie da Costa pflegte Beziehungen zum Schwarzmeerraum und zur Stadt Kaffa, die mein Großvater Sandro da Costa Kleingenua nannte. Von dort segelte ein abgekämpfter und erschöpfter Lucchino da Costa gemeinsam mit anderen zu den Johannesinseln: Die Stadt Kaffa gab es nicht mehr, die Krimtataren hatten sie zerstört.

So beginnt die Geschichte der da Costa in der Via degli Obertenghi, hier in der Festungsstadt.

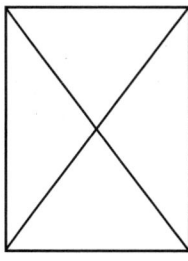 An dieser Stelle sollte das Bild von S. W. stehen. Aber sie verbot mir, ihr Bild zu veröffentlichen. Trotzdem verkünde ich in aller Öffentlichkeit: Am 13. Mai werden es zwanzig Jahre sein, dass ich sie liebe.

1

Die besten Gästebucheintragungen der letzten Zeit:

Du bist ein Dummkopf, Alessandro da Costa. *Jasmin*

Die Seite macht Spaß, aber was hat sie mit Poesie zu tun? Wenn du wirklich schon vierunddreißig Jahre alt bist, sollte man mehr erwarten.

Du bist ein Dichter? Mir gefällt dein Foto. Auch das Foto von deinem Haus gefällt mir. *Nina Florenz.*

Idiotisch.

Es wäre gut, wenn du eine Audioseite hättest. Dann könnten Autoren ihre Gedichte in Originalsprache einschicken. *Nikolas Gilstein*

Sie sind ja noch ein Kind. Sie haben mich, einen Poesieforscher, hinters Licht geführt. *Professor Marek*

ZWEI MIT WEINTRAUBEN GESCHMÜCKTE HÄUSER

LIBERTALIA

Fragment aus dem Schelmenroman eines französischen Nachdichters Anfang des 19. Jahrhunderts, der sich sicherlich bei den Werken Daniel Defoes und Cervantes' bediente.

Jawohl, dieser Gines de Passamonte war ein Landmensch, ein als Caballero verkleideter Bauer, das siebte Kind eines Maultierhirten. Mit dreißig hatte er das Irrenhaus, das Gefängnis und vieles andere schon hinter sich. Seine breiten Wangenknochen und fehlenden Fingerkuppen verrieten einem erfahrenen Auge genauso sein Wesen, wie sein zerkratzter, zerfurchter, dürrer Körper es der billigsten Nutte offenbarte. Ihm war das Messer vertrauter als der Säbel, jedoch gelang es ihm, wann immer nötig, sich eine neue Garnitur teurer Kleidung zu beschaffen. Er war ein lustiger und fröhlicher Mensch, dieser Gines de Passamonte, der oft in der Ecke irgendeiner Kneipe hockte und vor sich hin lächelte. Wenn er überhaupt saß, denn lange hielt er es an einer Stelle nicht aus. Für eine ungeplante Reise hielt er in seiner Tasche ständig folgenden »Proviant« bereit: ein lateinisches Lehrbuch für Arithmetik und die »Poetik« von Aristoteles in lateinischer Übersetzung. Das Eigenartige dabei war, dass er kein Latein beherrschte. Aber er beherrschte das Kartenspiel, kannte die verschiedensten Tricks und Finten dieses diabolischen Papierbündels. Er war ein Reisender, ob zu Fuß oder zu Schiff; wo auch immer hielt er sich mit dem Kartenspiel über Wasser. Von Madrid nach Sevilla musste er wegen eines dummen Zufalls flüchten: Als er in einer Herberge in der Badetonne sitzend sein Hemd auszog und sich wusch, wurde er, ohne dass er es merkte, von der Magd des Wirtshauses beobachtet. Sie war noch Jungfrau, sah aber nicht das, was man sich denken kann, sondern etwas äußerst Seltenes und Harmloses, eine Tätowierung auf der Schulter, die ihm, als er noch ein Knabe war, Zigeuner gemacht hatten.

Es war ein seltsames und unerklärliches Zeichen, das er selbst bedauerlicherweise ein einziges Mal gesehen hatte, als er zwei Spiegel zur Verfügung hatte. Das Mädchen hielt diese Tätowierung für ein Zeichen des Teufels. Sie erzählte es ihrer Freundin und diese wiederum ihrer Mutter. Der zweite Mann dieser Frau stammte aus der Algarve und begriff sehr bald, dass dieser Gines de Passamonte ein Gauner war, der sich die Zeit mit Kartenspiel vertrieb und dem es immer gelang, sich eine Garnitur neuer Kleidung zu beschaffen. Er begriff auch, dass er sich eine zusätzliche Einkommensquelle verschaffen konnte, lauerte ihm auf und wollte ihm Angst einjagen. Bei ihrem ersten Zusammentreffen erwähnte der Mann aus der Algarve die heilige Inquisition. Beim zweiten Mal schlug ihm Gines de Passamonte den Dolchgriff so gewaltig über den Kopf, dass der andere für mindestens zwei Tage außer Gefecht gesetzt war, Gines de Passamonte aber packte seine Siebensachen und reiste ab.

Wie konnte ein so kluger und gerissener Mann an die Schwarzmeerküste in die Stadt Kaffa wollen, deren Schicksal, zu einem Viehstall der Nomaden zu werden, sich schon abzeichnete?

Gines de Passamonte fand Gefallen an den Genuesen. Er bestieg in Sevilla eines ihrer Schiffe und segelte mit ihnen nach Genua. Kaffa war die bloße Fortsetzung von Genua an der Schwarzmeerküste. Aber zuvor lernte er auf dem Schiff einen gütigen jungen Mönch vom genuesischen Geschlecht der Caracioli und einen Studenten namens Stefanel kennen. Gines de Passamonte stellte sich als mittelloser Adliger niedriger Abstammung vor. Er hatte bald gemerkt, dass ihm die ehrlichen Augen des Mönches und dessen echter Glaube an die menschliche Güte guten Ertrag bringen würden.

Eben aus diesem Grund zog Gines de Passamonte eines Abends, als es schon dämmerte, einen Satz Karten aus der Tasche. Er zählte und beschaute die Karten, wobei er immer wieder stöhnte. Es war ein Satz spanischer Spielkarten, vierzig Blatt und schon sehr abgenützt. Der feinfühlige Mönch fragte ihn, warum er so stöhne, der Gauner aber antwortete:

»Ach, mein Herr, ich kann es Euch sagen: Mein Schutzpatron ist der heilige Sebastian. Schon als Kind gelobte ich Gott, dass ich mit dreißig Jahren einundvierzig Bilder des heiligen Sebastian gesammelt haben würde. Nun zähle ich meine Bilder, ob es vielleicht nicht doch einundvierzig sind. In einigen Tagen bin ich in Genua und in zehn Tagen werde ich dreißig Jahre alt. Mein Geldbeutel ist leer – wie kann ich da das einundvierzigste Bild vom heiligen Sebastian erwerben? Ich stöhne, weil ich mein Versprechen Gott gegenüber nicht einhalten kann. Dabei hatte ich geschworen, dass das letzte Bild etwas ganz Besonderes sein sollte, nicht so ein gewöhnliches wie überall zu haben.«

»Sei getrost, mein Sohn«, sagte der Mönch, »ich habe einige Dukaten für Spenden zurückgelegt, aber auch deine Sache scheint mir eine Gottessache zu sein …«

Und so klimperten die Dukaten in die Geldbörse von Gines de Passamonte, der sich zum Dank mehrere Male hastig bekreuzigte. Den Studenten hingegen begeisterte er mit seinen Büchern, Auch jener hatte ein Buch dabei, in dem er ununterbrochen las. Da er Gines de Passamonte für einen vertrauenswürdigen Mann hielt, las er ihm daraus vor. Das Buch trug den Titel: »Geschichten, die der Kaufmann Marco Polo dem Pisaner Rustichello diktierte«. Gines de Passamonte erkannte bald, dass der Student und der Mönch unter einer Decke steckten und etwas aushecken.

»Marco Polo befehligte im Krieg gegen die Genuesen eine venezianische Galeone«, erklärte ihm der Student. »Er geriet in genuesische Haft, wo er einem Häftling aus Pisa von seiner Reise in den Osten erzählte. Heute behaupten in Genua viele, dass man nach Osten kommt, indem man immer weiter nach Westen geht. Ich aber denke, dass man nach Osten kommt, wenn man immer weiter nach Osten geht. Das steht auch in diesem Buch. Am Schwarzen Meer gibt es die venezianische Stadt Sudak. Am Schwarzen Meer liegt auch Kaffa. Man sagt, dass die Ungläubigen alle Seewege gesperrt haben und man nur noch über den Landweg dorthin gelangen kann.«

»Ich werde eine richtige Republik gründen«, offenbarte ihm der Mönch am fünften Tag, »eine richtige Republik für freie Menschen. Die großen Khane haben viel Land und werden uns etwas schenken. Unsere Republik wird Libertalia heißen …«

Es stellte sich bald heraus, dass Gines de Passamonte in dieser Republik Zollmeister sein sollte.

In Genua kamen sie in ein Haus, in dem sieben ebenso verrückte junge Leute wohnten. Einer davon, den man zum Bürgermeister der zukünftigen Republik ernannt hatte, war in Wirklichkeit Sohn einer reichen Familie und gedachte mit mehreren Geldsäcken der Familienbank zu verschwinden. Er breitete eine Karte vor Gines de Passamonte aus und verkündete:

»Die Welt sieht in Wirklichkeit so aus!«

Gines de Passamonte hatte sich noch nie Gedanken darüber gemacht, wie die Welt beschaffen ist. Er begriff, dass er nichts verlieren würde, wenn er diesen Irren auf ihrer Reise folgte – kostenloses Essen und Trinken, leicht erworbenes Geld, da er im Kartenspiel locker gegen sie gewinnen konnte. Notfalls könnte er auch vom Messer Gebrauch machen. Seit er die Genuesen kennengelernt hatte, brachte er es bereits auf zwei Garnituren teurer Kleidung.

»Bis jetzt weiß es noch keiner, dass sich in Libertalia eine neue Nation bilden wird. Wir werden die Asiaten zu unserem Glauben bekehren und ihre Frauen heiraten.« Gines de Passamonte wurde Mitglied des geheimen Ordens »Großes Morgenland Libertalia«.

DER PATE

Kaffa war eine Stadt, durch deren Straßen Wassermelonen rollten.

Irgendein Spaßvogel kaufte Melonen und ließ sie die Straßen hinunterrollen. Die Straßenkurven waren so geschwungen, dass die Melonen fast ohne einen Riss zum Ufer gelangten und aufs Meer prallten. Dann trieben sie leuchtend auf den Wellen dahin.

Die Seeleute nannten die Melonen damals nicht »Wassermelonen«, sondern Kaffas Geschenk. Man stelle sich das laute Geschrei der vornehmen Damen vor, wenn sie, durch die Straßen spazierend, von Weitem die herunterrollenden Melonen sichteten. Erschrocken presste man sich an die Wände der Häuser. Aber das ist alles nur ein Märchen, denn aus Kaffa fielen nicht nur Melonen ins Meer.

Die Venezianer, denen Kaffa ein Dorn im Auge war, ermutigten einst den König der Kyptschaken*, Dschanibeg, die Mauern von Kaffa zu stürmen. Die Kyptschaken hatten an dem Tor zum Meer eigentlich keinerlei Interesse, da sie es nicht zu nutzen wussten. Dennoch belagerte Dschanibeg die Stadt.

Es war eine Ironie des Schicksals, dass sich den Kyptschaken hinterrücks der Tod näherte, während sie auf die Festungsmauer starrten. Der Tod, der das laute Geschrei und die schnellen Pfeile der Kyptschaken nicht zu fürchten hatte. Aus dem Hinterhalt schlich sich an Dschanibeg ein Feind heran – die Pest. Es war die erste Pestwelle, die sich über Wüsten und Städte wälzte, alles tötete und vernichtete, vertilgte und zerstörte.

Als die Pest Dschanibegs Lager erreichte mit Fieber, Tod und größter Not, verzweifelte der König der Kyptschaken. Er schmähte die Festungswälle von Kaffa, die Genuesen aber schauten gelassen von oben zu. In Todesnähe ersann der wutentbrannte König einen Ausweg: Er schleuderte die toten Kyptschaken über die Festungsmauern. Die Bewohner von Kaffa begriffen, dass sie mit Höllenfeuer beworfen wurden, und schmissen die Toten ins Meer. Der Hafen war wie leergefegt. Viele flohen vor der Pest in Richtung Genua, doch die Pest war schon längst auf ihren Schiffen.

Über die ins Meer geworfenen Melonen und Pesttoten hat der esperantinische Dichter Maffeo Tanel ein langes Gedicht geschrieben. Darin beschimpft er die Bewohner von Kaffa. Da er aus Tana stammte, war dieser Maffeo sicherlich ein Venezianer. Diese aber hatten den Ehrgeiz, mit Tana die Stadt Kaffa zu übertreffen. Erstaunlich ist, wie dieser Maffeo unter die Genuesen gelangte, die mit dem Plan, ein neues Kaffa zu gründen, zu den Johannesinseln segelten.

Obwohl die Absicht des Schreibenden eine ganz andere ist, muss eines noch erwähnt werden. Denn die wunderbaren Ge-

---

* Kyptschaken – Tataren bzw. Turkvolk im Nordkaukasus

schichten von Kaffa passen nicht alle auf diesen Fetzen Papier. Als die Türken einst Kaffa besetzten, riefen sie, blutbeschmiert und begeistert von der Schönheit Kaffas, aus: »Kutschuk Istanbul! Kutschuk Istanbul!«

Was bedeutet: »Kleines Istanbul! Kleines Istanbul!«

Bei dieser Gelegenheit seien einige Daten genannt, denn nun, zehn Jahre später, begegnen wir Gines de Passamonte als Zwischenhändler.

1449 erhielt der Bischof von Kaffa ein Dokument aus Genua. Das war die Verfassung der Kolonien, in der konstatiert wurde, dass in Kaffa die Vertreter aller Nationalitäten, seien es Juden, Armenier oder Vertreter anderer Konfessionen, in Handel und Geschäft gleichgestellt sind. 1453 überfiel Sultan Mehmet II. Konstantinopel und hinterließ den Abdruck seiner Handfläche an den Wänden der Hagia Sophia. Er verschonte jedoch die wunderbare genuesische Stadt Galata am Rande der Weltstadt. Das verbesserte die Lage jedoch nicht – Kaffa stand vor dem Ende.

Das war offensichtlich.

Gines de Passamonte, der zehn Jahre zuvor hier angekommen war, folgte dem »Orden des großen Morgenlandes Libertalia« nicht weiter in die heißen Gegenden Asiens. Er gab sich als Pestkranker aus und verabschiedete sich im Bett liegend von seinen Freunden, die in die Länder der Chasaren aufbrachen. Er wurde Sklaven-Zwischenhändler.

Wer den Sklavenmarkt von Kaffa nicht mit eigenen Augen gesehen, nicht selbst gehandelt hat und wem beim Anblick der unter dem Schleier hervorschauenden tscherkessischen Frauen nicht das Herz vor Mitgefühl brannte, der hat im Leben nur ein paar Dummheiten erlebt. Ein paar Dummheiten und einen Schluck Wein.

Gines de Passamonte, der Spanier, der fast alle wichtigen Sprachen beherrschte, eine Bude auf dem Sklavenmarkt besaß und von einem Griechen ein wunderschönes Haus erworben hatte, war bereits vierzig Jahre alt und noch Junggeselle. Er vertrieb sich die trüben Gedanken mit Rosinenlutschen und sah ein, dass sein Handwerk am Aussterben war. Zum Handeln blieb nur noch der Süden, denn im Schwarzen Meer staute sich allmählich das Wasser und es hieß jetzt »Kara Deniz«*. Er hatte viele Osmanen gesehen und begriff, da er ihre Sprache verstand, dass sich solch ein Goliath nie auch nur zur Hälfte zur Ruhe legen würde. Es gibt kaum einen Menschen, der sich zur Hälfte zur Ruhe legt, und schon gar nicht einen Goliath.

Frühmorgens, an einem Freitag, ging Gines de Passamonte zum Handelshaus »Lucchino da Costa«, das sich, mit Blick aufs Meer, direkt am Hafen befand. Er setzte sich auf die lange Bank auf der Veranda und wartete so lange, bis Signor da Costa in Begleitung von zwanzig Leuten erschien.

»Ich bin Gines de Passamonte«, sagte der Spanier.

»Ich weiß, ich habe Sie schon einmal auf dem Sklavenplatz gesehen.« Der Genuese hielt nur für einige Sekunden inne und ging dann mit seinem Gefolge ins Haus hinein.

Gines de Passamonte folgte ihm und rief ihm hinterher: »Ich weiß alles.«

»Was?« Da Costa blieb stehen. »Was wissen Sie?«

»Ich stehe auf dem Marktplatz und höre viele Geschichten, aber wenn es sich um eine ernste Angelegenheit handelt, spreche ich nicht in Anwesenheit von zwanzig Personen.«

Da Costa lächelte verächtlich. Der Sklavenmarkt war fast ausschließlich unter seiner Kontrolle. Zwischenhändler gab es beinahe zweihundert.

»Werden auf dem Sklavenmarkt interessante Märchen erzählt?«

»Es ist eigentlich so, dass die Lüge um die halbe Welt kommt, ehe die Wahrheit sich einen Stiefel angezogen hat.«

»Wer sagt das?«

»Er heißt Marco und ist Kapitänsgehilfe.«

Niccolò da Costa schaute zu seinen zwanzig Begleitern und sagte: »Ich werde mit diesem Mann sprechen.«

Sie gingen in die zweite Etage hinauf und da Costa trat auf den Balkon.

»Und?«

---

* Kara Deniz: türkische Bezeichnung für das Schwarze Meer

2

Gines de Passamonte sagte ohne Umschweife: »Übermorgen sticht Ihr Schiff in See.«

»Das weiß ich auch.«

»Sie wissen sicher alles, was ich Ihnen sage. Aber wichtig ist, dass auch ich davon weiß.«

»Ihr Spanier habt schon immer alles vermasselt. Die Lage, in der wir uns heute befinden, haben wir euch zu verdanken.«

»Vagabunden haben keine Heimat« – Gines de Passamonte lachte – »aber in Kaffa werden bald andere sein. Vielleicht nicht zu unseren Lebzeiten, aber dennoch ...«

»Ich bin ganz Ohr ...«

»Mir ist bekannt, dass Ihr Schiff zu den Johannesinseln aufbricht. Ich weiß, wo das ist. Dort gibt es nichts. Die Verlegung der Bank und des Hafens dorthin bedeutet entweder, dass man es bis jetzt nicht wusste oder dass man alles neu beginnt. Ich schließe daraus, dass Sie sich dort einen Unterschlupf vorbereiten.«

»Dort gibt es nicht mal einen Hafen. Nur einen Burgvogt, der gleichzeitig Piratenkapitän ist und sich zum König ernannt hat. Dort leben Griechen und Georgier, die sich von Maisbrei ernähren und Trauben zu Wein pressen, sonst niemand. Ich schicke meinen Neffen wegen privater Angelegenheiten hin. Es gibt dort keinerlei Handel, falls Sie das interessiert. Ab und zu werden Sklaven von der kolchischen Küste geraubt, aber das wissen Sie sicher besser als ich.«

»Hören Sie, Signor« – Gines de Passamonte schaute ihm in die Augen – »ich kenne ihre Sprache. Ich hatte einen Sklaven, den ich lange nicht verkaufen konnte und der mir diese Sprache beibrachte. Ich will Ihnen nicht verschweigen, dass ich früher sowohl Pirat als auch Gauner war und mit dem Messer gut umgehen kann. Ich werde alt und habe nicht einmal geheiratet. Lassen Sie mich mit den Piraten sprechen. Es kommt eine Zeit, da diese Inseln für uns die einzige Rettung sein werden. Denn ein Belagerter kann niemals siegen, noch dazu, wenn die Belagerer nicht Soldaten, sondern ganze Nationen sind. Lassen Sie mich auf die Inseln mitfahren und ich bereite alles für Sie vor, alles, was Sie benötigen. Ich besitze hier ein treffliches Haus und einen Sklavenstand. Wenn Sie mir nicht trauen, kann ich Ihnen meinen gesamten Besitz übertragen.«

»Warum?«, fragte da Costa. »Warum?«

»Weil ich ein Vagabund bin und etwas Neues erleben möchte. Außerdem möchte ich nicht zum heldenhaften Beschützer dieser Stadt werden.«

»Was wollen Sie dann?«

»Ich möchte ein Bauer sein und das Gut anderer betreuen. Ich will an den Abenden wieder Karten spielen, denn in dieser Stadt spielt seit Jahren keiner mehr mit mir. Schon bei der Ankunft werden die Matrosen gewarnt: Spielt ja nicht mit Gines de Passamonte, er trägt einen grünen Gehrock und an der Hand fehlen ihm die Finger. Ich muss mit Handschuhen spielen, deren Fingerkuppen ich mit Papierfetzen stopfe.«

»Aber dort kennt man kein Kartenspiel. Es ist dort ganz anders. Bei den Georgiern zählt der Handel als Schande, das Kartenspiel jedoch verbietet ihre Religion.«

»Genauso wie bei uns.« Gines de Passamonte lächelte und die Falten um seine Augen herum wurden deutlicher. »Sie werden es lernen. Ich lerne auch ein Leben lang.«

Mit diesen Worten legte er seinen Sack ab, öffnete ihn und holte zwei Bücher hervor – das Lehrbuch für Arithmetik und die »Poetik« von Aristoteles.

»Aha, Sie schreiben wohl auch Gedichte?« Signor da Costa lächelte nicht mehr verächtlich. »Diese Insel ist meine Hoffnung.«

»Da Sie eine Leidenschaft für Poesie haben, können Sie sicher auch schreiben.«

»Zumindest lesen kann ich.«

Brief an den Herrn

An Herrn Niccolò da Costa in Kaffa, genuesisches Verwaltungsgebiet. Von dessen Vertreter auf den Johannesinseln, Gines de Passamonte

Ich übermittle Ihnen und Ihrer Familie meine besten Wünsche und hoffe, dass es Ihren Angehörigen und Ihrer Tätigkeit mit dem Segen des heiligen Sebastian wohlergeht.

In diesem zweiten Jahr schreibe ich Ihnen meinen zweiten Jahresbericht, den ich Ihrem getreuen Albano mitgebe. Das Eintreffen Ihres Schiffes hat mich hoch erfreut, denn darauf befand sich alles, worum ich Sie im ersten Brief gebeten hatte und was für die bessere Einrichtung auf der Insel nötig war.

Ich erzähle Ihnen, wie es uns geht. Sicher konnten Sie sich anhand der Pläne, die ich Ihnen zuschickte, vorstellen, welchen Platz ich auf der Hauptinsel für Sie abgemessen habe. Jetzt steht dort schon ein Holzhaus, denn Steine sind hier eine Seltenheit. Auf der kleinen Nordinsel gibt es Felsen, wo man einen Steinbruch anlegen könnte. Aber das sind Zukunftspläne. Vorerst reicht das Holzhaus aus, denn es ist sehr geräumig und groß. Die Kosten sind erträglich, denn der Burgvogt Papuna ist ein guter Mensch. Außerdem senken häufige Schenkungen die Preise. Auf der Insel sind alle Bauern Leibeigene des Königs. Die Garnison hält sich durch armselige Piraterie in kolchischen Gewässern und mit dem Lohn, den der Burgvogt auszahlt, über Wasser. Ringsum bringt die Armut aber keine Gefahr mit sich, wenn man sich nicht gerade über jemanden lustig macht.

Von morgens früh an bin ich mit tausend Dingen beschäftigt: Ich habe vier Bauernburschen ausgewählt, denen ich das spanische Fechten beibringe. Natürlich deshalb, weil ich darin selbst Meister bin. Sie werden sicher gute Gardisten. Wenn die Zeit reif ist, werde ich sie vom Burgvogt loskaufen. Viele Samen, die Sie uns schickten, sind hier gut aufgegangen. Die hiesigen Bauern haben diese Samen, zwar mit gewissem Vorbehalt, aber doch ausprobiert. Wir werden sehen, wie in diesem zweiten Jahr alles gedeiht. Dem Burgvogt zahle ich extra dafür, dass er seinen Bauern erlaubt, auf unserem Land zu arbeiten. Als Zeichen des guten Willens habe ich dem hiesigen griechischen Kloster ein paar Setzlinge und Samen geschenkt. Sie bedankten sich und grüßen mich nun stets, wenn wir einander begegnen. Das ist sehr wichtig, denn sie haben großen Einfluss auf die Gesinnung des Volkes.

Im Stall gibt es guten Nachwuchs.

Sicher denken Sie, dass der Alkalde*, der Gauner und vom Sklavenhandel ermüdete Gines de Passamonte zum Ackermann

---

* Alkalde – spanisch: »Dorfvorsteher, Statthalter«

geworden ist. Aber ganz so ist das nicht. Hier gibt es eine ausgezeichnete Stelle für einen Sklavenmarkt. Eine natürliche Ebene und ein sehr geräumiger Platz am Meer zwischen der Festung und dem Kloster.

Es hat sich so ergeben, dass ich auf dieser Insel ein prächtiges Einkommen habe, das sich wohl noch mehren wird. Die dreißig Säcke Getreide, welche ich Ihnen schicke, sind ganz und gar nicht von Ihren Feldern. Ich habe sie im Kartenspiel gewonnen.

Im Kartenspiel gewonnen habe ich außerdem zwei wunderschöne Ländereien, die eine vom Hauptmann der Hundertschaft und die andere vom Kapitän eines jämmerlichen Kahns. Man kann sagen, dass auch dieses Schiff zur Hälfte mir gehört und die Mannschaft nur dank der Fürsprache des Burgvogts damit in See stechen kann. Über die zwei neuen Sätze Spielblätter, die Sie mir schickten, bin ich hocherfreut, umso mehr, als sie mit französischen Zeichen verziert sind. Das ist gut, denn in Kaffa gab es solche Ware noch nicht.

Hier spielen alle L'hombre, das ich ihnen beigebracht habe und was mir nun ohne böse Absicht eine zusätzliche Einkommensquelle verschafft. Ich spielte mit ihnen erst um Geld, als sie es bereits gut gelernt hatten. Hier ist ohnehin zu wenig Geld im Umlauf, um darum zu spielen. Eier, Kürbisse, ein Pferd und Ländereien habe ich bereits gewonnen. Sie dürfen nur nicht bemerken, dass sie verlieren, sonst schmeißen sie einem die Karten an den Kopf und reißen aus. Dem Abt des Klosters fiel auf, dass die Bauernschaft und die Garnison sich die Zeit hauptsächlich mit Kartenspiel vertreiben. Er verlangte darauf vom Burgvogt, das Spiel zu verbieten. Ich bin mit Geschenken und Entschuldigungen zu ihm gegangen und die Besprechung unter uns dreien endete mit einer Abmachung. Vor Sonnenuntergang Karten zu spielen wurde verboten. Weiter wurde vereinbart, dass nur an einem bestimmten Ort gespielt werden darf, in einer speziell dafür errichteten Hütte aus Flechtwerk. Die Griechen holten indessen ihre Messgeräte und verlangten, dass die Hütte über 3 000 Schritt vom Kloster entfernt sein sollte. So kamen wir überein.

Ich freue mich, dass Sie schon mit anderen wohlhabenden Familien über den Erwerb von Dorfländereien gesprochen haben. Wenn mir dieses Geschäft gelingt, können wir die Ländereien zukünftig selbst verpachten oder verkaufen, ohne den Burgvogt hinzuzuziehen.

Bitte entschuldigen Sie mich wegen einer Dreistigkeit. Ich habe den Hiesigen befohlen, Bretter zu hobeln, und habe daraus eine schöne Tafel genagelt. Diese ließ ich an der Grenze unseres Grundstücks in Richtung Meer anbringen und schrieb darauf den Namen des Landsitzes. Er klingt nicht schlecht.

Ich nannte Ihren Landsitz Santa Esperanza.

Diese Inseln werden nicht nur für uns eine Hoffnung sein; wenn Ihnen dieser Name aber missfällt und Sie lieber einem Heiligen huldigen möchten, schreiben Sie es mir bitte. Ich werde dann den Namen sofort ändern lassen.

Die Sonnenuntergänge hier sind wunderschön. Sicherlich deshalb, weil man keine Stadt im Rücken hat. Hier ist die Einsamkeit überhaupt nicht langweilig. Man kann sich unter den Hiesigen gar nicht langweilen. Sie tragen längliche Schnurrbärte, kurze Bärte und sehr eigenartige Kleidung, Sie fechten oft nach ihrer Art und Weise und sind dabei ziemlich hitzig. Es sind sehr anständige und bescheidene Menschen.

Gines de Passamonte,
Santa Esperanza,
17. August, im Jahre 1463

INTI FÜR GÄSTE

Auszug aus einem Buch, das in jedem Hotel auf jedem Nachttisch liegt Zusammengestellt vom Meister des Inti-Spiels, Konstantin (Kochi) Meisre*

---

*   Meisre – georgisch: »Pfeilschütze«

Aus der Einführung

Eines der drei wichtigsten Nationalspiele von Santa Esperanza ist das verbreitete Kartenspiel Inti, dessen Ursprünge bis ins Mittelalter reichen. Die endgültige Spielweise wurde Ende des 18. Jahrhunderts festgelegt. Bis dahin gab es unterschiedliche Spielweisen.

Traditionsgemäß ist Inti das einzige gesetzlich zugelassene Kartenspiel auf Santa Esperanza. Daran hält man sich strikt.

Die Bezeichnung »Inti« stammt vom megrelischen* Wort *inti*, das heißt: »Reiß aus!« Die Grundlage für Inti war das in Spanien einst sehr verbreitete Spiel L'hombre oder auch Tresilio. Im Mittelalter wurde es vor allem in den Küstenregionen des Mittelmeers gespielt. Es gelangte sicherlich durch Seeleute auf die Johannesinseln. Laut einem königlichen Erlass von 1462 wurde das Kartenspiel, vermutlich L'hombre als Vorläufer von Inti, nur an bestimmten Orten beziehungsweise in bestimmten Spielhäusern nach Sonnenuntergang erlaubt. Diese Regel gilt bis heute.

L'hombre wurde aus bestimmten Gründen in Inti umbenannt. Früher kam es wohl vor, dass der Verlierer seine Karten hinwarf und wütend wegrannte. Dies lag am hitzigen Temperament der Johannesen. Deshalb sagt man den Verlierenden oft: »Inti, inti«, was bedeutet: »Mach es wie früher, reiß aus!« Oder der Verlierer selbst sagt: »Inti« bzw. »Ich reiße jetzt aus!«

Überhaupt: Inti beruht auf dem Prinzip, sich unter allen Umständen zu retten – also nicht zu verlieren.

Die Namen der ersten Inti-Spieler sind in den Chroniken leider nicht überliefert. Aber es gibt drei Gemälde aus dem 18. Jahrhundert, auf denen Sitzecken des Inti-Clubs abgebildet sind.

Man kann nicht behaupten, dass das Inti-Spiel ein weltweit verbreitetes Kartenspiel ist. Aber die Besucher von Santa Esperanza finden großes Interesse daran. Man kann sogar Unterricht in Inti nehmen. Dieses Büchlein dient demselben Zweck. In den heutigen Inti-Regeln lassen sich kaum mehr Spuren des Tresilio

---

*   Megrelisch – ein Dialekt der georgischen Sprache, wird in Megrelien (Westgeorgien) gesprochen.

entdecken. Obwohl doch feststeht, dass ebendieses spanische Kartenspiel dem Inti zugrunde liegt.

Inti ist das populärste Spiel auf unserer Insel.

Ein Satz Inti-Karten ist das beliebteste Souvenir von Santa Esperanza. Besonders wertvoll sind handbemalte Spielkarten statt der seriellen. Ihr Preis schwankt je nach Alter und Anzahl der Abbildungen zwischen 120 und 1500 Pfund.

Geschichtliches über Inti

Inti ist ein sehr eigenartiges Spiel. Die Kartenbilder unterscheiden sich vollkommen von den in Europa üblichen. Heute ist wissenschaftlich nachgewiesen, dass das ursprüngliche Spiel L'hombre den auf Santa Esperanza herrschenden Bräuchen, dem Leben dort und dem Blick der Einheimischen auf die Außenwelt angepasst wurde. Die johannischen Bauern haben daraus ein neues Spiel entwickelt. Wahrscheinlich wurden die klassischen Abbildungen auf den heutigen Spielkarten von einem Mönch gezeichnet, denn es ist kaum vorstellbar, dass die Bauern in der Kunst der Farben derart bewandert waren. Da Inti aber vorwiegend von ihnen gespielt wurde, flossen ihre Lebensweise und ihre Gewohnheiten in das Spiel ein. Deshalb gibt es im Inti keine klassischen Farben.

Unter den Symbolen und Werten des Inti-Spielblattes zeugt ein altes spanisches Kartensymbol vom spanischen Einfluss: der Säbel. Er ist sicher deshalb erhalten geblieben, weil der Säbel immer und überall notwendig war.

Wie bei den heutigen klassischen französischen Spielkarten gibt es auch im Inti-Satz ein Vierfarbensystem. Aber die Farben sind hier weniger wichtig. Den vier Farben entsprechen neun Kartenwerte, so dass es insgesamt 36 Spielkarten gibt. Die Farben werden im Inti durch folgende Bezeichnungen ersetzt: hübsch, gut, schlecht, böse. Dem Wert nach entsprechen diese Bezeichnungen dem klassischen Herz (hübsch), Karo (gut), Kreuz (schlecht), Pik (böse).

Die esperantinische Entsprechung der Kartensymbolik ist wie folgt: Die Weintraube oder auch Weinrebe bedeutet hübsch und entspricht dem Herz; die Brombeere bedeutet gut und entspricht dem Karo; die stachlige Blume oder Distel bedeutet schlecht und entspricht dem Kreuz; der Säbel aber ist böse und entspricht dem Pik. Die Spielkarten sind im Inti nicht nummeriert. Der Wert der Karte wird durch die Anzahl der darauf abgebildeten Dinge bestimmt. Die Reihenfolge der Karten muss gesondert erklärt werden, da sie für Liebhaber des klassischen Kartenspiels schwer zu verstehen ist.

Über die Prinzipien und die Reihenfolge der Karten

Inti ist ein konventionelles Spiel, bei dem um Geld gespielt wird. Da es aber ein Kombinationsspiel ist, kann man es auch ohne Gewinneinsatz spielen. Der minimale Grundeinsatz im Inti-Spiel heißt »Ei«, was ebenfalls eine alte Tradition ist. Die Bauern spielten damals um Eier. Der Grundeinsatz wird bei Spielbeginn festgelegt und kann auf Wunsch einer Mehrheit der Spieler verdoppelt werden. Damit verdoppelt sich der Wert der Spielkarten. Jede Karte in diesem Spiel hat den Wert von einem bis sechs Eiern. Nach einer Runde wird der Gewinner nach dem Eierwert der von ihm gestochenen Karten bestimmt. Wenn diese verdoppelt oder verdreifacht werden, steigt auch die Menge des eingesetzten Geldbetrags. Je nach Verlauf des Spiels können die Spieler den Einsatz bei jeder Runde steigern oder mindern, ohne unter den am Anfang festgelegten Betrag zu gelangen. Wenn die Wertsteigerung der Karten verlangt wird, heißt das »Tritt« oder »Schritt«.

Es wird selten um viel Geld gespielt, aber es gibt Ausnahmen. Der Gewinn oder der Verlust kann schon mal 100 000 Pfund betragen.

Im Unterschied zu vielen anderen Kartenspielen gibt es keine bestimmte Menge zu benutzender Kartensätze. Das Mindeste sind 36 Spielkarten, damit spielen meist drei Personen. Jeder bekommt neun Blätter, die übrigen neun werden einem Spieler als Talon zum Gebrauch vorgelegt. Dieser sucht sich daraus, ohne zu schauen, vier Karten aus. Je höher die Anzahl der Spieler ist, umso größer ist die Anzahl der Spielkarten. Es gab schon Fälle, wo 18 Personen gleichzeitig spielten. Normalerweise wird Inti von drei, sechs, neun oder zwölf Personen gespielt. Eine klassische Runde mit sechs Personen wird mit zwei Kartensätzen, also mit 72 Karten gespielt.

Das Grundlegende beim Inti ist, dass es Verteidiger und Angreifer gibt. Die Mehrheit greift immer die Minderheit an. Auch das ist eine alte Tradition. Auf der kleinen Insel konnten unmöglich mehr Verteidiger als Angreifer sein. Obwohl L'hombre und andere Spiele ein ähnliches Prinzip haben, verändern sich beim Inti die Rollen nicht: Wenn man als Verteidiger beginnt, endet man auch so. Der Gewinn des Verteidigers ist wesentlich höher als der des Angreifers. Das Wort »inti« gebraucht man dann, wenn der Verteidiger verliert und ihm nichts anderes mehr übrig bleibt, als auszureißen.

Bei drei Spielern legen zwei ihre Karten zusammen und kämpfen gegen den Dritten, bei sechs Spielern gibt es zwei Verteidiger und vier Angreifer. Es gibt Spieler, die ihr Leben lang nur im Quartett der Angreifer spielen, oder solche, die nur als Verteidiger agieren.

Abbildungen und einige Kombinationen

Jeder Trumpf der Inti-Spielkarten hat einen eigenen Inhalt. Am Beispiel des Kartenspiels mit 36 Karten könnte eine Kombination so aussehen: Alle neun Karten der Weinrebenreihe sind mit Weinblättern geschmückt. Es gibt keine Werte auf den Karten, nur Bilder. Auf der niedrigsten Karte, die von allen gestochen werden kann, ist eine Weintraube abgebildet. Nur wenn man außer der Weintraube noch zwei andere Karten derselben Farbe (Weinrebe) in der Hand hat, beispielsweise einen Krug und eine Ziege, kann man diese Karte bei bestimmten Angriffskombinationen ausspielen und dabei die zwei anderen Karten vorzeigen. Man könnte in diesem Fall eine Attacke mittleren Grades abwehren, zum Beispiel die Kombination der niedrigsten Wertung des Säbels, des Messers, mit einer mittleren Wertung des Säbels, beispielsweise des Hauptmanns.

Es gibt zahlreiche solche Kombinationen. Das Besondere daran ist, dass die gleichen Karten in den Händen der Verteidiger und Angreifer völlig unterschiedliche Bedeutung haben.

Die Angreifer legen die Karten offen vor sich hin. Die Verteidiger aber halten sie verdeckt in der Hand und dürfen sie einander auch nicht zeigen. Erfahrene Spieler schaffen es aber durch geschicktes Tauschen doch, die Karten der Partner einzusehen.

Wenn sich die Kombination Weintraube, Krug und Ziege in der Hand des Angreifers befindet, der die Runde eröffnet und nicht genügend gute Karten in der Hand hat, könnte er die Weintraube beim Partner in eine Karte umtauschen, die ihm als »Lanzenführer des Heeres« dient. Während einer Runde können Angreifer nur zweimal die Karten tauschen, um ihre Karten vorteilhafter zu kombinieren.

Es gibt reichlich Kombinationsvarianten für Angriff oder Verteidigung. Dabei hat jedes Blatt seinen Wert von einem Drittel bis drei Eiern. In den traditionellen Spielen hat jede klassische Kombination ihren Namen. Zum Beispiel: Die Entführung der drei Frauen des Hauptmanns bei den brennenden Disteln, dorthin, wo der Hauptmann mit der Pfeife wartet ...

Aus den Ratschlägen

Dieses kleine Büchlein soll einen Einblick in das Spiel vermitteln und Interesse dafür wecken.

Für jene, welche sich intensiver mit Inti beschäftigen wollen, gibt es in allen Buchläden oder Inti-Clubs Handbücher. In den Clubs kann man auch Unterrichtsstunden bei erfahrenen Spielern bekommen, wenn man genügend Zeit dafür einplant.

Es gibt auch vereinfachte Spielvarianten. In den Spielhäusern stehen zum Beispiel überall Münzspielautomaten, in denen nur die Kombinationen des Inti-Spiels enthalten sind. Es gibt aber auch Tauschknöpfe am Automaten. In den Clubs wird mit Croupier eine noch einfachere Variante gespielt, die Intshort heißt.

Es ist aber wichtig zu betonen, dass es im echten Inti-Spiel nicht nur um Geld geht und es nicht nur ein Spiel ist. Es ist eine unerschöpfliche Welt, vielleicht die größte Erfindung von Santa Esperanza, die die hiesige Lebens- und Fortschrittsphilosophie zum Ausdruck bringt.

Für alle, die sich ernsthaft mit Inti beschäftigen wollen, ist das Buch von Kochi Meisre – »Klassisches Inti«, 432 Seiten, 31,99 Pfund – Pflichtlektüre.

Verzeichnis der Spielkarten

(Die Bezeichnungen, die man während des Spiels für die 36 Karten benützt, sind **fett** angegeben.)

HÜBSCH	GUT	SCHLECHT	BÖSE
Weinrebe	**Brombeere**	**Distel**	**Säbel**
1. Wein**traube**	1. Eine Hand voll **Brombeeren**	1. **Distel**blüte	1. **Messer** mit schwarzem Griff
2. Zwei mit Weintrauben geschmückte **Häuser**	2. Brombeerstrauch und zwei **Hände**	2. Zwei **Sicheln** und eine Distelblüte	2. Zwei **blinde** Kundschafter mit Säbeln
3. Drei **Ochsen** mit Weintrauben an den Hörnern	3. Drei Wetz**steine** und ein Korb voll Brombeeren	3. Ein **Boot** voller Disteln mit drei Paddeln	3. Drei **sehende** Kundschafter
4. Zwei mit Weintrauben beladene Ochsen**gespanne**	4. Vier Brombeer**Sträucher**	4. Großes Boot mit **Kanonen** und Distel bündeln	4. Der **Hauptmann** mit zwei Säbeln und zwei Dolchen
5. Fünf **Hacken** und Weintrauben	5. Fünf **Ferngläser** und ein Brombeerstrauch	5. Ein **Blitz** vom Himmel und brennende Disteln	5. Die **Mütze** des Feldherrn und fünf Säbel
6. **Mädchen** mit Krug und Weintrauben	6. Ein Korb voll Brombeeren und die **Witwe**	6. Verliebtes **Paar** im Distelfeld	6. Baschlik* tragende **Frau** mit Säbel
7. **Ziege** mit vollem Weintraubenkorb	7. Mit Brombeerkörben beladener **Esel**	7. Disteln fressendes **Maultier**	7. Geldsack, **Peitsche** und Säbel
8. Ochsen**trinkhorn** und Weintrauben	8. Brombeer-**Dörrobst**kette	8. **Pfeife** und Distel	8. **Bären**fell mit Säbeln behängt
9. Der **Schultheiß** mit Hacke und Ochsentrinkhorn	9. **Bauer** am brennenden Brombeerstrauch	9. Der **Scharmadin**** zündet seine Pfeife mit einer brennenden Distel an	9. Der **Burgvogt** mit einem großen Säbel

*   Baschilik – kaukasische Kaputze mit langen Zipfeln, die um den Kopf geschlungen werden.
**   Scharmadin – rechte Hand des Königs, besonders für Glaubensfragen zuständig.

DREI OCHSEN MIT WEINTRAUBEN AN DEN HÖRNERN

EINE GLAUBWÜRDIGE BESCHREIBUNG DES AUS ENTFERNUNG NICHTGESEHENEN

In der sozialistischen Sowjetrepublik Georgien, das heißt in der Sowjetunion beziehungsweise auf einem Sechstel der Erde, lebte ein Wissenschaftler: ein bisschen Philosoph, ein bisschen Meisterforscher der georgischen Sprache, kein bisschen Mitglied der kommunistischen Partei, der seinen wissenschaftlichen Grad, die Dozentur, mit großer Mühe und schon betagt erlangte.

Es kann ja vorkommen, dass ein stiller, armer Mensch mit einer geklebten Brille und einer kalten, ungeliebten Wohnung seiner Neigung oder Tatkraft entsprechend im Leben irgendetwas beharrlich verfolgt. Dieser Mann hieß Walodia Nebieridse. Er trank mehr als genug, und das auch ohne Gesellschaft. Von seiner Jugend bis zu seinem Tode trug er eine große Aktentasche durch die Straßen der Stadt Tiflis. Außerdem trug er einen langen, ausgewachsenen und struppigen Bart, eine Seltenheit im sowjetischen Georgien. In der kommunistischen Gesellschaft galt der Bart als Zeichen der Trauer, des Protestes oder der Religiosität. Deshalb überwachte die Geheimpolizei das Leben Bärtiger mit großer Aufmerksamkeit.

Aus diesem Grund trug fast keiner einen Bart. Man akzeptierte den Bart bei einem Priester (wenn er schweigsam war), bei einem Künstler (wenn er jung war) und bei Archäologen (erst seit Mitte der 70er Jahre und nur im Sommer zur Zeit der Ausgrabungen).

Wenn ein Bärtiger kein Künstler, Archäologe oder Priester war, sich weder in Trauer befand noch feindlich gesinnt war, galt er als Sonderling. So hätten ihn allerdings nur gütige Menschen bezeichnet, die Bösartigen dagegen als verrückt.

Walodia Nebieridse hatte niemanden außer seinem Neffen, den er sehr gut erzogen hatte und dessen Professur er noch erlebte. Ebendiesem Neffen vermachte er sämtliche wissenschaftliche

Arbeiten, deren Ordnung und Herausgabe ihm zu Lebzeiten nicht mehr gelang. Die Herausgabe dieser Schriften war in der kommunistischen Zeit unwahrscheinlich.

Sein gesamtes wissenschaftliches Werk passte in die lederne Aktentasche, die er ständig bei sich trug und über deren geheimen Inhalt zu sprechen er jede Gelegenheit nutzte.

Nach sowjetischer Ideologie war der Inhalt der Tasche gefährlich. Als einfache wissenschaftliche Arbeit betrachtet, war er aber ziemlich harmlos, denn es war wenig Wissenschaftliches und Brauchbares in diesen Schriften.

In seinen Forschungen ging Walodia Nebieridse von der Landkarte Georgiens vom Ende des 12. Jahrhunderts aus, die er mit der Karte des sowjetischen Georgiens verglich. Ein Wissenschaftler und Dozent eines ganz anderen Faches hatte mit mathematischer Genauigkeit ohne irgendwelche Rechenmaschinen ermittelt, wie viel Quadratmeter Land Georgien vom 12. bis zum 20. Jahrhundert verloren hat. In einem sehr heftigen Resümee teilte er mit, dass vom ursprünglichen Georgien nur noch ein Fünftel übrig geblieben sei.

Nach Ansicht von Nebieridse war die harmonische Entwicklung des Landes nur durch die Wiederherstellung der natürlichen Einheit möglich. Denn solch ein zerrissenes Land könne kaum an Fortschritt denken.

Das Wunderbare an diesen Schriften war, dass sie in einer Periode entstanden, in der Georgien als Land überhaupt nicht existierte, sondern nur als ein Stück der Sowjetunion.

All das kann nur als Einführung oder besser als Bestätigung dafür taugen, warum sich Walodia Nebieridse entschlossen hatte, solch ein umfassendes Werk über die jenseits der Grenzen Sowjetgeorgiens verbliebenen Georgier zu schreiben.

Das Werk war als fünfbändige Ausgabe geplant, wobei jeweils ein Band die soziologisch-religiös-philologisch-philosophisch-geschichtliche Beschreibung der Georgier in Aserbaidschan, Russland, der Türkei, Armenien und auf den Johannesinseln beinhalten sollte.

Leider erwies sich diese Arbeit für Walodia Nebieridse als zu schwer und nervenaufreibend. Er schaffte es in seinem ganzen Leben nur, einige Abhandlungen über die Ethnographie und Geschichte der Inseln zu schreiben.

In der Sowjetunion war es nicht leicht, über die Georgier von Santa Esperanza und die Johannesinseln zu schreiben. Das war nur an drei oder vier Moskauer Instituten und nur im Rahmen zeitgenössischer und geopolitischer Fragestellungen möglich. Denn Santa Esperanza galt als feindliches Territorium und die Wege dorthin waren allein für Spione offen. In der großen sowjetischen Enzyklopädie stand, dass dieses Land zur britischen Domäne gehöre und von reaktionären Kräften regiert werde. Es wurde an keiner Stelle erwähnt, dass dort neben anderen Völkern auch Georgier lebten.

Ein Wissenschaftler, der weit von Moskau entfernt in einem einfachen Institut oder einer Bibliothek alte Annalen durchstöberte und etwas über die Johannesinseln suchte, schien uninteressant und ungefährlich. Deshalb wurde Walodia Nebieridse von den Geheimdienstmitarbeitern nie ernsthaft gestört.

Er trank im Weinkeller direkt aus den Flaschen. Damals untersagte man in den Weinkellern, den Wein gläserweise auszuschenken. Damit wollte man vermeiden, dass diese zu Kneipen umfunktioniert wurden.

Nebieridse starb 1985, achtundsiebzigjährig, an einer Lungenentzündung, nach einem Ausfall der Nierenfunktion. Für einen solchen Weintrinker, wie er einer war, hatte er lange genug, aber freudlos gelebt. Zwei Jahre nach seinem Tod begann die Perestroika, vier Jahre später aber befreite sich Georgien vom sowjetischen Joch und erklärte seine Unabhängigkeit. Es wurden Grenzen geöffnet, unabhängige Zeitungen herausgegeben und Kriege gegeneinander geführt, auf dem Land oder in der Stadt. Es tauchten Gangster und Politiker auf. Nebieridse erlebte es nicht mehr, dass Georgien nach diesen Kriegen erneut Land verlor. Aber ein Politiker und ehemaliger Wissenschaftler erklärte damals, dass die Werke des verstorbenen Walodia Nebieridse, worin der Autor warnte, lehrte und die Idee der Errichtung Großgeorgiens propagierte, zu kommunistischen Zeiten zu Unrecht verschwiegen worden seien.

3

Dieser Politiker war zwar kein Faschist, da der Faschismus aber gerade im Kommen war, machten die Presseleute Professor Nebieridse sehr leicht ausfindig und interviewten ihn mehrere Male zu seinem Onkel. Er folgte diesem Spiel, löste seine Zunge, suchte die armselige Tasche seines Onkels heraus und sichtete das Erbe. Nachdem es von ihm gelesen, korrigiert und im PC gespeichert worden war, fand sich bald ein Herausgeber für das Buch Walodia Nebieridses »Die Johannesinseln – mein Georgien«. Das Buch beinhaltet nur einige Artikel und ist nicht sehr umfangreich. In diesen Artikeln steckt aber eine sonderbare Leidenschaft, die sich wahrscheinlich hinter dem zerzausten Bart des Autors verbarg.

Die Quellen seiner Forschungen sind unbekannt. Nebieridse beschreibt zum Beispiel im Artikel »Was können wir von den Johannesen lernen« die geographische Lage der Inseln im Schwarzen Meer und deren nationale Zusammensetzung. Dabei erklärt er, dass ständig versucht wurde, diese Inseln zu besetzen, von den Osmanen, den Italienern, den Engländern. Wobei sich die Inselgeorgier bis zuletzt als treuer Bestandteil eines vereinten Georgiens verstanden. Gleichzeitig bedauert er, dass es die Freimaurer (ein unbekannter Begriff zur Sowjetzeit) geschafft hätten, die Inseln in einen Kurort für reiche Kapitalisten umzuwandeln und den uralten georgischen Ländereien den neuen Namen Santa Esperanza zu geben.

»Bei uns Landgeorgiern heißt das Meer ›Sgwa‹*, was bedeutet, dass wir das Meer wie Feuer fürchten. Deshalb hatten wir nie eine ordentliche Flotte, trotz eines beträchtlichen, schönen Stückes Meeresufers, das wir besitzen. ›Sgwa‹ stammt von dem Wort ›Sasgwari‹** ab. Die Grenze aber ist bekanntlich eine Schnittstelle, deren Überquerung gefährlich ist«, schreibt Walodia Nebieridse.

»Bei den Inselgeorgiern heißt das Meer dagegen ›Imedi‹***, welches von altem Wort ›Imdi‹ abgeleitet ist. Man kann sich gut vorstellen, wie viel angenehmer der Begriff ›Hoffnung‹ als die Bezeichnung ›Überquerung einer Grenze‹ ist. So unterschiedlich ist

---

* Sgwa – mit dem georgischen Wort »Schwelle« (Sgwari) verwandt

** Sasgwari – georgisch: »Grenze«

*** Imedi – georgisch: »Hoffnung«

auch das Leben des einen und des anderen Georgien. Obwohl die Johannesinseln immer noch wie ein Kind an das Mutterland Georgien gebunden sind. Irgendwann werden diese beiden wieder eins sein. Davon zeugt eine alte Inschrift aus dem 11. Jahrhundert unter einer Freske in der Schachtigora-Kirche in Südgeorgien: ›Jesus und Johannes sollen eins sein‹. Wenn man diese Andeutung von damals zu entziffern versucht, steht Jesus für Großgeorgien und Johannes für die Inseln. Die heutige Bezeichnung der Insel stammt ebenfalls von dem Wort Hoffnung bzw. Meer ab, was die Freimaurer sehr geschickt zu nutzen wussten«, schrieb einst Walodia Nebieridse, aus dessen Buch man später des Öfteren Abschnitte in den Zeitschriften abdruckte.

Eigentlich ist zu bedauern, dass Walodia Nebieridse nichts vom johannischen Dialekt wusste. Denn das Wort »Imdi« gibt es hier überhaupt nicht. Das Meer heißt auf Johannisch ebenso »Sgwa« und die Inselgeorgier hatten auch keine sonderlich große Flotte. Von den Genuesen wurden sie sogar Bootspiraten genannt. Walodia Nebieridse wusste auch wenig über die Freimaurer, da es in der sowjetischen Zeit über diese nur Agitpropaganda gab – außer man bekam ein Buch in die Hände, das vor 1917 erschienen war.

Trotzdem regten seine Schriften in den Köpfen einiger regierender Bürokraten gewisse Gedanken an. Die Wissenschaftler schenkten dem Buch weniger Beachtung, früher hätten sie es niedergemacht. Grund dafür war sicher, dass Walodia Nebieridse schon seit zehn Jahren tot war. Ein Verstorbener kann ja weder beleidigt sein noch Rede und Antwort stehen.

Einer der Politiker hatte aber dieses Buch besonders ins Herz geschlossen und behauptete, es sei ein Anstoß für die Wiedererrichtung Großgeorgiens.

Es kam Krieg und viel Unglück.

In jenem Sommer schaffte es dieser Politiker, Santa Esperanza mit einem Touristenvisum zu besuchen. Er flog von Istanbul aus, denn von Tiflis aus gab es weder einen Flug noch eine andere Möglichkeit. Aus dem Flugzeug führte man ihn über die Gangway hinaus. Nachdem er am Schalter ein Visum bekommen hatte und zum Taxistand getreten war, kniete er auf der Asphaltstraße nieder und küsste die Erde. Die Passanten beobachteten den seltsamen Mann. Er aber erhob sich und sagte auf Englisch: »I came to Esperanza and saw Georgia.«

Im Koffer hatte er zehn gut verpackte Exemplare der Abhandlung von Walodia Nebieridse über die Geschichte der Johannesen.

Sein Besuch auf Santa Esperanza blieb unbeachtet, außer dem Zwischenfall am Flughafen. Von den zehn Büchern konnte er nur zwei verschenken. Die übrigen acht ließ er vor der Abreise im Hotelzimmer liegen.

Er hatte eine äußerst angenehme Bekanntschaft mit Konstantin Wisramiani gemacht, einem berühmten Mann auf der Insel. Dieser hatte ihn mit altgeorgischer Gastfreundschaft empfangen und versprochen, einst nach Georgien zu kommen.

VON DER ENTSTEHUNG DER MUSIK AUS DEM RAUSCHEN DER WELLEN

Zuerst war das Ufer. Am Ufer stand eine griechische Säule, die es heute nicht mehr gibt.

Das Ufer wurde vom Wasser gestreichelt. Manchmal schlug das Meer gewaltig dagegen.

Der Mönch von Dositeo saß zusammengeduckt in der obersten Schreibstube des Klosters. Unter der riesigen, rauen und schlampigen Kutte konnte man nur seine drei Finger mit längeren Fingernägeln sehen, die eine lange, altertümliche Feder aus weichem Holz hielten. Er tunkte sie hin und wieder in die Brombeertinte und schrieb damit die Inselgeschehnisse der letzten zehn Jahre auf. Er, schrieb mit schönen geneigten Nusschuri*-Lettern.

Damals war das Dorf noch klein. Die Felder reichten weit in

---

* Nusschuri – georgische Kirschenschrift in Minuskeln, die sich im 9. bis 11. Jh. aus der Majuskelschrift entwickelte die Insel hinein. Es war ein stiller Tag. Nur das sanfte Rauschen der Wellen war zu hören.

Der Mönch von Dositeo konnte aus seinem Fenster das Ufer sehen, jene Stelle, an der neben den weißen Ruinen eine weiße dorische Säule unversehrt emporragte. Auch das Dorf erstreckte sich, so Gott wollte, vor seinen Augen. Was vor ihm lag, glich einer Tischdecke auf der Wiese, so als hätte jemand seinen Umhang auf dem Boden ausgebreitet und als hätten die Reisenden ihren gesamten Proviant aus der Reisetasche daraufgelegt.

Der Mönch von Dositeo lebte seit seiner Jugend in diesem Kloster. Er wurde einst aus Samzche* hierhergebracht. Er war nur ein einziges Mal auf See gewesen. Und als er damals von Übelkeit geschwächt und verwirrt von seinem Onkel an Land geführt wurde, sagte dieser zu ihm:

»Behalte es gut in Erinnerung, denn so schnell wirst du das Meer nicht wieder erleben …«

Die Mönche konnten alles sehen: die Fenster waren von den Baumeistern extra so platziert worden.

Es war eine Zeit des längeren Hinschauens, des Hinschauens gen entfernte Orte und des Abwartens. Das Land glich einem Land, der König einem König, die Feldzüge führten weit, der Mut war dem Körper eigen, der Glaube unumstritten. Damals wurde so gebaut und auch der Baumeister dieser Mönchsstätte hatte wohl alles dem Weltlichen entsprechend bemessen.

Der Mönch von Dositeo wurde beauftragt, Bücher »abzumalen«. Das bedeutete damals so viel wie abschreiben. Ein Buch wurde ebenso als Brief wie auch als »Gemaltes« bezeichnet.

Er schrieb die Chronik, die so einfach war wie das Abendmahl, während der Fastenzeit:

»Der Burgvogt Goti entsandte seine Ritter auf Fregatten in fremde Länder. Sie umsegelten alle fernen Ufer und erwarben Stoffe, Atlasseide und Decken aus dem Reich der Mitte.

---

* Samzche – Gebiet im Südwesten von Georgien, heute teilweise Türkei

Als nun der Lenzmond kam, wurden Wind und Böen so heftig, dass die Kieselsteine wie Vögel gen Himmel flogen, darnach aber an alle Tore und Schwellen der Festung und des Klosters geschleudert wurden.

Goti der Burgvogt gab seine Tochter dem Gwaramiani, Sohn Wardanis, zur Frau und der Bräutigam kam mit Schiffen, um seine Braut abzuholen. Es ward ein prächtig Fest gefeiert. Goti aber spendete unserem heiligen Kloster einen silbernen Altarkelch über und über mit Türkisen bestücket.«

Und der Mönch von Dositeo beobachtete oft eine Frau, die jeden Nachmittag einen Pfad entlanglief, der aus dem Dorf führte, sich an der griechischen Säule niederließ und bis zum Sonnenuntergang so dasaß.

Der Mönch von Dositeo dachte, ob sie denn keinen Mann oder jemanden Nahestehenden hätte, dem sie das Essen aufs Feld bringen könnte? Nach einiger Zeit der Beobachtung stellte der Mönch fest, dass sie einen Mann hatte. Aber sie schien kinderlos zu sein.

Der Ehemann war ein Krieger des Burgvogts. Auf einem Maultier reitend verließ er am Abend die Festung, in der nur die Wächter über Nacht blieben. Diese legten immer wieder Heuhaufen auf die Feuerstelle der Turmzinnen, um Himmel und Wasser zu zeigen, dass es die Insel gab.

Die auf den Türmen lodernden Heuhaufen sahen in der Dunkelheit wunderbar aus, auch als sie schon fast erloschen waren. Dann läutete man die Glocken im Kloster und auf der Festung wurde erneut Heu nachgelegt. Beim Morgengeläut und -gebet bekreuzigten sich die Nachtwächter, verließen die Festung und gingen in ihre Hütten, wer eine Hütte besaß. Wer nicht, konnte sein Lager gleich dort in der Festung aufschlagen.

Wenn der Mönch von Dositeo in den Kalligrafieraum mit dem Fenster trat und seine Feder zur Hand nahm, rückte er das Pult so zurecht, dass er dabei aus dem Fenster schauen konnte.

Er beobachtete, wie die Frau am Waldrand erschien, wie sie barfuß das steinige Ufer entlanglief, wie sie ihr Tuch über die Schulter warf und sich sogleich an der Säule niederließ.

Der Mönch von Dositeo dachte, dass man diese Frau wahrscheinlich zu jung verheiratet und dem Krieger mitgegeben habe. Er sah es so deutlich vor sich wie das Dorf, das vor ihm lag.

Sie war seit mindestens zehn Jahren verheiratet, aber Gott schenkte ihr noch immer kein Kind. Vielleicht war sie die Frau des Mannes, der dem Kloster viermal im Jahr eine Schüssel voll Kupfergeld spendete und klagte, kinderlos zu sein. Von Weitem konnte man die Gesichter des Kriegers und seiner Frau nicht erkennen.

Vielleicht saß aber die Frau deshalb am Meer, weil sie Sehnsucht nach ihren Angehörigen hatte, nach ihrem Dorf oder nach etwas oder jemandem. Und vielleicht dachte sie, während sie auf das Meer hinausschaute, daran, dass ihr Dorf auf der anderen Seite lag.

Die Frau schaute jedoch in die falsche Richtung. Im Westen war das Wasser unendlich. Wenn sie aber in Richtung ihres Dorfes schauen wollte, hätte sie woanders hingehen müssen. Sie hätte sich auf die andere Seite der Insel setzen müssen. Dort war hinter den zwei anderen Inseln das Meer, hinter dem Meer ein Ufer und westlich vom Ufer, in Entfernung eines Zehntage-Marsches, lag ihr Dorf.

Sicherlich wusste die Frau wenig über die Beschaffenheit der Welt, über Sonnenaufgang und -untergang, konnte weder lesen noch schreiben, aber dafür bereitete sie die Speisen so gekonnt zu, dass sie diese zwischendurch nicht einmal abschmecken musste.

Der Mönch von Dositeo sah dieses Bild jeden Tag, zwischen Gebeten, Abendmahl und anderen Tätigkeiten und im Laufe der Zeit wurde es zu einem seiner vertrautesten und wichtigsten Bilder. So war es im Herbst und im Winter. Das Rauschen des Wassers und die Frau an der Säule. Er hatte sich so an diesen Anblick gewöhnt, dass er sich das Ufer gar nicht mehr anders vorstellen konnte. Er erhob sich ab und zu von seinem Sitz und schaute zu dieser Frau hinüber. Und wenn er es nicht direkt sah, hatte er es doch vor Augen, denn das Geräusch des Wassers erinnerte ihn daran. Das Geräusch des Meeres ist ja unsterblich. Alle anderen Geräusche verstummen einmal, nicht aber das Meer. So, als ob es atmen würde. Es atmet ein und aus, ein und aus, so wie ein Mensch.

3

Es war kurz vor der Weihnachtsfastenzeit, als der Mönch von Dositeo, nahe am Fenster sitzend, vernahm, dass dem Wellenrauschen noch eine andere Stimme folgte.

Am Anfang beachtete er es nicht weiter. Dann aber bemerkte er, dass diese Stimme einmal den Wellen folgte, ein andermal verstummte. Das ging eine ganze Weile so. Der Mönch trat zum Fenster und erkannte, dass es die Stimme der Frau an der Säule war. Es hätte unmöglich jemand anders sein können, so genau folgte die Stimme den Wellen.

Wer sich mit Kirchengesang, Stimmhöhe oder -tiefe, mit den wunderbaren Gezeiten und den himmlischen Pfaden auskennt, kann sich nicht irren. Auch der Mönch irrte sich nicht. Die Stimme der Frau folgte dem Wellengeräusch und war harmonisch darauf abgestimmt. So, wie es die Georgier beim mehrstimmigen Gesang machen. Diese Stimme stand im Einklang mit dem Meeresgeräusch, so als sei die Welle ein Instrument in den Händen jener sündigen Musiker, welche Wollüstige in teuflischen Behausungen unterhalten. Nur spielte das Meeresinstrument keine sündige Melodie und auch die Stimme der Frau, im Einklang, war keine heidnische Belustigung. Sie war wortlos, traurig, aufopfernd, flehend und atmete wie das Meer. So als klagte sie mit der Welle und als würde ihr Klagen nach allen Gesetzen des Gesangs mit der anderen Stimme – der des Meeres – abgestimmt.

Im Kloster hatten auch andere diese Stimme vernommen, aber der Mönch von Dositeo sagte nichts. Am zweiten Tag wiederholte sich das Ganze. Die Frau folgte mit ihrer Stimme dem Wellenrauschen.

Auf dieser Insel war sonst keinerlei Gesang zu hören, geschweige denn Musik oder irgendwelche lauten Instrumente. Nur einmal, als der Burgvogt seine Tochter verheiratete, ließ er die Musiker kommen. Das wiederum missfiel dem Abt. Die Bauern sangen im Feld ihr Lied der Erde, das sie von Übersee mitgebracht hatten. Das war von jenseits des Waldes nicht zu hören und überhaupt sangen sie nur selten. Einst vernahmen die Mönche den harmonischen Gesang der Bauern, wenn sie Weißdornfrüchte sammelten.

Wie aber konnte man den Gesang der Frau am Ufer bezeichnen? Darin lagen keine Worte, keine Verherrlichung und kein Vergnügen, nur eine Stimme, und der Mönch von Dositeo dachte, dass diese Stimme etwas beinhaltete, was sie gedacht und aufbewahrt hatte, aber nicht aussprechen konnte.

Die Wellen schlugen so: die erste leise, dann ein Ausatmen, die zweite noch leiser und ein Ausatmen, danach laut, länger und kräftiger, als ob sie zweimal ausatmete, dann noch lauter und ein Ausatmen, dann etwas leiser und ein Ausatmen, dem folgte wieder eine leise Welle und ein Ausatmen, danach eine noch leisere. Nachdem dies dreimal wiederholt worden war, sprach das Meer etwas anderes. Nachdem auch das viermal wiederholt worden war, wieder etwas anderes, was wiederum so geschickt in das erste übergeleitet wurde, dass man es kaum erfassen konnte.

Der Mönch von Dositeo hatte eine geraume Zeit damit verbracht, es zu errechnen und herauszuhören. Er begriff, dass die Frau es ganz genau kannte. Das Meeresgeräusch hatte weder Anfang noch Ende.

Danach folgten der Herbst und das Weihnachtsfest. Die Turmfenster wurden verhängt, das Meer aber rauschte weiter. Es waren ganz andere Wellen, hohe und kräftige, mit einer gewaltigen Stimme, als ob ein Heer über sieben Meere auszog, mit zehntausend vom Wind aufgeblasenen Segeln, unter denen man das Geräusch der Wellen wie Pauken und Trommeln vernahm. Nur kam dieses Geräusch einzig als Lärm an, ohne dass man darin die Saiten eines Instruments heraushören konnte. Das war der Klang eines tobenden, keuchenden Heeres, welches sich für den entscheidenden Kampf in Bewegung setzt. Vielleicht war es eine Warnung des himmlischen Heeres.

Die Frau aber saß immer noch an derselben Stelle in einen Männer-Filzüberwurf gehüllt. Bei schlechtem Wetter war ihr rotes Kopftuch noch geradeso zu sehen. Ihre Stimme war trotzdem zu hören, sie folgte diesem Toben dennoch richtig. Wer etwas vom Gesang verstand, konnte das leicht bemerken.

Der Mönch schob nur ab und zu die Fensterverhüllung zur Seite, denn es war schwierig, in der Kälte die Feder geschickt zu führen, und auch die Brombeertinte litt unter der kalten Luft. Er sah und hörte, mit welcher Furchtlosigkeit und welch hoher Stimme die Frau dem Meer entgegensang. Nicht nur mit Gram und ohne Sprache, sondern jetzt auch kämpferisch. In jenen Tagen fiel es dem Mönch schwer, zwischen all den Kalbshäuten zu sitzen, ohne die Stimme dieser Kriegerfrau zu vernehmen.

Später, als die Sonne schon wärmer schien und das Osterfest nahte, kamen Kinder, um zu hören, wie ihre Stimme dem Geräusch der Wellen folgte. Wahrscheinlich kamen sie zufällig vorbei, denn zu dieser Stelle mit der Säule kam selten jemand, sogar die Fischer zogen die Ufer jenseits der Festung vor. Man behauptete, dass der Meeresgrund hier dornig sei und es deshalb weniger Fische gebe.

Die Kinder kamen dennoch. Ob sie die Richtung verwechselten oder die Stimme der Frau durch die Wellen gehört hatten, ist schwer zu sagen.

Sie kamen und rannten so schnell weg, wie es Kinder tun. Der Mönch von Dositeo wusste nicht, warum die Kinder davonrannten, vielleicht weil die Frau sie entdeckte und ihnen folgte oder weil sie ihnen etwas zurief. Das konnte der Mönch aber nicht hören. Er sah, dass sie ihnen etwas erklärte. Vielleicht wollte die Frau, dass auch die Kinder mit der Welle sangen.

Die Stimmen der Kinder waren jetzt nicht zu hören, dafür aber im Sommer. Einige brachte man ins Kloster, um ihnen den Kirchengesang beizubringen. Der Mönch fragte jedoch keines von ihnen über diese Frau aus und schrieb keine einzige Zeile in die Chronik der Inseln.

Später kamen auch andere und folgten dem Meeresgeräusch mit ihrer Stimme.

Im Kloster sprach man erst dann von den Dorfbewohnern, die an der Säule sangen, als eines Tages der Burgvogt mit zehn Begleitern zur Säule kam. Außer ihm stiegen alle vom Pferd und hörten dem Gesang der Frau und ihrer Schüler zu. Das waren größtenteils Kinder und zwei oder drei junge Frauen. So ging das eine ganze Zeit.

Die Mönche standen alle an den Fensterbögen. Sie sahen, wie der Burgvogt einen der Krieger zu sich rief. Dieser kniete vor ihm nieder. Der Burgvogt sagte etwas zu ihm und der Krieger holte die Frau zu sich. Auch sie kniete neben ihrem Mann nieder. Der Burgvogt stieg vom Ross und hieß die Frau aufstehen. Er stand ihr gegenüber und sagte etwas zu ihr.

Dann sahen die Mönche, dass dem Burgvogt Tränen über die Wangen rollten, da diese Stimme in ihm alle Schmerzen und Leidenschaften geweckt hatte. Was er dem Krieger und seiner Frau schenkte, sah man nicht, aber der Mönch von Dositeo wusste, dass eine Geschichte endete und eine andere ihren Anfang nahm.

Der Mönch von Dositeo: groß, hager, ganz in sich versunken, schwarzbärtig und etwas schief auftretend, unbeholfen beim Graben und Schmieden, heiß im Gebet und fest im Glauben, ein guter Kalligraf und Chronist, wurde in der Peter-und-Paul-Fastenzeit nach dem Morgengebet vom Tode ereilt. Nach dem Gebet war er in den Klosterhof gekommen, um seiner täglichen Arbeit nachzugehen. Er lief zur Treppe, die in das obere Kalligrafiezimmer führte. Unterwegs fiel er hin. Er war seit siebenundzwanzig Jahren Mönch. Mit zwölf kam er ins Kloster, mit sechzehn wurde er Mönch, mit dreiundvierzig verschied er.

Der Krieger wurde Anführer der Hundertschaft. Seine Frau lebte noch lange und wurde später zur Witwe. Als diese Geschichte mit der Zeit in Vergessenheit geriet, sagte man, dass aus den Klagen der Witwe ein neues Lied entstanden sei. Ein Lied, das nur auf diesen Inseln und nur von Frauen gesungen werde.

Tatsächlich entstand an diesem kleinen Ort ein besonderer Gesang. Man nannte ihn Sadardo, Klagelied.

Im Klagelied gibt es keine Worte, nur Stimmen – zwei Stimmen.

I LOVE YOU BABY
VOM KLAGELIED ZERRISSENE HERZEN

*

Das Klagelied ist das Sonderbarste und Überraschendste, was man auf Santa Esperanza vorfindet. Es wird nur in neun Clubs in Santa

City gesungen und keinesfalls öffentlich. Fast an jeder Ecke gibt es Kassetten, CDs, früher gab es auch große, komische schwarze Schallplatten mit Klageliedern in rauen Mengen. Aber man konnte sie zu Hause nur anhören, wenn die Nachbarn nicht gestört wurden.

Diese strengen Einschränkungen waren eine Errungenschaft der Engländer aus dem 19. Jahrhundert. Damals nahmen sich im Regiment, das auf der Insel stationiert war, kurz nacheinander drei Offiziere das Leben. Zuerst dachte man an geheimnisvolle Morde. Später aber vermutete ein Arzt namens Birch, dass der ausweglose Kummer dieser Männer durch das allnächtliche Anhören der Klagelieder, die vom Ufer herüberwehten, verursacht worden war.

Damals wurden Klagelieder erst nach Einbruch der Dunkelheit gesungen. Einsame Frauen versammelten sich am Strand um ein Feuer herum, wo sie sich bis zum Morgengrauen im Gesang abwechselten. Neben den Feuerstätten standen Messingschüsseln, in welche die Zuhörer etwas einzahlen konnten. Niemand zählte nach, wie viel. Das hing vom Ermessen des Einzelnen ab.

Die Zuhörer konnten die Frauen kaum sehen. Neuankömmlinge verliebten sich. Gleich am ersten Abend erfasste sie ein unerträgliches Begehren, diese Frauen zu sehen und zu besitzen.

Diese Neuankömmlinge waren englische Offiziere.

Sie besuchten zuerst die genuesischen Kneipen für den Gaumen, danach verweilten sie in den osmanischen Kaffeehäusern auf dem Boden sitzend und guten Tabak rauchend, der aus besonderen Kicher-Kräutern bestand (welche, um ehrlich zu sein, nur auf einer sehr hoch gelegenen Wiese der Insel wachsen). Danach gingen sie ans Meer hinunter, wo sie das Klagelied vernahmen.

Deshalb sperrte der Gouverneur das Klagelied in die Häuser ein. Während anderthalb Jahrhunderten blieb auf der Insel die Lizenz für die Öffnung eines Klageliedclubs unverändert. Mit diesem Gesetz wollte man das Klagelied töten, aber es lebte wieder auf.

Man verliebte sich weiter in die Sängerinnen. Das heißt, man verliebte sich in die Stimmen, und das Bewusstsein einer Liebe, der vor dem Aufkeimen schon das Ende bevorstand, machte die Männer rasend.

So etwas kam vor.

**

Das englische Gesetz brachte das Klagelied in geschlossene Räume. Man benötigte keine Instrumente oder Musik, sondern nur das Geräusch des Meeres. Damals gab es keine Aufnahmen. Bevor das Grammophon erfunden wurde und bevor man daran dachte, aus irgendeiner europäischen Stadt Aufnahmen des Meeresgeräusches zu bestellen, war schon alles gelöst: Im Klagelied kam eine zweite Stimme dazu.

Ebendiese zweite Stimme leitete den Gesang ein. Sie ahmte das Meeresgeräusch nach, und dazu war ein meisterhaftes Können nötig. Die Klagende sang dann zu dieser Melodie.

Das war fast eine Revolution für das Klagelied, denn sowohl die Beginnende als auch die Klagende hatten jetzt die Möglichkeit, dem Wellenschlag entsprechend, eine freiere Melodie zu singen. Im Klagelied gab es zwar auch früher Improvisationen. Aber nun wirkte es viel schöner und wunderbarer. Somit trugen die Engländer mit ihrem Gesetz zur Erneuerung der Volkslieder bei. So hat es sich ergeben und daran war nichts zu ändern.

In der Lizenz des Klageliedclubs stand Folgendes: »Da die Volkslieder in einer für viele Zuhörer fremden und schwermütigen Atmosphäre gesungen werden und die Lieder unter diesen Umständen eine unbeschreibliche Wirkung auf jene Menschen ausüben, die deren Entstehungsgeschichte und Sinn nicht kennen, erkläre ich, der Unterzeichnende, dass ich mit meiner Unterschrift dem Beschluss .... des Gouverneurs von Santa Esperanza zustimme, die Sängerinnen, welche von mir unter Vertrag genommen werden, nie außerhalb des Clubs singen zu lassen. Dafür erhalte ich die Lizenz zum Eröffnen und Betreiben eines Volksklagelied-Clubs, in dem Klagefrauen auftreten, und bezahle die Gebühr von .... Pfund.«

***

Das Klagelied umgibt ein Geheimnis, dessen Ursache gleichzeitig ein Verbot war. Früher wurde der Meeresgesang im Chor gesungen, was sehr beeindruckend und überwältigend war. Es gibt ein Dokument in vier Sprachen, dessen Datum nicht genau festgehalten ist. Nach Wortlaut und Schrift müsste es vom Anfang des 17. Jahrhunderts stammen. Es ist bis Mitte des 19. Jahrhunderts das einzige viersprachige Dokument überhaupt, in dem die geistlichen Vertreter und die gottestreuen Stämme der Insel dem König der Johannesen, genannt Gabriel, desgleichen Dschibrail, Gabrielle oder Gabriele, Pascha des Wilajet, und auch dem Burgvogt von Santa Esperanza mitteilen, dass sie empört sind über die regelmäßigen Treffen der Familienmütter und deren Klagen im Chor.

Padre Curzio zählt darin seine Gründe auf, der Obergeistliche Themestios die seinen und die vier Mullahs die ihrigen.

Die Katholiken sahen in diesen Frauen Hexen und Zauberinnen, die Griechisch-Orthodoxen verkündeten, dass ein Christ sein Flehen im Gebet und Kirchengesang ausdrücken sollte und nicht auf diese Weise. Die Mullahs vermerkten, dass sie die Lebensweise anderer auf der gemeinsamen Insel achten würden, solange in ihren Vierteln nicht die Stimmen dieser schamlos herumziehenden Frauen zu vernehmen wären.

Dschibrail Pascha wusste lange Zeit nicht sicher, welchen Glaubens er war. Er trug ein osmanisches Obergewand, besuchte aber nie die Moschee. Die Kirche innerhalb der Festungsmauer wurde schon von seinem Urururgroßvater erbaut, aber auch dahin hatte ihn keiner gehen sehen. Er spendete dem Kloster über Dritte Silber und Edelsteine, die durch Überfälle, zum Beispiel von russischen Schiffen, erbeutet worden waren. Ebenso verschenkte er Malfarben an den strengen Curzio, welchen die Mädchen im genuesischen Viertel so fürchteten, dass sie gesenkten Hauptes durch die Straßen liefen.

Dschibrail Pascha Artschiliani machte sich Gedanken über die Beschwerden. Er selbst lauschte oft dem Gesang dieser Frauen, am Waldrand, als einfacher Mann verkleidet und weinte dabei bittere Tränen. Aber wie konnte er das zugeben?

So bestimmte er: Die Frauen sollten mit ihrer Stimme dem Meeresgeräusch folgen, aber einzeln und nachts. Sie sollten nacheinander singen und nicht gemeinsam. Es durfte nur ein Feuer angezündet werden und wann immer fünf Personen mit der Bitte kamen, der Gesang möge aufhören, war er sofort abzubrechen. Allen Vorbeikommenden wurde untersagt, näher als zwanzig Schritte an die Klagefrauen heranzutreten. Das Klagelied sollte dann beendet werden, wenn der zuerst angezündete Heuhaufen auf der Mauerzinne niedergebrannt war. Das wurde von der Festungspauke angekündigt und jeder heimliche Zuhörer, falls es einen solchen gab, hatte den Platz schleunigst zu verlassen. Die Frauen konnten dann, wie aus einem Bad, von den Männern unbeobachtet nach Hause gehen.

Somit schützte der schlaue Dschibrail Pascha auch die Frauen. Da man die Frauen in der Dunkelheit nicht erkannte, konnte man sie nicht mehr der Zauberei oder Hexerei beschuldigen. Auch das Problem der Muslime war gelöst: In der Nacht sieht man die Gesichter der Frauen nicht, sie sind verhüllt und nicht sichtbar, wenn man unter dem gelb-roten Flackern dieses einzigen Feuers nicht genau hinschaut. Außerdem wurde allen Konfessionen erlaubt, dem Gesang der Frauen mit entsprechenden Gebeten entgegenzuwirken.

Dschibrail Pascha hatte die Kläger besänftigt und konnte beruhigt seine Pfeife rauchen. Er wusste allerdings nicht, dass er ein ganz neues Geheimnis des Klageliedes lüftete und ihm einen neuen Bann auferlegte.

Es geschah, dass einige männliche Zuhörer ob dieser neuartigen schicksalhaften Klagelieder eine ganz hoffnungslose Liebe entdeckten, eine einseitige Liebe, die viel betörender ist. Die heimlichen Zuhörer verliebten sich in die Klagenden. Sie konnten nicht sehen, welche der Frauen aus der Stadt sang. Früher sangen sie zusammen, jetzt aber folgte jede einzeln dem Geräusch der Wellen. Zuerst waren es acht, die singen konnten. Später kam ein junges Mädchen aus dem Viertel der Genuesen dazu, heimlich, und sang ebenfalls. Die Frauen aber nannten ihre Namen beim Singen nicht, so dass die heimlichen Verehrer weiß Gott was dachten. Auch wenn sie der Frau bis irgendwohin folgten und sie fragten, antwortete jene, dass sie an diesem Tag nicht gesungen habe. Der Mann war in die Stimme verliebt und konnte die Frau nicht sehen. Einer dachte sogar, er habe sich in seine eigene Frau verliebt.

Diese Liebschaften endeten oft mit Verbitterung.

Schon vor dem Ereignis mit den drei Offizieren passierte so einiges.

Und so wurde das Verliebtsein in die Stimmen zu einer schweren Sünde erklärt, schlimmer als Ehebruch. Aber es konnte nicht abgeschafft werden. Der Liebesschmerz wurde stärker, die Gefühle schwappten über und so erschien der erste Poet auf dieser Insel.

****

Waren denn die Sängerinnen des Klageliedes bzw. die Klagenden schön? Waren denn die Nachahmenden des Wellenrauschens, die Wellensängerinnen, von seltener Schönheit?

Das ist schwer zu sagen. Zum großen Teil waren es Hausfrauen, die Familien hatten und Kinder. Diese Kunst aber hatten sie schon in ihrer Jugend erlernt, je nach Neigung, Stimmung oder besonderem Können. Aber unter ihnen waren auch Frauen, deren Leben durcheinander geraten war, die mit Kind und einer leeren Küche sitzen gelassen worden waren. Es schien, dass diese Frauen einige Abenteuer hinter sich hatten, ihr Antlitz war geheimnisvoll. Die Betreiber der Klageliederclubs hielten sich an die Nachtregel und richteten die Bühne des Clubs als einen spärlich beleuchteten Ort ein. An den Wänden waren zwei düster leuchtende Fackeln befestigt. Auf der Bühne noch eine. Man konnte die Frauen nicht gut sehen.

Deshalb verliebten sich die Männer weiterhin in die Stimmen und Silhouetten.

Neuerdings kam zu dem Geheimnis der Klagefrauen noch etwas hinzu. Früher nannte man die Namen der Klagenden nie öffentlich. Auch wenn der eine oder andere sie kannte, wurde nie offen über sie gesprochen. Denn diese armen Frauen fürchteten immerfort eine gesellschaftliche oder kirchliche Rüge. Ihre wahren Namen kannten außer den Angehörigen nur die Clubbesitzer und die Polizei, die sie in spezielle Listen eintrug. Später wurden

Plakate notwendig, und da diese nicht verboten waren, mussten die Frauen alle ein Pseudonym annehmen: Natelo, Matane, Emine, Talito, Serame, Katana und viele andere. Oft waren diese Namen zusätzlich verschlüsselt, zum Beispiel trat Tschitia als Manano Tschitia auf und Zaisa als Petata Zaisa usw.

Nach Einzug der Elektronik in die Unterhaltung wurde die Klageliedszene noch ergreifender. Man platzierte die Beleuchtung so geschickt und gekonnt, dass man die Gesichter der Frauen unmöglich sehen konnte.

Je mehr Zeit verging, desto leichter wurde es für die Männer, die Klagefrauen aufzufinden. Es gab einige Romanzen, von denen aber keine in eine Ehe mündete. Einige quälten sich wegen der Unerreichbarkeit und Unauffindbarkeit, da die Hintertüren des Clubs nach der Aufführung von zahlreichen Wachleuten beaufsichtigt wurden. Die anderen aber quälten sich wegen dem Auffinden. Ein Jüngling aus dem Hause Nianiani war weit gegangen und hatte so lange gesucht, bis er schließlich ein Treffen mit seiner liebsten Klagefrau arrangieren konnte. Der Anblick der Frau war für ihn vernichtend, da er Wunder wen erwartet hatte, aber einer kleinen, rundlichen und kümmerlichen Tante begegnete. Später erzählte er den Freunden, dass man ihm sicher jemand anderes geschickt habe. Er benötigte eine lange Zeit, um sich von der Zerstörung seines Traumbildes zu erholen.

Es wurde angenommen, dass die Klagefrauen heimliche Verehrer hatten, oft nicht nur einen. Darüber erzählte man interessante Geschichten. In den Clubs aber wurde man immer pfiffiger. Die Silhouetten der Frauen schienen immer sehr schön. Man erzählte deshalb auch, dass dort hübsche Mädchen hingesetzt wurden, aber ganz andere sangen. Ein Clubbesitzer, der sich so etwas erlaubte, kam in Verruf und verlor seine Zuhörer. Aber das kam selten vor. Verschiedene Clubs erzählten absichtlich solche Geschichten übereinander.

Zwischen Klagefrau und Wellensängerin galt der Ersteren immer noch das größere Interesse, obwohl die Zweite genauso an Bedeutung gewonnen hatte. Man nahm an, dass die Klagefrauen leichtsinnige, schicksalhafte, gefährliche und ehebrecherische

Frauen waren. Wenn aber eine Frau von mindestens drei anderen Frauen gehasst wird, ist es für sie sehr schwer, ihre Unschuld zu beweisen.

Verheimlichte Affären, Leid, aufgeschnittene Pulsadern sowie schonungslose Schüsse ins eigene Herz, bis hin zu zerstörten und zerrissenen Familien, zu Kämpfen und vom Brüllen und Weinen gebrochenen Stimmen – all das waren die Folgen des Verliebtseins in die Stimme einer Klagefrau, der Suche nach ihr, ihres Auffindens und des Verweilens bei ihr.

So nahm man an, dass es gewesen sei. Es kann auch anders gewesen sein, selten, aber möglich.

ZWEI MIT WEINTRAUBEN BELADENE OCHSENGESPANNE

ES LEBE DIE KÖNIGIN, ES LEBE DAS VOLK

Diese alte Frau war die Einzige. Sie hatte alles erlebt und war immer noch da. Man wartete auf ihren Tod. Sie hatte noch einen Enkel: Er hieß Demetre. Nachdem sie ihn zum Studium fortgeschickt hatte, kehrte er nie wieder zurück.

So etwas kam vor auf der Insel. Wenn man zum Studium fortgeschickt wurde, musste man erfolgreich zurückkehren und sich nach der Rückkehr sofort beruflich betätigen.

Er jedoch kehrte nicht mehr zurück. Er schrieb seiner Großmutter Briefe, was dank dem Hauptpostamt alle wussten. Man könnte natürlich nicht wissen, was er ihr schrieb und was sie ihm darauf antwortete.

Die Alte ging einmal im Monat zur Bank.

Sie lebte im Pfeifenviertel in einer Zweizimmerwohnung im zweiten Stock und hieß Agatia. Besser gesagt, hieß sie Agatia Zichistawi-Artschiliani, Verwalterin der Ferne, des Wassers und des Himmels, eingesetzt von David, aus der Dynastie der Pankration-Davitiani, Dienerin Johannes des Täufers, Kreuzritterin und große Herrin.

So lautete der Titel des letzten Erben der Zichistawi und Piratenkönige und er war eine Frau.

Für den Thron ist ja die Herrschaft einer Frau oft vorteilhafter.

Ihr Sohn, den sie trotzig Solomon IV. nannte, war vor fast zwanzig Jahren bei jenem wohlbekannten Unfall umgekommen. Er befand sich mit einer geliehenen Jacht auf offenem Meer, als sich ein Unglück ereignete. Aus den Meeresfluten konnten sich nur zwei Personen retten. Mit ihm kam auch die Schwiegertochter, Lady Mary, ums Leben. Sie hinterließen einen Sohn, den sie, wie der Zufall es wollte, nicht auf den Ausflug mitgenommen hatten.

Agatia zog den Enkel groß, aber es war eine mühevolle Erziehung, an der die Königin scheiterte. Sie hieß zwar Königin, aber man sah es ihr fast nicht mehr an.

4

Ganz allein auf sich gestellt, wurde sie von allen Seiten angegriffen und scheiterte.

Im Grunde ist das eine alte Geschichte.

Nach dem Krimkrieg, als die Engländer die Insel Santa Esperanza besetzten, die Osmanen täuschten und die Russen sowieso nichts zu sagen hatten, unterzeichnete Colonel Rollston mit dem Urgroßvater von Agatia, Pascha Sari Beg, einen Vertrag zwischen den Inseln und dem Britischen Reich.

Er war das Ergebnis einer großen Intrige. Zu Beginn schien alles noch sehr unklar, denn bisher hatten die Briten diesen Ort in ihren Berichten Saint-John-Inseln genannt. Nach vielen Verhandlungen, welche Rollston heimlich, ohne Sari Beg, mit den Vertretern der berühmten Familien dieser Inseln – den Wisramiani, Kariani, Asadliani, Nianiani, Matiani, den Genuesen da Costa und Uso di Mare sowie dem Osmanen Dschafar Bey und anderen führte, ging keiner mit leeren Händen. Die Genuesen konnten ihre Handelshäuser behalten und verlangten die Umbenennung der Insel in Santa Esperanza. Damit wollten sie unterstreichen, dass sie zu den ältesten Siedlern der Insel zählten. Die Wisramiani und Kariani erhielten bestimmte Monopole. Dschafar Bey und Sinan Bey erreichten mit Hilfe der Engländer, dass die Handelsrechte dem osmanischen Recht angeglichen wurden. Nach diesen Verhandlungen und Besprechungen stellte sich heraus, dass die Vorfahren von Sari Beg, die Artschiliani – über Generationen Burgvögte und seit sieben Jahrhunderten Könige – laut Staatspapieren gar nichts darstellten, außer dass sie von den Osmanen eingesetzte Beamte waren. Da nun anstelle der Osmanen die Engländer die Insel besetzt hielten, wäre Sari Beg unter ihnen niemals Beamter geworden. Auch sein Besitz war, im Vergleich zu den anderen auf der Insel, sehr bescheiden.

Sari Beg konnte um sich herum keine Stütze finden außer seinen zweihundert Reitern und dem hässlichen Rostkahn, dessen Kanonen bösartig auf die Festung selbst gerichtet waren. Es blieb ihm also nichts anderes übrig, als die Papiere von Colonel Rollston von rechts nach links zu unterschreiben.

Nach osmanischen Herrschaftsregeln gehörte die gesamte Inselgruppe Sari Beg, solange er Pascha war. Mit christlichem Namen hieß er Konstantin Artschiliani. Nun pachteten die Engländer die Inseln von ihm.

Damit täuschte Rollston auch die Osmanen. Er ließ Sari Beg alte Papiere hervorkramen, die nachwiesen, dass König David der Erbauer diese Insel eben dessen Vorfahren als Landsitz anvertraut hatte. Colonel Rollston drehte die Sache so, dass das Britische Reich die Inseln angeblich von den Osmanen, in Wirklichkeit aber von den Artschiliani gepachtet hatte. Die Pacht aber bezahlte es den Osmanen, denn die Artschiliani waren weder Könige noch Beamte der Osmanen. Die Dokumente waren mit englischer Arglist erstellt. Sicher bemerkten die Osmanen den Trick, aber die Pacht war über so lange Zeit und so hoch angelegt, dass ihre Staatskasse sich damit wesentlich füllte, und sie gedachten, erst nach anderthalb Jahrhunderten zu streiten, wenn es denn etwas zum Streiten gäbe. Möglicherweise dachten sie auch, ein Streit würde sich über ein Jahrhundert hinziehen, und beließen es dabei.

Nachdem die Engländer Sari Beg Pascha überredet hatten, setzten sie ihren Gouverneur ein und stationierten ihre Truppen auf der Insel. Es war noch nicht viel Zeit vergangen, als zwei Kapitäne den ehemaligen Burgvogt in seiner Zitadelle besuchten. Sie übermittelten ihm die Bitte des Gouverneurs, den Engländern Dokumente darüber vorzulegen, dass die Festung im Besitz seiner Vorfahren war. Angeblich brauchten sie sie für das Staatsarchiv. Solche Papiere hatte Sari Beg nicht.

Auf Santa Esperanza erfuhr man zum ersten Mal, dass man für seinen Besitz Urkunden benötigte. Besser gesagt, begriff man, dass mit Hilfe von Gesetzen leicht jemand beraubt werden kann. Diese Regel nutzte später sehr geschickt der zänkische Wisramiani. Aber vorher waren die Engländer Meister darin. Sari Beg wurde erneut von den Offizieren besucht, welche ihm die Anweisung des Gouverneurs und Regimentsobersten übermittelten. Darin wurden er und seine Familie aufgefordert, die Festung innerhalb von drei Tagen zu räumen. Man bräuchte die Zitadelle für das Regiment, da sie eine strategisch wichtige Position einnehme.

Sari Beg hatte einen Fehler gemacht, als er die Papiere William Rollstons unterzeichnete. Jetzt blieb ihm keine andere Wahl. Seit Generationen den Frieden gewohnt, verließ er den Hügel und ging aufs Land, wo er ein wunderschönes Haus hatte. Sari Beg hatte ein gutes Stück Land, und die Hälfte der Bauernschaft arbeitete auf seinen Ländereien. Aber innerhalb von zehn Jahren stellte sich heraus, dass er gar nicht mehr so reich und die Landwirtschaft auf der Insel am Aussterben war. Die Händler schenkten Sari Beg, seinen Auberginen und seinem Getreide keine Beachtung mehr.

Er wurde zu einem durchschnittlichen Gutsbesitzer. Das Einzige, was ihm noch gelang, war die Errichtung eines Golfclubs, der von den Engländern und ihren Gästen gut besucht wurde und ihm gewisse Einkünfte sicherte.

Sari Beg Artschiliani war gerade erst gestorben, als die Engländer den Inseln so etwas wie eine Verfassung gaben. Darin waren die wichtigsten Familien der Insel aufgelistet. Dabei kam es sogar so weit, dass sie vergaßen, die Artschiliani mit einzutragen. Die auserwählten Familien wurden besonders geehrt und bekamen als Privilegium die Staatsbürgerschaft. Das war wichtig, denn Anfang des 20. Jahrhunderts gab es auf Santa Esperanza Arbeitsplätze und es kamen viele Abenteurer ins Land. Diese hatten nach Forderung der mächtigen Familien auf den Inseln kein Recht, Grund und Boden zu erwerben.

Dass der Name der Zichistawi auf der Liste fehlte, fiel ihnen letztendlich dennoch auf. Um unnötiges Gerede zu vermeiden, setzte der Kanzler des Gouverneurs, Mr. Twinkle, diesen Namen eigenhändig ans Ende der Liste. Doch die auserwählten Familien erkannten den Zusatz nicht an. Deshalb erhielten die Artschiliani-Zichistawi als Ausdruck des guten Willens seitens des Gouverneurs ein anderes Privilegium, das eher einem Scherz gleichkam. Sie durften einem beliebigen Menschen einen beliebig schönen Titel oder Rang verleihen. Der Gouverneur setzte dafür sogar einen Preis fest: Entweder die Artschiliani vergaben den Titel nach eigenem Wunsch oder es musste dafür gezahlt werden.

Seitdem ist viel Zeit vergangen, aber die Dinge veränderten sich nicht oder nicht zum Besseren. Die Artschiliani jedoch bewahrten ihr mittelmäßiges Vermögen.

Als die Prozessliebhaber Agatia allein wähnten, schritten sie zum Angriff auf die hilflose Frau. Denn ihr verstorbener Sohn, der ein geschickter Geschäftsmann gewesen war, hatte nach seinem plötzlichen Tod viele offene Angelegenheiten hinterlassen. Die arme Frau, welche zu Lebzeiten ihres Mannes und ihres Sohnes nichts mit den Geschäften zu tun hatte, wurde völlig ausgenommen. Es gab niemanden, der sie in Schutz nehmen konnte. Man stellte ihr zwar widerwillig einen Anwalt in grüner Uniform zur Verfügung, aber der erwies sich ebenfalls als Heuchler.

Das Ergebnis dieser Angriffe war, dass ihr zum Leben eine nur sehr bescheidene Rente blieb sowie das Geld, das die Plünderer dem Sohn ihres ehemaligen Geschäftspartners großzügig für ein höheres Studium auslegten.

Agatia ging einmal im Monat zu Fuß zur Bank. Sie war schmächtig, etwas gekrümmt und schwarz gekleidet, trug einen Schleier und oft nur einen Ohrring. Über der Brust hatte sie mit einer uralten Brosche zwei ebenso uralte Pfauenfedern befestigt, welche ihre Vorfahren, die Paschas, vom Sultan als Zeichen des Wohlstands bekommen hatten. Sie stützte sich auf einen Männerspazierstock mit silbernem Endstück. Darin versteckte sich ein kleines Stilett. Sie hatte keinen anderen Spazierstock und musste deshalb diese etwas schwere Waffe benutzen. Ihr Handtäschchen war glatt gerieben und an den Seiten aufgesprungen. Sie hatte kein Dienstmädchen.

Einmal in der Woche schob sie einen vollen Einkaufswagen vom Cornershop des Osmanen, der gegenüber ihrem Haus lag, nach Hause. Sie ließ hier anschreiben, denn mit Kreditkarten kam sie nicht zurecht und benötigte diese auch nicht: Alle wussten, egal was passierte, sie war die Königin und die Burgvogtin, obwohl das nun keine Bedeutung mehr hatte.

Aus der Bank kommend, ging sie einmal im Monat, da sie Geld im Handtäschchen hatte, mit ihrem schweren Spazierstock auf die Erde pochend, zum Kaffeehaus »Zur Tabakspfeife von Ali Bey und Basila« im Glücksviertel.

Einmal im Monat erlaubte sie sich einen ordentlichen Kaffee. Sie rauchte natürlich keine der Pfeifen, hatte aber eine Vorliebe für englische Zigaretten und trug ständig welche in ihrem Zigarettenetui bei sich.

Der Besitzer des Kaffeehauses, Morad Bey, empfing sie stets mit größter Ehrerbietung. Er rückte ihr persönlich den Stuhl zurecht, schob den Kaffee selbst in den Sand und blies den Schaum weg.

Er war ein großer Verehrer der Königin und nannte sie Khanum der Khanume*. Er hielt die Vergangenheit der Burgvögte in Ehren und sein Kaffeehaus trug den Namen von Agatias Vorfahr Ali Pascha.

Agatia hatte ein kleines Stück der Pfeife von Ali Bey geerbt. Diese Pfeifenstücke waren für Morad Bey das Wichtigste und die Alte hatte ihm einst versprochen, ihm dieses Stück in ihrem Testament zu vermachen. Das wollte sie durch den Notar extra vermerken lassen und ihn damit zum königlichen Pfeifenaufseher ernennen.

Als Agatia ihm dann die offizielle Urkunde des königlichen Pfeifenaufsehers überreichte, bekam Morad Bey fast einen Herzschlag.

Diese Ehre bewegte Morad Bey so sehr, dass er der Alten sofort einen Brief schickte und ihr mitteilte, sie könne sich im Kaffeehaus jederzeit unentgeltlich bedienen lassen. Aber die alte Frau kam wie immer einmal im Monat, mittwochs, früh morgens um zehn, in das Kaffeehaus. Es war auch nicht anders zu erwarten, denn die Herrin der Herrinnen nahm keine Almosen an.

Einmal im Monat, am letzten Samstag, ging Agatia im Strandviertel spazieren. Sie ging aber nicht am Strand entlang, sondern auf der anderen Seite, durch die Zitronenallee. Dort setzte sie sich auf eine Bank und schaute lange aufs Meer.

Hierzulande hatten alle ihre eigene Art, aufs Meer zu schauen oder mit dem Meer zu sprechen. Die Burgvögte Artschiliani hatten ein ganz besonderes Verhältnis zum Meer. Sie waren seit Jahrhunderten an diesen Ausblick gebunden. Seit Generationen lebten sie in der Zitadelle, die einem an einer Veranda hängenden

---

* Khanum – türkisch: »Herrin«; hier »Herrin der Herrinnen«

Blumentopf glich. Einen anderen Ausblick gab es nicht. Als der letzte Pascha, Sari Bey, in das Haus am Waldrand in die Mitte der Insel zog, kam er ebenfalls einmal im Monat zum Meer. Er schaute zu seiner Festung empor, auf der nun die Flagge der Briten wehte, und starrte danach stumm aufs Meer.

DIE BOTSCHAFT IN DER FLASCHE

Einige Papierbogen des Gouverneursarchivars Sampson Brass, 1893

»Der Regent einer Insel unterscheidet sich vom Regenten auf dem Festland. Wenn die Herrschaft eine dynastische ist, bilden sich im Geschlecht der Regierenden bestimmte Gewohnheiten heraus. Diese aber beeinflussen auch ihren Charakter. Dem Herrscher einer Insel reicht sein vom Wasser begrenztes Territorium völlig aus. In Bezug auf diesen bedeutsamen Wesenszug von Inselbewohnern gibt es eine große Ausnahme – das Britische Imperium. Abgesehen von dieser einen weltverändernden Ausnahme genügte augenscheinlich den übrigen Insulanern ihr Stück Land schon immer. So war es Jahrhunderte lang auch in Santa Esperanza (früher Saint John), dessen größte Sünde ein bescheidenes Piratentum und der Sklavenhandel war. Zieht man diese im Mittelalter verbreiteten Tätigkeiten nicht in Betracht, kann man sagen, dass diese Inseln schon immer ziemlich friedlich waren, da die Seeräuber wegen ihrer armseligen Schiffe und um sich selbst nicht in Gefahr zu bringen nicht weiter als einhundert Meilen kamen.

Ich getraue mich deshalb, meine bescheidenen und abgenützten Gedanken aufzuschreiben, weil ich in der letzten Zeit sehr viel über den ehemaligen Burgvogt dieser Inseln, Konstantin Artschiliani, alias Sari Beg, nachgedacht habe. Schon als sehr junger Mann wurde ich mit ihm bekannt, als sich auf der Insel allmählich unsere Herrschaft etablierte und ich als einer der drei Archivare tätig war.

Sari Beg war der letzte Herrscher von Saint John, der in den letzten Jahren ein beträchtliches Vermögen verlor und vor dem Tod entschied, all seine Papiere, die ihm nach den Turbulenzen des Schicksals erhalten geblieben waren – an die fünfzehn Kisten –, nicht an das Staatsarchiv abzugeben, sondern an das christlich-orthodoxe Kloster Johannes des Täufers. Er war verbittert und enttäuscht, da zu seinen Lebzeiten keiner der drei Gouverneure sein Wohlwollen und seine Würde schätzte. Jeder nahm ihm etwas weg, nach Gesetzen und Regeln, die er nicht verstand. Überhaupt hielt er von geschriebenen Dokumenten nicht viel, was wohl etwas Orientalisches sein muss. Papier sei wertlos, man könne es mit Wasser abspülen und erneut beschreiben, sagte er mir vor fast dreißig Jahren, als er in unserem Archiv ein falsches Dokument suchte, um seinen eigenen Wald zu retten. Er fand die Dokumente nicht. Für ihn waren ritterliche und ehrenhafte Absprachen sowie die Vergangenheit Gesetz. Eben das, was in unserer Zeit völlig unnütz geworden ist.

Sari Beg sprach ausgezeichnet Georgisch, Osmanisch und Italienisch, von Letzterem sagte man mir, es sei ein altgenuesischer Dialekt. Auch die englische Sprache erlernte er sehr schnell und leicht. Die natürliche Mehrsprachigkeit ist ein besonderes Talent der Inselbewohner, denn sie müssen sich seit Jahrhunderten in mehreren Sprachen verständigen. Er war ein äußerst ehrenhafter Mann, der nicht einmal einer Ameise etwas zuleide tun konnte. Aber seine persönlichen Eigenschaften waren in unserer Zeit leider völlig fehl am Platze.

Sari Beg war Moslem. Andernfalls wäre er nicht Burgvogt geblieben. Seine Vorfahren waren schon seit dreihundert Jahren Moslems, was sich in seiner Tracht und dem Geschmack zeigte. Aber keiner von ihnen war, wie er mir sagte, beschnitten. Sie änderten nur den Namen und schworen Treue, Sie wurden zweimal getauft, denn gleich nach der Geburt fand die christlich-orthodoxe Taufe statt. Ich habe kein einziges Mal gesehen, dass Sari Beg in die Moschee gegangen wäre. Er sprach auch nie über seinen Glauben.

Er besuchte keine der Kirchen. Auch wenn es eine sehr persönliche Angelegenheit ist, fragte ich ihn doch einmal, zu welcher Religion er sich eher hingezogen fühle. Er lächelte und antwortete mir, dass sein Geschlecht seit achthundert Jahren die Insel regierte. Regentschaft sei aber eine Angelegenheit, die es nicht geziemend erscheinen lasse, vor den Augen anderer zu beten.

Innerhalb von dreißig Jahren richtete sich Sari Beg nur ein einziges Mal mit einem Gesuch an die Kanzlei des Gouverneurs, was von ihm rechtzeitig und vortrefflich durchdacht war. Sari Beg schlug dem Gouverneur vor, auf der Insel allen Konfessionen das öffentliche Beten zu untersagen, mit Ausnahme des Gebets bei Beerdigungen. Überhaupt hat Santa Esperanza mehrere Gesetze, die es streng verbieten, etwas öffentlich zu tun, was andere provozieren könnte. Ich denke, dass dieses Verbot genau richtig war bei so vielen verschiedenen Nationalitäten auf so kleinem Territorium. Mit diesem Vorschlag waren alle unzufrieden, aber der Gouverneur verabschiedete nach zweijährigen Verhandlungen ein Gesetz, das bis heute als Sari Begs Gesetz bekannt ist. Es verbot alle möglichen öffentlichen Rituale und Zusammenkünfte, die nicht oft, aber häufig zu Missverständnissen führten.

Sari Beg sagte damals: Wenn du öffentlich betest, willst du, dass andere es dir nachmachen. Wenn sie es aber nicht tun, grämst du dich im Inneren. Was nützt aber das Beten, wenn du dich im Inneren grämst?

Nach seinem Tod, in diesem Frühjahr, brachte man uns Kopien der Papiere, die er beim Notar hinterlassen hatte. Es war eine dünne Mappe mit seinem britischen Ausweis, den er nie benutzt hat, und die dritte Abschrift seines Testaments. Der Alte hatte ein sehr armseliges Vermögen hinterlassen, das er insgesamt seinem Sohn und dessen Nachkommen vermachte. Er war der letzte Esperantiner, der die moderne Kleidung hartnäckig ignorierte. Er trug eine sehr seltsame Tracht, die kaum jemand anderem als ihm stehen würde. Er trug fast immer Schwarz, das keine osmanische Farbe ist. Der knopflose, etwas kurze und anliegende Janker aus dickem Stoff stand ihm gut. Es war natürlich kein Janker, sah diesem aber sehr ähnlich. Auf dem Kopf trug er zwar ständig etwas, was einem osmanischen Turban glich, aber er hatte es ganz locker um den Kopf geschlungen, wie es die Bauern bei der Arbeit auf dem Feld machen. Die Stiefel waren glattpoliert und hatten einen roten Streifen an der Sohle. Die Hose war weit nach osmanischer Art und aus dünnem Leinenstoff. Das alles stand ihm vortrefflich, sowohl in seiner Jugend als auch später. In seinem Testament erstaunte mich der Passus, dass er alle Dokumente der Artschiliani, die er besaß, dem Kloster hinterlassen wollte. Er wiederholte seinem Sohn auch oft genug, dass seine Familie einen Zufluchtsort habe – nämlich das Kloster. Diesen Zufluchtsort habe man zwar noch nie gebraucht, aber die Zeit würde noch kommen.

Diese Worte ließen mich stutzen. Sari Beg war nicht ein Mann, der etwas umsonst aufschrieb. Er schrieb ungern und alles, was er schrieb, war das Ergebnis großer Mühe.

Nach und nach begann ich, meistens nach der Arbeit, mich mit der Vergangenheit der Artschiliani-Burgvögte zu beschäftigen, und begriff, dass ich es mit einer ganz besonderen Dynastie zu tun hatte. Ich wandte mich mit einem speziellen Bittschreiben an das Kloster und erbat das Recht, eine Liste der Schenkungsurkunden erstellen zu dürfen. Der Abt gab mir zwei Tage dafür, überließ mich aber nicht mir selbst bei den bis dahin ungeöffneten Kisten. Als junger Mann wäre es für mich sehr schwierig gewesen zurechtzukommen. Da ich aber die Klosterschrift schon gut beherrschte, konnte ich trotz vieler griechischer Dokumente doch eine einfache Liste erstellen.

Ich begriff, dass sich im Kellergewölbe des Klosters der größte Schatz der Insel befindet. Ich entdeckte sehr beeindruckende Listen davon, was die Artschiliani dem Kloster über Jahrhunderte alles spendeten. Das alles zusammengezählt würde keine Wünsche übrig lassen. Andererseits, hätten die Artschiliani das alles nicht gespendet, wären sie reicher als der reichste Sultan gewesen. Es ist mir unbekannt, wohin das Kloster diesen Schatz verbrachte. Vielleicht wurde ein Großteil davon nach Konstantinopel oder sonst wohin geschickt. Wenn er sich aber immer noch auf der Insel befindet, ist dieser Ort ein Eldorado und ich müsste Stillschweigen darüber bewahren. Würde jemand so wie ich den Papierfriedhof studieren und es bekannt machen, würden Tausende Gauner und

Diebe ins Land wandern und auch die Einheimischen würden sich daran vergreifen.

Nach dieser Entdeckung betrachtete ich Sari Beg und seine Vorfahren mit anderen Augen. Es ist noch nicht ein Monat vergangen, seit ich diese Liste fertiggestellt habe, und ich bin nun überzeugt, dass das Geschlecht der Zichistawi das Beste der Insel ist. Ich erkannte auch seine wesentlichen Charakterzüge und wie dieser Charakter über Jahrhunderte durch die äußeren Umstände geprägt wurde.

Es ist schwierig, im Mittelalter gutmütige und nachsichtige Regenten zu finden. Die Artschiliani waren es. Meines Erachtens deshalb, weil sie mit niemandem Krieg führten, aber ständig in Erwartung eines Feindes waren. Als der georgische König ihre Vorfahren erstmals als Verwalter der Insel einsetzte, beruhigten sie sich. Die Titel des Festlandes, ob Herzog oder Graf, bringen die Menschen auf dunkle Gedanken. Auch die ständigen Streitereien mit Nachbarn sind etwas Alltägliches. Wenn man aber auf drei kleinen Inseln für sich eingeschlossen ist und nicht einmal einen Nachbarn hat, kommt man auf keine Arglist.

Die Festung sollte den Feind aufhalten, der auf dem Seeweg kam. Es kam aber kein Feind. Als er dann doch kam, hatte es keinen Sinn mehr, ihn aufzuhalten. Denn es gab kein Land mehr, das man verteidigen konnte, sondern nur noch Fetzen, über die Fremde bestimmten. Deshalb verständigten sich die Zichistawi mit den Osmanen.

Für die Osmanen waren diese Inseln weit entlegene Provinz.

Die Gelassenheit der Artschiliani aber ging allmählich in Gram über und in die eine oder andere gute Tat, von denen noch heute erzählt wird. Märchen gibt es in diesem Land nur über die Artschiliani.

Ich könnte noch vieles erzählen, da ich beim Schreiben dieser Botschaft immer unruhiger werde. Ich weiß nicht, warum ich meine einfachen Gedanken aufschreiben will. Zu Beginn wollte ich nur jemandem die Geschichte von Sari Beg erzählen. Da ich nur das Abschreiben kurzer Dokumente und dergleichen gewohnt bin, ist mir das nicht gut gelungen. Erst jetzt merke ich, dass in

4

meinem Schriftstück das einzig Interessante für andere Leser die Geschichte vom Schatz im Kloster ist. Ich vermochte es nicht, das Geheimnis zu wahren, denn es ist bereits aufgeschrieben. Die Menschen werden sich sicher nur dafür interessieren. So ist eben ihre unersättliche Natur.

Jetzt würde ich das Geschriebene am liebsten verbrennen, kann es aber nicht. Denn dafür habe ich es nicht geschrieben. Je älter man ist, desto sentimentaler wird man. Mein Wunsch war, etwas über die Zichistawi zu schreiben. Ich habe ihre Vergangenheit aus eigenem Interesse gründlich und ehrlich erforscht. Schon damals war ich mit Sari Beg nicht einer Meinung, dass Geschriebenes keinen Wert hat. Warum sollte ich also meine Sonntagsstudie vernichten?

Womöglich wegen des unermesslichen Schatzes, der erwähnt wird. Dieser Gedanke kommt mir schon das dritte Mal. Aber ich entschied mich wie ein Engländer, nicht wie ein Zichistawi. Das ist leider mein Entschluss, denn erst vor kurzem las ich den Roman eines französischen Schriftstellers, in dem eine Flaschenpost einem armen, hässlichen Jüngling zur Lordschaft verhilft.

Es ist nichts leichter, als diesen Brief ins Feuer zu werfen. Aber das fällt mir schwer. Noch schwerer fällt mir, ihn so liegen zu lassen. Er könnte in falsche Hände geraten. Meine Unerfahrenheit im Schreiben ist der Grund, warum ich meine Gefühle nicht besser ausdrücken kann. Es muss der gleiche Geist sein, der Sir Francis Drake und Sir Walter Raleigh zum Gottesdienst brachte. So weit führt uns diese Geschichte.

Ich dachte gestern den ganzen Tag nach und überlegte mir Folgendes: Ich werde einen Hauptmann der Inspektionsequipe, zum Beispiel Seldon, bitten, mich aufs offene Meer mitzunehmen. Ich könnte auch die Fischer fragen, aber sie würden sich wundern Dann werde ich die Flasche heimlich über Bord werfen. Ich gebe vor, mich nach einer Meeresbrise zu sehnen. Auch das Wetter ist günstig. Vielleicht ist für die Flasche ein wogendes Meer besser.

So wird es gemacht.

Oft verwandelt sich eine mit guten Absichten begonnene Sache in ein Abenteuer. Alle in meiner Familie liebten gewissermaßen die Gefahr, nur wollte das keiner zugeben, sie hassten sie angeblich. Dieser Entschluss ist meine Initiative. Nun bitte ich den Finder dieses Schreibens, nicht an mich zu denken, sondern daran, wie edel ein Mensch sein kann.

Mich beruhigt, dass ich dem Entdecker dieser Flasche mit meinem ungelenken Schriftstück die Möglichkeit biete, sowohl dem Beispiel der Zichistawi zu folgen als auch seine eigene, nach dem Gold trachtende Hand genau zu beobachten.

Ich möchte meinen Namen an dieser Stelle nicht nennen. Wenn ihn jemand unbedingt erfahren will, bekommt er ihn sowieso heraus. Ich hoffe, dass die Flasche nicht schon zu meiner Lebzeit auftaucht und dass sie meinen Kindern keine Unannehmlichkeiten beschert.

Es schütze Sie Gott und die Königin Viktoria. Herbst des Jahres 1893, Sturmtage.

Möge Sari Beg in Frieden im Himmel ruhen, ohne zu wissen, dass es auf Erden Aktenstöberer gibt.

Es bete für mich, wer diese Flasche findet. Ich aber verspreche, dass ich den Schatz des Klosters nicht zu suchen beginne und auch niemandem davon erzähle. Ich schwöre hiermit, dass ich meine Gedanken nie und nimmermehr aufschreibe und unsere Familienbriefe durch meine Frau schreiben lasse.«

AGATIA UND DIE DREI UNBEKANNTEN

»Wenn Sie es mir nicht übel nehmen, möchte ich Sie, Khanum der Khanume, um etwas bitten.« Morad Bey kannte die Macken der Alten genau und sagte ihr nichts, bevor sie nicht ihren Kaffee bekommen und zwei Schluck genommen hatte.

Während sich Agatia die Zigarette anzündete und einmal daran zog, näherte sich Morad Bey und sprach leise durch den Schnurrbart:

»Sehen Sie den Mann mit den sandfarbenen Shorts und der Brille auf der Nase? Dieser Mann kam vor drei Tagen zu mir und sagte, er sei ein Freund von Mr. Clever. Mr. Clever ist einer der berühmtesten englischen Schriftsteller und mein Freund. In seinem Buch widmet er ein ganzes Kapitel meinem Kaffeehaus. Vielleicht haben Sie schon davon gehört ...«

»Ja, ich habe davon gehört«, erwiderte Agatia Khanum, »es ist ein gutes Buch.«

»Nun, dieser Mann ist ein Freund von Clever. Er kommt aus London. Er ist Journalist und ... Er sagte mir gleich am ersten Tag, dass es sein großer Wunsch sei, mit Ihnen zu sprechen. Er kennt Sie schon seit Langem und hat einiges über Sie gehört ... Er hat lange Haare ... Er ist ein großer Verehrer der Insel. Er kommt zwar aus London, ist aber, wie er sagt, Franzose ...«

»Ich trinke diese Tasse aus, dann kann er rüberkommen«, erwiderte die alte Frau, »er soll sich kurzfassen, du weißt schon, Morad Bey, ich bin nicht besonders klug.«

»Nicht doch, Khanum, nicht doch ...« Morad Bey entfernte sich im Rückwärtsgang.

»Heute hat man mich schon genug zum Narren gehalten«, nuschelte Agatia für sich und griff zur Tasse.

Aus den Sandalen unter dem Tisch schauten die kräftigen Zehen des Franzosen hervor. Seinen Rucksack hatte er auf den Stuhl neben sich gelegt. Agatia dachte, dass dieser Mann unmöglich ein Franzose sein konnte. Solche Zehen können nicht von einem Franzosen sein, sondern nur von einem Engländer.

»Théveneau de Morande.« Als sie Morad Bey ein Zeichen gab, kam er herüber und verneigte sich vor der Greisin.

»Wozu die Reverenzen? Sie sind ohnehin nicht entsprechend gekleidet«, sagte sie und zeigte auf den Stuhl.

»Das ist wegen der Urlaubssaison«, der Franzose lächelte, »ich kenne Sie schon seit Langem von Weitem, Baronesse.«

»Ich bin keine Baronesse.«

»Verzeihen Sie mir auch das bitte. Wir Franzosen kennen uns mit Titeln sehr schlecht aus, es sind fast zweihundert Jahre her, seit wir ...«

Sie lächelte und hob ihren Schleier mit zwei zitternden Fingern etwas an.

»Da Sie nun einmal mein Gast sind: Wollen Sie etwas trinken oder rauchen? Hier sind Zigaretten.«

»Danke, das ist vortrefflicher Tabak, aber ich rauche meine. Der französische Tabak hat weniger Geschmack, aber ist stärker. Ich habe mich daran gewöhnt.« Morande zog seine Schachtel aus der Tasche.

»Ich kann den französischen Qualm nicht ausstehen«, sagte die Frau.

»Hi, hi, da fällt mir eine Geschichte ein« – Morande zog an der Zigarette – »eine Geschichte, die mein deutscher Freund in Berlin erlebte. Er verliebte sich in eine kubanische Studentin und auch sie war bereit, diese Gefühle zu erwidern. Am entscheidenden Abend saßen sie im Café. Die Frau zog kubanische Zigaretten aus der Tasche und bot sie dem Mann an. Ich kann mich sogar an den Namen der Zigaretten erinnern – ›Popular‹. Kubanische Zigaretten sind sehr stark. Einem Neuling verbrennen sie den Hals und verursachen Husten. Dieser Deutsche rauchte eine Zigarette und lehnte das zweite Angebot ab. Sie aber ließ nicht locker und bot ihm immer wieder Zigaretten an. Schließlich fragte er, warum er diese schrecklichen Zigaretten rauchen sollte, er könne nicht mehr. Die Frau stand auf, warf ihre Tasche über die Schulter und antwortete: Du kommst nicht mal mit einer kubanischen Zigarette zurecht. Wie willst du da mit einer kubanischen Frau zurechtkommen?«

»Und sie ist gegangen?« Königin Agatia lächelte.

»Sie ist gegangen …«

»Eine etwas wilde, aber schöne Geschichte
Der Franzose kam gleich zur Sache.

»Ich möchte Ihnen keine Zeit rauben, ich bin Journalist und berichte eher über politische Unterwassergeschichten.«

»Dann sind Sie ein Taucher.«

»Nicht ganz nach den Regeln … aber fast. Ich schreibe keine Geschichten, sondern verkaufe sie. So einen Beruf gibt es auch.«

»Ja, aber ich verstehe nichts von Politik«, sagte die Alte.

»Sie haben sie im Blut«, sagte Morande lachend.

»Im Blut habe ich Erythrozyten und Leukozyten«, entgegnete die Frau. »Und ich kümmere mich wenig, sie instand zu halten.«

4

»Das ist eine wunderbar politische Antwort. Da wird mir schon vieles verständlich.« Der Franzose lachte sie wieder an.

»Haben Sie noch nie darüber nachgedacht, was passieren wird, wenn die Engländer das Land verlassen? Noch sechs Monate und alles wird anders. Etwas mehr als sechs Monate. Wir brauchen es nicht genau zu zählen …«

»Es ändert sich nichts«, sagte die Frau überzeugt.

»Haben Sie nicht daran gedacht, gewisse Forderungen zu stellen?«

»Ich bin schon zu alt.«

»Aber Ihr Enkel ist jung.«

»Ich habe ihm untersagt zurückzukommen.«

»Warum?«

»Um sich nicht solche Fragen anhören zu müssen.«

»Also haben Sie doch schon darüber nachgedacht.«

»Ich rauche hier gewöhnlich nur eine Zigarette, Monsieur Morande. Rauchen Sie nicht so viel, dass meine Lungen verderben.«

»Oh, nein, wenn ich Sie ermüdet habe …«

»Nein, ich möchte einfach nicht mehr rauchen. Denken Sie, ich schreibe den Engländern einen Brief, dass ich den Thron zurückhaben will? Da irren Sie sich. Und denken Sie bitte nicht, dass ich etwa mit den Türken über Politik spreche, obwohl ich, wie Sie sehen, von der türkischen Gemeinde hoch verehrt werde: von Morad Bey wie von Tolumbasch Bey Kirizim Ogli, die mich ritterlich behandeln. Ich werde auch mit den Johannesen nicht darüber sprechen, nicht mit den Genuesen und überhaupt mit keinem. Weil diese Geschichte längst abgeschlossen ist. Ich habe im Leben alles verloren außer dem Enkel. Und Sie sprechen mit mir über ein nicht existentes Königreich.«

»Oh, ganz und gar nicht. Ich wollte Sie nicht … Darf ich Sie zu etwas einladen? Morad Bey!« Morande wurde ungeduldig.

»Sie können hier nicht bezahlen«, flüsterte ihm die Dame verschwörerisch zu, »Sie haben sich an meinen Tisch gesetzt, also habe ich Sie eingeladen. Man wird von Ihnen kein Geld annehmen.«

Der Franzose lachte laut. »Setzen wir uns an meinen Tisch.«

»Wenn das so leicht wäre« – die Alte wurde fast fröhlich – »eine Artschiliani wird nie so tief fallen, dass sie einen Reisenden nicht bewirten könnte.«

Sie lachten beide.

Morad Bey stand neben der Theke und freute sich.

»Überhaupt ist etwas im Gang«, sagte Agatia plötzlich, »etwas ist im Gang. Als ich heute aus der Bank kam, kniete ein Mann mit einem hellblauen Hemd vor mir nieder. Es versammelte sich eine Menschenmenge um uns ... Man hat ihn mit Müh und Not wieder aufgerichtet. So viel Kraft habe ich ja nicht. Ich brauche selbst jemanden, der mir hilft ...«

»Er kniete vor Ihnen nieder?«

»Jawohl. Er kniete nieder und man konnte ihn kaum bewegen, aufzustehen. Ich denke, er lauerte mir auf.«

»Lauerte Ihnen auf?«

»Er war Engländer.«

»Oho, ein Engländer auf Knien.«

»Er holte mich bei der Moschee ein und bettelte, ich solle ihm einen Titel verleihen. Sicher wusste er, dass ich dieses Vorrecht besitze.«

»Verrückt.«

»Ich sagte ihm, dass ich mich nicht lange bei der Moschee aufhalten wollte. Als Frau gehört es sich nicht, dort zu stehen, wo Männer beten wollen. Unterwegs sprach er mit mir ...«

»Mein Gott, ist Ihnen vor Angst nicht das Herz stehengeblieben?«

Die alte Dame schaute Théveneau de Morande mit müdem Blick an.

»Monsieur Morande, versuchen Sie nicht, mir im Gespräch gefällig zu sein. Es käme eine Lüge heraus. Wenn ich ein Herz hätte, wäre es schon früher stehen geblieben.«

»Ich bin sehr erstaunt.«

»Sagen Sie mir lieber, was Sie von den sieben Städten wissen.«

Der Franzose hob die Augenbrauen:

»Was bedeutet das?«

»Ich weiß es auch nicht, das heißt, ich wusste es auch nicht. Ich soll Königin der sieben Städte sein. Das sagte mir der Engländer, der den Titel eines Waffenschmiedes von mir erbat. Er ist gekommen, um mir zu dienen.«

»Das ist mir eine Geschichte ...«

»Jawohl. Er wartete vor der Bank und sagte, ich hätte nun einen Sklaven. Also habe ich sogar einen Sklaven.«

»Wo war er denn bis jetzt?«

»Er habe auf das Zeichen der sieben Städte gewartet, sagte er. Nun sei es so weit, die sieben Städte zu verteidigen. Ich sagte ihm, dass es hier nur eine Stadt gibt.«

»Diese sieben Städte ...«

»Oh, er erzählte mir, was ein Irrer in fünf Minuten einer alten Frau erzählen kann. Aus Spanien seien sieben Bischöfe losgezogen und auf eine Insel gekommen, wo sie sieben Städte errichtet hätten. Diese Insel sei Santa Esperanza. Das wisse aber keiner ...«

»Ach ja«, der Franzose schlug mit der Hand auf den Tisch, »ich erinnere mich. Die Insel, die es nirgendwo gibt. Das heißt, wir wissen nichts davon, weil alle, die dort hinkommen, nie zurückkehren ...«

»Und dieser Mann ist ein Irrer.«

»Sicher ist er ein Verrückter mit mystischen Visionen.«

»Das glaube ich nicht. Ich sagte Ihnen schon, Sie sollen mir keine Gefälligkeit erweisen. Der Mann war wie Sie. Irgendwie war er Ihnen ähnlich ...«

Morande überhörte das.

»Erlauben Sie mir, Ihnen zu sagen, dass Sie von jetzt an einen wirklich treuen Sklaven haben werden. So was gibt es. Ich werde Ihnen zwar sehr lästig sein, aber was ist da schon zu machen?«

Die Alte schwieg für eine Weile und erwiderte:

»Ich verstehe. Aber es ist meines Erachtens falsch.«

Sie sprachen noch zwanzig Minuten lang und Morande fragte Agatia Khanum der Khanume viele verschiedene Dinge. Zuletzt sagte die alte Dame:

»Jetzt gehe ich ...«

Morad Bey bemerkte, dass Agatia gehen wollte, und rückte ihr den Stuhl zur Seite.

»Danke, Morad Bey.« Sie lächelte und zeigte dem Franzosen ihren Spazierstock. »Darin ist ein Stilett versteckt. Leider habe ich keinen anderen, aber ich kann mich noch wehren.«

Klipp-klapp ... Klipp-klapp ... klapperte sie davon.

»Großartig ist sie.« Morad Bey folgte ihr mit Blicken.

»Sie ist eben eine Aristokratin«, stimmte Théveneau de Morande zu.

»Sie ist die einzige Adlige auf dieser Insel, wir, alle anderen, sind Händler.«

Agatia Zichistawi-Artschiliani klapperte ihren gewohnten Weg entlang nach Hause.

»Was wollen die alle von mir?« Sie war nicht verängstigt, aber es fiel ihr schwer zu gehen und sich umzuschauen. Sie war eine völlig ergraute, sehr schmächtige Frau in Schwarz.

Es war schon Zeit zum Einkaufen. Der Einkaufswagen stand unten, im Treppenhaus. Sie schleppte die Taschen immer stur selbst in die zweite Etage hinauf, obwohl der Osmane jedes Mal seinen Jungen schickte. Der Junge half ihr über die Straße und stand so lange im Treppenhaus, bis sie zur Tür hineinging. Was konnte er dafür, wenn ihn die Alte nichts schleppen ließ?

Im Eckladen war es fast leer und die Frau des Osmanen half ihr persönlich beim Beladen des Wagens. Sie band auch die Tüten zusammen.

»Ahmed«, rief sie den etwa dreizehn Jahre alten Jungen, der auf einer Kiste saß, »geh mit der Khanum mit.«

Der Junge erhob sich träge und Agatia rollte den Wagen zur Tür hinaus.

»Ahmed, geh lieber Pflaumen essen, das ist besser, als einer alten Frau zu folgen«, scherzte sie und sah plötzlich, wie ein großer, frühlingshaft, aber streng gekleideter Mann über die Straße rannte und ihren Wagen ergriff.

»Ich helfe Ihnen, Lady.«

»Bemühen Sie sich nicht. Ich …«

Aber der Mann hörte nicht zu und riss ihr den Wagen fast aus der Hand.

»Nicht doch, Lady.« Man sah an den Handgelenken, dass er sehr kräftig war.

»Das ist nicht nötig.« Die Alte wollte den Griff fassen. Aber der Mann rollte den Wagen schnell über die Straße. Ahmed sah das und verschwand sofort wieder im Laden.

»Mein Gott, was ist heute nur los?«, sagte Agatia und bemerkte erst jetzt, dass ihr Stock im Wagen lag.

Sie überquerte dennoch die Straße und sagte etwas verärgert zu dem Mann:

»Vielen Dank, Sir, Sie brauchen sich nicht weiter zu bemühen.« Der Mann hörte nicht zu. »Wohin soll es gehen?«

»Wohin Sie wollen, aber lassen Sie meinen Wagen stehen«, regte sich die Alte auf.

»Ich weiß, wohin«, sagte der Mann, der sehr elegant, vornehm und streng schien. Er war sicher keine vierzig, eher fünfunddreißig.

»Ja?«

»Bitte schön, Lady. Ich weiß, wem ich geholfen habe. Ich brauche Ihre Hilfe ebenfalls. Mich schickt der Hauptmann …« Er schob den Wagen rückwärts in das Treppenhaus. Abends um sechs Uhr brachte man Agatia Zichistawi ein Telegramm:

»Ich bin im Hotel ›Rigoti‹ abgestiegen. J. Perigo, Mitglied der Historischen Gesellschaft Seiner Exzellenz, möchte Sie sprechen. Sie gehen nicht ans Telefon. Erbitte ein Treffen zur Konsultation, Betrag für Antworttelegramm ist schon bezahlt. Mit größter Hochachtung. Perigo«

»Aha …« Das war das Einzige, was die Königin der Johannesinseln sagte.

FÜNF HACKEN UND WEINTRAUBEN

GEORGISCHE ZEITUNG 24 *STUNDEN*
REISEKOLUMNE: AUS SANTA CITY

DIE FRIEDHÖFE DIESER STADT

An sonnigen Orten geschieht es gelegentlich, dass im Wandel der Zeiten und Dinge ein alter Friedhof sich plötzlich in der Stadtmitte findet. Das geschieht zwar auch an schattigen Orten, aber Friedhöfe an schattigen Orten haben meist hohe Mauern, dagegen haben Friedhöfe an sonnigen Orten nur niedrige, an manchen Stellen oft schadhafte Palisaden.

»Eine Stadt beginnt mit dem Friedhof«, sagte ein sehr berühmter Schriftsteller, dessen Namen der Schreiber dieser verworrenen Geschichten in der Schnelle vergessen hat. Um ehrlich zu sein, hat er diesen Satz nicht selbst gelesen, es könnte sein, dass der Schriftsteller es ganz anders formuliert hat. Diese Worte zitierte dem Schreibenden ein Wiener in der S-Bahn Richtung Stadtmitte, als er aus dem Fenster des rasenden Wagens den hüben und drüben sich ausbreitenden Friedhof erblickte.

Jawohl, ein Friedhof kann sehr schön sein, denn er ist eine große Truhe voller Symbole. Nur kann man jene, für die die Steine stehen, nicht mehr sehen. Vielleicht drückte es der berühmte Schriftsteller ganz anders aus: dass ihm eine Stadt nicht gefallen würde, wenn es dort keinen ordentlichen Friedhof gäbe, oder, dass ihm an den Städten die Friedhöfe gefallen, oder, dass man auf dem Friedhof Vergangenheit, Gegenwart und Zukunft einer Stadt entdecken könnte. Er könnte auch gesagt haben, dass vom Geschmack einer Stadt deren Friedhof zeuge.

Er könnte es tausendfach ausgedrückt haben, nur weiß ich es nicht genau.

Wie kann eine Stadt mit dem Friedhof beginnen? Wer weiß

überhaupt, wo eine Stadt beginnt und endet? Endet sie bei den Bergen, wenn sie am Meer beginnt? Am Meer endet doch alles?

Das zu klären, würde man Zeit benötigen. Es lässt sich jedoch nicht leugnen, dass Santa Esperanza eine Stadt der Friedhöfe ist. An jedem günstigen Ort ist ein Friedhof errichtet, und kein einziger wurde im Laufe der Jahrhunderte aufgehoben, geschlossen oder mit Bulldozern eingeebnet, um darauf zum Beispiel einen Tennisplatz einzurichten.

Auf allen drei Inseln von Santa Esperanza gibt es zahlreiche Friedhöfe. Sie sind überall: in Kirchen und Kirchhöfen, am Rande der Straßen und der Wälder, am Rande des Meeres und in den Felsen, innerhalb der alten Festungsmauer, hinter dem Kartenspielhaus, sogar in der Stadtmitte.

Es gibt nur eine Stadt auf diesen Inseln, aber zahlreiche Friedhöfe.

Santa City war früher ein namenloses Dorf. Deshalb ist der älteste erhaltene Friedhof eben der Dorffriedhof. Früher fanden die Baumeister der Festung an den hiesigen Felsen keinen Gefallen. Die dunkelgrauen Steine eigneten sich nicht zum Bauen, sondern nur als Grabsteine. Der Dorffriedhof ist zwanzig Schritte vom Sklavenplatz entfernt. Heutzutage erinnert ein kleiner Garten inmitten der Häuser an diese Stelle: ein niedriges Holztor und zwischen den Büschen, im Schatten alter Eichen, verschobene Steinplatten. Wenn man sich vom Tor des Friedhofs aus nach links dreht und unterhalb des Pfeifenviertels die linke oder die mittlere Straße wählt, gelangt man auf eine kleine Straße mit Einfamilienhäusern und Bäumen. Daran schließt eine Straße, welche noch heute den alten Namen trägt – Sklavenstraße. Hier standen früher Hütten zur Unterbringung der zum Verkauf vorbereiteten Sklaven. Anstelle der Hütten steht jetzt ein dreistöckiges Reihenhaus. Darin befinden sich unten Geschäfte im alten Stil und zwei Kartenmaler-Werkstätten, deren Fensterläden immer offen stehen. Wenn man aber hinter dem Haus einen engen Steg entlanggeht, gelangt man auf eine kleine Wiese, die mit scharfdornigen Akazien umgeben ist. Es ist kein Friedhof, aber hier und da stecken schief und krumm Holzkreuze in der Erde. Das ist die

Ruhestätte der Sklaven, welche die Händler nicht mehr verkaufen konnten. Vielleicht hat der eine oder andere sein Leben selbst beendet. Wer hätte diesen schutzlosen Menschen schon einen geschliffenen Grabstein gesetzt? Die Holzkreuze von damals wären nicht bis heute erhalten geblieben. Sie sind von den Mönchen errichtet worden, um die Menschen an diesen Friedhof zu erinnern. Die von Wind und Wetter zerstörten Kreuze werden regelmäßig ausgewechselt. Seit dreihundert Jahren wurde hier niemand mehr beerdigt. Wenn man den Sklavenfriedhof verlässt, kann man durch die gewundenen osmanischen Straßen vom Pfeifenviertel in Richtung Glücksviertel spazieren. Man muss die zwei Minarette der Mehmet-Moschee im Auge behalten, um zur Kalivan Street zu gelangen. Diese wiederum führt direkt in die Stadtmitte (State). Bevor man aber dahin kommt, trifft man auf zwei weitere Friedhöfe: einen altosmanischen, wo die Grabsteine wie Menschen in die Höhe ragen, und, als Fortsetzung des alten, einen neuen osmanischen Friedhof. Dieser wurde jedoch durch die Stadtplanung zerstückelt, so dass das letzte Stück des Friedhofs an die dritte Landstraße grenzt, die in Richtung Bungalowland führt. Der osmanische Friedhof oberhalb der Straße sieht wie ein sich hin und her schlängelnder Fluss aus, der an einigen Stellen gestaut ist.

Der Friedhof in der Stadtmitte (State) wird noch genutzt. Daneben befindet sich die anglikanische Kirche. Bis heute werden hier die Engländer beigesetzt. Der Statefriedhof ist an einer sehr gut ausgesuchten, günstigen Stelle angelegt – es ist ein ebener Platz umgeben von einem englischen Garten.

Ein besonderes Thema sind die Friedhöfe des Glücksviertels: die Friedhöfe der Georgier, der Genovesen (so nennt man auf der Insel die Nachkommen der Genuesen), der Zugezogenen und der Krieger. Die Familiengräber der altgenuesischen Familien befinden sich im Hof der Santa-Maria-Kathedrale und in deren Grüften. Früher wurden alle Genuesen hier begraben. Die Schlüssel zu den Krypten vertraute man dem Familienoberhaupt an. Nach und nach haben sich die Genuesen am östlichen Rand des Glücksviertels ein anderes Stück Land als Friedhof ausgewählt. Es ist ein sehr schöner Friedhof, anmutig und schattig, wo ständig eine Brise weht. Es lohnt sich schon deshalb, Genuese zu sein, um später auf diesem Friedhof bestattet zu sein.

Seit ungefähr hundert Jahren wurde hier keiner mehr begraben. Von der Straßenseite grenzen eine Reihe Häuser und Gärten an den Friedhof. Die Grabstätten selbst sind oft pompös, mit reich verzierten Inschriften, die aber wenig aussagen.

Schon in alten Zeiten wurden alle Burgvögte und später die Könige, die auf der Insel das Zeitliche segneten, innerhalb der Festungsmauern bestattet. Es gab hier schon sehr früh eine christlich-orthodoxe Gebetskapelle, die allmählich in eine kleine Kirche umgewandelt wurde. Auch nach der Annahme des muslimischen Glaubens hat man den Brauch nicht abgeschafft: Der verstorbene Zichistawi wurde auf keinen Fall am selben Tage beerdigt. In der Nacht, so dass es die Osmanen nicht bemerkten, hielt der Priester eine Totenmesse. Deshalb breitet sich im heutigen Museumshof ein ziemlich großer Friedhof aus: Bestattet sind hier nur die Burgvögte Zichistawi und ihre Angehörigen. Er kommt einem Familienfriedhof gleich. Als Agatia Zichistawi-Artschiliani verlangte, ihren tragisch ums Leben gekommenen Sohn und die Schwiegertochter hier zu bestatten, konnte ihr das deshalb niemand abschlagen. Es gibt auch keinerlei Gesetz über die Schließung der Friedhöfe. Also befindet sich im Museumshof eine Familienruhestätte. Auf dem georgischen Friedhof im Glücksviertel reihen sich Familiengräber aneinander. Es ist schon Tradition, dass die Familien im Voraus lange Reihen erwerben. Einige sind erst zur Hälfte voll, einige etwas mehr und andere übervoll, sodass sie neue Plätze suchen müssen. Beim Betrachten dieser Gräber kann man darüber nachsinnen, welche Familien der Tod mehr liebte. Das würde aber zu weit führen.

Für einfache Leute wie unsereins gibt es Friedhöfe außerhalb der Stadt, ziemlich weit draußen. Diese Grundstücke wurden von den Engländern erst später vermessen. Danach wurden noch zwei weitere Friedhöfe eröffnet, die heute die Toten empfangen.

Vor dem Friedhof der Krieger steht das Denkmal eines namenlosen Kriegers, der viele Jahre lang treu diente und auch Seeräuberei betrieb. Auf der Insel lebte er als rechtschaffener Mann, der seiner Familie ein kleines Steinhaus, einen Stall mit ungefähr zwanzig Schafen und zwei kleine Geldbeutel mit Silberdukaten hinterließ, die er während seines jahrelangen Dienstes gespart hatte. Auf dem Kriegerfriedhof halten die nationalen Streitkräfte der Insel ihre Paraden ab. Es ist kein Geheimnis, dass diese Garden nur Paradefunktion haben und bei verschiedenen Feierlichkeiten und Zeremonien auftreten. Es ist eine bunt gemischte Armee, deren Anblick man sich während der zwei Paraden im Jahr nicht entgehen lassen sollte. Sie zieht dann zu diesem Friedhof, wo die Prozession mit dem Herausrollen der alten Kanonen und einem nächtlichen Feuerwerk endet. Das Ereignis fällt immer mit der Eröffnung der Touristensaison zusammen. Weniger interessant, aber doch spannend ist die Parade des englischen Regiments und der Grenzkutter.

Es gibt noch einen alten Friedhof auf der anderen Seite des Flusses. Man nennt diesen Friedhof »Jenseits«.

Ursprünglich lag das Dorf, welches zur Stadt wurde, nicht so nah am Meer und am einzigen Fluss, Gelissa, an dem heute das wichtigste Elektrizitätswerk der Insel steht. Der Fluss entspringt der Gebirgskette, die in der Mitte der Hauptinsel emporragt. Er fließt durch Wälder und mündet im Südwesten der Insel unterhalb der Zitadelle ins Meer. Die kleinen Nebenflüsse und Bäche sind die wichtigsten Wasserquellen der Insel. Aber nun Schluss mit diesen prosaischen Bemerkungen und zurück zu den Friedhöfen, die es auch in der Mitte der Hauptinsel gibt, dort, wo Abzweigungen der zum Ostufer und zum Bungalowland führenden Straßen bis in die Berge reichen. Hier wie auch am Rande des Bungalowlandes trifft man unterwegs auf Dörfer. Und was kann für einen Menschen beruhigender und edelsinniger sein, als auf einem Dorffriedhof zu sitzen und der Stille zu lauschen, welche der oberste Herr der Friedhöfe, der Allmächtige, mit dem Zirpen der Grillen und dem Duft der Eberesche vermischt hat?

Natürlich gibt es auch Friedhöfe auf den beiden kleineren Inseln: auf der Nordinsel, welche Große Insel oder Sungalen-Insel heißt, und auf der Südinsel, auch Wisramiani-Insel genannt: Diese kleine Insel ist von der Hauptinsel nur einen halben Kilometer entfernt. Eine große Brücke verbindet sie. Hier befindet sich der internationale Flughafen von Santa Esperanza. In Wirklichkeit ist alles, was sich auf dieser Insel befindet, mit Ausnahme eines kleinen Dorfes, in den Händen der Wisramiani-Dynastie. Die Wisramiani haben ihre Toten schon immer auf dem eigenen Friedhof bestattet, einem verborgenen Ort, den kaum ein Außenstehender kennt. Auch auf der Sungalen-Insel gibt es Friedhöfe. Diese Insel besteht hauptsächlich aus einem mit dichtem Wald bewachsenen Berg. Es gibt vier Dörfer dort.

Eine Vorschrift ist erwähnenswert: Wer einen Friedhof auf Santa City besuchen will, muss Eintritt bezahlen. Das betrifft aber nicht die eigenen Staatsbürger, nur Touristen, Reisende oder Gastarbeiter.

Nach diesem ungeordneten Bericht stellt sich erneut die Frage: Wo beginnt eine Stadt?

Es ist uns nicht ganz gelungen, das Verhältnis der lebenden Menschen zu den Friedhöfen am Beispiel von Santa Esperanza in philosophischer Tiefe zu beleuchten. Es lässt sich auch keine konkrete Tendenz feststellen. Vielleicht deshalb, weil ich nicht alle Friedhöfe von Santa City besuchen konnte. Denn für einen mittellosen georgischen Journalisten gibt es hier viel Interessanteres als Friedhöfe, wofür er sein Geld ausgeben kann.

E-Mail an den Leiter des Ressorts für Gesellschaft:
Bisin, es ist etwas oberflächlich. Du brauchst es nicht zu drucken, wenn es dir nicht gefällt. Ich bin erst seit zwei Tagen hier und kenne mich noch nicht aus. Es ist ein toller Ort. Wenn doch Georgien so wäre! Die Russen können mich mal. Am meisten hat mir der Friedhof der Genuesen gefallen. Ich versuche noch etwas Besseres zu schreiben. Gestern Abend gab es in einem Café ganz eigenartige Lieder. Ich erzähle dir später alles. Gigia
Ich habe dir einen Satz Spielkarten gekauft. Fabrikgefertigt.

DIESER MANN WUSSTE ALLES ÜBERS KARTENSPIEL, ABER WAS WUSSTE ER VON PFERDEN?

»Warum nimmt das kein Ende? Warum nimmt das kein Ende? Warum nimmt das kein Ende, damit ich es nicht mehr sehen muss? Damit ich nicht mehr sehen muss, wie du vor dem Spiegel stehst und diese hässliche Schleife bindest, wie du prüfend nach der Zigarettenschachtel in die Außentasche greifst und danach in die Brusttasche nach der Geldbörse. Wie du dir den Hut aufsetzt und mit den Fingern die Krempe zurechtdrückst, an jener Stelle, wo dieser Hut schon ganz abgeschabt ist! ... Jeden Freitag, jeden Freitagabend, immer dasselbe ...von Jahr zu Jahr das Gleiche. Am Sonntagmorgen ... immer wieder dasselbe, frühmorgens am Sonntag an diesem hässlichen Ort, unter dem Gestank der Pferde und dann – wieder das Gleiche ... Ich bitte dich, ich flehe dich an, warum begnügst du dich nicht mit dem Kartenspiel? Lass doch von den Pferden ab, lass von den Pferden ab oder ich nehme mir mit dem Messer das Leben ...« Diese Worte wiederholte Tante Elenia, Schwiegertochter, Frau und Mutter einer kleinen, bescheidenen und sehr anständigen johannischen Familie, nun schon seit siebenunddreißig Jahren.

Sie waren eine Kriegerfamilie sehr, sehr alter Abstammung. Sie hatten kein Vermögen angehäuft wie neun Zehntel der anderen Kriegerfamilien.

Sie waren einst Fahnenträger gewesen, ein sehr ehrwürdiger Stand.

Er wäre noch tausendmal ehrwürdiger, wenn die Festungswächter in den häufigen Kämpfen mehr Ausdauer gezeigt hätten. Als Familiennamen hatten sie die altgeorgische Bezeichnung dieses Standes, Medrosche*, behalten. Die Osmanen aber nannten sie Bairag Ogli, was das Gleiche bedeutet.

Es ergab sich, dass der damalige Fahnenträger Parna beim Eintreffen der Engländer an deren Politik kein Gefallen fand, da die Fahnenträger meist ohne Arbeit blieben. Diesen plötzlichen Niedergang haben seine Nachkommen bis heute nicht überwunden.

---

* Medrosche – georgisch – Fahnenträger

Parna brachte damals dem letzten Burgvogt Sari Beg die Fahne und blieb als Diener bei ihm.

Seitdem ist viel Zeit verstrichen. Parnas Nachkommen erhielten das Stück Land, auf dem die Fahnenträger früher ein kleines Haus hatten. Allmählich bildete sich ihr neuer Beruf heraus: Sie wurden professionelle Spieler des örtlich üblichen Kartenspiels Inti, wozu ein schlauer Kopf nötig ist. Diese Beschäftigung wurde in den 40er-Jahren zum festen Handwerk der Familie, damals, als Tante Elenia Schwiegertochter des alten Parna Medrosche wurde, als Mann ebenfalls einen Parna hatte und ihr drittes Kind, endlich einen Sohn, ebenso Parna nannte.

Ein kluger Inti-Spieler konnte früher gut leben, es fehlte ihm nicht an Speise und Trank, wenn er in eine vorteilhafte Spielgruppe kam und sich im Spiel von seiner besten Seite zeigte. Aber die Parna Medrosche hatten kein Glück.

Nach dem Eintreffen der Engländer auf Santa Esperanza nahmen Pferderennen, die unter den Kriegern bis dahin zum Vergnügen und als Mutprobe durchgeführt worden waren, eine ganz andere Form an. Die Realität erschien in neuen Bildern, als man unterhalb des Bergs Monabera, damals von der Stadt ein ganzes Stück entfernt, den einrangigen Hippodrom errichtete und den Totalisator zum Drehen brachte.

Unter den ersten Wettspielern war auch Parna Medrosche. Seine Pferdeleidenschaft, das Streben nach Glück und Wissen auf diesem Gebiet nahm verhängnisvolle Züge an.

Es war 1927, und von da an glich sich das Leben aller Medrosche-Ehefrauen: Den Inti-Gewinn vom Freitagabend verloren die Männer sonntagmittags beim Pferderennen.

Es war wie ein Fluch Gottes.

Die klugen Köpfe der Inti-Spieler erwiesen sich als absolut untauglich für einfache Wetten bei Pferderennen und für das Erfassen des Wesens der Pferde.

Wie die Mehrzahl der Spieler waren auch die Medrosche Anhänger solch seltsamer Ansichten, wie sie sich ein harmloser Mensch, wenn nicht gerade von kompliziertem Wesen, gar nicht vorstellen kann. Man könnte sie Aberglauben nennen, aber es war kein Aberglauben, sondern die Suche nach einer geheimen Verbindung zwischen den verschiedenen Begebenheiten des Alltags und dem Erfolg. Ein Jammer, dass diese Verbindung für einige fast jeden Tag offenbar wurde, für andere aber einmal in zehn Jahren.

Der Mann von Tante Elenia, Parna Medrosche, führte vor dem Inti-Spiel immer wieder die gleichen Rituale durch. Die Frau kannte alle seine Bewegungen auswendig und jammerte ständig über diese Gewohnheiten. Die Rituale vom Sonntagmorgen dagegen waren kurzlebig. Parna, der im Pferderennen erfolglos war, veränderte sie ständig. Der junge Parna Medrosche geriet ganz nach dem Vater. Doch er hatte eine andere verrückte Gewohnheit: Wo auch immer er sich aufhielt, er kam jeden Freitagabend um sechs zu seiner Mutter, band sich dort die väterliche Schleife um den Hals, setzte sich den gut erhaltenen Hut auf und ging so zur Inti-Partie in den Club. Dieser Anblick wühlte die Gefühle der alten Witwe auf: Einerseits sah sie ihren Mann vor sich, was sie sehr rührte, andererseits wusste sie, dass ihr Sohn den Gewinn vom Freitag sonntags am Einsatzschalter des Pferderennens lassen würde. Die Vorhersehbarkeit dieses Ablaufs verbitterte sie sehr. Er erinnerte sie an ihren Lebenspartner und ihr Herz füllte sich mit Kummer. Drittens aber konnte Tanta Elenia das alles nicht mehr aushalten. Und da sie keinen Ausweg sah, blieb ihr nichts weiter übrig, als zu klagen.

Die Fahnenträger glichen alle einander: klein vom Wuchs, mit breiten Handflächen und sehr ehrlich. Die Handfläche war sicher im Laufe der Zeit durch das Tragen der Fahne so breit geworden. Das war auch beim Kartenspiel sehr vorteilhaft. Man konnte die Karten geschickter zwischen den Fingern halten.

Tanta Elenia setzte große Hoffnung in die Frau des jungen Parna, die energisch und kräftig war und kein Blatt vor den Mund nahm. Sie hatte diese Ehe einst selbst mit Hilfe des sogenannten Mosiarule* in die Wege geleitet. Nun verstrich aber schon das neunte Jahr dieser Ehe und die Frau mühte sich immer noch an der The-

---

* Mosiarule – georgisch: »Läufer«; zugleich Familienname, der den Beruf bezeichnet

ke ihres kleinen Ladens ab. Wenn sie mal wieder zu großen Wind machte, nahm er seelenruhig seine tabakfarbene Jacke und zog zu seiner Mutter. Danach begannen zwischen Tanta Elenia und Sahira sinnlose Verhandlungen. Sowohl Frau als auch Mutter verlangten, dass er die Pferdewetten lassen sollte. Denn im Inti-Spiel war er ein Großmeister und man schrieb sogar in den Zeitungen darüber. Seine Frau war mächtig stolz darauf und hatte diese Artikel eingerahmt über ihrem Verkaufsstand hängen. Sie träumte davon, den gepachteten Cornershop zu erwerben und ihn »Parnas Eck« zu nennen. Sie konnten kaum noch die Miete zahlen. Der Besitzer wusste von der Leidenschaft des Medrosche. Er wartete schon drei, vier oder fünf Monate auf die Miete. Was für ein Glück, wenn die Rennsaison vorbei war. Da ging es gleich besser. Das Inti-Spiel macht zwar auch nicht reich, aber, wenn Rennpause war, ging es Sahira und ihren zwei Töchtern gleich viel besser.

Parna hatte nichts dagegen, das Pferderennen aufzugeben. Man wurde nicht schlau daraus. Spieler lieben es nicht, wenn es in der Familie laut ist. Wenn man sie beschimpft, geben sie einem die Schuld am Verlust. Bei Parna war es ganz anders. Wenn man ihm vorwarf, er hätte kein Glück beim Wetten, sagte er ganz ruhig:

»Damals habe ich aber gewonnen. Ehe ich nicht noch einmal gewinne, lasse ich nicht davon ab.«

Was versteht ihr schon davon! Wahrhaftig, wer kann schon einen Spieler verstehen? Wer kann ihm nachfühlen? Ihr habt ja keine Ahnung. Und Parna war im Recht: Hatte er nicht an einem Sonntag wirklich gewonnen?

Das war vor anderthalb Jahren gewesen.

Und nun wiederholte Parna jeden Sonntagmorgen das Gleiche: Er zog sein blaues Hemd an und knöpfte es bis oben zu, danach öffnete er die oberen zwei Knöpfe und zog seine einzige Jacke an, in deren rechter Tasche er die Zigarettenschachtel mit exakt siebzehn Zigaretten dreimal anschnipste. Danach strich er sich mit zwei Fingern der rechten Hand über den Dreitagebart und ging ohne ein Wort zu sagen aus dem Haus.

Er lief einen vorher festgelegten Weg entlang, hatte sich sogar die Straßenseite vorgemerkt. Er ging zum Kriegerfriedhof, wo sein

Vater beerdigt war. Am Kriegerdenkmal lief er links vorbei, schaute einmal empor und schritt dann über kleine Pfade zum Grab des Vaters. Dort wischte er mit einem Papiertaschentuch über den Grabstein und setzte sich auf eine Bank. Danach rauchte er drei Zigaretten hintereinander. Er schritt unbedingt mit dem linken Fuß durch das Friedhofstor und schlug den Weg nach unten ein. Auf der Miletstraße nahm er den Autobus Nr. 7, in den er unbedingt durch die Mitteltür einstieg. Den ersten Bus ließ er vorbeifahren, stieg in den zweiten ein und stellte sich links ans Fenster.

Egal, wie viele Leute im Bus waren, er schlängelte sich zum Fenster durch. Der Bus war immer voll, da es der einzige Bus aus diesem Viertel zum Hippodrom war.

Dort, am Monabera-Berg, reichte er seinen Einsatz unbedingt durch den fünften Schalter. Er fühlte sich aber dem Glück am nächsten, wenn hinter diesem Fenster die Frau mit den vielfarbig schimmernden Augen saß. Diese Frau hieß Milena und war Genuesin. Ebendiese Frau saß damals am Schalter, als er seine Quittung zur Überprüfung hineinreichte und gewann.

Auch damals war so ein Morgen gewesen. Parna war vor dem Pferderennen am Grab seines Vaters gewesen. Der zweite Bus war so voll, dass er mit Mühe hineinkam. Die Rituale hatten ihm bisher nichts genützt. Sicher dachte Parna, dass man, um bei Pferdewetten zu gewinnen, nicht nur die Pferde gut kennen, sondern auch über einen glücklichen Pfad zum Hippodrom gelangen muss. Diesen glücklichen Pfad rief er sich Schritt für Schritt in Erinnerung. Den zweiten Frühling schon war er diesem Pfad gefolgt und hatte bisher nur erreicht, dass er seinen Einsatz einmal ganz zurückbekam und das andere Mal zur Hälfte. Es gab keinen eigentlichen Gewinn. Es musste aber ein Gewinn sein, da beide Male am fünften Schalter Milena saß.

Wann immer Milena hinter dem Fenster saß, reichte er ihr die Quittung mit zwei Fingern der linken Hand und sagte:

»Heute so, Signora Milena …«

Deshalb konnte Parna das Wetten nicht lassen. Er war überzeugt, dass eines Tages alles so kommen würde, wie er wollte. Wer kann schon einem Spieler nachfühlen?

Einen Spieler kann niemand verstehen, denn nur er kennt sein Handwerk. Aber oft nützt er sein Wissen gar nicht, weil er einer ganzen Division von Zeichen und Symbolen, die ihm Glück bringen sollen, Vortritt gewährt.

Folgendes sagte einmal der ältere Parna dem jüngeren, als sie über Pferde sprachen:

»Es gibt gute, noch bessere und ganz besondere Pferde. Beim Pferderennen gibt es keine schlechten Pferde. Es gibt gute und noch bessere Wetteinsätze. Ein Spieler hinterlegt keine schlechten Einsätze. Sogar die Zuschauer, die nur zum Spaß kommen, schließen selten schlechte Wetten ab. Ein Spieler hat immer recht. Das Übrige wird ganz woanders entschieden. Deshalb sollte man nicht an die Pferde denken, sondern an dieses andere. Ich denke immer daran.

Aber das betrifft Pferderennen und die Wetten. Ganz anders steht es mit Inti. Inti ist ja kein Pferderennen. Umso erstaunlicher ist es, dass diese beiden Spiele in die Köpfe der Medrosche passten. Wahrscheinlich hatten doch nicht beide Platz darin, denn das Pferderennen konnte nicht einmal eine kleine Sitzecke darin finden. Das Inti-Spiel aber hatte sich wie ein Erzbischof auf dem Thron breitgemacht.

Sowohl Frau als auch Mutter baten Parna, er solle auch vom Inti-Spiel lassen. Denn einem Spiel folgt das andere. Er könnte doch während der Saison mühelos drei, vier Ausländern das Inti-Spiel beibringen. Er solle doch mal zu Matalo in den Club gehen und nachfragen. Darauf antwortete Parna kurz:

»Ich bin Inti-Spieler. Mein Vater brachte mir das Spiel bei. Warum soll ich meine Hand verderben? Wir Fahnenträger können keine Lehrer werden, das können nur Sperlinge.«

»Dann ist wohl Matalo ein Sperling und du ein Falke!«, rief seine Frau aus und hoffte auf die Unterstützung der Schwiegermutter. »Hört doch, was er sagt!«

»Matalo, mein Sohn … Matalo saß schon beim alten Parna am Tisch«, sagte die Mutter. »Bitte doch Matalo …«

Daraufhin lächelte Parna mit gesenktem Kopf vor sich hin und erklärte nach einer Weile:

»Was soll ich Matalo bitten? Dass er mich im Club anstellt? Soll ich ein Gehalt bekommen? Ich arbeite mit Leuten zusammen, denen Matalo den Staub von den Hüten bläst. Mich aber fragen sie um Rat, verehren mich und trinken mit mir. Matalo ist dort mein Diener.«

»Aber außerhalb ist er dein Herr, oder nicht? Wenn er dir die Wechselbriefe vor die Nase hält ...«

Am Ende sagte Parna Medrosche meistens etwas, was die Frauen verstummen ließ.

»Wer hat gestern Abend angerufen? Wer wollte mich da sprechen?«

Da sie genau wusste welche Karte Parna jetzt ausspielen würde, antwortete die Frau lustlos:

»Es war Data Wisramiani ...«

»Und? Hat nicht die ganze Nachbarschaft gesehen, was für ein Schlitten an dem Tag bei uns vorfuhr? Mutter, hast nicht du aus dem Fenster unseres Hauses geschaut? Autos und Gold sind für mich nichts Besonderes. Data Wisramiani bittet mich, als sein Partner mit ihm zu spielen. Ich könne seine Kombinationen am besten durchführen. Wir sollen ein Verteidigerpaar sein, mit seinem Einsatz. Versteht ihr das? Wisst ihr eigentlich, wer Data Wisramiani ist? Was für ein ehrenhafter Mann das ist? Wisst ihr, dass ich mit ihm in einer ganz anderen Runde spielen werde, mit Männern im Smoking? Das macht mich nicht gierig. Mich freut nur, wenn sie sagen, ich sei ein guter Spieler. Mein Vater da oben freut sich. Auch der große Parna freut sich ... Ihr habt doch keine Ahnung vom Spielen.«

Die Frauen konnten dem nichts mehr entgegnen, erwiderten aber dennoch mürrisch:

»Dann lass wenigstens die Pferde sein.«

»Werde ich«, sagte Parna »wenn ich einmal gewonnen habe.«

»Warum hat das kein Ende«, stöhnte Tante Elenia, nahm ihre alte Tasche und ging nach Hause.

5

DER LÄUFER
Der Mann, der ein Läufer war
(Bilder aus dem Samstagsleben)

1

Die Lieblingsstelle der Kartenspieler ist die Terrasse des Cafés links vom Hotel »City Piazza«. Wenn sie samstags erst am späten Nachmittag aufwachen, kommen sie aus der ganzen Stadt hierher, um sich über die Spiele der vergangenen Nacht auszutauschen.

Ebenso ist es am Sonntag, nur etwas später am Abend, da die Inti-Sonntagspartie um zwölf Uhr mittags abgeschlossen sein muss. So steht es im Gesetz.

Oft begreifen die ausländischen Hotelgäste nicht, wer diese verschiedenaltrigen Männer sind, die ihre runden Tische zusammengerückt haben und gemeinsam laut über etwas lachen. Ab und zu wird auch ruhig gesprochen, aber nicht ohne laute Zwischenrufe. Das Gesetz verbietet das öffentliche Ausbreiten der Karten. Deshalb werden die Partien der Vornacht entweder aus dem Kopf besprochen oder auf den Papiertischdecken des Cafés.

Das Café wird von den Inti-Spielern deshalb bevorzugt, weil seine runden Tische mit maßgeschnittenen Einwegtischdecken bedeckt sind.

Im Süden befindet sich der Sklavenplatz, ganz in der Nähe auch ein sehr guter Strand, der sogenannte Beach, mit zahlreichen schönen Frauen, die sich in der Sonne bräunen, vielen jauchzenden Kinder und Männern, die mit der Zeitung über dem Kopf am Strand schlafen. Auf der Terrasse ist es ziemlich ruhig.

Ein wunderbarer Ort.

2

An jenem Samstagmorgen fuhr im letzten Wagen der Straßenbahn ein magerer, braun gebrannter Mann vom anderen Ende der Stadt ins Uferviertel zum Hotel »City Piazza«. Er war mittleren Alters und an seinen nackten Armen waren ausgeblichene Tätowierungen zu sehen. Unter seinem Strohhut hingen lange, graue Haarsträhnen heraus.

Es war der neunundfünfzig Jahre alte Läufer, Lamur Mosiarule*. Wie immer trug er eine undurchsichtige Geschichte mit sich herum.

Mosiarule war sowohl der Beruf des Mannes als auch sein Familienname, wie es oft auf der Insel vorkommt.

3

Früher, brauchten die Burgvögte keine Eilboten, da die Insel so klein war: Wenn sie eine Nachricht von jenseits des Meers bekamen, gaben sie dem Kurier die Antwort oder die vorher geschriebenen Geleitbriefe und Verordnungen gleich mit.

Um Verordnungen auf der Insel bekanntzugeben, hatte der Burgvogt zwei Diener, die man Läufer nannte. Sie gingen von Dorf zu Dorf und teilten dem Volk die Befehle und Verordnungen mit. Diese einfachen Männer erzählten dem versammelten Volk für eine einfache Mahlzeit und zwei, drei Gläser Wein nicht nur von den Befehlen, sondern auch Neuigkeiten aus dem Kloster, der Festung und der Welt.

Die Läufer hatten noch eine andere Einkommensquelle: Die Menschen gaben ihnen für ein bestimmtes Entgelt von einem Dorf ins andere oder in die Festung ihre eigenen Botschaften mit. Die Läufer hatten eine gute Beobachtungsgabe und nahmen oft von sich aus Geschichten mit, die sie dann weitererzählten.

Sie waren die Post, die Zeitung, der Kurier, das Gerücht und auch die Kuppler der Insel.

Die Zeit verstrich, und der Beruf des Läufers wurde durch die britische Post ersetzt. Der Läufer wurde arbeitslos, aber er gewöhnte es sich nicht ab, Informationen zu sammeln. Er blieb für die Menschen verschiedenster Ehrauffassungen ein wichtiger Mann, der, natürlich für Geld, geheime Botschaften überbrachte.

Zuletzt eröffneten zwei Läuferfamilien ein kleines Büro, über dessen Eingang stand: »Spezialdienste Lamur und Pingio«.

Sie waren fast so etwas wie Privatdetektive, es fehlte nicht viel dazu. Der Unterschied war, dass die Läufer auch ohne jeglichen

---

* Mosiarule – georgisch: Läufer

Auftrag verdeckt Informationen sammelten und diese dann verkauften oder der Zeitung anboten. Erpressung war ihnen auch
nicht fremd, wurde aber sehr vorsichtig genutzt. Andererseits
machte es aber auch Spaß, mit Lamur oder Pingio zu reden, wenn
sie in Stimmung waren.

4

Lamur der Läufer saß absichtlich im letzten Wagen der Straßenbahn. Er hatte zwar einen alten Peugeot, aber damit fuhr er nur
zu speziellen Treffen. Sein Beruf war ja das Zuhören. Im eigenen
Auto kann man aber nur Radio hören, schlimmstenfalls die eigene
Frau.

5

An drei Tischen saßen an die zwölf Männer, als einer, der zur Straße schaute, verkündete:

»Der Läufer ist da.«

Keiner freute sich.

»Er schüttet seinen Müll aus und geht wieder«, sagte einer, »er
wird seine Zigarettenasche in dieses Glas werfen. Er kommt nicht
geradewegs, sondern von hinten. Dann holt er sich diesen Stuhl
und schnippt die Asche seiner Zigarette in dieses Glas, weil er in
seinem Büro keinen Aschenbecher hat und dafür Gläser benutzt.«
Inti-Spieler können ausgezeichnet kombinieren und vorausbe-
rechnen.

»Also schnell«, sagte ein anderer und trank sein Glas Kaffee
leer. »Bevor er ihn verdirbt.«

So erwarteten sie ihn unter Gelächter. Nur einer beobachtete
ihn und berichtete wie von einer Inti-Partie:

»Er tut so, als ob er zum Beach geht. Er ist hinter dem Ice-
Cream-Café ... Er kommt nicht ... jetzt kommt er wieder hervor ...
Er geht den Strand entlang und tut so, als beobachte er die Frau-
en ...«

»Nicht als ob, sondern wirklich ...«

»Nein, als ob, denn in Wirklichkeit schaut er sich nur in den
Toiletten um.«

»Ha-ha-ha ...«

So war es.

»Jetzt kommt er zu uns ... Ich tu so, als wenn ich etwas mit euch bespreche ...«

Erstaunlich, wie diese alten Männer zusammenhalten und sich amüsieren, obwohl sie im Spiel oft Gegner sind.

»Seid gegrüßt, Spielfreunde. Wohin schaut ihr denn, zum Meer? So seht ihr ja den Freund nicht kommen. Hey, mate, hey ...«

»Wer ist denn da gekommen? Möchte der Herr etwas zu trinken?«

»Nichts ... Ich bin geschäftlich unterwegs. Bei der Arbeit soll man nicht trinken. Das habe ich doch von euch gelernt, oder?«

6

»Ihr seid aber viele. Ich weiß nicht, wer was spielt. Natürlich weiß ich, dass ihr alle Inti spielt und beim Pferderennen habe ich auch schon einige gesehen. Aber vielleicht spielt ihr nur zum Vergnügen? Ist es so? Es ist so. Ich habe eine Nachricht und die kostet nichts. Morgen wird doch der große Esther-Preis vergeben. Und ich habe einen Tipp. Deshalb bin ich hier. Wer sich dafür interessiert, ruft mich heute an. Wir treffen uns im Restaurant ›Ligurien‹ und schließen eine Vereinbarung. Die Hälfte des Einsatzes übernehme ich. Denn Gewinn oder Verlust teilen wir. Die Vereinbarung ist mündlich. Ein Dritter ist dabei. Denkt darüber nach ... Ihr seid die Ersten, denen ich es sage. Ich warte bis abends, sechs Uhr. Um sieben setzt ihr euch zum Spielen hin, nicht wahr?

Ich gehe dann woanders hin. Bei der heiligen Muttergottes, ihr erfahrt es als Erste! Fragt mich nicht, woher ich es weiß. Keine Bange. Es ist ein ehrliches Rennen. Es gibt keine schmutzigen Sachen. Aber ich kenne eine Geschichte, die nicht in der Zeitung steht.«

7

Unter den Spielern war auch Parna Medrosche, der in der Zeitung gerade über das Pferderennen las.

»Was steht nicht in der Zeitung?«, fragten die Spieler.

Parna Medrosche lachte.

»Eigentlich wollte er ja zu mir:«

Das war nicht ganz falsch. Sie lachten alle, denn wenn jemand auf so etwas hereinfiel, dann war es Parna.

Die Spieler fragten einander nie nach ihren Plänen. Wenn jemand wollte, konnte er selbst darauf zu sprechen kommen.

»Ich rufe ihn nicht an«, sagte Parna und erklärte, dass der Läufer höchstens wusste, dass das beste Pferd unwohl sei. Das würden die Verantwortlichen aber zu verheimlichen wissen.

»Jetzt muss man nur noch herausbekommen, welches der anderen Pferde in Bestform ist.«

»Und das ist alles?«

»Nein, das führt auch zu nichts. Es kann sich alles noch ändern. Vielleicht ist das Neue nicht so gut. Der Jockey kann ...« Parna winkte ab. »Er wollte etwas ganz anderes.«

Alle stimmten ihm zu.

Es war Zeit zum Mittagessen.

»Gehen wir los«, sagte einer, »eine gute Partie ...«

»Eine gute Partie ... eine gute Partie ...«

8

Lamur der Läufer saß im Café auf der Porta-Nova-Straße. Er lag fast auf dem Stuhl und hatte seinen Strohhut tief ins Gesicht gezogen. So, mit geschlossenen Augen, lauscht er auf die Stimmen. Die Ausländer sprachen meistens übers Essen, das Wetter und den Ausflug mit dem Paraglider.

»Hey.« Parna stupste ihn an der Schulter an.

»Mensch« – Lamurs Strohhut fiel zu Boden – »aha, bist du doch gekommen? Du weißt also, wo ich mich mittags aufhalte, was?«

»Was du nicht sagst ...« Parna setzte sich.

»Was trinkst du?«

»Einen Doppelten mit Pfefferminze.«

»Du bist ganz wie dein Vater. Auch der Geschmack, genau der gleiche. Wie geht es der Mutter?« Er drehte sich zum Kellner: »Einen Doppelten mit Pfefferminze und für mich das Gleiche.«

»Sie ist alt geworden ...«

»Wir werden alle alt. Die Witwen werden anders alt ...«

»Worum geht's? «

»Du hast kapiert, oder?«

»Hast du Erfahrung mit Pferden?«

»Ich wollte nicht bei dir zu Hause anrufen. Wenn Lamur anruft, werden sofort Gerüchte in die Welt gesetzt. Dann wird man einen Monat darüber sprechen. Aber im Ernst, ich verstehe was von Pferden. Wenn du willst, kann ich es dir sagen.«

»Stonewall hatte vorgestern Durchfall, ist es das?«

»Naja, in dieser Sache bin ich wirklich nur durchschnittlich. Das ist halt nicht mein Bereich.«

»Nein. Aber das wissen die meisten nicht.«

»Was dein Spiel betrifft, weißt du selbst Bescheid. Ein Spiel ist nicht leicht zu verstehen.

Es geht um Folgendes ... Du weißt, ich habe deinen Vater verehrt. Wir sind in einem Hof aufgewachsen und in einer Zeit, die nicht leicht war. Die Zeit ist von Bedeutung. Jetzt wächst man auch auf, und wofür? Um in Restaurants zu arbeiten. Ist es so oder nicht? Für das, was ich dir jetzt sage, nehme ich kein Geld. Aber ich könnte welches gebrauchen, wenn ich mehr herausbringen soll. Denk nicht, dass ich dich frage, ob du zahlen kannst. Diese Information wirst du nötig haben, wir sind alle nur Menschen ... Es ist doch so? Aber wenn diese Geschichte weitergehen soll, werde ich Geld benötigen. Nicht viel. Solltest du am Samstagabend in der Runde der Dicken mit Data Wisramiani gewinnen, lege fünfhundert Pfund zur Seite und setze nur, was übrig bleibt, beim Rennen ein. Eine Woche wird für dich kein Problem sein. Es könnte sein, dass du diese fünfhundert Pfund mir geben musst. Denk nicht, dass ich mit dir handle. Ich will nur, dass du vorbereitet bist. Wer weiß, was passiert?«

»Man weiß es nicht«, sagte Parna Medrosche durch den Qualm seiner Zigarette.

»So ist es ... Du musst es wissen, und diese Geschichte schenke ich dir.«

6

MÄDCHEN MIT KRUG UND WEINTRAUBEN

EDMOND CLEVER
Auf der Suche nach der Tabakspfeife:
Im Schwarzen Meer versunkene Glut
(Auszüge)

Meine Nachforschungen werden fortgesetzt. Das Sonderbare an diesen Nachforschungen ist, dass jeder etwas über Ali Beys Pfeife zu berichten hat. Jeder kennt hier diese Geschichte.

Ich bin kein Fremder auf Santa Esperanza und werde besonders geachtet. »Schreiben Sie wieder über uns?«, fragt man mich oft. Ob Taxifahrer oder Reiseleiter, man kennt die Titel meiner zwei Bücher und mich selbst. Ich bin hier ein Insider, und das bedeutet viel. Alle halbe Jahre wächst die Bewohnerzahl von Santa Esperanza, verdoppelt oder vervierfacht sich sogar. Überall wird Neues gebaut.

»Bald wird es hier nur noch einen großen Bungalow geben«, sagt mir Alfredo da Costa, ein unabhängiger Wissenschaftler.

Alfredo da Costa ist Direktor des Stadtmuseums in der Zitadelle von Santa City, einer der wohlhabendsten Männer der Insel. Ich habe mich nie über seine Einkunftsquellen informiert, das wäre meinerseits unschön. Die da Costa leben seit fünfhundert Jahren auf der Insel. Sie stammen aus Genua und sind aus der ehemals genuesischen Stadt Kaffa vor dem Ansturm der Turkvölker geflohen. Der Familie da Costa habe ich in meinem Buch »Eine bunte und lebendige Geschichte von Santa Esperanza« ein ganzes Kapitel gewidmet, was Signor da Costa wohl nicht besonders gefallen hat.

Unsere Erzählung beginnt genau an dieser Stelle.

Er ist nicht der Ansicht, dass der heutige Name der Insel vom Namen der Farm der da Costa abstammt, deren Namensgeber ein spanischer Vagabund und Gutsverwalter seiner Ahnen war.

Diese These werde ich in diesem Buch nochmals wiederholen, weil es meiner Meinung nach die Wahrheit ist. Zu der Inselgruppe würde aber ihr früherer Name, Saint John, viel besser passen. Esperanza klingt zu süß.

Herr da Costa breitet seine Arme aus und sagt mir, dass diese Insel den reichen Kaffinern Hoffnung aufs Überleben gab. Hier konnte man sich gut verbergen.

Ich stimme ihm höflich zu, weil er recht hat. Den Spanier gab es aber doch.

Ausführungen darüber würden zu weit führen, mich interessiert etwas ganz anderes.

Über Ali Bey und seine Tabakspfeife kann keiner besser erzählen als der Direktor des Museums. Alfredo da Costa putzt seine Brille mit dem großen Gestell, als wolle er gleich zu lesen beginnen, und zeigt zum Fenster hinaus aufs Meer.

»Ali Bey war ein fauler Melancholiker, daran waren das Meer und die Sonne schuld. Haben Sie schon einmal die Friedhöfe dieser Stadt gezählt? Keiner hatte Lust, weiter rauszuziehen. Wissen Sie, welche Familie die ärmste und am meisten gedemütigte auf diesen Inseln ist? Die Familie der Zichistawi. Ist das nicht erstaunlich? Von irgendetwas zeugt das doch, nämlich von ihrem Charakter und ihrem Umgang mit der Außenwelt. Jahrhundertelang hatten sie nichts zu tun. Ali Bey war die Verkörperung dieser Tatsache.«

»Was war Ali Beys christlicher Name?«

»Konstantin ... Konstantin, oder? Sie lassen mich stutzen.«

Wir sind in der Zitadelle, am beeindruckendsten Ort der Stadt. Von hier aus sieht man die halbe Insel vor sich liegen, mit dem Fernglas sogar die ganze Insel.

»Warum schreiben Sie nicht eine Geschichte über das englische Regiment?«, fragt mich plötzlich Alfredo da Costa. »Die Engländer lieben doch Geschichten über sich selbst.«

»Ich denke, dass das kaum Interesse weckt«, erwidere ich auf die Frage ehrlich und füge hinzu: »Gibt es ein Buch über die Geschichte der da Costa? In der Bibliothek konnte ich keines finden.«

»Ja, es gibt ein Manuskript in unserer Privatbibliothek, doch wir drucken es nicht.«

6

Seinem Neffen, dem Poeten, Flaneur und Müßiggänger Alessandro da Costa, bin ich auch schon einmal begegnet.

»Mister Clever, wir, die da Costa, gaben der Insel ihren Namen. Durch unsere Korrespondenz mit Europa wurde der Name Santa Esperanza geläufig. Das ist die Wahrheit, sofern Sie daran interessiert sind.« So wird es wohl sein, da gibt es nichts zu diskutieren.

Zurück zu Ali Bey. In dieser Zitadelle lebten seit Jahrhunderten Ali Beys Vorfahren und Erben. Er selbst ist hier geboren. Herr da Costa zeigte mir das Zimmer, in dem die Burgvögte der Insel das Licht der Welt erblickten: in einem kleinen, fensterlosen Raum, zur Hälfte ein Keller, wurden die Artschiliani-Zichistawi zur Welt gebracht.

»Ali Bey lebte aber nicht in der Zitadelle. Er mochte die Höhe nicht oder war einfach zu faul, mindestens einmal im Monat auf dem Pferd hinauf- und herunterzureiten«, erzählt da Costa begeistert, »Ali Bey hatte seine eigenen Vorstellungen. Er liebte das Meer und ließ sich am Ostufer der Hauptinsel nieder.«

Der Direktor zeigt mir die alte Landkarte der Insel: »Hier, an dieser Stelle.«

Soviel ich weiß, ist von seiner Wohnstätte nichts übrig geblieben. Seine Nachkommen rissen später ab, was noch davon zeugte. Warum, ist nicht bekannt. Nach seinem Tod wurde sein Neffe von den Osmanen als Vorsteher der Zitadelle bestätigt. Die Angehörigen und Nachkommen mochten Ali Bey nicht besonders. Sie schämten sich wegen seiner schleierhaften Vergangenheit.

Die Legende ist sehr romantisch. Die Wahrheit aber, die ich versuche aufzudecken, ist ziemlich skandalös.

»War Ali Bey ein Homosexueller?«

»Nein. Woher haben Sie das denn?« Alfredo da Costa scheint beleidigt.

»Sie sind der Erste, den ich danach frage.«

»Die Route Ihrer Recherchen ist leicht nachzuvollziehen.« Da Costa wird etwas zynisch. »Der Besitzer des Kaffeehauses, Morad Bey, ist von dieser Geschichte besessen und hat Ihnen sicher einiges darüber erzählt. Sie haben sich wohl nicht getraut, ihm diese Frage direkt zu stellen – oder? –, und anderen ebenso wenig. Vielleicht haben Sie seine letzte Erbin gefragt, Agatia Khanum. Sicher denken Sie, dass ich diese Geschichte hasse. Stimmt das?«

»Nein. Ich habe aber keine andere Erklärung gefunden. Er liebte einen jungen Mann, einen schönen Jüngling, den man von ihm trennte und auf die kleine Insel verbannte. Früher war das nicht schwierig. Eines Tages erfuhr Ali Bey, dass der Jüngling verschwunden war, und dachte, er sei ertrunken. Deshalb stürzte er sich ebenfalls in die Fluten. War das nicht so? Ist das nicht eine Liebesgeschichte?«

»Nein, das ist eine Geschichte von Melancholie und Hoffnung: Esperanza ... Sie sagten aber, die Inseln sollten wieder Saint John heißen. Meine Vorfahren waren damals schon auf der Insel und waren die Einzigen, die Türken, Russen, Österreicher und sogar Franzosen an einen Tisch brachten. Das war eine sehr ernste und schwierige Zeit. Eine im Meer verschwundene osmanische Provinz mit untätigen Paschas: Ein Ort der Langeweile und des Sterbens, hätten wir, die Genuesen, ihn nicht belebt. Warum denken Sie nicht darüber nach? Ich weiß, worüber Sie in Ihrem neuen Buch schreiben werden. Sie werden schreiben, dass Ali Bey ein Homosexueller war, und diese Geschichte wird die Menschen mehr interessieren als das, was ich Ihnen erzähle. Euch Europäern gefällt das besser. Homosexualität! Leicht zu verstehen und rührend.«

»Sind Sie nicht auch ein Europäer?«

»Ich bin Genuese. Wäre nicht das leichte und abenteuerlustige Wesen der Genuesen, wäre die Welt heutzutage viel kleiner. Auch Ihr Engländer wärt nicht darauf gekommen, über die Meere zu segeln ...« [...]

[...] das gäbe eine ausgezeichnete touristische Route, wenn von der Hauptinsel zur Südinsel statt der Brücke eine Nachbildung der Pfeife Ali Beys gelegt wäre. Am äußersten Ostzipfel der Hauptinsel stand am Ufer eine Hütte, in der einst ein schöner Knabe, der Jüngling Basila, lebte. Diese Route würde sicher vielen Touristen gefallen. Aber es gibt sie nicht, denn sie müsste irgendwohin weiterführen. Doch die Besitzer der anliegenden Territorien möchten nicht, dass hier ständig Touristen durchreisen.

6

Die Südinsel heißt bei den Einheimischen auch Wisramiani-Insel. Der größte Teil der Territorien dieser Insel gehört einem der reichsten Familienclans, den Wisramiani. Sie baten vor acht Jahrhunderten den Inselverwalter, einen Vorfahren Ali Beys, um zwei Abrissgrundstücke auf dieser kleinen Insel. Seitdem haben sie kein Stück Land mehr verloren, sondern immer mehr dazugekauft.

Auf der Südinsel befindet sich der Flughafen von Santa Esperanza. Er befindet sich genau an der Stelle, an der die Wisramiani ihre erste Wohnstätte hatten. Ungeachtet vieler Bittschreiben sind sie strikt dagegen, dass touristische Reiserouten durch ihre Ländereien führen, auch wenn sie aktiv am touristischen Business des Landes beteiligt sind.

Ich befinde mich auf der Südinsel. Durch Vermittlung von Bekannten erhielt ich dazu großzügigerweise die Erlaubnis. Ich fahre mit einem Mini-Jeep durch die Ländereien der Wisramiani. Den Wagen hat mir freundlicherweise ein Gutsverwalter geliehen, der Oberste ihrer Leibwächter, oder besser Sungalen, wie sie genannt werden. Ich bin ganz allein. Auf der Insel befindet sich im äußersten Osten ein Hotel. Man sieht am Tag mehrere Flugzeuge den Himmel überqueren. Die Wisramiani wären beleidigt, wenn ich nicht in diesem Hotel übernachten würde. Alle Häuser und Ranches der Insel stehen mir zur Verfügung. Die Villen der Wisramiani stehen fast alle leer. Deren Herrschaften wohnen in der Stadt. Doch die Hausmeister und Wirtschafterinnen sind informiert, dass ein englischer Schriftsteller vorbeikommen könnte. Ein Abendessen, heißes Wasser und ein Nachtlager zu bekommen, ist überall möglich. Sogar bei den Pächtern einer Ranch. Man weiß, wie man Gäste zu empfangen hat, und macht das ungezwungen und gut.

Neben mir liegt die Landkarte, die der Gutsverwalter mir mitgegeben hat.

Ich komme an jene Stelle. Es ist kein großes Kap. Im Volksmund heißt es Kap des Basila. An einem Baum ist ein Brett angebracht, worauf in Englisch geschrieben steht: »Dieser Ort heißt Kap der Erwartung. Die Mitglieder unserer Familie kamen oft hierher und schauten aufs Meer, als würden sie ein Zeichen aus der großen Heimat – Georgien – erwarten. Die Wisramiani haben nie vergessen, woher sie kamen.«

Ich bin überrascht. Hierher kommen keine Touristen. Also gehört die Stelle und diese Tafel nur der Familie Wisramiani. Ich stelle mir vor, wie sie ihre Enkel zu dieser Stelle führen und ihnen die Geschichte ihrer Vorfahren erzählen.

Ja, aber warum ist diese Tafel nur auf Englisch beschrieben?

Wahrscheinlich für solche Herumtreiber wie mich, die diese Tafel noch mehr irritiert. Als wenn mir die Wisramiani damit zeigen wollten, dass alles anders war.

Ich denke noch einmal über die Geschichte von Ali Bey und Basila nach:

Man schrieb die zweite Hälfte des 17. Jahrhunderts. Ali Bey, Verwalter der Inseln und Vorsteher der Festung, aus der alten Dynastie der Zichistawi, formell ein Muslim, verließ seine Zitadelle und siedelte sich am Waldrand der Insel, direkt am Meer, an. Sein nächster Vertrauter war ein vierzehn- bis fünfzehnjähriger, sehr gescheiter lockiger Knabe. Dieser folgte ihm nicht in die freiwillige Verbannung, sondern begab sich mit einem Boot auf die Südinsel an das äußerste Südkap. Das Märchen beginnt genau an dieser Stelle. Ali Bey bestellte bei den Istanbuler Handwerkern eine Tabakspfeife. Diese Pfeife, hier auch Tschibuk oder Kalian* genannt, brachte man dem Vogt-König-Pascha als fünfzehnteiliges langes Rohr, das man zusammensetzen konnte. Ali Bey befahl den Bootsfahrern, diese Pfeife über die Meeresenge zwischen der Haupt- und Südinsel zu legen. Ungefähr so, wie man heute eine Pipeline legt. Laut Überlieferungen ruhte die über dem Meer verlegte Pfeife auf zweiunddreißig Stützen. Um sie zu errichten, arbeiteten die Bewohner der Insel fast einen Monat lang.

Das Mundstück der Pfeife lag auf dem Balkon Ali Beys, direkt bei seinem Sofa. Die Feuerstelle aber war bei Basilas Hütte am Kap. Basila stopfte, am Ufer sitzend, die Pfeife mit Tabak.

---

* Tschibuk oder Kalian — türkisch und persisch für »Tabakspfeife«

Danach legte er die Glut hinein. Der auf dem Sofa ruhende Ali Bey zog indessen an der längsten Pfeife der Welt.

Der Qualm war von einem Ende zum anderen gewiss lange unterwegs. Man könnte es berechnen, doch ich habe es nie versucht. Ali Bey hatte angekündigt, dass er dreimal am Tag rauchen würde: Frühmorgens, mittags und abends. Basila konnte seine Aufgabe erfüllen, indem er die Himmelskörper beobachtete. So wusste er, wann es Zeit war, die Pfeife anzuzünden.

Wer die östliche Kultur auch nur annähernd kennt, weiß, dass der Junge als Tabakspfeifenmeister eine besondere Stellung hatte und somit alles in Ordnung war.

Das Ende dieser Geschichte ist: Ali Bey zog eines Tages lange an seiner Pfeife, aber es kam und kam kein Qualm heraus. Er wartete seine Stunden ab. Als Ali Bey am Abend noch einmal zog und die gleiche Antwort bekam, wurde er unruhig. Er befahl seinen Dienern, ohne den friedlichen Morgen abzuwarten, gleich in der Dunkelheit des Spätherbstes die Boote zu richten. Sie überquerten die Meeresenge bei Sturm und Regen und gingen in einer ruhigeren Bucht ans Land. Ali Bey ging mit seinen Dienern zum Zipfel der Insel, wo er Basilas verlassene Hütte und die erloschene Feuerstelle vorfand. Darin hatte sich Wasser angesammelt.

Es war Nacht, es regnete und die Wellen schlugen übereinander.

Ali Bey hatte den weiten Umhang des Dieners umgeworfen und schaute aufs Meer, das kaum zu sehen war. Dann riss er sich von der Stelle los und stürzte sich in die Fluten.

Seitdem hat ihn niemand mehr gesehen.

Die Diener suchten ihn mit Booten und Fackeln bis zum Morgengrauen.

Das ist nur eine Geschichte, von der es tausend Interpretationen gibt.

Auf Santa Esperanza gibt es ein paar Leute, die alles erklären können. Die Taxifahrer haben immer zwei, drei Worte parat, wenn man sie danach fragt: »Ali Bey hatte es satt.«

Ein Polizist würde ohne viel zu überlegen sagen: »Er mochte die Osmanen nicht und ist nach Georgien geflohen.«

Morad Bey aber flüstert ehrfürchtig: »Er war ein Poet, der auf etwas wartete. Er liebte Basila wie seinen Sohn. Basila war sein Deuter. Von ihm erwartete er irgendein Zeichen. Sie sind zusammen weggegangen. Ich schließe nicht aus, dass ihr Weg direkt in den Himmel führte.«

Auf einer Ranch, auf der ich übernachte, spreche ich mit einem sehr beeindruckenden, alten Mann mit knorrigen Händen. Er ist Bauer und weiß nicht viel von Ali Beys Pfeife:

»Ich glaube nicht daran, dass die Pfeife so lang war. Vermutlich ist sein Leibeigener geflohen. Ali Bey war ein Müßiggänger, denn das Rauchen einer Pfeife bedeutet bei uns Müßiggang. Je länger die Pfeife, desto reicher und untätiger ihr Herr.«

Ich habe selten jemanden getroffen, der so einen gesunden Menschenverstand hatte. Der Mann stammte aus einem Dorf der Nordinsel und sagte mir noch etwas:

»Hier sind die Menschen anders. Ich wurde anders erzogen. Wir sind ganz anders. Wir sind alle Bauern und Banditen.«

»Sie sind Banditen?« Ich musste lächeln.

»Natürlich mögen wir nicht, was diese hier machen, doch die Zeiten haben sich geändert. Bei uns interessiert niemanden diese Geschichte von Ali Bey. Wir haben uns den Burgvögten und den Osmanen niemals untergeordnet.«

Es war erstaunlich, wie er sich auf Englisch die Zunge zerbrach. Sonst kannte er außer dem Georgischen keine andere Inselsprache.

»Die Engländer haben uns betrogen. Wir sind Sungalen. Wissen Sie, was ein Sungale ist?«

»Ein Leibwächter«, sagte ich.

Der Alte lachte. Er zog aus seinem Gürtel ein altes, abgewetztes Bauernmesser und warf es, ohne ersichtlich zu zielen. Das Messer landete gut fünfzehn Schritte entfernt im Baumstamm.

»Das bedeutet Sungale, ein Mann des Waldes und des Königs.« Das wusste ich.

»Mit den Wisramiani haben wir uns schon immer gut verstanden. Das wahre Land sind eben die zwei kleinen Inseln. Diese Attraktionsinsel hat man künstlich geschaffen.«

Ich dachte jedoch nach wie vor an Ali Bey. [...]

[...] Letztendlich gibt es drei mögliche Varianten dieser Geschichte. [...]

EIN BRIEF VON ALFREDO DA COSTA AN DEN SCHRIFTSTELLER EDMOND CLEVER

Herr Clever,

seien Sie ganz herzlich gegrüßt und sehen Sie meinen Brief bitte nicht als Heuchelei an.

Ihre Adresse habe ich von einer sehr interessanten Website, die Ihre Tätigkeit beschreibt.

Ich war der Meinung, Sie würden nur über unsere Insel schreiben. Dann aber stellte ich fest, dass Sie fast alle Inseln bereist und deren Geschichten aufgeschrieben haben.

Das ist hochinteressant und vorbildlich, denn Forschungs- und Arbeitseifer ist eine seltene Gabe. Diesen Brief schreibe ich an Sie, weil ich Ihr letztes Buch über unsere Tabakspfeife las. Das Buch verkauft sich sehr gut in unseren Läden, unterstützt durch die Touristensaison und die wunderschönen Reklametafeln, welche über das neblige Meer ragende Tabakspfeife darstellen.

Meines Erachtens ist der Einband eines Buches sehr wichtig für den Verkauf.

Ich möchte mit Ihnen unbedingt über einige Fragen diskutieren, die geklärt werden müssen. Dieser Brief ist kein öffentlicher, deshalb können Sie davon ausgehen, dass Ihre Unwissenheit sich nicht öffentlich herumspricht. Ich finde es äußerst bedauerlich, dass Sie trotz häufiger Reisen in unser Land und trotz so vieler Kontakte vor Ort noch nicht wissen, was Santa Esperanza wirklich ist. Nehmen Sie sich ein Beispiel an Ihrem Landsmann Kipling. Dank seiner Schriften erkennt man, wie andersartig Indien ist. Kipling wuchs in Indien auf, Sie aber kamen nur als Tourist nach Santa Esperanza und interessierten sich gerade einmal für die Dauer eines Urlaubs für unsere Geschichte.

Es ist aber ein Unterschied, ob man an der Sonne liegend entdeckt, dass man woanders als zu Hause ist, oder einen die Beine von selbst dort hinführen, wovon man träumte.

Ihr Buch ist für Touristen geschrieben. Es könnte jedoch viel mehr sein. Ich versuche Ihnen meine Kritik mitzuteilen:

1. Bei unserem Treffen sagte ich Ihnen, Sie sollten das mit der Homosexualität weglassen. Leider scheint für Sie diese Variante die romantischste und überzeugendste. Dabei wird, wie Sie glauben, diese Tatsache angeblich vertuscht. Sie stellen sich Ali Bey vor wie einen Helden in Thomas Manns Roman, den Sie allerdings leider nur so in Erinnerung behalten haben, wie er im Film des bereits verstorbenen Luchino Visconti dargestellt ist, nicht wie im Buch. »Morte a Venezia« – das ist Anfang und Ende Ihrer aufgewärmten Fassung. Denken Sie nicht, dass ich meiner genuesischen Abstammung wegen mit den Venezianern abrechnen will. Es ist mir nur so eingefallen. Ein Sexist bin ich ebenfalls nicht, für einen Mann in meinem Alter doch erstaunlich.

Ich dachte, ich hätte Ihnen ausreichend erklärt, dass es unmöglich gewesen wäre, Ali Bey wegen seines Geliebten zu entthronen. Hat man denn je einen Herrscher wegen einer Beziehung zu einem Jüngling abgesetzt?

Das ist Ihr Fehler. Die Europäer denken, dass kurz hinter der Donau die wilden Steppen von Asien beginnen. Sie haben vergessen, dass die Europäer alles aus dem Osten einführten, der Osten selbst jedoch nichts von ihnen. Denn er brauchte nichts und als er es wirklich nötig hatte, bettelte er nicht darum. Ihr Engländer und Franzosen seid gekommen und habt ohne zu fragen asphaltiert.

Genau hier liegt auch Ihr Fehler. Sie wissen nicht, dass Ali Bey auf der Insel zu allem befugt war. Er war nicht mehr durch das strenge Christentum gebunden, da er ein Muslim geworden war.

Sein Wort war Gesetz.

Nun können Sie sich nur noch eines vorstellen, nämlich Basila als Sklaven, den ein Gutsverwalter Ali Beys auf dem Sklavenmarkt kaufte und seinem Herrn schenkte. Basila, ein Georgier, träumte davon, wegzulaufen, weil Ali Bey ihn liebte und er diesen Mann hasste.

Eine schöne Geschichte, wenn man sie sich so überlegt.

Nur wäre Basila, wenn sich diese Geschichte bei uns ereignet hätte, eine Frau gewesen. Ein Diener hätte seinem Herrn unmöglich einen Jüngling geschenkt. Damit hätte er auf die Leidenschaften seines Herrn angespielt, und das wäre deplatziert gewesen.

Eine junge Frau hingegen hätte er seinem Herrn ohne Bedenken schenken können. Wenn der Pascha einen Jüngling hätte kaufen wollen, wäre das auf anderem Wege geschehen, auf jeden Fall nicht öffentlich. Es hätte deshalb auch keine Legende daraus entstehen können. Auf den Sklavenmarkt wäre er nie selbst gegangen.

Ich sagte es bereits und wiederhole es nochmals: Ali Bey, der gleiche Konstantin Artschiliani, hatte sicher nicht die Leidenschaften, die Sie ihm zuschreiben. Sie sprechen überhaupt nicht von dem christlich-orthodoxen Kloster, einer der ältesten christlichen Einrichtungen auf der Insel.

Das komplizierte Verhältnis meiner Familie zu diesem Kloster ist nicht so wichtig (meine Vorfahren unterstützten die katholischen Missionen und errichteten vor drei Jahrzehnten ein anderes Gotteshaus auf den Inseln, was traditionell zu Spannungen führte), aber Sie wissen nichts von den engen Beziehungen der Zichistawi zu dem Kloster, auch nachdem die Zichistawi Moslems geworden waren.

Sie fragten nicht danach, sonst hätte ich es Ihnen erzählt.

Ihr Herangehen ist verständlich. Religion ist Ethnografie. Das Beste, was eine Kirche machen kann, ist Wohltätigkeit auszuüben.

Deshalb können Sie unser Land nicht verstehen.

2. Eigentlich wollte ich keinen langen Brief schreiben, da er aber sowieso lang wird, scheue ich die Mühe nicht, weiterzuschreiben. Denn ich schreibe diese Zeilen bereits nach dem Mittagessen.

Glauben Sie denn, dass es die Pfeife gab?

Sie stellen in Ihrem Buch nicht einmal die Frage, ob es die

Pfeife wirklich gab. Also glauben Sie an deren Existenz, weil sie Bruchstücke davon gesehen haben und weil die wissenschaftliche Expertise beweist, dass sie alle Teile einer langen Pfeife sind.

Die Pfeife gab es tatsächlich. Nur, wie lang war sie? Etwa so lang, wie es auf John Keanans Gemälden dargestellt ist?

Das ist unwahrscheinlich, die erste starke Welle hätte sie zerschmettert.

Sie sprechen von einer surrealistischen Legende, der zufolge Basila ein Wächter gewesen sein soll, der vom äußersten Kap Richtung Georgien spähte und, sobald er von dorther Schiffe entdeckte, keine Glut mehr in die Pfeife gelegt habe. Damit hätte er Ali Bey und der osmanischen Garnison mitgeteilt, dass der Feind sich näherte. Außerdem sprechen Sie im Buch von einem georgischen Lied, das angeblich vom Verrat Ali Paschas berichtet.

Das ist reine Dummheit, um es mit dem Wohlwollen eines Mannes auszudrücken, der darüber schon einmal mit Ihnen gesprochen hat.

Georgien hatte nie eine Flotte. Ab dem 14. Jahrhundert hatte das zerfallene und durch Bürgerkriege zerrüttete Land das kleine Reich im Meer ganz vergessen. Unsere Burgvögte beschäftigten sich mit Seeräuberei: Sie fuhren mit Booten zur georgischen Küste und entwendeten dort mal dies und mal das. Das war so üblich damals. Auch der Sklavenmarkt verursachte einen regen Verkehr und war eine Einkommensquelle der Seeräuber. Aber auch die Herrscher wurden durch den Sklavenhandel reich.

Dieser Teil der Legende ist zwar zutreffend, aber nur für Romane.

Die Tabakspfeife gab es wirklich. Nur, dass sie viel, viel kürzer war und von Ali Bey keinesfalls über das Meer verlegt wurde. Das hätte ihm noch gefehlt!

In der Korrespondenz von Padre Michele Matarati ist die Rede von einem Oberst, der vom großen Seraskir Sinan Pascha eine sehr wertvolle Pfeife geschenkt bekam. Sie war acht Adli* lang. Wer

---

* Adli – altes georgisches Längenmaß, entspricht ca. 1 m

etwas von Tabakspfeifen versteht, wird schnell begreifen, dass für sie zwei Tschibukmeister nötig waren.

Glauben Sie, dass in Santa City deshalb ein riesiger Stadtteil Pfeifenviertel heißt, weil es die Pfeife von Ali Bey gab? Oder heißt die Kalivan Street deshalb so, weil Basila ins Wasser sprang?

Natürlich stimmt beides nicht. Anfang des 18. Jahrhunderts wurde Santa Esperanza zu einem der wichtigsten Pfeifenlieferanten. Gute osmanische Handwerker haben das Osmanische Reich und die Krim von hier aus versorgt. Der erste richtige Hafen wurde von meinen Vorfahren auf dieser Insel errichtet, und glauben Sie mir, ich weiß, wovon ich schreibe.

Das Geschenk des großen Seraskir war die längste Pfeife, die man rauchen konnte. In einer längeren Pfeife würde der Sog an Geschwindigkeit verlieren und die Glut erlöschen.

Wenn man also von der längsten Pfeife spricht, so ist es eine, die geraucht werden kann.

Die Bruchstücke, die Sie gesehen haben, gehören tatsächlich zu dieser Pfeife. Andere Teile waren schon gestohlen. Ursprünglich war das Geschenk mit Edelsteinen besetzt.

Es gab aber keine Tabakspfeife, welche die Meeresenge überbrücken konnte, und keinen Homosexuellen, der in einen Jüngling verliebt war.

Wenn auch sicher zu Ihrem großen Bedauern.

Georgien hatte damals keinen Feind, gegen den es kämpfte, da über die Hälfte seines Territoriums – wie auch unsere Inseln – zum Osmanischen Reich gehörte.

3. Ich werde nicht mehr viel schreiben, nur noch einige Worte, um Ihnen zu erklären, wer Ali Bey war und welche Funktion Basila hatte.

Sie fragten mich nie danach, sonst hätte ich es Ihnen schon früher erklärt.

Ali Bey war taub. In unserem Familienarchiv gibt es darüber Dokumente. Ich spreche nur nie offen darüber, weil die Zeit noch nicht reif ist. Sie können es publik machen, aber es ist noch nicht an der Zeit.

Er wurde offenbar allmählich taub, sonst wäre er kein guter Herrscher gewesen. Ludwig van Beethoven konnte seiner Berufung ja auch ausgezeichnet taub nachgehen. Er hatte es schwer und war dennoch genial. Ali Beys Gehör nahm immer mehr ab. Meiner Meinung nach setzte bei ihm die Alterstaubheit zu früh ein.

Vom Wesen her war er ein ziemlich wortkarger, träger und verschlossener Mensch. Eine poetische Seele, melancholisch und gütig. Die osmanischen Großherrscher schätzten seine Gastfreundschaft sehr. Er bot ihnen auf Santa Esperanza, um es modern auszudrücken, einen wahren Kurort, das war seine Natur. Deshalb schenkte man ihm auch die Pfeife. Was sonst? Am Hofe des Sultans war es üblich, sich bei Ali Bey zu erholen. Selbst der Sultan plante einst eine solche Reise, es kam aber nicht dazu.

Als Herrscher wurde er von allen geachtet.

Doch mit seinem Taubwerden konnte sich Ali Bey nicht abfinden.

Da er ein ehrlicher Mann war, schickte er ein Schreiben nach Istanbul, dass er alt, schwach und taub geworden sei und man seinen Neffen, Hassan Bey, als Verwalter einsetzen solle. Ohne die Antwort abzuwarten, verließ er bald danach die für ihn stumm gewordene Welt.

Er wurde von einem Diener begleitet. Wer das war, ist unbekannt. Möglicherweise hieß er Basila. Ali Bey nahm seine lange Pfeife mit und zog sich in sein Landhaus zurück. Er rauchte auf dem Sofa liegend seine Tabakspfeife, die von einer Feuerstelle am Gartenzaun aus entzündet wurde. Der Diener pflegte ihn, bis es unmöglich wurde, seine unberechenbaren Wünsche zu erfüllen und sein Temperament im Zaum zu halten. Ali Beys Charakter hatte durch die Taubheit gelitten. Er schrie eigenartige Namen und warf sich danach tagelang stumm nieder.

Während eines solchen Deliriums floh der Diener, paddelte so schnell er konnte zur Zitadelle und fragte nach dem Arzt, da es dem Herrn sehr schlecht ging. Es gab dort einen osmanischen Arzt. Es war aber Padre Mario, der gleich zur Stelle war und dem Diener folgte. Staunen Sie nun nicht, denn ich besitze die

Aufzeichnungen des Franziskaners Mario de la Rebia. Als sie das Haus erreichten, war niemand mehr dort. Die Pfeife hatte Ali Bey zerschmettert. Wahrscheinlich hatte er sie erst gegen den Balkonpfahl geschlagen und danach über dem Knie zerbrochen.

Er selbst war verschwunden. Seine Pantoffeln lagen noch da.

Das war eine sehr missliche Lage, wie Sie sich als Schriftsteller sicher vorstellen können.

Die einzige Erklärung schien zu sein, dass er ins Wasser gesprungen und ertrunken war. In der Nähe gab es ein Dorf. Der Diener fragte aber die Bewohner des Dorfes nicht, ob sie Näheres wussten, da sie sehr eigenartige Leute waren.

Sie wissen, wie Legenden entstehen.

Es wäre merkwürdig, wenn Sie es nicht wüssten.

Ich bedauere deshalb, dass Sie unser Land nicht besser kennen. Sonst hätten Sie Gescheiteres darüber geschrieben.

4. Noch etwas Unwesentliches.

Es liegt nicht an Ihnen, sondern an der Legende. Sie hätten aber etwas intensiver forschen müssen.

Sie waren auf der Südinsel und kamen bis zum Kap, von dem man Ihnen in den Kaffeehäusern in der Kalivan Street erzählt hatte. Die Bezeichnung Südinsel ist aber falsch. Die Insel heißt Kleine Insel oder Insel der Wisramiani.

In Ihrem Buch steht, dass Sie dort einen Mann trafen, mit dem Sie viel mehr hätten sprechen sollen. Denn Ali Bey und Basila lebten erst auf der Nordinsel, d. h. an der Küste der Großen Insel.

Ich muss Ihnen sagen, dass die tiefste, umfassendste und wahrhaftigste Stelle in Ihrem Buch das Gespräch mit dem Bauer von der Nordinsel ist. Sie sind ein wahrer Schriftsteller und haben gespürt, dass er etwas Wahres und Interessantes zu sagen hatte. Sonst wäre es nicht ins Buch gekommen.

Um die Insel der Wisramiani bilden sich leicht Legenden. Für Fremde ist es schwierig, dort durch Wiesen und Wälder zu spazieren. Auf die Sungalen-Insel kommt man viel leichter, aber kaum jemand versucht das.

Ich empfehle Ihnen dringend, es Ihrem Helden Ali Bey gleichzutun und die Nordinsel, die so genannte Große oder Sungalen-Insel zu ergründen.

Das ursprüngliche, alte Santa Esperanza kann man ebendort finden. Obwohl es sich eigentlich nicht um Santa Esperanza, sondern um die Sungalen-Insel handelt. Darauf möchte ich aber jetzt nicht weiter eingehen.

Eines setze ich noch hinzu, ohne lästig werden zu wollen: Die ganze Geschichte hat einen Autor. Ich staune, dass Ihnen der Besitzer des Kaffeehauses darüber nichts gesagt hat, nachdem er in allen Zeitungen über die Freundschaft mit Ihnen berichtet hat. Wenn wir einen eigenen TV-Sender hätten, würde er auch dort Interviews geben. Morad Bey hat zum Verkauf Ihres Buches wesentlich beigetragen.

Der Autor dieser Geschichte ist ein Aschugi* aus der ersten Hälfte des 19. Jahrhunderts. Ich hoffe, Sie wissen, was ein Aschugi für das einfache Volk der Osmanen oder der osmanischen Stämme bedeutet. Er hieß Kerib. Das war ein Kosename, typisch für herumziehende Sänger, die auf einer Saz oder einem anderen einfachen Instrument spielten.

Heute gibt es nur noch sehr wenige Aschugen. Von diesem Kerib ist ein langes Lied in einem kleinen Büchlein in osmanischer Sprache überliefert. In alter Schrift, die bei uns, im Unterschied zur Türkei, immer noch im Gebrauch ist. Dieses Büchlein heißt: »Die Geschichte vom Kummer Ali Beys und Basilas, nach dem Lied des Kerib«.

Ich denke, dass diese Broschüre und das Lied vor anderthalb Jahrhunderten sehr populär waren und den Künstler John Keanan inspirierten. Das heißt aber nicht, dass die wunderschöne Grafik von Keanan historische Wahrheit darstellt.

Es tut mir leid, aber Sie betrachten uns wie ein Tourist, für einen Schriftsteller nicht sonderlich rühmenswert.

Meinerseits können Sie sich auf allerlei Hilfe verlassen.

Mit besten Grüßen, Alfredo da Costa.

PS: Noch etwas: Wie kommen Sie darauf, dass ich ein mürri-

---

* Aschugi – Volkssänger in Aserbeidschan

6

scher und böser alter Mann bin? Wenn Sie wieder einmal im Lande sind, können wir mit meiner Jacht auf dem Meer segeln. Dann zeige ich Ihnen, wie rüstig ich noch bin.

STATUT DER STÄNDEVERSAMMLUNG
DER FAMILIEN VON SANTA ESPERANZA

(in vier Sprachen verfasst)

Im Namen Seiner Majestät ermächtigt durch König Eduard VII. von Britannien und so weiter und so fort, auf Anforderung der gütigen Mutter, Ihrer Majestät Königin Viktoria, festgelegt durch die Verfassung, kraft Gottes des Allmächtigen und aller Konfessionen, wird von uns, den Oberhäuptern der achtzehn auserwählten Familien der Inseln Santa Esperanza, als Fortsetzung der verfassungsrechtlichen Akten festgeschrieben:

a) Kraft der uns verliehenen Macht werden wir die Regierung des Gouverneurs und des Parlaments achten, in das wir gewählt wurden.

b) Aufgrund des Rechtes, welches den Obersten der achtzehn Familien verliehen wurde, wird eine Vereinigung der achtzehn Familien gegründet.

c) Die Entscheidung wichtiger Fragen findet mittels gemeinsamer Beratung sowie schriftlicher Eingabe unserer von unseren Schriftgelehrten niedergelegten Meinung an den Gouverneur statt.

d) Es soll weder eine Armee noch bewaffnete Kämpfer geben, außer den genau umschriebenen Paradetruppen.

e) Die Vereinigung der achtzehn Familien wird keinen festen Sitz haben. Treffen finden jeweils in dem Haus statt, das sich zum Gastgeber erklärt.

a) Die achtzehn Familienoberhäupter treffen sich einmal im Jahr.

b) Die Bei jedem Treffen soll ein Nachkomme aus jeder Familie anwesend sein, jedoch hat nur das Familienoberhaupt, das am Versammlungstisch sitzt, das Recht zu sprechen.

c) Das Familienoberhaupt kann mit dem Vertreter seiner Familie, der ihm zur linken Seite sitzt, leise beraten. Alle anderen anwesenden Familienmitglieder müssen um den Tisch herum und hinter den Familienobersten stehend an der Versammlung teilnehmen.

d) Bei jeder Versammlung soll aus einer der Familien ein Vorsitzender gewählt werden und aus der gleichen Familie ein Protokollführer der Versammlung, der die Aufzeichnungen später jeder Familie zukommen lässt.

e) Vorsitzender und Schreiber sollen jedes Mal aus einer anderen Familie sein.

a) Der Vorsitzende hat zwei Würfel und kann nur mit Ja oder Nein entscheiden.

b) Der Vorsitzende soll mit seinem Zepter auf den nächsten Sprecher zeigen. Wenn er das Zepter auf den Tisch schlägt, müssen alle schweigen, der Schreiber fasst das vorher Gesagte und alle Meinungen zusammen.

c) In demjenigen Haus oder Hof, wo die Versammlung stattfindet, darf kein Zuschauer einer neunzehnten Familie anwesend sein.

d) Die Gastgeber der Versammlung müssen sich darum kümmern, dass in ihrem Haus ein langer Tisch steht, an dessen Ende der Vorsitzende und der Schreiber sitzen können und an dessen beiden Seiten acht beziehungsweise neun Familienoberhäupter Platz finden. So, dass alle ebenbürtig sitzen und keiner benachteiligt an der Ecke Platz nehmen muss. Es kann auch ein runder Tisch sein.

a) Wenn einer der Familienobersten Priester, Padre, Mullah oder ein Geistlicher höherer Weihen ist, darf er nicht an der Versammlung teilnehmen. Die Familie kann ihn als Oberhaupt wählen, aber an den gemeinsamen allgemeinen Versammlungen darf keiner im geistlichen Gewand dabei sein.

b) Frühstück, Mittagessen, Vesper und Abendbrot werden, gleich

in welchem Haus das Treffen stattfindet, von allen Familien bezahlt. Sobald nötig, wird der Gastgeberfamilie das Geld übergeben.

c) Jede Entscheidung, ob Ja oder Nein, soll durch den Zepterschlag des Vorsitzenden besiegelt werden, wie im Parlament. Den Tischvorsitzenden oder den Schreiber darf niemand verdeckt oder flüsternd ansprechen. Das ist eine Abstimmung, und wenn der Vorsitzende zweimal das gleiche Ergebnis wiederholt, darf es nicht mehr geändert werden.

d) Wenn eines der Familienoberhäupter gegen diese Vorgaben verstößt und nach eigenem Willen handelt, wird er so lange nicht mehr gewählt, bis er sich schriftlich entschuldigt und mit einem Besen die Asche von seinem Stuhl wegkehrt, die der Vorsitzende hingestreut hat.

Die Achtzehn sollen achtzehn Entscheidungen treffen, in Kirchenschrift, osmanisch, genuesisch oder englisch unterzeichnen und achtzehnmal abstempeln: mit vier Stempeln auf vier verschiedenen Papierbögen.

Gott steh uns bei!

ZIEGE MIT VOLLEM
WEINTRAUBENKORB

DIE CHRONIKEN
DES MÖNCHES VON DOSITEO

Aus dem Nusschuri abgeschriebene und nach Möglichkeit übersetzte
Passagen

Im Geleit unseres Gebets und Flehens wurde das gesegnete Kreuz und die Ikone des heiligen Georg, des Schutzpatrons aller Krieger, vom Burgvogt Goti und seinem Sohn David Solomon auf ihre Galeere gebracht. Zum Hüter der geweihten Gegenstände ernannten sie ihren Sklaven, einen Kämpfer aus der eigenen Streitmacht, dem man als Tageslohn einen Laib Brot und einen Krug Wein, sowie ein Stück trockenen Käse und Fischrogen für sieben Wochentage zusprach. Möge er als Hüter und Schützer des Kreuzes auf dem Schiffe verweilen, wann immer es in See stechen wird.

Eiligst ließ der Burgvogt Goti die Reiter der Festung und die Anführer Tarik, Gulia und Tadeos zu sich kommen. Darnach wurden zwölf Schiffe zum Kampfe gerichtet und gen Griechenland geschickt. Bei ihrer Rückkehr brachten diese höchst seltsame Früchte mit. Sie waren umhüllt mit einer festen grünen Schale, so schwer und groß wie Wackersteine, dass die zurückkehrenden Kriegsschiffe sich fast bogen unter der schweren Last. Goti, der Burgvogt, überreichte unserem gütigen Kloster des heiligen Johannes diese seltsamen Früchte. Der Anführer Gulia aber zeigte uns mit seinem Schwert, wie man das Fruchtfleisch zum Vorschein bringe. Mit einem Hieb schlug er darauf und durchschnitt die Hülle der Frucht, als sei sie der Leib eines Ungläubigen. Darin ward rotes Fruchtfleisch sichtbar mit schwarzen Kernen, zwischen Fruchtfleisch und der äußeren Schale aber noch eine andere Schicht.

Diese Frucht hatte einen wahrlich süßen Geschmack, und der Abt fragte den Burgvogt Goti, wie diese Frucht allhie im Garten des Klosters gedeihen könne. Da aber antwortete Goti: Diese seltene

Frucht stammet aus dem Perserland, aus Adribschan. Nur ist sie nicht die wohlbekannte Badridschan*, sondern die Frucht des Karapus. Wenn man aber dessen große Frucht mit Lehm umschmiere und sie an einem kühlen Ort, ohne Sonne, aufbewahre, könne man sie im Winter gar wohlschmeckend und süß vorfinden, es ist derweil eine Winterfrucht, eine Köstlichkeit für den Winter. Die Schale ist indessen ein Leckerbissen für Maultier und Rind. Wenn man diese aber im weißen Kalkwasser fast zwei Tage kochet, ist sie in der Fastenzeit ein Leckerbissen, gewürzet mit Salz oder anderen Soßen. Die Kerne der Frucht sind ihr Same, jedoch vermag niemand vorauszusagen, ob sich daraus eine Frucht oder nur eine Blüte entwickelt. Man nennt diese Frucht überall Melsapepon.

Galia, dem vorbildhaften Hüter der Ikone und des Kreuzes auf der geräumigen Galeere, überreichte der Abt zur Ehrung ein kleines Silberkreuz und die Fahne des heiligen Georg.

Als aus Persien auf einem stattlichen Schiff mit Atlasbaldachin obenauf ein Barbier und Heiler auf den Johannesinseln anlangte, schlug er sein Quartier neben dem Kastell des Burgvogts Goti auf. Darnach begann er seine Heilkunde mit der Reinigung des Stomachus und der Entfernung der Zähne durch Mittel, die nur ihm vertraut waren.

Goti überreichte ihm eine beträchtliche Summe im Namen des Königs und ließ sich von ihm kurieren. Da lag der Burgvogt vier Tage wie tot und kam erst durch unser Gebet und unser innigstes Flehen zu Gott sowie Speisen, Brot und Wein der heiligen Klosterstätte wieder zu sich. Darnach ward seine Zunge gelöst, und er sprach also: Die Lehren und Machenschaften des Persers lehne ich ab, denn mir sind unsere Gepflogenheiten lieber. Als Meister im Zähneziehen kann ich den Perser anerkennen, doch nicht als Medikus.

Sturmwind und Böen, mit Hagel und Blitzen gemischt, gingen über das Meer hin, dass man, einem Blinden gleich, kaum etwas erblickte in der Ferne. Und das währte zwölf Tage lang und noch sieben dazu.

---

* Badridschani – georgisch: »Aubergine«

Als nun Sturmwind und Böen, Hagel und Blitz durch Gottes Gnade und unser sowie der Nonnen innigstes Gebet zur Ruhe kamen, das Wasser still ward und sich zu wohlklingenden Wellen legte, fand einer der Johannesen ein Floß, herausgespült ans Ufer. Allda lag wie tot ein Jüngling, der den Namen Anano trug.

Im Namen des Vaters, des Sohnes und des Heiligen Geistes, Amen, segnete Goti, der Burgvogt, den Ankömmling. Dieser schwieg jedoch, verweigerte die Nahrung sowie andere Gaben und weinte bittere Tränen, nachdem er zu sich kam. So währte es bis zum Heumonat, da sagte Gabriel, der gütige Abt des Klosters, man solle den armseligen Anano ins Kloster holen. Allhie könne er durch das Gebet genesen und das Mahl der Mönche teilen, denn allzu tief sei dessen Kummer.

Auf unser Drängen und Bitten wurde Galia, dem Hüter des Kreuzes und der Ikone auf dem Schiff, der Familienname Bediani verliehen, denn er wohnete auf dem Hügel Bediani. Goti, der Burgvogt, überreichte ihm ein Siegel mit seinem Namen. Und als darnach die Galeeren gerichtet wurden, um gen Heimat zu segeln, wurden diese Siegel an den Hof unseres seligen Königs Demetre geschickt.

Im Garten des Klosters gediehen siebzehn Früchte der gesegneten Karapusen, die sehr gut gediehen und wuchsen. Der armselige Anano aber betrachtete die Sasamtro*, eine Köstlichkeit für den Winter, mit Wohlgefallen.

Nach dem Gedenktage des Hinscheidens der heiligen Maria kamen Gesandte des Königs auf einer Dromone, die ein Kriegsschiff ist, ins Land und beratschlagten drei Tage lang mit Goti, dem Burgvogt. Darnach verkündete er allhie, ein neuer Turm auf der Zitadelle solle errichtet werden. Zum Bau desselben sei das Gestein tief im Steinbruch zu gebrauchen. Des Königs Männer aber verrieten ihm das Geheimnis der Festigkeit von Steinbauten. Ein Gemisch von Steinbrösel, Ei, Wurzel, Kork und vielerlei an-

---

* Sasamtro – georgisch: »Wassermelone«; wörtlich übersetzt »für den Winter«, auch Karapusen genannt

derem, einer Salbe gleich auf einfache Steine gestrichen, mache diese so fest wie Eisen. Als er das sah, sagte Goti: Ab nun soll alles auf der Insel nur von Stein errichtet werden. Ihr wisset nun das Geheimnis dieser Wundersalbe, welches aus China kommt. Und vom Volk der Johannesen war ein jeder sonderlich erfreuet: Ob Bauer, Vasall oder Krieger des Königs, alle trugen Steine ab und errichteten wunderschöne Häuser, Stein auf Stein, auf wundersame Art bestrichen, sodass kein Wasser der Festigkeit der Bauten schaden konnte. So ward ganz Johannien errichtet mit festem Stein und herrlich anzusehen. Goti aber befahl am Westufer eine Mauer zu bauen. Auch um unser Kloster sollte auf Geheiß des Abtes eine Mauer hochgezogen werden. Mit Gottes Segen erbaueten wir die Mauer, Simon der Mönch aber schied darnach hin.

Anano wurde Novize allhie, in unserem Kloster.

Galia Bediani aber flehte Gabriel, unseren Abt, an, dass er im Kloster Johannes des Täufers in Gottes Dienste eintreten wolle und nit mehr das Kreuz und die Ikone hüten könne. Danach trat der Abt vor Goti, den Burgvogt, und es wurde alsbald lebenslänglich ein neuer Hüter benannt: kein Bauer wie Galia Bediani, sondern ein Adeliger niedrigeren Standes, namens Niania, Sohn des Amiran. Es ward bestimmt, dass diese Aufgabe auf seine Nachkommen übergehen solle.

Die Historie des Anano ist jedoch folgende: Anano, Spross einer der edelsten Familien des Frankenreiches, war in die schöne Jungfrau Daina verliebt. Mit der Zustimmung beider Familien ward beschlossen, ihre Minne alsbald durch eine Eheschließung zu krönen. So war es beschlossen und sollte also geschehen, hätte nicht eine Bande raubender Zigeuner und Mauren, die in den Frankenländern gottlos und stehlend unterwegs waren, die schöne Braut in die Mohrenländer verschleppt. Als das dem armen Anano zu Ohren kam, rüstete er sich wie ein furchtloser Jüngling und zog von dannen, um seine Geliebte zu suchen. Sieben Jahre lang hatte er auf Erden und zu Wasser gesucht und keinerlei Spur gefunden. Als dies der gütige Abt Gabriel hörte, sprach er: Im Osten lieget ein Land, dessen König, ein gütiger Mönch und Kreuzritter namens Johannes, alle Geschichten auf Erden kennet, so auch, was Dainen zugestoßen. Anano aber fragte: Ist hier die Insel der sieben Städte? Gabriel, der Abt, staunte darüber und erwiderte: Allhie gibt es weder sieben noch eine Stadt auf der Insel, was aber soll das für eine Insel sein? Anano sagte: Niemand kennet den Ort dieses wundersamen Landes, ob überhaupt es auf Erden oder im weiten Meere sich befindet, da noch niemand zurückkam, der sich dorthin begeben hat. Sei es, weil die Insel so paradiesisch schön oder besonders beschaffen oder weil Gott es so will. Zu Byzanz lebet ein Mann, Nikolos Popoleos, welcher bekundet und geschworen hat, dass sich alle geraubten Jungfrauen auf der Insel alldort befänden. Doch von den sieben Städten der Insel wusste niemand. Galia Bediani, der Wächter des Klosters und Ritter von Johannien aber, bat den Abt Gabriel innigst wie ein Sklave um Erlaubnis, das Kloster verlassen und mit einem Schiff auf dem weiten Meer die Geliebte des Anano suchen zu dürfen. Nach drei Tagen des Nachdenkens begab sich der Abt zu Goti, dem Burgvogt, und berichtete ihm von der Historie des Franzosen Anano. Darnach bat er um ein Schiff und die Segel aus weißem Stoff, stammend aus Tschinmatschin*, von denen ich in früheren Schriften berichtet habe, als ein Kaufmann aus Trapezunt diese dem Burgvogt Goti und dem Heere schenkte.

Mit dem Schiffe verließen Anano, der Franzose, Bediani, der Wächter des Johannesklosters und Niania, Sohn des Amiran und Hüter der Ikone und des Kreuzes, die Insel mit unserem Segen, um die Geliebte des Franzosen zu suchen. Das Wasser ward still und der Wind blies sachte in die Segel, am Ufer stand aber das Volk vor dem Kastell und schaute den drei Ehrwürdigen, welche in See stachen, nach.

Der Duft der Maiglockenblume ist wohl gar der allerbeste Duft der Düfte für die Menschen. Auf dem Grabe unseres gütigen Abtes und Vaters Gabriel pflanzte ich heute die Maiglocken.

Wir beteten und opferten der Seele des Burgvogts von Johannien, Goti, welcher am Freitag des siebten Jahres verstarb.

---

* Tschinmatschin – das Reich der Mitte bzw. China

Wir flehen und beten zu Gott dem Allmächtigen und Jesus Christus für die Gesundheit und das Schicksal unseres Burgvogtes Solomon David, Sohn des Goti, dessen Körper mit Pusteln übersät ist der teuflischen Krankheit halber, welche über die Meere und mit dem Winde kam. Möge er durch unser Gebet genesen.

Gedankt sei unsrem König: denn es gelangte ein Schiff hier ans Ufer und überbrachte Melkisedek, dem Abt, eine Ikone der heiligen Mutter Gottes, als Opfergabe unseres Königs für das Kloster. Der Sohn Gotis aber war hocherfreut und gab ein großes Fest zu Ehren der Gesandten unseres Königs, mit Wettreiten, Ritterspielen und Mutproben der Reitertruppen. Es ward gefeiert die Genesung von Gotis Sohn und zugleich Dank und Lobpreis unserem gesegneten König dargebracht mit erhobenen Lanzen und gehissten Flaggen.

Lazarus der Mönch beendete die Abschrift des Evangeliums vom Erlöser, und der Sohn Gotis berief den Abt zur Taufe seines Erstgeborenen, der genannt wird Goti, der Sohn des Sohnes von Goti, amen.

Sturmwind und Böen sowie Schneegraupeln und Orkan gingen über das Land, sodass alle Luken dicht verschlossen waren, fallende Blitze aber durchwühlten so das Wasser des Meeres, dass dessen Wellen mit Donnergebrüll und teuflisch leuchtend wie riesige Steine an die Mauern der Festung und des Klosters schlugen. Nachdem aber das Volk in den Wäldern fast eine Woche lang betend Zuflucht gesucht hatte, fand es die Häuser darnach abgedeckt vor. Nur Stein auf Stein war geblieben, daselbst hat der teuflisch Wind nichts ausrichten können. Als er solches vermerkte, sagte der Burgvogt Solomon David, Sohn des Goti, hocherfreut: Ehre sei Gott und dem Schutzpatron der Insel, Johannes dem Täufer!

Auf der Mauer gedeihet eine sonderliche Pflanze, wohlduftend, hagebuttenfarben, mit breiten Blüten und zahlreichen Blättern. Sie schlängelt sich entlang der Mauer wie ein Kriechtier und erfreuet das Auge.

Im Namen des Vaters, des Sohnes und des Heiligen Geistes. Unter unserem inständigen Gebet und Flehen gelangte ans Ufer unserer Insel eine Schaluppe fremder Fischer oder Seeräuber, wes wir nicht gewiss waren. Ein Fremder, fremdländisch gekleidet, mit schneeweißem Bart und himmelblauem Umhang trat ans Ufer und fing, sobald er seinen Fuß aufs karge Land Johanniens gesetzt, an zu klagen und unseren Erlöser Jesus Christus anzubeten. Als nun die Diener und die Ritter des Burgvogtes zu ihm kamen, fanden sie allda den Fremden und seine Schiffsleute vor. Der Fremde aber verkündete laut: »Ich hin Galia Bediani, der Wächter des Klostergemäuers aus Johannien. Nachdem ich acht Jahre als Fremder herumgeirrt, komme ich nun durch den Willen Gottes zurück auf meine Insel.« Und Galia setzte hinzu: »Mit Niania, dem Sohn von Amiran und dem Franzosen reisten wir um die Welt und fanden nirgendwo das Land des Mönches Johannes und die Insel mit den sieben Städten. Der arme Niania, Sohn des Amiran, ist jedoch verstorben, hier ist sein Kreuz am Halsband und sein Schwert an meinem Gürtel sowie das Kreuz und die Ikone, welche er gehütet: Wir beweinten ihn mit Anano bitterlich. Da aber weder Mönch noch Priester allda zur Stelle waren, musst ich selbst die Totenmesse halten, Gott vergib mir meine Fehler. Die Geliebte des Anano fanden wir in der Stadt Asturasis, unter dem König Asumisis. Des Königs Wesir aber wollte die Jungfrau nit geben, es sei denn um vierzigtausend Drakan, was uns allzu verzweifelte. Anano indessen gedachte, seine Braut zu entführen, so wie man sie ihm entführet hatte. Im Schutze der Dunkelheit gelangten wir durch ein geheimes Tor in den Schlossgarten. Unterwegs schlug ich mit Nianias Schwert zwei und drei der gottlosen Wächter nieder. Darnach kamen wir zum Frauengemach, banden allda die Eunuchen, jene Mann-Weiber, fest, und entführten Daina unbemerkt. In jenem Lande gab es einen armenischen Kaufmann, auf dessen Schiff wir flüchteten und den wir um Hilfe baten, nachdem wir untereinander Rat gehalten. Er stach, ohne ein Wort zu sagen, ins Meer und brachte uns durch Gottes Gnade in die Stadt Agra Subildan. Dort trafen wir Mönche an, die kamen aus dem Land der Orangen und trugen Pfeil und Bogen sowie Schwerter. Mit ihrem Schiff segelten wir bis ins Land des langen Flusses, wo die zwei Franzosen zu Hause waren, und es trennten sich allda die Wege von Anano, dem Franzosen, und der meine, des Wächters der Klostermauern von Johannis. Ich machte mich nach Hause auf und war noch zwei Jahre unterwegs, wo ich im Kriege meine linke Hand verlor.« Und diese fehlte fürwahr unter dem Umhang, sowie das linke Auge, und er hatte keines mehr unter der weißen Mähne. »Im Frieden« – fuhr er fort – »erwarb ich meine Habe und bin nun da, um diese dem Kloster zu spenden. Dem Sohn des Niania aber gebe ich das Kreuz und die Ikone aus dem Schiffe, die allda gut gehütet worden. Das Schiff selbst entrissen uns die Mereswogen und schlugen es gegen die Felsen, so dass unser Überleben ein Wunder ist und der Wille Gottes.«

THOMAS BEDLAMEL

Kurze Geschichte einiger Personen
Zum größten Teil adaptiert aus dem Informationsblatt zur Sozialge-
schichte Santa Esperanzas

Eigentlich mochte man hier die Engländer nicht besonders.

Wahrscheinlich genauso wenig wie überall. Man mochte die Stöcke der Offiziere nicht, welche sie unter den Arm geklemmt hatten, den Geschmack und den Reichtum der Bankiers, den Gesichtsausdruck, Rede und Antwort der Beamten.

Ein aufmerksamer Mensch hätte dazu gesagt: Wie kann einem ein Engländer denn auch gefallen? Würde man ihn nicht brauchen, wäre er für nichts zu gebrauchen.

Fragte man einen Esperantiner nach den Engländern, so bekam man keine direkte Antwort. Doch als Zeichen dafür, wie die Engländer seien, drückte dieser mit seinem Zeigefinger so von unten gegen die Nase, dass sie weit nach oben zeigte.

Es gab jedoch wenige, die danach fragten.

Trotzdem gab es auf den Inseln von Santa Esperanza, so erstaunlich es auch klingen mag, zwei Prototypen von Witzen: den über einen alterslosen männlichen Bewohner der Sungalen-Insel und den über einen ca. 43 Jahre alten Engländer.

Auch wenn man sich nicht zu nahe kam, so lebte man dennoch großartig miteinander.

In Gesprächen untereinander wurde auch schon mal über den anderen gewitzelt.

So zum Beispiel während einer Parade auf dem Kriegerfriedhof, als ein esperantinischer Sergeant eine Zigarette rauchte. Ein vorbeigehender englischer Offizier bemerkte streng, dass die Parade gleich beginne und er die Würde seines Landes repräsentiere, indessen aber rauche.

Das geschah Ende der Fünfzigerjahre.

Der Sergeant schaute auf seine Zigarette und gab angeblich gehorsam zurück, er habe nicht geahnt, dass der Engländer wisse, was eine Zigarette sei, andernfalls hätte er diese nicht so offen vor ihm geraucht. Der Engländer staunte aufrichtig über diese Antwort. Wer weiß, erklärte der Esperantiner, vor hundert Jahren hätten die Engländer jedenfalls noch keine Zigaretten gekannt und noch heute gäbe es den einen oder anderen Insulaner, der diesen Gegenstand nicht kenne. Eben vor hundert Jahren, nach dem Sieg im Krimkrieg, hätten die Untertanen Ihrer Majestät die Zigaretten zum ersten Mal erblickt und sich nie richtig daran gewöhnen können.

Darüber empörte sich der Offizier zutiefst. Der Sergeant aber, gleichzeitig ein Mitarbeiter der öffentlichen Bibliothek, verwies ihn auf die Encyclopedia Britannica, welche die Bibliothek besaß. Darin stand, dass die Engländer die Zigaretten im Krimkrieg bei den Russen kennen lernten. Der belesene Sergeant ließ sich auch über die berühmten englischen Tabakspfeifen aus. Über vierhundert Jahre habe man in England solche Pfeifen geraucht, die andere nicht einmal in die Mülltonne stecken würden, geschweige denn in ihre Hosentasche, um den Nachbarn nicht zu zeigen, welch einen Gegenstand man so lange im Haushalt aufbewahrt habe.

Derartige Gespräche gab es oft. Obwohl sich nie jemand offen gegen die Engländer auflehnte. Wenn man die Engländer selbst nicht dazuzählt.

Manche Engländer verliebten sich besonders innig in Santa

Esperanza. Das waren in der Regel nicht jene, die im Regiment dienten oder Beamte, Bankiers, Anwälte oder Restaurantbesitzer waren, sondern einfach die, welche diese Inseln als sonnigen Ort besuchten und sie später ins Herz schlossen, so wie es Engländer vermögen.

Dass diese Engländer in den hiesigen Mythologien mit Unterstützung ihrer eigenen Landsleute als Verrückte dargestellt wurden, ist eine andere Sache.

So aufrichtig hätten sich nur wenige verlieben können: Eigentlich waren es nur drei, was innerhalb von anderthalb Jahrhunderten keine große Zahl ist.

Als Erster müsste mit Sicherheit der Grafiker John Keanan genannt werden. Er war ein ausgezeichneter Künstler und galt deshalb als weniger verrückt. Bevor Aaron Boschkowitsch aus dem Londoner East End das erste Fotoatelier auf der Insel eröffnete, hat kein anderer das Wesen der Insel so genau abgebildet wie Keanan mit seinem gewandten, reinen Bleistift und ewig sauberen Radiergummi. Eben sein Erbe regt uns dazu an, sowohl über die wirklichen Bilder der Vergangenheit nachzudenken als auch über die Märchen und Legenden, die der Künstler illustrierte. Seine meisterhafte Vorstellungsgabe und Federführung hätten es Keanan sicher ermöglicht, auch in London, wo er geboren war, Fuß zu fassen. Er wäre einer der Grafiker im West End geworden, im schlimmsten Fall ein Karikaturist, der vielleicht die Romane von Dickens, Collins und Trollope illustriert hätte und damit in die Geschichte eingegangen wäre, nicht zu sprechen von den Illustrationen zu den Werken Conan Doyles.

Erhalten geblieben sind einige von Keanans Briefen an seinen älteren Bruder Louis, der ein berühmter Landschaftsmaler war. In einem Brief schreibt er an den Bruder: »Der Mann breitete auf den heißen Steinen große und duftende Nussbaumblätter aus. Darauf legte er die kurz zuvor geangelten Fische. Das Feuer war fast erloschen, aber die Steine waren so heiß, dass der Fisch bald gar war. Der Bauer beziehungsweise der Fischer bestreute die Fische hin und wieder mit Salz und irgendeinem roten Pulver. Danach legte er die gebratene Kost auf eine Holzschale und begoss diese reichlich mit Wein aus dem Krug. Er sagte mir, dass wir den Tisch, an den wir uns setzten, etwas zur Seite rücken sollten, da so die Strahlen der untergehenden Sonne den Wein in unseren Gläsern genau richtig erwärmen und ihm eine besondere Pracht verleihen würden. Das Mahl fand an solch einem abgeschiedenen Ort statt, dass der Bauer und seine Frau nicht einmal zwei gleiche Gläser und Teller besaßen, das Brot aber, welches in einer Lehmgrube gebacken und schon zwei Wochen alt war, schmeckte dennoch vortrefflich. Denn sie bewahrten es nicht in einem Schrank auf, sondern hatten es in ein mit Knoblauchwasser getränktes feuchtes Tuch gewickelt.«

Nach diesem gastronomischen Auszug zu urteilen, hatte Keanan nicht nur einen vortrefflichen Geschmack, sondern auch einen Sinn dafür, was auf dieser Insel das Wesentliche war. Wenn man das Wesentliche erkennt, kann man aber nicht für verrückt erklärt werden. Deshalb war Keanan für die hiesigen Beamten und Militärs einfach ein freischaffender Mensch, der die Annehmlichkeiten des Lebens hinter sich gelassen hatte und für ganze neun Jahre auf die große Sungalen-Insel gezogen war, um als Zeichner die wahre Chronik der Insel zu schaffen. Es gehörte schon etwas Irrsinn dazu, um damals auf die Insel der Sungalen zu ziehen, eine Entscheidung, die für die Beamten und Offiziere denn auch schwer verständlich war. Für verrückt hielt man auch Ingenieur Heyes nicht, dessen Denkmal den nach ihm benannten Platz in Santa City stolz in Beschlag nimmt, mit ausladendem Schnurrbart und nicht ganz so breiten Schultern.

Keanan ist indessen auf der Sungalen-Insel, direkt am Ufer, beerdigt, wo ein großes, ungehobeltes Holzkreuz an ihn erinnert. Es gab sehr viele Bilder von ihm auf der Insel, an die man sich erinnerte, als das touristische Zeitalter anbrach. Aber nur wenige Sungalen haben sich damals gedankenlos von den Bildern getrennt, die im Halbdunkel ihrer Kämmerchen hingen. Sie liebten Keanan, der mit seinem Stift ihre Vorfahren verewigt hatte. Einst trug eines seiner Bilder sogar zur Schlichtung einer Auseinandersetzung bei, da der darauf abgebildete Pflaumenbaum den Grenzstreit der Nachbarn klärte.

7

Damals wurde Keanan noch nicht Thomas Bedlamel genannt. Diesen Übernamen gaben ihm die Engländer. Seitdem wird ein jeder, der sich wegen Kleinigkeiten aufregt, in England Thomas Bedlamel genannt. Man fragt gelegentlich: Bist du ein Bedlamel oder was?

Der folgende Mann hieß aber tatsächlich Thomas.

Simon Thomas kam 1910 auf die Inseln. Er reiste mit einem kleinen Schiff aus Istanbul, auf dem sich Major Scarface, Morteza Khan und Professor Paganini befanden. Alle drei waren große Liebhaber von Antiquitäten, und keiner von ihnen hätte genau sagen können, wie dieser Simon Thomas, ein mittelloser und unbekannter junger Mann mit Brille, der nicht einmal einen Hemdkragen besaß, auf ihr Schiff gelangt war.

Major Scarface war ein sehr erfahrener Militär, dem man kein bisschen ansah, dass er schon zur Reserve gehörte. Man sah es nicht einmal an seiner Taille – es war immer schon unter seiner Würde gewesen, ein Korsett zu tragen – und nicht einmal an der Farbe seines Schnurrbartes oder den Falten, die sich entlang der Nasenflügel bildeten und tiefe Furchen hinterließen. Man sagt, sein Alter sei ihm im Nacken anzusehen gewesen, aber er nahm wohl den Hut nie ab und war so hochgewachsen wie eine Pappel. Seine Augen funkelten gentlemanlike wie Edelsteine. Eben dieser Major Scarface erinnerte sich, als ihn der Untersuchungsrichter von Scotland Yard im Hotel befragte, dass der junge Thomas ihnen in Istanbul bereits über den Weg gelaufen war und ein derartiges Wissen im Bereich der Kupferkannen und Karaffen gezeigt hatte, dass sogar Professor Paganini sprachlos gewesen war. Niemand hatte sich darüber Gedanken gemacht, wie er auf das Schiff gekommen war. Morteza Khan seinerseits hatte gedacht, dass dieser junge Mann, der dem Major auf Schritt und Tritt folgte, dessen Untergebener war.

Sonst wussten sie nichts von diesem Mann. Das erste Mal waren sie ihm in Galata begegnet, als sie aus dem Keller eines Teppichhändlers gekommen waren. Danach sahen sie ihn oft bei den Antiquitätenhändlern.

Bald danach eroberte er ganz Esperanza: Alle lernten ihn kennen.

Es gab keinen, der sein verrücktes Geschrei nicht kannte. Einmal grölte er im Stateviertel vor der Residenz des Gouverneurs:

»Kameraden, Kameraden! Brandneue Nachrichten aus Berlin! Kaiser Wilhelm stürzte vom Pferd und brach sich die Hand. Colonel Deaxley und Bankdirektor Littlestone werden sich ebenso die Hände brechen, wenn sie die menschenfeindliche Bill unterzeichnen!«

Es gab tatsächlich eine Bestimmung, wonach drei englische Militärs, von denen allerdings nur einer Offizier war, berechtigt waren, jeden beliebigen Bürger festzunehmen.

Thomas wurde sofort verhaftet, nach zwei Wochen aber wieder freigelassen. Jetzt nannte man ihn schon Thomas Bedlamel.

»Nur die allumfassende Einheit und Gleichheit retten uns!«, rief er einst dem betagten Kariani zu, der, mit seinen vergoldeten Sporen klirrend, zum Treffen mit dem Gouverneur eilte.

»Wo ist Ihr Pferd, Kaiser? Ach, es stürzte vor einem Monat.«

»Wie ist Ihr Name?«, fragte ihn Kariani verärgert.

»Parnell, Charles? Parnell ... Ich kam hierher, um euer schwer geprüftes Volk von der Vorherrschaft der Engländer zu befreien.«

Kariani schaute sich um und sagte leise.

»Wir haben die Inseln für einhundertfünfundvierzig Jahre an die Engländer verpachtet. Ich denke, neunundfünfzig sind schon um ...«

Als Antwort gab es ein Gelächter.

»Vor siebenhundert Jahren luden die Iren die Engländer zum Abendessen ein, seitdem verweilen diese dort.«

»Bist du Ire?«

»Ich bin Engländer!«, entgegnete Simon Thomas stolz und vernahm als Antwort sonderbare Worte:

»Ich liebe die Engländer nicht. Deshalb kann ich mit dir um nichts kämpfen.«

Kariani entfernte sich mit den Sporen klirrend.

Thomas Bedlamel verlor keine Zeit. Sechs Monate später erklärte er die Sungalen-Insel für unabhängig. Das Papier brachte ein Fischer nach Santa City. Er klopfte an die Tür des erstbesten englischen Clubs und sagte zum Portier:

»Gib das dem Offizier ...«

»Welchem? «

»Das ist egal, bald werden alle sterben ...«

Das Dokument war in vier Sprachen verfasst und teilte dem Leser mit, dass der Umstände sowie der geschichtlichen und menschlichen Gerechtigkeit wegen auf der Nordinsel das Vereinigte Sungalenland ausgerufen sei. Die Verwaltung der Insel wurde von einem Rat der Dorfältesten und der Oberhäupter anderer Instanzen übernommen, der Santa Esperanzas elendes Gouvernement nicht mehr anerkannte. Das Vereinigte Sungalenland schwor vor den Völkern der Welt, dass es sein kleines und altes Land mit der für die Sungalen üblichen Gerechtigkeit und Ehrlichkeit führen würde. Ein Land der Bauern werde niemals ehrlos sein. Laut erstem Erlass der Vereinigung wurden alle ausländischen Beamten und Militärs zu Gefangenen erklärt.

Das Dokument war von Kanzler Simon Thomas unterschrieben, den die Ältesten der Vereinigung gewählt hatten.

Man hielt das Ganze für einen Scherz, aber nach zwei Stunden stellte sich heraus, dass es sich um keinen Scherz handelte.

Das Regiment rührte sich erst in den Morgenstunden. Der Gouverneur setzte alle Kräfte ein. Er ließ die Kampfkutter anlaufen. Darauf setzte er die besten Infanteristen, und Colonel Deaxley übernahm das Kommando.

Leider währte dieser Krieg zehn Jahre lang. 1920 endete er von selbst.

Der neue Gouverneur ging auf die Sungalen-Insel und versprach den Sungalen dreierlei für eine Gegenleistung. Es wurde schon seit drei Jahren nicht mehr geschossen, und kein Militärschiff hatte sich mehr der Insel genähert. Damals hatten die Sungalen bereits alle englischen Geiseln befreit, und die Esperantiner konnten schon wieder auf die Nordinsel gelangen.

Der Gouverneur versicherte den Bauern, dass er ihre Traditionen und Vergangenheit gut kenne und strich gefühlvoll über das Kreuz an Keanans Grabstätte.

»Eben aus diesem Grund«, sagte der Gouverneur Brinch-Church, »verspreche ich euch drei Dinge: Als Erstes wird ein

Krankenhaus auf der Insel errichtet, zweitens eine Einrichtung, in der viele Arbeit finden werden, und schließlich werde ich speziell für die Sungalen ein Gesetz einführen, dass jedem Sungalen ab dem Alter von zwanzig Jahren ermöglicht, Wächter, Gefolgsmann oder ein treuer Diener dessen, der ihn anstellt, zu werden. Damit erhält jeder Sungale das Recht, einen Revolver oder eine der anderen besten Waffen zu tragen. Nur bei missbräuchlichem Einsatz der Waffe sollen die Sungalen in Zukunft bestraft werden.«

Als Gegenleistung erbat der Gouverneur nur eines: Dieser Simon Thomas oder Bedlamel Thomas solle sich doch zeigen. Diplomatisch fügte er hinzu, dass er von den Sungalen nichts Beleidigendes verlange. Man solle Bedlamel nur über seine Anwesenheit unterrichten, und er würde dann schon von selbst erscheinen.

Die Dorfobersten der Sungalen erwiderten aufrichtig, dass sie den Engländer vor zwei Jahren bereits verabschiedet hatten und er gen ferne Ufer aufgebrochen war. In Russland wurde gekämpft, und er sei wohl aufgebrochen, um Georgien zu befreien. Danach habe man nichts mehr von ihm gehört. Man könne ihn eventuell in Georgien antreffen, falls der Gouverneur schon einmal von diesem Land gehört habe.

Die Nordinsel kehrte in den Schoß von Mutter Esperanza zurück.

Diese Geschichte hatte Verschiedenes zur Folge. Nach zwanzig Jahren nannte man alle kräftigen Burschen, die man in den Familien als Knechte hielt, Sungalen. Der Gouverneur errichtete tatsächlich ein Krankenhaus auf der Insel und auch die andere versprochene Einrichtung, wenngleich aus Arglist. Doch darum kümmerte sich fast keiner mehr, nicht einmal die Bewohner der Insel taten es.

Simon Thomas geriet in Vergessenheit. Das einzige Foto von ihm, im Atelier von Boschkowitsch entdeckt, wurde eine Zeit lang von den Detektiven aufbewahrt und danach an das Archiv des Gouverneurs geschickt.

Als Gerücht kursierte die Geschichte, dass die Besitzer der Südinsel, die Wisramiani, Thomas Bedlamel zur Flucht verholfen

hätten. Dort wurde auch unter Geheimhaltung das Tagebuch des irren Rebellen aufbewahrt, indem er angeblich seinen neunjährigen Aufenthalt auf der Sungalen-Insel beschreibt.

Danach gab es lange Zeit keinen Engländer mehr auf der Insel, den man ohne Bedenken für verrückt hätte erklären können.

Der Dritte war ein gewisser Archie, der mit seiner Freundin, langem Haar sowie mit sehr schweren und glänzenden Schuhen auf die Insel kam. Er kam im Sommer und blieb bis in den Herbst hinein, da diesem Jüngling der Ort sehr gefiel und, wie es sich herausstellte, er sich unendlich in ihn verliebte. Wenn Archie sich betrank, schlug er sein Mädchen gewaltig, aber auch sie blieb ihm nichts schuldig und zerkratzte ihm ganz schön das Gesicht. Dieser Archie hatte Kratzer und Knutschflecken nebeneinander, wer konnte es schon auseinanderhalten. Wegen zu großem Lärm wurden Archie und Patsy, so hieß das Mädchen, des Öfteren aus den Hotels geschmissen, und auch die Polizei hatte ihre Plage mit ihnen. Dann schrieb Archie ein Lied »Santa Esperanza«, welches er auf seiner schönen Gitarre auf den Straßen spielte. Später schrieb Archie das Lied »Sungala«, das er mit seiner feinen und brüchigen Stimme so von sich gab:

> »Sun-gaala, sun-gaaalaaaa,
> Just a drop of soul,
> Sungaala, soon, very sooooon,
> Suuuungala, suuuungala,
> Just a drop of wine,
> Suuun-gala,
> Life is one, not nine
> Suuun-gala, sungalaaa …«

Archie sang, wenn er Lust dazu hatte, in ein oder zwei Clubs. Sonst hing er oft in den Kaffeehäusern herum und rauchte dort auf der Toilette Lachkraut. Eben an so einem Ort hat er sicher auch von Thomas Bedlamel gehört. Vielleicht sagte man sogar: »Hey, du Thomas Bedlamel, was quasselst du?«

Darauf folgte noch ein Lied, »Der Held von Bedlam«. Archie

wollte nun Patsy überreden, den Spuren Thomas Bedlamels zu folgen. Doch Patsy hatte die Insel schon ziemlich satt. Sie weigerte sich, noch einen Schritt weiter zu gehen. Archie versohlte das Mädchen ganz schön und steckte auch einiges ein. Er schnappte sich die Gitarre und seinen Militärrucksack und stürzte auf die Straße hinaus. Später hieß es, Patsy habe das absichtlich getan, um ihn loszuwerden. Denn kaum wähnte sie Archie fort, packte das Mädchen und eilte zum Flughafen.

Archie aber verschwand.

Man vermisste zwar in Santa City seine Stimme, dachte aber, er sei der pummeligen Patsy gefolgt. Ein Jahr später klopfte ein sungalischer Fischer an die Tür des Clubs »Menschen«. Auch die Portiers waren Sungalen und erkannten den Landsmann.

»Das hier, Jungs«, sagte der Fischer, »hat der Anglese hinterlassen und ist dann fortgegangen. Wann er gegangen ist? So zur Weihnachtszeit, in die Berge. Zurück kam er nicht, er war verrückt oder was weiß ich« – und er zog aus der Tasche ein größeres Tonband heraus. »Er sagte mir, ich solle es hierherbringen und man würde es seinem Mädchen geben.«

An dieser Stelle nimmt die Geschichte eine Wendung. Man fand Patsy in Camden, Nordlondon, und fing mit der Ermittlung an. Aber Archie fand man weder lebend noch tot. Patsy versuchte alles, um die Aufnahme seiner Lieder zu bekommen, vielleicht aus Liebe oder um einen Gewinn daraus zu ziehen. Wollen wir das Erstere hoffen. Aber man darf nicht vergessen, dass Patsy ihn verlassen hatte. Das meinte auch der Besitzer des Clubs »Menschen«, der die Aufnahme behielt und zum Markenzeichen seines Clubs machte. Sieben Jahre später wechselte er den Namen des Clubs und nannte ihn »Archie's«.

Archie aber war verschwunden. Was suchte er wohl in den Schluchten der Sungalen?

Wenn man es mit einfacher Arithmetik berechnet, sind innerhalb von 1 1 0 Jahren drei besessene Engländer auf Santa Esperanza erschienen. Der erste war nicht einmal verrückt, sondern ein sehr begabter Maler, der zweite war wahrscheinlich ein Anarchist und es war ihm nicht viel Verrücktes anzusehen, der dritte aber war ein sich herumtreibender Hippie, den man eigentlich auch nicht ganz verrückt nennen konnte, obwohl man es tat.

Und nach anderthalb Jahrhunderten kam ein vierter auf die Insel, der allen seine goldblond behaarten Arme zeigte und sagte:

»Schaut her, ich bin kein Engländer, denn die Engländer haben keine behaarten Arme und Körper. Ich bin ein Schotte. Meine Mutter war Engländerin, und das ist die beste Mischung, die es in Britannien gibt.«

Für diesen Mann interessierte sich keiner sonderlich und er selbst war auch nicht besonders auffällig. Er sei wegen einer sehr wichtigen Sache hier, sagte er mit zusammengezogenen Augenbrauen und senkte dazu den Kopf, als wäre das allein seine Angelegenheit.

Dieser Mann hieß Robert McDrive, und man konnte wirklich nicht verkennen, dass er ein Schotte war.

Davon zeugten schon seine goldblonden buschigen Augenbrauen.

McDrive lebte sehr ruhig, und es war ihm kaum anzusehen, was für ein Feuer in ihm loderte. Hätte man es herausgefunden, so hätte man ihn wohl Thomas Bedlamel getauft. Dieser Mensch glaubte nach einer Reihe mystischer Berechnungen, auf die Ursprungskultur der Insel gestoßen zu sein, eine uralte Zivilisation, von der noch eine alte, müde Dame, Agatia Zichistawi-Artschiliani, letzter weiblicher Nachkomme der Burgvögte, Zeugnis gebe.

Eines Tages lauerte er ihr sogar auf der Straße auf und wollte ihr seine Dienste anbieten, vergeblich, denn die Frau begriff nicht, was er von ihr wollte.

Er aber war sich sicher, eines Tages würde sie begreifen, wenn die Zeit gekommen war, alle würden es dann glauben. Die Zeit würde kommen. Eines Tages würde sie gekommen sein.

OCHSENTRINKHORN
UND WEINTRAUBEN

UNTERHALTUNG ZWISCHEN MONICA USO DI MARE, VOLONTÄRIN BEIM BOULEVARDBLATT *MESSENGER*, UND BIKENT LOPIANI, PAPARAZZO

(Mit Kommentaren und den nötigen Erklärungen)

Bestell noch einen Martini für mich, und ich kann besser weitererzählen. Komm, es ist doch erst zwanzig nach elf. Ich möchte ja bloß das zweite und nicht das vierte Glas, oder? Dafür erzähl ich es auch dir, und nicht Justin und den anderen. Von denen würde ich sowieso nichts haben wollen. Mach dir wegen mir keine Gedanken, seit wann kann man sich denn mit Martini betrinken ...

Rosso, rosso, Signora. Jawohl, auf die Rechnung dieses gütigen Herrn. Also, sie werden sich heute Nacht wieder treffen, in Bartons* Haus. Welche Farbe die Vorhänge von Bartons Haus haben? Fotografiere, wie sie dort hinkommen: Sicherlich zu Fuß oder mit dem Auto, sonst müssten sie ja durch den Kamin fliegen, was eher unmöglich ist. Du hast recht, das wäre interessanter. Sie werden bei Anbruch der Dunkelheit dort hingehen ... Ja, du wirst sicher einen Wagen mit verdunkelten Scheiben brauchen. Du kannst natürlich nicht an einem Fleck stehen bleiben. Womöglich gehen sie überhaupt nicht durch das Tor. Wozu hast du eigentlich dieses riesige Objektiv? Es ist klar, dass du nicht um die Ecke aufnehmen kannst, aber ... benötigst du einen zweiten Mann? Du nimmst deinen Cousin mit?

---

* Anmerkung des Autors: Jerry Barton – Pseudonym des esperantinischen Schriftstellers Saal Koreteli (44 Jahre alt). Autor von ca. vierzig Horrorromanen. Er schreibt ausschließlich auf Englisch und zählt zu den halbwegs erfolgreichen Autoren auf dem britischen Buchmarkt.

Kann denn der Junge fotografieren? Wenn du ihm traust, ist das eine andere Sache. Das wird dich auch weniger kosten. Beziech du im Hinterhof Stellung und lass ihn am Tor lauern. Hinten ist eine sehr günstige Stelle: auf der anderen Straßenseite, in der Allee. Dort zu parken wäre aber wirklich auffallend. Ringsherum gibt es nichts, aber da musst du dir was überlegen, geh hin und schau dir den Ort an. Bis zum Abend ist ja noch lange Zeit …

Nein, wieso umsonst? Sie werden uns zweitausend Pfund wie nichts zahlen, das sage ich dir. Ich werde noch heute Nacht schreiben, du lieferst die Fotos. Was denkst du, was der Boss sagt, wenn ich ihm das vorlege? Du hast recht, er wird fünfhundert Pfund anbieten. Ich werde dreitausend verlangen. Am Ende werden wir uns auf zweitausend einigen. Das ist exklusives Material. Wer weiß schon, dass Barton wieder hier ist und seine Abende mit Jessica[*] verbringt? Barton, Jessica und Radcliffe[**] – alle zusammen. Wir werden ein großes Thema daraus machen und die ganze Woche darüber schreiben? Oder?

Natürlich, liebster Bik, natürlich …

Wo ich sie gesehen habe? Dort, wo ich sie am wenigsten vermutet hätte. Beim Griechen. Ich habe sie nicht gesehen, sondern bin ihr mit dem Auto gefolgt.

Ich musste im State etwas erledigen und geriet auf dem Platz in einen Stau. Es war schon zwei. Ich wollte irgendwo parken und im »Roten Zimmer« noch was zu Mittag essen. Während ich das überlegte, musterte ich den Wagen vor mir. Er war rosa, ein Kabrio und ziemlich alt. Ich schaue und schaue, wir bewegen uns im

---

[*] Anmerkung des Autors: Jessica de Rider – Pseudonym der esperantinischen Schriftstellerin Esekia Pitriani (51, 52, 53, 54 oder 55 Jahre alt), Autorin englischsprachiger Frauenromane. Lebt in Großbritannien und verbringt den Sommer und Herbst in der Heimat.

[**] Anmerkung des Autors: Charles Radcliffe – schreibt Horrorromane in englischer Sprache. Sein richtiger Name ist David Zuchianieli (49 Jahre alt). Wird in Großbritannien ebenfalls einigermaßen gut verkauft.

Schneckentempo vorwärts, und ich sehe, dass dieser Wagen auf die andere Spur wechseln will. Das Lenkrad war, wie bei mir, auf der linken Seite. Die Frau am Steuer drehte sich um, und wen sehe ich da? Jessica. Ich erkannte sie sofort, mit dem rosa Kopftuch und der schwarzen Brille. Ihr Geschmack ist ja bekannt. Sie wechselte die Spur, ich hinterher. Warum auch nicht? Sie bog bei Grün ab und fuhr zum Ufer. Ich dachte, sie würde hochfahren. Weißt du, wo der Grieche ist, das Lokal, das »Pallada«? Warst du noch nie im »Pallada«? Sie passierte also das »Pallada« und parkte an der Ecke. Ich hielt gleich daneben. Sie stieg aus. Ich setzte meine Brille auf und stieg auch aus. Sie lief in Richtung »Pallada« zurück.

Die Lunchzeit war fast vorbei. Im »Pallada« waren noch Leute, aber fast alle waren schon am Gehen. Verstehst du? Sie ging hinein und dort war folgende Situation: Am Tag wird natürlich kein Licht angezündet, die Sonne scheint durch die großen Fenster und die weißen Vorhänge. Ganz hinten gibt es an der Wand Tische für vier Personen, fast im Dunkeln. Die meisten setzen sich vorn ans Fenster. Wenn man die Vorhänge zur Seite zieht, blickt man aufs Meer und sitzt in der Sonne.

Sie ging nach hinten. Dort erhoben sich zwei Herren und luden sie an ihren Tisch ein. Ich schaute vom Eingang aus zu Panos, der Geschäftsführer eilte lächelnd zu ihnen. Barton habe ich erkannt, den anderen nicht. Ich dachte mir, egal was ist, ich gehe hinein. Ich setzte mich mit dem Rücken zu Jessica. Das heißt, Jessica und Barton saßen Rücken an Rücken zu mir, der Dritte aber schaute auf meinen Rücken. Später begriff ich, dass es Radcliffe war.

Sie hatten noch nichts bestellt, bis Jessica kam. Ich bestellte früher als sie.

Ich habe viel Interessantes gehört, Bik, sehr interessante Sachen. Du kannst es lesen, wenn ich es geschrieben habe. Was ich gehört habe? Für dich ist im Moment nur eines wichtig: Dass sie sich heute Abend zum Essen bei Barton treffen. Sie wollen dort einige Angelegenheiten endgültig klären.

Ich habe eine Menge von ihrem Gespräch mitgekriegt, Bik, glaub mir. Ich bin toll. Ich bin so toll, Bik, und ich muss mich mit Themen abgeben wie Unfällen, die nicht passieren, oder der Stilllegung des Elektrokraftwerks, einfach unmöglich. Dabei entdecke ich solche Storys. Noch dazu will unser Boss kein Honorar zahlen. Wieso ich an solche großen Themen will, wo ich nicht mal fünfundzwanzig bin. So ein Quatsch.

Behalte diesen Gesichtsausdruck für dich, Bik. Du denkst wohl, es gibt einen Unterschied zwischen einem und drei Martinis? Stell dein Handy nicht ab. Ruf mich an, wenn du die Umgebung besichtigt hast. Heute ist Jagdzeit.

Die Volontärin Monica war sehr erstaunt über das Treffen der drei esperantinischen Schriftsteller. Denn wer sich ein bisschen auskannte, wusste nur zu gut, dass sich diese drei Menschen hassten, wie es die meisten persönlich miteinander bekannten Schriftsteller in aller Welt tun. Alle können sich daran erinnern, wie Barton auf der dritten Seite der *Santa City Mail* über Jessica de Rider herzog, sie sei nur angeblich berühmt, und auch daran, wie Charles Radcliffe als hochgejubelter Autor auf beide heruntersah und schrieb, eine Schriftstellerin von Frauenromanen könne die Gemüter nie so ergreifen, wie er als Horrorautor es vermöge. Das Interessante an der Geschichte ist, dass Jessica und Charles verwandt sind und als Cousin und Cousine zusammen aufwuchsen. Obwohl man sie im Schulalter trennte und in eine geschlossene Knaben- bzw. Mädchenschule steckte. Die Danberry-Schulen waren die besten auf der Insel. Die Mädchen trugen blaue Schuluniformen, die Jungs schwarze mit blauen Kanten. Es wurde auf Englisch unterrichtet, um den Weg an die englischen Universitäten zu ebnen. Diese Schulen waren nicht schlechter als die zwei, drei berühmten englischen Schulen in Istanbul. Cousin und Cousine haben also eine sehr gute Ausbildung genossen, auch an den englischen Universitäten, deren Ruderclubs sich alljährlich auf der Themse bekämpfen. Mehr braucht man hier über diese Universitäten nicht zu sagen. Wie diese Universitäten, so bekämpfen sich auch die Danberry- und Sunberry-Knabenschulen bei einer Regatta auf dem Meer, aber mit lokalen Fischerbooten.

Um nicht lange über Jessica und Charles zu sprechen – es sei gleich betont, dass diese beiden von den älteren Vertretern der oberen Schichten Santa Esperanzas überhaupt nicht geschätzt werden. Auch wenn die Kellnerinnen und Zimmermädchen, die Frauen der Taxifahrer und Lehrer sowie die Prostituierten ihre Bücher lesen und die Teenager von Charles Radcliffes und Jerry Bartons bösen Seelen und Scherenmenschen begeistert sind, so haben diese Autoren doch keinen Zugang zu jenen Kreisen, wo man schon alles kennt. So fragte die einflussreiche Kaia Wisramiani eines Tages bei einem Wohltätigkeitsdinner Jessica de Rider im Beisein aller auf Johannisch:

»Esekia, haben Sie deshalb in Oxford studiert, um Dummheiten zu schreiben?« Danach fuhr sie auf Italienisch, in genuesischem Dialekt, fort: »Ich verstehe nicht, warum die Menschen ihre Sprache und Herkunft ändern wollen. Ihre Großmutter war eine erstaunliche Frau …«

Alle wussten, wer die Großmutter von Jessica und Charles war.

»Wahrscheinlich machen Sie das, um viele Bücher zu verkaufen, oder nicht?«, fragte Kaia Wisramiani weiter. »Wer würde schon unsere alte Kirchenschrift lesen? … Obwohl, immerhin können Sie sich so eher an Wohltätigkeitsveranstaltungen beteiligen …«

Genau das war der wichtigste Grund: Von Santa Esperanzas berühmten Romanciers schrieben drei auf Englisch, der vierte schrieb überhaupt nicht mehr und war nur durch einen Roman berühmt, den er vor zwanzig Jahren geschrieben hatte, eine weitere Schriftstellerin hatte geheiratet und das Schreiben aufgegeben und auch sie hatte vorher lieber in Englisch geschrieben.

Trotz dieser Gemeinsamkeiten mochten sich Jessica und Charles überhaupt nicht. Diese beiden wiederum konnte Jerry Barton nicht leiden: Sie mochte er deshalb nicht, weil er selbst gerne Frauenromane geschrieben hätte, Charles war ihm zuwider, weil er im Bereich der Horrorromane sein größter Konkurrent war und außerdem Jessicas Cousin. Deshalb vermutete er, dass die beiden gegen ihn arbeiteten.

Der *Evening Standard* hatte schon einmal einen Artikel, »Esperanza Triangel« (das esperantinische Dreieck), veröffentlicht, in dem man die Äußerungen der drei übereinander nachlesen konnte. Danach wussten alle, was sie wissen wollten. Sehr umsichtige Menschen sagten sowieso, die drei seien hier Fremdkörper und bemühten sich, anderswo Fuß zu fassen.

Kommen wir nun zu jenem Schriftsteller, von dem man hier sagte: »Das ist einer von uns.«

Luka, einfach Luka und weiter nichts, war jetzt schon über sechzig Jahre alt und als Matrose und auf andere Weise um die Welt gekommen. Er hatte sich an vielen Orten die Zeit vertrieben und war nun entweder in den Hafenkneipen oder auf den Terrassen des Hippodroms anzutreffen.

Lukas eine Großmutter war Irin, die andere aber Georgierin. Ein Großvater war Italiener und der andere Osmane. So waren seine Eltern irgendetwas dazwischen. Er aber schrieb, als er einst in einem Erbschaftsdokument seine Herkunft angeben sollte: »Rasse – Vagabund.«

Dieser Luka hatte also ein Buch geschrieben, das »Lukas unendliche Abenteuer zu Land und zu Wasser, von Capetown bis Tibet« hieß. Warum er dieses Buch geschrieben hatte, wusste er selbst nicht, denn vom Reisen war darin wenig die Rede. In diesem Buch war immer eine Seite auf Georgisch, die zweite Genuesisch und die dritte Osmanisch geschrieben. Da das Osmanische von rechts nach links beziehungsweise von hinten nach vorn geschrieben wird, hatte er einige Schwierigkeiten damit, aber er schaffte es dennoch. Dabei war das Buch von ihm so konzipiert, dass mit den einzelnen Geschichten auf den drei Seiten und in drei Sprachen eine lange Geschichte erzählt wurde. Wenn man aber nur eine Sprache las, wurde wieder eine andere Geschichte daraus. Man konnte diese Geschichten auch der Reihe nach lesen oder aber nach Belieben.

Luka schrieb fast siebenhundert Seiten und brachte sein Schriftgut in ein Kopftuch gewickelt aus welchem Grund auch immer zum Kloster. Der Abt Demetrios verstand jedoch keine der drei Sprachen und begriff Lukas Absicht nicht. Luka aber verkündete in den Hafenkneipen, er habe drei Kapitel geschrieben, das vierte nun über das wahre Leben Lukas müsse ein anderer schreiben, und das in Griechisch. Die Mönche brachten die in das

Kopftuch gewickelte Handschrift in das Strandviertel und hinterlegten das Manuskript, da sie Luka nicht antrafen, bei einem Fischhändler nahe dem Hafen, der sich als Trinkkumpan Lukas ausgegeben hatte.

Als der Händler Luka am selben Tag nicht mehr zu Gesicht bekam, nahm er das Tuch mit nach Hause. Beim Morgengrauen aber, als er sich zum Fischmarkt aufmachte, erblickte er seine Frau, die in der Küche mit Lukas Tuch auf den Knien eingeschlafen war. Ihr Kopf war auf die beschriebenen Blätter gesunken. Der Fischhändler weckte seine Frau und fragte sie, warum sie noch keinen Kaffee für ihn gemacht hatte. Sie fing an zu jammern und erwiderte unter Tränen, der arme Luka, wie hätte er sich im Leben abgemüht und was für ein anständiger Mann das sei, den sie bisher nur für einen Trinker und Schnorrer gehalten hatte. Sie würde jetzt weder Kaffee noch sonst etwas machen, jetzt wolle sie die Geschichte zu Ende lesen. Der Händler schaute auf die Blätter, hatte aber kaum Zeit, sie näher anzusehen. Er ging auf den Markt und erzählte dort die Geschichte von Lukas Manuskript, von seiner Frau und von Gott und der Welt.

Drei Tage später gingen die Fischhändler, ohne Luka zu fragen, zur Hauptdruckerei der Zeitung und baten darum, auf ihre Kosten eine Zeitung herausgeben zu dürfen. Eine einmalig erscheinende Zeitung kostete damals keine Lizenzgebühren. Sie suchten Luka, aber es hieß, er sei auf die Sungalen-Insel gegangen und lebe und feiere dort unter den Bauern.

Drei Tage dauerte es, und die Zeitungsleute hatten Lukas Abenteuer als Zeitung zusammengestellt. Sie hätten es auch schneller geschafft, aber da sie einander dabei laut vorlasen und die Schriften wohlüberlegt ordneten, ging es ein bisschen länger.

Je vier Manuskriptseiten passten auf eine Seite, aber in der Zeitungsschrift.

Daraufhin wurde Luka berühmt. Alle lasen die Zeitung. Luka selbst bekam sie ziemlich spät zu sehen – was will schon ein geschriebenes Wort oder ein Papier auf der Sungalen-Insel. Als Luka die Zeitung sah, freute er sich, ließ es sich aber nicht anmerken. Er dachte, dass er die Handschrift zu Recht ins Kloster gebracht hätte. Als er in die Stadt zurückkam, erlebte er eine große Überraschung: Die Fischer übergaben ihm das gesammelte Geld und sagten, er könne damit machen, was er wolle. Seine Geschichte finde sich als Zeitung in jedem Haushalt.

So hatte Luka sich einen Namen gemacht, aber seitdem schrieb er nichts mehr und dachte auch nicht an eine Neuauflage seines Buches. Er lebte so weiter wie bisher und es sind nun schon zwanzig Jahre, dass er keinen einzigen Absatz mehr geschrieben hat. Alle, egal welcher Herkunft und welchen Alters, alle wussten, dass es Luka, der Schriftsteller, war, wenn jemand mit schweren langen Schritten, einem massigen Bauch und einem nicht ganz zugeknöpften Hemd angeschlurft kam. Lukas Manuskript ist verschollen, wenn es nicht vielleicht in einer einfachen Familie sorgsam aufbewahrt wird. Bei den Reichen kommt so etwas leichter weg. Luka aber kümmerte sich wenig darum und schlurfte mit seinen Latschen durch die Straßen. Wenn er jemandem begegnete, nahm er seinen weißen Hut ab.

Sonst gab es auf der Insel keinen, den man als Schriftsteller hätte bezeichnen können. Luka, der Schriftsteller, so hieß nur einer. Die anderen galten nur als irgendwer.

JESSICA DE RIDER

»Das im Aschenbecher ausgedrückte Herz«
Letztes Kapitel

John Blake saß in der »C«-Bar und rauchte eine Zigarette nach der anderen.
Er drückte die Zigarettenstummel kräftig in den Glasaschenbecher, auf dem in schwarzen Buchstaben der Name des Hotels stand.
Die Kellnerin wechselte schon das zweite Mal den Aschenbecher und fragte dabei, ob der Herr noch etwas wünsche.

»Nein«, erwiderte Blake, »und wechseln Sie bitte nicht mehr meinen Aschenbecher aus. Es ist für mich wichtig, dass mein Gast, der jede Minute kommt, sieht, wie viel ich bereits geraucht habe.« Die Kellnerin entfernte sich ohne etwas zu sagen und setzte sich an die Ecke der Theke.

»Der hat sich aber einen Ort für sein Rendezvous ausgesucht«, sagte sie zum Barkeeper, »ein Verrückter ...«

»Weißt du nicht, wer das ist?«

»Wer er auch sein mag, ich soll den Aschenbecher nicht auswechseln, weil seine Freundin sehen soll, wie viel er geraucht hat ...«

»Hm ...«, lächelte der Barkeeper. »Das ist John Blake.«

»John Blake?« Der Frau blieb vor Staunen der Mund offen und sie spähte schamlos zu seinem Tisch hinüber. »Oh, nein. Der? Der Amerikaner?«

»Wer sonst?«

»Nein, nein ...«

»Du weißt doch ...«

»›Charriga Drive‹, oder?«

»Ja, das ist der Film.«

»Was will er denn hier?«

»Wer weiß das schon.«

Um zwanzig nach sieben erhob sich John Blake und ging zum Fenster.

»Sie kommt zu spät«, grinste die Kellnerin.

Der Barkeeper schaute aus dem Augenwinkel zu Blake hinüber und stellte das Telefon auf die Theke.

»Hör zu, Kate ... steh auf und wähle die Nummer des Constable ... sag ihm leise, dass er jemanden schicken soll.«

»Was ist los, C? ... Was zum Teufel ist denn passiert?«, fragte die Frau.

»Ruf an und sag ganz ruhig, dass sie jemanden schicken sollen. Sag, bei uns ist der amerikanische Schauspieler John Blake, der sich oder jemanden anderen umbringen will ...«

»Was spinnst du da zusammen?« Der Frau blieb fast die Stimme weg. »Der Constable wird wohl kaum glauben, dass John Blake bei uns ist und ... wieso denkst du, dass er sich umbringen will?«

Blake wandte sich ruckartig vom Fenster ab und kam mit schnellen Schritten zur Theke.

»Haben Sie ein Telefon?«, fragte er C, den Barkeeper. »Hier ist es ja. Funktioniert es?«

»Bis zu jedem Ort der Welt, Sir, Adelaide, Kuala Lumpur, Samoa ...«, lachte C ihn an.

Blake würdigte ihn keines Blickes. Er telefonierte und rauchte hastig dabei. Die Kellnerin musterte ihn beunruhigt, Blake aber umklammerte den Hörer fest mit der Hand.

Dann legte er den Hörer auf und fragte den Barkeeper: »Haben Sie einen Aschenbecher?«

C schob ihm einen großen Aschenbecher über die Theke zu. Er stand gleich in der Nähe, aber Blake hatte ihn übersehen.

Er zog das letzte Mal an der Zigarette und drückte sie heftig, mit zwei Fingern, in den Aschenbecher.

»Möchten Sie etwas trinken, Sir?«, fragte C und schob das Telefon langsam der Kellnerin zu. »Du kannst anrufen, Kate, du wolltest doch?«

Die Frau griff zaghaft nach dem Telefon und schaute zu Blake hinüber.

»Ich telefoniere nicht mehr ... Sie können anrufen Ma'am ...«, sagte Blake. »Bitte, einen doppelten Jack Daniel's für mich.«

»Das ist eine amerikanische Entscheidung«, schmunzelte C und schenkte ein.

»Ja ... Wenn es überhaupt eine Entscheidung ist.« John Blake trank einen Schluck.

Die Kellnerin drehte die Wählscheibe.

»Heute antwortet keiner, Miss«, lächelte Blake und trank sein Glas mit einem Schluck aus.

»Noch einen?«, fragte C, »Zwei Doppelte sind genau, was es braucht.«

Blake trank auch das zweite Glas hastig aus und entfernte sich von der Theke.

»Kannst du nicht endlich anrufen?«, zischte C ungeduldig zwischen den Zähnen hervor.

Kate schaute ihn an und sagte gleichzeitig: »Hallo ... Mister Gasfighter, ist das das Büro des Constable?«

C sah, wie Blake, der mitten in der Bar saß, die Pistole aus der Tasche zog und sie in seinen Mund schob.

»Nein ...«, stieß der Barkeeper hervor, aber da hatte es schon geknallt.

Kate schrie auf und ließ den Hörer fallen. Er baumelte nutzlos an der Schnur über dem Boden.

»Sag es dem Constable, sprich doch«, schrie C und rannte hinter der Theke hervor. Er kniete neben John Blake nieder, der zu Boden gesunken war, und schaute ihm ins Gesicht.

»Ich habe es nicht geschafft ...«, murmelte der leise.

»Mister Gasfighter, hier ist Kate, aus der ›C‹-Bar ... Am Wegrand ... Ja ... Nein ... in unserer Bar ... in unserer Bar hat sich John Blake das Leben genommen ... Ja, der amerikanische Schauspieler ... Soeben, Sir. Er ist es tatsächlich ...«

»Er ist es.« C erhob sich.

Durch die Fenster sah man die Scheinwerfer der in der Nacht dahinrasenden Automobile.

»Wie konntest du das wissen?«, fragte Kate C und sank in die Knie.

»Mein Gott, schließlich arbeite ich schon so lange in der Bar«, stieß C hervor und griff zur Whiskeyflasche. »Ich werde dich gleich wieder zur Besinnung bringen ... Aha, der Constable ist auch schon da.«

JESSICA DE RIDER

»Marion Jades Wahl«
Eines der Kapitel

Emma Hopkins sonnte sich mit Vergnügen. Sie liebte das Meer und schaffte es oft, schon freitagnachmittags der Großbank, bei der sie arbeitete, den Rücken zu kehren und fürs Wochenende ans Meer zu fliegen.

Ein gutes und nicht zu teures Hotelzimmer, schönes Wetter, ein attraktiver und immer leicht gebräunter Körper, was braucht man mehr, um sich am Meer wohlzufühlen.

Emma Hopkins' Haut war immer gebräunt, was auf die Männer sehr anziehend wirkte.

Auch diesmal zog sie am Strand die Aufmerksamkeit auf sich. Der Mann, dessen Blicke sie spürte, lag zehn Schritte entfernt auf einer Liege. Er trug eine auffallend dunkle Sonnenbrille. Sein straffer Körper hatte kein Gramm zu viel, selbst wenn er lag, sah man das. Er hatte ein energisches Kinn und makellose Schultern.

Emma bemerkte, dass der Mann sie sehr begierig musterte, obwohl er eine dunkle Brille trug und es unmöglich war, seinen Blick zu erhaschen.

Sie zögerte nicht lange, erhob sich fast träge und schritt langsam und provozierend zum Meer. Dabei ging sie in schräger Linie zum Wasser hinunter und stieg genau vor dem Unbekannten ins Meer.

Emma Hopkins wusste, wie man sich in Szene setzt, obwohl sie nie böse Absichten hegte. Sie mochte einfach Zufallsbegegnungen und Zweitagesromanzen. Emma beobachtete den Mann vom Wasser aus, der aber hatte sich nicht einmal gerührt.

Das ärgerte sie ein wenig, und Emma entschied sich, etwas weiter hinauszuschwimmen.

Als sie sich wieder dem Ufer zuwandte, sah sie, dass da, wo der Mann mit der schwarzen Brille gelegen hatte, nur noch die leere Liege stand.

Emma Hopkins wollte sich die Niederlage nicht anmerken lassen und schwamm zum Ufer. Als sie zu ihrem Liegeplatz zurückging, bemerkte sie, dass dort Dinge fehlten.

Sie fand ihr ausgebreitetes Handtuch, aber die Tasche, ihre Sachen und die gelben Badelatschen waren verschwunden.

»Zum Teufel mit ihm«, zischte Emma, »also war er ein Dieb.«

So, wie sie war, ging sie zum Hotel zurück. Es war ihr sogar angenehm, nass, das Handtuch um den Körper geschlungen, auf dem nassen Asphalt zu laufen.

Von den verlorenen Gegenständen vermisste sie am meisten ihre Brille, die ihr besonders gut stand.

»Man hat mich bestohlen«, sagte Emma zum Portier, als er ihr den Zimmerschlüssel gab, und ging mit wiegenden Hüften zum Fahrstuhl …

Im Hotelzimmer nahm sie das Handtuch ab und stellte die Dusche an. Sie musterte sich aufmerksam im Spiegel und bemerkte plötzlich, dass die weißen Shorts, die sie am Strand liegen gelassen hatte, plötzlich hier vor dem Spiegel lagen. Das waren tatsächlich ihre Shorts!

Emma schaute sich erschreckt um und stieß die Schlafzimmertür auf. Dort war niemand. Auf dem Bett hatte jemand ihr rosa T-Shirt akkurat ausgebreitet. Daneben lag ihre gelbe Strandtasche.

Emma entdeckte auf dem Nachttisch ein kleines Kuvert und öffnete es ängstlich.

»Um neun in der Lobby. Marion Jade«

Sonst stand nichts da. Emma trat unter die Dusche.

»Marion Jade … Marion Jade«, erinnerte sie sich, »Jade … Mein Gott, Mister Jade ist doch gestorben. Er kam unter dubiosen Umständen ums Leben. Man fand ihn im Auto, am Steuer. Es hieß, er sei an einem Herzschlag gestorben. Das Auto hatte man an einem merkwürdigen Ort gefunden. Ja, aber … Wer war denn dieser Mann? Und woher könnte Jades Witwe wissen, dass ich hier bin? Vielleicht hat dieser Mann meine Sachen gar nicht gestohlen. So wird es wohl sein. Er ist wohl einfach gegangen, aber wer hat mich dann verschaukelt?«

Emma Hopkins war schlechter Laune. Wem gefällt es schon, beobachtet zu werden?

Es war erst Mittag, und bis neun Uhr abends war die Zeit noch lang. Emma versuchte, sich die wirren Gedanken aus dem Kopf zu schlagen. Sie holte eine kleine Whiskeyflasche aus der Minibar und öffnete sie. Der Verschluss sprang mit einem lauten Geräusch auf.

»Jetzt erschreckt mich schon jeder Ton«, schüttelte Emma den Kopf und trank direkt aus der Flasche.

Der Whiskey brachte sie allmählich wieder in Laune und

8

stimmte sie sogar kampfbereit. Obwohl ihr nicht klar war, wofür zu kämpfen sei.

Auf jeden Fall hatte sie vor nichts mehr Angst. Man hatte ihr einfach einen Streich gespielt, weiter nichts. Jemand wollte, dass sie verängstigt zu dem Treffen kam.

Das war ganz klar.

Da klingelte das Telefon.

»Hallo«, antwortete Emma.

»Miss Hopkins«, es war der Portier des Hotels, »ein Mister Dowson möchte Sie sehen. Er sagt, er sei ein Bekannter und habe ein Treffen mit Ihnen. Er hat nur Ihre Zimmernummer vergessen.«

»Mister Dowson?« Emma kannte niemanden, der so hieß, dachte aber, es könne vielleicht jener attraktive Mann vom Strand sein, der sie beobachtet hatte. »Sagen Sie ihm, ich komme herunter. Er braucht nicht heraufzukommen. Er kann in der Lobby warten.«

Emma legte den Hörer auf, ihr Körper bebte – sei es vor Angst oder vor dem künftigen Vergnügen. Sie wusste ganz genau, womit solche Bekanntschaften endeten und wollte es so.

»Letztendlich werde ich herausbekommen, wer mir einen Streich gespielt hat«, dachte Emma und öffnete ihren Schrank.

JEREMIA BARTON

»Jasmino«
Ein Absatz aus der Mitte

Folgendes sagte ihm Vigent:

Bevor ich Jasmino begegnete, dachte ich, ich sei ein ganz normaler Mensch. Aber Jasmino und kein anderer weckte die in mir schlummernden Gaben. Jeder Mensch hat viel mehr in sich, als er denkt. Du wirst fragen, was für ein Vergnügen es ist, sich in eine Ratte zu verwandeln. Es ist ein unbeschreibliches Vergnügen: in unglaubliche Höhen zu springen und die Gefahr mit dem Bauch wahrzunehmen. Ich begegnete Jasmino auf einem Gut, bei einem Fest, und seine Augen machten mich sehr nachdenklich. Man hatte uns einander nicht vorgestellt, denn auf diesem Fest beim Lord waren viele Leute. Aber Jasmino hat sicher bemerkt, dass ich ihn beobachtete. Er trug einen blauen Samtanzug, und sein schwarzes Haar war nach hinten gekämmt. Ich fing seinen Blick auf, und etwas tat mir hier, innen, weh. Damals brachte ich diesen Schmerz nicht mit Jasmino in Verbindung, sondern dachte, daran seien die drei Gläser Wein schuld, die ich beim Fest getrunken hatte.

Der Schmerz war so heftig, dass ich in der Weinrebenallee eine Bank aufsuchte und mich dort niederließ. Ich weiß nicht, wie Jasmino bemerkte, dass ich mich von der Gesellschaft entfernt hatte, aber ich sah ihn am Ende der Allee. Er näherte sich mit leichten Schritten und sah mich an. Plötzlich bekam ich schreckliche Angst. Ich hatte eine unheimliche Angst und begriff nicht, warum. Je näher er kam, umso größer wurde meine Angst. Ich wusste nicht, ob ich nur vor diesem Mann oder allgemein vor den Menschen Angst hatte. Als er etwa zehn Schritte von mir entfernt war, schlug ich mit den Flügeln und flog weg. Ich habe nicht einmal bemerkt, wie ich mich in einen Graureiher verwandelte. Eine halbe Stunde später war ich wieder ein Mensch. So lernte ich Jasmino kennen.

LUKA

»Im Lande von Parmen Pirmen«
Lukas eigene Gedanken

Im Lande von Parmen Pirmen wollte ich sogar bleiben. Hier gefiel mir alles sehr und ich dachte, dass es endlich ein Land sei, welches speziell für den armen Luka geschaffen sein könnte. Damals war ich mager, und wie sehr ein magerer Mensch von gutem Essen träumt, ist doch klar. Reis und Gewürze sind dort kostenlos. Man kann sich einfach daran satt essen, und keiner zählt einem die

Reiskörner vor. Übrigens habe ich für die Müßiggänger des Landes eine neue Beschäftigung zum Zeitvertreib erfunden, das Zählen der Reiskörner. Diesem glücklichen Volk hat Luka das Zählen beigebracht, denn sie hatten nichts, was man zählen konnte, und keinen Bedarf daran. Das heißt, sie hatten von allem so viel, dass es nicht nötig war, eins, zwei, drei und so weiter zu zählen.

Ein Fürst hatte zum Beispiel dreitausend Frauen. Ich zählte den ganzen Tag lang. Eine war schöner als die andere, und ich verwechselte sie ständig. Der Fürst war so von meiner Zählkunst begeistert, dass er mir seine Frauen schenken wollte. So ein Geschenk kann man natürlich nicht abweisen, und ich ließ fünf Schiffe zur Abreise richten. Dahinein setzte ich meine Frauen. Das wäre ein Anblick, wenn ich mit ihnen auf Santa Esperanza landen würde. Leider musste ich die Schiffe in einem australischen Hafen zurücklassen, da ich schleunigst auf die Insel Lupu Lupu fliegen musste. Dort musste ich einem alten Bekannten, einem Stammeshäuptling, einen größeren Backenzahn ziehen, der ihn beim Essen störte.

Aber eigentlich wollte ich das Land von Parmen Pirmen gar nicht verlassen. Es schien, als würde ich für immer dortbleiben. Ich verliebte mich dort zutiefst in eine Frau, und ich werde heute noch schwach, wenn ich nur an sie denke, und schaffe es kaum zur Apotheke, um Beruhigungsmittel zu holen. Wenn es keine Apotheke in der Nähe gibt, so suche ich die erste beste Kneipe auf und trinke vier Gläser Schnaps hintereinander. Das ist das beste Medikament für Verliebte. Nur muss es am Tag jede Stunde eingenommen werden. Wenn ich mich so kuriere, heißt es, Luka habe wieder zu saufen begonnen, In Wirklichkeit aber trinkt Luka ein Medikament.

Ich verliebte mich also sehr in eine Frau. Was habe ich nicht für sie unternommen. Einmal zermalmte ich sogar einen Stein und bestreute den Salat damit, um zu beweisen, dass sie für immer in mir sei. Auf diesem Stein saß sie gern. Ich brachte ihn zur Mühle. Sie rief hinter mir her, ich solle ihren lieben Stein zurückbringen, aber ich hörte nicht auf sie und benutzte den gemahlenen Stein als Salz. Ich wollte, dass auf diese Weise die Geliebte in mir ist. Ich muss erwähnen, dass diese Frau eine Schwarze war. Wer sich nie in eine Schwarze verliebt hat, weiß nichts von der Liebe. Wer noch nie im hellsten Sonnenschein eine Schwarze betrachtet hat, soll in Lukas Anwesenheit nichts von Frauen erzählen.

Aber die Hautfarbe war nicht der Grund, warum ich mich in diese Frau verliebt habe, sondern weil ich Luka bin und es passieren musste. Die Frau versuchte mich loszuwerden, obwohl sie sich zuerst auch in mich verliebt hatte. Ich hatte nämlich einst vor ihren Augen eine kühne Tat vollbracht: Ich ging in den Zirkuskäfig zum Löwen hinein und unterhielt mich mit ihm. Die Männer versuchen ihr Benehmen vor den Frauen immer als besonders heldenhaft darzustellen. Das ist unehrenhaft, kann aber bei Verliebten entschuldigt werden, wenn es die Frau nicht bemerkt und ihm keinen Korb gibt. Aber die als Heldentat dargestellte Handlung muss einer solchen wenigstens etwas gleichen. Keiner der Zuschauer und auch nicht meine Geliebte wussten, dass man mich in Afrika in der Kunst der Unterhaltung mit wilden Tieren unterrichtet hatte. Trägt man eine bestimmte Salbe auf den Körper auf, erkennen die dummen Tiere nicht mehr, wer du bist. Durch diese Salbe verliert man den menschlichen Geruch. Der Geruchssinn ist aber das Einzige, was die wilden Tiere verstehen. Wenn sie keinen fremden Geruch wahrnehmen, so gibt es eigentlich keine Fremden für sie.

Die Herstellung dieser Salbe ist einfach, und ich hatte mich ganz damit eingeschmiert.

Aber unserer Liebe stellte sich eine große Kraft in den Weg. Mir gefiel es sowieso nicht, dass das Land den Namen des Herrschers Parmen Pirmen trug. Ein derartiger Hochmut verbirgt oft eine böse Absicht. Einmal ging ich zu der Wäscherei, wo meine Liebste arbeitete. Denkt nicht, dass sie die Wäsche irgendwelcher fetten Reichen wusch. Es war eine Obstwäscherei und sie wusch Mangofrüchte. Sie selbst duftete nach Mango. Oh …

Dort traf ich sie nicht an. Der Besitzer der Wäscherei sagte mir, sie habe geheiratet. Ich solle mich über ihr Glück freuen. Ich hingegen beschloss sofort, ihren Mann oder Verlobten zu töten, denn ich war überzeugt, dass sie zu der Ehe gezwungen worden war.

8

Es stellte sich heraus, dass sie den hässlichen und buckeligen Imperator Parmen Pirmen geheiratet hatte. Ich hätte mich nicht einmal gescheut, gegen den Imperator anzukämpfen, so ehrlich war mein Gefühl und so erzürnt mein Gemüt. Als ich jedoch die ganze Geschichte erfuhr, gab ich auf.

Im Lande von Parmen Pirmen war es Sitte, dass die schönen Mädchen dem Imperator Briefe schrieben, in denen sie seine Männlichkeit und Schönheit priesen. Der Imperator las diese Briefe und suchte sich alle drei Monate eine aus, die er ohne sie vorher anzusehen heiratete. Die Menge seiner Frauen konnte nicht einmal ich zählen. Es waren um die vierzigtausend Frauen. Vernichtend an der Geschichte war, dass der Besitzer der Wäscherei bezeugte, meine Geliebte habe an den Imperator geschrieben, bevor sie mich kennen lernte, weil sie das Mangowaschen satthatte. Wenn man aber den Brief geschrieben hatte, konnte man nicht mehr Nein sagen. Wer den Imperator belog, wurde geköpft.

So trug man mein zauberhaftes schwarzes Mädchen mit einer goldenen Sänfte auf Parmen Pirmens Gut. Sie würde in Reichtum leben und ihren Mann vielleicht nie sehen. Parmen Pirmen hätte es ja nie geschafft, mit so vielen Frauen. Und so würde ihr schöner, glänzender Körper im Himmel auf Erden, der in Wirklichkeit eine Hölle war, verblühen.

Um diesen Kummer zu vergessen, schenkte mir der Fürst seine dreitausend Frauen. Ich konnte mir keine der Frauen merken und vergaß sie deshalb in Adelaide. Wisst ihr, wo ich wieder an sie dachte? In Istanbul, als ich einen Döner aß und eine Schwarze vorbeilief. Ich dachte an meine Geliebte und danach an die dreitausend Frauen, die ich im Hafen vergessen hatte.

Sicher haben die Jackaroos diese Frauen unter sich aufgeteilt. Jackaroos sind australische Schäfer. Die Frauen melken jetzt wahrscheinlich Schafe und trocknen Wolle.

Keiner soll sagen, dass Luka ein Trinker ist und deshalb nicht heiratet.

Keiner soll sagen, dass das Herz nicht einem Luftballon gleicht, den die Kinder am Wasserhahn füllen, um ihn später vom Dach fallen zu lassen. Das Herz platzt genauso wie dieser Ballon, nur dass es noch nicht gefüllt ist. Luka hält es aus, aber bis wann?

Keiner soll behaupten, er verstehe etwas von Frauen, von denen er unendlich geliebt wird. Fragt Luka.

Die schwarzen Frauen gleichen den Haifischen. Im Schwarzen Meer gibt es keine Haie. Wir essen die Fische, anderswo aber fressen die Fische die Menschen auf.

Trinkt ein, zwei, drei oder vier Gläser hintereinander und atmet aus. In einer Stunde wieder von neuem. Sonst füllt sich das Herz mit Wasser, so wie der Ballon.

Ich bin Luka.

FRIEDENSSCHLUSS DER DINOSAURIER

Messenger, Samstagsausgabe
Text von Monica Uso di Mare, Fotos von Bikent Lopiani mit Unterstützung von Art Lopiani

Was hat es zu bedeuten, wenn sich Menschen, die sich hassen, zum Lunch treffen und ein gemeinsames Abendessen vereinbaren? Besonders dann, wenn das kein Zufall ist, sondern sie ganz offensichtlich etwas zu besprechen haben?

Drei Könige des Groschenromans, drei Weise aus dem Osten, die dem Stern der kommerziellen Literatur zum Bethlehem des Reichtums eifrig folgen, trafen sich gestern im griechischen Restaurant »Pallada« zum späten Lunch.

Es waren Jessica de Rider, Charles Radcliffe und Jarry Barton. Die beiden Herren erwarteten Jessica de Rider nachmittags um halb zwei in einer dunklen Ecke des »Pallada«. Sie bestellten nicht viel, tranken Kaffee und Tee. Nur Barton orderte später ein Glas Wein.

Drei Menschen, die keine besonderen freundschaftlichen Beziehungen hegen, trafen sich. Zwei von ihnen, Radcliffe und de Rider, sind Cousin und Cousine. Alle drei sind Vertreter der georgischen Mittelschicht von Santa Esperanza, verzichten beim Schreiben auf ihre eigene Sprache und führen dank ihrer Seifenromane ein prächtiges Leben in Großbritannien.

Die drei haben sich schon immer als Konkurrenz empfunden und waren sich nicht eben wohlgesinnt. Bis jetzt hat noch niemand gesehen, dass sie je gemeinsam zu Mittag oder zu Abend gespeist hätten.

Trotzdem trafen sie sich im »Pallada«, wo sie fünfzig Minuten zusammen verbrachten und sich über die verschiedensten Gerüchte austauschten, die auf der Insel kursieren. Vor allem, was bereits auf der ersten Seite unserer Zeitung steht, dass nämlich Luka, der Schriftsteller, der aufgrund seines einzigen Buches berühmteste und beliebteste Schriftsteller von Santa Esperanza, mit Blaulicht ins Hospital eingeliefert worden ist.

Jeder Vagabund des Hafenviertels weiß seit drei Tagen davon, und ein kurzes Interview mit Luka ist auch auf der ersten Seite unserer Zeitung zu finden. Was also war so bedeutsam, dass die drei sich trafen?!

Leider ließen sich aus ihrem Gespräch keine Schlussfolgerungen ziehen.

Das Treffen war halb geheim, da Frau de Rider mit dunkler Brille erschien.

Bevor sie sich trennten, lud Barton die beiden anderen für den nächsten Tag zu sich zum Abendessen ein.

Auf unserem Foto sieht man, wie weit entfernt von Bartons Haus Radcliffe sein Auto parkte und dass er über den hinteren Weg, vom Hinterhof her das Haus betrat.

Frau de Rider kam von der anderen Seite und ging ebenfalls durch die Hintertür.

Hinter den geschlossenen Gardinen war der Tisch zum Abendmahl gedeckt. Durch einen Spalt zwischen den Gardinen kann man de Riders Hand mit der Gabel sehen.

Wir versuchten, mit den drei berühmten Autoren Kontakt aufzunehmen. Die Herrschaften hatten natürlich keine Zeit, aber Jessica de Rider antwortete vergnügt: »Ich war nicht dort, meine Liebe. Wer euch diese Geschichte lieferte, hat sich sicherlich geirrt. Was sollte ich von den beiden wollen? Datia (damit ist Radcliffe gemeint) habe ich schon zwei Jahre nicht mehr gesehen. Den zweiten (Barton) habe ich bisher überhaupt nur ein einziges Mal getroffen.«

Auf unseren Einwurf hin, dass wir Fotos von dem Treffen hätten, erwiderte Jessica: »Keine Ahnung, was ihr für Fotos habt. Natürlich gehe ich auf die Straße, und irgendwo kann man mich schon ablichten.«

»Was können Sie in Bezug auf Luka sagen? Wir wissen, dass Sie über Luka gesprochen haben.«

»Ich bedauere, aber wer ist Luka?«

Natürlich muss man erfinderisch sein, wenn man Romane schreibt, aber das Schweigen der Herrschaften war besser als diese Lügen.

Das esperantinische Dreieck wird mit dieser Heimlichtuerei nichts Gutes erreichen.

9

DER SCHULTHEISS MIT HACKE UND OCHSENTRINKHORN

BAUERN IM MEER

Nur vier Dörfer und sonst nichts. Die neue Zeit brachte der Sungalen-Insel den Verfall.

Vier Dörfer und zwei staatliche Einrichtungen.

Die mittlere Insel von Santa Esperanza hatte schon immer ein verfluchtes Geschick. Sie wurde seit je von Bauern besiedelt. Um herauszufinden, warum das so war, müsste man die alten Chroniken durchstöbern.

Meer und Fische gab es überall, Saatfelder gediehen an anderen Orten noch besser.

Auf den zwei anderen Inseln ging die Sonne ja genauso auf und unter wie hier. Vielleicht noch schöner.

Die Erde war auf den zwei anderen Inseln lockerer, das Weinfeld einträglicher und die Kuhweiden waren fetter.

Auf der Sungalen-Insel war der Wald undurchdringlich, Felsen und Berge wild, die Schluchten unendlich tief.

Und trotzdem siedelten sich hier Menschen an.

Die Legende besagt Folgendes:

Als die Mongolen im 13. Jahrhundert Georgien eroberten und dort eine Volkszählung durchführen wollten, nahm sich einer der damaligen Könige vor, seinen Besitz und seine Leibeigenen zu verbergen.

Was blieb ihm anderes übrig, da man damals beinahe jeden Löffel versteuerte?

Deshalb ließ er eines Nachts die Bewohner dreier Dörfer in Ostgeorgien aufbrechen und schickte sie über die Gebirgskette von Lichi zum Meer. Von dort brachten Schiffe sie auf die Johannesinsel, und so kamen sie unter die Obhut des dortigen Burgvogts.

Die Bewohner anderer Dörfer verbarg der König im Gebirge, aber die, die sich zur Johannesinsel aufmachten, mussten einen weiten Weg auf sich nehmen.

Es heißt, dass sie bemerkenswerte Menschen waren. Sie waren schnell, leichtfüßig und gewandt. Ihr Blick aber war pfiffig.

Man erzählt sich, dass sie ihrer Gehweise wegen Sungalen genannt wurden.

Es gab damals ein Wort, »herumsungalen«, was so viel bedeutete wie das Herumschleichen von Füchsen, die ihrer Beute auflauern.

Also wurden sie Sungalen genannt. Sie unterschieden sich sehr von der trägen ursprünglichen Bevölkerung der Johannesinseln, sie waren Landmenschen.

Der Burgvogt Goti, Sohn des alten Goti, beobachtete das Gezappel in den Dörfern der Neuankömmlinge am Ufer und konnte kein Gefallen an diesen Menschen finden.

Er musste aber den Befehl des Königs achten, auch wenn er diesem nicht mehr unterstand, denn selbst in Georgien gab es damals zwei Könige. Anderseits sah er, dass diese Menschen eine Last für ihn sein würden.

Ihre Hütten und Ställe, ihre Felder und ihren Besitz – alles musste der Burgvogt im Auge behalten und ordnen.

Dabei konnten diese Bauern nie seine Leibeigenen werden, da sie schon Leibeigene des Königs waren und einen Anteil all ihrer Erträge an den König schicken mussten.

Das war lachhaft. Der Burgvogt würde nichts als Ausgaben davon haben. Auch wenn der König in seinem Brief verfügte, dass er diese Menschen nur für eine kurze Zeit unter seine Obhut nehmen sollte.

Aber manchmal währt eine kurze Zeit Jahrhunderte.

Der Burgvogt dachte nach und entschied sich, dieses unruhige Volk von der Hauptinsel fernzuhalten.

Die georgischen Leibeigenen schleppten ihre Boote selbst, durchquerten die ganze Insel und kamen wieder zum Wasser. Von dort aus war das Ufer einer anderen Insel zu sehen.

Unter der Führung von Gotis Kriegern überquerten sie die Meeresenge. Gotis Landvermesser teilten ihnen kleine Grundstücke zu und erlaubten ihnen, Bäume zu roden, Hütten zu errichten und ihre Parzellen zu bestellen.

Eines gewährleistete der Burgvogt noch: Er war bereit, sie zu versorgen, bis sie sich am neuen Ort eingerichtet hatten.

Dabei beklagte er sich oft, dass er nur Unkosten habe.

Die Neuankömmlinge mochten das Meer nicht. Sie entdeckten einen Fluss und angelten dort. An den Wald gewöhnten sie sich leicht.

Nach drei Jahren entschied der Burgvogt, dass man von ihnen auch Steuern einziehen könne. Dem Schiff nach Georgien gab er einen Brief mit, worin er dem König mitteilte, dass es nicht möglich sei, die Abgaben der Bauern zu schicken, die Zinsen aber würde man abführen.

Dieser Brief blieb über Jahrhunderte unbeantwortet.

Auf die Nordinsel kamen nun Landsknechte und Aufseher des Burgvogts, um die Steuern einzuziehen.

Die Sungalen aber verlangten nach den Aufsehern ihres Königs, da sie nur ihm unterständen und nicht des Burgvogts Untertanen seien und das Land, das sie bebauten, immer noch des Königs Eigentum sei.

Eher wollten sie das Korn ins Wasser schütten, als es jemandem anderen als ihrem Herrn zu überlassen.

Sie seien gerissen und wild, meldeten die Leute des Burgvogts. Der aber schickte eiligst einen Mann in das Kloster und bat den Abt, zwischen ihm und diesen Menschen zu vermitteln.

Der Abt vom Kloster Johannes des Täufers war nicht faul. Auch wollte er mehr über den Glauben und die Gottesfurcht der Neuankömmlinge erfahren. Er durchquerte die ganze Insel mit einem Maultier und setzte dann mit einem Boot auf die andere Insel über, um mit ihnen zu sprechen.

Die Sungalen holten ihren Priester, einen einfachen Bauern.

Der Abt fragte ihn, welche Gebete er sprechen könne.

Der Priester sprach einige Gebete, aber lesen konnte er nicht.

»Wie hast du diese Gebete gelernt?«, fragte ihn der Abt.

»Mein Vater brachte sie mir bei«, antwortete der Priester.

Er war wohl auch ein Priester gewesen.

Der Priester arbeitete wie alle anderen auf dem Feld und schleppte wie sie auch Holz nach Hause.

Die Sungalen verlangten erneut nach dem Aufseher ihres Königs. Der Abt erklärte ihnen, dass der Aufseher des Königs nicht hierherkommen könne. Sie sollten dem Burgvogt geben, was diesem zustehe, und der würde dann dafür sorgen, dass der König bekäme, was ihm zustand. Damit waren die Bauern nicht einverstanden, und es stellte sich heraus, dass alle Schwert, Schild, ein Kettenhemd und einen Speer besaßen.

Das beunruhigte den Abt sehr. Sie aber erklärten, dass es auf dieser Insel Bauern und Krieger gab, in Kartli* aber waren die Bauern gleichzeitig auch Krieger. Sogar der Priester hatte eine Rüstung dabei.

»Dieses Land gehört dem König und wir werden es keinem anderen überlassen«, war die Antwort. »In diesen Wäldern haben wir die Pfade geschlagen, und hier jagen wir das Wild. Der Burgvogt soll das Meer hüten. Wir werden dieses Land hüten.«

Je mehr Land sie hätten, desto mehr würden sie einnehmen und könnten dieses Geld bei Bedarf dem König überreichen. Hier seien die Familienältesten die Steueraufseher. Und sie zeigten auf den Priester und drei andere Männer.

Der Erste sagte: Hier ist es zu still. Die Stille ist gut, sie schläfert aber auch ein.

Ihr könnt ruhig schlafen, wir wollen euch nicht stören, aber denkt nicht erst an uns, wenn ihr aufwacht, an uns, die mit dem Säbel in der Hand schlafen.

Der Zweite sagte: Wir werden uns nicht den Feinden des Königs anschließen. Wenn es zu kämpfen gilt, könnt ihr uns rufen und wir werden kommen. Schon ein zwölf Jahre alter Junge wird ein Krieger sein. Wir werden zahlreich erscheinen, aber verlangt von uns nicht, was euch nicht zusteht. Wir verkaufen euch, was wir ernten. Von euch erwerben wir Kälber, Hengste und Eisen.

Der Abt hörte sie an und erwiderte: Baut eine Kirche.

---

* Kartli – Name für die zentrale Region Georgiens, im Mittelalter die Bezeichnung für ganz Georgien, davon ist die georgische Bezeichnung für Georgien »Sakartwelo« (das Land der Kartwelen) abgeleitet

Wir werden sie bauen, wenn wir die Häuser errichtet haben. Gott wird uns rügen, wenn wir zuerst sein Haus errichten und es nachher nicht pflegen können.

Wenn wir unsere Häuser pflegen, wird auch das Haus Gottes reich und voll sein.

Der Abt schüttelte den Kopf, ging zum Boot, nahm die Ikone der Muttergottes heraus und legte sie ans Ufer. Danach kletterte er wieder in sein Boot und gab den Ruderern ein Zeichen.

So lebten die georgischen Bauern, wie sie es dem Abt gesagt hatten.

Auch, nachdem sich der Burgvogt zum König der Johannesinseln erklärt hatte.

ES WAR EINMAL UND WAR WIEDERUM NICHT

Dort, hinter dieser geschwungenen Bergkette, ist wieder Wasser, hinter dem Wasser aber liegt wieder eine Insel. Auf dieser Insel gibt es einen dichten Wald, mit rauschenden Blättern, am Tag angenehm, in der Nacht – beängstigend. In diesem Wald leben Häschen und zitternde Kaninchen, listige Füchse mit buschigem Schwanz sowie böse Brummbären. Dort fließen reine Quellen und schnelle, sich überstürzende Bäche. An diesen Bächen stehen kleine Mühlen. Sonst gibt es nirgendwo Mühlen im Wald.

Auf dieser Insel gibt es Müller, die Wild und Vögel zähmen können. Wann immer der Mond scheint, werden sie von den zutraulichen Tieren besucht. Die Müller haben weiße Bärte, eher vom Mehl und nicht vom Alter.

Auf dieser Insel gibt es nicht nur Müller, sondern auch neun große Dörfer mitten im Wald. Diese Dörfer wird man auch nach langem Suchen nicht finden, wenn man nicht genau weiß, wo sie liegen. Die Menschen, die sie bewohnen, haben keine gewöhnlichen Häuser mit normalen Dächern oder Haustüren.

Ihre Behausungen sind entweder unter der Erde oder in den dichten Baumkronen verborgen, so dass man sie auf keinen Fall finden kann. Alles ist dort grün, und man kann in Schluchten stürzen, aus denen man schwer wieder herauskommt.

Die Waldmenschen streunen tagsüber durch den Wald. Sie jagen und sammeln Beeren, die sie in Tonbehältern aufbewahren und im Winter als schmackhafte Kost genießen. Niemand ist so bewandert in der Kunst des Sammelns und der Aufbewahrung von Beeren wie diese Menschen. Nachts verlassen sie die Wälder und pflegen ihre Wein- und Getreidefelder. Der Mond ist ihr Gefährte, und die Tiere sind ihre Gehilfen beim Acker- und Weinbau. Die Bären ziehen die Dreschbretter, die Rehe legen die Garben zusammen, die Hasen lesen das Getreide, und die Wölfe sind die Wächter. Alle Tiere helfen ihnen, und wenn es nicht so wäre, würden sie dennoch alles schaffen, weil sie so flink, schnell und arbeitsam sind. Die Waldmenschen sind so schnell und wendig wie Fische, die einem durch die Hände gleiten.

Im Wald, wo sie sich im Kampf üben, kennen sie jeden Busch. Sie wissen nicht, ob und gegen wen sie jemals kämpfen müssen, aber sie sind immer zum Kampf bereit. Mit Pfeil und Bogen treffen sie blind das Ziel, springen mit geschlossenen Augen von Baum zu Baum und werfen den Dolch bis zum Griff in die Erde. Sie spielen gern, aber jedes Spiel ist für sie ein Kampfspiel. So üben sie das Messerwerfen, oder sie schießen zwei Pfeile mit der rechten und linken Hand gleichzeitig.

Zu ihrer eigenartigen Kleidung gehören winzige, schwarze Mützen. Wenn sie einmal auf unsere Insel kommen, rasieren sie sich, kämmen ihr langes Haar und kleiden sich wie normale Menschen.

Sie bringen ihr Mehl und ihren Joghurt mit Booten auf unsere Insel und bieten ihre Ware in den Straßen und auf dem Markt feil. Manchmal holen sie Pflaumen oder Pfirsiche aus der Tasche und schenken sie dir. Wenn sie an einem Kind, besonders aber an einem kleinen Jungen wie dir, Gefallen finden, schenken sie ihm etwas und erzählen davon, welche Kaninchen und Vögel sie in ihren Dörfern halten und wie es dir dort gefallen wird, wenn du ihnen folgst. Du brauchst dich aber nicht zu fürchten, wenn sie das sagen, denn sie werden dich niemals in ihr Dorf mitnehmen, das sie niemandem zeigen und wohin sie keinen Menschen einladen – wenn nicht durch Zufall jemand dorthin gelangt.

Wenn du ihnen sehr gefällst, bitten sie dich zu beweisen, dass du wirklich ein Junge bist. Dafür versprechen sie dir dann ein Messer, das du hinterher doch nicht bekommst, weil sie zu sehr daran hängen – wahrscheinlich, weil es von ihren Vorfahren stammt. Dabei lachen sie sich kaputt und bitten dich, deine Hose runterzulassen und zu beweisen, dass du ein richtiger Junge bist. Eigentlich wollen sie gar nicht, dass du die Hose runterlässt. Sie sind einfach in kleine Jungs vernarrt und wünschen sich, dass alle kleinen Jungs der Erde ihre Enkel wären. Wenn du ihnen freiwillig folgst oder selbst auf ihre Insel gelangst, kommst du von dort nicht mehr weg. Sie lassen dich nicht mehr gehen, erziehen und pflegen dich und bringen dir alles bei, was sie können. Sie werden dir aber auch sagen, dass es auf Erden außer ihnen keine wahren Menschen und Helden mehr gibt und alle anderen Menschen feige, verräterisch und einfach schlecht seien. Solange du unter ihnen lebst, glaubst du das auch, aber falls du es schaffst wegzukommen, wirst du bald anders denken.

So ein schönes Meer, so gute Freunde, wie ich habe, so gute Menschen, die mich umgeben, und wie sehr habe ich meine Mutter und meinen Vater lieb!

Diese Männer heißen Sungalen.

Jetzt aber schlafe geschwind ein, sonst kommt der Sungale und schleppt dich in den Wald.

AUS DEN GENUESISCHEN GESCHÄFTSBÜCHERN DER SKLAVENHÄNDLER

Ich, Vincenzo Kibo Kikala, Aufseher der Stände am Hauptplatz, berichte mit Zustimmung der Großhändler dem einzigen gesetzlichen Herrscher der Stadt, der Insel und des Sklavenmarktes Mustafa Pascha. Folgendes:

Ich möchte Ihr Gemüt beruhigen und Ihnen versichern, dass

auf dem Sklavenplatz nichts geschehen ist, was nicht anderswo auch schon geschehen wäre.

Am Samstagmorgen – zurzeit der wichtigste Handelstag, da freitagabends die Schiffe ankommen und es mehr Käufer auf dem Markt gibt – wurde es vor Faik Beys Bude laut. Unsere Wachleute waren noch vor mir dort, obwohl ich auch nicht langsam war.

Es stellte sich heraus, dass Faik Bey eine sehr junge schöne Frau zum Verkauf hatte. Wie er selbst sagte, eine Tscherkessin*, aber ich denke, dass er log und die Frau eine Georgierin war.

Warum ich das denke, werde ich Ihnen in diesem Schreiben darlegen.

Faik Bey, der sich oft am äußersten Zipfel der Südinsel aufhält, die kleineren Schiffe dort erwartet und den Sklavenhändlern sogleich ihre Ware abnimmt, ist seit einer Woche auf dem Marktplatz und verkauft sehr gut. Er hat bereits einige kleine Jungen und auch schon betagtere, aber rüstige Männer verkauft. Nur diese Frau hatte er bisher nicht angeboten. Er hat sie nicht einmal aus seiner Bude herausgeführt, wo er sie verschleiert hielt. Ich habe als Aufseher des Platzes gleich am ersten Tag in seine Listen geschaut und dort keine Frau entdeckt. Von einer vertraulichen Quelle wusste ich aber, dass er eine junge Frau hatte.

Ich begriff, dass Faik Bey diese Ware einem besonderen Käufer versprochen hatte und diese Frau für ihn zurückhielt. Offensichtlich wollte er vermeiden, die Zollgebühr von der stattlichen Summe abzuführen, die er sicherlich bekommen würde. Und auch der Käufer hätte so gespart, da mit der Zollgebühr die Ware für ihn teurer geworden wäre, obwohl diese Mehrkosten die Zollgebühren niemals ganz decken.

Wer Faik Bey kennt und weiß, wie geschickt er ist, wird sich nicht darüber wundern.

Gleich am Mittwoch ging ich zu ihm, der stolz vor seinen Ladenfenstern saß, und verlangte, die Frau in die Liste einzutragen. Er verneinte strikt, dass er eine Frau habe. Mir lag keine Beschwer-

---

* Tscherkessen – Angehörige eines Volkes im nordwestlichen Kaukasus

de vor, deshalb konnte ich seine Bude nicht durchsuchen. Also überlegte ich mir, innerhalb der nächsten zwei Tage von jemandem eine Beschwerde erstellen zu lassen. Danach hätten wir den Stand durchsuchen und mit den Einnahmen die Staatskasse auffüllen können. Ich verlor ja als Aufseher, nach altem und neuem Kurs, selbst eine triftige Summe.

Es war mir bekannt, dass am Samstag einige Schiffe eintreffen würden, und ich konnte mir denken, wer darauf sein würde. Deshalb ließ ich noch am Freitagabend die Beschwerde schreiben. Sie wurde von jenem vertrauenswürdigen Mann geschrieben, der uns bei solchen Angelegenheiten oft hilft. Ich möchte Ihnen keine Zeit rauben, aber ich erlaube mir, Sie daran zu erinnern, dass die Beschwerde erst vorgezeigt wird, wenn der Käufer die Ware bereits abführt. Dabei müssen wir uns dem Käufer in den Weg stellen und nach den rechten Papieren fragen. Wenn es diese Papiere nicht gibt, wird die Beschwerde vorgezeigt und der Käufer zu der Bude zurückgeführt, wo er die Ware gekauft hat.

Ich war beinahe überzeugt, dass ein berühmter Händler wie Anaban Anabaniani die Sklavin kaufen, nach Istanbul bringen und von dort aus an eine reiche Familie in Venedig oder Frankreich verkaufen würde. Zurzeit ist es dort große Mode, kaukasische Sklavinnen an ihren Höfen zu erziehen. Darüber kann ich einiges erzählen. Zum Beispiel, dass sie die Kaukasierinnen für die schönsten Wesen der Welt halten.

Möglicherweise stimmten meine Überlegungen auch nicht, und vielleicht gab es einen ganz anderen Kunden. Am frühen Samstagmorgen verbarg ich mich mit zwei Dienern in der Nähe der Bude, in Erwartung, dass bald jemand auftauchen würde. Da die Ware teuer war, würde Anabaniani vielleicht selbst vorbeikommen, um sie zu begutachten, weil er seinem Verkäufer nicht traute.

Ich konnte gut sehen, wie Anabaniani von der ganz anderen Seite her auf den Marktplatz kam und so tat, als wenn er die Sklaven aufmerksam musterte. Er blieb an jeder Bude stehen und näherte sich so allmählich dem Stand von Faik Bey. Er und seine Leute waren noch etwa vierzig Schritte entfernt, als man plötzlich in der Nähe von Faik Beys Bude Stimmen und Geschrei hörte, danach ein Geräusch von klirrendem Metall. Es folgte ein Schrei. Die Menschen auf dem Platz aber rannten nicht hin, um zu schauen, was passiert war, sondern liefen in alle Richtungen davon.

Ich eilte mit meinen beiden Dienern zur Tür des Standes, wo einer von Faik Beys Männern niedergesunken war und sich den Bauch hielt. Sein Hemd war voller Blut, und er stöhnte. Faik Bey selbst stand daneben, ganz blass geworden, und verlangte nach einem Arzt, um dem Verwundeten zu helfen. Der Arzt war da, bevor die Wächter eintrafen.

Ich fragte:

»Was ist passiert, Faik Bey?«

»Ich weiß nicht«, erwiderte er. »Ich weiß nicht. Bestimmt hatte er mit jemandem Streit.«

»Hat man dir nichts gestohlen?«

»Nein, nichts. Der Streit ereignete sich draußen.«

Angesichts dieses Durcheinanders kehrte Anabaniani um und kam nicht mehr zurück. Faik Bey konnte ihm die Frau also nicht verkaufen. Es konnte ihm aber auch niemand nachweisen, dass er es beabsichtigt hatte, denn er ließ uns bei sich eintreten, und da war keine Frau zu sehen.

Faik Beys Diener starb bald danach. Einer der drei Dolchstöße war zu arg gewesen. Sowohl Ihr Hausarzt als auch der genuesische Arzt haben ihn untersucht.

Nach meinen Ermittlungen hat sich Folgendes ereignet: Dass Faik Bey eine schöne Frau in seinem Stand hatte, wussten nur seine Leute. Aber sicherlich gibt es Zeugen, die gesehen haben, wie er die Sklaven über die Südinsel führte. Auf der Insel der Wisramiani trifft man die verschiedensten Menschen. Sicherlich verhandelte man mit Faik Bey schon dort, bekam aber eine abschlägige Antwort von ihm. Deshalb hat man die Frau entführt und dabei Blut vergossen.

Ich denke, dass die Frau von den Sungalen entführt wurde. Zwar leben sie auf ihrer Insel, aber sie haben beste Kontakte zu den Wisramiani, welche Gutsbesitzer auf der Südinsel sind und die Sungalen oft als Gutsverwalter bei sich anstellen.

Die Frau wurde zufällig von jemandem gesehen.

Es ist bekannt, dass sich die Sungalen sehr schnell in eine Frau verlieben und dann schleunigst heiraten. Faik Bey aber muss sie für einfache Bauern gehalten haben und glaubte wohl, sie könnten nicht viel zahlen! Deshalb verhielten sich die Sungalen vielleicht wie üblich: Sie baten noch einmal um die Frau, und als sie erneut eine Absage bekamen, stachen sie zu.

Wir werden diese Sungalen nicht finden Sie sind sehr schnell und haben sicher schon zum Vornhinein Verstecke eingerichtet, in der Stadt und auch außerhalb.

Viele auf dem Sklavenmarkt wissen auch, dass sie durch Dritte handeln. Sie schicken jemanden vor, der für sie mit dem Verkäufer verhandelt. Sie selbst stehen in der Nähe und beobachten das Ganze.

In der Regel kaufen die Sungalen kleine Mädchen und Jungen, die man aus Georgien entführt hat, und dafür ist ihnen keine Summe zu hoch. Wir wissen auch, dass sie eigentlich den Sklavenhandel nicht billigen, sie ziehen diese Kinder wie ihre eigenen auf und verjüngen und erneuern damit ihre Familien.

Ich weiß nicht, was das zu bedeuten hat, hochverehrter Mustafa Pascha, aber seit ich hier die Verantwortung habe, ist dies das erste Mal, dass eine Frau auf diese Weise vom Sklavenmarkt entführt wurde. So etwas wird sicher nicht so bald wieder vorkommen.

Meines Erachtens hat sich die Geschichte am Samstagmorgen so und nicht anders auf dem Markt zugetragen.

DIE GESCHICHTE DER LÜGNER

Nach dem großen Nachschlagewerk
über die Geschichte Santa Esperanzas

Die Sungalen rezitierten schon immer Gedichte. Meist waren dies Scherz-Gedichte, manchmal auch traurige. Diese Trauer betraf das Land, aus dem man die Sungalen auf Befehl des Königs weggebracht hatte und in das sie nie wieder zurückkehren konnten.

Scherzgedichte wurden rezitiert, wenn man um eine Frau warb oder zu anderen Anlässen. Zum Beispiel ist mündlich ein ziemlich langes Poem eines Bauern überliefert, der im Regimentslager der Engländer das erste und zugleich letzte Mal ein Kricketspiel erlebte.

Im Allgemeinen konnte Kricket hierzulande nicht Fuß fassen, vor allem nicht bei den Sungalen. Fußball war noch einigermaßen beliebt, aber nicht Kricket, auch wenn es hier seit anderthalb Jahrhunderten einen Club gibt.

Die Hälfte aller Witze in diesem Land handelt von den Sungalen. Bemerkenswert ist, dass die Sungalen zwar Witze über sich selbst erzählen, es aber nicht mögen, wenn andere über sie lachen.

Im Laufe der siebenhundertjährigen Geschichte der Sungalen auf der Insel haben sich ihre Ältesten und Priester nur fünfmal in die Politik eingemischt. In allen fünf Fällen hatte man versucht, sie zu betrügen. Aber die Sungalen ließen sich kein einziges Mal verschaukeln. Einmal waren sie hartnäckig, zweimal schauten sie zur Seite, als wenn sie nichts gehört hätten, ein weiteres Mal gaben sie etwas auf und das letzte Mal bekamen sie sogar etwas.

Das erste Mal taten sie, als hätten sie nicht bemerkt, dass der Burgvogt Artschil sich zum König erklärte und die Inseln ein unabhängiges Land wurden. Die Sungalen bedachten die neue Lage vorn und hinten. Sie wussten, dass die Inseln schon früher ein anderes Land waren und für sie die Treue zum König weniger Ehrensache als Schutz und Schild war. Deshalb schwiegen sie und schickten Artschil nach einer gewissen Zeit Wein, Brot und ein Goldtablett als Zeichen ihrer Untertänigkeit.

Artschil selbst war nicht weniger raffiniert. Er dachte nicht daran, die Sungalen offen zu unterwerfen. Er beauftragte seine Schreiber, Gesetze für die Sungalen niederzuschreiben, womit er ein Dokument ihrer Untertänigkeit erstellte. Das Gesetz beschrieb die Bräuche der Sungalen und schrieb sie damit fest. Mehrere Jahre später segelte Melik Pascha mit acht osmanischen Galeonen nach Johannien. Um an der Macht zu bleiben, akzeptierten die Könige der Artschiliani, dass sie fortan den Osmanen unterstanden, und wechselten ihren Glauben.

Die Sungalen wussten davon angeblich nichts. Auf ihre Insel kam nie jemand, der anders betete oder einen Turban trug. Die Gesetze aber, die Artschil hatte verfassen lassen, bewahrten sie sorgsam, in Leinen gewickelt auf, um sie, falls nötig, dem neuen Herrscher zu zeigen. In den damaligen Akten wiederum (worin die Beschreibung dieses Wilajets erhalten geblieben ist) werden die Dörfer, Menschen und Rinder, aber auch die Felder und Hunde der Sungalen-Insel mit keinem Wort erwähnt. Das haben die Burgvogt-König-Paschas erreicht. In keinem Dokument, das die Artschiliani nach Istanbul schickten, wurde die Sungalen-Insel je erwähnt. Das heißt, die Insel gab es sozusagen nicht. Auf diese Weise wollten die Burgvögte Schwierigkeiten vermeiden.

Hiernach verstrichen wieder viele Jahre, bis eines schönen Tages zwei Boote an die Ufer der Sungalen-Insel gelangten. Diese Boote näherten sich von Osten, wo die Küste der Insel felsig und steil ist. Wenn man von diesen Felsen hinunterspuckt, sieht man kaum, ob die Spucke unten im Meer angekommen ist.

Auf einem der Boote befanden sich vier Männer in engen dunkelblauen Uniformen. Auf den Schultern glänzten goldene Abzeichen, zwei, drei auch auf der Brust. Die Männer hatten langes gewelltes Haar und Schnurrbärte, die fast über die Schultern ragten. Zwei hatten gekrümmte Adlernasen, die anderen beiden aber Stupsnasen. Sie hatten eine schwere Kiste dabei. Die zwei mit den gekrümmten Nasen redeten fast so wie die Sungalen, aber doch etwas anders. Die Stupsnasen redeten in ihrer Sprache, und die Adlernasen übersetzten. Die Sungalen freuten sich, weil diese Dolmetscher Georgier waren, und die Ältesten befragten sie, wie es den Königen in Georgien gehe. Sie antworteten, dass sie eben aus diesem Grund hier seien: Ihre Könige hätten ihren gesamten Besitz den russischen Zaren geschenkt. Jetzt sei alles, was ihnen je gehört hatte, Zareneigentum. Man habe die Sungalen in Georgien nicht vergessen, aber man sei zu schwach gewesen, um sie in die Heimat zurückzuholen. Nun sei man, durch Russland gestärkt, hierhergekommen, und sie stellten die beiden anderen vor, welche Russen waren.

Die Sungalen fragten, ob nun der Wunsch ihrer Vorfahren

in Erfüllung gehe und sie bald wieder nach Kartli zurückkehren dürften.

Hey-Hey, schmunzelten die Ankömmlinge, nach Kartli komme man leicht zurück. Es sei aber viel gescheiter, sich hier gegen die osmanische Herrschaft zu erheben. Danach würde die russische Armee eingreifen. Da die Russen und die Osmanen zurzeit Krieg führten, müssten diese Inseln so an Mutter Russland angeschlossen werden, dass sie den russischen Zaren und die Könige von Georgien anerkannten. Der Russe würde so oder so, auch ohne ihre Hilfe hierherkommen, nur hätte er so weniger Ausgaben und bitte deshalb um Hilfe.

Die Ältesten und Priester dachten nach und kamen zu dem Schluss, dass die Sungalen keinen Grund zum Streit mit den Osmanen hatten. Außerdem hatten sie gehört, dass Georgien ebenfalls osmanisch sei. Und um ehrlich zu sein, habe der einzige Russe, den sie je auf dem Stadtmarkt gesehen hätten, keine Sympathie erregt.

Nach diesem Gespräch gingen die Russen volle vierzig Jahre lang auf der kleinen Insel ein und aus. Aber das Imperium konnte sich nicht entschließen, den Inseln den Krieg zu erklären. Die Lage eskalierte, als die Osmanen vom Meer her in das russische Georgien eindrangen und die Königin Megreliens, Ekaterine Tschawtschawadse, in die Flucht trieben.

Die Sungalen erfuhren davon nichts. Auf der Hauptinsel tummelten sich neben den Osmanen inzwischen schon die Engländer und Franzosen.

Am Ende des erwähnten Jahrhunderts wendeten sich die Engländer zweimal an die Sungalen. Beide Male war Arglist im Spiel.

Das erste Mal war, als die Engländer zum ersten Mal die Johannesinseln von den Türken pachteten und entdeckten, dass anstelle von drei Inseln nur zwei im Vertrag standen.

Darauf angesprochen, erklärte der letzte Herrscher der Insel, Sari Beg, Colonel Rollston, dem Bevollmächtigten der englischen Regierung, in gewohnt ehrenhafter Weise, dass es historische Gründe gäbe, warum die Sungalen-Insel nie in den Dokumenten erwähnt worden sei.

»Können wir mit den Sungalen sprechen oder müssen sie aus-
gerottet werden?«, fragte Colonel Rollston.

»Man kann mit ihnen verhandeln, wenn man ihnen das Gefühl
gibt, frei zu sein«, antwortete Sari Beg und rauchte seine Pfeife.

Er legte Rollston den Text für ein Abkommen vor, der diesem
aber gar nicht gefiel.

So oder so haben sich die Sungalen und die Engländer geei-
nigt: Königin Viktoria wurde nicht als Regentin anerkannt – die
Sungalen wussten von ihrer Existenz sowieso nichts – stattdessen
aber erkannte man an, dass die Sungalen-Insel für einhundertfünfundvierzig Jahre ein frei an Saint John oder Santa Esperanza
angeschlossenes Territorium sein sollte und dass für die Sungalen
die gleichen Rechte gelten sollten wie für die anderen Inselbewohner. Dies sollte schriftlich beglaubigt werden. Zwei Dinge wurden
den Sungalen untersagt: von sich aus Krieg und Verhandlungen
mit anderen Ländern zu führen.

Danach ging es bergab.

Die Sungalen-Insel mit ihrer altertümlichen Landwirtschaft
wurde noch rückständiger, als sie es schon gewesen war; während
auf den beiden anderen Inseln alles florierte und alle reicher wurden, verwandelte sich die Sungalen-Insel in einen verkommenen,
armen Ort, der nur noch für Ethnografen von Interesse war. Die
Sungalen, die von der Insel wegkamen, wurden zu armseligen
Tagelöhnern oder Dienern, denen es schwerfiel, mit der andersartigen Welt der Hauptinsel zurechtzukommen. Nach und nach
wurde das Wort »Sungale« mit »wild« gleichgesetzt. Jene, die man
früher hofiert hatte, waren zum Scherzobjekt geworden. Das alles
trug dazu bei, die Nordinsel noch weiter zu isolieren.

Vor dem Ersten Weltkrieg kam es auf der Sungalen-Insel zu
einer Revolte.

Angeführt wurde sie von einem der Geschichte unbekannten
Engländer, Simon Thomas, den man für einen Verrückten hielt.
Drei lokale Aufstände innerhalb von zehn Jahren veranlassten den
Gouverneur von Santa Esperanza, sich auf die Insel zu begeben. Er
versprach den verarmten Sungalen Sonderkonditionen und wirt-
schaftliche Besserung.

Die Sungalen erhielten das Recht, in bestimmte öffentliche Dienste zu treten. Von diesem Tag an wurden sie Wachleute und Aufseher in allen möglichen Einrichtungen – Bibliotheken, Kirchen, Kaffees, Kinos, der Residenz oder auf Ländereien.

Außerdem versprach der Gouverneur, auf der Insel zwei große Einrichtungen zu bauen, in denen hauptsächlich Sungalen beschäftigt werden sollten.

Dieses Versprechen erwies sich als sehr hinterlistig: Auf der Insel wurden eine psychiatrische Klinik und ein Gefängnis gebaut. Wo es aber ein Gefängnis und eine Psychiatrie gibt, wird es nie Badestrände und Vergnügungsorte geben. Die Sungalen blieben Bauern, die neben ihrem Bauerntum noch eine andere Last auf sich nehmen mussten.

Ein Teil von ihnen verließ die Insel, doch auch sie blieben in diesem kleinen Land immer die Ärmsten.

GOGIA, FIDO, KIKOLA

Fido war schon in jungen Jahren als Rausschmeißer im Club »Marana« tätig.

Nach ein oder zwei Jahren beherrschte er sein Metier und das unumgängliche Vokabular der wichtigsten Sprachen. Man konnte ihn kaum noch von einem Engländer unterscheiden, wenn er rief: »Ciao, hey, mate! …«

Jawohl, er fühlte sich in der Stadt wie zu Hause. Inzwischen war auch Kikola herangewachsen, und da sie einen zweiten Mann an der Hintertür als Türsteher brauchten, holte er ihn in die Stadt: Das sei sein Bruder, und man könne ihm genauso vertrauen wie ihm, Fido, selbst.

Sie wohnten in einem Zimmer und teilten ihr ganzes Hab und Gut. So konnten sie sich über Wasser halten. Es war schon ein Unterschied, ob ein oder zwei Mann Geld nach Hause schickten.

Zu Hause war man froh, dass die Brüder gut untergebracht waren. Falls Fido zum Obertürsteher befördert würde, bekäme er ein größeres Gehalt und könnte heiraten. Die Familie hatte schon jemanden ausgesucht. Fido würde seine Braut abholen und in eine andere Wohnung ziehen.

Er würde zehn Jahre in der Stadt dienen, Geld sparen und nach Hause zurückkehren, dann würde er sich ein Stück Land nehmen oder etwas anderes.

Die Mutter seufzte oft, denn sie hatte Sehnsucht nach ihm. Sie hatten zwei Jungen und beide waren fortgegangen. Einzig ihre Tochter war noch bei ihr. Sie war noch ziemlich jung und hielt die Mutter bei Stimmung. Die Kinder waren ja vaterlos aufgewachsen, und wie lange hätte man noch von den Almosen der Onkel leben sollen? Sie halfen, ja, aber letztendlich wurde man von ihnen nur ausgenutzt, was sonst? Man grub in der Erde herum und hatte keinen eigenen Wein, alles gehörte den anderen, und man schämte sich, um etwas zu bitten.

Darum sind die Brüder gegangen und haben auch eine gute Stellung bekommen.

Fido hatte ganz andere Gedanken: Er hätte lieber bei einer Familie gedient, als an der Kneipentür zu stehen. Da würde er mehr verdienen und hätte weniger Ärger mit Leuten. Aber die großen Familien stellten keinen Unerfahrenen ein. Man musste schon gut fünf oder sechs Jahre irgendwo gedient haben, dass sie einen überhaupt anschauten.

Doch die Sungalen halten zusammen. In der Stadt kennt jeder jeden, die Alten führen die Neuen ein und weisen ihnen den Weg.

Das ist wirklich eine gute Sache.

Auch an jenem Tag begann Fido um fünf mit dem Dienst.

Er war gut ausgeschlafen, als er sich vor die Tür stellte und sich darauf vorbereitete zu sagen:

»Ihre Tickets, Sir ...«

Da sah er plötzlich Gogia kommen. Sie sind zusammen aufgewachsen, das war Gogia, kein anderer.

Gogia ist der Cousin der Frau, die Fido heiraten soll. Sie sind sich nahe. Gogia ist ja auch das Patenkind des Dorfältesten und hat eine gute Stellung.

Er sitzt zwar nicht im ersten Auto der Familie Wisramiani, aber wenn sie in Kolonne fahren, sitzt er im sechsten oder siebten Wagen neben dem Fahrer.

»Fido, hey, Fido, bist du jetzt gerade gekommen?«

»Grade eben. Wie geht's so, Gogia?«

»Es geht, nicht übel. Am Tag der heiligen Maria werde ich nach Hause gehen.«

»Es wäre gut«, sagte Fido sehnsüchtig, »wenn ich auch mal heim könnte …«

»Wo ist dein Bruder?«

»Er steht hinten. Sie sind zu dritt. Er ist fullnight beschäftigt.«

Gogia hatte offensichtlich Zeit, denn er holte eine Zigarette heraus und rauchte.

Die Sungalen rauchen ohne Filter. Sie brechen von einer »Mayfair« den Filter ab und qualmen so. Scheiß auf das gefilterte Leben, sagen sie, das ist so, als gieße man Wein in Milchbehälter. Als Zeichen der Hochachtung sollte man ihnen französische Zigaretten, »Caporal« oder »Gauloises«, schenken.

»Du, Fido, wann hast du deinen Holiday?«, fragte Gogia.

»Was gibt's … hat jemand Geburtstag oder wie?«

»Kannst du am Samstag nicht freinehmen?«

»Was ist denn los … Hier ist der Samstag wichtig, unter der Woche kommt ja niemand.«

»Frühmorgens, Mann, es geht nicht um eine Feier … es gibt was zu besprechen.«

»Zu besprechen?«

Hier wurde es ernst, denn wenn ein Sungale sagt, es gebe etwas zu besprechen, dann findet eine Versammlung statt, bei der nur wenig getrunken wird. Sprechen bedeutete, dass etwas entschieden werden sollte.

»Was gibt's zu besprechen, etwas Übles?«

»Nichts Übles.« Gogia schaute sich verstohlen nach allen Seiten um.

Auch Fido schaute sich vorsichtig um.

»Hey, lass mich auch mal.« Er nahm Gogia die Zigarette aus

der Hand, zog zweimal und gab sie wieder zurück. »Der Staff darf während der Arbeit nicht rauchen. Um sieben hab ich Rauchpause, und du … mit deinem Samstag …«

»Mann«, stöhnte Gogia und sagte leiser: »Und wenn es vor der Arbeit ist, in Chetias* Hotel? Wir haben ungefähr eine Stunde. Nicht nur du allein, wir werden so um die zwanzig sein …«

»Wer? Unsere Leute?«

»Ja, unsere …«

»Was gibt es denn zu besprechen … Hat jemand Scheiße gebaut oder im Dreck herumgestochert?«

Er hatte die Stimme gesenkt, denn beide Ausdrücke bedeuteten schlimme Sachen bei den Sungalen. Aber Gogia schaute verstohlen hin und her und summte wie eine Biene:

»Wieso nervst du, die Wisramiani wollen mit uns sprechen.«

»Ahaaaa …«

»Sag ja nichts weiter, Fido, nur deinen Leuten … Ich bin seit heute früh von Tür zur Tür unterwegs …«

»Die Wisramiani … ha … Welcher von ihnen?« Gogia lachte.

»Die Wisramiani sind doch alle eins? … Welcher schon?«

»Und was gibt es zu besprechen?« Dass Besprechung einen Auftrag bedeutete, war leicht zu begreifen.

»Er hat nichts gesagt. Martia** sagte …«

»Martia?«

---

* Anmerkung des Autors: Chetias Hotel – Am Rande der Stadt, hinter dem Fluss, hatte der ehemalige sungalische Wächter Chetia ein Hotel eröffnet. Das war ein billiger Ort, oft gab es auch etwas umsonst. Sungalen, die das erste Mal in die Stadt kamen, wohnten in der ersten Zeit meistens dort. Ein Journalist nannte es scherzhaft »kleines Sungalien«, als er das Niveau des Hotels in einer Zeitschrift tadelte.

** Anmerkung des Autors: Onkel Martia – ein erfahrener sungalischer Wächter, um die dreiundfünfzig Jahre alt, einer der Gutsverwalter der Wisramiani-Sippe und die Hoffnung aller Mütter der Nordinsel, die ihre Söhne in die Stadt schickten.

»Ja ...«

»Der Onkel? «

»Ja ... was ist mit dir? Komm am Samstag, genau mittags, ins Chetias Hotel ... Soll ich es Kikola extra sagen oder sagst du es ihm?«

»Was will Kikola dort, er ist noch ein Kind ...«

Gogia schaute wieder nach allen Seiten und schlug Fido freundschaftlich mit der Hand auf die Stirn.

»Kikola, ein Kind? Ach wo! Hab ich nicht neulich Kikola gesehen, wie er am Strand eine Frau auf den Armen durch den Sand trug?«

»Was du nicht sagst – er hat nichts davon erzählt«, freute sich Fido.

»Ha, ein Schwedenweib, ganz braun gebrannt, rote Haare bis hier runter.« Gogia zeigte auf seine Taille und schmiss danach seine Zigarette weg. »Ich fragte, wer das sei, und er erwiderte, sie lasse nicht von ihm ab ... Der und ein Kind.«

Fido senkte zufrieden den Kopf.

»Martia meint, Kikola sollte auch dabei sein, ich hab es nicht bestimmt ...«

»Na gut ... soll er mitkommen ...«, sagte Fido.

»Also, Ort und Zeit sind dir bekannt, lass mich nicht hängen ... hey ...«

»Nein, mein Freund, keinesfalls«, und sie schlugen Hand in Hand ein. Gogia ging weiter, die Straße hinunter. Fido zog seinen blauen Anzug zurecht und kämmte sein Haar mit einem kurzen Kamm nach hinten.

BROMBEERE

EINE HAND VOLL BROMBEEREN

DIE WISRAMIANI

Die Wisramiani waren auf der Johannesinsel nicht beliebt.

Was nützte es, dass sie von einer der achtzehn Familien der Auserwählten abstammten? Ist doch Auserwähltheit nicht gleich Beliebtheit. Ebenso wie vollkommen zu sein nicht bedeutet, schön oder gut zu sein, sondern eher ganz gewöhnlich. Ist ein Stuhl zum Beispiel nicht vollkommen? Trotzdem könnte man kaum behaupten, dass er schöner als ein Satz Spielkarten sei. Insbesondere dann, wenn man in der Gasse der Spielkartenkünstler den Meistern der esperantinischen Feder bei ihrem Handwerk zuschaut. Angesichts der oft buckeligen und seit Jahrhunderten gekrümmt dasitzenden Künstler vergisst man diese vollkommenen Stühle, in die sie ihre schmächtigen Hintern gedrückt haben.

Die Wisramiani zu lieben war unmöglich – mit ihnen befreundet zu sein unvorstellbar. Aber es gab sie nun einmal, diese Wisramiani, und dagegen konnte man nichts tun.

Es gab sie seit dem Bau der Festung auf der Insel. Wahrscheinlich gab es sie schon früher, aber bekannt wurden sie erst mit Beginn des Baus. Vorher hatten sie, wenn überhaupt, einen anderen Familiennamen. Den Namen Wisramiani bekamen sie auf der Johannesinsel, als der erste Wisramiani es schaffte, Vorsteher einer der Bauarbeitermannschaften zu werden. Sein früherer Name ist nicht überliefert, denn er trug eben diesen Namen: Wisramiani. Man nannte ihn nicht etwa wegen seiner Vorliebe für persische Liebesdichtung* so. Das war eher unwahrscheinlich, da damals nur einige wenige die persische Sprache genügend beherrschten, um ein Gedicht seinem Klang und Zauber gemäß vortragen zu

---

* »Wis und Ramin« – persisches Versepos von Gorgani (zw. 1050 und 1055), welches um 1200 unter dem Titel »Wisramiani« ins Georgische übersetzt wurde

1

können. Man nannte ihn Wisramiani, weil der strenge Vorsteher über Kosten, Verwendung und Bearbeitung der Steine und des Eier-Schlamm-Gemischs ganz genau Buch führte und in Bezug auf das Baumaterial ständig fragte: Wis ramdeni?*

Dieser Kerl war ein Meister im Nachzählen. Dabei schubste er einmal sogar einen Baumeister den Hang hinunter, was ihn zweitausend Kirmaneuli kostete.

Die geschliffenen und bearbeiteten Steine transportierte man auf Flößen, die mit Booten gezogen wurden. Steine waren wertvolles Baumaterial auf der Insel. Es ist bekannt, dass die Baumeister und Steinmetze bereits behauene Steine immer noch auf ihre eigene Art und Weise bearbeiteten. Dabei schlugen sie erneut mit dem Hammer zu oder setzten den Meißel an, so dass Bruchstücke zur Seite fielen.

Wisramiani zählte nicht nur das bearbeitete Baumaterial, sondern auch die Bruchstücke und sammelte sie ein. Jeden Abend belud er zwei Maultiere mit vier Säcken voller Bruchstücke und brachte sie in das Lager der Bauarbeiter. Während alles schlief, wachte er. Die Maultiere wurden erneut beladen und die Säcke an eine weit entfernte Stelle am Waldrand gebracht.

Nachdem der Bau abgeschlossen war, mietete Wisramiani mit seinem gesamten Lohn reichlich Flöße und Maultiere. Damit transportierte er die Abfallsteine auf die damals noch unbekannte Südinsel, die später Wisramiani-Insel genannt wurde.

Der König und der Bischof von Tschkondidi hatten allen Vorstehern der Tausendschaften ein eigenes Stück Land auf der Hauptinsel zugesprochen, den Vorstehern der Hundertschaften ein Gut auf den zwei kleinen Nebeninseln.

Dem Vorsteher Wisramiani wurde ebenfalls ein Stück Land zugeteilt. Wer hätte gedacht, dass er dort ein Steinhaus errichten würde. Während anderthalb Jahrhunderten gab es auf den Johannesinseln nur drei Orte mit Steingebäuden: die Festung und das

---

* Wis ramdeni? – georgisch: »Wem (steht) wie viel (zu)?«

Kloster auf der Hauptinsel und das Haus der Wisramiani auf der Südinsel.

Die Wisramiani wurden nicht einmal geadelt. Sie waren »Asaten«, das heißt, befreite Leibeigene. Heute befinden sich die bunt beleuchteten Start- und Landebahnen des Flughafens von Santa Esperanza eben dort, wo im 11. Jahrhundert der erste Wisramiani sein Land vermessen hatte.

Die Wisramiani haben ihr Grundstück an die britische Fluggesellschaft nicht verkauft, sondern für ein halbes Jahrhundert verpachtet. Dafür haben sie im Aufsichtsrat des Flughafens ständig einen Wisramiani sitzen, samt wertvollen Familienobligationen.

Reichtum war für die Wisramiani nichts Unbekanntes.

Sie waren jahrhundertelang wohlhabende Schäfer gewesen, die es mit Fleisch und Wolle zu erheblichem Reichtum gebracht hatten. Sie legten auch größere Weinberge an. Mit den Osmanen stellten sie sich immer gut, auch mit all jenen, die sonst auf den Inseln herrschten. Allgemein und historisch gesehen, mochten die Wisramiani die Hauptinsel, die Stadt und die Zitadelle nicht besonders. Sie lebten und bereicherten sich seit jeher auf dem Stück Land im Süden, das später Wisramiani genannt wurde. Erst in neuerer Zeit waren sie gezwungen, auch in Santa City Häuser zu erwerben, ebenso wie Sitze im vor sich hin dösenden Parlament. Sie wurden Inhaber der berühmten touristischen Immobilienkette »Goldenes Haus« und besetzten die wichtigsten Positionen im Banken- und Hotelwesen, im Bungalowland und sogar in den Werkstätten der Spielkartenmeister. Es gab sieben Berufe, die diese Familie ausgeübt hatte.

Die Wisramiani waren nicht beliebt.

Das ist leicht zu erklären oder auch nicht.

Sie waren stolz, dass nach dem König und Katholikos* ein Wisramiani das dritte Steinhaus auf der Insel errichtet hatte. Sie waren stolz, dass sie als Erste auf der Insel mit einem Familien-

---

* Katholikos – Oberhaupt der georgischen Kirche

1

namen angesprochen wurden. Und sie waren stolz auf das Etikett mit der Inschrift »Wisramiani Merchandise«, das die mit Schurwolle gefüllten und esperantinisch bestickten Kissen schmückte. Am wichtigsten war für sie aber die Gedenktafel am Eingang des Flughafens, auf der an das erste Steinhaus von Santa Esperanza erinnert wurde, das ein Wisramiani gebaut hatte. Im Allgemeinen waren sie schon damit zufrieden, dass es sie gab, während es die anderen auch gab, aber ohne den Namen Wisramiani.

Die Wisramiani pflegten Familienbräuche, die eigenartig, aber auch wohl überlegt waren. In ihnen spiegelt sich sowohl Zorn als auch Tapferkeit wider. Was überwiegt, soll jeder selbst beurteilen.

Da sie die Hauptinsel außer zur Vermögensmehrung nie besonders mochten, kann man annehmen, dass die Wisramiani über Jahrhunderte ziemlich abgeschottet lebten. Sie hatten sogar ihren eigenen Friedhof.

Wer weiß, ob es ein Familienabkommen oder eine List war, dass jeder männliche Wisramiani jeweils drei Kinder zeugte und jedes weibliche Mitglied der Familie nur zwei Kinder zur Welt brachte. Den männlichen Stammesvertretern schenkte Gott zwei Söhne und eine Tochter als Nachzügler. Den Frauen aber jeweils einen Sohn und eine Tochter. So war das, seit es den ersten Wisramiani gab. Den Männern der Wisramiani fielen frühzeitig die Haare aus, und sie hatten am kleinen Finger der rechten Hand einen gespaltenen Nagel. Die Frauen hatten tiefschwarzes Haar und kornelkirschfarbene* Augen.

Die Wisramiani selbst nannten ihre Familie anders. Auf diesen Namen waren sie stolz, für andere klang er lächerlich. Sie bezeichneten sich selbst als die »Bewahrten«. Das bedeutete, dass die Wisramiani nicht nur ihren Glauben nie wechselten, sondern auch nur Georgier heirateten. Nicht nur die Frauen, auch die Schwiegersöhne wurden unter den Georgiern ausgesucht. Ob es Eigensinn oder Familienpflicht war, wusste keiner. Aber die Inselbewohner fühlten sich übergangen, wenn die Wisramiani

---

* kornelkirschfarben – dunkelrot bis bordeaux (so wie die Kornelkirsche)

zu bestimmten Zeiten ihre Schiffe rüsteten und gen Georgien segelten.

Das bedeutete Hochzeit: Wie zerstört, verarmt, unglücklich oder durcheinander Georgien auch sein mochte, immer schon suchten die Wisramiani ihr Glück dort. Eine ihrer Eigentümlichkeiten war, dass sie nicht nur die Schwiegertöchter, sondern auch die Schwiegersöhne ins Haus holten und zu Familienmitgliedern machten. Es muss nicht leicht gewesen sein, junge Männer zu finden, die das akzeptierten. Der aufgenommene Schwiegersohn wurde mit der Zeit ein Wisramiani. Wenn aber jemand aus keiner schlechten Familie stammt und er seine Vorfahren wenigstens ein bisschen ehrt, hat er keinen Grund, den Namen seiner Frau anzunehmen.

Da der Brauch aber seit Jahrhunderten besteht, fanden sich solche Jünglinge offenbar doch. Die Wisramiani verwandten viel Zeit auf die Wahl ihrer Schwiegertöchter und -söhne. Sie schickten Kundschafter nach Georgien, die dort nach Heiratskandidaten Ausschau hielten. Die Wisramiani legten nicht unbedingt Wert auf Adlige. Aber junge Bäuerinnen waren ebenfalls teuer: Welcher Gutsherr würde schon eine junge Magd entbehren, deren Wert während dreier Jahre jeden Monat steigen würde? Aber den Wisramiani gelang der Kauf dennoch.

Die Geschichte dieses Geschlechts ist im Wesentlichen die Geschichte von Eheschließungen. Es sind Heldensagen oder auch Geschichten von Tollkühnheit und Verwegenheit.

Über Jahrhunderte wurden Hochzeiten so vollzogen, dass sich Frau und Mann erst bei der Eheschließung kennen lernten. Diese Eheschließungen wurden von Priestern der Familie auf den Gütern der Wisramiani vollzogen.

Die Erfindung der Fotografie erleichterte die Angelegenheit erheblich, denn nun erübrigten sich mündliche Mitteilungen und zweifelhafte Zeichnungen. Diese kamen ins Archiv der Wisramiani. Die gesammelten Aufzeichnungen der Kundschafter füllen vierzig Kisten – ein wahrer Schatz. Ihre Publikation wäre eine wunderbare Sache, denn während Jahrhunderten wurden die Männer und Frauen in all ihrer Würde, Anmut und Ausdruckskraft meisterlich dargestellt. Das Bedauerliche daran ist, dass

1

sich in siebenunddreißig von vierzig Kisten die Beschreibungen abgewiesener zukünftiger Lebenspartner befinden und man die Wisramiani nicht überzeugen kann, dass ihre Veröffentlichung in einem mehrere Bände umfassenden Werk ihre Familie nur ehren würde.

Jawohl, die Fotografie erleichterte die Sache einigermaßen. Aber dreißig Jahre vorher geschah mit dem in fünf Teile zerfallenen Georgien Folgendes: Vier dieser fünf Teile wurden allmählich von Russland besetzt. Sie nahmen ganz andere Gesetze und Bräuche an als der fünfte, da dieser lange Zeit unter osmanischer Herrschaft war.

Einer der schlechten Bräuche war das Recht auf die erste Nacht, von dem Gebrauch zu machen vom Gewissen des Gutsherrn abhing. Am skrupellosesten machten sich diese russische Leidenschaft die Gutsherren in Kartli zu eigen. Nachdem einer der Gutsherren namens Sumbataschwili den Wisramiani zugesagt hatte, ihnen seine Magd zu verkaufen, kamen die Gesandten der Wisramiani nach Kartli, um die Papiere zu unterschreiben. Fürst Sumbataschwili erfuhr erst da, dass die Käufer zwar freie, aber doch nur Bauern waren, irgendwoher, vielleicht aus Megrelien oder Imeretien*, und die Magd zum Heiraten kauften. Sumbataschwili war es einerlei, dass die Käufer Ausländer waren. Aus den unterschiedlichen Gesetzen der beiden Länder leitete er für sich den Entschluss ab, das Recht auf die erste Nacht in Anspruch zu nehmen und die Frau als Erster zu prüfen. Er war darauf so versessen, dass man aus den fürstlichen Gemächern lautes Geschrei vernahm. Danach war es still. Die Dorfbewohner sahen nur, wie man die Frau aufs Pferd setzte und dieses davongaloppierte.

Bevor die Wisramiani-Truppe im Wald verschwand, ereignete sich etwas Grauenvolles: Der letzte Reiter blieb vor den Bauern des Fürsten Sumbataschwili, die im Wald Reisig sammelten, stehen und warf ihnen einen Sack vor die Füße.

Darin befand sich der Kopf des Fürsten Sumbataschwili.

Seitdem ließen die Wisramiani davon ab, ihr Glück in Mit-

---

* Imeretien – Region in Westgeorgien

telgeorgien zu suchen. Sie hielten westlicher – in Imeretien und Megrelien Ausschau. Im osmanischen Teil Georgiens suchten sie nicht, da sie den Glaubenswechsel ja ablehnten.

Die Heiratsangelegenheiten der Wisramiani wurden durch die internationale politische Lage, von der Santa Esperanza nicht verschont blieb, wesentlich erschwert. Die aus dem Schwarzen Meer an falscher Stelle ragenden drei Inseln unter britischem Protektorat waren besonders Josef Stalin ein Dorn im Auge. Er betrachtete sie als Vorposten des Kapitalismus gleich vor seiner Haustür und versuchte die Inseln zweimal einzunehmen. Das erste Mal 1938, das zweite Mal nach dem Zweiten Weltkrieg. Beide Versuche wurden durch die weltpolitischen Umstände vereitelt. Diese schwierige Zeit hatte auch Auswirkungen auf die Wisramiani. Das von Russland annektierte Georgien wurde der Sowjetunion einverleibt, deren Grenzen ab 1930 vom gleichen Stalin dichtgemacht wurden. Er riegelte das Land so ab, dass es unmöglich war, auf legale Weise aus dem Ausland hineinzugelangen, geschweige denn dort Braut oder Bräutigam zu suchen. Hätte man Heiratskandidaten gefunden, so hätten sie nicht ausreisen dürfen.

Die Wisramiani fanden dennoch Löcher im Eisernen Vorhang. Die folgenden drei Jahrzehnte kann man deshalb als Epoche der Entführungen bezeichnen. Die Kundschafter, die Sungalen*, bildeten eine Art Familiengarde. Sie reisten in die Türkei und gelangten auf geheimen Pfaden nach Südgeorgien. Dort bewegten sie sich frei in den Dörfern, beobachteten junge Männer und Frauen, erfuhren einiges, machten nach Möglichkeit zwei, drei Fotos und kehrten zurück. Zur Entführung der ausgewählten Person kam dann auf dem gleichen Weg ein vierköpfiger Trupp.

---

* Anmerkung des Autors: So nannte man die Bewohner der dritten Insel oder auch Nordinsel Santa Esperanzas. Im Volksmund wird sie Sungalen-Insel genannt. Die Sungalen hatten schon immer ein gutes Verhältnis zu den Wisramiani und verdingten sich auf ihren Feldern und Gütern als Tagelöhner. Sie unterstützten die Wisramiani oft.

1

Zu Stalins Zeit fanden drei Versuche statt: die Entführung eines Bräutigams und zweier Bräute. Alle drei waren erfolgreich.

Danach wurden die Grenzschutzsysteme vervollkommnet und es wurde fast unmöglich, ins Land zu gelangen. Aber etwas anderes wurde leichter: Stalins Tod lockerte die Situation, so dass man als Tourist in die Sowjetunion reisen konnte. Diese Operation bestand ebenfalls aus zwei Etappen und spielte sich zweimal auf sehr romantische Weise ab. Die Sowjets mochten es nicht, wenn ihre Bürger Ausländer heirateten, besonders wenn sie aus solch einem feindlichen Land wie Santa Esperanza stammten. Da es ehemaliges georgisches Territorium war, zählten sie Santa Esperanza zum Imperium. Es wurde nie als eigenständiges Land anerkannt und man bezeichnete es als von den Engländern okkupiertes Territorium.

Die Wisramiani waren also gezwungen, zu vielfältigen Listen zu greifen. Auch wenn ein Versuch fehlschlug, konnten zwei dennoch gelingen. Gescheiterte Versuche wurden eine Zeitlang in das Sorgenbuch der Familie eingetragen. Nanaia Wisramiani, deren Bräutigam die Regierung des sowjetischen Georgien nicht aus dem Land ließ, lehnte einen weiteren Versuch, ihre Vermählung zu feiern, ab. Sie betrachtete den Schauspieler Irakli Kldiaschwili im sowjetgeorgischen Tbilissi als ihren Mann.

Ich muss aber hinzufügen, dass es Irakli Kldiaschwili dennoch gelang, das Land zu verlassen: Er heiratete in den siebziger Jahren auf dem Papier eine Jüdin und erhielt damit das Recht, nach Israel auszuwandern, denn damals gestatteten die Sowjets den Juden, in ihre Heimat auszureisen.

Irakli Kldiaschwili rief aus Jerusalem auf Santa Esperanza an und sagte:

»Hier ist Irakli ... Bitte, kann ich mit Nanaia sprechen ...«

Letztendlich fand auch diese Hochzeit statt, blieb aber kinderlos, was eine Ausnahme war.

Die Ausnahmen bestätigen jedoch die Regel. Auf Santa Esperanza mochte man die Wisramiani nicht, allgemein und besonders, Frauen wie Männer, alle außer einer, von der man sagte, sie sei unmöglich eine Wisramiani. Es wurde gemunkelt, dass dieses

Mädchen von Turteltauben hergeflogen und zwischen Kaia Wisramiani und ihren Mann Bu gelegt worden war.

Man mochte die Wisramiani nicht.

AUFSATZ VON ALESSANDRO DA COSTA, SCHÜLER AN DER KATHOLISCHEN SCHULE

»Mein gestriger und morgiger Tag«
Von der Prüfungsbehörde nicht angenommen, als Zeichen der Achtung und des besonderen Wohlwollens gegenüber der Familie da Costa. Das Prüfungsheft wurde zur Vertuschung der Angelegenheit eingezogen und der 47 Jahre alte Sandro da Costa nachts heimlich wieder in die Schule gebracht, wo er den Prüfungsaufsatz über das Mittelalter noch einmal schreiben musste.

Ja, meine Herren Lehrer, ich freue mich sehr, dass ich diesen Aufsatz für die Abschlussprüfung schreiben darf, der mir schließlich die Tür zur Erwachsenenwelt öffnen wird. Wenn der Aufsatz mit zehn Punkten bewertet wird, könnte er in der »Ewigen Sammlung« veröffentlicht und damit stolz an der Universität von Bologna vorgezeigt werden.

Leider habe ich diese Universität noch nie gesehen, aber schon sehr viel von ihr gehört. Deshalb ist auch mein Interesse, dort zu studieren, abgeflaut, was ich meinen lieben und geschätzten Eltern nicht offenbaren kann, aber umso mutiger euch, meinen Lehrern und geistlichen Erziehern: einerseits weil ich euch vertraue und anderseits weil ich am Tage des heiligen Francesco das siebzehnte Jahr erreichte und begriff, dass es euch ganz und gar egal ist, ob ich nach Bologna gehe oder nicht.

Meine sehr verehrten Erzieher, nehmt mir meine Worte vom Anfang des Aufsatzes bitte nicht übel. Denn meine Achtung für diese wunderbare Lehrstätte, deren Wände mit Porträts meiner Vorfahren geschmückt sind, ist unermesslich.

Ich spürte schon immer, dass das Verhältnis zwischen euch

und meinem Geschlecht ein besonderes ist, das ist für mich nichts Erstaunliches. Wären nicht meine Vorfahren, so gäbe es diese Einrichtung gar nicht. Hätte der blutrünstige Devlet Haci Giray* sein Vieh nicht aus den Steppen zum Schwarzen Meer getrieben und die wunderbaren Siedlungen der Genuesen niedergebrannt, die uns als Kaffa bekannt sind, wären auch meine leidgeprüften Ahnen nicht zu diesen Inseln gesegelt, wo ihnen der gütige und bestechliche Burgvogt für Gold Unterschlupf gewährte.

Somit ist die Gründung unserer Lehrstätte mit einer sehr langen Geschichte verbunden.

Ich bemühe mich sehr, meine besonderen Geschichts- und Literaturkenntnisse in diesem Aufsatz nicht zum Ausdruck zu bringen, womit ich die Sünde der Hochnäsigkeit und Angeberei begehen würde. Dennoch kann ich meine Gedanken nicht anders formulieren, wofür ich die hohe Prüfungskommission um Vergebung bitte, deren Vorsitz der Herr Direktor hat, dem sicherlich der Herrgott das Recht diktiert.

Ich kann es kaum erwarten, zum eigentlich zu erörternden Thema zu kommen. Dabei fällt mir ein, wie Dante Beatrice das erste Mal erblickte. Sie waren noch Kinder, und wenn es uns Genuesen auch schwerfällt zuzugeben, dass die Florentiner oft über uns spotteten, so ist dieses Bild für mich dennoch unsterblich. Zum Beispiel spotteten die Florentiner darüber (das las ich in den Novellen von Franco Sacchetti), dass die Genuesen drei Tage lang Hochzeit zu feiern pflegten. Als man einen Bräutigam aus Florenz nach Genua lockte und er am dritten Tag bemerkte, dass er nicht dazu kam, seine Braut zu ehelichen, machte er sich mit einem Schiff nach Kaffa davon. Ich bitte noch einmal um Vergebung, da ich bereits siebzehn bin und nach Abschluss dieses Aufsatzes ganz frei sein werde, darum fällt es mir schwer, meine Gefühle zu bändigen. Umso mehr als mir die dreitägigen Hochzeiten besonders gefallen und mein Aufsatz die Florentiner heruntermacht, denn auch wenn sich dieser Bräutigam mühe-

---

* Haci Giray – erster Krim-Khan (gest. 1466)

voll nach Kaffa begab, so landete er trotzdem wieder in Genua, nur am Schwarzen Meer, wo man ebenso dreitägige Hochzeiten feierte.

Was mich besonders freut, ist, dass alle Bewohner unserer Insel außer den Engländern dreitägige Hochzeiten feiern.

Signor Pallavicino sagte mir, dieser Brauch stamme nicht von uns.

Wenn man mich fragt, so brauchen die Engländer überhaupt keine Hochzeiten, sie heiraten hier auch nicht. Sicherlich schreibe ich zu viel über Hochzeiten, das verleitet mich dazu, mein Geheimnis preiszugeben. Denn immer wieder taucht vor meinen Augen das Bild auf, wie der junge Dante die noch jüngere Beatrice erblickte. Und da ich dieses Bild mit Hochzeit in Verbindung bringe, muss es etwas mit Liebe zu tun haben. Natürlich kann man vor einer Prüfungskommission nicht so frei sprechen wie vor Freunden. Zum Glück braucht man während des Schreibens nicht zu sprechen, und ich bin überglücklich, wenn mich die Liebe überwältigt. Eine Beschreibung dieses Gefühls ist absolut unmöglich, da es mich am Ende so erschöpft, dass ich mich nur hinlegen und unendlich lange schlafen möchte. Diese Anfälle überkommen mich oft und man kann sie weder durch Gebet noch durch Bemitleiden oder andere Mittel aufhalten, gegen die Liebe sind sie machtlos. Ich glühe und meine Hände zittern, was Doktor Spinola völlig zu Unrecht meinem Alter zuschreibt.

Meines Erachtens ist die Liebe so etwas wie eine Qual, einem Körper gleich, der mit unzähligen Luftballons gefüllt ist. Wenn diese Luftballons gegeneinanderstoßen, spürt der Mensch eine unbeschreibliche Glückseligkeit, hervorgerufen durch die Unerreichbarkeit des Ziels.

Sehr geehrte Prüfungsexperten,

aus tiefer Verehrung Ihnen gegenüber und aus dem Gefühl heraus, bald außerhalb der Wände dieser Lehreinrichtung in Freiheit zu sein, erlaube ich mir, Ihnen mitzuteilen, dass ich verliebt bin und meine Liebe keine Zukunft hat. Auch wenn mich die gesamte genuesische Sippe unterstützt, wird aus dieser Sache keine

1

Hochzeit, sondern Krieg, nicht geringer als der Krieg in Melorien. Ich würde den Krieg nicht scheuen, da ich in unserer wunderbaren Schule den Fechtkurs ausgezeichnet abgeschlossen habe, aber im Krieg hat ja das Fechtenkönnen keine Bedeutung mehr.

Das Unerträgliche an dieser Geschichte ist, dass meine Freunde von meinem grenzenlosen Glück bereits alles wissen. Ich entdeckte eine Eigenschaft der Liebe: Als Verliebter hat man den unwiderstehlichen Wunsch, seine Leidenschaft allen zu offenbaren. Deshalb kann auch mein Aufsatz nicht schmählich und anstößig sein. Auf die Engländer trifft das natürlich nicht zu, sie mögen eine andere Art von Liebe kennen.

Ich möchte aus diesem Grund mitteilen, dass ich meine Liebste als Kind erblickte, wie Dante die Beatrice. Ich hoffe, dass Sie meine Geduld eher schätzen werden, wenn ich mitteile, dass ich diese Gefühle schon seit vier Jahren in einem Aufsatz niederschreiben wollte, aber immer zögerte.

Meine Geliebte hat rabenschwarze Haare. Meine Geliebte hat so weiße Finger wie Turteltaubengefieder. Meine Geliebte hat kornelkirschfarbene Augen ... Damit habe ich preisgegeben, wer sie ist. Denn auf unserer schönen Insel weiß jeder, wer auf der Nachbarinsel lebt und seit Generationen kornelkirschfarbene Augen hat. Eine schreckliche Legende besagt, dass nur solche Menschen diese Augenfarbe haben, denen das Blut der Boshaftigkeit in den Augen steht. Ich denke nicht, dass es ein Zeichen von Boshaftigkeit ist, obwohl die Geschichte dieser berühmten Familie die Legende bekräftigt.

Meine lieben Lehrer, wie Sie sehen, ist meine Unverschämtheit grenzenlos und unbeschreiblich. Die Ursache ist leicht ersichtlich: Meine Verliebtheit macht mich tollkühn. Wahrscheinlich sollten wir Ligurer sowohl gebildet sein als auch Träumer und unseres Glückes eigene Schmiede. Sie haben mich, Antonio und die anderen wunderbare Dinge gelehrt, aber Sie lehrten uns nicht, was man tun muss, wenn man die Schule beendet, seit langem in eine Frau verliebt ist und keinerlei Möglichkeit hat, ihr nahe zu sein – außer dass man sie entführt, aufs Schiff setzt und in fremde Länder bringt. Aber das ist, wie ich begreife, kein Ausweg.

Was soll ich tun, werte Mitglieder der Prüfungskommission? Ich verabschiede mich dennoch frohgemut und bitte, meinen Aufsatz geheim zu halten, um einen Aufruhr zwischen den beiden Familien zu vermeiden.

Alessandro da Costa, Schüler der Abschlussklasse,
25. Mai 1982

»LIGURIEN«

Der Aufruhr entstand vor dem Restaurant »Ligurien«, nachmittags um zwei Uhr.

Es sind immer viele Menschen da, besonders viele junge Leute, die sich auf der Terrasse bei den Trifoliasträuchern versammeln. Gegen zwei Uhr essen hier die Clerks der umliegenden Einrichtungen und auch höhere Angestellte zu Mittag, da die Preise niedrig sind und es die besten ricottagefüllten Pansotti in ganz Santa City gibt. Es gibt auch scharfe Suppen, Minestrone und Burrida, wenn man Fisch mag. An diesem Ort kann man abends auch Engländer antreffen, die natürlich die besten Tische besetzen.

Der Aufruhr entstand direkt vor dem Restaurant »Ligurien«.

Noch dazu ereignete er sich in Anwesenheit der Touristen, was eine Schande ist, denn derlei Dinge passierten fast nie, und wenn, dann waren sie historisch: zum Beispiel, als Mamia Schugliani den Richter gleich nach dem Urteil im Saal erschoss. Das passierte im Jahre 1923, vielleicht auch 1873. In allen Erzählungen steht die Zahl drei am Ende.

Auf der Porta-Nova-Straße fuhren gewöhnlich keine Autos, außer in den Morgenstunden die Lieferwagen mit Sondergenehmigung. Nun bog ein Lieferwagen mitten am Tag in diese Straße ein, aber die herumschlendernden Polizisten ahnten nichts Böses, weil darauf mit großen dunkelroten Buchstaben »Wisramiani Chicken Legs« stand, was nur bedeuten konnte, dass der Fahrer einem Restaurant Hühnerschenkel lieferte.

1

Der Lieferwagen blieb direkt vor dem »Ligurien« bei den blühenden Sträuchern stehen, und Data Wisramiani stieg aus.

Hätte ihn jemand gesehen, hätte er sich gewundert, denn der junge Wisramiani war sonst nicht derjenige, der mit einem Lieferauto Hühnerschenkel in Kneipen lieferte. Auch wenn er erst zwanzig Jahre alt war und seine Eltern ihn vielleicht an Arbeit hätten gewöhnen wollen, war es ungewöhnlich, dass der Sohn und Erbe des Unternehmers den Lieferwagen des Unternehmens fuhr.

Alle wussten, dass die Hauptleidenschaft des jungen Wisramiani der Besuch der Inti*-Häuser, die Beobachtung der Spieler und Spielpartien am Kartentisch war. Der jüngste Wisramiani traute sich zwar selbst noch nicht an den Spieltisch, lernte aber ernsthaft und hatte ohne Wissen seines Vaters und Großvaters einen Lehrer angeheuert. Er plante, im folgenden Jahr beim 129. Inti-Festival am Amateurspieltisch zu sitzen und sein Glück zu versuchen. Er sprach mit niemandem darüber, übte sich jedoch jeden Tag von zwei bis vier in Matalos Hinterzimmern in der Kunst des Kartenspiels.

Alles in allem war Data Wisramiani kein schlechter Junge, wenn man außer Betracht ließ, dass er ein Wisramiani war. Es war einfach ungewöhnlich, dass er aus dem Lieferwagen stieg, hinter den blühenden Sträuchern über die Terrasse schaute und leise rief: »Tonino, Tonino ...«

Antonio flirtete gerade mit einem norwegischen Mädchen, fuhr mit dem Finger über ihren geröteten Arm und erklärte ihr, wie braun ihr heller und jetzt geröteter Körper noch werden würde. Er traf sich schon das zweite Mal mit diesem Mädchen, das Ingrid hieß, und erhoffte sich vom dritten Treffen, noch am selben Abend, die Krönung dieser Beziehung. Beunruhigend dabei war nur, dass die Haut des Mädchens so brannte und dies das, was er mit ihr vorhatte, vereiteln konnte.

Warum verbrennen hellhäutige Frauen so schnell?, fragte sich Antonio unentwegt. Warum mag die Sonne sie nicht?

»Tonino, Tonino ...«

---

* Anmerkung des Autors: ein auf Santa Esperanza verbreitetes Kartenspiel

Antonio schaute auf.

»Gaumardschoss* ...«

Auf Santa Esperanza war es ein Zeichen guter Erziehung, wenn man seinen Gesprächspartner in dessen Muttersprache ansprach, auch wenn sie einem selbst fremd war. Wenn der Angesprochene aber in der Muttersprache des Gesprächspartners antwortete, die ihm ebenso fremd war, galt das als wirklich gentlemanlike.

So war es auch jetzt.

»Was hast du denn da für eine Braut aufgegabelt? Hast du die Krabbe am Hafen gekauft?«

»Davon verstehst du nichts ... Geh weiter und bete.«

»Hör, Tonino, ich suche Sandro da Costa ... «

»Entschuldige, Ingrid, ich muss mit diesem hässlichen Kerl sprechen ...«

»So hässlich ist er nicht ...«

»Das täuscht, du müsstest ihn am Strand sehen ...« Antonio erhob sich, ging zwischen den Tischen durch und schüttelte Data die Hand.

»Ich habe es sehr eilig«, sagte Data aufgeregt, »ich muss Sandro finden ...«

»Scheiße, was willst du von ihm?«

»Scheiße wird es noch geben, du weißt doch, meine Schwester hat geheiratet.«

»Das ist schon seit langem bekannt.«

»Wenn du mich fragst ...«

»Schon gut, das brauchst du nicht.«

»Mein Schwager sitzt im Lieferwagen ...«

Antonio schaute zum Auto.

»Sicher begreifst du, warum wir mit dem Auto gekommen sind. Da wir mit dem Auto gekommen sind, müssen wir auch schnell wieder weg.«

»Das heißt, abhauen.«

»Richtig.«

---

* Gaumardschoss – georgisch: »Sei gegrüßt! «

1

»Was also –«

»Tonino, ich glaube, das geht schief. Mein Schwager ist Ausländer. Er hat wohl auch im eigenen Land Schwierigkeiten.«

»Ich weiß, dort ist Krieg ...«

»Darum geht es nicht. Mein Vater stammt auch von dort. Er musste illegal über die Grenze, um meine Mutter zu heiraten. Dieser aber ist ganz anders. Er war dort Offizier oder so etwas und trägt immer eine Pistole bei sich ... Gestern erzählte ihm jemand, dass Sandro seit Kindheit in meine Schwester verliebt ist und sie geheiratet hätte, gäbe es nicht unseren Familienbrauch.«

Antonio wurde es heiß, er lehnte sich an den Orangenbaum.

»Ich musste ihn hierher fahren ... Ich konnte nicht nein sagen ... So ist es dort: Wenn der Ehemann dergleichen erfährt, muss er den Liebhaber unbedingt sprechen und ihm verbieten, weiter an seine Frau zu denken. Falls dieser nicht nachgibt, können auch Schüsse fallen ...«

Antonio zündete sich eine Zigarette an. Seine Finger waren bleich und nur seine schwarze Sonnenbrille half ihm, den Mut nicht zu verlieren. Das stattliche norwegische Mädchen lächelte ihm hinter den Büschen zu.

»Wissen es die anderen in deiner Familie?«, fragte er Data.

»Nein, er wartete, bis ich allein war ... Schau vorsichtig hinüber ... Er sitzt im Wagen ...«

»Woher zum Teufel ... Wo habt ihr den überhaupt aufgestöbert?«

»Er kam von selbst auf die Insel. Großvater hatte es eilig mit der Hochzeit. Er aber hatte nichts zu verlieren, verstehst du? Sicherlich war er froh darüber, unseren Namen anzunehmen, er wird in seinem Land gesucht.«

»Woher weißt du das?«,

»Ich habe es zufällig gehört, mein Vater weiß vieles. Er stammt ja von dort und hört sich gelegentlich irgendwelche Radiosender an. Jetzt kann man ihre TV-Sendungen auch über Satellit empfangen. Was sollen wir tun, Tonino? Was will er Sandro erklären? Ich konnte nicht nein sagen, und ein wenig Angst hatte ich auch. Was kann ich schon sagen, es geht ja um seine Frau ...«

»Um deine Schwester …«

»Ich hoffe, Sandro kommt nicht …«

»Er kommt sicher, jede Minute …«

SANTA CITY MAIL

Was gestern vor dem Restaurant »Ligurien« in der Porta-Nova-Straße vorfiel, wird das Bild Santa Citys als heiterer, lebhafter Erholungsort erheblich schädigen.

Auf das jüngste Mitglied der Familie da Costa wurde ein Anschlag verübt. Sandro da Costa erlitt mit zwei Schusswunden im Bauchbereich eine schwere Verletzung. Die Tat wurde zur Mittagszeit, auf einer Straße voller Menschen, begangen.

Der junge da Costa eilte gerade zu Freunden auf die Terrasse des »Ligurien«, als sich ihm ein unbekannter Mann mit kurzem Haar und blauem Hemd in den Weg stellte. Es ist nicht bekannt, ob er vorher mit da Costa gesprochen hat. Sicher ist, dass er zwei Schüsse auf ihn abgab. Nach Aussage eines Augenzeugen hatte sich einige Minuten vor dem Schuss einer der jungen Leute auf der Terrasse erhoben und da Costa zugewinkt. Dieser winkte zurück, in der Annahme, dass ihn ein Freund grüßte.

Da Costa sank nieder, der Attentäter aber konnte im Durcheinander leicht entkommen. Glücklicherweise war gleich vor dem Restaurant ein Lieferwagen der Wisramiani Corporation geparkt, mit dem man da Costa sofort ins Krankenhaus brachte, ohne auf einen Krankenwagen zu warten. Er musste zweimal operiert werden.

Mehr Klarheit wird sicher in die Sache kommen, sobald der junge da Costa selbst aussagen kann. Der stellvertretende Superintendent wird ihn sofort nach Besserung seines Gesundheitszustands vernehmen.

1

DER STRAND DER KARIANI

Hier geht man selten spazieren. Es war ein abgelegener Ort außerhalb der Stadt, man nannte ihn das Gut der Kariani.

Der frühere Besitzer dieser Ländereien, Mikel Kariani, hatte das Meer gehasst. Kariani starb, seine Nachkommen wanderten aus und kamen bis nach Kalifornien. Das Land gehörte noch ihnen: ein verwahrloster Strand, abgezäunt mit nun eingestürzten Palisaden. Immer das gleiche Rauschen der Wellen, vom Meer herangespülte ausgetrocknete Baumstämme, rundgeschliffene smaragdgrüne Flaschenscherben und Dornen im Sand. Mikel Kariani hatte das Meer nicht geliebt.

Sein Haus stand noch, die fensterlose Hinterfassade zum Meer gerichtet.

Hier ging fast nie jemand spazieren. In den Ruinen des Hauses hatten sich Fledermäuse eingenistet.

Es gab viele Interessenten für das Land, aber die Kariani waren in Kalifornien verschollen.

Sandro da Costa saß am Ufer auf einem hohlen Stamm, den Rücken dem Meer und der untergehenden Sonne zugewandt. Er schaute auf den alten Wegfetzen, der noch übrig war, einen schmalen Fußweg zwischen den Sträuchern.

Es wurde bald Herbst und Sandro da Costa dachte das erste Mal in seinem Leben darüber nach, dass er dieses Stück Land gern gekauft hätte. Das väterliche Erbe erweckte wahrlich den Wunsch, etwas Schönes zu kaufen. Sandro schaute auf die Wand des Kariani-Hauses. »Villa Kariani« wäre ein ausgezeichneter Name. Der verwilderte, zur Seite geneigte Granatapfelbaum würde stehen bleiben. Die verdorrten Büsche müsste man wegschneiden. Es würde ein kleines Haus sein. Vielleicht wäre es so geschehen, wenn sich Sandro da Costa nicht entschieden hätte, die Insel zu verlassen.

Er hatte sich bereits alles überlegt. Er wollte nach Rom gehen, dann nach Genua und mal sehen, wie weiter. Sandro da Costa war ein siebenunddreißig Jahre alter, hagerer Mann, mit schon etwas schütterem Haar, das ihm über die Schulter fiel. Die Augen schienen aus Meerwasser zu sein. Am Mittelfinger der linken Hand trug er einen alten Silberring der Familie da Costa.

Zwischen den Büschen kam ein kleines weißes Vehikel angekrochen und hielt vor dem krummen Granatapfelbaum.

Aus dem Wagen stieg eine Frau, die ihren weißen Hut abnahm und den Kopf schüttelte, als ob sie etwas aus dem Haar schütteln wollte. Dann warf sie den Hut ins Auto und stützte sich mit den Ellbogen auf die offene Wagentür.

Sie schaute auf das Meer oder auf Sandro da Costa, man konnte es wegen ihrer schwarzen Brille nicht genau sehen.

Ungefähr zehn Schritte trennten sie voneinander.

»Nimm die Brille ab«, sagte Sandro da Costa wie in den Wind.

Die Frau rührte sich nicht.

Er erhob sich schwerfällig, als wisse er nicht, was zu tun sei. Er trat einen Schritt vor und blieb stehen. Dann zog er eine Zigarette aus der Schachtel, zündete sie an und rauchte, als ob das sein einziges Ziel sei.

»Ich gehe«, sagte er leise.

»Warum? Um nicht zu sterben?«

Sandro zuckte die Achseln.

»Du hättest sterben können … wir hätten beide viele Male sterben können, ich auch …«

Er stieß mit der Schuhspitze in den Sand und schaute zur Seite.

»Nicht, um nicht zu sterben. Wir sind doch nicht im Drama, das ist kein Shakespeare! Wenn es so wäre, wären wir damals gestorben, als wir auf den Felsen in der Bucht der Schwestern stiegen, weißt du noch?«

»Gewöhn dir das ›weißt du noch, weißt du noch‹ ab«, sagte die Frau.

Sandro trat zwei Schritte vor.

»Ich würde diesen Strand kaufen, hier ein Haus bauen …«

»Schließ diese blöde Internetseite … Sie nervt mich«, sagte die Frau, »man hält dich für einen Idioten. «

Er setzte sich neben das Fahrzeug und lehnte sich an den Kotflügel.

Die Hand legte er auf die heruntergelassene Fensterscheibe.

1

Jetzt war er ihr ganz nahe. Die Frau stützte sich immer noch auf die Tür.

»Ich bedaure, dass ich damals nicht ... Wie viele Mal hätte ich ...«, sagte der Mann wie zu sich selbst und warf die Kippe zur Seite.

»Dann wäre doch gar nichts. Dann gäbe es gar nichts mehr. Dann hättest du alles vergessen.«

»Du bist so stark ... Wie schaffst du das bloß?«

»Ich schaffe es, so ist das eben ...«

»Mir fällt es immer noch schwer«, nuschelte Sandro da Costa, die Frau seufzte nur.

»Nimm die Brille ab!«

»Nein«, sagte die Frau und entfernte sich von der Wagentür. Sie schritt zum Ufer, unterwegs streifte sie die Pantoletten ab.

»Pass auf, hier liegt überall Glas«, rief ihr da Costa nach. Die Frau schaute sich nicht um und schritt langsam durch den Sand zum Meer hinunter.

Das Meer war still. Leise flüsterte etwas.

»Salomea«, rief er sie. »Salomea!«

Die Frau schaute sich immer noch nicht um. Sie stand am Ufer, sie war sehr schön, auch wenn es wegen der untergehenden Abendsonne kaum möglich war, sie genau zu sehen.

Der Mann kannte sie in- und auswendig, ihre Silhouette genügte ihm, um sich Wunderbares vorzustellen.

Sandro da Costa erhob sich schwer und folgte der Frau. Noch vor dem Wasser, auf halbem Weg rief er ihr zu:

»Komm her, solche Szenen sind lächerlich ... Vor zwanzig Jahren war so etwas vielleicht schön ...« Die Frau schaute sich um und fragte:

»Wann gehst du?«

»Morgen ... übermorgen ...«, sagte er zögernd.

»Geh nicht«, sagte sie. »Geh nicht, sonst stirbst du.«

Das sagte sie mit Überzeugung. Sie sagte es einfach, so dass der Mann sogar Angst bekam.

Plötzlich riss sie sich die Brille herunter und schleuderte sie ins Meer.

BROMBEERSTRAUCH UND ZWEI HÄNDE

IM GARTEN DES ABTES NIKOLOS, WO DER MÖNCH PANTHELEIMON DATA EIN STÜCK VON DER PFEIFE ZEIGTE

Nikolos, mit weltlichem Namen Paria Wisramiani, war der Einzige aus dieser Familie, der im Kloster Johannes des Täufers ein Mönchsleben führte. In den letzten zwölf Jahren seines Lebens war er Abt des Klosters.

Im hohen Alter kaufte er mitten auf der Hauptinsel ein Stück Land und legte dort einen wunderschönen Garten an. Da der Garten mit Klostermitteln erworben wurde, pflegten ihn die Mönche so lange, bis Rostewan, einer der Wisramiani-Nachkommen, mit düsteren Gedanken in einem schwarzen Zweispänner in die Anwaltsstraße fuhr und dort den Obersten des Stadtarchivs, Sampson Brass, aus seiner muffigen Schreibstube herausbat.

Rostia Wisramiani kam auf den Klostergarten zu sprechen und fragte Mr. Brass nach dem alten Dokument, das den Kauf des Grundstücks durch das Kloster belegte.

Brass konnte kein solches Schriftstück finden und verwies auf das Kloster, bei dem Rostewan mit einem offiziellen Schreiben nach dem Papier fragen solle. Das Dokument war anscheinend zu einer Zeit erstellt worden, als Papier rar war und es deshalb kaum zwei Exemplare davon gab.

Rostia Wisramiani schmunzelte und antwortete, sein Anwalt würde im Kloster vorbeischauen.

Der Rechtsstreit währte achtzehn Jahre, denn das Kloster konnte keine Dokumente vorweisen. Keiner wusste, ob sie verloren gegangen waren oder was sonst geschehen war. Rostia Wisramiani aber, der selbst keine Besitzurkunde besaß, berief sich auf alte Handels- und Rechnungsbücher, denen zufolge der Obstertrag aus dem Garten nur den Wisramiani zustand. Mit diesen Rechnungsbüchern wollte er beweisen, dass der Garten der Familie gehörte. Das ließ sich damit untermauern, dass der frühere Abt Nikolos auch ein Wisramiani war.

Das Gericht tat sich schwer, es konnte sich für keine Partei entscheiden. Aber die Wisramiani schafften es, den Garten zum Niemandsland zu machen: Im Gerichtsbeschluss wurde dem Kloster auf unbegrenzte Frist untersagt, den Garten zu pflegen und dessen Ertrag zu nutzen. Diese Frist dauerte inzwischen schon fast ein Jahrhundert. In dieser Zeit verwandelte sich der Obstgarten des Abtes Nikolos in einen wilden Apfel- und Pfirsichhain mit einem einzigen schmalen Pfad zwischen Brombeersträuchern, der als Abkürzung zwischen den zwei Stadtteilen diente. Außerdem gab es dort einen ganz verwahrlosten Gartenpavillon mit fast morschen Sitzen.

Die Wisramiani schienen den Garten vergessen zu haben. Sie wandten sich nicht mehr an das Gericht. Das Kloster nahm seitdem kühl die ein oder andere Spende der Wisramiani an. Da die Wisramiani auf ihrer Insel eine eigene kleine Kirche hatten, kümmerte sie das angespannte Verhältnis zum Kloster kaum. Von Jahr zu Jahr wartete dieses darauf, dass eines der Oberhäupter der Wisramiani den Streit beenden und den Mönchen mit einem Schreiben ihren Garten zurückgeben würde. Aber die Wisramiani schwiegen, als ob sie ihn vergessen hätten.

Ein jeder wusste aber, dass die Wisramiani nie etwas vergessen.

Rostia Wisramiani war der jüngere Bruder von Scharuch Wisramiani.

Scharuch Wisramiani verschied mit 22 Jahren an der Schwindsucht, einer damals unheilbaren Krankheit. Er hinterließ keine Nachkommen. Rostia Wisramiani hatte mit einer Georgierin zwei Söhne und eine Tochter, die, ihrem Onkel gleich, das Zeitliche kinderlos segnete. Der Altersunterschied der zwei Söhne betrug 17 Jahre. Der ältere Bruder, Asteos Wisramiani, erlebte den Tod seiner eigenen Kinder. Der Jüngere, zu Ehren des Großvaters Konstantin genannt, hatte von seiner georgischen Frau Agrapina Messchi zwei Söhne, Petre und Pawle, und eine Tochter, Kaia.

Um die Geschichte nicht weiter zu verästeln: Kaia und ihre Brüder waren Cousine und Cousins von Nanaia Wisramiani und deren Brüdern Imedi* und Chwale**. Nanaia Wisramiani aber war jene kinderlos gebliebene Heldin, die zwanzig Jahre lang darauf wartete, dass ihr Bräutigam Irakli Kldiaschwili aus dem sowjetischen Georgien herauskam.

Auch der Mann von Kaia, den die Hiesigen wegen seiner großen, blinzelnden und nirgendwohin schauenden Augen Bu*** nannten, stammte aus dem sowjetischen Georgien. Die Heldentat von Bu war eine andere: Er hatte vorsätzlich als Matrose angeheuert. Als sich das Schiff zwölf Meilen von der Südinsel Santa Esperanzas entfernt befand, sprang er in einer mondlosen Nacht mit einer extra vorbereiteten Luftmatratze ins Wasser.

Das war ein bekanntes, aber selten angewandtes Mittel, um aus der Sowjetunion zu fliehen.

Die Küstenwache entdeckte den Flüchtling. Das sowjetische Schiff schlug aber zu spät Alarm.

Die Wisramiani erfuhren als Erste von dem Flüchtling aus Georgien. Sie »hegten und pflegten« ihn, begutachteten ihn und befragten ihn nach seiner Herkunft. Danach wurde die Operation Bräutigamsuche für Kaia, die gut zwei Jahre gedauert hätte, abgeblasen. So sparte man das Geld, denn der Bräutigam war vom Schicksal bestimmt worden. Was machte es schon aus, dass er sieben Jahre jünger war als Kaia? Er hörte gern Radio und war sonst ein schweigsamer junger Mann.

Kaia brachte zwei Kinder zur Welt: eine Tochter, Salomea, und danach einen Sohn, Data, mit dem die Wisramiani einen dreijährigen Krieg führten, weil er nirgendwohin zum Studium wollte. Für die Familie der »Bewahrten« war eine solche Abweichung von der Tradition etwas Unerhörtes. Die Wisramiani bezeichneten sich selbst als Bewahrte, aber die Kinder kümmerten sich wenig darum. Der Familientratsch gab oft Bu die Schuld: Er hätte sich der Bewahrten nicht würdig und nicht als nützlich erwiesen. Was war von einem buchstäblich dahergelaufenen Schwiegersohn auch an-

---

*   Imedi – georgisch: »Hoffnung«
**   Chwal – georgisch: »morgen«
***   Bu – georgisch: »Eule«

deres zu erwarten gewesen! Überhaupt hatte Bu wenig zu sagen, sei es bei den Geschäften der Wisramiani oder bei den feierlichen Zusammenkünften bei Tisch. Auch bei Familienangelegenheiten war seine Stimme wie ein Flüstern, im Gegensatz zu Kaias, deren Stimme auf der Lautstärkeskala die Sieben erreicht hätte und sehr hoch war. So hoch, dass sie bis zum Himmel reichte.

Data Wisramiani weigerte sich auch, einen ständigen Begleiter und Leibwächter zu haben, obwohl der Sungale ein treuer Diener der Familie war. Das empörte die Familie sehr. Man sagte damals oft, dass die junge Generation jetzt überall so sei, auch in England.

Die Geschichte von Salomea müsste extra erzählt werden, sie war ebenso verhängnisvoll. Seit ihrer Kindheit war Sandro da Costa, der Erbe einer auserwählten genuesischen Familie, heimlich in Salomea verliebt. Salomea, die sowohl der Mutter als auch dem Vater glich, erwiderte diese Liebe. So sehr, dass das ganze Wisramiani-Gefüge erschüttert wurde und die Bewahrten die Sungalen gegen sie aufhetzten.

Innerhalb von zwanzig Jahren flohen Salomea und Sandro sieben Mal, aber alle Versuche scheiterten. Schließlich fand man einen Ehemann für Salomea, einen georgischen Jüngling. Dieser war vor seinen Verfolgern aus dem bereits von der Sowjetherrschaft befreiten Georgien auf Santa Esperanza geflüchtet. Er war wohl ein gescheiterter Gangster. Salomea scheiterte ebenso, wenn auch nicht ganz zu Grunde gerichtet. Sie vergoss keine einzige Träne, denn sie glich ihrer Mutter und die sagte kein Wort, denn sie glich ihrem Vater.

Data Wisramiani hatte einen Freund, einen Mönch aus dem Kloster, dem die Wisramiani den verwilderten Garten noch immer nicht zurückgegeben hatten.

Dieser Mönch hieß Pantheleimon und war ein Grieche. Er hoffte, dass Data Wisramiani vielleicht als Novize ins Kloster kommen würde, denn er ließ sich nicht verheiraten. Aber Data war bereits dreißig Jahre alt und einer der besten Kartenspieler in Santa City. Er hatte sich sogar den Namen des besten Verteidigers im hiesigen Inti-Spiel erworben.

Dieses Spiel war seine wahre Leidenschaft und es war wie alle anderen Spiele unvereinbar mit der Rechtgläubigkeit des orthodoxen Klosters. Data ging aber auch nie in die Familienkirche zum Abendmahl, denn er mochte das Kloster mehr. Doch wegen des alten Zwistes fand er es peinlich, dort hinzugehen. Also pflegte er sich mit dem Mönch Pantheleimon per Handy zu verabreden.

Eigenartigerweise trafen sie sich meist am Rande des Gartens von Abt Nikolos und gingen dann gemeinsam zur Gartenlaube, deren Dach ganz eingedrückt war.

Für Data waren diese Treffs wie Beichten, obwohl ihm die Regeln der heiligen Beichte nicht bekannt waren und das Gespräch eher einem freundschaftlichen Herzausschütten glich.

Der Mönch wollte, dass Data das Spielen ließ, sich läutere und dem Kloster näherkomme. Aber Data sagte ihm einmal:

»Ich denke, dass dieses Spiel das Wichtigste auf unserer Insel ist, wichtiger als die Religion.«

»Jetzt hast du dich schon wieder versündigt«, stöhnte der Mönch. »Wie kann ein Spiel wichtiger als der Glaube sein?«

»Glaube ist Gott, Spiel aber ist Leben«, sagte Data und zuckte die Achseln.

Es kam niemals vor, dass ein Wisramiani außerhalb der Familie Karten spielte. Die Großfamilie der Wisramiani versammelte sich einmal im Jahr. An dem langen Familientisch sitzend, verteilten sie die Inti-Karten für dieses seltsame, etwas unangenehme Spiel. Sie spielten untereinander um Schafe. Ein Bewahrter würde nie von einem anderen Bewahrten Geld nehmen. Die Schafe aber wurden zum Scherz gesetzt, das war eine alte Tradition.

Eines schönen Donnerstagmittags im Herbst trafen sich Data und der Mönch Pantheleimon.

Der Mönch hatte eine Tasche über den Rücken geworfen.

»Ich bringe dir Honigfladen«, sagte er zu Data, als sie über den eingerissenen Zaun des Gartens stiegen und durch das gelbe Gras schritten.

»Ich habe mir etwas überlegt«, entgegnete Data lächelnd. »Wenn ich meinen Anteil an dem Besitz der Bewahrten bekomme und du Abt des Klosters wirst, gebe ich diesen Garten an das Kloster zurück. Aber ihr müsst mich dann hier bestatten ...«

»Was sind das für Gedanken?«, antwortete der Mönch verärgert. »Konntest du dir nicht etwas anderes überlegen in diesem
einen Monat?«

»Ja, natürlich habe ich über vieles nachgedacht. Morgen gibt es
ein Spiel, der junge Medrosche und ich spielen gegen das berühmte Quartett des Glücksviertels. Ich habe mir schon alles überlegt.
Schon seit zwei Wochen denke ich über diese Partie nach.«

Der Mönch bekreuzigte sich.

»Am Freitag … spielen …«

Danach saßen sie in der Gartenlaube, und Data rauchte »Craven« mit dem alten Mundstück seiner Großväter.

»Gestern verließ der Transporter des Vierten Regiments den
Hafen. Es gab einen großen Abschied …«, sagte der Mönch.

»Wirklich? Davon wusste ich nichts …«

»Es war ein großer Abschied. Nach und nach verlassen sie die
Insel. Im Mai geht der letzte Soldat und am ersten Samstag im
Juni übergibt der Gouverneur dem Vertreter der auserwählten Fa-
milien die Flagge. Am gleichen Tag wird sein Schiff in See stechen.
An dieser Zeremonie sollen sich die verschiedenen Konfessionen
beteiligen. Ich denke, dass man die Fahne symbolisch unserem
Abt übergeben sollte, deshalb, weil unser Kloster das älteste Got-
teshaus auf dieser Insel ist.«

Data reckte sich.

»Also werden die Engländer mir nichts, dir nichts verschwinden?«

»Alles bleibt beim Alten. Nächstes Jahr zu dieser Zeit finden
die Wahlen statt. Die Banken und Büros der Engländer bleiben ja
bestehen. Ich befürchte sehr …«

»Was befürchtest du, wenn alles so bleibt, wie es war?«

»Die englischen Banken bleiben so, wie sie waren … Du wirst
sehen. Die Übergabe der Fahne soll am ersten Samstag im Juni
stattfinden, also zu Beginn der Touristensaison. Warum wohl?«

»Es soll eine große Menschenmenge dabei sein und viel Geld
gemacht werden. Oder nicht?«

»Was ist denn das für eine Großtuerei? Jeder weiß, dass es in
der ersten Juniwoche immer regnet.«

»Am Samstag wird es doch nicht regnen?«

»Die Touristen werden sich in die Kneipen verteilen und am nächsten Tag regnet es.«

»Wie kannst du solche Dinge voraussehen?« Data lächelte.

»Das Kloster liegt weit oben. Aus dem Fenster der Bücherstube kann man alles sehen.«

»Hihi ...«

»Sei du lieber vorsichtig.«

»Ich?«

»Jawohl ... Was ist dein Familienname?«

»Na und?«

»Denkst du etwa, deine Bewahrten werden ruhig sitzen bleiben? Konstantin wird doch nicht einfach abwarten?«

»Was geht mich das an? Ich lebe im Glücksviertel und gehe nie nach Hause. Ich habe mein Leben.«

Der Mönch wurde nachdenklich und blickte gebannt auf das Dornengewächs, das den kaputten Fußboden der Laube durchwuchs.

»Was ist?«

»Das fehlte dir noch!«

»Was?«

»Wieso gibst du dich mit dieser Frau ab?«

Data pustete in das Mundstück, um die Tabakreste herauszublasen.

»Wieso bist du so oft im ›Marana‹? Was hast du dort verloren? Wozu so ein Leben? Es wäre besser, du verreist irgendwohin.«

Data lächelte wieder.

»Ja, ich war im ›Marana‹ ... Ich habe gegessen und bin gegangen ... Schon seit einem Jahr war ich nicht mehr im ›Marana‹.«

»Ich bete oft für dich. Es fällt mir sehr schwer«, murmelte der Mönch. »Du warst dreimal im ›Marana‹.«

»Es ist ein Franzose, er hat mich genervt. Er wollte sich unbedingt die Klagelieder anhören und ich sollte ihm zeigen –«

»Du warst allein ... aber heraus kamst du nicht mehr allein. Hast du immer noch das rote Auto?«

»Hast du das auch aus dem Fenster der Bücherstube gesehen?«

»Ja ... mit einem Fernglas ... es ist ein altes Fernglas aus dem Kloster. Ich beobachte gelegentlich die Stadt damit. Was will der Franzose?«

»Er schreibt ein kulinarisches Buch. Er ist ein Franzose aus England.«

»Oder schreibt er über die Lieder?«

»Nein, übers Essen.«

»Was will er dann bei diesen Frauen?«

»Sei unbesorgt. Inti-Spieler dürfen an nichts anderes denken. Inti verlangt dein ganzes Leben.«

»Du hast diese Frau zweimal nach Hause gebracht.«

»Nicht der Rede wert, sei unbesorgt ... Ich kann das ganz leicht beenden, schließlich bin ich ein Wisramiani. Man weiß, dass man sich mit uns nicht verheiraten kann ...«

Der Mönch öffnete die Tasche.

»Hier, die Honigfladen.« Er reichte ihm ein Säckchen.

»Ich liebe das Klosteressen über alles«, stöhnte Data. »Danke.«

»Sei vorsichtig« – Pantheleimon wollte nicht aufgeben – »man hört viel Schlechtes und noch Schlimmeres wird erwartet.«

»Na und? « Data aß mit Genuss.

»Schau her« – der Mönch zog etwas Langes, in Silberpapier Gepacktes aus der Tasche – »weißt du, wohin ich von hier aus gehen werde? Zum Antiquitätenexperten im State. Vielleicht muss ich auch zur Zitadelle hinauf, ins Museum. Der Abt beauftragte mich ... Vor einer Woche haben die Bauarbeiter bei uns die Wasserrohre ausgewechselt und schau ...« Er öffnete ganz vorsichtig das Papier, und Data sah ein schwarzes Holzstück.

»Hey ... ist das die Pfeife? Großvater hat genau so ein Stück!«

»Wir wissen es noch nicht ... Es könnte von Ali Beys Pfeife stammen ... Kennst du das Café, wo ein verrückter Osmane immer über Ali Pascha erzählt?«

»›Zur Tabakspfeife von Ali Bey und Basila‹? Sie haben sehr guten Tabak. Den besten ...«

»Du weißt, dass diese Pfeifengeschichte weltpolitisch für uns zum Verhängnis werden kann.«

»Bist du ein Mönch oder Mitglied der Abgeordnetenkammer?« Data konnte nicht von den Honigfladen lassen.

»Mit mir hat das nichts zu tun ... Ich höre nur, was man spricht. Dieser Türke heißt Morad Bey und er ist stolz darauf, dass er die meisten Stücke der Tabakspfeife besitzt. Das ist sein gutes Recht, aber die Geschichte von Ali Bey ist ein Teil der Kultur und der Vergangenheit dieser Insel. Hier haben wir es mit unseren Wurzeln zu tun. Was werden die Osmanen machen, wenn die Engländer gehen? Sie werden behaupten, dass gerade ihre Kultur auf der Insel Vorrang hat. Sie werden das hier benutzen. Sie werden den Besitzer des Kaffeehauses herbeiholen, der über die meisten Tabakspfeifenstücke verfügt. Wir haben nur einige wenige, verstreute. Die Geschichte von Ali Bey ist doch die wichtigste für die Inseln. Man nimmt an, dass sie der Ursprung dieses Landes ist, was ich aber nicht glaube ...«.

»Ali Bey war Georgier. Er war Burgvogt, ein Zichistawi. Sollen sie die Zichistawi fragen, die Artschilani aufsuchen.«

»Ali Pascha war Moslem. Die Zichistawi erlitten damals einen Niedergang. Ihr Wisramiani habt sie übertroffen, die Ihrigen haben sie übertroffen, die Hiesigen haben sie übertroffen, alle haben sie übertroffen, sie haben nur noch ein altes Mütterchen ...«

»Lassen wir die Mystik ...«

»Diese Bruchstücke sind leider nicht nur Bruchstücke ...«

»Und was meinen die Mullahs dazu?« Der Inti-Spieler lachte ihn mit vollem Mund an.

»Was weiß ich?«

»Und die Genuesen?«

Der Mönch schaute ihn streng an.

»Machst du dich lustig über mich?«

»Weißt du was? Genau so, wie sie uns Kricket nicht beibringen konnten, konnten wir sie nicht Inti lehren. Sie spielten lieber Whist. Jetzt werden sie ihr Whist auf anderen Militärstützpunkten spielen. Wenn das Regiment aber von schreienden und klagenden Frauen begleitet wird, sollen sie lieber ›Corellis Mandoline‹ lesen und sich ans Ufer setzen.«

»Corelli ... wessen Mandoline?«

»Das ist ein Roman ... über das Regiment, den Krieg und die Liebe ... darüber, was es nicht gibt und sicher auch nicht geben wird ...«

Sie saßen eine Weile stumm beisammen. Dann holte der Mönch eine Feldflasche aus der Tasche, öffnete sie und reichte sie Data.

»Komm schon, es ist Selbstgebrannter ... Pfefferminz.«

»Gott, wie liebe ich das Klosteressen«, wiederholte Data. Und fügte sofort hinzu: »Lass uns doch von hier weggehen, zum Beispiel nach Georgien. Schauen wir es uns an.«

»Dort ist Krieg.«

»Nicht mehr.«

»Hast du dich entschieden zu heiraten? Letztendlich bist du ja ein Wisramiani ...«

»Kann man nicht einfach so hingehen und alles anschauen? Was mein Vater alles erzählt ... Seine Mutter lebte noch dort ... dort in der Stadt Tiflis ... Die Schwester meines Vaters ... Mein Vater ist doch ... Dort war wirklich Krieg. Jetzt nicht mehr. Jetzt ist dort alles ruhig. Weißt du, was es dort für Kirchen gibt? Sehr hohe, gelbliche, oft auf Felsen errichtet. Mein Vater sagt, dass wir Georgier besser sind als die johannischen Georgier. Das sagte er mir. Er sagte es einmal, als er betrunken war. Hier seien sie Kaufleute und Arschlecker der Ausländer. Das würden die in Georgien nie tun, denn Handel sei verpönt ...«

Der Mönch wurde unruhig.

»Verstehst du? Mein Vater redet ja sonst nicht viel, nicht einmal mit meiner Mutter. Aber mir sagte er einmal, als er betrunken war, ich solle wissen, dass ich kein Wisramiani bin«

»Was sonst?«

»Er sagte, ich sei ein Awaliani und solle mir darüber keine Sorgen machen. Wenn die Wisramiani mir das Leben verderben, könnten die Awaliani mir immer noch ein Zimmer in Tiflis, eine Flasche Wein und ein sympathisches Mädel besorgen, das nicht müde wird, mich zu liebkosen, auf mich zu warten, und mir alles vergibt, auch wenn ich unmöglich bin.«

Das war etwas ganz Gewöhnliches und Einfaches, aber dem Mönch rannen Tränen aus den Augen, die er mit zwei Fingern aufhielt.

»Schon gut … Mein Vater ist ganz anders …« Data holte wieder die »Craven« aus der Tasche. »Wahrscheinlich waren wir früher auch so. Weißt du, was er mir auch mal sagte? Was für ein Mann er nur sei, der seinen Namen für ein gutes Leben hergab. Er hat meine Schwester immer unterstützt.«

»Ich weiß … Aber die mögen dich sicher nicht besonders, die Freunde deines Schwagers.«

»Gehen wir doch mal hin, schauen es uns wenigstens an … Geld habe ich. Du könntest die Kirchen besichtigen. Das Album hat dir doch gefallen?«

Der Mönch saß da, als ob er in das Album starre, und sagte schließlich:

»Bald wird es Krieg geben … vielleicht sogar mit Georgien. Iss nur … auf mich wartet der Experte im State«, und er schlug das Kreuz über Data.

RAPPORT VON CONSTABLE GLURDSCHI GALIANI ZU HÄNDEN CAPTAIN UNUT BEYS

Gestern, um neun Uhr abends übernahm ich den Wachdienst auf der Kneipenstraße im Glücksviertel, die zu meinem Revier gehört. Ich übernahm die Schicht wie gewöhnlich beim Springbrunnen-Wachposten (dort, wo die Prostituierten stehen und die Ausländer belästigen, in der Nähe des Cafés »Tragitto breve«). Eine halbe Stunde verbrachte ich damit, die Reihen der Straßenmädchen zu ordnen, worüber ich den zweiten Wachposten in Kenntnis setzte, der sich am Ende der Straße beim griechischen Restaurant befindet. Von dort wurde mir ebenfalls vollkommene Ordnung bestätigt, wonach ich mich in das Wachhäuschen begab, damit die erheblich wachsende Anzahl von Passanten nicht durch die Anwesenheit meiner Uniform belästigt würde.

2

Im Wachhäuschen las ich Zeitung, mit einem Auge auf der Straße. Auf der Kneipenstraße nimmt die Anzahl der Fußgänger ab zehn Uhr zu. Das Anschwellen der Touristenmenge erschwert unsere Arbeit. Wenn auch viele von ihnen in den Cafés oder Kneipen herumsitzen, so treibt sich doch der größere Teil auf den Straßen herum, in Erwartung der Cannabishändler. Die Frauen, die herumstehen, verstopfen die schmalen Seitenstraßen. Bei Beginn meines Rundgangs, um elf Uhr, ist es kaum mehr möglich, auf die Straße der Frauen abzubiegen, denn vor jeder roten Tür treiben sich die jungen Touristen herum und können sich nicht entscheiden, wo sie hineingehen sollen.

Ich berichte darüber schriftlich, denn meines Erachtens müssten diese Rundgänge öfter stattfinden, mit nur zwei Wachposten an beiden Straßenenden sind sie aber nicht zu schaffen.

Ich hatte den Rundgang zur Hälfte vollendet, als mich mein Partner Kelesch-Aga über einen Zwischenfall am Eingang des Clubs »Marana« informierte. Kelesch-Aga kann ich nur positiv beurteilen. Er ist ein erfahrener Constable, der aus bestimmten Gründen nie anstrebte, Sergeant zu werden: Er kann keine Protokolle auf Englisch schreiben, Sie verstehen schon.

Gleich nach Erhalt dieser Mitteilung eilte ich in Richtung Club »Marana« und befragte unterwegs Kelesch-Aga über den Vorfall. Unser Gespräch ist sicher von der Zentrale aufgezeichnet worden.

Als ich den Eingang des Clubs erreichte, waren dort nur noch die Wachen und Kelesch-Aga, der auch gerade erst gekommen war. Am Eingang standen zwei Sungalen. Einer von ihnen war zu Kelesch-Aga gerannt und hatte ihm mitgeteilt, dass bei ihnen gefährliche Männer aufgetaucht wären.

Es hatte sich offenbar Folgendes abgespielt: Zum Club »Marana« waren vom anderen Ufer junge Georgier gekommen. Sie waren schwarz gekleidet und trugen goldene Ketten am Arm. Man erkannte der Sprache nach, woher sie kamen, was sich anschließend auch durch einige Tatsachen bewahrheitete.

Sie fragten die Sungalen zuerst auf Englisch, ob sie Georgisch verstünden, und sprachen, als die Sungalen nickten, in dieser Sprache weiter. Sogar ein tauber Tourist weiß, dass auf Santa Esperanza das Dienstpersonal verpflichtet ist, alle Sprachen der Insel zu sprechen. Aber das ist nicht meine Sache. Sie verlangten Eintritt in den Club, weil Kesane sang, die sie angeblich sehr mochten.

Die Sungalen erklärten, dass alle Tische besetzt seien und an der Bar auch kein Platz frei sei. Die Karten waren ausverkauft. Daraufhin verlangten die jungen Georgier vom anderen Ufer, man sollte Data Wisramiani rufen, weil sie mit ihm etwas besprechen wollten. Die Sungalen lehnten ab und erwiderten, dass sie Herrn Wisramiani nicht bitten konnten herauszukommen, wenn sie nicht wussten, wer nach ihm fragte.

Die drei erklärten zwar, dass sie Freunde von Wisramianis Schwager seien und heute aus Georgien hergeflogen waren, um speziell ihn zu sehen, aber ihre Namen wollten sie nicht nennen.

Die Sungalen lehnten wieder ab, worauf die Georgier auf Georgisch fluchten. Einer von ihnen wurde sogar handgreiflich und schlug den Sungalen Pepia auf die Wange. Die Sungalen setzten ihre chinesischen Kampfkünste ein, die sie allerdings nicht weiter als drei Schritt von ihrer Diensteinrichtung nutzen dürfen. Deshalb schickten sie sofort einen Jungen zu Kelesch-Aga.

Die vom anderen Ufer begriffen, was das bedeutete, und rannten weg.

Ich kann ganz bestimmt behaupten, dass an meinem Wachhäuschen, solange ich drin war, keine schwarz gekleideten jungen Männer vorbeirannten. Wir nehmen an, dass sie sich in einer der Frauenstraßen versteckten oder sich anderswo in Sicherheit brachten.

Danach haben wir diese Information weitergeleitet und wurden angewiesen, nicht weiter zu suchen. Es wurden auch keine zusätzlichen Hilfskräfte eingesetzt. Wir gaben die genaue Beschreibung der drei Männer an die anderen Wachposten weiter, damit diese sie entsprechend empfangen konnten.

Ich kehrte an meinen Posten zurück und verbrachte erneut eine halbe Stunde damit, die Reihe der Dirnen zu ordnen. Danach sprach ich mit Kelesch-Aga und setzte mich wieder ins Häuschen. Es war ruhig und ich wollte die Spaziergänger nicht mit meiner Uniform reizen.

Den nächsten Rundgang machte ich um halb zwei. Er verlief sehr ruhig. Bei der »Grünen Katze« traf ich auf Kelesch-Aga und kehrte wieder zurück. Es war eine Nacht wie immer.

Ich war sehr über die Nachricht erstaunt, die allgemeinen Alarm bedeutete. Das war um 4 Uhr 20 morgens. Auf der Kneipenstraße ist um diese Zeit das Wichtigste gelaufen und man entspannt sich unwillkürlich. Es sind auch kaum noch Strichmädchen auf der Straße und sie stellen ihre müden und armseligen Beinchen nicht mehr so frech in den Weg.

Während des dritten, außerplanmäßigen Rundgangs traf ich Kelesch-Aga und erfuhr von der Entführung und den potentiellen Entführern. Kelesch-Aga und ich vermuten, dass Kesane auf der dritten Chaussee von Bungalowland mit ihrem eigenen Wagen von eben diesen drei Personen entführt worden ist, die zuvor in den Club »Marana« einzudringen versucht hatten.

Eine ungefähre Personenbeschreibung ist uns bekannt. Den Sungalen sicher besser, obwohl es Nacht war. Aber eines kann ich ganz sicher sagen: Schon seit Jahren gehen alle Unruhen auf der Kneipenstraße, von anderen weiß ich nichts, auf das Konto von Georgiern vom anderen Ufer, deren Forderungen schwer zu verstehen sind.

Gerne stelle ich dem Chief, mit Ihrer Unterstützung, meinen Plan zur Stärkung der Sicherheit auf der Kneipenstraße vor.

Datum
Constable G. Galiani

PLAUDEREI IM CAFÉ

Aus einem ganz anderen Buch

Das Folgende trug sich in London zu, in einem In-Café in der Fleet Street, wo an einem Tisch ein Herr von ungefähr zweiundfünfzig Jahren, in gelbem Pullover und mit wuscheligem Haar, etwas erzählte.

Aber anstelle des gerollten Zungen-R benutzte er das Gaumen-R und fuhr mit seinen Händen wie mit einem Pinsel durch die Luft. So sah man seine glänzenden, manikürten Fingernägel.

Dieser Mann erzählte:

»Der Spieler hatte sich von seinem Clan abgewendet und war ganz auf sich gestellt. Die Entführer dachten, dass er reich sei, weil seine Familie sehr reich ist. Aber der Spieler hatte ja keinerlei Kontakte mehr zu seinem Familienclan und lehnte dessen Unterstützung auch ab ... Die Entführer waren unerfahren. Sie rechneten fest damit, dass der Spieler, der außerhalb seiner Familie als wahrer Gentleman und ehrenhafter Mensch angesehen ist, für die Rettung seiner geliebten Sängerin alles hergeben würde. Sie waren, wie der Vater des Spielers, Georgier. Das hat sie aber nicht von ihrer Tat abgehalten. Sie gaben sich als Freunde des ebenfalls georgischen Schwagers des Spielers aus. Die Mitglieder von dessen Familie sind Esperantiner georgischer Herkunft, die Entführer sind aus Georgien selbst. Zwischen den beiden gibt es aber große Unterschiede.

Die Entführer hatten die Frau auf einer Farm versteckt, wo sie sich selbst aufhielten.

Wohin sollten sie auch mit ihr?

Da sie den mächtigen Clan selbst nicht erreichen konnten, entschlossen sie sich, über den Spieler zuzuschlagen. Der versuchte über seine Kanäle, etwas in Erfahrung zu bringen. Wäre sein Schwager auf der Insel gewesen, hätte der ihnen irgendwie helfen können.

Und wissen Sie, was dann passierte?

Eines schönen Tages setzte man die Frau im Stateviertel vor dem Police Department ab. Sie sah zwar gedemütigt und geschunden aus, war aber noch dieselbe, sehr attraktiv, wenn ich bemerken darf.

Die Frau war zweiundvierzig Jahre alt, der Spieler dreißig. Für die Frau war es wohl die letzte Chance, sie schien sehr verliebt zu sein. Sicherlich hatte man sie deshalb ausgesucht. Sie hatte es immer eilig, so dass sie ohne sich abzuschminken aus der Künstlergarderobe des Kabaretts stürzte. Des Kabaretts, das dort ganz anders ist.

Die Entführer aber waren wie vom Erdboden verschwunden, keiner wusste wohin.«

»Und diese Geschichte wollen Sie verkaufen?«, fragte einer der fünf Zuhörer. »In den heutigen Boulevardblättern bleiben schlimmere Geschichten un- oder halbgelesen.«

»Das ist keine Geschichte für Boulevardblätter. Sie kommt auf die erste Seite der *Times*, eine Woche lang. Jetzt noch nicht, aber bald.«

»Warum?«

»Es ist eine politische Geschichte.«

»Hm ... Hm ...«

»Ich sage Ihnen etwas, was auf der Insel jeder weiß. Der Spieler und seine Familie haben zwar nicht die beste Beziehung, aber in der Not fragte die Familie den Spieler gar nicht erst. Er konnte sich nicht an die Polizei wenden, da sein Verhältnis zur Sängerin in der höheren Gesellschaft missbilligt wurde. Der Familienclan selbst suchte die Entführer auf und befreite die Frau. Was mit den Entführern geschah, kann man nur vermuten.

Man sagt, sie seien ermordet worden.

Damit hat die Familie dem Spieler signalisiert, dass er, wann immer er möchte, in den Schoß der Familie zurückkehren kann. Ebenso empfand es die Familie als beleidigend, dass man ihrem Mitglied, wenn auch einem abtrünnigen, die Frau entführte, obwohl sie von niedriger Moral ist.

Ich möchte Ihnen sagen, dass der Spieler ein guter Freund von mir ist ...«

»Was ist denn daran politisch? Das alles klingt nach einem altmodischen Roman über Korsika.«

»Auf den Inseln leben rund zwanzig mächtige Familien. Die eine Hälfte ist sehr reich. Die andere Hälfte ist eher wegen ihrer Vergangenheit wichtig, nicht wegen des Vermögens. Aber die Vergangenheit wiegt dort ebenso viel wie Vermögen. Ihr Engländer zum Beispiel werdet dort nicht als Vergangenheit angesehen. Deshalb hat man an eurem Treiben wenig Interesse.«

»Das ist übertrieben. Sicherlich denken Sie so, weil die Engländer das Territorium verlassen.«

»Ahaaa! ... Jetzt sind Sie selbst zur ersten Seite der *Times* gekommen. Was unternimmt eine derart organisierte Familie, wenn Ihre Leute abziehen? Es gibt dort zwei, drei solche Geschichten, die mich sehr beunruhigen. Mir gefällt das Land und es würde mir darum leidtun. Es ist unwahrscheinlich, dass nichts passiert. Das Parlament, welches bald die Führung übernimmt, ist mit Vertretern dieser Familien besetzt. Noch dazu sind diese Familien nicht einer Nationalität und einer Sprachgruppe. Es gibt Johannesen, Türken, Italiener und noch andere, aber in der Minderheit. Das sind Menschen, die seit ihrer Kindheit vier Sprachen sprechen. Was würden Sie tun, wenn Sie viersprachig erzogen wären? Deshalb empfehle ich Ihnen, mich auf Santa Esperanza zu begleiten, wenigstens Sie beide. Bitten Sie Zeitungen, Mittel dafür lockerzumachen. Natürlich auch für mich. Ich habe dort noch andere Interessen. Diese Geschichten schenke ich euch. Man kann sie auch gut verkaufen, wenn man sich bemüht ...«

Dieser Mann war Théveneau de Morande, einst Journalist beim *Chronical*, der zuletzt angeblich für die Herausgabe eines kulinarischen Buchs, das er nicht einmal zur Hälfte fertigbrachte, nach Santa Esperanza reiste.

Die Zuhörer waren Londoner Schreiberlinge und sensationslüsterne Journalisten bei wohl bekannten Boulevardzeitungen.

Morande trank Kaffee auf ihre Rechnung, rauchte eine teure kubanische Zigarre, zog seine beige Jacke an und ging.

HINTER DEN KULISSEN DES THEATERS

Die Schauspieltruppe »Olympos« war für drei Tage auf Santa Esperanza. Sie plante zwei Aufführungen des Stücks »Frau plus Mann« von Meagan Loretti. Das Stück war in London sehr erfolgreich gewesen, hatte in Avignon den Hauptpreis gewonnen und die Truppe war nun unterwegs zum Festival in Karatschi, wo sich die Theater des Commonwealth trafen.

Die erste Vorstellung endete mit großem Applaus. Theater war hier sehr beliebt, obwohl es auf Santa Esperanza keine eigene Truppe gab, was auch nicht nötig war.

Fünfzehn Minuten nach Vorstellungsende empfing der Manager der Truppe hinter den Kulissen einen Besucher. Es war ein vornehmer und höflicher Herr. Er gratulierte der Truppe zum Erfolg, offenbarte aber seinen Namen nicht.

Aus der Tasche holte er eine kleine Schachtel hervor und reichte sie dem Manager.

»Ein Andenken. Es ist ein Satz handgemalter esperantinischer Spielkarten. Schauen Sie nicht auf den Preis, es gilt bei uns als bestes Geschenk …«

»Vielen Dank …« Der Manager freute sich aufrichtig. »Vielen Dank.«

»Keine Ursache. Mir hat Ihre Vorstellung sehr gefallen, aber ich rate Ihnen, übermorgen nicht mehr zu spielen.«

»Warum?«, wunderte sich der Manager.

»Bei uns ist der Herbst wunderschön … Es ist besser, wenn Sie den morgigen Abend so wie den von übermorgen begehen und sich amüsieren.«

»Ja … aber …«

»Ich bitte vielmals um Entschuldigung, ist der Autor vielleicht auch hier?«

»Nein, leider stößt der Autor erst in Karatschi zu uns.«

»Das ist gut so …«, sagte der Besucher wie zu sich selbst. »Ich bin Sampson Brass V., Advokat. Wenn ich Sie zu einem Glas Wein einladen darf, erkläre ich Ihnen alles. Irgendwo an einem ruhigen Ort …«

Der Wein war vortrefflich, aber der Manager war sehr aufgeregt, es half nicht einmal das dritte Glas.

»Mich interessiert, woher der Autor das Thema für dieses Stück hat«, sagte Brass. »Ich verstehe, dass es in England handelt, aber diese Geschichte könnte auf einige unserer Mitbürger negative Wirkung haben. Die erste Vorstellung ist kein Problem, ein Mal kann man spielen. Aber nach der ersten Vorstellung werden die Zuschauer einiges zu reden haben. Die Morgenzeitungen werden Parallelen ziehen und die Abendzeitungen werden sie vertiefen. Ein Tag und eine Nacht ist genügend Zeit, um sich vorzubereiten und Ihre zweite Vorstellung auf unvergessliche Weise zum Scheitern zu bringen. Das Wichtigste ist doch die Sicherheit der Schauspieler.«

»Ja, aber was ist dabei anstößig? Es ist doch nur eine Geschichte. Es ist Kunst. Der Autor hat ein altes Stück meisterlich parodiert …«

»Wir schätzen die ›Olympos‹-Truppe und werden ihr, falls nötig, Polizeischutz zur Verfügung stellen. Aber im Stück werden Konflikte beschrieben, wie sie in unserer Gesellschaft vorkommen.«

»Das muss doch interessant sein«, stotterte der Manager.

»Das ist richtig, aber die Geschichte ist genau die gleiche, wie sie einem jungen Mann hier zugestoßen ist …«

»Das Sujet ist nicht neu. Es ist eine Parodie auf alte Leidenschaften.«

Sampson Brass lächelte.

»Das Leben ist viel komplizierter als das Theater«, sagte er schließlich, »dieses Stück unterstützt die Verbreitung einer Geschichte, die unsere Gesellschaft nicht sonderlich freuen würde. Das hat mit Politik zu tun. Ich drohe Ihnen nicht, ich sage nur, dass Ihnen die Kosten für die Vorstellung erstattet werden und Sie vor dem langen Flug einen freien Abend haben. Morgen erscheinen Rezensionen über Ihre Vorstellung, ohne Erwähnung des Inhalts. Es wird auch vermerkt, dass anstelle der geplanten zwei Vorstellungen nur eine stattgefunden hat. So soll es sein. Die Kompensation ist nur ein Entgegenkommen, sonst nichts. Versuchen Sie nicht, wegen dieses Gesprächs eine Pressekonferenz einzuberufen. Vertreiben Sie sich lieber die Zeit, genießen Sie die Herbstsonne und erholen Sie sich. Glauben Sie mir, hier ist es besser als in Karatschi.«

Der Manager schaute verängstigt in sein Glas. Er saß auf seinem Stuhl wie ein Kaninchen mit angelegten Ohren.

2

»Seien Sie unbesorgt. Sie können nichts dafür. Unsere Theater-
leitung ist nicht so seriös« – Sampson Brass erhob sich –, »wenn
Sie mir die Bankverbindung des Ensembles geben, bekommen
Sie gleich morgen alle Kosten für die Karten und die Program-
me erstattet. Wenn Sie bar bezahlt werden wollen, kommt mein
Vertreter und … Es ist schade, dass die Theatersaison nie mit der
Touristensaison zusammenfällt. Im Herbst ist unsere Gesellschaft
aber schon viel geübter. Ihre Vorstellung hat mir wirklich sehr gefallen, … ganz ehrlich … Wollen Sie lieber Bares?«

Die Schauspieltruppe »Olympos« hat nicht mehr gespielt. Die
Schauspieler haben sich wirklich gut amüsiert.

DREI WETZSTEINE UND
EIN KORB VOLL BROMBEEREN

BERICHT EINIGER GESCHEHNISSE IN DER STADT,
DIE KEINER BEMERKTE

oder

CHETIA

Ein hässlicher, kleiner schwarzer Jeep ratterte über die Brücke, bog links ab und hielt vor einem weit geöffneten Tor, besser gesagt, einem Tor, das fast niedergerissen war. Hinter den verwilderten Sträuchern stand ein dreistöckiges Haus mit einem verwahrlosten Holzbalkon. Das Dach war mit Ziegelstücken, Blech und Brettern gedeckt – was gerade zu haben war. Sicherlich war es früher ein stattliches Haus gewesen, das die nachfolgenden Generationen nicht mehr instand halten konnten. Eigentlich hätte das Schild auch über dem Tor hängen sollen, es war aber nicht mal an der Haustür befestigt. Vor dem Haus lag an einer kiesigen Stelle eine Bastmatte mit einem alten Teppich darauf. Auf dem Teppich lag rücklings ein beleibter Mann mit gezwirbeltem Schnurrbart, schaute zum Himmel und rauchte Pfeife. Unter den Kopf hatte er eine sehr abgenutzte und in der Mitte fast gerissene Rolle und eine Bochochi* aus gelocktem Lammfell gesteckt. Er war ein kleiner Mann, einer Kugel ähnlich, dessen Doppelkinn, da er so auf dem Rücken lag, auf die Seite hing. Er schaute in den Himmel, hörte natürlich das Auto brummen, blieb aber liegen.

Der Jeep hielt in der Nähe und zwei Männer stiegen aus: ein silberhaariger, breitschultriger Mann und ein Jüngling.

»Nun schau dir den hier an! Er stellt sich einfach taub«, sagte der Grauhaarige und stieß einen kurzen, schrillen Pfiff aus. »Hey, Chetia, öffne die Tore deines *Otels*. Hey ...« – und es folgte eine Reihe kurzer Pfiffe.

Der müßig auf dem Teppich Liegende legte die Pfeife zur Seite

---

* Bochochi – kaukasische Lammfellmütze

und schaute die Ankömmlinge wegen seines dicken Halses schräg von unten an.

»Wie kann ein Bär auf einem Baum entlanglaufen, schlaf Kindchen schlaf ...«, sang er vor sich hin und setzte sich keuchend auf. »Na, hey ... Martia, Martia ist ja auch gekommen ...«

»Steh doch mal auf, es gibt was zu besprechen, du Sungalenherr«, sagte der Grauhaarige und schlug ihm freundschaftlich auf die Schulter. »Mensch feg doch mal dein Hotel aus, setz die Fensterscheiben ein oder mach eine Pension draus. Wenn du dich sehen könntest, wie du aussiehst ...«

Chetia, der Wirt, stand mit Ächzen und Stöhnen auf und murmelte:

»Pfeif mir nicht mehr so zu, Marti, sonst muss ich an mein Dorf denken und dabei wird mir das Herz so schwer, dass ich mich auf nichts mehr konzentrieren kann.«

»Schau dir den hier an ...«, sagte Martia zu dem Jüngling, »werde ja nie so dick. Man ist nicht deshalb Sungale, um nach abgeschlossenem Dienst so ein kleines Hotel für die eigenen Landsleute zu eröffnen, an denen man nichts verdienen kann. Dann wird man so dick und fett. Schau mich an, wir sind gleichaltrig und er ist wie ein Sack ...«

»Chetias Hotel« und die herrliche Stelle, wo es stand, waren vom Tourismusverein der Stadt von der Liste gestrichen worden. Denn seine Gesandten hatten an diesem alten, hübschen und typisch sungalischen Ort keinerlei Anzeichen eines Hotels entdeckt. »Chetias Hotel« war ohnehin jenseits der Stadtgrenze, hinter dem Fluss. Der Besitzer bemühte sich auch nicht sonderlich und wandelte das Haus in eine Pension um.

Hier wohnten alle sungalischen Neuankömmlinge in der Stadt, junge wie ältere. Auch die Bauern machten hier Station, wenn sie mit ihrem Obst und anderem Gut zum Markt unterwegs waren. Chetia verlangte nicht viel – eine Übernachtung kostete ein halbes esperantinisches Pfund. Dafür fehlte es nie an echtem sungalischem Bauernwein, an riesigen, in Leinen gewickelten Broten und an Käse. Chetia lag auf dem Teppich vor seinem Haus und schaute zum Himmel. Was er dort suchte, war schwer zu sagen, denn er war ebenso ein Landmensch wie alle anderen, die von der Nordinsel auf die Hauptinsel kamen. Mit der Himmelsbetrachtung schlug er wohl nur die Zeit tot. In seiner Jugend hatte er in der Familie der Matiani gedient: zuerst als Laufbursche, danach als Fahrer und später als Leibwächter des Familienoberhauptes. Ganz zum Schluss war er sogar Gutsverwalter und kaufte sich mit seinen Ersparnissen diesen Garten und das Haus dazu. Eigentlich war es Sitte, dass ein Sungale im Alter in sein Dorf zurückkehrte. Aber Chetia blieb hier. Zwar überquerte er ab und zu das schmale Gewässer zwischen Nord- und Hauptinsel, aber er blieb nie dort und meinte, dass er sein Dorf auf der anderen Seite errichtet hätte.

Den gleichen Lebensweg hatte auch Martia zurückgelegt, der bei den Wisramiani als Korb- und Kistenschlepper angefangen hatte. Zwanzig Jahre später war er Gutsverwalter des dritten Konstantin Wisramiani, dessen Wächter und Hausmeister, Aber Martia zählte nicht, wie alt er schon war oder wie viele Jahre er gedient hatte. Auch wenn er es wollte, die Wisramiani würden ihn nicht gehen lassen.

Chetia hatte viel Lebenserfahrung. Jeder Sungale landete irgendwann bei ihm. Auf dem Teppich liegend erfuhr Chetia alles. Martia wusste zwar zweimal mehr, war aber manchmal doch auf Chetia angewiesen. So saßen sie nun auf dem Teppich, Chetia hörte zu und würde auch selbst das Wort ergreifen.

»Ich habe die Jungs zusammengerufen und sie dorthin geschickt. Dort sind gute und anständige Kerle angestellt. Sie haben meinen alles erzählt. Ich bin nun schon seit zwanzig Jahren in dieser Familie, Cheti … Sie machen mich verrückt, treiben mich zum Wahnsinn. Wer ist denn ein Sungale? Wenn du einem Sungalen nicht traust, wird er sehen, wie du dein Geld im Ärmel versteckst, er wird dich verfluchen und nichts mehr mit dir zu tun haben wollen. Pass auf: Konstantin ist achtzig Jahre alt. Er hält die Zügel noch fest in der Hand. Seine beiden Söhne wollen mich zu sich holen – ein jeder behauptet, dass der Vater das Gut ihm überlassen wird und man einen Mann wie mich nicht gehen lassen sollte. Das ist die eine Sache, ja? Nun gibt es noch die Schwester, du weißt ja, wer das ist. Du kennst doch Kaia? Ich glaube nicht an eine Frau als Herrin. Und sie ist wie eine Herrin. Heimlich hat sie mir hin und wieder Geld zugesteckt ... Ich kann nicht ablehnen, wegen des elenden Lebens. So hat sie mich in der Hand. Sie möchte wissen, was alles über die Sungalen-Post geht. Soll sie's doch wissen und möge sie bei Kräften bleiben. Den Schwiegersohn hat sie ja auch gefunden. Wie ist die zu bändigen? Das ist eine, Mensch! Du kennst doch die Geschichte ihrer Tochter Salomea mit dem Genuesen. Salomea ist ihrer Mutter ähnlich. Sie ist die Beste in der Familie, wegen ihrer Art, sie ist eine echte Frau, aber mit der Kraft ihrer Mutter. Der Sohn aber ist aus dem Haus und spielt die Nächte durch.«

»Hast du sonst nichts zu tun? Bist du ein Informationsblatt?«, sagte Chetia. »Ich kenne diese Geschichten, ich kenne sie ...«

»Was kennst du schon, gar nichts. Kennst du die Frau, die Klagelieder singt und Kesane heißt?«

»Klagelieder hör ich mir nicht an.« Chetia verdeckte das Mundstück der Pfeife mit dem Daumen und stieß den Rauch in Schwaden aus

»Eben da beginnt es. Es beginnt eben da und führt bis zum Kuchila-Berg* hinauf. Also hör zu: Der Junge ist ja weg aus der Familie und gibt sich mit dieser Kesane ab. Und wie verlässt eine Klagefrau den Club? Sie verhüllt das Gesicht und wird von uns weggefahren. Solange sie nicht weit weg ist vom Club, nimmt sie den Schleier nicht ab, das ist eine alte Sitte ...«

»Das ist eine osmanische Sitte. Die Osmanen verstecken die Frau, als ob man vorher noch nie eine gesehen hätte«, sagte Chetia ärgerlich.

»Hör zu, Cheti, hör mir zu. Diese Frau, die Kesane heißt, kam also heraus, nach langen Klagegesängen kam sie heraus und setzte sich ins Auto. Fido brachte sie nach Hause, du kennst

---

* Anmerkung des Autors: Kuchila-Berg – ein berühmter felsiger Berg auf der Sungalen-Insel. Er ist mit seinen unvergleichlichen Grotten und Ausblickspunkten der wichtigste Handlungsort in sungalischen Sagen und Überlieferungen.

doch Fido? Als er wegfuhr, fiel ein Schuss und die Frau war weg,
so als hätte es sie nie gegeben. Der Sohn von Kaia besucht sie
doch heimlich? Frühmorgens rief mich Kaia an, erzählte mir alles Mögliche, bloß nichts davon. Konstantin bestellte mich zu
sich, aber sagte auch kein Wort davon. Diese Frau ist ja niedriger
gestellt und sie höher. Was macht es schon, dass der Junge sie
besucht? Ich wusste, die Frau war weg, die Jungs sagten es. Als
es dunkel wurde, kurz vor Ende meiner Unterredung mit Konstantin, summte das Phon in meiner Tasche ... Ich drehte mich
weg. Es war Salomea, dieses Weib ... Nun hör dir diesen schlauen
Menschen an« – Martia wandte sich zu dem Jüngling – »Salomea Wisramiani. Es gäbe etwas zu besprechen. Ich schmiss den
Wagen an und fuhr hin. Sie sagte, dass man die Klagefrau entführt hätte. Dann nannte sie eine Stelle im Bungalowland, wo
sie von Georgiern festgehalten würde. Es seien vier. Sicherlich
hatte sie das von ihrem Mann oder weiß ich wo erfahren. Du
weißt doch, es treiben sich jetzt Georgier auf der Insel rum, die
machen irgendwelche Geschäfte, wer weiß, was für welche. Ihr
Mann sei nicht in diese Geschichte verwickelt, man hätte nur
seinen Namen benutzt. Ich sollte diese Frau befreien. Sie ist doch
wie ihre Mutter – und doppelt so viel wie ihre Mutter. Du weißt
doch, ihre Augen sind wie reife Kornelkirschen. Sie versprach
mir zehntausend Pfund, ich sollte aber darüber Stillschweigen
bewahren, auch wenn man mich mit sieben Messern stach. Ich
sagte, dass ich dem Hause der Bewahrten diene und wenn es für
ihren Bruder sei, wollte ich es tun. Ihr Bruder sollte aber nichts
davon wissen. Die Leute dächten, setzte sie hinzu, dass ihr Bruder so einer sei wie sie. Also erhielt ich Sprit und nahm diesen
hier und noch drei andere Jungs mit. Mehr hätte ich sowieso
nicht gebraucht. Wir sind rübergefahren und dann viel gelaufen. Es war noch nicht Morgen, doch fehlte nicht mehr viel. Wir
hatten Waffen mit Schalldämpfern dabei und überraschten sie
in einem Zehn-Pfund-Bungalow. Die Frau lag im Bad gefesselt,
zerkratzt und alles zerfetzt. Ich ließ keinen entkommen, schlug
mit Stöcken auf sie ein. Das waren noch Jungchen, fast mit Bart,
aber auch noch ohne. Her mit dem Geld, ihr Hunde, auf den Bo-

den mit euch, sagte ich. Wir hatten Masken auf und ihnen wurde nicht ganz klar, ob wir Constables waren oder noch schwerere Jungs als sie. Einer wollte sich nicht hinsetzen und ich schoss ihn in die Handflächen. Er setzte sich und wurde von mir fein angebunden, danach holten wir die Frau. Die Ärmste wollte sich aber ein Kopftuch oder irgendetwas um den Kopf legen. Sie war wirklich gut anzuschauen, meine Güte. Und so bedauernswert, nicht zum Mitansehen. Im Gesicht hatte sie eine Dolchnarbe. Ich setzte sie am Polizeirevier ab und machte mich davon, ohne ein Wort zu sagen.«

Chetia wurde nachdenklich. Er biss auf seinem Schnurrbart herum.

»Und nun?«, fragte Martia zum Schluss. »Und nun? Nun summt mich Salomea an. Ich schaue auf mein Phon und tu so, als ob ich nicht zur Stelle bin. Kaia aber sagt, die Familie hätte es mir selbst gesagt, wenn es etwas zu tun gegeben hätte. Sie will es ihrem Vater zwar nicht sagen, aber mich hat sie nun in der Hand.«

»Also hat sie davon erfahren?«

»Gibt es etwas, was sie nicht erfährt? Und wenn sie es nicht erfahren hat, so ist sie selbst dahintergekommen. Nun hat sie mich an der Kette, sonst sagt sie es Konstantin und man erklärt mich nach so vielen mühevollen Jahren zum Verräter.«

»Soll sie es doch wissen, na und?«

»Wer denn, Cheti, die Kaia? Wenn sie etwas weiß, wickelt sie dich um den kleinen Finger. Sie hat mich an der Leine, so ist das. Wenn du wüsstest, was ich alles für sie machen muss, noch dazu umsonst! Aus diesem Schlamassel werde ich nicht mal als Toter herauskommen.«

Chetia zündete seine Pfeife wieder an.

»Was soll ich jetzt machen? Soll ich bei Konstantin kündigen und mich hier, neben dich setzen?«

Chetia musste lachen und dann husten.

»Wir müssen Kaia aufhalten«, sagte er, nachdem er Atem geholt hatte. »Erst müssen wir Kaia aufhalten.«

»Kann man denn Blitz und Donner aufhalten?«

»Wir müssen sie aufhalten, sonst schadet sie dir.«

»Ich verliere alles, Cheti. Man wird mir meine Ersparnisse wegnehmen. Dies hier ist mein Neffe, der muss ja auch versorgt werden.«

»Ich weiß, dass er dein Neffe ist« – Chetia schaute zum Jüngling –, »wie heißt diese Klagefrau? Kesane? Und der junge Wisramiani? Datwi* oder wie? Gut ... also ich denke darüber nach, du weißt doch, dass ich kein Phon habe. Komm vorbei und wir werden sehen, was ich mir überlegt habe ... Nachdenken, mein Lieber, ich schaue ja nicht umsonst in die Wolken ...«

»Ich glaube schon, dass du nicht umsonst da hinschaust.«

Chetia schaute zu dem Jüngling und sagte wie zu ihm, doch mehr zu sich, so dass es Martia verstand:

»Hast du schon mal gezählt, wie viele Sungalen wir sind und was wir alles können? Wir sind viele. Wären wir zusammen und nicht einzeln vor den Toren der andern angebunden wie Hunde, hui! Dann würden wir einiges erreichen. Wir sind ein Mann und gleichzeitig viele ...«

Martia gab dem Jüngling einen leichten Klaps auf den Nacken.

»Hör zu, was der kluge Mann sagt, und merk es dir.«

»Er ist noch zu jung ...«, sagte Chetia und hielt ihm die Jeeptür auf, »es wäre besser gewesen, du hättest es zu Ende erzählt ...«

Martia erwiderte leise:

»Du hast es doch ohnedies begriffen. Sie führen mich wie ein Zirkuspferd an der Leine. Mal hier- und mal dahin.«

»Willst du lieber wie ein altes Pferd daliegen, ohne den Hafer zu zählen?«, sagte Chetia lachend.

DIE KUMMERVOLLE KLAGE DES KLAGELIEDES
oder
KESANE

Wenn im »Marana« ihre Klagelieder erklangen, stieg bei jedem

---

* Datwi – georgisch: »Bär«

anwesenden Mann ein verborgener Herzenswunsch auf. Hätten ihre Frauen, Geliebten oder Eintagssympathien von diesem Herzenswunsch erfahren, wäre ihnen bewusst geworden, wie wenig sie bedeuteten. Sie hätten entdeckt, dass ein Mann wenigstens manchmal eine Tür zu finden vermag, hinter der sich ihm ganz andere Herzenswünsche und ein anderes Verlangen entgegendrängen und dieses Verlangen ein ganz eigenartiges Gefühl der Wonne, des Schmerzes, der Sehnsucht und wer weiß was hervorruft. Unter Matalos dunklem und mit Schindeln gedecktem Dach, wo sich Herzenswunsch und Qualm mischten, begleitete einen Mann nie das Bild einer bekannten, einer früheren oder derzeitigen Geliebten oder einer erträumten Frau. Das Bild wurde bereits an der Tür zurückgelassen und konnte nicht einmal auf die andere Seite der dünnen schwarzen Vorhänge, die die sechs Schwellen vor dem Saal verhängten, gelangen. Andere Frauen sind hier kraftlos, blass und bleiben deshalb diesseits dieser Vorhänge zurück. Wenn es einer dennoch gelingt, hineinzuschlüpfen, wird sie sehr bald, vor dem ersten Hahnenschrei, vom Rauschen der Wellen hinausbegleitet, das dem Herzenswunsch das gefährliche Tor zur unergründlichen und ersehnten Kammer öffnet. Zuerst klingt es, als ob die Frau eines Riesen ihren Gatten am Totenbett beklagt. Es gleicht zu Beginn so sehr einer Wehklage, dass sogar ein tapferer Jüngling sich verhält, als ob er seinen Freund betrauert: Er lässt den Kopf hängen, fast ins Weinglas hinein, das vor ihm auf dem Tisch steht. Dabei behält er die von zwei Fackeln beleuchtete Stelle dennoch im Blick, so als geniere er sich, dass er selbst noch am Leben sei. So verbirgt er seine Augen und versinkt in Gedanken. Er wird das erste Glas begierig austrinken und danach das zweite. Damit öffnet er die Schlösser der im Herzen verborgenen dunklen Kräfte – denkt aber, er habe Gram und Kummer die Tore geöffnet, um sie als Tränen herausfließen zu lassen. In Wirklichkeit aber öffnet er allmählich die Tür zum Herzenswunsch: Obwohl er noch nicht weiß, dass es so sein wird. Denn den gebeugten, schweigsamen, trauernden Mann trägt der Gedanke, der Wind der Gedanken davon. Dieser Sturmwind aber kennt die Grenzen des Kummers, des Leides oder der Hoffnung nicht. Denn das Den-

3

ken ist blind wie ein Huhn und bewegt sich in der Dunkelheit
wie ein Huhn, das ja auch keine Hände hat. Allmählich führt ihn
der Gedanke dorthin, wo man noch nichts vom Hinscheiden des
treuen Freundes, des jungen Riesen gehört hat. An diesem neu-
en Ort sind Trauer und Zufriedenheit gleichzeitig anwesend, als
hätte man ihnen Bastmatten ausgebreitet und als wäre die Sonne nicht so stechend und ermüdend. Es ist ganz klar: Dort wartet man auf etwas. Deshalb sitzt die Traurigkeit, wenn es sie gibt,
in einer kleinen Ecke und raucht mit halb geschlossenen Augen,
was es zu rauchen gibt. Mit ihrem ganzen Wesen zeigt sie dir, dass
sie da ist und nicht zu gehen beabsichtigt. Erst auf ein Zeichen
würde sie mitten im Raum erscheinen. Da sowohl Erwartung als
auch Erregung da sind, muss die Wachsamkeit ebenfalls zur Stelle
sein. Jetzt erst merkt der ins Glas starrende Mann, der an diesem
Abend im »Marana« ist, dass bereits andere Stimmen erklingen.
Da ist eine ganz andere Stimme: eine sehr reine, wie Wassertrop-
fen, die auf Silber fallen. Ihr aber folgt das Geräusch des Meeres,
und der Mann starrt nicht mehr ins Glas, sondern sucht herauszufinden, woher diese heiteren Stimmen kommen. Vorn aber ist
niemand, nur zwei Fackeln an den Seiten und anscheinend eine
Frau, die man nicht sieht. Wie wenn etwas ganz schwach erscheint
und doch nicht zu sehen ist, nur die Stimme dringt herüber. Der
bis dahin in traurige Gedanken Versunkene lässt nun seine Augen
schleichend wie ein Späher schweifen und denkt: Wenn ihn doch
ein leichter Wind, der die Gedanken mit sich trägt, irgendwohin
bringen könnte. Er denkt, er sei über einen Berg gekommen, habe
ihn überflogen und komme auch über den zweiten. Als ob es ein
Schritt ist und man gleichzeitig vorwärtsstürmt und sieht, wie all
die lächerlichen Gestalten unten bleiben. Man stürmt vorwärts
und erkennt allmählich die Silhouette der Frau, die da ist und
doch nicht, aber wahrscheinlich doch, da man die Stimme ver-
nimmt. Vielleicht ist die Silhouette dieser Frau aber ganz anders
und der Stift der Sinne zeichnete sie fehlerhaft nach? Vielleicht
hätte er anders geführt werden sollen. Nun aber hat der über sieben Berge Geflogene und in Erwartung Entbrannte nicht einmal
gemerkt, dass seine Herzenskammer weit aufgerissen ist und er

einer Frau folgt, die er noch nie gesehen hat. Von dieser geheimnisvollen Frau, die einen Teppich für den Meeresboden webt, kennt er nur das Märchen. Wer würde nicht gern auf diesen Teppich treten und die Weichheit des Bodens spüren, der ebenso ein Himmel sein kann. So wird er begreifen, dass er eine Frau sucht, die keine der Frauen ist, die er je gesehen hat. Denn von diesen Frauen kennt er alles und deshalb kennt er nichts. Von der Frau aber, die ihn zu sich ruft, kennt er nichts und sieht deshalb alles.

Die Frau ruft ihn zu sich und der Herzenswunsch, sie zu erblicken, ist der Erfüllung schon ganz nahe. Die Herzenskammer ist weit offen und die Gedankenwinde verwandeln sich durch die Wellen in Windböen. So ist die Stimme einer Frau, die man nicht sieht und von der man nichts ertasten kann, da man keine Hände hat und nur blind versucht ihre wunderbare Stimme nicht zu verlieren, nicht zu verlieren, diese schnell und heiß klingende Stimme, wie ein Stöhnen aus der Mitte des Meeres, wie ein Seufzer, der hier an unsere Felsen brandet, wie ein schnelles Atmen, nur für dich, hier an deinem Ohr, wie ein Peitschenschlag im Sonnenschein und wie eine Blume, die sich an einem windigen Tag einsam auf der Wiese wiegt, nah und fern, nah und fern, nah und nah, nah, fern, fern und noch ferner und wieder nah, sehr nahe. Als ob der Stift, welcher der Frauenstimme Kontur verlieh, der Haarlänge, Wimpern und Hüftrundungen zeichnete, den seltsamen Wegen gleich, auf denen sonst die unersättlichen Ungeheuer der Wüste, die Hände der Männer, hin- und hergleiten, jetzt aber nichts finden, als ob dieser Stift alles gefunden und alle Grenzen abgesteckt hat, und genau jetzt zeigt sich endlich auch der Herzenswunsch, welcher offenbar eine Frau ist, offenbar Gras und Wein ist, ein Häufchen Gras und ein Schluck dieses Weines und so nah und so fremd. Dem Mann, der sich an alles Fremde und an nichts erinnern kann, war noch nie so etwas erschienen. Denn sein Herzenswunsch kroch nun an einer unbestimmten Stelle heraus, drang nach oben und klammerte sich am Uferstein fest, dieser sehnlichste Wunsch aller Männer auf Erden, alle Tage und zu jeder Zeit eine fremde Frau zu suchen. Es war vielleicht ein ganz einfacher Herzenswunsch, wie ein Rosenblatt auf der Hand oder der Regen, der auf die Dächer klopft wie ein armer Teufel an eine für immer geschlossene Tür, die einst seine war. So war es im »Marana«, was aber keiner zugab. Ein jeder war aus diesem Grunde hier, auch wenn man im Gespräch ganz andere angab. Denn einen Herzenswunsch kann man nicht einmal seinen besten Freunden gegenüber äußern, sogar wenn man genau so viele Flaschen geleert hat, wie zum Entweichen der Geschichten aus der Herzenskammer nötig sind. Es gibt sehr viele Geschichten in der Herzenskammer, sehr viele, doch es gibt nur einen Herzenswunsch, und den wird ein Mann nicht preisgeben, keinesfalls. Vielleicht hat der Augenzeuge, Samson oder Elia, nicht recht, aber Kesane im Club »Marana« brachte sie dazu. Sie trug einen langen schwarzen Schleier mit weißen Spitzen. Diesen legte sie vor dem Auftritt vor dem Vorhang auf einen kleinen Tisch in der Ecke. Wenn sie beim zweiten Hahnenschrei die Bühne leise verließ, legte sie ihren Schleier sofort wieder an. Denn es war eine alte Sitte, dass niemand die Klagefrau im oder vor dem Club zu Gesicht bekomme. Erst wenn sie in Sicherheit war, konnte sie sich frei bewegen.

Der Hahn aber war echt, denn im »Marana« gab es solche Dinge. Man legte seine Uhr am Eingang in eine große Kiste. Die Nachtzeit wurde durch den Hahnenschrei beendet.

Die Frau hatte kaum jemand gesehen. In den anderen Clubs klagten, wehklagten andere, im »Marana« aber sang das ganze Jahr über Kesane. Sie hieß nicht einmal Kesane, auf den Affichen und Eintrittskarten standen nie die richtigen Namen. In einem anderen Club würde sie ein Jahr darauf vielleicht ein anderes Pseudonym haben.

Es gab sie nicht.

Sie wurde von einem jungen Mann mit dünnen Haaren namens Data Wisramiani entdeckt.

Kesane war unverheiratet, hatte im Hafen von den Männern und durch die Sonne so einiges erlitten. Von der Augenbraue bis zur Lippe hatte sie eine feine, eigenartige Narbe, die sie zur Klagefrau machte, zu einer unglücklichen Frau, die sich verbergen musste. Die Narbe beraubte sie der Möglichkeit, ihr tägliches Brot als Prostituierte zu verdienen.

Als man Kesane das zweite Mal entführte, setzte man sie in ein gut beleuchtetes Zimmer. Links und rechts von ihr stand je ein Mann, sie aber schaute zu Boden. Den grauhaarigen Mann, der ihr befohlen hatte, ins Auto zu steigen, kannte sie bereits. Bei ihrer ersten Entführung hatte er sie befreit. Im dunklen Saal des »Marana« konnte keiner Kesane sehen, sie aber sah jeden, während sie sang. Dieser Mann kannte ihren wahren Namen. Für Männer wie ihn ist es nicht schwer, gewisse Dinge zu erfahren. Doch er sprach sie niemals mit diesem Namen an. Er würde sie in einer Stunde zurückbringen, hatte er gesagt und für einen Augenblick nur ihren Schleier gelüftet, um sicherzugehen. Sie saß im Zimmer und als sie so zum Boden starrte, öffnete sich die Tür am anderen Ende des Raums.

In der Tür stand eine Dame, allem Anschein nach eine sehr reiche Dame, aber keinesfalls ohne Geschmack und keinesfalls ein Schwein.

Der Grauhaarige nahm Kesane den Schleier ab und flüsterte ihr zu:

»Kopf hoch ...«

Kesane hob ihr Haupt, mied aber den Blick dieser Frau.

»Verbirg dich nicht, Frau«, sagte die Dame mit schriller Stimme, »ich bin doch kein Mann ...« Dann schritt sie ins Zimmer und stellte sich vor Kesane. Mit einem Finger hob sie sanft ihr Kinn an und schaute ihr lange in die Augen, fast eine ganze Minute lang. Sie hatte in den Winkeln ihrer großen Augen hauchdünne, ganz blasse Falten, die Augen aber wie Kornelkirschen, reife Kornelkirschen, die dennoch etwas herb für die Zähne sind. Kesane begriff, wohin man sie gebracht hatte. Die Frau sagte:

»Das gute Mädchen hat so gelitten wie ich ... Wie hätte dem Unglücklichen eine andere gefallen können? Wo hat er dich gesehen?«

Als sie zu sprechen begann, führte der ergraute Mann die zwei anderen aus dem Zimmer.

Data Wisramiani war ein Wisramiani, der Karten spielte. Das Spiel hieß Inti. Dieses Spiel veränderte seine Begriffe von Familie, Zusammengehörigkeit, Reichtum und Wohlstand, und wer

Inti spielt, liebt die Klagelieder nicht, denn ein Inti-Spieler kann dir sagen, wie viele Ausländer um halb sechs im Café »Ruggero« sitzen werden oder wie viel Pfund Reingewinn am Wochenende dem »Ligurien« bleibt, welches Wetter übermorgen ist, oder kann erraten, wie viel Uhr es gerade ist. Ein Inti-Spieler braucht einen Menschen nicht kennen zu lernen, um sein Wesen zu ergründen, ein Blick genügt ihm. Einem Inti-Spieler braucht man eine Geschichte nicht mal zu Ende zu erzählen, da er schon auf halbem Weg alles begreift. Wenn das Telefon klingelt, weiß er, wer dran ist. Das alles wird von ihm nicht berechnet oder gezählt. Er errät es, weil Bilder aus dem Leben für ihn einfache, längst gelöste Aufgaben sind.

Deshalb wird ein Inti-Spieler, noch dazu ein Wisramiani, seinen Gefühlen schwerlich so weit freien Lauf lassen, dass er eine Klagefrau aufsucht, damit das Landesgesetz bricht und dies öffentlich tut, damit irgendwelche Rotznasen eine Frau entführen und der Inti-Spieler sie wer weiß mit welchen Mitteln zurückholen muss.

Kaia Wisramiani hatte noch nicht erfahren, dass ihr zweites Kind diese Sängerin mit Hilfe ihres treuen Dieners befreit hatte. Deshalb staunte sie.

Andererseits aber lag den Wisramiani das Kartenspiel so fern wie den Inti-Spielern das Hören eines Klagelieds.

Nach ihrem Gespräch mit Kesane ging Kaia in die Küche der obersten Etage, wo ihr Gatte mit einem aufgeschlagenen Buch auf dem Schoß bis in die Nacht hinein vor dem Fernseher saß.

Bu sah sehr gern fern und hatte eine riesige Satellitenschüssel aufgestellt, die Kaia »Mond« nannte. In der letzten Zeit schlief er erst in den Morgenstunden ein, denn nachdem er mit einem Auge ferngesehen und mit dem anderen ein sehr sonderbares Buch gelesen hatte, hörte er im Bett noch Radio.

»Hey, Bu ...«, sagte Kaia. »Hey, Bu. Buuu ... Diese Frau ... Diese Frau unterschreibt alles. Siehst du, was dein Sohn macht? Diese Frau würde zu allem fähig sein. Ich weiß schon, was sie tun wird. Sie hat keine Ahnung. Das weiß ich. Jetzt bin ich schon ruhiger, hörst du, Bu? Jetzt ist mir alles klar. Data Wisramiani ist wie du,

nur dass er gern spielt. Er spielt mit uns, verstehst du? Data Wisramiani spielt mit Mutter und Vater ...«

»Nicht mit mir«, sagte Bu.

Kaia sah ihn an und sagte wie zu sich: »Wer wird schon mit dir
spielen? – Der denkt, dass er das Spiel erfunden hat.«

EINST IN IRGENDEINER STADT
oder
SALOMEA

»Heute reichte mir Sandro da Costa von der anderen Seite des
Zauns zwei Weintrauben. Er reichte sie mir nicht durch den Zaun,
sondern herunter, denn der Zaun ist hoch, und hätte er sie geworfen, würde ich sie nicht auffangen können. Sie wären zerquetscht
worden. Dann zeigte mir Sandro da Costa ein Flugzeug am Himmel. Flugzeuge gibt es immer, aber er zeigte mir etwas anderes: In
einer Richtung hinterließ der Flieger eine weiße Rauchspur, in die
andere aber flog eine Turteltaube. Es war eine große graue Turteltaube. Sandro da Costa sagte, dass der Flieger zwar eine Spur
hinterlasse, das aber in Wirklichkeit keine Spur sei, sondern die
Luft von Weitem nur so aussehe. Sie lernen irgendwelche anderen
Fächer, wir haben die Luft noch nicht behandelt. Er sagte auch,
dass Turteltauben dumme Vögel seien und nur in solchen Fällen
wie jetzt was nützten. Ich denke überhaupt nicht an Turteltauben.
Danach wollte Sandro da Costa in unseren Schulhof springen, da
es sich nicht gehöre, mit einem Mädchen von oben herab zu sprechen. Ich widersprach heftig. Die Schüler der katholischen Schule dürfen nicht in den Hof von Bladlow springen und sich während des Unterrichts mit den Schülerinnen der Mädchenschule
unterhalten. Daraufhin fragte er mich, warum ich den Unterricht
schwänze und mich unter dem Baum verstecke, während die anderen lernten. Ich konnte die gleiche Frage stellen, was ich auch
tat, und Sandro da Costa antwortete sorglos, dass er sich langwei-
le. Ich wollte ebenso antworten, tat es aber nicht. Sandro da Cos-

ta setzte sich auf den Zaun, ließ die Beine zu mir runterbaumeln und schaute mir beim Traubenessen zu. Das gefiel mir nicht und ich fragte, wann er gehen würde. Solange du nicht gehst, gehe ich auch nicht, sagte er, denn es gehöre sich nicht, ein Mädchen zu verlassen. Darauf warf ich ihm eine Weintraube zurück, weil ich dachte, er wolle auch eine haben. Er wies sie nicht ab und verspeiste mein Geschenk mit Genuss. Erst dann gab er zu, die Trauben am Morgen in der Via Porta Nova vom Stand gestohlen zu haben. Ich schäme mich sehr, Gestohlenes gegessen zu haben. Trotzdem denke ich, dass Sandro da Costa ein interessanter Junge ist. Wenn die Wettkämpfe der Knabenschulen beginnen und man uns Bladlow-Mädchen zum Stadion bringt, werde ich Sandro da Costa anfeuern. Früher habe ich mich nicht so benommen.«

Das war die schicksalhafte Eintragung der dreizehnjährigen Schülerin der privaten Mädchenschule Bladlow, Salomea Wisramiani, in ihr geheimes Tagebuch, das mit Fotos von Steve McQueen, Alain Delon und verschiedenen dummen Bildern vollgeklebt war und das ihre Mutter, Kaia Wisramiani, entdeckte.

Das Tagebuch, das nicht sonderlich akkurat geführt wurde und keine strenge Datierung hatte, hätte ihre Mutter nicht beunruhigen müssen, da darin sehr vieles über Lehrer, Schülerinnen und über die Menschheit im Allgemeinen stand.

Der Umschlag des geheimen Heftes verkündete: Salomea, Schülerin des dritten Jahrgangs, aus der Schmetterlinggruppe, streng geheim. Eben unter dieser Überschrift befand sich das Foto von Steve McQueen mit einer Matrosenmütze und dem Lächeln eines erstaunten Mannes.

Und Kaia Wisramiani musste lächeln, als sie die Eintragungen ihrer Tochter las und an ihre Jugend dachte. Aber die Eintragungen machten sie nachdenklich. Sie legte das Tagebuch an Ort und Stelle zurück und lauerte darauf, wann der Name des Sohnes der berühmten genuesischen Familie wieder auf den quittenfarbenen Heftblättern auftauchen würde. Er schien ziemlich leichtsinnig zu sein.

Somit war das Geheimnis von vornherein kein Geheimnis. Eine Wisramiani konnte keinen Genuesen heiraten. So war es immer gewesen, und überhaupt hatten die da Costa und die Wisramiani kein sehr gutes Verhältnis. Dort, wo sich die Wisramiani einst nicht ansiedeln konnten, ließen sich die da Costa nieder. Das war eine lange Geschichte: Es floss zwar kein Blutbach dazwischen, aber es ragte ein großer, eisbedeckter Felsen empor. Wer anders als eine Wisramiani konnte in der peinlichen Tagebucheintragung einer Dreizehnjährigen Gefahr für die Zukunft sehen? Erstaunlicherweise waren die Befürchtungen der Wisramiani nicht unbegründet, und Kaia lauerte Sandro da Costa ganz zu Recht auf.

Sie hatte nicht gesehen, als sich Sandro da Costa und Salomea das erste Mal küssten, dafür das zweite Mal. Das zweite Mal aber kann auch das tausendste Mal sein.

Das war vor zwanzig Jahren, vier Jahre nach der ersten Eintragung: Kaia saß im Chrysler von Tandila, dem damaligen Gutsverwalter ihres Vaters. Sie nahm sich den langen, breitflügeligen, hellblauen Dinosaurier und fuhr dorthin, wo sie ihre Überlegungen hinführten. Sie fuhr hin, obwohl sie einen Jungen hätte hinschicken und sich alles von ihm hätte erzählen lassen können. Sie wollte aber nicht von einem der Jungen hören, was sie selbst sehen konnte. So saß sie im Auto an einer Stelle der langen Samstagsstraße und wartete darauf, dass die beiden aus dem Kino kamen. Es regnete und die Menschen suchten Unterschlupf in den Cafés. Sie schaute auf die Uhr und auf die Ausgangstür des Kinos, dann auf das Plakat, auf dem Brooke Shields und irgendwelche vermummten Beduinen abgebildet waren. Danach schaute sie wieder zur Tür, bis die Vorführung endlich zu Ende war. Es war Mittag. Ein jeder weiß, wozu um diese Zeit flaumbärtige Jungs und Mädchen mit kaum zum Vorschein gekommenen Brüsten oder auch ganz gewöhnliche Jungs und Mädchen ins Kino gehen. Die Säle sind fast leer, irgendwo in der dritten Reihe schläft ein Opa, andere aber küssen sich genauso wie sie damals bei dunklen und weniger dunklen Filmszenen. Es ist eine ganz besondere Luft im Kino, deshalb bleibt einem dieser Kuss für immer in Erinnerung.

Sie kamen heraus und gingen lachend die Straße hinunter in Richtung Stateviertel.

Kaia wendete das Auto und folgte ihnen. Sie konnte nicht mal richtig folgen, sondern holte sie ein und hielt an. Sie waren zwar sehr heiter, bewegten sich aber ziemlich langsam vorwärts.

An der Ecke bei der Ampel nahmen sie Abschied, fast spielerisch, miteinander schäkernd oder so ähnlich. Sie hielten sich lange Zeit an den Händen. Zogen einander in diese und in jene Richtung und umschlangen sich dann wieder fest. Dabei lachten sie. Salomea versuchte, ihre Kräfte mit jenen des Jungen zu messen, verlor aber. Dann wiegten sie sich fest umschlungen, direkt am Fußgängerstreifen, und Kaia Wisramiani konnte sehen, wie lustvoll ihre Tochter den mageren, lockigen und eine sehr breite Hose tragenden Erben der Genuesen küsste.

Salomea rannte über die Straße und winkte dem Jungen zu. Er stand noch da und wartete, bis sie abbog.

An jenem Abend begann der Krieg.

Natürlich erst heimlich, mit gegenseitigem Ausspähen und der Ergründung der Situation. Mit unerwarteten Verboten und Entscheidungen: Ferien auf der Südinsel, auf der Farm – eine Frau muss das Dorfleben kennen. Du gehst nicht ins Kino, weil du sehr oft da hingehst. Ein Mädchen sollte abends nach sieben nicht mehr aus dem Haus gehen. Du musst noch lernen und nicht nur in den Diskotheken herumhängen. Du gehst nach Oxford zum Studium und danach werden wir sehen.

»Ihr lasst mich nach Oxford gehen und nicht ins Café?« – Salomea Wisramiani blieb ohne Ausbildung. Nach Oxford würde man sie sowieso nicht gehen lassen. Man kann doch sein eigenes Kind nicht zum Studium jagen. Die Genuesen ziehen zwar Bologna vor, aber der Junge könnte ja plötzlich auch nach Oxford gehen?

Der Großvater, Konstantin Wisramiani, begann mit der Suche nach einem georgischen Bräutigam. Das war damals so schwierig, dass man Jahre dazu benötigte. Man wollte Salomea auf irgendwelchen Wegen, wie eine britische Touristin, nach Tbilissi bringen, um dort, vom Geheimdienst unbemerkt, einen guten Jungen zu finden, der sich nicht fürchtete. Wichtig war, dass er Salomea wenigstens ein bisschen gefiel.

Sie war ein hübsches Mädchen, auch für andere Augen, aber

der älteste Wisramiani riskierte den Schicksalstourismus doch nicht.

Salomea heiratete schließlich zehn Jahre später. Erst fünf Jahre nach der Heirat bekam sie ein Kind. Sie war erschöpft und bekam ein Kind.

DER NICHT ALLEIN AUF DIE STRASSE DURFTE
oder
DATA

Er wachte gewöhnlich spät auf und schaute eine Weile, die Augen reibend, aus dem Fenster auf die alte und laute Straße des Glücksviertels. So wurde er langsam wach. Wenn er heimkehrte, war die Straße immer ruhig, da morgens um fünf keiner mehr imstande ist zu lärmen. Ab sieben wurde es allmählich laut. Aber Data schlief nie bei offenem Fenster. Er öffnete es erst beim Aufstehen.

Er hörte seinen Anrufbeantworter monatelang nicht ab, deshalb konnte man ihn nur sehr schwer erreichen.

Wer ihn wirklich brauchte, wusste, wo er zu finden war.

Die Klingel war unten am Haupteingang angebracht. An jenem Morgen weckte ihn diese Klingel. Er wäre gar nicht aufgestanden, aber er wachte irgendwie auf und wusste, er würde nicht mehr einschlafen. Das Klingeln war zurückhaltend, aber hartnäckig. Jemand klingelte kurz, wartete ab und klingelte wieder und so eine ganze Weile.

Data öffnete das Fenster und schaute hinaus. Vor dem Eingang standen der Gutsverwalter seines Großvaters und zwei von dessen Leuten.

»Hey, Gutsverwalter ...«, rief Data hinunter, »ich schlafe noch ...«

Martia nahm das Handy aus der Tasche und zeigte es ihm.

»Was ist los?«

»Dein Opa möchte dich sprechen«, rief Martia hinauf.

»Komm hoch.« Data wunderte sich und langte nach seiner Hose.

Martia kam hochgerannt und fing an, sich zu entschuldigen:

»Er sagte, dass du kein Phon hast und ich dich aufsuchen sollte« – dabei drückte er auf den Anrufknopf – »hier, ich warte hinter der Tür …«

»Komm schon, Marti, setz dich doch hin. Mach doch mal die Kaffeemaschine an …«

»Wir und Kaffee?« Martia lächelte.

»Aber Anzüge tragt ihr schon? … Ja, Großvater, ich bin es. Data … Ich höre, Großvater. Es geht mir gut, ja, ich lebe … Was weiß ich … Mensch, Großvater … Wieso brauchst du mich … aber, Großvater … ich bin eben so geraten, dann bring mich doch um … Die Bewahrten sind noch nie so geraten? … Genau das wollte ich sagen … Nein, wie könntest du mich beleidigen … Schon gut, Großvater, schon gut … Wenn du willst, Großvater. Natürlich komme ich. Nein, du hast mich nicht geweckt … Ich weiß, ich weiß, ich gleiche deinem Großvater … Natürlich weiß ich das … Hi-hi-hi … Er war so einer oder … Gut, Großvater, ich küsse dich … natürlich … gut …«

Martia lugte aus der Küche.

Data reichte ihm das Handy.

»Er ist alt geworden, dieser Konstantin Wisramiani …«

Martia schaute sich um, wahrscheinlich, um herauszufinden, ob Data allein war.

»Ich bin allein, wer soll schon hier sein?«, sagte Data lächelnd.

Martia ließ seine schimmernden Augen über die Wand gleiten und schwieg.

»Komm, sag schon, was ist?«

»Du weißt doch, dass Großvater nicht gern am Phon spricht und es auch nicht kann … Ich soll dir etwas ausrichten.«

»Ich habe schon begriffen, bin ja nicht blöd.«

»Es ist eine schlimme Sache, Data … Ich habe euch aufgezogen. Kannst du dich an etwas Schlechtes meinerseits erinnern, oder an Hinterfotzigkeit?«

»Schon gut.«

3

»Großvater sagte, dass er den Schwiegersohn nicht mehr sehen will. Er schloss ihn von den Wisramiani aus. Er weiß, dass die Klagefrau entführt worden ist, und er ist überzeugt, dass der Schwiegersohn die Hand im Spiel hatte. Großvater sagte, dass er Salomea die Krone nicht absetzen lassen* will, aber der Schwiegersohn müsse fernbleiben.«

»Na und? Wozu hat man diesen Schwiegersohn überhaupt hergebracht? Was haben sie bloß mit meiner Schwester gemacht? Warum geh ich nicht dorthin? Meine Mutter –«

»Ich weiß, Lieber, ich weiß …«, unterbrach ihn Martia, »weiß ich's nicht? Ich habe ein Pud** Salz gegessen, festes Bergsalz zum Abbrechen. Das ist nichts dagegen. Großvater macht sich Sorgen um dich und deshalb müssen wir zwei Leute als Wächter für dich anstellen. Zwei Jungs werden dich überallhin begleiten.«

»Nein«, sagte Data. »Nein.«

»Großvater sagte, er befürchte, dass der Schwiegersohn zu allem fähig sei. Du kennst ihn doch? Du sollst entweder beim Großvater wohnen oder mit diesen zwei Männern zusammen …«

Data stöhnte.

»Das sind gute Jungs, Data. Du kennst doch das ›Marana‹. Ich habe Fido ausgesucht, der im ›Marana‹ an der Tür steht, und Gogia, meinen kleinen Gogia. Sie sind unten. Fido freut sich sogar, dass man nun seinen Bruder an die Vordertür stellen wird.«

»Ach, Mensch.« Data setzte sich.

»Es sind schlimme Zeiten, Data … schlimme Zeiten.«

»Wieso sagt ihr das alle?«

»Du wirst sie nicht mal sehen, Data. Wenn du dich ins Auto setzt, kommen sie so mit. Du weißt doch, die Sungalen kommen in alle Clubs rein. Sie werden immer fünf Schritt entfernt sein. Du wirst sie nicht mal sehen.«

---

* »die Krone absetzen« – »sich scheiden lassen«

** ein Pud – ehem. russisches Gewicht = 16,38 kg; »ein Pud Salz gegessen haben« – »schon alles Mögliche erlebt haben«

»Jetzt sag doch mal«, erwiderte Data plötzlich, »ist das, um mich zu beschützen oder um mich zu beschatten?«

»Data« – Matia breitete die Arme aus – »vertraust du mir nicht? Hab ich jemals gepetzt? Wenn sie mich fragen, was Data macht, sag ich ganz ruhig: Das, was er schon immer machte. Um Salomea müssen wir uns auch kümmern, Data. Was kann man tun? Kennt sie die Geschichte? Du weißt doch ... Salomea kann man nicht brechen. Sie haben es einmal geschafft, und nun hat sich durch diesen Schwiegersohn alles gegen uns gewendet.«

»Die Hauptsache war doch, ihr das Leben zu verbittern ...«

»Hey, Data ... Salomea ist unsere Königin. Das ist Salomea. Gott möge uns bewahren, aber wenn es nichts mehr gibt, muss wenigstens sie bleiben. Großvater weiß doch, dass die von Pawle mit einem Fuß drüben sind, und die von Petre schätzt er nicht besonders. Sie sind zwar ebenso seine Enkelkinder, aber du kennst ja Großvater.« Martia hatte es plötzlich eilig. »Ich gehe jetzt, sie werden unten bleiben. Es ist ein Peugeot, man merkt nicht mal, dass dort einer etwas ...«

»Wo kann ich Salomea treffen?«, rief ihm Data nach, ohne den Kopf zu heben.

»Gibt es was zu besprechen?« Martia drehte sich um.

»Ja ... was weiß ich. Ich hab eben dran gedacht.«

»Du hast eh kein Phon ... Ich werd den Jungs Bescheid sagen ... Siehst du, die Sungalen nützen dir doch was. Eine kurze Weile, Data ... lass uns diese Zeit überstehen und dann wird sich auch der Großvater beruhigen ...«

4

VIER BROMBEERSTRÄUCHER

DER JÜNGLING, DER WEINEN KONNTE

Nika Abaischwilis turbulentes Leben
zu Wasser und zu Lande

1

Tiflis story of the early 90ies: Es war während der Trauerfeier des er-
schossenen Freundes. Am Sarg des Toten wachten Tag und Nacht
zahlreiche Jungs und ließen ihn nicht allein. Sie hatten eine Ver-
mutung, wer den Freund erschossen hatte, und sie würden nach
der Beerdigung selbst eine Schießerei beginnen. Einer der Jungs
war von der Front* gekommen, als er erfuhr, dass man seinen
Freund getötet hatte. Während der mehrtägigen Trauerfeier war er
fast verstummt und in Gedanken versunken. Er rauchte ununterbrochen und schluckte irgendwelche Beruhigungspillen, um die
Kraft zum Ausharren zu bewahren. Er hatte dem Tod schon öfter
in die Augen geschaut, im Krieg und auch hier in der Stadt. Es
gab da keinen großen Unterschied, nur dass es an der Front keine
Händler gab, sonst nichts.

Am letzten Tag der Totenwache, kurz vor der Beerdigung, brach
eine Witwe in Tränen aus. Nicht die Frau des Verstorbenen, sondern
eines anderen Getöteten. Alle waren schon vom Weinen erschöpft
und folgten stöhnend dem Sarg, als sie plötzlich in Tränen ausbrach
und so herzzerreißend weinte, wie es keiner von ihr erwartet hatte. Sie war ein hübsches Mädchen und die Tränen passten ausgezeichnet zu ihren grünen Augen. Es heißt ja nicht umsonst, dass die
Trauer eine Frau schöner mache, natürlich nicht die ewige.

Als der Freund des verstorbenen Mannes, der von der Front
gekommen war, sie so sah, verliebte er sich. Zwar kannte er sie seit

---

* gemeint ist die Front im georgisch-russi-
schen Krieg um Abchasien 1993

Langem, jetzt aber verliebte er sich in sie. Das ist seltsam, doch vermutlich tat sie ihm leid, weil sie so weinte, und er fand sie schön, weil sie so weinte, und das wiederum weckte Begehren in ihm.

Er ging nicht mehr in den Krieg und heiratete das Mädchen drei Monate später. Sie verließ ihr Haus, setzte sich zu ihm ins Auto und folgte ihm, einfach, ohne viel Gerede.

Während sie weinte, hatte sich auch ein anderer in das Mädchen verliebt. Er lehnte die Hilfe seiner Freunde ab, zog den Revolver und lauerte dem Entführer der Witwe auf. Er gab zwei Schüsse auf ihn ab, traf ihn aber nicht ins Herz, sondern in den Arm und die Schulter. Der Verletzte sagte nichts, auch nicht nachdem er das Krankenhaus verlassen konnte. Doch nach sechs Monaten, als man seiner schwangeren Frau schon ein Bäuchlein ansehen konnte, lud auch er seine Waffe. Denn sie hatte ihn inzwischen mit ihrem fünf Jahre alten Kind, das sie von ihrem ersten Mann hatte, verlassen und war zu jenem Burschen gezogen, der ihn angeschossen hatte.

Der zweite Mann lauerte dem dritten auf und sagte ihm, er würde ihn töten, da seine Frau schwanger sei. Nach einer kurzen Diskussion schoss er ihn dreimal in den Bauch. Die Kugeln zerfetzten zwar seine Gedärme, aber er hatte einen guten Chirurgen, der ihn rettete.

Die junge Frau gebar das zweite Kind vom zweiten Mann. Sie nahm ihr erstes Kind, ein Töchterchen, bei der Hand und kehrte zum zweiten Mann zurück. Das freute diesen sehr.

Dafür machte es den dritten Mann rasend. Er rief die Frau an und verlangte, sie solle zurückkommen. Darauf bekam er ein klares Nein. Er lauerte der Tochter vom ersten Mann vor der Schule auf und entführte sie. Die Frau verlangte vom zweiten Mann, ihr das Kind zurückzubringen, sonst würde sie sich umbringen. Der zweite hatte keine Ahnung, wie er das anstellen sollte, und lauerte dem dritten Mann vor dessen Haustür auf. Nach dem Schusswechsel wollte es das Schicksal, dass der zweite Mann wieder an der Schulter verletzt war wie das erste Mal, der dritte aber im Bauch. Nur konnte ihn der Chirurg diesmal nicht mehr retten, trotz aller Bemühungen.

4

Die Frau weinte bei der Beerdigung des dritten Mannes bei ebenso regnerischem Wetter genauso herzzerreißend wie bei der Beerdigung ihres ersten Mannes und wie bei jener des alten Freundes, den ganz andere umgebracht hatten. Der zweite Mann sah das nicht, sonst wäre er sicher ziemlich erstaunt gewesen oder hätte sich erneut in sie verliebt.

Er floh unter anderem Namen in die Türkei, denn ein kluger Mann hat immer einen zweiten Ausweis zur Hand. Man vermutete, dass er in der Türkei sei, doch vielleicht war er schon viel weiter gekommen. Denn die Kugeln seiner früheren Freunde erreichten ihn nicht.

That was Tiflis in rainy days.

Der zweite Mann hieß Nika Abaischwili und war damals 25 Jahre alt.

2

In Istanbul verlor Nika Abaischwili, der sich damals Kacha Kachabrischwili nannte, eine halb mit Geld gefüllte Tasche. Mit der Tasche verlor er auch all seine Kriegsauszeichnungen und seine weiße Jacke.

Am Eingang eines Ladens stieß er auf einen Georgier.

Er traf oft auf Georgier, aber diesen hätte er besser nicht treffen sollen. Natürlich grüßten sie sich sehr freundlich. Der Georgier beteuerte, dass er sich über das Treffen sehr freute. Nika erwiderte das Gleiche. Für die Fortsetzung des freundlichen Gesprächs war jedoch keine Zeit und sie trennten sich mit einem Lächeln, das Nika Abaischwili zu dem Entschluss brachte, das Land schleunigst zu verlassen.

All das geschah an einem Tag.

Es blieben ihm fünfhundertdreiundsechzig Dollar und etwas türkisches Geld in der Hosentasche.

Nika Abaischwili verließ das Hotel und verbrachte die Nacht dösend in einem Café am Flughafen. Frühmorgens setzte er sich ins Flugzeug und flog nach Santa Esperanza.

Am Flughafen von Santa City erhielt er von einem Beamten für dreiundzwanzig dortige Pfund ein Monatsvisum. Der Beamte war sehr freundlich zu ihm, weil er einen Georgier vor sich hatte. Damals waren Georgier aus Georgien selten auf der Insel anzutreffen.

Im Informationszentrum des Flughafens bekam er eine Liste der Hotels und studierte diese lange. Für seinen Geldbeutel waren diese Hotels alle zu teuer, und er fragte die Frau am Schalter, ob es nicht günstigere Unterkünfte gebe, er sei kein Tourist. Die Frau erwiderte etwas, das georgisch klang, und er begriff, dass er sich hier weder mit Englisch noch mit Türkisch abmühen musste. Die Worte waren zwar etwas anders, aber wenn man sich daran gewöhnte, verstand man den Sinn. Die Frau reichte ihm eine andere Liste mit Adressen von Privatvermietern und Pensionen. Eine davon war günstig, ausgesprochen billig.

Nika zeigte mit dem Finger darauf und fragte:

»Gibt es dort Ratten?«

Die Frau verstand es und verstand es auch nicht. Nika begriff, dass diese Pension außerhalb der Stadt lag und dort kein Bus verkehrte. Die Frau schrieb ihm zwei, drei Worte auf das Papier und sagte:

»Taxi, schauen hier und bringen dich für O Pfund vor das Tor.«

»Wie viel?«

»O«, und die Frau öffnete und drückte die Faust dreimal zusammen.

»Fünfzehn?«

Das grüne Taxi glitt über eine Brücke. Danach folgten Ackerwege. Es waren sehr schmale Wege, aber die Autos fuhren geschickt aneinander vorbei. Das Taxi rollte in eine Art Tal hinunter, danach wieder hoch und an einem Dickicht vorbei. Auf einer Anhöhe blieb es vor einem Tor stehen.

»Chetias Hotel«, sagte der Fahrer, ein Türke.

Nika Abaischwili bekam ein Zimmer mit schmalem Fenster in der zweiten Etage. Im Notfall könnte man aus dem Fenster springen. Er bezahlte drei Pfund für sechs Tage und ließ sich eine Suppe schmecken. Danach fragte er den Jungen am Empfang, der ein sehr verständliches Georgisch sprach:

»Wo gibt's hier Zigaretten?«

»Da musst in die Stadt hinein.«

»Warum redet ihr alle so unterschiedlich?«

»Wir? Wir und jene?«, sagte der Junge fröhlich. »Wir sind vom König und jene vom Burgvogt ...«

»Von wem?«

»Wir unterstehen dem König.«

»Komm schon«, winkte Nika ab und hörte in diesem Augenblick eine tiefe, etwas ärgerliche schleppende Stimme hinter sich.

»Wo kommst du denn her, Junge?«

Nika Abaischwili wusste natürlich nicht, dass es der Besitzer dieses heruntergekommenen Hotels war.

»Bist du Georgier?«, fragte der Mann und fuhr, ohne auf eine Antwort zu warten, fort: »Sicher ist er vom König.«

Nika schaute auf diesen runden, lächerlichen Mann und erwiderte nichts.

»Bist du arm?«, fragte der Mann weiter.

»Du bist selber arm ...«

»Armut ist doch keine Schande?«, fragte der Mann lächelnd, »Armut bedeutet Ehrlichkeit mein Junge. Also bist du nicht käuflich ...«

Nika musste lachen.

»Hast du einen Bebuti*?«

Nika musste wieder lachen.

»Nein? Ich hab einen und geb ihn dir, wenn du ein Schaf schlachten kannst.«

Wie sollte Nika wissen, dass »ein Schaf schlachten« eine wichtige Sache erledigen bedeutet?

»Ich, mein Junge, bin Chetia. Das ist mein *Otel*. Wir sind Sungalen – schon mal was von uns gehört?«

»Nein«, sagte Nika.

»Wie heißt du?«

»Nika«, sagte er unwillkürlich, »Kacha ...«

»Nika oder Kacha ... Mein Neffe heißt auch Nika. Wir rufen ihn immer: Nikolos! Er ist taub und hat nur Frauen in den Ohren. Er hört die Frauen lachen ... Trinkst du, Nika?«

---

* Bebuti – georgisch: »kurzer Dolch«

»Ja, schon.«

»So wie wir?«

»Das weiß ich nicht.«

»Hier isst man viel und trinkt nur drei Gläser dazu. Bei uns trinkt man nur einige Schlucke Wein zur Brotzeit.«

»Ja, so trinke ich auch.«

»Ich sagte doch, dass er vom König ist. Er redet auch vernünftig ... Komm mal in den Hof mit, auf ein Gespräch. Vom König habe ich noch nicht viele gesehen. Nur Buebi und Dschandaburebi* ...«

3

Das Leben des einsamen Reisenden gestaltete sich sehr seltsam. Er hatte eine schöne, sorglose Kindheit gehabt, in der Stadt Tbilissi, in einem Viertel, das sich am rechten Ufer des Flusses Mtkwari erstreckt und dessen Name von einem ganz anderen, wasserarmen, fast versickerten Fluss herrührt.

Der glücklichen Kindheit folgte eine furchtlose und sehr waghalsige Jugend, welche von der Lage im Land großzügig mit Pfeffer bestreut wurde.

Es war eine Zeit, in der ein junger Mann mehrere Kleider übereinander trug, deren Reihenfolge folgende war: An den nackten Körper schmiegte sich das Gewand des Studenten, ein T-Shirt, geschenkt vom fürsorglichen und reichen Vater und gebügelt von der verlässlichen, den Sohn liebenden und von ihm begeisterten Mutter. Darüber trug der junge Mann den Anzug eines Geschäftsmanns, eines geschäftigen Bankiers, eines jungen Fabrikdirektors oder eines anderen Kaufmanns. Diese beiden Kleidungsstücke verdeckte die Rüstung eines Soldaten, das echte, im Krieg abgenützte Gewand eines tapferen Soldaten, zerknittert und von Kugeln versengt. Über all dem spannte sich das Outfit des Stadtbanditen, des Straßenjun-

---

* Ein Wortspiel zwischen Buebi – georgisch: »Eulen«, und Dschandaburebi – georgisch: »aus dem Ort Dschandaba (heute im Iran) kommend«; d. h. im übertragenen Sinne: »wer weiß woher kommend«

gen. Wer aber so viel an sich trägt, kann sich weder geschickt bewegen noch vernünftig denken und wird deshalb beim geringsten Anlass nichts Besseres wissen als loszuballern.

So viele Gewänder brachten Nika Abaischwili nichts Gutes, nur Schusswunden auf seinem und dem Körper anderer, einen Sack Geld, den er verlor, und ein Kind, das er wer weiß wann wiedersehen würde.

Einmal lud Chetia ihn in ein sehr teures Restaurant ein, in dem wenige Leute verkehrten und der Anzug Vorschrift war. Sie gaben ihm im Auto einen zum Anziehen. Danach bestellten sie in Hülle und Fülle, aßen und tranken sehr gut.

Als sie beim Dessert waren, kam ein Mann mit silbergrauem Haar an ihren Tisch und sagte zu Chetia und den beiden anderen:

»Konstantin von den ›Bewahrten‹ bittet euren lieben Gast für fünf Minuten zu sich.«

Nika verstand nicht ganz, wer nach ihm fragte. Er erhob sich aber unwillkürlich und schaute Chetia an.

»Er ruft nach dir, Nika, nicht nach mir«, sagte Chetia lachend.

Der Alte erhob sich nicht: Er hielt die Finger ineinander verschlungen, die Ellbogen auf den Tisch gestützt und musterte Nika. Er gab ihm nicht die Hand und rührte sich auch sonst überhaupt nicht. Der Silberhaarige schob ihm einen Stuhl zu, der Alte aber sagte:

»Er ist Georgier.«

Nika lächelte und setzte sich. Dem Alten hingen die Spitzen des Schnurrbarts über die Mundwinkel herunter. Er war fast kahl, aber das wenige Haar trug er bis über die Schultern.

Der Kellner schenkte Nika Abaischwili Wein ein. Der Alte nippte an seinem Glas und sagte sehr leise und kränklich:

»Es ist noch nie vorgekommen, dass die ›Bewahrten‹ einen Georgier, vom König oder auch nicht, in die Hände eines Constable der Anglesen gegeben hätten.«

Nika hörte das Wort »Bewahrte« nun schon das zweite Mal. Er wusste jedoch nicht, was es bedeutete. Er fragte nicht danach, denn der Alte sagte:

»Ich bin Konstantin Wisramiani. Wir Wisramiani nennen uns

die ›Bewahrten‹, weil wir Georgien immer noch im Auge bewahren. Ich kenne deinen Namen, es ist ein guter Name. Was hast du angestellt?«

»Nichts«, sagte Nika.

»Bist du verheiratet?«

»Ich habe ein Kind.«

»Bist du ein Räuber, ein Pirat? «

»Ich habe gekämpft«, sagte Nika, »dann ist so Einiges passiert.«

»Du musst mit mir reden, Nikolos. Ich werde dich zu mir einladen. Dort, wo du mit dem Jet gelandet bist, sind meiner Brüder und Vorfahren Ländereien.«

Nika konnte nichts antworten.

»Wohl dir und den Georgiern«, der Alte trank einen Schluck Wein, »ich trinke keinen genuesischen Wein, sondern unseren. Jetzt geh zu deinen Freunden zurück. Es wird ein Mann von mir kommen und dich am Abend abholen. Es gibt sicher einiges zu besprechen. Kennst du dich mit dem Gewehr aus, mit der Pistole? Kennst du dich mit dem Wild aus, mit dem Fuchs? Wir werden Füchse jagen und ich werde dich schießen lassen, mal sehen, wie gut du zielen kannst. Es gibt viele dort im Wald ...«

Nika erhob sich. Der Silberhaarige begleitete ihn zum Tisch zurück.

»Wer ist dieser Alte?«, fragte er Chetia.

»Der Patron, mein Junge.«

»Hey, ist er ein Mafioso oder was?« Chetia musste lachen.

»Was denkst du? Prinzenfamilien und solche Dinge gibt es doch bloß noch im Kino. Was für eine Mafia, Mensch, sie halten hier schon seit sechshundert Jahren die Stellung. Wir Sungalen halten unsere Stellung und sie ihre. Die Artschiliani haben ja nur noch eine Alte, die nicht mal ein Oka* schwer ist.«

»Er ist sechshundert Jahre alt?«, witzelte Nika.

»Spar dir deine Witze für später. Er hat dich ja nicht umsonst gerufen.«

---

* ein Oka – alte türkische Gewichtseinheit, ca. 1200 g

4

Aus dem Stück, welches von der Schauspielgruppe »Olympos« auf der Bühne bis zur Abnutzung gespielt wurde

Frau Gut, dass ich dich treffe. Ich will dir alles ehrlich sagen, bis jetzt hatte ich keine Gelegenheit, dich unter vier Augen zu sprechen. Das rettet uns beide. Mich wird meine Qual nicht mehr erdrücken und dich nicht die Verführung zum sorglosen Leben.

Junger Mann Welche Qual? Ich kenne hier nichts.

Frau Nichts? Du weißt genug, um auf der Qual anderer wie einen schönen Turm dein gutes Leben aufzubauen. Solche Türme stürzen bald ein. Ich flehe dich an, sag nicht zu. Setz deinen Fuß nicht in das trübe Wasser.

Junger Mann Ich habe deinem Großvater und deiner Mutter versprochen, dass wir diesen Samstag heiraten.

Frau O nein, nein. Bitte gib diese Papiere meiner Mutter zurück. Ich bitte dich, schwing dich aufs Pferd und reite fort im Namen aller Heiligen. Zwing mich nicht, deine Frau zu werden, damit ich nicht mein Kopfkissen mit Tränen tränke. Erhöre mein Flehen und ich werde bis zum Tode für dich beten.

Junger Mann Schau mich an. Ich bin doch nicht hässlich? Blind, zahnlos oder bucklig? Warum hasst du mich so sehr? Diese Heirat ist ein gegenseitiges Abkommen. Die Herzenswärme folgt mit der Zeit. Ich werde ein guter Ehemann sein. Warum hasst du mich?

Frau Ich hasse dich nicht. Aber ich werde dich hassen, wenn man uns die Krone auf das Haupt setzt und die Turteltauben zum Himmel fliegen lässt.

Junger Mann Und warum? Warum? Du kennst mich doch gar nicht?

Frau Warum habe ich bis jetzt nicht geheiratet? Hast du mal darüber nachgedacht? Denkst du, dass ich auf einen Vagabunden, einen armen Teufel wartete, dem unser Haus und unsere Länder gefallen? Denkst du, dass ich auf jemanden wie dich wartete? Ich habe einen Liebsten, doch ein Fluch der Familie hindert mich daran, mit ihm zu sein. Seit ich mich erinnern kann, habe ich diesen

Liebsten. Für ihn werde ich sterben, für dich aber nicht einmal einen Faden durchs Nadelöhr ziehen. Denn ich habe einen erwünschten und sehr geliebten Liebsten, allseits von meiner Familie ferngehalten, da es in diesem Haus Sitte ist, nur auf solche wie dich zu warten.

Junger Mann Ich werde ihn töten. Ich habe mein Wort gegeben und werde es halten. Du gefällst mir sehr. Ich habe mich schon einmal für ein Gefühl, für ein Versprechen geopfert. Siehst du diese Narbe an meiner Schulter? Der andere wird auch bald eine haben. Ich werde dich heiraten.

Frau Ich bitte dich, sag es nicht noch einmal. Drohe nicht. Deine Drohung macht es mir leicht, böse, erbarmungslos, blutrünstig zu werden und meine Gefühle in der Tiefe des Tschuri* zu verbergen, um den Sitten und Bräuchen zu folgen und alte Rechnungen zu begleichen.

Junger Mann Ich heirate dich. So wird es sein. Ihn aber werde ich töten.

Frau Du kannst ihn nicht töten … Solche wie du begehen Selbstmord, wenn sie vom Feind umgeben sind und es keinen Ausweg mehr gibt. Du wirst nicht mein Mann sein. Jede Sekunde meines Lebens wird zur Qual für dich werden. Du wirst jeden Morgen weinen, weil du nicht starbst, und wirst dich jeden Abend schämen, dass du mein Mann bist. Niemand wird mich als deine Frau bezeichnen. Du wirst immer wieder zu hören bekommen, dass man einen Mörder mit Gold kaufte, um eine Liebe zu töten, über die in der Stadt Gedichte geschrieben werden. Ein Tropfen dieser Liebe würde ausreichen, damit dem blassen Antlitz der Welt die Farbe nicht abhandenkommt. Merke es dir! Du hast einen Fehler begangen. Du hättest die Papiere in Fetzen reißen sollen und zerreißt stattdessen die Herzen.

Junger Mann Ich heirate dich!

---

* Tschuri – ein in der Erde eingegrabenes, großes tönernes Weingefäß

4

BILD EINES BÖSEN NACHMITTAGS

Er drehte sich plötzlich um und schlug ihr mit ganzer Kraft die Faust ins Gesicht, ohne etwas zu sagen. Die Frau fiel nach hinten und klammerte sich am Tischrand fest. Er nahm seine Jacke und knallte die Tür hinter sich zu. Die Frau erhob sich, schleppte sich ins Bad, schaute aber nicht in den Spiegel, sondern befeuchtete die Hände und legte sie vors Gesicht. Dann setzte sie ihre schwarze Brille auf und nahm die Autoschlüssel.

Später saß sie allein im Café »Di Porta« und achtete nicht darauf, wie die Leute, die im Café aus- und eingingen, sie musterten. Ein Ausländer, um die fünfzig Jahre alt, rief den Kellner, legte ihm seine Visitenkarte aufs Tablett und fragte:

»Können Sie die Dame mit der Brille bitten, einen Kaffee mit mir zu trinken?«

»Nein, Sir, das kann ich nicht«, war die Antwort.

»Warum?«

»Das kann man schwer erklären. Kennen Sie die Geschichte von der Prinzessin, die auf ihren Geliebten wartete und dabei einer Tigerin glich?«

»Nein.«

»Sie sah einer Tigerin so ähnlich, dass der Geliebte sie so in Erinnerung behielt. Als er eines Tages im Wald einer Tigerin begegnete, wollte er sie küssen, denn er dachte, sie sei die Prinzessin. Verstehen Sie, Sir?«

»Sie sprechen in irgendwelchen Allegorien.«

»Nein, Gott bewahre, Sir. Ich kann der Tigerin nicht sagen, dass Sie mit ihr reden möchten. Tiger unterhalten sich nicht mit Menschen.«

»Sie sind mir ein Witzbold … Sind Sie Student?«

»Ja, Sir. Ich verdiene im Sommer ein bisschen dazu.«

»Was ist das für eine Frau?«

»Ah …«, stöhnte der Kellner, »das ist eine sehr lange Geschichte, Sir.«

»Dann geben Sie ihr einfach meine Visitenkarte und ich folge Ihnen zum Tisch.«

»Das hat keinen Sinn, Sir ... Was denken Sie, warum sie eine schwarze Brille trägt? Sie hat verweinte Augen.«

»Alles klar ... Sie sieht sehr fremd aus, um es banal auszudrücken.«

»Sie ist eine Tigerin, natürlich ist sie anders«, erwiderte der Kellner und bedeutete ihm mit einem Kopfnicken, die Visitenkarte wegzustecken.

»Ist das vielleicht ... Ist das vielleicht Datas Schwester?«, fragte der Ausländer plötzlich. Der Kellner blieb stehen.

»Data ist ein guter Freund von mir«, sagte der Mann lächelnd. »Ah ... ah ... Sehen Sie? Sehen Sie? Wie ist Ihr Name, mein Freund?«

»Kemal.«

»Kemal, nimm wenigstens du meine Visitenkarte. Wer weiß, vielleicht kann sie dir mal nützlich sein. Ich bin Théveneau de Morande.«

»Danke, Sir.«

»Sie denken, dass ... Nein, nichts.«

ZWEI PORTRÄTS VON KAIA WISRAMIANI, DIE IM GÄSTEZIMMER AN DER WAND HINGEN, UND ZWEI PORTRÄTS VON SALOMEA WISRAMIANI, DIE EBENFALLS IM GÄSTEZIMMER AN DER WAND HINGEN

Das erste Porträt von Kaia Wisramiani hatte Lawrence Jestry, ein professioneller reisender Porträtzeichner gemalt, der ein Meister des neoklassizistischen Stils war. Auf diesem Bild ist Kaia eine neunzehn Jahre alte Jungfrau. Da das Gemälde als Auftrag entstand und nicht durch den Herzenswunsch des Künstlers, ist es eher mit präziser Meisterhaftigkeit ausgeführt als mit Begeisterung. Jestry war schon betagt, als er das Bild malte, Kaia aber erst am Anfang ihres Lebens. Der Künstler hatte die Jungfrau vor einer vom Wind leicht bewegten Gardine gemalt, in einem kornelkirschfarbenen Kleid, das wie ein Abendkleid aussieht. Im Hintergrund sieht man den Waldrand und einen klaren, ruhigen Himmel. Die junge Frau stützt sich mit der Hand aufs Fensterbrett und da sie Kornelkirschfarben trägt, sieht sie älter aus. An ihre Mädchenhaftigkeit erinnern nur drei Wiesenblumen in der anderen Hand. Ihr Haar ist festlich nach hinten gekämmt. Kaias Gesicht lässt den Betrachter vergessen, dass sie eine ganz junge, fröhliche Frau ist, auch wenn sie ein Bein verspielt hinter das andere geschoben hat. Denn bei der Betrachtung eines Porträts schaut man zuerst ins Gesicht und denkt erst später über das gesamte Bild nach. Die hohe, helle Stirn mit den hochgezogenen Augenbrauen erinnert an die alten Filme mit Ava Gardner. Ihre vollen Lippen, die eher sarkastisch als fröhlich lächeln, und ihre in die Ferne blickenden, leuchtenden Augen lassen auf eine sehr starke und unbeugsame Person schließen, auch wenn sie locker dasteht. Niemand weiß, ob Jestry den Charakter des Mädchens erraten hat oder nicht, ob er sich darüber Gedanken machte oder nicht. Jedenfalls malte er sie so und nicht anders. Da er ein erfahrener Künstler war, zeichnete er sie nicht zufällig in einem dunkelroten Kleid. Lippen, Augen und Kleid sind in einem Farbton und lassen nur an eines denken: Das alles ist Blut.

Das zweite Porträt von Kaia Wisramiani entwarf ein Künstler italienischer Herkunft, Renato Folla. Ein ebenso erfahrener Künstler, dessen Atelier der schnellen Porträtmalerei sich im Strandviertel befindet. Dort sitzen um die zwanzig Maler und malen innerhalb von einer halben Stunde Aquarellporträts. Signor Folla ist ebenfalls Porträtmaler, nur begabter und freier. Seine Phantasie kennt keine Grenzen, obwohl der Auftrag der Wisramiani eine Übertreibung ausschloss. Folla hatte für ein offizielles Familienporträt zwar eine zu bunte Sicht, aber man beauftragte ihn dennoch. Kaia Wisramiani steht fünfundzwanzig Jahre später im schwarzen, dekolletierten Abendkleid im Granatapfelhain. Ihren sehr hellen Hals und die Brust schmückt eine weiße Perlenkette. Sie lacht wie eine Operndiva beim Applaus, und unter ihren Füßen erstreckt sich ein Marmorweg. Der Künstler scheint einen anderen Stil als seinen eigenen gewählt zu haben: Das Gemälde ist hyperrealistisch, was eine gewisse Meisterschaft verrät. Der

Künstler hat den Charakter der Frau mit einem fotografieartigen Spiel von Licht und Schatten wiedergegeben. Trotz ihres Lächelns angesichts des Applauses sind die Augen der Frau hart und in die Ferne gerichtet. Wären nicht die leuchtend weißen Zähne, könnte man denken, sie sei Kapitänin eines Piratenschiffs oder Richterin oder sonst wer. In der Granatapfelallee hängen die Früchte so tief, dass ein Ast sogar ihre Schulter berührt. Die Kornelkirschfarbe konnte auch Folla nicht vermeiden, er hat sie aber viel lebendiger gemischt, auch wenn Kaias Augen hier dunkler und fast schwarz sind im Vergleich zum Jugendporträt.

Diese Porträts hängen nebeneinander im Hause von Kaia Wisramiani und Bu, das sich an der Grenze des Genuesenviertels zum Strandviertel befindet.

An der Nordwand des Zimmers hängen zwei Porträts der Tochter den Porträts der Mutter genau gegenüber.

Das erste Porträt wurde gemalt, als Salomea um die fünfzehn Jahre alt war, das zweite zwanzig Jahre später. Das Jugendporträt hat derselbe Renato Folla gemalt, der offenbar einen Wisramiani nach dem anderen abbildete. Follas Kunst besteht eben darin, dass nur ein Kenner sieht, dass die Bilder von ein und derselben Hand sind. Sogar die kleinen Initialen im der Ecke des Gemäldes, r und f über Kreuz, sehen aus wie von verschiedenen Personen gezeichnet. Für das Bild der Fünfzehnjährigen hat sich der Künstler von Gauguin inspirieren lassen und einen wunderbaren Teppich gewebt. Es ist nicht Tahiti, sondern das rostige Orange und der blassrote Hintergrund muss ein Stück des Wisramiani-Weinfelds sein. Das träumerische, etwas mollige und hoffnungsvolle Mädchen, im Schneidersitz und in einem staubigen Leinengewand, ist die Erbin der Wisramiani. Folla hat das Bild im Dorf auf der Südinsel gemalt. Deshalb ist das Mädchen wie eine Bäuerin dargestellt. Vielleicht lautete der Auftrag der Wisramiani auch so, um die einfache, gleichzeitig besondere Herkunft der Familie zu unterstreichen. Auch wenn es auf dem Bild viel Sonne gibt, ist nichts ausgeprägt Sexuelles darin zu entdecken, keine Formen, die für junge Mädchen dieses Alters kennzeichnend sind und die Künstler so gern hervorheben. Folla war ein Frauenheld, der ganze Tage

4

mit den Modellen im Atelier verbrachte. Was er dort trieb, ist unbekannt, doch war er von Natur aus fleischlichen Genüssen zugeneigt. Da er das Bild zeichnete, als er bereits aufs Alter zuging, gefiel ihm das Mädchen sicher und er hätte mit seinem tückischen Pinsel gewiss einige Striche hinzugefügt. Aber Folla wollte das Porträt eines erwartungsvollen, aufgeweckten Mädchens. Da das Bild nun an der Wand hängt, kann man annehmen, dass die Wisramiani Follas Sicht teilten.

Zwanzig Jahre später wurde das zweite Porträt von Salomea gemalt. Es ist ein sehr einfaches Bild: Der Meister stellte sie vor neutralem Hintergrund, einer Festungsmauer ähnlich, dar. Er war ein osmanischer Künstler aus Istanbul. Eigentlich hätte er auf dem Bild irgendetwas Östliches hinzufügen müssen, aber das war nicht der Fall. Mustafa Nesini malte gewöhnlich nur Männer. Er malte sein Leben lang türkische Politiker, und dies hauptsächlich aus dem Kopf: offizielle Porträts für das Regierungskabinett oder Familienporträts für reiche Leute. Er hatte eine Wohnung in Santa City und war zwei Mal im Jahr auf der Insel. Salomea wurde damals zum Großvater gerufen und erfuhr, dass Mustafa Nesini ihn, seine Brüder und ihre Onkel gemalt habe. Er wolle nun auch ihr Porträt in seinem Wohnzimmer haben. Wie es dazu kam, dass dieses Bild im Hause seiner Tochter Kaia landete, ist unbekannt. Da Mustafa Nesini hauptsächlich Männer porträtierte, malte er Salomea genauso wie ihren Großvater und ihre Onkel, bis zur Brust auf grauem Hintergrund mit dem gängigen Helldunkel. Es ist schwer zu sagen, ob sich der Künstler Gedanken über das unglückliche Leben dieser Frau machte oder ob es nur ein Ergebnis der geübten Hand war. Tatsache ist, dass Mustafa Nesini Salomea wie einen jungen Mann darstellte. Eine Frau, aber auch einen Mann: Es gelang ihm wunderbar. Der osmanische Künstler hat Salomea unwillkürlich so gezeichnet, wie sie damals war und wie es besser nicht hätte wiedergegeben werden können: das erboste Blitzen ihrer kornelkirschfarbenen Augen, das erhobene Haupt, die strenge Frisur und die noch strengere Kleidung, das schwache Licht und Lippen, die anders hätten aussehen sollen, die aber so geraten sind: erwartungsvoll oder auch wachsam.

Die zwei Porträts der Tochter hängen den zwei Porträts der Mutter im Gästezimmer gegenüber. Auf den Porträts blickt aber nur die Mutter auf die Tochter. Sie sehen sich in ihrer wilden Erwartung und Unruhe irgendwie ähnlich.

SARI BEGS KULADSCHA*

»Mein Junge, ich muss dich daran erinnern, dass wir uns auf einer Insel befinden. Von einer Insel kann man nicht fliehen. Wie lange willst du denn noch bleiben? Am Ende findet man dich doch.«

Agatia hatte keine Angst. Der Mann hatte ihr erst geholfen, die Taschen hochzuschleppen, und war dann unverhofft in die Wohnung getreten. Er hatte die Einkaufstaschen zu Boden fallen lassen und die Tür schnell hinter sich geschlossen.

Dann lehnte er sich mit dem Rücken an die Tür und sagte zu Mütterchen Agatia:

»Du musst mich verstecken, der Hauptmann sagte mir, du könntest das.«

Agatia schob mit dem scharfen Nagel ihres langen, knorrigen Zeigefingers ihren Schleier zur Seite und sagte:

»Ich habe doch sofort bemerkt, dass du kein Anglese bist.«

Plötzlich fiel ihr das leichenblasse Gesicht des jungen Mannes auf, seine schweren Lider und seine wie leblos herunterhängenden Arme. Er stand an die Tür gelehnt da und sah, müde, wie er war, eher wie ein alter Mann aus.

»Was hast du, mein Junge?«, fragte sie.

»Du ... Sie ... sind Agatia«, sagte er aufatmend.

»Wie alt bist du, mein Junge?«

»Vierunddreißig.«

»Du bist genauso alt wie mein Enkel. Wieso hast du mich ausgewählt? Weil man so einer Alten wie mir den Hals leichter umdrehen kann? Chetia der Hauptmann, he-he-he ...«

---

* Kuladscha – georgische Männertracht

4

»Nein, verdammt ... die verfolgen mich seit gestern ...«

»Komm weg von der Tür und setz dich hierher ... Ein Art-schiliani wird nie so tief fallen und seinen Gast einem englischen Constable ausliefern«, sagte sie plötzlich, »setz dich hin. Ich habe Kaffee getrunken, der mir ein bisschen zu Kopf gestiegen ist. Deshalb bin ich so wütend. Alle wollen etwas von mir ... Setz dich in diesen Sessel. Wenn du mich erwürgen willst, musst du erst viele Gebete aufsagen, eine Woche lang fasten und danach allein, als Unmensch, in den Wald fliehen. Dann aber so lange leben, dass wieder ein Mensch aus dir wird«, setzte die Alte mit einer etwas schrillen Stimme hinzu. »Was willst du trinken? Whisky oder Gin? Soll ich etwas dazumixen? Es sind alles alte Jahrgänge. Neue habe ich gar nicht mehr gekauft.«

»Ich bin auf Pabeg*.«

»Was bist du?«

»Ich bin abgehauen und verstecke mich eben« – der junge Mann beruhigte sich etwas – »ich weiß, dass du Königin warst und jetzt einfach so bist. Drei Tage, und dann gehe ich endgültig, ich haue ab von hier. Ich muss nur einige Anrufe erledigen, aber ich habe kein Geld.«

»Zu dir würde ein Schnurrbart passen und eine schöne alte Tracht.« Mütterchen Agatia stieß die Milchglastür zum Schlafzimmer auf und ging hinein. Der Gast folgte ihr. Er tat, was nötig war, denn wer weiß, was die Alte vorhatte. Agatia aber öffnete die Schranktür und sagte:

»Was bist du für ein Dummkopf, mein Junge. Den Revolver trage ich in meiner Tasche herum. Wenn ich wollte, hätte ich dich vor der Haustür erschießen können ...«

Der Gast lachte. Agatia nahm ein altes Kleidungsstück aus dem Schrank.

»Hier, das ist Sari Begs Kuladscha, innen mit Tigerfell gefüttert. Schau, wie reich bestickt sie ist. Zieh sie mal an. Sie ist seit über hundert Jahren nicht mehr getragen worden.«

Der Bandit musste lachen.

---

* Pabeg – russisch: »Flucht«

»Ich will das nicht. Also gut …«

»Nimm sie, nimm sie doch – wenn du nicht willst, ich will es.« Die Königin reichte ihm die Kuladscha. Als er sie gedankenlos entgegennahm, sah er, dass die Alte eine winzige, glänzende Pistole in der Hand hielt.

»Was willst du jetzt machen, wenn ich schieße?«, sagte Agatia und wackelte dabei mit dem Kopf.

»Bist du verrückt, Babuschka?« Er lachte. »Ich bin von oben bis unten voll Munition«, und er fuhr mit dem Finger von der Schulter bis zum Gürtel hinunter. Agatia aber hielt stur ihre Pistole auf ihn gerichtet. Mit schmalen Schultern, gekrümmt, in dieser sonnenüberfluteten Stadt sehr blass, die Haut zerfurcht und mit hellbraunen Flecken auf ihren alten Händen, in altmodischen Lackschuhen, in denen sich die Knöchel an unterschiedlichen Stellen hervorwölbten, mit Pfauenfedern auf der Brust – so stand sie da und hielt ihm ihre Pistole wie ein Spielzeug vor die Nase.

Nika lachte.

»Jetzt sag mir, wer du bist, sonst gibt's keinen Whisky.« Agatia schwenkte den Kopf hin und her.

»Ich bin der Schwiegersohn der Wisramiani«, stieß Nika widerwillig hervor.

»Uh, das hättest du gleich sagen können.« Agatia stampfte mit ihren Absätzen auf den Boden. »Und woher weißt du, wer ich bin?«

»Du bist doch die …«, stotterte Nika, »ich weiß, dein Vater war König … und dann … eh … Chetia sagte, ich solle in seinem Namen zu dir kommen. Du würdest mich verstecken. Alle sind hinter mir her. Wenn ich draußen bin …«

»Hast du eine Geschichtslektion bekommen? Sicher haben sie dir so einiges erzählt.« Agatia Zichistawi-Artschiliani steckte die Pistole in den Schrank zurück und schubste Nika mit der Hand aus dem Schlafzimmer. »Komm, einen Whisky trinken … Sag mal, welche Sprache beherrschst du noch außer diesem Kauderwelsch?«

»Ich habe etwas Englisch gelernt … ein wenig …«

»Anglesisch? Da hast du aber was gelernt. Die Anglesen werden bald nicht mehr hier sein.«

4

»Ich kann Russisch.«

»Russisch? Dort im Körbchen liegt meine Brille, die mit der goldenen Einfassung, gib sie mir mal her, ich muss dich genauer anschauen. Ich laufe auf der Straße ja nie mit der Brille herum. Ja, ja, du scheinst ein guter Junge zu sein. Schenk dir das mal selbst ein, sonst muss ich Alte mich bemühen. Die Wisramiani können hier nicht herkommen. Sie sind noch nie gekommen ... Hast du mir deshalb aufgelauert?«

Nika senkte den Kopf. Der Whisky war vortrefflich, etwas zu trocken.

»Rauchst du Lachkräuter?«

Nika musste wieder lachen.

»Solange du in diesem Haus bist, wirst du mir nicht rauchen. Ich mag das nicht. Was hast du bei den Wisramiani angestellt? Du musst es mir erzählen, sonst geht das nicht ...«

»Was geht nicht?«

»Es geht nicht. Wenn man jemanden anstellt, muss man wissen, was er kann.«

Nika begriff, dass Mütterchen Agatia keinen Spaß mehr machte.

Was sollte er erzählen?

»Ich weiß von deiner Ehe«, sagte Agatia in einem ganz anderen Ton. »Jetzt sind andere Zeiten. Wenn du mir nicht sagst, wer du bist und woher du kommst, kannst du nichts erreichen. Denn bis heute kam jahrelang niemand in diese Wohnung, ab heute werden aber viele aus- und eingehen, da sich plötzlich alle an mich erinnern. Auch so einem Dummkopf wie dir bin ich heute eingefallen. Chetia ... Ist es nicht schon eine Weile her, dass du im Genuesenviertel auf den Enkelsohn von da Costa geschossen hast? Haben sich nicht die Wisramiani damals um dich gekümmert, dich verschwinden lassen? Man hat dich im Sungalen-Hotel gefunden. Georgien hat die Artschiliani im Stich gelassen. Man hat uns an der Schwarzmeerküste gelassen, wir wurden Osmanen und sonst wer. Danach aber kamen die Anglesen und hier, diese drei Zimmer. Du hast mich angelogen, bist mir mit den Möhren in meine Wohnung gefolgt. Mit welchen Höllengeschichten willst du mich nun beschießen, um hier dein Lager aufschlagen zu können? Trink das aus und erzähl, was du angestellt hast oder nicht anstellen konntest, und dann werden wir sehen. Schau diesen elenden Chetia an, schickt mir einfach Leute her ... So viel Geld, wie die Wisramiani besitzen, haben wir Artschiliani dem Kloster gespendet. Sag danke, dass ich dir, dem Schwiegersohn der Kaufleute, erlaube zu sitzen.«

Nika stieß unwillkürlich einen Pfiff aus.

»Babuschka, bist du ein harter Typ?«

»Ich weiß nicht, was das bedeutet.«

»Du bist ein Ganabi*, für mich bist du wirklich ein Ganabi.« Nika musste wieder lachen.

»Erzähl mir davon«, sagte Mütterchen Agatia, »und stell den Aschenbecher hier rüber, erzähl mir, was ein Ganabi ist und wer jener Typ ist.«

Später half Nika der alten Agatia Zwiebeln schneiden. Als es Abend wurde, sagte die Frau:

»Du bist die rechte Hand des Königs. Es kann dir niemand etwas antun. Bleib zuerst hier im Haus. Es kommen immer mehr Ausländer auf mich zu und ich muss meine Zeit zunehmend in Gesprächen mit ihnen verbringen.«

»Wer bin ich?«

»Die rechte Hand des Königs, ein Scharmadin, das ist so ein Amt. Wenn ich schlafe, bist du der Burgvogt, nur nachts. Frühmorgens bin ich es wieder. Du musst Wache halten und auf allen Seiten Feuer anzünden, die man vom Meer aus sieht. In Friedenszeiten, aber nicht im Krieg. Du bist klug und unglücklich, kennst kein Gewissen. Ich werde es dir beibringen.« Nika musste wieder lachen.

»Geh, schau es dir an, ich hab schon ein Papier verfasst, einen Stempel darauf gesetzt und es sogar unterschrieben. Du bist nun ein Eingeschworener und nun hängt es davon ab, was du tust ...

---

* Ganabi – Vorsteher der Diebe, der in kriminellen Kreisen für Ordnung sorgte (ein sowjetisches Phänomen)

Du bist als Scharmadin eingesetzt. Du bist mein Scharmadin.«

Agatia hatte das Dokument mit zitternder Hand verfasst. Wahrscheinlich, als Nika die Zwiebeln schnitt.

Die letzten Worte waren besonders beeindruckend: Regentin dieses Meeresteils, König der Könige der drei unter dem Volk der Johannen vereinigten Inseln, Königin und Burgvögtin und Dienerin Johannes des Täufers, Agatia.

»Ich habe die Titel etwas geändert, jetzt ist eine andere Zeit«, erklärte die Alte.

Nika hätte es gelesen, wenn er die Nusschuri-Schrift gekannt hätte.

»Du kennst die Klosterschrift nicht, oder? Ich werde sie dir beibringen.« Agatia Zichistawi-Artschiliani stellte den Topf auf den Herd. »Die Wisramiani – konnten sie dir nicht wenigstens das Schreiben beibringen, diese Klumpfüße?«

Kurze Bemerkung

Nika Abaischwili hatte seit seiner Kindheit eine seltsame Gewohnheit, die man nicht bei ihm erwartet hätte: Er weinte sich immer in den Schlaf. Er zog sich die Decke über den Kopf und weinte. Für sich, leise und mit Tränen. So war es jede Nacht. Er selbst konnte sich nicht erklären, warum er weinte, aber es half ihm. Im Weinen lag seine Ruhe.

FÜNF FERNGLÄSER
UND EIN BROMBEERSTRAUCH

MARMELADE ESSEN

»Marmelade essen« ist einer der Ausdrücke beim Kartenspiel, die man während des Spiels nicht ausspricht, weil sie sonst als Beleidigung stehen bleiben. Aber wenn man zu früher Stunde die Spielhalle verlässt und einem der Morgenfrost ins Gesicht schlägt, kann man dem Passanten auf die Frage, wie das Spiel war, an die zwanzig Antworten geben. Wenn man als Paar spielte, drücken alle zwanzig Antworten den Grad des Erfolgs aus. Unter anderem gibt es den Ausdruck: Ich habe Marmelade gegessen.

Das kommt nicht häufig vor und drückt auch nicht das Beste aus. Es gibt im Inti, dem populärsten Kartenspiel Santa Esperanzas, zwei oder drei solcher Kombinationen, die nicht als gut gelten, aber nur halben Verlust bringen. Zum Beispiel, wenn einer der Verteidiger aussetzen muss, weil er seine Karten nicht umtauschen will. Er will kein Risiko eingehen, denkt dabei an sich und weniger an seinen Partner. Er selbst wird nicht von den Angreifern bedrängt und tut so, als helfe er dem allein gebliebenen Partner. Dabei ruht er sich jedoch aus, das heißt, er isst Marmelade.

Es gibt keine schlechte Marmelade auf Santa Esperanza, nur hausgemachte, und diese nur an einem Ort auf der Straße der Genuesen, im alten Zuckerwarenladen von Tornatore.

Dass dieser Ausdruck, Marmelade essen, Gewissenlosigkeit oder Verrat bedeutet, kommt aber nicht daher. Sondern daher, dass es 1891 vor dem Zuckerwarenladen eine Schießerei gab. Lega Kariani erschoss aus Eifersucht einen englischen Leutnant. In einer Versammlung schrie er laut:

»Wem gehört diese Frau letztendlich, mir oder dem französischen Leutnant?«

»Er ist Anglese und kein Franzose«, entgegnete man ihm darauf.

»Ist doch einerlei«, erwiderte Kariani, »Pistole und Kugel finden sich immer.«

So trug es sich zu. Während der Schießerei saß ein alter Genuese, Signor Massimo, im Zuckerwarenladen am Fenster und sah genau, wie Kariani die Pistole auf den Leutnant richtete, wie dieser hilflos gestikulierte und einen Schrei ausstieß, ehe er niedersank.

Während der Ermittlung befragte man den alten Massimo ebenfalls. Er sagte jedoch gemäß alter esperantinischer Tradition nichts und antwortete auf alle zwanzig Fragen nur:

»Ich habe Marmelade gegessen.«

Daher kommt dieser Ausdruck im Inti-Spiel.

BEIM DURCHBLÄTTERN DICKER ZEITUNGEN

Lamur Mosiarule legte seine alten, ausgetrockneten und von der Sonne gebräunten Arme gerne auf den Tisch. Trotz seines hohen Alters war er immer jugendlich gekleidet und trug den Hut tief ins Gesicht gezogen wie ein cooler Typ. Er bemerkte oft, dass Ausländer auf der Terrasse die ausgeblichenen Tätowierungen auf seinen Armen betrachteten. Lamur Mosiarule las gerne Zeitung, kaufte sie aber selten selbst. Im Café fand er immer eine bereits gelesene, liegen gelassene Zeitung. Er setzte sich gemütlich in einen weißen Sessel, drückte seine Knie an den Tisch und breitete die Zeitung darauf aus. Die Arme, auf die er so stolz war, abgestützt, vertiefte er sich in den Lesestoff.

Kein Wunder, dass Touristen ihn für einen alternden Rocksänger hielten, obwohl er ein gewöhnlicher Bürger war. Ein angetrunkener Deutscher wollte seinem Freund sogar beweisen, dass auf der Terrasse des Cafés »Frontera« in der Porta Nova Keith Richards sitze. Lamur Mosiarule wusste zwar nicht, wer Keith Richards ist, war aber im Alter genauso mager wie dieser und trug auch gern leichte, weite Kleidung.

An jenem Nachmittag fand Lamur auf einem Stuhl ein Magazin, eine Beilage der Sunday Times, und begann nach Gewohnheit darin zu blättern. Auf Seite 20 bis 22 stand ein umfangreicher Artikel über Santa Esperanza. Es war keine Reisebeilage und der Artikel schien auch nicht für Touristen geschrieben zu sein. Die Autoren Jeffrey Chartington und Théveneau de Morande berichteten über die Cafés auf Santa Esperanza und entdeckten dort auch einige berühmte Persönlichkeiten der Stadt.

Liest man eine Zeitung, so liest man sie einfach. Dabei erfährt man etwas Neues und berichtet am Abend bei Freunden vielleicht zwei oder drei Worte darüber. Wenn aber Lamur Mosiarule eine Zeitung liest, ist es anders. Eine Nachricht ist für ihn nicht nur eine Nachricht, sondern ein Tropfen, in dem das ganze Universum Platz hat. Eine Story ist für ihn etwas wie ein Schloss, das aus Streichhölzern gebaut werden muss. Deshalb brachte Lamur den Artikel über die Cafés von Santa City mit den bevorstehenden politischen Ereignissen in Verbindung.

Es stand sowieso überall: Vor dem Sommer endete die anderthalb Jahrhunderte während englische Besatzung der Insel und das Land wurde unabhängig. Aus diesem Grund gab es eilige Unterredungen zwischen den Diplomaten Großbritanniens, der Türkei, Amerikas, Russlands, der Ukraine und Georgiens. Jeder beanspruchte Santa Esperanza, aber alle waren sich einig, dass die drei kleinen Inseln bleiben sollten, was sie waren. Sonst wäre die Gefahr zu groß, dass jemand sein Interesse nicht mit Geld, sondern mit Pulver geltend machen würde. Das wäre nicht nur für Santa Esperanza gefährlich, sondern für alle. Deshalb waren ausländische Diplomaten, diverse Emissäre, unterschiedlich Vorsichtige und tausend Gefahren meisternde Menschen damit beschäftigt, sich nicht nur über die Erweiterung der Rechte des Parlaments Gedanken zu machen, sondern auch über dessen Zusammensetzung. Deshalb führten sie mit den Mächtigen der Insel geheime Verhandlungen. Es war sehr schwer, Russen und Türken miteinander zu versöhnen. Die Türken sahen die Inseln als ihr Eigentum an, konnten es aber nicht lautstark verkünden. Es gab im russischtürkischen Vertrag, der vor anderthalb Jahrhunderten geschlossen worden war, zwei perfide Paragraphen, die das nicht gestatteten. Der Vertrag war von zwei Seiten unterschrieben: vom Verwalter und Patron (genau so stand es da) Saint Johns, also Santa Esperanzas, Sari Beg Artschiliani und von Oberst Rollston. Russland sprach zwar von eigener Sicherheit, war aber ebenfalls scharf auf die Inseln. Es bestand jedoch durchaus die Möglichkeit, im neuen Zeitalter eine friedliche Regelung zu finden.

Lamur Mosiarule war große Politik wirklich scheißegal. Das alles konnte man sowohl im Fernsehen als auch über Rundfunk erfahren. Sein Business, seine »Spezialdienste Lamur und Pingio«, würde zu allen Zeiten wunderbar funktionieren. Lamur interessierte sich für die Geschichten der Menschen, nicht für Politik. Diese Geschichten pflegte er wie ein Bauer seinen Acker: Er pflügt, eggt, sät, düngt, erntet, zählt und verkauft danach.

So geschah es auch mit Lamurs Geschichten. Er zog eine Story wie ein Fohlen auf, ritt sie ein und verkaufte sie schließlich. Manche Geschichten wuchsen innerhalb von Stunden, andere brauchten Jahre.

Die politische Lage war angespannt, da keiner wusste, wer nach dem Abzug der Engländer die führenden Positionen im Land einnehmen würde und welche Familien in der Regierung vertreten wären. Deshalb bereitete Lamur Mosiarule unbemerkt von anderen einige Geschichten vor, die er im Winter verkaufen wollte. Das war seit jeher sein und seiner Vorfahren Beruf gewesen.

Der Bericht über die Cafés machte Lamur stutzig und nach fast zwanzig Minuten Lesen begriff er, dass er auf einen Schwanzzipfel gestoßen war, der aus der Höhle der großen Politik hervorlugte.

Außerdem kannte er Théveneau de Morande, besser gesagt, er wusste, wer dieser Mann war, der sich als französischer Journalist ausgab und behauptete, dass er die Londoner Schreiber mit diversen verwickelten Storys versorge. Lamur glaubte nicht, dass er wirklich Franzose war. Vielleicht hatte er einen französischen Großvater, wenn überhaupt. In dem Artikel über die Kaffeehäuser berichtete Morande auch von Gesprächen mit ganz unterschiedlichen Menschen zu unterschiedlichen Themen. Darunter war auch Agatia Zichistawi-Artschiliani, eine betagte Khanum, die letzte Erbin des Inselverwalters Sari Beg, den die Engländer übers Ohr gehauen hatten. Das alles hätte Lamur Mosiarule nicht verwundert, hätten im Artikel nicht die merkwürdigen Sätze gestanden: »Sie wäre wirklich eine wunderbare Herrscherin. Ein Land steht vor allem für die Würde seiner Bewohner. Und ein Land, das vom Tourismus leben will, muss unbedingt seine Würde bewahren. Diese verkörpert die keineswegs vermögende alte Dame zutiefst.«

Lamur Mosiarule verlangte ein Glas Weißwein, rauchte und überlegte. Er schaute auf die fast leere Straße vor der Terrasse, dann auf die alte Haustür auf der anderen Straßenseite und dachte, dass dies alles nicht ohne Grund geschehe. Die Engländer würden die Flagge der Insel gewiss dieser vergessenen alten Dame überreichen. Er vermutete, dass die Engländer einen geheimen Plan hatten, wonach sie eine Monarchie nach ihrem Vorbild errichten und damit Ruhe und Ordnung wahren wollten.

»Sie haben ja auch eine Königin. Genau so wird es sein«, überlegte er und ließ den Rauch aufsteigen.

Darüber wurde in keiner Zeitung geschrieben und nirgendwo berichtet. An diese alte Frau hatte niemand außer den Engländern gedacht. Das ist ihre Art: Sie tun, als hätten sie nichts weiter im Sinn, und veranlassen das Notwendige. Geschichten entspringen aus vielerlei Quellen und die verborgenste erweist sich meist als nützlich und ihre Verwirklichung als wünschenswert. Und alles ergibt sich daraus, dass die Engländer im Land Ruhe bewahren wollen.

An der Ruhe in diesem Land waren zwar alle interessiert, aber die Engländer hatten die Zügel in den Händen. O ja, natürlich. Lamur Mosiarule dachte lange darüber nach, wer dieser Théveneau de Morande sein könnte, und entschied, ein wenig nachzuforschen.

Er überlegte auch, dass Agatia Zichistawi-Artschiliani zwar eine alte und gebrechliche Frau war, es auf der Welt aber keine alte und gebrechliche Frau gibt, die nicht Königin sein möchte, noch dazu, wenn es ihr der Herkunft nach zusteht.

Lamur Mosiarule ging zu Fuß in die Bibliothek.

Es war eine kleine, private Bibliothek der katholischen Bruderschaft.

Er ging gleich zu den Regalen, holte an die zehn Bücher heraus und blätterte nachdenklich darin herum.

5

Am nächsten Tag suchte er den jungen Parna auf, den Sohn von Parna Medrosche. Die Medrosche waren schon immer Inti-Spieler gewesen, früher aber, am Hof der Artschiliani, Fahnen-träger. Sie hatten den Königen, Burgvögten und Paschas stets zur Seite gestanden.

Lamur Mosiarule erklärte dem jungen Parna ausführlich die Lage, obwohl dieser sich überhaupt nicht für Politik interessierte. Ihn interessierte das Leben, wie es einen Menschen interessiert, der bereits alles erfahren hat und seinem Schicksal dennoch treu folgt.

»Ich weiß jetzt noch nicht, was passieren wird, ich weiß noch nicht alles, aber du bist Parnas Sohn«, sagte Lamur Mosiarule, »deshalb sage ich es dir im Voraus. Du bist der Fahnenträger. Au-ßer dir darf keiner die Fahne anrühren. Wenn man sie dem König übergibt, muss er sie mit der rechten Hand an den Fahnenträger weiterreichen, an niemand anderen. Ein anderer darf sie nicht an-nehmen, verstehst du das? Das ist so Sitte. Deshalb wird man dich rufen.«

»Wer wird mich schon rufen« – Parna lachte – »diese alte Frau etwa?«

»Parna, mein Junge, du bist doch Inti-Spieler oder nicht? Du kannst doch die Dinge erraten? So wird es sein … Sei darauf vor-bereitet, wer weiß, was alles kommt. Jetzt hör zu, ich las es gestern in den Büchern. Du bist nicht allein. Wenn der König auftritt, hat er vier Gefolgsleute: den Fahnenträger, seine rechte Hand, den Hauptmann und den Waffenschmied. Dich habe ich gefunden, nun muss ich noch die übrigen drei finden. Deshalb habe ich dich um Geld gebeten, ich will sie ja auch für dich finden, verstehst du? Ihr habt doch einen Namen, wie ich, wo aber soll ich nun den Waf-fenschmied und die rechte Hand des Königs finden? Dann werde ich noch die Königin aufsuchen. Sag mir Bescheid, wenn du etwas erfährst.«

Parna musste wieder schmunzeln. Er kannte die Menschen und besonders Lamur Mosiarule.

»Wirst du weiterhin Läufer sein? Das ist doch auch so ein Name.«

»Für meine Stelle hat man inzwischen die Zeitung erfunden«, sagte Lamur, »ich übe ja die Tätigkeit meines Namens aus, aber seit ihr Spieler geworden seid …«

Lamur Mosiarule war ein arglistiger Mensch. Er war durch und durch gerissen. Wie konnte ein Läufer anders sein? Parna wusste nicht, was er sich ausgedacht hatte, aber er begriff, dass es nichts für ihn war. Der Läufer wusste genau, dass Parna seit Kurzem mit dem reichen Inti-Spieler Data Wisramiani befreundet war. Sie spielten ständig als Verteidiger-Paar. Die Wisramiani waren eine mächtige Familie. Wer weiß, ob Lamur Mosiarule irgendwelche Wisramiani-Geschichten aushorchen wollte und sich deshalb an ihn heranmachte. Ein Läufer konnte eine Geschichte nie von Grund auf erfinden. Sicher wusste er noch nichts, fing gerade erst mit Stöbern an. Er nahm nie Einfluss auf die Geschichten. Er suchte nur danach, wie ein Fischer die Würmer, um sie auf den Angelhaken zu spießen.

»Bin ich ein Wurm?«, fragte Parna Medrosche.

»Du bist Parnas Sohn«, erwiderte Lamur Mosiarule, unverschämt, wie er war.

LEBEN UND WIRKEN DES NIKOLAOS, RECHTE HAND, SCHARMADIN UND NOVIZE

(Aus dem Heft über den Lauf der Dinge des Mönches Pantheleimon)

Im Namen des Vaters, des Sohnes und des Heiligen Geistes, vergib dem Sohne der Stadt Tiflis, Nikolaos Abaischwili.

Aufgezeichnet ward diese Geschichte nach Wunsch und Willen des Bataillonshauptmanns und der rechten Hand unseres Burgvogts, Abaischwili Nikolaos, 𐌃𐌏* Jahre nach seiner Geburt gezählt, Georgier, im Dienste unserer Königin Zichistawi-Artschiliani.

---

* 𐌃𐌏 – nach altem georgischem Zahlensystem die Zahl 34

Aufgezeichnet ward diese Geschichte nach Wunsch des Abaischwili Nikolaos, der die Kirchenschrift nicht kannte und während der Kommunion und seiner letzten Beichte bei der Morgenandacht am Donnerstag mich, Pantheleimon, den Armseligen Gottes, innigst bat, sein ganzes Leben seinen Worten gemäß, die er mir schon früher mit großer Zuneigung anvertraut hatte, aufzuschreiben.

So nahm ich, Pantheleimon, Ergebener Johannes des Täufers, Schreibpapier und erzähle es dir so, wie er es mir selbst im Kloster berichtete.

Die Geburt Nikolaos' des Georgiers in Tiflis, im Viertel namens Were, erfüllte seinen Vater mit großer Freude. Nikolaos wuchs mit viel Liebe auf. Ansor, sein Vater, war Inhaber einer Fabrik und es fehlte Nikolaos als Knabe und Jugendlichem an nichts. Gegen Ende seiner Tage begriff er, dass ihm jeder Reichtum zuteilgeworden und alles nach seinem Willen geschehen war. Obwohl seine Familie gute Menschen waren, mangelte es an der Weisheit der Seele und am Nachdenken, denn er wuchs im Geiste der Nichtigkeit des Lebens auf und kannte als Jugendlicher nur die Begehren des Lebens, nicht die Pflichten – so berichtete es mir Nikolaos.

Ansor, sein Vater, war gütig, standhaft bei der Arbeit und liebte das Gelage und das Vergnügen. Aber den Sohn setzte er nie auf das eigene Pferd, sondern half ihm und seinen Freunden bei jedem Misstritt aus der Not, indem er die Herrschenden mit Geschenken oder nur mit Worten gnädig stimmte.

In jenem Stadtviertel Were und im Nachbarviertel Wake gab es viele Knaben und Jugendliche aus wohlhabenden und wegen ihrer Bildung berühmten Familien, die jeder kannte. Die Jugendlichen aber gaben sich der Wollust des Teuflischen hin, nahmen berauschende und erheiternde Kräuter zu sich, als heilende »Arznei« bezeichnet und in den Körper mit medizinischen Spritzen eingeführt. Den Vätern verschwiegen sie es, um deren Zorn nicht zu wecken. Trotz des Reichtums, der sie umgab, hatten sie aber keine Mittel für das Rauschgift, denn sie konnten schlecht Geld dafür von den Eltern erbitten. So stahlen sie sowohl zu Hause als auch außerhalb und räuberten herum, wovon ihre Mütter und Väter keinerlei Ahnung hatten.

So war es wohl zur Zeit der Herrschaft der Russen in Georgien. Ein jeder hatte Ehrfurcht vor den Gesetzen und den Kerkern der Russen. Die Väter suchten bei einem Misstritt ihrer Söhne die Obrigkeit, meist Russen, mit Gaben auf und versuchten sie so aus dem Gefängnis freizubekommen.

Aber keiner mochte diese jungen Leute.

Als die Russen gingen und das Land den Georgiern überließen, schlossen sich diese Jungen und Jünglinge, welche vom Teufel besessen waren, darunter auch Nikolaos, zu einer plündernden Truppe zusammen, die, mit besten Waffen ausgestaltet, einen jeden überfielen: Wirte, Fabrikanten, Zeughausverwalter, Schatzmeister wie andere und entwendeten ihnen Schätze und Güter. Sie machten sich einen Namen als üble und rohe Kerle. Als aber in Kartli Krieg* ausbrach, scharte ein alter Mann namens Gabriel diese plündernde Truppe um sich und schuf ein Heer aus Räubern, gemischt mit rechtschaffenen Männern, bestürmte die Regierung, siegte und frohlockte.

Diese jungen und üblen Räuber aber gehörten nun der Truppe der Machthaber an, räuberten weiter und plagten die Bevölkerung, die sich über ihre Herrschaft beklagte. So kam es zu zahlreichen Kriegen. Sie kämpften tapfer wie Löwen und wie unbiegsame Speere. Viele wurden verletzt, starben und fanden ihre letzte Ruhestätte. Andere kamen dazu, immer neue junge Männer schlossen sich diesen Liebhabern von Waffen und berauschenden teuflischen Kräutern, die sie als Arznei bezeichneten, an.

Abaischwili Nikolaos war bei jedem Krieg, jedem Rausch, jeder Räuberei dabei. Sein Vater Ansor starb vor Gram, seine Fabrik gab es nicht mehr. Im Lande Kartli herrschten Unheil, Schrecken und Feindschaft.

Eines Tages erblickte der Räuber Abaischwili Nikolaos bei einer Trauerfeier eine weinende Frau und begehrte sie. Die Frau

---

* gemeint ist der Krieg 1991 in Georgien, als man den ersten Präsidenten stürzte

aber war die Witwe seines ehemaligen Kampfgenossen. Nikolaos wurde vom Teufel erfasst und er offenbarte der Frau seinen Herzenswunsch. Die schöne, weinende Frau, Ekaterine, erhörte seinen Herzenswunsch, folgte dann aber einem anderen Krieger. Es ward viel gekämpft zwischen den beiden, so wie es in alten Büchern über Jünglinge berichtet wird. Keiner von beiden obsiegte, doch überwältigte Nikolaos den anderen bei der letzten Begegnung und tötete ihn. Nikolaos konnte deshalb in Tiflis nicht mehr verweilen. Freunde, Mitkämpfer und Räuber empörten sich und wurden zu Feinden. Wie hatte er sich in die Witwe verlieben und dafür seinen Herzensbruder töten können?

So zog Nikolaos mit Hab und Gut gen Byzanz und verbarg sich vor allen Georgiern, so gut er konnte. An einer Stelle zu verweilen war unmöglich, seine Tasche voller Waffen aber ward gestohlen oder kam abhanden. So kam er als armer Mann auf den Johannesinseln an und wurde im Hause der Sungalen als Bruder empfangen, denn sie liebten alles Georgische. Nikolaos staunte über dieses Land, denn er wusste nichts über die Johannesinseln und auch nichts von den Sitten der Wisramiani, dieser mächtigen Familie und ihrer Eigenheit, sich als Bewahrte zu bezeichnen und keinen Außenstehenden als Schwiegersohn oder Schwiegertochter anzunehmen außer Georgiern und Georgierinnen aus Georgien.

Als der Großvater der Familie, Konstantin Wisramiani, den jungen Mann namens Abaischwili Nikolaos erblickte, der im besten Alter war, gewandt, hochgewachsen und töricht blickend, gab er ihm tausend Gaben samt seiner Enkelin Salomea, Tochter von Kaia. Nikolaos aber setzte sich die Hochzeitskrone auf und heiratete Salomea, obwohl er den Anfang und das Ende der Geschichte nicht kannte. Er war, wie es schien, begierig nach dem Reichtum der Wisramiani und auf das angenehme Leben. Salomea warnte ihn vor der Hochzeit: Er solle sie nicht zur Frau nehmen, denn es gehöre sich nicht, aus Habsucht zu heiraten.

Nikolaos aber sagte uns, dem Ergebenen des Johannes: Was ich getan habe, geschah nicht aus Habsucht, Starrsinn noch aus schmutzigem Begehren einer Frau. Es war die Schicksalssuche eines zur späten Stunde vom Leid ereilten, heimatlosen und verfolgten Mannes, eines Weinenden und eines Denkenden. Denn es lag ein blankes Blatt Papier vor ihm, worauf er ein neues Schicksal zeichnen sollte, auch wenn Kaias Tochter Salomea beteuerte, dass sie einem anderen ergeben sei, einem Jüngling, den die Familie nicht anerkannte. Sie flehte ihn in Gottes Namen an, sie nicht zu heiraten. Doch Nikolaos hörte nicht auf die aufrichtigen Worte der unglücklichen Frau, raffte all seine Bitternis und seine teuflischen Kräfte zusammen und lenkte so die Familie der Frau und die Tochter von Kaia.

Die Frau folgte ihrem Herzensbegehren dennoch, Nikolaos aber feuerte auf den Geliebten der Frau und verletzte ihn, schlug seine Frau mit Händen und allem anderen, was zum Schlagen taugt. Er war grausam und hochmütig. Seine Frau aber gebar ihm ein Kind. Sie beteuerte, dass keine Kraft sie beugen könne, dass zwischen ihnen Feuer sei und er darin sterben würde wie der Nachkomme des Teufels, durch die Flüche ihrer Lippen. Die Wisramiani aber fragten sich, wer dieser Mann sei, der ihre Tochter schlug und verletzte, der einer der Ihren war und auf der anderen Seite ein Räuber und Bandit. Als Nikolaos inneward, dass er in der Johannesstadt nicht mehr bleiben konnte, suchte er Zuflucht bei der Königin, deren Geschichte er kannte. Er stellte sich auf deren Herrschaftsgebiet als Freund des Chetia aus dem alten Hause der Sungalen vor. Er stellte sich vor und bat die Königin inniglich um Obdach. Die Königin nahm ihn freundlich auf und erkannte in ihm nicht das Böse seines Wesens noch seine teuflische Natur, sondern den Funken Güte in seinem Herzen – die Unbeugsamkeit und die Tapferkeit. Sie reichte ihm den Ärmel ihrer Rechten zum Zeichen seiner Einsetzung als Scharmadin – als Begleiter des Burgvogtes.

Die Königin begab sich, begleitet von Nikolaos als rechter Hand, mit ihrem geheimen Gefolge zum Kloster, hinter dessen Mauern er dem Willen ihrer Durchlaucht gehorchend verblieb. Der Sünder Nikolaos vernahm das Wort Gottes, und es öffneten sich in ihm die Wege zum Seelenheil. Er war arbeitsam und gütig wie ein wahrer Christ und es wurde ihm vergeben. Er trat in den Dienst unseres Heilands Jesu Christi und wünschte schließlich,

Novize im Kloster Johannes' zu werden, eine Mönchskutte zu tragen und ein Christ unter anderen zu sein, im Namen des Vaters, des Sohnes und des Heiligen Geistes, in Ewigkeit, Amen.

Er genoss die Zeiten seines Dienstes, freute sich des Seelenfriedens und des wahrhaftigen Klosterlebens, derweilen er auf ein Zeichen der Königin wartete. Das alles erzählte Nikolaos dem Armseligen Gottes, dem Mönch Pantheleimon, dem Ergebenen des Johannesklosters. Er bat ihn darum, sein Leben aufzuzeichnen und ihn aus den Klauen des Teufels zu befreien. Seine Fehler sollten für andere aufgeschrieben werden, um sie von ihnen fernzuhalten. Also schrieb ich, Pantheleimon, alles, was Nikolaos mir berichtete, auf. Gott, vergib ihm und lass ihn in der Obhut deines Paradieses sein, ihn, deinen Untergebenen Abaischwili Nikolaos, der sagen würde, dass die leiblichen Schmerzen einem Menschen erträglich sind, die seelischen aber ihn verzehren. Gott, vergib ihm, Amen.

DIE NARRHEITEN VON PARDON BELL

»Ich erzähle hier nichts aus jener berühmten Geschichte, der Geschichte von den sieben Städten. Die könnt ihr in den Büchern nachschauen. Wenn ihr aber keine Zeit habt, in Büchern herumzublättern, dann nehmt euch einfach das ewig gültige Brewer'sche Lexikon aus dem Regal, einen dicken Wälzer voller geordneter Aussagen und Geschichten, worin man an die sechs Zeilen zu den sieben Städten findet. Ebenda erfährt man, dass sich die sieben Städte auf einer Insel befinden und die Mauren sich mit ihrer Unersättlichkeit und ihren Säbeln in die Geschichte einmischten. Hätten sie nicht spanische Länder erobert, wären keine sieben Bischöfe aus den Pyrenäen in See gestochen, um jenen glückseligen und nie geschauten Inselstaat zu gründen, und keine sieben Städte hätten sich später rühmen können. Es gab viele, die sich zur Insel aufmachten, aber keinen, der zurückkam. Ist es ein Märchen oder eine wunderschöne Sage, die sich mit der heimlichen Leidenschaft der Spanier für das weite Meer erklären lässt, die sich später bestätigte? In jedem Märchensack steckt ein Körnchen Wahrheit inmitten abertausender Unwahrheiten. Ihr könnt es gerne herauslesen, wenn ihr möchtet, bis halb neun danach suchen und erst hinterher zu Abend essen. Ihr werdet es aber nicht finden, denn die Wahrheit aus einem Märchen können nur die Menschen herauslesen, die nicht nach der Vergangenheit forschen, sondern sie mit jeder Faser ihres Körpers spüren.

Diese wunderbare Gabe, die Vergangenheit auf eine wunderbare Weise zu spüren, hatte ich schon von Kindheit an, wurde mir aber dessen erst später bewusst. Sicher fragen sich jetzt viele, welchen Glaubens ich sei: christlichen, muslimischen, jüdischen, buddhistischen oder irgendeines afrikanischen. Ich bin von allem etwas, so wie es in der alten Zeit war. Denn ich besitze die Weisheit, die Dinge nicht so zu betrachten, wie es jedermann tut: oberflächlich, wie eine Zeichnung auf Papier. Sondern ich sehe Geschichte und Vergangenheit wie eine beliebige auf Glas gemalte Geschichte. Ich sehe das Bild durch die Scheibe hindurch von beiden Seiten. So ist es. Ich war überall dabei.

Als Garibaldi bei Calatafimi … Ich war dabei. Gewiss war ich dabei, Sir!

Ich begleitete Lord Byron bei sternklarer Nacht, ich war jener Schiffer, der ihn übers Wasser fuhr, als wir mit der Barke Waffen für die Griechen transportierten. Ich war dabei, Sir!

Ich war dabei, als der Makedonier sich über die Mauer ließ, ich war an seiner Seite!

Ich sehe alles ganz klar und vergesse nichts von dem, was ich gesehen habe. Deshalb weiß ich, dass es keine Insel mit sieben Städten gab, sonst wäre ich dort gewesen. Ich setzte den toten El Cid aufs Pferd und gab ihm eine Lanze in die Hand, damit er das Heer anführe.

Ich war in jedem Winkel dieser Erde. Ich war dabei, als Muhammad Tughluk auf der Veranda seines Palastes auf das leere und stumme Delhi schaute, nachdem er die ganze Bevölkerung nach Daulatabad umgesiedelt hatte, und die Stille genoss. Ich war dabei und riet ihm, es nicht zu tun. Und als er seine Sklaven anflehte, sich in Delhi anzusiedeln, war ich dabei.

Ich war dort, Sir, ich war überall und bin nun hier, denn ich kenne das alles. Ich kenne den wahren Namen der Inseln und habe alles vorausberechnet. Ich habe das Buch von Hanslow gelesen und sah alles vor meinem geistigen Auge. Es ist ein wunderbares Buch: »Die Annalen von Santa Esperanza«. Warum ich bis jetzt nicht herkam? Weil bis jetzt nichts passierte. Das Buch hat damit nichts zu tun, ich habe nur entdeckt, dass hier eine geheime Königin lebt. Hier lebt eine Königin, die das Land im Verborgenen regiert.

Deshalb bin ich gekommen, um ihr zu dienen, ich bin gekommen, um ihr Waffenschmied zu sein. Das ist mein Beruf, ich bin Waffenschmied und erriet ganz richtig, dass die Königin keinen hat. Es ist unmöglich, dass sie einen hat. Ich bleibe hier, Sir!

Ich bleibe bei der Dame meines Herzens.

In der Tasche habe ich ein Porträt der Königin. Schauen Sie, ich habe es aus dem Kopf gemalt, ist es ihr nicht ähnlich?! Schauen Sie es sich an. Denn ich sehe, was war und was sein wird. Ich sehe eine Armee und die Königin als Heerführerin. Ich sehe den Kampf der sieben Heere und unseren sicheren Sieg.

Natürlich habe ich einen Beruf ... Ich war Geografielehrer an einer staatlichen Schule. Aber ich gab meine Lehrtätigkeit auf. Aus irgendeinem Grund hatten sie keinen Geografielehrer mehr nötig.

Das erzähle ich jenen, die sich dafür interessieren, warum ich mich wie eine Klette an Sie hänge. Solchen Menschen bin ich hie und da schon begegnet. Der Text ist überarbeitet. Von einem eigensinnigen Engländer, Geografiekenner, der sich der Exotik und der Geschichte verschrieben hat«, sagte Bell lächelnd.

»Du hast ihn aber gut auswendig gelernt«, sagte Agatia Zichistawi-Artschiliani, »hast du ihn selbst geschrieben?«

»Was denken Sie denn ... ich kann mir ja überhaupt kaum etwas merken.«

NACH DEM SPIEL

Keiner von beiden aß Marmelade. Sie spielten und Parna Medrosche spürte, dass Data Wisramiani ihm vertraute.

Sie spielten schon das vierte Mal von Freitag auf Samstag als Paar und dieses Spiel war das bisher Beste. Sogar die Angreifer gaben zu, dass sie wie füreinander geschaffen seien.

Es war eine sehr gute Partie, klassisches Inti. Vier Stunden lang verteidigten sich die beiden, die anderen vier attackierten.

Auch die vier Angreifer waren ein gutes Gespann: die zwei Brüder Taraia, Ale Madiani und ein gewisser Karmine, ohne Familiennamen, da ihn alle kennen.

Die Taraia haben so eine Art, die Karten zu legen, dass dazwischen kein Raum bleibt und man leicht verwechselt, wem welche Karten gehören. Noch dazu legen sie sie bei jeder Runde woanders hin, so dass das eingefahrene Auge am alten Platz eine neue Karte vorfindet. Für professionelle Spieler ist das nichts Besonderes, aber nur die Taraia machen es so. Ob es sich die anderen nicht erlauben, ist schwer zu sagen.

Diese vier Angreifer spielten mit Kopf, besonders der ältere Taraia, der das Spiel auch dann lenkte, wenn er der dritte oder vierte war. Sein Bruder überließ ihm die Führung sowieso. Die erste Runde war die schönste, die dreiundzwanzigste aber die aufregendste.

In der ersten Runde schafften es die Angreifer, gleich mit zweifacher Aufstellung zu attackieren, denn es war ein Spiel mit zwei Kartensätzen und nur neun Kartenwerten. Sie bekamen immer wieder gute Karten und stellten ihr »Heer« sehr geschickt auf. Und auch sehr schön. Es schien, als gebe es keine schwache Stelle. Nicht auszudenken, was sie alles gewinnen würden: Es gab keine Verluste, nur Stiche, die einer auf den anderen folgten, und immer mehr Karten, die sie hinzubekamen. Zum Beispiel hatten sie beide Witwen und kombinierten damit sehr gut Burgvogt und Pfeifen, die sie ebenfalls besaßen. Mit Witwe und Pfeife kann man sehr viel verbinden. Und das gelang ihnen sehr gut. Beim dritten Mal ließen sie sogar ein verliebtes Paar durch. Sie bewegten sich mit

Blitz und Maultier vorwärts und hatten beide Scharmadine noch vor sich liegen. Ich berichte hier nur von den zwei Durchgängen, denen Data mit einem Wechsel der Karten begegnete, um für Parna »Hoffnungen« bereitzuhalten,

»Hoffnung« bedeutet hier nicht eine gewöhnliche Hoffnung, sondern dass man die Notlage um eine halbe Runde hinausschiebt. Sie verteidigten sich einfach, aber gekonnt. Sie hatten nur einen Schultheiß und stimmten ihre Kombinationen darauf ab. Der Schultheiß wollte wohl auch bei ihnen bleiben, denn nach jeder Abwehr, wenn die Karten zu den erworbenen wechselten, kam der Schultheiß als Austauschkarte zu ihnen zurück.

»Er ist wie ein Schwager«, sagte Karmine, was bedeutet, dass man ihn nicht loswird.

Diese Partie drehte sich wie ein Karussell, alle Zuschauer in Matalos Club hatten sich um den Tisch versammelt und sagten bei jedem Spielzug leise »Stein, Stein«. Das bedeutet, dem Hagel sei ein Stein entgegengehalten worden.

Schön war diese Spielpartie, weil viele Karten dabei zum Einsatz kamen und es der Offenheit wegen zahlreiche Kombinationen gab. Deshalb gab es auch viele Möglichkeiten des Angriffs und der Verteidigung. Stellt euch mal vor: Eine Frau in Kombination mit einem Hauptmann, darauf ein Fernglas und alles im Boot, was kann man dem schon entgegenhalten? Das einzig Beruhigende war, dass der Angriff nicht mit vier Karten durchgeführt werden konnte, sondern alle vier als eine Karte galten, da alle im Boot platziert waren. Das Fernglas aber bedeutete, dass das Vierergespann zurückschlagen konnte mit nur einem Zuruf. Mit einem Fernglas kann man weit sehen, es erschien deshalb in den folgenden Runden immer wieder. Dieser Vierer-Einer kann ganz leicht aufgehalten werden, wenn man eine Karte mit höherem Wert besitzt und daran die Häuser aus der Weinrebenreihe bindet. Damit wären sie betrunken und man könnte dem Hauptmann entweder die Säbel abnehmen, oder diese Karte mit einem Stopp-Zuruf für sich und den Gegner ungültig machen. Das ist ein ganz gewöhnlicher Zug, der einem in der dritten Lektion von Matalos Inti-Kurs beigebracht wird. Ein Meister muss jedoch gut fünf bis sechs Tricks in Reserve haben. Was hilft jedoch die Reserve, wenn man keine guten Karten in der Hand hat? Gerade wenn man schlechte Karten hat, kommt es auf das »Inti« an. Gerade wenn man wertlose Karten bekommt.

Nun schaut, was Data Wisramiani und Parna Medrosche daraus machen. Sie sehen diesen Vierer-Einer und Data kauft Karten, tauscht sie um. Da er nicht am Zug ist, legt Parna den ersten Verteidiger. Außerdem legt er so etwas Lächerliches, dass alle denken, die Runde sei verloren. Data legt die Weintraube. Damit kann man alles verbinden, es bedeutet nichts und alle glauben, man habe die Runde verloren, da man sich keine Kombination überlegen kann. Data tauscht, als er an der Reihe ist, seine Karten abermals um und zeigt damit, dass sie wirklich nichts hatten. Er gibt den Zug an Parna Medrosche weiter. Parna aber legt eine unerwartete Karte, eine Sichel, mit der die Frau gestoppt werden kann. Data tauscht seine Karten schon wieder um und tritt seinen Zug wieder an Parna ab. Es ist klar, dass er nichts hatte. Parna aber scheint in Not zu sein, denn er muss schon die dritte Karte abgeben und hat im Boot erst eine Karte gestoppt. Die drei anderen müssen aber noch aufgehalten werden, was ihm mit seinen Karten sicher unmöglich ist. Mit der Traube kann man fast alles verbinden, mit der Sichel aber nur weniges. Parna hatte wohl nichts, was man daran merkt, dass er sich offenbar aufs Marmeladeessen vorbereitet. Das heißt, er gibt den Zug an Data zurück und kauft Karten ein. Die Zuschauer denken, das Verteidigerpaar sei böse aufeinander und bereite sich aufs Marmeladeessen vor, sie wollten sich also den Verlust gegenseitig zuschieben. Es bleibt ein letzter Auftritt. Entweder müssen beide eine wertvolle Karte vorlegen, was aufzuzählen uns zu weit führen würde, oder diese Runde ist verloren. Data tauscht seine Karten wieder um. Pfui, er hatte nichts. Das Boot wird wahrscheinlich die einhundertfünfzig Pfund überschreiten, denen man nur geringwertige Karten entgegenhalten kann. Da zieht Parna die letzte Karte der Reihe heraus, es ist der Burgvogt. Das bedeutet, das Boot wird aufgehalten, denn der Burgvogt ist der höchste Wert der Säbelreihe, Oberhaupt der Frau und ist bemächtigt, das Boot aufzuhalten. Das Vierergespann ist aufgehalten – nicht aber das Fernglas. Den Burgvogt hatten die Angreifer erwartet, sie selbst hatten ja nur einen. Data bekommt einen zusätzlichen Zug und bringt den Wetzstein zum Vorschein. Den Wetzstein! Das Boot ist hinüber, das Fernglas zerbrochen. Der Angriff ist gestoppt, so schön und unter so viel Spott.

Begreifen Sie die Schönheit dieser Verteidigung? Dazu muss man Inti-Spieler sein. Data hatte ja nicht auf irgendeine Karte gewartet. Er legte die untauglichen weg und nahm neue auf, dann legte er sie wieder ab und so weiter. Er spielte die ganze Zeit so, als ob er sich abmühte. Er hatte gleich zu Beginn einen Wetzstein, was er Parna damit andeutete, dass er Karten kaufte. Parna aber legte die niedrigste Karte ab, was bedeutete, dass er die höchste hatte.

Diese Runden spielten sie nur zum Spaß, um der Schönheit willen. Ein gutes Paar versteht sich ohne Worte und hat schon alles vorausberechnet. Sie sprachen vorher ab, was welche Bedeutung hatte. Das ist die Geheimsprache des Inti.

Wie könnten solche Verteidiger nicht begeistern?

Von der dreiundzwanzigsten Partie erzähle ich aber nichts mehr. Diese war eiskalt, es ging um Geld. Als sie »Inti, Inti« riefen, öffnete Matalo den Schrank und nahm aus dem Spielfach das Geld heraus.

»Zu gleichen Teilen?«, fragte er die Taraia.

»Zu gleichen«, antworteten sie, »nächstes Mal spielen wir in der Verteidigung.«

»Zu gleichen Teilen«, sagte Ale.

»Zu gleichen Teilen«, sagte Karmine und gab Parna die Hand. »Du bist ganz dein Vater.«

Dann lud Data Parna Medrosche auf ein Glas ein. Sie waren nicht zu faul, in die nie schließende Bar »Childe Harold« hinter dem Hafen zu gehen.

»Gibt es morgen Pferderennen?«, fragte Data lächelnd.

»Nein«, schmunzelte der junge Parna.

»Da wird man sich zu Hause freuen.«

»Die Frauen haben keine Ahnung vom Spiel«, sagte Parna.

Der Barbesitzer, ein einarmiger Mann, unterbrach sie. Er hatte bei Data die filterlose Zigarette »Craven« gesehen und wollte ihm unbedingt erzählen, dass es in Irland eine kleine alte Fabrik gebe, wo diese Zigaretten produziert werden.

»Wisst ihr, wie wir in unserer Jugend eine Zigarette aus der Schachtel zogen?« Der Barbesitzer tippte mit dem Daumen an die Ecke der Schachtel und hielt im nächsten Augenblick die Zigarette in den Fingern. »Wir trugen alte Lederjacken, weiße Matrosenmützen und schämten uns nicht zu arbeiten. An den Samstagen machten wir dann einen drauf«

»Woher kommen Sie? «

»Aus der Küstengegend, mein Freund, aus der Küstengegend ... Und jetzt? Jetzt raucht man light und superlight« – er sah tatsächlich traurig aus – »Sie sehen doch, wie sich das Leben für uns verändert hat, *mate*? Es wird noch schlimmer kommen mit diesen verfluchten Politikern. Nehmt sie nie für anständige Menschen, niemals ... Ich habe mich gefreut, als ich die ›Craven‹ sah. Wenn man nachts um vier ordentliche Zigaretten raucht, dann bedeutet das etwas« – der Barbesitzer klopfte sich mit einer Hand auf die Brust.

Er trug eine karierte Jacke. Das Ende des einen Ärmels steckte in der Außentasche. Daraus hing ein rosa Taschentuch heraus.

»Erkennen Sie mich nicht?«, fragte Data.

»Natürlich kenne ich dich. Du kommst nur selten zu mir. Du bist Spieler, nicht wahr? Früher warst du oft im ›Menschen‹. Ich war dort Teilhaber und Barmann, Sam, Sam Lobscuser ... Gut, ich will euch nicht weiter stören, erholt euch ...«

Der Mann verschwand.

Data musste lächeln.

»Ein Mann mit Herz«, sagte Parna und leerte sein Glas in einem Zug. »Data. Eine Sache ... Data, um es kurz zu machen: Wir sind Partner. Ich wuchs draußen auf dem Hof auf, du im Palast. Ich kam nicht in den Palast, aber du kamst auf den Hof. Jetzt, wo wir Partner sind, denke ich ganz anders. Denn wir haben einander auf die Probe gestellt, und du bist ein toller Mensch ...«

»Komm schon.«

»Meine Mutter freut sich auch.«

»Mensch, lass gut sein ...«

»Du weißt doch, für sie sind die Wisramiani und die Bewahrten ... Frauen kalkulieren eben ganz anders. Das Gehirn einer Frau könnte niemals Inti spielen, denn es ist ein Spiel. Im Spiel und im Leben würden sie Schlimmeres spielen als Inti, denn Frauen haben ihre eigene Art, über das Leben nachzudenken. Wir können das nicht begreifen ... Wir sind doch Partner?«

»Komm schon, Medrosche, entspann dich ...« Data schlug ihm auf die Schulter.

»Nein, ich sage es deshalb, weil du ganz anders bist. Wie du die Karten hältst und wie du spielst. Das wissen dort alle und alle sind neidisch darauf, wie es der kleine Parna schaffte, dich zu angeln.«

»Take it easy« – Data trank einen Schluck – »du bist auch super und deshalb habe ich dir angeboten, mit mir als mein Partner zu spielen.«

»Karmine ist auch sehr gut ... besser als ich, er spielte mit meinem Vater ...«

»Weißt du was? Jetzt sage ich es dir: Du bist ein anständiger Mensch, deshalb ... verstanden?«

Parna hielt den Kopf gesenkt und sagte nichts.

»Mann, ist alles in Ordnung?«

»Data ...«, stieß Parna hervor, »ich wollte deinen Kopf nicht mit meiner Geschichte vollstopfen ... Diese Hunde wollen mich in eine Sache hineinziehen und ich muss ständig daran denken.«

»Parna«, sagte Data, »jetzt lass den Kopf nicht hängen, lehn dich zurück und erzähl mir alles ...«

»Ach, Data ... dich wird man auch hineinziehen. Es ist ja wohl nicht umsonst, dass dir die zwei da folgen, die beiden, die dort sitzen?«

Als sie bei Sonnenaufgang den Keller von »Childe Harold« verließen, erschien der Barbesitzer wieder. Er folgte ihnen die Treppe hinauf und verabschiedete sich freundlich.

»Kommt doch öfter zu mir ... Ich mag ehrliche Menschen.« Dann schaute er zu Data und sagte: »Du weißt doch, was mich verbittert?«

EIN KORB VOLL BROMBEEREN
UND DIE WITWE

ALFREDO DA COSTAS MÜDER MITTAG

Der Kurator und Vorsitzende des Museums in der Zitadelle, Signor Alfredo da Costa, hatte seinen Arbeitstisch ans Fenster geschoben. Er genoss es, die Stadt von oben zu betrachten.

Überhaupt war für die Bürger Santa Citys Aus-dem-Fenster-Schauen eine besondere Beschäftigung. Besser als Zeitunglesen oder Fernsehen, auch dann, wenn die Ziehung der Lottozahlen der britischen Nationallotterie übertragen wurde. Sicherlich deshalb besser, da Fernseher hin und wieder abgestellt werden, Zeitungen geschwind veralten, die Fenster in Santa City aber stets geöffnet sind, auch im Winter. Gibt es denn dort jemand, der im Winter seine Fenster nicht öffnet? Auch wenn sie verriegelt und verschlossen wären, würde immer jemand dahinter hocken.

Das Fenster von Signor da Costa befand sich an einer sehr günstigen Stelle: im obersten Geschoss des ersten Turmes der Zitadelle. Es war ein kleines Fenster englischer Art, zum Hoch- und Herunterschieben. Man hätte die Museumswand beschädigen müssen, um es zu erweitern. Früher war es sicher ein offener Fensterbogen gewesen.

Nach den Recherchen des Vorsitzenden hatten in diesem winzigen Zimmer stets zwei Kundschafter gesessen. Der eine schaute mit dem Fernglas in Richtung Nordwest, der andere behielt die Stadt im Auge. Die Stadt breitete sich direkt unter diesem Fenster aus, und der alte da Costa schaute oft und mit großem Vergnügen auf sie. Dabei blickte er unweigerlich auf die Villa da Costa, in der dritten Abzweigung der Via degli Obertenghi. Für ihn war diese Straße der Mittelpunkt der Stadt.

Fraglich war, ob in dieses englische Fenster die Köpfe und Schultern zweier Kundschafter so hineinpassten, dass sie etwas sehen konnten, ohne dem Atem des anderen ausweichen zu müssen, wenn man überhaupt atmen konnte.

Signor da Costa hatte Recht mit der Behauptung, dass sowohl die Stadt wie auch das Land ihren Ursprung in der Via degli Obertenghi hatten. Eben an dieser Stelle hatten sich die da Costa vor fast fünfhundert Jahren ein Stück Land vermessen und es Santa Esperanza genannt. Später wurde es durch die Genuesen und besonders die da Costa zum Namen der Insel. Denn auf allen Briefen, die von dort geschickt wurden, standen diese zwei Wörter. Die europäischen Schreiber bezeichneten danach diesen Ort, den sie selbst gar nicht kannten, mit diesem Namen.

Nach und nach verkauften die da Costa ihre Grundstücke in der Stadt und behielten nur diese Villa mit Garten, die im 18. Jahrhundert umgestaltet und im 19. Jahrhundert etwas ausgebaut wurde. Im Garten stand natürlich ein Schild mit der Aufschrift: »Hier entstand Santa Esperanza.« Das war auch in der Touristenroute eingetragen, und die im Garten in Gruppen herumschlendernden Touristen wurden für da Costa sowohl zur Einkommensquelle als auch zur Qual.

Signor da Costa liebte diese Villa über alles, was er der jungen Frau an jenem Nachmittag auch sagte, die ihn, ohne sich angemeldet zu haben, besuchte.

Der alte da Costa mochte die neumodischen Manieren nicht. Er hatte den phosphorfarbenen VW-Käfer schon gesehen, als er den Berg hochkroch. Er sah auch, wie das Auto parkte und eine junge Dame in hautenger Kleidung ausstieg, die geradewegs zum Tor in der Festungsmauer schritt.

Die junge Frau war Genuesin, aus der Familie der Uso di Mare. Sie schien eine sehr muntere, gescheite Person zu sein, die sich aber etwas zu sehr in den Hüften wiegte.

Signor da Costa kannte ihren Vater und Großvater und damit die Geschichte ihrer Familie. Leider war die junge Dame zu modern und hatte als Beruf etwas Unmögliches gewählt: Sie war Journalistin und schrieb für eine besonders unerträgliche, arglistige und skrupellose Zeitschrift, die nur in England und in den von England besetzten Ländern Absatz fand.

Die Frau hieß Monica und entschuldigte sich jetzt sogar, dass sie ohne Anmeldung kam. Aber sie gab dem Alten, der ihrem

Großvater alles brühwarm erzählen würde, zu verstehen, dass er sie vielleicht auf einen Anruf hin gar nicht empfangen hätte.

Was dieser Herr Landeskundler über sie dachte, war Monica Uso di Mare mit ihrem Ring im Nabel herzlich egal. Sicherlich begriff das der Herr Vorsitzende auch, da er hin und wieder diesen Ring betrachtete. Er trug zwar eine große, dunkle Brille, aber Monica sah es trotzdem.

Nach zwei Minuten wurde Signor da Costa wütend. Die junge Frau hatte gefragt:

»Wir wissen, dass in einer Woche die Versammlung der Oberhäupter der achtzehn Familien stattfindet. Wegen der politischen Ereignisse wird es sicher ein besonderes Treffen sein, von dem man viel erwartet, sowohl die Regierung als auch die Medien und überhaupt das ganze Volk. Wie bereiten Sie sich darauf vor und was erwarten Sie davon?«

Signor da Costa wurde sehr wütend.

»Haben Sie sich diese Frage vorher notiert oder sich erst jetzt überlegt? Sie ist hässlich formuliert. Der Redakteur hat geschrieben ... Vielleicht sollten Sie zuerst in Ihrer eigenen Familie nachfragen?«

»Ich kenne die Ansichten meiner Familie ohnedies. Sie mögen es nicht, wenn ich so etwas frage.«

»Gescheite Leute.«

»Und was sagen Sie selbst?«

»Wozu?«

»Zu den Familienobersten der achtzehn Sippen.«

»Ich, nichts ... Was soll ich sagen? Wir, die da Costa, nehmen an diesen Treffen nicht teil. Das letzte Mal war mein Bruder Marco da Costa dabei, der, wie Sie wissen, vor zweiundzwanzig Jahren gestorben ist. Ich gelte als Oberhaupt unserer Familie, aber seit mein Neffe Alessandro erwachsen ist, müsste er es sein. Soviel ich weiß, war er ebenfalls nie dabei. Deshalb kann ich Ihnen nichts Interessantes sagen.«

»Warum? Das war ja schon interessant. Bekommen Sie von den Gastgebern keine Einladung zu den Versammlungen der Familienobersten?«

»Ich bekomme immer eine Einladung, beantworte sie aber nie.«

»Warum?«

»Es interessiert mich nicht und basta. Ich bin ein da Costa. Ich bin so oder so ein da Costa. Es ist keine Pflicht, dort zu erscheinen. Von den achtzehn erscheinen meines Wissens höchstens sieben, acht Vertreter.«

»Ja, aber jetzt ist eine besondere Situation, ich denke, es werden alle hingehen.«

»Nicht alle. Die Kariani zum Beispiel werden fehlen.«

»Also, Sie werden auf keinen Fall hingehen?«

»Wer sagt das?«

»Sie sagten doch, dass Sie noch nie dabei waren.«

»Was ist das für ein Blödsinn? Woher haben Sie diese Behauptung?«

»Ihre Familie ist doch mit den Wisramiani zerstritten?«

Signor da Costa lachte bitter.

»Hören Sie, Signora, Sie sind noch zu jung, um zu verstehen, was Geschichte und was Drama ist. An diesen Treffen nehme ich deshalb nicht teil, weil sie mich an eine schlechte Karikatur des House of Lords erinnern. Ich bin der Ansicht, dass wir keine Lords haben und englische Traditionen hier nichts zu suchen haben. Verstehen Sie? Ich bin keine fette Katze, die sich hinsetzt, um über Schafe und Nektarinen zu sprechen. Damit schließe ich und sage nun nichts mehr«, brummte Signor da Costa, ohne zu ahnen, dass jene niederträchtige Zeitschrift seine ärgerlichen Worte veröffentlichen und den Familienobersten vorübergehend den Spitznamen »fette Katzen« anhängen würde.

»Danke und Entschuldigung« – die junge Frau lächelte sonderbar – »ich weiß ganz genau, dass Sie dort sein werden ...«

»Lernen Sie nur, lernen Sie!«, rief der Vorsitzende ihr nach. »Nur so erfahren Sie, wer Sie sind.«

Ein paar Tage nach diesem Gespräch brachte Meritta die Post.

Das Museum hatte keinen großen Schriftverkehr, etwa zwei Einschreibebriefe pro Woche. An diesem Tag waren es ein Brief von dem Museumsexperten Horsheimer aus Genf und ein Umschlag ohne Absender, wahrscheinlich ein regelmäßiges Rundschreiben irgendeines Museumsvereins. Alfredo da Costa mochte keine Umschläge. Im Alter kommunizierte er vorwiegend per E-Mail und war überhaupt zum begeisterten Benutzer des Internets geworden, wo er nach allem Möglichen, besonders nach Antiquitäten, suchte. Auch als ihn die junge Uso di Mare besuchte, war er gerade in eine Internet-Seite vertieft gewesen, in der von der Verbreitung der Schwarzen Pest in Europa die Rede war.

Alfredo da Costa öffnete Briefe niemals vor dem Mittagessen, das verdarb ihm den Magen. Jetzt aber erzürnte ihn der fehlende Absender und er riss den Umschlag sofort auf.

Signor da Costa verließ sein hübsches Büro so hastig, dass er nicht einmal die Zeit fand, seinen Computer herunterzufahren und die Tür hinter sich zu schließen. Der Zugwind wirbelte die Blätter vom Tisch. Der Wächter Meritta erhob sich erstaunt vom Sessel, und das Buch in seiner Hand klappte an einer spannenden Stelle zu.

»FORTUNATO«

Es war sicherlich das prachtvollste Küstenrestaurant auf ganz Santa Esperanza, im Strandviertel, mit Veranden direkt über dem Meer. Im Volksmund hieß das Restaurant »Kopfüber«, mit richtigem Namen aber »Fortunato«.

Im »Fortunato« zu speisen war nicht billig. Auch wenn die atlantischen Meeresfrüchte nicht bis ins Schwarze Meer gelangten und das Kara Deniz oder der Pontus Euxinus sich nicht seiner verschiedenerlei Krabben, Muscheln und Austern rühmen konnte, so wurden bei regelmäßigem Meeresverkehr doch dreimal die Woche Ostriche ins »Fortunato« geliefert. Die hinter ihrem Panzer sitzenden Mollusken aus der Dinosaurierepoche, die man auch Switgi nannte, kann man mit einer schmackhaften Zwiebel-Essig-Soße übergießen und direkt so, aus der prähistorischen Schale, schlürfen.

6

Wer an jenem Freitagmittag die Veranda des »Fortunato« betrat, hätte dort fünf solide ältere Herren vorgefunden, die drei Platten Muscheln und vier Flaschen Weißwein vor sich hatten und aufs Meer hinausschauten.

Am Tisch hatten sich Giovanni Pallavicino, Francesco di Sauli, Valerio Uso di Mare, Bassiano Imperiale und Alfredo da Costa versammelt.

Worüber unterhielten sich diese Genuesen, während sie aufs Meer schauten? Sie schauten ja nicht nur so aufs Meer?

Ihre Unterhaltung konnten nicht einmal die Kellner in der Nähe hören: Sie sprachen leise, ruhig, ohne zu gestikulieren. Die Wellen aber schlugen heftig an den Uferfelsen, als beste Tarnung gegen Lauscher.

Von Weitem hätte man annehmen können, dass sich fünf Männer eine Nachmittagspause gönnten. Wie wenn sie, gemütlich in den Strohsesseln versunken, hinter den dunklen Brillen ein Nickerchen machten und dabei hin und wieder ein Wort miteinander wechselten.

Die fünf Männer aßen nicht zu Mittag. Bekanntlich sind Muscheln eine Vorspeise. Wenn man aber nichts weiter bestellt als Muscheln, hat man etwas zu besprechen.

Worüber unterhielten sich die Genuesen, während sie aufs Meer schauten?

Selbstverständlich sprachen sie über ihr Schicksal. Ein Genuese weiß zwar zu kämpfen, aber vielleicht ist ein Krieg nicht nötig?

Die Genuesen waren übereingekommen, zur Versammlung der Familienobersten zu gehen und dort das Ihrige durchzusetzen. Aber was wollten sie eigentlich durchsetzen? Das Oberhaupt der fünf genuesischen Familien schaute träumerisch aufs Meer und überlegte, was das Günstigste wäre.

»Merkt euch, die Zeitungen wissen alles«, sagt Alfredo da Costa.

»Auch die Dirnen im Glücksviertel wissen alles«, beruhigt ihn Imperiale.»

»Ich war noch nie auf dieser Versammlung«, sagt da Costa erregt.

»Ich auch nicht«, beruhigt ihn Imperiale.

»Ich auch nicht«, kichert Uso di Mare.

»Ich auch nicht.« Francesco di Sauli nickt zum Meer hin.

»Dann bin ich wohl ein häufiger Gast dort, oder wie?«, sagt Giovanni Pallavicino gähnend.

Dann schweigen sie wieder, bis Pallavicino sagt:

»Erstens: Wir lassen nicht zu, dass die Inseln in die Hände der Oligarchie geraten. Zweitens: Wir lassen nicht zu, dass die Engländer die Inseln weiter von außen regieren. Drittens: Was wir haben, das haben wir. Viertens: Es wird eine Wahl geben, der sich alle fügen müssen. Fünftens: Die Familienprivilegien werden abgeschafft. Sechstens: Wir lassen nicht zu, dass auf der Insel der Jugendtourismus gefördert wird. Hierher sollen Paare und Familien kommen. Siebtens ...«

»Das ist zu viel« – di Sauli lächelt – »fünf genügen. Diese sieben müssen in fünf Punkten untergebracht werden.«

»Was werden die Osmanen sagen?«, fragt Valerio. »Osman Bey ist doch auch Familienoberster?«

»Wahrscheinlich ...«

»Wer ist noch alles dabei? Wie viele Osmanen sind es?« Alfredo da Costa regt sich wieder auf.

»Keine Ahnung, wir sind nie dort ...«

»Drei, es sind drei«, behauptet Valerio.

»Und die anderen sind zehn?« Alfredo da Costa lässt sich nicht beruhigen.

»Sie sind zehn, aber nicht so wie wir ...«, sagt Pallavicino in Richtung Meer.

»Sind die Artschiliani auch dabei?«, fragt da Costa unruhiger denn je.

»Wo gibt es denn noch Artschiliani?«, fragt di Sauli.

»Wieso? Ist sie gestorben?«, wundert sich Valerio.

»Wer?«

»Die Frau. Die letzte Artschiliani. Die Königin.«

»Ach, die Frau ...« Pallavicino lacht. »Ja, ja, die Königin ...«

»Stimmt«, sagt Alfredo, »die Frau ...«

»Ja, die Frau. Man muss sich um diese Frau kümmern« – Valerio reckt sich – »man muss sie herholen. Und wenn sie im Rollstuhl hergebracht werden muss.«

»Die Artschiliani sind nicht Mitglied des Familienoberstenrates«, merkt Bassiano an.

»Doch«, erwidert Alfredo. »Wissen wir denn, was die Engländer vorhaben?«

»Wir werden es heute Abend wissen.« Pallavicino erhebt sich schwerfällig. »Morgen treffen wir uns zur gleichen Zeit. Dann wissen wir, was mit der Frau ist. Ihr sagt euren Kindern, Ehefrauen und Brüdern Bescheid. Morgen um dieselbe Zeit, hier …«

NACHTWANDERUNG

Wie ein Abenteuer in alter Zeit

Als es dämmerte, war alles bereit. Am Haupteingang stand der hellblaue Lieferwagen des Cornershop-Inhabers.

»Schau, was das für ein Vehikel ist.« Agatia Zichistawi-Artschiliani blickte zum Fenster hinaus. »Setz deine Mütze auf und leg die Waffen an …«

»Es ist alles dran.« Nika lächelte sie an.

»Königin, sollst du zu mir sagen …«

»Königin.« Nika musste lachen.

»Dort darfst du nicht Großmutter zu mir sagen. Du sprichst so ein komisches Johannisch, im Kloster werden sie dir das richtige Johannisch beibringen. Was sagst du immer, Babuschka, oder …?«

»Du, die werden mich doch nicht verpfeifen, die Priester?«

Agatia schaute ihn sehr streng an, dann schaltete sie das Licht aus.

»Gehen wir … Für einen Gesandten der Zichistawi wird man dort die Regentropfen aus den Wolken holen. Das habe ich dir doch erzählt?«

Sie öffneten vorsichtig die Tür. Die Alte ging mit ihrem schweren Spazierstock voran. Bei der zweiten Treppenbiegung blieb sie stehen und schaute sich nach Nika um.

»Darin steckt ein Stilett, du weißt doch ... Wenn mich jemand überfällt, steche ich zu. Er ist schwer, aber ich konnte mir keinen Damenstock zulegen. Außerdem haben die kein Stilett, weißt du?«

»Ja, ja, ich weiß ...«

»Dass ich mich dort deinetwegen nicht schämen muss! Sie wissen, wer und was du bist. Aber dass ich dich hinführe, ist eine Ehre. Du bist meine rechte Hand. Das wissen sie. Weiß man in Georgien, was eine rechte Hand ist? Die rechte Hand nennt man auch Scharmadin. Du musst für mich sterben. Kennst du den Vers? Wer für den König sein Leben ließ, ward der König im Paradies. Ich will ja nicht, dass du für mich stirbst, jetzt sind andere Zeiten ...«

Nika beugte sich herunter und flüsterte ihr ins Ohr:

»Babuschka, wenn man auf der Flucht ist, darf man nicht lange im Hausflur stehen bleiben ...«

»Ja, ja ...« Agatia Artschiliani ging mit ihrem Stock klappernd die Treppe hinunter.

Sie traten hinaus und stiegen rasch ins Auto.

»Mehraba, Effendi«, begrüßte die Alte den Fahrer.

»Freude dir, Khanum der Khanume«, rief ihr der Osmane zu, »bin ich rechtzeitig da?«

»Ja«, sagte die Frau.

Nika staunte. Er hatte schon bemerkt, dass Königin Agatia mit ihm anders sprach als mit den Übrigen. Sie wurde plötzlich strenger, ganz anders. Nika wollte sie gerade danach fragen, aber die Königin kam ihm zuvor:

»Du bist meine rechte Hand. Mit seinem Rechten verhält man sich so, wie man ist. Sonst kann er nicht für dich in den Tod gehen.«

»Wenn ich sterben wollte, hätte ich nicht den langen Weg bis hierher zurückgelegt«, versuchte Nika zu scherzen.

»Das hast du mir schon gestern gesagt«, entgegnete Agatia, »ich bringe dich ja dorthin, weil ich nicht will, dass du stirbst.«

Die Straßen der Stadt belebten sich.

Es war eine sonderbare Stadt. Nika mochte sie.

Es dunkelte.

»Sind wir da?«

Die Scheinwerfer des Fahrzeugs fielen auf das große, eisenbeschlagene Holztor. Die Luke am Tor wurde geöffnet und sofort wieder geschlossen.

Dann öffnete sich das Tor. Der Osmane fuhr hinein.

»Ich werde dich nicht mehr unter vier Augen sprechen können. Du weißt, wie du dich verhalten musst ... Sei anständig und mach mir keine Schande. Warte auf mich. Geh ja nicht hinaus. Das sage ich dir alles, weil du die rechte Hand bist. Ich wollte schon immer wissen, wie die Rechten in alten Zeiten waren. Sicher nicht besser als du ... also wohlauf« – Großmutter Agatia gab Nika einen Kuss auf die Stirn und sagte etwas zum Fahrer.

In diesem Augenblick wurde die Tür zum Kloster geöffnet. Zwei Mönche erschienen. »Guten Tag«, sagte Nika zerstreut.

Sie bekreuzigten sich und einer sagte:

»Willkommen zur Vesper.«

Der andere sagte etwas in einer unverständlichen Sprache.

»Der Abt ist Grieche«, flüsterte ihm Agatia zu, »es gibt auch viele griechische Mönche. Einer ist aus Konstantinopel. Na, geh schon ...«

Nika stieg aus.

ICH LIEBE DICH, SALOMEA WISRAMIANI

In unserem Haus gab es, bevor man es umbaute, ein besonderes Zimmer. Ich habe es nicht mehr erlebt, aber mein Onkel, Alfredo da Costa, ist ein Liebhaber von Altertümern und zeigte mir, wo sich das Zimmer früher befand.

Jetzt ist nur noch eine Wand erhalten, dort hängt ein Landschaftsbild: eine Eiche auf einem Feld und Bäuerinnen, die irgendwo hingehen. Ich glaube, es ist die Toskana.

Was mir mein Onkel beschrieb, war vielleicht nicht ein Zimmer, sondern eher eine Nische oder etwas Ähnliches, die unsere Vorfahren nur selten betraten. Man konnte nicht hinein, die Tür war verriegelt und den Schlüssel trug der älteste da Costa, der die Familienangelegenheiten leitete, in einem Bund am Gürtel. Er konnte in die Kammer hineingelangen, aber nicht mehr heraus.

Mein Vater erzählte nie solche Dinge, mein Onkel aber mit größtem Vergnügen. Er scheut sich nicht, mir alles Mögliche zu erzählen. Wie kann man aber einem Fünfzehnjährigen einen Vortrag über Selbstmord halten?

In dem fensterlosen Raum stand eine dreistufige Leiter, so eine, wie sie Bibliotheken haben. Ganz oben aber, fast an der Decke, war ein Querbrett, auf dem mehrere kleine Flakons standen. Sie enthielten Gift und mein Onkel sagte, dass im Laufe der Jahrhunderte nur ein da Costa in jenes Zimmer hineingegangen war. Die Flakons befinden sich jetzt im Museum.

Als der alte Alfredo während der englischen Besetzung das Haus umbaute, ließ er die Nische abtragen. Aber die Rückwand blieb stehen.

Mein Onkel behauptet, dass diese Wand ganz anders riecht, weil sie wahrscheinlich über fünfhundert Jahre von Gift durchdrungen war. Außerdem behauptet mein Onkel, dass Wände atmen und die Häuser ihren Bewohnern genauso ähnlich sind wie Hunde ihren Herren. Mein Onkel ist kein Meister der Vergleiche, aber er bezeichnet die Wand am Ende des Westflügels im zweiten Stock als Wand der Selbstmörder. Wenn er sich dazu entscheidet, unsere Villa in die Touristenroute eintragen zu lassen, wie er es mit dem Garten tat, wird er eine Tafel an der Wand anbringen, auf der steht, dass eine einzige Berührung der Wand den unüberwindlichen Wunsch wecke, sich umzubringen.

Ich kann mir vorstellen, wie das auf Touristen wirkt. Sie werden durcheinander plappern und dann nach rechts gehen, in Richtung Gästezimmer.

Hätte der alte Alfredo das Haus nicht umgebaut, weiß ich nicht, was ich jetzt anstellen würde. Das alte Haus war gut befestigt, hatte auch eine Mauer. Das sieht man auf Gemälden sehr gut. Ich denke, man hätte bei Belagerung gut einen Monat darin ausharren und notfalls dann in die Giftkammer rennen können. Diesen Brief schreibe ich in größter Ruhe, Salomea, und hoffe, dass er in deine Hände kommt. Denn mein Freund Tonino di Sauli versprach mir, dir diesen Brief vor seiner Abreise auf solche Weise zukommen zu lassen, dass du nicht bestraft wirst. Soloman Mandaria, ein Junge in unserem Alter, den wir Sulia nennen, wird ihm dabei helfen. Vielleicht hast du von ihm gehört, dem mit den abstehenden Ohren, der alle Angelegenheiten von uns Altersgenossen regelt. Kurz, er ist ein Freund.

Bevor ich diesen Brief zu schreiben begann, stand ich fast eine Stunde mit beiden Handflächen an diese Wand gelehnt. Ich weiß nicht, warum ich das tat. Wie andere Geschichten aus der Vergangenheit, die mein Onkel erzählte, scheint auch diese eine gewaltige Übertreibung zu sein. Ich weiß nicht, welche Not meine Vorfahren litten, dass sie sich eine Giftkammer zulegten, aber sicher waren sie nicht so umzingelt wie ich.

Gestern Abend hatte ich ein äußerst schwieriges Gespräch mit meiner Mutter und meinem Onkel. Ich weigerte mich ein für alle Mal, fürs Studium nach Bologna zu gehen. Ich schlug vor, das hiesige College zu besuchen, was mein Onkel strikt ablehnte. Er wolle nicht, dass die da Costa Engländer werden. Wir haben uns ziemlich gestritten. Mein Onkel meidet nach Möglichkeit solche Gespräche und sagt auch nichts direkt. Meine Mutter aber sagte, dass das alles wegen dir geschehe. Sie wolle sich nicht mit den Wisramiani anlegen, da sie deren idiotische Stammesregeln kenne. Sie sagte, dass sie deinen Großvater, die Großmütter und vor allem deine Mutter nicht würde überzeugen können, weil sie sich besonders feindselig verhalte. Ich weigerte mich dennoch, nach Bologna zu gehen, und bat meinen Onkel ganz aufrichtig, der Sitte folgend deinen Großvater aufzusuchen und ihm mein Herzensbegehren mitzuteilen. So wie ein Familienoberhaupt das dem anderen mitteilt.

Aber Alfredo da Costa sagte nein.

Nicht aus Angst oder Scheu, sondern weil es keinen Sinn habe, Wasser zu stampfen. Er sagte, wir würden seit so vielen Jahrhunderten nebeneinanderher leben, ohne dass es Hochzeiten zwischen uns noch einen ordentlichen Gruß gebe. Euch regt auf, dass wir mit dem Globus auf die Insel kamen, uns aber, dass ihr immer besser als alle anderen sein wollt. Wie ich schon sagte, mein Onkel ist kein Meister der Vergleiche.

Ich lag die ganze Nacht in der Dunkelheit und dachte an dich. Denk nicht, dass ich nur dachte, was ein verliebter Mann im Dunkeln denkt, wenn seine Geliebte nicht an seiner Seite ist. Die vollkommene Ausweglosigkeit der Situation ließ mich darüber nachdenken, dass wir es allein nicht schaffen und uns deshalb guten, anständigen Menschen anvertrauen sollten. Ich vertraue Tonino, Sulia und Padre Michele natürlich. Wenn du das Wagnis eingehen würdest, könnte uns Padre Michele sogar heimlich trauen und damit wäre schon vieles geregelt. Du müsstest dich aber zuerst katholisch taufen lassen, meint Padre Michele. Ich kenne deine Einstellung dazu, nämlich ich solle den Glauben wechseln, aber hast du denn einen Padre Michele? Wir könnten auf die Sungalen-Insel fliehen. Dort würde uns niemand verraten und von dort könnten wir weiterkommen. Ich weiß, dass viele von dieser Insel in eurer Familie dienen und deshalb alles schlecht enden kann. Aber einen Versuch wäre es dennoch wert. Was kann man denn mehr verlieren, als wir jeden Tag verlieren? Etwas anderes ist mir nicht eingefallen. Aus dem Hafen zu fliehen wird schwierig sein, aber wir könnten es versuchen. Schiffskarten könnte ich gleich morgen besorgen, aber wie kommst du von zu Hause weg? Sulia könnte einen Wächter deines Großvaters bestechen, das wäre nicht schlecht. Man sagte mir, dass es bei euch einen guten Mann namens Martini oder Martia gebe. Mit ihm ließe sich wohl sprechen. Wenn er uns wenigstens ein Mal ein Treffen ermöglichte, könnte man vieles klären. Jetzt aber schreibe ich diesen dummen Brief und weiß nicht einmal, ob du ihn je erhältst. Ich schreibe wirklich einen Blödsinn: einen guten Menschen bestechen zu wollen!

Liebste, versuche, mir zu schreiben. Ich glaube, es ist ein altmodischer und langweiliger Brief geworden, worin nichts über die Hauptsache steht. Man lehrte uns in der katholischen Schule eben nur so zu schreiben.

Bitte denk nicht an das, was danach geschehen wird: was deine Mutter oder mein Onkel tun werden. Das würde uns endgültig zu Grunde richten.

Am Dienstag ist mein Geburtstag. Wir werden am gleichen Ort sein. Ich werde mit Blick zum Fenster sitzen und kein Auge von der Straße lassen. Vielleicht schaffst du es wenigstens, mit dem Auto vorbeizufahren. Dort ist ein Übergang und du könntest bremsen. Ich werde dir zuwinken. Vielleicht kannst du auch aussteigen, wenn dir keine zwei Autos folgen und es nicht zu gefährlich für dich wird.

Ich küsse dich. Alles andere, was ich fühle, kann ich dir nicht beschreiben. Es fiel mir schon sehr schwer, so viele Worte ruhig zu schreiben.

Jetzt gehe ich und stelle mich an die Wand.

Sandro da C.

HEILIGE HOFFNUNG:
EIN KLAGELIED

Aus dem letzten Buch von Edmond Clever

[...] Ich sitze an einem sehr günstigen Platz im Club »Marana«. Ich bin erschöpft, fast vernichtet und fühle mich ganz leer. Die Vorstellung ist gerade zu Ende. Die unsichtbare Sängerin ist von der Bühne abgetreten.

Wenn ich jetzt nichts trinke, werde ich das Gefühl haben, für immer hierbleiben zu müssen.

»Wein, Sir?« Sie wissen schon, dass ich unbedingt etwas trinken muss, um wieder zu mir zu kommen.

»Etwas Stärkeres ... Einen doppelten Whisky ohne Eis« – so ist mir zumute.

Der Kellner bringt, was ich verlangte, und fragt mich: »Entschuldigen Sie, Sie sind doch Mr. Clever?«

»Jawohl.«

»Seien Sie mir nicht böse, aber man lädt Sie an jenen Tisch dort ein.«

Am Tisch sitzen drei Männer. Die Beleuchtung ist schwach, so dass ich von Weitem nicht viel erkennen kann. Ablehnen wäre unhöflich. Hier gilt die Regel: Sie erkannten mich, also muss ich mich fügen.

Es sind zwei junge Männer und einer mittleren Alters. Zu meiner Überraschung ist der ältere Engländer, ein Mr. Perigo. Der junge Mann mit dem schütteren, graumelierten Haar ist ein Wisramiani, Data Wisramiani oder einfach Data. Der andere junge Mann ist sein Bodyguard, ein Sungale, wie man hier zu sagen pflegt. Er sitzt etwas im Hintergrund, es ist für ihn eine große Ehre, dass ihn der Herr an den Tisch holte. Auch das ist hier Sitte: Ein Mensch ist ein Mensch und wenn es zu Tisch geht, wird nur ein Wichtigtuer einem Untergebenen den Rücken kehren.

»Hier gibt es keine Aristokratie. Sogar der König aß gemeinsam mit seinem Heer. Er aß das Gleiche wie der Bauer.« Das habe ich schon zweimal zu hören bekommen, obwohl die Genuesen da anders denken. Sie stammen eben aus einer anderen kulturellen Schicht.

»Mr. Clever«, wendet sich Perigo an mich, »Sie haben wohl genau wie ich eine Geliebte namens Esperanza?«

»Ich liebe diese Frau«, gebe ich zu, »diese Frau, die soeben in der Dunkelheit sang. Ich würde alles dafür geben, zu sehen, wer sie ist. Wäre ich vor fünf Minuten gestorben, würde ich im Jenseits sagen, ich sei als erschöpfter, glücklicher Mensch gestorben. Jetzt hat der Whisky das Seine getan.«

»Diese Frau lieben wir alle«, sagt lächelnd Data Wisramiani, Erbe einer der reichsten Familien auf der Insel.

»Mr. Clever ...«

»Edi, einfach nur Edi.«

»Sehr gut ... Edi. Ich hab Ihr Buch gelesen. Ich hab Ihre beiden Bücher gelesen und, wie Sie sehen, bin ich auch hier.«

»Das erste Mal?«

»Ja. Aber ich bin schon seit drei Monaten hier und wohne im ›Rigoti‹. Vor allem möchte ich mehr über die Tabakspfeife von Ali

Bey erfahren. Ich habe in London einen Antiquitätenladen, und wenn man die Geschichte der Pfeife richtig vermarktet, könnten die einzelnen Stücke, die hier überall verstreut aufbewahrt werden, es bis zu Sotheby's schaffen«, sagte Perigo.

»Ich weiß nicht« – frühmorgens um drei war mir so ein Gespräch unangenehm – »ich glaube, kaum jemand wird sich bereit erklären, diese Stücke zu verkaufen. Keiner wird sich davon trennen wollen.«

»Sind es heilige Exemplare oder was?«, sagte Mr. Perigo lachend.

»So etwas Ähnliches.«

Data Wisramiani bemerkte, dass ich bedrückt war, und fragte: »Werden Sie über die Sängerin schreiben?«

»Ich denke, sie ist an der Reihe, oder?«, sagte ich und lächelte ihm zu.

»Ich kann Ihnen zu einem Treffen mit der Sängerin verhelfen, aber ohne dass sie ihr Gesicht zeigt.«

»Ich weiß, sie wird verschleiert sein, oder?« Ich freute mich. Sicherlich hatte er mich deshalb an seinen Tisch gerufen.

»Ich weiß jedoch nicht, ob jetzt die richtige Zeit ist, Klageclubs zu besuchen.«

»Warum?«

»Alles ändert sich sehr rasch. Im Sommer geht hier die englische Verwaltungszeit zu Ende. Vielleicht gibt es dann ganz anderes, das interessanter ist.«

»Genau so wird es sein«, mischte sich Mr. Perigo ein.

»Was würden Sie mir denn empfehlen?«, fragte ich offen, ohne mein Vorhaben ganz aufzugeben.

»Gott bewahre, dass ich einem Mann wie Ihnen etwas empfehle« – Wisramiani hatte beste Manieren und eine ungezwungene Höflichkeit – »wäre ich Edmond Clever, würde ich über die Sungalen schreiben. Wissen Sie, wer die Sungalen sind?«

»Ja, natürlich.«

Data schlug dem dritten Mann mit der Hand auf die Schulter.

»Das ist ein Sungale.« […]

DIE FAMILIE, KAIA UND DIE BRÜDER

Kaia knallte die Tür hinter sich zu und rannte auf den Balkon.

Drinnen saßen diese Fettwänste, jawohl Fettwänste, was sonst.

Je älter sie wurden, desto mehr glichen sie einander. Sie trugen sogar die gleichen Brillen. Wären sie wenigstens Zwillinge, aber das waren sie nicht. Sie schauten auf ihre jüngere Schwester, wie ältere Brüder auf jüngere Schwestern zu schauen pflegen.

Jüngersein gilt vielleicht zwanzig Jahre lang, dann aber nicht mehr. Kaia Wisramiani hatte das oft bewiesen. Sehr oft. Wusste ihr Vater das nicht? Natürlich. Vater wusste alles, aber wer weiß schon, was ein Vater denkt. Er sagt das eine und tut das andere, allerdings für Kaia nur Gutes. Der Vater setzt seine Hoffnungen in Kaia und nicht in diese zwei fetten Füchse.

Lächerlich, nicht wahr?

Dass das eine Frau denkt, die bereits einen Enkel hat und die Vierzig – na gut, die Fünfzig überschritten hat.

Sie messen alles in Geld. Das heißt, sie messen alles, die Einkünfte, die Ruhe, die Erweiterung des Marktes und andere wichtige Dummheiten. Petre und Pawle: Pawle schaut in die Papiere und sagt:

»Mensch, Kaia ...«

Petre schmunzelt und sagt, ebenfalls in die Papiere starrend:

»Kaia, Schwesterlein, kommst du vielleicht in die Wechseljahre?«

Als Kaia die Tür zuschlägt, hebt Pawle den Kopf von den Papieren und sagt, so dass es der Vater hören kann:

»Soll sie sich lieber um ihre Familie kümmern. Was gehen sie die Bewahrten an?«

»Worum soll sie sich denn kümmern, wenn sie nichts hat?«, sagt Petre und grinst.

Der Vater räuspert sich, trinkt den Orangensaft aus und sagt:

»Schluss jetzt ... eure Schwester ist eure Schwester, die Familie eine Familie. Für mich seid ihr alle gleich. Was Kaia sagt, ist richtig. Wir sind Bewahrte, ein, zwei, drei, vier Generationen beisammen. Wären wir nur hinter dem Reichtum her, wären wir keine

Bewahrten. Die Schwester bittet euch um Hilfe, um einen Rat, und was tut ihr? Seit drei Tagen weiß eure Schwester nicht, wo ihr Kind ist. Ich weiß nicht, wo meine Salomea steckt. Ist das kein Grund zur Sorge für euch, wenn eure Nichte, die Mutter eines Kindes, meine Salomea, nicht auftaucht? Seit fünfzig Jahren beobachte ich euch, wie ihr eure Schwester ärgert. Was wird, wenn ich einmal nicht mehr da bin? Ihr seid fast sechzig Jahre alte Männer. Eure Schwester ist sehr gescheit. Sie kommt zum Familienrat, um ihre Not zu offenbaren, und wie empfangt ihr sie? Wozu ist ein Familienrat da?«

»Auch wir kommen mit unserer Not zum Familienrat. Schau dir diese Aktien an«, sagt Pawle. »Ist das nicht zu besprechen?«

»Das ist alles für die Tasche und den Geldsack!«, brüllt Konstantin Wisramiani plötzlich los und sieht seinen fetten, kahlköpfigen Söhnen fest ins Gesicht: bald dem einen und bald dem anderen.

Kaia Wisramiani auf dem Balkon hört das Gebrüll. Sie schnipst die Asche ihrer Zigarette elegant hinunter und lächelt, denn Kaia weiß immer, wie sie sich benehmen muss.

»Ich gehe bald ins Jenseits, ihr aber habt nicht ein Mal eine Herzenssache, etwas Familiäres angesprochen.«

»Ist das nichts für die Familie?« Pawle zeigt auf die Papiere.

»Du denkst nicht an die Familie deiner Schwester. An deine engelhafte Nichte, die wir seit drei Tagen nicht mehr gesehen haben. Wenn ihr Kind erwachsen ist, wird es euch nicht einmal kennen.«

»Was sollen wir denn tun, Vater? Was Kaia will, will ich nicht. Ich will nicht wissen, warum sich Kaia wegen ihres Schwiegersohns grämt. Auch wir haben Enkelkinder und haben Schwiegertöchter unter Mühen aus Georgien hierhergebracht. Aber wir kommen nicht zu dir, um über unsere Familien zu erzählen. Ich kenne das letzte Wort von Kaia. Sie wird sagen, dass sie ihn töten wird, er wird bluten, sie wird dies und jenes tun. Ich will davon nichts wissen. Ich bin ein anständiger Mensch. Es ist besser, nicht zu wissen, was sich Kaia ausdenkt. Wozu muss ich wissen, wo sie ihren Räuber-Schwiegersohn finden und was sie mit ihm machen will? Dieses Land hat Constables, Richter und Gesetze. Ist es so schwer, einen Schwiegersohn zu verhaften?«

Der alte Konstantin Wisramiani schlägt mit den Handflächen auf den Tisch.

»Schweig! Bist du ein Bewahrter oder ein Dahergelaufener? Schweig! Soll ein Bewahrter seinen Schwiegersohn in die Hände der Anglesen geben? Soll er den Leuten im Gericht vor Augen führen, dass zu bewahren er nicht fähig ist? Soll ich den Georgier in fremde Hände geben? Ich habe Namen und Geld von ihm zurückgenommen, nun werden wir sehen. Eure Schwester will eure Unterstützung und Zustimmung, und ihr wisst nichts Besseres als über Bankpapiere und die Nussernte zu reden ... Ihr habt fast das ganze Leben hinter euch und lasst eure Schwester immer noch bitten ...«

»Wir sind einverstanden, einverstanden ... Hauptsache, wir müssen nicht zuhören ...«, murmelt Pawle.

»Das Herz!«, hört Kaia auf dem Balkon. »Wo ist das Herz und die Kraft der Bewahrten? Sie ist eine wahre Wisramiani, ihr aber gleicht den Anglesen ...«

»Schon gut, Vater, schon gut«, beruhigt ihn Petre, der bis dahin geschwiegen hat. »Wo könnte denn Salomea hin sein? Sie ist doch kein Kind. Hat sie uns das Kind dagelassen und ist geflohen?«

»Nein, sie ist hier ... Sie ist nicht zu ihm geflohen. Versteh doch, mit vierzig flieht man nicht mehr so einfach. Es ist etwas anderes zu befürchten, und zwar dass sie von ihrem Mann entführt wurde und er ihr etwas angetan hat. Kann man es einer Mutter übelnehmen, wenn sie droht, ihren Schwiegersohn umzubringen, der ihre Tochter getötet hat? Wo ist denn Salomea? Weiß das einer von euch? Ihr wisst es nicht, denn ihr wollt es gar nicht wissen. Darüber weint eure Schwester. Ich will nicht mit den Genuesen streiten. Dort ist sie nicht. Kaia verlangt, dass ihr eure Sungalen mobilisiert, um unser Kind zu finden, und zwar ohne dass die Zeitungen Wind davon bekommen, denn es gibt noch vieles zu besprechen. Finden wir sie, ob vor uns geflohen, vor anderen geflohen, entführt oder wer weiß was! Eure Schwester verlangt nur euer Einverständnis dabei, eure Leute für die Suche nach Salomea aufzubieten. Kann man ihr das übelnehmen, eurer Schwester?«

»Nein, nein, das kann man ihr nicht übelnehmen. Ich bin einverstanden«, sagt Pawle und nickt.

»Ihr messt eure Kräfte mit einer Frau. Gesetze ... Gesetze. Wenn wir uns nur nach den Anglesen richten, geht das Land zu Grunde. Wenn es nach den Anglesen ginge, wären wir jetzt Lords. Für einen Bewahrten kommt das nicht in Frage. Wir stehen abseits und sind besser. Warum sprecht ihr wie Advokaten mit mir? Muss man da noch bitten?«

»Schon gut, Vater, ich werde meine Leute gleich heute schicken. Sie sollen mal mit Martia sprechen ...«, lenkt Pawle ein.

»Gut so ...«

»Hörst du uns vielleicht jetzt zu, was die andere Sache betrifft?«

»Es wäre besser, wenn Kaia auch zuhören würde.« Petre grinst. »Mein Kopf dröhnt schon wegen ihr, dabei gehören die Nussgärten doch ihr und nicht uns ...«

Kaia steht auf dem Balkon und schaut auf die Hügel der Wisramiani-Insel. Kaia weiß, dass sie am nächsten Tag ein Heer haben wird. Sie weiß, dass sie sowohl ihre Tochter als auch ihren Schwiegersohn finden wird, und sie weiß, dass vieles ganz anders werden wird.

Jeder wird büßen müssen: diese Fettsäcke, die Genuesen und überhaupt alle. Kaia weiß, dass der Vater den Söhnen raten wird, weiter zu machen, was sie bisher machten. Kaia aber wird Familienoberhaupt, gemeinsam mit dem Vater.

»Bloß gut, dass Kaia nicht unsere Königin ist«, spaßt Petre.

Der Vater starrt ihn an und presst dann heraus:

»Mach dich nicht darüber lustig, worüber ein Wisramiani sich nie lustig macht.«

»Warum muss ich diesen Räuber Nika, oder wie er heißt, suchen? Ich kenne nicht einmal seinen Namen«, murmelt Pawle vor sich hin, »habe ich ihm Salomea zur Frau gegeben?«

»Nein, wir taten es, ich war es, weil er Georgier ist!«, hört Kaia erneut die Worte ihres Vaters.

»Da Costa, da Costa, da Costa«, singt Petre vor sich hin und sammelt die Papiere vom Tisch. »Was sollen wir denn tun?«

MIT BROMBEERKÖRBEN BELADENER ESEL

ECHTER TABAK

Morad Bey, der Besitzer des Kaffeehauses »Zur Tabakspfeife von Ali Bey und Basila«, war ein großer Verehrer der Engländer, ein besonderer Verehrer.

Allerdings war Morad Bey Osmane und man wusste nie genau, was er dachte. Ein Osmane kann sterben, ohne seine wahren Gedanken und seinen Kummer je gezeigt zu haben. So war es auf dieser Insel. So pflegte man hier zu sagen.

Aber Morad Bey war, wie es schien, ein äußerst redlicher Mann.

Nur redliche Menschen können so schmunzeln und den Schnurrbart so nach oben zwirbeln. Seine Ehrerbietung und Ergebenheit den Engländern gegenüber aber drückte er auf eine für diese ungewöhnliche und etwas irritierende Weise liebenswürdig aus.

Einmal im Monat wurde im Kaffeehaus »Zur Tabakspfeife von Ali Bey und Basila« ein rein englischer Abend durchgeführt. Zu solchen Abenden konnten auch Vertreter anderer Nationalitäten kommen, aber diese interessierten sich kaum dafür.

Morad Bey schrieb zu diesem Anlass seine Tafel vor dem Kaffeehaus voll mit östlichen Schmeicheleien für die geladenen Gäste, so dass die Angehörigen anderer Nationalitäten sich beleidigt fühlten und auf die Engländer einen Hass bekamen.

»Morad Bey, ein Staubkorn und ein Nichts, lädt heute alle Engländer ein, ob hiesige oder Gäste, im Kaffeehaus noch einmal einen unvergesslichen Abend zu verbringen, dort, wo Westen und Osten sich treffen mit einer Wonne, die nur ein Engländer empfinden kann. Denn keiner weiß sich selbst so zu erkennen wie ein Engländer und niemand sonst weiß einen anderen Menschen so zu schätzen wie ein Engländer.«

Deshalb wurden Morad Beys Monatseinladungen nur von Engländern besucht.

Dort brodelte nichts anderes als an gewöhnlichen Tagen: Es waren derselbe Kaffee und dieselben Getränke. Aber bis halb zehn wurden keine Tabakspfeifen auf die Tische gelegt, da Morad Bey eifrig und mit Schwung das Los darüber zog, wer an diesem Abend zuerst rauchen dürfe. Eine Lotterie gab es deshalb, weil Morad Bey angeblich eine spezielle Tabaksmischung herstellte, mit der er die Pfeife stopfte. Der Besitzer des Kaffeehauses bezeichnete diese Mischung als echten Tabak. Er behauptete, dass sie ein Rezept des Pfeifenknechts Basila sei, die er extra für den wehmütigen Burgvogt der Insel, Ali Bey erfunden hatte. Dieser war bekanntlich ein großer Liebhaber des Tabaks gewesen. Die besondere Stimmung im Kaffeehaus von Morad Bey wurde durch die Einrichtung untermalt, die diverse Reliquien von Ali Bey und Bruchstücke seiner berühmten Pfeife schmückten. Außerdem zierten Gemälde des bereits verstorbenen John Keanan die Wände, die Szenen aus dem Leben des Ali Bey und seines Pfeifenknechtes Basila darstellten.

Wieso ausgerechnet die Engländer hier zum Zuge kamen, ist schwer zu sagen. Aber diese Abende waren für sie arrangiert und sonst kam keiner, um die Pfeife von Morad Bey zu rauchen. Für die Teilnahme an der Lotterie mussten zehn hiesige Pfund gezahlt werden, dafür bekam man sowohl die Eintrittskarte als auch eine Tasse osmanischen Kaffee, übrigens der beste Kaffee auf der Insel.

Einst begab sich Morad Bey zum Hafen, um Kaffee auszusuchen, und begegnete dort einer Griechin. Während er auf seine Kisten wartete, plauderte er mit ihr, und als man die Kisten ausgeladen hatte, sagte die Frau:

»So lasse ich dich nicht gehen, komm mit aufs Schiff ... Ich bin Griechin und ich möchte dir einen Kaffee anbieten.«

Morad Bey schmunzelte. »Ich bin Morad Bey, selbst der Allah des Kaffees und des Tabaks holen sich bei mir Rat.«

Die Fortsetzung dieser Geschichte wäre uninteressant und würde uns wirklich in den Hafen führen. Sie veranschaulicht aber gut Morad Beys Stolz auf seine Profession.

Doch es ist immer noch unklar, warum ausgerechnet die Engländer seine Pfeife rauchen sollten. Wer weiß, ob diese Feierlichkeiten für Morad Bey nur eine günstige Verkaufsgelegenheit darstellten oder ob sie eine Gefälligkeit für die Söhne der Nation waren, die diese Inseln verwaltete.

Natürlich gab es keinerlei Tabaksmischung von Basila, was die Esperantiner oder allgemein die Südländer wenig interessierte. Denn sie waren vielleicht nicht so präzise wie die Nordländer, hatten dafür aber einen ganz anderen Geschmack auf der Zunge und verstanden das Leben völlig anders zu genießen, so dass sie auf Morad Beys Tricks nicht hereinfielen.

Besonders stolz war Morad Bey darauf, dass der Schriftsteller Edmond Clever in seinem Buch, einem Reisebericht, zwei Kapitel allein der Bekanntschaft mit ihm gewidmet hatte. Er beschrieb darin kunstvoll den Pfeifenabend der Engländer, an dem er selbst Sieger wurde. Er vergaß nicht, Morad Bey verschmitzt zu fragen, warum ausgerechnet er gewonnen habe. Darauf antwortete ihm der Osmane geschmeidig, dass es auf der Welt ein kleines Schicksalsdorf gebe, wohin er einen Brief geschickt hätte.

Als an diesem berauschenden Abend unter Getöse und Applaus das Los gezogen wurde, gewann Edmond Clever erneut und durfte Ali Beys Pfeife rauchen.

Ist das nicht erstaunlich?

Der berühmte Schriftsteller und Reisende hatte den englischen Abend in Morad Beys Kaffeehaus bis dahin erst ein Mal erlebt, im Sommer zwei Jahre zuvor. Nun war er wohl wieder nach Santa City gekommen, um ein neues Buch zu schreiben, nachdem die ersten zwei ihm, seinem Agenten und natürlich dem Verlag großen Erfolg gebracht hatten.

Natürlich besuchte er auch wieder das Kaffeehaus »Zur Tabakspfeife von Ali Bey und Basila«. Morad Bey empfing seinen alten Freund begeistert und nahm ihm das Versprechen ab, in drei Tagen zum Pfeifenabend zu kommen.

An diesem Tag geschah das Unglaubliche. In dem übervollen Kaffeehaus – die Show wurde dadurch noch lauter und stimmungsvoller, und auch die Bar war voll besetzt – platzierte man Edmond auf einen märchenhaften Teppich inmitten von Kissen, schlang einen Turban aus hauchdünnem Gewebe um seinen Kopf, legte ihm verschiedene Schmuckstücke an und reichte ihm die lange Pfeife.

»Diesmal sind Sie der Begünstigte des Schicksals«, sagte Morad Bey lachend. Er kniete schweißgebadet vor der Pfeifenmündung, um nach alter Sitte die Glut anzufachen.

Später hatte Edmond Clever den Verdacht, dass diesem Tabak höchstwahrscheinlich ein wohlbekanntes Kraut beigemischt war. Denn ihm wurde nach dem Rauchen schwindlig. Zwei Tage später fragte er Morad Bey vorsichtig danach. Doch der Kaffeehausbesitzer erwiderte bestürzt, dass »Zur Tabakspfeife von Ali Bey und Basila« eine anständige Einrichtung sei. Er habe die verschiedenen, bekömmlichen Tabaksblätter an jenem Morgen selbst gemischt und ausprobiert. Ausgeschlossen, dass der Tabak der Grund für die Übelkeit gewesen sei, sicherlich sei ihm irgendwo das Essen nicht bekommen.

Morad Bey zeigte sich sehr beunruhigt wegen der Übelkeit seines Freundes und lieben Schriftstellers und fragte ihn genau darüber aus, wie es sich angefühlt hatte. Doch Clever teilte nur zwei sparsame Sätze mit, dass sich sein Kopf drehte und die Ohrläppchen wie Eisenteller dagegen schlugen. Er habe sich wie im Wachtraum befunden und wäre am nächsten Morgen ins Krankenhaus Saint Mary eingeliefert worden, wo man ihm den Magen ausspülte, tausend Medikamente verabreichte und viele Autogramme von ihm verlangte. Eine clevere Krankenschwester sei gleich bei seiner Einlieferung in die Buchhandlung gerannt und hätte an die zehn Bücher zum Signieren mitgebracht.

Sicherlich sei es eine Vergiftung gewesen, weil man ihm ja den Magen ausgespült hatte, stellte Morad Bey fest und bot seinem Freund Mineralwasser an.

Der Kaffeehausbesitzer wusste, dass Clever in jener Nacht schlimme Dinge erlebt hatte. Da der Reisende aber selbst nichts davon erzählte, drang er nicht weiter in ihn. Morad Bey wusste, dass Clever erst im Morgengrauen in sein Hotel zurückgekehrt war.

Er erinnerte sich, dass der Schriftsteller sich in jener Nacht beim Abschied nicht beklagt hatte, ihm wäre schwindlig oder er sehe alles dreimal größer. Er hatte das Kaffeehaus zusammen mit einem berühmten Gast verlassen, den Morad Bey für einen Verrückten hielt. Trotzdem begegnete er diesem Mann stets besonders freundlich, denn der wurde es nicht leid, sich Morad Beys Märchen immer wieder anzuhören und darüber zu diskutieren.

Sein Tabak konnte auf keinen Fall der Grund für die Übelkeit sein, denn er hatte wirklich keine Lachkräuter beigemischt.

»Es war nur echter Tabak, Mr. Clever« – Morad Bey spreizte die Finger – »vielleicht besteht das Geheimnis der Mischung von Basila eben darin, dass es auf die Menschen ab und zu eine ganz besondere Wirkung ausübt. Wie war Ihre Stimmung denn, bevor Sie hierherkamen?«

BU BEI NACHT

1

Es war schon ziemlich spät, als sich Bu aus seinem Sessel vor dem Fernseher erhob, den Apparat aber nicht ausschaltete. Er schlich die Treppe zum Schlafzimmer hinauf, öffnete vorsichtig die Tür zum Bad, drehte den Wasserhahn auf und putzte sich die Zähne. Danach steckte er die Zahnbürste in seine Hosentasche und ging leise ins Schlafzimmer, wo seine Frau Kaia Wisramiani mit dem neuen Wälzer »Churchills Leben« auf der Brust eingeschlafen war. Bu setzte sich auf die Bettkante. Er öffnete vorsichtig den Nachttisch und nahm aus der Schublade einen dünnen Packen Fotos heraus, den er in die Brusttasche seines Hemdes steckte. Dann legte er seine Weste ab, zog seine Latschen aus und fuhr mit der Hand vorsichtig unters Bett. Er zog ein Paar dünne Sommerschuhe heraus, in die er genau so vorsichtig hineinschlüpfte. Als er die etwas altmodische Strickjacke ablegte, hörte er die Stimme seiner Frau:

»Bu ... schläfst du?«

»Ich gehe jetzt schlafen ...«

»Wie spät ist es?«

7

»Halb vier«, log Bu und schaute auf die Uhr.

Es war kurz nach elf.

Seine Frau stöhnte leise und drehte sich um. »Churchills Leben« rutschte auf den Teppich.

Bu stand leise auf und langte nach der Jacke, die er sich im Voraus zurechtgelegt hatte. Er glitt auf Zehenspitzen aus dem Schlafzimmer und huschte die Treppe hinunter. Er kehrte in die Küche zurück, stellte den Fernseher etwas lauter und warf die Fernbedienung auf den Sessel.

Danach schlich er zum Wandschrank im Flur und zog eine kleine Ledertasche heraus. Er nahm seinen Hut von der Garderobe und setzte ihn auf. Dann nahm er den Hut wieder ab, warf ihn auf die Ablage zurück und holte die Kappe mit den Löchern. Zwar war sie ihm ein wenig zu eng, aber er setzte sie dennoch geschickt auf und öffnete, die Tasche über der Schulter, vorsichtig die Haustür.

Direkt vor dem Haupteingang saßen zwei Wächter vor angeschaltetem Fernseher.

Es war das erste Mal, dass sie Bu Wisramiani das Haus zu Fuß verlassen sahen, und das auch noch nachts.

»Ich vertrete mir ein wenig die Füße«, rechtfertigte sich Bu. »Kaia schläft. Geht doch auch schlafen, was schaut ihr euch da an, ist ja alles nur Quatsch.«

Bus Erscheinen irritierte sie ziemlich.

»Geht doch schlafen, geht schlafen …«

Bu rannte die Treppe hinunter und eilte auf die Straße.

Die Wächter erhoben sich und schauten ihm nach. Sie hatten ihm nicht einmal vorschlagen können, dass einer von ihnen mitgehen oder das Auto rausholen und ihn fahren könnte, wohin er wünsche.

»Hat er sich eine Frau angeschafft?«, fragte der eine den anderen.

»He, das wird was werden … Junge, Junge! Kaia wird ihm die Nüsse platzen lassen …«

»Wenn er noch welche hat …«

Sie lachten und lachten und das hätte sie beinahe ihren Job gekostet.

Bu Wisramiani hieß in Wirklichkeit Wachtang Awaliani oder nur Wacho. Er war ein Georgier aus Georgien, was bedeutet, dass er die Welt zwar nicht ertrug, sie ihm aber dennoch gefiel. Was auch bedeutet, dass man nicht zu Hause sein kann, wenn man woanders ist.

Bu hatte nie darüber nachgedacht, aber es war eben so.

Er war seit seiner Kindheit auf der Flucht: Zuerst reiste sein Vater, ein Pharmakologe, der vor den Repressionen des Stalin-Regimes floh, mit seiner Familie von einem Bezirk in den anderen. Von einer kleinen Stadt in eine noch kleinere. Das Volkskommissariat für innere Angelegenheiten würde sich nicht für jemand interessieren, der nie lange an einem Ort verweilte. Er hatte Glück, denn er starb ein Jahr nach Stalins Tod eines natürlichen Todes, an einem Herzschlag. Zu dem Trick des häufigen Ortswechsels hatte ihm ein erfahrener Mann geraten. Er musste ihn anwenden, denn seinen Schwager Mikela hatte man bereits verhaftet und ins Lager geschickt, wo er verschwand. Sibirien ist ja riesengroß.

Bu war auch während seiner Studienzeit auf der Flucht. Er absolvierte erfolgreich zwei Semester am damals populären Polytechnischen Institut. Er war auch in der Jazzband des Instituts, verwickelte sich aber in studentische Liebesgeschichten. Er wählte von zwei Mädchen die falsche. Das heißt, seine Wahl fiel auf diejenige, mit der er weniger befreundet war, und er ließ die andere, die ihm näherstand, links liegen. Das alles plätscherte jedoch nicht einfach so vor sich hin. Als er auch die Beziehung zur zweiten abbrach, wurde er von beiden Familien bedrängt. Die Familie der zuerst Abgewiesenen verteidigte die Würde der Tochter, die Familie der Falschgewählten verteidigte ebenfalls die Würde der Tochter. Bu aber war völlig durcheinander, machte sich aus dem Staub und flüchtete weit weg, anderswohin, in Absprache mit seiner Mutter. Er flüchtete dorthin, wo Georgier am häufigsten hingehen – nach Russland. Dort trat er, überraschend für Mutter und Cousins, in die Marinekadettenschule ein.

Obwohl er Georgier war und das Meer nur zum Planschen am Strand mochte, schrieb er sich zu dieser Ausbildung ein. Er dachte, vielleicht könne er später zur Seeoffiziersschule wechseln und sich zum richtigen Kapitän oder Admiral ausbilden lassen.

Aber er floh auch von dort, verließ die Schule im letzten Ausbildungsjahr: Damals war das angesichts der finanziellen Not nichts Außergewöhnliches. Wacho kehrte nach Georgien zurück, ins Küstengebiet, und wurde Matrose. Ein Matrose musste damals eine Bescheinigung haben und möglichst verheiratet sein. Aber in Batumi mangelte es an Matrosen. Man unterzog ihn mehreren Prüfungen und wunderte sich, dass er keine Ausbildung abgeschlossen hatte. Man erkannte in ihm dennoch einen vertrauenswürdigen Menschen und setzte ihn auf Lastschiffen ein, die zwischen den sowjetischen Schwarzmeerhäfen verkehrten.

Er aber floh erneut. Man dachte, er sei ertrunken oder nachts über Bord gesprungen und weggeschwommen. Er verschwand von einem Lastschiff, das von Batumi nach Feodossija* unterwegs war. Sowjetische Spione entdeckten ihn erst zwölf Jahre später, waren sich aber nicht ganz sicher, da er den Namen gewechselt hatte.

Nachts über Bord zu springen war eine seltene und gefährliche, aber erprobte Methode, aus der Sowjetunion zu fliehen.

Der Flüchtling wusste: Wenn sich das Schiff zu bestimmter Zeit, zwischen vier Uhr dreißig und sechs, an einer bestimmten Stelle befand, musste man bis zum äußersten Zipfel von Santa Esperanza nur noch dreiundzwanzig Kilometer schwimmen. Wie es scheint, war der fünfundzwanzigjährige Wacho Awaliani bereit dafür und hatte sicherlich auch deshalb als Matrose angeheuert.

Er musste aber nur zwölf Kilometer schwimmen. Später dachte er, dass die dreiundzwanzig kaum zu schaffen gewesen wären. In der Morgendämmerung sahen ihn Fischer. Es waren Arbeiter der Fischereiflotte der Wisramiani. Sie angelten Meeräschen.

Seitdem ist Wacho Awaliani, umgetauft in Bu Wisramiani, vierzig Jahre lang nicht mehr geflohen. Den anständigen, etwas unglücklichen, besitzlosen, gut aussehenden jungen Mann haben die Wisramiani gepflegt, zu Kräften gebracht und ihm ihre Tochter Kaia zur Frau gegeben.

---

* Feodossija – früher die Stadt Kaffa

Die Wisramiani hatten von so einem Schwiegersohn nicht einmal geträumt. Für sie war er wie vom Gott gesandt, denn dank der Ankunft dieses Georgiers aus Georgien konnte der alte, nie gebrochene Familienbrauch fortgesetzt werden.

Er ist nicht mehr geflohen, denn er entdeckte, dass man, im Unterschied zu seinem Land, hier ohne zu fliehen auf der Flucht sein konnte. Er floh also in sich, so dass man ihn wegen seiner Schweigsamkeit und übertriebenen Verschlossenheit Bu* nannte.

So verstrich sein Leben hier, wahrscheinlich sorglos. Bu war Georgier, konnte sich aber an nichts richtig gewöhnen, obwohl ihm alles gefiel. Das aber bedeutet, dass man an einem Ort ist, gleichzeitig aber auch woanders.

Bu hatte zwei Kinder und liebte sie mit einer fast übermenschlichen Liebe. Jedoch hat er mit ihnen vielleicht nur ein Mal im Leben freimütig gesprochen.

Den Zerfall der Sowjetunion verfolgte er drei Jahre lang im Fernsehen. Als Georgien unabhängig wurde, brüllte Bu wild auf. Dann betrank er sich gleich beim Mittagessen und verschwand irgendwohin.

Als er nach Hause kam, führte er seinen Sohn Data zum Fenster und sagte zu ihm:

»Wenn du hier langgehst, dann ins Wasser springst und geradeaus schwimmst, bist du am Abend in Georgien.«

Bu wusste nicht einmal, wann seine Mutter gestorben war oder wie es seinen Verwandten ging. Aber nun, zehn, zwölf Jahre nach der Befreiung Georgiens, schloss er die Tür der Wisramiani hinter sich und ging in die Kalivan Street, um zum Abschied ein Glas zu trinken. Dann würde er zum Hafen gehen, um sich frühmorgens nach Istanbul einzuschiffen. Von Istanbul aus brauchte er sich nach Georgien nicht mehr durchzufragen.

Bu Wisramiani war wieder auf der Flucht.

3

Bu lief die hell beleuchtete Kalivan Street entlang, wo er das letzte

---

* Bu – georgisch: »Eule«

Mal vor sehr langer Zeit zu Fuß unterwegs gewesen war. Die Straße hatte sich gut gemacht.

Bu war ein heimlicher Trinker. Er war in einem Alter, in dem georgische Trinker das fünfte, sehr eigenartige Trinkstadium erreichen.

Bu kannte die Preise in den Restaurants, Cafés und Bars nicht und hatte auch keine Ahnung, zu welcher Kategorie sie gehörten. Er war Georgier, noch dazu über sechzig, und wollte sich mit solchen Neuigkeiten nicht belasten.

Er hatte sich schon vorher überlegt, zum Abschied von dieser Stadt einen zu heben. Als Georgier mochte er aber nicht allein trinken. Hauptsache jemand saß neben ihm, und wenn es ein fast hundertjähriges Mütterchen war, das nichts verstand, aber hin und wieder zustimmend nickte. Zu Hause trank er oft in Gesellschaft der Katzen. Im Dorf, auf dem Gut der Wisramiani, trank er mit den sungalischen Bauern, die er für die einzigen ehrbaren Bewohner der Insel ansah und derentwegen er sich oft auf dem Land aufhielt.

Die Tasche über die Schulter gehängt, warf Bu mit schläfrigen Augen einen Blick auf die vielen Cafés und trat dann in ein italienisches Lokal namens »Mamma Amalfi« ein.

Es war ein wenig auffallendes Lokal und war auch wenig besucht. Bu gefielen der Name und die cremefarbenen Fensterläden. Es roch nach Pizza. Wonach sonst? Pizza und Pasta. Er verlangte Oliven, Käse und eine Flasche Barolo. Das war ein ziemlich schwerer Wein und eine Flasche würde genau reichen für ihn. Auf dem Schiff würde er dann das Trinken fortsetzen.

Leider war Bu allein. Als er sich umschaute, fand er keinen, mit dem er trinken konnte. Er war schon beim zweiten Glas, hatte die Oliven bereits verspeist und rauchte gerade eine Marlboro Light, als im Eingang von »Mamma Amalfi« zwei Engländer erschienen.

Einen kannte Bu: Er war bei den Wisramiani zu Gast gewesen, ein Schriftsteller oder sonst jemand, der Bücher schreibt. Der Name war ihm entfallen. Den anderen sah Bu zum ersten Mal, erkannte aber an seinen Manieren, dass auch er Engländer war; er war kleinwüchsig, mit buschigen Augenbrauen, die ihm ein verärgertes Aussehen verliehen. Man sah gleich, dass beide gewaltig betrunken waren.

»Hey, Freunde«, rief Bu und winkte ihnen zu.

Der Schriftsteller erkannte ihn, lächelte breit und stürzte mit überschwänglicher Begeisterung an seinen Tisch. Der Kleinwüchsige folgte ihm.

»*Waiter*«, rief Bu und verlangte nach Gläsern.

Der Zweite war Schotte.

Die Flasche wurde rasch geleert und sie kamen schnell ins Gespräch.

Bu bemerkte, dass eine zweite Flasche Barolo nicht taugen würde, und bestellte einen süffigen Rhonewein. Der war leichter als Barolo, und er bat seine Trinkkumpane, die Gläser nach jedem Trinkspruch zu leeren, wie es Brauch bei den Georgiern sei. Der Schriftsteller, dessen Namen der Schotte nicht erwähnte, Bu aber vergessen hatte, war noch nie in Georgien gewesen und staunte, dass man so trinken konnte. Bu lächelte freundschaftlich und forderte ihn auf, nach Georgien zu gehen und Bücher darüber zu schreiben statt über irgendwelche Pfeifen. Pfeifen seien Quatsch, ein Mensch könne damit das Rauchen nicht genießen.

Als die zweite Flasche fast geleert war, stellte sich heraus, dass dieser Zweite, der Schotte, bereits in Georgien gewesen war, wo er irgendeine alte Geschichte suchte, die er aber nicht fand. Bu heulte fast, denn er hatte große Sehnsucht nach Georgien. Er gestand ihnen, dass er nach vierzig Jahren an diesem Morgen im Begriff war dorthin zu reisen. Die Engländer fragten erstaunt, was ihn bis jetzt daran gehindert hatte. Bu erwiderte, dass die Kommunisten ihn, einen desertierten Offizier, zum Tod verurteilt hätten. Das begeisterte den Schriftsteller, der andere murmelte etwas von Stalin.

Als die zweite Flasche Rhonewein angebrochen war, bekam Bu Appetit und bestellte zwei große Römerpizzas und einen Mittelmeersalat. Den Tischgenossen aber erklärte er, es gehöre sich nicht, sich mit Rotwein zu betrinken. Dazu müsse man Weißwein nehmen. Sie waren einverstanden, und der Schriftsteller schrie:

»*Booze? Let's get boozed up!*«

Sie bestellten zwei Flaschen weißen Foscarino, aber Bu wies

die kleinen Weißweingläser verächtlich zurück. Deshalb war der Wein beim ersten Ausschank rosé, aber das war nicht schlimm. Bu bestellte Brot und man brachte ihm frisch gebackenes. Er tauchte das Brot in Wein und legte es an die Tischkante. Dann stand er auf und trank das Glas in einem Zug aus. Das begeisterte den kleinwüchsigen Schotten, den Schriftsteller aber nur als Schriftsteller. Der Schotte tat zwar sehr wichtig damit, dass er schon in Georgien gewesen war, aber solch ein Ritual hatte er nie gesehen. Er fragte nach dem Sinn und begriff schnell, dass es hier um den Leib und das Blut des Erlösers ging und man damit die Verstorbenen ehrte.

Danach kam die Rede auf die Zeitspanne zwischen Leben und Tod. Es stellte sich heraus, dass Bu dem Leben das Sterben vorzog, weil er sich ausruhen wollte. Das begeisterte den Schotten wieder und noch mehr den Schriftsteller, wie es Schriftsteller so an sich haben.

Sie sprachen lang und breit über den Tod.

Bu verkündete, dass er möglicherweise einen Tumor im Kopf habe, da er oft unter plötzlichen Kopfschmerzen leide. Der Schriftsteller zählte die Ärzte der Harley Street auf, aber Bu winkte ab. Er sei Georgier und möge keine Ärzte.

Als Nächstes wird fast immer von der Familie gesprochen, und der Schriftsteller fragte mit weinseliger Ehrfurcht nach Bus Frau. In der Frage schwang ein gewisses erotisches Interesse, das im Widerspruch stand mit seinem fortgeschrittenen Alter. Dann fand auch Ava Gardner Erwähnung. Dem folgte noch ein Glas und Bu sagte, seine Frau schlafe, was das Beste sei, was sie tun könne. Der Schriftsteller meinte, dass Bus Frau sicher mit zum Hafen käme, um ihn zu verabschieden. Darauf antwortete Bu, bald würden auf der Insel schreckliche Dinge geschehen. Seine Frau werde vielleicht Königin, was ihn aber wenig interessiere, denn er gehe nach Georgien und würde nie mehr von dort zurückkehren. Der Kleinwüchsige war plötzlich ganz Ohr. Er füllte sofort die Gläser nach, trank auf die Königin und setzte hinzu: »Ich kenne zwar ihre Herkunft nicht, aber auf der Insel gab, gibt und wird es nur eine Königin geben, und ich bin ihr Waffenschmied.« Bu interessierte das überhaupt nicht, den Schriftsteller umso mehr und er bekam prompt die Antwort, die Königin sei Frau Agatia Zichistawi-Art-schiliani.

Danach bekam das Gespräch eine beinahe mystische Aura. Vorher aber bestellte Bu noch eine Flasche Weißwein.

Bu konnte sich kaum halten vor Lachen, weil der Kleinwüchsige so verrückte Dinge erzählte. Dinge, die kein Georgier glauben würde. Das verärgerte den Kleinwüchsigen ein bisschen, der Schriftsteller aber schlummerte ein. Die beiden anderen kamen schließlich darauf zu sprechen, dass Bu der Familie Wisramiani angehörte. Das brachte wiederum den Kleinwüchsigen zum Kichern. Es erstaune ihn ganz und gar nicht, wie die Wisramiani zur Königin stünden.

Bu bedachte in seiner Empörung sämtliche Wisramiani mit den schönsten englischen Flüchen. Er versicherte, seine Kinder seien keine Wisramiani, sondern Awaliani, und die seien ganz anders. Der Kleinwüchsige war begeistert und sagte, er kenne Bus Schwiegersohn, den edlen Ritter und die rechte Hand der Königin, der sich zurzeit vor dem Zorn der Wisramiani verstecke, die ihn für das Verschwinden ihrer Tochter verantwortlich machten.

Bu schenkte ein letztes Mal ein und sagte, er wisse genau wo seine Tochter sei. Er würde es den Wisramiani aber nie verraten. Sein Sohn Data sei übrigens der beste Kartenspieler auf der Insel. Als er den bekannten Namen hörte, wurde der Schriftsteller wieder munter. Er ergriff Bus Hand, drückte sie und sagte, er sei hoch erfreut, dass Bu der Vater seines besten Freundes sei, das habe er nicht gewusst.

Bu aber bedauerte, dass er diese verdammte Insel verlassen würde, ohne mit seinem Schwiegersohn richtig gesprochen zu haben. Er hielt ihn für einen guten, aber zu Verzweiflungstaten neigenden Menschen. Der Kleinwüchsige flüsterte ihm zu, er könne ein Treffen mit dem Schwiegersohn arrangieren.

»Wann denn?«, fragte Bu mutlos.

»Gleich jetzt, ich schwöre es bei der Schutzikone und dem Kreuz des Bootes«, verkündete der Kleinwüchsige, dessen Namen Bu sich nicht merken konnte.

Der Schriftsteller sagte nichts, er döste wieder.

Bu trank aus, der Kleinwüchsige ebenfalls. Sie erhoben sich und Bu schenkte dem Kellner von »Mamma Amalfi« hundert Pfund. Seine Tasche aber ließ er zwischen Wand und Tischbein stehen.

Sie traten auf die Straße. Die Kühle des Morgens war angenehm. Die drei kamen überein, Bu Wisramianis verfolgten Schwiegersohn zu besuchen, dem, nach Aussage des Kleinwüchsigen, eine große spirituelle Mission auferlegt sei.

Im »Mamma Amalfi« war fast niemand mehr: nur ein jugendlich gekleideter, älterer Herr, der die Nacht durchmachte. Er saß da und schaute in eine Zeitschrift. Bu hatte ihn an seinen Tisch einladen wollen, doch dann gefielen ihm seine tätowierten, dürren Arme nicht und er hatte es sich anders überlegt.

Dieser Mann hieß Lamur Mosiarule, und keiner der drei kannte ihn. Er aber kannte sie alle und folgte ihnen nun, als sie das italienische Lokal verließen. Was hätte er dort sonst noch zu tun gehabt?

WIRKLICH ECHTER TABAK

In Edmond Clevers Kopf dröhnte es wie dreitausend Panzer. Er machte das in Morad Beys Tabak gemischte Lachgraszeugs dafür verantwortlich.

Edmond Clever war sich ganz sicher, dass er nach der »Tabakspfeife von Ali Bey und Basila« nicht mehr viel getrunken hatte. Gewöhnlich trank er wenig, gerade genug um in Stimmung zu kommen.

Er konnte sich ganz vage an die Geschehnisse der Nacht erinnern, wie er und dieser komische Geograph Pardon Bell sich auf der Straße herumtrieben und Bell ihm erzählte, wie man das wahre Abbild der Geschichte finden könne. Dieser Mann redete, als wäre er mit Napoleon auf Sankt Helena gewesen. Clever widersprach ihm nicht sonderlich, und während sie so sprachen, erreichten sie die Kalivan Street. Clever nannte diese Straße die

»ewig Schlaflose«. Sie schauten in verschiedene Cafés und Restaurants und kehrten schließlich in ein italienisches Lokal ein, in dem wenig los war.

Hier wurde Clever von einem Mann begrüßt, den er kannte, denn er war einmal in seiner Familie zum Essen eingeladen gewesen.

Als das Trinkgelage in vollem Gang war, wurde Clever klar, dass er mit diesem älteren Mann und dem Schotten mit seinen funkelnden Augen nicht würde mithalten können, und er stellte sich schlafend. Dabei nickte er wirklich ein. Erst als sie gehen wollten, weckten sie ihn ohne großes Aufheben.

Danach liefen sie weiter ziellos durch die Straßen. Clever hörte schon die Sirene des auslaufenden Schiffes, seine Gefährten aber gingen in einen kleinen Laden und kamen mit drei Flaschen Champagner und einer Papiertüte getrockneter Feigen heraus. Dann hielten sie ein Taxi an. Clever wollte nicht mit, die beiden anderen hießen ihn aber sich zwischen sie zu setzen.

Es war bereits hell, als das Taxi einen Hang hochfuhr und vor einem großen Tor hielt. Clever hörte die Stimmen seiner Freunde nun wie von Weitem, bemerkte jedoch, dass sie es nicht eilig hatten und erst Champagner trinken wollten. Sie hatten auch den Taxifahrer dazu eingeladen. Clever konnte sich noch gut an das Glockengeläut erinnern, sie mussten sich also an der Klostermauer befinden. Der Georgier brach in Tränen aus, Pardon Bell aber deutete das alles als ein magisches Zeichen und rief Clever einige Male ins Ohr:

»Verstehst du?«

Clever verstand nichts. Er wollte sich ins Taxi setzen und schlafen. Das heißt, er wollte sich irgendwohin setzen und den Kopf hinbetten. Der Taxifahrer trank mit großem Eifer aus der Champagnerflasche, was nicht einfach war.

Der einzig logische Gedanke, den Clever zustande brachte, war, dass im Kloster die Morgenandacht begonnen hatte, und er teilte das den anderen mit.

Seine Trinkkumpane stimmten ihm zu, dass man die Klosterbrüder um diese Stunde nicht stören sollte, aber der ältere Herr rief unbeirrt und freudig etwas, was Pardon Bell offenbar auf Englisch wiederholte.

»Nika, Junge, komm doch heraus, was ist denn mit dir?«, rief er, doch Clever vergaß es gleich wieder.

»Mr. Bell … Mr. Bell, und du, wie heißt du?«

»Muras.«

»Muras, bist du Osmane?«

»Ich bin Kurde, Sir, Jeside.«

»Hier sind wir also versammelt, wir Unterdrückten und Hoffnungslosen. Komm, werfen wir den Schriftsteller den Abgrund hinunter«, sagte der Georgier.

Clever versuchte ein Lächeln, doch es gelang ihm nicht.

»Werfen wir ihn in den Abgrund, soll er dort bleiben …«

»Gleich jetzt?«, fragte der Fahrer.

»Nein, überhaupt … Schau, mein Georgien wurde von Russland besetzt, sein Schottland von England, dein Kurdistan von allen …. Der ist ja Engländer. Was sollen wir mit einem Engländer machen? Was will ein Engländer am Tisch mit guten Menschen?«

»Santa Esperanza hat er auch besetzt«, sagte der Fahrer. »Sie hauen bald von hier ab. Hast du im Fernsehen gesehen, wie die zwanzig Schiffe ausgelaufen sind? He, hast du das gesehen?«

Clever versuchte wieder zu lächeln und brachte mit Mühe heraus:

»*You … you can go … carry on … motherfffa…*«

»So ist der Engländer. Wahrscheinlich genauso wie der Russe. Sie rauchen Pfeife … Hi-hi … Komm, trinken wir auf uns, Unterjochte und Verrückte. Die Engländer sollen lieber Kricket spielen …«

»Ha-haa … Kricket«, freute sich aus irgendeinem Grund der Taxifahrer, »Kricket …«

»Wozu sind wir hier?«, fragte Bell plötzlich.

»Ich muss aufs Schiff«, sagte Wisramiani »ich muss nach Georgien. Dort war Krieg und ich muss beim Wiederaufbau helfen.«

»Ich … möchte …« – Clever griff nach der Flasche – »ich möchte weg von hier …«

»Nach Georgien«, sagte der Fahrer, »ich bringe euch nach Georgien, Effendi ...«

»Ringsherum ist Meer«, stöhnte der Mann, der eine Sommerkappe aufhatte, »ich bin kein Wisramiani und bin nie einer gewesen. Ich bin ein Awaliani ...«

»Jawohl«, stimmte Bell ihm zu, »ringsherum ist das Meer ... Warum sind wir hier?«

»Nika«, sagte Wisramiani-Awaliani plötzlich. »Wir sind hier, um meinen Schwiegersohn zu sehen ... Nika?«

»Ist er hier?«, fragte Muras.

Bell lächelte und machte ein ehrfürchtiges Gesicht.

»Natürlich ... Weißt du, wer ich bin? Ich bin der Waffenschmied der Königin.«

»Welcher Königin?«

»Der Königin Tamara«, erwiderte Bu Wisramiani mit Überzeugung. »So ist es doch? Königin Tamara war die Regentin Georgiens. Ihr erster Stellvertreter war ein Kurde.«

»Wirklich?«, freute sich der Fahrer.

»Ihr habt keine Ahnung ... Nikaaaa! Komm doch heraus, mach keinen Scheiß ...«

»Sie werden das Gebet nicht unterbrechen«, sagte der Fahrer. »Du aber kommst zu spät aufs Schiff.«

»Was heißt, ich komme zu spät? Ohne mich legt das Schiff nicht ab. Ich muss noch meine Salo-Malo sehen ... Mein Mädchen. Kennst du Salo-Malo? Ich muss mit Nika zusammen hingehen und die beiden versöhnen ... Du weißt doch, wie es bei Kindern ist. Mal streiten sie sich, dann vertragen sie sich wieder. Jetzt sind sie zerstritten, und dieser hier hat gesagt, dass Nika in Schottland sei ...«

»Er ist im Kloster, er ist die rechte Hand der Königin.« Pardon Bell hatte Schluckauf.

»Was, Nika in einem Kloster?« Wisramiani wurde böse. »Hat er dem Leben entsagt? Er hatte recht ... Er hatte recht, dieser Schweinehund.«

»Wer?«, fragte der Fahrer.

»Stalin.«

»Ich war dort«, sagte plötzlich der Schotte.

»Wo?«

»In Stalingrad.«

Wisramiani lächelte. »Du warst dort und Nika ist hier, ja? Was will Nika im Kloster? Nika ist ein lebensfroher Mensch, wenn man ihn lässt, wird er Berge versetzen. Aber hier versteht man ihn nicht … Das ist doch kein Land, das ist ein Schweinestall. Schau dir den hier an, ist er ein Mensch?«

Edmond Clever hatte sich neben dem Wagen niedergelassen und schlief mit offenem Mund.

»Und wenn er noch so viele Bücher schreibt, was ist das für ein Mensch? Pfeifen, Bomben, Tabakspfeifen über den Kanal, wer war Homosexueller, wer hat wen gefickt, wer hat warum gefickt, sind das etwa Bücher? Was soll das alles?«

Der Fahrer amüsierte sich sehr.

»Hier, ihr … Euer ganzer Lebenssinn liegt in den Supermärkten … Sie werden euch die Supermärkte schließen und dann werdet ihr sehen, das wahre Leben ist ganz woanders. Die können uns mal mit ihren Supermärkten! Im Sungalen-Land enthält ein einziges Tongefäß besseren Wein als alle hiesigen Supermärkte zusammen. Sie glauben es nicht, weil sie es so gewohnt sind … Soundso ein Wein ist der beste? Weil ich es nicht anders kenne, darum?«

Der Fahrer klatschte in die Hände vor Begeisterung.

»Ich weiß nicht, wer du bist, aber du bist großartig. Komm, ich fahre dich bis heute Abend kostenlos herum.«

»Das hat nichts mit Geld zu tun, sondern mit Dreck. Diese Insel steckt bis zum Hals im Dreck. Das alles wird einmal in die Luft gehen und dann wirst du sehen, was aus den Supermärkten wird …«

Sie schwiegen eine Zeitlang und rauchten die filterlosen Zigaretten des Taxifahrers. Unten sah man die Stadt, auf der anderen Seite die alte Festung.

Plötzlich rief Pardon Bell aus:

»Auf in den Kampf, auf in den Kampf … Was würden Sie sagen, Sir, wenn ich Ihnen vorschlage, dem Heer der Königin beizutreten? Wir werden gleich heute Abend die Königin sehen.«

»Das ist noch ein Mann, im Unterschied zu dem da«, sagte der falsche Wisramiani zum Fahrer. »Aber er ist ein Dummkopf. Ich liebe Dummköpfe.« Er umarmte Bell und drückte den kleinen Schotten mit den goldfarbenen Augenbrauen fest an sich. »Nicht, dass sie es hören, sonst werden sie dich in die Klapsmühle auf der Sungalen-Insel stecken.«

»Ich war dort«, wiederholte Pardon Bell hartnäckig und begann zu schluchzen.

»Wo?«, fragte Muras.

»Dort, bei Calatafimi. Ich hab alles mit eigenen Augen gesehen.«

»Er besteht nur aus Herz, der Beste, er half mir meinen Schwiegersohn zu finden.« Wisramiani-Awaliani küsste ihn auf die Stirn.

»Das ist ein toller Ort«, sagte der Fahrer, »man hört überhaupt keine Stadtgeräusche. Dabei gehört er auch zur Stadt. Schau, wie hell es geworden ist.«

»Du, Gottes auserwählter Junge, hast du nichts mehr zu trinken?« Wisramiani strich Bell über den Kopf.

»Das Schiff wird auslaufen …«, sagte der Fahrer.

Wisramiani zog etwas aus der Brusttasche.

»Schau mal nach …« Er reichte es dem Taxifahrer.

»Mensch … so ein schönes Ticket«, sagte Muras, »eine Luxuskabine. Zweihundertvierzig Pfund … *Ferry Giuseppe Mirila* … Was für ein Schiff ist das?«

»Weiß der Teufel …«, war die Antwort.

Der Fahrer schaute aufs Armaturenbrett im Auto. »Es ist vor mehr als einer Stunde ausgelaufen …«, sagte er bedauernd.

Pardon Bell musste niesen.

»Schmeißt diesen Schriftsteller, oder wer auch immer er ist, ins Auto und lasst uns gehen«, sagte Wisramiani.

»Wohin?«

»In den Hafen, etwas trinken. Wir werden doch nicht aufhören. Dort gibt es wahre Menschen. So war es schon immer.« Er öffnete die Vordertür des Wagens. »Gehen wir? Wenn ich schon nicht aufs Schiff kann, hören wir uns wenigstens die Schiffsgeräusche an.«

»Gut«, sagte Muras, »ich kenne eine hübsche Stelle.«

BROMBEER-DÖRROBSTKETTE

LUKA UND DIE BÖSEN GEISTER

In Busias Kneipe im Herzen des Hafens ging es an jenem Abend hoch her.

Vor Anbruch des Abends kehrte Luka dort ein.

Seinen Hut hatte er in den Nacken geschoben und das Hemd bis zur Brust aufgeknöpft. Um den Hals trug er ein buntes Taschentuch, seine Hosenbeine reichten kaum bis zu den Knöcheln. Auf der kräftigen Brust sprossen silbergraue Haare. Er hatte sich seit vier Tagen nicht rasiert.

In Busias Kneipe drängten sich an die siebzig Mann. Die Tische waren mit Bier bespritzt und hinter der Theke türmten sich Berge schmutziger Teller. Es herrschte ein Heidenlärm, sogar malaiische Matrosen waren dabei und der nasenlose Charlie, der das Bierglas auf seine Schulter stellte wie auf einen Felsen und so daraus trank. Ein großartiges Stimmengewirr war das, international, aber nicht sehr wohlklingend. Luka pflegte zu sagen:

»Ich verstehe jetzt, ihr Seeleute, warum Gott den Turm zu Babel einstürzen ließ. Er kehrte bei Busia ein und dachte, dass es so besser sei.«

So pflegte Luka zu sagen. Jetzt kam er also herein und ging schnurstracks zur Theke. Im Vorbeigehen grüßte er alle mit erhobener Hand. Ein anglesischer Matrose streckte ihm die Handfläche entgegen und rief ihm zu:

»*Hey, Lucas, give me five ...*«

Luka schlug herzhaft in die Hand ein.

»Luka ist gekommen, Luka ist auch da.« Bei dem Handschlag hatten sich viele umgedreht.

»Luka, warst du im Hospital?«, fragte man ihn, kaum hatte er die Theke erreicht.

»War ich«, sagte Luka, »man hat mich aber wieder gehen lassen« – er griff in die Hosentasche und holte einen Arzneibehälter heraus mit einem Röhrchen für den Tropf oben und einer Nadel dran – »das hier hat man mir mitgegeben.«

Alle schauten sich die Konstruktion aufmerksam an.

»Diese Nadel steckt man sich irgendwo in den Arm, dort, wo die Blutkanäle verlaufen. Der Behälter wird mit einem Medikament gefüllt, das auf diesem Weg direkt ins Innere fließt«, erklärte Luka.

»Musst du viele Medikamente nehmen?«

»Nur eines, da, Busia hat es«, entgegnete Luka traurig, »komm schon, Busia, füll ihn mir auf« – und er reichte dem Wirt den Behälter.

»Was soll ich hineinfüllen?«, wunderte sich Busia.

»Das, was du hast, das Medikament. Ich hänge es mir um und laufe so durch die Straßen. So, dass ich mich ganz allmählich betrinke. Herumlaufen und dabei betrunken werden. Wenn ich zu schwanken beginne, stelle ich es ab. Denn ich bin alt und es fällt mir immer schwerer, betrunken herumzulaufen. Ich gehe nach Hause, lege mich hin und stelle es wieder an. Beim Aufwachen bin ich betrunken. So hat man es mir im Hospital beigebracht.«

Jetzt erst merkten sie, dass Luka sie wie immer auf den Arm nahm.

»Komm schon, schenk mir ein schönes extra Kaltes ein«, verlangte Luka.

»Wie steht's mit der Gesundheit, was hat man dir gesagt?« Jeder konnte sich erinnern, dass Luka vor fünf Tagen ohnmächtig ins Saint Mary Hospital eingeliefert worden war.

»In der Woche fünf Pints« – Luka lachte – »in der zweiten Woche vier, in der dritten drei, und wenn ich dann ohne Pint bin, will man sehen, wie lange ich es aushalte …«

»Mensch, was sagst du da«, fragte Busia, »stirbst du?«

»Wahrscheinlich« – Luka blinzelte und fuhr mit der Hand aufgeregt über seine Brust – »hier, überall haben sie sich ausgebreitet.«

»Was denn, Freund?«

»Die Krebse … Sie beißen ins Herz.«

»Was haben sie denn gesagt?«

»Na, was schon, ich soll ein Testament schreiben. Ich habe keine Versicherung, damit sie mich kostenlos quälen und mir noch ein Jahr geben. Was sollte ich da noch? Ich setzte die Mütze auf und ging.«

»Du bist abgehauen?«, fragte man ihn von allen Seiten.

»Diese Konstruktion hat mir gefallen« – Luka schaute die Flasche an – »ich hab sie mitgenommen und bin gegangen ohne mich zu verabschieden. Jetzt muss ich noch zwei Dinge schaffen: heiraten –«

»Jetzt hört euch den hier an«, sagte Busia, »kommt, leihen wir uns das Geld, ein wenig kann ich dazugeben. Sollen sie ihn kreuz und quer aufschneiden, dann sehen wir weiter. Je mehr man ihnen aus der Tasche zieht, desto besser.«

»Schenk mir doch mal ein« – Luka schüttelte den Kopf – »wer wird denn einem toten Mann Geld borgen?«

»Wir werden gleich hier sammeln«, sagte ein Docker, »etwas kommt sicher zusammen. Zu jedem Pint etwas dazu. Luka wird als pensioniert erklärt. Ist doch nicht das erste Mal –«

Luka ließ ihn nicht ausreden.

»Das ist etwas ganz anderes. Ich hätte das besser nicht erzählt! Lasst mich zufrieden.« Er langte nach dem Bierkrug und leerte ihn mit Genuss. »Ah, das nenn ich extra cold. Und überhaupt: Wäre ich nicht abgehauen, müsste ich dort sterben. Ich sage euch jetzt etwas, was ihr mir nicht glauben werdet: Dort haben mich böse Geister heimgesucht.«

»Weil du Angst hattest, dass du stirbst«, sagte der Docker. »Das ist normal.«

»Von wegen Sterben ... Im Hof von Saint Mary gibt es doch einen alten, hohen Glockenturm. Ich schaute immer zur Spitze des Turms hinauf. So konnte ich einfacher einschlafen. Aber wer ließ Luka schon schlafen? Man ließ mich nicht, die Geister waren überall. Ich weiß nicht, ob das Zimmer verflucht war oder was. Doktor Simons konnte ich doch nicht sagen, dass ich Geister um mich hatte. Sonst hätte er mich ins Bedlam, in die Irrenanstalt der Sungalen, geschickt. Also habe ich mit den Geistern gesprochen. Sie fürchteten sich vor Licht. Wenn sie mich zu sehr bedrängten, zündete ich ein Streichholz an und rief ihnen zu: Verflucht seid ihr im Namen des heiligen Georg. Das hat mir der Bruder meiner Großmutter, Aytor Butemi, beigebracht, der übrigens Baske war.«

»Der Bruder deiner Großmutter war ein Baske?«, fragte Edorta, selbst ein Baske. »Dann war auch deine Großmutter Baskin.«

»Das ist ein bisschen komplizierter. Meine Großmutter war keine Baskin, aber ihr Bruder Aytor war einer. Wie auch immer, Matrose. Damit beruhigte ich die Geister nur. Es waren ja keine guten Geister. Besonders die Frau, die als Dritte kam.«

»Waren es so viele? Auf dem Ort muss wirklich ein Fluch liegen. Dort ist früher wohl mal was passiert«, sagte jemand, »ich glaube ... Nein, das war anderswo.«

»Ja, es scheint wirklich ein verfluchter Ort zu sein. Vielleicht liegt es daran, dass sich dort so viele Kranke aufhalten und diese den Geistern näher sind«, erklärte Luka. »Schenk mir mal ein, Busia.«

»Musst du heute für die ganze Woche trinken?«

»In der letzten Woche hab ich nur Zuckerwasser bekommen, so gehört es sich im Krankenhaus. Schenk mir ein, ich will euch eine spannende Geschichte erzählen. Die Geister haben alles erklärt. Ich glaube, sie waren Gesandte.«

»Wessen Gesandte, Luka?«

»Ich weiß nicht, aber die Geister kommen nicht nur von sich aus. Sie wussten, wenn einer von tausend Mann dagegen ist, dann ist er, so schlecht er auch sein mag, trotzdem sympathisch. Die Frau, die als Dritte kam, war besonders schlimm. Ich vermute, sie hat alle um sich herum umgebracht und sich danach schrecklich gequält. Ihr Kleid war blutfarben, lang, wie ein Abendkleid fürs Theater. Es war ein kornelkirschfarbenes Kleid, dazu Handschuhe bis zu den Ellenbogen. Auch die Augen waren dunkelrot, funkelten und ringsherum war alles ebenfalls dunkelrot beleuchtet ... Uhhh, so ein schrecklicher Geist, eine Königin der Unterwelt. Sie erzählte mir solche Sachen, dass ich Angst bekam und weglief. Ich freue mich, dass ich nun sterbe, ohne sehen zu müssen, was mir diese Frau vor Augen führte.«

»Was führte sie dir vor Augen?«

»Feuer und Speere, Blut und Elend. Natürlich weiß ich, was Krieg bedeutet. Aber während ich ihr zuhörte, erschienen alle Kriege, die ich erlebt hatte, lächerlich. Sie sagte mir, so würde es kommen und dass ich dabei reich und glücklich leben würde. Wie könnte ich im Krieg glücklich leben? Noch dazu, wo ich wusste, dass Doktor Simons das Kreuz über mir gemacht hatte? Wenn sie mich sehr bedrängte, schien das Zimmer wie ein Blutteich … Ich zündete ein Streichholz an und rief die Nachtwache. Sie verschwand zwar, stellt euch vor, kam am nächsten Tag jedoch wieder und erzählte das Gleiche. Dabei bat sie mich, in ihrem Heer zu kämpfen, und versprach mir dafür Glück … und zehnmal mehr. Eure Geschichten kannte sie allesamt und behauptete, dass Busia und seine Jungs auf ihrer Seite seien …«

»Sie hat mich erwähnt?«, fragte der Wirt beunruhigt.

»Dich, namentlich. Alle seien auf ihrer Seite …«

»Auf ihrer Seite soll der …«, ärgerte sich Busia.

»Das ist noch gar nichts. Du hättest den ersten Geist sehen sollen … Der zweite und vierte waren freundlicher, auch wenn der vierte ein Mörder war. Er hatte jemanden ermordet und litt deshalb sehr. Er war ein groß gewachsener junger Mann ganz in Grün. Er tat mir leid und ich schlug ihm vor, freitagabends in deiner Kneipe vorbeizuschauen. Das ist ihm aber nicht erlaubt. Er kann das Hospital nicht verlassen. Er war fürchterlich anzuschauen, in seiner Brust steckte ein Pfeil. Er war aber kein schlechter Mensch.«

»Wer waren die anderen?«

»Zwingt mich nicht, das zu erzählen. Man hat es mir verboten … Gerade deshalb bin ich geflohen, sonst wäre es ja noch gegangen – weiche Betten und hübsche Mädel … Wieso man ausgerechnet mich in einem Zimmer voller Geister unterbrachte, weiß ich nicht.«

»Sicherlich dachten sie, dass du sowieso bald stirbst.«

»Bestimmt« – Luka wurde plötzlich traurig – »du stirbst bald und wirst dich daran gewöhnen, sollte es wohl bedeuten. Aber Apfelsinen bekam ich dort kostenlos.«

»Luka, Luka, in der Zeitung hat man geschrieben, du seiest krank …«

»Hörst du nicht zu? Was erzähle ich denn die ganze Zeit?«, fragte Luka.

»Was?«

»Sie gaben mir zwei Monate zum Eingewöhnen und dann hui – erschienen Geister und gewöhnten mich ans Jenseits. Zum Beispiel der Geist einer jungen Frau, der von einem Turm geflogen ist ... Ich habe mich ihr versprochen, sie bat mich, nichts zu sagen ... Das hier zählt nicht. Jetzt habe ich zwei Dinge zu erledigen: zu heiraten und Lukas Abenteuer im Jenseits und in den angrenzenden Ländern niederzuschreiben ...«

»Du willst ein Buch schreiben? So wie früher?«

»Was soll ich sonst noch machen? Ich werde schreiben und die Frau suchen. Kennt ihr jemand, der in der Kalivan Street ein Haus sucht? Nach meinem Tod kann er meins haben«, sagte Luka rührselig.

Busia nutzte diesen Moment und drückte auf den Knopf der Musikbox.

Hey mambo! Mambo italiano! tönte es über die Theke.

»Rosemary Clooney ...«, stöhnte Luka. »Ja, die hätte ich vor siebenundzwanzig Jahren heiraten sollen.«

LUKA UND DIE FREMDE

Es war Nacht. Man hörte von Weitem die Geräusche der Stadt und sah ihre Lichter. Luka lag am Strand der Kariani und blickte aufs Meer, das in der Dunkelheit nicht zu sehen war. Weit draußen segelte irgendeine Jacht, deren erleuchtete Kabine an einen gemütlichen, warmen Ort erinnerte, an einen Ort, wo es warm und hell ist.

Luka mochte den Strand der Kariani. Das verlassene und verschlossene Haus, davor wucherndes, hüfthohes Gras, ein mit Dornen und Gestrüpp überwachsenes Tor und Sand, den der Wind vom Ufer bis an die Hauswände geweht hatte. Aber all das war nachts nicht zu sehen. Man konnte durch den kaputten Zaun einfach zum Ufer gelangen und dort allein am Meer sitzen. Luka hatte sich in den Sand gelegt mit der Hand unter dem Kopf. Sogar das schärfste Auge hätte ihn mit einem ans Ufer gespülten Holzklotz verwechselt. Woher das Meer die Holzklötze und Baumstümpfe an den Strand Kariani spülte, wusste keiner. Luka meinte, dass sie von den ins Ausland ausgewanderten Kariani als Holzvorrat geschickt wurden, falls sie im Winter zurückkehrten. Viele Jahre waren schon vergangen, aber die Kariani waren nicht zurückgekehrt. Die ausgetrockneten Holzklötze, die einem fast in den Händen zerbröckelten, schleppten die Jungen, die hier angelten, als Brennholz fürs Lagerfeuer fort.

Auch Luka wollte ein Feuer anzünden, hatte aber keine Lust zum Reisigsammeln.

Also lag er einfach so da, als er aus dem Gestrüpp im Hof der Kariani ein Husten hörte. Nur ein kurzes Husten, sonst nichts. Luka drehte sich nicht einmal um und rief, wer weiß warum, auf Genuesisch:

»Ciao, mein Freund, hast du eine Zigarette für Luka?« Und setzte im gleichen Atemzug hinzu: »Die Zigarettenschachtel in meiner Tasche wurde feucht, das Meer hat mich überrumpelt.«

Es kam keine Antwort, und Luka rief scheinbar erbost auf Französisch:

»Monsieur ... Sie befinden sich auf einem fremden Grundstück und müssen Zollgebühr abführen, und sollte es eine einzige französische Zigarette sein ...«

Wiederum keine Antwort. Luka richtete sich auf und spähte in den Hof der Kariani. Jetzt probierte er es auf Osmanisch:

»Ich bin Luka! ... Kennen Sie Luka nicht? Ich habe große Lust auf eine Zigarette, Effendi ...«

Am Rande der Villa der Kariani rührte sich etwas.

»Ach«, sagte Luka in eigenwilligem Englisch, »ein Gentleman grüßt wenigstens mit einem Kopfnicken, wenn er in deine Gedanken gelangt.«

Nichts und wieder nichts.

»Ich habe Feuer«, sagte Luka und knipste das Feuerzeug an. »Du Meereswesen, falls du mit einer oder einem Geliebten bist, bin ich blind wie ein Huhn und kann in der Nacht nichts sehen.

Weißt du, wie viele verliebte Paare Luka schon gesehen hat, als er noch sehen konnte? Aber er hat die Geschichten der anderen nie weitererzählt, nur seine eigenen. Habt ihr denn noch nie von Luka dem Schriftsteller gehört? Ist euch eine Zigarette zu schade, damit ich mein Sinnieren fortsetzen kann? Hättest du nicht gehüstelt, wäre mir der Tabak gar nicht eingefallen ...«

Aus der Dunkelheit kam eine Schachtel geflogen und landete irgendwo in der Nähe.

»Wohlauf, Johannes der Täufer und andere Reisende mögen dich segnen.« Luka leuchtete mit dem Feuerzeug auf den Sand und erhob sich schwerfällig.

»Ah, was ist denn das? Das ist zu viel ... Ich wollte nur eine Zigarette rauchen und gemütlich einschlafen. Sind Sie eine Dame? Entschuldigen Sie, Signora, entschuldigen Sie ...« Luka drehte die Schachtel hin und her. »Das sind lange und dünne Zigaretten, ›Rothman's Royals‹? Royals? ... Ja, die sind lang. Frauen rauchen deshalb lange Zigaretten, weil sie länger denken, nicht wahr? Ihre Sorgen sind auch länger ...« Luka rauchte. »Wenn Sie es mir nicht übelnehmen, breche ich den Filter ab, Mam, die sind zu leicht für mich. Wie mal einer sagte: Nur kein gefiltertes Leben ... Sind Sie vielleicht eine Kariani, Mam? Sind die Kariani etwa zurückgekommen? Luka hat sich Tag und Nacht um Ihr Gut gekümmert. In der letzten Zeit hatte ich nicht so viel Zeit, um es zu pflegen. Aber wenn auf Ihrem Gut etwas passierte, dann nur Gutes, nur Liebe. Ich kann es nicht erzählen, denn das ist nicht mein Stil, aber oft lieben sich Männer und Frauen hier. Dass Sie weggingen, war ein Glück, denn wären Sie nicht gegangen, hätten Sie die Hecken geschnitten und der Zaun wäre nicht eingestürzt. Ehrlich gesagt, ich liebe es, Verliebte zu beobachten. Nicht unbedingt das ... Sie verstehen, Mam ... Das Beste, was ich im Leben gesehen habe, war, als ein Junge das Mädchen liebte und das Mädchen den Jungen ... Sie regen mich zum Sprechen an, dabei war ich schon schläfrig. Wollen wir hier irgendwo einen kippen? Irgendwo ist sicher noch auf. Im Hafen zum Beispiel der ›Skipper‹, die Kneipe von Busia. Zu Fuß sind wir in einer halben Stunde dort. Luka redet gern, jetzt ist bestimmt erst Mitternacht, nicht später. Alles, was passieren kann, passiert kurz nach Mitternacht ... Stimmt's, Mam? Ich glaube, das ist so. Eben jetzt. Die Dinge, die ich in meinem Buch beschrieben habe, sind mir alle nach Mitternacht eingefallen. Jawohl, die Menschen denken, dass ich das alles selbst erlebt habe. Eben weil ich es nach Mitternacht ausdachte. Was sagen Sie dazu, Mam? ... Solltest du aber ein Mann sein, so mach, dass du hier wegkommst mit deinen Zigaretten.« Luka warf die Schachtel zurück.

Wieder war Stille.

Luka senkte enttäuscht den Arm, drehte dem Haus den Rücken zu und ging zum Meer.

»Luka ...«, hörte er plötzlich, es war eine Frauenstimme, unverwechselbar. »Luka komm her« – eine weiche, etwas verärgerte, furchtlose, aber keine befehlende Stimme.

Luka drehte sich rasch um und breitete die Arme aus.

»Wohin soll ich denn kommen? Nachts bin ich blind und kann nichts sehen.« Er stieg über den Zaun in den Hof der Kariani.

Er sah eine Frau in einer Hose und wahrscheinlich einer schwarzen Jacke. Er leuchtete mit dem Feuerzeug. Die Frau hatte einen dünnen Schal um den Kopf gewickelt, so dass ihr Gesicht nicht zu sehen war. Sie war groß, so wie es Luka gefiel.

»Dreiundsechzig Jahre hat Luka gebraucht, um in dieser Stadt einer Klagefrau zu begegnen«, sagte er. »Ich habe gehört, dass die Klagefrauen am Meer üben.«

»Ich bin keine Klagefrau«, sagte die Frau lächelnd.

»Warum hast du dann ein Kopftuch um? Ich weiß, dass Klagefrauen einen Schleier tragen, um ihr Gesicht zu verbergen ... Ich bin Luka, schon mal was von Luka gehört? Ich bin schon alt.«

»Natürlich hab ich von Luka gehört. Ich hab in der Schule sogar das Buch von ihm gelesen«, sagte die Frau.

»Eine Nacht der Überraschungen«, verkündete Luka. »Ich habe überall – in den Schuhen, in den Taschen, in der Mütze – Sand, und plötzlich erscheint eine Frau. Im Hafen sind wirklich noch einige Lokale geöffnet. Ich möchte Sie gern auf ein Glas einladen.«

Luka fasste die Frau vertraulich am Arm. Er ertastete einen Armreif und schaute in der Dunkelheit darauf.

»Ist das Gold, Mam? Dann werden Sie nicht zum Hafen mitkommen, nicht mit Luka spazieren gehen wollen, weil sich in den Lokalen alle Köpfe nach dieser wunderbaren Frau drehen werden. Dieses Gold hat alles zunichtegemacht« – Luka ließ den Kopf hängen – »zwei Ufer, zwei unterschiedliche Ufer. Der arme Luka und die reiche Frau ...«

Die Frau schien ihm nicht zuzuhören.

»So ist es meistens. Es beginnt alles zauberhaft. Das heißt, für Luka beginnt es zauberhaft, aber die anderen können nicht mitmachen ...«

Die Frau riss mit einem Mal das Tuch vom Kopf und schaute Luka fest an.

»Du musst mir helfen, Luka«, sagte sie.

»Nein, wir können tatsächlich nicht in den ›Skipper‹ gehen«, stöhnte Luka auf. »Wo ist diese verdammte Zigarette hin? Luka wird niemals heiraten können.«

LUKA UND DIE SCHARFE SUPPE

Luka genierte sich wegen dergleichen Dinge überhaupt nicht. Er war auch nicht zu müde, bergauf zu gehen. Überhaupt nannte er so etwas eine Läuterung.

An jenem Samstagabend gab es im Hof des Klosters eine Tafel für die Armen.

Dort waren zwei große Zelte aufgespannt und daneben brodelten die Töpfe.

Vier große Kessel wurden von Mönchen betreut, die sich selbst um die Armen bemühten.

Es waren viele Menschen zusammengekommen. Nach dem Mahl bekam jeder eine kleine Ikone zum Umhängen, ein dreisprachiges Gebetsbüchlein und eine lange Bienenwachskerze.

Natürlich nur die, die es wünschten.

Vorher konnte man auch beichten. Der Abt stand im Hof und sprach mit den Armen, die sich für eine Beichte eingereiht hatten.

Nach Lukas Ansicht sollte man sich ein kostenloses Essen,

noch dazu im Klosterhof, nicht entgehen lassen. Wenn man sich im Klosterhof den Bauch vollschlagen und sich danach auf der Wiese ausstrecken konnte, bedeutete das doch, dass sich der Herrgott um einen kümmerte. Das war ein herrliches Gefühl, wie wenn man bei tosendem Wellengang hinter einem Damm stand.

Deshalb besuchte Luka das Kloster, die Versammlungen der Katholiken, die Moschee in der Nähe und die Wohltätigkeitsessen der anglikanischen Pastoren.

Von dem Klosterschmaus hatte Luka fast zwei Wochen zuvor erfahren. Er hatte die Ankündigungen an den Mauerwänden gesehen. Er ging mit großen Schritten die Straße aufwärts, kam aber ein wenig zu spät; beim Eintreffen sah er, dass manche bereits beim Nachtisch waren.

»Luka, komm her, Luka …«, rief man ihm fröhlich vom Rande eines Zeltes zu.

Luka gesellte sich dazu, er setzte sich dorthin, wo man sich schon an die dreieckigen Apfelkuchenstücke rangemacht hatte.

»Luka ist gekommen, Luka«, freuten sich die Armen, und ein Mönch brachte ihm einen tiefen Plastikteller voll Suppe und einen Plastiklöffel dazu.

»Wohl euch.« – Luka stand auf – »Wohl Ihnen, Pater … Eines frage ich Sie zuvor: Wie ist der Anteil der scharfen Gewürze in der Suppe? Denn Luka liebt Scharfes und wenn diesem Eintopf nicht genügend scharfe Pfefferkörner beigegeben wurden, bleibt er hungrig.«

»Es war gut, was es gab, war sehr gut«, erwiderten die Armen und zeigten auf die geleerten Weinflaschen.

»Wir bringen Ihnen Pfeffer, oder kann es scharfer Paprika sein?«, sagte Mönch und lächelte.

»Scharfer Paprika wäre noch besser«, verkündete Luka. »Aber noch eines: Ist der Mönch Pantheleimon hier, damit ich ihn kurz begrüße?» Wie Sie wissen, ist er der Neffe meines Freundes auf Kreta. Kennt ihr die Geschichte?«

»Er ist hier«, sagte der Mönch und lächelte, »dort an diesem Topf, der mit der Kelle in der Hand, sehen Sie?«

»Ach, diese Kurzsichtigkeit … Ich habe ihn übersehen. Früher war ich der erste Späher auf den Schiffen ... Schon gut, ich werde ihn später sprechen ...«

Luka schabte den scharfen Paprika am Tischrand ab und stellte sich als großen Paprikakenner dar. Er erzählte den Speisenden, dass im Paprika das Geheimnis der männlichen Potenz liege, Pfeffer aber die Atmung reguliere. Währenddessen schabte er die ganze Paprikaschote in die Suppe und musste nun seinen Mut beweisen. Er hätte natürlich einen anderen Teller verlangen können, was jeder andere an seiner Stelle getan hätte, aber er hätte seine Bedrängnis niemals gezeigt. Zwar würde man es ihm an den Schweißtropfen ansehen, aber er war den Berg hochgelaufen und konnte es damit erklären. Doch schenkte er sich immer wieder Wein ein, um den zu scharf geratenen Eintopf hinunterzuspülen.

In Schweiß gebadet, leerte er schließlich den Teller, schüttete ein Glas Wein hinterher und sagte:

»Jetzt beginnt die Mahlzeit. Schade, dass ich für die zweite Portion keinen Paprika mehr übrig habe. Es wäre peinlich, den Mönchen alles wegzunehmen. Eine Schote reicht ihnen sicher einen Monat lang. Sie essen ja nicht besonders scharf ...«

Luka war wirklich satt und hängte sich die Ikone gleich an die Brust. Doch er war unruhig und fragte einen Mönch:

»Wo ist denn Pantheleimon hin?«

Er fand ihn auf der anderen Seite des Zeltes, wo der Mönch mit einer großen Bürste einen Topf unter dem Wasserstrahl reinigte. Dazu verbrauchte er eine Unmenge Scheuersand.

»Entschuldigung bitte«, wandte sich Luka an ihn, »ich bin Luka« – dabei nahm er seinen Hut ab und hielt ihn vor die Brust – »erinnerst du dich an Luka?«

»Gott segne dich, Luka«, sagte der Mönch Pantheleimon.

»Ich bin Luka, wie du weißt. Daran ist nichts Hochnäsiges. Auch nichts Rühmenswertes, wenn man mich fragt. Aber es gibt Menschen, die sich rühmen, Luka zu kennen. Die einfachen und gutherzigen Menschen lieben mich. Auch ich bin einfach und gutherzig. So wie dein Onkel ...«

Der Mönch Pantheleimon blinzelte mit einem Auge zu Luka hinauf.

»Nein, ich sage ja nicht, dass ... Ich bin ja ein häufiger Gast bei den Mahlzeiten, aber heute wäre ich vielleicht gar nicht gekommen. Noch dazu hab ich zu viel Paprika genommen und fühle mich nun, als sei ich erster Tischführer in der Hölle. Aber diesmal« – Luka begann zu flüstern – »diesmal kam ich speziell ...«

»Zu mir?«, fragte der Mönch.

»Ja, eigens zu dir, um dir einen einzigen Satz auszurichten. Wundere dich nicht, dass Luka dafür zu dir kommt. Luka hat im Leben so viel gesehen, dass er es mit jedem aufnehmen könnte. Aber Luka erzählt nichts von anderen, nur von sich. Wenn er nämlich von anderen erzählen würde, wäre er Lamur Mosiarule. Luka ist auch überzeugt, dass seine Geschichten interessanter sind als die der anderen. Aber es gibt unerwartete Momente im Leben, in denen man die Geschichten anderer erfährt. Luka sucht diese Geschichten nicht. Sie kommen selbst zu ihm, und das nicht einfach so und hässlich, sondern in Schönheit und Güte, mit einem solchen Antlitz, dass Luka die Verzweiflung überkommt, mein Lieber. Luka hat bis jetzt die Verzweiflung nur gesehen, sie aber nie selbst empfunden. Verzweiflung kann man sehen, wenn man aufmerksam beobachtet. Aber dergleichen Verzweiflung, wie Luka sie diesmal sah, kommt selten vor. Es war besser, sie zu sehen, als sie zu hören. Deshalb mischt sich Luka in das Unglück anderer ein. Denk nicht, dass Luka, der sich herumtreibt und kostenlose Mahlzeiten liebt, auf den Reichtum der Unterwelt aus sei. Ich muss dir nur einen Satz sagen: Der, den ihr hier beherbergt – ich weiß, wer dieser Mann ist –, darf das Kloster auf keinen Fall verlassen. Unter keinen Umständen. Er darf auch nicht auf den Hof. Das sagte mir seine Frau. Muss ich noch erklären, wen ihr hier beherbergt und wer seine Frau ist? Das Sonderbare ist, dass seine Frau das ausrichten lässt: Er darf das Kloster auf keinen Fall verlassen. Ich bin aufgeregt, wenn ich diese Worte ausspreche. Luka kann man nicht so leicht aufregen, er lässt sich nicht so leicht Angst einjagen. Ich weiß nicht, was Sie von dieser Geschichte wissen, Pater, aber ich weiß alles. Überhaupt alles und ich kann mir gar nicht mehr vorstellen, wie ich ohne die Geschichte dieser Menschen leben könnte.«

Der Mönch Pantheleimon hielt immer noch die Bürste in der Hand. Aus dem umgekippten Topf floss das Wasser.

»Hör zu, Luka ... Hast du Salomea gesehen?«, fragte er leise.

»Ich kann die Geschichte der anderen nicht erzählen ...«

»Sagte sie dir, dass Nika hier ist? Woher weiß sie das? Das ist sehr gefährlich ...«

»Das Leben an sich ist eine Gefahr, eine einzige hosenzerfetzende Gefahr. So denke ich.«

»Wünscht sie, dass ihr Mann gerettet wird?«

Luka schaute auf Pantheleimon herunter, das Wasser floss unentwegt.

»Du hast ja keine Ahnung«, stöhnte Luka, »von Gefahren, Schwierigkeiten und Frauen ... Gott weiß von solchen Dingen, und ich wundere mich immer wieder, warum er es seinen geliebten Söhnen nicht beibringt. Bist du nicht ein Freund von Data?«

Der Mönch Pantheleimon nickte.

»Setzte Gott Salomea und Data nicht als Bruder und Schwester in die Welt? Wieso sollte ich zu dir kommen, wenn nicht in dieser Sache?«

Pantheleimon stöhnte auf, und Luka sagte:

»Ich muss jetzt gehen, Pater, bald wird es zu regnen anfangen. Luka friert in der letzten Zeit leicht bei diesem Sprühregen. Die Tropfen fallen auf mich wie Pfeile. Wilde haben solche Pfeile.«

»Ja.« Der Mönch nickte ihm zu.

»Bin ich etwa auch ein Wilder?«

LUKA UND DIE FACKELN DER HÖLLE

1

So etwas hatte Luka noch nie erlebt in seinem alten Haus im Pfeifenviertel in der dritten Nebengasse am Anfang der Kalian Street, die den alten Namen »Am Waldrand« behalten hatte.

Luka schlief bäuchlings mit einer Hand unter seinem Körper, die ganz taub geworden war, und träumte deswegen Schlimmes.

8

Wie jeder anständige Mensch kam auch Luka nachts um vier nach Hause, warf sich auf sein Bett, öffnete immer das gleiche Buch und schlief bei der ersten Seite ein.

Luka hatte sechs Bücher, einen Stuhl, zwei Tische (davon einen Schreibtisch), ein Sofa, drei Gläser, einen Teller, drei Gabeln und nur eine Lampe über seinem Bett. Luka hatte außerdem einen Sessel, ein Radio und acht weitere Zimmer in einem alten und einst schönen Haus, mit verrußter, ausgeblichener Rosentapete und acht schwarzen offenmäuligen Öfen. Luka hatte kein Telefon, genauer, keinen Telefonapparat und keinen Fernseher. Die Äste der Bäume reichten durch die Fenster herein, aber Luka kam nur noch selten auf diese Seite des Hauses. Denn der Fußboden hatte sich gesenkt und man konnte nur über eine Latte gefahrlos herübergelangen. Diesen Pfad mochte Luka nicht. Deshalb hielt er die Fenster im Sommer wie im Winter offen. Lukas Haus hatte auch an der Nordseite vier Fenster, aber diese Zimmer betrat er nie, denn das waren die Schlafzimmer seiner Eltern und Großeltern, und Luka hasste diese leeren Räume.

Luka schlief und hatte einen schrecklichen Traum.

Es war ein sonderbarer Traum, schrecklich und dunkel, doch irgendwie anziehend.

Darin war Luka gar nicht Luka, sondern ein junger Professor. Man hatte ihn in die USA an die Universität von Cincinnati eingeladen, wo er sich mit dortigen Professoren treffen sollte. Sein Gastgeber war ein sehr anständiger, groß gewachsener, silberhaariger Professor, der merkwürdigerweise ein nächtliches Treffen vereinbart hatte. Luka kam aus seinem Hotel rechtzeitig zum Universitätsgebäude, wo man ihn gleich empfing. Der groß gewachsene Professor erwartete ihn schon. Doch er wartete nicht ab, bis Luka seine Zigarette zu Ende geraucht hatte. Er ging voraus in das Gebäude, um die Professoren zusammenzurufen. Luka blieb allein draußen stehen. Er hatte, wie er dachte, noch Zeit und entschloss sich, nach dem Rauchen durch die nächtliche Allee zu spazieren. Er schlenderte ein wenig herum, und als er sich umschaute, sah er das merkwürdig viereckige Gebäude der Universität nicht mehr. Er lief hin und her, rannte über einen Hügel und erblickte ein schön beleuchtetes Haus. Verdammt sei dieses unendliche Amerika, dachte er. Sicherlich war es das gleiche Gebäude, nur von hinten. Er trat ein, um nicht zu spät zu kommen. Es ist ja bekannt, wie peinlich es ist, sich vor Professoren zu verspäten. Luka fragte sich zwar, was er denn für ein Professor sei, dass man ihn nach Cincinnati eingeladen hatte, doch er trat trotzdem in einen Raum, wo er einige Leute an einem Tisch mit Kuchen und Wasser vorfand. Ein fremder Mann begrüßte ihn freundlich und bat ihn zu einem Sessel neben dem Tisch. Er nahm seine Brille ab und fragte, ob er ihn denn nicht erkenne. Luka erkannte den Mann nicht, doch er erinnerte ihn an eine angenehme Begegnung, die er auf Barbados gehabt hatte. Luka freute sich sehr, hierher gefunden zu haben, sagte aber, dass er ein Treffen mit den Herren Professoren habe. Der Mann antwortete ihm, dass hier ein ganz anderes Treffen stattfinde. Sein Treffen sei in einem anderen Gebäude. Luka bat sie um Auskunft, Gott möge es ihnen danken. Es sei eine halbe Stunde bis dorthin. Luka wunderte sich, da er nicht einmal fünf Minuten gelaufen war. Aber er lief über die Hügel zurück, um schneller zu sein. Oben hielt er an, um Atem zu holen, und schaute sich nach dem Gebäude des Professors um. Plötzlich erblickte er zwei füllige Mädchen, die den Weg entlangschlenderten. Eine war dicker und kleiner, die andere hatte ihre Lippen lila gefärbt. Tatsächlich lila. Sie hielten genau vor Luka und sagten, dass sie es nicht gefunden hätten und nun auf dem Weg nach unten wären. Ihre Kleidung glich der Kleidung früh verwitweter Bäuerinnen. Sie schienen Luka nicht zu sehen. Plötzlich vernahm Luka von hinten ein »O weh, der Vater kommt, verstecken wir uns«. Luka drehte sich um und sah vier junge Mädchen in einem Whirlpool plantschen. He, Freunde, was für ein Vater, welcher Vater, ich bin doch Luka. Er lief zu den Mädchen, die plötzlich nicht mehr da waren. Luka schaute umher, wusste aber nicht mehr, wohin er wollte und was er dort sollte. Wo zum Teufel war er? Da erblickte er die beiden dicken Mädchen wieder, besonders die lila Geschminkte, die ihm eifrig zuwinkte, er solle herkommen. Luka wurde es schwindlig, er begriff nur noch, dass ihn die eine mit ihren lila Lippen küsste, die andere aber an ihm herumfummelte. Luka war es nicht ganz unangenehm, da es immerhin Frauen waren. Er war kein Liebhaber von Männern und sprach mit solchen Männerliebhabern nur singend. Trotzdem bekam er gewaltige Angst, dass diese zwei Dicken ihn mit Aids oder etwas anderem anstecken könnten. Er riss sich los und lief ohne sich umzuschauen weg. Wohin er rannte und was er wollte, wusste er nicht mehr. Aber plötzlich stand er wieder vor diesem länglichen Gebäude, in das der Professor hineingegangen war. Stand dort nicht der große Professor etwas traurig da? Hier bin ich – Luka lief rasch zu ihm. Ach, leider seien die Professoren auseinandergegangen, man habe umsonst auf ihn gewartet. Luka wollte sich gerade entschuldigen, da wachte er auf.

Er wachte nicht von sich aus auf. Jemand rüttelte ihn.

»Au, verdammt« – Luka zog die taube Hand mit Mühe heraus – »au« – und freute sich sehr. Alles war nur ein Traum gewesen.

»Wach auf, Alter.«

Er wälzte sich ungeniert herum und hielt mit seiner Rechten das linke, taube Handgelenk fest.

»Uh …« Er setzte sich auf und sein Blick fiel auf ein Paar dunkelrote, spitze, hochhackige Schuhe.

»Nun schau mal einer an, wie der aussieht.«

Luka schwenkte seine taube Hand und sein Blick wollte von den Schuhen aufwärts wandern. Aber das war gar nicht nötig, er begriff ohnedies, wer da stand.

Da waren noch andere Füße.

»Zieh dich erst mal an.« Man warf ihm die Hose hinüber.

»Die Hose ziehe ich an«, murmelte Luka, »wir sind zwar Seeleute, aber dennoch … Kennen Sie das Meer, meine Schöne?«

»Bin ich hier, um mir sein Gerede anzuhören?«, fragte die Frau die anderen.

Die Füße bewegten sich lustlos.

»Luka, weißt du, warum wir hier sind?«, fragte einer.

»Ich hatte einen Traum und der wurde wahr.« Luka schaute immer noch zu Boden. »Ich träumte von zwei dicken Mädchen, die mich in die Hölle schleppen wollten.«

»Bin ich hier, um mir sein Gerede anzuhören?«, fragte die Frau.

»Luka … bist du betrunken?«

»Ich habe mich gerade erst schlafen gelegt, Mensch«, stöhnte Luka.

»Sag es und schlaf weiter.«

»Was denn?«

»Wo ist er?«

Luka schaute hoch.

»Junge, du bist es? Wenn ich zu euch ins Dorf komme, setzt sich dein Großvater zu mir und streicht mir über meinen kahlen Kopf. Er ist etwas älter als ich und einmal sagte ich ihm …« Luka schwenkte seine linke Hand. »Was fragtest du?«

»Wo er ist, Luka, wo ist er?«

»Wer denn, Mensch?«

2

Luka schleppte sich mühsam zum Wasserhahn im Hof, öffnete ihn und hielt den Kopf darunter.

Als er aufwachte, blickte er an eine weiße Decke und stöhnte: »Ha, seid ihr gekommen, ihr Fackeln der Hölle*?« Die Krankenschwestern sahen wirklich hübsch aus, besonders die eine Schwarze.

Dann kam Doktor Simons. »Was ist passiert, Lukas?«

»Sicher sterbe ich, denn ich hatte einen schlimmen Traum«, stöhnte Luka.

»Ihre Rippen sind gebrochen, der Fuß verstaucht … Sie haben eine Gehirnerschütterung.«

Luka schaute zur Decke.

»Ich wachte auf und ging mich waschen … Ich glaube, ich wurde ohnmächtig. Als ich aufwachte, war ich im Hof am Wasserhahn. Dann weiß ich nichts mehr. Ich stürzte die Treppe hinunter …«

Doktor Simons schüttelte den Kopf.

»Lukas, Sie trinken zu viel. Wir untersuchen Sie von Kopf bis Fuß, während diese Brüche wieder heilen.«

---

* Fackel der Hölle – bedeutet so viel wie »hässlich wie die Nacht«

»Ich habe kein Geld, Mr. Simons. Und keine Versicherung.«

»Erhol dich, Lukas, das Geld wurde eingezahlt.«

»Von wem?«

»Ich weiß nicht. Wirklich nicht. Also bleib liegen, Lukas.«

»Ich glaube, ich war in der Hölle, Mr. Simons. Wenn ich aus dieser Sache heil rauskomme …«

»Sprechen Sie nicht, Lukas …«

»Ich spreche nie über andere«, stöhnte Luka, »ich spreche nur über mich selbst …«

BAUER AM BRENNENDEN BROMBEERSTRAUCH

DAS FENSTER

Pantheleimon, Mönch im Kloster des heiligen Johannes des Täufers, war um die zweiunddreißig Jahre alt, stattlich und breitschultrig. Er hatte einen dichten schwarzen Bart, sein Haar wurde von einem schwarzen Band zusammengehalten, und um sein schwarzes Mönchsgewand trug er einen breiten, flachen Ledergürtel. Pantheleimon war ein häufiger Gast in der Festung, besser gesagt, im Museum in der Zitadelle.

Er war gern zu Fuß unterwegs und schritt dabei sehr gemächlich aus, seine übermäßig großen Schritte verdeckte die lange Kutte. Vom Kloster ging er bergab, am Strandviertel und am Sklavenplatz vorbei, danach wieder aufwärts zum Museum.

Das Museum war in der alten Zitadelle der Zichistawi untergebracht. Die Festung und das Kloster waren die beiden ältesten Bauten der Insel: Zuerst war die Zitadelle und danach das Kloster errichtet worden – auf zwei Hügeln am Meer. Dazwischen war ein Dorf gewachsen, das zu einer namenlosen Stadt wurde. Die Engländer nannten sie Santa Esperanza City, kurz Santa City. Der Name passte aber nicht zu dem Ort. Überhaupt passte die Bezeichnung City nicht zu ihm. Es war keine City und auch kein Hafen. Es war einfach ein Ort, der genauso gut auf dem Festland hätte sein können – solche Gedanken kamen dem Mönch Pantheleimon, während er zur Zitadelle hinaufging.

Die Mutter des Mönchs war eine Griechin aus Kreta gewesen. Das war ein besonderes Blut. Er konnte sich noch gut an seinen Onkel erinnern, alle zwei Jahre war er bei seiner Schwester und seinem Schwager zu Besuch gekommen. Er war ein toller Typ gewesen, der oft zu Pantheleimon – damals hieß er noch anders – sagte:

»Wenn du erwachsen bist, setzt du dich ins Flugzeug und kommst nach Kreta. Nicht mit einem Schiff, denn zum Hafen werde ich dich führen. Du wirst ein weißes Hemd tragen, das du von mir bekommst. Die obersten drei Knöpfe machst du nicht zu, so dass man das Kreuz auf deiner Brust sieht, das ich dir schenken werde. Deine spitzen Stiefel werde ich dir polieren, und los geht's. Wir gehen zum Hafen und brüllen herum ...« Am Hafen brüllte dann der Onkel so herum, dass die Mutter ihm mit der Hand den Mund zuhielt.

Das Leben verstrich, ohne dass der Mönch Pantheleimon je nach Kreta kam, um das Grab seines Onkels zu besuchen. Er dachte oft an seinen Onkel, besonders, wenn er an den drei nebeneinanderstehenden griechischen Restaurants im Glücksviertel vorbeiging. In diesen Restaurants hatte sich der Onkel wie zu Hause gefühlt. Er stürzte in die Küche und mischte sich unter die Köche. Er fügte den Gerichten das gewisse Etwas hinzu und tat das mit einer fröhlichen Unbeschwertheit. Er konnte die Zwiebeln erstaunlich schnell klein schneiden und probierte ständig feinschmeckerisch von allem ein bisschen, nahm mit den Fingern hier etwas und dort etwas und steckte es in den Mund. Es gab nichts Schöneres als zuzusehen, wie er die brutzelnden Fische in der Pfanne mit Wein begoss und wie er die einfachen Salate, die ihm sehr schmackhaft gelangen, nach Augenmaß reichlich mit Salz bestreute. Dann trug er die Speisen selbst auf.

Ach, Onkel ...

Neben vielen anderen Aufgaben betreute der Mönch Pantheleimon die Klosterbücherei und die alten Schriftzeugnisse. In dieser weitläufigen Bibliothek mit Folianten, die bei Berührung zu zerfallen drohten, betrachtete der Mönch mit großer Sorgfalt alte Schenkungsurkunden und Bücher, die mit schnurartigem Faden gebunden waren. Oft fand er Neues, noch nicht Katalogisiertes. Es war eine gepflegte Klosterbibliothek, und man bediente sich der neusten Konservierungsmethoden. Aber Pantheleimon war kein Wissenschaftler, der den historischen Wert der einen oder anderen Handschrift hätte bestimmen können. Er war ein guter Leser und Kopist noch unerforschter Urkunden. Zur Feststellung von deren Wert und Bedeutung musste er jedoch oft das Museum aufsuchen.

Der Vorsitzende des Museums, Alfredo da Costa, war ein Gelehrter. Der hochgebildete alte Mann hasste Universitätsprofessoren und las jedes Buch mit rotem Stift. Das Buch selbst war eine Sache, eine andere war das Buch, das Alfredo da Costa gelesen hatte. Tatsächlich waren es dann zwei Bücher. Bücher so zu lesen war vielleicht in den dreißiger Jahren üblich gewesen. Er aber machte es Anfang des 21. Jahrhunderts immer noch so. Er hatte einen großen Kopf, eine riesige Brille und einen vergleichsweise kleinen Körper. Sein bräunliches Gesicht krönte noch immer schwarzes Haar. Signor Alfredo empfing den Mönch stets sehr freundlich. Mit denen, die er mochte, schimpfte er nicht. Aber er schimpfte im Gespräch mit ihnen über andere.

Wieder einmal also suchte Pantheleimon den Vorsitzenden Alfredo da Costa auf und brachte ihm die Abschriften von zwei alten Dokumenten, die er angefertigt hatte. Von einem der Dokumente gab es im Archiv des katholischen Klosters offenbar eine lateinische Fassung. Das sagte ihm da Costa gleich bei der ersten Lektüre.

Der Mönch stand am Fenster im Büro des Museumsdirektors und schaute auf die Stadt hinab. Er schien da Costa gealtert und unruhiger als sonst. Da Costa fragte ihn sogar danach, beantwortete aber die Frage gleich selbst, mit gewohnter Herzlichkeit: Es könne ja nicht anders sein, nach all dem, was passiert sei.

Ja, das war eine schlimme Sache, die Zeitungen hatten stückchenweise davon erfahren und ihre eigenen perfiden Interpretationen verkündet. Obwohl sie genauso schnell verstummt waren, wie sie Lärm geschlagen hatten. Das Kloster hatte mit Müh und Not seinen guten Ruf gewahrt. Doch den Mönchen war das keine wirkliche Erleichterung gewesen.

Man hatte den georgischen Gangster Nika Abaischwili tot in der Klosterbibliothek aufgefunden. Der ehemalige Schwiegersohn der Familie Wisramiani hatte nach ewigen Unstimmigkeiten und gewalttätigen Übergriffen auf seine Frau nicht mehr bei der Familie gelebt und war die letzte Zeit ganz verschwunden gewesen. Er hielt sich wahrscheinlich im Kloster auf, wo er das Noviziat begonnen hatte. So sagte man zumindest, wer weiß, ob es stimmte.

Der Mönch Pantheleimon hatte den Verstorbenen sehr gut gekannt, und der Vorfall bedrückte ihn sehr, obwohl die Bestürzung
darüber, dass Nika Abaischwili ermordet worden war, seine Trauer
überdeckte. Man hatte ihn am ersten Fenster der Bücherkammer
aufgefunden, zusammengesunken, fast sitzend, mit einem Pfeil
mitten im Herz.

Es war ein schreckliches Bild, so wie es die Künstler bis zum
18. Jahrhundert malten. Ein bärtiger, stattlicher Mann mit einem
Pfeil in der Brust, für ewig entschlafen.

Wer entsann sich noch, dass es in diesem Land Pfeile gab?

Der Abt informierte die Polizei. Er bat die Detektive jedoch,
diskret vorzugehen, und telefonierte deswegen auch mit dem Su-
perintendenten und dem Staatsanwalt. Die auf Santa Esperanza
eintreffenden Georgier hatten damals den Ruf von Banditen und
Dieben. In jede miese Sache waren Jungs von dort verwickelt, und
die Ermittler vermuteten auch in diesem Fall irgendwelche georgische Typen, die Abaischwili auf den Fersen waren und vor denen
er sich im Kloster versteckte. Solange er Schwiegersohn der Wisramiani war, hatte er sich in Sicherheit fühlen können. Man nahm
an, dass ein paar Georgier von seiner Zuflucht im Kloster erfahren
und ihm aufgelauert hatten. Als er ans Fenster trat, töteten sie ihn
mit einem Pfeil. Es war ein ziemlich langer Pfeil. Nach Erkennt-
nissen der Detektive passte er trotz Länge und Beschaffenheit locker in eine Armbrust, mit der man sein Opfer aus über zweihundert Schritten Entfernung treffen konnte. Man stellte fest, dass
der Mörder aller Wahrscheinlichkeit nach sein Werk geräuschlos,
in aller Ruhe, aber mit meisterhafter Geschicklichkeit von einem
beliebigen Dach im nördlichen Pfeifenviertel aus vollbracht hatte.
Die Wisramiani lehnten es ab, den ehemaligen Schwiegersohn auf
ihrem Friedhof bestatten zu lassen. Sie hatten ihm den Familiennamen ja bereits aberkannt und wollten schon längst nichts mehr
von ihm wissen. Der Familie nahestehende Personen erzählten
den Detektiven eine Menge über Nika Abaischwilis Vergangenheit,
so dass keiner mehr daran zweifelte, es sei eine georgische Geschichte, ein georgischer Pfeil und ein georgischer Toter. Es wäre
dumm gewesen, die Wisramiani zu verdächtigen, denn sie hätten

sich nicht so leicht in eine derart blutige Angelegenheit verwickelt. Noch dazu waren sie die Wisramiani und nicht irgendwer. Wenn sie den Schwiegersohn hätten beseitigen wollen, hätten sie das früher und auf geschicktere Weise erledigt, nicht mit solch altertümlichen Mitteln und Wegen.

Nika Abaischwili wurde im Klosterhof bestattet. Der Mönch Pantheleimon konnte das alles nicht glauben. Man hatte alles hübsch zusammengefügt, doch er hatte Nika am besten gekannt und dachte ganz anders darüber. Detective Cecil schoss fünfmal einen Pfeil mit der Armbrust von einem Dach des Pfeifenviertels und traf das Fenster dreimal. Doch Pantheleimon war der Ansicht, dass Nika kaum einer gewesen war, der als Zielscheibe am Fenster stand, während ihm jemand die ganze Zeit auflauerte und ihn dann mitten ins Herz traf. Überhaupt hatte sich Nika sehr selten in der Bibliothek aufgehalten. Warum war er nachts hinaufgegangen und hatte sich ans Fenster gestellt? Vielleicht hatte er auf ein Zeichen gewartet?

Das kleine Fenster, an dem man Nika auffand, wurde die »Nische des Mönches von Dositeo« genannt. Unter dem Fenster waren einige Nusschuri-Inschriften erhalten, schon ziemlich verblichen und bruchstückhaft. Hier saß einst der Chronist und Mönch von Dositeo. Man sagte, er hätte eben hier das Zeitliche gesegnet, sein Haupt über die Schriften gebeugt. Ob das stimmte, war nicht erwiesen. Nun stand der Mönch Pantheleimon am Fenster im Büro des Vorsitzenden da Costa und schaute auf das gegenüberliegende Kloster und das Fenster des Mönchs von Dositeo. Dazwischen lagen der Sklavenplatz und das Strandviertel. Unvermittelt fragte Pantheleimon den Vorsitzenden:

»Wie viele Meilen werden es von hier bis zum Fenster des Klosters sein?«

Da Costa schaute von den Papieren auf und sagte: »Luftlinie? Habe ich noch nie gemessen, mein Lieber … Winkte man früher aus diesem Fenster mit einer Signalflagge, dann wusste man drüben« – der Alte stand bereitwillig auf und zeigte in Richtung der Nische des Mönches von Dositeo – »dort, an jenem Fenster, was los war. Es gab verschiedene Flaggen mit unterschiedlichen Bedeutungen. Die Kommunikation mit Flaggen wurde von uns Genuesen eingeführt und sie gefiel den Zichistawi auch. Es war praktischer als Laufburschen hin- und herzuschicken. Bis man über Blickdistanz zu Fuß eine Nachricht überbracht hatte, war mit drei verschiedenen Flaggen schon eine ganze Geschichte erzählt ... Sicher wissen Sie, wie das die Flaggenmatrosen im Hafen machen. So etwa war es damals auch.«

»Ich habe davon gehört«, sagte Pantheleimon, »haben Sie vielleicht ein Fernglas?«

»Natürlich habe ich ein Fernglas. Das ist hier doch ein Beobachtungsposten. Der Burgvogt hatte hier immer zwei Späher sitzen« – Alfredo da Costa öffnete die Schublade und holte ein prächtiges Fernglas heraus – »schauen Sie mal durch ... Da ist die Stadt und dort das Meer. Das Fenster wurde absichtlich so angelegt.«

Pantheleimon schaute durch das Fernglas.

»Wie nahe alles ist.«

»Das ist doch das Schöne an dieser Stadt«, sagte da Costa und seufzte.

»Also könnten wir, Sie und ich, mit Flaggen kommunizieren«, sagte der Mönch, »Sie aus diesem Fenster und ich aus jenem. Aus dem Fenster, da drüben, kann man alles genau überblicken, die ganze Stadt ist von dort zu sehen.«

»Von hier aus auch«, erwiderte da Costa.

»Von hier ...« – der Mönch schaute gebannt auf das Kloster – »wenn es von hier aus war ... oder so ... von hier aus ist alles gut zu sehen ...«

»Wie bitte?«

»Nichts, Signor da Costa, es ist wirklich alles ganz nahe von hier aus ... man könnte es von hier gesehen und dort Bescheid gegeben haben ...«

»Im Mittelalter war das tatsächlich so«, stimmte da Costa zu, »es war eine richtige Wissenschaft.«

»Gibt es im Museum Pfeile?«

»Pfeile? ... hm ... was für Gedanken plagen Sie, Pater? Welcher Pfeil könnte denn so weit fliegen?«

»Das stimmt ... Obwohl, der Pfeil des Hasses fliegt weit.«

»Auch der der Liebe«, gab der Alte ein bisschen verärgert zurück.

»Machen Sie sich keine Sorgen, Signor da Costa. Und entschuldigen Sie bitte mein lautes Sinnieren.«

»Macht nichts. Es wäre wirklich ein beeindruckender Anblick: ein schrecklicher Pfeil, der von einem Hügel der Stadt zum anderen fliegt. Ein Pfeil, der über die Stadt saust. Gab es so etwas schon einmal?«

»Wohl nicht.«

In der Tat ein unwahrscheinlicher Anblick …

»Er war ein guter Mensch. Er starb im Glauben«, murmelte der Mönch vor sich hin.

EINIGE GEDANKEN DES MÖNCHES PANTHELEIMON, MÖGLICHST GEORDNET

Gott stehe uns bei … Gott vergib uns, was kam und was noch kommen wird. Hilf uns, das Teuflische von uns fernzuhalten. Es ist, als ob man von einem anderen Raum aus nur einen Teil des Bildes sieht und dann in den Raum tretend auf einmal das ganze. Ein schreckliches Bild, auch die Farben sind schrecklich und aufwühlend. Er wurde nicht im Auftrag der Wisramiani getötet. Warum hätten sie ihn töten sollen? Er war nicht geschieden von Salomea Wisramiani. Eine Scheidung hätte den Wisramiani nichts gebracht. Sie haben ihm nur die Kreditkarten gesperrt. Mein Gott, was für eine Romanze. Salomea hat ihr Leben lang Sandro da Costa geliebt. Die Geschichte der Familie Wisramiani ist eine Geschichte der Verbote. Sie sind Heiden. Sie haben sich irgendwann irgendwelche Verbote auferlegt und mussten Salomea unbedingt einem Georgier zur Frau geben. Durch ihre Beschränktheit wurde sie einem verwirrten Mann mit Blut an den Händen und voller Sünden zur Frau gegeben. Hat man je einen geschiedenen Wisramiani gesehen? Eine Scheidung hätte Salomea und Sandro da Costa doch Hände und Füße befreit. Umso mehr ein Mord. Deshalb haben die Wisramiani Nika nicht getötet. Sie brauchten ihn lebendig, und das bis ans Ende. Die Religion der Wisramiani ist eine schreckliche Religion, obwohl ich nicht einmal weiß, wie sie heißt. Aber wer bin ich schon? Einerseits ist da mein lieber Data Wisramiani, anderseits Alfredo da Costa und sein Neffe, dessen Liebesgeschichte mit Salomea schon so lange währt. Ich verstehe zwar kaum etwas davon, aber es muss Liebe sein. In dieser Geschichte gibt es zwar zahlreiche Sünden und Dummheiten, aber sicher nennt man das Liebe zwischen Mann und Frau.

Diese zwei Fenster. Von hier schaute der alte da Costa durchs Fernglas und von dort Nika. Die beiden kannten einander nicht, aber war es nicht Nika, der vor sieben Jahren den Neffen des Alten auf der Straße anschoss? Nika erzählte es mir, er bedauerte den Vorfall sehr. Und Salomea Wisramiani ist nicht zu Hause. Sie ist verschwunden, hält sich irgendwo verborgen. Vielleicht lebt sie im Hause der da Costa? Was für eine hässliche, weltliche Geschichte. Die Wisramiani mit ihrem Reichtum und ihren Verboten. Warum verbieten sie sich, was ihnen Gott nicht verbietet? Eben in diesen Verboten ist das Teuflische zu suchen. Sie haben ihr eigenes Reich und ihren eigenen Glauben.

So ist ihre ganze Familie: der alte Konstantin und seine Tochter Kaia, die meinen Freund, meinen guten Data, zu einem zynischen Menschen machte, dem alles egal ist. Wer weiß, was sie noch alles von ihm verlangen, Data ist ihnen doch wie eine Gräte im Hals. Salomea machten sie unglücklich, und erst nachdem sie mitsündigte, ließen sie von ihr ab. Gott, vergib mir, Gott vergib mir, Gott vergib mir. Wo ist Datas Vater, Bu Wisramiani? Er hat sich im Hause verschanzt. Auch er ist ein guter Mensch. Was wollen die Wisramiani? Ich weiß, sie sind zu allem fähig. Ikone und Kreuz bedeuten ihnen nichts, nur ihr eigenes Recht. Ein böses Recht, das dem Recht Gottes zuwiderläuft.

Auf der anderen Seite sind die da Costa. Der alte Alfredo und Sandro. Es liegt ein großer Hass zwischen den beiden Familien, ich sehe ihn. Ich spüre ihn bei jeder Begegnung mit dem alten Mann. Die Wisramiani glauben, dass Sandro da Costa die Verbote und die Stabilität ihrer Familie zu Fall brachte. Data denkt nicht so, aber ihn bedrücken andere Probleme. Alfredo da Costa ist der Ansicht, dass die Wisramiani wilde und unersättliche Menschen sind.

Nika geriet dazwischen und wurde getötet.

Nika wurde von Georgiern verfolgt. Aber bis die Georgier auftauchten – waren die Wisramiani etwa anders? Eitelkeit der Eitelkeiten! Alles ist Eitelkeit.

EINE SONDERBARE UND DENKWÜRDIGE BEERDIGUNG

Es war eine sehr sonderbare Beerdigung, die zu denken gab. Auch wenn alles ganz gewöhnlich war. Der Verstorbene lag in der Kirche aufgebahrt und der Abt selbst las die Totenmesse. Die Mönche sangen.

Unten, am Ende des Klosterfriedhofs, an der Mauer, wo die hundertjährigen Eichen stehen, hatte man am Tag davor die Grabstätte vorbereitet. Auf die Klostermauer waren Fotografen geklettert und warteten darauf, dass man den Toten hinaustrug. Dieselben Fotografen und Schaulustigen wurden später von den Wächtern der Wisramiani, den Sungalen, von der Mauer heruntergezerrt. Sie mussten sich mit Fotos der zwei Wagen vor der Klostermauer zufriedengeben. Nachdem die Sungalen aber weg waren, bewegten sie sich wieder freier.

Bis zu diesem Zeitpunkt waren zwei Menschen zur Totenmesse gekommen.

Eine alte, schmächtige Dame, deren Erscheinen die Zeitungsleute sehr überraschte. Es war Agatia Zichistawi-Artschiliani, die letzte Erbin der Pascha-König-Burgvögte der Insel, zittrig, mit einem schweren Spazierstock auf den Steinboden pochend, verschleiert und ganz in Schwarz.

Was diese Frau auf der Beerdigung eines unbekannten georgischen Gangsters wollte, war unerfindlich. Man traute sich auch nicht zu fragen.

Der zweite Trauergast war ein beleibter, ächzender Mann in hellblauem Hemd, das aus der Hose heraushing. Mit seinen kurzen Beinen bewegte er sich eher wie ein rollender Ball, als dass er ging. Er hatte einen langen Schnurrbart und Schweißflecken unter den Achseln, war mühsam aus einem Ford-Halblaster gestiegen und hatte das Klostergelände zusammen mit dem Fahrer betreten. Erst am Abend, bei der Sichtung der Fotos, kam Monica Uso di Mate, eine der gerisseneren Journalistinnen, dahinter, dass dieser Mann Chetia sein musste, schillernder Sohn der Sungalen-Insel, Inhaber eines Hotels im Randbezirk der Stadt. Monica mühte sich eine halbe Stunde lang ab, bis sie seine Telefonnummer herausfand und ihn erreichte. Trotzdem war sie danach nicht ganz sicher, ob sie mit dem berühmten Chetia persönlich gesprochen hatte oder nicht.

»Ich hab Sie heute bei der Beerdigung gesehen.«

»Na und?«

»Kannten Sie den Verstorbenen?«

»Na, ich bin ja nicht zum Leichenschmaus da hingegangen«, war die Antwort und er hatte aufgehängt.

Später betrat ein kleinwüchsiger Mann die Kirche, vermutlich ein Engländer, der den Klosterhof mit Königin Agatia verließ. Wer das war, wusste keiner. Obwohl jeder sah, dass er und die alte Agatia sich in einen einfachen Hyundai setzten und wegfuhren. Der Besitzer des Wagens wurde bald ausfindig gemacht. Das Auto gehörte der Frau des Inti-Spielers Parna Medrosche. Das verwunderte die Reporter noch mehr, aber man vergaß das sogleich, als eine Stunde nach Königin Agatias Erscheinen ein gelbes Taxi vor dem Tor hielt und daraus, ganz in Schwarz gekleidet, verschleiert und mit einem breitkrempigen Hut, Salomea Wisramiani stieg.

Salomea Wisramiani galt immer noch als Frau des Verstorbenen. Obwohl jeder wusste, dass sie die letzten Monate oder schon länger nicht mehr zusammengelebt hatten. Sowohl Mann als auch Frau hatten ihr herrliches Haus im Strandviertel verlassen. Die Familie der Frau hatte sich geweigert, für den Unterhalt des Mannes aufzukommen.

Dass sie hier auftauchte, war völlig unerwartet und erstaunlich, obwohl es durchaus der Sitte entsprach, dass die Frau bei der

Beerdigung ihres Mannes anwesend ist. Bis dahin hatte es sogar Gerüchte gegeben, dass der Verstorbene Salomea gekidnappt und von der Familie der Wisramiani Lösegeld verlangt habe. Er selbst habe sich vor den Wisramiani versteckt gehalten. Salomeas Erscheinen strafte all diese Gerüchte Lügen.

Folglich waren bei der Beerdigung drei Personen anwesend, die einander nicht kannten: der mutmaßliche Engländer (der allem Anschein nach die alte Agatia kannte), der Fahrer des beleibten Mannes und noch einer, wahrscheinlich Parna Medrosche, der den Klosterhof nicht einmal betrat: Er kam später und saß die ganze Zeit in seinem zerbeulten Wagen.

Die Totenmesse war fast zu Ende, als man drei Jeeps den Berg hochfahren sah. Die Reporter wussten gleich, dass das Stoff zum Berichten geben würde. Das war unverhofft. Aber gerade das Unverhoffte war an diesem sonnigen Mittag das Wichtigste. Aus dem Wagen sprangen acht Sungalen, angeführt von dem jung gebliebenen Gutsverwalter der Wisramiani, Martia. Die Sungalen stellten sich auf und zerrten die Journalisten von der Mauer herunter. Nach einem kurzen Handgemenge gewannen sie die Oberhand und bildeten eine lebende Kette um die Journalisten herum. Diese sollten so lange still stehen wie nötig, sonst würden sie überhaupt nichts fotografieren dürfen. In die Kirche drang von draußen ein-, zweimal dumpfer Lärm.

Der Abt predigte griechisch, gesungen wurde griechisch und johannisch. Indessen sahen die Reporter, wie ein schwarzer Rolls-Royce den Berg hochkroch und hinter der Klostermauer verschwand. Sie hatten bereits begriffen, dass das Auftauchen der Sungalen das Eintreffen einer wichtigen Persönlichkeit ankündigte. Und das konnte nur ein Wisramiani sein.

Ehe der Wagen oben anlangte, wies Martia die Mönche am Eingang an, das Tor zu öffnen, und der Wagen rollte in den Hof hinein. Erst jetzt ging den Zeitungsleuten auf, dass sie vom Anführer der Sungalen überrumpelt worden waren. Er hatte sie deshalb von der Mauer gejagt, damit sie die aus dem Wagen steigenden Wisramiani nicht sahen. Wer hätte ahnen können, dass man den Rolls-Royce in die Klosterumfriedung hineinlassen würde? Jedenfalls gab das den Schreibern und Schmierfinken Rätsel auf. Bis zum Ende der Totenmesse blieben die Schwiegereltern des Verstorbenen, Kaia und Bu Wisramiani, hinten stehen. Bu stellte sich noch weiter weg und schritt in einer Ecke ehrfürchtig auf und ab.

Auch Kaia Wisramiani war ganz in Schwarz gekleidet und lugte hin und wieder zur Tochter hinüber. Dazwischen stand der schwer atmende Chetia, ganz vorn aber Mütterchen Agatia und, wer weiß warum, der Engländer mit den goldgelben Augenbrauen, der wohl ein Schotte war.

Nach der Totenmesse trugen die Mönche den Sarg hinaus. Die Trauergesellschaft folgte ihnen halb um die Kirche herum und dann zur Nordmauer hinunter, wo die hundertjährigen Eichen stehen.

Der Sarg wurde am Rande des Grabes abgestellt und die Reporter begriffen wieder erst jetzt, dass sie von der anderen Seite der Mauer hätten kommen sollen. Das war schwierig, denn dort waren steile Pfade und dornige Hecken zu überwinden. Die Mauer war ringsherum mit niedrigem, struppigem Gebüsch bewachsen. Einige blieben, wo sie waren. Zwei oder drei Waghalsige schlugen sich durch die Hecken, bis sie an der Mauer von zwei riesigen Sungalen empfangen und zurückgeschickt wurden. Am Tor angelangt, erfuhren sie, dass die Beerdigung schon zu Ende sei. Sie schafften es kaum noch, einen Blick auf die herauskommende Trauergesellschaft zu werfen.

Noch etwas Seltsames aber gab es bei der Beerdigung zu sehen.

Als der Sarg hinausgetragen wurde, betrat Martia, der silberhaarige Gutsverwalter der Wisramiani, den Klosterhof und schritt zum Grab. An der Mauer roch es nach Weihrauch. Alle außer Bu hielten Kerzen in der Hand. Es war ein windstiller Tag, obwohl die Eichen unentwegt rauschten. Agatia Zichistawi würdigte Kaia Wisramiani keines Blickes. Kaia schaute sie nur ein Mal an und dann nicht mehr. Als man den Sarg verschloss, hielt es Bu nicht mehr aus und er drückte seine Tochter an sich. Kaia sah es und zischte: »Was fällt dir ein?«

Hinter der schwarzen Brille sah man ihre Augen nicht, aber es gab bestimmt keine einzige Träne.

Bu trug keine Brille und schaute mit seinen eigenartigen Augen auf den Sarg.

Als die Mönche die Seile ergriffen, um den Sarg hinunterzulassen, hörte Salomea die Stimme ihrer Mutter, leise, aber kräftig und für viele angsteinflößend:

»Du kommst mit nach Hause.«

»Nein«, sagte Salomea so laut, dass es sogar Chetia hörte und sie offen anstarrte.

»Du bist Witwe«, zischte Kaia, »und musst ein Jahr lang zu Hause bleiben.«

»Ich habe kein Zuhause«, sagte Salomea und machte zwei Schritte von ihrer Mutter weg.

»Ich kam her, um dich zu sehen. Man sagte, du würdest hier sein. Was für ein Theater.« Kaia sprach schnell, ohne die Lippen zu bewegen.

Bu schaute zu seiner Frau hinüber. Er nahm etwas Erde in die Hand und warf sie aufs Grab.

Agatia Zichistawi-Artschiliani drehte sich geschwind um und schritt, sich auf ihren Spazierstock stützend, bergauf. Der Ausländer folgte ihr.

»Pater« – Kaia trat zum Abt – »Sie verstehen, dies ist eine heikle Angelegenheit für unsere Familie. Sie wissen, mein Vater ist ein schwieriger Mensch, der die Traditionen hochhält. Deshalb konnten wir die Bestattungskosten nicht übernehmen und unseren Schwiegersohn nicht auf unserem Friedhof beerdigen. Ich bedanke mich bei Ihnen und verspreche, dass wir die Grabstätte irgendwann zu uns verlegen werden. Es kommen wieder bessere Zeiten.«

Der Abt nickte ihr zu.

»Verdammt, sagt ihm doch wenigstens ein georgisches Wort zum Abschied«, schrie Bu Wisramiani auf einmal, und Chetia begriff, dass er betrunken war. »Was seid ihr für Menschen? Nika, Junge, Nika, mein Alter, hey!«

Martia fasste Bu unter den Arm und schritt mit ihm langsam den Hügel hinauf. Die Mönche standen noch da.

Kaia Wisramiani blieb noch einige Sekunden, als wolle sie etwas sagen. Dann nickte sie dem Abt zu und folgte ihrem Mann und Martia.

Salomea starrte aufs Grab, so sah es zumindest aus. Wohin sie unter der Krempe ihres Huts tatsächlich blickte, war nicht auszumachen. Noch dazu hatte sie unter dem Hut eine sehr dunkle Brille auf. Obwohl man nicht mal diese Brille sehen konnte.

»Auf Wiedersehen«, sagte sie leise und drehte sich um.

Der Abt ging bergauf.

Allmählich rührten sich auch die Mönche von der Stelle.

Außerhalb der Klostermauer lebten die Reporter wieder auf und begannen zu knipsen. Die Wisramiani konnten sie jedoch nicht fotografieren.

Am Grab blieben schließlich nur noch Chetia und sein Chauffeur, oder wer auch immer das war, zurück. Chetia stand eine Weile nur da, als ob er mit seinen Füßen die Erde abtastete. Dann sagte er zu dem anderen:

»Komm, Freund, wir kippen eins.«

Der andere zog aus seiner Brusttasche eine flache, aber ziemlich große Feldflasche heraus und reichte sie Chetia.

Chetia öffnete die Flasche und goss ein wenig an den Rand des Grabs.

»Du hast doch Wein mitgebracht, oder?«

»Na klar, Cheti ... wir würden doch hier keinen Whisky kippen?«

Chetia hielt die Feldflasche zum Trinken bereit und sagte:

»Leb wohl, Nika, du warst ein guter Kerl, lass er dir gut gehen ... jeder macht mal einen Fehler ...« Er trank und reichte dem anderen die Feldflasche.

Dieser nuschelte auch etwas und trank einen Schluck. Den Rest vergossen sie aufs Grab.

»Gehen wir«, sagte Chetia und schaute den Hügel hinauf.

Am Abend kam Data Wisramiani zum Kloster. Er saß eine Zeitlang allein am Grab. Später gesellte sich der Mönch Pantheleimon zu ihm.

»Wer hat ihn umgebracht?«, fragte Data.

Der Mönch zuckte die Achseln.

»Hatte er sich bei euch versteckt?«

»Königin Agatia brachte ihn zu uns ... Weißt du, wie sehr er versuchte, gläubig zu werden?«

»Mütterchen Agatia? Die Königin?«

»Ja ...«

»Woher kannte er Agatia?«

»Agatia bat den Abt, ihm hier Unterschlupf zu gewähren. Sicherlich war er auf der Flucht.«

»Vor wem? Meinem Großvater?«

»Vielleicht, wer weiß ... frag mich nicht solche Sachen. Irgendwelche Georgier suchten ihn, was weiß man schon davon. Bald wird es neue Einreisebestimmungen geben. Man wird die freie Einreise abschaffen.«

Data schwenkte die Hand und sagte dumpf:

»Die Sungalen haben ihn umgebracht. Andere wären nicht so zu Werke gegangen.«

Der Mönch Pantheleimon bekreuzigte sich.

»Sag das nicht, sag das nicht, wenn du es nicht genau weißt ...«

»Andere würden nicht so zu Werke gehen. Wie im Märchen, mit einem Pfeil. Wie ist das möglich? Hast du schon mal die alten Pfeile in den Häusern der Sungalen gesehen?«

»Waffen gibt es auch im Museum.«

Data schüttelte den Kopf. »Er quälte uns alle und sich auch. Was sind das für Menschen ...«

»Was hat er den Sungalen denn getan?«

AM UFER, AM RANDE DER HEIMAT

Sie trafen sich zufällig: Nördlich vom Bungalowland, in einem gemütlichen Erholungsort auf der Hauptinsel, liegt ein kleiner Hafen, ganz in Holz gebaut, still und ruhig. Ein altes Haus steht dort, auch aus Holz, und zwei ebenfalls alte, rostfarbene Fähren liegen vor Anker.

Vom Bootssteg wird gekonnt eine breite Leiter oder eine Fährbrücke an die Fähre gelegt, die drei oder vier Autos befördern kann. Es ist die einzige Stelle, von der aus man Autos auf die Sungalen-Insel hinüberführen kann. Wenn die eine Fähre diesen vergessenen Ort am Zipfel vom Bungalowland erreicht, wo Touristen und Feriengäste gewöhnlich nie herfinden, bewegt sich die andere in Richtung Sungalenland.

Die Fähren überqueren den Kanal zweimal am Tag, frühmorgens und abends. Sie müssen nicht lange tuckern, denn von diesem Ufer aus sieht man das andere und von jenem Ufer dieses.

Neben der Bretterbude des Hafens ist eine planeüberdeckte Picknickstelle mit zwei Tischen und fünf verschiedenen Stühlen eingerichtet. Sie gehört niemandem und es verkauft auch niemand etwas, außer einer gebeugten Sungalen-Oma, die stets einen Flechtkorb voll Brot und Käsestücken und einen größeren Krug mit etwas trübem, das heißt, echtem Wein hat. Diese Oma nannte man die Schuhmacherwitwe. Morgens kam sie mit der Fähre rüber und fuhr am Abend wieder zurück.

Wenn sich am Ufer zu viele Leute versammelten, machte die Fähre eine zusätzliche Fahrt, ohne auf den Abend zu warten.

Manchmal blieb die Fähre mitten auf dem Wasser stehen. Dann stieß einer der Reisenden meist auf Sungalisch aus:

»Gott, was habe ich so Schlimmes gesündigt, dass du mich auf dem Heimweg mit Wasser empfängst?«

Das war ein geflügeltes Wort der Sungalen und man benutzte es nicht nur, wenn die Fähre kaputtging. Man sagte es auch am Ufer, während man auf die Fähre wartete. Die Sungalen mochten das Meer nicht besonders. Sie angelten ein wenig am Ufer und das war's.

An diesem verfallenen Hafen der Hauptinsel wurde es nur freitagabends lebhaft und laut. Dann, wenn die hier dienenden Sungalen fürs Wochenende auf ihre Insel zurückkehrten. Genauso laut war es am Sonntagabend. An diesen Tagen verkehrten die Fähren rege. Nie wurde jemand am Hafen zurückgelassen. Wer kein Auto hatte, wurde von anderen mitgenommen. Wie sonst hätte für so viele Sungalen ein Bus ausgereicht, der freitags und sonntags vom Busbahnhof Santa City bis zum Hafen verkehrte? Die Sungalen-Oma machte ihre besten Geschäfte freitag- und sonntagabends. Die Sungalen nannten sie »ihren Bischof« und riefen der in Schwarz gekleideten, geduckten Alten zu:

»Segne mich, Mütterchen, ich betrete fremden Boden ...«

Die Oma segnete sie dann mit vollem Ernst und glaubte fast selbst daran, dass sie ihr Bischof sei.

Montags war nicht viel los, deshalb machten sowohl die Schuhmacherwitwe als auch die Fährmeister Solka und Chebrela ein Nickerchen. Jeder an seinem Ufer, die Oma aber vor ihren Körben sitzend.

Wer würde schon um die Mittagszeit kommen, also standen die Fähren bis zum Abend still.

Doch da kam ein alter Ford auf den Brettersteg gerast. Aus dem Vehikel kletterte ächzend Chetia.

»Oma, wie geht's denn, Omchen ...«, rief ihr Chetia zu und die Schuhmacherwitwe schreckte auf.

Chetia war allein. Er trug zerknitterte Shorts und ein unbedrucktes T-Shirt, das sich über seinen behäbigen Leib spannte. Der Mann, dessen Beine mit silbergrauen Härchen bedeckt waren, hatte es wohl eilig.

»Hui, mein Junge, bist du zum Baden hier raus gekommen?« Die Schuhmacher-Witwe hielt sich wegen der Sonne die Hand vor die Augen.

»Ja, ja zum Baden«, sagte Chetia lächelnd und rief laut: »Solka, wer von euch beiden ist denn hier? Solka!«

Aus dem Führerstand der Fähre lugte jemand hervor.

»Hey, wer ist denn da gekommen ... Chetia, was ist denn?«

»Bring mich mal geschwind rüber, mein Freund, lass mich hier nicht warten ...«

»Ich bring dich schon rüber, klar« – Solka stand auf – »ist alles in Ordnung, Cheti?«

»Ja, alles ...«

Sie schleppten die Fährbrücke gemeinsam und legten sie auf das Ende der Fähre. Chetia fuhr mit dem Auto ein Stück zurück und dann hinauf auf die Fähre. Solka räumte die Brücke weg und sprang auf die Fähre. Chetia stieg wieder aus dem Wagen und rief der Alten zu:

»Oma ... kennst du den Martia?«

»Martia?« Sie hielt sich wieder die Hand vor die Augen.

»Ja ...«

»Ich kenne ihn schon ... was soll mit ihm sein?«

»Was soll mit ihm sein ... wenn er herkommt ... Verstehst du mich?«

»Ja, ich verstehe ...«

»Wenn er herkommt und fragt, ob Chetia dort rüber ist, sag ihm, ich sei drüben und ließe ihm Folgendes ausrichten.«

»Jaa ...«

Solka schaltete den ratternden Motor wieder aus, denn die Oma konnte sowieso schlecht hören. Chetia drückte seinen Leib an die Brüstung und rief:

»Hast du verstanden, Oma?«

»Ja ...«

»Na, was?«

»Wenn Martia kommt, sage ich ihm, dass Chetia hier war und dass ... Weiter weiß ich nicht mehr ...«

»Ja, sag ihm, dass ihm Chetia ausrichte, wenn er herüberkommt, dann kann er nicht mehr zurück, verstanden?«

»Nicht mehr zurück ... Gut, ich merke mir das« – die Oma schüttelte den Kopf – »warum kann er denn nicht mehr zurück? Wird's keine Fähre mehr geben?«

»Sag ihm das einfach so ... Fahr doch los, Solka ...«

Solka schmiss den Motor wieder an, aber in dem Lärm rief ihnen die Alte noch etwas zu.

»Was?«, fragte Chetia.

»Habt ihr euch miteinander angelegt?«, fragte die Schuhmacherwitwe.

»Wer wird sich denn mit Chetia anlegen? Ich verstecke mich wegen einer Einladung zu einem Festgelage«, erwiderte Chetia lächelnd, und Solka setzte die Fähre in Bewegung.

»Ist alles in Ordnung, Cheti?«, fragte der Fährmann ihn schweißgebadet.

»Wie soll ich es sagen? Es geht darum, dass man mich vielleicht auch umbringt.«

»Was sagst du da?«

»Ich mache Spaß.«

»Wen hat man denn sonst noch umgebracht?«

»In der Stadt wird getötet. Ein Töten und Morden hat begonnen.«

»Ja ... ich hab's gehört ...«

»Jetzt zu bleiben bedeutet Tod. Man wird in tausend schmutzige Sachen hineingezogen. Was kann Martia dafür, dass er so einen Job hat? Er ist oft in der Zwickmühle und klopft dann bei mir an ... Ich bin aber doch kein Priester?«

Solka schüttelte den Kopf und fragte in die Mittagssonne blinzelnd, ganz ehrlich, treuherzig und hoffnungsvoll:

»Müssen wir vielleicht kämpfen, Cheti? Ist denn die Zeit nicht endlich gekommen?«

Chetia dachte nach, schaute in dieses nutzlose Meereswasser, verharrte eine Weile so und antwortete schließlich, wie für sich:

»Die Zeit wird noch kommen, Solka ... Schärfe die Säbel und reinige die Flinte.«

»Was ich besitze, ist bereit«, sagte Solka lächelnd, und beide sahen, wie ein großer, hässlicher Jeep ans Ufer gejagt kam. Zwei Männer sprangen heraus. Der eine war Martia, wie hätte man seinen silbergrauen Schopf verkennen können.

Er eilte zum Brettersteg und sah natürlich Chetias alten Ford auf der Fähre.

Chetia und der Fährmann beobachteten, wie er sich mit der Oma unterhielt.

Dann eilte Martia wieder zum Brettersteg und brüllte:

»Ich war's nicht, Cheti ... nicht ich, Bruder ... nicht ich, Cheti! Chetia!«

Chetia drehte dem Fährmann den Rücken zu und stand so da.

Solka hielt das Steuer und fragte:

»Cheti ... wer weiß, was passiert ist ... Soll ich zurück?«

Chetia antwortete nicht. Es war eben so.

»Chetia!«, rief man wieder vom Ufer.

Und Chetia sagte:

»Fahr zurück, soll sofort geklärt werden, was zu klären ist.«

Und Solka drückte die Hebel.

Was für ein schönes Wetter hier war. An diesem Ort war es meistens schön.

Am Ufer bemerkten sie ebenfalls, dass die Fähre zurückkam, und blieben beim Wagen stehen.

»Hast du die Waffe dabei, Cheti?«, fragte Solka plötzlich. »Ich habe eine im Fach ... die soll lieber bereitliegen.«

Chetia stand immer noch mit dem Rücken zu ihm und es war nicht zu sehen, ob er ins Wasser blickte oder auf den dreckigen Holzsteg am Ufer.

»Wie soll es denn weitergehen, wenn ein Sungale gegen den anderen die Waffe erhebt?«, fragte er, aber Solka konnte es im ohrenbetäubenden Lärm des Motors kaum verstehen.

»Es ist doch besser, wenn sie bereitliegt. Wenn ihm nun ein Anglese folgt?«

»Wenn ein Sungale einen anderen Sungalen mit der Waffe ... Wenn ein Sungale einen Landsmann mit der Waffe bedroht ... Wenn ein Sungale wegen eines anderen einen Georgier tötet ...«, nuschelte Chetia, »wenn man einen Mann aus dem Lande des Königs umbringt ...«

»Ich war's nicht, Cheti!«, rief ihm Martia wieder zu, als sie näher kamen. »Ich schwöre es bei unserer Freundschaft!«

Chetia wandte sich zu Solka um und sagte mit einem ganz anderen Blick in den Augen:

»Wühl nicht in der Kacke, mein Junge ... Was auch immer sein wird ... Wer immer übrig bleibt ... Sag, dass du Marmelade gegessen hast. Du weißt doch, was das bedeutet?«

»Natürlich, wir sind doch Brüder?« Er schlüpfte in den Führerstand. »Wir sind da.«

Im gleichen Moment stieß die Fähre an den Holzsteg.

»Solka ist eingeschlafen«, rief Chetia Martia zu, »bind mal das verdammte Ding an, oder soll ich von hier aus mit dir sprechen?«

DISTEL

DISTELBLÜTE

VON DER LIEBE UND ANDEREN GIFTEN

Undatierte Tagebücher des Sandro da Costa

Ich habe gestern ein sehr langes Gedicht geschrieben, in dem der Sonnenaufgang auf dem Fischmarkt beschrieben ist. Besser gesagt handelt es von einem Mann namens Luka, den man vor Tagesanbruch festnimmt, da er keine Lust hatte, eine Toilette aufzusuchen, und sich direkt an die Wand stellte. Die Polizei versucht, ihn aufs Revier abzuführen, um Strafgeld zu kassieren. Er aber weigert sich und sagt, er liebe es, in den Sternenhimmel zu schauen, während die Wand nass wird. Man steckt ihn zum Ausschlafen in eine Zelle, wo schon ein anderer sitzt – wegen Diebstahls einer Mütze aus einem Auto. Sie sprechen vom Himmel, den Luka so gern beobachtet. Der andere Mann erzählt, dass er in seiner Jugend einmal mit einem Fallschirm gesprungen sei. Bei Sonnenaufgang fällt Licht in die Zelle und Luka bemerkt, dass auf der rechten Hand des anderen ein Frauenname tätowiert ist – Maria.

Luka darf gehen, auf den Mann aber wartet das Gericht. Luka stellt sich vor, dass Maria schon längst tot ist und dieser Dieb ebenso bald sterben wird, weil er krebskrank ist.

Ich weiß nicht, warum ich in letzter Zeit den Inhalt meiner Gedichte aufschreibe. Es ist schon Gewohnheit geworden. Bestimmt sind Gedichte besser als solche Eintragungen. Überhaupt ist Tagebuchführen keine nützliche Sache. Man muss genug Zeit haben, um jeden Tag irgendeinen Blödsinn oder ganz banale Sachen aufzuschreiben. Nach deinem Tod wird man sich fragen, warum du so viele kostbare Minuten im Leben für solchen Blödsinn vertan hast.

Aber ich habe ja nicht viel zu tun, um aufrichtig zu sein, eigentlich gar nichts. Gestern schaute ich mir im Fernsehen die *Booker*-Preis-Verleihung an. Den ersten Preis bekam ein junger

Mann mit hohen Schulden, ein Drittel davon wird er mit dem Preisgeld begleichen müssen. Wer weiß, was er geschrieben hat. Das regte mich zu der Überlegung an, dass es im Leben eines jeden etwas gibt, woraus man einen Roman schmieden kann. Es steckt also in jedem Menschen ein nicht nur banales Buch. Damit meine ich nicht die Biografie – sonst wäre dieser junge Mann wohl einst ein Spieler und Kokainsüchtiger gewesen –, und eine Biografie ist heutzutage sowieso eine Rarität. Ich meine den Roman nicht als solchen, wie man ihn heute definiert und zu dem ihn Byrons Poeme machten. Sondern einen Roman, wie er in den Straßen von Paris spielen könnte, die Geschichte einer Frau und eines Mannes.

Warum lieben die Menschen solche Romane?

Weil jeder schon etwas Ähnliches erlebt hat. Die Frau erlebt den Mann und der Mann – die Frau. Jeder Mann hat einmal etwas mit einer Frau erlebt, was sein Leben prägte. Sicher haben die Frauen auch Ähnliches erlebt. Das Abenteuer, die Liebe, die Gefahr ist vorüber, aber das Erlebnis, die Erinnerung bleibt, wie ein sonderbares Stechen. Es ist schwer in Worte zu fassen, denn das Wort »Erinnerung« trifft nicht zu. Die meisten Menschen können deshalb keine Romane schreiben, weil sie Erlebtes weder schreiben noch erzählen können. Eine Romanze lebt im Menschen weiter, irgendwo zwischen Herz und Lunge abgelegt. Manchmal dehnt sie sich so sehr aus, dass einem das Atmen schwerfällt und die Glieder vor Kälte erstarren. Denn diese aufgeblasene Romanze drückt einerseits ans Herz und andererseits gegen die Lunge.

Darauf kam ich ganz zufällig, weil ich selbst keine Biografie besitze. Meine Biografie ist die Vergangenheit der Familie da Costa. Und ich bin der letzte männliche Spross dieser Familie, deswegen ist im Familienstammbuch nichts mehr einzutragen, denn es wird keinen mehr geben, der etwas einträgt. Darüber zu sprechen ist noch zu früh, doch sicher wird es so sein. Ich kenne mich mit Frauen schlecht aus. Zwar kann ich Charaktere ganz gut und leicht bestimmen, aber nicht die von Frauen. Meine ganze Biografie ist eine einzige Romanze. Wer auch immer diese Aufzeichnungen liest, wird staunen, wie wenig er über meine Abenteuer erfährt.

Ich bin nicht imstande, einen Roman über meine Romanze zu verfassen, man kann das unmöglich beschreiben.

Diese Geschichte hätte enden sollen, ging aber weiter.

So wie Seifenopern fortgesetzt werden, von Jahr zu Jahr. Meine wurde fortgesetzt, weil ich sie nicht beenden konnte. Ein Roman benötigt aber etwas Abschließendes.

Wenn ich alte Stücke durchblättere und versuche, unsere Geschichte darin einzuordnen, wird nichts daraus. Das heißt, es könnte alles daraus werden. Aber bei alten Stücken ist das Finale bekannt: Eine Komödie hat dieses Ende, ein Drama jenes und eine Tragödie wieder ein anderes. In meinem Leben endete nichts als Komödie, auch wenn ich immer wieder versucht habe, alles mich Umgebende ins Komische zu ziehen. Das war schwierig. Als bekäme man einen Sack voll mit Steinen an die Beine gebunden und würde damit ins Wasser geworfen. Wie kann man da wieder auftauchen? Ich versuche es noch immer. Aber alle Versuche sind vergebens, das Ende ist bekannt. Die schwarze Kutsche eilt mit dir in Richtung Tragödie, und das ziemlich schnell. Durch diese Eile gerät man in Panik und begeht viele Fehler. Man atmet auf und strebt zur Komödie. Sie verdeckt gleichsam die Fehler und Schwächen, als ob sie reinen Tisch schaffen will, und alles beginnt von vorn. Aber diese verfluchte Kutsche treibt ja erneut in Richtung Tragödie, das heißt – zum Tod. Ob man einen Fehler begeht oder nicht, man stirbt dennoch. Es ist eine seltsame Tragödie. In antiken Tragödien ist der Tod die Folge einer falschen Handlung. Im Schauspiel des Lebens aber ist es einerlei, ob man falsch handelt oder nicht.

Man hat einfach mehr Zeit für die Komödie, wenn man nicht ständig Fehler begeht. Die Komödie aber ist die Lust, für die man leben will, solange man keinen schweren Sack an die Füße gebunden bekommt. So strebt man diesem Sack leichter und sorgloser zu.

Tonino und ich besuchten die Dirnen. Mit sechzehn schlichen wir in die Glücksstraße. Ich sprang in der Nacht aus dem Fenster. Mein Herz schlug bis zum Hals. Später erzählte Tonino, dass er zwanzig Pfund auf den Tisch gelegt habe und sich an nichts mehr erinnern könne.

1

Mit mir aber geschah Folgendes: Ich hatte einen Lachanfall.

Nicht, dass ich in dieser Sache erfahrener war als Tonino. Ich musste einfach lachen, als ich das Zimmer der Frau mit dem übergroßen Busen betrat; ich muss wohl einen ziemlich roten Kopf gehabt haben, ich glühte und qualmte sicher wie eine Pfanne im Restaurant und ich stellte mir vor, wie es sein würde und wie ich mich bewegen würde, und diese Vorstellung brachte mich zum Lachen. Ich hatte solch einen Lachanfall, dass mich die Frau nicht beruhigen konnte. Heute kann ich nicht sagen, ob es Angst und Aufregung waren oder wirklich nur die lustige Vorstellung von mir und dieser Frau im Bett. Da ich mich weniger an eine Aufregung entsinnen kann, wird es wohl das Zweite gewesen sein. Ich habe Tonino verschwiegen, dass es damals aus diesem Grunde zu nichts kam. Heute bin ich der Ansicht, dass es zu nichts kam, weil ich mich damals bereits im Drama befand.

Ich war schon in Salomea verliebt. Die Bedeutung dessen kannte ich damals noch nicht genau, war aber schon sechzehn, hasste alles und liebte nur Salomea.

Bis dahin hatte ich sie erst zweimal geküsst. Es war Tonino mit seiner delikaten Art, der mir einredete, ich solle Erfahrung sammeln, sonst hätte ich es später schwer. Er stellte es so dar, als ob er das nicht selbst bräuchte. Natürlich war es lustig, weil ich ganz anderes dachte und ganz woanders landete.

Überhaupt wäre unsere Geschichte für ein antikes Stück nicht zu gebrauchen, denn wir wollten nicht sterben. Damals aber sah Salomeas und meine Geschichte wie ein antikes Stück aus, und Pater Michele fügte sich so ein, als müsse er uns nur noch Gift besorgen. Zum Glück tat er es nicht.

Allmählich begreife ich, dass ich diese verworrenen Erinnerungen nur für dich niederschreibe, Salomea. Denn außer dir wird sie keiner verstehen. Wir hätten nicht daran glauben sollen, dass alles so weitergeht, denn alles ändert sich. Vielleicht hätten wir sterben sollen. Seltsam, wie die Geschichte eines alten Stücks lebendig wird, wie zwei alte Familien, voller Idioten, versuchen, ihre Regeln zu ändern. Ich wollte nicht, dass wir sterben. Meinst du, wir liebten uns zu wenig, um zu sterben? Das ist dumm. Als uns euer Gutsverwalter Martia aus dem Heuhaufen zerrte, dich kaum anschaute und versuchte, mir nicht weh zu tun, wolltest du ja auch nicht sterben. Ist das nicht sonderbar? Von der ganzen Geschichte ist mir nur das bleiche Gesicht dieses Mannes in Erinnerung geblieben, nicht deines.

Dass die Liebe nicht einer Komödie gleicht, wusste ich schon früher. Jedoch nicht, was eine Komödie bedeutet. Die Liebe gleicht eher einem Fehler, der von vornherein berechnet ist. Es war ein Fehler, dass wir uns liebten, von allen Seiten gesehen ein Fehler. Die Auflistung dieser Fehler würde Bände füllen, wenn man es nicht kürzer fassen könnte.

Es war ein Fehler, dass ich die Astronomiestunde schwänzte, auf dem Zaun saß und dich von da aus erblickte. Dein Fehler war, mich anzusprechen. Ich weiß nicht genau, ob du auch den Unterricht schwänztest. Ein Fehler war, dass du die Weintrauben annahmst, die ich dir anbot. Ich kann mich bis heute erinnern, wie du deine Hände hieltest und die Trauben auffingst. Mit deinen ausgestreckten Händen und kornelkirschfarbenen Augen schautest du zu mir hoch, als ich auf dem Zaun saß. Wie hätte ich das damals begreifen können, jetzt aber begreife ich, was ich in jenem Augenblick spürte. Damals durchströmte mich der Gedanke: Aus und vorbei, das bedeutet aus und vorbei.

Ich wusste ungefähr, wer die Wisramiani sind. Oft unterhielten sich Vater und Onkel nach dem Mittagessen. Dabei war mein Vater eher sanft und scherzte gern, Onkel Alfredo aber war ein aufbrausender Mensch und redete oft heftig daher. So ein Mann war mein Onkel. Ich hörte mir die verschiedensten Geschichten auf der Veranda an. Damals, und auch später, hätte ich schwerlich begreifen können, was die Wisramiani taten, doch heute weiß ich es sehr gut. Sie verboten die Liebe. Das heißt, sie verboten all jene Fehler, die durch die Liebe von Mann und Frau in ihrer Familie hätten verursacht werden können. Sie haben bis zuletzt nicht nachgegeben, doch man weiß nicht, wie es weitergeht. Wir hätten fliehen sollen: nach Caracas, La Paz, Quito, auf Barbados oder weiß der Teufel wohin. Hätten sie uns gefunden, hätten wir sterben müssen. Woran hast du dich geklammert, Salomea? Was ist das

1

schon für eine Flucht, in den Wald? Der Wald gehört doch ihnen. Schon vor tausend Jahren verboten sie ihren Kindern, fremde Frauen und Männer zu heiraten. Und sie wurden so fett wie Gnome. Manchmal denke ich mir, dass auch wir beide lächerlich sind, tatsächlich. Du, so sonderbar, so vornehm, unfassbar für andere, dennoch gebunden an deine Sippe, die du nicht aufgeben kannst. Unter anderen Bedingungen lobenswert, für uns aber ein Fehler mehr. Ich, so ein Chaot, unrasiert, angeblich groß und angeblich cool. Dann, unser jahrelanges Unglück. Als dein Mann auf mich schoss, musste ich lachen. Es war kein verbittertes Lachen: Solche Tragödien sind einfach lächerlich. Diese Tragödie ist aber noch nicht zu Ende, ich muss noch etwas abschließen.

Diese Umstände und diese Liebe machten uns zu dem, was wir sind. Was dazukam oder bereits angeboren war, gilt wenig. Ein ganz bisschen. Sehr wenig. Du bist eine lächerliche Frau, da du in dieser Lage sowohl einen Mann als auch ein Kind hast. Ich bin ein lächerlicher Mann, da ich beim Anblick einer Frau lachen muss. Es ist ein Fehler, aber wenn ich dich anschaue, werde ich sprachlos. Wann immer ich dich sehe, vergesse ich überhaupt alles. Ich erinnere mich an die schreckliche, unmögliche, unendliche Liebesgeschichte, die beim einfachen Volk so beliebt ist. Es ist doch komisch, man hält uns für ein Liebespaar, einen verzweifelten Mann und eine verzweifelte Frau. Wir aber haben uns mit allem abgefunden und verbuchen nur noch, einige Fäden zu fassen, uns wenigstens für Sekunden zu sehen. Das ist absurd, wir waren nur einmal richtig beieinander, wussten aber nicht recht, was tun. Hätten wir es aber getan, wie andere, wäre es wiederum lächerlich.

So viele Jahre sind vergangen, Salomea, und ich kann mir nicht mehr vorstellen, wie dein Körper aussieht. Ich weiß noch, wie er damals war, und sonst nichts. Aber ich glaube, das ist nicht entscheidend, denn Liebe ist nicht nur ein Fehler, sondern auch ein Verbot. Möglicherweise erzähle ich etwas aus alten Ritterromanen oder höre Stimmen von dort. Nun sitze ich auf dem Dachboden der Villa da Costa und komme zu der Überzeugung, dass Sex nichts Abschließendes ist, wie ich dachte. Wären wir damals wenigstens für zwei Wochen von hier weggekommen, hätten wir uns leichter mit dem abgefunden, was uns zustieß. Das war noch ein Fehler. In irgendeinem Hotel hätte alles geendet. So, wie Romane enden: Ich hätte mir eine Zigarette angezündet und wäre in den Regen hinausgeschlendert. Ich bin nie in den Regen hinausgeschlendert: Es kam niemals dazu, dass ich hinausschlendern konnte.

Es ist schon seltsam, aber der Gutsverwalter deines Großvaters, Martia, hat bereits graue Haare. Er ist sogar vollkommen weiß. Vorgestern sah ich ihn auf der Terrasse des Restaurants. Da sind meine grauen Haare, drei, vier oder zwanzig, keine Ahnung, an der Schläfe.

Ich bin mir natürlich sicher, dass du meine Spinnerei, warum ich nie einen Roman schreiben konnte oder warum ich unsere Liebesgeschichte nicht erzählen kann, niemals lesen wirst. Ich denke ständig darüber nach und weiß nicht, wie alles enden soll.

Ich kann keinen Schlussstrich ziehen. Ich möchte von hier fort, weiß aber, dass ich nirgendwohin kann. Es wird vielleicht zwanzig Jahre so weitergehen, vierzig Jahre oder sechzig, nicht mehr. Ist das eine Dummheit? Ich könnte dich sofort finden, wir könnten uns treffen und an einem abgeschiedenen Ort ungestört zusammen sein. Aber was dann? Danach setzt du dich ans Steuer und fährst mich bis zur Ecke der Via degli Obertenghi. Und dann rufe ich dich wieder an.

Es ist eine Dummheit. Sie ist dessen nicht wert, was gewesen ist. Eine kleine Dummheit, die bis zu fünf Minuten währt, wenn sich ein Mann große Mühe gibt. Und dann? Ist das nicht lächerlich?

Salomea Wisramiani und Sandro da Costa lebten in derselben Stadt. Sie liebten sich, doch es war ein Fehler.

Denn das Leben ist eine Tragödie, in alten Tragödien ist die Liebe immer ein Fehler.

Ich habe nur die letzten zwei Zeilen schreiben können, legte aber bis hier einen langen Weg zurück. Ich liebe dich, Salomea Wisramiani. Ich glaube, ich werde alt. Beim schnellen Treppensteigen gerate ich in Atemnot. Aber die Liebe kennt kein Alter. Das Alter ist kein Fehler. Das Alter ist ein Wegweiser, auf dem geschrieben steht, wie viele Meilen und Yards es bis zum Restaurant sind, du aber jagst mit der Kutsche vorbei. Diese Kutsche erwähnte ich wohl bereits.

Gestern Nacht habe ich ein Gedicht geschrieben, der Himmel war voller Sterne. Dabei stellte ich mir vor, wie Luka in der kühlen Nacht betrunken an der Wand stand, zu den Sternen hinaufschaute und sich dabei erleichterte. Woran dachte er in diesem Augenblick? Am Fischmarkt trifft man oft einen Mann, namens Luka, der einst ein Buch über seine Abenteuer schrieb. Wenn ich mir den Mann vor der Wand vorstelle, muss ich an Luka denken. Einen großen, dickbäuchigen Mann mit einem weißen, fast ausgeblichenen Hut und hochgekrempelter Hose, wie sie die Matrosen tragen, die im Süden gedient haben. Auch im Gedicht versuche ich es ins Komische zu ziehen, aber die Geschichte mündet dennoch in eine Tragödie. Die Komödie ist nur ein schrecklicher Umhang. Ist ein Ungeheuer darunter, muss man lachen. Es gibt unterschiedliche Umhänge. [...]

DREI GESPRÄCHE AUS VERSCHIEDENEN EPOCHEN

1

»Wo ist der Anfang und wo das Ende: Vielleicht gelangst du niemals ans Ende, aber der Anfang liegt in deinen Händen, Padre. Ich bin ein anständiger Mann. Die englische Sprache gefällt mir, weil man nie unterscheiden kann, ob man jemanden mit Du oder Sie anspricht. Im Johannischen spricht man zum Beispiel Gott und den König mit Du an. Padre, sicherlich denken Sie, dass ich ein schmutziges Handwerk ausübe. Aber so schmutzig ist es wiederum nicht. Es ermöglicht einem, die Menschen zu duzen. Ich besitze viele Informationen über diese Stadt und betreibe auch ein Detektivbüro. Diese Geschichte aber hat mich erschüttert. Weil ich schon lange darüber Bescheid weiß, wollte ich der Familie da Costa eine kleine Gegenleistung erbringen. Für ein ganz symbolisches Honorar. Wie denn sonst? Gerade in meiner Tätigkeit ist es wichtig die Liebe zu unterstützen. Wie antwortet man sonst, am Ende, auf die Frage: Was hast du Gutes getan? Irgendwann sagte mal jemand, dass man dort, vor dem Jüngsten Gericht, »Don Quijote« vorzeigen sollte. Es gibt so ein Buch. Das habe ich in der Zeitung gelesen. Es würde alles gut enden, wenn man so handelte. Ich kann mich nicht auf so ein Buch verlassen, Padre. Ich handle von mir aus gut. Ich übe einfach unsere alte Familientätigkeit aus, die mir erlaubt, alle Neuigkeiten der Stadt als Erster zu erfahren. Gleichzeitig kenne ich die Geschichten der vergangenen Jahrhunderte und kann mir ein Gesamtbild zusammenfügen. Auch diese Geschichte ist mir bekannt, kein Wunder, denn ein jeder weiß davon. Dass der junge da Costa und das junge Fräulein Wisramiani vor drei Jahren fliehen wollten, ist kein Geheimnis. Nur kenne ich diese Geschichte etwas anders, von Anfang bis Ende, also die ganze Wahrheit. Ich weiß, was zwischen den beiden geschah und wie die Sungalen ihr Versteck fanden. Deshalb freute ich mich, als ich erfuhr, dass sie sich ein zweites Mal entschieden hatten, zu fliehen und wollte ihnen dabei helfen. Für meinen Beruf ist das zwar ein gefährliches Unternehmen, aber trotzdem erwog ich es. Ich habe einen verfluchten Beruf, aber ein gütiges Herz. Auch wenn es schwierig ist, Padre, habe ich mich doch dazu entschieden. Der junge da Costa und die junge Frau sind vor Kurzem zwanzig Jahre alt geworden. Sie ist sicher schon eine Frau. Ich weiß nicht, wie Sie darüber denken, aber für einen Gläubigen kann sie kein Fräulein mehr sein. Ich habe die beiden noch nie zusammen gesehen, es sei denn früher, als es noch nichts zu berichten gab. Wenn man sich die beiden zusammen vorstellt, ist das ein wunderschönes Paar, ein königliches Paar, zu dessen Trauung der Kardinal persönlich kommen müsste. Santa Esperanza hätte keine anderen Ansichtskarten mehr nötig. Anstelle der blöden Ansichtskarten würden wir Postkarten mit ihrem Abbild verkaufen. Ist doch der Anblick dieser bildhübschen Menschen tausendmal besser als der einer Festung. Man kann sich keine bessere Visitenkarte unseres Landes vorstellen: ein Land, das der Welt solche jungen Leute schenkt. Deshalb würde ich Ihnen von ganzem Herzen helfen. Wirklich von ganzem Herzen, zum niedrigsten Tarif, der hierzulande für

1

Privatdetektive gezahlt wird. Ich mag die Wisramiani nicht. Das ist eine dumme Sippe. Aufgeblasene, kahlköpfige Zwerge mit ihrem Reichtum. Wozu? Mit dieser Hochzeit würden die unsinnigen Verbote dieser Familie abgeschafft, was auch für andere beispielhaft wäre. Aber, Padre, ist es nicht so, dass entweder die Frau zum Katholizismus konvertieren muss oder der Mann zum orthodoxen Glauben? Es wäre für das gesamte Land beispielhaft. Deshalb möchte ich helfen. Ich weiß, Padre, dass der junge da Costa Sie hoch schätzt und Sie sein Beichtvater und Hüter seines Geheimnisses sind. Deshalb komme ich ja zu Ihnen, um den jungen da Costa zu erreichen, denn mir ist alles über ihn bekannt. Wie ich helfen kann? Ganz einfach.

Ich weiß ganz genau, dass er in den nächsten drei Tagen die Flucht nicht organisieren kann. Noch einige Dinge sind zu klären, nicht leicht für einen jungen Mann. Ich helfe Ihnen, indem ich in den nächsten drei Tagen nicht zu den Wisramiani gehe und ihnen keine Informationen verkaufe. In drei Tagen aber, wenn die Wisramiani, wegen der Flucht und Heirat nach Rache trachtend, ihren dickköpfigen Martia zu mir schicken, erzähle ich ihm nur etwas Nichtssagendes. Für alle diese Dienste verlange ich vom jungen Wisramiani nur eintausend Pfund. Es tut mir leid, nicht anders helfen zu können. Ich lese die Zeitungen und weiß, dass in unserem Land vieles anders ist. Aber man sollte sich immer den Hut desjenigen Landes aufsetzen, in dem man sich befindet.* »Hier mein Strohhut«, sagte ein hagerer, mittelgroßer Mann zu Padre Michele. Sie hatten sich unter ein Gewölbe gestellt, da es regnete. Der Mann trug eine weite sackähnliche Schlabberhose und hatte ein trockenes, faltiges Gesicht. Dieser Mann hieß Lamur Mosiarule und war von Beruf Geschichtenverkäufer.

»Gehen Sie«, sagte Padre Michele zu ihm, »gehen Sie und erforschen Sie Ihr Gewissen. Woher soll ein neunzehnjähriger junger Mann eintausend Pfund nehmen? Noch dazu, wenn er weiß, dass Sie nachher doch nicht schweigen werden? Woher sollte er denn das Geld bekommen?«

---

* georgisches Sprichwort

»Warum heiratet dann ein Neunzehnjähriger, wenn er nicht einmal eintausend Pfund besitzt?«

»Gehen Sie!«

»Was soll's Padre, so ist meine Arbeit.« Der Mann schob sich den Hut in den Nacken und musterte den Padre mit seinen winzigen, stählernen Augen.

»Gott stehe Ihnen bei, ich werde für Ihre Seele beten.«

»Ich wollte dort oben nicht nur von Don Quijote sprechen.« Der Mann verließ das Gewölbe und rannte über die Straße, geschickt über eine Pfütze springend.

2

»Du bist unsere Herrin, unsere Prinzessin, meine Liebe. Ich habe dich noch ganz klein in Erinnerung. Ich trug dich als Einziger auf den Schultern herum. Wer aber war ich damals? Ein Niemand, nur ein Dorfbub, der Vehikel* und Motoren wusch. Hätte ich Teller zu waschen oder Stiefel zu putzen gehabt, hätte ich das auch getan. So war unser Leben. Einmal, als du ins Dorf kamst, brachte ich dir ein Fohlen. Wir gingen mit ihm zusammen zum Wasser hinunter. Dein Bruder war weniger mit mir befreundet, Datia war noch klein. Einmal, als du verloren gingst, hui ... was haben wir damals für Fackeln angezündet, als es dunkel wurde und das kleine Fräulein immer noch nicht gefunden war. Dabei hattest du dich im Weinkeller versteckt. Dort hatten wir einen kleinen Käse-Kwewri** und darin hattest du dich verkrochen. Wir suchten und riefen überall nach dir. Dann stieß ich die Kellertür auf, zündete die Fackel an und sah den offenen Kwewri. Ich kam näher und

---

* Anmerkung des Autors: vom englischen Wort *vehicle*. Die Sungalen bezeichnen die Autos auf der Hauptinsel vorwiegend als Vehikel.

** Kwewri – ein tönernes Gefäß, das zur Weingärung meist in der Erde vergraben wird

leuchtete hinein. Du aber leuchtetest mich mit deinen großen Kornelkirschaugen an. Hätte ich gerufen, wären alle angestürzt gekommen und hätten dich verängstigt. So holte ich dich ganz behutsam heraus und drückte dich an mich. Und wie du dich an mich schmiegtest und deinen kleinen Finger in meinen Rücken bohrtest ... du hast ja nie geweint, sondern verstummtest immer, wenn du in Schwierigkeiten warst. So an mich gedrückt und geschmiegt, trug ich dich hinaus. Deine Mutter aber stand auf dem Balkon und rief, du hättest dich irgendwo versteckt, man solle alle Verstecke absuchen. Die Jungs aber schrien ho, ho ... Endlich schaffte ich es, ihnen zu sagen: Was schreit ihr so, ich hab sie doch schon, hier an mich geschmiegt. Hier, meine Herren, hier ist das Kind, inzwischen warst du eingeschlafen oder so. Ich trug dich, so an mich geschmiegt, hinauf. Waren das nicht bessere Zeiten? Für mich war es eine bessere Zeit. Schau, wir haben vor Kurzem ein Enkelkind bekommen, es kam auf dem Lande zur Welt, wie es unsere Tradition will, und als ich der Hebamme zuschaute, wie sie das Kind wickelte dachte ich mir: Na, du glücklicher Junge, irgendwann wirst du groß sein und so ein armer Hund wie dein Großvater. Wie ein böser und vor Kummer jaulender Hund, der sich im Dickicht verfangen hat und den es bei jeder Bewegung schmerzt von den verfluchten Dornen. Doch ist er böse? Er scheut sich nicht, für einen Bissen sein Fell an den Stacheln zu zerfetzen, für einen Hundebissen, den er hinunterschlingt. Wer weiß, wie viele Herren er hat? Für den einen ist er gut, für den anderen schlecht, wem soll er denn dienen? Er weiß es nicht mehr und ist alt geworden ... schau, seine Haare sind ganz grau. Aber seine Prinzessin liebt er immer noch, die hübsche. Doch er ist eben ein Hund und wedelt mal hier und mal dort mit dem Schwanz. Einmal so und dann wieder so ... Ich bin wegen einer Entschuldigung hier, wegen einer Entschuldigung, da schlechte Zeiten anbrechen und man solche Hunde wie mich mit Sicherheit auf die Straße setzt, damit sie andere beißen. Es genügt nicht mehr, nur Wachhund zu sein. Gestern schaute ich auf meine armseligen Hände, was habe ich mit denen alles gemacht? Und dabei fragte ich mich, wen ich am meisten vermissen würde, wenn ich jemals irgendwo

1

wie ein Hund ende. Wen würde ich noch einmal sehen wollen? Du bist es, meine Liebe. Dieser stolze Hund hat sein ganzes Leben darüber nachgedacht und weiß, dass er nur dir etwas schuldig ist, sonst niemandem. Wir Sungalen kennen keine Entschuldigung. Man sagte uns, dass wir uns nur einmal entschuldigen müssten, wenn wir jemand aus der Bagratiden-Dynastie* treffen sollten. Dann sollten wir mit einem Bein niederknien und den König um Entschuldigung bitten, weil wir ihm seinerzeit nicht geholfen haben. Sonst gibt es keine Entschuldigungen, wir müssen so leben, dass es nichts zu entschuldigen gibt. Das ist keine göttliche, sondern eine menschliche Geschichte, mein Schatz: von diesem Kopf, den zwei Händen und zwei Füßen. Und ich muss dich um Entschuldigung bitten. Wenn ich deine Kindheits- und Lebensgeschichte betrachte, kann mich keiner entschuldigen. Ich habe dich oft verbittert. Nicht aus eigenem Willen, sondern wie ein Hund, den man auf jemanden hetzt, bellte ich dich für den Herrn an. Das ist mein Schicksal, kleine Herrin, ich habe mit eurer Familie viele Herren. Du bist für mich immer noch ein Kind. Damals hatte ich solche Angst, dass ich fast nichts mehr sehen konnte, als wir in jener Nacht den Bungalow stürmten. Als du dich heulend in meine Arme stürztest und batest, dich wegzubringen und zu verstecken, von dort wegzubringen. Wie kann ich diesen Zorn und diese Scham vergessen? Dein Großvater schenkte mir damals tausend Pfund. Ich ging aus dem Zimmer, rollte die Geldscheine zusammen und warf sie ins Wasser. Damals, als du in meinen Armen schluchztest und wir dich in meinen Mantel gewickelt hinausführten, hattest du fast keine Kraft mehr. Die vorigen Male hast du mich immer geschlagen und gekratzt, aber jetzt warst du völlig kraftlos. Unsere Männer hatten den Jungen gefesselt und ihm das Messer an die Kehle gesetzt. Er schrie am Boden liegend. Ich aber setzte dich in unser Vehikel und dachte mir: Was, wenn ich den Jungen neben dich, meine Ärmste, setzen würde und hui,

---

* Bagratiden – georgische Herrscherdy-
nastie, die am längsten regierenden königlichen Familien im Kaukasus

1

euch beide auf die Sungalen-Insel fahren würde. Dort würden wir die Hochzeit feiern, und ich beschützte euch. Rundum würden wir eine Armee aufstellen, dann sollten sie doch mal sehen. In diesem einen Moment sah ich alles ganz deutlich, wie die Bilder von Keanan ... aber ich konnte es nicht tun. Ich konnte es nicht tun, sondern fuhr dich nach Hause. Unterwegs habe ich dir eine Spritze gegeben, um dich zu beruhigen. Hätte ich es getan, würde ich heute viel leichter für dich da sein können. Was kümmern mich die anderen. Oder ich würde leichter sterben, auf meiner Insel. Jetzt ist eine üble Zeit, und es fällt mir schwer zu sterben. Wir sind auf dem Weg und wissen nicht, was oder welcher Hund uns erwartet ... Schau aus dem Fenster, alle unsere Jungs hocken da und warten auf mich. Ich bin für eine Familiensache unterwegs, für deine Familie, der ich über dreißig Jahre wie ein Hund diente. Ich bereue es nicht, nein, aber eines täte mir leid, wenn mich eine Kugel treffen würde, bevor ich mich bei dir entschuldigt habe. Wisse, dass meine Entschuldigung ganz anders sein würde, wenn ich dieser Falle entkommen könnte.«

Martia stand in einem mit Rotlicht erhellten Foyer. Über sein Gesicht strömte dieses unsinnige Licht. In seinem Gürtel steckten zwei große Pistolen, welche Fabrikate, wusste Salomea nicht.

Martia hatte seine dichten schwarzen Augenbrauen zusammengezogen und starrte zu Boden wie der Akteur eines Unterhaltungsfilms. Kräftig und breitschultrig, wie er war, war es kaum zu glauben, dass er schon dreiundfünfzig Jahre alt war. Er stand da, die Lippen zusammengepresst.

Von draußen drang Lärm herein. Auf der Straße war ein großer Aufruhr.

Ab und zu wurde geschossen.

»Marti, mein treuer Hund«, stieß Salomea plötzlich aus und hängte sich an den Hals des Gutsverwalters. Mit einem Mal, von irgendwoher, brach die ehrlichste Stimme der Welt heraus, die Stimme einer weinenden Frau, und Martia drückte Salomea Wisramiani fest an sich. Er packte sie wie ein kleines, ofenwarmes Kissen, das sich jemand, der aus der Kälte kommt, unter dem Kopf zurechtschiebt.

1

»Stirb nicht, Martia«, vermochte Salomea nur noch zu sagen.

»Es wird eine Schießerei geben, Prinzessin Salomea, eine un-
glückselige Schießerei werden wir haben. Ich kann mich nicht du-
cken, wir warten schon seit achthundert Jahren auf das Kugelsausen. Mein Junge ist dort und mein Schwiegersohn auch ...«

»Stirb nicht, du treuer Hund, stirb nicht ...« Salomea schlug
mit ihren Fäusten gegen seine Brust. »Was habt ihr angefangen,
warum habt ihr das angefangen?«

»Hätte ich bloß so ein Mädchen wie dich, ich würde dich auf
Händen tragen und dich als Wildfang erziehen, das würde zu dir
passen.« Martia ließ sie vorsichtig los. »Du bist immer noch ein
Mädchen und keine Frau ... wir gaben dir dazu keine Möglichkeit ... und ...«

Martia drehte sich um und öffnete die Tür.

»Bleib nicht hier, Salomea, hier treibt sich viel Gesindel herum .... Du bist allein, wer weiß, wem welche Gemeinheit einfällt ...
Wer wird dich dann noch finden, wenn man mich tötet? ... Geh
zur Familie, zum Haus deines Großvaters ... Geh die Abkürzun-
gen, vielleicht kommen sie bis auf die Insel. Das Kind ist ja dort
und braucht gerade jetzt seine Mutter.«

3

»Wenn er danach fragt, dann mach ihm doch einen Kaffee, Busia,
auch wenn man bei dir in der Kneipe sonst keinen trinkt. Wenn
zu dir mitten in der Nacht jemand kommt und dich um einen
Schluck starken Kaffee bittet, musst du doch begreifen, dass er etwas vorhat und sich mit Herzklopfen wach halten will. Du musst
auch bedenken, dass er ein mutiger Mensch ist, denn er bat dich
nicht um einen Schnaps, sondern um einen Kaffee, also möchte
er sich nicht betrinken, sondern nüchtern bei der Sache bleiben.
Du musst es doch wissen, du hast doch mit so vielen Menschen zu
tun? Natürlich weißt du es, aber du antwortest, ohne aufzuschauen,
und denkst, hier seien alle nur Schiffsleute. Überleg doch mal, du
begrüßt alle automatisch in fünf Sprachen hintereinander, ohne

1

zu schauen, wer hereinkommt oder hinausgeht. Heute aber kam ein anderer Mann in die Kneipe. Er ist eigentlich noch ein Jüngling und doch schon ein Mann. Als wir so alt waren, sagte man zu uns »Jungs«. Fragt man mich, so bin ich noch heute ein Junge und diesem Jungen sieht man es auch an, dass er für immer ein Junge bleiben wird ... Jetzt schau mal von hier aus, Busia, er hat etwas vor. Wie er auf den Tisch starrt und die Hände darauflegt. Er wartet auf deinen Kaffee. Ich weiß, dass es bei dir nur frühmorgens um fünf einen Kaffee gibt und die Kaffeemaschine tropft, aber bitte brühe diesem Jungen einen guten und echten. Hätte er nach einem Glas Wein verlangt, würde ich annehmen, dass sich der Sohn eines reichen Viertels in die Tochter eines armen Viertels verliebt hat und hier darauf wartet, bis Oma und Vater zu Bett gehen, um über das niedrige Fenster einzusteigen, wo er von seinem Mädel erwartet wird. Während einer solchen Wartezeit sind ein Glas oder sogar zwei für den Mut nicht übel. Man wird nicht betrunken, aber die Lust zum Einsteigen durchs Fenster wird stärker. Bist du noch nie durch so ein Fenster eingestiegen, Busia? Das hat einen besonderen Reiz. Auch ich war ein Junge aus einem vornehmen Viertel und wollte schon immer ein Mädchen aus diesem armen Viertel durch ihr Erdgeschossfenster in unser großfenstriges Viertel entführen. Weißt du was? Die Mädchen aus dem armen Viertel sind gerade dort, in ihrer modrigen, dunklen Kammer, dort wo streunende Hunde durch das offene Fenster schauen, so schön und appetitlich. Bringst du sie aber in ein großes Haus, so wirken sie ganz anders, blass und viel kleiner. Aber dieser Junge geht nicht dorthin, Busia. Dieser ist sehr aufgeregt und will sicher zum Hafen, glaub mir. Ich nehme an, dass er Geld zur Wahrung seiner Würde benötigt und deshalb mit irgendeinem Langfinger zum Stehlen gekommen ist. Aber dann wäre er nicht so früh hier. Ist er aufgeregt? Natürlich ja, aber das ist eine andere Sache. Zähl doch mal auf, wer heute Nacht alles ins Meer sticht. Dieser Junge ist auf der Flucht, vielleicht hat er seine Tasche schon auf einen Frachter gebracht. Er flieht, schau, wie er auf den Tisch starrt. Jetzt denkt er darüber nach, wie alles wird. Nein, nein, Busia, in diese Sache ist doch ein Mädchen verwickelt ... Sie fliehen zusammen, nur muss das Mädchen allein von zu Hause weggehen und sich mit ihm an einem abgemachten Ort treffen. Sie sind keine Kinder mehr, also ist die Sache schwieriger und verzwickter. Er ist zufällig hier eingekehrt. Das ist auch bemerkenswert, Busia, den Sohn einer vornehmen Familie wird man hier zuletzt suchen. Er beachtet uns gar nicht und hat sicherlich auch schon den Kaffee vergessen, da er dich nicht daran erinnert. Worauf wartest du noch, schenk ihm den Kaffee ein. Ich aber werde mir vorstellen, wie sie unsere Stadt verlassen und wie schwer sie es dort in der Ferne haben werden. Und wenn sie es einen Monat lang aushalten, bleiben sie für immer. Das Mädchen ist gewiss sehr hübsch und sicher sehr gescheit. Es ist kaum vorstellbar, dass er sich eine angelacht hat, die ihn quält. Es ist eine ganz andere Qual, die ich meine. Sie müssen fliehen, und das quält sie. Es ist nicht einmal gewiss, ob sie ihre Ausweise dabeihaben. Ich befürchte, dass die Sache fehlschlägt in diesem verräterischen Land. Ich befürchte, dass diese wunderbare und außerordentliche Geschichte abbricht ... Woher ich das alles weiß, Busia? Ich denke, mein Freund, ich denke.« Im Hafen an der Theke von Busias Kneipe stand Luka mit zerzaustem, ergrautem Haar und Bart. Er brummte bis zum Morgengrauen so vor sich hin, an einem leeren Ort, in einem langen, engen und klebrigen Bistro, in dem sich nur noch drei Personen aufhielten: Busia selbst, der betrunkene Luka und ein in eine Jacke gehüllter junger Mann, der auf den Tisch vor sich hin starrte.

»Ihr Kaffee, junger Freund«, rief ihm der Wirt zu. Der junge Mann erhob sich und kam zur Theke. Ein Zweipfundstück klimperte auf die nasse Tischplatte.

»Einen Doppelten kann man vertragen« Luka schaute in Richtung des Jungen – »ein Doppelter ist ein Genuss ... Busia, schenk ihm einen heißen, teefarbenen ein ... Du aber, Adler, kipp ihn hinunter, nipp nicht daran herum.«

2

ZWEI SICHELN UND
EINE DISTELBLÜTE

BESCHREIBUNG DER CALASSTRASSE AUS DER SICHT
DER STRASSENKÄMPFE

Data Wisramiani kam früher als gewöhnlich in Matalos Club. Bis zum Spielbeginn waren fast noch anderthalb Stunden Zeit. Außer den alten und jungen Matalo traf er nur die Spielleiter an. Nicht einmal die Bar war geöffnet, die Mädels fehlten auch noch.

Der schwere Tabak- und Spielkartengeruch, der sich in Matalos Club für immer eingenistet hatte, war für einen Fremden ein ungewöhnliches Gemisch. Aber ohne diese Gerüche wäre das Kartenspiel unvorstellbar. Die Lüftungsanlage summte ununterbrochen, und auch das obere Fenster war leicht geöffnet, aber diese Gerüche herrschten hier schon seit über einhundertdreiundzwanzig Jahren, einzeln und gemischt, seit man die Gesetze und Kartenspiellokale sanktioniert hatte.

»Hey, Data, hast du nichts zu tun?«, rief ihm Matalo zu. Er und der kleine Matalo saßen in der Ecke am Tisch und starrten auf ein Papier, das vor ihnen ausgebreitet war. »Komm mal her, dein Rat könnte uns weiterhelfen, du bist doch Inti-Spieler und kannst alles strategisch einordnen.«

»Du bist auch Inti-Spieler«, sagte ihm Data und näherte sich dem Tisch.

»Schon, aber du bist anders groß geworden und kennst dich auch in anderen Dingen aus.« Vater und Sohn musterten aufmerksam einen billigen Zwei-Pfund-Stadtplan.

»Wollt ihr ein Haus kaufen oder was?«, scherzte Data.

»Nein, nein«, schmunzelte der kleine Matalo, der dem alten sehr ähnlich war. Der Sohn hatte das gleiche Gesicht, die gleichen schnellen, präzisen Gesten, ohne Übertreibung.

»Was gibt's denn?«

»Komm, komm, setz dich mal zu mir ... Dein Großvater hat sicher einen besseren Plan als diesen, aber er ist ja abgesichert ... er ist ein Wisramiani. Ein Matalo ist nur ein Matalo. Welche Eisentür kann den noch schützen?«, sagte Matalo. »Setz dich und schau her. Das ist mein Club, dies mein Haus und dort sein Haus.« Dabei zeigte er Data die markierten Stellen.

»Ihr seid nahe beieinander.«

»Ja, so leben wir seit hundert Jahren ...«

»Wir alle ...«

»Jetzt überlege ich, wohin die Möbel am besten gebracht werden sollen, zu ihm oder zu mir? Oder soll ich sie überhaupt ins Landhaus rausbringen?«

»Schließt du den Club?«

»Was heißt hier, ich schließe, Data, wo denkst du hin? Ich überlege jetzt, weil uns dann, wenn es wirklich so weit kommen sollte, dazu wenig Zeit bleibt ... Schau her. Das da drüben interessiert uns nicht. Das ist doch das Glücksviertel, oder nicht? Folge nun diesem Viertel, die erste, zweite und hier die dritte Straße ist unsere. Sie heißt Calasstraße. Das hatte ich schon ganz vergessen, wer nennt sie denn schon so? Sagt man einem Taxifahrer nicht, er solle zu Matalo abbiegen?«

»Ja«, ahmte ihn Data nach, »du bist der Matalo ...«

»Schau, unsere Calasstraße wird am Ende enger und teilt sich in zwei Sträßchen, die zum State führen. Schau mal, wie sie sich verzweigen, in ganz enge Gassen. Dicht hinter unserem steht ein Haus, wo man von Cheiri* ebenso abbiegen kann. Schau mal, dort draußen, rechts. Wenn man diesen englischen Zirkel etwas biegt, lachen mich von der Vorderseite, wer hat denn das gezeichnet?, zwei Gassen an. In den sungalischen Dörfern versteht man kaum, welche Straße wohin führt. Weißt du, warum es so verworren ist? Ich weiß es. Sie sind schlau. Man muss dort eine ganze Weile leben, um zu begreifen, wer welchen Weg geht und wie man irgendwohin gelangt. Das ist im Dorf, hier aber in der Stadt ist man wie auf einem Präsentierteller. Hundert Schritte weiter beginnt das Stateviertel ... Und was dann? Darüber grüble ich nach.«

---

* Cheiri – hier: »Glücksviertel«

2

»Dein Vater ist wirklich alt geworden.« Data schüttelte den Kopf und zündete sich eine Zigarette an. »Jetzt bist du der Matalo, und er ist der alte Matalo …«

Der kleine Matalo lächelte zwar, ließ sich aber nicht von den Überlegungen seines Vaters ablenken.

»Du machst Witze, Data, wir aber haben Angst.«

»Wovor?«

»Wenn etwas passiert, sind wir wie ein Blumentopf im Schaufenster ausgestellt.« Matalo schlug mit der Handfläche auf den Tisch, dass sie ihm weh tat. »Es wird im State losgehen und bis hierherkommen. Was wisst ihr schon, wie Soldaten sind? Wenn sie frieren, zertrümmern sie diesen Tisch und machen ein Lagerfeuer auf diesem Teppich. Was ihnen gefällt, legen sie in ihren Tornister. Ich habe den Krieg in Hindustan erlebt. Ihr könnt euch nicht daran erinnern, wie vier Jahre lang Flugzeuge über uns kreisten. Mal die Deutschen, mal die Russen und Osmanen. Ihr könnt euch kaum vorstellen, was für große Schiffe Churchill hier stationiert hatte … Wer hat dir das Spielen beigebracht?«

»Du.« Data schlug ihm auf die Schulter.

»Und dir?«, fragte er den Sohn.

»Schon gut …«

»Glaubt mir's« – Matalo drehte wütend an seinem Türkisring – »schaut, ich bin schon alt. Ich kann den Ring seit zehn Jahren nicht mehr abziehen. Ich kann mit dieser Hand nicht mehr spielen, denn es gehört sich nicht, mit einem Ring zu spielen … Ich sägte ihn nicht durch. Ist das so? Glaubt mir's. Es wird Krieg geben. Mein Sohn sagt mir, ich würde mir vor dem Schlafengehen zu viele Ballermovies anschauen und deshalb auf diesen Gedanken kommen. Ich schaue mir keine amerikanischen Movies mehr an, sooft man hinschaut, steht einer am Pissoir und pinkelt, immer verschiedene Männer. Wozu soll ich mir das anschauen? Glaubt mir, es wird Krieg geben, doch jeder Krieg endet einmal. Wichtig ist, dass man sich bis Kriegsende retten kann. Was besitze ich denn, außer diesem? Auch mein Geld bringe ich allmählich aus der Bank in Sicherheit.«

»Die werden sich schon einigen.« Data blies den Rauch in

Richtung Decke. »Was denn für ein Krieg, sie haben noch nicht mal Gespräche geführt.«

Matalo zeigte ihm seine Handflächen.

»Schau mal, auch wenn ein Mensch nichts besitzt, wird er nichts abtreten. Was würden dein Großvater oder dein Onkel abtreten?«

»Nichts – nichts Eigenes.«

»Und auch nichts Fremdes, was sie als Eigenes ansehen. Ich meine nicht nur den Besitz, denn darum sind Leute wie ich besorgt. Sie aber haben andere Sorgen. Sie sind alle überzeugt, dass sie durch die Kriegszeit aufgehalten wurden, sonst wäre viel mehr aus ihnen geworden. Wieso lässt du mich erzählen, Data. Ich kann doch jetzt schlecht davon reden, wie jeder seine Lederschuhe in weiche Schuhe umtauschte. Wer es früher tat, denkt jetzt … Seid ihr nicht Spieler? Euer ganzes Leben verläuft wie auf dem Schlachtfeld, denkt doch mal nach.

»Nun schimpfe ihn nicht meinetwegen aus« – Data holte eine neue Zigarette hervor – »kann man uns vielleicht mal etwas zu trinken bringen? Eigentlich wollte ich mit Matalo meine neue Idee besprechen, die Karten ausbreiten und die Finger üben. Aber er ist nun zum General geworden.«

Der kleine Matalo schnellte hoch und lief feixend zur Bar.

»Nun schau einer, wen ich da erzogen habe«, murmelte Matalo vor sich hin.

»Nein, Matal, so einiges ist mir auch bekannt …«, sagte Data lustlos, »diese Familien sind miteinander bereits im Gespräch und so weiter. Wenn wir Zeit haben, werde ich es dir erzählen …«

»Ich fürchte mich, Data«, stöhnte Matalo, »wenn es die Sungalen nicht gäbe, wäre alles wunderbar, verflucht seien sie … oder nicht?«

»Sie sind doch da draußen, was kann ein Sungale schon entscheiden, Matal. Was hat denn ein Sungale …«

»Die Familien haben es. Die Sungalen aber gehören den Familien.« Der Clubbesitzer gab nicht auf. »Schau dir das an, ich habe es rot markiert … Wenn sich jemand in der Zitadelle verschanzt und schießt, hat er die ganze Stadt vor sich ausgebreitet. Nicht mal im Hafenviertel würde man Ruhe haben, auch dort würde man vom Pulver erreicht. Wenn man aber hier sitzt, schau mal« – er führte seinen Stift weiter – »es gibt kein einziges Nordfenster im Glücksviertel und in der Kalianstraße, das nicht im Schussfeld liegen würde. Man würde von beiden Seiten beschossen. Schau, wo könnte man sich verstecken, in den Höfen? Was sind das für Verstecke? Das wurde in den alten Zeiten extra so gebaut, wer diese Positionen hielt, gewann auch. Wo wird nicht geschossen? Wo gibt es Ruhe? Diese Uferseite steht unter Beschuss aus der Zitadelle. Diese Seite gibt es nicht mehr. In der Mitte ist ein Wald, welcher Idiot wird da hinüberschießen? Das ist eins. Wo gibt es keinen Krieg? – Hinter dem Kloster. Schau auf diese Stelle, die nennt man doch das Viertel der Kariani. Dort unten ist der Strand der Kariani ... Dort wird man nicht schießen. Wenn man es abwarten will, dann dort.«

»Du bist ein wahrhafter Napoleon Bonaparte«, erwiderte Data, »das stimmt alles, aber wenn man aus dem Glücksviertel mit der Kanone schießt, könnte man die Festung ja zum Einsturz bringen. Wer könnte schon aus dem Kloster schießen? Wer würde es wagen, das Kloster einzunehmen?«

Matalo schüttelte verärgert den Kopf.

»Data, ihr kennt keinen Krieg ... Über uns kreisten die Flugzeuge ...«

»Das wird es nicht geben.«

Der kleine Matalo brachte zwei altertümliche Gläser mit Whiskey.

»Was für einer ist das?« Data betrachtete das Glas.

»Tamdhu ... ist gut«, sagte der kleine Matalo. »Na, wurde nun entschieden, wohin wir fliehen?«

»Wohin soll ich denn fliehen ...? Ich warte auf Parna, wir wollen vor dem Spiel noch etwas besprechen«, erwiderte Data, zündete sich noch eine Zigarette an, qualmte und trank einen großen Schluck. »Schmeckt wirklich gut ...«

»Tamdhu«, sagte der kleine Matalo. »Parna ist wohl gut als Spielpartner? Du hast dich an ihn gewöhnt, oder?«

»Wie der Vater, so der Sohn«, sagte Matalo mürrisch und faltete den Stadtplan zusammen. »Es fehlte noch, dass sie das sehen, wenn sie kommen ...«

»Parna hat von diesen Dingen mehr Ahnung als du«, sagte Data plötzlich.

»Ha? ...«

»Ja ...«

Matalo faltete die Karte akkurat und steckte sie in seine Jackentasche.

»Data, mein Junge ... die Sungalen werden hineingehen ... sie besetzen das Kloster. Sie haben ihre Ikonen und ihren Gott. Die Osmanen werden hineingehen ...«

»Die Osmanen haben es nicht mal damals besetzt ...«

»Ihr seid schon so alt und habt immer noch kein Geschichtsbewusstsein. Damals waren Ehre und Gewissen das Wichtigste, heute aber Geld und Macht ...« Matalo erhob sich. »Nun setz dich und übe mit ihm«, sagte er zu seinem Sohn, »dann wirst du und nicht Parna in den nächsten Jahren sein Partner sein.«

»Er ist heute nicht bei Laune«, bemerkte Data, als der alte Matalo in die hinteren Zimmer des Clubs verschwand.

»Er ist gealtert ...«, sagte der kleine Matalo. »Wird es wirklich zu etwas kommen?«

»Wer weiß ... es wird so einiges geredet. Man wartet auf den Abzug der Truppen. Ich verschwinde von hier, irgendwohin ...«

»Wohin, nach London?«

»Nein ... Irgendwohin. Ich habe das alles satt.«

»Gibt es dort Inti?«, fragte der kleine Matalo.

NACHTS IM DORF, WO SICH BRUDER UND SCHWESTER TRAFEN

Jenes alte Haus

Schön war das alte Haus der Wisramiani auf der Südinsel.

Die ganze Sippe besetzte fast zwölf Grundstücke, aber jenes eine alte Haus war gerade wegen seiner Altertümlichkeit das beste.

2

Man hatte es vollständig aus Flusssteinen erbaut, nur im Gurtgesims waren rote Ziegelsteine eingefügt. Solch ein mächtiges und zugleich schlichtes Haus gab es auf der Insel nicht noch einmal. Griechische Baumeister hatten es vor anderthalb Jahrhunderten errichtet.

Auf den oberen zwei Etagen befanden sich endlos breite und spärlich möblierte Zimmer, eher Säle mit großen Fenstern. Auf der Westseite hatte man auf beiden Etagen riesige Balkone angebaut, der untere zweimal so breit wie der obere. Im Erdgeschoss, in den kleineren Räumen, war das Dienstpersonal untergebracht. Die Räume hatten zwar große Fenster, diese wurden jedoch von dem breiten Balkon darüber verdunkelt.

Das Haus, das von innen einem Schloss glich, von außen aber einem einfachen Bauernhaus, versank ganz im Grünen und war umgeben von verschiedenen Obstbäumen und mit Reben bewachsenen Laubengängen. Der Garten, ein kühler, ruhiger und schattiger Ort, war gleichzeitig wie ein eigener Hauswald. Darin konnte man allerlei kleine Tiere antreffen. Rehe leckten einem sogar zutraulich das Salz aus der Hand. Der alte Konstantin Wisramiani scherzte, es gäbe in diesem Garten neunzehn Eulen, einschließlich seines Schwiegersohnes Bu, der den gleichen Namen trug.

Der zauberhafteste Ort im ganzen Haus war die Veranda in der obersten Etage. Das Zauberhafte an ihr war, dass sie weit in das Grün ragte und sich die wunderschöne Landschaft der Insel so vor ihr ausbreitete: gelbliche Hügel und daran angrenzende Waldparzellen, sorgfältig gepflegte Weinberge, die man lange betrachten konnte, vor allem vom Beginn der Ernte an bis in den Spätherbst hinein. Der Winter aber war hier nie besonders kalt.

Es gab nichts Besseres, als am späten Abend auf einem der Balkone zu sitzen, wenn man sich nicht von den tanzenden Nachtfaltern stören ließ. Hier gab es tausend Nachtfalter, die an den Wänden, in der Nähe der sechzehn weiß funkelnden Lämpchen, die die Veranda spärlich beleuchteten, ihre Feste feierten. Zum vollkommenen Genuss war es aber besser, das Licht auf der Veranda ganz aus zu lassen. Denn beim Lauschen auf die köstlichen Geräusche einer Dorfnacht und bei der Betrachtung des unvergleichlichen Himmels würde Elektrizität nur stören. Diese zwei Erlebnisse sind aber das Wichtigste im nächtlichen Dorf. Alles andere findet man auch in der Stadt, besonders in Santa City, die ihre ruhigen Ecken hat. Das Amt eines Dorfvorstehers ist gerade deshalb erstrebenswert, weil man die Reize der Stadt bereits kennt und nun das Dorf genießen kann.

Dieses Haus war noch dazu ein ganzes Stück vom Meer entfernt. Die Besonderheit des Meeres ist, dass das Meer immer im Vordergrund steht und alle Häuser in der Nähe danach beurteilt werden, ob die unersättlichen Wellen an ihre Veranden schlagen oder nicht. Die Wisramiani mochten das Meer nicht. Sie hatten auch am Strand Häuser bauen lassen, aber sie zogen das in der Landesmitte gelegene Haus vor.

In diesem Haus hielt sich gewöhnlich der alte Konstantin Wisramiani auf. Seine Angehörigen nannten ihn den Mächtigen. Er war damals das Familienoberhaupt und verbrachte höchstens die Winter in der Stadt. Sonst regelte er alle Familien- und Geldangelegenheiten von hier aus und ging nur bei Bedarf für zwei bis drei Tage in die Stadt. Bei den Wisramiani war es üblich, dass jedes Familienmitglied am Wochenende, von Freitag- bis Sonntagabend, ins Landhaus des Familienoberhauptes kommen konnte. Dazu bedurfte es keiner besonderen Einladung oder Vorankündigung. Diese Gepflogenheiten hatten die Engländer den Hiesigen genauso wenig nahebringen können wie das Kricketspiel. Wer kam, der kam. Am häufigsten kamen die Söhne Petre und Pawle und deren Kinder, aber auch die Tochter Kaia und ihr Mann Bu. Kaias Kinder kamen nur selten: Salomea, wegen des großen Schmerzes, dessen Ursache eben ihr Großvater und ihre Mutter waren, und der jüngere Data, der zwar nicht so verletzbar war, aber ein Sonderling. Er lebte abseits der Familie und ging seinem Vergnügen nach, das er zu seiner Hauptbeschäftigung gemacht hatte.

Data war das Sorgenkind der Familie. Es hieß, dass die Eigensinnigkeiten der beiden Kinder wohl an der neuen Zeit und am Blut des Vaters lägen. Die Familie des Oberhauptes drohte dadurch zu zersplittern. Wer sollte denn in der Zukunft das Amt des Familienobersten übernehmen?

Trotzdem war dieser Ort an den Wochenenden voller Heiterkeit, versammelte gutaussehende Männer und schöne Frauen. Was sich aber in ihren schönen Körpern verbarg, kümmerte die wunderbare Natur der Wisramiani-Insel genauso wenig wie dieses standhafte Haus.

In jenem alten Haus

… hatte Data Wisramiani schon seit zwei Jahren nicht mehr übernachtet, als er am Donnerstagabend auf der Südinsel bei seinem Großvater eintraf.

Data wurde von Martia, dem Gutsverwalter der Familie, und von drei anderen Sungalen, Wachleuten oder auch Dienern der Familie abgeholt. Vorher hatte ihn sein Großvater angerufen und zu sich gebeten. Es ginge ihm nicht so gut, und er wolle ihn noch einmal sehen. Alles in allem mochte Data den Alten sogar, auch wenn er ihn genauso selten sah wie die anderen Familienmitglieder. Der Großvater bat ihn sehr selten zu sich, obwohl Data immer spürte, dass er über alle seine Unternehmungen im Bilde war, jedoch keine Abneigung gegen ihn hegte. Das gefiel ihm.

Nun war Data eingetroffen und begriff, dass er Sehnsucht nach diesem Ort gehabt hatte.

Er wollte über Nacht bleiben, in seinem alten Bett schlafen und sich am nächsten Tag sein Land anschauen.

Der Großvater empfing ihn auf der oberen Veranda in seinem Sessel. Er war ein ungewöhnlicher Großvater, nicht so einer, der im Sessel sitzen bleibt und wartet, bis der Enkel zu ihm kommt. Er stützte sich auf die Lehnen des Sessels und stand auf, als Martia und Data die Treppe heraufstiegen. Die Wisramiani hatten dieses bäuerlich-anmutige, höfliche Benehmen von früher beibehalten. Man sah ihm seine Schwäche nicht an und für einen Einundachtzigjährigen machte er noch einen ziemlich rüstigen Eindruck, benötigte kein Hörgerät und hatte seine Brille neben der Schüssel voller Apfel abgelegt.

»Schau mal diese Weinfelder an, warum sehnst du dich nicht nach mir, Junge?« Er gab Data mit seiner ausgetrockneten Hand einen Klaps auf den Nacken. »Ich habe so viele Enkel, aber sehne mich nur nach einem. Rate mal, welcher das ist?«, sagte der Alte hüstelnd und kicherte dabei.

»Natürlich sehne ich mich nach dir.« Data setzte sich zu ihm.

»Ich weiß nicht mal, ob du Wein magst oder nicht. Was soll ich auftragen lassen?«

»Du brauchst nichts auftragen zu lassen.«

»Willst du nicht unseren vorigen Jahrgang probieren? Du musst ihn probieren. Der ist nicht so wie die anderen. Man muss ihn Schluck für Schluck genießen.«

»Ich bleibe heute Nacht hier«, sagte Data, »das hat keine Eile.«

»Natürlich bleibst du«, murmelte der Alte, »wann kommst du denn sonst noch her? Wahrscheinlich erst, wenn ich gestorben bin, am Vorabend meiner Beerdigung, und dann fährst du gleich am nächsten Morgen wieder ab.«

»Schon gut ...«

»Wieso gut? Weißt du, was es bedeutet, alt zu sein? Es ist wie bei einem Baum, der austrocknet und dennoch steht. Ein kräftiger Novemberwind genügt, damit er krachend zusammenbricht. Meine Arme und Beine sind nur noch dürre Äste. Ich wache frühmorgens auf und will immer noch schlafen. Ich kann aber nicht mehr einschlafen.«

Data sah seinen Großvater an und lächelte. Man würde nicht denken, dass er ein sturer, eigensinniger und raffgieriger Mann war: Sein weißes Haar lag wie eine Mähne auf seinen zusammengeschrumpelten, hängenden Schultern. Das gestreifte Hemd schien zu groß zu sein und eine schlaffe Kinnfalte hing bis auf die Brust. Der Großvater hatte seine Hände über dem Bauch verschränkt und strich beim Sprechen mit den Fingern über den Schnurrbart. Seine Hände waren mit vielen verschieden großen Flecken übersät, die aussahen wie auf dem Boden verstreute Rosinen. Dabei war der Großvater immer etwas gebräunt wie alle anderen Bewohner dieser Insel auch.

Aber seine Hände waren sehr weiß. Er zupfte mit seinen langen Fingernägeln am vom Tabak verfärbten Schnurrbart und schüttelte hin und wieder den Kopf.

»Ja ... ja ... so ist es, mein Junge ... so wird es sein. Manchmal

2

fühle ich, dass die Seele noch an Ort und Stelle ist, der Körper sich aber zu entfernen versucht. Nicht die Seele entfernt sich vom Leib, sondern umgekehrt. Dahinter steckt etwas. Ich sitze im Arbeitszimmer und spreche mit ihm. Unterdessen lehne ich mich irgendwie weit vor, die Seele jedoch bleibt hinten …«

»Woher weißt du denn, wo die Seele bleibt? Welches ist die Seele?« Data musste lachen.

»Wenn du so alt bist wie ich, wirst du es begreifen.« Konstantin langte unter sein Kissen und holte etwas Kleines, Schwarzes und Flaches hervor. »Weißt du, was das hier ist?«

»Die Fernbedienung eines Fernsehers oder so etwas, nicht wahr?«

»Nein, nicht dafür, sondern für mein Haus … Schau mal diese Knöpfe an. Wenn ich den weißen drücke, kommt Martia, wenn er zu Hause ist. Bei dem grünen Knopf kommen die Mädchen aus der Küche. Drück mal hier, an der Seite. Sie haben solche Geräte in ihren Taschen stecken. Wenn ich drücke, antworten sie und kommen dann auch. Der rote Knopf hier, das sind die Jungs, es steht darauf, und der blaue …«

»Wie kannst du dir das alles merken, ich habe schon alle Knöpfe verwechselt.«

»Sag bloß … du und verwechseln? Seit zehn Jahren spielst du Karten und merkst sie dir genau. Wie kannst du das verwechseln?« Der Großvater drückte auf einen der Knöpfe. Eines der Dienstmädchen kam die Stufen hochgerannt.

»Natelo-Matelo, sag ihr, dass Data, der Bewahrte, gekommen sei … ruf sie zu uns.«

»Ist meine Mutter hier?«, fragte Data wie nebenbei.

»Nein, mein Bübchen … deine Schwester ist hier. Ich habe euch zusammen eingeladen. Es dämmert schon, ich muss mir etwas überziehen.« Der Alte erhob sich keuchend. »Es ist doch besser, gleich hier zu decken und zu speisen, oder?«

Und was machen wir nun?

Es war ein siebzigseitiges Dokument, welches Anwalt Sampson Brass kunstgerecht zusammengestellt hatte. Genau gesagt war es

men, denn die Zeit ist reif dafür ... Ich habe noch nicht wirklich vor zu sterben.«

Salomea sagte die ganze Zeit über nichts. Sie rauchte und rauchte, ununterbrochen. Der Alte überhörte Datas Witzeleien. Weder wurde er zornig noch forderte er etwas: So als würde er mit den Enkeln spielen, den Ball hin und her rollen oder das Püppchen schlafen legen.

»Wenn ich beides zusammenbrächte, deinen Kopf, Data, und den Charakter von Salomea, dann hätten wir ein Familienoberhaupt wie kein anderes ... Da würden die anderen aber staunen ... Ich habe ein Rätsel: Wenn eure Entscheidung nach einer Woche mit meiner übereinstimmt ... das wäre die Lösung. Jetzt gehe ich zu Bett, denn um fünf Uhr morgens bin ich sowieso wach.«

»Großvater«, sagte plötzlich Salomea, »lasst uns doch in Ruhe ... Könnt ihr uns nicht mal in Ruhe lassen? Du und Mutter auch ... lasst mich in Frieden ...«

Sie sprang auf und rannte, ihre Zigarette im Aschenbecher zurücklassend, die Stufen zum obersten Balkon hinauf.

»Schau mal, mein Herr«, sagte der Alte, »genau so einen Charakter brauche ich. Wir hätten uns nicht bewahren können ohne diesen Charakter« – er stemmte sich mit seinen Handflächen gegen die Sessellehnen und erhob sich – »aber wir beide sind auch toll, mein Junge, ha?«

Data zuckte die Schultern.

»Deine Schwester will nicht Familienoberhaupt werden ...«

In diesem Zimmer

Für eine Person war das Schlafzimmer zu geräumig. Kein anständiger Mensch, der hereinkam, hätte gedacht, dass dort hinten ein Bett stünde und darin jemand schliefe.

An beiden Enden des Bettes befand sich ein Fenster. Dazwischen aber stand dieses alte, gemütliche und quietschende Bett mit vielen vom Dorfgeruch getränkten Kissen.

Data hatte schon immer hier geschlafen, schon als Kind, immer wenn er hier war. Das Zimmer war so karg eingerichtet, dass man darin sogar hätte Kricket spielen können. In der riesigen, alten Garderobe hätte man eine Toilette unterbringen können. In diesem Zimmer war man fast unsichtbar, besonders nachts, bei der spärlichen, für die große Fläche kaum ausreichenden Beleuchtung. Auch das breite Holzbett wirkte hier recht klein.

Ebenso klein schienen der Nachttisch und die Kommode an der Wand, auf der seit bald mehr als hundert Jahren eine dickbauchige Kanne in einer weißen Waschschüssel stand.

Data kannte in diesem Zimmer jedes Detail. Mit der Neugier des Spielers öffnete er die Schublade des Nachttisches und fand darin zwei Bleistifte: einen kurzen gelben und einen längeren grünen mit abgebrochener Spitze. Neben den Stiften befand sich ein alter Porzellanaschenbecher, der zwei aufeinandergepressten Handflächen glich. Anstelle der Handgelenke aber waren eine Weintraube und ein geschwungenes Weinblatt angebracht. Der Aschenbecher war an drei Stellen angeschlagen, aber mit großer Sorgfalt geklebt. Da hinein spitzte Data früher seine Stifte, mit denen er in seinem Zimmer Spielkarten malte. All das war zu schön und weckte alte Gefühle, so dass Data den Aschenbecher aufs Bett stellte und sich danebenlegte. Er zündete sich eine Zigarette an und pustete den Rauch zur Decke hoch, wie immer.

Im Korridor vernahm er ganz deutlich Schritte, aber er stand weder auf, noch dachte er darüber nach, wer es sein könnte.

Die Tür quietschte beim Öffnen.

»Hey«, fragte Salomea mit müder und dumpfer Stimme, »schläfst du schon? Ich dachte, du würdest zu mir kommen ...«

»Ich kann mich gar nicht mehr an dein Zimmer erinnern.« Data lächelte und setzte sich aufrecht hin.

Salomea legte sich ans Bettende, denn es gab keinen Stuhl oder Sessel im Zimmer.

»Was haben wir bloß verbrochen?«, fragte sie ins Leere hinein.

»Ich werde von hier weggehen«, sagte Data, »bisher habe ich es noch keinem gesagt, aber dass ich gehe, ist ziemlich sicher ...«

»Nach London?«

»Salomea, kennst du Matalo?«

»Ist mir bekannt, ja«, sagte Salomea und lachte.

»Weißt du, was er meint? Ihm gefalle es besser, jeden Morgen im Spiegel seine zerquetschte Visage zu betrachten als in den Straßen Londons die Engländer ... Stark, nicht? Deswegen gehe ich nicht nach London. Oder ... ich weiß nicht, vielleicht gehe ich doch mal dorthin. Ich habe nicht die gleiche Krankheit wie Matalo.«

»Wo willst du denn hin? Wie willst du denn fliehen, man wird dich überall finden. Das weiß ich aus eigener Erfahrung.« Salomea öffnete ihre Faust. Auf ihrer Handfläche lagen eine kurze, dicke Zigarette und ein Feuerzeug. »Rauchst du mit, oder soll ich alleine?«

Data lachte.

»Rauchst du das Zeug öfters?«, fragte er die Schwester.

»Ohne die kann ich nicht einschlafen. Seit ... neun Jahren. Jeden Abend brauche ich eine. Magst du wirklich keine?«

»Ich bin Kartenspieler und darf es nicht. Es führt einen in ein anderes Land hinüber. Das Kartenspiel hat eigene Regeln. Es bringt einen aus der Form.«

»Du besuchst doch den Marana-Club und liebst eine Klagefrau – ist das keine andere Welt?« Salomea gab ihm Feuer.

Data kicherte und kicherte.

»Was können wir bloß tun, Data? Denkst du, dass Mutter nicht weiß, was Großvater denkt?«

»Das interessiert mich überhaupt nicht«, antwortete Data.

»Komm, gehen wir nach unten einen Kaffee trinken.«

»Vielleicht etwas später. Du weißt doch, ich gehe erst in den Morgenstunden schlafen. Heute werde ich gar nicht schlafen, sondern früh wegfahren und mich zu Hause hinlegen.«

»Ich kann immer einen Kaffee trinken, nach dem Rauchen kann ich immer schlafen .... Was machen wir?«

»Nichts, Salomea ... Was sollen wir denn machen?«

»Willst du Familienoberhaupt werden?«

»Du kannst es werden, wenn du willst.« Data zog sein Kissen unter dem Kopf hervor und warf es verspielt nach Salomea.

»Ah, was machst du denn!« Salomea griff nach der Zigarette, die aufs Bett gefallen war. Dann nahm sie das Kopfkissen und schleuderte es auf Data zurück. »Wie alt bist du?«

»Und du?«

»Frauen fragt man nicht danach.«

»Und Männer interessiert das nicht.«

Salomea drückte die Zigarette in den alten Aschenbecher und fügte hinzu:

»Data, ich … sie, ich liebe sie alle sehr. Hätte ich sie nicht geliebt, würde ich anders gehandelt haben, aber …«

»Was willst du? Dass ich morgen früh vor Konstantin trete und ihm verkünde, ich sei einverstanden? Darauf kannst du lange warten … lange …«

Salomea schüttelte den Kopf.

»Bist du dumm, Data.«

»Dumm?«

»Ich … weiß nicht, wie ich das sagen soll. Das ganze Leben warte und quäle ich mich, Data. Das ganze Leben lang warte ich auf etwas. Ich kann mich nicht einmal daran erinnern, ob ich Sandro da Costa geliebt habe oder nicht. Seitdem sind zwanzig Jahre vergangen, Data. Zwanzig Jahre lang habe ich so gelebt, dass ich nicht wusste, was ich in den nächsten fünf Minuten tun würde. Data, ich liebe sie alle, aber als mein Mann mich heiratete, in der Hochzeitsnacht, stand Martia vor der Tür und lauschte. Du warst damals im Club bei Matalo oder sonst wem und hast Karten gespielt. Dieser alte Mann, der jetzt im Sterben liegt, und deine Mutter haben mich zu Grunde gerichtet. Denn ich bin ja eine Wisramiani und wenn eine Wisramiani einen Katholiken heiratet, ist sie keine Bewahrte mehr. Jetzt bin ich eine Frau, und mein Sohn, dessen Vater ich hasste, wird von meiner Mutter erzogen. Wenn ich morgens aufwache, denke ich nur an eines. Warum? Bei dir ist es sicher nicht so. Deshalb werde ich ihnen nicht verzeihen, nie und nimmer. Weißt du, wie man eine Frau untersucht? Hast du jemals diesen Stuhl gesehen, wo man die Beine auf diese schrecklichen Dinger legen muss? Der Arzt hält eine Lupe und deine Mutter schaut da hinein, wo du am hässlichsten und am schönsten bist. Je nachdem, was sie darin sehen, entscheidet dein Großvater darüber, was mit dem Jungen geschieht, den du liebst. Data, die können mich mal … ich warte schon zu lange, nichts als warten. Ich warte …«

»Komm, wir trinken einen Kaffee.« Data sprang vom Bett und

reichte der Schwester die Hand. »Meine Schwester ist eine tolle Frau, die tollste.«

»Lach mich nicht aus …«

Data stutzte und musterte Salomea.

»Ich lache dich nicht aus … sondern fürchte mich sogar ein wenig vor dir. Als Kind habe ich mich auch gefürchtet … ein bisschen, so viel.« Data drückte zwei Finger zusammen.

Salomea kniff ihn sehr fest in die Seite.

»Au, du reißt mir ja das Fleisch heraus.«

»Deine Sängerin wird es nicht sehen, ihr seid sowieso im Dunkeln.«

Der Schrei

»Komm schon, wer bist du denn? Hey, Junge … warte, sonst … Na, schieß schon, schieß auf diesen Bastard … peng! peng! peng!«

Data warf sich über den Zaun und kroch durch das Unterholz. Neben ihm fiel der Strahl einer Taschenlampe auf den Boden.

»Dort ist er, Mensch, dort hinüber …«

»Hinübergesprungen? Was kann man dort schon sehen? Schieß einfach in das Dickicht und er wird da hinten herauskriechen.«

Zwei Schüsse knallten.

»Komm, schieß noch einmal, morgen in der Frühe werden wir schauen, ob ihn der Herrgott zu sich geholt oder laufen gelassen hat …«

Es folgten wieder eine Reihe Schüsse. «

»Warum lässt du immer mich schießen? Leg doch auch mal an, sonst ist mein Pulver gleich alle. «

»Das reicht …«

»Es rührt sich nichts mehr, ist er nicht hier rübergesprungen?«

»Du bist ihm ja gefolgt, was fragst du mich?«

Datas rechter Ellenbogen brannte vor Schmerz, er war ungeschickt gefallen. Wie konnten ihn diese blinden Schüsse verfehlen?

»Er läuft sicher zum Kloster hoch.«

»Hast du ihn erkannt?«

»Wieso erkannt? Er war mittelgroß, ›Stehengeblieben!‹ rief ich, aber er rannte hier hinein. Vielleicht ist das sein Haus und sein Hof?«

»Hey, du Gurke … du Melonenkopf, wer versteckt sich schon in seinem eigenen Haus? Da kommt man ja gleich hin.«

»Wollen wir hineingehen?«

»Vielleicht ist er noch dort und schießt aus dem Dunkeln auf uns? Dann landen wir im Jenseits. Komm, schieß noch einmal hinein, falls er wirklich dort ist, und dann gehen wir. Die Jungs rauschen schon etwas im Walkie-Talkie.«

»Mach du mal, wenn du unbedingt willst, mein Pulver ist schon fast alle, und was, wenn es gegen Morgen noch etwas gibt?«

»Na gut, komm mit, was kriechen sie auch hier rum? Das war sicher einer von drüben* oder aus einer noblen Familie. Na, komm schon … jedenfalls war er wie ein Hase.«

Data lag mit geschlossenen Augen, mit dem Gesicht zur Erde. Irgendwo hörte man noch Schüsse.

Man konnte über die Höfe hinausgelangen oder musste irgendwo abwarten, bis es hell wurde. Wessen Haus war das? Ganz düster und schwarz. Vielleicht war jemand geflohen und hatte das Haus in Erwartung besserer Zeiten abgeschlossen.

Drei Tage und etwas. Wie lange würde das noch dauern?

Nicht mal am Fuß hat man mich getroffen, dachte Data unwillkürlich. Wo sind bloß die anderen?

Jetzt erst spürte er, dass es eine wunderbare, warme Nacht war.

Und es sollte ganz einfach Schluss sein? Data bereute zum ersten Mal, dass er keine Waffe besaß. Er begriff, dass man ihn töten wollte. So ganz nebenbei, während der Unterhaltung. Das war leicht. Sogar beim Kartenspiel war es schwieriger, eine Karte zu stechen, als auf der Straße einen Mann zu erstechen.

Was für eine Entdeckung!

---

* von drüben – gemeint ist: aus Georgien

EIN BOOT VOLLER DISTELN UND MIT DREI PADDELN

WIE EIN IN DER FAUST VERBORGENES TASCHENTUCH

Jetzt ist es aber an der Zeit, die Tür weiter zu öffnen und etwas zum Vorschein zu bringen, würde ein jeder denken, der darüber nachdenkt und diese Geschichte nicht satthat.

So wie es die fingerfertigen Zauberkünstler machen: Sie verbergen ein Taschentuch in der Hand, pusten darauf und zeigen dann ihre leere Handfläche. Danach schließen sie die Hand wieder zur Faust, pusten erneut darauf und ziehen mit zwei Fingern der anderen Hand aus der eben noch leeren Hand ein kleines Stück vom Tuch heraus. Daran ziehen sie ganz langsam, dabei das Publikum beobachtend, ob es ihnen auch zuschaue. Sie ziehen und ziehen schließlich ein ziemlich großes Taschentuch heraus und lächeln zum Schluss in der Erwartung des Beifalls.

Ja, genau, so ähnlich ist diese Geschichte, nur auf eine andere Weise. Sie ist umfangreicher, also kann die Faust, in die diese Geschichte passen muss, nicht von einem kleinen Mann sein. Überhaupt hat es mit den meisten Geschichten Folgendes auf sich: Das Leben treibt mit irgendetwas sein Spiel, mit einem geschickten Kunstgriff, den man einerseits als Dasein bezeichnet, das nichts anderes ist als Zeit; anderseits aber als Verlangen, das nichts anderes ist als etwas vom Leben Verdammtes, das den Menschen hindert, seine Zeit verstreichen zu lassen.

Anders gesagt, behindert die eine Seite des Lebens die andere, und schließlich überdecken sich beide, um den Lebendigen, das heißt den Lebenden besser zu quälen. Jawohl, diese Geschichte gleicht dem Trick mit dem Taschentuch, das sich gar nicht in der Faust befand, sondern nur durch geschickte Hände dort hingelangte.

Das Leben und dessen zwei Hände, die da heißen: Dasein, Zeit und Verlangen agieren wie Beinsteller beim Ringen. Sie zerren am

Menschen herum und haben ihn im Griff wie arme Adlige den einzig geschossenen Hasen.

Mit diesen zwei Händen bringt das Leben dem Menschen Geschichten, deren Länge und Breite, mäße man sie, alle Meere übertreffen würden. Selbst die Geschichten des verschlafensten Menschen könnte man nicht ermessen, nicht mal, wenn man sie tausendundeine Nacht mit dem Zollstock mäße. Länge und Breite der Geschichten lassen sich eigentlich gar nicht ermessen. Nur ihr Wesen ist bekannt, aber immer unterschiedlich.

Ja, und diese Geschichte gleicht dem Trick mit dem Taschentuch.

Kennst du den Trick mit dem Taschentuch noch? Es wird allmählich aus der Faust gezogen, in der es sich vorher gar nicht befand. Sosehr sich ein gebildeter Beobachter auch bemüht, hinter diesen Trick zu kommen, den auch der einfachste Straßengaukler vorführen kann, sosehr er es mit seiner Vergrößerungsbrille auch beäugt, er wird nicht begreifen, wie dieser einfache Mensch seine Gelehrtheit hinters Licht führte. Er könnte nie genau sagen, ob der andere das Tuch in der anderen Hand versteckte oder im Ärmel.

So verhält es sich auch mit der Geschichte der Klagefrau, die auf dem Plakat Kesane hieß, deren richtigen Namen wir aber nicht nennen werden, da es hierzulande nicht üblich ist, den Namen der Klagefrauen bekannt zu geben.

Das Leben der Klagefrau Kesane war wie dieses Taschentuch, das sich zuerst in der Faust befand, danach nicht mehr, später wieder von dort herausgezogen wurde und schließlich verschwand. Es war einmal und war wiederum nicht, könnte man dazu sagen, so wie jede wahre Geschichte auf der Sungalen-Insel anfängt. Dort leben zum Teil Idioten, denen man einst beibrachte, dass es irgendein Leben gibt, welches in Wirklichkeit ganz anders ist. Woher sollten sie es auch wissen? Es sind keine Menschen, die das Leben genau betrachten, und auch in Büchern sind diese Geschichten nicht beschrieben. Obwohl sie Bücher ebenso wenig studieren.

Lassen wir das alles, preisen Gott den Allmächtigen und erzählen die Geschichte von Kesane, die dem glich, was es hier gab oder nicht gab. Genauso wie viele unserer Leben, in denen es nichts

Eigenes gibt, trotz unzähliger erlebter Geschichten. Gott den Allmächtigen erwähnten wir aber an dieser Stelle nur, um die Geschichte von Kesane besser überliefern zu können und um das
Böse abzuwenden, welches in der Lebensgeschichte dieser Frau so
häufig vorkommt.

Man kann sagen, dass Kesanes Geburt unweit von hier nicht
unbedingt Gottes Fügung war. Obwohl wir daran nicht glauben,
weil Armut keine Schande ist und in einer anderen Sprache Erha-
benheit und Schönheit bedeutet. Eine Schande ist Herzlosigkeit
und niederträchtiges Denken. Es ist geradezu lächerlich, so etwas
betonen zu müssen.

Kesane wurde vor neununddreißig Jahren am Rande von Santa City von einer Zigeunerin zur Welt gebracht. Diese Inseln, wo
sich unsere gesegnete Stadt befindet, sind kein Ort für Zigeuner.
Sie werden auch in keiner Chronik erwähnt. Aber diese Frau war
trotzdem eine Zigeunerin. Die Frau wurde von einem Sungalen
auf äußerst schmachvolle Weise entdeckt. Wer noch nicht weiß,
was ein Sungale ist, dem sei gesagt, dass man auf der Hauptinsel
die Bauern der anderen zwei Inseln so bezeichnete. Was der Name
aber bedeutet, kann man nicht mehr genau sagen. Diese Zigeunerin wurde also von einem Sungalen am Hafen entdeckt. Eine Zigeunerin ist bekanntlich kein einfaches und bedauernswertes Wesen. Falls sie es für nötig hält, findet sie einen selbst. Demzufolge
war die Frau, hätte jemand genauer nachgeforscht, vielleicht doch
keine Zigeunerin. Es kamen ja keine Zigeuner auf diese Insel. Sie
war zwar dunkel und gerissen, aber verzweifelt und arm. So, dass
sie nicht einmal in Diensten bei einer Hafenfrau zu überleben vermochte. Sie war in jenem alten Lokal von Busia, in dem die Tische
seit Jahrzehnten verklebt sind, als Geschirrspülerin angestellt, wo
sie bis zum Hals in dreckigem Geschirr steckte. Der Sungale aber
war jung, noch sehr jung. Er diente bei der Familie Matiani und
erhoffte einen Aufstieg. Seine Familie lebte auf der anderen Insel,
er aber in der ersten Etage bei den Matiani. Eigentlich war es eine
kleine Ecke, wo er hauste, denn in jener reichen Familie gab es
mehrere Diener wie ihn.

So oder so, er hatte die Zigeunerin ins Auge gefasst, die vielleicht gar keine war und wer weiß mit welchem Schiff bis zu Busias Kneipe gekommen war. Was ihm an ihr gefiel, ist schwer zu sagen. Wahrscheinlich ihre Mittellosigkeit, Armseligkeit und Billigkeit. Nun schaut euch mal die Rechnung des Bauern an: Er bekam sie unentgeltlich. Was war dabei, wenn sie nicht einmal das Aussehen einer Frau »nach drei Krügen« hatte, wie man es hier nannte. So bezeichnete man jemanden, den man erst nach drei geleerten Krügen liebgewann. Eine Frau nach fünf Krügen war sie auf jeden Fall und ohne etwas zu verlangen. Sie war umsonst, gratis, die für ganz wenig alles tat, nicht weil das ihr Wesen war, sondern aufgrund ihrer Ohnmacht und der Brandmale der Vergangenheit. War er jung, so war sie es auch, nur vom Leben gepeitscht. Der junge Mann versuchte damals gerade seine Zukunft zu gestalten. Er trieb es so weit, dass der Frau bald etwas anzusehen war, was ihn beunruhigte, denn der Kneipenwirt Busia hatte ihm Angst eingejagt: Wie sollte er denn eine schwangere Frau unterhalten? Deshalb brachte er ihr so manches bei.

Der junge Sungale schaffte es, in seiner Bauernart einiges zu erledigen. Er brachte die Frau, die bislang in Busias Kneipe gewohnt hatte, in einer billigen Bleibe am Rande der Stadt unter. Dort, wo die Sungalen, wenn sie von ihrer Insel herüberkamen, übernachteten. Es war genau vor neununddreißig Jahren, als das Kind des Sungalen und dieses gerissenen Räuberweibs das Licht der Welt erblickte. Jenes armselige Kind, das nun auf den Plakaten Kesane heißt, wurde aber nirgendwo registriert. Der Sungale wollte es nicht öffentlich anerkennen, seine Familie hätte ihn als Dummkopf verflucht und als jemanden gescholten, der eine Zigeunerin schwängert. Davon abgesehen hätte seine sungalische Haltung jeden Wunsch vereitelt, für diese Frau irgendwelche Gefühle zu entwickeln. Bei den Sungalen zählen als ehrbare Frauen nur die Mutter, Großmutter, Schwester, Frau, Tochter, Tante und ähnliche Verwandte. Oder solche, die es werden können. Der Sungale ist ein Frauenheld, verabscheut aber alle Frauen, mit denen er seine Zeit verbringt. Es ist egal, ob sie eine richtige Prostituierte oder nur eine leichtfertige Frau ist – der Sungale wird ihr nicht helfen. Und nachdem diese Zigeunerin gnädig ihr armseliges,

436

dunkelhäutiges Kind zur Welt gebracht hatte, musste sie aus der Sungalenbleibe ausziehen. Es gab für sie keinen anderen Ausweg, als mit dem Kind in Busias Kneipe zurückzukehren.

Das Kind hatte sie gleich neben sich auf der Fensterbank liegen, während sie den Dreck tausender Schiffsleute abwusch. Als sie schließlich begriff, nahm sie allen Mut zusammen, ging vor das große Tor der Matiani und bat den Wächter, ihren Mann zu rufen. Der Wächter, ebenfalls ein Sungale, ließ sie nicht hinein, sagte aber, dass ihr Sungale nicht da sei. Am Abend kam ihr Nichtsnutz durch den Hintereingang in die Kneipe und führte sie durch dieselbe Tür hinaus. Hätte man sie ihm nicht entrissen, wäre sie sicher gestorben, so viel Blut verlor sie. Zudem brach er ihr die Hand. Wer hätte schon etwas für einen Gips ausgegeben? Wie konnte sie es wagen, ihn am Dienstort aufzusuchen, hatte er denen zugezischt, die ihn aufzuhalten versuchten. Er wollte sie zweifelsohne umbringen.

Das gütige Herz von Busia erkannte man daran, dass er das Mädchen, das nun auf den Plakaten Kesane heißt, in seiner Kneipe als Kellnerin großzog.

Man nannte sie einfach nur Mädel. Sie war nicht so dunkel wie ihre Mutter, es fehlte aber nicht viel. Das Mädchen war nicht gerade hübsch, jedoch wurden ihre Rundungen ziemlich früh sichtbar. Könnt ihr euch vorstellen, was es damals, während jener brodelnden Jahre bedeutete, im Hafen bei Busia zu arbeiten und mit vierzehn schon ausgeprägte Rundungen zu bekommen?

Sie wurde von einer gütigen Engländerin entdeckt, die eine hässliche Brille trug und ein vorstehendes Kinn hatte. Diese Frau besuchte gewisse Orte, um ungebildete und in Armut lebende Jugendliche zu registrieren. Sie registrierte auch das Mädchen und es gelang ihr, eine Unterstützung für es zu beschaffen. Ebenso einen Platz in einer Sonderschule, die sie selbst gegründet hatte und die an einer guten Stelle lag, neben dem Gouverneurspalast, in der ersten Etage. Dem Mädchen gefiel der Besuch dieser Schule ab und zu sehr gut, aber als es einmal heimkehrte, traf es seine Mutter bei Busia nicht mehr an. Seither lebte es allein. Die Mutter ließ ihm ausrichten, dass sie den Mann suche, dem sie das Kind zu verdanken hatte. Irgendein Verdammter hatte ihr gesagt, dass dieser Kerl nun ein wohlbeleibter, verheirateter Sungale mit Frau und Kind sei. In seiner Familie und Sippe sei er der Vertrauensmann, der hin und her sause, wie auf Rädern. Zwar konnte sie sich noch daran erinnern, wie sehr er sie einst verprügelt hatte, hoffte aber, dass er im Alter seiner Tochter vielleicht etwas geben oder sie unterhalten könne.

Auch die Polizei konnte die Verschwundene nicht auffinden. Es war einmal eine Mutter und war wiederum auch nicht. Miss Sheila Slassman, die Engländerin, drängte Busia so lange, bis er ihr erlaubte, das Mädchen zu sich zu nehmen. Erst befindet sich das Taschentuch in der Hand und, ffffh, ist es weg, um schließlich wieder zu erscheinen. Der Gaukler zieht ein Ende heraus und zeigt es uns. Miss Sheila war eine äußerst gütige Frau, die in einem hübschen Haus lebte, in einem hübsch geordneten Viertel. Und sie war fest davon überzeugt, das Leben sei so, wie sie es sehe – gut und schlecht, gütig und böse. Sie irrte sich gewaltig, wenn sie dachte, man müsse nur gut oder gütig sein. Miss Sheila entschloss sich, das Mädchen selbst zu erziehen und es so weit zu bringen, dass es eine richtige Schule besuchen konnte. Ihre Gutherzigkeit würde man sicher anerkennen, sogar die teuerste Privatschule würde ihrem Zögling einen Platz zur Verfügung stellen. Aber bis dahin musste man ja erst kommen. Das Mädchen schlich sich in den Nächten häufig davon. Es kletterte aus dem Fenster und begab sich in die Gefahren der nächtlichen Stadt. Da es dem Äußeren nach noch keine erwachsene Frau war, ließ man es nicht in die regulären Nachtetablissements hinein. So wurde ihm das Hafengebiet vertraut. Miss Sheila hatte keinen blassen Schimmer, dass sich das Mädchen in den Nächten davonschlich. Es machte seine Hausaufgaben schlecht und lernte fast nichts. Auch im Religionsunterricht war es nicht besonders tüchtig. Während seiner nächtlichen Wanderungen dachte es sich für die Hafenkneipen und für Fremde ganze Abenteuer aus. Es begriff, dass es sich etwas ausdenken musste, und da es nicht jede Nacht von zu Hause entkommen konnte, machte es mit Seeleuten verschiedenster Herkunft zu verschiedensten Zeiten Treffpunkte aus. In Miss Sheilas gewählter Kleidung sah es zum Lachen aus. Wer das Mädchen kannte, staunte darüber. Einmal riss es den Kragen und die Ärmel vom Kleid ab. Miss Sheila aber suchte lange nach dem verschwundenen Kleid. Damals geschah es, dass das Mädchen eines Nachts zurückkehrte und nicht mehr durch das Fenster hineinkonnte. Jemand hatte von innen abgeschlossen. Wer hätte das schon getan haben können außer der Erzieherin?

Miss Sheila war entsetzt. Wie konnte ihr, die die Jugendlichen und das Übel so gut kannte, so etwas entgehen? Also stellte sie das Mädchen vor eine Entscheidung: Es sollte bei ihr anklopfen und sich entschuldigen. Solche Mädchen hatte sie schon oft erzogen. Die meisten entschuldigten sich unter Tränen und mit der Verzweiflung von Fünfzehnjährigen. Was war das also: Kämpfte Miss Sheila etwa nicht für diese armen Wesen, wenn sie von ihnen wegen solchen Benehmens Entschuldigungen verlangte? Sie kämpfte mit englischen Methoden. Doch das Mädchen klopfte nicht an, setzte sich nicht auf die Schwelle und schluchzte nicht. Es drehte sich um und ging davon. Es verließ das Haus für immer. Miss Sheila mochte nicht glauben, dass es in ihrem geliebten Viertel billigen und müden Sängern zuhörte, im Hafen an einem Kneipeneingang jungen Matrosen und anderen Typen zuzwinkerte, dort unweit der Prostituiertenreihen stand und jedes Mal etwas näher rückte. Miss Sheila ging mehrmals am Tag zum Hafen, um es zu suchen. Doch es war zwecklos. Zweimal war sie nachts unterwegs, mit einem blauen Tuch um den Kopf, fand das Mädchen aber nicht. Sie fragte die Polizisten und kam sogar bis an die Theke in Busias Kneipe, wo nun der jüngere Busia bediente, da der ältere gestorben war. Sie fand das Mädchen nicht. Wie kann man in der Faust ein Taschentuch finden, wenn es dort gar nicht ist? Es kommt nur zum Vorschein, um erneut zu verschwinden. Ebenso war es mit dem Mädchen, das im Haus jener Frau war, in Wirklichkeit aber woanders. Es war ihm zu peinlich, dort zu sein, in jener Stille, die ab und zu von den langweiligen, genau bemessenen und mit einer gewissen Strenge durchsetzten Reden der gütigen Miss Sheila durchbrochen wurde. Sie war keine Mutter, das gelang ihr nur ungefähr. Auch wenn sie Gutes tat. Überspringen wir einige

Jahre. Die junge Frau kam sogar nach Istanbul, von dort nach Alexandria und bis nach Rom. Deshalb vermutete man, sie sei doch eine Zigeunerin, die sich herumtreibe. Sie konnte aus der Hand lesen, aus dem Weinglas und überhaupt von jedem Gegenstand, den jemand berührte. Sie gab bei Männern sofort nach, wo andere lange verhandelten. Sie verlangte nie etwas, da es ihr selbst gefiel. Warum sie auf die Insel zurückkehrte, wo sie nichts Gutes erwartete, ist unklar. Im Hafen gab es einen Zuhälter, Delibo, mit dem sie Freundschaft schloss. Wer weiß, was das für eine Freundschaft war, denn Delibo, den sie in einer windstillen Nacht tötete, war ein abscheulicher Mensch, verschwenderisch ausgestattet mit allen Niederträchtigkeiten. Damals kam Detective Crimson in die Bleibe am Hafen, in der Delibo gewöhnlich nächtigte, und nahm die Frau fest, die man jetzt auf den Plakaten Kesane nennt. Er nahm sie fest, als sie auf dem Rücken lag und eine Schüssel neben sich stehen hatte, in die sie einen bereits rosa gefärbten Baumwollstoff in rosa Wasser tunkte. Diesen feuchten Stoff legte sich die Frau auf die Wange und stöhnte dabei. Detective Crimson hielt diesem Anblick stand und untersuchte die Wunde genau. Diese zog sich von der Augenbraue bis zu den Lippen und war entsetzlich gezackt, was bedeutete, dass der verstorbene Delibo die Frau in seiner Wut nicht einfach verletzt, sondern absichtlich verunstaltet hatte, indem er ihr mit der Rasierklinge im Zickzack übers Gesicht gefahren war. Das bedeutete in der Sprache der Bösewichte, ich verunstalte dich absichtlich. Delibo aber bedeutet auf Osmanisch verrückt, beziehungsweise verrückter Junge, *deli boy*, weshalb er so genannt wurde. Was zwischen den beiden vorgefallen war, hörte sich das Gericht an. Die verletzte Frau versetzte Delibo drei Stiche mit ihrem Messer. Nicht einmal sein Röcheln musste sie ertragen, denn sie erstach ihn im Schlaf.

Das höchste Gericht ermittelte in dem Fall, und Detective Crimson berichtete den Anklägern eine Menge darüber, durchaus mit Gefühl. Aber welcher Richter hasst dieses Gesindel nicht, sowohl den Ermordeten als auch den Mörder? Da er sich nicht an den Ermordeten rächen kann, rächt er sich mit dem obersten Recht am Mörder. Infolgedessen verbrachte sie zehn Jahre auf der Nachbarinsel.

Jawohl, das Gefängnis befand sich auf der gegenüberliegenden Insel, auf der sogenannten Sungalen-Insel. Für Frauen hatte man einen getrennten Anbau errichtet, so dass Männer und Frauen einander nicht sehen konnten. Als die Verurteilte eingeliefert wurde, saßen dort sechs Frauen ein. Drei wegen Rauschgiftübergabe an Straßenhändler. Zwei Frauen waren ebenfalls aus dem Hafenviertel, von denen eine ihren Freier mit heißem Wasser übergossen hatte, worauf er erblindete, die andere hatte einen Deutschen auf seiner Yacht entführt und mit einem Kissen erstickt, in der Hoffnung, mit dessen Geld und Yacht zu verschwinden. Nun komm einer und suche die Taschentücher in der Faust. Die älteste der Frauen, Mama genannt, war die Oberste der Frauenabteilung. Sie war für eine ganz sonderbare Sache zu lebenslänglicher Haft verurteilt worden, die hier nicht erzählt werden kann. Es ist eine unendliche Geschichte. Diese Matrone hatte wohl die bedauernswerte Mutter der jungen Frau gekannt, welche vor vielen Jahren verschollen war, und sagte ihr, dass man sie sicher umgebracht habe. Wie und wo wusste sie wohl auch. Man habe sie ins Wasser geworfen. Damit breitete sie ihr an diesem eingeschlossenen Ort ein viel größeres Leidenstuch aus, an einem Ort, wo die Frauen nicht miteinander verfeindet waren, aber sich gegenseitig beschimpften. Viele Jahre vergingen und diese Mama sang und sang oft vor sich hin. Sie kümmerte sich nicht darum, was es bewirkte. Die anderen sangen mit und so kommunizierten sie angeblich mit dem Männergefängnis. Den anderen Frauen gelang der Gesang nicht so gut. Als Mama bemerkte, dass die Frau mit der Rasierklingennarbe singen konnte, offenbarte sie ihr das Geheimnis des Klagelieds. Sie war einst Klageliedsängerin gewesen und unterrichtete die Mitinsassin in dieser Kunst. Das Geräusch des Meeres gelangte nicht bis zum Anbau der Frauen, denn das Gefängnis stand in einem undurchdringlichen Wald. Mama konnte die Stimme der Welle nachahmen und übernahm selbst die Rolle der Welle, die für das Klagelied unabdingbar ist. Das Klagelied benötigt keine Saz* und keine Zither oder irgendein anderes Instru-

---

* Saz – türkisches siebensaitiges Instrument, eine Art Langhalslaute

3

ment. Es bedarf des Meeresgeräusches zum Gesang. Sie hatte es zu solcher Meisterschaft gebracht, dass alles Lebendige im Wald, Vögel wie Wölfe, Gefangene und Wächter davon ergriffen waren und ein jeder den Samstagabend erwartete, wenn die die Meereswelle sang und jene, die heute auf den Plakaten Kesane genannt wird, das Klagelied anstimmte. Der Gesang erleichterte den Frauen ihr Dasein im Gefängnis. Auch die Gefängnisleitung zeigte sich ihnen gegenüber milder. Welche Ruhe hätten diese armseligen sieben Frauen, zu denen später noch zwei hinzukamen und von denen eine wieder ging, sonst finden können.

Es ging und kam ständig jemand. Wie in den alten Erzählungen, wo zum Beispiel geschrieben steht, dass Mauro und Galwao sich auf die Reise in eine andere Stadt begeben hatten und nach vier Jahren zurückkehrten. Nach acht Jahren wurde die Frau aufgrund zweier Strafmilderungen in eine neue Welt entlassen, weg von Mama, die sicher bald darauf starb. Sie kannte nur eine Adresse und die Nachricht, die sie von Mama auf der Sungalen-Insel ausrichten sollte. Es gab einen Ort in dieser Stadt, der »Marana« hieß und wo sich die Klagefrauen sowie die Liebhaber des Klageliedes versammelten. Es gab auch andere Orte dafür, aber das war die beste Adresse. Wenn man es dort nicht schaffte, konnte man es anderswo immer noch versuchen.

So wurde sie zur Klagefrau Kesane und legte sich einen schwarzen Schleier vors Gesicht. So wurde sie von kräftigen Sungalen aus dem Club »Marana« an einen sicheren Ort begleitet, so dass kein zu sehr entflammter Zuhörer sich ihr in den Weg stellen konnte. Denn das Gesicht einer Klagefrau, die für das Klagelied zur Nonne des Klagelieds wird, bleibt verborgen.

Der Beruf einer Klagefrau ist nicht leicht, was kein Geheimnis ist. Aber es gab dennoch ein Geheimnis, und Kesane, die niemand gesehen hatte, wurde zur besten Klagefrau des Clubs »Marana«. Die Stadtpolizei fand heraus, wer sie war, gab ihre persönlichen Daten aber nach den Gesetzen des Klageliedes nicht bekannt. Der Mann, der ihr eines Tages vor einem Laden begegnete und ihr lächelnd sagte, sie sei doch Kesane, wusste nichts von ihrem Leben. Kesane verneinte, warf ihre Einkaufstasche voller Wurst und Schokoladenkuchen ins Auto, versuchte schnell den Motor zu starten und wegzufahren. Um diesen aufdringlichen Mann loszuwerden, würde sie, falls nötig, zur Polizei fahren, welche die Klagefrauen zu beschützen hatte. Doch der Mann kauerte sich an das offene Fenster ihres Wagens und sagte etwas, während sie den Motor laufen ließ. Sie konnte nicht richtig verstehen, was, doch der Mann lächelte wieder. Sein Haar war schon etwas dünner, aber er war noch jung. Er trug eine schlichte, aber ziemlich teure Strickjacke. Auch das Hemd darunter sah einfach aus, war aber ein teures Markenhemd. Auf die Stirn hochgeschoben trug er eine altmodische grüne Sonnenbrille mit einer goldenen Fassung. Kesane konnte nicht verstehen, was er zu ihr sagte. Es war genauso wie mit dem Taschentuch, von dem man denkt, es sei in der Faust, wo es aber nicht ist. Die Faust ist, hui, leer, als würde das Taschentuch gleich wieder erscheinen. Kesane schaute nie ins Publikum, sonst wäre ihr dieser Mann sicher aufgefallen. Sie schaltete den Motor ab und schaute ihm mit ihren nicht ganz schönen, schon alten, erloschenen und irgendwie eingefallenen Augen direkt ins Gesicht. Sie war niemals schön, und wäre sie es einst gewesen, so war davon nichts mehr übrig. Was sie im Leben durchlebt hatte, konnte mit keinem Make-up vertuscht werden, besonders deshalb, weil sie eine Klagefrau war. Kesane war nicht mehr arm. Ihre CDs »Kesanes Klagelieder« gab es an jeder Ecke, sogar in jenem Laden, den sie zuvor mit Kuchen und Wurst beladen verlassen hatte. Aber sie war vollkommen einsam und schritt einem Alter zu, in dem man das Klagelied bald satthatte. Dieser Typ, der an ihrem Wagen lehnte, starrte die gezackte Narbe in ihrem schmalen, blassen Gesicht an und lächelte weiter. Kesane durfte eigentlich nicht verweilen und musste weg. Sie konnte sagen, sie wisse überhaupt nicht, wer Kesane sei. Doch sie tat weder das eine noch das andere. Man sagte ja, sie habe Zigeunerblut, das keine Ruhe gibt. Auch wenn niemand genau wusste, ob ihre Mutter wirklich eine Zigeunerin war oder nur dunkelhäutig und gerissen wie Kesane selbst.

Der Mann sagte wieder etwas zu ihr, das sie nicht verstand, und sie begriff, dass kein Mann je auf diese Weise mit ihr gesprochen hatte. Sie konnte sich zwar an das Wesen der Männer erinnern, wusste aber nicht mehr, was und wie es war. Sie schaute auf diesen Mann, startete den Motor, warf die Taschen auf den Rücksitz, so dass alles herausfiel, und sagte zu ihm: »Setz dich.«

Von da an geriet Kesanes Leben wieder durcheinander. Wenn man nämlich das Kleingeld des Lebens zwischen die Finger nimmt, so steht auf einer Seite der Münze »Leben« oder »Zeit« und auf der anderen »Verlangen«, das die ältere und unbarmherzige Schwester des Willens ist. Kesane aber beobachtete schon wieder diesen Gaunertrick. Einmal ist das Taschentuch in der Faust und dann wiederum nicht. Schau doch, schau, hier ist es, hopp, hopp, hoppla … Wo das Taschentuch tatsächlich ist, kann man nicht sehen.

Kesane kannte die Fragen danach, wo es das wahrhafte Leben gebe und etwas, was man Glück nennt, nicht. Aber sie spürte, dass auch diesmal nicht alles so sein würde, wie es sollte. Man entführte sie zweimal und sie begriff nicht einmal, warum. Der sie das erste Mal rettete, entführte sie das zweite Mal.

Dieser Mann, der sie aufsuchte, war unbekannt, sein Name war nicht von Bedeutung. Sie selbst hatte ihrem Namen jegliche Bedeutung genommen, die eigentlich im Leben so wichtig ist. Dieser Mann, der Kesane so jung vorkam, wegen seiner dünnen Haare aber einen älteren Eindruck machte, wusste wohl im Voraus, was und wie alles kommen würde. Vielleicht deshalb, weil er ein Kartenspieler war und gut berechnen konnte. Doch er war ein guter Mensch. Kesane überlegte lange Zeit, was sie tun sollte: sich ihm völlig hingeben, egal was kommen würde, oder in seiner Nähe verweilen und von seiner Güte profitieren. Ihre Begegnungen blieben für die, die es eigentlich nicht wissen durften, nicht länger geheim. Doch dieser Mann schien jemand zu sein, dem nichts wirklich naheging. Darüber machte sich Kesane Gedanken: Konnte sie ihm so nahe sein, dass er nicht mehr von ihr abließ? Nach allem, was Kesane erlebt hatte, war dies am unwahrscheinlichsten: dieser Mann und sie, eine hässliche Frau mit Delibos Narbe im Gesicht. Aber wie konnte man einen Mann verstehen, der unentwegt lächelte? Vielleicht gefiel ihm eben diese Narbe, wenn er sie beim Singen aufsuchte. Und was vernahm er in ihren wortlosen

Liedern? Oh, etwa die Trauer? Kesane dachte, dass ihm ihre ehemals wunden Stellen gefielen, oder er sie bemitleidete, sie liebte, oder … das erkannte Kesane wirklich, aber weil …

DER BURGVOGT UND DIE KLAGEFRAU

In diesem langgestreckten Zimmer waren mindestens acht Mann. Wohin hatte man sie bloß geschleppt? Sie dachte, dass sie niemals mehr herauskommen würde. Es war dunkel und sie hatten Kerzen und Kerosinlampen bereitgestellt. Ab und zu zogen sie den dicken, schwarzen Vorhang vorsichtig zur Seite und lugten in die Finsternis. Das Meer war hier ganz nah, der Hafen lag gegenüber. Früher schien dieser Ort sehr weit weg zu sein. Man sagte immer, dort sei das Militärmuseum. Was sollte sie schon im Museum. Im Zimmer aber waren eins, zwei, drei … acht Personen. Sie saßen an einem großen Tisch, einige aßen, andere schliefen, den Kopf auf den Tisch gelegt. Zwei oder drei schauten aus jenem Fenster hinaus. Am Tischende saß ein Mann, der ihr gleich beim Betreten des Raums zugewinkt hatte. Es war ein dicker Mann mit kurzen, hochgekrempelten Ärmeln und strammen Handgelenken. An einem trug er eine Uhr. Das Kerzenlicht beleuchtete nur eine Seite seines Gesichts, weshalb auch nur der halbe Schnurrbart zu sehen war.

»Komm, komm schon … setzt sie zu mir«, sagte der Mann lebhaft. »Komm schon, Mädel, komm … jetzt sag mir mal, bist du Kesane, die Klagefrau?«

Die Frau schüttelte den Kopf, und er musste lachen.

»Meine Kinder sind genauso alt wie du«, sagte er lächelnd. »Was soll ich nun mit dir tun? Sag mir, bist du es? Ich habe meine Leute nach den Papieren zur Polizei geschickt. Sie bringen auch deine Papiere … Was sagst du dazu?«

Die Frau schwieg.

»Im oberen Turm ist ein Zimmer. Auf der Tür steht: Museumsvorsitzender Alfredo da Costa. Er ist zurzeit nicht hier. Er hat sich Urlaub genommen und unterhält sich vielleicht schon im Jenseits.

3

Das Zimmer ist leer und ich ernenne dich zur Vorsitzenden. Wir werden jetzt hinaufgehen, ich schließe dich ein und du kannst dann zum Fenster hinausschauen. Unten sind das Meer und die Stadt. Wenn du aus diesem Fenster springst, soll dich Gott mit Frieden fliegen lassen. Wenn die Anglesen oder wer auch immer es nicht satthaben, mit Kanonen in diese Richtung zu schießen, treffen sie zuerst dieses hübsche Zimmer. Dann brauchst du nicht mehr aus dem Fenster zu fliegen ... Ja, Frau, bist du hier nicht im Museum? Siehst du nicht die vielen Gewehre, die hier lagern? Es sind alles amerikanische ... Das ist mein Headquarter, verstehst du?«

Die Frau nickte.

»Weißt du, wer ich bin?«

Die Frau nickte wieder. Der beleibte Mann holte eine Zigarettenschachtel aus der Tasche und warf sie auf den Tisch.

»Du magst sicher qualmen, bist ja 'ne Klagefrau ... na, rauch ruhig ...«

Die Frau lehnte ab.

»Na ja ... du bleibst also bis zum Ende stur«, sagte der Mann lächelnd. »Soll das heißen, dass du nichts von mir annimmst, oder was?«

»Das ist Kesane«, sagte einer, der gerade aß.

»Du musst es ja wissen, war es nicht Fido, der immer am Eingang stand?«

»Ja.«

»Wo ist er denn jetzt? «

»Wo er ist ...« Der Mann schüttelte den Kopf. »Weißt du nicht, wo er ist? Vielleicht zielt er sogar auf das Fenster, von dem du sprachst ...«

Dem dicken Mann schien das unangenehm.

»Was hat er nur mit diesen Jungs gemacht, wozu hat er sie gebracht ... Leute, kann man denn nicht endlich die Stromleitung reparieren? Man sieht ja die Hand vor den Augen nicht.«

»Wozu denn Licht, das ist doch Kesane«, entgegnete der andere, »drück ihr das Messer einen halben Finger tief in die Seite und sie wird nicht mehr aufhören zu klagen.«

»Das ist nicht unsere Sache.« Er schüttelte den Kopf. »Das ist nicht unser Lied … Was soll ich ihr geben, was meinst du?«

»Was du willst«, kicherten sogar diejenigen, die vor sich hin dösten, »was willst du jetzt mit ihr tun? Das ist Kesane. Da kenne ich mich doch am besten aus.«

»Hast du gehört, Mädel? Sie sagen, du seist Kesane, und ich könne dir alles geben, was ich will … Ich werde dir Brot und Käse geben, aber du bleibst oben, im Zimmer des Vorsitzenden. Der Vorsitzende ist weg, ehe er ging, hat er noch die Stromleitung durchtrennt. Er brachte alles aus dem Museum in den Keller. Er denkt, ich bin ein Wilder, verstehst du? Ich würde den Wert der Pfeifenstücke nicht kennen …«

Die Frau schwieg immer noch. Was sollte sie auch sagen?

»Jetzt hör mir zu, Kesane, Mädel«, sagte der Dicke, »ich schließe dich jetzt oben ein und gebe für alle bekannt, dass du eingesperrt bist. Wenn das Data Wisramiani erfährt, kommt er persönlich, denn er fand dich schön … sicherlich hat er dich nur im Dunkeln und nicht bei Tageslicht gesehen. Ja, und genau auf diesen Data warte ich … auch auf seine Mutter, Kaia Wisramiani, und auf seinen Großvater, der im Sterben liegt, was sie jedoch nicht zugeben. Ich werde alle zusammen als Landarbeiter ins Sungalenland schicken … wir aber werden uns ausruhen … Verstanden?«

Die Frau nickte.

»Du bist also einverstanden, oder gibt es etwas einzuwenden?« Der Mann machte sich offensichtlich lustig über sie. »Data erfährt das nicht«, sagte die Frau.

»Und warum, bitte schön?«

»Er ist er nicht hier.«

»Ja? … Wer saß dann vorgestern bei Matalo?«

»Das weiß ich nicht …«

»Auch wenn du nichts sagst, lasse ich dich nicht gehen. Erst dann, wenn er nicht kommt.«

»Er wird nicht kommen«, heulte die Frau plötzlich auf. »Was wollt ihr? Warum habt ihr das getan?«

Und sie weinte.

3

Der Mann zog eine Zigarette aus der Schachtel heraus, zündete sie sich seufzend an der Kerze an und rief sehr verärgert:

»Könnt ihr es nicht endlich reparieren …«, dann schaute er zur Frau und sagte traurig: »Musste ich unbedingt erst eine Knarre in die Hand nehmen, damit die Menschen in diesem Land begriffen, wie sehr sie sich lieben? Wo wart ihr denn bis jetzt? Jetzt weine nicht, du siehst doch, die Jungs sind sowieso auf der Kippe … führt sie nach oben und dann werden wir weiter sehen …«

DIE BEDÜRFNISSE DER NEUEN ZEIT

Kaia Wisramiani stand zwischen ihren zwei Porträts im Gästezimmer und schaute auf die beiden Porträts ihrer Tochter an der Wand gegenüber. Sie schaute mal auf das eine, mal auf das andere Porträt, schließlich aber auf den Gutsverwalter Martia, der dazwischenstand.

Martia gab immer noch keine Antwort.

»Was denkst du?«

Martia fuhr mit seiner Fußspitze über den Boden, so als wolle er den Dreck der Landstraße abstreifen und sagte:

»Nichts … Ich musste weinen oder weiß der Teufel, was mit mir los war.«

»Machen wir das so, Martia. Das Haus auf der Insel bleibt verriegelt. Schluss und vorbei damit. Bis zur Ständeversammlung geben wir das aber nicht kund. Dann gehe ich zur Versammlung.«

»Der Arme, der Arme …«, stöhnte Martia.

»Es muss sich … ich hab mit Doktor Tropez gesprochen. Er wird schweigen. Zwei Krankenpfleger verrichten den Dienst schichtweise. Auch sein Hausarzt wird ständig dort sein. Schenk den Krankenpflegern etwas, damit sie Stillschweigen bewahren. Was gibt man ihnen gewöhnlich dafür?«

»Den Krankenpflegern werde ich das Nötige geben …«

»Jemand sollte mich jetzt fahren … du musst hierbleiben.«

Martia nickte.

»Wird es sich zurückbilden?«, fragte er schließlich.

»Beten wir dafür, du weißt doch, wie alt er ist? «

»Ihre Brüder ...«

»Das ist nicht deine Sache.«

»Nein ... Werden sie mit Ihnen mitkommen?«

»Gestern waren sie dort. Wenn sie wollen, können sie auch heute kommen ... Hast du noch nicht begriffen, wie diese fetten Katzen sind? Ich spreche mit ihnen. Mein Vater nennt sie fette Katzen ... Sie sollen sich um die Wertpapiere kümmern. Die Familie ist nicht ihre Sache.«

Martia nickte.

»Finde die Kinder und schick sie zu mir. Sie wissen noch nicht, was geschehen ist ... Bu kann hierbleiben, ich brauche ihn nicht. Pass auf, dass er keinen Blödsinn macht.«

Martia nickte erneut.

»Ich komme morgen bis Mittag zurück. Mal sehen. Vielleicht bringen wir ihn hierher. Man darf ihn noch nicht bewegen, aber mal sehen. Ich will nicht, dass es sich herumspricht.«

»Ja«, sagte Martia, »dass er so gefallen ist, ah ...«

»Stöhne nicht ... jetzt höre mir zu. Finde, bis ich morgen zurück bin, diese Frau, Datas Frau. Bring sie hierher. Ich brauche sie.«

»Die Klagefrau?«

»Ja ... bring sie unbedingt hierher. Data brauche ich nicht. Sag ihm nur, dass sein Großvater einen Bluterguss hat. Er weiß selbst, was zu tun ist.«

»Ich werde ihn finden ...«

»Unbedingt. Sag ihm, dass ich ihm die Geschichte erzählen werde.«

Martia schaute sie flehend an.

»Was ist?«

»Lassen Sie diese Geschichte«, sagte er leise.

»Was ist denn mit dir? Welche Geschichte soll ich sein lassen?«

»Diese ...«

»Welche diese?«, fragte ihn Kaia schnell.

»Diese ...«

»Bist du verrückt geworden, Martia? Was meinst du? In welcher Familie befindest du dich? Wenn du nicht willst, dann geh weg von hier. Mein Dankeschön wird dich unterwegs einholen ...«

Martia sagte nichts.

»Ihr Sungalen habt einen Fehler. Ihr wollt Sungalen sein und seid dabei Diener. Beides zusammen geht nicht. Begreifst du das nicht?«

»Natürlich begreife ich das. Ich bin doch nicht schwer von Begriff!« Martia wurde lebhafter. »Wenn wir Sungalen miteinander reden würden, wenn wir erzählen würden, was wir alles gesehen haben, würde dann in diesem Land noch jemand bleiben? Wir würden es. Sonst niemand.«

»Lass mich jetzt gehen, ruf an, dass mich jemand fährt ...«

AUS DEM REISELAPTOP VON JESSICA DE RIDER

Ich stand vor ihm und fragte:

»Mr. Wisramiani, warum muss man Sie Straße für Straße suchen?«

Sicherlich war er erstaunt, doch war seinem reglosen Gesicht, das eine schwarze Brille verdeckte, nichts anzumerken.

Es war auf der Terrasse des Restaurants »Ligurien«, in der letzten Juniwoche, zur Mittagszeit. Ich zwängte mich mit Mühe zwischen den Tischen hindurch. Aber keiner erkannte mich, da alle mit ihren Risottos und Pastas beschäftigt waren.

Er schaute zu mir empor und erhob sich ohne die Miene zu verziehen.

»Ma'm?« Er hielt mich für eine Engländerin.

»Ich bin Jessica de Rider, Mr. Wisramiani. Sie sind doch Data?«

»Jawohl.«

»Ich bin Schriftstellerin.«

»Ja, ich weiß, ich weiß, setzen Sie sich bitte.« Er rückte einen Korbsessel heran. »Hey«, rief er den Kellner.

»Nein, ich trinke um diese Tageszeit nicht.« Ich schüttelte den Kopf.

»Machen Sie eine Diät? Trinken Sie doch ein Glas Chianti.«

»Dann bitte Rosé.«

Er bestellte und nahm seine Brille ab.

»Ich höre.«

»Ich bin keine so schlechte Frau, Mr. Wisramiani.«

»Ja, aber warum sprechen Sie englisch mit mir? Sie sind doch …«

»Ja … ja, wer weiß warum«, sicherlich errötete ich sogar, »Sie haben bestimmt keine Lust, mit einer alten Frau zu sprechen«, sagte ich, »aber ich suche Sie seit zwei Tagen.«

»Nun haben Sie mich gefunden.«

»Kein Telefon, kein Handy, kein …«

»Leben …«

»Oh, Mr. Wisramiani. Sie verwirren mich sehr …«

»Nein, warum …? Sagen Sie es. Und nennen Sie mich nicht Mr. Wisramiani.«

»Gut, gut, Data … ich weiß nicht, ob du meine Bücher kennst, das ist nicht von Bedeutung. Ich habe nur eine Frage …«

Mein Gott, war das ringsherum laut.

»Nur eine Frage zu dem, was mir ein Mann erzählte. Er heißt Théveneau de Morande.«

»Ich kenne ihn«, sagte er mit einem Nicken und machte damit alles Weitere überflüssig.

»Also«, ich atmete tief durch und sagte direkt, »ich möchte ein Buch über Sie schreiben.«

Er lächelte.

»Und wollte um Ihre Erlaubnis bitten.«

»Sie haben doch einen sehr schönen Wagen, Jahrgang siebenundsechzig und rosa, oder täusche ich mich?«

»Ich glaube nicht …«

Er verstummte.

»Bedeutet das ein Nein?«

»Nein. Wieso fragen Sie mich überhaupt?«

3

»Es wird ein Roman. Sie bekommen einen ganz anderen Namen. Ihr Leben aber ... kurz, ich weiß vieles über Sie, Data. Über die Sängerin und Ihre Familie ... Darüber wusste ich schon früher Bescheid. Auch von Ihrer Freundschaft zu einem Mönch, der Sie in diesem verlassenen Garten mit Kuchen versorgt. Dass die Familie ...« Inzwischen hatte ich wieder zum Englischen gewechselt.

Er lächelte.

»Hat Ihnen Morande diese Geschichten verkauft?«

»Nein, das hat sich ganz anders abgespielt, bei einem Abendessen.«

»Hier gibt es einen Mann ... Lamur Mosiarule. Haben Sie das von ihm erfahren?«

»Nein ...«

»Er verkauft gewöhnlich Geschichten.«

»Ich wollte danach fragen.«

»Ich verstehe ... Es ist mir egal, Mrs. de Rider, da Sie in dieser Sprache mit mir sprechen. Nur ...«

»Ist Ihnen etwas unangenehm? Ich bin keine schlechte Frau. Wenn Sie mir sagen, dass ... Ich will nichts erzwingen.«

»Ich weiß, dass Sie keine schlechte Frau sind, nur kennen Sie den Schluss nicht.«

»Den Schluss?«

»Ja. Wie wird denn das Buch enden?«

»Das werden wir noch sehen.« Er lachte vor sich hin.

»Das werden wir tatsächlich noch sehen«, stimmte er mir zu, »ich weiß aber nicht, ob Ihr Schluss mit meinem übereinstimmt.«

»Danke, Data ...«

GROSSES BOOT MIT KANONEN UND DISTELBÜNDELN

SEILE FÜR MÜTTERCHEN AGATIA

Es wäre falsch anzunehmen, dass Seile heutzutage weniger notwendig und nur noch zum minderen Gebrauch tauglich sind, zum Beispiel als Wäscheleinen, und das in den städtischen Randbezirken.

Ein Seil kann man für tausend andere Dinge gebrauchen. Auf dem Land wird es zum Beispiel störrischen Kühen um die Hörner gewickelt, um sie daran nach Hause zu ziehen. All das ist aber nichts im Vergleich zu dem, wofür es auf einem Stück Land genutzt wird, das im Unterschied zum Festland von Salzwasser umgeben ist. Die Liste der Nutzungsmöglichkeiten des Seils auf See umfasst eintausendzweihundert Wörter, welche in De Cremontes 1587 erschienenem Buch aufgezählt werden. Ein Exemplar dieses Buches steht unter anderen in der Bibliothek der Villa da Costa. Das Buch beginnt mit folgenden Sätzen: »Es ist allgemein bekannt, dass in Küstengegenden ein gutes Seil, das leicht zu verknoten und schwierig zu entknoten ist, besonders wertvoll ist. Ich spreche hier nicht von den verschiedenen Seilarten, sondern von den zwei Bewertungskriterien für die Tauglichkeit von Seilen: von der Haltbarkeit und der Verknotung. Alles andere, Dicke, Flor, Geflecht oder Gleitfähigkeit wird nach Bedarf ausgesucht.

Die erste Eigenschaft eines Seils, die Haltbarkeit, wird folgendermaßen geprüft: Man hält das Seil mit beiden Händen und zieht daran. Aber diese Methode taugt nur zur Prüfung der dünneren Seile. Besser ist es, wenn man einen Diener dabeihat, der am anderen Ende des Seils zieht. Der Verkäufer des Seils wird aus Vorsicht niemals so fest daran ziehen wie der Diener.

Die zweite Eigenschaft eines Seils, seine Verknotung, ist schwieriger zu überprüfen. Den Knoten muss ein Mensch lösen können, aber nicht die Natur. Der Käufer sollte das Seil selbst verknoten und entknoten. Zum Entknoten des Seils sollte zwanzig-

4

mal mehr Zeit nötig sein als zur Verknotung. Vorausgesetzt man ist kein Profi, der sich stets eine Möglichkeit offenlässt, wie man es schnell entknoten kann. Wenn man sich bei der Entknotung anstrengen muss, wird sie der Natur, dem Wind, dem Wasser oder etwas anderem auch schwerfallen.«

Im Buch von De Cremonte ist alles beschrieben, was die Seile in seinem Jahrhundert betraf. Der bibliophile Direktor des Zitadellenmuseums blätterte dieses Buch immer wieder mit Begeisterung durch. Für ihn war das Buch »Die Seile und ihr Gebrauch« niemals nur ein Lehrbuch, sondern er fand darin immer wieder tausend andere Dinge, die einen hoffnungslosen Menschen ansprachen. Die gesellschaftlichen Entwicklungen der letzten Zeit machten ihm sehr zu schaffen, und zwischen die zehn Bücher in seiner Kiste, die er vom Winter bis zum Frühjahr zu lesen gedachte, war auch dieses geraten. Fragte man Signor da Costa, so war dieses Buch zur Anregung der Gedanken und als Lehrbuch wichtiger als Gustave Le Bons »Psychologie der Massen«, der er sich seit seiner Jugend erstmals wieder diesen Winter widmete. »In unserem Land gibt es keine Massen«, sagte Alfredo da Costa in diesem Winter zu seinem Neffen, »ein gescheiter Mensch würde das Buch der Seile noch einmal durchlesen.«

In einem Kapitel des Buches werden die für den Galgen notwendigen Seile und deren Knoten beschrieben. Dieses kleine Kapitel ist ein Teil des größeren Abschnitts »Die Schlingen und ihre Verknotung«. De Cremonte schreibt, dass der Gerichtsbeschluss ›Tod durch den Strang‹ eine fremde Sitte sei, die überall sehr schnell Fuß fasste, weil es die leichteste und kostengünstigste Methode war. Er erzählt, dass sie besonders auf Schiffen üblich war, aber auch anderswo. »Eine Schlinge für den Galgen zu machen ist keine große Kunst. Es gibt zu diesem Zweck vier Methoden. Auf den ersten Blick gleicht sie der Schlinge eines Lassos, weil der Knoten so geschickt gemacht ist, dass das Seil darin ungehindert gleiten kann. Bleibt das Seil in so einer Schlinge stecken, wurde falsch geknotet. Für ein Lasso, das für Pferde gebraucht wird, benutzt man ein ganz anderes Seil, ohne Flor und viel dünner. Am Galgenseil wird ein Mensch gehenkt. Das Pferd leistet dem

Lassoseil eine Zeit lang Widerstand. Sobald es spürt, dass es erstickt, gibt es dem Willen des Lassowerfers nach. Ein Galgenseil hingegen kann nicht dünn und glatt sein. Es muss gut geflochten und mindestens zwei Finger dick sein, damit das Urteil schnell und korrekt vollstreckt werden kann. Ein Seil mit rauer Oberfläche so zu verknoten, dass es schnell und leicht gleiten kann, ist ziemlich schwer. Denn sein Flor ist hinderlich, weshalb die Henker oft jene Seilstelle wachsen, die durch den Knoten gleiten soll. Dadurch wird das Seil gleitfähiger. Die Schlinge um den Hals des zum Tode Verurteilten ist bis zum Ende straffgezogen. Sobald man die Stütze unter seinen Füßen wegnimmt, zieht der am Seil hängende Mensch die Schlinge um seinen Hals selbst nach unten und immer weiter zusammen. Wenn eine raue Stelle dazwischenkommt, quält das Seil den Sterbenden. Das eingewachste Seil hingegen legt sich dichter um den Hals und tötet schneller, was für die Menschlichkeit des Henkers spricht. Wenn der Tod am Galgen sich in Zukunft weiterverbreitet, werden die Henker geschicktere Methoden und Knoten dafür erfinden.«

Über diese grausame Beschreibung sinnierend, las Signor Alfredo seinem Neffen oft zwei Kapitel vor: »Über die meisterhaften Knoten zur Fesselung der Sklaven« und »Über die Methoden meisterhafter Fesselung mit Seilen, die sich dafür eignen oder nicht«. Im ersten Kapitel heißt es:

»Die Kunst des Sklavenfesselns gewinnt in der letzten Zeit zunehmend an Bedeutung. Heutzutage sind in Spanien und Britannien wunderbare Techniken zur Fesselung von Sklaven verbreitet. Man muss dazu sagen, dass es sich hier weniger um Kriegsgefangene handelt, als vielmehr um die Fesselung von Sklaven, die in beiden Ländern als Arbeitskräfte an verschiedenen Stellen eingesetzt wurden. Zum Beispiel in den Kolonien in Übersee, wo man die vielen Wilden, die man zur Arbeit führte und die nicht weglaufen sollten, mit Seilen fesselte, um Eisen zu sparen. Eisen kann man unmöglich mit Eisen schneiden, ein Seil dagegen schon. Da die meisten aber nicht wissen, was scharfer Stahl vermag, ist das Fesseln mit dicken Seilen immer noch am besten. Selbst wenn der Sklave ein Messer besäße, würde er nur sich selbst für eine kurze Zeit befreien können. Deshalb ist es überflüssig, den vielen Sklaven, die für die Engländer und Spanier in den neuen Ländern arbeiten, Ketten anzulegen.

Die einzelnen Sklaven sind miteinander am Hals verbunden. Ein jeder hat am Hals eine spezielle Schlinge, so dass er sich nicht befreien kann. Denn er ist mit einem Ende an den rechts von ihm Stehenden gebunden und mit dem anderen an den links Stehenden. Dabei sind diese Knoten nicht am Hals, sondern im Nacken, wo man sie schlecht erreichen kann. Die Hände und Füße hat der Sklave frei, und es wäre sicher sehr viel Eisen nötig, wollte man ihnen Ketten anlegen. In einer Reihe werden dreißig Mann miteinander verbunden. Die Entfernung zwischen ihnen wird eben durch das Seil begrenzt. Wenn man das Seil strafizieht, sind es fast anderthalb Schritte. Am Anfang der Reihe wird das Seil von einem Wächter gehalten, am Ende von einem anderen. Gelänge es einem der Sklaven, sich zu befreien, wäre das nur einseitig. Ehe er die zweite Seite durchschnitte, hätte es der Wächter bemerkt und würde am Ende des Seils ziehen, womit er die ganze Reihe ins Schwanken bringt. Danach schlüge er mit der Peitsche auf sie ein.

Sogar während der Arbeit ziehen die Wächter am Seil, um die Sklaven daran zu erinnern, dass sie nirgendwo hinkönnen. Man muss aber dazu sagen, dass diese Techniken eher in den neuen Ländern angewandt werden, dort, wo Manschen niedrigen Intellektes als Sklaven gehalten werden, jene, die nicht wissen, wie man ein Seil zerschneidet. Dafür ist diese Methode viel billiger und das Seildrehen viel einfacher zu erlernen als die Förderung von Eisen, dessen Schmelzung und die Anfertigung von Ketten. Der Erwerb eines Seils anstelle von zehn zerschnittenen Seilen ist immer noch günstiger, als eine Kette schmieden zu lassen, die ewig hält«

Es ist schwer zu sagen, was Signor da Costa an diesem Buch so schmerzlich und zum Nachdenken anregend fand. Er las sogar aus dem Abschnitt über Seeknoten und Schlingen einen tieferen Sinn heraus und behauptete einmal, dass De Cremonte ein größerer Politiker und Psychologe sei als Machiavelli. Doch der Museumsvorsitzende war im Irrtum, zu glauben, dass er der Einzige auf der Insel sei, der dieses älteste und furchterregendste Buch besaß. Er irrte sich, denn das gleiche Buch besaß auch eine andere Familie. Vor vierhundert Jahren waren zwei davon auf diese Insel gelangt. Hätte man Alfredo da Costa gesagt, dass sich ein zweites Exemplar des Buches von De Cremonte im Besitz der Nachkommen der Burgvögte, später der Könige und Paschas, befand, hätte er gelächelt und dazu gesagt: »Ja, ja, natürlich, das benötigen sie unbedingt ...« Er hätte es aber nicht geglaubt, denn die Zichistawi besaßen in seinen Augen nichts außer osmanischen Listen und Resten von Dokumenten in georgischer Majuskelschrift, und das bis Mitte des 15. Jahrhunderts. Signor da Costa war Direktor des Museums, das im Gebäude der früheren Inselverwalter, in der Festung, untergebracht war. Dort gab es weder alte noch neue italienische Bücher. Sari Beg, der letzte Burgvogt der Insel, den die Engländer überlistet hatten, war auch nicht jemand, der ein altes, aus dem Apennin geschicktes Buch gelesen hätte. Überhaupt war Alfredo da Costa der Ansicht, dass auf dieser Insel nur er Bücher besaß. Bücher gab es zwar auch in anderen genuesischen Familien, aber sicherlich weniger Buchliebhaber, so dass es da Costa immer wieder gelang, einige entbehrliche Raritäten fürs Museum anzukaufen. Manche davon lagen bei ihm zu Hause auf dem Tisch und er behandelte sie wie schlafende Schönheiten.

Nichtsdestotrotz bewahrte die Urenkelin von Sari Beg, die alte und einsame Witwe Agatia Artschiliani-Zichistawi, dieses Buch ebenfalls zu Hause auf. In der winzigen Wohnung, wo die betagte Nachkommin der Könige lebte, gab es auf dem Fußboden von Zimmer zu Zimmer nur noch einen schmalen Pfad. Sonst war alles mit dem angesammelten Besitz der Artschiliani-Zichistawi-Dynastie vollgestellt, darunter befanden sich, so erstaunlich es auch scheint, seltsame Bücher wie »Die Seile und ihr Gebrauch« oder ein ebenfalls seltenes und altes Buch der heute vergessenen Flora Tristan. Dieses rebellische Werk mit seinen feurigen Worten zu Frauenrechten schien in der Büchersammlung von Sari Beg, der dem Glauben nach Moslem, innerlich Rechtgläubiger und seinem Benehmen nach ein einfacher Mann war, fehl am Platz.

4

Erstaunlich war auch, dass in jenem Jahr in Santa City und auf den drei Inseln von Santa Esperanza zwei Personen das Buch »Die Seile und ihr Gebrauch« studierten. Nur blätterte es Alfredo da Costa im Winter durch, Agatia Zichistawi aber im Sommer. Das Exemplar der Artschiliani hatte in den letzten vier Jahrhunderten viel mehr gelitten als das der da Costa. Das Buch hatte keinen Umschlag mehr, und es fehlten einige Seiten darin. Doch für Agatia genügte es auch so. Agatia zog dieses Buch aus einem ganz banalen Grund aus der untersten Schublade der Kommode hervor. Sie hatte es dort in einer Plastiktüte aufbewahrt.

Damals lebte bei Agatia ein Georgier, um die fünfunddreißig Jahre alt, ein verwegener ehemaliger Bandit, der sich vor irgendwelchen Leuten versteckte. Er war direkt in Agatias Wohnung eingedrungen, die zwar erschrocken war, ihn aber bald durchschaut und als Diener angestellt hatte. Für den georgischen Banditen war das alles sehr grotesk.

Agatia tat ihr Bestes für den Flüchtling. Als ihr aber klar wurde, dass er nicht mehr bei ihr bleiben konnte, brachte sie ihn an einem sicheren Ort unter. Man entdeckte den Ärmsten dennoch in seinem Versteck und tötete ihn. Agatia erstellte ein spezielles Dokument zu diesem Fall, in dem stand, dass man einen Gefolgsmann der Königin getötet hatte und verlangte eine Untersuchung. Solche Dokumente hatte Agatia schon immer, eher zum Spaß erstellt, in der letzten Zeit aber auch aus Notwendigkeit.

Was das Buch über die Knoten betrifft, so hatte sie es dem Georgier als Lehrbuch vorgelegt. Sie las daraus vor, wenn sie Zeit hatte, obwohl es genügte, die Bilder zu betrachten.

Agatia war der Ansicht, dass dieser junge Mann, den sie als gute rechte Hand des Königs und einen furchtlosen Recken aufrichtig betrauerte, die Kunst des Sich-Abseilens von einer Gefängnismauer brauchen könnte. Oder auch die Kunst der Verknotung des Seils am Fenstergitter und einige Seemannsknoten, welche eine rechte Hand des Königs von jeher beherrschen musste. Der Georgier hatte eine blaue Wäscheleine in der Hand und übte sich darin. Als Alfredo da Costa, Abgeordneter der genuesischen Gemeinschaft, fast ein halbes Jahr später die einsame Agatia Artschiliani-Zichistawi in einer geheimen Sache besuchte, lag das Buch »Die Seile und ihr Gebrauch« immer noch aufgeschlagen auf dem Tisch.

Als Alfredo da Costa es sah, sagte er:

»Ah ... das ... Sie ... wir bräuchten wirklich Seile. Wir müssen die Seile so fest halten wie die Möbelpacker. Dort gibt es ein Kapitel ... über das Schleppen der Lasten die Stufen hinauf ... «

»Ich weiß, da Costa«, sagte die Königin.

»Ja, natürlich.« Alfredo da Costa hatte sich entschieden.

WEM GEHÖRT WIE VIEL

Die zwei Testamente des Konstantin Wisramiani

Für die Angehörigen

Ich, Konstantin Wisramiani, zweiundsiebzig Jahre alt und bei voller Besinnung, in den letzten vierundzwanzig Jahren Oberster der Familie Wisramiani, erstelle mein Testament, welches gleich nach meinem Tod in Kraft tritt. Das ist mein letzter Wunsch in Bezug auf meine Nachkommen.

Dieses Testament entspricht vollkommen den Gesetzen von Santa Esperanza, demzufolge den Gesetzen von Großbritannien. Das bestätigt mein Advokat und Vertrauter Sampson Brass mit seiner Unterschrift.

Die vorhergehenden zwei Testamente, erstellt zu bestimmten Daten im Notariat »Revers and Brothers«, sind demnach außer Kraft, wenngleich die wichtigsten Punkte dieser zwei Testamente hier übernommen wurden.

Nach meinem Tod soll mein persönliches Eigentum unter meinen drei Kindern und acht Enkeln aufgeteilt werden.

Außer einem sollen alle meine Bankanteile und Wertpapiere in drei geteilt werden, für meine Kinder Petre, Pawle und Kaia zu gleichen Teilen, unter der Bedingung, dass sie diese Anteile gesondert aufbewahren, registrieren und den Gewinn nutzen. Damit möchte ich sie darauf hinweisen, dass sie, wenn ihre Stunde ge-

schlagen hat, diese Beträge und Anteile an ihre Kinder weitergeben müssen (die Listen sind dem Testament beigefügt).

Alle meine Anteile und Wertpapiere aus den Einrichtungen,
die nicht von den Wisramiani geleitet werden, deren Wertpapiere
ich aber besitze, sollen ebenfalls in drei gleichen Teilen unter meinen Kindern Petre, Pawle und Kaia aufgeteilt werden. Sie können
diese Papiere, welche sie nach meinem Tode erhalten, verkaufen.
(Die Liste ist beigefügt.)

Alle meine Anteile und Wertpapiere aus jenen Einrichtungen,
deren Aktienmehrheit ich besitze oder die wir Wisramiani verwalten, die von uns initiiert wurden und von mir persönlich gegründet und geleitet wurden, teile ich als Vorsitzender dieser Geschäfte
wie folgt auf:

Das Aktienpaket von »Wisramiani Lamb and Porks« bekommt
mein ältester Sohn Petre, der bis jetzt operativer Leiter dieser Einrichtung war. »Wisramiani Stream Waters« bekommt mein jün-
gerer Sohn Pawle, der dieses Geschäft ebenfalls bis jetzt leitete.
»Wisramiani Shops« und »Wisramiani Gifts« samt den Spielkartenwerkstätten bekommt meine Tochter Kaia, die in beiden Geschäften meine Gehilfin war.

Die Ländereien, welche unser Zweig der Wisramiani-Familie
besitzt (die Liste ist beigefügt), das heißt, die ich besitze, sollen
nicht aufgeteilt werden, mit einer Ausnahme. All diese Länderei-
en, darunter der Anteil des Landes am Flughafen, gehören meinen
drei Kindern, welche sie im Einvernehmen verwalten sollen, so
wie ich und mein verstorbener Bruder sie verwaltet haben. Meine
Neffen (die Kinder meines Bruders) aber sollen das gleiche Recht
dazu erhalten, wie wir es, ich und mein Bruder, im Abkommen
festgelegt haben (die Liste ist beigefügt). Nach meinem Tod erhalten sie die Farmen, die mir ihr Vater anvertraute und deren
Bruderschaftsanteil sie erhielten, so wie es unsere Sitte will. Die
Kinder meiner Schwester aber erhalten jene zwei Farmen zur Verwaltung, die meine Schwester besaß und in ihrem Testament meinem Bruder zur Verwaltung überließ, die nach seinem Tod aber
mir anvertraut wurden und von denen die Kinder meiner Schwester ihren Anteil erhielten. Sie sollen diese ab jetzt selbst verwalten

und die Fragen der Rinderzucht mit ihren Cousins absprechen. Wenn man sich nicht einigen kann, können die Farmen stillgelegt werden, im Falle eines Verkaufs aber sollen diese nur an andere Wisramiani verkauft werden.

Das Haus meiner Vorfahren, in dem mein Großvater, der Oberste unserer Familie, und mein Vater, auch Oberster der Familie, lebten und in dem ich zurzeit lebe, soll samt Hof und Weinberg meinen zwei Enkeln, Salomea Wisramiani und Data Wisramiani, übergeben werden, die sich über eine Teilung einigen können, falls diese notwendig sein wird. Nach einem anderen Gesetz kann jeder Wisramiani in das Haus des Obersten kommen und bleiben, solange er möchte.

Salomea Wisramiani erhält mein Stadthaus im Strandviertel. Von meinem Konto (Nummer und Summe sind angeführt), das ich Enkelkonto nannte und wo nur englische Pfund gespart wurden, erhalten meine Enkel folgende Beträge:

Konstantin Wisramiani	25 000 Pfund
Natile Wisramiani	150 000 Pfund
Solomon Wisramiani	250 000 Pfund
Waram Wisramiani	250 000 Pfund
Tamar Wisramiani	150 000 Pfund
Schedadia Wisramiani	250 000 Pfund
Salomea Wisramiani	500 000 Pfund
Data Wisramiani	250 000 Pfund

Vom selben Konto erhält der Gutsverwalter des Familienobersten, der Sungale Martia, für seine treuen Dienste 40 000 Pfund.

Ebenso erhält 10 000 Pfund Mariko, die Oberste der Hausangestellten, die Sungalin von Tatala ... (Lang ist die Liste der Sungalen.)

All dies bestätige ich, Konstantin Wisramiani, meinem Wunsch nach mit meiner Unterschrift.

Notar Revers. Zeugen: Brass, Canterbury.

Datum, Uhrzeit. Stempel. Kopie.

4

Für die Angehörigen

Alle Wisramiani, die schreiben konnten, schrieben früher zwei Testamente. In dem einen teilte man seinen Besitz unter den Angehörigen auf, in dem anderen aber hinterließ man seine Gedanken.

Wer nicht schreiben konnte, rief seine Angehörigen noch einmal zu sich, um ihnen zum wiederholten Male mitzuteilen, was es bedeute, ein Wisramiani zu sein, und starb erst danach.

So war es bei meinem Vater und Großvater.

Ich predige schon mein Leben lang, was es bedeutet, Wisramiani zu sein, und wie man sich bewahren soll. Deshalb ist dieses Testament vielleicht überflüssig, doch einer Sitte kann man nicht ausweichen. Eine Sache ist es, wenn man direkt miteinander spricht, eine ganz andere, wenn man aus dem Grab spricht. Das aus dem Grab gesprochene Wort hat ein ganz anderes Gewicht. Missachtet man es, wird man sein ganzes Leben das Gefühl nicht los, man stehe in jemandes Schuld.

Meiner Beobachtung nach kommen alle kostbaren Gedanken aus dem Grab. Wenn es den Menschen nicht mehr gibt, werden seine Worte eher geehrt und für nützlich gehalten.

Da ich das Testament über meinen Besitz bereits einmal erstellt habe, füge ich nun schon ein zweites Mal meine Gedanken hinzu, alles, was jetzt wichtig ist. Wenn mir aber noch andere Gedanken kommen, werde ich dieses Testament weiterschreiben und ergänzen.

Ich sage es meinen Kindern und Kindeskindern, damit sie verstehen und sich retten.

Wir sind die Wisramiani. Wir sind ein altes Geschlecht, frei von Anbeginn, auch wenn wir nie einen Titel des Groß- oder Kleinadels erhielten. Wir sind johannische Bauern, schon immer unsere eigenen Herren. Johannische Bauern bedeutet, wir sind Georgier. Das muss sich jeder Wisramiani gut merken. Wenn er es nicht vergisst, wird er nach diesen Prinzipien handeln.

Den Wisramiani hat nie jemand geholfen. Was einer besitzt, ist seines, das er nach Sitte der Wisramiani verwenden kann. Wir nennen uns die Bewahrten. Wir bewahrten uns so, dass wir nie-

mandes Hilfe benötigten. Unsere Schwiegersöhne und Schwiegertöchter waren stets Georgier aus Georgien. Diese Sitte müssen alle
Wisramiani befolgen, andernfalls werden wir keine Bewahrten
mehr sein. Wer kein Bewahrter mehr ist, wird auch kein Wisramiani sein. Dann muss er sich entfernen und alles ablegen, was den
Wisramiani ausmacht. So war es schon immer und dadurch er-
starkten die Wisramiani. Denn sie erhielten sich das, was sie hatten, sie starben nicht aus und vermehrten sich.

Das Leben der Wisramiani muss so aussehen: die Regierung
nicht lieben, aber schlau mit ihr verhandeln. Sie soll deine Kraft
kennen. Wir sind im Parlament, aber das ist keine Regierung. Die
Regierung der Wisramiani ist ganz anders. Denn ich glaube, dass
dieses Land keine bessere Regierung als die der Wisramiani haben
kann. So dachten mein Vater, Großvater und alle anderen Vorfahren. Hilf der Regierung niemals, wenn du nicht selbst auf sie angewiesen bist. Weder erkannten wir die Burgvögte mit besonderen
Huldigungen an, noch luden wir Könige, Paschas oder Gouverneure zu uns ein. Im Gegenteil – man lud uns ein.

Wir müssen Gott anerkennen, ihm seinen Teil der Ehrerbietung erweisen und ihn anflehen, dass er uns gut gesinnt ist. Wir
werden aber nicht die Befehle der Priester befolgen. Wir befolgen
den Willen Gottes und haben es nie vernachlässigt, den Allmächtigen zu ehren. Diesen Vorsatz habe ich befolgt und den müsst
auch ihr befolgen. Die Wisramiani haben ihre Konfession niemals
geändert und verachteten deshalb diejenigen, die ihren Glauben
um des Friedens willen aufgaben. Darüber hinaus schätzen sie die
Vertreter anderer Konfessionen.

Ein Wisramiani verkauft seinen Besitz nicht. Er kauft nur und
wird reicher. Die Johannesen müssen ehrlich sein und die Gesetze
befolgen. Aber das öffentliche Recht darf niemals über das Recht
der Wisramiani gestellt werden.

Ich war nie an der Politik beteiligt, genau so wenig wie die anderen Wisramiani. Doch wenn man bewaffnet ist, heißt das, sich
an der Politik zu beteiligen. Dem Wisramiani war es untersagt,
Waffen zu besitzen, da er ja seinen Glauben nicht aufgab. Trotzdem besaßen die Wisramiani immer Waffen und alle wussten, dass

4

sie stärker waren als die Zichistawi. Der Wisramiani mag keinen Krieg, aber er kennt sein Maß, wonach es nur noch Schwert und Feuer geben kann.

(Später Hinzugeschriebenes) Ein Wisramiani erlaubt keinem Anglesen, keinem Angehörigen oder Fremden, auf dem Lande des Johannes seine Possen zu treiben. Die anderen Familien können denken, was sie wollen, aber die Wisramiani haben es bis jetzt nicht erlaubt und erlauben es, egal was kommt, auch weiterhin nicht, dass der Ort des Johannes für die aus der Fremde Kommenden zum Tummelplatz an der Sonne wird. Als man auf der Insel einige Stellen der nackten Glückseligkeit zu schaffen versuchte, jagten die Wisramiani allen Furcht ein. Die Wisramiani stoppten den Gouverneur, als dieser die Inseln in ein Zentrum des Sextourismus umwandeln wollte. Ich sagte damals, ältere Menschen und Paare seien willkommen, aber keine nackten Jugendlichen. Diese kann man nach Barbados, Westindien oder Ibiza schicken. Die Wisramiani gaben dem Tourismus der Insel einen gewissen Charakter. Sie unterstützten es, wenn anständige Menschen in den Sommerferien auf die Insel kamen. Sonst wäre ein großes Bordell aus ihr geworden – und wir hätten die Bettwäsche gewaschen.

Diesem Land gilt meine Sorge und soll auch eure Sorge gelten. Wenn der Anglese geht, darf der Wisramiani keine solchen Neuerungen erlauben.

Ich schreibe das deshalb, weil damals außer mir keiner etwas sagte. Als ich zum Gouverneur ging, war ich fünfunddreißig und fand dort niemanden vor, keinen Priester oder sonst jemanden, der etwas zu dem Gesetz gesagt hätte. Unser Vater war erst seit zwei Tagen beerdigt, und mein Bruder wartete draußen auf mich, zwischen den Gardisten des Gouverneurs.

Ich sagte damals, ich würde es nicht erlauben, dass Frauen nackt tanzen und das Bordell vom Gesetz geschützt wird. Was in Britannien nicht erlaubt ist, sollte es hier auch nicht sein. Dann ging ich zum Fenster und sagte, dass dies ein gepriesener, ruhiger Ort sei, wo man sich keinen Lärm wünsche. Und ich zeigte ihm den Turm der Festung. So bewahrte ich dieses Land vor dem Verfall. Ich bitte euch alle, so zu handeln. Man muss ein menschliches Antlitz bewahren. Dafür kann man auch kämpfen.

(Letzter Nachtrag) Ich bin schon sehr alt geworden und bitte daher alle, die bei der nächsten Wahl des Familienobersten dabei sein werden, einen meiner Enkel, Salomea oder Data, zu wählen. Das entschied ich nach reichlicher Überlegung. Die beiden sind fähig zu führen. Wenn ich es zu meiner Lebzeit nicht mehr schaffe, euch dies mitzuteilen, so entnehmt es bitte hieraus.

Wenn der Anglese geht, darf, so denke ich, der Wisramiani diese Inseln nicht der Politik überlassen. Keiner Seite. Er muss den Krieg meiden, aber der Gouverneur muss uns die johannische Fahne übergeben. Wir würden die britische Flagge einholen und uns im Namen der achtzehn Familien um das Land kümmern. Die Übernahme der Fahne steht uns zu.

Dabei haben wir einen großen Gegner. Die Familien werden nicht alle auf unserer Seite sein. Aber die Sungalen werden zu uns halten und ich glaube, auch die Osmanen. Wir müssen ein würdiges Land aufbauen. Die Anglesen mögen uns nicht. Sie sind uns militärisch überlegen. Ich habe in meinem Leben vieles gesehen und weiß, dass der Engländer, wenn er will, einen Ort so verlässt, dass er dort nach wie vor das Sagen hat. Die Engländer werden die Zichistawi unterstützen. Sie werden jemanden aus dieser Familie aufsuchen, um wie bei sich einen König zu ernennen. Einen König darf es nicht geben. Als sich die Zichistawi zu Königen erklärten, stimmten die Wisramiani dem nicht zu. Unser König sitzt in Georgien. Darin wird euch der Sungale unterstützen, der schon immer die gleiche Einstellung hatte und diese auch verteidigen würde ... Johanniens Interesse liegt nicht im Parlamentieren. Sein Interesse liegt im Ausgleich und im Übereinkommen. Wir gelten als Konservative, einige als Liberale. Das ist Quatsch, denn die Wisramiani haben ihre Insel. Ein jeder Wisramiani soll stets daran denken, dass er für immer ein Bewahrer ist, ein Bewahrer seiner selbst und seines Landes. Meide die fremde Zerstörung und vertreibe sie.

Wer sich über die Wisramiani stellen will, ist kein Wisramiani mehr.

4

DER SPAZIERSTOCK

»Hey, Pardon Bell, schau mich mal an.« Mütterchen Agatia hielt ihren Spazierstock in der Hand und blickte den kleinwüchsigen Mann verschmitzt an.

»Jawohl, meine verehrte Königin …«

»Pardon Bell, wozu braucht eine alte Frau wie ich diesen schweren Spazierstock, weißt du, wie schwer er ist? Er ist alt, ein Familienstück. Der selige Sari Beg benützte ihn im Alter. Damit stolzierte er durch das Stateviertel …«

»Ach, welch ein Anblick … der Bewahrer solch eines Geheimnisses und eines Zaubers, ein Schatz …«

»Pardon Bell, du bist doch mein Waffenträger? Ich habe dich doch dazu ernannt?«

»Jawohl, Königin.«

»Was denkst du, warum ich das tat?«

»Ich … wissen Sie was, Königin? Ich kann den Stock tragen und, wie es sich gehört, einen Schritt hinter Ihnen gehen.«

»Worauf, zum Teufel, soll ich mich dann stützen?«

»Kaufen wir einen leichteren …«

»Den hätte ich schon früher kaufen können.«

»Verzeihen Sie, Königin.«

»Hör mit diesem Quatsch auf … Du weißt genau, warum ich dich ernannte.«

»Ja?«

»Hätte ich dich ernannt, wenn du wirklich ein irrer Mystiker wärst? Schaut euch mal diesen Dummkopf an?!«

Pardon Bell lächelte.

»Sie dachten wohl nicht, dass ich Sie in mein Gefolge aufnehme … Sie wollten sich einfach so an mich heranmachen. Erst versuchten sie es mit diplomatischen Gesprächen und wiesen mir dann einen Mann zu. Ich stellte dich auch ein, was willst du mehr?«

»Nichts, ich habe keine großen Hoffnungen.«

»So viel Hoffnung hast du sicher noch, dass du mich bei Fehlverhalten sofort beseitigst …«

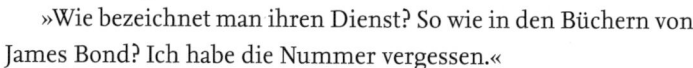

»Wieso sagen Sie das ...«

»Wie bezeichnet man ihren Dienst? So wie in den Büchern von James Bond? Ich habe die Nummer vergessen.«

»Sie haben nichts zu befürchten. Wir erledigen alles. Das Einzige, was wir wollen, ist Ihre Gesundheit.«

»Was bin ich denn für eine Königin, wenn Sie alles erledigen?«

»Mrs. Artschiliani ... Sie sind für mich nur ...«

»Sparen Sie sich die Erklärungen, ich weiß ganz genau, wer Sie sind. Deshalb hab ich Sie in meine Nähe genommen. Wie lange kann man eine verblödete Oma und einen irren Ethnografen spielen ...«

»Geografen ...«

»Das ist doch einerlei ... Ist der Mann, der angeblich mit Antiquitäten handelt, auch einer von Ihnen? Perigo. Ja, Perigo ...«

»Er ist mein Vorgesetzter.«

»Oh, ho-ho ... Warum sind die schlechten Männer immer die Vorgesetzten, die guten aber ihre Untergebenen? Wir Esperantiner arbeiten nicht mit der englischen Polizei zusammen. Wir lieben das Recht, aber nicht die Polizei. Deshalb werde ich Sie nicht verpfeifen.«

»Sie können uns doch nicht bei uns selbst verpfeifen?«

Agatia Zichistawi-Artschiliani kicherte. Sie hielt den Stock immer noch in der Hand.

»Ich habe ein komplettes Gefolge ... einen Waffenträger, einen Fahnenträger und eine rechte Hand ...«

»Ja, der Fahnenträger ist eine interessante Persönlichkeit. Mit ihm haben wir keine Probleme. Mich interessiert ...«

»Nika, der Schwiegersohn der Wisramiani, ein georgischer Bandit.«

»Ja ... wir hatten schon etwas rausgekriegt, aber leider war er schneller und kam zu Ihnen.«

»Leider gefällt mir dieser junge Mann. Er ist der Schwiegersohn einer Familie, die ein schrecklicher Feind meiner Familie ist. Er verbirgt sich vor ihnen. Ich habe ihn versteckt und ernannte ihn dann zu meiner rechten Hand ...«

»Nein ... Ich verstehe.«

4

»Diese Ernennung war ein Spiel. Ich spürte, dass ich in meinem Alter noch einiges erledigen muss.«

»Wo ist er jetzt?«

»Ich habe ihn versteckt.«

»Das ist Ihre Entscheidung. Er scheint ein gefährlicher Mensch zu sein.«

»Du verstehst nichts, Pardon Bell. Nichts. Ich sage dir nicht, wo er ist. Wenn wir ihn nötig haben, suchen wir ihn auf.«

»Ich bezweifle, dass es nötig sein wird.«

»Ich werde ihn brauchen.«

»Gut, aber ich muss alles wissen.«

»Pardon Bell, weißt du, was sich in diesem Stock befindet?«

»Was?«

»Ein Stilett ... das ist wie eine Scheide«, dabei fasste Agatia das Endstück des Stiletts und zeigte ihm dessen Spitze, »hier ... schau ...«

»Oh, ho, ho ... den Geist welches Jahrhunderts ließen Sie in das Zimmer hinein?«

»Ließ ich ihn hinein?«

DIE ÜBERLEGUNGEN DES MÖNCHES PANTHELEIMON

Erneut aus einem Theaterstück

(Klosterhof. Auf einem steinernen Stuhl liegt Nika Abaischwili. Herein kommt der Mönch Pantheleimon.)

Pantheleimon:	Da bist du ja.
Nika:	Ja ... Ich sitze hier. Bin eingenickt.
Pantheleimon:	Darf ich dich etwas fragen?
Nika:	Lass es raus.
Pantheleimon:	Was für eine freie Sprache. Lass es raus ... Ich lerne dieses Georgisch ... Wie bist du zur Königin gekommen?

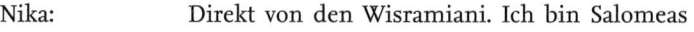

Nika:	Direkt von den Wisramiani. Ich bin Salomeas Ehemann.
Pantheleimon:	Ich will es dir direkt sagen, ich bin der Freund von Salomeas Bruder, Data.
Nika:	Data ist ein guter Kerl. Er kann gut sein.
Pantheleimon:	Was bedeutet das? Anständig?
Nika:	Als ich in Istanbul war, habe ich über vieles nachgedacht. Das bedeutet, dass er sich korrekt verhält. Wenn er verliert, gibt er dem Gewinner das Geld. Er achtet die Menschen, die es verdienen, und verachtet die Schweinehunde.
Pantheleimon:	Gott verzeihe mir diese Frage. Mich interessieren die Menschen an sich … Muss er denn das Geld nicht hergeben, wenn er verliert?
Nika:	Es gibt Leute, die es nicht tun.
Pantheleimon:	Was Data macht, ist eine große Sünde.
Nika:	Mensch, Pater. Ich habe einen Menschen auf dem Gewissen und mache mir keine Gedanken darum. Wer weiß, wen ich im Krieg noch alles erschossen habe.
Pantheleimon:	Gott steh uns bei, man nahm dich aus Ehrfurcht vor Königin Agatia hier auf. Söhne wie dich hat Gott …
Nika:	Ich bin ganz neidisch auf dich, denn du erwähnst immer wieder Gott …
Pantheleimon:	Was meinst du damit?
Nika:	Kurz, du kannst es sagen. Wenn ich aber sagen würde, mein lieber Gott, hilf mir doch, wäre das sehr peinlich.
Pantheleimon:	Warum?
Nika:	Weil ich nie an ihn dachte, solange es mir noch gut ging oder als ich beschäftigt war, und jetzt, da ich in Not bin, soll ich mich an ihn wenden, das wäre ziemlich unehrenhaft. Es ist doch Gott und kein Mensch. An einen Menschen könnte man sich eher wenden.

4

Pantheleimon:	Du denkst falsch. Gott wird dich immer erhören. Hauptsache, du bereust und bedauerst von Herzen und gehst reuevoll zu ihm.
Nika:	Was soll ich denn bereuen? Dass ich sie liebte?
Pantheleimon:	Deine Liebe zu der Frau bedeutet nicht gleich, dass du recht hast. Die Liebe zu einer Frau ist ein Menschenleben nicht wert.
Nika:	Er hat auf mich geschossen. Das war ihr Mann ... dann hab ich zurückgeschossen.
Pantheleimon:	Wo ist diese Frau jetzt?
Nika:	Ich weiß es nicht.
Pantheleimon:	Eine teuflische Sache, wenn du nicht einmal weißt, wo jene Frau ist, die du einst heiraten wolltest.
Nika:	Als ich in Istanbul war, habe ich über vieles nachgedacht ... Ich hätte ihn nicht getötet, wenn er es nicht bei mir versucht hätte. Welcher Mann würde es ertragen, wenn man ihm seine Frau wegschnappt?
Pantheleimon:	Warst du vorher Soldat?
Nika:	Dort gibt es so etwas nicht. Dort ist man entweder ein harter Kerl oder einfach irgendjemand. Dann tritt man sich seine Füße an dir ab.
Pantheleimon:	Wie ist Georgien? Ich möchte sehr gerne wissen, wie es dort ist. Man sagt, dass es dort viele Gotteshäuser und Klöster gibt.
Nika:	Die gibt es massenweise ... Nur versuchen alle, von dort wegzukommen.
Pantheleimon:	Data will mich überreden, nach Georgien zu gehen.
Nika:	Wäre eine andere Zeit, würde ich euch hinführen ... Das gäbe einen tollen »Ponti«.
Pantheleimon:	Was bedeutet »Ponti«?
Nika:	Ein Ponti ist, wenn eine Sache abgeht. Ein guter oder ein schlechter »Ponti«, oder ein So-lala-»Ponti«, so sagt man dazu.

Pantheleimon:	Also doch gefährlich? Wie ist es denn letztendlich?
Nika:	Jetzt ... was weiß ich. Bei uns würde man sagen, es ist ein abgefucktes Land.
Pantheleimon:	Was heißt das?
Nika:	Das bedeutet bei euch, glaube ich, heruntergekommen.
Pantheleimon:	Gott stehe euch bei, sagt man so etwas über das eigene Land?
Nika:	So ist es eben.
Pantheleimon:	Warum gibt es dann so viele Gotteshäuser?
Nika:	Pater, sei mir nicht böse, aber ihr seid hier alle hinterm Mond, einfach »Goimi«*. Du fragst mich solche blöde Sachen. Ihr habt hier keine Ahnung.
Pantheleimon:	Wirst du für die Königin kämpfen?
Nika:	Für die Babuschka? Sie ist eine gute Babuschka. So wie meine. Wenn du mich nach Georgiern fragst, so sage ich dir, dass sie ihre Großmutter mögen. Mich hat meine Oma großgezogen. Als ich noch klein war, begleitete sie mich in die Schule und steckte ihre Hand durch die Klassenzimmertür, als Beweis, dass sie noch da war, kannst du dir das vorstellen?
Pantheleimon:	Ah, ich weiß nicht mehr, was ich über dieses Georgien denken soll.
Nika:	Man soll überhaupt nichts darüber denken. Es frisst dich auf, es ist ein guter Esser und kann ein ganzes Schaf verspeisen.
Pantheleimon:	Welches Schaf meinst du, Nika?
Nika:	Ein Schaf ist immer ein Schaf.
Pantheleimon:	Alle Georgier, die zu uns kamen, waren Banditen, jeder stiehlt etwas und ...

---

* Goimi – Jugendjargon für einen Menschen, der wenig Ahnung davon hat, was gerade »in« ist.

Nika:	Er würde ja nicht von dort weggehen, wenn er nicht in Not wäre.
Pantheleimon:	Gott bewahre! Wenn es hier so wäre wie in Georgien, würdest du dich für die Königin opfern?
Nika:	Bist du ein Pater oder ein Ermittler, Pater?
Pantheleimon:	Ich bin verärgert. Ich sehe nichts Gutes. Würdest du dich für die Königin opfern?
Nika:	Ich muss ihr doch danken ... Ich schlüpfte bei ihr unter, als ich auf der Flucht war. Du weißt doch, was für eine schlimme Sippe diese Wisramiani sind ... Sie hat mich auch bei euch versteckt. Ich muss ihr doch danken ... Eigentlich kämpfen die Georgier nur auf ihrer eigenen Seite.
Pantheleimon:	Nur auf der eigenen Seite?
Nika:	Na ja, wenn alles so zusammenfällt, gut ... nein, auf der eigenen Seite. Ich habe in Istanbul viel nachgedacht.
Pantheleimon:	Ich habe dir ein Buch mitgebracht, Nika. Aus dem Stockholmer Institut für Bibelübersetzungen, das Neue Testament auf Georgisch. Ich habe georgische Lettern. Vielleicht kannst du mir die Sprache ein wenig beibringen. Wir schreiben doch in Kirchenschrift. Unsere Briefe werden mit anderen Buchstaben geschrieben.
Nika:	Was soll ich dich lehren?
Pantheleimon:	Was, sagtest du, bedeutet das?
Nika:	Was?
Pantheleimon:	Was ist ein »Goimi«?
Nika:	»Goimi« ist, »Goimi« ist ... Der alte Wisramiani ist ein »Goimi«. Kaia Wisramiani ist eine »Goimi« ...
Pantheleimon:	Und Data?
Nika:	Nein, Data und Salomea nicht ...
Pantheleimon:	Also ich auch ...
Nika:	Du bist ein ehrlicher Typ. Warum solltest du ein »Goimi« sein?
Pantheleimon:	Ich will, dass du, Nika ...

EIN BLITZ VOM HIMMEL UND BRENNENDE DISTELN

PARNA UND DIE FLAGGEN

Was war an dieser Flagge Besonderes?

Parna Medrosche wusste nichts von Flaggen, aber dafür konnte er nichts. Jawohl, seine Vorfahren waren die Fahnenträger der Burgvögte und Könige auf dieser Insel gewesen, doch Parna verstand nichts davon.

Er kannte nur die Fahne auf dem Dach des Gouverneurssitzes. Als Kind hatte er außerdem ein- oder zweimal die Fahnen bei einer zeremoniellen Truppenparade auf dem Friedhof gesehen.

Sein Vater, der ältere Parna, hatte auch keine Fahnen gesehen, dessen Vater ebenfalls nichts, aber sein Ururgroßvater hatte einige gesehen. Er war der letzte Fahnenträger der Zichistawi gewesen, genauer gesagt von Sari Beg, dem die Engländer mit einem Papierkrieg das Leben schwermachten, dem sie die Herrschaft über das Land entzogen und den sie mit einer vorzeitigen Rente abspeisten. Seitdem hatten die Fahnenträger keine Flaggen mehr zu sehen bekommen und um ehrlich zu sein, hatten sie auch wenig Sehnsucht danach. Sie hatten den Familiennamen behalten, die Flaggen aber nicht. Wer weiß, wo sich die Flaggen befanden. Was gingen Parna die Flaggen an: Sicherlich hatte Sari Beg die Fahnen, die früher die Medrosche trugen, den Anglesen übergeben.

Parna Medrosche kannte die Museumsausgabe des Buches »Die Flaggen von Santa Esperanza«, zusammengestellt vom Museumsdirektor und Gelehrten Alfredo da Costa, nicht. Er benötigte das Büchlein auch nicht, denn er hatte schon genug zu überlegen: Er verlor ständig beim Pferderennen und gewann immer beim Kartenspiel. Parna war unter dem Spielervolk ein bekannter Spieler. Einmal sagte ihm sein Spielpartner und Mitkämpfer, Data Wisramiani, er müsse seinen Namen ändern, sich nicht Fahnenträger, sondern Spieler nennen. Dieser Scherz entsprach aber der Wahrheit.

5

Parna Medrosche wusste nicht einmal, dass jene Fahnen, die seine Vorfahren trugen, in dem Museum ausgestellt waren, das derselbe Alfredo da Costa leitete. Die drei Flaggen hatte er nie gesehen. Parna kannte weder den alten da Costa noch die letzte Erbin der selbsternannten Könige Artschiliani-Zichistawi, die alte Khanum Agatia, von einigen Khanum der Khanume oder einfach Königin genannt. Parna war ebenso unbekannt, dass von den drei Fahnen im Museum, die seine Vorfahren hegten und pflegten, eine besonders wichtig war. Die anderen beiden waren nur Flaggen, die auch von anderen Gefolgsleuten getragen werden durften. Doch die Fahne, die man im unteren Saal des Museums ausgestellt hatte, durfte nur von einem Fahnenträger hinausgetragen werden.

Die zum moslemischen Glauben konvertierten Zichistawi mieden es, diese Fahne zu präsentieren, auf der der heilige Georg stehend und mit der Lanze in der Hand abgebildet war. Außerdem war die Fahne in einer für die Insulaner unverständlichen Schrift beschrieben. Es war die georgische Majuskelschrift, die man hier vergessen hatte, da man die georgische Minuskelschrift benutzte. Das hing mit der osmanischen Besetzung zusammen, nach der alle weltlichen Papiere osmanisch ausgestellt worden waren. Im Kloster wurde aber nur die georgische Minuskelschrift, die sogenannte Kirchenschrift, gelehrt. Parna wusste nichts davon und hatte es auch nicht nötig. Sicher wusste er auch nichts davon, dass der Vorsitzende des Museums, Alfredo da Costa, im Frühjahr das Inventar des Museums erstellte und bei dieser Gelegenheit die Fahne aus dem Ausstellungssaal tragen ließ, unter dem Vorwand, diese untersuchen zu müssen. Das erstaunte keinen, da Signor da Costa die Gegenstände des Museums oft monatelang untersuchte. Dann wurden diese Gegenstände in seinem Büro bei einer bestimmten Temperatur in einer feuerfesten Kiste aufbewahrt.

Parna wartete darauf, vorgeladen zu werden, wenn auch lustlos. Man hatte ihn vor einer Gefahr gewarnt, und das war natürlich nicht gerade erfreulich. Schon früher war ein Mann zu ihm gekommen, der ihm alles erzählt und ihm dafür fünfhundert Pfund abgeknöpft hatte – das war Lamur Mosiarule gewesen. Lamur Mosiarule war einer, der alles wusste. Im Unterschied zu Parna hatte

er das Handwerk seiner Vorfahren, der Läufer und Informationsträger, beibehalten und verdiente sich damit seinen Unterhalt.

Parna wurde vorgeladen.

Das war mittags.

In einer kleinen Wohnung im dritten Stock, vollgestopft mit
tausenderlei verschiedenen Gegenständen, empfingen ihn eine
infantile alte Frau und der Geruch von Baldrian. Dort waren auch
ein großer Mann, den die Alte ihre »rechte Hand« nannte, und ein
Engländer mit dichtem Bart, der sich absichtlich blöd stellte. Das
Gespräch fand in Anwesenheit der beiden statt.

»Deine Vorfahren waren meinen Vorfahren sehr treue Diener«,
sagte die Alte zu ihm, »später haben wir uns zwar aus den Augen
verloren, aber nun denken wir wieder daran, und ich berufe dich
nun in meinen Dienst.«

Parna lächelte höflich.

»Mehraba, Signora«, sagte er mit einem unverwechselbaren
Akzent, der in den engen Gassen des Glücksviertels gesprochen
wurde. »Ich bin aus Achtung vor Ihrem Alter gekommen. Was
weiß ich schon von Ihren Geschichten? Ich bin der kleine Parna.
Ich spiele gern Inti und habe einen guten Spielpartner. Außerdem
mag ich Pferde.«

»Du verstehst nichts, Parna Medrosche«, erwiderte die Frau.
»Indem du gekommen bist, hast du dich einverstanden erklärt.«

»Dann habe ich es wahrhaft nicht verstanden«, sagte Parna,
»ich kam aus Anstand. Ihre Familie gewährte unserer Familie tausend Jahre lang, an Ihrer Seite zu sein. Wie konnte ich da nicht
kommen?« Parna konnte ja nicht zugeben, dass er vieles erst von
Lamur, dem Läufer, erfahren hatte. »Ich konnte die Einladung
nicht absagen. Wer weiß, welches Wasser ich Ihnen reichen soll?«

Die anderen zwei saßen stumm dabei.

»Parna Medrosche«, sagte die Frau, »es gibt das Siegel des
Burgvogts Goti, der den Fahnenträgern die Hälfte der Südinsel
vermachte. Es gibt Dokumente der Beg, die den Fahnenträgern
das Land nahmen und es an die Wisramiani gaben. Jetzt ist die
ganze Südinsel Eigentum der Wisramiani. Es gibt einen Beschluss
von Sari Beg, der das Schreiben der Beg für ungültig erklärt und

die Ländereien der Insel wieder den Medrosche übereignet hat. Nur hat man das Papier verschwinden lassen, als die Engländer kamen. Damit will ich dir sagen, dass wir euch sehr achten. Ich kenne deinen Beruf, und ich suchte keinen anderen. Es gibt ein Papier, worin steht, dass die Fahnenträger der Zichistawi eine besondere Kraft in der Hand haben, die schon oft die Gefahr von der Fahne und dem Land abwendete.«

»Die hat wohl jetzt zum Kartenspiel gewechselt«, sagte plötzlich der Rechte und reichte Parna die Hand. »Nika, mein Freund …«

»Kleiner Parna«, sagte Parna und reichte ihm ebenfalls die Hand.

»Es gibt auch ein Schreiben eines Mannes aus Amarto, worin steht, dass der Verräter des Königs in die Hölle kommt.«

Parna lächelte.

»Signora, was habe ich Ihnen getan? Soll ich den Wisramiani die Länder wegnehmen? Wozu? Ich bin kein Landmensch. Auch kein Höllenmensch. Ich bin ein armer Inti-Spieler, der seiner Frau fürs Mittagessen stets fünf Pfund geben kann.«

»Parna Medrosche, du begreifst nicht, dass du von hier nur wegkommst, wenn du zustimmst. Sonst gar nicht. Wenn du aber wegkommst, landest du sicher in einer Festung nahe der Hölle. Du hättest nicht kommen und hättest die Einladung in den Papierkorb werfen sollen.«

»Die Einladung der Königin?«

»Aha, da wären wir. Ich hätte sonst jemand anderen gewählt, aber eure Hand ist erfahren. Jetzt musst du dir alles anhören, bis dahin aber erhebe dich und reiche mir deine glücklichen Hände.«

Parna erhob sich und streckte die Hände aus. Nika reichte der Königin einen zusammengelegten Stoff, den sie in Parnas Hände legte.

»Ich, Agatia, die über das Meer blickende Königin der Insel und Inseln, sowie Herrscherin über Wald, Wasser, der Ost- und Westflächen, übergebe dir, dem Fahnenträger Parna, die Fahne meiner Insel zur Aufbewahrung und Betreuung. Verflucht sei jeder, der Parna Medrosche diese Fahne streitig macht.«

Nika überreichte ihm eine kleine Schatulle.

»Ich, Agatia, Königin der drei Inseln, überreiche Parna Medrosche zum Schutz und Gebet das Kreuz und die Ikone der Artschiliani-Zichistawi, welche früher auf das Schiff gebracht wurden, wenn es in See stach …«

Parna musste lächeln und er hätte noch mehr lachen müssen, hätte ihn nicht zuvor Lamur Mosiarule genervt. Dieser hatte gesagt, man würde ihn aufsuchen, weil sie nur ihre eigenen Leute aufsuchten, sonst keinen.

»Was ist das?«, fragte Parna.

»In dieser Schatulle befinden sich ein Kreuz und eine Ikone. Die Zichistawi trugen sie bei sich, wenn sie auf See waren. Diese Reliquien wurden ebenfalls von deinen Vorfahren betreut.«

Parna stöhnte und sagte:

»Was soll ich jetzt mit dieser Fahne anfangen?«

»Was du willst, aber wenn ich dich zu mir rufe, bringe sie mit!«

Genau das hatte ihm Lamur Mosiarule gesagt: Es sei alles lustig, aber man würde ihm am Ende doch etwas Schlimmes sagen.

»Na, Freund, steckst du in der Klemme?« Nika lächelte.

»Wo steckt er? «, fragte die Königin.

»In der Klemme.«

»Soll ich sie mit nach Hause nehmen?«, fragte Parna.

»Wohin du willst.«

»Bist du nicht der Spielpartner von Data?«, fragte Nika plötzlich.

»Wir spielen und kämpfen gemeinsam.«

»Data ist ein toller Kerl, kein Dummkopf, er weiß immer, was Sache ist«, sagte Nika und schüttelte den Kopf.

»Wenn ich richtig verstehe«, sagte Parna, der die Fahne noch immer in den Händen hielt, »gehe ich jetzt und esse Marmelade*, solange ihr mich nicht ruft.«

»Ich weiß nicht, was das bedeutet. Denk nicht, dass du im Zirkus bist. Man hat mich vor vier Tagen zur Königin gekrönt«, sagte Agatia zu ihm.

---

* Marmelade essen – wird als Ausdruck im Inti-Spiel verwendet, wenn ein Spieler sich ausruht, statt seinem Partner zu helfen

Parna stieß einen Pfiff aus.

»Sicherlich begreifst du, Fahnenträger, dass alles noch geheim ist. Pfeifen im Haus bringt wohl nichts Gutes.«

»Ich bin auf dem Hof aufgewachsen, Signora.«

»Sag ihm mal, dass ich keine Signora bin.«

Der Dritte, der Engländer mit den dicken Augenbrauen, saß ohne ein Wort zu sagen und malte Esel auf ein Blatt Papier.

»Brennt dir die Fahne vielleicht in den Händen? Das ist so«, sagte die Königin und drehte an einem Ring mit einem großen gelben Edelstein an ihrem Zeigefinger, »leg die Fahne hin, setz dich und hör mir zu … Ich muss dir die Geschichte dieses Landes erzählen.«

»Ich mag diese Geschichten nicht«, entgegnete Parna, »ich wusste, dass sie mich vorladen würden, und wäre auch gar nicht gekommen. Aber dann dachte ich, wer weiß, was man von mir verlangt? Ich bin ein Spieler. Ich brauche diese Geschichten nicht.«

»Hey, Parna Medrosche, was brauchst du nicht? Wir bringen dich und deine ganze Sippe in die Geschichte zurück«, sagte die Königin lächelnd und wies ihn mit dem Zeigefinger auf den Stuhl. »Wir haben bis jetzt geschlafen und wachen nun auf. O Gott, was wird noch alles geschehen, welches Unglück?«

»*Spakucha, babuschka*** …«, sagte Nika, »wir werden sie schon bezwingen.«

WIE KARMINE UND DER KLEINE MATALO DIE STARKEN KERLE AUS GEORGIEN ZUM BESTEN HIELTEN

Im Café links vor dem Hotel »City Piazza« saßen an einem schönen windigen Nachmittag Karmine, Parna Medrosche und der kleine Matalo. Sie hatten sich in den Sesseln zurückgelehnt, schauten in

---

* Spakucha, babuschka – aus dem Russischen abgeleitet: »Beruhige dich, Oma.«

Richtung des fast menschenleeren Strands und sprachen über die zu operierende Nase des kleinen Matalo, die auf einer Seite hoffnungslos verstopft war.

»Der Mensch hat drei Öffnungen zum Einatmen«, sagte Karmine, »zwei Nasenlöcher und einen Mund. Zum Ausatmen hat man aber vier, wenn man zu diesen dreien das eine versteckte hinzuzählt. Also steht es noch nicht so schlimm um dich.«

Sie sahen, wie von Weitem drei magere Jünglinge um die Ecke kamen und sich Richtung »City Piazza« bewegten. Alle drei waren schmächtig gebaut, unrasiert und mit weiten schwarzen T-Shirts bekleidet, die im Winde flatterten. Kein Zweifel, das waren Georgier aus Georgien.

Sie kamen mit schnellen Schritten, ohne aufeinander zu warten, und stürmten auf die Terrasse des Cafés, als würde die ganze Luft zum Atmen ihnen gehören.

»Wie sehr sie den Sungalen ähneln«, sagte Parna, »ehe sie sich setzen, werden sie sich zuerst gut umschauen.«

»Sie sind aber schmächtiger als die Sungalen«, bemerkte Karmine.

Die drei dachten aber nicht mal daran, sich hinzusetzen, sondern standen da und betrachteten alles ringsherum, das heißt den kleinen Matalo, Parna und Karmine. Sonst war um diese Zeit keiner auf der Terrasse.

Dann schob einer einen Sessel mit dem Fuß zur Seite und trat zu ihnen. »Spricht einer von euch Georgisch, Bruder?«, fragte er den kleinen Matalo.

»Mein Bruder ist nicht da«, erwiderte Matalo. Er war sehr pfiffig, dieser kleine Matalo, besonders wenn er mit Karmine zusammen war. Da wurde er listig wie ein Fuchs. »Mein Bruder ist weggegangen.«

»Nicht dein Bruder«, versuchte es der Georgier besser zu erklären, »ich frage nicht nach deinem Bruder, sondern möchte, was das Georgisch betrifft, eines fragen ...«

»Du fragst mich?«

»Mensch, frag ihn doch einfach, du siehst doch, er hat sie nicht alle«, rief ihm der zweite Georgier zu.

5

»Kurz, man sagte uns, hier versammeln sich die *Igroki** ...«

»Wir sind Männer«, lächelte Karmine ihn an, »was ist *Ikloki*?«

»Scheiß auf ihre Sprache«, wurde der junge Mann wütend, »sie verstehen nichts.«

Der Zweite aber beugte sich vor und schaute Karmine in die Augen. »Spielen, Onkelchen, spielen«, und er gestikulierte, als wenn er die Karten verteilte.

»Jaaa ... *Yes. Me.* Inti«, tat Karmine, als ob er verstanden hätte.

»*Choroscho***. Jetzt hör zu. Ich suche Data. Data.« Er gestikulierte wieder, als ob er Karten verteilte. »Wer von euch ist Data?«

»Data ist nicht da.« Parna Medrosche schüttelte den Kopf. »Data ist nicht hier«, und schwenkte seine Hand zum Zeichen, dass er gegangen sei.

»Wir suchen Data«, sagte der Erste beharrlich.

»Data kommt nicht hierher. Er kommt nie hierher«, erklärte ihm Karmine, »er wird anderswo sein.«

»Wo?«

»Anderswo. Wir wissen das nicht.«

»Wir suchen Data ...wo kann er denn sein?«

»Weiß nicht, sicher schläft er noch.«

»Wo wohnt er denn?«

»Wohnt?« Der kleine Matalo schaute ihn an. »Er hat keine Frau, ist Junggeselle.«

»Und wo wohnt er?«

»Das weiß ich nicht. Wieso sollte er mir sagen, wo er jemandem beiwohnt? Ein Mann wird den anderen doch nicht erzählen, wo er wohnte. Er findet eine Frau und wohnt ihr bei, was weiß ich davon, wo er sich demütigt?« Karmine lächelte. »Ich hab 'ne Frau und demütige mich vor ihr.«

»Mensch, das sind Arschficker ... Wo ist sein Haus?! Haus ...«

»Datas Haus?« Karmine lächelte und schüttelte den Kopf. »Datas Haus. Ja.«

»Wo ist es?«

---

* Igroki – russisch: »Spieler«
** Choroscho –russisch: »gut«

»Auf der Insel. Auf der Wisramiani-Insel. Kennst du den Flughafen? Dort ist Datas Haus.«

Die Georgier waren davon nicht begeistert.

»Komm, zeig es mir!«, sagte der Dritte plötzlich zu Karmine.

»Was?«

»Datas Haus.«

»Gut«, sagte Karmine und streckte die Hand aus.

»Was?«

»Zweihundert Pfund. Zweihundert. Man muss lange laufen.«

Die drei wechselten Blicke. Karmine schaute sie zufrieden an.

»Kennst du Sandro?«

»Sandro?«

»Datas Schwager, kennst du ihn?«

»Nein.«

»Sandro ... der Genuese, Sandro.«

»Nein.«

»Ich weiß«, sagte plötzlich Parna, »Sandro da Costa. Der Dichter.«

»Ja ... Ja ...«

»Wo wohnt er?«

»Was weiß ich, wo er beiwohnt. Nirgendwo. Er liebt eine, soweit ich weiß.«

»Hey, Mann, bedeutet bei denen ›wohnen‹ noch etwas anderes?«

»Wer weiß ... vielleicht ... Sandros Haus?«

Karmine erhob sich aus dem Sessel, ging von der Terrasse auf die Straße und zeigte mit dem Finger: »Citadella.«

Die Kerle schauten in die Richtung, wo auf dem Hügel die Festung zu sehen war.

»Dort?«, fragte der Dritte.

»Alfredo da Costa, Consigliere di Museo di Santa Esperanza.«

»Was?«

»Dort ist ein Haus. Sein Onkel lebt dort«, erklärte ihm der kleine Matalo, »er weiß, wo das Haus von Sandro ist.«

»Via degli Obertenghi, Villa da Costa«, sagte Karmine.

»Was?«

»Dort soll er sein«, nickte der kleine Matalo.

»Kennt ihr Data?«, fragte der Erste schon wieder.

»Data, ja.«

»Sag Data, dass wir ihn suchen. Sag ihm, dass die Georgier hier waren und mit ihm eine wichtige Sache zu besprechen hätten. Es wird ihm selbst auch gefallen. Wir sind aus Tiflis, verstehst du ... Wir sind Freunde von seinem Schwager.«

»Schwager?«

»Ja, genau ... Wie heißt sein Schwager?«

»Wisramiani.«

»Nein. Der andere Schwager. Er hat doch einen in Tiflis?«

»Data? Data hat keinen«, sagte der Kleine Matalo, »Data sagt immer, dass er allein ist. Wen hat er denn?«

»Wo ist denn euer Haus?«, fragte Karmine die Jungs. »Data wird zu euch kommen. Ich sage es ihm.«

»Wir ... wir ... Wir werden ihn selbst finden. Das ist doch die Stelle, wo die Spieler herumhängen?«

»Café ›Levante‹, Hotel ›City Piazza‹«, nickte Karmine.

»Der ist wohl Italiener?«, fragten sich die Jungs, drehten sich um und gingen schnell um die Ecke.

Der kleine Matalo prustete los.

Karmine lächelte nur.

»Was sind das für Taugenichtse«, sagte Parna, »schlimmer als die Sungalen ...«

»Sie können schießen«, erinnerte ihn Karmine, »siehst du nicht, dass sie wegen einer miesen Sache hier sind? Sag es Data. Ich werde es ihm auch sagen.«

»Data wird von zwei Sungalen bewacht, was können sie ihm schon antun?«

Karmine schaute ihn wie beleidigt an.

»Schläfst du? Sie wollen nicht Data. Sie suchen Datas Schwager. Wenn sie ihn finden, erledigen sie ihn vielleicht. Ist das nicht so?«

»Den Schwager haben sie doch rausgeschmissen?«

»Na und?«

Parna fuhr mit der Hand über die Papiertischdecke.

»Ob man in der Familie ist oder nicht, sie finden einen doch. Man muss wirklich cool sein, um zu sagen, dass man gerade Marmelade isst«, sagte er nachdenklich.

»Diese Georgier sind ganz andere Menschen. Oder kommen zu uns nur die Räuber?«

»Ja, ja, es kommen nur Räuber«, sagte der kleine Matalo und musste lachen. »Mein Vater sagt das auch.«

»Hast du schon vieles so gemacht wie dein Vater?« Karmine schaute ihn verärgert an. »Er hat so einen kleinen Matalo wie dich gezeugt und du hast so einen großen Bauch ...«

Parna erhob sich.

»Ich gehe mir die Beine vertreten. Am Abend bin ich dort. Seid ihr auch da?«

»Ja, aber nicht mit dir und Data. Wir spielen in der Verteidigung, ich und der ältere Taraia.«

IHRE HOCHWÜRDEN, OBERHAUPT DER FAMILIE, SALOMEA WISRAMIANI

»Na, komm schon, steh auf und komm heraus!« Der Sungale blieb an der Tür stehen und gab Parna, der zusammengerollt in der Ecke lag, ein Zeichen, herauszukommen.

Parna hatte es nicht eilig. warum sollte man sich auch beeilen, wenn man sowieso sterben musste. Sie hatten ihm schon am Vorabend gesagt, man würde ihn zerquetschen, was in der Sungalensprache töten bedeutete. Hätten sie ihm gesagt, man würde ihn impfen, hätte dies Tod durch einen Messerstich bedeutet, ohne Pulver zu verbrauchen. Er wäre ohnehin nicht schneller gewesen. Man hatte den armen Parna arg zusammengeschlagen. Er war getreten worden und hatte keine heile Stelle mehr am Körper. Er legte sich nieder, um weniger Schmerzen zu verspüren. In dieser Qual nickte er trotzdem immer wieder ein. Am meisten betrübte Parna der Gedanke, dass er seine Familie zurückgelassen hatte, ohne seiner Frau zu sagen, wo und in welchen Säcken er das Geld verborgen hatte. Er hatte es an einer schwer auffindbaren Stelle im Schrank verstaut. Es war gut möglich, dass sie nicht gut genug danach suchen würden. Daran dachte Parna und an seine Töchter, um die er sich Sorgen machte. Sonst an nichts. Mit seinem anpassungsfähigen Gehirn dachte er daran, wie sich der Todgeweihte an den Zustand der angstvollen Erwartung gewöhnte. Nur hatte man ihn, im Unterschied zu den Tagen vorher, nicht mehr geschlagen, als er vor lauter Einschlafen und Aufwachen nicht mehr wusste, welcher Tag war. Dieses Sodbrennen und der schmerzende Fuß, dessen Knöchel mit einer Eisenstange zertrümmert worden war, waren wenig erstaunlich, schließlich hatte man ihn zu töten versucht. Der arme Parna verstand nur nicht, warum man ihn töten wollte. Was hatte er bloß getan? Er war wie immer die Straße entlanggefahren. Sicherlich hatte er den falschen Weg genommen. Er hätte seinen ramponierten Wagen in einen Hof fahren und sich irgendwo verstecken müssen, dann wäre er sicher davongekommen. Sie sprangen in sein fahrendes Auto hinein, fassten ihn an den Händen, rissen den Schlüssel heraus und schleppten Parna unter Tritten und Hieben in einen anderen Wagen. Die Nase brachen sie ihm gleich auf der Stelle und zogen ihm dann einen schwarzen Stoff über den Kopf. So fuhr man ihn durch die Gegend und schlug ihn dabei. Sonst fragte man ihn nichts und sagte nur, man würde ihn zerquetschen. Was ging ihn die Fahne und das Königsgefolge an. Er hätte lieber Karten spielen sollen. Bis dahin war in der Stadt noch Ruhe gewesen. Einzig, dass der Gouverneur bereits Abschied genommen hatte und alle Verhandlungen nach Plan verliefen. Man hatte Parna im Fernsehen gezeigt. BBC hatte live berichtet, da war Parna zu sehen gewesen. Sonst nichts. Dann hatte es angefangen. Am selben Abend. Jetzt dachte er daran, dass er sterben würde, ohne bei den Pferderennen etwas erreicht zu haben. Über diesen Gedanken musste er selbst lächeln. Der kleine Parna nickte hin und wieder erschöpft ein. Wo hatte man ihn hingebracht? Er bemerkte, dass er, wie jeder Kartenspieler, ständig rechnete und überlegte. Auch jetzt überlegte er, welche Gedanken einen in diesem Zustand ereilen würden, dass man ihn höchst widerwärtig töten würde, schandvoll, seine vollkommene Ohnmacht beweisend. Auch wenn es erstaunlich, dachte er immer wieder an das Geld, das seine Frau und seine Mutter Elenia finden sollten. Er wünschte sich, dass seine Frau es fände und für den Unterhalt gebrauchte. Denn auf der Bank hatte er kaum etwas. Er wollte nicht, dass es seine Mutter fände, da sie sparsamer war und seine Familie darunter leiden würde. Parna schätzte das englische Geld und tauschte alles, was er sparte, in diese Währung um. Er hätte tausendmal mehr gehabt, wenn er vom Pferderennen abgelassen hätte. Zum ersten Mal bedauerte er es und dachte immer wieder an die Verluste bei den Pferderennen. Er starb nun, ohne einen richtigen Gewinn gemacht zu haben, außer dem einen Mal. Er dachte an seine Frau und hatte plötzlich große Sehnsucht nach seinen Mädchen. Das waren bruchstückhafte Gedanken und er erwischte sich dabei, dass es ihm peinlich war, an seine Frau zu denken. Er sehnte sich nach ihr von ganzem Herzen und versuchte diesen Gedanken abzuwenden. Teilweise gelang ihm das auch. Ganz zum Schluss dachte er an seine Lage. An diese Gefangenschaft. Dieser Gedanke nahm ihm fast den Atem. Zuerst hatte er noch gefragt, während man ihn schlug, was man von ihm wolle. Sie sagten, er wisse das schon und hätte lieber Karten spielen sollen. Als sie ihn schlugen, dachte er an Nikas Worte, er solle sich zusammenducken und den Kopf zwischen die Hände nehmen, falls er mal von Polizisten geschlagen würde. Wenn dabei etwas blute, solle er sich das Gesicht mit Blut vollschmieren. Dann würde man eher von ihm ablassen, in der Annahme, schon genügend geschlagen zu haben. Bei denen half es nicht. In dieser Stadt schlug die Polizei nicht, aber die Sungalen, die man wie die neunköpfigen Riesen aus dem Märchen nicht aufhalten konnte. Als ihn einer von ihnen anschrie, überlegte er sich gerade, mit welchen Gedanken er vor seinem Tode beschäftigt war. Er dachte immer, dass er Gott um Hilfe anflehen würde. Dann fielen ihm wieder Nikas Worte ein: Ach Parna, du Spieler, es ist zu dumm, wenn man erst in der Not an Gott denkt, nie aber, solange es einem blendend geht. Als er daran dachte, freute er sich, ein aufrichtiger und ehrlicher Mensch zu sein. Sowohl früher, als er bei den Pferderennen verlor, als auch jetzt belästigte er Gott nicht damit. Was wollten sie von ihm? War es nicht genug, Was sie ihm antaten? Schließlich war er der Fahnenträger der Königin. Also würde er wie ein Fahnenträger auftreten. Wo die Fahne war, wusste er nicht, falls sie diese haben wollten. Aber man schlug ihn, ohne danach zu fragen. Man wiederholte nur, dass er es wisse und besser beim Inti-Spiel geblieben wäre. So eine Zeit war also gekommen. Früher legte er diesen Türwächtern, wenn er aus Matalos Club kam, Kleingeld in ihre ausgestreckten Hände. Wer weiß, vielleicht beleidigte sie das. Aber es gehörte sich so.

Hey, nun wurde die Tür geöffnet, er sollte hinaustreten.

Der arme Parna Medrosche wollte sich erheben, aber das ging nicht so richtig. Er lehnte sich an die Wand und dachte an einen Spiegel und an seinen Hut. Sicherlich dachte er daran, weil er seine gebrochene Nase, die unförmig war und noch schmerzte, selbst sehen wollte.

»Na, mach, dass du herauskommst«, fuhr ihn der Sungale an.

Er ging an der Wand entlang hinaus. Man führte ihn in ein anderes Zimmer. Dort befanden sich vier voll bewaffnete Sungalen, die Patronen über die Brust gehängt und Pistolen in den Gürtel gesteckt. Das Fenster stand offen, und man sah ein Stück vom Garten. Es war im Erdgeschoss. Man sah die Erde.

»Setz dich hierhin«, sagte ein Sungale zu ihm und alle gingen hinaus. Zwei von ihnen erkannte er. Sie waren früher jeden Tag in der Stadt zu sehen gewesen.

Im Zimmer standen zwei Holzsessel und ein kleiner Tisch mit einer Packung »Rothmann Royals« und einem alten Messingaschenbecher darauf.

Parna setzte sich nicht. Das kostete ihn zu viel Mühe. Wie hätte er sich dann aus diesem Holzsessel wieder erheben sollen. Deshalb stand er an die Wand gelehnt und begriff, dass man ihn nicht zum Töten hergebracht hatte. Er war ja ein Spieler und konnte berechnen, dass man ihn noch nicht zerquetschen wollte. Das hätte man einfacher erledigt.

Die Tür öffnete sich und Parna schaute in diese Richtung.

Ach, du lieber Himmel!

Die Frau schloss die Tür und blieb davor stehen.

Salomea Wisramiani. Parna war höchst überrascht, sogar in diesem Zustand. Natürlich hatte er Salomea Wisramiani schon früher gesehen. Sie war Datas Schwester. Wann immer er sie sah, dachte er, dass Data eine schöne und gequälte Schwester hatte. Er kannte die Geschichte, die sie wegen der Familie durchgemacht hatte – aber was nun? Dieser armselige Nika war ja auch ihr Ehemann? Pfui, was sollte Parna Medrosche nun sagen? Er drückte sich an die Wand.

Salomea trug eine schwarze Hose und irgendeine hässliche Jacke mit großen Knöpfen. Sie blieb vor der Tür stehen und schaute zu Parna.

Parna wollte sie zuerst grüßen, überlegte sich aber, dass es in dieser Lage erniedrigend sei, als Erster zu grüßen.

»Guten Tag, Parna Medrosche«, sagte Salomea leise, nicht wie eine Herrin, sondern wie eine müde Frau. Parna versuchte zu lächeln.

»Ich wollte dich sehen, aber nicht in diesem Zustand«, wandte sich Salomea an ihn, ohne von der Tür zu weichen, »wir kennen uns nicht.«

»Ich weiß nicht, wo die Fahne ist«, brachte Parna mit Mühe heraus, »sie sollte in das Museum zurückgebracht werden. Die zweite Fahne ...«

Salomea schüttelte den Kopf.

»Wo ist Data, Parna?«

»Weiß ich nicht.«

»Man sagte mir, dass er dir vertraute.«

Parna stöhnte, alles tat ihm weh, sogar die Zehen.

»Er ist verschwunden. Man denkt ja gleich an Schlechtes und nicht an Gutes. Er ist weg. Er vertraute dir. Du bist der Fahnenträger der Königin. Ich weiß, du kanntest meinen Mann ... Ich weiß nicht ... Wenn ihm etwas zustößt, wirst du genau dort landen, wo sie jetzt sind, Parna Medrosche.«

»Ich bin nirgendwo«, stammelte Parna und atmete noch einmal ganz vorsichtig auf. »Nur deshalb, weil sie nicht abließen, deshalb diese Fahnenträgerei. In den alten Büchern steht, dass die Fahnenträger eine glückliche Hand haben. Meine Vorfahren ha-

ben wohl Sari Beg geschworen zu kommen, wenn er sie braucht …
Ich konnte das nicht so einfach abweisen … das ist es.«

»Wann hast du Data das letzte Mal gesehen?«, fragte ihn die
Frau wieder.

»Was ist heute für ein Tag, ich weiß es nicht mehr … Ich sah
ihn am Mittwoch. Er kam in der Nacht zu mir und schlief im Gästezimmer. Die zwei Männer waren nicht dabei. Er sagte, er sei seinen Sungalen entwischt. Er schlief bei mir und am Morgen gingen wir gemeinsam zu Matalo. Matalo ist krank und liegt im Bett.
Er geht nicht aus dem Club. Der kleine Matalo pflegt ihn … Wir
aßen dort. Es war ruhig. Sonst nichts … Er wollte eventuell noch
einmal vorbeikommen, kam aber in der Nacht nicht mehr.

Jemand rief mich an … von Data … ich weiß nichts. Data hat
bei mir einiges deponiert, was das Spiel betrifft. Dieser Jemand
richtete mir aus, dass ich die Hälfte behalten sollte und die andere
Hälfte Matalo geben sollte. Es handelte sich um Spielgeld …«

Parna Medrosche sank langsam nach links zu Boden.

Salomea kniete sich vor ihn hin und sagte mit einer leisen,
müden Stimme:

»Wenn man meinen Bruder umgebracht hat, wird dieses Land
nicht mehr existieren … Sag es ihnen, Parna! Steh jetzt auf und
geh. Ich dachte nicht, dass man dich schlagen würde. Wirklich
nicht. Schlagen ist eine große Dummheit. Verstehst du, Parna?«

Parna stöhnte.

»Wenn man meinen Bruder umgebracht hat …« Salomeas
Stimme brach. »Parna …«

»Data ist mein Bruder …«, brachte Parna heraus.

»Dein Bruder … wer brachte dir diese georgischen Ausdrücke
bei? Ich weiß schon, wer …«

»Er ist mein Bruder; was er für Sie ist … das weiß ich nicht«,
sagte Parna, »und nun können mich diese Wächter umbringen
oder ›zerquetschen‹, wie sie wollen …« Parna legte den Kopf nach
hinten. »Er ist mein Bruder …«

Salomea Wisramiani stand auf und starrte eine Zeitlang von
oben auf den niedergesunkenen Parna Medrosche.

»Geh, Parna … geh nicht zum Flughafen, der ist geschlossen

und man kann eine Kugel abbekommen. Geh nach unten. Dort sind Bauern, die dich mit Booten hinüberbringen werden. Es sind unsere Bauern, von unseren Farmen. Sag ihnen, dass du von mir kommst, und sie bringen dich hinüber ... Ich dachte wirklich nicht, dass sie dich schlagen ... Ich wollte, dass sie dich herbringen, sonst nichts, Parna ... Du bist auf unserer Insel, im Haus der Wisramiani. Geh, sie werden dich hinüberbringen, abends bist du in der Stadt ... Geh, Parna, und Entschuldigung.«

Parna Medrosche rührte sich nicht. Er war eingenickt, matt von den Schlägen.

Vielleicht war er auch tot, der kleine Parna, Parna der Fahnenträger.

Salomea Wisramiani schritt hinaus und ließ die Tür offen stehen.

Er war wohl doch tot, der kleine Parna.

Aber er hatte ihr die Wahrheit gesagt. Einen Bruder verrät man nicht.

AUS DEN UNDATIERTEN UND NICHT ABGESCHICKTEN BRIEFEN VON SANDRO DA COSTA

Tonino, mein treuer Freund,

diesen Brief schreibe ich in völliger Verzweiflung und Verunsicherung, denn ich weiß keinen Rat mehr. Ich sitze in unserem Zimmer, auf dem Dachboden der Villa da Costa und schaue beim Schreiben hin und wieder zum Fenster hinaus, in Erwartung, dass jemand kommt.

Tonino, ich weiß nicht, wie dieser Brief zu dir gelangen soll, schreibe ihn aber dennoch. Die Telefonleitungen sind stillgelegt, und ich habe deshalb auch keinen Internetanschluss. Der Bildschirm des Fernsehens flackert nur noch. Obwohl, was könnte man denn darin erwarten? Heute früh hatte ich mich entschieden, dich zu suchen, da ich schon seit vier Tagen nichts mehr von dir hörte. Auch du weißt nichts mehr von mir. Ich verstehe, dass es jetzt unmöglich und gefährlich ist, von hier aus zu euch hinüberzukommen oder auch umgekehrt. Dennoch wollte ich es versuchen, außen herum. Ich dachte, es wäre leicht, durch den Wald zu gehen, bis zu eurem Restaurant. Denn ich war gestern schon bei euch zu Hause, wo alles verriegelt ist, und das ist richtig so. Es ist auch gut, dass Clara und die Kinder auf dem Land sind. Das ist das Gescheiteste, was du machen konntest. Aber ich kann mir vorstellen, dass du in deinem Restaurant Wache hältst und sicher viel Übles durchstehen musst. Ich bin ganz verzweifelt, dass ich nicht bis zu euch durchdringen konnte, da überall bewaffnete Männer stehen, und die auf unserer Seite rieten mir ab, hinüberzugehen. Ich habe keine Ahnung, wo mein Onkel ist. Die Sungalen (sie sind ganz schön dumm) auf unserer Seite sagten mir, dass sie die Zitadelle bald befreien würden und, falls Alfredo dort sei, ihn zurückbringen würden. Tonino, begreifst du, in welcher schlimmen Lage wir uns befinden? Ich sitze hier und habe keine Ahnung, ob du noch am Leben bist oder nicht.

Den Weg um die Stadt herum konnte ich nicht nehmen. Auch dort gibt es Wachposten und alle schickten mich zurück. Sobald sie bemerkten, dass ich ein da Costa bin, rieten sie mir ab, hinüberzugehen. Ich würde mir nichts anderes als eine Kugel einfangen. Am Wachposten stand eine junge Frau namens Monica, die ihnen sagte, dass ich ein Poet sei. Es ist das erste Mal, Tonino, dass mich jemand als Poeten bezeichnet. Das Mädchen ist die Enkelin von Uso di Mare, eine Journalistin. Ich kenne sie sehr gut, Tonino. Sie wollte mir überallhin folgen, egal wo ich hingehen würde. Aber ich wollte das auf keinen Fall. Ich möchte nicht, dass sie mich jetzt vom Schreiben ablenkt. Darüber ein andermal. Ich kam allein zurück.

Du weißt, was mein größter Kummer ist – ihr seid alle drüben. Du stehst vor deinem Restaurant (ich will und kann mir nicht Schlimmes vorstellen. Sicher konntest du sie mit deinem Talent und Charme umschmeicheln). Mein Onkel ist verschwunden und ich weiß nicht, wo Salomea ist. Ich hoffe, sie ist auf ihrer verfluchten Insel. Ich bin so lange gelaufen, dass ich verschnaufen musste. Es ist schlimm. Am Hafen ist es sicher noch unruhig, da die Wach-

5

posten die Touristen passieren lassen. Man sagte mir, dass heute Nacht der Flughafen geschlossen wird und dann niemand mehr rauskommt. Ich hatte dennoch keine Ruhe. Ich wollte dich sehen und unbedingt wissen, wie es euch geht, wer noch am Leben ist. Als ich zurückkam, erinnerte ich mich, dass man über den Garten von Nikolos hinüberkommen könnte. Dort ist ja sonst keiner, was ich auch jetzt hoffte. Wer würde sich schon dieser Schlucht entsinnen, die sich, wie es schien, nun extra zu meinem Glück, durch die Stadt zieht. Ich kletterte über den Zaun. Man braucht nicht einmal zu klettern, sondern nur daran zu rütteln und durchzugehen. Ich dachte, zuerst nach Süden zu gehen und dann ein wenig nach Westen, um an den Hinterseiten der Spielkartenwerkstätten herauszukommen. Dort gibt es einige alte, kaputte Buden. Ich bin an zwei solchen Buden vorbeigelaufen, doch bei der dritten hatte ich eine grauenhafte Begegnung. Ich traf dort Data Wisramiani. Ich war hoch erstaunt und er ebenso. Obwohl wir am Anfang beide verängstigt waren. Ich fand Data in irgendeinen alten Mantel gewickelt, unrasiert, kurz, in einem grauenerregenden Zustand. Er hatte einen Magnum-Revolver bei sich, und ich konnte mir plötzlich sehr gut vorstellen, was tatsächlich los ist. Diesseits, bei uns (schau, was ich für Worte benutze), ist Data ein Feind, den man sucht, um ihn zu benutzen. Auf der anderen Seite sucht man ihn ebenso, um ihn auszunutzen. Er hatte es nicht geschafft, aus der Stadt zu kommen. Er war äußerst bedrückt und beunruhigt. Ich schlug ihm vor, bei mir zu bleiben, bis er einen Ausweg findet. Er lehnte ab. Data war nicht allein. Bei ihm war ein Mönch, ich glaube Pantheleimon, der wahrscheinlich sein Freund ist und sehr bekümmert war. Außerdem war dort ein Mann, der in jenen Tagen die Königin (hm, hm, Tonino …) begleitete. Data stellte ihn mir als Freund vor. Wie ich verstand, waren beide da, um Data zu helfen. Ich bat ihn innigst, mit mir zu gehen, aber er hatte andere Pläne. Ich wollte ihn gleich bei der Begegnung nach dem fragen, was mich am meisten bewegt, doch konnte ich es nicht sofort, da ich einen Mann vorfand, der sich in einem noch schlimmeren Zustand befand als ich. Am Ende fragte ich dennoch nach Salomea. Er lächelte nur und winkte mit der Hand ab. Ich wollte ganz genau

5

wissen, was los sei. Nichts, sagte er. Es müsste ihr ganz gut gehen, so wie sie es wünschte. Er kam nicht mit mir und weiter ließ man mich auch nicht mehr durch. An den Spielkartenwerkstätten sei ein starker Wachposten und an der Mauer könne man auch nicht durch. Es schien, dass sie selbst schon alles ausprobiert hatten und auf etwas warteten. Ich fragte nach dir, ob sie wüssten, was los sei. Doch sie konnten mir nichts sagen. Sie kamen nicht mit und ich musste ganz einsam, völlig zerstört und zu Grunde gerichtet zurückkehren. Was geht hier vor, Tonino? Was können wir tun? Was ist das für ein Elend?

Ich schreibe und weiß nicht, wozu. Ich schreibe an dich, weiß aber nicht, wohin. Wie kann dieser Brief zu dir gelangen? Ich wandere durch dieses riesige Haus, gefüllt mit den unerträglichen Stimmen der Stille, und weiß nicht, was ich anfangen soll. Dann legte ich die alten Jagdgewehre der da Costa heraus, in denen unsere Namen eingraviert sind. Weißt du, wie wir als Kinder den Waffenschrank zu öffnen versuchten?

Tonino, mein treuer Freund.

Ich will, dass es dir gut geht. Das Leben ist irgendwie vergangen, lachend und weinend. Ich glaube, es war ein schönes Leben – der Freude und des Kummers. Weiter sollte es auch nichts geben. Und was hat nun begonnen?

Was für eine Scheiße hat jetzt begonnen, Tonino? Wer braucht diesen Blödsinn?

Ich weiß nicht, was ich tun werde. Vielleicht schreibst du mir auch mal einen ähnlichen Brief. Ich versuche, mir für morgen etwas zu überlegen.

Dein Sandro da Costa,
mit den Augen eines Irren, wie du zu sagen pflegst.

VERLIEBTES PAAR IM DISTELFELD

DAS HAUS DER MATIANI UND DIE POLITISCHE LAGE

Die Matiani zählen genauso wie die Kariani, Nianiani und die insgesamt um die zehn anderen Familien zu den ältesten dieser Insel.

Lomtati Matiani ist nach der Überlieferung ihr berühmter Vorfahre, ein erfahrener Bootsmann und Fischer, Sohn von Mates, dem Namensgeber der Familie Matiani. Dieser hatte sich auf Fischfang und Fischkunde spezialisiert, so dass noch vor der Ankunft der Genuesen der gesamte Fischvorrat der Insel aus ihren Netzen stammte. Es hat sich so ergeben, dass die Matiani in diesem Gewerbe bis heute das Sagen haben. Man nennt sie scherzhaft »Badiani«*. Jeder nach Luft schnappende Fisch hat den berühmten Namen »Matiani Fisherman« eingestempelt. Im Laufe der Zeit wuchs ihre Firma prächtig: Sie brachten es zum Besitz von Immobilien und sogar zu einem eigenen Dock. Wir werden über diese Familie nicht mehr viel erzählen und sagen nur noch, dass sie fleißige Menschen sind. Wie weit sie es mit ihren Fischen brachten, kann von uns nicht genau verfolgt werden.

Auf die Matiani kommen wir deshalb zu sprechen, weil die große Ständeversammlung anstand und diese Familie als Gastgeber an der Reihe war. Alle wussten, dass dies eine ganz außergewöhnliche Versammlung sein würde. Früher glichen die Ständeversammlungen eher einem Festschmaus auf gemeinsame Kosten, an dem sich nur wenige Familienoberhäupter beteiligten.

Den gegenwärtigen Umständen oder auch politischen Änderungen entsprechend würde die englische Armee und Verwaltung in genau drei Monaten alle drei Inseln von Santa Esperanza verlassen. Im Parlament von Santa Esperanza saßen immer noch dieselben Familienoberhäupter. Besser gesagt, hatten sie dort nicht

---

* Badiani – »mit einem Netz«, abgeleitet vom georgischen *Bade*: »Netz«

mehr viel zu entscheiden, da das Parlament nur noch für Fragen wie die Farbe der Mülltonnen verantwortlich war. Deshalb hielten es die Familienoberhäupter der achtzehn großen Familien, die vor einem Jahrhundert nach britischem Recht besondere Siegel erhalten hatten, für eine Selbsterniedrigung, dort zu erscheinen. So wurden die Wahlen auf Santa Esperanza eher im Scherz als im Ernst durchgeführt.

Anfang des 20. Jahrhunderts hatte die Ständeversammlung der achtzehn Familien wirklich noch einen Sinn, weil die Verfassung ganz neu war und die Familien sich noch wichtigtaten. In der letzten Zeit aber versammelten sich kaum noch fünf Mitglieder der Ständeversammlung und speisten gemeinsam. Das war alles. Wer von den achtzehn Familien der nächste Gastgeber war, entschieden jeweils drei Mitglieder. Es glich eher einem Hin und Her zwischen Freunden oder einem Businesslunch einmal im Jahr. Die genuesischen Familien hatten schon früher wenig Interesse für diese Versammlungen gezeigt und hatten diese nun ganz vergessen. Aber es gab eine Regel: Der Gastgeber verschickte an alle übrigen siebzehn Familien eine Einladung mit der Frage, womit sie sich am Schmaus nach der Versammlung beteiligen würden, denn die Kosten dafür wurden aufgeteilt. Die Gastgeber schickten stur auch eine Einladungskarte an die Familie Kariani, die Santa Esperanza schon vor fünfundzwanzig Jahren verlassen hatte.

Noch vor dem Winter erhielt der Familienoberste der Matiani, Sardion Matiani, einen Anruf vom Familienoberhaupt der Wisramiani, Konstantin Wisramiani. Dieser teilte ihm mit, dass Mikel Tawariani, Gudschi Nianiani und er selbst ihn als Gastgeber der nächsten Ständeversammlung ausgewählt hatten. Sardion Matiani stimmte der Entscheidung ohne große Verwunderung zu und traf alle Vorbereitungen dafür.

Da dieses Treffen in eine Zeit fiel, in der es viel regnete, wollte Matiani das Treffen auf der großen Veranda seines Hauses außerhalb der Stadt organisieren. Er besorgte alle nötigen Papiere. Bei diesen Treffen sollte jedes Familienoberhaupt ein besonderes Schreiben erhalten, das nach Abzug der Engländer wichtig sein würde. Diese achtzehn Familienoberhäupter und ihre ältesten

Söhne oder Töchter bildeten, mit Ausnahme der verschwundenen Kariani-Familie, das Parlament. Sie hatten von den Engländern längst stillschweigend einen ausführlichen Arbeitsplan für das Parlament erhalten und wurden etwa zweimal in der Woche in den Gouverneurspalast geladen. Es bemühten sich zwar nicht alle dorthin, doch es gab immer einen Weg, der die Information nach außen fließen ließ, was von den Zeitungen so oder so kommentiert wurde.

Sicher besetzten die Johannesen in der Ständeversammlung, genauso wie im noch nichtexistierenden Parlament, die meisten Plätze. Ohne die Kariani waren das die neun ältesten Familien der Insel. Dazu kamen die drei berühmten osmanischen Familien, besonders Tolumbasch Bey, und die fünf genuesischen Familien. Also stellten die Johannesen, wie sich die Inselgeorgier nannten, eine wesentliche Macht dar. Wenn man die eine Stimme des Vorsitzenden der Versammlung dazu zählte, hätten sie alles entscheiden können, was sie wollten.

Aber was wollten sie?

Darüber zerbrach sich Sardion Matiani den Kopf.

Er bereitete zwar alles vor, was einem Gastgeber gebührt, doch es kam keine Vorbesprechung zustande. Dabei wusste Matiani genau, dass sich sowohl die Genuesen versammelten und Rat hielten als auch Tolumbasch Bey sich mit Mustafa Bey und Said Nuri treffen würde, und das traf auch auf die acht johannischen Familienoberhäupter zu.

Es war sehr beunruhigend, ja bestürzend, obwohl Sardion Matiani selbst nicht wusste, was er wollte. Was will ich zum Beispiel, fragte er sich selbst und stellte fest, dass er nichts wollte. Es sollte alles beim Alten bleiben. Doch er begriff, dass sich einiges ändern würde.

Diese Situation währte fast einen Monat, bis ihn eines Tages Konstantin Wisramiani anrief und in seine Stadtwohnung einlud.

Was Sardion Matiani dann beim Abendessen erfuhr, brachte ihn endgültig durcheinander. Auf dem Heimweg dachte er bereits im Wagen darüber nach, ob sie nicht mehr bei Sinnen waren. Er konnte es nicht verstehen. Er verstand etwas von Fischen und vom

Wasser und verstummte oft selbst wie ein Fisch. Seine Millionen genügten ihm. Er liebte es, seinen alten salzwasserzersetzten Kittel überzuwerfen und auf die Schiffe zu gehen. Er setzte sich selbst an das Steuer des Kutters und fuhr zu seinen Fischern hinaus. Er liebte es, selbst zu angeln, die Kurbeln der Netze anzuziehen und zuzuschauen, wie die Fische in den Transportkisten zappelten. Dann soll es eben so sein, dachte er. Aber das würde ihn noch teuer zu stehen kommen.

Die Wendigkeit der Engländer ist wohl bekannt, aber was geschieht, wenn man ihr nicht eine ebensolche Wendigkeit entgegenhält? Was geschieht, wenn man ihr eine Faust entgegenhält?

Die Engländer dachten scheinbar Folgendes: Einerseits führten sie mit den Familien Gespräche und erfuhren von ihren Vorstellungen, sie boten ihnen irgendwelche Pläne an, appellierten an sie, zu wählen, gaben ihnen Empfehlungen, streichelten sie, hegten aber anderseits ganz andere Pläne. Sie hatten sich irgendwie daran erinnert, dass auf Santa Esperanza, in Santa City immer noch ein Nachkomme der alten Zichistawi, die alte Frau Agatia, lebte. Andere konnten sich vielleicht daran erinnern, aber nicht Sardion Matiani. Um die Ordnung zu wahren und Veränderungen zu verhindern, hatten die Engländer heimlich einen Plan erarbeitet, der den alten Werten und den aktuellen Notwendigkeiten Rechnung trug. Danach sollte auf der Insel eine konstitutionelle Monarchie errichtet werden. Diese alte Frau sollte zur Monarchin mit eingeschränkten Rechten gekrönt werden. Die Engländer waren es ihren Vorfahren schuldig und würden wenigstens das wieder gut machen. Diese Pläne kannten aber nicht nur die Engländer, sondern auch die Russen, Türken, Amerikaner und sogar die Georgier, die nichts mehr zu sagen hatten. Sie alle waren mit dieser mittelmäßigen Entscheidung zufrieden, denn keiner von ihnen hätte die Kanonen so auf Santa Esperanza richten können, dass ein Sieg über den Feind möglich gewesen wäre. Deshalb waren diese alte Frau, die bewahrte Ruhe und ein allmählicher Übergang allen sehr recht. Das Leben und die Besitzverhältnisse würden sich dabei nicht wesentlich ändern.

Die Engländer würden Königin Agatia veranlassen, Parlamentswahlen durchzuführen. Dabei würden sie selbst als Beobachter wirken. England würde auch beim Aufbau einer kleinen und symbolischen Streitkraft behilflich sein. Mit dem Premier sollten acht Minister ernannt werden. Die Insel-Engländer, die schon über ein Jahrhundert lang hier lebten, hatten nicht vor, wegzuziehen. Auch die Banken des Landes rührten sich nicht. Man sprach von einer freien Handelszone oder so etwas. Hätte man Sardion Matiani gefragt, er hätte den Plan wunderbar gefunden.

Während Sardion dieser Geheimplan nur mündlich mitgeteilt wurde, hatte Konstantin Wisramiani ihn schriftlich vorliegen und analysierte ihn bereits Punkt für Punkt. Die bereits Anwesenden und Dazugekommenen wussten scheinbar schon davon. Vier von ihnen waren gegen den Plan, die übrigen fünf stimmten ihm zu. Der sechste sollte Sardion Matiani sein.

Es war ganz klar, Konstantin war das Oberhaupt und der Anführer. Ihn erschütterte die Vorstellung, dass der Gouverneur bei der Abschiedszeremonie die Fahne einer alten Frau übergeben würde, welche ihm dann die Wahlen und die Gesetze vorschreiben würde. Es war unvorstellbar, dass ihm, einem Wisramiani und Bewahrten, jemand etwas vorschreiben sollte. Er war der Ansicht, die Flagge sollte einem Auserwählten der Ständeversammlung übergeben werden. Dieser Mann sollte eben Sardion Matiani sein, der zugleich die Versammlung leiten würde. Sardion lehnte strikt ab, aber die anderen versuchten ihm zu beweisen, dass einzig er dafür geeignet sei. Sogar die Engländer würden seiner Kandidatur zustimmen. Sardion beteuerte, er sei nur ein Fischer, worauf ihm Konstantin geschickt antwortete, dass sie gerade einen Fischer bräuchten. Konstantin behauptete, im Falle der Wahl der Königin würde unbedingt all das eintreffen, wogegen sich die Johannesen mit ihrem ganzen Wesen wehrten – man würde Santa Esperanza zu einem Bordell machen. Es war ja nicht nur ein Küstenland, sondern ihre Heimat. Hui …

Dann wurden die Umstände ganz präzise analysiert, deren Sinn eindeutig ist, deren genaue Beschreibung aber ebenso unwichtig ist wie die Beschreibung des Besitzes der Matiani. Es wurde dabei festgehalten, dass in dieser Sache gerade die Wisramiani den Anker lichten mussten. Da man ihm soweit alles erklärte, begriff Sardion Matiani, dass man als Premierminister einen Wisramiani vorsah,

nicht Konstantin, sondern eines seiner Kinder. Die Ständeversammlung würde die Parlamentssitze einnehmen. Alle zehn waren
sich einig, dass sie ihre Abmachung nicht bekannt geben würden
und ihr Gespräch mit den Engländern in diese Richtung führen
würden. Bei der Ständeversammlung würde man Matiani als Übergangskommissar vorschlagen und es den Engländern mitteilen.

Was zum Teufel hatten sie sich da ausgedacht, welche längst
vergessenen Geschichten hatte man ausgegraben, sinnierte der
Meister der Fischerei. Hauptsache, man richtet keinen Schaden
an, war sein einziger Gedanke. Er würde sie bewirten und dann
würde man schon weitersehen.

Das war's. Die Matiani hatten genügend Stühle und einen langen Tisch. Sie wunderten sich auch nicht, als sie eine Zusage nach
der anderen, sowohl für die Teilnahme an der Versammlung als
auch für die Beteiligung am Festschmaus, erhielten.

MONICA USO DI MARE UND ZWEI MÄNNER

1

Auf der Insel gab es nur drei linksgesteuerte Autos. Eines davon war
ein VW Käfer in einer unmöglichen Farbe mit einer unmöglichen
Person am Steuer. Diesen Wagen fand man oft an völlig unmöglichen Stellen geparkt, was unendliche Streitereien der Besitzerin
mit den Polizisten zur Folge hatte und meist damit endete, dass sie
ihnen die Strafzettel an den Kopf warf und trotz dieses Benehmens
aus irgendeinem seltsamen Grund ungestraft davonkam.

Die Besitzerin des Wagens war Monica Uso di Mare, fünfundzwanzig Jahre alt, Klatsch-Reporterin ohne feste Anstellung, mit
einer Neigung zur politischen Reportage. Sie hatte einen eher flachen Busen und ging bauchfrei. Durch den Nabel trug sie einen
Ring mit Korallenperlen.

Monica Uso di Mare wusste vieles, aber nichts von Anfang bis
Ende.

Edmond Clever dachte zuerst, dass sich das Mädchen an ihn ranmachte, weil sie ein Abenteuer suchte. Obwohl Monica gleich zu Anfang beteuerte, dass sie als Studentin an seiner Schriftstellerei interessiert sei.

Das war auf der Terrasse des Cafés »Martino«, wo das Mädchen vor Aufregung ganz rot und händeringend mit seinem Buch zu ihm trat und um ein Autogramm bat. Sie stellte sich als Linguistikstudentin vor.

Warum nicht, dachte sich Clever und begriff nicht, dass sie ihr Gesicht extra so rot bemalt hatte.

Das Abenteuer endete im Hotelzimmer von Clever, wo der Meister der Reiseberichte das Mädchen nach dem Duschen nicht mehr im Zimmer Vorfand.

Er hatte keine Ahnung, dass sie aus einer der berühmtesten Familien der Insel stammte und noch dazu ein sehr kompliziertes Wesen war.

Gleich am zweiten Tag kam sie wieder zu ihm und setzte sich sehr vertraulich an seine Seite.

Clever kam gar nicht dazu, sie zu fragen, wo zum Teufel sie denn gestern hingegangen sei. Sie war schneller und sagte, dass sie nicht wirklich Studentin sei, sondern die ganze Straße, welche zu sehen war, ihr gehöre.

»Mein Gott«, stöhnte Clever, »sind Sie aus einer der achtzehn Familien?«

»So ist es«, sagte Monica. »In der letzten Zeit interessiere ich mich für die Schriftstellerei. So etwas Langweiliges habe ich selten gesehen. Ihr scheint sehr gewöhnliche Menschen zu sein, mit gewöhnlichen Gedanken.«

»Danke«, lächelte Clever, »danke für das Vertrauen. Warum soll ich denn ungewöhnlich sein? Die Farblosigkeit unserer Epoche besteht darin, dass man keine Biografien mehr hat.«

»Weiß ich nicht … ich komme nochmals vorbei«, verabschiedete sich Monica, »die Biografie ist nicht das Wichtigste. Wichtig ist, dass uns etwas Außergewöhnliches gelingt. Zum Beispiel das

Anzünden einer Zigarette. Dass man wenigstens ein ausgefallenes Feuerzeug hat.«

3

Monica parkte den Wagen gleich vor dem Tor. Durch die Gitterstäbe schaute sie auf den schattigen, dicht bewachsenen Weg. Das Tor stand offen, aber sie ließ den Wagen stehen und ging zu Fuß weiter. Es war ein schöner Garten, halb vernachlässigt, aber still und angenehm.

»Hallo!«, rief sie. »Hallo, ist hier jemand?«

Es war eine stumme, große Villa, nicht sehr herrschaftlich und genau wie der Garten halb vernachlässigt.

»Hallo« – Monica betätigte den Türklopfer – »Signor ... Signora ... hallo!«

»In diesem Haus ist keiner«, hörte sie von hinten. Monica drehte sich um und sah einen unrasierten Mann mit zerzausten Haaren in einer alten Strickjacke, den Besitzer des Hauses.

»Sind Sie da Costa?«

»Kommt drauf an, welcher.«

»Sie sind Alessandro da Costa, oder nicht?«

»Ja, das stimmt, aber im Haus ist keiner, außer den Geistern. Ich kann nicht mehr hinein. Sogar am Tag ist das so. Alles voller Geister.«

»Ich bin Monica Uso di Mare.«

»Ich kenne seit meiner Kindheit alle Uso di Mare. An dich kann ich mich auch erinnern ...«

»Ich bin Journalistin ...«

»Ich weiß, mein Onkel schimpfte oft auf dich, Valerio habe eine böse Enkelin ...«

»Ah«, lächelte Monica.

»Leider kann ich wirklich nicht ins Haus hinein. Lydia vertreibt gerade die Geister.«

»Lydia?«

»Lydia ist unsere Wirtschafterin, meine Amme und die Köchin der da Costa.«

»Ich wollte mit Ihnen sprechen.«

»Und was ist mit den Geistern? Da drin haben sich alle da Costa versammelt. Nicht mal im Korridor kann man vorbei, so viele sind das. Sie bereiten sich sicher auf etwas vor, wer weiß? Sie murmeln irgendwas«, sagte da Costa überzeugt, ich habe rote Schuhe angezogen, aber selbst das hilft nicht.«

»Wieso rote Schuhe?«

»Das soll helfen. Es gibt in unserer Familie einen Glauben, dass rote Schuhe gegen Geister helfen. Es sind sehr alte Schuhe. Die Geister mögen keine roten Schuhe. Ich zog sie an, aber es hilft leider nicht.«

»Gut, Sandro, ich komme ein andermal.« Monica lächelte. »Entschuldigung. Ich habe mich nicht angemeldet. Ich rufe nie an, weil mich dann meistens niemand empfängt.«

»Vielleicht ist es dann sogar zu spät.«

»Was?«

»Das Kommen.«

»Nein, warum?«

»Der Garten ist groß. Kommen Sie mit spazieren. Dort gibt es einen Steintisch und alte Chaiselonguen. Geister mögen keine Gärten, sie ziehen die Häuser vor … Kommen Sie mit, wenn Lydia mit ihrer Sache fertig ist, kann sie uns etwas zu trinken bringen. Obwohl, ich habe etwas dabei«, und er zeigte auf eine Feldflasche, die in seiner Tasche steckte. »Nun zeigen Sie mir Ihre Gedichte. Ich werde sie wirklich aufmerksam lesen.«

»Welche Gedichte?«

»Ihre Gedichte. Sie hätten sie auch direkt an mich schicken können, und ich hätte sie auf meine Website gestellt.«

Monica musterte ihn, wie um sich zu vergewissern, dass er stockbetrunken war.

»Es ist unvorstellbar, dass sie keine Gedichte schreiben. Selbst Karlo schreibt welche. In seiner Jugend schrieb Tonino ebenfalls. Ich habe noch einen Freund, Sulia Mandaria, er schreibt auch Gedichte. Wir sind seit Kindheit befreundet. Er war Kneipenwirt, ist aber zurzeit in der Türkei. Schon seit geraumer Zeit … Geben Sie mir Ihr Heft …«

»Was für ein Quatsch.«

Monica erhob sich. Sie klopfte ihre Hose ab. Irgendwie konfus.

»Sei mir nicht böse. Du bist ein junges Mädchen, ich jedoch habe mit allem abgeschlossen.«

Monica schaute ihn nicht an.

Sie schaute dorthin, zum Meer.

»Wie hast du diese Stelle gefunden, Sandro da Costa?«

»Die Kariani sind weg. Tot. Das Haus ist geblieben. Das Ufer ist geblieben. Ich bin oft hierhergekommen.«

»Sprich nicht weiter!« Monica wollte, dass ihre Worte klar und entschlossen klangen, aber es gelang ihr nicht. »Die Fortsetzung kenne ich. Alle kennen sie.«

»Sei mir nicht böse. Ich bin ein Geist. Ich muss lachen. Wenn ich dich küsse, muss ich schrecklich lachen.«

Monica lächelte, doch sie schaute nicht auf Sandro da Costa, sie blickte aufs Meer.

»Endlich habe ich mich in jemanden verliebt. Ich hasste alle auf dieser Welt«, sagte sie plötzlich, »du hast etwas in mir zum Einsturz gebracht – ganz und gar. So wie man im Hafen die alten Buden zum Einsturz bringt.«

»Lass diese Zeitungen«, sagte Sandro da Costa. »Lass es sein. Kauf dir ein Ticket und fahr nach Istanbul. Kauf dir dort ein Ticket nach Genua und fahre dorthin … In Genua ist …«

»Will ich nicht. Rede nicht weiter. Sag nicht mehr, dass das Einzige, was uns geblieben ist, die Kunst des Essens ist.« Monica drehte sich geschwind um und legte ihm ihre Hände auf den Kopf.

»Du bist ganz schön kalt«, sagte Sandro da Costa und lächelte.

»Weil du an dieser Stelle wenig Haare hast.«

»Monica Uso di Mare, wie kannst du so erröten, mit deiner dunklen Haut?«

»Ich bin dein Engel. Es wird eine Zeit kommen, wo ich dich rette. Überlass das andere mir.« Monica winkte und ging. Sandro da Costa saß mit gesenktem Kopf da und wühlte mit der Hand im Sand.

»Eddy, begleite mich morgen ins Kloster!«, bat Monica.

»Was soll ich im Kloster?«

»Du bist ein berühmter Schriftsteller. Du hast die Insel populär gemacht. Sie werden denken, dass du den Verstorbenen kanntest. Ich aber werde deine Eskorte sein. Ich werde mich schwarz kleiden, eine dunkle Brille und einen Hut tragen. Sie werden mich nicht erkennen. Anders komme ich dort nicht herein.«

»Was für ein Verstorbener? Was ist das für ein Quatsch?«

»Der Georgier, den man mit einem Pfeil ins Herz getroffen und getötet hat. Er lebte im Kloster. Er war ein Bandit.«

»Ach … ja. Das habe ich gehört. Der Schwiegersohn der Wisramiani. Der Ehemann von Salomea. Salomea, stimmt das?«

»Und?«

»Was und?«

»Man lässt dort keine Journalisten rein. Das ist eine private Zeremonie. Ich kann anrufen und sagen, dass du Edmond Clever bist und ihn kanntest. Dich werden sie nicht abweisen. Wir werden hingehen und danach kann ich besser darüber schreiben.«

Edmond Clever wäre am liebsten irgendwohin verschwunden.

»Was soll ich bei der Beerdigung? Was soll ich im Kloster?«

»Du wirst niemals etwas schreiben können, weil du die Gefahr nicht liebst«, zischte Monica. »Weißt du was du liebst? Dass eine Frau, während du duschst, auf dem Bett stöhnt, in Erwartung, dass dieser sommersprossenübersäte, sein Alter verbergende Eddy herauskommt und befriedigt wird … das bekommst du nie.«

»Will ich auch nicht«, stöhnte Edmond Clever, »was willst du von mir?«

»Natürlich willst du das … du träumst doch davon. Du stylst jeden Morgen deine Haare … du Softpornoheld … die Pfeife, diese Pfeife, jene Pfeife … was verstehst du davon? Nichts.«

»Mein Gott … Was habe ich verbrochen?«

»Komm mit.«

»Nein.«

»Leb wohl.«

»Bezahl dein Teil.«

6

»Das kannst du einer Engländerin sagen, aber nicht mir.«

»*Oh my God* ... haben Sie das gesehen?« Er musste einfach dem Kellner etwas sagen, der unweit stand und der Auseinandersetzung mit größtem Vergnügen gefolgt war.

»Uso di Mare«, lächelte der Kellner, »sie sind das Meer gewohnt. Sie spinnen ... das ist bekannt.«

»Ich habe wirklich keine Ahnung von all dem hier«, murmelte Clever. »Bringen Sie mir ein Tiramisu!«

Monica kam noch einmal herein und fauchte ihn an:

»Weh dem, der mit dir ins Bett geht, Edmond Clever ... Ich habe es doch nicht getan?«

»Das ist ein bekannter Journalistentrick«, sagte der Kellner, der ein gutes Trinkgeld erwartete.

Der phosphorfarbene Käfer fuhr davon.

ZWEI EPISODEN AUS DEM LEBEN ALFREDO DA COSTAS

Ihre Art

»Nein, ich bitte um Entschuldigung, was zu sagen ist, muss sofort gesagt werden. Was gilt auf Santa Esperanza als Höflichkeit? Auf Santa Esperanza gilt als Höflichkeit, wenn man mit dem anderen in dessen Muttersprache spricht. Ich weiß nicht, wie es in welchen Dschungeln ist und auf welchen Inseln sich diese Dschungel befinden, aber ich weiß, dass es bei uns so ist. Wenn man die Sprache des Gesprächspartners nicht beherrscht, entschuldigt man sich und fragt, welche andere Sprache ihm recht sei. Wir alle kennen die Regeln der Ständeversammlung. Mit seinem Berater spricht jeder leise in einer beliebigen Sprache. Laut aber kennen alle die Regeln der Höflichkeit. Wir beherrschen alle die Sprachen der anderen. Hier sind die Familienobersten versammelt. Aber was muss ich da sehen? Signora Kaia Wisramiani ist erschienen, deren Kommen wir gar nicht erwartet haben. Sie ist kein Familienoberhaupt, sondern wäre nur als Beraterin des Vaters dabei gewesen. Nun nimmt sie den Platz des Familienoberhauptes ein, was wir auch gewährten, da ihr Vater wohl krank ist. Natürlich haben wir unsere Betrübnis darüber bekundet und allen Wisramiani viel Kraft und Gesundheit gewünscht. Aber nun führt sie sich wie die Herrin dieser Versammlung auf, spricht mit anderen johannischen Familienoberhäuptern in einer Sprache, die wir zwar verstehen, doch die nicht zu verstehen wir das Recht haben. Signora Kaia weiß, dass wir ihre Sprache beherrschen, doch sie macht es absichtlich und mit Verachtung. Es scheint, sie kennt die Regeln dieser Versammlung gar nicht oder sie sind ihr nichts wert. Ich verlange, dass man auf ihren Stuhl Asche streut, denn sie benimmt sich so, als sei sie jemandem überlegen.

Ich appelliere an den Leiter dieser Versammlung, so zu verfahren. Andernfalls verlasse ich als Genuese diese Versammlung und hoffe, dass die anderen Genuesen es mir gleichtun. Dann wird diese Versammlung scheitern. Ich sehe, auch unsere osmanischen Freunde sind damit einverstanden. Said Nuri Bey nickt schon mit dem Kopf.

Und merken Sie sich das, Signora Kaia, hier versucht niemand, keiner von uns, die plötzliche Erkrankung Ihres Vaters auszunutzen. Sie sind es, die versuchen, die Stelle eines weisen Familienoberhauptes einzunehmen und die Johannesen durcheinanderzubringen. Ihre Art ist für mich persönlich unannehmbar. Deshalb appelliere ich an den Leiter, Asche auf den Stuhl von Frau Kaia zu streuen. Nur wenn sie einverstanden ist, diese wegzufegen, kann sie auf ihren Platz zurück.

Wenn Sie uns aber Angst einjagen wollen, was ist es dann für eine Art, so viele Leute herzuholen. Versuchen Sie nicht, uns einzuschüchtern, ich fürchte Ihr Geheul nicht. Ihre Kinder würden Sie begleiten, wenn Sie es verdienten. Sie aber lassen sich von vollbewaffneten Wilden begleiten … Jawohl, und versuchen Sie bitte schön nicht, uns einzuschüchtern. Wir Genuesen fürchten uns nicht vor den Sungalen. Wir sind Genuesen. Wir haben diese Insel zivilisiert und nicht Sie, Signora Kaia … Verlangen Sie, was Sie wollen. Das interessiert mich nicht, ich verlasse die Versammlung. Oder Sie verlassen sie. Das ist egal … Das ist kein Ort, wo man über irgendwelche Apartheidsideen spricht. Im Gegenteil, selbst das, was noch übrig ist, müsste abgeschafft werden.

Zu durcheilende Strecke

»Was tun wir jetzt, Tonino, mein Junge«, flüsterte Alfredo da Costa und schmiegte sich an die Wand. »Zuerst werde ich hinüberlaufen und dann, wenn alles gut geht, kommst du nach … Wenn man mir hinterherschießt, macht das nichts, ich bin sowieso alt.«

»Was geruhen Sie zu sagen, Signor Alfredo. Es wird keine Schießerei geben. Ich glaube, wir sind schon auf dieser Seite … zuerst gehe ich hinüber …«

»So eine stockfinstere Nacht«, sagte der Alte. »Es wäre nicht schlecht, irgendwo unterzukriechen … Man sieht die Kalivan Street, aber welche Seite ist das? Ich kann es nicht sehen.«

»Dort, genau gegenüber ist ein Café. Das Café ›Zur Tabakspfeife von Ali Bey und Basila‹. Wenn wir bis zum Eingang kommen, gehen wir zur Hintertür … Wenn es nicht anders geht, kann ich sie einschlagen und wir übernachten dort.«

»Woher weißt du das?«

»Da kenne ich mich gut aus …«

»Hättet ihr, du und mein Neffe, euch weniger in den Cafés herumgetrieben, wären wir jetzt nicht in dieser Situation …«

»Ich laufe hinüber.« Tonino riss sich los.

»Warte …«

Er hörte das Geräusch eiliger Schritte, aber nicht laut. Wer würde denn in dieser Stadt noch klappernde Absätze tragen?

»Tonino …«, rief Alfredo da Costa leise.

»Die Luft ist rein«, hörte er von drüben.

»Ich komme, soll ich?«

Man konnte nichts mehr hören.

»Tonino …«

»Kommen Sie, Signor Alfredo …«

Der Alte rannte über die Straße und stockte.

»Hierher, hier …«

»Tonino …«

»Am Hauseingang …«

»Ah ... hier bist du, Tonino.« Alfredo da Costa konnte nun die Tür sehen.

»Da habe ich aber gute Gäste bekommen«, vernahm er eine ganz andere Stimme, »wir werden uns die ganze Nacht unterhalten.«

»Tonino ...«

»Ich bin hier, Signor Alfredo, keine Angst ... und das ist Morad Bey, der Besitzer des Kaffeehauses.«

»Ach so ... ihr seid mir welche.«

Sie schritten durch einen dunklen Korridor. Morad Bey hatte in einer Hand eine Laterne und in der anderen einen Revolver.

»Musste unbedingt ein Krieg kommen, damit Sie mal mein Kaffeehaus besuchen, Alfredo Effendi?!«

»Ich bin kein Kaffeetrinker und deshalb ... fein, Tonino, das hast du dir aber gut ausgedacht.«

»Hier ist es zu dunkel, kommt, setzen wir uns in die Küche, Alfredo Effendi ... Ich war immer der Meinung, dass die Tabakspfeife von Ali Bey das Symbol der Einheit der Inseln ist. Man hat es vergessen. Was sollte es sonst bedeuten, wenn von einem Ufer bis zum anderen so eine lange Pfeife gelegt ist? Das bedeutet eine Verbindung, aber auch unser Leben. Leg dich hin und rauche, aber vergiss nie, dass du nicht allein bist ... Hätte man das nicht vergessen, gäbe es diesen Krieg nicht. Was meinen Sie, Alfredo Effendi? Ich wärme jetzt den Wein, dann können wir uns unterhalten ... Bei mir ist ein richtiges Stabsquartier. Mr. Clever ist nicht mehr nach London rausgekommen und ist hier. Signora Uso di Mare kennen Sie sicher ... und andere gute Leute. Sie sitzen dort, im Lager ... Unser Geschäft hat sehr gelitten.«

AUGENTROPFEN FÜR KORNELKIRSCHFARBENE AUGEN IN EINER VERREGNETEN NACHT

Sie pochten und pochten immer noch an der Tür. Salomea warf sich aufs Bett und legte sich das Kissen über den Kopf. Weinte sie

6

oder nicht? Wieso weinen, sie verbarg sich. So verbarg sie sich. Sie pochten aber weiter. Man hörte es von unten, an der Haustür, dazu schrien sie hin und wieder etwas. Wer weiß, was?

»Lasst mich in Ruhe, lasst mich in Ruhe!«, schrie Salomea in die Kissen hinein. Ihre Stimme erstickte in diesen Kissen. »Lasst mich in Ruhe!«

Dann öffneten sie wahrscheinlich die Tür, schlugen sie ein, zerschmetterten sie oder zerbrachen ganz einfach die Scheibe und öffneten den Riegel: Das hörte Salomea Wisramiani nicht mehr. Sie hörte auch nicht mehr, dass sie unten herumstiefelten, in jedes Zimmer schauten und schließlich nach oben kamen.

Als sie nicht mehr klopften, begriff sie, dass sie im Haus waren. Sie würden nicht mehr gehen, wer immer es war. Salomea erhob sich plötzlich.

Sie erhob sich ruckartig und fiel ebenso schnell wieder aufs Bett.

»Lasst mich in Frieden ... lasst mich zufrieden, ihr Schweine.«

Jetzt klopften sie an der Schlafzimmertür.

»Lasst mich sein ... haut ab ... haut alle ab!«

»Salomea ... Salomea ... Prinzessin ... ich bin es, Martia, Salomea!«

Salomea riss die Tür auf und sah den Gutsverwalter der Wisramiani, Martia der sich an den Türrahmen lehnte. Er war grünlich im Gesicht und sein weißes Igelhaar war ganz nass.

»Salomea ... es regnet«, sagte Martia.

Unten stiefelten sie immer noch herum.

»Salomea, ich bin es, dein plumper Martia ... komm mit, meine Liebe. Lass uns nicht im Stich ... überlass uns nicht deiner Mutter. Lass uns Sungalen keine Sünde mehr begehen, wohin soll das sonst führen? Schau mich an!« Er trug einen Patronengurt, der ebenso nass war.

»Was habe ich nur geglaubt, wer es ist?«, sagte Salomea wie zu sich selbst. »Wer?«

Es macht keinen Unterschied. Alles dasselbe.

»Salomelein, es geht uns schlecht ... hör zu, Salomelein ... Die Lage ist so, dass hier entweder alles zu brodeln beginnt, oder wir ziehen zurück auf die Insel, in das Haus deines Großvaters und lassen hier nur einige Schwänze zurück ... Du musst uns helfen, Prinzessin, du ... die Jungs sind mitgekommen. Du musst mitkommen ...«

»Was redest du da, Martia? Was meinst du? Wohin soll ich mitkommen, warum? Ich bin in meinem Haus. Endlich bin ich in meinem Haus ... Was willst du?«

Martia lehnte sich mit den Ellbogen an die Türfassung und verbarg seine Augen in den Händen.

»Ich bin es leid ... verdammt ... ich würde mir am liebsten eine Kugel in den Kopf jagen ... Wer ist hier eigentlich ein Wisramiani, ich oder ihr? Wer weiß, wo in Istanbul sich deine Onkel aufhalten ... was kann ich denn machen, was ... Halt diese Frau auf ... hilf mir, deine Mutter aufzuhalten, und nimm du die Sache in die Hand. Es ist sonst keiner geblieben ... siehst du, was passiert ist? Siehst du, was dein Großvater war? Er hatte alles unter Kontrolle ... weißt du, Salomea, was ich alles tun musste? Was sie mich alles tun ließ? Diese Hände sind voller Blut ... wir sind bis hier im Blut ... Wie sollen diese Jungs weiterleben? Wie sollen Fido oder Kikola weiterleben? Was sollen sie morgen tun? Sie wollen nur noch ballern, wir wollen ballern ... Deine Mutter lud Sardion Matiani mit seinen Sungalen angeblich zum Gespräch ein und befahl uns, sie zu töten. Er habe sie verraten und stünde auf der Seite der Engländer ... die Sungalen, seine Sungalen hat sie mich noch am Vortag überreden lassen. Du weißt ja, wir sind Sungalen. Wenn wir miteinander sprechen, geht alles. Wir sprechen alle eine Sprache ... wir können alles regeln. Hüben und drüben sind Sungalen ... Aber das Blut? Es ist doch kein Vieh, das man abschlachtet? Sie befahl uns, gleich drinnen zwei Matiani zu töten, ins Boot zu legen und irgendwo stehen oder liegen zu lassen. Sie befahl zu schießen. Dann ließ sie uns auf die Osmanen schießen. Auf Menschen, wer weiß, auf wen genau ... Deine Cousins haben wir als Geiseln, als Geiseln ... Wir baden im Blut, durch deine Mutter, Salomea. Ich kann nie mehr auf die Sungalen-Insel gehen ... wofür? Aus Treue? Es gibt keine Maß mehr ... Jetzt schickt sie uns, um die da Costa zu suchen. Egal wo, wir sollen sie finden ... Ich kam zu dir. Weiter konnte ich nicht. Es braucht die Zustimmung eines Wisramiani. Ich hänge fest am Haken.«

»Was braucht die Zustimmung eines Wisramiani?«, fragte Salomea zerstreut.

»Dass wir sie aufhalten ... Das wir deine Mutter aufhalten und etwas tun, um dieses Land wieder in Ordnung zu bringen ... Du musst uns anführen, Salomea, Prinzessin, du ... mehr konnte ich mir nicht ausdenken. Ich bin ein Sungale ... das Denken lernte ich erst jetzt, im Alter. Die Jungs sind hier, sie werden alle vor dir auf die Knie fallen ... Du warst schon immer unsere Tochter und Schwester, nicht unsere Herrin, komm mit uns, halten wir deine Mutter auf. Verdiene ich von dir nicht wenigstens, dass du uns Armseligen hilfst, uns vom Blut zu reinigen? Ich habe vor dir oft gesündigt, du weißt nicht alles ... Wenn die andere Seite hört, dass du es bist, wird vieles anders ... Irgendetwas wird anders ... Oder nicht, Salomea?«

Was sollte Salomea dazu sagen?

Nichts.

»Der Sohn von Hassan Bey, siebzehn Jahre alt, wurde von Platona getötet. Drüben in der Stadt aus dem Hinterhalt. Wir erhielten Hassan Beys Brief, dass Kaia sterben wird ... Was soll ich tun, ich bin der Oberbefehlshaber ... oder bin ich ein Bauer? Ich kann dir nicht in die Augen schauen ... Wenn wir damals ... wir hätten es damals nicht tun sollen ...«

Salomea sagte nichts. Sie starrte Martia mit von der Schlaflosigkeit verquollenen Augen an. Er hielt seine Hand immer noch vor den Augen, als fürchte er den Blick auf die Lottobälle. Was man sich nicht alles denkt. Weiße Lottobälle mit Nummern drauf. Golfbälle, ganz weiße Bälle. Ob Martia Golf spielen kann?

»Wo ist denn mein Vater?«, fragte sie plötzlich.

»Zu Hause«, war die Antwort, »er liegt da und schaut zur Decke. Dann steht er auf, holt eine Flasche, die er später leer unter das Bett wirft ... Was sollen wir tun, Prinzessin? ... Was kann Bu tun? Du kennst doch Bu? Er ist dein Vater.«

»Data?«

»Von Data wissen wir nichts. Man hat ihn drüben gesehen.

Man, sagt, er sei im Kloster ... Wir wissen nichts von Data. Wir werden es erfahren, alles erfahren.«

»Marti, kannst du Golf spielen?«

Martia nahm erst jetzt die Hand von den Augen.

»Kennst du Golf? Weiße Bälle, man stößt an und sie rollen ...«

Martia stöhnte und dachte sich das Nötige.

»Tu das nicht, mein Liebling ... bloß das nicht ...« Dann verstummte er und senkte den Kopf.

»Ich ... gehe zur Toilette ... gut?« Salomea ließ ihren Blick suchend durch das Zimmer schweifen, wo war bloß die Tasche? Wo zum Teufel war die Tasche?

Sie stieß gegen Martias Schulter und stürzte aus dem Zimmer. Martia stand noch eine Weile so da, mit dem Ellbogen an den Türrahmen gelehnt, und biss sich ins Handgelenk. Mit einem Mal senkte er den Arm, drehte sich locker um und ging gesenkten Hauptes, scheinbar sorglos oder wie jemand, dem alles egal ist, die Treppe hinunter.

Unten, im Gästezimmer, standen die Sungalen. Es waren an die zwölf junge Männer, unterschiedlich bewaffnet, die sich nicht einmal setzten. Sie rauchten und klopften die Asche in einen großen weißen Aschenbecher. Martia schaute sie nur kurz an und schritt zur Küche.

»Wir sitzen in der Scheiße«, sagte der eine und folgte Martia. »Stimmt's, Marti? Sitzen wir in der Scheiße? Stochern wir darin herum?«

Martia stand am offenen Wasserhahn und schaute auf das fließende Wasser.

»Sie ist zugekifft ... Ich konnte sie nicht zu Verstand bringen«, sagte er wie zu sich. »Kein Wort darüber, verstanden!«

Der Junge entfernte sich. Martia hielt seine Hände unter das Wasser und starrte gedankenlos darauf.

»Gehen wir? « Es war derselbe Junge.

»Gehen wir«, sagte Martia und drehte den Hahn zu, »schmeißt schon mal den Motor an, ich komme gleich ... setz du dich in meinen Wagen ... Sag den Jungs, dass wir erst zur Zitadelle fahren und danach zu Kaia.«

6

Der Junge ging hinaus und kam gleich wieder.

»Paps ...«

»Was denn noch? Lasst mich doch ein paar Sekunden allein!«
Martia steckte den Revolver ein und trocknete seine Hände an der
Hose ab. »Was ist denn?«

»Paps, Salomea ist runtergekommen und sie trägt eine
Hose ...«

»Eine Hose?«

»Ja, eine Hose, und sie zieht gerade den Mantel an ...«

»Was?«

»Ja ... Sie begrüßte die Jungs.«

Martia stürzte in den Flur.

»Salomea ...!«

Salomea schaute ihn an, sie stand vor dem Spiegel und rieb
sich die Augen.

»Ich brauche Visine ...«

»Was?«

»Das sind Augentropfen. Ich konnte sie nicht finden ... schon
gut.« Salomea ließ die Hand sinken. »Gut, gehen wir?«

»Gehen wir, Salomea!«

»Ha«, lachte Salomea, »ist unsere Mama bösartig geworden?
Kommt, beruhigen wir sie und die anderen auch, alle miteinander ... Schläfern wir alle zusammen ein, gehen wir ...«

»Prinzessin, in mein Auto!«, rief Martia laut. »Fido, Rostia, Kat-
ia zu mir ... Ihr in den anderen Wagen und nun ganz sachte ... du
weißt doch ... Jetzt führen wir mit uns unser aller, allerwahrhaf-
tigste Herrin. Hoch lebe Salomea, die Herrin!«

»Hoch!!! Hoch!!! Hoch!!!«

»Hoch lebe auch der georgische König, tausend Jahre lang,
hoch!!!«

»Hoch!!!«

»Und los geht's!!!«

DISTELFRESSENDES MAULTIER

DER VERRÜCKTE IST AUCH WIEDER DA, SAGTE MAN, WANN IMMER ER KAM

Zuerst fiel er nur zwei oder drei Leuten auf, später allen.

Natürlich fiel er auf, besonders in dieser Stadt, wo jeder auf jeden stößt.

Das erste Mal erblickte man ihn mitten in der heißen Saison, hauptsächlich am Sandstrand. Er kam und verschwand, kam und verschwand. Deshalb wusste keiner, wo er hauste oder wovon er sich ernährte. Anfangs war er gern am Sandstrand.

Er tauchte gewöhnlich dann auf, wenn die meisten Menschen da waren. Er trug eine große schwarze Brille und eine Bettlerbüchse am Gurt. Für einen Blinden schritt er ziemlich geschickt an den Passanten vorbei, sonst aber doch etwas plump und mit einer Fahne in der Hand.

Es war die Staatsfahne Santa Esperanzas, weiß, mit einem »Union Jack« und einer goldenen Krone in der oberen Ecke. So eine große Fahne kostete mindestens fünfundzwanzig Pfund, und es war unklar, woher er sie hatte.

Er kam also öfter dahergeschlendert, in Lumpen gekleidet und irgendwie fettverschmiert, wie ein alter Tiegel.

Früher schien er ein stattlicher Mann gewesen zu sein, was man ihm kaum noch ansah. Doch er bewegte seine Hüften sehr geschickt, womit er die Büchse zum Rasseln brachte und daran erinnerte, dass man ihm etwas spenden solle.

Am wichtigsten aber war die Fahne: alle zehn bis zwölf Schritte blieb er stehen und ließ sie kreisen wie ein alter Fahnenschwinger. Nach diesem kurzen Kunststück rief er mit einer feinen und schrillen Stimme:

»*Welcome to paradise! ... Welcome to paradise!*«

Danach ließ er nochmals die Fahne kreisen und rasselte zum Abschluss mit der Büchse.

7

Es war ziemlich lästig. Besonders für jene, die an der Sonne liegend wirklich glaubten, sie seien im Paradies, plötzlich aber von diesem Bettler überrascht wurden, der dastand und ihnen mit der Büchse rasselnd zurief, sie seien tatsächlich im Paradies. Im Paradies gibt es keine Bettler. Wer einer war, bettelt dort nicht mehr und verweilt in einer Glückseligkeit, in der wir selbst nie landen würden. Deshalb glauben wir, dass hier im Sand das Paradies sei. Der blinde Ausrufer aber wusste überhaupt nicht, ob er je ins Paradies kommen würde. Auch er wähnte das Paradies hier und sich selbst als Wächter dieses Paradieses. Deshalb verlangte er einen Obolus, so wie der Fährmann Charon.

Jemand, der mit seinem Schatz am Strand in der Sonne liegt, hat wenig Lust, über solche Dinge nachzudenken. Vielleicht kennt er die Geschichte vom Fährmann der Unterwelt, vom Paradies und von der Hölle überhaupt nicht. Doch er begreift, dass dieses erfundene Paradies keinen Wächter und Ausrufer nötig hat.

Dieser Blinde war später auch auf der Kalivan Street anzutreffen, immer dann, wenn größter Verkehr herrschte. Er schwenkte auch dort seine Fahne und hieß alle im Paradies willkommen. Natürlich wurde er nicht in die Restaurants, Cafés und Pubs hereingelassen. Doch er hielt sich mit Vorliebe in der Nähe auf, um einen Krug Bier für den Gentleman zu erbetteln. Die Straßen hatte er bereits erobert.

In der Abenddämmerung, wenn sich die Straßen füllten und man kaum noch durchkam, erschien er im Glücksviertel. Auch hier fiel er durch seine Fahne und sein Geschrei in der Masse auf.

Die Straßenpolizei hatte an diesem Mann nichts auszusetzen, da das Betteln nicht verboten war. Das einzig Lästige war sein Geschrei, wogegen man aber nichts tun konnte. Manchmal hockte er traurig an einer Wand und sang oder murmelte unverständlich etwas vor sich hin. Keiner fragte ihn, woher er gekommen sei oder stamme, und er selbst sagte es auch nicht. Man beachtete ihn nach dem ersten Schrei und vergaß ihn, nachdem er weg war. Dass er hier neu war, begriff ein jeder, denn bis dahin hatte keiner durch die Straßen gerufen: *Welcome to Paradise.*

Es beobachtete auch keiner genau, ob er wirklich ein Irrer war oder ob er sich nur wegen der Bettlerei so anstellte. Wenn man von ihm sprach, nannte man ihn den Blinden und setzte hinzu: der Blinde mit der Fahne.

Dieser Blinde mied, wie jeder gescheite Bettler, den Hafen und die Docks. Er wusste ganz genau, dass es dort nichts zu erbetteln gab. Er mochte die Touristen, besonders die jüngeren, da er ihre Herzen eher erweichen konnte als die der älteren. Nur waren am Sandstrand von Santa Esperanza die Jüngeren in der Minderheit, denn sie zogen Ibiza und dergleichen Orte vor. Die Besitzer der privaten Strände aber ließen den Bettler mit der Flagge nicht auf ihre abgesperrten Territorien. Meistens schaffte er es dennoch einzudringen, was aber sehr schnell auffiel.

Der alte Wachmann der Glücksstraße, Sergeant Glurdschi Galiani, der sein Leben mit dem Ordnen der Prostituiertenreihen verbracht hatte, ohne jemals von der Gunst dieser Frauen zu profitieren, sagte einst seinem alten Partner, Kelesch-Aga, dem älteren Polizisten, der am anderen Ende der Straße Wache schob:

»Kelesch-Aga, jener Bettler ... mit der Flagge.«

»Der Blinde?«

Sie unterhielten sich an einem Feiertag, auf der Veranda einer schönen Kneipe, weit vom Strand entfernt. Als alte Freunde kehrten sie an Feiertagen gern dort ein.

»Hast du den Mann mal beobachtet, Kelesch-Aga?«

»Ich habe nichts Besonderes an ihm bemerkt, er brüllt herum, das ist alles.«

»Ich bin überzeugt, Kelesch-Aga, dieser Mann ist nicht blind, sondern stellt sich nur so. Er benimmt sich nicht wie ein Blinder. Mein Großvater erblindete und ich weiß noch genau, wie das war.«

»Stimmt, dein Großvater war blind, das weiß ich auch noch.«

»Und er benahm sich nicht so.«

»Können wir ihn deswegen festnehmen? Können wir nicht, denn er hat nie behauptet, er sei blind. Er benimmt sich nur wie ein Blinder. Jeder kann sich benehmen, wie es ihm beliebt. Auch ich habe mich dreimal blind stellen müssen. Nicht wegen eines Verbrechens, sondern um eine peinliche Lage zu vermeiden. Einmal sah ich zum Beispiel, wie sich ein Junge und ein Mädchen küssten, von denen ich wusste, wer sie waren. So etwas haben wir beide zwar schon oft gesehen, aber das war etwas ganz anderes. Sie küssten sich wirklich und so ein Küssen hatte ich nicht einmal in Filmen gesehen. Sie zitterten am ganzen Leib. Vor Freude oder vor Angst. Sie verstießen gegen das Gesetz und ich hätte sie beide festnehmen können. Aber was wäre ich für ein Mann, könnte ich meinem Herzen nicht gehorchen, das mir sagte, ich solle erblinden?« Kelesch-Aga machte sich an die Lammrippchen.

»Ich weiß noch, das war vor zwanzig Jahren. Du hast sogar herausbekommen, wer diese beiden waren. Die junge Frau Wisramiani und der Sohn der da Costa.«

»Das ist nicht wichtig. Wichtig ist, dass ich damals erblindete. Denn im Kino schaue ich mir die Küsse immer sehr gierig an. Hier aber war es keine Gier, sondern Freude, die mich dazu verleitete.«

»Du hast recht, Kelesch-Aga, aber ich sage dir etwas ganz anderes ... Ich habe diesen Mann erkannt. Das heißt, ich weiß, wer dieser Bettler mit der Flagge ist.« Glurdschi Galiani zwinkerte.

Kelesch-Aga war mit den Lammrippchen beschäftigt und hob nicht einmal den Kopf. Dabei zuckten seine vollen Backen ganz lustig.

»Verstehst du, Kelesch-Aga?«, fragte ihn Galiani nachdrücklicher.

»Ich verstehe ... du weißt, wer der Bettler ist.«

»Kennst du noch das Lied? *Sun-gala, Sun-galaaaa ... Sun-gala, just a drop of soul ...* Kennst du das Lied noch?«

Kelesch-Aga wurde nachdenklich. Er starrte die abgegessenen Lammrippen auf seinem Teller an, ergriff das Glas mit dem Daumen, dem kleinen Finger und dem Ringfinger und trank einen Schluck.

»Ich kann mich erinnern ... man sang es vor langer Zeit.«

»Vor langer Zeit ... vor sehr langer Zeit ... so ... ungefähr vor dreißig Jahren. Auf der Straße sang es damals ein Junge. So ein Vagabund, wie es damals viele gab. Er war mit einem Mädchen zusammen. Zweimal haben wir sie auch festgenommen, weil sie im Hotel alles demoliert hatten. Kannst du dich erinnern, wie du ihm sagtest, er solle nicht an den Handschellen ziehen, weil sie sonst fester drücken würden? Damals waren wir auch jung. Kannst du dich erinnern?«

»Im Hotel ... ein Mädchen? An das Mädchen kann ich mich erinnern. Ein molliges, kreischendes Mädchen, das uns mit Kissen bewarf. An den Jungen kann ich mich nicht entsinnen.«

»Er hat gesungen ... Erinnerst du dich an Sam? An den einarmigen Sam? Er hatte einen Club, Lederjacken und wilde Gitarren. Später hieß sein Club ›Archie‹.

»Der Bogen ... ja, natürlich. Sam ist immer noch hier«, entgegnete Kelesch-Aga überzeugt. »Jenseits des Strands hat er eine Kneipe, die Tag und Nacht geöffnet ist. ›Childe Harold‹.«

»Wirklich?«

»Ich sage es dir, ganz sicher. Sam ist hier. Ziemlich gealtert, so wie wir.«

»Nur bedeutete der Clubname ›Archie‹ nicht Bogen, sondern den Namen des Jungen. Er hat dort gesungen und verschwand dann, oder?«

»Wer? Der Sänger, denn wir festgenommen hatten?«

»Jawohl. Er ist einfach verschwunden. Man startete sogar eine spezielle Suchaktion. Er hieß Archie und machte uns allen das Leben schwer.«

»Wer macht uns nicht das Leben schwer?«

»Deswegen nannte Sam seinen Club ›Childe‹ ... ›Archie‹. Dort wurden seine Lieder gespielt. Sun-galaaa ... Hast du das Lied vergessen? Er verschwand spurlos. Er ging auf die Sungalen-Insel und verschwand.«

»Ich kann mich daran erinnern ... ja, ja ...« Kelesch-Aga klang nicht sehr überzeugt.

»Ja, Kelesch-Aga, ich sage es dir ganz bestimmt, dass dieser Irre mit der Fahne jener Archie ist.«

»Ach«, staunte Kelesch-Aga, »woher weißt du das?«

»Ich erkannte ihn. Was kann ich denn sonst anderes?«

»Was du nicht sagst ... also lebt er noch? Also ist dieser arme Mann Archie?«

»Nun hast du dich doch an ihn erinnert?«

»Ja, natürlich ... Sun-gala ... Sun-gala ... Archie. Ich kann mich erinnern, aber da ich das Gesicht nicht mehr kenne, habe ich das Gefühl, mich nicht zu erinnern.«

»Er ist dir gerade erst wieder eingefallen, deshalb.«

»Und wenn er es nicht ist?«

»Er ist es, ganz sicher. Sprechen wir ihn doch zusammen an, wenn er wieder erscheint. Das wird eine schöne Sache. Wir beide finden einen verschwundenen Mann.«

»Er wird es verneinen. Wenn er sich blind stellt, wird er sich auch für einen anderen ausgeben.«

»Wir werden uns schon etwas einfallen lassen. Ich befürchte nur, dass er bei Herbstanfang von hier verschwinden wird. Wie wird er sich denn über Wasser halten, wenn es keine Touristen mehr gibt?«

»Das stimmt ...« Kelesch-Aga überlegte. »Du bist ein ganz toller Polizist, Galiani, wieso hat man uns nur die Straße überlassen ...«

»Wer kennt unsere Straße besser als wir?«, seufzte Glurdschi Galiani.

»Weißt du was? Ich gehe heute runter und suche Sam auf. Ich weiß es ganz bestimmt, dass Sam noch hier wohnt ... Den können wir eher brauchen ...«

Danach machten sie sich an den einfachen, aber sicher leckersten Salat der Welt: Tomaten, Gurken, Zwiebeln, eine scharfe Kräutermischung sowie gute Oliven und einige Tropfen Essig oben drauf. Dieser Salat passte ausgezeichnet zu den Lammrippchen, die sie gewöhnlich am Tag nach der Nachtschicht verspeisten, wenn sie nachmittags ausgeschlafen hatten.

WENN ES NOCH NICHT TAGT UND AUCH NICHT MEHR NACHT IST

Man sagt, sie kommen vor Morgengrauen, aber nicht nachts. So steht es in verschiedenen Büchern, die Agatia Artschiliani-Zichistawi nie gelesen hatte. Solche Bücher waren nicht ihre Lektüre. Alte Frauen lesen nicht über Spione, sie lesen über Frauen, obwohl Mütterchen Agatia nicht mal das las. Nicht die Romane von Jessica de Rider und nicht die schmalen Bände von Jerry Barton.

Deshalb hatte die Alte nirgendwo davon gelesen, dass sie gewöhnlich genau zu dieser Zeit kommen: wenn es noch nicht tagt und auch nicht mehr Nacht ist.

Wenn sie ihr Werk verrichtet haben, dämmert es gerade, und man könnte annehmen, dass sie eine ungünstige Zeit gewählt haben, da man sie beim Weggehen, im zunehmenden Tageslicht, entdecken könnte.

Oh, nein, ganz im Gegenteil. Sie wissen genau, dass sie zu dieser Stunde kommen müssen, zwischen fünf und sechs Uhr morgens. Auf die Minute genau müssen sie es je nach Jahreszeit berechnen. Denn im Winter und Sommer wird es zu verschiedenen Stunden hell. Die Stunde ihres Kommens muss aber günstig sein: wenn es noch nicht tagt und auch nicht mehr Nacht ist.

Auch die größten Nachtschwärmer werden zu dieser Stunde schläfrig. Sowohl die, die kommen, als auch die, die es nicht sehen sollen. Also, zu dieser Stunde, wenn es noch nicht tagt und auch nicht mehr Nacht ist, schlafen alle.

Im Hafen schläft man zu dieser Stunde nicht, aber sie gehen nicht zum Hafen, sondern besuchen einen zu Hause.

Es steht in den Büchern, dass die schwarzen Männer kommen, wenn es noch nicht tagt und auch nicht mehr Nacht ist.

Davon hatte Agatia nichts gelesen. Ihr persönlicher Waffenträger, Pardon Bell, hatte es ihr erzählt, nachdem sie ihren Gefolgsmann Nika ins Kloster gebracht hatte. Nach Nikas Ermordung erfuhr Agatia, dass Bell ein englischer Agent oder etwas Ähnliches war, der mit ihrer Krönung und anderem beauftragt war. Wenn sie allein waren, hatte er es nicht mehr nötig, wie draußen, den verrückten Engländer zu spielen; die künftige Königin aber wog jedes seiner Worte ab.

Einmal sagte sie zu ihm:

»Weißt du was? Ich bin klüger als du.«

»Danke«, entgegnete Pardon Bell.

»Vielleicht bin ich auch klüger als deine Königin.«

»Das wird sich noch herausstellen«, sagte Bell.

Nikas Tod betrübte Agatia sehr. Sie hatte fast aufgegeben und hatte keine Lust mehr, über die bevorstehende Krönung zu sprechen. Bell befürchtete sogar, ihr könne etwas zustoßen, so wie das bei alten Leuten oft der Fall ist.

Agatia aber sagte ihm einmal:

»Sie Verrückter ... Ihr habt Nika getötet.«

»Nein«, sagte Pardon Bell, »wir töten nicht die Lieben unserer Schützlinge.«

»Wer war es dann? Wer tötet denn heutzutage mit einem Pfeil?«

»Keine Ahnung. Ich versuche es herauszubekommen. Sie kommen meistens zu dieser Zeit. Wenn sie den Auftrag haben, kommen sie zu dieser Stunde und töten. Es ist bewiesen, dass man gerade dann nicht mehr wachsam ist.«

»Wird man mich auch zu dieser Stunde aufsuchen?«

»Was sollten sie von Ihnen wollen?«

»Was wollten sie von Nika ... diesem Armseligen?«

»Wer weiß, was man von ihm wollte. Vielleicht war es eine Gangsterangelegenheit? «

»Was bist du für ein Agent, Pardon Bell, du hast keine Ahnung«, stöhnte Mütterchen Agatia.

Pardon Bell wusste alles. Mehr als ihm zustand.

»Sie brauchen nichts zu befürchten. Seien Sie unbesorgt.«

»Wovor soll ich mich denn fürchten? Ich verstehe das nicht. Ich habe nichts.«

Bell lächelte.

»Sie haben das Wichtigste: Ihren Familiennamen ... und die Unterstützung der Weltregierungen. Wir brauchen Sie gesund und wohlerhalten.«

»Und dann kann mich der Teufel holen, oder nicht? Also kommen sie, wenn es noch nicht tagt und auch nicht mehr Nacht ist? Genau da wache ich das dritte Mal auf. Früher krähte um die Zeit immer der Hahn. Wenn es die Hähne noch gäbe, würden doch alle durch das Geschrei aufschrecken, und sie würden sich hüten zu kommen. Bedenken die nicht, dass ich um die Zeit aufwache?

Schau mal, Pardon Bell, was ich habe …?« Agatia steckte ihre Hand zwischen die Sofakissen und zog einen klitzekleinen Revolver heraus.

»Stecken Sie ihn weg und spielen Sie nicht mit dem Ding.«

»Sag, wer brachte dir bei, einen Irren darzustellen, der Alexander den Großen kannte?«

»Man hat mir die Legende des verrückten Geografen als Tarnung zugewiesen.«

»Also wenn es noch nicht tagt und auch nicht mehr Nacht ist …«

Pardon Bell ging, und eines Tages kamen sie exakt zu dieser Stunde.

Agatia schlief nicht. Sie war gerade erst aufgewacht und saß, klein wie sie war, im Sessel, das Nachthemd bis zu den Ellbogen hochgekrempelt.

Zu dieser Stunde trank Agatia gewöhnlich ihren Tee. Das Licht löschte sie sowieso nicht, denn sie wollte nicht im Dunkeln sterben. Außerdem könnte es jemandem Angst einjagen, wenn man das Licht anknipste und sie dort tot vorfände. Warum dieser Jemand gerade in der Nacht kommen sollte, hatte sie sich nicht überlegt. Sie stellte sich diesen Anblick einfach vor, das war's. Sie dachte, die Besucher würden wegen des Lichts im Fenster gar nicht hereinkommen. Was sie bei einer alten Frau um diese Stunde wollten, fragte sie sich nicht mehr. Sie stellte sich das nur vor und das war's.

Sie kamen dennoch.

Agatia hörte, wie sie an der Tür rüttelten, und hielt den Atem an. Es war exakt diese Stunde. Sie drehte den Sessel zur Eingangstür und hielt ihren kleinen Revolver bereit.

Aha, Agatia kommst du nun doch dazu, zu schießen, sagte sie zu sich und fürchtete sich sehr, aber auch wiederum nicht. Was soll man denn fürchten, wenn man schon fast am Ende ist? Hauptsache, ihre Hand zitterte nicht.

Offenbar waren richtige Kenner am Werk, denn sie drehten sehr geschickt am Schloss, wie Zahnärzte. Agatia wollte zum Telefon greifen, kannte aber die Nummer des Waffenträgers nicht auswendig und bedauerte, dass ihr Verzeichnis weit weg lag.

Da ging die Tür auf, vorsichtig. Zum Vorschein kam ein großer Kopf mit hoher Stirn und dicken, goldenen Augenbrauen. Agatia Zichistawi-Artschiliani schimpfte wie eine Elster auf ihn los:

»Pfui ... Gott verfluche dich und deine Auftraggeber. Hat man dich geschickt, um mich zu töten?«

»Leise!« Pardon Bell lehnte sich an die Tür. »Machen Sie sich fertig und dann gehen wir ... Entschuldigen Sie die Stunde. Eine andere Zeit gibt es nicht für solche Dinge.«

»Wohin sollen wir gehen?«

»Zum Stützpunkt des englischen Regiments ... In vier Tagen verlässt der Gouverneur die Inseln. Sie wissen, der Rest des Regiments wird nach der Zeremonie abgezogen. Diese vier Tage müssen wir Sie gut beschützen. Dann überreicht Ihnen der Gouverneur die Flagge und übergibt Ihnen offiziell sein Amt. Dann ...«

»Das alles steht im gestrigen *Daily Telegraph*, ich hab's gelesen, Sie Verräter.«

»Ich flehe Sie an, machen Sie sich bereit. Haben Sie die Tasche? Ich bat Sie doch, Sie sollen stets eine Reisetasche bereithalten. Machen Sie bitte, so schnell Sie können ... Vier Tage sind für Ihre Sicherheit nötig ... Wenn Sie aus dem Fenster schauen, sehen Sie das halbe Regiment dort unten stehen. Die beste Eskorte der Welt. Britische Offiziere ... Aber schnell.«

»Geh in die Küche«, schimpfte Agatia, »bin ich nun eine Königin oder nicht?«

»Bitte, schnell ...«

»Was ist denn passiert, dass es so eilt?«

»Nein, nein ... Ich wollte es noch nicht sagen. Wir haben es auch erst am Morgen erfahren«, stöhnte Bell, »Konstantin Wisramiani ist in seinem Haus auf der kleinen Insel gestorben.«

»Ah, er ist dahingeschieden«, klagte die alte Agatia. »Wie lange musste er sich quälen? Seit Herbst ... Nicht mal einem Feind wünscht man so einen Schlag. Nicht mal einem Feind ...«

»Nach dem, was die letzten Tage geschehen ist, wird die Familie von seiner Tochter, Kaia Wisramiani, angeführt werden« – Pardon Bell stöhnte wieder – »von ihr kann man nichts Gutes erwarten. Der Verstorbene war ein Wilder alten Kalibers, sie ist eine wilde Frau. Es kann jeden Moment etwas passieren ...«

»Kaia habe ich noch nie gesehen. Das heißt, ich habe sie schon mal gesehen, bin aber nicht sicher, ob sie es war«, sagte Agatia.

»Beeilen Sie sich bitte. Ich weiß nicht, was kommen wird. Vier Tage wird sie sicher noch abwarten, aber dann ist ungewiss, was passieren wird ... Bei Ihnen wartet sie die vier Tage vielleicht nicht ab.«

»Was soll das heißen? Will sie mich umbringen? Ach, natürlich habe ich sie gesehen, als ich die Versammlung der Familienobersten für geschlossen erklärte, war sie doch dort? Und, mit solch glitzernden Augen, dass ...«

»Sie wird Sie umbringen.«

»Ja, aber wie denn?«

Bell schüttelte den Kopf.

»Sie hat eine Armee, die stärkste.«

»Wen denn?«

»Die Sungalen und Söldner aus Georgien ... Sie hat ein Heer, das ist ganz sicher.«

»Und England verlässt uns einfach so? «

»England verlässt Sie nicht ... ich bin ja hier.«

»Ach Gottchen ... er ist ja hier!«

»Bitte, ziehen Sie sich an.«

»Geh in die Küche ... warte ... sag mal, wirst du mal mein Grab besuchen, wenn das alles vorbei ist?«

Pardon Bell musste lächeln.

»Und kannst du mir nicht deinen richtigen Namen nennen?«

»Ich heiße Bond, James Bond.«

Königin Agatia schaute ihn an und schüttelte den Kopf.

»Sag das nie mehr. Nika sagte das immer aus Spaß. Er sagte es mit einer besonderen englischen Betonung: *My name is Bond, James Bond.*«

7

MONICA VERFOLGT EIN KRIECHTIER

Monica hatte alles begriffen.

Viel zu spät, aber dennoch. Hätte sie es ein wenig früher begriffen, wäre es besser gewesen. Aber sie begriff es eben in diesen schlimmen Tagen, in diesen sehr schlimmen Tagen. Sie stand am Fenster und schaute auf die leere Straße, als sie es begriff. Sie schaute auf die Straße des Stadtteils, wo sie ein Zimmer gemietet hatte.

Ihre Freunde bezeichneten das Zimmer als Kerker, weil gleich am Eingang neben der Tür eine Dusche war und hinter dem Vorhang eine Toilette. Es war ein winziges Zimmer, und der Fernseher war ebenso klein. Sie schaute sowieso erst am späten Abend fern und konnte, weil sie kein Kabelfernsehen hatte, mit ihrer krummen Antenne nur drei Kanäle empfangen: den ersten und den zweiten Kanal von BBC und BBC World. Letztgenannter übertrug um neun Uhr abends die lokalen News und das war's. Sonst gab es keinen Fernsehsender in diesem Land, was auch nicht nötig war. Über Kabel-TV konnte man Filme und Softpornos sehen. Wenn man sich sehr bemühte, konnte man auch das türkische INTER empfangen. Aber das hatte Monica nicht versucht. Die Nachrichten aus aller Welt interessierten sie nicht, denn es gab auch hier eine Fülle an Informationen.

Inzwischen funktionierte das Fernsehen nicht mehr. Sie stand am Fenster und dachte, dass sie von einer Kugel getroffen werden könnte. So etwas war neulich vor zwei Tagen passiert, wie eine Frau vor dem Almarossi-Supermarkt erzählte. In diesem Supermarkt wurden nur noch Brot und Zigaretten verkauft. Ob man die anderen Waren gebunkert oder ob ihn jemand geplündert hatte, wusste Monica nicht. Jetzt sah sie aus dem Fenster diesen unmöglichen Mann, der einen ramponierten Strohhut trug und wie ein gealterter Rocksänger aussah.

Er trug ein schwarzes ärmelloses T-Shirt und schritt locker durch die Straße. Auf seinen Armen waren verblichene Tätowierungen zu sehen. Er schritt dahin, als wenn gar nichts wäre. Er war einer der widerlichsten Menschen, die es gab – Lamur Mosiarule.

Monica wusste vieles von ihm, aber nicht bis ins Detail und nicht, ob es genau stimmte. Der Beruf dieses Mannes war, Gerüchte zu verbreiten. Sie wusste auch, dass er damit viel Schlimmes angerichtet hatte. Doch er rechtfertigte es mit seinem Beruf, den die Familie schon immer ausgeübt hatte. Seine Vorfahren waren Läufer gewesen. Was hatte er im Genuesenviertel zu suchen? Was zum Teufel wollte er im Genuesenviertel? Monica schlüpfte in ihre Schuhe und stürzte die Treppe hinunter.

Als sie aus dem Treppenhaus rannte, hatte Lamur Mosiarule bereits das Ende der Mentolastraße erreicht. Das Mädchen sah noch, wie er abbog. Sie stürzte hinterher. Die Via Fioraio führte etwas bergauf. Von dort aus konnte man links wieder nach unten gehen, zum Anfang des Villenviertels. Über zwei kleine Gassen von links und rechts konnte man auf die Porta-Nova-Straße gelangen – einer Avenue mit Cafés, Restaurants und Läden.

Monica folgte Lamur Mosiarule auf den Fersen. Man hörte hier und da einen Schuss. Sie hatte gelernt, dass das nur ein Zeichen der Höflichkeit war. Der richtige Kampf hatte noch nicht begonnen. Ein Schuss in die Luft, und ein anderer in die Wand. Die wichtigen Dinge geschahen nachts.

Lamur Mosiarule bog Richtung Villenviertel ab und legte einen Schritt zu.

Dann öffnete er geschwind das niedrige Tor eines Gartens und verschwand dahinter. Monica folgte ihm nicht. Sie blieb in der Nähe am Zaun unter den überhängenden Ästen stehen. So wartete sie eine Weile. Dann kletterte sie vorsichtig über den Zaun und nahm natürlich nicht den Laubengang. Wessen Villa war das? Sie gehörte wohl dem Mann, der diese billigen Romane schrieb. Wie hieß er noch – Jerry Barton. Das war sein Pseudonym, sonst hatte er einen anderen Namen. Es war reine Angeberei, dass er diese Villa im Genuesenviertel kaufte. Er hatte schon eine Villa außerhalb der Stadt an den Felsen, diese hier die zweite. Er war nicht hier. Oder doch? Kam er, um Lamur Mosiarule seine Geschichten zu verkaufen? Was für ein Blödsinn, mitten in diesem Krieg und Elend. Monica kroch unter die Sträucher und vergaß fast, dass sie Lamur gefolgt war. Sie gelangte von links ans Haus und starrte hinter den Ästen auf die geschlossenen Fensterläden. Sie hörte keine Stimmen, spürte sie aber und verbarg sich hinter dem Farnkraut und den Buchsbaumsträuchern.

Hinter dem Haus war eine Laube. Das Geländer war dicht mit Efeu bewachsen. Man konnte annehmen, dass Mr. Barton hier seine Widerlichkeiten schrieb. Vielleicht leisteten ihm die Amseln und Tauben Gesellschaft. Die wussten ja nicht, was für abscheuliche Dinge er schrieb. Jetzt saßen in dieser Laube ganz andere Vögel. Übrigens, mit dem Gesicht zum Haus. Erfahrene Leute hätten sich ja in dieser Lage nicht mit dem Rücken zur Tür gesetzt.

Einer von beiden war Lamur Mosiarule, der andere aber jener weißhaarige Mann, der die Wisramiani immer begleitete. Das war jener Mann, der … Monicas Herz schlug wie wild, als sei sie mit einem von Bartons Schauerromanen in einer mondlosen Nacht allein in dieser alten, verlassenen genuesischen Villa. Das war der Mann, unter dessen Führung die Sungalen den anderen Stadtteil besetzt hatten. Er war es gewesen, der bei der Beerdigung des georgischen Gangsters seine Untergebenen herumkommandiert hatte. Wie war er auf diese Seite gelangt? Das war ein Wunder. Der Anführer des gegnerischen Heeres, der sich auf diese Seite geschlichen hatte … Nun sieh einer an! Sicherlich bekam er von Lamur Mosiarule gerade irgendwelche Informationen … Monica rührte sich nicht und begriff plötzlich alles: So ein verflixtes Gehirn hatte sie eben.

Monica begriff, dass die Wisramiani die Königin umbringen wollten. Schon damals, bei dieser Beerdigung. Wieso war sie nicht eher dahintergekommen? Damals hatte sie den Geschehnissen keine Beachtung geschenkt. Am Klostergelände wimmelte es von Journalisten und dann trieben die Sungalen die Fotografen von der Mauer herunter. Nach der Zeremonie verließen die Wisramiani als Erste das Kloster und fuhren weg. Es war erstaunlich, dass sie überhaupt erschienen waren. Sie kamen zur Beerdigung des verstoßenen Schwiegersohns. Ein sehr heimtückischer Plan. Genau. Mutter und Tochter waren beide anwesend. Und die Tochter wurde von Sandro da Costa geliebt. Vielleicht wusste sie nichts davon. Genau so musste es gewesen sein: Sie beauftragten diesen silbergrauen Mann, ihren Schwiegersohn zu töten und kamen dann zur Beerdigung. Sie wussten genau, dass die Königin dort sein würde. Sie wussten auch ganz genau, dass diese alte Frau ihren Schwiegersohn betreut hatte. Wer sonst? Warum hatte sie das nicht früher bedacht? Unter den Zaungästen war eine Frau gewesen. Sie sah wie eine einfache Schaulustige aus. Monica sah, dass die Menschenmenge, nachdem die Wisramiani mit ihren Sungalen gegangen waren, nach vorn strömte. Auf die Königin hatte ein einfacher Wagen gewartet. Sie war von dem Engländer mit den buschigen Augenbrauen begleitet worden. Diese einfach gekleidete Frau drängte sich geschickt nach vorn. Eine Hand hatte sie in der Tasche. Wer war diese Frau? Sicherlich hatte sie in der Tasche einen Revolver. Unbedingt. Sie wollte schießen, aber erst näher herangehen. Es war eine hässliche Frau mit struppigem Haar, an den Lippen etwas wie Pockennarben oder war das eine andere Narbe? Monica war ihr nur zufällig mit dem Blick gefolgt und wissen Sie, was passierte? Auch ein anderer hatte diese Frau gesehen. Das heißt, nicht gesehen, denn er war blind. Aber … der Blinde mit der Fahne war dabei gewesen. Bei dem Gejohle und Lärm dachte er sicherlich, die Königin oder sonst wer käme heraus und er verpasse etwas. Deshalb drängte er sich, seine Fahne schwenkend, nach vorn, schubste die Frau und drängte sie zur Seite. Dabei schrie er wie immer:

»*Welcome to paradise!*«

Genau so musste es gewesen sein. Die Frau schwankte und fiel, sie stand wieder auf und versuchte die Reihen zu durchbrechen, aber inzwischen fuhr das Auto mit der Königin davon … So war es mit Sicherheit gewesen … Keiner konnte Monica weismachen, dass es nicht so gewesen war. Damals war die Königin nicht mehr ohne Begleitung aufgetreten. Sie hatte ständig den Engländer und noch einen bei sich, so war das … So lange hatten sie das also schon geplant …

»Jetzt rühr dich nicht von der Stelle, Kätzchen, oder wir sind beide verloren …«, hörte Monica Uso di Mare eine Stimme von hinten und erstarrte.

»Werde ich nicht«, flüsterte sie schwach, »wer bist du?«

»Psst, rühre dich nicht. Sie werden jetzt gehen. Der eine nach unten und der andere nach oben. Er kam von dort, von hinten. Wenn du dich umdrehst, schrei nicht auf« – auch seine Stimme zitterte gewaltig – »wie heißt du?«

»Monica.«

»Ich bin Bu ... Bu Wisramiani. Sei still, mein Kind.«

Natürlich wollte Monica aufschreien, aber sie tat es nicht. Sie schaffte es nicht.

»Sie ...«

»Ich ...« Der Mann hielt die leere Flasche wie eine Pistole in der Hand. »Ich bin abgehauen ... und wohne im Gartenhäuschen, schon seit zehn Tagen. Heute kamen sie das erste Mal, der Wilde und dieses Rindvieh. Der eine wird nicht allein sein, dem anderen bist du gefolgt. Trinken wir eins, wenn sie weg sind, mein Kätzchen.«

»Sie ...«

»Ich ... ich ... Wie gut, dass ich das ganze Leben lang zu Hause saß, fast keiner kennt mich. Ich bin davongelaufen ... Ich bin Georgier. Man muss weglaufen und« – er zeigte auf die Flasche – »das ist eine Medizin. Weißt du, was das für ein Wein ist? Rosé d'Anjou. Der Lieblingswein von Athos ... Weißt du, wer Athos ist?«

»Nein ...«, flüsterte Monica.

»Athos hätte sich auch ferngehalten, wenn es nötig gewesen wäre. Ich bin ein Georgier, Kätzchen ... ein Georgier muss überleben.«

Er war ein komischer Mann. Mit Kappe, offenem Hemd, Hausschuhen und unrasiert. Und er hatte eine große Hakennase.

»Psst ... schau, sie gehen ... dann gehen wir in die Bude. Du scheinst ein schönes Kätzchen zu sein, wessen Tochter bist du?«

Der Gutsverwalter der Wisramiani ging wirklich nach unten, schnell durch die Büsche auf der anderen Seite der Mauer hindurch. Lamur Mosiarule lief fünf Schritte entfernt an ihnen vorbei.

Monica schaute ihm gebannt nach; er glich einer Pythonschlange, die durch den Garten gleitet. Sicherlich hatte man ihn bezahlt. Was denn sonst?

»Also« – der Mann sprach etwas lauter – »Wacho Awaliani, von der PI-Jazzgruppe ... in diesem Dreck.«

»Sie« – Monica begriff erst jetzt richtig – »Sie sind der Ehemann von Kaia Wisramiani?«

»Ich bin Georgier, mein Kätzchen. Ein Georgier kann unmöglich nur ein Ehemann von jemandem sein. Ein Georgier bleibt ein Georgier, er kann hundert Jahre lang wie ein Bär schlafen und dann mit einem Mal die Augen aufreißen. Das ist bekannt ... Jetzt bekommst du von mir *sausages* und einen Rosé d'Anjou ... Ich habe noch eine Flasche dabei. Und einen Öffner auch. Ich bin nicht ohne davongegangen. Meine Tasche war schon immer gepackt. Ihr habt die Wisramiani erst jetzt kennen gelernt, ich aber bin schon seit vierzig Jahren bei ihnen gefangen. Ich bin neunmal geflohen ... Ich bin vor Stalin geflohen! Ich bin vor Chruschtschow geflohen! Ich glaube, vor ihnen bin ich jetzt endlich geflohen ... man kennt mich nicht, keine Angst ... wer kennt mich schon? Ich bin ein Vagabund ... Ich sage dir, was passieren wird. Ganz genau. Dieses Land fällt auseinander. Wer überlebt, der überlebt, und die es nicht tun, können gemeinsam heulen. Ihr wollt nicht mehr zusammen sein, was kenne ich denn besser als das, Kätzchen? Das ganze Leben lang lese ich davon ... komm mit in die Hütte. Ich habe den Riegel aufgebrochen, sie werden mir sicher nicht böse sein. Mal sehen, vielleicht ziehe ich in den nächsten Tagen auch in das Haus ein, es kommt sowieso kein Besitzer und ...«

»Es wird keinen Besitzer mehr geben«, murmelte Monica.

DIE VERLORENE SACHE

»Diese Sache ist verloren, Mr. Perigo. Es ist erst Sommer, aber diese Sache ist schon für nächstes Jahr verloren. Diese Methode kann nicht funktionieren, nicht für die Weltöffentlichkeit und nicht irgendwo in der Peripherie.« Théveneau de Morande sprach, als wenn er eine fremde Angelegenheit oder ein fremdes Problem analysierte. Vor ihm lag auf einem riesigen weißen Teller ein appetitanregendes Stück Schweinefleisch, garniert mit grünen Salatblättern und Oliven, an einer weißen Sauce angerichtet. Dabei schnitt er sich mit einem solchen Eifer ein Stück davon ab, dass ein jeder denken konnte, er spreche vom Essen.

Auch Mr. Perigo schien nicht appetitlos zu sein und starrte so gebannt auf seinen Teller wie in einen spannenden Roman.

In dieser Sache waren sie Meister. Ein jeder hätte gedacht, es würden hier zwei wohlerzogene Männer speisen, die ebenso gern Romane lasen. Denn es ist fast unmöglich, dass jemand gern Romane liest, aber nicht gern isst. Beides ist ein Genuss. Diese hier benahmen sich genauso und aßen in öffentlichen Einrichtungen, als läsen sie Romane. Tatsächlich aber hatten sie keine Zeit, um Romane zu lesen, und mochten diese Art von Literatur nicht.

Es war auf der Terrasse des Restaurants »Ligurien«. Perigo genoss seine Lasagne und beide nippten an einem ausgezeichneten Wein.

»Ob wir im nächsten Jahr um diese Zeit auch hier sitzen werden?«, fragte Perigo.

»Ich bezweifle das. Ich bezweifle das sehr«, sagte Morande, »wissen Sie was? ich gehe irgendwo hin. Ich verschwinde nach Australien. Australien ist so weit. Ich sehne mich nach Australien.«

»Das ist nicht meine Schuld. Die haben sich wirklich schlecht benommen gegenüber dem Jungen. Ich staune nur über eines: Woher haben diese Bauern so viel Grips?«

Morande trank nach dem Stück Fleisch einen Schluck Wein.

»Hören Sie. Archie Borrow war drogensüchtig und ein ganz einfacher versoffener Musiker. Als er auf die Sungalen-Insel ging, verschwand er. Sie suchten, fanden ihn aber nicht. Sie suchten ihn also nicht wirklich. Sie wissen doch, dass dort die Polizei weniger präsent ist. Als ich vor zwei Jahren hierherkam, sagte man mir, dass ein gewisser Archie Borrow auf der Sungalen-Insel lebt, an einem verlassenen Ort bei einem Bauern. Bei einem ganz gewöhnlichen Bauern, nichts Besonderes. Aber dieser Archie sei bei ihm als Sklave. Auf der Sungalen-Insel gibt es solche Dinge, wenn ein Vagabund dort auftaucht und von einer Familie aufgenommen wird.

Man gibt ihm Arbeit, zu trinken und zu essen. Sie behandeln ihn als Diener, als ein niederes Wesen. Wenn er nicht mit einer Idee zu ihnen kommt. So etwas gab es auch schon. Aber Archie schaffte das nicht. Menschen seines Wesens werden von den Sungalen nicht geachtet. Deshalb blieb es dabei. Man gewährt ihnen kein Nachtlager im Haus, sondern im Maisfeld oder in irgendwelchen Hütten. Man gewöhnt sich daran. Zwar muss man hart arbeiten, hat aber Essen und Trinken dafür. Das ist etwas für Vagabunden, für ungebildete Menschen. Die Sungalen nennen sie nicht Sklaven, denn sie können davonlaufen, aber es ist fast wie Sklaverei. Dieser Archie war dort ... mal nachzählen ... dreißig Jahre lang. Also achtundzwanzig Jahre vor meiner Ankunft auf der Insel. Unsere Leute wussten, dass er sich dort aufhält, und meinten, er solle dort lieber lange und glücklich leben, da er als Variante herhalten könnte. Bei einer Komplikation sei er eine wunderbare Reserve. Ein britischer Staatsbürger als Sklave auf der Insel, die nicht mehr unter britischer Vorherrschaft sein wird. Archies Bild, seine ehemalige Freundin, alleinerziehend mit zwei Kindern, zwei Lieder von ihm. Das alles wird in den Medien sein, als Hintergrund ...«

»Genauso hat man es mir gesagt.« Jetzt trank Perigo einen Schluck. »Genau. Als ich ankam, erschien Archie auf der Straße mit der Fahne in der Hand. Wir können nichts dafür. So etwas passiert. Wir haben nicht verspielt. Das ist so.«

»Ich denke, dass man ihn absichtlich laufen ließ. Chetia ließ ihn laufen. Chetia wusste, wo er sich befand. Er ging hin und befreite ihn. Genauso wird es gewesen sein. Dieser Chetia ist ein seltsamer Typ ... Er hat große Autorität unter den Sungalen. Er hat ihn freigelassen.«

»Ja, aber Chetia kann man sich schlecht allein vorstellen. Ich denke, er wird eher die Seite der Königin einnehmen. Er ist der einzige Sungale, der die Wisramiani verachtet. Und er ist der mächtigste Sungale.«

»Ich weiß, wer Chetia ist. Ich weiß es sehr gut. Überlegen Sie doch mal, Perigo. Warum ließ er Archie frei, wenn Chetia letztendlich zur Königin hält? Damit nahm er uns die außerordentliche

Möglichkeit, ein Sonderkommando auf die Insel zu setzen, falls es nötig wird. Wen kann man denn jetzt noch befreien, wenn dieser Mann nicht mehr dort ist?«

»Das heißt?«

»Das heißt, Chetia rüstet sich zum Krieg.«

»Sie kennen diesen Mann noch nicht. Haben Sie ihn schon einmal gesehen?«

»Auf Foto und Video.«

»Nein, Sie müssen ihn anhören. Er bereitet sich auf etwas Größeres vor.«

»Die Varianten liegen vor uns.«

»Suchen Sie sich eine aus.«

Es war ein großartiges Mittagessen, großartig. Im »Ligurien« konnte man schon immer gut essen. Die Küche dort war sicher schmackhafter und beständiger als Romane.

»Was die Italiener beibehalten haben, ist die Kunst des Speisens. Eine große Kunst. Ganz groß …«

Sie aßen und redeten vom Essen.

PFEIFE UND DISTEL

LUKA, DIE ROSE UND DIE NACHTIGALL

An jenem Tag aß Luka gemeinsam mit den Langfingern des Hafens. Er gesellte sich nicht selbst zu ihnen, sondern wurde gerufen. Als sie in Busias Kneipe zum Essen einkehrten und Luka erblickten, der einsam auf seine Mütze starrte, müßig oder gedankenversunken, luden sie ihn ein. Am frühen Morgen löffelten sie eine heiße Suppe und tranken eine Menge Schnaps dazu, sicherlich hatten sie am Vorabend ein Trinkgelage veranstaltet.

Luka kannte die Berechnungen der Langfinger. Sie kümmerten sich weniger darum, ob Luka Hunger hatte, sondern wollten ihren Spaß mit ihm haben. Sie luden nie ohne Grund ein, also eher um ihret- als um seinetwillen.

Genau deshalb riefen sie ihn zu sich. Sie wollten herumalbern und erwarteten von ihm entsprechend gute Antworten. Er würde sich sowieso hüten, sie auszulachen. Es waren vier Langfinger, einer geschickter als der andere. Luka wäre nicht überrascht gewesen, wenn sie ihm während des Gespräches, hätte er etwas dabeigehabt, nebenbei die Taschen ausgeräumt hätten.

Trotzdem setzte er sich zu ihnen, denn die Langfinger vergessen nichts. Sie sind zur Stelle, wenn man in Not ist. Aber Luka setzte sich nicht deshalb zu ihnen. Er konnte sowohl mit Bewaffneten als auch Unbewaffneten ins Gespräch kommen.

»Eine Schüssel für Luka«, riefen die Langfinger, ließen ihn aber kaum zum Essen kommen.

»Wie geht's, Luka?«, fragten sie ihn mit einem listigen Lächeln, das sie sich nicht verkneifen konnten. »Bist du hinter den Frauen her?«

»Nee.« Luka schüttelte den Kopf. »Ich denke über die Blume und den Vogel nach.«

»Die Blume?«

»Ja … wie es wohl weitergeht, wenn sich in den Gedichten eine

Nachtigall oder ein Kanarienvogel auf einen Blumenstängel setzt? Was bedeutet es, wenn sich die Nachtigall auf eine Rose setzt? So wie in den Gedichten.«

»Eine Rose habe ich schon gesehen, aber keine Nachtigall«, sagte einer, der Lamiso hieß.

»Es kann ja auch ein Kanarienvogel sein«, beruhigte ihn Luka, »du hast doch sicher schon einen Kanarienvogel im Käfig gesehen? So ist es in alten Gedichten beschrieben. Ich war mal in einer Stadt, wo man die alten Verse mit der Begleitung einer Trommel rezitierte. Trommelnd schrien sie durch die Gegend: Was ist, wenn sich eine Nachtigall auf die Rose setzt? Das war in der Stadt Ormuzi, die am Meer liegt.«

»Jetzt trinke mal einen Schluck Schnaps, Luka, sonst hast du nur verrücktes Zeug im Kopf.«

Luka trank das Glas mit einem Zug aus und klopfte damit auf den Tisch.

»Wer ist denn da? Luka ist gekommen …«

Die Langfinger lachten.

»So ist's besser.«

»Ich denke trotzdem an die Nachtigall. Ich dachte mir eine Fortsetzung dafür aus … Passt auf, wie es weitergeht … wart ihr schon mal auf dem Land … Im Sungalenland kommt so etwas vor. Wenn es dämmert, stellt man eine Petroleumlampe auf den Tisch, um die sich tausend Nachtfalter versammeln. Sie lieben das Licht. Ob sie es lieben, hassen oder verschlingen wollen, weiß ich nicht genau. Sie prallen gegen die Lampe. Sie prallen immer wieder dagegen, bis sie verbrennen und niederfallen. Habt ihr das schon mal gesehen?«

»Ich habe es gesehen«, sagte Bagrat Langfinger. »Luka, du bist genauso alt wie ich und erzählst uns um diese Stunde so ein Zeug?! Erzähl uns lieber, wie du zur Königstochter geschlichen bist und deine Rute versagte.«

»Ja … das ist auch vorgekommen, aber ich habe es vergessen … Denk lieber an die Lampe und die Nachtfalter, die daran verbrennen. Die Lampe macht ihre Sache, ohne zu wissen, dass die Nachtfalter gegen sie prallen. Wüsste sie das, würde sie vielleicht ganz erlöschen, höflich wie sie ist. Die Nachtfalter aber verbrennen, ihre Flügel verbrennen. So ist es mit Luka, man prallt gegen ihn und denkt, dass man ihn schlägt. Dabei fällt man selbst nieder ... Setzt sich aber eine Nachtigall auf die Rose und singt ruhig für sich, versteckt die Rose ihre Stacheln. Habt ihr verstanden?«

Die Langfinger wechselten Blicke.

»Ich rief dich mit offenem Herzen zu uns, Luka«, sagte Lamiso.

»Warum auch nicht?«, wunderte sich Luka.

»Du redest, als ob wir etwas von dir wollten«, sagte Lamiso, »wir können auch ohne dich essen. Ich sah dich und lud dich nicht deshalb zu uns, weil du gut reden kannst.«

»Ach, du lieber Schreck« – Luka wurde traurig – »habt ihr mich so verstanden? Ich wollte was anderes erzählen. Luka ist im Kopf durcheinandergeraten. Ich sagte nur, dass ich mir das so überlegt habe. Wie könnte ich an eurem Tisch sitzen und euch belehren?! Das ist nicht Lukas Sache und er wird es auch nie tun.« Luka legte den Löffel geschickt an den Tellerrand und wollte aufstehen. »Ich werde euch nicht mehr mit dem Anblick meiner Nase belästigen.«

»Jetzt hört euch das mal an«, sagte Bagrat Langfinger, »hast du nicht daran gedacht, dass wir einen anderen gar nicht eingeladen hätten? Iss und reich mir dein Glas. Soll man mich in den Karzer des Sungalengefängnisses setzen, wenn ich Luka nicht verstehe. Gib mir das Glas.«

Luka trank aus und klopfte wieder auf den Tisch.

»Luka ist da. Jetzt ist er wirklich da. Mach die Tür auf ... Einst war ich, meine Brüder Fingerfertige, auch ein wenig Langfinger. Auch meine Hand ließ hin und wieder etwas mitgehen, doch erlernte ich es nicht als Beruf. Ich wurde beim Stibitzen erwischt und musste die Wände mit dem Rücken scheuern, die trockenen Latten aber mit den Flanken. Sie hätten mir beinahe das genommen, worauf ich am meisten stolz bin.«

»Du hast stibitzt ... das höre ich zum ersten Mal«, sagte Ilion Langfinger, »wo hast du denn stibitzt, wir haben doch nie etwas davon erfahren?«

»Anderswo: aber niemals Käse und Schuhe. Auch keine Börsen und Schafe ... stell dir vor, Kleiner«, sagte Luka zu dem Kleinen, der alles Mögliche aus Autos entwendete, »ich, meine Freunde, habe Herzen gestohlen. Es gibt eine Stadt, die Gulanscharo heißt, von der ihr sicher schon mal gehört habt und sicher auch wisst, was es bedeutet: Guli* und Schari**. Darüber brauche ich mir jetzt nicht mehr den Kopf zu zerbrechen. Als wir damals in Gulanscharo vor Anker gingen, blieb ich dort. Ich schrieb es in mein altes Buch, das ich nicht mehr besitze. Es wurde zerfetzt und ihr habt ja sowieso keine Zeit dafür. Was sollte ich also in Gulanscharo anderes tun, als Herzen zu stehlen? Luka angelte sich die Herzen. Dort ist es ebenso üblich wie bei unseren Osmanen, dass man zwei oder drei Frauen hat. Wenn man reich ist, kann man über tausend Frauen haben, die man alle in einem großen Raum eingeschlossen hält. Ringsherum steht eine Wache. Ihr wisst doch, was Agatia Khanum auf der Straße trägt, solche Kleidung tragen auch diese Frauen, nur nicht in jenem Raum. Dort verschlägt es einem die Sprache, das ist etwas ganz Sonderbares ... Aber wenn man dort ertappt wird, geht es einem an den Kragen ... Ich schlich mich hinein und angelte nach Herzen. Jawohl –«

»Das ist eine andere Art von Stibitzen, oder?«, unterbrach ihn Bagrat Langfinger.

»Das ist anders, aber endet genauso ... die Wachen des Effendis ergriffen mich und warfen mich in eine tiefe Grube. Dort verbrachte ich eine ganze Weile, bis man mich zum Herrn dieser Frauen brachte, der selbst richtete und auch alles andere entschied. Er befahl, mich zur Strafe, da ich mich so gern dort aufhalte, für immer bei den Frauen unterzubringen. Hey, warum hat man mich bloß so lange in der Grube sitzen lassen, wenn das die Strafe sein sollte, dachte ich. Was wusste ich armer Luka, was mich dort erwartete? Man wollte mich zum Eunuchen machen. So ist das dort üblich. Männer, die hineingelassen werden, dürfen keine Herzen angeln können. Wozu soll man denn noch Herzen stehlen, wenn einem der Appetit vergangen ist? In unserem Leib ist alles so aufeinander abgestimmt, dass eine Sache die andere scheitern

---

* Guli – georgisch: »Herz«
** Schari – georgisch: »Verleumdung«

lässt. Man wird also der nötigen Kraft beraubt und erst danach zu den Frauen gelassen. Wer ist man dann noch?«

»Diese Geschichte habe ich noch nie gehört«, sagte der Kleine.

»Weil du klein bist.«

»Jetzt erzähle uns auch, was man mit dir anstellte. Tat es sehr weh?«

»Ha, ha, ha … Wäre ich jetzt hier, wenn man mir das angetan hätte? Amnesty International befreite mich. Sie erfuhren, was man mit mir anstellen wollte, und befreiten mich. Es war eine Frau, die eine Zeit lang auch auf unserer Insel lebte und sich um obdachlose Kinder kümmerte, wisst ihr noch? Miss Sheila … stellt euch vor, sie war es, die zu mir kam. Amnesty International ist eine Organisation, die sich für Gefangene in den Gefängnissen einsetzt.«

Bagrat Langfinger schenkte wieder ein.

»Warum hat man mich niemals befreit?«, fragte er irgendwie traurig. »Wenn man es zusammenzählt, habe ich insgesamt siebenundzwanzig Jahre im Sungalengefängnis verbracht.«

»Weil du kein politischer Gefangener warst.«

»Was ist das?«

»Es gibt Länder, in denen Menschen ins Gefängnis kommen, wenn sie sagen, dass ihnen die Regierung nicht gefällt.«

»Schau einer an.«, sagten Ilion Langfinger und Lamiso zusammen.

»So.« Luka leerte sein drittes Glas und klopfte, klopfte mit ganzer Kraft an die Tischkante. »Er ist da. Luka ist da. Er ist da und hat sogar seine Schuhe abgelegt. Fühlt er sich wie zu Hause? Ha, früher, als Männer wie ihr Piraten waren … das war eine Zeit. Würdet ihr heutzutage als Piraten mitgehen, wenn man euch das vorschlagen würde? Das interessiert Luka …«

Die Langfinger wechselten Blicke.

»Na, hat man euch schon etwas vorgeschlagen?«, fragte Luka lauter und schob die eingelegten Peperoni schnell in den Mund. »Luka liegt bei so etwas nie falsch.«

»Wir passen schon auf, dass wir nichts Falsches machen … unser Fehler ist das Gefängnis, Luka«, sagte Bagrat Langfinger.

»Mit dem Gefängnis wird sich niemand mehr begnügen«,

stöhnte Luka und zog einen seltsamen Gegenstand aus der Tasche.

Als sie ihn näher betrachteten, stellte er sich als eine winzige Golduhr heraus, an einer goldenen Kette und aufklappbar.

»Die wird zweitausend Pfund wert sein.« Der Kleine konnte es nicht fassen. »Auch der Smaragd in der Mitte ist schön.«

»Geschmolzen?«, fragte Ilion Langfinger.

»Geschmolzen wird nicht mehr als achthundert kosten.«

»Das ist Dukatengold, schau, wie weich das ist ...«

»Trotzdem.«

»Ich bringe dich zu einem Käufer, der es für einen Tausender kauft.« Ilion gab nicht auf.

»Ich habe es dir noch nicht geschenkt.« Luka lachte.

»Das ist ein gutes Stück«, sagte Lamiso und betastete die Uhr.

»Wisst ihr, woher ich sie habe?«

»Woher sollen wir das wissen, Luka? Wir wissen nur, dass wir es mitgehen lassen, wenn wir es an unrechter Stelle vorfinden. Dann würden wir es zum Händler bringen und das Geld zählen. Anschließend kämen wir zu Busia in die Kneipe. Wärst du dann hier, würden wir dich einladen. Woher hast du das?«, fragte Ilion Langfinger.

Luka ließ sein Kinn fast in der Schüssel versinken und sagte flüsternd:

»Das schenkte mir Kaia Wisramiani. Ich werde sie heiraten ...«

Die Diebe verstummten.

»Habe ich recht?«, fragte Luka. »Ich gab nicht nach, ehe sie mich nicht bestach. Wenn ich sie geheiratet habe, bleibe ich aber nicht mehr. Sonst verschlingt sie mich von der Ferse bis hier hoch, mit Haut und Haar ...« Luka schenkte sich ein und trank aus. Er klopfte aber nicht mehr auf den Tisch, sondern sprang auf. »Luka dankt ... Luka geht ...«

»Warte Luka, sage mir eines«, rief ihm Bagrat Langfinger hinterher.

»Bagrat« – Luka drehte sich um – »ich habe dir bereits alles gesagt. Ich habe dir gesagt, dass die Rose ihre Stacheln einsteckt, wenn man sich ruhig verhält. Wenn man aber verrücktspielt, verbrennt man sich die Flügel. Ich sagte dir, dass man unter Kaia Wisramiani so sein wird wie ein Eunuch in jenem Haus. Ich sagte dir, dass man auch mir Gold schenkte, ich es aber seit dreißig Jahren aufbewahre. Ich sagte euch also, dass man euch Langfingern Geld anbot, weil die Wisramiani eure Hilfe brauchen. Was soll ich dir sonst noch sagen, Bagrat? Ich glaube an ein Leben, in dem man nichts mitgehen lässt, was an einer unrechten Stelle liegt, denn es gehört einem anderen … Was aber den Schnaps betrifft, bitte schön …«

»Woher weiß er denn davon.?«, fragte Lamiso.

»Mensch, sitzen wir vielleicht in einem Scheißhaus?«, murmelte Bagrat Langfinger. »Wird man schießen oder was?«

»Nein, Mann«, fing Ilion an, »sie brauchen uns nur für eine Sache. Alles wird hübsch erledigt. Wir können die ganze Wohnung ausräumen, sie benötigen nur die Papiere … Dazu geben sie uns einen Bonus von fünftausend.«

»Woher weiß er das denn?«

»Weiß er es denn?«

»Er weiß es nicht … irgendwie errät er es immer«, sagte Bagrat Langfinger. »Wir müssen Luka aufhalten.«

»Sag mir, ist jemand in der Wohnung, in die wir einbrechen sollen?«

»Und wennschon …«

»Wessen Wohnung ist das?«

»Die einer alten Frau. Wir werden zwischen Nacht und Morgengrauen dort sein.«

»Wir müssen zuerst alles gut überprüfen.«

LUKAS NEUES BUCH

Hey, ich bin Luka. Einst schrieb ich ein Buch, das ich nicht mehr besitze. Jawohl, oder so etwas wie ein Buch. Ich weiß nicht. Einst hatte ich auch eine Frau, die aber nie zugab, dass sie meine Frau war. Denn ich bin Luka und sie schämte sich, dass ich barfuß durch die Straßen lief und in den Cafés einnickte. Deshalb habe ich keine Frau mehr.

8

Erst hatte ich eine Frau und dann schrieb ich ein Buch. Dieses Buch handelte von meiner Frau, was niemand begriff, weil sie nicht wussten, dass ich eine Frau hatte.

Ich liebte meine Frau, die ganz anders war als ich, über alles. Jetzt bin ich alt und möchte auf die Suche nach meiner Frau gehen. Sie floh in ein fremdes Land, angeblich zum Studium. Ich war sehr vergrämt und wurde Matrose. Ich wurde Matrose und blieb einer.

Jetzt schreibe ich ein Buch, um meine Frau zu suchen. Ich wollte schon immer etwas schreiben, was mir jedoch nie gelang. Ich war verliebt. Ich verliebe mich immer in junge Frauen. Ich begriff, dass ich mich auch jetzt in die Falsche verliebt hatte, aber was nützte das? Ich bedauerte das sehr und kaute sogar an der Krempe meines Hutes herum. Ich saß da und kaute an meinem Hut herum. Dann erzählte ich in der Kneipe, dass mir ein Haifisch diesen Hut vom Kopf gerissen hätte.

Sonst hatte ich kaum etwas, woran ich kauen konnte. Die Ärmel hatte ich schon zerkaut, als ich begriff, dass ich vielleicht zum x-ten Mal betrogen wurde. Während dieses Kauens fiel mir meine Frau ein, die damals jung, jetzt aber sicher gealtert war. Deshalb entschied ich mich, sie zu finden, denn die Einsamkeit ist sehr schwer zu ertragen.

Sicherlich kann man meine Frau auch über das Telefonbuch finden. Das könnte ein jeder, aber es wäre keine wahre Suche.

Ich bemühe mich schon seit Langem, dieses Buch zu schreiben, was mir erst jetzt gelingt. Mit diesem Buch werde ich meine Frau finden.

Ich bin Luka. Ich verliebte mich schon immer in junge Frauen. Das ist Tatsache. Was kann man da schon tun? Wenn ich es mir überlege, liebe ich sie so, wie sie damals war. Ab und zu sah ich ihr Bild in den Zeitungen und erkannte sie kaum. Sie will nicht altern, doch das lässt sich eben nicht vermeiden. Fragt man sie, so waren wir niemals Mann und Frau, aber es ist trotzdem Tatsache. Das Leben verzeichnet es ganz anders.

Jetzt geschieht etwas höchst Seltsames mit mir. Ich gehe durch eine Stadt, wo Krieg und Schießerei herrscht. Ich bin Luka, und man lässt mich an allen Posten leicht passieren, sogar dort, wo sich in fünfzig Meter Entfernung Sungalen gegenüberstehen, deren Großväter ich oft im Sungalenland besuchte. Noch dazu bin ich ein Vagabund. Vagabunden lässt man in Ruhe. Was kann man Luka schon wegnehmen? Seine Taschen sind leer. Sein Leben aber hat er sich vor Jahren selbst weggenommen. Er hat nur das übrig gelassen, was ihm dabei hilft, diese Posten zu passieren. In einer Zeit, wo man keinen durchlässt.

Luka stirbt, wenn er nicht zum Hafen kommt. Was hätte das Leben für einen Sinn, wenn er die Schiffe auf dem Wasser nicht mehr sehen könnte. Ich habe nie etwas Besseres gesehen als ein Schiff auf dem Wasser. Wenn man es sich überlegt, ist das die beste Sache, die man sich vorstellen kann.

Das Einzige, was sich damit vergleichen lässt, ist das Streicheln eines Delfinrückens, was mir oft gelang, beides ist fast wie die Liebe zu einer jungen Frau.

Nur ist das Streicheln eines Delfinrückens ein Vergnügen, das aus den Händen kommt, der Anblick eines Schiffes aber ein Vergnügen durch das Auge. Eine junge Frau verbindet beides. Ich versuchte es, konnte aber keinen Delfin küssen.

Ich bin Luka und schreibe ein Buch. Seit wie vielen Jahren habe ich nichts mehr geschrieben? Vielleicht habe ich sogar die Buchstaben vergessen? Ich wollte auch dieses Buch, so wie das erste, das ich verlor, in drei Sprachen und Alphabeten verfassen. Wahrscheinlich bin ich zu alt oder vor Kummer durcheinander. Ich verwechsle lateinische, arabische und nusschurische Buchstaben. Deshalb werden die, die der drei Sprachen unserer Insel nicht mächtig sind, das Buch kaum lesen können.

Ich war also dabei verblieben, dass ich mich in junge Frauen verliebe, sonst aber nicht mal einen Zahnarzt besuche. Seit fünfundzwanzig Jahren nicht mehr. Was kann ich tun? Ich verliebe mich schnell, einfach und unglücklich in junge Frauen, ich selbst gefiel in meiner Jugend nur älteren Frauen. Als alte Frau bezeichne ich die, deren Kind schon im Hochschulalter ist. So bezeichnete ich sie in meiner Jugend. Sicher gefiel ich diesen Frauen wegen meines Bartes und meiner Gespräche, die sie unmöglich nicht begeistern konnten.

8

Aber mir gefielen ganz andere. Ich muss darüber schreiben, denke ich mir, da ich jetzt, während des Geschützfeuers, sitze und schreibe.

Ja, ich schreibe nur, wenn geschossen wird. Man hört das Knattern ganz verschiedener Gewehre. Vor Jahren las ich die Einleitung eines Buches, in der stand, dass der Autor nur im Kriege schrieb. Deshalb seien seine Worte wie in Blei gegossen, schrill, heiß und tödlich. Nach diesem Vorwort las ich das Buch nicht mehr. Ich verlor es. Die Katzen schleppten es weg, denn ich benutzte es als Stopper, damit das offene Fenster beim Durchzug nicht zuschlug. Auf dem Fensterbrett waren immer irgendwelche Katzen, sie haben es weggeschleppt.

Deshalb schreibe ich jetzt während des Schusswechsels. Auch wenn ich nicht will, dass die Worte wie in Blei gegossen sind. Sonst wäre ich nach Liège gegangen, um dort in der Waffenfabrik zu arbeiten. Ich ziehe dem gebratenen Fleisch Pfirsiche vor, dem Rotwein Rosé. Das wird wohl der Grund sein, warum ich mich immer täuschte, wenn ich mich verliebte.

Jetzt hat Luka nichts mehr zu verlieren. Hatte er sicher noch nie. Die Frau verlor er dennoch. Luka ist alt geworden. Luka begriff, dass der Krieg ganz umsonst vom Zaun gebrochen wurde. Luka ist alt und erlebt das erste Mal einen Krieg. Kümmert ihn dieser Krieg nicht? Er sah, dass es an Land nichts Besonderes gibt. Deshalb liebt er das Wasser und das Schiff, das darauf schaukelt. Luka kann euch sagen, dass das Land nichts Besonderes ist, das Wasser aber schon. Denn das Wasser gehört allen, das Land aber wurde aufgeteilt. Luka sah das Sterben. Er selbst schleppte Pigoli heraus, als diesen eine Kugel traf. Pigoli war sein Nachbar. Er konnte nicht in seinem Familiengrab bestattet werden, weil der Friedhof im anderen Stadtteil lag.

Als wir Pigoli an einer ganz anderen Stelle beerdigten und ich ihn so tot betrachtete, begriff ich, dass der Tod nicht gefährlich ist. Pigoli, der genauso alt war wie ich, fürchtete den Tod nicht. Auch die Kugel nicht. Er saß im Hof und zählte die Schüsse, den siebzehnten, achtzehnten ... Und ich begriff, dass ich so einen Tod auch nicht fürchte. Vielleicht würde ich mich fürchten, wenn ich ein Gewehr in der Hand hätte. Wie soll das sein, wenn man ans Himmelstor kommt und eine Knarre in der Hand hält? Wer wird dich dann schon anhören? Wer hört auf einen Bewaffneten? Vor einem Bewaffneten fürchtet man sich und weiter nichts. Er fürchtet sich selbst und man fürchtet sich vor ihm.

Ich begriff, dass ich mich nicht mehr fürchte und mich so an diese Schießerei gewöhnt habe wie der arme Pigoli. Wieso soll ich mich vor dem Tode fürchten, wenn ich schon längst gestorben bin?! Ich bin schon tausend Mal gestorben und bei jedem Mal werde ich ein Stückchen kleiner.

Irgendein Volk erzählt sich ein Märchen von einem Jüngling, der sich sein Fleisch abschnitt und damit den Wundervogel fütterte. Dieser Wundervogel ist der Tod. Er fliegt dich zum Himmel, aber man muss ihm unterwegs immer wieder ein Stück Fleisch von sich abgeben und stirbt vielleicht, bis man angekommen ist.

Ich bin Luka und schreibe ein Buch. Vielleicht denkt ihr, dass es mir Spaß macht. Es macht mir keinen Spaß, aber ist angenehm. Viele werden nicht verstehen, warum ich ein Buch schreibe. Um meine Frau zu suchen. Auch wenn ich euch oft daran erinnere, dass ich Luka bin, ist das dennoch so und das Wichtigste. Mein Buch bin ich selbst, das war damals so und ist es auch jetzt. Ich erinnerte euch bereits häufig daran, dass ich meine Frau suche. Das ist schwer zu glauben. Ich liebe junge Frauen und suche eine Alte. Luka kann man so leicht verstehen. Luka folgt immer seinem Herzen. Er wusste sein Leben lang, dass er seine Frau liebte, und wollte sie eben jetzt, im Krieg, finden und zurückholen. Jeder Habenichts kann ein Gewehr halten. Zeigt mir aber einen Habenichts, der freiwillig darauf verzichtet.

Luka liebte zweiundzwanzig Mal und hat nie mit einer Frau darüber gesprochen, dass er sie so oder so liebe. Es geschah von selbst. Luka sprach zwar vom Ritter, liebte aber keine Ritterlichkeiten, welche der Frau etwas vormachen wollen. Das ist Angeberei. Für Luka ist Liebe etwas, was von selbst kommt und nicht durch das Vorspielen von etwas. So eine Frau hatte er nur einmal und verlor sie auch noch. Das macht nichts. Er findet sie wieder.

8

Luka ist dick und alt, kann sich aber seine Träume merken. Im Alter kann sich ein jeder eine bestimmte Frau ins Gedächtnis rufen.

Luka wird nie alt. Er wird sich immer so kleiden wie ein Fünfundzwanzigjähriger. Das ist vielleicht lächerlich, aber Luka hat starke Handgelenke. Männer mit starken Handgelenken altern nicht so wie jene mit schwachen Handgelenken. Sie sehen auch noch im Alter wie Männer aus, nicht wie Greise. So auch Luka, der sich in eine Frau verliebte. Es ist erstaunlich, aber er nutzt das bei der Suche nach seiner Frau.

Luka verliebte sich, ohne sie gesehen zu haben. So etwas kannte er von früher. Als Jüngling verliebte er sich in eine Stimme, die am Matiani-Strand ansagte, dass man wegen der hohen Wellen nicht weiter als dreißig Yards hinausschwimmen sollte. Es war eine wunderbare Stimme. Doch dieses Abenteuer erzähle ich ein andermal.

Jetzt muss ich ein Buch schreiben: Ich verliebte mich, ohne sie anzusehen. Ich vernahm nur die Stimme und wusste, dass ich von der Liebe heimgesucht wurde. So ein Erlebnis hatte ich zum ersten Mal. Und ich dachte, ich sei schon alt. Ich hatte zwar gehört, dass einen die Liebe ab und zu besucht, mich besuchte sie nicht wieder. Nun bekam ich aber solch einen Brief von ihr ... Ach, du alter Luka, hast wohl gedacht, es sei vorbei mit dir? Du hast immer noch zwei Körnchen und einen Tropfen übrig.

So verliebte ich mich also in eine junge Frau. Sie war jünger als ich und auch nicht so alt, dass ihr Kind schon im Hochschulalter war. Luka konnte sich ihr nicht offenbaren, da es nicht seine Art ist, sich vor einer Frau mit Heldentaten zu brüsten. Aber er musste wegen dieser Frau vieles erleiden. Die Frau schenkte ihm eine goldene Uhr als Andenken. Luka begriff, dass er sich getäuscht hatte. Er hätte sich nicht in diese Frau verlieben sollen, denn ein Gegenstand aus Gold ist etwas Albernes. Wäre es eine Streichholzschachtel gewesen, hätte sie Luka aufbewahrt, denn es hat keinen Sinn, eine Frau genau zu mustern. Man verliebt sich blind. Ich verliebte mich schon immer in Stimmen. Ich verliebte mich in die Frauen durch ihre Stimmen, zweiundzwanzig Mal. Wäre es nicht so gewesen, hätte ich mich nicht verliebt und einen schrecklichen Fehler vermieden. Doch Luka fürchtet sich nicht vor Fehlern. Bewaffnete Männer fürchten sich vor Fehlern. Ich begriff erst im Alter, was Krieg ist.

Als Luka erfuhr, dass diese wunderbare Frau, für die Luka, ohne es zuzugeben, gestorben wäre, zur Anführerin dieses Krieges geworden war, war er erstaunt. Luka lebt auf dieser Seite der Stadt und sein Buch wird sehr dick, denn es wird oft geschossen. Er bringt eine Menge Geschichten in diesem Buch unter, aber fängt stets von hinten an. Luka kann als Luka ganz leicht in die andere Stadthälfte gelangen. Denn im Hafen findet er die Portion Leben, die er nötig hat. Im anderen Stadtteil herrscht auch die junge Frau, in die sich Luka verliebte. Also verliebte sich Luka in eine Prinzessin, eine Herrscherin und eine Feldherrin. Wann habe ich je so einen Fehler begangen? Niemals. Ein Fehler ist keine Schande, aber hat Luka dafür gelebt, dass er am Ende der Liebe einen Brief erhält, in dem er so verspottet wird?

Die junge Frau wusste nicht einmal, dass Luka sie liebte. Luka deutete es durch nichts an, denn er glaubt an die Naturgewalt. Aber offenbar erriet die Frau schließlich, dass Luka sie liebte. Luka zog daraus dennoch einen Nutzen. Er liebte diese Frau eine Zeitlang innig und war glücklich darüber. Das war ein großartiges Geschenk. Die Liebe aber schien die Adresse verwechselt zu haben und schickte ihr Päckchen in eine ganz andere Richtung. Luka kannte den Mann, den das Päckchen erreichen sollte. Trotzdem verliebte er sich in diese Frau. Damit tat er nichts Schlechtes. Im Gegenteil, vielleicht bewahrte er damit diesen Mann von einem Fehler. Luka verriet nichts und richtete deshalb auch nichts Schlechtes an. Wenn er jetzt davon spricht, bedeutet das nichts mehr, denn er schreibt ein Buch und während des Schreibens hört er Schüsse. Gibt es eine bessere Zeit, um etwas zu offenbaren?

Es war ein Fehler, aber was wäre ein Leben ohne Fehler? Luka fällt es zwar schwer, das zu sagen, aber er liebt die Frau, die mit ihren kornelkirschfarbenen Augen die Straßen dieses Stadtteils beschießt, immer noch. Luka konnte es nicht glauben. Anfangs dachte er, ihre Mutter sei die Anführerin. Sie hätte es auch sein sollen, da sie von keinem geachtet wurde. Wenn man von keinem außer den bewaffneten Männern geachtet wird, ist es nur natür-

8

lich, dass man Anführerin eines Aufstandes wird. Doch die Tochter hatte ihre Mutter übertroffen.

Luka will zum Fenster treten und ihren Kugeln zurufen: Hierher, hier ist Luka. Ihre Kugeln benötigt jetzt Luka am meisten, um sich zu erinnern und die Buchstaben besser zu schreiben. Luka ist gespannt, wie man mit drei Kugeln in der Brust schreiben kann. Sicher schreibt man von der Kugel getroffen anders.

Sowohl diese Gedanken und der Fehler als auch die Liebe brachten zum Vorschein, dass Luka keine Frau liebte, sondern das Blut. Es erinnerte mich an die Zeit, in der ich meine Frau liebte, aber ganz anders.

Ihr Frauen von Santa Esperanza, denkt nicht, dass ich dieses Buch für euch schreibe. Ihr habt euch damals in Luka verliebt, weil ihr dachtet, das Buch sei für euch bestimmt. Luka freute sich vor zwanzig Jahren höflich, schickte aber keine Antwortbriefe, da er jenes Buch nicht für euch geschrieben hatte.

Manchmal denke ich, dass die beste Medizin auf Erden die Schlafmittel sind. Vielleicht ist der Mensch zum Schlafen geboren? Dazu, alles zu vergessen. Nur Luka kann nicht dazu geboren sein. Deshalb hält er Schlafmittel für die beste Medizin. Unter den Schlafmitteln hält er unverdünnten Branntwein für das beste. Vier Gläser hintereinander und in einer Stunde dasselbe wieder. Und so den ganzen Tag lang. Das hatte er denen, die nicht vergessen können, schon früher empfohlen. Das sollte so lange praktiziert werden, bis es verkraftet wird. Erst danach stellt sich heraus, dass man für den Wundervogel keinen Fetzen Fleisch mehr übrig hat und man für die Hölle bereit ist. Luka fürchtet die Hölle nicht. Er überlässt seinen Platz an der Sonne der, die er zuletzt liebte. So entschied er es in einer schönen Nacht. Er dachte immer, das seien ganz gewöhnliche Nächte. Er ging zu einem menschenleeren Strand und suchte dort die Herrlichkeit der Nacht. Die Nächte waren sowieso herrlich, doch noch ohne Schüsse. Auch an jenem Abend ging Luka zu seinem leeren Strand und wartete auf den Sonnenuntergang, wie es die Art der ehemaligen Matrosen ist. Es war ein schöner Sonnenuntergang. Ich habe schon bessere erlebt, aber ohne Schüsse. Die Sonne stirbt sowieso, wenn sie ins Meer sinkt. Was kann man sich also Besseres wünschen, als selbst so zu sterben. Aber als ich das Kugelsausen hörte, dachte ich, dass die Sonne sich auch nicht beeilte und trotz der Schüsse erst dann starb, wenn sie sterben sollte.

Dieses Buch schreibe ich für eine Frau. Sie muss selbst erraten, ob sie gemeint ist. Falls Lukas Haus abbrennt, kommt sie vielleicht nie dazu, das Buch zu lesen. Aber sie muss es spüren. Das mache ich bereits zum zweiten Mal. Jetzt gebe ich zu, dass ich mein erstes Buch vor zwanzig Jahren eben für sie geschrieben habe. Damit wollte ich zeigen, dass ich nicht jemand bin, den man belügt, der aber fünf Jahre wartet. Als Antwort fing auch sie zu schreiben an. Bücher, in denen sie versucht, sich zu rechtfertigen. Ich las alle, denn es stellte sich heraus, dass sie meine einzige Ehefrau war. Sie legte sich ein Pseudonym zu, den Titel einer Baronesse. Doch vor Luka kann sie sich nicht verbergen. Wer zu Fuß durch die Stadt geht, weiß alles. Sie flüchtete über neun Berge, aber jeder Mann in ihren Büchern ist Luka. Ein Luka, der nicht glauben soll, dass so eine Frau die seine ist. Er glaubt es aber dennoch. Er weiß genau, wie das Leben aussieht. In ihren dreißig Büchern nahm sich der Mann neunmal das Leben. Diese Männer glichen nicht Luka, waren aber alle Luka. Das ist in Büchern fast immer so.

So leicht lässt sich über alles sprechen, wenn draußen geschossen wird. Am Anfang dachten alle, dass es Salutschüsse für die Königin wären.

Hauptsache, man gewöhnt sich nicht an dieses Geräusch. Wenn man sich daran gewöhnt, wird alles ganz gewöhnlich. Ich schreibe das Buch, weil das alte zerrissen wurde oder abhandenkam. Meine Frau dachte damals, dass ich sie mit dem Buch provozieren wollte. Ich wollte sie aber zurückrufen. Jetzt werde ich sie tatsächlich zurückrufen. Die Adresse stimmt. Wenn sie es auch diesmal nicht begreift, dass sie meine Frau ist, so hält sie mich wohl wirklich für die Männer in ihren Romanen.

Es hat keinen Sinn, sich den Kopf zu zerbrechen, ob Luka seine Frau wirklich traf. Dafür schreibt Luka nicht. Luka schreibt, um seine Frau, egal wo, zu treffen und sich zu überzeugen, dass sie zurück ist.

Ich heiße Luka und ich schreibe ein Buch.

Einst verliebte ich mich in eine Frau. Ich verliebte mich ständig in junge Frauen, noch dazu in solche, die man nicht im Hafen ausführen kann. Ich liebe aber den Hafen. Ich hatte mal einen Freund, einen Griechen aus Kreta, der der Grund dafür ist, dass ich den Hafen, weiße Hemden und spitze schwarze Schuhe liebe. Zwar kann ich nicht immer ein weißes Hemd tragen, dafür immer ein offenes. Ich kann auch keine spitzen schwarzen Schuhe tragen, da meine Beine im Alter aufquellen und ich deshalb Sandalen trage. Aber ich erzähle euch ja von einer Zeit, als ich das alles hatte: einen Freund aus Kreta und eine Frau, wie könnte es anders sein, aus ganz verschiedenen Gegenden und aus ganz unterschiedlichem Holz.

IM HAUS

Es war Nacht und man konnte sich in diesem dunklen Haus kaum zurechtfinden. Es war ein ganz eigenartiges Haus, fremd und sonderbar. Falls man es sonderbar findet, wenn man im Dunkeln mit der Taschenlampe in der Hand etwas verängstigt, waghalsig und mit rasendem Herzen in einem alten genuesischen Haus herumirrt. Man irrt herum und weiß nicht, was einen erwartet, wohin der Korridor führt und warum das Zimmer keine Durchgangstür hat. Oder man sucht die Treppe, die nach oben führt, und fragt sich, wo sich alle Treppen verstecken.

Alles sieht nach einem Haus aus, wo Menschen lebten, aber auch nach einem alten Lager, einer Residenz alter Kaufleute, wo auf den Regalen anstelle von Büchern Textilien liegen sollten, riesengroße Stoffrollen oder kleine Fässer mit duftendem Öl und tausenderlei Kräuterzeugs am Boden. Dieses Haus gleicht eher einer Festung, wo die Fenster zwar einen luftigen Eindruck machen, die Galerien aber entlang zwei Schritt breiten Korridoren führen, die von dicken Wänden mit kleineren Fenstern begrenzt werden. Es ist ein sehr sonderbares und fremdes Haus, genauso sonderbar, fremd und unglücklich wie seine Herrschaften. Tausendmal verändert, hier und da angebaut, verwinkelt und mit vielen Rissen, sieht es einem Schiff ähnlich. Wie kann es anders sein, ein genuesisches Haus muss einem Schiff gleichen, so als hätte es keine Küche, sondern ein Schiffsdeck. Sicherlich ist es auch am Tag sonderbar, wenn man das schon in der Dunkelheit spürt. Das Sonderbare täuscht nicht darüber hinweg, dass Tag und Nacht unterschiedlich sind. Der Duft in diesem Haus ist so vertraut, dass man hier ohne Bedenken das ganze Leben verbringen könnte. Es ist ein fremder, aber gewohnter Geruch. Das wäre vielleicht dein Haus geworden und deshalb schreitest du so ruhelos umher. Du bist aufgeregt und stößt gegen den einen oder anderen Gegenstand im Haus. Der Lärm des umgekippten Stuhls oder einer heruntergefallenen Vase schallt fast durch das ganze Haus. Du gehst von Zimmer zu Zimmer, ohne dich umzuschauen. Es ist, als wenn du ein Blatt nach dem anderen zerreißen würdest. Die Schritte verhallen.

Aber daran denkst du nicht, weil du mich suchst.

Einmal oder auch das zweite Mal war es dir, als wenn du etwas hörtest oder etwas quietschte. Doch was kann man in diesem alten Haus mit Holzstufen schon hören. Die Familienmitglieder nannten diese Treppe Geistertreppe. Weil sie erst dann zu quietschen beginnt, wenn man oben angelangt ist. Ja, man sagte immer, dass uns die Alten ständig folgten. Niemand glaubte daran. Die Vorliebe für Gespenster hätten die Engländer eingeführt. Aber die Stufen quietschen wirklich so. Nachdem man oben angekommen ist und durchgeatmet hat, knarrt es achtzehn Mal, jede Stufe einzeln. So klingt das Fortepiano in diesem Haus, aber du denkst nicht darüber nach, weil du mit einer Taschenlampe in der Hand suchst. In deinem Gurt steckt ein Revolver oder etwas anderes. Du denkst nur eins. Nicht an die Angst, den Tod, den Wagemut, die dich auf dieser Seite der Stadt wie böse Dämonen begleiten. Du bist gekommen wie jemand Wunderbares aus der alten Zeit, Du bist gekommen ohne nachzudenken, was passiert wäre, wenn bei dieser hässlichen Schießerei jemand deine Silhouette gesehen hätte. Zu einer Stunde, wenn Männer, dumme und ausharrende Männer sich an den verschiedensten Stellen, vielleicht auch auf dem Dach dieses Hauses, bis frühmorgens verschanzen und auf solche Silhouetten wie deine warten, um mit der vom langen Halten erwärmten Knarre auf sie zu ballern.

Du denkst nicht daran und rufst viermal.

Das erste Mal rufst du so einfach und lustig wie immer:

»Sandro da Costa ...«

Du stehst am Eingang und versuchst dich im Korridor und im Treppenhaus zurechtzufinden.

Das zweite Mal warst du dann schon oben, gingst die Galerie entlang und stießest alle Türen auf.

»Sandro ... Sandro ...«

Das dritte Mal bist du ganz oben, auf dem Dachboden. Dort hast du dich abrupt an der Wand niedergelassen und wie mit dir selbst gesprochen, dennoch rufst du mich:

»Ich will dich hier wegbringen, Sandro da Costa ... wo bist du ... Sandro da Costa ... versteck dich nicht ... versteck dich nicht ... Sandro da Costa ... Ich konnte nicht anders ... versteck dich nicht vor mir, verstecke dich nicht. Komm mit mir, Sandro da Costa ...«

Dann höre ich andere Stimmen, aufgeregte, leise, aber abwägende.

»Wir müssen hier weg, Salomea Prinzessin ... Die Nacht ist schon rum und noch kein Morgengrauen ... Wir müssen gehen.«

Sicherlich hilft er dir hoch und führt dich hinaus, du aber rufst ein letztes Mal:

»Ich liebe dich, Sandro da Costa!«

Du rufst so, als wenn du einen Vorhang herunterreißt.

Und war Sandro da Costa dort? Presste er sich zitternd und stumm an die Wände und in die vertrauten Nischen, kaum atmend, so dass seine großen, irren Augen im Dunkeln nicht aufschienen? War er dort oder war er es nicht, was hat das für eine Bedeutung? Sandro da Costa hat dich nicht empfangen, als du das erste Mal in sein Haus kamst. Er empfing dich nicht. Wo war Sandro da Costa?

Du wusstest, er war dort, in seinem dunklen Haus, wie in einem Käfig gefangen. Wer im Käfig sitzt, wird aber ...

Ist jetzt Schluss, ist alles zu Ende?
Endete alles so?
Salomea Wisramiani, Capitano del Popolo. Ach …

DER SCHARMADIN ZÜNDET SEINE PFEIFE MIT EINER BRENNENDEN DISTEL AN

BEI DER EICHE NEBEN DER WÄSCHEREI

»Diese Stadt ist nicht unsere. Sie war es auch nie.« So sprach Absalom, der Priester, und hängte seinen Rucksack über das Pferd. »Gott möge uns allen bis zum Himmel hoch Aufrichtigen beistehen ... Gott, segne diese Jungs, meine Kinder.«

Mit diesen Worten zog er seinen Gürtel straff, prüfte den daran befestigten alten Dolch und rückte sein Maschinengewehr über der Schulter zurecht. »He, es geht los. Der Allmächtige stehe uns bei. Das Öl-Petroleum und die Stadt auch.«

Sie setzten sich in Bewegung. Ein Auto hielt neben ihnen, auch darin saßen junge Männer.

»He, Absalom, gehen wir?«

»Ja, es gibt eine Versammlung bei der großen Eiche. Wartet dort, mit diesem Vehikel seid ihr im Handumdrehen da, wir kommen mit den Pferden.«

»Du hast ja prächtige Pferde, Väterchen«, rief ihm Kikola aus dem Auto zu.

»Die sind vom Hippodrom, die Jungs brachten sie vor vier Tagen mit. Wer hat denn jetzt noch Zeit für diese Tiere? Das liebe Tier ist ganz mager.« Der Priester streichelte das Pferd am Hals. »Wir nehmen sie mit und pflegen sie, bei uns gibt es saftiges Gras. He, ihr seid ja ganz schön dick geworden in der Stadt, nun messt euch mal mit uns im Pflügen. Was nützt schon das eine Mal, wenn ihr aus Höflichkeit kommt und in der Erde herumstochert. Wusstest du, dass die Erde den Schweiß liebt ...«

»Ach, Väterchen« – Kikola ließ den Motor laufen – »wenn du mich verheiratest, werde ich, wenn du willst, einen ganzen Monat in deinem Gemüsegarten arbeiten.«

»Du denkst wohl, dass du nach der Heirat Zeit für mich haben wirst?«, lachte der Priester Absalom. »Du hast dann einen ganz anderen Gemüsegarten zu jäten ...«

»Wozu dem Kikola einen Garten, er kann das Ficken kaum erwarten«, reimte einer vom Pferd.

»He, sag das nicht noch mal.« Kikola öffnete die Wagentür.

»Fahr schon, fahr weiter, Gott beschütze euch«, sagte Absalom und machte die Wagentür wieder zu.

Das Auto raste mit lautem Getöse über den holprigen Weg.

»Wer wird denn je diese Straße reparieren?«, fragte jemand.

»Das Leben«, sagte Absalom und steckte seinen Fuß in den Steigbügel. »Beeilt euch, Jungs, schneller«, und er flüsterte dem Pferd ins Ohr: »Führe mich geschickt, mein Katschala*.«

Sie ritten los. Nicht im Galopp, aber in schnellem Schritt, und verließen so den Stadtrand. Sie versammelten sich wie immer am selben Ort. Ein jeder von ihnen sollte kommen.

Sie waren fast fünfzig Mann. Ihr Anführer war Priester Absalom, einer von früher, in seinem Gewand aus altem, rauem Tuch. Ein Gewand, das schon sein Vater getragen hatte, ebenfalls ein Prediger. Sie wussten, dass andere Truppen dazukommen würden. Die Eiche, die Absalom meinte, war nur den Sungalen ein Begriff. Alle anderen kannten diese Stelle als Autowäscherei, was sie einst war. Heutzutage gab es ja kaum noch Autos zum Waschen.

Alle sungalischen Kämpfer waren zur gemeinsamen sungalischen Versammlung eingeladen. Ob Freund oder Feind, jeder sollte kommen. Für diejenigen, die sich nicht zu kommen trauten, hatten sie nur eine Antwort.

Absalom, der Priester, wusste, dass aus Chetias Hotel eine größere Truppe kommen würde. Das Hotel war nicht weit von hier, wo Iroda mit seinen Jungs stationiert war. Das ganze obere Viertel und die Truppen von Irodas Schwager waren dort, natürlich viel zahlreicher als sie. Außerdem kamen vom Stützpunkt des großen Hotels die Jungs, welche Warasa unterstanden. Sie waren die Ersten gewesen, welche die Seite gewechselt und sich mit den Jungs versöhnt hatten. Chetia hatte ja selbst viele Leute. Ihm allein unterstanden mehr als vier Truppenführer. Jeden Tag kam noch der eine oder andere Bursche dazu, wer konnte das noch zählen.

---

* Katschala – georgisch: »Kahlkopf«

»Schaut mal, wie viele wir sind!«, riefen sie sich hin und wieder zu. Chetia wäre auch gekommen, war aber noch damit beschäftigt, die Jungs von drüben zu versammeln. Das, was passiert war, sei unvermeidlich gewesen, aber nun sollten die Sungalen zusammenhalten und jeder der sich traute, sollte kommen. Deshalb suchte Chetia die Jungs in der Stadt auf. Sie sollten nicht glauben, dass man sie den Wölfen zum Fraß überlassen habe. Das hatte Chetia dem Priester Absalom mitgeteilt. In der Stadt staunte man, warum das Sungalenheer abzog. Doch alle Sungalen wussten insgeheim, dass sie nun abziehen und nicht mehr bleiben würden. Deshalb mussten sie sich bei der Eiche versammeln.

Absalom, der Priester, wusste zweimal mehr als die Übrigen, aber die Zeit war noch nicht gekommen, den Jungs alles zu offenbaren. Hatten sie nicht erst gestern miteinander gesprochen? Wer wollte, hatte begriffen, worum es ging.

Für Absalom war es ja auch nicht leicht. Seine Neffen Gasia und Pilpia waren schon seit Jahren im Dienst der Wisramiani. Sollten sie in diesem Krieg auf ihn schießen? Also zerfleischten sie sich gegenseitig. Sollte das kein Ende haben? Wer immer gewann oder verlor, die Sungalen standen in der Mitte und beschossen sich gegenseitig. Aber ohne aufeinander zu zielen. Ein Sungale zielt niemals auf einen anderen Sungalen. Wenn sie bei einem Trinkgelage schießen, so geschieht das zufällig und nicht absichtlich. Im Krieg kann man es aber kaum berechnen. Absalom begriff, dass der ganze Krieg künstlich gelenkt wurde und die bewaffneten Sungalen dort keinen Platz mehr hatten. Nach einer bestimmten Zeit schickte man sie zum Teufel.

Als Absalom den hinter der Autowäscherei hervorragenden Ast der Eiche sah, schlug sein Herz vor freudiger Erwartung! Es würden viele Jungs von ihnen da sein, und er trieb sein Pferd an, was das Zeug hielt: »Jauuuuuu ... Los, los ... Brrrr ...«

Die anderen folgten ihm im Galopp und sie verschwanden hinter der Autowäscherei, wo bereits eine Menge Fahrzeuge, aber auch Pferde und Esel waren. Sogar die zwei Maultiere mit den weißen Ohren hatten sie mitgebracht.

»Grüß dich, Absalom. Sei gegrüßt, Absalom«, riefen sie ihm von hüben und drüben zu und salutierten mit den Gewehren.

»Uh, Absalom, bist du gekommen?«

»Ich bin nicht gekommen, sondern geflogen.« Absalom sprang fast vom laufenden Pferd und begrüßte den ersten nächststehenden Sungalen.

»Wachachau, lebst du noch?«

»Natürlich lebe ich noch, was könnte mich denn umbringen! Ich fing die Kugeln mit dieser Hand auf.« Der ältere Sungale öffnete seine Faust und zeigte Absalom die Patronen. »Ich hätte mich ja unmöglich von deinen Kugeln treffen lassen können. Hätte ich dann dem Herrgott sagen sollen, dass du kein Opferschaf hattest und mich schicktest?«

»Ha, ha, ha«, freute sich Absalom und umarmte alle um sich herum. Niemand wich zurück und alle schüttelten ihrem Priester lange die Hand.

»Väterchen, warst du auf unsrer Seite oder drüben?«, fragte ihn selbstgefällig ein junger Sungale mit einem bunten Tuch um die Stirn.

Absalom musterte ihn von oben bis unten und erwiderte:

»Woher bist du?«

»Von drüben, ich bin ein Totia.«

»Ach deshalb, dein Großvater war ein Trottel und du genauso!« Dann umarmte er ihn und flüsterte ihm ins Ohr: »Weißt du denn nicht, dass ein Sungale niemals hüben oder drüben ist? Ein Sungale kann nur auf der eigenen Seite sein!« Danach küsste er den Jungen auf den Kopf.

Wer etwas auftreiben konnte, hatte auch Wein mitgebracht. Priester Absalom weigerte sich, den Wein zu segnen, ehe nicht alle Truppenführer da waren. Und er fragte immer wieder:

»Chetia ist noch nicht zu sehen. Antwortet er übers Funkgerät auch nicht?«

»Sie kommen gemeinsam«, sagte ihm ein Truppenführer, »er und Martia kommen zusammen. Er musste vorher mit Martia einiges besprechen.«

»Mit Martia?« Absalom wurde nachdenklich. »Martia hat gesagt, dass er bleibt, wo er ist.«

»Ja, das ist wahr, aber danach gab es ein Gespräch … willst du nicht, dass Martia dazukommt? Ich will es, alle wollen das …«

»So ist es …«

»Ja also, wenn sie miteinander sprechen, werden sich die Jungs eine Weile verspäten. Was wartest du noch, segne uns diesen Wein, dass wir miteinander anstoßen können, uns wieder gegenseitig vertragen und uns nie mehr trennen. Oder?«, sagte der Truppenführer und die Jungs johlten zustimmend.

»Dann öffnet schon die Flaschen und Weinkrüge, bringt Gläser und Schalen herbei, aber nur einen Schluck, sonst ärgert sich Chetia«, sagte Absalom und holte aus seiner Tasche ein Kreuz, küsste es, hielt es vor seine Brust und murmelte etwas dazu. Dabei malte er mit der rechten Hand Kreuze in der Luft.

»Er versteht es, ja, ja …«, rief irgendein Alter.

»Lasst ihn mal …«

»Im Namen unseres Herrn Jesus Christus und der heiligen Jungfrau Maria … für immer und ewig. Amen … sagt Amen …«

»Amen, Amen.«

Jemand schoss in die Luft.

»He, du da«, ärgerte sich der Priester, »worauf schießt du denn noch?«

»Nur so.«

»Nur so kannst du auf deinen Alten ein anderes Geräusch ablassen!«

Gelächter brach aus und die Jungs griffen in die Kisten nach den geöffneten Flaschen und Plastikkrügen.

»Sprich zu uns!«, verlangten sie vom Priester.

»Ich sage euch eines« – der Priester griff nach der Flasche – »soll ich es sagen? Aber nur einen Schluck, nicht mehr … das Übrige erst heute Abend. Es ist ja noch nicht mal Vesperzeit … Ja, seid alle gesegnet! Da wir zusammenkamen, soll uns keiner mehr trennen, nicht der Herrgott im Himmel und nicht der König auf Erden. Trachtet nie nach dem, was anderen gehört, sei es ein Kieselstein oder das Leben … was gewesen ist, lasst sein und sprecht nicht mehr davon, da wir nun alle versammelt sind. Sprecht nicht vom Alten und vergesst das Neue. So soll es sein. Wir haben geschossen ohne zu zielen. Nun mögen aber alle, die auf ihresgleichen geschossen haben, schweigen!«

Es brach erneut Gelächter aus.

»Jetzt reicht einander die Hände und umarmt euch wie Brüder. Wir haben uns wegen unseres Gewissens entzweit, da wir unseren Herren gegenüber das Wort nicht brechen wollten. Jetzt haben wir keine Herren mehr, weg mit ihnen. Wir lieben einander und sehnen uns nacheinander. Wir sind die Kinder des Königs ... Reicht einander die Hände, fallt euch in die Arme! So dass ein Brustkorb an den anderen kracht! He, Jungs, trinkt erst einmal einen Schluck ... Was hat diese Stadt aus euch gemacht, sind eure Mäuler kleiner geworden? Trinkt, ihr Riesen!«

Danach wurde es wieder laut, man lachte und krachte gegeneinander. Bei diesem Lärm und Gelächter schoss wieder jemand ein- oder zweimal in die Luft und rief dazu:

»Jau, Chetia ist gekommen!«

»Chetia ... Chetia ...«

Ein alter Fordlaster rollte von der linken Seite der Wäscherei heran, dahinter eine lange Autokolonne. Die Tür sprang auf und heraus stieg gemächlich Chetia mit einer schwarzen Mütze im Nacken und seinem hängenden Bauch.

»Ehey, he ...« Er winkte mit seinem Gewehr. »He, Jungs, die Eiche ist hier, der Wein ist hier und wir alle sind auch hier.«

»Na, du Bataillonsführer, wie geht es dir?« Priester Absalom trat zu ihm.

»Absalom!« Chetia streifte ihn mit seinem Bauch.

Der Priester Absalom gab sich damit nicht zufrieden und krachte mit seinem flachen Bauch gegen den dicken Wanst von Chetia. Dann zog er seinen Säbel aus dem Gurt und stürzte auf Chetia los:

»Soll ich es dir zeigen, wie früher?«

Und sie umarmten sich.

»Väterchen, Väterchen, du Alter«, flüsterte ihm Chetia dabei ins Ohr, »dass du noch lebst? Du bist Gold wert ...«

Und während dieser Umarmungen flüsterte Absalom:

»Ist Martia nicht gekommen?«

»Nein«, sagte Chetia.

»Kann er nicht kommen?«

»Seine Jungs sind doch alle hier …«

»Und er selbst?«

»Es gab etwas zu besprechen …«, antwortete Chetia und rief dann: »Es gibt etwas zu besprechen, ihr starken Jungs, zu besprechen …«

DAS LANDREICH DER SUNGALEN

Bei den Sungalen war es üblich, dass man als Angestellter einer Familie nie von den Angelegenheiten der Familie sprach. Das hieß bei ihnen, dass man nicht in der Scheiße herumstochere. Dieser Ausdruck hatte noch sieben andere Bedeutungen. War ein Sungale bei einer Familie angestellt, so sprach er unter seinesgleichen über alles, nur nicht über die Angelegenheiten dieser Familie. Darüber hieß es in einem anderen sungalischen Sprichwort: Wo man isst, sollte man nicht hinscheißen. Wenn man es aber doch tut, so kann man es beliebig mit Blättern abdecken und es wird dennoch stinken. Dieses alte Sprichwort belebte die alten Sitten, die Sungalen aber waren überall, wo es etwas gab. Sieben berühmte Familien von zehn hatten einen Sungalen als Gutsverwalter. Hätten sie über alles gesprochen, was wäre wohl daraus geworden? Die Sungalen waren in das Alltagsleben der Familien so eingebunden und so daran beteiligt, dass sie nicht mal Zeit zum Sprechen hatten. Sobald sie frei bekamen, eilten sie zu den Familien auf ihrer Insel, um sie zu unterstützen. In jeder wohlhabenden Familie der Hauptinsel hatte man einen Sungalen als Chauffeur, Laufburschen, Bodyguard oder Lieferanten. Hat man anderswo Frauen als Zimmermädchen, so waren es hier die Sungalen. Auch als Hauswächter oder Rausschmeißer vor fast jeder Bar, den Restaurants, Clubs oder Banken konnte man einen Sungalen antreffen. Nach britischem Gesetz wurde in diesem

Land das Tragen von Waffen zwar verboten, aber im Dienst bekamen die Sungalen einen Revolver und das Recht, diesen zu tragen. Auf ihrer Insel findet man in den Häusern der Sungalen immer noch gut gepflegte alte Waffen, die bei den gegenwärtigen Kämpfen untauglich sind. Wenn man gut danach sucht, findet man in den gleichen Haushalten nicht nur Säbel, Schwerter und Flinten, sondern auch sorgfältig geölte und polierte alte englische Gewehre sowie die alten, aber rostfreien Patronen, die in uralten Kästchen mit eingetrocknetem Öl aufbewahrt werden. Vielleicht auch etwas komische Granaten, von Anno dazumal und Maxim-Maschinengewehre. Außer Schulterwaffen auch Handwaffen, die von den Sungalen alle als Gewehre bezeichnet werden, der Revolver aber als Handgewehr. Diese Gegenstände befinden sich seit Jahrhunderten in den Familien und sind ein teures Erinnerungsstück an die Vorfahren. Auch als der Engländer Thomas Bedlamel sie zu einem Aufstand anspornte, befanden sich Waffen und Munition aus früheren Zeiten in den sungalischen Familien. Jeder Sungale wusste, dass diese Waffen vorhanden waren, sie verließen ihre Insel jedoch nie bewaffnet. Auch wenn sie als erstes Spielzeug Pfeil und Bogen und einen Holzsäbel vom Großvater geschnitzt erhielten. Und später dann einen echten. Ebenso hatten alle Sungalen ein Jagdgewehr, und das Zielen, egal womit, Kugel, Messer oder Pfeil, gehörte zu ihrem Zeitvertreib.

Würde man die Dörfer und die Höfe der Sungalen aufmerksamer betrachten, könnte man feststellen, dass die Sungalen von Natur aus eher Verteidiger als Angreifer sind.

Zum Beispiel das Haus der Sungalen:

Es hat an der Vorderseite keine Haustür. Das einstöckige, niedrige Haus wendet dem Gartentor den Rücken zu. Erst wenn man ringsherum gelaufen ist, gelangt man zur Tür. Zum Tor hin aber sind drei enge Fenster eingebaut, die eher an Schießscharten erinnern. Hinten sind die Fenster breiter. Das Sungalenhaus hat kein Spitzdach, sondern eine ebene Fläche, auf der Erde verteilt ist. Das nennt man Bana*. Auf diesem Dach sitzen sie oft an den Abenden.

---

* Bana – vom georgischen *Bani*: »Flachdach«

Die Einfassung um das Sungalenhaus ist nicht hoch. Es ist aber kein Zaun, sondern eine aus mehreren Steinschichten bestehende Mauer, hinter der man sich gut verstecken kann.

Das Leben der Sungalen im Dorf unterscheidet sich also von dem in der Stadt. Die Stadt ist für sie ein Dienstort. Wie schon gesagt, sie erzählen nichts von den Familien, bei denen sie angestellt sind. Man muss auch sagen, dass sie einem Fremden überhaupt nichts erzählen. Die Wohlhabenden unter ihnen, die gut gedient haben und zu einem schönen Besitz gekommen sind, sprechen dennoch untereinander von diesem oder jenem. Das hat den Vorteil, dass die Sungalen zu ihrem Nutzen handeln. Es wird stets gefordert, dass ein Sungale dem anderen ein Cousin sei, da durch irgendwelche Machenschaften oder jahrhundertelange Verbindungen alle miteinander verwandt seien. Deshalb wussten die Sungalen schon immer eine Menge und beobachteten noch mehr. Aber sie schwiegen, so wie es dem Dienstpersonal gebührt, und erwarteten als Belohnung eine Besserung ihrer Lage.

Es gab ein Geheimnis auf der Insel, das man auf der Hauptinsel vergessen hatte. Vor langer Zeit zogen die Sungalen Steuern ein, die für den König bestimmt waren. Es gibt die alte Legende, dass der georgische König die Sungalen vor der mongolischen Volkszählung versteckte. Deshalb zählten sie sich als Leibeigene des Königs. Die Sungalen erfuhren erst spät, dass die Georgier keinen König mehr hatten, sie führten aber dennoch treu ihre Steuer ab. Der Schultheiß der Sungalen sammelte diese Steuer ein. Das ging sieben Jahre lang so. Jede Familie musste etwas von dem abgeben, was nicht verweste, rostete oder verfiel, denn keiner wusste, wann der König es verlangen würde. Damals war es Sitte, einen Gold- oder Silbergegenstand abzugeben. Einmal im Jahr wurde dieser Gegenstand, der Einfachheit halber meist ein Schmuckstück, in eine sogenannte Schatulle des Königs geworfen. Diese leerte der Schultheiß an einer bestimmten Stelle in einen großen Korb. In diesem Korb wurde der Jahresbeitrag der Sungalen aufbewahrt. Als Korbträger wurden vier Prediger ernannt, die ein Maultier damit beluden und in den Wald gingen. Keiner wusste, wo die Abgaben für den König gehortet wurden. Diese Stelle kannten nur die vier Korbträger, die diesen Posten bis ans Lebensende innehatten und das Geheimnis nur an ihre Nachfolger weitergaben. Die Prediger, die zugleich Korbträger waren, wurden hoch geschätzt, und man schenkte ihren Worten besondere Beachtung. Niemand sonst wusste, wo sich die Schatzkammer der Sungalen befindet.

Unter den Sungalen selbst gab es im Laufe der vielen Jahrhunderte keinen Einzigen, den die Suche nach dem Schatz nicht umgetrieben hätte. Fremde aber kannten diese Geschichte kaum. Man hatte davon gehört, hielt es aber für eine Legende. Ein Sungale würde einem Fremden von seinem Land nichts offenbaren.

Die Sungalen sprechen untereinander locker und ungezwungen. Kaum bekommt ein Jüngling einen Flaumbart, wird er von den älteren Männern schon als Gleichberechtigter dazugesetzt. Sie siezen sich nicht und sind vom Wesen her eher grob und plump.

So dienten sie. Außer dass sie nicht als Polizist arbeiten oder irgendeinen anderen Staatsdienst ausüben wollten. Sie mögen auch den Namen Sungale nicht besonders. Trinken sie etwas, sagen sie zueinander: He, du vom König, schau mal her.

GESPRÄCHE MIT CHETIA

In seinem Hotel im Frühjahr

»Wären wir Seeleute, würden wir nicht den Frühling mögen, sondern den Sommer!« Konstantin Wisramiani klopfte ihm auf die Schulter und setzte sich in den Wagen. »Du bist ein guter Kerl. Ein guter Sungale. Wir halten zusammen und alles wird gut.« Dann schaute er zu seinem Gutsverwalter. »Martia, er hat mir immer schon gute Dienste geleistet … aber denk nicht an so etwas. Was meinen Schwiegersohn betrifft, da verhält es sich genauso. Was hättest du schon gemacht, wenn ich das nicht gewollt hätte? Das muss so sein … Denkt darüber nach und lass auch diese guten Jungs darüber nachdenken.«

Der alte Wisramiani schloss die Tür, Martia aber sagte zu Chetia:

9

»Wir gehen, Chetia. Du weißt schon … Dann gibt es etwas zu besprechen.«

»Ja, sei nur beruhigt«, sagte Chetia und hob die Hand zum Abschied.

Danach trat Chetia in den Hof seines Hotels, wo auf dem Boden eine Matte ausgebreitet war und zehn bis zwölf junge Sungalen schweigend dastanden.

»Setzt euch doch wieder, was steht ihr denn da, habt ihr noch nie einen Menschen gesehen? Die Erde ist zwar noch ein wenig feucht, aber es ist schon Frühling. Setzt euch auf diese Matte, ich bringe euch gleich einige Gedichte bei.«

»Onkel, war das Kotia* Wisramiani?«, fragte ein rotbackiger Sungale.

»Nun schau einmal diesen hier an« – Chetia schwenkte seine Hand – »was bist du für einer, Junge, wohin schaust du denn? Zu euch kam solch ein stattlicher Mann, sprach mit jedem einzeln, gab euch einen Job, ohne dass ihr viel machen musstet. Er schenkt euch in der Woche bis zu einhundert Pfund für nichts und wieder nichts. Ihr sollt nur nicht in der Kacke herumstochern. Und du fragst, ob das Kotia Wisramiani war?«

Die anderen Jungs lachten.

»Er ist ungeduldig, Onkel, zu hastig …«

»Mach nicht zu viel, Junge, sonst verblödest du«, riet ihm Chetia, »habt ihr etwas kapiert oder seid ihr genauso wie er?«

»Wir haben es kapiert.«

»Der wichtigste Wisramiani kam zu mir, um euch in Augenschein zu nehmen … Glaubt mir, es ist besser, in einer Familie zu dienen als am Eingang einer Kneipe zu stehen. Was kenne ich besser als das? Es gibt kein Lokal im Glücksviertel, wo ich nicht gestanden hätte. Als mich die Matiani zu sich nahmen, begriff ich zum ersten Mal, was eine Familie ist … Ich habe das alles erlebt und bringe es euch bei. Was sagte Wisramiani? Er wird nach und nach immer mehr Leute benötigen. Noch braucht er sie nicht, aber er reserviert sie sich bereits. Dafür zahlt er bis zu vierhundert

---

* Kotia - Abkürzung für Konstantin

Pfund im Monat und ihr könnt trotzdem an eurer Stelle weiterarbeiten. Aber hat er euch nötig, müsst ihr die Arbeit sein lassen und in diese Familie gehen. Welchen Lohn man dort erhält, könnt ihr euch selbst vorstellen. Jetzt hört mir aber gut zu ...«

»Bin ich ein Tisch im Restaurant ›Ligurien‹, dass er mich reserviert?«, fragte wieder der rotbackige Junge.

»Ich werde dich noch versohlen, du Plumpsack«, ärgerte sich Chetia. »Jetzt treibe ich euch von dieser Matte weg und lege mich selbst darauf. Euer Onkel hat genug erlebt auf seine alten Tage und noch dazu ein Hotel hier stehen ...«

»Nein, Onkel, sag es uns«, verlangten die anderen.

»Nehmt doch die Zeitung und lest sie. Nächstes Jahr um diese Zeit wird es hier keine Engländer mehr geben. Diese Männer denken ans Land, an Verschiedenes, an die Armee, an dieses und jenes ... wer weiß, was nötig sein wird, um die Macht zu sichern. Ein jeder kennt die Sungalen und weiß, dass es solch gute Kämpfer selten gibt. Deshalb bereitet er sich vor, wählt aus, auch andere, nicht nur euch, begutachtet sie ...«

»Bekommen wir ein Gewehr?«

»Jetzt hör einer«, ärgerte sich Chetia. »Junge, es weiß doch noch keiner, was kommen wird. Der Mann will nur sicher sein, dass ihr zu Stelle seid, wenn er euch braucht ... versteht ihr das? Das ist aber nicht zum Weiterplappern. Ihr seid Sungalen und die Hoffnung aller. Haltet also die Zunge im Zaum. Geht ihr darauf ein? Ich denke, das lohnt sich, noch dazu ist man nicht durch einen Vertrag oder so gebunden ... Hast du das verstanden oder soll ich dich versohlen?«

An jener alten Stelle

»Siehst du, Nika, was wir davon haben, siehst du das?«, stöhnte Chetia und zeigte zum anderen Ufer. »Das, dort drüben, ist die Sungalen-Insel. Du musst selbst entscheiden. Wenn du willst, können wir sofort mit der Fähre hinüber. Dort kann ich dich leicht unterbringen im Hause meines Neffen, wer wird dich denn bis dorthin verfolgen? Merk dir das auch für ein andermal: Von diesem Ufer bis zum anderen ist es eine halbe Stunde.

Sag dem Fährmann, egal welchem, dass du Chetias Freund bist,
und er bringt dich sofort hinüber. Das nur für den Fall, wenn ...
was weiß ich ... was sollen wir nun tun, da sich alles gegen uns
wendet? Denk nicht so viel über die Wisramiani nach. Diesen
Revolver gebe ich dir nur für alle Fälle. Martia ist mein Freund
und hat den alten Wisramiani nicht von dir sprechen hören. Was
die anderen betrifft, so hat man irgendwelche Georgier gesehen,
Jungs, die sich nach dir erkundigten, die die Freundin von deinem Schwager entführten. Die wollen dich auf jeden Fall finden.
Es wird schon so viel gesprochen, dass man gar nicht mehr weiß,
was richtig ist. Deine Flucht ist also eine richtige Entscheidung,
aber die Insel ist nun mal eine Insel und ein Dorf ist ein Dorf,
wo man den Hof nicht verlassen sollte. Wir können sofort hinüber, aber ich glaube, das ist nicht richtig ... Ich denke an etwas
anderes ...«

»Was?« Nika saß da und schaute gedankenlos auf die Fähre, die
am Ufer lag.

»Du musst dich in der Stadt verstecken, Nika ... Ich denke,
dass das besser ist. Die Constables wissen jetzt auch Bescheid, sie
haben von Interpol oder einem ähnlichen Suchdienst von dir erfahren ... Du sagst, Georgien sei kein Land, ist es aber wohl doch,
und es fragt nach dir. Diese Leute wollen lieber jemanden fangen
als etwas essen. Soll ich dich den Anglesen ausliefern? Diese Jungs
finden dich auf der Insel nicht, aber bis zum Gefängnis ist es nicht
weit. Bei uns in der Nähe ist doch das Gefängnis. Es gehen viele
Leute auf und ab. Die Patrouille ... verstehst du? Ob man will oder
nicht, Gerüchte können sich verbreiten. Bei den Sungalen kann
ich dich nicht unterbringen, sie haben selbst nur ein Zimmer in
der Stadt. Bei mir kann man sich sowieso nicht verstecken, und
im Wald könntest du nicht durchhalten. Du bist ein Stadtmensch
und musst dich hier verstecken ... Wenn ich's mir überlege, habe
ich dich ganz umsonst an dieses Ufer gebracht ...«

Nika sagte nichts. Er saß einfach so da, die Knie an das Hand-
schuhfach gedrückt, und schaute zum anderen Ufer hinüber.

»Ich habe mir Folgendes überlegt ... Es gibt eine alte Frau«,
sagte Chetia nachdenklich, »du kennst sie sicher nicht ... Sie ist

die Nachkommin der früheren Könige dieser Insel. Sie lebt allein ... Wenn ich dich zu ihr bringe?«

»Was weiß ich?«

»Ha, aber ich darf dort nicht auftauchen ... Wenn ich auftauche, dann ist sofort ... Das geht eben nicht. Ich bringe dich in ihre Nähe, und du sagst ihr, dass dich ihr Hauptmann schickt, sonst nichts. Weiter weiß sie selbst, was zu tun ist. Nika, das muss klappen, oder?«

»Was weiß ich, wenn es eine gute Oma ist, geht es noch.«

»Sie ist ihre Königin. Nicht unsere, nicht die der Sungalen, sondern ihre.«

Nika musste lachen.

»Du bist wohl ein Separatist, Mensch?«

»Ich weiß nicht, was das bedeutet.«

»Ein Separatist ist, wer für sich sein will«, sagte Nika.

»Ich will nicht für mich sein, ich bin es«, stöhnte Chetia erneut, »machen wir's so?«

»Was weiß ich, gehen wir.«

»Als wir hierher unterwegs waren, glaubte ich nicht daran, dass ich dich hinüberbringen würde ... Weißt du, wie schön unsere Insel ist? Wenn ich dorthin gehe, bin ich ein ganz anderer Mensch, ein echter Chetia. Und was ist hier?« Chetia ließ den Motor laufen. »Irgendwann werde ich dich hinüberbringen, Nika. Dort schäle ich Haselnusszweige und spieße darauf feinstes Filet. Dann gehen wir zum Fluss und braten es am Ufer. Dort drüben ist Leben, hier nicht. Nur Risotto, Misotto, Kizotto, Trüffel, Müffel, Büffel ...

»Du bist ein echter Georgier«, lachte Nika.

»Wenn ich an diesem Ufer stehe und auf unsere Insel schaue, will ich gleich durch das Wasser gehen!«

Chetia beeilte sich nicht, den Wagen zu wenden.

»Jetzt kannst du zu mir sagen, was du willst, was sagtest du immer für ein Wort? «

»Goimi?«

»Ja ... Goimi. Nika, sag mir, wie ist es im Krieg?«

»Was weiß ich ... zum Ficken«, sagte Nika.

»Ist das so, dass man etwas tun will und es nicht kann? Es beginnt doch wegen irgendeiner Sache. Erreicht man sie am Ende? Warum hast du damit angefangen?«

»Was habe ich angefangen ... die Jungs sind gegangen und ich mit ihnen ...«

»Musstest du auf deine Leute schießen?«

»Im Krieg?«

»Ja.«

»Im Krieg schoss man auf andere, bis dahin wurde auch in Tiflis geschossen. Wir haben einfach geschossen, was weiß ich ...«

»Siehst du«, sagte Chetia, »und dann?«

»Was dann?«

»Warum ist es zum Ficken?«

»Man wird primitiv, grob, mag sich selbst nicht mehr ...«

»Und wenn es deinen Leuten nützt?«

»Nützt ... was soll das schon für ein Nutzen sein?«

»Und wenn es etwas nützt?«, ließ Chetia nicht ab. »Nika, wir Sungalen können gut zielen und schießen. Wir kennen keinen Krieg und wissen nicht, was das ist. Falls hier ein Krieg ausbricht, reichst du mir dann die Hand?«

Nika lachte.

»Was soll denn hier für ein Krieg ausbrechen, hier ist doch alles klar?«

»Nika, das weiß keiner. Das weiß wirklich keiner. Es wird eine Zeit kommen, dann sagt dir Chetia, du sollst die alten Waffen deines Großvaters hervorholen. Tust du es dann?«

»Mensch, ich habe keine!«, lachte Nika. »Nein, man sagt das nur so, und wenn es dir einer sagt, musst du mit ihm gehen. Na, holst du sie heraus?«

»Etwas herausholen bedeutet bei uns etwas ganz anderes.«

»Das wusste ich nicht, wirst du Chetia folgen?«

»Wenn du nur einmal pfeifst ...« Nika zwinkerte ihm zu.

»Schau mal, wie schön die Sonne aufgeht, wie schön das Ufer da drüben ist und was hier ist.«

»Ihr lobt alle nur eure Inseln. Meine Schwiegermutter sprach auch immer nur von ihrer Insel. Ihr seid richtige Goimi!«

»Ich auch?«

»Nein, mein Bruder, du nicht …« Chetia ließ das Auto aufheulen und sagte:

»Einen Mann, der in der Früh am Werk ist, beobachtet kein Kundschafter … Gehen wir, ich bringe dich zur Königin.«

»Gut.«

»Sind wir Brüder?«

»Ja … ja …«

»Habe ich das richtig ausgedrückt?«

Vor Ligurien

Vor dem Restaurant »Ligurien« geriet sofort alles durcheinander. Erst war dort keiner, doch dann kamen auf einmal um die zweihundert Mann. Auf der Terrasse gab es weder Tische noch Stühle. Die weißen Tischdecken wurden sicher vom Wind verweht, später verstaute man die Tische und Stühle oder trug sie einfach weg. Die Blumen ringsherum hatte man herausgerissen oder samt den Blumentöpfen weggestellt.

Es wurde dort so lebhaft, dass man hätte annehmen können, am Rande des Genuesenviertels solle ein großes Feuer angezündet werden, um darin eine frisch geschlachtete Kuh zu braten. Es war unklar, ob diese Vorbereitungen für eine Hochzeit oder eine Trauerfeier getroffen wurden. Es fehlten nur noch die großen verrußten Töpfe. Man hatte die Autos von beiden Seiten so dicht geparkt, dass kaum Platz blieb. Früher war das eine Fußgängerstraße. Jetzt waren die Autos von allen Seiten eingedrungen, so dass sie ihre Nasen aneinanderdrückten. Genau vor der Terrasse des Restaurants »Ligurien« waren aus diesen Autos an die zweihundert Jünglinge herausgesprungen, die sich eine Zeitlang gegenseitig musterten und dann jeder auf seiner Seite emsig beschäftigt waren: Position bezogen und die Gewehre bereithielten. Das Klirren der Waffen und ihre Böses prophezeienden Geräusche klangen wie eisernes Flüstern.

Der Priester Absalom konnte nicht genau sehen, aus welchem Wagen die Frau gestiegen war, aber sie stand in der vordersten Reihe ihrer Leute und bewegte sich zwischen den Autos auf ihn zu. Sie war sehr weiblich gekleidet und bewegte sich ohne zu stocken nach vorn. Sie drehte sich nur einmal um und sagte zwei oder drei Worte zu den bewaffneten Männern, die ihr folgten. Sie blieben sofort stehen.

»So sieht also die junge Frau Wisramiani aus«, murmelte Absalom. »Wer wird denn von ihr ablassen ... Sie ist ein echtes Teufelsweib ...«

»Du hättest ihre Mutter sehen sollen, Väterchen«, sagte Kikola, »man hat sie jetzt auf der Insel in ihrem Haus eingesperrt ... Diese hier hat sie überlistet und eingesperrt ... Du denkst wohl, man könnte mit ihr sprechen?«

»Auf dem Foto, das in der Zeitung war, sah sie aber anders aus«, sagte der Priester. »Was legt ihr euch mit ihr an? Hätte ich sie früher gesehen, wäre ich nicht mitgekommen.«

»Sie wird jetzt von allen unseren Eseln geliebt, schau mal, und ein jeder denkt, dass sie ihn liebt. Das ist so, wenn man eine Frau als Herrscherin hat.«

Inzwischen war Salomea über den niedrigen Zaun gestiegen und schritt auf den Steinplatten der Terrasse heran.

»Was hat sie in der Hand?« Absalom stieß den Nebenstehenden mit dem Ellbogen an. »Nicht dass sie Chetia hinters Licht führt.«

»In der Hand? Du bist einer, Väterchen ... In der Hand hat sie sicher Pachitos und das Feuerzeug. Das trägt sie immer mit sich herum.«

»Pachitos?«

»Ja, das ist ein anderes Kraut, wenn man es raucht, bekommt man gute Laune.«

»Triaka?«

»Ja.«

»Sie ist wirklich teuflisch. Sie zieht die Menschen in ihren Bann.« Der Priester Absalom bekreuzigte sich schnell.

»Soll ich noch lange auf dich warten?«, rief Salomea plötzlich. »Soll ich noch lange hier stehen?«

»Er kommt schon, er kommt«, antwortete man ihr von der anderen Seite leise.

Chetia kam tatsächlich, ächzend zwängte er sich durch die engen Gänge.

»Hier bin ich«, sagte er von irgendwo hinten und die Soldaten versuchten ihn durchzulassen. »Ich bin da!« Chetia nahm die schwarze Brille ab und trat auf die Terrasse.

Salomea zündete ihre Zigarette an.

»Grüß dich, Herrin Salomea«, sagte Chetia zu ihr.

Salomea fiel es plötzlich schwer, den Rauch zu inhalieren. Sie schloss ihre Augen einen Augenblick lang und sagte dann:

»Du bist also Chetia …«

»Ich bin's, meine Liebe. Dein Großvater hatte viel Vertrauen zu mir. Unsere Jungs schickte alle ich zu ihm.«

»Du hättest sie nicht hinschicken sollen.«

»Ich konnte doch damals nicht wissen, dass so etwas passieren würde.«

»Du hast es dir erst nach und nach überlegt, oder?« Salomea ließ den Rauch heraus. »Was ist besser: dass in diesem Restaurant Menschen speisen oder dass deine Tiere hier hinpissen?«

Chetia ließ sich seine Verwunderung nicht anmerken.

»Geh, und schau mal hinein, wie es dort stinkt … Chetia, wer bist du, warum hast du damit angefangen?«

»Ich habe damit angefangen?«, fragte Chetia ganz leise. »Habe ich angefangen oder sie? Hat nicht deine Mutter damit angefangen? Dein Großvater erzählte mir immer wieder, wie er die Flagge von den Engländern überreicht bekommen würde und ihr hier herrschen würdet. Habe ich damit begonnen?«

»Du hast damit begonnen und begreifst das nicht mal. Denn hier sind wir nicht auf dem Land und du verstehst es immer noch nicht. Wie bist du ins Kloster gelangt? Wie?«

»Seit wann beschützt eine Wisramiani das Kloster?« Chetia lachte. »Ich gelangte eben hinein. Es gab eine Sache zu erledigen. Es müssen ja so viele Menschen versorgt werden oder sollen wir immer noch von eurem Lohn leben?«

»Hör zu, du Dickkopf, es ist Schluss. Aus. Es wird keine Wisramiani mehr geben, keine anderen Iani, diese oder jene … Schluss …« Salomea warf die Zigarette auf die Steinplatte. »Es ist aus. Was willst du noch? Warum sollte ich kommen?«

»Das ist doch besser so? Ich hatte ja nie vor, mit dir zu streiten und werde es auch nicht. Du beschimpfst mich, und ich dulde es, wie du siehst. Dein Mann, den du hast umbringen lassen, war ein guter Freund von mir.«

»Ich habe ihn nicht umbringen lassen, merk dir das«, sagte Salomea, »ich habe niemanden umbringen lassen. Alle meine Lieben starben, ich habe niemanden mehr. Wo ist denn mein Bruder?«

»Ich schwöre, dass ich deinen Bruder schon seit Langem suche. Er könnte zwischen uns vermitteln.«

»Gut, was willst du?«

Chetia atmete tief durch und sagte:

»Dass es dir gut geht, Prinzessin ... Die Festung stand, als ihr drinnen wart und als wir sie besetzten ... Du bist mit deinen Leuten gegangen, hast den Krieg aufgegeben und uns leer ausgehen lassen. So als ob kein Krieg wäre oder doch.«

»Hast du es satt?«

»Hör mir zu! Ich und alle, die hier sind, gehen jetzt von hier weg, wir gehen auf unsere Insel und du wirst die Hochzeit deiner Enkel feiern, ohne uns je wieder gesehen zu haben.«

Salomea schaute ihn an, als verstünde sie ihn nicht.

»Natürlich gehst du, was kannst du sonst noch hier tun?«, fragte sie schließlich.

»Lass mich aussprechen, Frau ... wir gehen jetzt. In Sungalien werde ich die Tore des Gefängnisses und des Irrenhauses öffnen und alle hierhertreiben. Unsere Waffen zu uns und eure Waffen zu euch. Wir gehen und werden auf Sungalien isoliert leben. Alle Sungalen, die bei euch sind, müsst ihr gehen lassen. Das sind unsere Cousins. Wir werden uns hübsch wieder versöhnen. Du hast uns mit einer ganz schönen List überrumpelt. Im englischen Radio sagte man gestern, dass du den Krieg mit Frieden gewonnen hättest ...«

»Du willst ein unabhängiges Land?«, lachte Salomea.

»Ach«, stöhnte Chetia, »es ist schwer, wenn eine Frau gescheit ist. Nach der Männerlogik heißt es: Verlange viel und du bekommst wenigstens etwas. Ich verlange nur wenig.«

»Was willst du?«

»Dass wir Sungalen für uns bleiben. Wir mögen keine Stadt

und kein Bungalowland. Wir wollen nicht, dass jemand kommt und uns seine Gesetze aufzwingt. Wir werden dort für uns sein. Kommt ihr uns besuchen, schlachten wir ein Tier. Seid uns nicht Herren, denn wir sind das Volk des Königs.«

Salomea musste lächeln.

»Jetzt soll es so sein, ja?«

»Ich schwöre, dass ich das von Anfang an wollte ... Nika half mir dabei, Nika ...«

»Was wird aus diesen Jungs?«

»Was soll ich machen? Das sind alles unsere Jungs. Fido zum Beispiel ist auf der anderen Seite und Kikola auf dieser. Wie lange soll das noch so gehen? Wir gehen ...«

»Ihr geht nicht, sondern ihr flieht ... Du wärst auch ohne mich gegangen, fürchtest aber, dass ich euch bis in eure Schweineställe verfolge und euch dort vernichte ... Agatia hast du etwas vorgemacht, aber mich kannst du nicht betrügen!«

»Und was hast du mit uns gemacht ... du hast uns den Anglesen überlassen ... Du hast Georgier und Osmanen kommen und auf uns schießen lassen. Du hast die ganze Stadt bewaffnet. Es wäre aber nichts passiert, wenn deine Mutter es verhindert hätte«, sagte Chetia verbittert und schaute zu seinem schweigenden Heer hinüber. »Wir würden bis zuletzt kämpfen und haben uns schon früher für den König bereitgehalten. Darüber haben wir uns nie beklagt ... Aber wozu? Wir brauchen diese Stadt nicht. Was sollen wir damit? «

»Ich habe nichts zu verlieren«, sagte Salomea plötzlich, »überhaupt nichts. Ich überlasse dir dieses Land nicht. Nicht dir, nicht meiner Mutter oder jemand anderem. Wie gern ich hier gegessen habe ...«

Chetia begriff, dass die Frau den Tränen nahe war, und senkte den Kopf.

»Ihr habt alles vernichtet mit eurem Irrsinn. Ihr lasst mir nur übrig, dass ich das Zeug hier vor aller Augen rauche und es mir völlig egal ist. Du verstehst das nicht, so etwas verstehst du nicht. Jetzt hör mir zu, wenn du willst, verschwindet morgen Abend alle von hier. Ich weiß nicht, wie du das den Sungalen mitteilst. Unsere kannst du nicht zwingen. Wer will –«

9

»Bei uns gibt es eine Sitte: wenn wir uns versammeln, kommt jeder seinem Gewissen nach. Mein Freund Martia ist bei dir, na und? Wir werden doch deshalb nicht zu Feinden!«

»Unterbrich mich nicht ... Ihr nehmt alle Waffen mit, die ihr besitzt. Ich überprüfe das. Die Leute von der Festung später ... Wohin soll ich jetzt mit denen?«

»Dort sind wenige. Wenn jemand Sungale ist, behalten wir ihn gleich hier.«

»Morgen Abend ... Lass mich bis Mittag wissen, wie ihr entscheidet. Autos und Möbel können nicht mitgenommen werden ... Ihr könnt nicht mehr hier herüberkommen.«

»Gut. Das wollen wir auch nicht.«

»Euer Besitz, die hiesigen Ausweise und wenn es hier sonst noch etwas gibt, darüber später. Jetzt verschwindet von hier!« Salomea drehte sich rasch um, stieg über den niedrigen Zaun und entfernte sich mit schnellen Schritten.

»Was sagt sie, Chetia?«, fragte Absalom, der Priester.

Chetia blieb stehen und entgegnete:

»Morgen früh versammeln sich alle unsere Leute von hüben und drüben bei der Eiche. Es gibt etwas zu besprechen.«

»Was sagte dir dieses Teufelsweib?«, fragte Absalom wieder.

»Ich weiß nicht ... vielleicht haben wir endlich unser eigenes Land.« Er zwinkerte dem Priester zu.

»Des Königs«, nuschelte Absalom, »wir nennen es das Land des Königs ...«

SÄBEL

MESSER MIT SCHWARZEM GRIFF

EDMOND CLEVER

»Heilige Hoffnung, das Klagelied«
Aus dem neuen Buch

[...] In diesen Tagen entscheidet eine Person alles. Seit der neue Hauptmann der Wisramiani, die wunderschöne Salomea, und ihr treuer Diener Martia die Festung und den von ihnen kontrollierten Stadtteil unerwartet verließen, besetzten Gegner ihre Stellungen. Auch der Hafen fiel Ihnen zu. Mein Fehler war es, die Stadt vor vier Tagen nicht verlassen zu haben. Doch auf solche Fehler kann man nur stolz sein. Jedenfalls fürchte ich nichts und mache mich auf den Weg zur Zitadelle.

In der Zitadelle befindet sich das Hauptquartier und dort herrscht ein Mann namens Chetia.

Es gibt dort keine militärischen Ränge. Diese Menschen bilden eine Art Volkspartei. Nicht einmal der Anführer hat einen Rang. Das Einzige, was er besitzt, ist ein von der Königin unterschriebenes Blatt Papier, das seine Position mehr oder weniger legalisiert. Darin wird bestätigt, dass er Oberbefehlshaber Ihrer Majestät ist. Was das bedeutet, ist schwer zu sagen, aber man erzählt, dass die arme Alte, bevor sie Königin wurde, zum Spaß oder für ein bestimmtes Entgelt für die Liebhaber der Monarchie derlei Dokumente ausstellte und ihnen unterschiedliche Ämter verlieh.

Es ist fraglich, ob der neue Oberbefehlshaber ein wahrer Anhänger der Monarchie ist, aber zumindest hat ihm seine praktische Vernunft diktiert, dass derlei Papier von Nutzen sein könnte.

Wir durchschreiten die Gänge der Zitadelle der alten Zichistawi. Ich war früher schon einmal hier, als der geistreiche und jähzornige Alte, Alfredo da Costa, das Museum leitete.

Wo könnte er sich jetzt wohl befinden?

Auf dem Korridor ist es laut. Wir steigen mit Mühe die Stufen

1

hinauf. Die Steintreppe ist alt, fast achthundert Jahre, und hat kein Geländer.

Wir gehen in Richtung des früheren Arbeitszimmers von Alfredo da Costa. Es riecht nach Zigaretten und Gummi. Unter dem Fenster dieses Zimmers breitet sich die ganze Stadt aus. Für einen Anführer kein ungefährlicher Ort, denn für einen Scharfschützen des Gegners wäre es ein leichtes Ziel. Die Wachpolizei führt uns direkt dorthin. Wer weiß, warum man uns gerade hier empfangen möchte: absichtlich, speziell für uns?

Ich werde begleitet von der tapferen Monica Uso di Mare, einer hiesigen Journalistin. In England könnten sich ihre Altersgenossen gar nicht vorstellen, sich in solche Gefahr zu begeben. Monica ist vierundzwanzig und fürchtet sich vor nichts auf der Welt. Man könnte eher sagen, dass ich in ihrer Begleitung bin, nicht sie in meiner. Ich erinnere mich an eine Begegnung mit dem alten da Costa. Damals rügte er mich, dass ich nichts von diesem Land verstünde, aber Bücher darüber schreibe. Inzwischen könnte ich ihm sagen, dass ich das Land sehr wohl verstehe, auch wenn es nichts Erfreuliches und Lobenswertes gibt.

Wir gehen ins Zimmer. Den Tisch des früheren Vorsitzenden da Costa gibt es nicht mehr. In seinem Sessel, direkt am Fenster, sitzt ein beleibter Mann: pausbackig, mit gespreizten Beinen, graumeliertem Bart, einer einfachen Baseballmütze im Nacken und einem enganliegenden schwarzen Hemd, eine amerikanische Knarre zwischen den Beinen und mit wehmütigen, fast müden Augen.

Dieser Mann hat jetzt das Sagen in der Stadt. Er ist der Sieger, auch wenn er sich vor uns den Stolz darüber nicht anmerken lässt.

Es ist Chetia, der Anführer der Sungalen. Genau derselbe Mann, den ich vor einem Monat neben der Königin auf dem Platz sah.

Er erhebt sich schwerfällig aus dem Sessel und schüttelt mir die Hand.

»Ist das Ihre Frau?« Ein unvergleichlicher englischer Akzent, ein gebrochenes, unbekümmertes Englisch. Hauptsache, ich verstehe, was er sagt.

»Nein.«

»Ich weiß, was Sie wollen. Sie wollen hier weg. Die ganze Woche lang ist das unmöglich. Der Hafen ist geschlossen«, sagt er, »ich kann ihn Ihretwegen nicht öffnen.«

»Bis Trapezunt ist es nicht weit«, sage ich.

»Geht doch auf die Wisramiani-Insel. Dort gibt es einen Flughafen. Der Flughafen wird von Salomea kontrolliert. Vielleicht können sie euch helfen. Sie sollen euch nach Batumi oder Poti fliegen, das sind georgische Städte.«

»Der Flughafen dort ist geschlossen.« Ich wunderte mich schon, dass Monica so lange geschwiegen hatte. »Wissen Sie, wer das ist?«

»Wer?«

»Der Schriftsteller Eddy Clever. Die Engländer könnten seinetwegen Truppen auf die Insel schicken.«

»Na und, wer hindert sie denn daran«, antwortet der Mann unbekümmert, »ich weiß schon, wer dieser Mann ist. Aber wenn Männer sprechen, sollte eine Frau schweigen. So weit haben die Frauen unser Land gebracht ... Und die Engländer haben uns verlassen. Als es gut lief, waren sie bei uns, geht es schlecht, müssen wir allein zurechtkommen«, sagt er. »Sie müssen sich noch eine Woche gedulden, Mr. Clever.«

Ich breite meine Arme aus und weiß nicht, was ich dazu sagen soll.

»Sie fürchten wohl, dass Sie schutzlos sind«, sagt der Hauptmann, »hier ist ein Land zusammengebrochen. Wie können Sie immer nur an sich selbst denken? Wenn Sie weggehen, werden Sie ein Buch über mich schreiben und damit Geld verdienen. Halten Sie es doch noch eine Woche aus.«

Ich muss lachen.

Monica will etwas sagen, aber ich gebe ihr mit den Augen ein Zeichen, dass sie sich gedulden soll.

Aber Monica kann man nicht stoppen. Das Einzige, was mich in diesen Tagen begeistert und ermutigt, ist ihre Unermüdlichkeit.

»Du weißt gar nichts, überhaupt nichts!«, sagt Monica und schaut den Mann fest an. Er könnte uns spurlos verschwinden lassen.

»Auf der Sungalen-Insel sind Mädchen in deinem Alter verheiratet und haben Kinder«, sagt der Hauptmann plötzlich, »manche
sind jetzt schon Witwen. Du aber, die du im Leben weder Armut,
Sorgen noch Schmerz kanntest, kommst einfach daher und willst
mich belehren? Ich weiß, wer du bist. Ich weiß, wer ihr seid. Geht
und verkauft weiterhin eure Ehre. Eröffnet Hotels und wartet auf
das Kommen solch ehrenwerter Herren, um euch an sie ranzuma-
chen. Meine Tochter ist so alt wie du und betreut die Kinder ihres
getöteten Cousins. Was aber machst du? Ihr Leben endete, ohne
richtig begonnen zu haben, deines aber fließt einfach so dahin,
ohne Hindernisse ...« [...]

[...] Es war ein sehr seltsamer und schöner Tag. Man könnte
sagen, dass ich für ebendiesen Tag hierhergereist bin. Alles war
voller Würde, die Stadt voller Flaggen, Ballons und Girlanden. In
den Cafés und Restaurants gab es fast kostenlose Angebote und
in jeder Ecke spielte eine andere Musik. Bei dieser Vielfalt war es
schwierig, eine bestimmte Melodie herauszuhören. Aber man hatte ein sehr gutes Tagesprogramm erstellt.

Das konnte man hier. Auch bei Regen wäre es wunderbar gelungen.

Ich kenne jede Ecke, jedes Haus in dieser Stadt. Ich kenne sie
nicht nur, sondern spüre jetzt auch all die schönen Momente, die
sich dort abspielten. Besser gesagt, spielten sie sich nicht ab, sondern waren ganz einfach da. Das waren wunderbare Bilder, und
die Urlaubssaison hatte bereits vor zehn Tagen begonnen. Auch
das war vorher mit eingeplant.

Seit Langem habe ich nicht mehr erlebt, dass unsere Obrigkeit
ein Land so feierlich verlässt.

Punkt zwölf fand vor dem Sitz des Gouverneurs, also vor dem
Palast, eine Parade des britischen Regiments statt, ein prächtiger
Aufmarsch. Ein Liebhaber von Militärparaden, Fahnen, Trommeln
und Märschen hätte von dieser zur Schau gestellten Würde auf
dem Platz sicher kein Auge abwenden können. Alle waren feierlich
gekleidet. Die sechshundert Soldaten und Offiziere des St.-John-
Regiments, speziell zu diesem Anlass auf Santa Esperanza zurück-
geblieben, verabschiedeten sich prunkvoll. Hinter den Geländern

drängten sich zahllose Menschen. Auf einer extra eingerichteten Tribüne standen der Gouverneur, Sir Cecil, der extra zu dieser Feier eingeflogene General Tidley und Bigley, Colonel des Regiments, der dem Gouverneur mit kräftiger und stolzer Stimme, ohne Mikrofon, rapportierte, dass das Regiment St. John die Insel verlasse, um neue Aufgaben zu erfüllen. Der Colonel rief mit seiner Messingstimme: »Hoch lebe Ihre Majestät, die Königin, hoch lebe das britische Empire, Dank dem Land, das uns empfangen hat.«

Danach bewegte sich das Regiment im Marschschritt zum Soldatenfriedhof, wo es von der Landesarmee erwartet wurde. Diese war prächtig anzusehen. Ich hatte deren Aufmarsch schon einmal erlebt. Die Truppe bestand nicht aus Berufssoldaten, sondern aus Freiwilligen, war in speziellen Militärzentren ausgebildet und trug bei Paraden ihre altertümliche Tracht.

Sie empfingen das Regiment am Friedhof: dreihundert Soldaten in osmanischer, genuesischer und johannischer Tracht, eine angenehme Farbkombination, dazu sechs Schüsse aus der Kanone. Man spielte die drei Märsche derjenigen Nationalitäten, die auf der Insel lebten. Die Johannesen trugen kurze blaue Kuladschen*, innen gefüttert mit weißem Fell: dazu blaue Hosen und spitze rote Stiefel. Jeder trug einen Säbel im Gurt und eine schwarze Schaffellmütze, die hinten im Nacken hing. Die Osmanen präsentierten sich in weißen Hemden und weißer Kopfbedeckung. Dazu trugen sie schwarze Westen, breite rote Pluderhosen und niedrige schwarze Stiefel. Sie hatten Krummsäbel. Die Genuesen besaßen die prunkvollste Ausstattung. Die Epauletten ihrer Uniformen waren mit Goldfäden bestickt. Auf dem Kopf trugen sie breite Tuchmützen und in der Hand hielten sie Musketen. All diese Gegenstände haben auf Genuesisch sehr klangvolle Bezeichnungen, es war aber keine Zeit, sie genauer zu studieren. Auch die dunkelroten Strumpfhosen und flachen Schuhe blieben nicht unbeachtet. All diese Uniformen und dazu die rote Tracht der Engländer mit den weißen Kolonialmützen waren ein großartiger Anblick.

---

* Kuladscha – georgische Männertracht

1

Als Nächstes stand ein Dinner auf dem Programm, gegeben von Sir Cecil, bei dem ich aber nicht zugegen war. Ich zog es vor, durch die bunte Stadt zu schlendern und dort zu speisen. Vielleicht klingt es albern, aber ich hatte bereits von London aus einen Tisch für zwei Personen im Restaurant »Ligurien« reserviert, einem nicht sehr teuren, aber ausgezeichneten Lokal. Jawohl, das »Ligurien« war ein solcher Ort. Einen Tisch für zwei Personen auf der Terrasse konnte man nicht leicht bekommen. In der Nähe des Restaurants erwartete mich eine hiesige Journalistin, Monica Uso di Mare, mit der ich zum Dinner verabredet war.

Monica sprach wie immer sehr viel, über Politik und darüber, dass trotz dieser Feierlichkeiten die Lage sehr angespannt sei Zwar stand hinter jedem Baum ein Polizist, aber es gab immer noch keine Übergangsregierung. Die Königin sollte die Vertreter der Familien erst am nächsten Morgen zu sich laden. Sie bildeten das Parlament von Santa Esperanza. Vor diesem Tag gab es einige aufsehenerregende Vorfälle, die jedoch alle von einem wichtigen Ereignis überschattet wurden – vor vier Tagen war der mächtigste und wohlhabendste Oppositionsführer, Konstantin Wisramiani, gestorben, der Großvater jenes Data, auf dessen Freundschaft ich so stolz sein kann. Monicas Gerede konnte mich nicht verstimmen, denn das Wetter war ausgezeichnet und ich genoss mein Essen.

Zahlreiche Intrigen, die bis zu diesem wunderbaren Abend Aufsehen erregt hatten, waren von den britischen Diensten bereits vereitelt worden. Deshalb wollte ich mir darüber keine Sorgen mehr machen.

Abends um sieben Uhr fand auf dem alten Hafenplatz ein symbolischer Akt statt. Ein einmaliger historischer Augenblick, in beispielloser Würde und Selbstbeherrschung von Sir Cecil durchgeführt, dessen kurzes und zurückhaltendes Lächeln alles sagte.

Zu dieser Zeit war der größte Teil des St.-John-Regiments bereits von seiner Basis aus in die Heimat geflogen. Als Begleitung des Gouverneurs waren nur der Colonel, acht Offiziere und selbstverständlich General Tidley auf der Insel geblieben. Das gesamte Kabinett des Gouverneurs, auch weiterhin im Dienst der Königin, war anwesend, als der Gouverneur gewandt die Kuppel des Schlosses bestieg und dort gemeinsam mit dem General die Flagge einholte. Es war genau sechs Uhr. Um sieben Uhr kam der Gouverneur zum Hafenplatz, wo ihn Königin Agatia und ihr Gefolge empfingen. Diese kleine schmächtige Frau, ganz in Lila gekleidet, mit zwei angehefteten Pfauenfedern, war die letzte Erbin des letzten Regenten Sari Beg. Ihr Gefolge bestand aus drei Personen, dahinter warteten die Vertreter der auserwählten Familien.

Eben dort sah ich meinen alten Bekannten das letzte Mal, Alfredo da Costa, mit seiner großen Brille. Ich wusste noch nicht, dass es das letzte Mal sein würde. Danach bin ich zwar in sein Büro gegangen, fand dort aber keinerlei Spuren mehr von dem Alten.

Die Schritte von Gouverneur Sir Cecil in Richtung der Königin waren genau abgezählt. Als sie sich einander näherten, reichte ihm sein Adjutant die zusammengelegte Fahne. Der Gouverneur legte sie auf seine Handflächen und reichte sie, voller Ehrfurcht, mit gesenktem Kopf der Königin. Genau in diesem Moment lächelte Sir Cecil, der letzte englische Verwalter dieses Landes, ganz kurz, und ich erhaschte dieses Lächeln.

Im Hafen herrschte zu diesem Zeitpunkt Totenstille. Als ob selbst die Wellen verstummt waren. Die Königin nahm die Fahne schweigend entgegen, küsste sie, drehte den Engländern den Rücken zu und trat fünf Schritte vor. Danach reichte sie die Fahne ihrem Fahnenträger, der sie an einer Fahnenstange befestigte und hochzog. Die Menschen, egal ob Hiesige oder Touristen, jubelten. Ein feierlicher Marsch und ein Lied wurden angestimmt. Im Licht der gerade angezündeten Scheinwerfer trippelte die alte Dame zum Mikrofon und wandte sich an die Menge:

»Verabschieden wir uns von den Menschen, die uns unser Land zur ausgemachten Stunde ehrenvoll zurückgeben und die zuvor viel für unser Land getan haben …«

Im Hafen lag ein englisches Kriegsschiff. Auch das war symbolisch. England war über den Seeweg ins Land gekommen und verließ es jetzt auf dieselbe Weise. Es war geplant, dass der Gouverneur und sein Gefolge die Insel nun mit diesem Schiff verlassen würden. Um neun Uhr sollten ein Feuerwerk und ein Festumzug beginnen.

Es wurde immer noch derselbe Marsch gespielt. Der Gouverneur kletterte auf das Militärboot, drehte sich um und erhob seine Hand zum Abschied. Er war erregt, aber standhaft.

Er wusste doch alles, davon bin ich überzeugt.

Der Lärm setzte gleichzeitig mit dem Feuerwerk ein. Ich stand vor dem Kaffeehaus von Morad Bey und schaute in den Himmel. Das Büro des Gouverneurs stand in Flammen. Monica rief jemanden an und sagte:

»Der Flughafen ist geschlossen. Er ist von Sungalen besetzt.«

Wieso besetzt, wenn alle Wachposten in diesem Land sowieso Sungalen sind?

»In der Zitadelle sind auch Sungalen.«

Die Revolte wurde von Kaia Wisramiani angeführt, der Mutter des Mannes, auf dessen Freundschaft ich so stolz bin. [...]

AUS SULIAS* LEBEN

1

»Dort im Wald gibt es ein Flusstal. Damals, als mein Großvater noch im Gefängnis arbeitete, führte ein langgestreckter gerader Weg hindurch bis zur Autobushaltestelle. Wenn er manchmal wegen der Schicht, die ihn ablöste, den Autobus nicht erreichte, nahm er den kurzen Weg durch den Wald. Einmal verlief er sich, überquerte den Bach, es dämmerte schon und der Bus war bereits weg. Er musste aber unbedingt ins Dorf, um dort ein Auto zu erwischen, das ihn bis an den Strand brachte. Als er zum Flusstal kam, saß dort eine Frau mit langem Haar und einem großen Kamm. Ihr Lachen klang wie Froschquaken. Hihihi – mein Großvater blieb stehen. Nicht aus eigenem Wunsch, er konnte sich einfach nicht

---

* Sulia – abgeleitet vom georgischen Wort *Suli*, was »Seele« bedeutet

mehr rühren. Die Frau hatte ihn in ihrem Bann. Sie rief und winkte ihm zu: Sulia Mandaria ... Komm zu mir ... komm zu mir ... Was konnte mein Großvater tun? Etwas zog ihn zu dieser Frau, obwohl er schon begriffen hatte, dass sie eine Dryade war, keine richtige Frau, sondern nur ein Scheinbild. Sie konnte gar keine echte Frau sein, denn so schöne Frauen gibt es bei den Sungalen nicht. Ihr Haar war ganz glatt und als ihn seine Beine in ihre Richtung führten, holte mein Großvater ein Feuerzeug aus der Tasche und zündete es an. Dabei rief er ihr zu: Verflucht seist du im Namen des heiligen Georg, du unreines Wesen. Als sie das Feuer sah, das sie sehr fürchtete, und den Namen des heiligen Georg hörte, der gegen den Bann hilft, machte sie sich mit Gekreische davon ... Mein Großvater konnte also von dort wegkommen. Es gibt aber viele solche unsicheren Stellen in diesem Wald ...« Sulia nickte zufrieden, nahm großspurig eine Zigarette aus der Schachtel und qualmte los. »So ist das ...«

Sie saßen auf dem Boden bei da Costa, dort, wo Sandro sein Zimmer hatte. Sie rauchten hemmungslos und ließen den Qualm zum offenen Dachbodenfenster hinaus.

Sulia hatte eine dicke, weiße Flasche mitgebracht. Sie war mit äußerst scharfem, starkem Alkohol gefüllt, den sie gemeinsam trinken wollten. Sandro und Tonino hatten gerade ihre Prüfung abgelegt und hatten bis Oktober frei. Sulia hatte sowieso keine Prüfungen, er war im Kleiderladen seines Onkels als Gehilfe angestellt.

»Hat das dein Großvater selbst erzählt?«, fragte Tonino.

»Ja, mein Großvater. Es gibt solche schrecklichen Stellen.«

»Wäre ich an der Stelle deines Großvaters gewesen, wäre ich unbedingt mitgegangen.«

»Wohin denn, Mensch, in die Hölle?«, fragte Sulia erstaunt.

Tonino drückte die Zeigefinger und Daumen seiner beiden Hände fest zusammen.

»Das ist die Hölle ...«

»Was?«

»Das ist die Hölle, sagte uns Mondonico, der Schulwächter.«

»Ich weiß nicht, was das ist.«

1

»Dahinein muss man den Teufel sperren.«

Tonino lachte von Herzen. Sulia schaute zu Sandro, der genussvoll rauchte.

»Er lacht mich aus und weiß nicht, dass ich es auch tun werde. Wenn ich das Glas ausgetrunken habe, werde ich ihn auslachen.« Sulia füllte die Gläser. »Na komm, kannst du es mit einem Schluck leer trinken?«

Tonino schüttelte den Kopf.

»Das kann ich nicht.«

»Jetzt schau mich mal an.« Sulia kippte den Inhalt des Glases hinunter und schnitt eine Grimasse. Dann nahm er sich eine Zigarette und fügte hinzu: »Man darf hinterher kein Wasser trinken. Das ist schlecht fürs Herz.«

Sandro nahm ein Glas und trank vorsichtig.

»Der weiß, wie man trinken muss«, sagte Sulia, als Sandro sein Glas zurückstellte und seinen Kopf auf die geballten Fäuste stützte, »trink keine Cola gleich hinterher, rauchen kannst du schon, aber trinken erst nach einer Weile ...«

Tonino trank einen Schluck und verzog das Gesicht.

»Was hast du da mitgebracht?«

»Das ist echter ... wer das trinken kann, kann alles trinken.« Sulia füllte unbekümmert die Gläser und befahl Tonino zu trinken. »Trink! Wir können erst trinken, wenn du getrunken hast. Wir warten auf dich.«

»Der hier liebt ein Mädchen«, sagte Tonino plötzlich, »Salomea Wisramiani.«

Sandro erhob sich und gab ihm einen kräftigen Klaps auf den Kopf. Tonino sprang auf.

»Lass ihn, du Armseliger!« Sulia schaute mit zusammengezogenen Augenbrauen auf Sandro und sagte: »Trink!«

Sandro warf eine Zigarettenschachtel in Richtung Tonino, der aber schleuderte ein Sofakissen zurück.

»Was sind das für Leute?« Sulia erhob sich. »Trink!« Er reichte Tonino das Glas und drehte sich schnell zu Sandro. »Was seid ihr nur für Menschen, ihr Genuesen? Ihr habt keine Ahnung ...«

»Uhh ...«, heulte Tonino auf und warf das geleerte Glas zur Seite.

»Trink ja keine Cola hinterher und auch kein Wasser. Sonst pocht es an der Herzkammer«, sagte Sulia und füllte die Gläser erneut, »was sagtest du, wen liebst du?«

»Das ist Quatsch«, stotterte Sandro, »ich liebe sie nicht, sie gefällt mir nur. Sie gefiel mir. Gefiel mir ... weiter nichts ...«

»Er liebt sie«, wiederholte Tonino, »er schreibt sogar Gedichte für sie ...«

Sandro winkte ab.

»Gib mir dein Glas«, befahl Sulia Tonino und schenkte ihm wieder ein.

»Bitte schön!« Tonino stellte das Glas energisch auf den Tisch. Sulia füllte erneut alle drei Gläser.

»Wir müssen sie entführen«, sagte er entschlossen.

»Wen?«, fragte Tonino.

»Trink erst und dann sage ich es dir ... nimm dein Glas, da Costa«, befahl er Sandro.

Sie tranken und schnitten Grimassen. Sandro griff nach der Flasche Coca-Cola.

»Nein«, sagte Sulia, »das bekommt deinem Herzen nicht.«

»Das Herz kann mich ...« Sandro konnte sich kaum aufrecht halten. »Das Herz kann mich mal ...«

»Wir müssen sie entführen«, wiederholten Sulia und Tonino, aber sie fragten nicht mehr, wen.

»Morgen, oder?«, fragte Sandro hoffnungsvoll und erschöpft.

»Wann immer ihr wollt ...« Sulia versuchte noch einmal einzuschenken, konnte aber nicht mehr in die Gläser zielen, sondern vergoss den Alkohol auf die Zeitschriften. »Wir entführen sie, wann immer ihr wollt«, sagte er und rutschte mit der Flasche zur Wand.

»Wollen wir nicht schwimmen gehen?«, stammelte Tonino.

»Gehen wir!« Sulias Augen wurden immer kleiner.

1

»Miss ... Entschuldigung, Miss ...«

Die Frau trug einen weißen Mantel und ihre weinroten Haare lagen unordentlich auf dem hochgezogenen Kragen. Sie trug eine schwarze Brille.

»Entschuldigen Sie, Miss ... eine Sekunde ...«

Die Frau schaute in die Vitrine. Neben ihr, in der Schmuckabteilung von »Harrod's«, stand ein kleiner Mann mit einer locker über die Schulter geworfenen Jacke.

Dass die Frau dort stand, war erklärlich, was aber der Mann dort wollte, war schwer zu sagen. Sicherlich schaute er sich auch etwas an.

Die Frau musterte die Vitrine.

»Miss ...«

Die Frau schaute sich um, sehr langsam, fast träge. Der Mann sah in ihren Brillengläsern sein langgezogenes Gesicht und seine sehr breiten Schultern.

»Ich bin Sulia, Miss ... Erinnern Sie sich? Sulia ...?«

Ringsum so viele Menschen ... es war laut und heiß, vorweihnachtliches Einkaufstreiben, Sie wissen schon, London, im Dezember, »Harrod's«.

»Wer sind Sie?«, fragte die Frau mit einer etwas kratzigen Stimme.

»Entschuldigen Sie« – der Mann zog seine Jacke zurecht – »ich bin Sulia ... Können Sie sich nicht mehr an Sulia erinnern?«

»Nein«, antwortete die Frau und schaute wieder auf die Vitrine, »sicher irren Sie sich.«

»Ich ...«, er strich aufgeregt über sein etwas ergrautes blondes Haar, »wenn es regnet ... verdammt ... ich dachte ... Sie ... Salomea ... Salomea ... Ich bin Sulia.«

Die Frau schaute eine Weile von der Vitrine auf.

»Wer sind Sie ... Ich verstehe nicht ... Wer sind Sie?«

Der Mann schaute sie an und sah in der Brille wieder sein Antlitz. Dann stürzte er los und tauchte in der Menschenmenge unter.

Die Frau starrte immer noch auf die Vitrine.

Er aber rannte die Rolltreppe hinunter in Richtung Ausgang.

Er ging hastig auf die Straße hinaus.

Es nieselte, und war ziemlich frostig.

Der Mann schaute zu dem Schwarzen an der Tür und sagte zu ihm:

»Und das ist euer fucking bestes Geschäft?«

»Mir gehört es nicht«, antwortete ihm der Schwarze gleichgültig.

Der Mann drehte sich um und ging wieder hinein.

Auf der Rolltreppe sagte er wie zum Licht, das alles überflutete, in seiner eigenen Sprache:

»Ra ginda?«*

»Wo man hinschaut, überall diese verdammten Ausländer«, nuschelte eine Alte vor ihm.

»Was, Ma'am?« Der Mann schaute sie streng an. »Was sagten Sie?«

»Wenn Sie auf dieser Seite der Rolltreppe stehen, müssen Sie schnell hochgehen oder wenigstens die anderen vorbeilassen«, antwortete die Frau schnippisch.

Der Mann wurde nachdenklich. Er fuhr auf der gleichen Seite weiter und holte die Alte erst oben ein.

»Wissen Sie was? «

Die alte Frau gab keine Antwort und trippelte einfach weiter.

»Wissen Sie, was los ist?«, wiederholte der Mann. »Ich habe eine Frau gesehen, die ...«

Die Alte lief weiter.

Der Mann blieb stehen und rief ihr nach:

»Merry Christmas und grüßen Sie Ihre Katzen oder Hunde, die für Sie wie Menschen sind, Ihrer Ansicht nach, natürlich ...«

Dann stützte er seinen Kopf in die Hände und schluchzte los.

Er schluchzte so lange, bis ein Wachmann zu ihm kam und fragte:

»Gibt es ein Problem, Sir?«

Er schluchzte, hielt dann inne, wischte sich mit dem Schal übers Gesicht und erwiderte:

---

* Ra ginda? – georgisch: »Was willst du?«

»Nein ... nichts ... es ist nur ... Ich habe mich geirrt. Ich dachte, es wäre jemand anders und ...«

»Das kommt schon vor, Sir ... kann ich Ihnen helfen?«

»Nein«, sagte der Mann und ging erneut zur Rolltreppe.

3

Sie schritten langsam voran, Tonino als Erster, obwohl seine Beine nicht vorwärts wollten. Sulia Mandaria folgte ihm keuchend. Sulia trug einen massiven Goldring am Mittelfinger. Er schwenkte seine Arme und bog dabei die Äste auf die Seite, die im Weg waren. Sein fast kahler Kopf war schweißbedeckt. Hin und wieder schob er das bunte, zusammengelegte Taschentuch zurecht, das er sich zwischen Hemdkragen und Nacken gesteckt hatte.

Tonino blieb stehen, starrte auf einen Fleck und sagte:

»Hier ist es.«

»O je, o je.« Sulia berührte die weiche Erde mit seinen Händen. »O je ... du Armer, du Armer ...«

Dann kniete er nieder und legte den Kopf auf die Erde. Er klagte und murmelte etwas vor sich hin. Danach redete er laut drauflos.

Er erzählte alles: Das, was Tonino schon wusste und was er nicht wusste. Was er überlegte und wie er überlegte, dass er hatte kommen wollen und nicht konnte, da es keinerlei Möglichkeiten dazu gab, weder zu Wasser, noch zu Luft.

»Schon gut.« Tonino legte ihm die Hand auf den Kopf. »Schon gut. Du weißt doch, er hätte darüber gelacht. Schon gut.« Er umarmte ihn, half ihm hoch und klopfte ihm den Schmutz von der Hose. Sulia fiel ihm in die Arme. Er steckte seinen Kopf ganz tief irgendwohin und heulte los.

»Ist ja schon gut ...«, beruhigte ihn Tonino wieder, »schon gut.«

»Ich konnte meinem Bruder nicht helfen. Ich konnte dir nicht helfen, mein Bruder. Ich wusste, dass sie keine Ruhe geben würden. Ich wusste, welches Leid du ertrugst und was für ein Herz du hattest, mein lieber, armer, schnurrbärtiger Freund und Bruder. Du gute und einsame Seele. Du Alleingelassener, einsam Unglücklicher und einsam Anspruchsloser ...«

Hinter dem Zaun spähten Kinder hervor.

D

»Komm, mein Bruder, steh doch auf und sprich mit mir. Sprich mit Sulia, sprich doch mit mir. Du willst nicht? Was mache ich jetzt bloß, nachdem du mich verlassen hast? Was?«

Tonino schüttelte ihn, obwohl er wusste, dass der arme Sulia so nicht zu sich kommen würde. Mit jedem Ruck fiel ihm etwas Neues ein. Tonino war bei der Beerdigung von Sulias Mutter zugegen gewesen und ahnte, dass er noch vieles anzuhören hatte: zum Weinen und auch zum Lachen.

»Bruder und Bruder ... Bruder und Bruder. Warum bist du ohne mich gegangen? Warum bist du ohne mich gegangen? Wohin bist du gegangen? Warum hast du dir das Leben genommen?

Wolltest wohl nicht mehr mit uns sein? Mit uns elenden Hunden, konntest uns wohl nicht mehr ausstehen ... Bruder ... Wir haben dich verlassen ... Dein Sulia hat dich verlassen ... Er ist fortgegangen, auf und davon, seinen Dingen nach, hat dich hier allein sitzen lassen und nun empfängst du ihn so ... Warum empfängst du mich so ... He, Strubbel, mein Freund, warum, du Unglückseliger? Er sagte mir immer, Sulia Bulia, was kümmert's dich, bei dir ist alles klar ... Nicht mal einen Grabstein konnten wir für dich hinlegen, so eine Zeit haben wir, nicht mal einen würdigen Platz für deine Beerdigung finden ...«

Tonino ließ Sulia in Ruhe. Er erinnerte sich daran, wie er und Sandro da Costa sich vom Friedhof schlichen, als Sulias Großvater, der große Sulia, bestattet wurde. Manchmal geschieht es, dass man einen Lachanfall bekommt. Sandro da Costa ahmte leise die Klagefrauen nach. Ab und zu heulte er auf und Tonino dachte, dass Sulia dasselbe tat. Danach überlegte er, dass Sulia nichts nachahmte, sondern wirklich klagte, und es schnürte ihm die Kehle zu. Es war, wie er gedacht hatte, ein wenig zum Lachen, ein wenig zum Heulen.

»Das würde ihm gefallen«, sagte er leise, »weißt du noch, wie er dir oft sagte: Wein mal, Sulia. Wenn du aber damit anfingst ... oh je ... oh je ...« – Tonino schlug Sulia auf die Schulter – »weißt du das noch?«

Sulia winkte ab und kniete neben dem Erdhaufen. Er zog aus seiner Gesäßtasche eine Feldflasche, schraubte sie auf und begoss damit das Grab.

1

Dann reichte er sie Tonino, der einen Schluck daraus nahm.

»Huh ...«, sagte Tonino, »was ist das für schlimmes Zeug?«

»Wenn man das getrunken hat, kann man alles ertragen«, murmelte Sulia, »das löscht die Tränen und alles ... Das macht einen boshaft ...«

Tonino reichte ihm die Feldflasche, Sulia schüttelte sie und fuhr fort:

»Wir werden alle dorthin kommen, mein Freund ...«

Dann trank er selbst einen Schluck und gab sie Tonino zurück.

»Ich mag nicht mehr«, sagte Tonino.

»Es muss ausgetrunken werden.«

»Du und deine Sitten«, lächelte Tonino und trank noch ein wenig.

»Wo ist sie?« Sulia nahm einen Schluck zu sich.

»Sie ist drüben, auf ihrer Insel.«

»Nun hat sie niemanden mehr.«

»Die Mutter füttert die Hühner, das Kind hat sie noch ...«

»So ist das«, sagte Sulia ernst, »die Elenden und Verdammten überleben, die Guten und Erbarmenswerten aber gehen. Sandro würde sich freuen, mich reden zu hören. Er hat über mein Gerede immer gelacht« – er schüttelte die Feldflasche und versprühte den Rest über das Grab – »trink, du Ärmster ... Hast du ihn vorher noch gesehen?«

»Er hatte einen Brief« – Tonino schluckte – »er hatte einen Brief bei sich, als ihn das Mädchen verband ...«

»Ach, du Ärmster!« Sulia senkte den Kopf.

»Er hatte einen Brief in seiner Brusttasche stecken ... du weißt doch ... An mich waren acht Briefe adressiert, damals, als er sie nicht abschicken konnte. Er ist drüben geblieben und ich hier ... trotzdem schrieb er an mich. Ich zeige sie dir ... Für dich ist auch etwas dabei ... Der Brief steckte in seiner Tasche, hier ... Und darauf stand ... Salomea ... Ich habe ihn nicht geöffnet, das konnte ich nicht, sondern steckte ihn in einen anderen Umschlag und gab ihn einem Jungen mit in die Zitadelle, denn dort waren sie damals.«

»Er hat ihn doch abgegeben, oder?«

»Ich gab ihn unserem Jungen aus dem Restaurant mit ... Ja, er hat ihn überreicht, ja ...«

»Und?«

»Nichts ... was weiß ich, Sulia ... was weiß ich schon. Du weißt doch, was hier los war« – Tonino ließ verzweifelt seinen Arm sinken – »wenn du gesehen hättest, was hier los war ... würde dich alles anwidern.«

»Das ist wohl ein gutes Mädchen, das ihn pflegte ...«

»Monica? Ja, Monica ... aber er ließ sie nicht in seine Nähe, warf sie aus dem Haus. Wenn sie bei ihm hätte bleiben können, wäre es vielleicht nicht passiert ...«

»Zeig mir das Mädchen«, sagte Sulia, »ich will sie umarmen. Wie ist ihr Familienname?«

»Uso di Mare.« Tonino winkte ab. »Sie ist auch ganz schön verrückt.«

»Du hältst uns alle für verrückt, die ein Herz haben.«

BRIEF VON SANDRO DA COSTA AN SALOMEA WISRAMIANI

Ich bin überhaupt nicht böse, denk nicht, ich sei wegen etwas verärgert. Ich habe nur begriffen, dass Schluss ist, und bedauere sehr, dass es gerade so und in so einer Zeit endet. Ich verstehe etwas von Kalligrafie und du wirst an dieser Schrift deshalb nicht erkennen, ob ich aufgeregt war, zitterte oder etwas bereute, als ich dir schrieb. In solchen Briefen stecken immer Reue und Angst. Angst und Reue sind aber etwas, was ein Mensch angeblich sehr braucht. Sie wohnen nebeneinander und sind gute Nachbarn, die auch mal streiten, wie es gute Nachbarn eben tun. Aber wenn ein Fremder bei ihnen anklopft, verschließen sie sich so fest, dass es unmöglich ist, in ihr Haus zu gelangen. Solche Vorstellungen werden im Krieg erzeugt. Es ist Krieg, und ich stellte mir das eben so vor. Ich habe weder Angst noch bereue ich etwas, denn es gibt nichts zu befürchten und nichts zu bereuen. Ich spüre nur, dass dein ganzes Leben Angst und Reue sein wird. Ich spreche hier nicht vom Bereuen, das wäre sehr lustig, denn ich kenne mich sehr gut mit Worten aus und wähle sie sorgfältig. Ich spreche von Reue und Angst.

Dieses Abenteuer, Salomea, war eines, das wir nicht bedauerten und nicht fürchteten. Ich bedauere nicht mal jetzt etwas und verspüre auch keinerlei Angst, aber du hast diese Romanze beendet. Ich beendete sie nicht, begriff aber, dass alles zu Ende war und ich anstelle dessen einfach nichts mehr finden kann. Was kann man schon finden anstelle von etwas, das dein ganzes Leben enthält. Ich denke, du kehrtest dorthin zurück, woher du geflohen warst. Vor langer Zeit flohen wir gemeinsam von dort. Ich bin keineswegs beleidigt, das wäre doch dumm. Ich verstehe, dass du den Krieg und tausend andere Sachen gewinnen willst, was die Pflicht einer Befehlshaberin in solchen Zeiten ist, aber was dann?

Salomea, warum kehrtest du dorthin zurück, wo Angst und Blut herrschen? Warum kehrtest du in diese verrückte und vergessene Welt zurück? Dort, wo die Ungeheuer erwachen und nichts wahr ist? Das einzige Wahre hast du beendet, denn der Krieg ist bald aus und nichts wird so bleiben, wie es war. Es kann nichts mehr so sein, denn du wirst dich nie mehr ins Café setzen und nie mehr an den Karianistrand kommen. Ich aber kann mir nicht vorstellen, dass es nicht mehr so sein wird. Deshalb mache ich Schluss. Salomea, gestern hörte ich, dass ihr eure Mutter auf der Südinsel auf einer Farm hinter Schloss und Riegel haltet, damit sie dich nicht zu hindern versucht. Woran kann sie dich denn hindern? Was könnte denn noch Schlimmeres passieren?

Du kamst in jener Nacht, das war eine schlimme Nacht für mich. Welche Fesseln hätten mich halten können, wie hätte ich mich zügeln können, um dir nicht zu antworten. Es war eine schreckliche und sehr kühne Szene, wie du durch mein dunkles Haus ranntest und nach mir riefst. Ich aber schlich ganz leise von Wand zu Wand. Ich wusste ganz genau, dass du dich auf feindlichen Boden begeben hattest, um mich zu finden. Das ist eine seltene und unvorstellbare Kühnheit, die Kühnheit eines Soldaten und nicht einer Frau, die ihren Geliebten sucht.

Salomea, sei mir bitte nicht böse. Du hattest ja alles geplant. Deine Soldaten, deine treuen Männer, waren ebenso dabei – sicher auch euer Gutsverwalter. Du hattest es wie ein Soldat geplant und bist auch so herübergekommen. Es war eine sehr kühne, aber erfolglose Operation. Wärst du allein gekommen, einfach durch die Straßen gerannt, an den Wachposten vorbei, wo wer weiß wer steht, mit wer weiß welchen Waffen, wäre das ganz anders gewesen. Wärst du doch gekommen und geblieben. Aber du kamst, um mich mitzunehmen. Ich sollte dir in dein Reich folgen. Wie sehr wollte ich dir zurufen: Salomea, Salomea, Salomea, Salomea, Salomea. Aber ich begriff, dass du das Gleiche tatest, wie deine Vorfahren, die sich ihre Bräute und Bräutigame aus dem Ausland holten. Das war das Gleiche und ich begriff, dass alles zu Ende war. Seit drei Tagen denke ich in meinem großen und abgeschlossenen Haus darüber nach, was gefolgt wäre, wenn du mich in jener Nacht in meinem großen, zauberhaften Haus gefunden hättest. Es wäre eine wunderschöne Szene gewesen, für die ich alles hergeben würde, wenn ich das Ende nicht kennen würde.

Du wärst nicht geblieben, ich hätte mitkommen müssen. Und dann? Wäre ich dann der Gemahl von Salomea Wisramiani geworden? Was für ein Unsinn. Ich wollte nicht, dass der Krieg über unsere Romanze siegt. Aber er siegte über alles, über dich und mich, auch wenn ich dagegen kämpfte. Ich denke, keiner wehrte sich so dagegen wie ich. Er traf mich ja an der einzigen wahren und lebendigen Stelle, die ich hatte. Er traf mich durch dich, indem er dich entführte und zu seiner Anführerin machte. Du kannst nicht mehr dieselbe sein. Dein Geschlecht nennt sich »die Bewahrten«. Salomea, ihr habt das bewahrt, was am ehesten weggeworfen werden sollte, und du hast es als Erste getan. Jetzt aber kehrst du zu dieser Müllkippe zurück, dort, wo der Mann mit aufgeschlitztem Bauch liegt, und suchst in seinem Inneren, was du wegwarfst. Nun hegst und pflegst du es. Ich weiß nicht, auf wessen Seite du bist, sicher sind alle auf deiner Seite. Aber wo bleibt unser Abenteuer? Wo ist die Romanze hin? Ich habe sie verloren und bezweifle, dass du sie irgendwo aufbewahrt hast.

In jener Nacht dachte ich, dass du niemals vergessen wirst und

1

dein ganzes Leben aus Angst, Reue und Unglück bestehen wird. Als du so kühn und tapfer kamst, zu mir kamst, konnte ich mich überzeugen, dass Salomea Schluss gemacht hat. Du wirst es sehr leicht verstehen. Ich möchte nicht, dass unser Leben aus Angst und Reue besteht, wenn alles zu Ende ist.

Wie seltsam, jetzt, da alles besiegt und zerstört ist, was uns so lange hinderte und fesselte, gehst du hin, um alles wiederaufzubauen und herzurichten – für irgendeine Ehre, die keiner je gesehen hat, wie sie ist, mit oder ohne Bart.

Salomea, ich schließe ab, ohne eure Familiengeschichte aus dem Gleichgewicht zu bringen. Sei mir nicht böse, aber ich begreife jetzt, dass das, was uns störte, etwas war, das du nicht lassen konntest. Du wolltest immer noch jemandem etwas sein. Warum hast du mich damals nicht gehen lassen, Salomea? Dann wäre ich aufgebrochen und hätte alles geregelt. Ich hätte auch viel weniger nachgedacht, und es würde nicht so enden. Weißt du, was am schlimmsten ist? Dass es endete. Es ist zu Ende und ich sehe jetzt, da ich weiter nichts hatte – außer meinen zwei, drei Kumpels und meiner andersartigen Kleidung. Sonst nichts. Ich sehe, dass ich nur dafür lebte, um dich zu lieben. Als ob meine Vorfahren vor fünfhundert Jahren ihre Schiffe deshalb zu diesem Ufer steuerten, damit sich der letzte der da Costa in einer friedlichen und sorglosen Zeit in eine Frau verliebe, deren unsterbliches Geschlecht von allen gehasst wird. Fünfhundert Jahre und der letzte da Costa. Das ist ein tolles Bild. Auch die Frau liebte Sandro da Costa, doch sie hatte nur das Land im Sinn, er aber das Meer. Was bin ich denn für einer, nehme Abschied von dir und sage nichts außer Vorwürfen. Ich bin ja kein Florentiner, der schön über seine Liebe schreibt, sondern ein Genuese, der über seine Gedanken und Berechnungen schreibt. Ich berechne alles und bin überzeugt, dass alles ganz genau ist. In diesem Hause gibt es achtundzwanzig Jagdgewehre, Salomea. Ich bezweifle, dass ich eines von ihnen berühre. In der Stadt wird sowieso geschossen und ein Schuss mehr würde in dieser Lage nichts Neues sein. Wir haben ein sehr altes Buch im Haus, das heißt: »Die Seile und ihr Gebrauch«. Mein Onkel hielt es für ein großes philosophisches Werk. Ich weiß nicht einmal, wo er sich jetzt befindet. In unserem Haus, wie in jedem alten Haus, gibt es sehr viele Hilfsmittel, die einen ins Jenseits befördern können.

Gestern beobachtete ich aus dem Fenster, wie sich eine Krähe über eine wohl vom Alter dahingeraffte Turteltaube hermachte. Am Alter oder durch eine Kugel gestorben, lag sie zwei Tage im Garten unter einem Baum. Die Krähe hatte sicherlich erst alles beobachtet, ehe sie sich über die Taube machte. Plötzlich kamen von irgendwoher drei Tauben geflogen und hackten auf die Krähe ein, um ihren toten Freund zu schützen. Im Krieg gibt es solche Allegorien. Du und deine Soldaten könntet diese auch brauchen. Ich aber werde nicht wie diese Taube sein. Mein Freund Tonino wird mich finden oder mein geliebter Onkel, dessen Aufenthaltsort ich nicht herausfinden konnte.

Erst jetzt begreife ich, wie gern ich schreibe, Salomea. Möge dieser Brief nie enden, denn er ist das Einzige, was ich außer unserem Abenteuer zustande brachte. Ich werde nicht an unsere Romanze erinnern, denn dieser Brief soll dein Herz nicht zerreißen und dich nicht für immer betrüben. Reue und Angst wirst du sowieso genug empfinden, und nun noch dieser Brief, den du für immer behältst. Ich dachte, dass wir in einer anderen Zeit lebten. Wir hätten es geschafft und wären irgendwohin geflohen. Ich will wirklich nicht in der Vergangenheit leben. Das kann ich nicht. Aber da es zu Ende ist, bleibt mir nichts mehr als die Vergangenheit. Eines Tages wirst du begreifen, warum ich so schreibe.

Geh hin, geh hin, geh hin.

Ich bin ganz ruhig, versuch du es auch zu sein. Ich denke, das ist ein sehr schwacher Brief. Wisse, ich liebe dich. Ich liebe dich, Salomea Wisramiani. Seit ich mich erinnern kann, liebe ich dich und will mit dieser Liebe sterben.

Ich liebe dich.

Das klingt schon nach Koketterie.

2

ZWEI BLINDE KUNDSCHAFTER MIT SÄBELN

RATSCHLÄGE DES ALTEN MEISRE*

Was gilt als eine gute Partie bei diesem Kartenspiel?

Inti ist kein Spiel, dessen Partien in irgendwelchen Zeitungen von extra dafür angestellten Spezialisten analysiert werden.

Im Grunde genommen hätte es eine der Zeitungen wagen sollen, da fast jeder etwas von Inti verstand und die Leser auf diese Rubrik einen Blick werfen würden. Der richtige Mann dafür wäre wohl der selige Kochi Meisre, an dessen Spiel sich zwar keiner mehr erinnert, der aber immerhin rund zwanzig Abhandlungen und Nachschlagewerke über Inti geschrieben hat. Er hätte diese Aufgabe sicher gemeistert, denn der größte Teil seines geistigen Nachlasses besteht aus der Analyse der Kartenspielpartien, die er erlebte.

Kochi Meisre spielte seit den siebziger Jahren nicht mehr. Den Grund dafür hat man nicht richtig überliefert und dann auch noch vergessen. Dieser berühmte Spieler war ein häufiger Gast in den Clubs. Sein Kommen versetzte die Spieler, besonders die Anfänger, in Aufregung. Kochi Meisre war wie viele alte Spielmeister ein schmächtiger, hingebungsvoller alter Junggeselle, der all sein Vermögen den Kindern seiner Schwester vermachte, außer seinen Heften und Anmerkungen, die er Matalos Club übergab. Er war ein unauffälliger Mensch, der ohne viel zu grüßen und ohne Zurufe wie »Wer ist denn da gekommen!« in den Club geschlichen kam. Er trug meist einen kakaofarbenen, dünn gestreiften, alten, aber gut erhaltenen Anzug, einen abgenutzten Sommerhut mit eingedrückter Krempe, eine dünne schwarze Krawatte sowie eine auf die Nase gerutschte Brille. Er suchte sich einen Spieltisch aus, setzte sich aber in gewisser Entfernung davon, so dass man kaum glaubte, er könne die Karten sehen. Er sah sie aber doch. Natür-

---

* Meisre – georgisch: »Pfeilschütze«

lich sah er sie, denn er war ja Kochi Meisre. Wenn sich die Schaulustigen, vom Spiel ergriffen, allmählich dem Spieltisch näherten, wahrscheinlich um in die Blätter zu schauen, erhob Kochi Meisre seinen Spazierstock und setzte ihnen damit eine Grenze.

»Die Linie, Freundchen, die Linie ...«

In den Clubs waren die Pflichtlinien nicht mehr deutlich zu erkennen, nur blasse, kaum sichtbare Linien.

Data war dreiundzwanzig Jahre alt, als ihn Kochi Meisre das erste Mal ansprach. Der alte Inti-Meister aber war schon siebenundsiebzig. Data hatte damals erst das zweite oder dritte Mal richtiges Club-Inti gespielt: Er war zweimal Verteidiger gewesen und hatte mit seinem Partner beide Spiele verloren. Man sagte aber schon hier und da, dass er ein guter Junge sei und man ihn noch vom Festival in Erinnerung habe. Matalo prophezeite ihm, er würde in fünf Jahren der beste Spieler sein, wenn er durchhalte. Data stand nach dem Spiel am Fensterbrett, als Kochi zu ihm getrippelt kam.

Er tippte Data an die Schulter und sagte zu ihm:

»Trink Wasser, trink nach dem Spiel zuerst Wasser und danach ein Glas Rotwein ... Hinterher kannst du alles Mögliche trinken ...«

»Danke«, lachte Data den Alten an und zog seine Strickjacke zurecht. »Danke, Sir ...«

Kochi kicherte:

»Sir – du bist wohlerzogen ... man sieht am Spiel, dass du von Matalo unterrichtet wurdest. Matalo kann nichts falsch machen, außerdem hast du eine Veranlagung. Eine Veranlagung zum Spiel. Aber sag mir doch bitte, wie heißt das Spiel eigentlich, das du spielst?«

»Inti«, lachte Data wieder.

»Nun, wie war das also ... Du stammst aus einer anderen Familie. Du bist ein Wisramiani. All das Gute ... Gelehrtheit und Sittsamkeit fehlt uns beim Inti. Dein Großvater ist ein gescheiter Mann, jawohl ... Und was, mein junger Herr, bedeutet Inti ... was passiert dabei?«

»Inti bedeutet: Reiß aus.« Data stutzte.

»Wohlan, Enkelchen ... Wenn man ausreißen muss, sollte man das auch. Deshalb heißt das Spiel Inti. Nicht nur, weil es der Verlierer zum Schluss ausruft, sondern um vor dem Verlieren auszureißen. Es gefällt mir, dass du als Verteidiger spielst. Die jungen Leute wollen meistens als Angreifer spielen und freuen sich, als Angreifer zu gewinnen. Du aber bist Verteidiger, und das bedeutet vor dem Verlieren zu fliehen. Mein Junge, du gefällst mir sehr. Sei mir bitte nicht böse, wenn ich hin und wieder eine Bemerkung mache, denn ich gehe bald, *inti ... inti ...* Es täte mir leid, wenn ich meine Gedanken nicht an die Jugend weitergeben könnte.«

Bei diesen Worten holte er aus seiner Tasche einen Satz alter Spielkarten, die schon längst nicht mehr hergestellt werden. Darauf waren zum Beispiel grüne Kürbisse ohne Gesicht zu sehen, wie es früher üblich war, die Säbel aber waren voller Blut. Der Schultheiß war ganz anders gemalt. Data hatte diese alten Karten, eine zweiundsiebziger Packung, schon einmal gesehen. Matalo hatte ähnliche Karten und bewahrte sie sorgsam auf. Die Schachtel mit dem Abbild des Mondes auf einer Seite und zwei Krügen auf der anderen trug eine Inschrift: *Kochis Karten. Doppelpackung.*

Der Alte breitete sein Spielblatt auf dem Fensterbrett aus. Mit angefeuchteten Fingerkuppen sortierte er die Karten.

»Schau mal her, mein Junge ... Ich habe Diabetes, zum Teufel, ich bin schon ganz ausgetrocknet« – Kochi Meisre stellte sich halb vor die ausgebreiteten Karten – »eines Tages wirst du es erleben: Du kommst zum Spieltisch und bist Verteidiger. Du wirst einen Partner haben, den ich jetzt darstelle. Schau, wir spielen als Verteidiger. So eine Kombination kommt vielleicht nur einmal im Leben vor. Und wenn du sie bekommst, darfst du nichts falsch machen. Ich habe es einmal falsch gemacht, doch es bemerkte keiner. Sie haben es nicht begriffen, sag ich dir. Das war im Jahre 1949 und wir verteidigten uns, ich und Schaschiani – ein hervorragender, großartiger Mensch, der ebenfalls als Verteidiger spielte. Ich spielte vorweg. Wenn er gut gelaunt war, war es ein Vergnügen. Also, wir als Paar und vier Mann gegen uns, wenn du wüsstest, was für Männer ... darunter der Onkel von Schaschiani, den man Hastingo nannte. Der Ehemann seiner Tante war ein erfahrener

Spieler, der niemals aufblickte und seine Leute hatte. Es waren drei: Mania, Pilpilo und Parna Medrosche, der Vater des jungen Parna. Sie spielten seit acht Monaten so, dass keiner sie schlagen konnte. Sie spielten als Angreifer und hatten schon fast mit allen gespielt. Damals war da drüben ein guter Club. Gut für damalige Verhältnisse, das waren doch Zeiten, als wir den Jungen noch für Wasser rüberschickten ... Ja, wir, Schaschiani und ich, spielten das dritte Mal zusammen. Schaschiani war gut gelaunt und schlug mir vor, mit ihnen auf Teufel komm raus zu spielen. Also spielten wir, und zwar ziemlich gut. Davon erzähle ich dir ein anderes Mal. So etwas wird es sicher noch einmal geben. Siehst du die Reihenfolge der Karten auf der anderen Seite. Schau dir die Bilder an. Du bist ich und ich bin Schaschiani. Sie lassen die Karte passieren, es folgt die zweite, die dritte ... diese« – der Alte schob die Karten auf dem Fensterbrett hin und her – »du bist jetzt dran und du bist an meiner Stelle, also, was würdest du jetzt tun?«

Data legte eine Karte auf den Tisch.

»Du bist genau wie ich«, freute sich der Alte, »so war es damals, welches Jahr haben wir jetzt? 1999, und damals war 1949. Es ist ganz richtig, dass du zählst, denn ich, als Schaschiani, lasse deine Karte passieren oder spiele diese aus. Aber das ist falsch. Schau mal her« – der Alte wühlte in Datas Karten herum – »das ist ...«

»Was? Das Ochsengespann?«, wunderte sich Data. »Was kann ich denn damit anfangen?«

»Genau das ist es ... dreimal muss dich der Schaschiani passieren lassen und dann stichst du damit, der Schaschiani sticht mit dem, du lässt passieren und der Schaschiani sticht mit dem ... siehst du, Enkelchen? Ich bin erst nach zig Jahren dahintergekommen. Aber einmal bekommt man diese Kombination, viele haben sie sicher auch schon einmal bekommen, aber nicht begriffen, sie selbst nicht und die Angreifer auch nicht. Wenn du diese Karten bekommst, sollst du es wissen. Wenn dein Partner wenigstens etwas ganz Einfaches hat, kann dieser Schultheiß und das Fell ganz ohne andere Karten aufgehalten werden. Genau das ist Inti. Es geht um so eine Flucht. So kann es auch im Leben sein. Da kommen tausend Dinge vor. Der Inti-Spieler begreift das Leben ... ich meine nicht jenen Spieler, der auf dem Hof spielt und sogar Frauen zu einer Inti-Partie einlädt. Ich meine den wahren Inti-Spieler. Er sieht das Leben ganz anders und betrachtet eine Sache nie direkt, sondern hinterfragt, was gewesen ist oder was folgen wird. Das kann er, das Leben ist für ihn kein Spiel. Wenn man sich aber entschieden hat, Verteidiger zu sein, muss man dazu stehen. Dann ist Verlieren ein Fehler. Das Verlieren am Spieltisch ist nicht so schlimm und kann verkraftet werden, man kann ja auch wieder gewinnen. Aber im Leben bedeutet die Flucht vor einem Verlust gleichzeitig die Flucht vor dem Zugrundegehen.

Das nur so, lass sie passieren und stich ... So betrachtet ein Inti-Spieler das Leben. Dieses Hin und Her der Karten lässt sich nicht vermeiden. Wenn dir die Karten ausgehen und man deine Burg stürmt, was dann? Wenn du das Leben so siehst, wirst du im Leben auch nichts falsch machen ...«

»Opa, mach mir diesen Jungen nicht verrückt.« Matalo hatte ihnen eine Zeitlang von Weitem zugeschaut und umarmte nun beide.

»Er ist ein ... Wisramiani, du weißt doch«, erwiderte Kochi Meisre, »er ist ein Wisramiani und spielt Inti ...«

»Was du nicht sagst, Opa.« Matalo musste lachen. »Das ist doch mein Junge, der Kumpel meines kleinen Matalo ... ich lasse sie zusammen spielen und unterrichte beide ... was denkst du denn? «

Der Alte schaute zur Seite und sagte zu Matalo, als solle es Data eigentlich nicht hören:

»Er wird mal ein Ass ... und immer in der Verteidigung gewinnen ...«

Nach diesem Abend traf sich Data noch oft mit Kochi Meisre. Von ihm erfuhr er alles Mögliche. »Was wirst du sagen, wenn man dich fragt, wer dein Lehrmeister war? Kochi Meisre?«, fragte ihn Matalo einmal. Data antwortete, Kochi Meisre habe keine Lehrlinge. Daraufhin gab ihm Matalo einen Klaps und sagte, er sei sehr schlau. Andere Spieler behaupteten hin und wieder, Kochi Meisre würde ihm sicher im Café des Hotels »City Piazza« einige Tricks beibringen. Das stimmte, denn Kochi hatte sich an die zehntausend Kombinationen ausgedacht und vertrieb sich seine Zeit damit, sie zu analysieren und vorzuzeigen. Alle diese Spielanalysen waren wie Vorlesungen. Der Alte ließ Data raten und da sich auf der Terrasse des Cafés auch andere Spieler aufhielten, versammelten sie sich oft um ihren Tisch. Kochi gab ihm, wenn der Lärm zu lästig wurde, auch Einzellektionen. Er ließ sich von Data nach Hause begleiten und erzählte ihm unterwegs noch dieses und jenes.

Zwei Jahre nach dieser Bekanntschaft starb Kochi Meisre in einem Korbsessel auf der Terrasse des Hotels »City Piazza«. Er saß dort schon eine ganze Weile und man dachte, er würde schlafen. Bei der Beerdigung stellten sich die Inti-Spieler in einer Reihe auf und verabschiedeten sich von ihm. Als letztes Geleit gab man ihm Spielblätter für das sogenannte Jenseits mit. Auch Data legte ihm seine Karten in den Sarg. Er hatte sie einen Tag zuvor für achtzig Pfund in einer Werkstatt erworben. Sie waren ihm nicht zu schade. Auf der Rückseite jeder Karte stand die handgeschriebene Inschrift »für Kochi Meisre von Data«. Auch Data hatte ein altes Kartenspiel vom Alten bekommen, mit der Inschrift: »für Data, Verteidigung, Verteidigung ... Lass dich nicht schlagen ... K.«.

Data musste noch oft an Kochi Meisre denken und daran, was wohl gewesen wäre, wenn er noch mit ihm hätte spielen können. Wenn er an ihn dachte, wünschte er sich, er hätte in der Zeit gelebt, als dieser schmächtige Mann jung war, als man im »Menschen«-Club das Lied spielte:

»*Out in the West Texas town El Paso,*
I fell in love with a Mexican girl ...«

Sicher spielte man damals dieses Lied und Hank Loughlin sang dazu. Der alte Meisre hatte ganze Berge von Schallplatten und summte oft: *Please help me, I'm faaaalling ... in love with you-uu ...* Er sang dies mit solcher Hingabe, dass Data begriff, dass sich hinter diesem Summen ein verdrängtes, aber längst nicht vergessenes Abenteuer verbarg. Data war damals dreiundzwanzig und traf den Alten nicht oft genug, um ihn danach zu fragen.

Und nun, um diese Mitternachtsstunde, an dieser Stelle, direkt hinter den Wellen, an die er sich in der letzten Zeit so gewöhnt hatte, erinnerte er sich an Kochi Meisre.

»Sam«, fragte Data plötzlich. »Wie war das damals?«

»Wann, Jack ...«

»Damals als du ein Junge warst, wie waren eure Väter?«

»Unsere Väter waren in Ordnung, nur haben sie uns nicht vertraut ... Wir haben in allem ziemlich übertrieben. Wir liebten alles Verrückte. Wir vermochten nicht einmal, selbst Väter zu werden. Wir wollten nicht Väter werden. Wir wollten für immer Jungen bleiben ... Weißt du, was mein Vater in so einer Lage getan hätte? Er hätte, ohne ein Wort zu sagen, sein Boot herausgezogen, mich und meinen Freund hineingesetzt und wäre mit uns hinausgefahren. Er hätte uns mitgenommen, wäre zurückgekehrt und hätte uns doch nicht vertraut. Er hätte geholfen, weil er sich vor uns nicht wirklich fürchtete und wusste, dass es sich gehört, zu helfen. Er hätte sterben können, ohne sich jemals an uns zu erinnern. Ich aber muss mein Bestes geben: Ich habe weder ein Boot, noch kann ich eins stehlen oder auf jemandes Hilfe hoffen. Ich kann euch auch nicht begleiten, aber ich könnte um euretwillen auch diese zweite Hand abschneiden und den Hunden vorwerfen. Ich vertraue euch vollkommen und liebe euch, kann euch aber nicht helfen. Genau darin bin ich meinem Vater überlegen.«

DIE HAND

Er lag auf einem sehr großen, massiven Bett aus dunklem Holz mit einer großen Lehne, auf dem zur Not acht Personen Platz gehabt hätten. Das Bett war ein Meisterstück alter Schreinerskunst, das schon Generationen ausgehalten hatte. Es stand auf Drachenfüßen und sein hohes, gebogenes Kopfteil war am Rand mit Weinblättern und Reben verziert: nicht filigran, sondern absichtlich grob geschnitzt. Ganz oben auf der Lehne waren zwei volle Trauben zu sehen. Die Bettwäsche war schlicht, blendete aber beim Betreten des Zimmers, denn das Licht aus dem großen Fenster fiel direkt auf das davor stehende Bett. Er lag versunken inmitten großer Kissen und hübscher Decken und versuchte einen Blick zu erhaschen, was hinter dem Fenster vorging. Manchmal gelang es ihm sogar, aber keiner bemerkte das. Er war kaum wiederzuerkennen mit seinem in diesen zwei Monaten gewachsenen Bart. Niemand konnte ihn dazu überreden, sich zu rasieren. Sonst war er ein sauberer, aber schwieriger Kranker, der ganz in Weiß dalag, mit weißem Bart und zerzaustem Haar, so als wenn von ihm nur noch die Augen übrig geblieben wären, wie es unter Ärzten heißt. Diesen Augen konnte man beim Betreten des Zimmers nicht ausweichen, da er in der letzten Zeit nur noch mit den Augen und der rechten Hand kommunizierte – Worte waren ihm abhandengekommen. Die Hand- und Augenzeichen wurden ab und zu von einem Wort begleitet, das nur er selbst verstand. Wie hätte man jemanden, der so krank war, schon verstehen können? Da es Winter war, regnete es oft, und als es einmal gewitterte, irgendwo ein Blitz einschlug und nach dem Aufleuchten ein Donner folgte, streckte er seinen gekrümmten Zeigefinger, der an drei Stellen gebrochen schien, zum Fenster und murmelte etwas über seine Krankheit

»Das ist ein Blitz«, sagte die Pflegerin, »das ist ein Blitz, Herr Konstantin, aber er ist noch weit weg.«

Er wedelte mit der Hand und zeigte erneut aufs Fenster, dann auf seine Stirn. Er wollte damit sagen, dass etwas wie dieser Blitz in seinen Kopf gefahren war, aber die Pflegerin begriff es nicht. Überhaupt konnte man ihn kaum verstehen, obwohl er sich ständig bemühte, etwas zu sagen. Er verspürte eine seltsame, bis dahin fremde Schwäche, dachte an sonderbare Dinge und stöhnte vor Wut darüber. Er versuchte sich an etwas zu erinnern, vermochte es aber nicht. Dieses Stöhnen hielt man für das Zeichen eines einsetzenden Anfalls. Er musste qualvoll und sehr oft an den flachen, peinigenden Stock seiner Französischlehrerin denken. Diese Frau lebte in seiner Kindheit in ihrem Haus, um ihm und seinem Bruder ausgezeichnetes Französisch beizubringen. Sie hob den Stock, sagte ein Wort auf Französisch und senkte ihn dann sehr langsam und triumphierend. Danach sagte sie ein neues Wort und führte den erhobenen Stock so, als wenn sie damit zuschlagen wollte. Sie war eine schreckliche Frau, wirklich schrecklich. Er konnte sich noch heute an ihr schwarzes Kleid mit weißem Kragen, an das

schmale Gesicht mit eingefallenen Backen, an das über dem Nacken zusammengebundene dünne Haar, die Hände, besser gesagt,
die Knochen und die Schuhe mit den großen Schnallen erinnern.
Genau diese Frau pflegte ihn morgens zu wecken und ließ ihren
Stock auf und ab sausen. Er erinnerte sich aber auch an die Fischer und Flößer, die zwischen den Inseln mit einfachen Flößen
verkehrten, die damals als Fähren dienten. Einen sungalischen
Flößer liebte er besonders. Er hatte stets etwas Unterhaltsames dabei: ein hübsch geschnitztes Holzspielzeug aus dem Dorf oder ein
Bällchen am Strick, das er mit seiner Hand geschickt hin und her
hopsen ließ – einmal verschwinden ließ und dann wieder vorzeig-
te. Er hatte auch eine Flöte dabei und lehrte ihn, darauf zu spielen.

Ab und zu wollte er davon erzählen, doch es ermüdete ihn. Er
begriff auch, dass sie ihn nicht verstanden, da sie zwischendurch
dumme Fragen stellten. Dann ließ er seine erhobene Hand, mit
der er seiner Erzählung Ausdruck zu verleihen suchte, ruckartig
wieder auf das Bett fallen.

Es musste ihm etwas Sonderbares zugestoßen sein. Er wusste
selbst nicht mehr, was mit ihm passiert war und wann. Er kam
sonst immer frühzeitig aus dem Schlafzimmer und frühstückte
draußen. Im Sommer wie im Winter, nur manchmal schlief er
länger und tief. Dann wagte niemand, ihn zu wecken. Nachdem
seine Frau gestorben war, wagte sowieso keiner, in sein Zimmer zu
schauen. Es wurde immer aufgeräumt, wenn er nicht da war, anders mochte er es nicht. Denn es gab bei ihnen eine alte, einfache
Sitte: Die Frau räumte das Schlafzimmer der Eheleute auf, kein
anderer betrat dieses Gemach. So war es früher und auch später
wollte er im Schlafzimmer niemand sehen. Wahrscheinlich dachte man, er schlafe tief oder sonst was. Man wagte bis zwei Uhr
nicht anzuklopfen. Erst dann schaute der Gutsverwalter Martia
ins Zimmer. Man hatte ihn bereits um halb elf angerufen, er kam
aber erst nachmittags aus der Stadt zurück. Der Alte schlief noch
immer, aber Martia fiel seine Hand auf, die sonderbar schlaff vom
Bett herunterhing. Sein Atmen glich keinem Schnarchen. Martia
wollte ihn wecken, klingelte, machte Lärm, rüttelte ihn dann und
begriff endlich, dass er entweder gestorben war oder gerade im

Sterben lag. Nun wurde er eifrig, wollte aber selbst keinen Arzt rufen, sondern benachrichtigte die Kinder des Alten. Nach drei Tagen riss Konstantin Wisramiani die Augen auf. Er konnte sie nur so und nicht mehr anders öffnen. Seitdem waren fast zwei Monate vergangen, er aber lag immer noch in seinem breiten, schweren Bett, das wie für immer mit dem Boden verwachsen schien, und bemühte sich, etwas zu sagen. Die Kinder kamen entweder einzeln oder gemeinsam. Auch sein Anwalt kam, ein vertrauenswürdiger Mann, Sampson Brass der V. Er breitete die Papiere aus, steckte dem Alten einen Leuchtstift zwischen die gekrümmten, bleichen Finger und bat ihn, alles zu markieren, was ihm nicht gefiel. Der Alte aber lächelte und zeigte seine zur Faust geballte Hand, wie zum Zeichen seiner Stärke. Brass lächelte, der Alte ging das Testament nicht besonders sorgfältig durch, aber er versuchte, oben auf das Dokument etwas zu schreiben. Er mühte sich eine Weile ab, und der Anwalt wollte ihm schon zu Hilfe kommen. Da zeigte der Alte auf sein Gekrakel und Brass erblickte vier in Kirchenschrift gekritzelte Buchstaben.

»Data?«, fragte ihn Brass.

Der Alte stimmte mit den Augen zu und sagte etwas.

»Etwas Besonderes?«

Der Alte schwenkte die Hand und versuchte mit dem Finger mitzuteilen, dass Data kommen sollte.

»Er soll kommen?«

Der Alte legte den Zeigefinger auf die Lippen.

»Gut, Sir, ich werde alles erfüllen. Sie wissen, dass ich Sie sehr schätze. Viele Generationen aus unserer Familie waren Ihrer Familie behilflich.«

Der Kranke lächelte und zeigte ihm den erhobenen Daumen.

Brass nahm die Papiere vom Bett und wollte den Marker mitnehmen. Der Alte hielt ihn am Arm fest.

»Ja, bitte …«

Der Kranke umklammerte den Marker fest.

»Soll ich ihn dalassen, Sir?«

Der Alte schüttelte den Kopf und versuchte, wieder etwas zu sagen. Er versuchte den Stift mit der verkrümmten Hand unter das

Kissen zu stecken. Brass half ihm dabei. Beim Weggehen dachte er: »Er hat keinen Stift. Haben das die Ärzte verboten?«

Stift und Papier waren von der Tochter des Sterbenden, Kaia, untersagt worden. Sie meinte, das würde ihn zu sehr aufregen. Die Ärzte stimmten ihr zu, er könne sowieso nichts Gescheites schreiben und würde sich darüber ärgern und sich quälen. Es war Kaia, die Advokat Brass gerufen hatte, weil es dem Vater schon sehr schlecht ginge. Er sollte ihm, wie es das Gesetz verlangte, das letzte Mal alle Papiere zeigen, denn Vater sei ein Mann, der sich darüber Gedanken machen würde. Man wolle aber nicht, dass er sich in den letzten Tagen deswegen noch quälte. Ihn regte sowieso jede Kleinigkeit auf. Keiner, nicht Kaia und auch nicht Sampson Brass, wusste, dass der Zwischenfall vor vier Tagen, den man als erneuten und endgültigen Schlaganfall angesehen hatte und weswegen sich die Verwandten schleunigst in Konstantin Wisramianis Schlafzimmer versammelt hatten, nichts weiter war. Die Ärzte konstatierten, dass Herzschlag und Blutdruck seinem Zustand entsprechend normal waren. Vielleicht war es nur ein kleiner Schlaganfall oder eine Ohnmacht gewesen. Auf jeden Fall war es ein Signal, dass das Ende nahte, und deshalb hatte man Advokat Brass bestellt. Kaia hoffte, eine Änderung im Testament könne für sie nur von Vorteil sein.

In Wirklichkeit gab es überhaupt keine Ohnmacht. Der Alte musterte mit halbgeschlossenen Augen und nach hinten geworfenem Kopf seine Erben, die sich zur Trauergesellschaft aufgereiht hatten. Er musterte seine Kinder und dachte sich seinen Teil. Diese Musterung wurde eine ganze Weile fortgesetzt, sogar noch, als die Ärzte hereinstürzten. Er hörte sich das Flüstern der Ärzte an und Fetzen des aufgeregten Gespräches seiner Kinder und Neffen. Danach öffnete er die Augen, hob seine Hand und sagte etwas. Die Verwandtschaft verstummte mit einem Mal und stürzte erfreut zu seinem großen Bett. Kaia setzte sich auf den Bettrand, ergriff seine Hand und streichelte sie. Der Alte lächelte, hatte aber schon entschieden. Er sagte etwas und wusste, dass Brass am nächsten Tag kommen würde. Er sagte es direkt: Holt mir den Sampson, ihr Dummköpfe. Man verstand es zwar nicht, aber Sampson Brass erschien trotzdem am nächsten Tag. Eigentlich benötigte der Alte nicht ihn, sondern verlangte Data. Dieser hatte den Großvater erst zweimal besucht, aber nie allein. Das Weihnachtsfest nahte und er würde sicher mit der Familie kommen, aber der Alte wollte ihn allein sprechen. Sampson Brass war ein kluger Mann, er würde das verstehen. Der Alte hatte das alles nur inszeniert, um seinen Enkel zu sehen.

Jetzt saß Data vor ihm, rücklings auf dem Stuhl, wie in seiner Kindheit, als er den Stuhl für ein Pferd hielt. Er stützte sich mit den Armen auf die Stuhllehne wie auf ein Geländer und hatte die Beine gespreizt.

Der Alte sprach nicht sehr leise und benutzte auch des Öfteren seine Hand beim Sprechen. Data verstand den Alten aber nicht. Er unterbrach ihn jedoch nicht, denn der Alte stockte selbst, als machte er eine Pause. Danach vernahm man wiederum unverständliche Worte, an der Grenze zwischen Menschlichem und Himmlischem sich verlierend. Der alte Mann war aufgeregt und schaute Data nur ab und zu an. Er sprach, als ob er eine Geschichte erzählte. Data musterte ihn schweigend. Er brachte es nicht übers Herz zu sagen, dass er nichts verstehe. Das wollte er nicht, weil ihm der Großvater leidtat. Seine Worte klangen sowohl aufgeregt als auch friedlich und weise. Anders konnte es nicht sein, und Data kam plötzlich der Gedanke, dass Großvater etwas ganz anderes erzählte, als er vermutet hatte. Data dachte zuerst, er wolle ihn überzeugen, als Familienoberster die Zügel der Wisramiani-Sippe in die Hand zu nehmen und diese so zu lenken, wie es der Großvater wollte. Vor dem Tod bat ihn der Alte noch einmal zu kommen, um der Mutter und den Onkeln zu beweisen, dass er nicht zufällig vom Großvater erwählt wurde. Unterwegs hierher hatte Data gedacht, dass der Alte ihm eben das sagen wollte. Wie er das sagen würde, mit den Augen, dieser unermüdlichen Hand oder mit einem anderen Mittel, wusste er nicht. Aber eine Antwort darauf hatte er sich bereits überlegt. Es war eine simple Antwort: »Okay, Großvater.« Danach hätte ihm keiner sagen können, dass Data den letzten Willen des Alten nicht erfüllt habe. Aber nun, in diesem großen Zimmer auf dem Stuhl sitzend, kam es ihm vor, als

spreche der Alte von etwas anderem. Das deutete ihm der Großvater selbst an. Unvorstellbar, so lange und so intensiv über etwas
zu sprechen, worüber sie im letzten Jahr bereits viele Male gesprochen hatten. Der Alte schien müde zu sein, denn er hielt immer
wieder inne und schwieg. Dann setzte er seine Rede stöhnend fort,
mit einer neuen Geschichte, Belehrung oder einem Ratschlag. Wer
weiß, was er dem Enkel alles erzählte. Vielleicht sah er etwas Un-
fassbares und Schreckliches nahen, etwas, wovor er den Jungen
retten wollte. Vielleicht hatte er begriffen, dass sich dort, wo er
sich befand, alles ganz anders darstellte, und er wollte Data einen
Rat geben, wie zu handeln sei.

Als Konstantin Wisramiani nicht mehr am Leben war, wusste
Data, was zu tun war. Beängstigend, wie genau Großvater alles erkannt und wie er versucht hatte, wenigstens eine Person zu retten,
wenigstens einen Mann, der etwas Neues zu beginnen im Stande
war.

Data begriff alles und konnte zum Schluss nicht mehr »Okay,
Großvater« sagen. Er wusste nicht, wozu er noch hätte okay sagen
sollen, deshalb schwieg er. Sein Blick musterte den kornelkirschfarben gestrichenen Parkettboden.

Großvater lag auf dem Rücken und schaute zur Decke. Er
war müde, ganz anders, weißbärtig, mit zwei kleinen schwarzen
Knopfaugen auf dem blassen eingefallenen Gesicht.

Data erhob sich, wie zum Abschied, er wollte ihn noch einmal
umarmen und etwas sagen. Plötzlich wurde der Alte munter und
winkte mit der Hand. Data näherte sich und wollte ihn umarmen,
aber der Alte zeigte mit dem Daumen auf das Kissen. Data dachte, er solle ihm das Kopfkissen richten, doch der Alte verneinte
mit dem Kopf und zeigte erneut auf das Kissen. Data richtete das
Kissen. Der Alte murmelte etwas vor sich hin. Er versuchte den
Leuchtstift hervorzuholen. Data steckte die Hand unter das Kissen
und zog einen phosphorfarbenen Stift darunter hervor.

Der Alte freute sich, bedeutete ihm, den Stift zu öffnen, und
nahm ihn dann. Er zog die Decke vor sich glatt und begann mit
dem Marker darauf zu schreiben.

Data schaute zu. Der Großvater versuchte Buchstaben zu

schreiben. Data half ihm, indem er die Decke gerade zog. Der Alte lächelte und schrieb, ohne zu schauen, wohin er schrieb, weiter. Er zeichnete vier Buchstaben und Data wusste, dass er ihm nun alles gesagt hatte. Es waren schiefe und krumme Buchstaben, die man kaum auf der Decke entziffern konnte.

Der Alte gab ihm den Marker, lächelte zufrieden, wie erleichtert.

»INTI«, stand auf der Decke, vier Buchstaben.

Der Alte schwenkte die Hand zum Zeichen, er solle nun gehen. Er schwenkte die Hand mehrere Male, wie wenn man eine aufdringliche Fliege wegjagt, und Data sagte zu ihm:

»Okay, Großvater ... Okay ...«

Der Alte lächelte und winkte erneut, rief ihn nun jedoch mit derselben Hand zu sich. Data setzte sich an den Bettrand. Konstantin schlug ihn mit der gesunden Hand auf die Schulter, so jugendlich und verschmitzt, dass es Data schauderte. Es kam ihm vor, als blinzle ihm der Großvater zu. Erneut schwenkte er seine Hand und Data sagte wieder:

»Okay, Großvater.«

Beim Verlassen des Zimmers schaute Data nochmals zum Bett. Der Alte hob wieder seine Hand und zeigte ihm den an drei Stellen gekrümmten Zeigefinger. Er hielt diesen Finger zu ihm hin und Data sagte erneut:

»Okay, Großvater.«

EIN MEER KANN MAN NICHT TRINKEN

Nun war fast alles bereit, die Männer, das Gepäck, zwei kleine Kanister voll Brennstoff und ein Gefäß frisches Wasser, das man aus dem Lager der Bar herausbrachte. Das mit mannigfachen Schraubenziehern und anderem Zubehör versehene Klappmesser hatte der Mönch bei sich. Außerdem einen guten Revolver und einen Kompass, die Sam irgendwo aufgetrieben hatte. Mehr Ausrüstung hatten sie nicht. Sicher würden sie noch tausend andere Dinge benötigen, aber die gab es nicht, da konnte man nichts machen. Im Boot fanden sie noch zwei alte, salzdurchtränkte Regenjacken und Matrosen-Fleecemützen. Es war ein altes Motorboot mit zwei Sitzen und ziemlich rostigen Seitenflügeln, die man aber nachts sowieso nicht sah, weder an Land noch auf dem Meer. Der Barbesitzer schleppte das Boot in die Garage. Es passte zwar nicht ganz hinein, der Bug schaute zum Teil heraus, aber das machte nichts, denn hier schaute kaum jemand vorbei und kontrollierte. Die Bar war sowieso geschlossen, nachts kam niemand und Sam hatte tagsüber nie Kundschaft.

Früher war diese Bar eine der wenigen, die bis in die Morgenstunden geöffnet hatten. Sie hieß »Childe Harold«. Ein ruheloser, müde aussehender, einarmiger Mann namens Sam Lobscuser hatte eine alte Baracke an einem verlassenen Ort hinter dem Hafen in eine Bar umgewandelt.

Data kannte diesen Mann und die Bar schon von früher. In der letzten Zeit war er oft hier gewesen – besser gesagt, jeden Samstag nach dem Spiel. Nun war schon ein Monat vergangen, ohne dass er es bis hierher geschafft hatte.

Data wurde überall gesucht: hüben wie drüben. Es war zum Lachen, vor den eigenen Leuten versteckte er sich im Stadtteil der Feinde und vor den Feinden versteckte er sich im Stadtteil der Seinen. Gleichzeitig war er auf der Flucht vor dem Feind im Stadtteil der Feinde und auf der Flucht vor den Seinigen im Stadtteil der Seinigen. Es war ein komischer Krieg. Der Feind besetzte fast die ganze Stadt, aber in dieser besetzten Stadt konnte Datas Familie immer noch machen, was sie wollte. Data hatte es nicht leichter, er musste sich nach wie vor verstecken. Wer weiß, wie lange das noch gedauert hätte, wäre die Armee nicht eines Tages in das Kloster eingedrungen. Das war etwas Unerwartetes und Unvorstellbares. Während des Krieges blieben die große Kathedrale der Katholiken, die hochragenden anglikanischen Kirchen und die Mehmed-Moschee unangetastet. Aber zum Kloster drangen an jenem Morgen zweihundert Sungalen vor.

Sie wurden von Chetia selbst angeführt. Data hatte den Einmarsch nicht gesehen. Später erzählte ihm der Mönch Pantheleimon davon. Er war überzeugt, dass dieser Chetia etwas ganz anderes im Kloster suchte, nicht das, was er dem Abt sagte.

Man könne wegen der Lage der Stadt die Nordfenster der Zitadelle aus den acht Klosterfenstern ganz gut beschießen, erklärte Chetia ihm. Der Abt empfand die Worte des Heerführers als Beleidigung. Chetia wollte an jedem Fenster seine Männer positionieren. Der Abt erwiderte, er könne das erst dann tun, wenn er alle im Kloster getötet habe. Chetia wollte das Kloster umzingeln, so dass keiner mehr hinein- oder hinauskonnte. Der Abt entgegnete, das wäre seine Entscheidung, Chetia aber wollte sich im Hof umschauen. Dazu benötigte er eine gute Stunde. Der Mönch Pantheleimon war fest davon überzeugt, dass Chetia etwas anderes suchte und sich deshalb so genau umschaute. Andernfalls hätte er ein paar Schüsse nicht gefürchtet.

Chetia war nicht jemand, der einfach so, unerwartet kam. Was er aber im Klosterhof suchte, wusste Pantheleimon nicht. Etwas suchte er bestimmt.

Was suchen solche Männer?

Einen Unterschlupf oder einen Schatz. Es gibt nicht viel, was diese Männer suchen könnten, dachte der Mönch Pantheleimon. Data interessierte sich kaum dafür. Sie warteten vier Tage auf Datas alten Freund, den kleinen Parna, der kommen sollte. Aber Parna kam nicht. Parna sollte ihnen Geld bringen. Der Mönch Pantheleimon war sehr besorgt, denn er wusste nicht, was auf ihn zukam. Die Geschichten aus »Harry's Bar« reizten und empörten ihn. Er hatte in diesen Tagen viel erlebt. Dass ihn der Abt segnete, war schon ein Ereignis. Der Mönch Pantheleimon wartete lange und konnte sich nicht entschließen, seine geheimen Gedanken preiszugeben. Er hatte Data nicht versprochen, mitzugehen. Aber in jener Nacht, als vor dem Kloster Wächter aufgestellt wurden, gestand er dem Abt alles. Er redete lange, redete so, wie er es gewohnt war, ehrlich, mit bebender Stimme. Leidenschaftlich erzählte er alles über Data und in allen möglichen Details. Davon, dass Data nach Georgien fliehen müsse und das vielleicht seine einzige Rettung sei.

»Du musst diesen Mann retten«, sagte der Abt zu ihm. Der

Mönch wurde fast ohnmächtig. Er warf sich vor den Abt hin, versuchte seine Hand zu ergreifen, aber der Alte ließ es nicht zu.

»Geh, es wird nicht leicht sein, geh, und kehre erst zurück, wenn dieser Mann gerettet ist. Rette ihn. Gott beschütze dich, wir beten für dich.«

Am nächsten Morgen verließ Pantheleimon mit dem Wagen die Klostermauern. Die Wache fragte ihn, wann er zurückkehren würde. Er erwiderte irgendwas, ohne eine genaue Stunde zu nennen.

Danach fuhr der Mönch in das Glücksviertel. Seltsam, er bewegte sich hier das erste Mal mit dem Auto. Das Wetter war herrlich, die Straßen waren fast leer, keine Autos. Ein wunderbarer Sommer, aber daran dachte keiner mehr. Er ließ das Auto auf den großen Hof rollen, wo Datas Freund Parna wohnte. Pantheleimon ließ den Schlüssel stecken. Er holte eine volle Reisetasche und eine kleine Kiste aus dem Auto. Die Tasche hängte er über die Schulter und klemmte die Kiste unter den Arm. Zu seinem Glück war die ganze Stadt von der Armee besetzt. Man konnte sich so viel leichter bewegen, ohne hin und her zu schleichen. Data hatte durch dieses Hin und Her schon viel Schweres durchgemacht.

»Was hast du denn da in der Reisetasche, Pater«, fragte ihn plötzlich Sam.

»Das ...« – Pantheleimon war sehr aufgeregt – »das gaben mir die Mönche auf den Weg mit. Socken und eine Kleinigkeit zum Essen ...«

»Ich frage nur, ob es Biskuits sind. Die werden nicht so schnell alt, das wäre gut ...«

»Es sind Klosterfladen ...«

»Was man nicht alles erfährt ...«, kicherte Sam in sich hinein, »du verlässt uns, ohne dass ich sie einmal probieren konnte ... und was ist in der Kiste?«

»Lass ihn in Ruhe, Sam«, lachte Data, »was ist denn in dich gefahren?«

»Auf einer Reise sind viele Dinge nötig. Ich muss wissen, ob nichts Unnötiges dabei ist.«

»Darin sind ein Kreuz und eine Ikone. Das Kreuz und die Ikone des Bootes. Parna Medrosche hat sie uns damals hinterlassen. Er hinterlegte sie bei uns und kam selbst nicht mehr zurück ... Früher legte man, wenn man in See stach, auf das vorderste Schiff diese Ikone und das Kreuz ... das –«

»Wissen auch andere davon?«, empörte sich Sam.

»Was für andere?«

»Du sagtest, dass sie es dir mitgegeben haben ... also weiß doch jemand davon.«

»Beruhige dich, Sam«, sagte Data, »er spricht von Parna.«

»Beruhige dich lieber selbst, ich bleibe ja hier, mich betrifft das nicht. Ich habe zwar nur eine Hand, aber die ist echt. Ich will wissen, was ihr mitnehmt!«

Es war Nacht. Sam gab keine Ruhe und spielte mit dem Docht der Petroleumlampe. Er drehte ihn hoch und herunter. Pater Pantheleimon, der Mönch, betete und murmelte etwas vor sich hin. Data aber saß vor der Karte und studierte sie genau.

»Hör zu ...«, flüsterte Sam, »hier bist du ...«

Data musste lachen. Sie hatten eine einfache Touristenkarte vor sich liegen.

»Hier bist du ... Also, immer den Kurs nach Südosten halten. Immer in Richtung Südosten und ihr erreicht das Ufer.

Man kann aus diesem Meer nirgendwo hinausgelangen. Aber immer Südosten halten. Schau auf den Kompass und dreh das Steuer in diese Richtung. Mit den Sternen kenne ich mich nicht aus. Mehr weiß ich auch nicht. Wundert es dich nicht, dass ich ein Boot auftreiben konnte? Hauptsache, das Benzin reicht ... Dein Freund ist nicht zu sehen.«

»Parna kommt nicht mehr«, sagte Data.

»Woher weißt du das?«

Data senkte den Kopf.

»Es wird nichts Gutes sein ...«

»Hör zu, *mate* ... Morgengrauen ist die beste Zeit, wenn es noch nicht tagt und auch nicht mehr Nacht ist. Zu dieser Zeit schlafen fast alle, sogar die Wachposten machen ein Nickerchen. Wenn ihr geht, werde ich auf dem Dach Wache halten. Falls etwas ist, schieße ich. Wenn sie von oben schießen, schieße ich von hier unten zurück. Weißt du, wie ich mit dem Gewehr umgehe? Ich kann die Patronen mit den Zähnen auswechseln.«

»Ist ja gut …«, sagte Data.

»Also, du gehst doch … das ist, was mich verbittert, *mate*. Es verbittert mich so sehr … Jetzt sage mir doch bitte das Wichtigste, was ich schon immer wissen wollte: Warum gehst du in das Land des Hippopotamus? Würdest du dich sehr ärgern, wenn du vom Kurs abkommst und woanders landest? Das Wichtigste ist, dass ihr euch auf dem Meer nicht im Kreis dreht. Das befürchte ich. Warst du schon mal mit einem Boot unterwegs?«

»Nein«, entgegnete Data.

»Warum gehst du? Es gäbe doch hier auch andere Möglichkeiten, oder *mate*?«

»Nein«, sagte Data, »ich gehe. Ich glaube, bis dorthin ist es näher als …«

»Was ist das für ein Mann? Was für ein waghalsiger Mensch, der dich begleitet. Ich habe es gleich gemerkt, er würde lieber bleiben, möchte dich aber nicht allein gehen lassen. Er ist wegen allem auf mich böse, denn er versteht unsere Beziehung nicht. Sag ihm im Boot, er solle die Kutte ausziehen und die Regenjacke anziehen. Sonst wird er sich quälen … Hör zu, *mate*, schmeiß den Motor möglichst spät an. Versuch mit den Paddeln so weit wie möglich zu kommen. Halt zuerst Südkurs, um so schnell wie möglich aus den hiesigen Gewässern herauszukommen, und danach ganz genau Südost … Mehr kann ich dir auch nicht sagen. Was kann ich sonst noch tun?«

»Nichts, Sam, was sollst du denn noch tun? Gehen wir …«

Sie brachen auf, aber zuerst mussten sie das Boot aus der Garage schleppen und ans Ufer ziehen. Pater Pantheleimon schlug vor Data ein Kreuz und bekreuzigte sich. Er war etwas verwirrt, was man ihm in der Dunkelheit nicht ansah. Sam stand bis zu den Knien im Wasser und schob das Boot an. Der Mönch schlug auch vor ihm ein Kreuz.

»Lass mich, *mate*, sonst muss ich mich schämen«, flüsterte Sam, »ich gehe jetzt aufs Dach und halte Ausschau in Richtung

Zitadelle. Wenn etwas ist, schieße ich. Was für ein Glück, dass der Leuchtturm an diesem Ufer ausgeschaltet ist. Es wird sowieso niemand erwartet, wozu auch ... es gibt nur noch Abreisende, niemand kommt an.«

Sam hielt den Insassen des Boots seine geöffnete Handfläche hin.

»*Give me five, mates.*«

Er hatte eine nasse Handfläche. Beide schlugen mit der rechten Hand ein.

»Geh jetzt, Sam«, sagte Data zu ihm.

Der Mönch Pantheleimon duckte sich ins Boot, als wollte er kleiner erscheinen. Er murmelte etwas vor sich hin und verbarg den Kopf in den Armen.

Die Ikone hatte er auf den Wasserbehälter gelegt.

»Hör zu, *mate*« – Sam kramte in seiner Tasche – »gibt es dort, wo du hingehst, auch ›Craven‹?«

»Weiß ich nicht«, antwortete Data.

»Wird es nicht geben, niemals ... Hier, drei Päckchen, mehr konnte ich nicht auftreiben. Schreib mir, ich werde schon etwas unternehmen ...« Sam warf die Zigarettenschachteln ins Boot. Er klammerte sich immer noch am Bootsrand fest: »Du weißt doch, was mich verbittert? Besucht mich ab und zu, *mate* ... dass man solche wie euch verbittert hat. Kommt ... Einst trafen mich vierzig Kugeln in die Hand ... Das waren Zeiten. Was wundert mich das? Nein ...«

»Geh, Sam«, sagte Data und kletterte zum Steuer hinüber, »geh!«

Man sah weder vorn noch hinten etwas.

Obwohl hinten, in »Harry's Bar«, eine Lampe flackerte. Sam ging zum Ufer zurück. Man hörte nichts außer den Wellen.

»Die Paddel ... zuerst mit den Paddeln« – die Stimme des Mönches Pantheleimon bebte – »sagte er uns nicht, wir sollten zuerst paddeln ...«

3

DREI SEHENDE KUNDSCHAFTER

JENE SCHALLPLATTE UND DIE KLAGEFRAUEN, DIE JUGEND DES MÖNCHS PANTHELEIMON

Wenn der Homilet, Pater Kyrion, seine Zöglinge in der Predigt-lehre unterwies, ließ er sich von seiner eigenen Predigt hinreißen und zitierte unendlich viele Bibeltexte, um den Zöglingen des Priesterseminars die Hässlichkeit der Versuchungen vor Augen zu führen, die, wann immer sie an den freien Tagen das Priesterse-minar neben der Marien-Kirche verließen, in teuflischer Farben-pracht erscheinen würden. Der Alte beschrieb die schimmernden Farben der Stadt so bildhaft, dass man annehmen konnte, er ken-ne das Reich des Basilisken allzu gut. Aber er geißelte diese Bilder anschließend gleich mit den Worten der heiligen Väter und durch entsetzliche Visionen. Sowohl das eine als auch das andere beein-druckte die Seminaristen zutiefst. Das Ganze glich einem Tennis-spiel, in dem Pater Kyrion den Ball zum Himmel hochwarf, um dann mit voller Kraft gegen ihn zu schlagen.

Das Ergebnis dieser Vorlesungen war, dass sich die Semina-risten in der Stadt bestens auskannten … Jeder von ihnen wuss-te, wo das Zirkuszelt aufgeschlagen war, in dem ein dreibeiniger Mann und eine bärtige Frau auftraten, wo die Pferde sprechen konnten und jemand eine angezündete Fackel aus der Tasche zog. Gar nicht zu reden von den Akrobatinnen, die weit oben im Zelt schwebten, denn für einen dreizehn- oder vierzehnjährigen Semi-naristen mit schwarzem Gehrock war die Betrachtung der Frau-en von unten eine interessante und berauschende Beschäftigung. Doch diese Art Betrachtungen waren nicht einmal nötig, da die Zöglinge das teure Café »Tragitto breve« an der Ecke des Glücks-viertels kannten, wo sich die billigsten und verzweifeltsten Nutten versammelten, aber erst nach dem Abendessen, wie es sich gehör-te. Die Verzweifeltsten kamen aber schon nach dem Mittagessen. Traute man der vorbildlichen, gescheiten, und der einzig vorzeigbaren Seite des eigenen Wesens – denn als Vierzehnjähriger hat man unbedingt auch eine schlimme, böse, köstliche und neugierige Seite, die bereits entzündet oder schon explodiert ist – und hatte man sich mühevoll um die zehn Pfund zusammengespart, so setzte man alles daran, in dieses Café zu gelangen. Die Reise war sehr kurz und offensichtlich süß. Nach der Rückkehr würde man höchstens dem besten Freund davon erzählen.

Solche Nutten nennt man in Santa City Frauken.

Und sie werden nur Frauke und nicht bei ihrem Namen genannt.

Dies alles erfuhr man durch die Predigten Pater Kyrions, und auf diese Weise betrog man den ehrwürdigen und naiven Alten. Doch andere Dinge blieben den Seminaristen verschlossen. Sie konnten weder Alkohol kaufen noch im Café sitzen oder sonst irgendwas Gescheites unternehmen, da es ihr Alter nicht erlaubte. Kaufen konnte man höchstens selbstgebrannten Schnaps, den es in den obersten Straßen des Glücksviertels unter dem Ladentisch gab. Man musste aber wissen, wie das scharfe Zeug zu kippen war, um nicht sich selbst oder den Aufpasser am Eingang des Seminars mit der Alkoholfahne zu ersticken – beides hätte übel ausgehen können. Wie viele Kaugummis musste man denn kauen, um den Gestank des Sprits zu vertuschen? Woher hatte man so viel Geld dafür? Auch der Freund musste sehr vertrauenswürdig sein, damit die Sache mit dem Qualmen nicht herauskam. Das teuflische Werk des Rauchens und seine tödlichen Auswirkungen beschrieb Pater Kyrion sehr eindrucksvoll, indem er gestenreich zeigte, wie der warme Qualm in den Körper drang, welche Spuren er im Gehirn hinterließ und wie er den Menschen zum Sklaven machte.

Und andere verdammte Orte? Andere Gefahren?

Auch diesbezüglich hatte Pater Kyrion ein bevorzugtes und zugleich verhasstes Thema. Er nannte es das Stöhnen der Hexen. Damit war das sogenannte Klagelied gemeint. Er zog mit solchem Hohn und Spott darüber her, bedauerte die leichtgläubigen Männer, die sich davon benebeln und zugrunde richten ließen, so sehr, dass in jedem Seminaristen sofort der Wunsch aufkeimte, dieses Klagelied wenigstens einmal zu hören und dann in Gottes Namen zu sterben. Pater Kyrion geißelte die Klagefrauen und die Sängerinnen ganz allgemein so, dass einem die Frauken des Glücksviertels wie armselige Beichttanten vorkamen. Pater Kyrion war unbekümmert, denn er wusste, dass seine Zöglinge brav im Bett lagen, wenn das Seufzen der Klagelieder in den durch Leidenschaft krumm gebogenen Straßen einsetzte. Doch hatte er die Sorge, dass die Zöglinge eine Schallplatte mit Klageliedern in die Hände bekommen könnten. Solche gab es ja in Hülle und Fülle, fast überall, an jeder Ecke. Zwar gab es ein Gesetz, dass man diese Lieder nicht öffentlich anhören durfte, sondern nur zu Hause. Außerdem hätte man einem Jüngling unter einundzwanzig keine Klagelieder verkauft. Die Seminaristen besaßen ja nicht einmal Plattenspieler in ihren Zimmern. Doch ist es nicht allgemein bekannt, dass Vierzehnjährige sich so etwas »beschaffen«? Pater Kyrion pries das Klagelied jedenfalls himmelhoch, um es dann vernichtend niederzuschleudern. Er schleuderte es zu Boden und seine Schüler suchten danach.

Es ging um eine Platte in einer Hülle mit zerschlissenen Ecken. Genau wegen dieser Platte gab es eine Schlägerei. Auf der purpurroten Hülle war die schwarze Silhouette einer Frau abgebildet, und in der Ecke stand in schwarzen Buchstaben »Namado«. Sicherlich hieß die Sängerin dieser Klagelieder Namado. Kurz, es gab eine Schlägerei. Zwischen dem zweiten Jahrgang der Ashrington-Privatschule und den Seminaristen. Die Seminaristen wollten die Platte nicht zurückgeben. Die Schlägerei fand an einem verwilderten Ort statt, den man den »Garten des Nikolos« nannte. Alle, denen es gelang auszureißen, kamen in diesen Garten. Sie wussten, dass sie von ihrer Schulleitung bestraft würden, aber das nahmen sie hin. Der Mönch Pantheleimon hieß damals nur Leon. In dieser Schlägerei maßen zwei Jungen ihre Kräfte. Beide kämpften sehr tapfer gegeneinander. Beide versuchten, keine Kratzer und Blessuren im Gesicht davonzutragen, die in der Schule auffallen würden. Beide bemühten sich darum, ihre Schuluniformen nicht zu zerreißen. Der Seminarist weigerte sich, die Schallplatte zurückzugeben. Er habe sie verloren, behauptete er.

Zehn Tage nach diesem Ereignis bekam Leon, der heutige

Mönch Pantheleimon, einen halben Tag frei. Er kaufte sich einen großen, saftigen Hotdog und wollte diesen in Ruhe verspeisen. Seine Beine führten ihn wie von selbst zu dem verwilderten »Garten des Nikolos«. Dort wollte er seinen Hotdog und die Cola genießen. Der Ort hatte es ihm seit der Schlägerei angetan. Ein ungepflegter und irgendwie stiller Park. Damals wusste er noch nicht, dass es die Abgeschiedenheit der verwilderten und verlassenen Stelle war, die ihm gefiel. Es gab dort eine verfallene Rotunde. Auf einem Pfad in deren Nähe hatten sie sich um die Schallplatte geprügelt.

Als er in diese Richtung ging, sah er, dass dort jemand saß und las. Dieser Jemand sah jetzt auch zu ihm herüber. Es war einer der Ashrington-Schüler, die bei der Schlägerei dabei gewesen waren. Er hatte auf dem kaputten Boden der Rotunde Spielkarten ausgebreitet. Es waren genau die Karten, die Pater Kyrion so vernichtend zu beschreiben pflegte.

So begegneten sich der spätere Mönch Pantheleimon und Data Wisramiani.

Das ist sehr lange her. Fast sechzehn Jahre vergingen. Die beiden trafen sich seitdem häufig. Data stammte aus einer beunruhigend reichen Familie, mochte aber die Spiegeleier von Leons Mutter sehr gern. Wann immer Leon Ferien oder einen freien Tag hatte, trafen sie sich. Leons Mutter freute sich über diese Freundschaft. Sie fragte, solange sie lebte, nach Data. Sie war Griechin, trug nur Schwarz und konnte wunderbaren Kaffee kochen. Den ganzen Tag stand sie im Kaffeehaus von Stelios und schob die kupfernen Kaffeekessel durch den heißen Sand. Sie wollte, dass ihr Sohn Priester wurde. Witwen haben oft den Wunsch, dass ihr einziger Sohn Priester wird. Auch Leons Mutter hatte sich sehr bemüht, ihren Sohn in einem Priesterseminar unterzubringen, und träumte nun von seiner Laufbahn als Priester. Leon, bereits Absolvent des Priesterseminars, hing aber eine Zeitlang untätig mit Data herum. Das war in dem Alter, in dem man glaubt, noch alles vor sich zu haben. Später stellt man dann fest, dass dieses »alles« aus nichts als Gefahren besteht, schönen Gefahren, die die Zeit dahinfließen lassen und dabei die Schellen zum Klingeln bringen. Leons Mutter wollte, dass ihr Sohn eine geistliche Laufbahn einschlug, weil sie befürchtete, er könne ihrem Bruder ähneln. In ihm könne etwas Kretisch-Griechisches aufbrodeln, was ihn sonderbar aufschreien ließe und im Grunde nichts weiter war als die Stimme der Sorglosigkeit. Dieses Brodelnde, meinte sie, würde sich unter dem Priestergewand leichter verbergen lassen. Grundsätzlich vertrauen Witwen dem Priestertum, doch hätte sie trotzdem nicht gedacht, dass ihr Sohn eines Tages Novize im Kloster Johannes des Täufers sein würde, ganz zu schweigen von seinem späteren Mönchtum.

Leon war zwei Jahre lang Novize und wurde erst, als seine Mutter schon gestorben war, Mönch. Sein erster Schritt ins Kloster hatte nichts mit Einsamkeit oder einem tiefen Glauben zu tun, sondern mit dem Vorfall um das Klagelied, ein Vorfall, der ihn dem weltlichen Leben entsagen ließ. Im Vorort der Stadt klagte in einem schäbigen Club eine Frau namens Sanato. Es gab kaum einen Jüngling, der nicht in die Stimme einer Klagefrau verliebt war. Leon und einige seiner Freunde hatten es sich zur Gewohnheit gemacht, in diesen Club zu gehen und sich die Klagelieder anzuhören. Und je häufiger er dorthin ging, desto überzeugter war er, dass Pater Kyrion recht hatte. Dieses vernichtende Lied zog einen so sehr in seinen Bann, dass man danach sofort in der Hölle landete. Nicht in jener Hölle, wohin die mit Sünden Beladenen von teuflischen Wesen getrieben werden, sondern es war, als geriete man in eine Zange, als stünde man vor einem Felsen und schlüge mit einem Brecheisen darauf. Dieses eigenartige Bild der Zerstörung, das Leon vor Augen stand, war seltsam und er begriff, dass auch Pater Kyrion in seiner Jugend das Klagelied häufig gehört haben musste und dessen Wesen genau begriffen hatte. Denn er beschrieb es als ein viel größeres Übel als das Kartenspiel. Leon erlebte das Klagelied ganz anders als seine Freunde, geradezu entgegengesetzt. Als er ihnen seine Empfindung einmal beschrieb, hatten sie darauf nur eine Antwort: er sei ein Seminarist und habe deshalb solche Erscheinungen. Leon glaubte nicht an die Ehrlichkeit dieser Stimme und an das Klagen im Dunkeln. Später besuchte er diesen Club nicht mehr. Doch hin und wieder stieg in ihm das unbeschreibliche Gefühl des Gefahr-

vollen auf, das ihn früher beim Anhören der Klagelieder von Sanato überkommen hatte. Das viele Nachdenken über das Klagelied hatte etwas von einer Vorahnung. Denn eines Tages erfuhr Leon, dass einer seiner Freunde wagemutig versucht hatte, die Sängerin Sanato zu finden und für sich zu gewinnen. Umsonst hatten die Freunde versucht, ihn davon abzuhalten: Die Klagefrau könne schon sechzig Jahre alt sein und all seine Hoffnungen zerstören. Das Wesen des Klageliedes liege ja eben in der Verborgenheit der Sängerin, die aus der Dunkelheit, nur mit ihrer Stimme, die Sinne errege.

Wie aber kann man einen Verliebten aufhalten?

Etwas Sonderbares und Schlimmes geschah. Sie fanden ihren Freund nicht mehr. Er verschwand, als wenn es ihn gar nicht gegeben hätte, als wenn er nie durch diese Stadt gelaufen wäre. Niemand wusste, was er unternommen hatte, um Sanato zu sehen. Die Polizei erklärte den jungen Mann für vermisst. Wie konnte jemand von dieser Insel verschwinden? Die Freunde schwiegen, auch Leon, denn es gehörte sich nicht, jemanden bei den Engländern zu verpfeifen. Später fanden sie eine Mütze am Waldrand des Bungalowlandes. Es war die Kappe eines Polospielers, die als seine identifiziert wurde. Die Polizei suchte zudem den besagten Club auf, denn ihr waren alle Klagefrauen bekannt, so unbekannt sie den Zuhörern auch waren. Der oberste Constable hatte somit alle Namen und Fotos der Frauen vorliegen. Wie durchgesickert war, dass ihr Freund dieser Klagefrau nachgestellt hatte, wusste keiner der Freunde. Sie alle verneinten, etwas gesagt zu haben. Aber Detective Crimson sagte ihnen eines: Sie seien noch Kinder. Sie hätten ja keine Ahnung, was es bedeute, einer Klagefrau nachzustellen. Eine Klagefrau würde alles unterschreiben. Die Freunde erfuhren nie, was mit Sanato geschah, ob man sie festnahm oder nicht. Auf den Plakaten stand nach wie vor der Name Sanato, aber die Clubbesitzer kann man schwer überprüfen. Es war ja keine Sache, eine andere Klagefrau zu finden, die die gleichen vernichtenden und bösen Lieder sang. Vielleicht hatte man sie ausgetauscht. Jedenfalls wurde Leon kurz nach diesem Vorfall Novize. Er unterwarf sich allen Klosterregeln und bedauerte seine Vergangenheit. Data, der nicht zu diesem Freundeskreis gehörte, staunte über Leons Entscheidung. Dieser erklärte ihm aber, dass er es nicht allein schaffe ... er sei ganz allein ... denke über schreckliche Dinge nach und lebe schrecklich.

Damals war er Angestellter in einer Agentur.

»Gehen wir«, sagte Data zu ihm, »gehen wir irgendwohin.«

»Wohin?«, fragte Leon.

»Irgendwohin, nach Kurnucheti ...«

»Was ist das?«

»Ich weiß nicht, meine Großmutter sagte das immer.«

Leon jedoch ging ins Kloster und nicht nach Kurnucheti.

Und nun, nach so vielen Jahren, schaute der Mönch Pantheleimon aus dem Fenster der Bücherkammer und sah, dass Data Wisramiani genau vor dem Haus stand, in dessen Keller sich der beste Klageliedclub, namens »Marana«, befand.

Der Mönch Pantheleimon war sehr beunruhigt und konnte seine Gedanken kaum noch ordnen.

Nach so vielen Jahren schickte ihm das Klagelied aus der goldroten Unterwelt erneut seine tödliche Höllenstimme. Er kannte den Namen der Frau, die im »Marana« sang, nicht. Aber der Name hat beim Klagelied nichts zu bedeuten.

Die Frau kann man ja nicht sehen.

Im Dunkeln aber kann man sie schwer besiegen.

Besonders nicht Data, der Meister des Berauschtseins.

DAS BIN ICH, DER TRAUM, DIE ROSAFARBENE JESSICA

Jessica nahm das Gewehr vom Fensterbrett und rief:

»Was wollt ihr dort? Haut ab und lasst die Garage sein ...«

Sie achteten nicht darauf und liefen trotzdem durch den Hof.

»Haut ab, ich bin Jessica de Rider ...«

Wie schwer dieses alte Jagdgewehr doch war. Jessicas Daumen war schon ganz rot. Sie konnte den Hahn kaum nach hinten ziehen.

Das war am Morgen, dann geriet Jessica noch einmal in einen Streit. Wessen Schuld war es denn, wenn sie es nicht lassen konnte? Wer läuft schon heutzutage mit einem rosa Tuch und einer rosa Brille herum?

Kurz, Jessica befand sich mitten im Krieg. Sie schrie zweimal: »Ich bin Jessica de Rider! Ihr werdet schon sehen, was mit euch passiert ...«

Die Typen achteten nicht groß auf ihre Worte, ignorierten sie sogar. Aber da feuerte Jessica zweimal. Einmal traf sie die Bank am Wegrand, das andere Mal schoss sie in die Luft. Beim ersten Schuss wäre Jessica fast hingefallen, und unwillkürlich drückte sie noch einmal ab. Auch die Schüsse fanden keine Beachtung. Einer der Männer stellte seinen Kragen auf und sie liefen weiter im Hof herum. Erst später sah Jessica, dass sie große Gewehre dabeihatten, von denen man nur den Lauf sah, da sie die Gewehre umgehängt hatten und darüber eine Jacke trugen. Wozu brauchten sie bei dieser Hitze eine Jacke? Da die Truppe partout nicht reagierte, entschied sich Jessica, das Gewehr neu zu laden, und holte Munition aus dem Gurt. Die Patronenhülsen konnte sie aber nicht herausholen, da sie noch recht heiß waren. Solange Jessica blies, um sie abzukühlen, gingen die Eindringlinge ihren dunklen Geschäften nach. Sie rollten Jessicas rosafarbenen »T-Bird« aus der Garage auf den Weg hinaus. Danach ließen sie den Motor an und rollten den Wagen über den schmalen Weg zum kleinen Hoftor hinaus. Jessica schoss nicht noch einmal. Sie konnte ja schlecht auf ihren besten Freund zielen.

Ihr Wagen, den sie »Rose of England« nannte, war für andere genauso untauglich wie ein erstklassiges Rennpferd. Denn ein Wagen dieses Alters und dieser Farbe, mit solchen Kotflügeln und Windschutzscheiben war auffällig wie ein bunter Hund. Es war auch der einzige Wagen auf der Insel, dessen Lenkrad links angebracht war. »Rose of England« ließ sich schwer verbergen, es sei denn unter Wasser. Der Wagen würde schwerlich in irgendein Schlupfloch passen.

Also richtete Jessica ihr Haar, setzte ihr rosa Kopftuch auf, verknotete es fest unter dem Kinn und setzte die Brille auf, um alles wie bei Nacht zu sehen. Dazu benötigte sie zwanzig Minuten. Sie musste unbedingt dieses Kopftuch und die Brille tragen, um sich als berühmte Person vor den lästigen Fotografen oder anderen Verfolgern besser verstecken zu können, wie sie annahm. Diese Strategie hatte zwar selten Erfolg, aber dennoch: Jessica hatte sie für sich erdacht und war immer so unterwegs. Sie war kein junges Mädchen mehr und fühlte sich in dieser Aufmachung wie Katherine Hepburn in älteren Jahren.

Jedenfalls machte sich Jessica de Rider zwanzig Minuten später auf, ihren Wagen, die »Rose of England«, zu suchen. Der amerikanische Wagen stammte aus einer Zeit, als sie noch ein Mädchen war, Marlon Brando, die Bücher von Tom Wolfe, Cannabis und einen Herumtreiber liebte, den sie für einen Anführer der Hippies hielt.

Jetzt hatten sich die Zeiten geändert und sie machte sich auf, ihr Auto zu suchen. Das Gewehr konnte sie nicht mitschleppen, aber sie besaß noch eine andere Waffe. Jawohl.

So weit so gut. Doch bald darauf geschah noch etwas anderes. Sie begegnete einigen Sungalen, die sie, nachdem sie Jessica lange belustigt gemustert hatten, fragten, wo die Oma denn hinwolle. Daraufhin zog Jessica geschwind ihr »Organza«-Flakon aus der Tasche und sprühte dem Nächststehenden ihr Parfüm in die Augen, als sei es Tränengas.

»Ich bin Jessica de Rider und suche meinen Wagen ...«

Die Sungalen stellten sich taub.

»Bringt mich zu eurem Chef, man hat ihn mir gestohlen.«

»Was für ein Vehikel?«, fragte plötzlich einer.

»Meinen Wagen, einen T-Bird, Jahrgang 66 und rosa.«

»Ja ... ich weiß nicht ... was weiß ich?«

Jessica ging mit unermüdlichen Schritten weiter, durch sieben Straßen und über sieben Plätze. Erst dann bemerkte sie, dass sie sich zwischen der Kalivan Street und dem Platz des Gouverneurs Lord Ashtwig befand, im Stateviertel. Sie warf vier Blicke auf den Gouverneurssitz, zog ihre roten Schuhe aus und setzte sich am Rande des Brunnens beim Denkmal nieder. Die Schuhe stellte sie neben sich.

Niemand sonst war zu sehen.

Wer hielt sich bei dieser Hitze auch schon draußen auf. Jessica holte ein Päckchen Zigaretten Marke »Kanzler« heraus und rauchte. Sie schaute sich um und betrachtete die Fenster der düsteren Staatseinrichtung und den verrußten, baufälligen Gouverneurspalast.

Dann hörte sie plötzlich Schritte, schnelle und feste Schritte. Nicht zwei, sondern vier, nicht vier, sondern acht. Nicht acht, sondern vielleicht viel mehr. Sie schaute sich nicht um. Vielleicht eine Verfolgungsjagd, dachte sie, vielleicht zischt noch eine Kugel vorbei.

Es wurde aber niemand verfolgt. Es waren zehn Typen, zwei von ihnen sprangen sogar in den leeren Brunnen und zielten auf Jessica, die auf dessen Rand saß. Der eine schrie, sie solle die Hände heben. Jessica rauchte gelassen weiter und fragte den Anführer, einen rotbackigen Jüngling:

»Kannst du lesen?«

»Hände hoch … hoch … Verdammtes Klageweib, ich verpass dir eine Kugel …«, schrie einer von hinten.

»Weißt du, was das heißt?« Jessica zeigte ihnen den Mittelfinger und fuhr fort: »Ich bin Jessica de Rider … bringt mir meinen Wagen zurück.«

»Lass die Pistole auf sie gerichtet, Gogia«, sagte der Rotbackige und murmelte etwas in ein Funkgerät.

»Antwortet er nicht?«, fragte Jessica. Sie sagten nichts. Jessica zeigte erneut den Mittelfinger und fragte: »Was ist das für eine Zahl?«

Genau in diesem Moment raste ein Auto auf den Platz, vermutlich ein roter Jeep und, um die Wahrheit zu sagen, über und über mit Schlamm bespritzt. Sicher waren die Typen zuvor auf der Jagd im Wald gewesen oder irgendwo, wo es feucht war. So jedenfalls sah es Jessica durch ihre Gläser.

Der Jeep hielt direkt vor Jessica de Rider.

Der Mann am Steuer öffnete die Tür, stieg aber lange Zeit nicht aus. Jessica warf die Zigarette weg und griff nach ihren roten Schuhen.

»Weißt du, was rote Schuhe bedeuten?«

Der Mann sprang aus dem Auto. Er war sehr dick, so schien es Jessica. Er hatte einen zerzausten Schnurrbart und gütig leuchtende Augen. Er trug »Giordano«-Schuhe ohne Socken und hatte seine Hose hochgekrempelt. Jessica hatte diesen Mann schon einmal gesehen, in irgendeiner Autowerkstatt. Er hatte genauso dagestanden wie jetzt und das Auto gewaschen, als Jessica ihre Rose in die Werkstatt brachte.

Es war dasselbe Auto. Aber warum war es so schmutzig? Sie hatten doch beide damals ihren Wagen gewaschen?

Der Mann blieb in der Nähe stehen und betrachtete Jessica.

»Sie trägt ein Kopftuch«, sagte der Rotbackige zaghaft. »Die Jungs sahen sie auf der Kalivan Street. Dann kam sie hierher ... wir folgten ihr ... sie ist betrunken ... sitzt hier und beschimpft mich mit üblen Worten.«

»Stopp«, sagte Jessica, »stopp, ihr Kamele, wir sind in der Oase angelangt. Jetzt trinken wir Wasser. Schenkt ein.«

Die Typen sahen den dicken Mann an.

»Hast du nicht den Wagen gewaschen?«, fragte ihn Jessica.

»Ich konnte ihre Wange nicht anschauen, aber sie trägt ein Kopftuch ...«, nuschelte der Rotbackige.

»Ich bin Jessica de Rider«, sagte Jessica und zog eine neue Zigarette aus dem Päckchen. Der Dicke drehte sich um und trollte sich zum Wagen.

»Cheti, Cheti« – der Rotbackige folgte ihm – »was sollen wir mit ihr tun ... ich fand keine Schramme, aber sie trägt ein Kopftuch ...«

»Was ihr mit ihr tun sollt?«, sprach der Mann vor sich hin, »lasst sie doch da sitzen. Was weiß ich denn, was ihr mit ihr tun sollt ...«

»Ist sie es nicht?«

»Junge, geh jetzt und stell dich wieder dorthin, wo du warst. Und lass mich in Ruhe ...«

»Sie trägt ein Kopftuch, hieß es, und hat eine Schramme. Die Schramme habe ich nicht entdeckt ...«

Der Dicke sagte nichts mehr, aber Jessica rief ihm zu:

»Man hat mir mein Auto gestohlen, bringt mir mein Auto zurück.«

Der Mann stockte.

»Was?«

»Rose. Mein Wagen. Sie haben ihn gestohlen, oder jemand wie Sie. Bringt mir meinen Wagen zurück. Ich bin Jessica de Rider.«

Der Mann setzte sich in seinen Wagen und ließ den Motor an.

»Dieser Mann hat damals den Wagen gewaschen«, sagte sie zu den Bewaffneten und zeigte nun zwei Finger. »Wie viel ist das?«

Dann schlief Jessica am Rand des Beckens ein. Als sie aufwachte, standen ihre Schuhe immer noch da, und alle Glieder taten ihr weh. Gleich links neben ihr stand ihre Rose.

»Rose …«, flüsterte Jessica, »mir geht es so schlecht, Rose.« Sie fasste sich an den Hals.

Jessica hatte einen ausgezeichneten Weinkeller. Was blieb ihr denn anderes übrig? Sie hatte furchtbare Angst.

»Hey«, sagte sie zu Männern, die gar nicht mehr da waren, »hey, gehen wir, Rose ist wieder da.«

Es war ein toller Anblick. Jessica konnte sich selbst sehen: Ein großer Platz, umgeben von sechs Häusern, gute alte Pflastersteine. Leere Häuser, das eine zerfallen. Der mondfarbene Platz und verblichene bernsteinfarbene Häuser. Ein großer Brunnen. Ein leeres, rundes Becken. Am Rande des Brunnens eine Frau mit rosa Kopftuch, die alles verschwommen wahrnimmt, mit roten Schuhen in der Hand, die wie Boote aussehen. Unweit davon der rosafarbene, glänzende Wagen, Rose.

Weiter niemand.

Bist du aber sexy! *I'll call you sexy all the day …*

»Ich bin Jessica de Rider«, flüsterte Jessica, »ich bin alt.«

Dann warf sie die Schuhe ins Auto und sagte:

»Komm, Rose, klagen wir und fürchten wir uns …«

3

DIE FESTUNG UND ANDERE ZEHNZEILER

1

Was hatte ein Wolf hier zu suchen? Wer hätte denn einen Wolf hierherbringen sollen? Auf dieser Insel gab es keine Wölfe. Wenn es welche gegeben hatte, dann vielleicht früher, bis man sie ausrottete. Füchse gab es eine Menge und Hasen, wie es sich gebührt – aber keine Wölfe. Auch keine streunenden Hunde. Hier, auf dieser Insel, gab es überhaupt keine Straßenköter, nur Rassehunde. Wölfe gab es auf der Sungalen-Insel im Wald. Die Sungalen mögen Tiere. Sie haben auch schon Wolfswelpen eingefangen und zu Hause aufgezogen. Alle Welpen, besonders aber die Wolfswelpen sind sehr niedlich, von den ausgewachsenen Tieren ist hier nicht die Rede. Ein Wolfswelpe ist ständig am Beißen, kann aber mit seinen Zähnen noch niemandem schaden. Wenn er einen Finger erwischt, kaut er darauf herum. Das ist seine liebste Beschäftigung, was sehr unterhaltsam ist. Gibt man ihm einen Klaps, lässt er sofort los, aber nur für einen Augenblick. Dabei sieht der Welpe so aus, als wäre er soeben erwacht, und verzerrt seine Schnauze auch nicht so wie ein erwachsener Wolf.

2

In der Festung gab es alles Mögliche zu sehen, hatte sie doch viele Jahre als Museum gedient. Dort befanden sich auch einige Stücke von Ali Beys Tabakspfeife. Diese Bruchstücke galten auf der Insel als sehr wertvoll, denn außer ihnen hatte hier alles andere Antike heil überlebt. Es war seltsam, dass gerade die Pfeife von Ali Bey in Stücke ging. Wie das passiert war, wusste keiner mehr so recht, aber es gab eine verrückte Geschichte darüber. Wer alle Bruchstücke sammeln und die Pfeife von Ali Bey wieder zusammensetzen kann, wird teilhaben an der Magie der Vergangenheit, heißt es, und wird die geheime Absicht Ali Beys erraten. Die zwei großen und drei kleineren Stücke der längsten Pfeife der Welt, die im Museum aufbewahrt wurden, hat nie jemand entwendet. Auch keines der Heere, welche in jenem Monat in der Festung stationiert waren, ist über die Altertümer hergefallen.

3

Zuerst dachten die Sungalen in jener Nacht, dass sich ein Wolf in die Festung geschlichen habe. Wo, zum Teufel, er hätte herkommen sollen, wusste keiner. Wölfe haben die Gewohnheit, Schlafende zu überfallen und schrecken auch nicht vor einer zufälligen Begegnung zurück. Nach Mitternacht vernahmen die Sungalen ein Heulen. Ein Sungale kann sich nicht irren, er kennt das Heulen des Wolfes, wenn er es ein paar Mal gehört hat. Sie fürchteten sich zwar kaum vor einem Wolf, aber das Heulen war ihnen auch nicht gerade angenehm. Denn wenn man sich in einer Festung aufhält und das Heulen von dort kommt, ist das nicht wie im Wald, wo man die Wölfe mit der Glut vertreiben kann. Ein Wolf heult nicht ohne Grund, und die Soldaten suchten den Vollmond am Himmel, den sie auch vorfanden. Sie begriffen, dass wirklich ein Wolf irgendwo hergekommen war und dass er nicht ohne Grund heulte. Vielleicht hatte ihn einer der Sungalen zum Spaß mit auf diese Insel gebracht?

4

Es ging um die Tabakspfeife. Sicher hatte es jemand darauf abgesehen. Gerade jetzt bedurfte die zerbrochene Pfeife des Schutzes. Aber wahrscheinlich war es nicht irgendein Verrückter, sondern ein waghalsiger Dieb, der die Stücke von Ali Beys Pfeife stehlen und so lange verbergen wollte, bis bessere Zeiten kamen, um die Pfeife dann heimlich zu verkaufen. Das war kurz nach Mitternacht, bei Vollmond. So deutete Chetia, der Anführer der Sungalen, das Geheul. Er selbst hatte wenig Respekt vor dem Wolf, aber vor seinem Heulen. Es kam ganz aus der Nähe.

Um englische Gewehre zu stehlen oder die Festung zu verminen, würde niemand hierherkommen. Aber Chetia veranlasste, dass man die Tabakspfeifenstücke aus der großen Vitrine zu ihm ins Zimmer brachte.

5

Anfangs dachten sie also, es sei das Heulen eines Wolfes. Was sonst. Wölfe heulen in der Nacht immer genau dann los, wenn man am Einschlummern ist. Das Geheul drang durch die alten Wände der Festung, zog durch die engen Zimmer und die Wendeltreppen hinauf und hinunter. Der innere Teil der Festung war ein solches Labyrinth, dass man kaum ausmachen konnte, wo die Stimme herkam. Mal klang sie fern, dann wieder nah. In der folgenden Nacht wiederholte sich das Gleiche nach Mitternacht. Nun machte man sich auf die Suche nach dem Wolf. Wie lange hält es ein Wolf ohne Fressen und Trinken aus? Solange er will. Bis sein Magen an der Wirbelsäule klebt. Er wird sich dann nur noch geschickter auf die Lauer legen. Sein Heulen wird dabei immer unerträglicher und gefährlicher klingen. Man gewöhnt sich zwar daran, muss aber auf der Hut sein, denn der Wolf könnte einen unverhofft angreifen in diesen engen Gängen der Festung. Deshalb schlugen die Sungalen ihr Lager lieber draußen auf. Das Rätsel wurde dann auch von dort aus gelöst.

6

Der Wolf wird begreifen, dass er umstellt ist, dass er nicht allein ist. Ob es nun ein Wolf oder ein Dieb ist, der in diesem Labyrinth sein Geheul veranstaltet. An der Tür stand eine Wache. Eine Nacht wollte man noch auf diese Weise abwarten. Außerdem legten die Sungalen Fleischstücke aus.

Der Wolf heulte, rührte aber das Fleisch nicht an. Das Heulen kam aus der Festung. Chetia schubste das Fleisch am Eingang zur Seite und ging hinein. Die anderen folgten ihm, der mit großer Mühe den Turm hinaufstieg, dorthin, wo er die Gefangene eingesperrt hatte. Warum hatte man nicht sofort an sie gedacht? Chetia hielt die Frau im Zimmer des früheren Museumsdirektors fest. Er hatte sich kurzsichtigerweise gedacht, früher oder später würde jemand versuchen, sie zu befreien. Dann würde er einiges aufklären können. Chetia stellte sich vor die Frau, die in der Ecke hockte, und sagte zu ihr:

»Hey, du Klagefrau, bist du nun zum Heulen übergegangen? Data Wisramiani kann es sowieso nicht hören.«

Er ließ Klebeband holen und verklebte ihr damit den Mund. Und die Hände. Das Wolfsgeheul verstummte.

VON FENSTER ZU FENSTER

Das musste so sein. Zwei Hügel, zwei Mauern, zwei Bauten, zwei Fenster. Seit es diese Insel gab, gab es auch diese beiden Fenster. Von diesen Fenstern aus beobachtete man sich selten gegenseitig. Man beobachtete das Ufer, die Stadt. Das Auge reicht jedoch so weit, wie man es schweifen lässt, es kennt keine Bräuche und Regeln. Wenn man es nicht selbst abwendet, geht es immer weiter und sieht Dinge, die vielleicht im Herzen eine Schramme hinterlassen. Das ist die Tücke des Auges gegenüber seinem Herrn, was wegen der vielen anderen guten Dienste entschuldigt wird. Dabei kann sich der Mensch seines Auges nach Belieben bedienen: es schließen, blinzeln, es fast schließen oder ganz abwenden. Dann kann das Auge anstelle von Schlamm Rosen sehen. Wenn man das Auge aber nicht rechtzeitig abwendet, wird es dennoch zum Ende des Korridors starren. Deshalb bedarf es einer großen Kunst, die Augen zu schließen oder abzuwenden. Die Mehrzahl der Menschen vermag es sowieso nicht und es gibt auch solche, die ihre Augen überhaupt nicht schließen. Dann wird das Auge bestimmend und beherrschend für ihr ganzes Wesen. Das Auge ist gierig. Je mehr es die Gedanken und Überlegungen seines Herren bestimmt, desto gieriger macht es ihn. Es lässt ihm keinen Ausweg mehr und zeigt ihm sofort den wichtigsten Teil. Denn ein Mensch denkt, dass nur das, was er sieht, echt und nur sein Auge ein Auge sei. Dieses Hinschauen macht den unehrlichen Menschen zu einem Monster, den ehrlichen aber zu einem der Ritter, die mit diesem Monster kämpfen. Doch beide vermögen es nicht, auch mal mit den Augen des anderen zu schauen. Sie haben vergessen, dass es auf Erden zweimal so viele Augen wie Menschen gibt, ein Zeichen des Herrgotts, dass man nicht nur eines, sondern zwei davon hat und man also genau hinschauen und überprüfen soll. Man soll nicht nur einem Auge vertrauen, sondern das zweite hinzuziehen. Damit sind aber nicht nur die eigenen Augen gemeint, sondern auch fremde. Das Monster sollte sich also von der Seite selbst betrachten oder den Ritter mit seinem Speer.

Die zwei Fenster auf den beiden Hügeln der Stadt waren wie

zwei Augen, die man vergessen hat, die aber immer noch tausend Dinge sahen. Sie beobachteten sich ab und zu auch gegenseitig, einem Späher gleich, der mit seinem Blick die Umgebung streift und zuletzt zu dem zweiten Auge gelangt. Das heißt, wenn jemand aus dem ersten Turm der Festung schaute, würde sein Blick zwangsweise das äußerste Fenster im obersten Stock des Klosters streifen, das Fenster der Bibliothek.

Wehe den bösen Zeiten, wehe dem schweifenden Auge.

War es nicht diese Stelle, wo die Mönche ein schreckliches Bild erblickten? Hat man nicht vor diesem Fenster der Bibliothek den ermordeten Novizen Nikolaos gefunden, hat man nicht hier gebetet, und hat der Abt das Fenster nicht mit einem schwarzen Vorhang verhängen lassen, auch wenn er wusste, dass es der Lieblingsort des Mönches Pantheleimon war? Hat man nicht Pantheleimons Tisch zur Seite geschoben, um dort eine Ikone aufzustellen und eine Kerze anzuzünden? Hätte man das Fenster nur nicht zugehängt, dieses älteste Auge des Klosters, das einzige Auge, das den gelehrten Mönchen die Außenwelt in voller Länge und Breite vor Augen führte und sie daran erinnerte, dass es keine Begrenzung gibt und die Weite unendlich ist. Saß früher an dieser Stelle nicht der Mönch von Dositeo, dessen Schriften sich Pantheleimon widmete? Saß hier nicht der Mönch Gabriel, ein Chronist des Herbstes, der von hier oben beobachtete, wie die Genuesen auf ihren Plätzen tanzten, und eine wunderbare Beschreibung davon hinterließ? Zählten die Chronisten nicht von hier aus die Schiffe? Wurden nicht von diesem Ort aus die Menschen auf der Erde und die Sterne am Himmel beobachtet? Der Mönch Pantheleimon liebte das Fenster, denn von hier konnte er die Welt betrachten, die ganze Welt.

Eines Nachmittags stieg Pantheleimon wieder einmal zur Bibliothek hinauf, trat an das Fenster, das dem verhängten gegenüberlag, und schaute auf den menschenleeren Strand, auf die kleine Siedlung am Wasser und auf die verlassene Villa der Kariani. Dann drehte er sich um und schlich zu jenem Fenster, das mit dem Vorhang verhängt war. Er schob den Vorhang vorsichtig zur Seite, den er zuvor selbst an allen vier Ecken mit Nägeln befestigt hatte, da-

mals in heller Aufregung, als der Novize Nikolaos noch im Kloster
aufgebahrt war. Jetzt schob er den Vorhang ebenso aufgeregt zur
Seite, ganz wenig, so dass ein Strahl des sonnigen Tageslichtes auf
sein Gesicht fiel. Und er schaute mit einem Auge durch den hellen
Spalt zwischen Fenster und Vorhang, er schaute auf die Stadt. Nur
wenige Menschen waren unterwegs. Nach dem Mittagessen waren
keine Schüsse zu vernehmen. Wer schießt schon mit vollem Magen? Eine Stunde musste mindestens vergehen. Er schaute auf die
Stadt, die genauso von der Sonne beschienen wurde und genauso
ihre Türme aufgerichtet hatte wie schon immer. Er schaute zum
Sklavenplatz, der um diese Zeit immer leer war. Und er schaute zur
Festung, zum Nordturm und dem Fenster, das bereits in der Sonne lag. Er blickte zu diesem zweiten Auge hinüber und erinnerte
sich, wie er einst den Museumsdirektor Alfredo da Costa besucht,
von jenem Fenster aus zum gegenüberliegenden Klosterfenster
geschaut und an den Novizen Nikolaos gedacht hatte.

Der Mönch Pantheleimon schaute zum Fenster und musste
wieder an Nikolaos denken. Er schaute und erinnerte sich. In diesem Augenblick splitterte auf der anderen Seite die Fensterscheibe und etwas flog heraus, es flog und prallte mit aller Wucht unten
auf. Das Ganze dauerte nur wenige Sekunden. Der Mönch wusste
nicht, was das zu bedeuten hatte, was das zerschlagene Fenster bedeutete, was da herausgestürzt war. Er riss eilig den Vorhang zu
und begriff mit einem Mal, dass eine Frau aus dem Fenster gefallen war. Die Frau lag unten auf dem Dach eines Hauses. Aus dem
Fenster schaute niemand.

»Mein Gott!«, rief Pantheleimon. »Mein Gott«, brüllte der
Mönch. »Eine Frau ist gesprungen ...« Da liefen die Mönche herbei und fanden Pantheleimon am Fenster niedergesunken, weinend und zitternd.

4

DER HAUPTMANN MIT SÄBELN UND ZWEI DOLCHEN

DIE BESCHREIBUNG DES EIGENTUMS VON AGATIA ZICHISTAWI-ARTSCHILIANI

Englisch würde man ihren Namen so schreiben: Agatha Tsikhistav Archiliani. Die Beschreibung ihrer Besitztümer bedurfte aber eines Kenners, wie er kaum aufzufinden war. Die Notariate waren ja geschlossen und die Notare irgendwohin verschwunden. Und trotzdem wurde eine Bestandsaufnahme gemacht, noch dazu eine sehr ausführliche.

Man fand einen geeigneten Mann dafür: Alfredo da Costa. Keiner hätte es besser gekonnt als er.

Er verbrachte drei Tage damit und ließ keine Garnspule außer Acht, denn die Spule der Königin ist keine gewöhnliche Spule.

Der alte da Costa nahm die Bitte von Pardon Bell und Théveneau de Morande sehr ernst und verkündete gleich am Anfang, dass diese Angelegenheit – besonders unter diesen Umständen – schnell erledigt werden müsse.

Damals war die Stadt zweigeteilt.

Der Stadtteil, welcher an das Genuesenviertel und das Glücksviertel grenzte, also das Stateviertel samt Festung und Hafen, unterstand dem Heer von Kaia Wisramiani. Es bestand aus Menschen ganz verschiedener Herkunft: Sungalen, Georgier, Vagabunden und zwei Kriegsmeistern unbestimmter Nationalität, die von den Wisramiani in Reserve gehalten wurden. Die andere Seite der Stadt, mit dem Kloster, dem Genuesenviertel, der Hälfte der Kalivan Street und dem Sklavenplatz, war von den Anhängern der Königin Agatia Zichistawi-Artschiliani besetzt. Darunter befanden sich wenige Osmanen, Genuesen und das Sungalen-Heer, angeführt von einem beleibten Sungalen namens Chetia. Genau in dieser Zeit, die vom Volk als »Periode der Grenzen« bezeichnet wurde, übernahm Alfredo da Costa die Aufgabe, den Besitz der Königin auf einer Inventarliste zu erfassen, um ihn für die Zukunft wenigstens zu dokumentieren.

Die Bestandsaufnahme begann bei der Kleidung. Der Bestandsaufnehmende kam über die Bücher zur Küche und zuletzt zu den Schubladen. Dabei orientierte sich Signor da Costa an den Methoden des Museums. Dort war es üblich, dass jeder Gegenstand von einem Sachkundigen zunächst im Hinblick auf den historischen Wert geprüft und erst danach in das Register eingetragen wurde. Deshalb wurden weder Schuhe, Morgenrock oder Zahnbürste noch die Brille registriert. Dafür aber der fingerlange Revolver »Femina« von 1949 und vier Gewehre aus dem 17. bis 19. Jahrhundert, alle schusstüchtig, mit einem Pulverhorn, das zugleich ein versilbertes Trinkhorn war. Darunter war auch eine lange Flinte, »Kirim«*, die mit schwarzen Smaragden und Perlmutt bestückt war. Sie hatte allerdings keinen Ladestock mehr. Außerdem wurden zwei alte Säbel eingetragen, einer aus Gold und der andere aus Silber, mit einem besonders schönen Niello verziert; drei silberbeschlagene Peitschen mit altem Geflecht, ein Spazierstock, in dem sich ein Stilett befand. Eine besonders Furcht erregende Glock-Pistole, ganz neu und sicherlich unbenutzt, wurde von da Costa nicht registriert. Unter den Waffen befanden sich zudem zwei kurze Dolche mit Elfenbeingriffen, ein altes Nageletui und Obstmesser, die man einst als Säbelkinder bezeichnete.

Dem folgten im Register vierzehn Salatschüsseln und verschiedenes sehr wertvolles und über zweihundert Jahre altes Geschirr: ein Topf, Schüsseln mit oder ohne Deckel, alle aus teuerstem Porzellan, aus China, dem Osmanenreich und Frankreich stammend. Altes Besteck, zweizackige Gabeln, winzige silberne Kaffeetassen für sechs Personen. Vier englische Teetassen aus Porzellan. Ein anscheinend sehr altes Kleid für Festlichkeiten, das die Königin bei der Übergabe der Fahne getragen hatte. Es war fliederfarben und trug das Herrschersymbol: zwei Pfauenfedern, welche bereits von

---

* Kirim – eine englische Steinschlossflinte, importiert von der Krim

ihren Vorfahren zu Festanlässen an der Schulter befestigt wurden. Ein Zeichen osmanischer Ehrung und Regentschaft war auch der in Gold eingefasste Türkis. Es gab Broschen von unschätzbarem Wert, insgesamt einundzwanzig Stück. Alte Silberschalen, zum Weintrinken, graviert, siebzehn Stück, vier weiße Stoffballen für Turbane, gebügelt und sorgfältig aufbewahrt; vier Filzmützen, die man unter dem Helm trug und welche früher die liebste Kopfbedeckung der Zichistawi waren, wie da Costa beobachtet hatte. Zahlreiche Tabaksbeutel und Schnupftabakdosen aus Gold und Silber, verziert mit Monogrammen und verschiedenen idyllischen Szenen, die in einem Sack verstaut waren. Ebenso zahlreiche verschiedene Pfeifen mit Bernsteingriffen, kurze nach europäischer Art oder lange Kaliane und deren Mundstücke, alles ebenfalls in Säckchen aufbewahrt. Vier Bündel Männersachen, naphthalingetränkt und doch von Motten befallen. Achaluchen* und Schalwaren**, Westen und Jacken, rote, gelbe, schwarze Stiefel. Daneben vergoldete Sporne, die lange nicht mehr eingeölt worden waren, über zweihundert Jahre alt. Ganz alte Tonschalen, die immer noch nach Wein rochen. Ketten, Kettchen, Taschenuhren, Knöpfe und Knopfbehälter, Nähschiffchen und Haken, alles aus Silber und Gold und mit Edelsteinen besetzt. Uralte Ikonen: des Heilands, sicherlich aus dem 11. Jahrhundert; der Muttergottes mit dem Knaben, aus der gleichen Epoche; des heiligen Georgs, eine Treibarbeit aus dem 13. Jahrhundert; zwei katholische Statuen der heiligen Maria aus Marmor, sicherlich etwas spätere Schenkungen. Ein Korallenbündel mit einem Silberkreuz, als Armband zu gebrauchen. Stempel und Siegelringe mit osmanischen Inschriften und unterschiedlichen Monogrammen der Zichistawi – vierzig Stück. Einfache Frauen- und Männerringe in einer Schatulle, die beim Öffnen ein Menuett spielte. Eine ganze Schatulle voll Armreifen, Ringen, Stecknadeln mit und ohne Edelsteine. Alte Garnspulen und Bücher, von denen da Costa die Exemplare nach

---

* Achaluchi – Halbrock der männlichen kaukasischen Tracht
** Schalwaren – Hosen der osmanischen Tracht

1929 nicht mit in die Liste aufnahm. Bis zu diesem Datum waren es ganze neunhundertsiebenunddreißig Stück: vier Bücher aus dem 12. Jahrhundert, darunter ein handgeschriebenes Psalmenbuch; das Neue Testament, auch handgeschrieben; die Chroniken, handgeschrieben, und vier Blätter der Abschrift der Annalen der Johannesinseln – das alles in Kirchenschrift. Auch eine Menge lateinischer Bücher, sehr alte und seltene Exemplare – ein wahrer Schatz, auf den Alfredo da Costa trotz seines Reichtums neidisch war. Besonders neidisch war er auf Daniel Defoes »A General History of the Pirates«, noch zu Lebzeiten des Autors herausgegeben. In der Sammlung gab es auch ausgezeichnete osmanische Handschriften, wunderbar bunt, in speziellen Hüllen sehr gut aufbewahrt. Es gab sehr viele französische Ausgaben: von Rousseau bis Chateaubriand fehlte nichts. Was die englischen Bücher anging, so fanden die Zichistawi wohl Gefallen an »Galeb Williams« von William Godwin. Da Costa war von der Auswahl der Pascha Artschiliani bezüglich der Literatur des 19. Jahrhunderts sehr beeindruckt. Viele dieser Bücher trugen den osmanischen Stempel: Sari Beg. Es war sehr seltsam, dass das deutsche Buch von Max Stirner »Der Einzige und sein Eigentum« von 1844 mit einer osmanischen Inschrift des Regenten der Inseln geschmückt war. Überhaupt gab es viele Bücher, die alte, schon in Vergessenheit geratene Lehren beinhalteten, zum Beispiel Bücher von Marx, Considérant bis hin zu zwanzig Bänden von Proudhon. Es gab fast keine Romane, aber da Costa entdeckte alte Zeitungen in einer Schrift, die er nicht kannte. Das mussten georgische Zeitungen aus dem Jahre 1884 sein. Die Zeitungen hatten alle den gleichen Titel, und man hatte in den Artikeln der ersten Seiten etwas rot unterstrichen. Das Übertragen der Buchtitel in das Inventar beanspruchte eine geraume Zeit, und da Costa arbeitete sogar die Nächte durch. Dafür mussten aber die Fenster verhängt werden, da die Wohnung von Agatia eine gute Zielscheibe abgab. Noch dazu gab es keinen Strom und die zwei Kerzen, die dem alten Mann als Ersatz dienten, reichten gerade noch aus.

Es war sehr beeindruckend, wie sorgsam vier Garnituren von Kleidern aufbewahrt worden waren. Da Costa nahm an, dass diese

Kleidung Agatias Bruder, Vater, Großvater und Urgroßvater Sari Beg gehörte. Es handelte sich um eine sehr eigenartige Tracht, wie sie der verstorbene John Keanan auf seinen Gravuren und einige andere Künstler abgebildet haben. Eine sehr einfache in Grau und Gelb bestickte Kuladscha, gefüttert mit weichem Tigerfell. Ein strohfarbener Achaluchi, eine enge Hose und Lappen, die man einst anstelle der Socken um die Füße wickelte. Ein Gürtel mit Silberschnallen und Goldrändern. Vier Leinenmützen, die europäischen Kopfbedeckungen glichen, und tausend kleine Accessoires für diese Trachten, die da Costa mit registrierte. Es gab in allen Räumen Gemälde, die meisten waren Grafiken und Aquarelle. Die Werke sahen nach Keanan aus, aber es gab auch andere Meister.

Darunter waren einige schöne Landschaftsbilder, welche Ecken aller drei Inseln darstellten. Es gab zahlreiche Nippes in der Wohnung. Ganz verschieden geschmückte Aschenbecher, zum Teil mit Rosen und ähnlichen Verzierungen, um die zwölf Stück oder mehr. Gar nicht zu sprechen von dem Silbergerät zum Schälen und Genießen der Orangen, das wie ein Globusständer aussah und einen Teller für die Kerne und spezielle Messer dazu hatte. Diese Erfindung war mindestens vierhundert Jahre alt. Außerdem Kirschenkerner, Mundstücke und Nussknacker, zusammen einhundertzweiundsiebzig Stück, in verschiedensten Formen und Ausführungen. Davon nahm da Costa achtundsiebzig auf seine Liste.

Es gab eine Menge solch schöner Dinge in der kleinen Wohnung, die so vollgestellt war, dass man kaum zum Tisch vordringen konnte. Die Möbel listete Alfredo da Costa ebenfalls auf.

Besonders gefielen ihm ein osmanischer Teppich und vier Stühle, deren vergoldete Lehnen Harfen darstellten. Die Auflistung der Möbel war leichter, endete aber so ähnlich wie bei den Büchern. Alfredo da Costa wollte sich zum Schluss die Kommode auf dem Balkon anschauen, auch wenn er Angst hatte, hinauszugehen, weil die Kugeln nur so hin und her sausten. Immerhin war man verdeckt von der französischen Kommode, die die Hälfte dieses kleinen Balkons einnahm, und vom kräftigen Blätterwerk des Maulbeerbaumes, der davor stand. So ähnlich, wie es in einem

Vers der Sungalen heißt: Die Maulbeere ragt fast ins Haus hinein. Agatia ging fast nie auf den Balkon, weil man dort weder Wäsche aufhängen noch sich hinsetzen konnte. Und was hätte sie sonst noch da draußen zu tun gehabt? Signor da Costa aber öffnete die Tür zum Balkon wegen der alten Kommode, die er etwas näher betrachten wollte. Er öffnete die oberste Schublade und fand dort verschiedene Hämmer, Zangen und anderes Eisenwerkzeug sowie eine neue Pistole vor. Außerdem fand er viele Hufeisen der alten Zichistawi und Lochstecher. Die Hämmer und die Hufeisen würde er in die Liste aufnehmen. Er zog die unterste Schublade heraus, in die verschiedene Drähte und Kabel geworfen worden waren. Die Kabelreste hatte sicher der Elektriker oder ein anderer Handwerker liegen lassen. Daneben lag ein größerer Sack, dem Anschein nach alt, aus Schafsleder.

Diesen Sack hatte sicher ein geschickter Kürschner genäht. Das Leder war so verarbeitet, dass die Fellseite sich innen befand. An der Schnürstelle hatte man zwei Widderhörner angebracht, die gedreht waren und irgendwie nach Tod rochen. Dieser Sack war ziemlich angefressen, von Insekten oder einer Maus. An manchen Stellen war er zerrissen und ausgefranst. Er sah nicht gerade verlockend aus. Signor da Costa wickelte eine Zeitung um die Hand und prüfte so, was sich darin befand. Als er es klirren hörte, dachte er, er stoße auf altes Geschirr, und so schleppte er den Sack ins Zimmer, um seinen Inhalt auf einer Zeitung auszubreiten. Ho, ho, was herausfiel waren Bruchstücke, die Alfredo da Costa nur zu gut kannte.

Von diesen Bruchstücken aus dunklem Holz gab es vier Stück im Museum und nur vereinzelte Stücke bei manchen Familien auf der Insel. Bisher hatte da Costa nur gewusst, dass die selige, alte Agatia *ein* Stück von der Pfeife besaß. Aber das hatte er für unwichtig und nicht für eine geheimnisumwobene Sache gehalten. Nun aber begann er nachzudenken.

Vor Alfredo da Costa lagen zweihundertvierundsechzig Stücke der berühmten Pfeife des Ali Bey, ein völlig unversehrter Tabaksbeutel, der Pfeifenkopf und sogar das Pfeifenmundstück.

So war das. Vor ihm lag die Pfeife von Ali Bey in Stücken, die man nur wieder zusammenkleben musste. Es fehlte nichts, außer

4

den etwa zwanzig kleinen Stücken, die die berühmten Familien von Santa City besaßen.

Alfredo da Costa, der nicht an Ali Beys Pfeife glaubte, hatte sie vor sich liegen. Warum hatte die Königin nie erwähnt, dass sie so viele Stücke davon besaß?, dachte der gealterte und erzürnte Genuese, der einerseits Furcht verspürte und andererseits noch Wünsche im Herzen hegte. Eine Heldentat aber bedarf genau dessen. Und dennoch, Alfredo da Costa trug, wie es sich für einen anständigen Menschen gehört, die exakte Anzahl der Stücke in die Liste ein. Dort stand kurz: Bruchstücke der Tabakspfeife von Sari Beg, insgesamt zweihundertvierundsechzig Stück. Gezählt und geprüft.

GEFÜHLSWALLUNGEN AUS DEM UNTRÜGLICHEN PROTOKOLL DER FAMILIENOBERSTENVERSAMMLUNG

Tolumbasch*: Ich freue mich, dass diese Versammlung bei mir im Hause stattfindet. Ich freue mich auch, dass alle Familienobersten außer den Kariani anwesend sind. Doch dieses Treffen soll nicht einer Versammlung von Raben gleichen. In meinem Haus geht es nie laut zu. Draußen stehen Journalisten, Lärm würde sie glauben machen, dass wir uns streiten.

Von den Familienoberhäuptern auf der rechten Tischseite: Das stimmt … stimmt … komm, Sardion Matiani, trage das Gesagte zusammen, du bist ein guter Tolumbasch.

Tolumbasch: Ich zähle auf: Als Erstes gibt es den Antrag des englischen Gouverneurs, mich zum Übergangskommissar zu ernennen. Ich gebe die Entscheidung in die Hände der Familienobersten. Ihr sollt entscheiden.

Von den Familienoberhäuptern auf der linken Tischseite: So

---

* Tolumbasch – georgisch: »Tischführer«, hier Gastgeber und Leiter der Versammlung

soll es sein, so soll es sein, der Matiani soll der Kommissar sein. Von den Familienoberhäuptern rechts: Wir bräuchten eine Garantie, ansonsten sind auch wir damit einverstanden, denn wir wissen, dass eine ehrliche und gelehrte Familie als Friedenskommissar eingesetzt wird.

Tolumbasch: Ist das also eine Zustimmung? Wenn ja, dann bin ich damit einverstanden, ein Jahr lang den Posten des Kommissars zu übernehmen, nach dem Wunsch der Engländer und der Familienobersten. Solange noch kein Parlament gewählt ist.

Nun wenden wir uns der Sache zu, über die schon gesprochen wurde. Der letzte Plan der Engländer ist, dass dieses Land eine Königin bekommen soll. Der Familie der Zichistawi würde man damit zurückerstatten, was sie vormals besaß. Die Königin wird das Land repräsentieren, das Parlament einsetzen, aber niemanden außer ihren Dienern für ein Amt auswählen. Die Engländer schlagen Frau Agatia als Königin vor. Eine öffentliche Ernennung hat noch nicht stattgefunden. Wenn ich das Amt des Kommissars übernehme, werde ich neben der Königin stehen und lasse sie billigen. Ich sage meine Meinung als Letzter, wie es sich für den Tolumbasch gehört ... Was sagen die anderen Familienobersten zur Königin, anders gesagt zur Regentin?

Von den Familienoberhäuptern rechts: Wir unterstützen die Königin. Das ist eine gute Visitenkarte für unser Land! Damit drückt man seine Achtung gegenüber der Alten aus, und die Engländer entschuldigen sich vor der Familie ... Alle anderen Länder sind damit einverstanden – die Osmanen, Russen, Engländer, Amerika ... Bulgaren, die Rumänen und sogar die schwachen Georgier sind dafür.

Von den Familienoberhäuptern links: Ihr wisst nichts von den Georgiern. Sprecht nicht von den Georgiern. Wir sind Georgier und wissen, dass sie einen anderen König hatten, nicht den Artschiliani. Die Artschiliani waren Burgvögte und Leibeigene der Osmanen. Sie waren keine Könige, sondern Leibeigene, die später ihr Land an die Engländer verkauft haben. Das erhaltene Geld verschwendeten sie an den Stränden der Riviera.

Von den Familienoberhäuptern rechts: Das hat jetzt keine Bedeutung. Das war eine andere Zeit, die schon vergangen ist. Wir wollen ein gutes Ansehen für unser Land. Jeder große Nachbar freut sich über innere Unruhen bei uns, um mit seinem Heer zu kommen und bei uns seine Gesetze einzuführen. Wir müssen geregelte Verhältnisse schaffen. Ein König bedeutet Ordnung, Vergangenheit und Zukunft. Ein Kommissar allein bedeutet nichts. Mit den Engländern haben wir auch gesprochen ...

Tolumbasch: Da man sich nicht einig ist, muss also abgestimmt werden, wer dafür und wer dagegen ist. Ich sehe, dass die gesamte linke Seite gegen die Ernennung der Königin ist, die rechte aber dafür. Da uns die Kariani fehlen, überwiegt die linke Seite mit einer Stimme. Das heißt, es gewinnen die Johannesen. Die Genuesen und Osmanen müssen dieses Ergebnis anerkennen.

Von den Familienoberhäuptern rechts: Wie wir sehen, ist der Tolumbasch mit seinen beiden Stimmen auf der anderen Seite. Also kann in dieser Sache nicht abgestimmt werden. Wir können so lange nicht zum nächsten Punkt der Tagesordnung übergehen, bis nicht geklärt ist, warum die linke Seite gegen die Königin ist. Wenn der Tolumbasch sagt, dass keine Klärung nötig ist, führt das zum Scheitern, wie es heute dank der neuen Familienobersten auf der linken Seite schon einmal geschehen ist. Wenn der Grund ein Zwist ist, dann verlangen wir, es im Protokoll festzuhalten.

Tolumbasch: Ich sagte nicht, dass nicht gesprochen werden soll, sondern dass ohne den Tolumbasch die linke Seite gewinnt. Ich bitte die linke Seite, ihre Ablehnung zu begründen. Über mein Kommissariat sprechen wir erst nach der Zusage.

Von den Familienoberhäuptern links: Ich wiederhole: Ich bin Kaia Wisramiani. Ich bin die Tochter von Konstantin Wisramiani, der hier sitzen sollte, aber wegen Krankheit nicht kommen konnte. Meinen Berater kennt ihr alle. Ich kam her, um die Meinung meiner Familie und Sippe zu äußern ...

Von den Familienoberhäuptern rechts: Sie, unsere Verehrte, sind nicht das Familienoberhaupt. Ihre Familie schickte Sie nicht hierher, dennoch reden Sie zu viel.

Von den Familienoberhäuptern links: Mich schickte mein Vater. Ich denke, ihr wisst, wer mein Vater ist.

Von den Familienoberhäuptern rechts: Es ist unmöglich der Auftrag Ihres Vaters. Lassen Sie es doch bei dem, was Sie bis jetzt sagten. Wir kennen Ihren Vater, er ist der reichste Mann einer der achtzehn auserwählten Familien, aber auch wir sind die Erben dieser Familien.

Von den Familienoberhäuptern links: Ich kam her, um das auszudrücken, womit alle Familienobersten der linken Seite einverstanden sind. Als Antwort darauf habt ihr die erste Frau, die zu einer solchen Versammlung kam, verspottet, Asche und Besen für mich verlangt und mich erniedrigt, was der Tolumbasch nicht verhindern konnte. Ich will es ja glauben, dass er es nicht verhindern konnte. Sie ließen mich auf Asche sitzen. Ich bin Kaia Wisramiani und sage es euch allen, dass ihr doppelgesichtig seid. Eurem Plan nach soll eine alte Frau gekrönt werden, damit ihr sie dann nach eurem Wunsch lenken könnt. Sie ist so arm, dass sie nur einmal im Monat ins Kaffeehaus geht. Keiner kann sich an diese Frau erinnern, die ihr als Herrscherin wollt. Die Zichistawi haben auf der Insel nichts Bleibendes errichtet.

Nur die Festung und noch dazu mit Steingut, das ihnen der König schickte. Sonst nichts. Sie aßen achthundert Jahre lang das, was sie von uns bekamen. Sie vermochten mit niemandem zu verhandeln, weder mit den Sungalen noch mit den Genuesen oder ihren eigenen Leuten. Sie sprachen mit den Osmanen, oder besser gesagt, die Osmanen sprachen zu ihnen und machten sie zu Leibeigenen. Hier sind siebzehn Familienoberhäupter. Ich frage euch alle, wer von euren Vorfahren hat seinen Glauben gewechselt? Ich achte die Osmanen, aber trete nicht zum anderen Glauben über.

Von den Familienoberhäuptern rechts: Ungläubigkeit ist noch besser als der Glaube der Wisramiani. Was ist euer Glaube? Geld, das ist euer Glaube. Eure Familie und das Geld. Einen anderen Glauben habt ihr nicht. Von den Zichistawi wurde mehr verlangt, und sie mussten vieles aufgeben, für den Frieden der Inseln. Sie hatten keine Unterstützung. Wann habt ihr euch denn erhoben, ihr Wisramiani, dass ihr es jetzt tut?

Von den Familienoberhäuptern links: Brecht keinen Streit vom Zaun. Ich bin eine Frau und sage es euch. Ihr verspottet eine Frau und lobpreist eine andere. Ich appelliere an unsere Familienobersten, bleibt standhaft. Ich werde der Regentschaft einer Artschiliani, die mit einem Fuß schon im Jenseits steht und zum Spielball der anderen wird, nicht mal im Grabe zustimmen. Das sage ich den angeblich hoch verehrten Männern, die mich verspotten. Mich, eine Frau. Sie wissen nichts von den Frauen. Wir sind Johannesen. Wir waren schon hier, als ihr kamt. Ich weiß nicht, was ihr brachtet. Sicherlich einen Kompass, den wir aber nicht benötigen, da wir den Weg auch ohne ihn finden. Wir waren schon immer auf dem rechten Weg und werden es auch weiterhin sein. Wisset das. Ich bin eine Wisramiani. Ich bin immer ein wenig mehr als ihr, und erwähnt nicht mehr meinen Vater, ihr habt kein Recht dazu. Dem Tolumbasch aber sage ich, er soll abstimmen und nicht im Voraus zählen, wie viele Stimmen für die Königin sind und wie viele für das Land. Wir sind mit seinem Kommissariat einverstanden. Hätten wir es nicht gewollt, wäre er nicht vorgeschlagen.

Von den Familienoberhäuptern rechts: Wer will uns Angst einjagen? Tolumbasch, sie kann nicht begründen, womit die Königin dem Land schaden könnte. Ihre einzige Begründung ist Ich, Ich, Ich. Das kann nicht als Argument gelten.

Tolumbasch: Beruhigt euch, Familienoberhäupter. Ich höre Stimmen hinter der Mauer und bitte die Diener nachzuschauen, was los ist. Sicherlich sind die Menschen gekommen, um unsere Entschlüsse zu vernehmen.

Diener: Da draußen ist eine Menschenmenge ... Sie warten auf die Königin ...

Tolumbasch: Auf welche Königin?

Diener: Sie sagen, die Königin würde jeden Moment eintreffen.

Tolumbasch: Ich verstehe nicht, wir haben keine Königin. Bewacht mir das Tor gut. Hoffentlich plant man keinen Verrat. Wenn ihr wollt, können wir vom Bodenfenster hinausschauen, was da draußen los ist.

Von den Familienoberhäuptern links: Was ist los? Was bedeutet hier Königin? Was hat die Alte hier zu suchen?

Von den Familienoberhäuptern rechts: Wir kennen die Meinung des Volkes nicht. Fragen wir die Menschen.

Von den Familienoberhäuptern links: Was hat das Volk schon zu bestimmen?

Tolumbasch: Was gibt's, mein Diener?

Diener: Vor dem Tor steht die Königin, Sie trägt einen alten Schleier und Pfauenfedern an der Schulter. Sie wird von ihren Gefolgsleuten begleitet.

Tolumbasch: Das verstehe ich nicht.

Diener: Sie klopfen.

Von den Familienoberhäuptern links: Ihr seht doch, auch das ist eine Falle. Wir werden betrogen. Unsere Meinung interessiert keinen. Was bedeutet das? Wo waren die Zichistawi in den letzten einhundert Jahren? Öffne nicht, Tolumbasch.

Tolumbasch: Soll ich die Tür meines Hauses verriegeln, wenn jemand klopft? Tun Sie das bei sich zu Hause. Ich kann das nicht. Öffne die Tür, mein Diener, komme herein, wer da ist.

Von den Familienoberhäuptern links: Was schweigt ihr? Habt ihr das nicht im Voraus gewusst? Warum kommt diese Frau? Wer ist sie? Sie wird von uns nicht anerkannt, überhaupt nicht.

Tolumbasch: Guten Tag, Herrin Agatia … Sie können hier Platz nehmen. Ihr unverhoffter Besuch ist für unsere Versammlung eine Überraschung.

Königin: Ich setze mich nicht. So viel Zeit habe ich nicht. Mir gefällt dieses Haus hervorragend, Matiani, du hast einen guten Geschmack. Ich begrüße euch alle von Herzen und übergebe euch ein Schreiben.

Tolumbasch: Was ist das?

Königin: Ein Befehl des Gouverneurs. Darin heißt es, dass ihr euch im Parlament versammeln sollt. Nach der Parlamentswahl werde ich das Parlament einsetzen. Zur Zeit der Herrschaft meiner Vorfahren gab es keine Versammlungen der Familienobersten. Man nahm meinen Vorfahren das Land und erfand stattdessen diese Versammlung. Auf Befehl des Gouverneurs wird diese Versammlung heute, genau um 15 Uhr, aufgehoben. Das Land wird keine privilegierten Familien mehr haben, die im Gesetzbuch bevorzugt werden. Alle Familien werden gleichberechtigt sein, so wie zu Zeiten Sari Begs.

Von den Familienoberhäuptern links: Ja, aber wer bist du?

4

Königin: Ich bin die Königin Agatia Zichistawi-Artschiliani. Soll ich noch mehr Titel aufzählen? Man hat mich bereits vor einem Monat zur Königin gekrönt, als Kommissar aber wurde Sardion Matiani eingesetzt, den ich hiermit bitte, gleich morgen sein Büro im State zu beziehen und nach Abzug der Engländer die Führung des Landes zu übernehmen.

Von den Familienoberhäuptern links: Man hat uns betrogen. Die Engländer haben uns bitter betrogen ... Wer hat diese Frau gekrönt? Wir waren nicht dabei.

Königin: Bei der Krönung der Königin sind keine Bauern anwesend. Es hat euch aber niemand daran gehindert, zu kommen. Hier geht es um die neue Konstitution. Das muss im nächsten Jahr genauso ablaufen. Keine Angst, ich habe nur das Recht, vor der Eröffnung des Parlaments das Klingelzeichen zu geben. Ohne diese Eröffnung kann es nicht tagen. Ich gehe jetzt.

Von den Familienoberhäuptern links: Ihr wusstet das von Anfang an und habt uns hier nur etwas vorgemacht.

Von den Familienoberhäuptern rechts: Glauben Sie nicht, alle seien so wie Sie. Wir sind Genuesen und die Farbe dieser Insel. Ihr aber nur das Fleisch.

Von den Familienoberhäuptern links: Ihr Osmanen, bleibt wachsam. Macht diese Sache nicht mit, haltet euch da raus.

Tolumbasch: Wenn man sich das recht überlegt, ist unsere Ständeversammlung sowieso rechtlos. Was haben wir schon im letzten halben Jahrhundert entschieden? Wir können dem Gouverneur schreiben, dass wir mit etwas nicht einverstanden sind. Was nützt das? Wir können das Parlament einberufen, die Königin absetzen und uns zur Republik erklären. Wer hindert uns daran? Jetzt ist es kurz vor drei, also haben wir gerade noch Zeit für die Abstimmung. Um dem Gouverneur vor unserer Auflösung noch einen schönen Brief zukommen zu lassen.

Wollen die Familienobersten, ja oder nein, dass ich, Sardion Matiani, Kommissar bin? Ich danke euch für dieses Übel, das mir auferlegt wurde, ein jeder von euch soll mich unterstützen. Wollt ihr, dass Agatia den Thron besteigt und die Monarchie eingeführt wird? Die rechte Seite ein Herz und eine Seele, die linke Seite ...

eine Stimme, zwei, drei ... zählt die Stimmen. Es wurde nur eine zurückgehalten. Diese gehört Kaia Wisramiani. Also schreibe es genau so auf, Protokollführer. Schreibe dem Gouverneur: Alle waren einverstanden, als sie von seiner unverhofften Entscheidung erfuhren, und so soll es auch bleiben.

Von den Familienoberhäuptern links: Ich bin nicht einverstanden. Ich werde euch zeigen, dass dieses Land anders ist. Euch besonders und den Verrätern der Versammlung. Jeder weiß, dass Sardion Matiani von meinem Vater als Tischführer der Versammlung vorgeschlagen wurde. Jeder weiß, dass mein Vater dem Gouverneur vorschlug, ihn zum Kommissar zu ernennen.

Tolumbasch: Ihr Vater hätte heute seine Stimme gegeben.

Von den Familienoberhäuptern links: Ihr alle habt vergessen, was euer Land ist. Ich werde es euch zeigen. Ich bin Kaia Wisramiani. Merkt euch das, und nun öffnet mir das Tor, damit ich aus diesem armseligen Nest hinausgelange, das schon zerstört ist, wo das Huhn aber immer noch nach den Eiern sucht ... Merkt euch das, ich bin Kaia Wisramiani. Ich werde mich nicht damit abfinden, dass man aus unseren Land einen Zirkus macht. Unsere Familie schuf dieses Land.

Von den Familienoberhäuptern rechts: Zählt die Schafe ...

Von den Familienoberhäuptern links: Ihr werdet bald nichts mehr zählen können ...

Tolumbasch: Wir haben es geschafft. Ich danke allen und wünsche euch. Glück und Wohlergehen ...

»DIE SCHANDE UND DER TOD«

Aus der gestrigen Ausgabe des *Messenger*

Text von Monica Uso di Mare, Fotos von Bikent Lopiani mit Unterstützung von Art Lopiani

Gestern Mittag wurde auf dem Sklavenplatz im Alter von siebenundsiebzig Jahren die Königin von Santa Esperanza und der heili-

4

gen Ländereien Johanniens, Agatia Zichistawi-Artschiliani, ermordet. Man tötete unsere Königin vier Tage nach ihrer Einsetzung, als sie sich entschieden hatte, dem Krieg ein Ende zu setzten, der in der Nacht ihrer Macht- und Fahnenübernahme ausgebrochen war. Die Königin wurde mit einer barbarischen Waffe aus dem Mittelalter, einem Pfeil, umgebracht. Es gibt keine Zweifel, dass die alte Agatia, die wir alle unser Mütterchen nannten, von den gleichen Leuten umgebracht wurde, die auf Santa Esperanza die Unruhen anzettelten.

Tatsache ist, dass die Sippe der Wisramiani, die bis heute den Südteil der Stadt und die Zitadelle besetzt hält, weder irgendwelche Forderungen stellte noch erklärte, warum dieses Morden begann. Die Wisramiani beherrschen die nach ihnen benannte Südinsel, den Flughafen, das ehemalige Regiment und ebenso das Bungalowland, von wo man die Feriengäste vertrieb. Sie beherrschen Straßen und Fähren, aber die Anführerin der Sippe nannte noch keine Gründe für den Beginn der Unruhen im Land. Die Gründe sind seit Jahrhunderten bekannt und haben mit dem maßlosen Stolz der Familie zu tun. Die Anführerin der Wisramiani verneinte gegenüber der Presse, dass ihre Familie in den Mord verwickelt sei. Die Verstorbene sei zwar ihre Gegnerin, deren Regentschaft sie auch nicht anerkannt habe, doch sei sie nicht so tief gefallen, eine alte Frau auf der Straße umbringen zu lassen. Sie sei überhaupt nicht für Mord, stattdessen gebe es die Möglichkeit politischer Verhandlungen. Derzeit sei sie eher mit dem Evakuieren der Touristen und anderer Personen aus dem Land beschäftigt als mit der Politik.

Kaia Wisramiani will keinen Frieden. Die Königin aber kam, um Frieden zu stiften. Am Morgen ihrer Ermordung beschloss sie, die seit drei Tagen andauernde Panik und Gewalt zu beenden. Sie kam aus ihrer Wohnung, wo sie immer noch lebte, denn sie weigerte sich, die Zitadelle zu ihrer Residenz zu machen und das Museum aufzulösen. Sie wollte sich in der Zitadelle mit Kaia Wisramiani treffen und nach ihren Zielen fragen. Die Unruhen sollten ein Ende haben.

Die Königin wusste, dass sich ihr unterwegs Menschen anschließen würden, weil niemand den Krieg wollte. Damit hätte sie das Wichtigste erreicht: den Wisramiani zu zeigen, dass es nichts zu teilen und nichts zu streiten gab. Sie selbst besaß nichts und wollte auch nichts. Begleitet wurde die Königin von ihrem englischen Kammerdiener Pardon Bell, dem Tabakspfeifenmeister Morad Bey und dem Fahnenträger Parna, der die Fahne selbstverständlich bei sich trug. Die Königin wollte nicht von bewaffneten Sungalen begleitet werden, obwohl sich diese seit zwei Tagen in der Glücksstraße versammelten und ihre Waffen zum Schutz der Königin erhoben.

Die Aufstellung eines Heeres auf Seiten der Königin übernahm der bekannte Sungale Chetia, der wohl schon früher zum Oberbefehlshaber der Zichistawi ernannt worden war. Er zeigte uns ein Dokument, das vor zwei Jahren verfasst worden war, mit dem verblassten Stempel der Königin.

Trotzdem ging die Königin allein. Aber um die hundert Sungalen folgten ihr in einer Entfernung von dreißig Schritten. Das jedoch war kein Schutz. Die Berechnung der Königin war ganz richtig: Von der Moschee an würden ihr einige hundert Osmanen folgen und im Genuesenviertel viele weitere Menschen. Die Königin, gestützt auf ihren Spazierstock, war schlicht gekleidet und unterschied sich nicht von der Masse, die ihr folgte. Es hieß, dass sich auf dem Sklavenplatz eine Menschenmenge versammelt hätte, und man forderte sie auf, sich dorthin zu begeben. Unterwegs schlossen sich ihr die Passanten an, und sie alle, um die achttausend Menschen, zogen gemeinsam zum Sklavenplatz, wo sie von den osmanischen Beys und den Vertretern berühmter genuesischer Familien erwartet wurden. Der Königin folgten auch viele einfache Johannesen, und als sich ihnen der griechische Bischof, der Mufti und die Katholiken anschlossen, wurde klar, dass sich nicht nur die Königin, sondern das gesamte Volk zum Gespräch mit den Wisramiani aufmachte.

Es lässt sich schwer feststellen, wo sich Kaia Wisramiani zu dieser Zeit aufhielt, doch sicher ist, dass die Königin gleich beim Betreten des Platzes von dem Pfeil getroffen wurde und auf der Stelle starb. Bei der Einlieferung ins Saint-John-Hospital war sie schon tot. Sicher ist auch, dass der Pfeil von einer höheren Stelle oder einem Dach aus abgeschossen wurde. Es bedurfte keines Detektivs oder Constables um festzustellen, woher der Pfeil kam: Er wurde aus dem Südteil der Stadt abgeschossen, also von dort, wo Kaia Wisramiani das Kommando hat.

Wer aber schießt auf Santa Esperanza mit Pfeilen?

Auch das kann man beantworten: Wenn man mit Pfeilen schießt, dann auf der Sungalen-Insel.

Der *Messenger* berichtet hier das erste Mal von einer Geschichte, an die sich alle gut erinnern können, und äußert sich dazu wesentlich ausführlicher als bisher geschehen.

Im Winter letzten Jahres wurde der Novize Nikolaos tot im Kloster aufgefunden. Er war mit einem Pfeil ermordet worden. Der Novize war kein anderer als der Schwiegersohn der Wisramiani, Nika Abaischwili, ein Gangster aus Georgien, der sich in Santa City vor Rächern versteckte und bald zum Mönch hätte geweiht werden sollen. Ein schrecklicher Mord, mit dem der Mord an der Königin vorausgenommen wurde. Sie war schon damals Gegenstand der Politik geworden. Bei der Beerdigung des Novizen wurde die Königin im Kloster vom Mörder erwartet. Dieser Mörder war eine Frau, und nur durch Zufall wurde Agatia Zichistawi-Artschiliani damals nicht getroffen.

Der Ermordete war ein Vertrauter der Königin gewesen, und eben durch ihre Empfehlung fand er im Kloster Unterschlupf. Er war auch ein guter Bekannter des Feldherrn der Königin, namens Chetia, der ihn einst den Wisramiani vorgestellt hatte. Diese gaben ihm, trotz seiner Vergangenheit, schleunigst ihre Tochter Salomea zur Frau. Der Clan war schon seit Langem über die Romanze der Tochter mit dem Poeten Sandro da Costa besorgt. Nika Abaischwili verbarg sich nicht nur vor den Mördern aus Georgien, sondern ebenso vor seiner früheren Schwiegermutter Kaia Wisramiani, die heutzutage ihre Regentschaft auf der Insel zu errichten versucht und uns alle in diese Lage brachte. Der Novize starb auf die gleiche Art wie seine Gönnerin – nur sechs Monate davor.

Auf Santa Esperanza werden solche Geschichten häufig hinter den Kulissen geregelt. Sie in der Zeitung publik zu machen, wurde bisher tunlichst vermieden. Das führte dazu, dass die Ungeheuer der alten Zeiten wieder auferstanden sind und begonnen haben, die Menschen mit Pfeilen zu töten.

Jetzt hat Santa Esperanza keine Königin mehr, und Kommissar Sardion Matiani ist keine Figur, die eine radikale Veränderung bewirken könnte.

Der *Messenger* weiß nicht, wann er wieder erscheinen kann, denn Santa Esperanza ist kein Land mehr. Aber der *Messenger* hinterlässt einen Satz:

Nein dem Krieg, nein dem Mord, nein den finsteren, blutrünstigen Menschen.

DIE BEGEGNUNG DER ZWEI IN JENEM VERWILDERTEN GARTEN

Sie umarmten sich.

»Hi-hooo, nun ist Schluss mit dieser Geschichte«, sagte Chetia, »sie ist beendet, Junge ... Ich habe mit deinen Herren gesprochen. Du solltest auch kommen.«

Martia senkte sein Haupt.

»Die Jungs erwarten dich alle. Ich wollte nicht weggehen, ohne dich zu sprechen. Jetzt versammeln wir uns unter der Eiche, alle deine und meine Leute. Du bist der Gutsverwalter der Wisramiani, ich bin der Feldherr der Königin .... Was ändert das? Wir beide sind doch Sungalen. Denk nicht, dass du nicht willkommen bist. Wir werden auf die Sungalen-Insel gehen, Marti. Wir werden dort leben. Ohne dich gehe ich nicht. Was geschehen ist, das ist geschehen. Lass uns ein Schaf schlachten ...«

Martia schwieg.

»Na, hast du irgendeine Scheiße mitzuteilen?«, fragte Chetia und schaute sich um.

»Ich kann nicht mitkommen, Chetia«, sagte Martia leise, »meine Jungs vertraue ich euch an. Nehmt sie mit. So muss es sein. Ein Sungale sollte vom Großvater und von der Tante lernen, wie man die Erde bewirtschaftet. Aber ich kann nicht mit.«

Chetia schüttelte den Kopf.

»Was ist das für eine Versöhnung und Bruderschaft?«, fragte er beleidigt. »Was soll das heißen? Soll ich aufzählen, was ich alles verloren habe? Was soll ich den Priestern sagen, wenn du nicht mitkommst? Oder den Familienobersten? Und den Sungalen? Ich sage dir, dass du kommen kannst, und noch viel mehr. Es wird nicht in der Scheiße herumgestochert.«

»Das ist es nicht, Cheti ... Ich kann Salomea nicht verlassen«, sagte Martia plötzlich.

Chetia schaute sich wieder vorsichtig um und legte Martia seine Hand auf die Schulter. So standen die zwei betagten Sungalen da, als wollten sie auf der Tenne miteinander ringen.

»Was heißt, du kannst sie nicht verlassen? Bist du ein Sklave? Wozu kam ich in diesen Garten? Ich sagte es den Jungs nicht einmal, dass ich dich sprechen wollte. Sie sollten durch dein Kommen überrascht werden ... Hey, Marti, was starrst du zu Boden, du hast doch bereits einen Enkel, lass doch dieses Scharmadin-Getue.« Chetia fasste ihn am Kinn und schaute ihm in die Augen. »Junge, Marti, sag mir, was für ein Herzeleid du hast, sag es Chetia. Als wir damit begannen, wussten wir ja bereits, dass wir uns als Feinde gegenüberstehen würden. Was bringt das? Wir sind vom König und sehen nun, dass Schluss sein muss. Wir müssen gehen. Es ist keine Zeit mehr für Herzeleid. Gehen wir und bewirtschaften unsere Insel, die von ihnen ausgebeutet und ausgesaugt wurde ... Hey, wen gibt es denn außer dir und mir?«

Martia schwieg eine Zeit lang und murmelte dann: »Ich habe sie großgezogen ... sie ist vor meinen Augen vom Mädchen zur Frau geworden ... Wie viele Male habe ich sie auf Befehl von anderen gequält. Ich stehe in ihrer Schuld. Ich liebe sie, Chetia. Nenne es Herzeleid oder Scharmadin-Getue.«

Chetia schaute sich erneut im schattigen Garten um, sah zum Geländer der Laube und zu dem schweigsamen Haus.

»Wer wohnt hier? Ein Herr oder der Bücherschreiber? Er ist abgehauen, oder? Er hat dieses Haus aufgegeben, als er hier nicht mehr bleiben konnte. Du musst aufgeben, Marti. Es ist lächerlich, wenn sich der Knecht in seine Herrin verliebt. Dein Herzenswunsch passt nicht in unser Leben. Es passt zu anderen. Warum gehen wir? Weil diese Stadt nicht unsere sein kann. Hab ich etwa nichts aufgegeben? Hat man mir niemanden genommen? Man hat sie alle getötet. Du hast sie getötet, was soll's? Kannst du dich erinnern, als du mir zur Fähre folgtest und riefst, du hättest Nika nicht getötet? Ich glaubte dir oder sagte es zumindest, auch wenn ich nicht daran glaubte. Ich beerdigte meinen Neffen und sagte nichts. Ihr habt die Königin getötet, die alte Frau, und ich sagte nichts. Ich beschuldige nicht dich ... Komm mit, Marti, vertraue mir. Der Krieg ist aus. Wir haben unsere Aufgabe. Wir sind Sungalen, des Königs ...«

Martia sah zur Seite und sagte dann flugs:

»Ich weiß nicht ... Ich habe sie nicht getötet. Diese beiden hast du umgebracht, Chetia. ich weiß es genau, Nika und die Königin auch. Du hast verloren, Chetia, und willst nun auf die Sungalen-Insel gehen. Du hast sie getötet. Heimlich, im Durcheinander, mit deinen finsteren Händen ...«

Chetia lächelte.

»Ich soll Nika umgebracht haben?«

»Du hast ihn von Fenster zu Fenster erschossen. Das weiß ich genau. Du bestelltest ihn dorthin. Die Jungs ließen dich zum Museumsfenster, und du hast ihn mit Pfeil und Bogen aus dem Museum getötet.«

Chetia musste lächeln.

»Ich muss dich wirklich in die Anstalt der Sungalen-Insel bringen.«

»Du kannst mich nicht zwingen, mitzugehen, die Jungs wissen, dass du es warst, den sie hineinließen. Auf dem Wachposten des Museums standen doch damals unsere Jungs?«

»Ihr stochert in der Scheiße herum.«

»Wäre die Königin bis zu Kaia gekommen, hätte sie mit ihr gesprochen. Wer wärst du dann noch, Chetia, du Feldherr der Sungalen? Auch sie hast du umgebracht.«

»Vom Fenster aus?«, lächelte Chetia.

»Ich weiß nicht, von wo. Du und Kaia Wisramiani, ihr habt das Land durcheinandergebracht und in Aufruhr versetzt. Was mir durch mein Herzeleid zustieß, ist besser, als was dir durch langes Grübeln geschah ... Wenn ich zur Eiche mitkäme, würde ich reden ... wisse das, und deshalb bleibe ich hier ...«

»Halt!«, sagte Chetia plötzlich. »Halt inne, du irrst ... auch mir gehört ein Fetzen dieses Landes ... Ich bin vom König ...«

»Geh jetzt und führe die Jungs ab, Cheti ... Ich vertraue sie dir als einem Patron an. Ich teilte meinen Schmerz mit dir. Ich habe alles durchschaut. Du verlangtest von der Königin ein Scheindokument, das dich angeblich zum Feldherrn machte ... Geh und kümmere dich um die Jungs, obwohl ich besorgt bin, weil sie einen Patron wie dich haben werden.«

Chetia stand eine Weile da und bohrte mit seiner Schuhspitze die Steine aus der Erde.

»Du irrst, du nährst eine Schlange am Busen und wurdest von einer Frau durcheinandergebracht«, sagte er ein bisschen traurig, »was bist du noch für ein Sungale? Was ist man für ein Sungale, wenn man das Schlechte nicht verbergen kann?«

Bei diesen Worten zog er die Pistole und gab zwei Schüsse auf Martia ab. Dann drehte er sich um und ging mit einem Seufzen davon.

Martia blieb allein, er war niedergesunken und hielt sich am Geländer der Laube fest. Leise sagte er:

»Was bist du für ein Sungale, Chetia?«

Chetia blieb stehen.

»Ich bin genauso ein Sungale wie du ...«, sagte er verbittert und setzte seinen Weg fort.

»Salomea, Herrin«, sagte Martia und fiel auf die weiche Erde.

Das alles sah ein Mann, der hinter einem Busch saß. Er versteckte sich dort vor den Wirren des Krieges.

DIE MÜTZE DES FELDHERRN UND FÜNF SÄBEL

DAS GEORGISCHE HEER, ZU NICHTS MEHR TAUGLICH

»Gutscho, Gutscho ... komm mal ... komm mal kurz ... komm, komm ... steh doch auf, verdammt ... wo ist denn der Megrele, hey? Er soll auch kommen. Babu, Babu ... Hey, kommt doch raus ... Hey, Karola, Puschkinlein, Tatula, Halbmännlein, Charlie, Pepo, Arama, Samira, Partuka, Schecke, Simonitsch, Macho, Rotznase, Waniko, Mikela, Dsin-dsin, Lämpchen, Teufelchen, Megrele ... Megrele zwei, Gulliver, Samson, Killer, Feldi, Radion, Petrowitsch, Andro, Teigtasche, Fleckiger, Caruso, Torkel, Miro, Chucho, Kakia, Eldara, Halbschlauer, Buchu, Bandura, Wilder, Waschaka, Lappen, Bampera, Murmana, Tkibula, Locher, Maschula, Schischo, Milana, Master, Schütze, Löwe, Chetscho, Nodara, Fackelchen, Kleiner, Kelecha, Sawoda, Pipino, Tramala, Boria, Schano, Lektor, Schamil, Daduna, Zuzo, Tato, Viktora, Gogitsch, Nelo, Guramitsch, Al Pacino, Waloda, Kurzer, Pfeife*, kommt mal heraus, kommt schon ... kommt, hey, und schaut ... Mensch ... was sollen wir jetzt tun? Himmel, Arsch, was sollen wir jetzt tun?«

Das schrie ein junger Mann, der aus der langen Baracke trat, die einst sicher ein Pferdestall gewesen war und nun als eine Art Kaserne diente.

»Schau mal, Mann, Mensch, Babu, weißt du, wo deine Knarre ist?«

Der langbärtige Mann ging in die Baracke zurück, tastete mit der Hand unter seinem Bett und stürzte wieder heraus.

»Mensch, sie ist weg ...«, sagte er verwirrt, »steht alle auf, hey,

---

* Die aufgezählten Namen sind alle Übernamen, ganz unterschiedlich abgeleitet von Namen, Familiennamen, Ortsbezeichnungen, Tätigkeiten usw. So bezeichneten sich die Mitglieder einer Gang in Georgien untereinander.

steht auf, die Waffen sind weg, hey ...« Der langbärtige Mann stürzte zur Tür.

»Was, sie sind weg? Verfickter Mist, wieso ...«, schrie wiederum der junge Mann, dem die Stimme versagte und der wie eine kaputte Klingel hin und wieder etwas von sich gab. »Wieso weg, Scheiße ... wieso weg, geh und schau es dir an, was sie angestellt haben, schau mal ... hey, steht doch mal auf, ihr Schwänze, steht auf, hey ... Schau, Babu, schau nur ...«, der junge Mann rannte an das andere Ende der Baracke, stürzte und setzte den Weg auf allen vieren fort. Der Bärtige folgte ihm.

An der Wand des Stalls lag ein Haufen Waffen: mit verbogenen Läufen und zerschmetterten Kolben.

»Schau, schau, Scheiße ... die Granaten haben sie alle mitgenommen.«

Indessen kamen die Krieger verschlafen aus der Baracke, irritiert durch dieses Geschrei am Morgen.

»Schau ... schau ... Scheiße ...«

»Wir sitzen in der Falle, mein Freund ... habt ihr Messer, Freunde?«

»Sie haben uns ein Schlafmittel in den Wein gemischt, ich will der Sohn einer Hure sein, wenn das nicht wahr ist«, schrie der eine, »sie haben es dem Wein beigemischt, den sie mitbrachten. Wo ist der Weinbehälter, wo sind die Weinbehälter?«

»Ich habe gar keinen Wein getrunken«, sagte ein anderer.

»Sie haben es sicher auch in den Tabak gemischt, verdammt, auch in dem Zeug zum Rauchen war etwas.«

»Sie werden uns hier umbringen, wenn wir nicht verschwinden. Sie haben uns verarscht, so ist es«, sagte ein anderer.

Ach, wie jämmerlich sah diese entwaffnete Truppe aus. Einhundertdreiundsechzig Mann, fünfundzwanzig bis fünfzig Jahre alt, ganz unterschiedlich gekleidet, sommerlich, mit Sonnenbrillen und Kopftüchern. Sie standen da und zählten, wie viele Messer und Patronen sie noch übrig hatten ... Vor ihnen war nur das Meer, hinten der Wald und dahinter Felder und Weinberge.

»Wir müssen zum Flughafen, und von dort abhauen«, sagte jemand.

»Wohin sollen wir denn abhauen, Freundchen! Und das Geld? Die Hälfte müssen sie uns noch geben ...«, antwortete ihm ein anderer.

»Das war diese Schlampe ...«

»Sie wird dir sagen, dass sie dir nichts versprochen hat. Die Waffen aber, wird sie sagen, gehören ihr und sie habe damit gemacht, was sie wolle ... schau mal nach den Funkgeräten.«

Es gab keine Verbindung.

»Dann gehen wir doch zu ihrer Mutter, sie schuldet uns das Geld ...«

»Junge, ich hab es schon damals geahnt, als sie uns aus der Stadt auf diese Insel brachten ... Weißt du noch, Belusch, ich sagte dir, dass sie uns sicher einbuchten wollen oder so was? Kannst du dich noch erinnern? ... Sag doch was, du weißt doch noch, was ich damals sagte? Bist du stumm oder was ...«

»Du hast es mir gesagt, na und?«

»Jetzt hört auf zu streiten«, sagte der Bärtige, »keine Streiterei, wir sitzen sowieso in der Klemme ... wir dürfen nicht krepieren. Pepesch ... Pepesch, wo bist du? Komm heraus ... gib mal die Karte her. Du hattest doch die Karte?«

»Komm, Babu*, schaff mal Klarheit ...«

Zu dritt schauten sie auf die Karte. Es war eine ganz gewöhnliche Touristenkarte.

»Sind wir auf dieser Insel?«

»Nein«, sagte der Bärtige, »das ist die zweite Insel.«

»Dann also hier?«

»Das ist die Insel, wo wir waren ... das ist die Stadt. Wir sind hier. Da ist der Flughafen, schau ... hier sind wir, an dieser Stelle ... oder hier ... jetzt müssen wir los ... in diese Richtung. Dorthin. Was wir tun werden? Wir müssen irgendwo Waffen auftreiben. So um die zehn Gewehre benötigen wir mindestens am Anfang.«

»Ja, das brauchen wir ...«

»Dann können wir hingehen und nehmen, was uns gebührt.«

---

* Babu – »Opa«; hier als Name für den Ältesten und den Anführer der Truppe

»Babu, ich weiß ja nicht, wem was gebührt, ich muss mein Geld kriegen ... erst danach gehe ich.«

»Wir haben alle etwas zu bekommen, mein Freund«, sagte der Bärtige.

»Und wie bekommen wir es? «

Während dieses Gesprächs rief Puschkinlein dazwischen:

»Da, es kommt jemand ...«

Ein Reiter kam den Fluss entlang.

»Sie ist es«, der Bärtige rückte sein Fernglas zurecht, »sie ist es ...«

»Welche?«

»Die Tochter ...«

»Ist sie ganz allein?«

»Beruhige dich«, sagte der Bärtige, »wie kann sie allein sein? Sicher sind aus dem Wald eine Menge Gewehre auf uns gerichtet ... Sie kommt, um mit uns zu palavern.«

»Klar, um zu palavern ...«

Die Reiterin näherte sich.

Um die hundert Schritte entfernt ließ sie das Pferd stehen und näherte sich mit schnellen Schritten zu Fuß. Das Pferd blieb am Ufer zurück.

»Was bin ich für ein cooles Mädel?«, spottete einer der Kämpfer.

»Sie ist immer high, ich schwöre es ... oder bekifft. Sie hat ständig ein kleines Feuerzeug und einen Joint zur Hand«, fügte ein Zweiter hinzu, »komm, schnappen wir sie uns und stellen dann unsere Bedingungen.«

»Schau mal zum Wald«, sagte der Bärtige, »sie sind im Wald und haben uns im Visier.«

Die Frau kam näher. Sie trug eine dunkelgraue Reithose und ein Paar »Nike«-Schuhe, ein schwarzes Männerhemd und eine große schwarze Brille. Eine riesengroße Sonnenbrille, in der sich Babu selbst sah, nur etwas verzerrt. Die Frau kam, als ob sie nur kurz weg gewesen sei und nach Hause zurückkehrte. Sie setzte sich vor die Baracke und zündete sich die dünne, angeknickte Zigarette an.

Sie sagte nichts, saß nur da und rauchte mit kurzen Unterbrechungen.

»Salomea«, fragte sie der Bärtige, »sind wir in Gefangenschaft? Was habt ihr mit unseren Waffen gemacht?«

»Die Waffen gehörten mir. Meiner Familie«, sagte die Frau und blies auf die Glut. »Der Krieg ist aus. Das heißt, für euch ist er aus. Ich brauche kein Heer mehr. Ich habe sie ohne das Heer besiegt ...«

»Du hättest es sagen müssen«, sagte einer aus der Truppe.

»Was hätte ich sagen müssen?«, lachte Salomea. »Hätte ich euch sagen sollen, ihr könnt alles, was noch geblieben ist, plündern? Hättet ihr die Waffen freiwillig abgegeben? So seht ihr nicht aus ... Woher hast du, ja du, diesen Armreif? Wo hast du ihn dir genommen?«

»Komm schon, Salomea ... ein Krieger lässt schon mal was mitgehen, wie sonst«, sagte der Bärtige. »Es gibt etwas zu besprechen, also lass uns darüber sprechen.«

»Krieger!« Salomea musste lachen. Sie drückte ihre Zigarette an der Schwelle aus. »Wo habt ihr denn gekämpft?«

»Wir wurden von deiner Mutter angeheuert und kämpften so, wie sie es wollte. Wo ist deine Mutter? Mit dir habe ich nichts zu besprechen.«

»Ich verstehe nur sehr schlecht Georgisch«, sagte Salomea ruhig. »Ihr bekommt kein Geld. Ihr könnt euer Leben behalten, da ihr Georgier seid. Ich weiß, dass ihr in größter Not gegen die Herren rebelliert. Ich weiß nicht, wo und wie ihr gekämpft habt. Ihr liebt Marihuana und fürchtet euch vor wenig. Aber auch ich liebe Marihuana und fürchte mich vor wenig. Ich glaubte, dass Kartli anders sei, als man mir so erzählte. Wenn dort alle so sind wie ihr, dann weiß ich nicht ... dann haben wir achthundert Jahre verpasst. Ihr versteht jetzt nicht, was ich meine, vielleicht nur du.« Sie bohrte dem Bärtigen ihren Zeigefinger in die Brust. »Du warst doch Lehrer, oder?«

»Hey, Geld ...«, brüllte jemand aus der Truppe und wurde laut. »Geld her, leck mich, ich werde dich gleich hier erledigen, du ...«

»Wartet, Jungs, wartet ... Diese Hurensöhne werden uns auf der Stelle erschießen ... wartet ... wartet ...«

»Ich war Physiklehrer«, sagte der Bärtige, »ich besitze nichts mehr, bin seit zehn Jahren dort, wo geschossen wird. Ich bin nirgendwo zu etwas gekommen. Wenn ich nach Tiflis gehe, werden sie mich einbuchten, weil man solche wie uns einsperrt und von ihnen Geld für die Freilassung verlangt. Was sagst du, Salomea? Wer hält denn schon gern eine Waffe in der Hand?«

»Die hier«, sagte Salomea. »Sie freuen sich. Das Gewehr verwirrt einem die Sinne. Man denkt, dass man unheimlich stark ist. Nun sprecht mal mit mir. Ich bin genauso unbewaffnet wie ihr. Deshalb habt ihr keine Waffen mehr, und Geld wird es auch nicht geben. Geht, wohin ihr wollt. Du aber, der du dort hinten schreist, komm hervor und wiederhole deine Worte hier vorn.«

»Ich werde sie wiederholen. Deine Mutter, eure Insel und eure leeren Versprechungen können mich mal ...«, rief er und näherte sich. Da man ihn unterwegs aufzuhalten versuchte, stürzte er mit zerfetztem Hemd nach vorn. »Geld, Geld, fuck ...«

Babu und Tschetschmeka stellten sich ihm in den Weg, er aber schrie: »Geld, Geld, Mensch ...«

Salomea lachte, knipste das Feuerzeug an und sagte einfach:

»Man erzählte mir Märchen. Man sagte mir, dass hinter dem Meer meine richtige Heimat liege, wo alles blühe und ein echter König herrsche. In Wirklichkeit seid ihr dort. Ihr kennt kein Meer. Wer kein Meer kennt, kennt die Entfernung nicht und ihm gefällt nur, was zum Greifen nah ist. Die Frau des Freundes, das Haus des Nachbarn, die Börse des anderen. So seid auch ihr. Ihr habt eine Knarre in der Hand und könnt sie nicht loslassen. Ich weiß genau, dass ihr nach dem trachtet, was nahe ist. Ihr wollt das, woran ihr euch gewöhnt habt. Nun müsst ihr es euch abgewöhnen. Ich gebe euch kein Geld, und du, wie heißt du? Ich hab's vergessen. Du musst wissen, dass etwas anfängt und auch wieder endet. Ihr fürchtet euch nicht, aber morgen beginnt in diesem Land ein anderes Leben. Ich bin nur der Übergangskommissar in diesem Land. Wenn du eine Waffe besitzt, so musst du wissen, dass du meine Waffe bist und sonst nichts. Ihr könnt beginnen, aber nicht beenden. Sag, warum beschimpfst du mich? Weil ich dir das Leben schenkte? Wollt ihr sowohl das Leben wie auch das Geld? Solch ein Gesetz gibt es nicht. Ihr habt hier nur Schlimmes angerichtet. Ihr werdet euch von hier wegscheren, und es wird sich niemals, niemals, niemals jemand mehr an euch erinnern. Es wird sich niemand für euch interessieren.«

»Deine Mutter hat uns als Söldner angeheuert, Salomea«, sagte der Bärtige, »deine Mutter hat uns verpflichtet, viele von uns kannten sich vorher nicht. Hast du vergessen, wie wir eintrafen? In Tiflis gibt es einen Mann ...«

»Ich will nicht wissen« – Salomea erhob sich – »wer in Tiflis ist. Wenn ihr Tiflis seid, gibt es Tiflis für mich nicht. Meine Mutter hat jetzt kein Geld mehr, aber sie hat ihr Leben. Ihr auch. Drüben bei der Farm von Bedoia sind Boote und Sprit. Wasser ist auch da. Wer will, kann gehen, wohin er will. Das nur deshalb, weil ihr Georgier seid. Wer nicht will, kann bleiben. Auf der Farm gibt es viel Arbeit. Ihr könnt dem Gutsverwalter behilflich sein. Dafür bekommt ihr einen Lohn. Wer gehen will, muss bis zum Abend weg sein. Ich will euch dann niemals wieder in der Stadt sehen. Keinen von euch, niemals.«

Salomea wartete die Antwort nicht ab. Sie schritt geradewegs durch die Menge und rief ihr Pferd zu sich.

Sie sahen ihr hinterher, wie sie am Flussufer entlangritt.

»Sie werden uns alle umbringen, ich schwöre es«, sagte einer.

»Was denkt sie, wer sie ist, Mensch, Königin Tamar*?«, sagte ein anderer wütend.

Babu aber sagte:

»Sie verstehen das falsch, Simonitsch. Sie will uns nicht umbringen. Sonst hätte sie das in der Nacht getan ...«

»Zum Teufel mit ihrer Friedensstifterei ...«

»Was tun wir jetzt?«

Was sollten sie nun tun? Wer verstand denn etwas von Booten und dem Meer?

---

* Königin Tamar – Königin von Georgien (1184–1213); unter ihrer Regentschaft war Georgien ein geeintes Land und erlebte seine Blütezeit

5

SO, SO, KLEINER MATALO

An jenem schönen Tag ging Lamur Mosiarule seinen gewohnten Weg. Das Wetter war herrlich, die Tage waren friedlich. Solch eine leere Stadt im August war etwas Ungewöhnliches. Die Touristensaison war ins Wasser gefallen, aber Lamur Mosiarule wusste, dass im nächsten Jahr alles von neuem beginnen würde. Die Touristensaison war zwar ausgefallen, nur, musste man nicht wenigstens einmal im Leben eine leere Stadt im August erleben? Der Krieg war aus, oh ... Lamur Mosiarule hatte einen guten Urlaub verdient.

Er glitt, wie eine nach Sonne trachtende alte Eidechse, die Kalivan Street entlang. Fröhlich begrüßte er die englische Friedenspatrouille und rief ihnen zu:

»Ist doch besser, dass ihr zurück seid!« Der Offizier grüßte, indem er zwei Finger an die Stirn legte, und lächelte ihm zu.

Jawohl, Lamur Mosiarule hatte gewaltige Monate hinter sich gebracht und auch gewaltig Geld verdient in dieser merkwürdigen, unruhigen Zeit. Informationen benötigte jeder. Man kam schon in Friedenszeiten kaum zur Ruhe und im Krieg erst recht nicht. Ja, der Krieg war für ihn eine wunderbare Sache, da ein Informationsträger und Vermittler, der unbemerkt durch die Straßen der Stadt huschte, aus diesem Krieg viel für sich herausschlagen konnte. Natürlich musste er sich vor den Kugeln hüten, aber Lamur Mosiarule war wie ein Schatten, der fast unsichtbar durch die Stadt schwebte, ohne dass man ihn beachtete. Außer denen, die eine Information benötigten.

Lamur Mosiarule hatte alles berechnet. Er war, wie immer, hinter alles gekommen. Und wenn für andere der Krieg Kummer und Angst bedeutete, so bedeutete er für ihn nur Zeit. Wenn es für die anderen schwer zu begreifen war, was vorging, so war es für ihn eine Sache, die man leicht durchschaute. Lamur Mosiarule irrte sich auch in jener Nacht nicht, als den Petarden eine Explosion folgte. Er vermutete, dass auch in diesem Land ein Guy Fawkes erschienen war, der Fässer voll Schießpulver in das Office des Gouverneurs geschleppt hatte. Den Tag des Guy Fawkes feierten hiesige Engländer stets Anfang November, indem man es richtig ballern und krachen ließ. Sogar in den Regimentern schoss man Petarden ab. Wie sich herausstellte, gab es also auch einen echten Guy Fawkes. Lamur Mosiarule hatte genau vorausgesehen, was geschehen würde. Im ersten Monat wurde die Stadt zweigeteilt. Im Süden herrschte Kaia Wisramiani, im Norden verblieben die Gefolgsleute der Königin. Die Königin lebte zwar nicht mehr, aber diese Seite wurde von Chetia, dem Anführer der Sungalen, verteidigt. Das war merkwürdig, denn wenn der Sungale keinen Herren mehr hat, so gibt es auch nichts zu verteidigen. Aber für Lamur Mosiarule war das nicht erstaunlich, er kannte Chetia. Er hatte ihn schon seit Langem beobachtet. Er kannte auch Kaia Wisramiani, und er berichtete Chetia als Erster darüber, dass die Stühle der Wisramiani nur noch auf wackeligen Beinen standen und die Sungalen Salomea Wisramiani selbst um Hilfe gebeten hatten, ihre Mutter zu verdrängen und die Führung zu übernehmen. An Informationen mangelte es Lamur Mosiarule nicht. Nicht, dass er solche wichtigen Neuigkeiten von anderen erfuhr, er reimte sich die Geschichte selbst zusammen. Auch jetzt hatte er recht behalten. Kaia Wisramiani ließ man verschwinden, und es wurde laut verkündet, dass von nun an Salomea Wisramiani die Festung besetzt hielt. Viele Lebensgeschichten, die sich vor den Augen von Lamur Mosiarule abspielten, änderten, sich täglich: So viele Schicksalsfäden wurden geflochten und wieder zerrissen. Lamur Mosiarule war der Erste, der den Gutsverwalter der Wisramiani darüber informiert hatte, dass sich der Neffe Alfredo da Costas, Sandro da Costa, im anderen Stadtteil das Leben genommen hatte und dass Chetia sich in den Nächten in irgendein Papier vertiefte. Chetia aber berichtete er, dass Salomea Wisramiani keinen Krieg mehr plane, sondern etwas ganz anderes, Eigenartiges und Heimtückisches. Was, das könne im Augenblick noch niemand erraten. Und als man eines Morgens entdeckte, dass die Festung sowie die ganze Stadt auf der anderen Seite samt Hafen und allen Distrikten wie leergefegt waren, ganz ohne Armee, begriff Lamur Mosiarule, dass Chetia eine Niederlage erlitten hatte. Doch das behielt er für sich. Die Wisramiani zogen sich mit ihrem Heer auf ihre Insel zurück und öffneten den Flughafen. Chetia besetzte die Stadt und sicherte seine Position in der Festung. Doch nach einer Woche stellte er fest, dass diese Stadt nichts mehr für ihn war. Die Menschen hielten sich verborgen, und im Bungalowland standen die Truppen der Wisramiani, zu denen sich täglich freiwillige Bürger gesellten. Ein jeder von ihnen bekam Waffen und Verpflegung. Der Damm zur Sungalen-Insel aber war völlig vermint und man musste, um dorthin zu gelangen, einen Umweg über das offene Meer nehmen. Was einen dort erwartete, war jedoch unklar. Die Osmanen und Russen kreuzten auf dem Meer und erklärten, dies geschehe zur eigenen Sicherheit. Deshalb machte ein Krieg keinen Sinn mehr. Noch dazu führten schon alle Länder Gespräche mit Salomea Wisramiani. Sie hatte die vielen Journalisten und Fernsehkameras auf die Insel geholt. Eine Frau hatte Chetia überlistet. Der Sungale ist von einer Frau überlistet worden, dachte sich damals Lamur Mosiarule und begriff, dass es nicht nur Salomea war, die den Sungalen überlistet hatte. Das hatten auch die Engländer. Wie sonst wäre Salomea auf solch einen Plan gekommen? Jawohl, jene Engländer, die zuerst der Königin folgten und dann plötzlich verschwanden. Er wusste von jenen drei Männern. Einmal dachte Lamur Mosiarule sogar, dass die UNO ihre Truppen auf die Inseln entsenden würde. Jawohl, sie würden sicher ihre Truppen schicken, aber es würden Engländer sein. Seitdem sprach Lamur Mosiarule nur noch mit Martia, dem Gutsverwalter der Wisramiani. Wie schon immer im Laufe der Jahrhunderte, in der Familiensaga der Mosiarule, hatte auch dieser Mosiarule recht und stand am Ende dieser Geschichten mit vollen Taschen da. Niemand erinnerte sich seiner und nun, da alles zu Ende war, kam er wie gewöhnlich in das Café »Frontera«. Er setzte sich auf die Terrasse und las englische Zeitungen.

Lamur Mosiarule war einer, der Gewinn gemacht hatte. Nachmittags trank er zweimal Rum und einen Lime-Cocktail mit Muskat. Dabei warf er das Trinkröhrchen zur Seite und setzte sich wie immer an die Sonne. Doch die Terrassen waren diesmal leer. Die Touristen blieben aus, und das Café war wie im November, was ihm aber gefiel: November mitten im August. Viele Cafés hatten ihre Tische von den Terrassen geräumt, doch hier standen sie noch da. Truffaldino räumt seine Tische erst am ersten Tag des Dauerregens von der Terrasse, niemals vorher.

Lamur Mosiarule trat auf die Terrasse des »Frontera« und rief wie immer:

»Truffaldino, gibt es keine Kunden?«

»Doch.« Truffaldino schaute ihn an, den Schnurrbart wie früher nach oben gezwirbelt, was bedeutete, dass er langsam wieder zu Lust und Laune kam, wie früher. »Da drüben sitzt der kleine Matalo …«

»Ach« – Lamur Mosiarule schlug sich auf die Knie – »das ist aber schon lange her, seit ich die Matalo das letzte Mal gesehen habe. Seit wann sitzen denn die Matalo um diese Zeit im Café?« Und er rief ins Café: »Wie geht's, Matalo, wie geht's?«

»Es geht.« Matalo deutete auf die Kaffeetasse.

»Wie geht es deinem Vater? Muss er noch das Bett hüten?«

»Ja, er liegt noch.«

»Habt ihr den Club schon geöffnet?«

»Nächsten Samstag öffne ich … Man versammelt sich bereits«, sagte der kleine Matalo.

»Truffaldino, für mich wie üblich«, bestellte Lamur Mosiarule und wandte sich an den kleinen Matalo: »Wenn du mir nicht böse bist, gehe ich auf die Terrasse hinaus. Du weißt, wie gern ich draußen sitze …«

»Natürlich bin ich dir nicht böse, es freut mich, dich zu sehen«, erwiderte der kleine Matalo, »übrigens, würdest du einen Auftrag annehmen?«

»Einen Auftrag?« Lamur Mosiarule musste lachen. »Du bist also hier, um mit mir zu sprechen? Warum bist du nicht ins Büro gekommen? Die Nummer ist schließlich immer noch die gleiche.«

Truffaldino brachte das Glas und fragte Lamur Mosiarule:

»Wo willst du dich hinsetzen?«

Lamur nahm ihm das Glas ab.

»Ich mach das schon selbst.«

»Weißt du was, Lamur?«, sagte der kleine Matalo, »Ich suche zwei Leute. Seit der Krieg aus ist, können wir weder Data noch Parna finden.«

Lamur breitete seine Arme aus.

»Da brauchst du doch keinen Auftrag zu geben. Ich sage dir, was ich weiß. Data sah man zuletzt im ›Marana‹, nachts, aber weißt du, wie lange das schon her ist? Der ›Marana‹-Club war damals geschlossen. Warum er dort war, kannst du dir ja vorstellen. Ich denke, dass Data auf der Wisramiani-Insel war und immer noch dort ist. Wo Data ist, wird auch Parna stecken. Sie waren ja beim Inti unzertrennlich, und es wird auch sonst nicht anders sein. Parna hatte sich versteckt, weißt du das? Die Wisramiani konnten ihm die Geschichte mit der Fahnenträgerei nicht verzeihen. Data zuliebe haben sie ihm sicher nichts angetan.«

»Ja, aber zu Hause hat man nichts von ihm gehört. Du kennst doch Parnas Frau? Und seine Mutter?«, fragte Matalo.

Lamur zuckte mit den Achseln und ging zur Tür.

»Ich versuche etwas für dich in Erfahrung zu bringen«, antwortete er knapp und trank das Glas gleich an der Tür hastig aus.

»Warte mal, Lamur Mosiarule«, rief ihm plötzlich der kleine Matalo hinterher, »kannst du mir vernünftig erklären, was du in Erfahrung bringen willst?«

»Das, worum du mich gebeten hast.«

»Gut, dann hör mir jetzt zu, ich will dir sagen, was ich weiß«, sagte der kleine Matalo und schob seine Kaffeetasse zur Seite. »Die Wisramiani suchten Data, und du hast sie zu Parna geführt. Er sollte Data nur so, aus Freundschaft, verraten. Aber die Wisramiani bekamen nicht aus ihm heraus, wo Data steckte, und töteten Parna. Data hatte nichts mit dem Ganzen zu tun. Deshalb verriet ihn Parna nicht, du aber stelltest ihn als einen Verräter dar. Natürlich, sie bezahlten ja gut und du hast gelogen, weil du gierig auf das Geld warst, stimmt's? «

Lamur Mosiarule lächelte.

»Hast du dir das selbst ausgedacht oder erzählte es dir jemand, kleiner Matalo?« Und er schritt rückwärts zum Ausgang. »Gäbe es in unserem Gewerbe Lügner, hätten wir nicht so viele Jahrhunderte überlebt ...«

»Es gab sie schon.« Matalo senkte den Kopf.

»In deinem Handwerk gibt es aber mehr Lügner ...«

»Kann sein.« Der kleine Matalo schob den Tisch mit beiden Händen weg, zog einen Revolver aus der Tasche und schoss auf

Lamur Mosiarule. »Geh hin und erzähle nun davon, erzähle es den Schlangen in der Hölle …«

Lamur Mosiarule krachte gegen die Fensterscheibe des Cafés, hielt sich, das Glas immer noch fest umklammert, am Tisch fest und fiel dann um.

»Truffaldino«, sagte der kleine Matalo, »er ließ Parna umbringen. Jetzt weißt du Bescheid. Ich bin in deiner Hand.«

Truffaldino hatte noch das Wischtuch in der Hand und starrte verblüfft auf den kleinen Matalo.

»Wir sind wieder eine Stadt«, sagte er dann plötzlich, »die Patrouille wird kommen, sie werden den Schuss gehört haben. Geh auf die Terrasse und winke, wenn du jemanden siehst. Gib den Revolver her, gib her …«

Truffaldino nahm die Kaffeetasse des kleinen Matalo und stellte sie auf einen anderen Tisch. »Du hast hier gesessen, verstehst du?« Dann berechnete er die Richtung der Kugel. »Es war ein kleiner Mann hier, der nach Kaffee verlangte. Während ich den Kaffee kochte, schoss er, verstanden?« Truffaldino machte die Kaffeemaschine an. »Er schoss, stieg über die Leiche und rannte weg, verstanden? Ich rufe jetzt die Polizei an. Wenn die Patrouille nicht schon unterwegs ist …«

»Sie kommen schon gerannt«, sagte der kleine Matalo und winkte ihnen zu. »Hierher, hierher, *hey friend* …«

»Den Revolver«, sagte Truffaldino, »den Revolver …« Und er stürzte in die Küche. »Ich liefere dich doch nicht den Anglesen aus?«

DIE REDSELIGE GROSSMUTTER

Nun sind unsere lieben, kleinen Küken zurückgekommen. So, nun sind unsere weichen und hilflosen Küken also zurück, meine weichen Wattebällchen, die molligen, flauschigen, flaumigen, kleinen Dummchen, dumme Küken. Sie werden dann groß und hässlich, nicht mehr so mollig sein.

5

Komm her, du, Molly, und pick diese Körner auf. Komm hierher, sonst fällst du hinunter, du Dummchen. Schaffst du das Körnchen nicht? Du bist noch klein, wenn du groß bist, schaffst du es, aber dann bist du nicht mehr so schön. Schau mal, dieser Dümmling hat schon fliegen gelernt. Warte, du elendes Vieh, mach mir nicht auf den Kopf, ich hole dich gleich runter. Schau dir das an, es ist an der Schulter hochgeklettert. Es gibt für dich nichts mehr zu picken. Deine Schwestern haben alles aufgepickt. Sie wissen weder, dass man teilen muss, noch sonst etwas. Ja, du bist doch hier hochge-flattert, wer würde denn etwas für dich übrig lassen? Du, Molly, du bist so dumm, Molly! Liebst du die Oma? Liebst du sie? Oma liebt dich auch. Das hatte ich für dich aufgehoben. Ich wusste, dass du ein armseliges Vieh bist. Immer läufst du irgendwohin und bleibst dann hungrig. Komm, komm, setz dich auf meine Hand. Ich war genauso. Ich ging auch immer weg und ärgerte mich dann, wenn mir meine Brüder nichts übrig ließen. Oh, oh, komm hierher. Friss das und schau, wie aufgeplustert die anderen auf dich warten. Es ist Zeit zum Schlafengehen. Friss, und dann gehen wir. Tschilp, tschilp, tschilp ... kommt jetzt, kommt hierher. Ihr molligen, schmolligen, drolligen, flaumigen, kommt mit, kommt mit der Oma.

Omas Kleiner, die Küken gehen schlafen, komm, sie rufen dich. Schau, so gehen sie schlafen, mein Kleiner. Gestern haben wir sie uns doch auch angeschaut. Wenn man die Tür schließt, schlafen sie ein. Du aber liegst da und willst deine Augen nicht schließen. Komm, Omas Kleiner, schauen wir uns die Kaninchen an. Was ist das? Warst du im Schlamm? Deine Füßchen sind nass. Im Schlamm wälzen sich die Schweine herum, was hast du dort zu suchen? Tritt nicht mehr hinein, ich werde dich waschen. Ach, unsere Kaninchen schlafen schon. Schau, wie sie schlafen, wie sie ihre Ohren angelegt haben. Sie decken sich damit zu. Wenn man so schläft, friert man nie. Schau, wie sie sich zusammenkuscheln, komm, Kleiner, wir gehen jetzt auch schlafen. Erst essen wir Ma-zoni* und erzählen noch ein Märchen. Dann sagen wir das Ge-

---

* Mazoni — georgischer selbstgemachter Joghurt

dicht auf, das lange Gedicht, das ich dir beigebracht habe. Komm mit auf den Balkon, wir essen zuerst Mazoni und sagen das Gedicht dazu. Die Schweinchen schlafen auch schon, Omas Liebster, alle schlafen schon, siehst du das? Die Schweinchen schlafen. Sie grunzen im Schlaf. Auch die Schweinchen reden im Schlaf, so wie du. Komm mit, setz dich und mach mal den Mund weit auf. Das ist leckerer Mazoni, von unserer Pepela. Unsere Pepela geht auf die Weide und bringt uns Milch. Aus der Milch setzt die Oma Mazoni an. Oh, du bist ein guter Junge, ein braver Junge, du bist Omas Guter, der mir folgt und Freude macht. Sagen wir das Gedicht? Gut, sagen wir es.

Bei einem armen alten Mütterchen
mähen die Mäuse Getreide.
Die Löwen legen Garben zurecht
die Tiger schnüren sie zusammen,
die Riesen ziehen das Ochsengespann
und Hirsche werfen die Puppen aufs Feld.
Die Wildschweine dreschen,
die Füchse sammeln das Korn mit den Schwänzen,
die Störche fächeln Luft zu,
die Gänse lesen es aus.
Die Bären tragen die Säcke schwer
und füllen die Grube mit Getreide.
Die Wölfe werden zur Mühle geschickt,
dann wird das Korn gemahlen.
Die Amsel siebt das Mehl zurecht,
das Rebhuhn knetet den Teig,
die Elstern lassen ihn gehen,
die Tauben drücken das Lawasch* an,
die Turteltäubchen holen es raus.
Die Hühnchen bereiten das Mahl,

---

* Lawasch – ein Fladenbrot, das in einem runden Ofen mit einer Öffnung nach oben gebacken wird, indem es an die heißen Ofenwände geklatscht wird

die Entchen decken den Tisch,
sie schicken die Drossel zum Himmel hoch,
um alle Vögel zu rufen.
Mein Liebster, die Eichelhäher wollen wir nicht,
sie bringen den Tisch durcheinander.
Den Fasan können sie, der Schönheit wegen,
in der Mitte platzieren,
die Nachtigall aber wegen ihres Gesangs
kann ganz weit oben sitzen.
Die arme Alte
sollten sie wenigstens ans Tischende setzen
und dann zusammen trinken,
essen,
fröhlich sein
und ein lustiges Liedchen singen.

So, mein Kleiner. Auch die Blümlein sind schlafen gegangen, sie haben ihre Kappen aufgesetzt. Sie haben keine Decken, aber Kappen, sie setzen sich Kappen auf ... schon gut, ich hab dir doch ein Gedicht gesagt. Wie spät ist es? Warte, bleib hier sitzen, ich schaue nach der Uhr ... komm, Kleiner, in zehn Minuten gehen wir schlafen ... Schau mal von hier auf unsere Weinfelder, wie sie aneinander gereiht sind. Wenn der Herbst kommt, gehen wir alle hin und ernten die Trauben in die Körbe. Dann pressen wir die Trauben zu Wein aus. Den kannst du trinken, wenn du groß bist. Wir kochen den Weintraubensaft und fädeln die Nüsse auf. Diese tunken wir hinein und machen Tschurtschchela*. Wir tunken sie in den dicken Weintraubensaft. Die anderen müssen uns auch helfen. Allein schaffen wir das nicht. Dann kommen große Autos. Letztes Jahr warst du nicht hier, aber in diesem Jahr werden wir zusammen ernten ... Nein, mein Kleiner, jetzt kann man das noch nicht. Jetzt sind die Trauben noch grün. Sie müssen sich erst färben und

---

* Tschurtschchela – Walnüsse oder Haselnüsse am Faden, mariniert mit dickem Weintraubensaft, der trocknet. Diese kalorienreiche Nahrung hält sich über den Winter.

dann reifen. Erst dann gehen wir sie ernten. Natürlich essen wir die Trauben beim Ernten, gleich dort. Wir müssen Brot mitnehmen. Ich backe Brot. Wir müssen viele Brote backen, auch für die Männer, die uns helfen ... Ach, schau mal, Zchwiria ist gekommen. Zchwiria-Piria*, was legst du deine kalte Schnauze auf unser Knie? Ein Hund hat immer eine kalte Nase, er ist kaltschnäuzig. Weißt du, warum wir ihn Zchwiria nennen? Das stimmt, mein Guter, weil die Oma als Kind auch Zchwiria hieß. Du bist ein kleiner Schlaumeier, mein Guter! Die Oma nannte man deshalb Näschen, weil sie oft schmollte. Du bist ein gutes Kind und schmollst nicht. Oma schmollte und schmollte und plusterte sich auf in Erwartung, dass man sie streichelte. Damals begriff es die Oma nicht, erst später. Auch du wirst erwachsen sein, mein Wutzerl, und das begreifen ... Zchwiria-Piria, geh weg, schlabbere nicht an meinem Kleinen herum ... geh weg ... geh! Er ist ja ganz lieb, er spielt nur mit dir, Zchwiria kennt doch keinen anderen. Wenn du schläfst, Wutzerl, setzt sich Zchwiria vor die Tür und lässt keinen herein. Wenn die Feinde kommen, bellt Zchwiria und jagt sie davon. Er wird ihnen Angst machen, weil sein Freund Wutzerl in Ruhe schlafen soll. Kein Feind gelangt da hinein. So einer ist unser Zchwiria. Er ist ja nicht umsonst einer von uns. Siehst du, er ist gekommen. Er weiß, dass du schlafen gehst, und kommt, um Wache zu halten ... Zchwiria kommt mit, und wir gehen jetzt schlafen ... Komm, komm, hoppla, schmiege dich so an die Oma und ich schleppe dich. Du bist schon ein großer Junge, du wächst ganz schön, so schwer wie du bist. Zchwiria kommt auch mit, komm, Zchwiria, komm. Wer die Feinde sind? Das sind schlimme Männer, die kommen, wenn du nicht schlafen willst, und sagen, dass sie die Oma mitnehmen wollen. Aber Zchwiria lässt das nicht zu. Wutzerl lässt das doch auch nicht zu, oder? Wenn mein Junge groß ist, wird er seine Oma beschützen. Wird er das? Ja, du guter Bengel. Wenn Wutzerl größer ist, schenkt ihm die Oma ein Schwert. Ein richtiges Schwert, das dein Urururururgroßvater trug. Nun hat

---

* Zchwiria-Piria – georgisch: »Näschen und Mund«; hier als Hundename

dir die Oma doch ein Schwert versprochen, und das bekommst du auch. Aber du musst erst mal wachsen. Wutzerl wird ein großer Junge und sagt denen, hey ihr Taugenichtse, ihr habt meine Oma geärgert, und er wird sie alle köpfen ... Mein Junge wird alle besiegen, auch den neunköpfigen Riesen. Wenn du groß bist, ist auch dein Fohlen ein Pferd, und du wirst es reiten und alle vertreiben. Man hat deine Oma geärgert, man wollte ihr den Wutzerl nehmen, aber wir werden stärker sein ... du und ich ...

So mein Lieber ... lass ihn doch, Zchwiria, er macht Pipi. Wir, Zchwiria und ich, schauen nicht zu. Nun ziehen wir das aus und ziehen das hier an. Zchwiria-Piria, geh hinaus, du störst den Wutzerl. So ist gut, mein Guter, so, oh ... ja, und das Kissen ... die Arme heraus, mein Guter, so ist's gut ... du bist ein guter Junge. Starre nicht mit solchen großen Augen, sonst denkt man, du bist ein Irrer ... du weißt doch, dass deine Mama nicht da ist. Salomealein, Mamilein ist nicht da. Wenn sie kommt, staunt sie, was für ein guter Junge du bist ... wo sie ist, dass hat dir doch die Oma schon gestern erzählt und vorgestern, du musst es dir merken. Mama hat zu tun und hat dich bei der Oma gelassen. Wir sollen beide auf sie warten. Mama wird alle besiegen und kommt dann zu uns. Wenn die Mami kommt, wird sie dem Wutzerl sagen, dass er Oma dalassen und selbst mitgehen soll. Was wird ihr der Wutzerl dann sagen? Ja, fein, genau das sagt ihr das Bürschchen, dass er bei Oma Kaia dableibt, dass er Oma Kaia liebhat und bei ihr bleibt. Du sagst ihr, dass sie auch bei uns bleiben und nirgendwo hingehen soll. Sie soll das alles sein lassen. Du sagst ihr, dass du dich darum kümmern wirst, wenn du erwachsen bist. Genau das wirst du ihr sagen ... nun sag mir mal, wer unser Wutzerl ist? Das stimmt, Wutzerl ist ein Bewahrter. Die Bewahrten sind die Besten. Was ist Wutzerl noch? Richtig. Er ist ein Georgier. Was für ein Georgier? Ein Bewahrter. Es gibt zwei Arten von Georgiern, ja, mein Guter. Bewahrte und Nichtbewahrte. Nichtbewahrte sind wie andere. Andere sind andere, Omas Guter, solche, die Zchwiria hier nicht hereinlässt. So, mein Lieber, so, nun dreh dich herum, so. Ich werde es dir erzählen, natürlich. Erst gibt dir die Oma einen Kuss, so ein lieber, lieber Junge, Omas Lieber, wer hat denn so einen strammen Popo? Wutzerl. Wutzerls Popo, Wutzerls Popo, so ein niedlicher Popo ... Omas Liebling ... Ja, ja, ich werde dir vom Nazarkekia* erzählen. Ich sage dir alles, was war und was nicht gewesen ist. Es war einmal ein Mann, der sehr, sehr faul war. Er setzte sich in sein Haus an den Ofen und wühlte mit dem Stock in der Asche herum. Er malte in der Asche, mal Blumen, mal Häuser und Wege. Dann wischte er es weg und malte von neuem darin. Wer wollte schon so einen Nichtsnutz zu Hause, mein Guter? Wutzerl hat doch heute die Schweinchen gefüttert. Nazarkekia tat nicht einmal das. Also wurde er auf die Straße gesetzt, mitsamt meinen Sachen: einem Sack voll Asche und einer Ahle. Schließlich hatte man Mitleid und gab ihm noch einen Käse mit, damit er nicht verhungerte. So sind die Aschewühler, er ging in die weite Welt hinein, als sei nichts weiter dabei. So gelangte er zu einem Fluss ... schläfst du, mein Guter? Mein Lieber, du bist aber schnell eingeschlafen. So ein niedliches Seufzen, wie du es immer machst. Du bist wie dein Onkel. Auch er schlief sofort ein, wenn er seinen Kopf aufs Kissen legte. Ob du hörst, was dir die Oma erzählt? Sei unbesorgt, Guter, wir werden uns noch um sie kümmern. Wir werden uns um alle kümmern. Man hat mich betrogen, Lieber. Du weißt das doch. Dich werde ich so erziehen, wie es nötig ist. Was sonst. Man brachte mich hierher, wo man mich mit dir überraschte. Man hat mich hier allein mit dir sitzen lassen. So hat man mich überrumpelt, Oma hätte dich doch nicht verlassen? Sowohl dein Vater hat dich verlassen als auch deine Mutter. Bedeutet das etwa nicht verlassen? Was sonst? Man log mir vor, dass es dem Wutzerl schlecht ginge. Gott beschütze dich, ich freute mich ja, dass es dir gut ging. Wenn du erwachsen bist, werden wir schon zu ihnen gehen. Du denkst wohl, dass ich dich jemandem überlassen werde? Denkst du, dass ich dich mit deiner Mutter gehen lasse? Hier sind die echten Wisramiani geblieben, die wir schon immer waren.

---

* Nazarkekia – der Held eines berühmten georgischen Märchens, das den gleichen Titel hat und von einem findigen Mann handelt, der sein Lebtag in der Asche herumwühlt (*Nazar*: »Asche«, *kekia*: »wühlen«)

Man ließ uns hier allein, damit wir nicht wegkönnen. Ich kann doch nicht mit dir weg. Aber der Tag wird noch kommen, an dem wir gehen und sagen: »Ihr Nazarkekias, wir haben keine Angst vor euren Lügen und Ahlen. Wartet nur ab, wenn wir kommen, werden wir es euch schon zeigen.« Ja, ja, mein Kleiner. Wir erwarten keinen, wir erwarten von keinem etwas. Was zu tun ist, werden wir selbst verrichten, und wehe ihnen. Weißt du, was sie dann sagen werden? Schau, Kaia und ihr Enkel sind gekommen und haben getan, was nötig war … Ja, Omas Liebling, so wird man es sagen.

Geh weg, du Zchwiria-Köter, was schwänzelst du um meine Beine herum, als ob mir das noch fehlte? Zieh deinen Schwanz ein, zieh ihn ein. Bin ich dir nicht ähnlich, wenn du so mit eingezogenem Schwanz herumläufst? Das verstehst du nicht, Zchwiria, was schaust du mich so ängstlich an, ich verjage dich doch nicht von hier. Wen kann ich denn noch verjagen? Du aber musst mir helfen. Hast du nicht verstanden, welches Gedicht ich dem Kleinen aufsagte? Von dem alten Mütterchen, das niemanden hat … Na und? Meine Großmutter lehrte mich das Gedicht. War es die Großmutter, wer weiß? Meine Großmutter war eine Bäuerin und kochte gern in großen Töpfen … Zchwiria-Piria, wieso erzähle ich dir das noch, du hast das Gedicht ja gehört? Einem armseligen Mütterchen helfen alle. Das ist wirklich so. Auch mir halfen alle: Zchwiria, dieser Junge, du auch. Es werden mir alle helfen … und dann wirst du sehen, was geschehen wird. Ich führe dich und diesen kleinen Jungen fort. Eines Tages kommen wir zurück und … und sie werden begreifen.

BASCHLIK TRAGENDE FRAU MIT SÄBEL

DIE GESCHICHTE DER FAMILIE DA COSTA

Aus den wissenschaftlichen Aufzeichnungen von Alfredo da Costa
(Auszug aus der Einleitung)

Der erste katholische Missionar, der auf die Johannesinseln kam, war Giovanni Florentiner, Erzbischof von Tiflis, der sich auf der Rückreise nach Rom befand und der es vorzog, zunächst Santa Esperanza einen Besuch abzustatten, statt direkt auf dem Landweg nach Konstantinopel zu gelangen. Dort wurde er vom Burgvogt Solomon ehrerbietig empfangen. Das war 1347. Giovanni hatte das Bischofsamt in Tiflis niedergelegt und sich nach Rom aufgemacht. Von Johannien aus reiste er nach Konstantinopel, wo er verschied, ohne die Apenninen wiedergesehen zu haben. Es scheint, dass er über die Existenz der Johannesinseln bestens Bescheid wusste und sein Abstecher dem Auskundschaften eines Ortes für den heiligen Sitz diente. Giovanni lebte dreißig Jahre lang in Georgien, beherrschte die Sprache exzellent und übersetzte vieles ins und aus dem Georgischen. Im Vatikanischen Archiv könnte man auf die Spuren dieser Schriften stoßen, worauf man dagegen im Tifliser Archiv stoßen kann, ist unbekannt. Denn Georgien war ein Teil der Sowjetunion, wohin zu gelangen, besonders aber wo in den Archiven zu forschen für unsereins fast unmöglich war. Giovanni Florentiner hat die Johannesinseln nicht extra beschrieben, sicherlich war er nicht länger als zwei Wochen dort. Aber unter seinem Gefolge befand sich der Novize Niccolò aus Triest, der das scharfe Auge des Tifliser Erzbischofs im Reiche der Zichistawi war. In den Schriften von Niccolò aus Triest wird berichtet, dass er in dieser kurzen Zeit versucht habe, eine Zählung der Inselbevölkerung durchzuführen. Dafür benutzte er die Steuerakten des Burgvogtes. Außerdem beschreibt er das reiche Kloster auf der Insel, welches kein anderes ist als das Kloster Johannes des Täufers, das noch heute besteht.

6

Diese Schriften beweisen indirekt, dass der Heilige Stuhl es für nötig hielt, auf den Inseln eine Missionarstätigkeit auszuüben. Während Rom, und später Rom und Avignon, es wegen der in verschiedenen Teilen Georgiens ausgebrochenen Kriege und der für Fremde schwer verständlichen politischen Lage schwer hatten, wurden die Johannesinseln, die das Meer von Georgien trennte und die nur durch den Sklavenhandel dorthin Kontakt hatten, fünfzehn Jahre nach Giovanni Florentiner von Franziskanern missioniert. Für diejenigen, die sich ein wenig auskennen, werde ich nichts mehr über die berühmten Taten der Franziskaner, ihren Charakter und ihre Unterstützung des Papstes erzählen. Ich möchte nur eines hinzufügen: Im Norden, in der Genuesenstadt Kaffa, im mächtigen Handelshaus der da Costa wusste man, dass sich hier einst im Wechsel verschiedene katholische Missionare aufgehalten hatten. Als sich einige Familien entschieden, sich selbst sowie ihr Hab und Gut vor dem Schrecken der Giray* in Sicherheit zu bringen, kannten sie diesen Zufluchtsort schon. Den Genuesen, die ihre Häuser auf den Johannesinseln errichteten, war bekannt, dass es hier schon immer katholische Wurzeln gegeben hatte. Ich werde hier nicht erklären, was der Papst für die Genuesen bedeutete oder dass das alles nicht unerheblich war. In diesem Fall wusch eine Hand die andere. Die katholischen Missionare freuten sich über die Ansiedelung mächtiger katholischer Familien auf der Insel, die Kaffiner Genuesen aber freuten sich über die vorhandenen katholischen Wurzeln. Obwohl gesagt werden muss, dass sich nach der Ankunft der Franziskaner vieles verändert hatte. Als die Kaffiner auf die Insel kamen, ihre Häuser errichteten und Ländereien bewirtschafteten, war das Wirken der Missionen bereits zurückgegangen. Man bereitete sich schon auf die neue Zeit vor. Erhalten geblieben sind einige Briefe des Geschäftsführers der da Costa auf der Johannesinsel, eines Spaniers namens Gines de Passamonte, in denen er Lucchino da Costa vom Erscheinen der Theatinermönche berichtet. Über die Tätigkeit der katholischen Missionen auf der Insel kann man Folgendes berichten:

---

* Giray – Familie der Krim-Khane, Devlet Giray besetzte Kaffa

Sie haben eine hervorragende Aufklärungsarbeit geleistet, obwohl sie auf der Insel eher als Ärzte bekannt waren denn als Priester. Auf der Insel gab es ein einflussreiches orthodoxes Kloster. Hätte es hier nur eine einzige Diözese gegeben, hätten die Katholiken mehr vermocht. Denn betrachtet man das damalige Georgien, den großen Bruder Johanniens, erkennt man, dass dort sehr ungebildete Menschen, oft aber auch Gauner zum Bischof geweiht wurden, deren Kampfmittel gegen die Missionen und zur Erhaltung ihrer Gemeinde primitiv und leicht durchschaubar waren. Doch hier gab es ein Kloster, die Hauptquelle des Wissens, der Weisheit und des Glaubens in der damaligen orthodoxen Welt. Das Kloster bekämpfte weder die Franziskaner noch die Dominikaner, Theatiner oder Kapuziner mit Worten oder durch Taten. Mehr noch, es unterstützte sie sogar beim Bau ihrer Holzhäuser. Anderseits war keiner der Burgvögte, die sich damals bereits Könige nannten, vor der Ankunft der Kaffiner zum katholischen Glauben konvertiert. Die Könige hatten ein sehr enges Verhältnis zum orthodoxen Kloster und regierten auf diese Weise ihr kleines, abgeschiedenes Land. Für die Missionare ergab sich folgende Situation: Die gesamte Administration und das geistige Potenzial der Insel waren in der Festung und im Kloster konzentriert, die einen Katzensprung weit voneinander entfernt waren. Für das einfache Volk galt, dass ein vorbildlicher Mensch sich nicht katholisch taufen ließ. Das schwächte den Einfluss der Missionare. Deshalb muss für sie das Erscheinen der Kaffiner eine große Erleichterung gewesen sein. Es soll aber nicht unerwähnt bleiben, dass es einen Volksstamm gab, der von den Missionaren bekehrt worden war. Dies waren einfache Bauern, die vom Wissen der Mönche und ihrer selbstlosen Hilfsbereitschaft sehr beeindruckt waren. Die Präsenz der katholischen Missionen ist einer der Gründe, weshalb es auf der Insel bis heute kein orthodoxes Episkopat gibt. Man kann jedoch davon ausgehen, dass dies hauptsächlich durch die osmanische Besetzung der Inseln, kurz nach der Ankunft der Kaffiner, bedingt war. Diese Besetzung verlief tausendmal friedlicher als das Schicksal der Stadt Kaffa und ihres Hafens.

Die Zichistawi-Burgvögte traten stillschweigend zum islamischen Glauben über, obwohl keiner der Christen gezwungen wurde, den Islam anzuerkennen. Das geschah vielmehr durch die Vergabe von Privilegien. Die Zichistawi zögerten nicht, obwohl sie vorher zweihundert Jahre lang nicht daran gedacht hatten, katholisch zu werden. Sie blieben die Verwalter der Inseln und kümmerten sich nach wie vor um das orthodoxe Kloster.

Die Osmanen bedrängten weder die Genuesen noch die Armenier, die auf den Inseln erschienen, als Johannien als Handels- und Sklavenumschlagplatz bekannt wurde. Die Armenier waren bemüht, im Handelswesen eine führende Position einzunehmen und die Genuesen zu übertrumpfen. Doch die fünf mächtigen Familien setzten sich durch. Unter diesen Umständen wurde den katholischen Missionaren klar, dass man in einer Handelsstadt weniger erreichen konnte als an einem abgeschiedenen Ort. Die Ansiedlung der Kaffiner auf der Insel, mit der ein Handelsboom einherging, wirkte den Missionen entgegen. Denn wir Genuesen brachten neues Leben und neues Blut und brachten Johannien in Kontakt zur Außenwelt. An einem Ort des Handels werden Predigten jedoch nur unzureichend vernommen. Deshalb versuchten sie, ihren Wirkungskreis auszuweiten.

Die Kapuziner – jawohl, es waren Kapuziner – richteten ihren Blick auf die zwei kleinen Inseln, die östlich der großen Insel liegen. Sie entdeckten, dass auf der kleineren Südinsel nur Mitglieder einer Sippe lebten, nämlich die Wisramiani. Die Wisramiani waren orthodoxe Christen. Damals gab es um die dreißig Familien, die hauptsächlich mit Schafzucht beschäftigt waren und ihre eigenen Priester hatten. Von Zeit zu Zeit schickten sie ihre Kinder nach Konstantinopel oder Jerusalem, um sie zu Priestern weihen zu lassen. Diese hatten dann zwei Knaben als Zöglinge. So pflegten sie ihren Glauben selbst. Zwar empfingen sie die Kapuziner mit offenen Armen, aber es gab dort nichts zu predigen. Bruder Christophorus schreibt in seiner Relatio, dass sich dieses Volk überhaupt nicht dafür interessierte, wie groß die Welt war, und dass sie die Lehren anderer mit einer Mischung aus Gleichmut und Misstrauen betrachteten. Ihr Glaube war oberflächlich und eigennützig. Die Priester, damals, im Jahre 1662, gab es zwei, benötigten sie nur für die Durchführung ihrer Rituale.

Ein noch schwierigeres und waghalsigeres Unterfangen erwartete die Kapuziner auf der anderen, der sogenannten Sungalen-Insel, wohin der König von Kartli ein Jahrhundert vor dem Kommen Giovanni Florentiners zwei Dörfer umgesiedelt hatte. Aus diesen zwei Dörfern waren mittlerweile zwölf geworden, in denen niemand lesen oder schreiben konnte, nicht einmal die Priester. Sie gaben ihre Gebete, die sie mündlich aufsagten, von einer Generation zur anderen weiter. Im Gespräch mit ihnen fanden die Kapuziner heraus, dass sie den christlich-orthodoxen Glauben anerkannten, dessen Lehre aber sehr abgewandelt hatten, indem sie Bauernregeln, Folklore und Tieropferrituale hineinmischten.

Dieses Volk, welches man auf der Hauptinsel Sungalen nennt, spricht eine dem Georgischen sehr ähnliche Sprache. Sie bezeichneten sich überheblich als das Volk des Königs und hatten sich weder der Regentschaft der Zichistawi noch den Osmanen unterworfen. Die Sungalen verließen ihre Insel fast nie. Sie überquerten den Kanal nur, wenn es etwas Besonderes zu erledigen gab. Sie waren am Sklavenhandel beteiligt, aber auf ihre Art und Weise. Sie kauften oft georgische Sklaven, besonders Kinder und Frauen. Wenn sie diese nicht kaufen konnten, entführten sie die Sklaven. Den Kapuzinern gaben sie zu verstehen, dass sie sich nicht bekehren lassen würden, ihre Predigten sie nicht interessierten und sie diese auch nicht verstanden. Sie sagten es ihnen auf eine Weise, die zeigte, dass sie nichts von ihnen wissen wollten. Sie hatten die Kapuziner empfangen und nun konnten diese auch wieder gehen. Anderseits hatte ihnen ein Priester, den Christophorus Kuria nennt, vorgeschlagen, bei ihnen zu bleiben. Zwei Kapuziner blieben also auf der Insel. Ihr weiteres Schicksal ist allerdings unbekannt.

Innerhalb all dieser Geschehnisse, in der Existenz der Katholiken auf den Johannesinseln – welche seit Ende des 16. Jahrhunderts in allen Registern als Santa-Esperanza-Inseln bezeichnet wurden –, ist die Beteiligung der Familie da Costa leicht auszumachen. Die Familie da Costa hat im Laufe der Jahrhunderte bis heute alle möglichen Schreiben, Einnahme- und Ausgabebücher sowie Briefkopien aufbewahrt.

Die Beteiligung am Bau des katholischen Klosters wird mit der Ausgabe einer entsprechenden Summe nachgewiesen. Die Loyalität gegenüber den Zichistawi wird durch eine lange Liste der Schenkungen bekundet. Die vier Schmieden für die Ausrüstung der Armee wurden von Meistern eingerichtet, die von den da Costa extra auf die Insel geholt worden waren.

Wir wollen nicht alles aufzählen. Nach dieser Einführung möchte ich von Anfang an über das Leben der da Costa auf den Johannesinseln berichten, welche ihren heutigen Namen vor allem durch die Bemühung dieser Familie erhielten.

Die Erstellung dieses Schreibens hat ein einziges Ziel: Nach so vielen Jahrhunderten stellt sich heraus, dass ich der letzte der da Costa bin, da das Leben meines Neffen, Alessandro da Costa, dem jüngsten Krieg zum Opfer gefallen ist. Und ich, nun schon ein einsamer, enttäuschter und alter Mann von 69 Jahren, versuche die Geschichte meiner vernichteten Familie aufzuschreiben und die Gründe zu begreifen, warum unsere Familie ihr prächtiges und sonderbares Dasein zu Beginn des 21. Jahrhunderts beendet und verlischt.

Ich versuche standhaft und tapfer zu bleiben, so dass meine Familientragödie die Erzählung nicht verdirbt – die Erzählung über die gequälte und träumerische, rastlose und mächtige, nun dahingeschiedene Familie da Costa.

Ich lebe nur noch dafür, diese Erzählung zu verfassen und unsere Abenteuer wie eine Chronik zu hinterlassen, die anderen Familien vielleicht eine Lehre sein kann.

Alfredo, der letzte da Costa,
ehemaliger Museumsdirektor von Santa Esperanza.

DIE LITRA*, WELCHE DER JUNGE AUS DER FAMILIE DES EHEMALIGEN PRIESTERS FAND

Eines wusste Chetia aus der Familie des ehemaligen Priesters, dass er vom Schicksal auserwählt war. Er wusste dies schon seit Langem, begriff es aber erst später richtig.

Chetia aus der Familie des ehemaligen Priesters hatte seit seiner frühen Jugend das Los gehabt, alles von den großen Leuten zu wissen: Er hörte sich die Gespräche der Erwachsenen besonders aufmerksam an. Sein Vater war ein ehemaliger Priester und einst Hüter des Sungalenschatzes gewesen, welchen die Sungalen für den georgischen König angehäuft hatten. Als der Vater zunehmend erblindete, legte er das Priesteramt nieder. Er saß den ganzen Tag am Rande der Steinmauer und erzählte und erzählte. Das ganze Dorf hörte ihm zu und natürlich fehlte auch Chetia nicht. Dann kam er in der Stadt unter, und dies von Anfang an gut. Er war zuerst Türsteher bei der Matiani-Familie und schon nach vier Jahren ihr Gutsverwalter. Ein Gutsverwalter ist der am besten informierte Mensch in der Familie. Er muss zweimal mehr über die Familie wissen als die Familie selbst. Er war ein hervorragender Gutsverwalter, der sich in vielen Sachen auskannte und so gut zuhören konnte, dass man nichts Besseres tun konnte, als ihn etwas erledigen zu lassen. Er wickelte die Angelegenheiten stillschweigend ab, korrekt und mit dem Blick eines Jägers. Als er sich entschied zu gehen, verabschiedeten sich die Matiani unter großem Dank von ihm. Er hatte allerdings sehr zugenommen. Chetia nahm immer weiter zu und bekam einen immer fetteren Leib, der ihn an der täglichen Arbeit hinderte. Er konnte nichts dagegen tun. In die Hocke zu gehen, fiel ihm genauso schwer wie das Aufstehen. Mit seinen Ersparnissen und einer großzügigen Gabe der Matiani kaufte er sich ein Haus am Rande der Stadt, das später Chetias Hotel genannt wurde und zum Treffpunkt aller Sungalen in der Stadt wurde. Von da an wurde Chetia zum Patron, Pfleger, Helfer,

---

* Litra – kleine, enghalsige Flasche oder tönerner Wasserkrug

Berater und Onkel aller jungen Sungalen, die in die Stadt kamen. Sein Name, der schon früher unter ihnen bekannt war, wurde nun weiterverbreitet. In dieser Zeit lebte Chetia wie ein Mann von niederem Adel, nicht reich, aber ausreichend begütert: Er liebte es, sich im Hof auf einer Matte die Zeit zu vertreiben, mit Wasser vermischten Wein zu trinken, andere zu belehren und sich immer wieder die Geschichten anzuhören, die von den Sungalen, die an tausend verschiedenen Stellen dienten, bei Zusammenkünften erzählt wurden.

Ebenso gern mochte Chetia die Jagd. Er war oft allein unterwegs. Mit einer Schrotflinte jagte er Kleingeflügel, Amseln oder Turteltauben. Jagen ging er auf der Sungalen-Insel, wenn er in seinem Dorf war, um nach dem Rechten zu sehen, die Angehörigen besuchte und ihnen Geschenke brachte.

Es ereignete sich auf der Jagd, nachdem er frühmorgens im Norden der Insel in den Wäldern an der Küste Amseln gejagt und sich an den Strand begeben hatte. Warum er an den Strand ging, ist leicht zu verstehen. Die Nord- und Ostseite der Sungalen-Insel ist felsig. Stellenweise mehr oder weniger steil. Wenn man vom Wald aus an die Felsenküste gelangt, breitet sich ein prächtiger Anblick vor einem aus: ein sanft wogendes Meer zwischen Grün und Steinen. An diesen Küsten sind die Wellen ungewöhnlich ruhig. Auch wenn man überhaupt keinen Sinn für die Schönheiten der Natur hat, führen einen die Beine von selbst dahin. Stöhnend erklomm Chetia einen felsigen Hügel und blickte aufs Meer. Dabei berechnete er, dass er mit seinen mühevollen Schritten bis zum Sonnenuntergang brauchen würde, um in jenes Tal zu gelangen, in dem er seinen Wagen stehen gelassen hatte. Das Meer war schön, aber einige Schritte entfernt lag in einer kleinen Felsmulde eine Litra. Was ist schon eine Litra, eine Litra, die das Meer herangespült hat, mit Schlamm bedeckt. Chetia hätte den Krug nicht beachtet, das heißt, niemand außer Chetia hätte ihn beachtet noch mit dem Fuß untersucht, was das Wasser da herangespült hatte. Er schien schon vor geraumer Zeit herangespült worden zu sein. Der Schlamm war angetrocknet, der Krug jedoch ungeöffnet. Chetia bückte sich mühsam nach der Litra und betastete sie mit der

Hand. Den Verschluss hatte man seinerzeit gut versiegelt. Chetia holte sein Taschenmesser heraus und versuchte die Versiegelung abzuschneiden. Danach bemühte er sich den Pfropfen herauszuziehen. Das war nicht ganz leicht, denn die Litra rutschte ihm immer aus den Händen. Er ließ von seinen Bemühungen ab, als er sich an einen alterprobten Spruch erinnerte: Ob der Stein die Litra trifft oder die Litra den Stein, ist für die Litra gleich schlimm. Also ließ er die Litra auf den Felsen fallen.

Um uns kürzer zu fassen: Die Litra zerbrach nicht und Chetia musste wieder in die Hocke gehen und den Krug noch einmal auf den Felsen schlagen. Die Litra brach auseinander und heraus fielen zwei Papiere, sorgfältig gefaltet und gerollt, wie ein Papyrus in früheren Zeiten. Das Wasser war nicht in die Litra gelangt. Auf dem Papier stand, bereits verblasst, etwas in schöner, verschnörkelter englischer Schrift. Es stand ziemlich viel dort, was Chetia kaum entziffern konnte. Chetia konnte zwar Anglesisch lesen, hatte aber noch nie etwas geschrieben, nicht einmal eine Glückwunschkarte. Denn die Sungalen gratulieren einander niemals so kurz, dass es auf eine Karte passen würde. Chetia starrte auf das Geschriebene. Diese Schrift konnte Chetia nicht so schnell entziffern. Er steckte die alten Papiere in die Tasche und trabte von seinem seltsamen Fund begeistert, aber stöhnend in den Wald zurück. Im Auto schaute er sich die Papiere noch einmal an, quälte sich damit ab und konnte doch nichts herausbekommen. Ihm fiel wieder ein alter Spruch ein: Wer es eilig hat, in den Wald zu kommen, sollte beim Abendmahl auch die Steigbügel überprüfen.

Als er nach Hause kam, standen an der Steinmauer seine Mutter, die Dorfbewohner und einige Kinder, die auf zwei erjagte Amseln hofften. Chetia fand erst wieder Zeit für die Papiere, als er sich auf die Terrasse legte und zum sternenübersäten Himmel emporblickte. Doch da überkam ihn die Müdigkeit und sein letzter Gedanke vor dem Einschlafen war, dass er ins Museum gehen, dieses Papier dem alten Alfredo zeigen und ihm erzählen wollte, wie er dazu gekommen war. Aber am nächsten Morgen hatte er diesen edlen Gedanken vergessen und er wollte sich noch auf der Terrasse einen Stift beschaffen.

Einen Stift besaß Priester Absalom am Ende des Dorfes. Sie schickten einen Jungen, der dem Priester mitteilte, dass Chetia seinen Stift bräuchte. Es war kein guter Gedanke, aber er sah keine andere Möglichkeit. Wäre Chetia selbst zu ihm gegangen, hätte man ihn auf jeden Fall zu Tisch gebeten. Dann hätte er bis zum Abend dort herumsitzen müssen. Chetia wusste jedoch, dass der Priester Absalom den Stift selbst bringen würde, weil er dem Jungen nicht vertraute. Chetia hätte ihn ebenfalls nicht einfach so gehen lassen können, ohne ihn zu Tisch zu bitten. So war es dann auch. Absalom brachte den Stift, den er ganz zuletzt hervorholte, als es schon dämmerte und er am Gehen war. Wozu er den Stift benötige, fragte er Chetia. Dieser konnte ihm schlecht erzählen, dass er Papiere gefunden hatte und die ihm bekannten Wörter unterstreichen wollte.

Chetia konnte also so lange nichts mit den Papieren anfangen, bis er in die Stadt kam. Dort unterstrich er die ihm bekannten Wörter und kaufte sich ein Oxford-Wörterbuch. Es war ein Brief des alten Archivars Sampson Brass, den dieser in die Litra gesteckt und vor mehr als hundert Jahren ins Wasser geworfen hatte. Erbe von Sampson Brass war ein berühmter Anwalt, der Konstantin Wisramiani diente.

Der alte Brass aber, ja, das war vielleicht einer ... Er hatte das gesamte Gold und Silber sowie die Edelsteine, welche die alten Zichistawi in den acht Jahrhunderten dem Kloster gespendet hatten, grammweise abwogen. All das hatte man sicher nie aus dem Kloster geholt. Aber was nützte es Chetia? Chetia war ja kein Dieb, der sich ins Kloster schlich, um zu stehlen.

Aber Chetia war eben Chetia.

Vor seinem Hotel auf der Matte liegend zählte er, zählte dieses und jenes. Er zählte und zählte, ach, wie gefährlich es doch war, wenn ein Sungale so viel Grips hatte, dass er alles Umliegende und Allgemeingültige zu zählen begann. Es würden sicher um die vierzig randvolle Truhen sein, die Chetia keine Ruhe ließen. Mit diesem Schatz konnte man ja so vieles anfangen, dachte Chetia. Diese Edelsteine bedeuteten Macht, die viel größer sein würde als der ganze Reichtum, den die berühmten Familien angehäuft hatten.

Es würde wohl auch mehr sein als der Schatz, den die Sungalen für den König angesammelt hatten. Und an dieser Stelle kam ihm der Gedanke, dass er, wenn er wollte, auch zwei Schatzkammern betreuen konnte. Wer diese Schatzkammern betreute, würde auch über die drei Inseln herrschen. Nun war Chetia niemand, der den sungalischen Priester sofort eindringlich nach dem Aufbewahrungsort des Schatzes gefragt hätte oder sich auf die Schnelle darüber Gedanken gemacht hätte, wie der andere Schatz zu entwenden sei. Was bis jetzt verborgen war, konnte weiter warten. Chetia überlegte sich, dass der Schatz, solange die Anglesen anwesend waren, an seinem Platz bleiben sollte. Wann aber lief die Pachtfrist der drei Inseln für die Anglesen ab? Hey, es war noch eine Weile bis dahin. Deshalb musste man erst überlegen, überlegen und sich vorbereiten. Es gab keinen Grund zur Eile.

Und Chetia begann mit dem Zählen und wurde unter den sungalischen Jungs immer beliebter. Chetia fand Freunde. Er fand sie nicht, sondern näherte sich den Menschen, die er bereits kannte oder denen er unter verschiedenen Umständen begegnet war. Mit der Zeit machte er den Schwiegersohn der Wisramiani zu seinem wichtigsten Vertrauten und Kumpanen. Dieser hieß Nika Abaischwili, war ein Georgier aus Georgien, ein ehemaliger Gangster, jung, aber schon kriegserfahren. Er war ständig in Schwierigkeiten und hatte auch mit den Wisramiani Probleme bekommen. Gleichzeitig musste er den Georgiern aus dem Weg gehen, die nach und nach auf der Insel eintrafen.

Diesen Abaischwili lernte Chetia gleich zu Anfang kennen.

Wahrscheinlich war Chetia der Erste, dem Abaischwili auf der Insel begegnete, der sich um ihn kümmerte und der ihn später mit Hilfe von Martia, dem Gutsverwalter der Wisramiani, zum Schwiegersohn dieser Familie machte. Damals waren die Wisramiani gerade auf der Suche nach einem Bräutigam für ihre widerspenstige Tochter Salomea, die sie fast mit Gewalt zum Altar schleppen mussten.

Chetia hatte sehr wohl bemerkt, dass es so einen wie den Abaischwili nicht noch einmal auf der Insel gab. Niemand hatte so ein Leben und solch schreckliche Erfahrungen wie er durchgemacht, dabei aber eine lockere Hand und einen kühlen Kopf bewahrt. Und wenn es jemanden gab, so war er nicht der Schwiegersohn der Wisramiani. Chetia dachte, dass ihm dieser Abaischwili noch nützlich sein könnte, wenn die Stunde schlagen würde. Dies im Hinterkopf, erwies er ihm viele Freundschaftsdienste. Außerdem hängte sich Chetia an die alte und von allen verlassene Dame Agatia Zichistawi-Artschiliani, die letzte Erbin der hiesigen Könige und eine von allen vergessene Oma. Auch diese Berechnung war ganz gut, denn Chetia rechnete wie ein Bauer, aber richtig. Denn die Berechnungen der Bauern sind die korrektesten auf der Welt.

Chetia überlegte sich, dass es so nicht enden und diese Frau in den nächsten zwei Jahren nicht weiter verborgen bleiben konnte. In der Öffentlichkeit hatte Agatia Zichistawi nur ein geringes Privileg: Sie durfte für Geld alle möglichen Titel verleihen. Früher, als die Anglesen die Inseln von Agatias Vorfahren Sari Beg pachteten und dabei sowohl die Osmanen als auch ihn sehr geschickt übers Ohr hauten, vergaben sie an Sari Beg und seine Nachkommen eine einfache Lizenz, Titel zu verleihen. Diese Titel bedeuteten nichts, aber Sari Beg konnte damit gegenüber jemandem seine Achtung ausdrücken und ein wenig Geld verdienen.

Sari Beg nahm für die Vergabe der Titel niemals Geld. Agatia dagegen zog aus ihrem Erbrecht geschickt Nutzen. Zu ihren Kunden zählten vor allem Engländer, die als Touristen auf die Insel kamen und von der Erbin der Könige unbedingt verschiedene Titel oder Posten verliehen haben wollten. Also schickte Chetia der vergessenen Agatia eine sungalische Gabe: zwei Tschapi* sungalischen Wein, zehn gut gebackene Fladenbrote, ein halbes Ferkel, Kalbsfleisch, Knoblauch und fünf Laibe berühmten sungalischen Käse. Er gedachte der Alten alle drei Monate solch eine Gabe zu schicken. Dabei rief er sie sehr ehrfürchtig an und sagte ihr, dass er ein einfacher Sungale sei, von dem sie vielleicht schon gehört habe. Sie solle aber nicht denken, dass er etwas von ihr wolle und dass hinter dem Geschenk eine Absicht stecke. Er wage es nicht

---

* Tschapi – 16 Liter fassender Tonkrug, altes Maß für Wein

einmal, sie zu besuchen. Nein, er habe nur das Buch über das Leben von Sari Beg gelesen und sei hoch beeindruckt von ihm.

Die Alte antwortete ihm sehr wohlwollend und zwei Wochen später erhielt Chetia ein Kuvert, in dem die einzige Gabe lag, die Agatia machen konnte: eine hübsche Urkunde, die bezeugte, dass der Junge aus der Familie des ehemaligen Priesters, Chetia, zum Oberbefehlshaber der Truppen des johannischen Königs, zum Heeresführer der Küste und zum Heeresleiter in Sungalien ernannt war. Chetia rahmte diese Urkunde anders als die vielen anderen nicht und hängte sie auch nicht an den Eingang seines Hotels.

Was bedeutet schon für einen Sungalen die Gabe der Zichistawi? Gar nichts. Sie hatten die Zichistawi niemals als ihre Herren anerkannt. Aber Chetia hob das Schreiben auf, denn ein Schreiben hebt man besser auf.

Diese beiden Menschen waren es, die Chetia in der neuen Zeit von Nutzen erschienen. In öffentlichen Angelegenheiten wurde Chetia noch zuvorkommender zu den Sungalen. Somit machte er sich zum ersten Sungalen für sie. Unser Chetia ist ein guter Kerl, er ist unser Beschützer in der Stadt, sagte man oft auf der Sungalen-Insel.

Chetia war sowieso der Geheimnishüter, der Ratgeber und Helfer aller Sungalen, soweit er es vermochte. Er war ein solcher Sungale, dass sogar der schreckliche Konstantin Wisramiani es für wichtig hielt, ihn hin und wieder einzuladen und im Gespräch oder durch verschiedene Fragen seine Meinung zu erfahren. Chetia aber wusste sehr wohl: Wenn er auch Hüter der Schatzkammergeschichten war, so benötigte Konstantin Wisramiani diesen Schatz überhaupt nicht, da er durch sein Familienerbe der reichste Mann der Insel war und einfach den Abzug der Engländer abwartete. Wenn Chetia an morgen dachte, so tat Konstantin das auch. Aber er irrte sich, wenn er Chetia einfach für einen berühmten Mann unter seinem Volk und deshalb für nützlich hielt. Nach und nach bemerkte Chetia, dass der Wisramiani nichts dagegen hatte, ein Sungalenheer aufzustellen. Diese Familie hatte unter den Sungalen schon immer einen guten Ruf gehabt, sei es wegen ihrer Unterstützung, der Vergabe guter Dienstposten, der niedrigen Pachtkosten ihrer Ländereien und so weiter. Wem sollten die Sungalen also zur Seite stehen, wenn es nötig sein sollte? Natürlich den Wisramiani. Sollte der Wisramiani ruhig glauben, dass er nur ein berühmter Sungale war. In Wirklichkeit aber war er Heeresführer. Die Gespräche und Andeutungen des alten Wisramiani ließen Chetia noch Weiteres berechnen. Er begriff, dass der Tag nahte, an dem einiges passieren würde. Denn es blieb nicht mehr viel Zeit, bis das Regiment der Anglesen die Insel verlassen würde und der Gouverneur seinen Palast.

Und wer würde danach an der Macht sein?

Chetia würde es sein, warum auch nicht?

Chetia lag rücklings auf der Matte und berechnete das. Er hatte ja sonst nichts zu tun, lebte zufrieden und folgte seinen Berechnungen. Dieser dicke Chetia, von den Sungalen geduldet und langweilig. Wir sind das Volk des Königs, sagten die Sungalen unter sich, denn sie mochten den Namen nicht, den man ihnen gab. Sie kannten die Bedeutung des Wortes Sungale überhaupt nicht. Dieses Wort war alt und schon vergessen. Man gebrauchte es in ihrer Sprache nicht mehr.

Chetia fürchtete den Zorn Gottes nicht. Er opferte ihm ein Schaf und damit hatte es sich. Zwei Schatzkammern musste einer erst entdecken. Wer hätte sie denn sonst entdeckt? Da er sie entdeckt hatte, musste sich in seinem Leben auch etwas tun.

Nun schau mal an, was das für eine Litra war. Wer weiß, wie lange sie dort schon gelegen hatte, in der Mulde des Felsens.

Hey, hey, schweig Chetia ... schweig, du Junge aus der Familie des ehemaligen Priesters ... und zeig es ihnen, den Schweinehunden.

DIE HERZEN DER DREI

1

»Er verlässt sein Haus nicht«, sagte Monica Uso di Mare zu Pardon Bell, »ich kann nicht zu ihm gehen ... nicht allein. Nach dieser

Geschichte ... Sie wissen schon. Der alte ... alte da Costa hat sich in seine Wohnung zurückgezogen.«

»Gehen wir gemeinsam zu ihm ... Ich würde mich freuen, wenn Sie mich begleiten würden ...«

»Wissen Sie was, Mr. Bell? Ich denke, Sie haben sich eine große Dummheit ausgedacht. Aber ich komme mit. Ich denke nicht, dass er sich an Sie erinnern kann.«

»Ein Freund von mir kommt auch noch mit ... Perigo. Kennen Sie Perigo?«

»Das ist ein widerlicher Mensch. Aber dann kommt vielleicht auch ein Freund von mir mit, wenn es Sie nicht stört. Er wollte die Villa da Costa schon immer mal von innen betrachten.«

»Ihr Freund ...«

»Eddy Clever ... Ich denke, dass er gewissermaßen auch Ihr Freund ist?«

»Also überfallen wir ihn nach dem Mittagessen.«

»Gut ...«

2

Pardon Bell war ein Großmeister solcher Angelegenheiten, Mr. Perigo aber ein ausgezeichneter Kenner dieser Sache. Er verfolgte bis zuletzt die Idee, die Bruchstücke der Tabakspfeife von Ali Bey und Basila für seinen Antiquitätenladen in London zu erwerben. Nun überlegten sie sich, dass die Zeit gekommen war, und begannen sich um die Geschichte der Tabakspfeife zu kümmern. Die Pfeife war nötig. Die Pfeife bedeutete Friede und Lebenslust. Stellt euch bloß vor: In diesem Krieg und Unheil war nichts davon kaputtgegangen. Im Gegenteil, das Jahrhunderträtsel wurde gelöst: Man hatte die Pfeife von Ali Bey repariert, geputzt und im Museum der Zitadelle ausgestellt. Das Land hatte ein neues Wahrzeichen erhalten, die lebendige Legende von Ali Beys Tabakspfeife. Das Ganze wurde von Bell initiiert, das heißt, er begriff als Erster, dass diese Geschichte nun in Angriff genommen werden konnte. Es war Alfredo da Costa gewesen, der den Besitz von Königin Agatia inventarisiert und sehr gewissenhaft diesen größten Teil der Bruchstücke der Tabakspfeife aufgelistet hatte. Er hatte sie auf dem Balkon der seligen Agatia in einem alten Sack entdeckt.

Bell teilte Perigo mit, dass man die Pfeife reparieren konnte, wenn man die restlichen Teile bei den Familien einsammelte.

Der Besitzer des Kaffeehauses, Morad Bey, wusste angeblich ganz genau, wer wie viele Stücke besaß. Er wusste nur nicht, dass sich die verschwundenen Stücke der Pfeife bei der Königin befanden. In seiner Liste nahm die Königin mit nur einem Pfeifenstück einen Ehrenplatz ein. Dabei waren es zweihundertsoundso viele Stücke.

3

Es lebte einst der Verwalter der Inseln Ali Bey, ein verträumter, sonderbarer Mensch, ein Liebhaber von Sonnenuntergängen und heimlicher Verehrer der Klagelieder. Als er das Paschadasein leid war, schnürte er sein Bündel, ließ sich von seinem Pfeifenmeister Basila begleiten und fuhr mit dem Boot zur anderen Insel, auf der das Volk der Sungalen lebte. Dort ließ er sich am Strand nieder, wo er seine längste Pfeife zurechtlegte. Diese reichte bis zum Ufer der gegenüberliegenden Insel. Dort musste sich Basila aufhalten, wobei ihm Ali Bey befahl, die Pfeife nie ausgehen zu lassen. Er selbst legte sich an das andere Ufer, zog an der Pfeife und gab sich seinen Gedanken hin. Auf das Pfeifenrohr setzten sich Möwen und begannen an der längsten Pfeife der Welt zu kratzen. Die Wellen aber erschütterten die Stützen der Pfeife und tauchten sie an einigen Stellen sogar unter Wasser. Die Möwen durchlöcherten die Pfeife von Ali Bey, die zwischen der Königs- und der Sungalen-Insel lag. Deshalb gelangte Luft in die Pfeife. Wie viel Glut Basila auch produzierte, dem Herrn fiel das Rauchen immer schwerer. Eines Tages zerbrach die Tabakspfeife und versank. Bald darauf starb Ali Bey voller Kummer und Gram, weil seine wunderbare Erfindung dahin war. Man sagt, dass sich Basila, seinem Herren treu ergeben, an den scharfen Bruchstücken der Pfeife, wie an einem Speer, aufspießte.

4

»Wie kann ich es euch erklären ... Ich habe weder Lust dazu noch einen anderen Wunsch. Alle Varianten der Legende von Ali Bey sind idiotisch«, sagte Alfredo da Costa, »etwas Idiotisches aber kann nichts verbessern. Überhaupt ist das eine Dummheit. Basila soll ein entführter Sklave gewesen sein, der eines Tages ins Meer sprang, um wieder gen Heimat zu schwimmen. Ali Bey aber sei ihm in den Wellen gefolgt, wonach wohl beide ertranken. Diese Geschichte wird eher auf der Wisramiani-Insel erzählt. Weil sie ihr Auge ständig auf Georgien gerichtet haben. Andere munkeln, dass Ali Bey ein Homosexueller war und diese Pfeife über den Kanal gelegt hat. Wenn wir die Pfeife wieder zusammenfügen, wird sich herausstellen, dass sie nicht so lang gewesen ist, wie in der Legende berichtet wird. Also gab es keine Pfeife, die zwischen den beiden Inseln lag. Meinen Berechnungen nach müsste diese Pfeife acht Yard lang sein. Das ist alles. Ihr Besitzer, Ali Bey, wurde taub und konnte sich die Zeit außer mit dem Rauchen der Tabakspfeife mit nichts mehr vertreiben. Bei einem seiner Wutanfälle zerschlug er die Pfeife, und erzählt mir bitte nicht, dass damit die Einigkeit der drei Inseln, deren Herrscher Ali Bey war, zerfiel. Mit solchen Mythen kann man keinen mehr beeindrucken. Wird denn die Einigkeit wiederhergestellt, wenn wir die Pfeife wieder zusammensetzen? Aber die Pfeife ist ja nicht so lang, wie es die Legende behauptet? Wer wird daran glauben, dass es diese Pfeife ist? Ich? Ich werde nichts schreiben, ich habe anderes zu tun. Sie wissen das, Monica weiß es.«

5

Edmond Clever blickte auf die zahlreichen Bruchstücke, die auf dem Tisch lagen.

»Monica«, sagte er dann ruhig, »ich glaube, ich habe mein Lebtag noch nicht so ein Rätsel gesehen.«

Alfredo da Costa saß in der Ecke in seinem alten Sessel.

»Mr. da Costa«, sagte Clever zu ihm, »dieser Tisch ist sicher sehr alt, oder? Solche Tische gibt es jetzt nicht mehr.«

Der Alte sagte nichts, sondern nickte nur.

Mein Gott, dachte er bei sich, mein Gott, wie schwer es ist, wenn man der Letzte ist und das alles mit sich nimmt.

»Mein Gott«, sagte er plötzlich.

»Signor Alfredo« – Monica hockte vor dem Sessel – »geht, es Ihnen nicht gut?«

»Mein Gott«, sagte der Alte, »wie schwer ist es, wenn man all das spürt und es keiner mehr nach einem spüren wird. Man nimmt all das mit sich ... Man ist der Letzte.«

Gerade in diesem Augenblick kamen Perigo und Bell zurück. Sie schienen gut zu Mittag gegessen zu haben.

»Es gibt gute Neuigkeiten.« Perigo rieb sich die Hände. »Alle Familien sind bereit, die Bruchstücke für die Wiederherstellung der Pfeife kostenlos abzugeben.«

»Weil sie für sie keinen Wert haben«, sagte Alfredo da Costa.

»Auch Morad Bey?«, fragte Clever.

»Morad Bey kommt selbst und bringt uns seine Teile, obwohl ...«

»Was?«

»Morad Bey glaubt nicht, dass die Pfeife kürzer war als auf der Gravur von Keanan, die in seinem Kaffeehaus hängt. Er sagte, dass er seine Teile als die einzig erhaltenen Stücke ansieht und so behalten wird und in seinem Kaffeehaus immer ...«

»Jetzt ist keine Zeit mehr für Kaffeehäuser«, rief Alfredo da Costa aus seiner Ecke. »Wenn ihr es machen wollt, dann macht es. Ich denke, dass es auf dieser Insel bessere Geschichten gibt als jene über die Pfeife des verblödeten Ali Bey ...«

6

»Ich wollte ihm nahe sein, aber ich schaffte es nicht«, sagte Monica so, als ob es ihr schwerfiele, das Gesagte zu beenden. »Ich wollte ihm ganz nahe sein. Es ist eine seltsame Geschichte, ich war unterwegs, zu Ihnen, hierher ... Ich begegnete ihm. Danach kam ich immer wieder her, während des Krieges. Ich wollte auch nachts hierbleiben. Er gab mir keine Chance ...«

»Sandro da Costa«, murmelte der Alte. »Er wollte nicht der Letzte sein. Er begriff, dass er der Letzte war. Es gab einen Moment, als er sich davon überzeugte. Mein Bruder starb relativ früh. Sandro wuchs bei mir auf ... Was erzähle ich für einen Blödsinn. Er begriff, dass diese Frau nicht mehr die seine sein konnte. Ich glaube, es war so ... Ich denke viel an Sandro. Ich habe nicht geheiratet ... er ... überhaupt, meine Familie, wir da Costa ... Ihr seid vier, na dann, viel Glück. Ich bin der Letzte. Die Letzten haben einen großen Vorteil. Sie wissen alles, da es nach ihnen nichts mehr geben wird. Das begreife ich erst jetzt. Wenn man alles begreift, vermag man nichts mehr.«

»Signor Alfredo ... Entschuldigen Sie. Wegen dieser Tabakspfeife ... Es ist nur, weil Sie die Bruchstücke mitgenommen hatten ...«

Der Alte ließ die Hand sinken, als sei es egal.

»Schau dir diese Wände an, Monica ... Mich kann keiner überzeugen, dass die Pfeife mehr bedeutet als dieses Haus. Geh in den zweiten Stock und schau dir die Wand der Selbstmörder an. Geh auf den Boden und schau dir das Seil an, an dem sich mein Neffe erhängt hat. Es ist immer noch dort. Das Seil, das du durchgeschnitten hast ... Geh in die Küche und schau dir die Tonschüssel an, in der man in Kaffa die Erdbeeren verkauft hat. Diese Pfeife bringt nichts Gescheites, weil sie nichts bedeutet. Überhaupt nichts. Das Zusammenkitten einer Pfeife bedeutet nicht das Zusammenkitten eines Landes.«

»Auf der Sungalen-Insel werden Truppen stationiert.«

»Wieder die Engländer ... Auch das wird einmal enden, Monica, aber keiner kann sich das Leben im Ganzen vorstellen ... Von Anfang bis Ende. Von Kaffa bis zu diesem Krieg. Warum waren wir so lange hierher unterwegs ...«

7

Der Herbst kam. Sie mühten sich drei Tage lang ab. Sie brachten Essen und Wein in die alte Küche der da Costa und aßen zwischendurch. Die Wirtschafterin Lydia, die nach dem Tod von Sandro da Costa nur noch Schwarz trug, war oft mürrisch, weil Pardon Bell des Öfteren wiederholte:

»Entschuldigen Sie uns, Miss ... Wir sind Soldaten und arbeiten unter Feldbedingungen.«

»Ich weiß nicht, wie Sie Ihre Frau im Haus erträgt«, murrte Lydia.

6

Angesichts des Regens am ersten Septembertag sank der alte da Costa völlig in sich zusammen und wurde sehr schläfrig.

Er saß immer noch in seinem alten Sessel und würdigte die Pfeife nicht mal eines Blicks.

»Mr. da Costa«, sagte Clever, »auf der Sungalen-Insel wurden Truppen stationiert. Es ist alles friedlich, die Menschen kämpfen nicht ... kurz, es herrscht Ruhe ...«

»Und was ist damit?«, flüsterte der Alte. »Sie hätten über die Sungalen schreiben sollen ... Nun hat das keinen Sinn mehr.«

»Warum?«

»Weil in diesem Land alles zugrunde gerichtet wird. Bald wird es hier nur noch die Demokratie geben, weiter nichts. Die Demokratie und Ihre Pfeife ...«

8

»Die Wisramiani«, sagte Pardon Bell einmal. »Was halten Sie von den Wisramiani, Signor Alfredo?«

»Sie haben uns vernichtet. Ihre Frauen gleichen wilden Tieren, Tigern oder Ähnlichem. Sie brachten meinen Sandro um. Die eine durch ihren Hass und die andere durch die Liebe. Und beide endeten gleich, als Heeresführerinnen. Beide wollten ein Heer haben. Man könnte meinen, dass sie euch Engländern ähnlich sind ... Für euch stehen doch an erster Stelle die Engländer. Danach kommt eine große Leere, an deren Ende der Herrgott hockt. Dann herrscht wieder eine große Leere und irgendwo da unten kriechen wir armseligen Kreaturen herum.«

»Nein, wie kommen Sie darauf?«, nuschelte Clever.

»Das ist so. Ich beobachte Sie nun schon seit hundert Jahren, Mr. Clever. Sie können mich nicht belehren. Ich weiß alles.«

9

Für die Wiederherstellung der Pfeife benötigte man vier Tage.

»Jetzt können wir einen trinken«, sagte Perigo. »Es ist alles genau so, wie es sicher einst gewesen ist ...«

Die Pfeife hatte auf dem Tisch keinen Platz. Man stellte nach und nach Tische an und Stühle, auf denen Bücher gestapelt wurden.

»Wir haben aber viel Klebstoff verbraucht«, sagte Monica.

Da Costa schlummerte in der Ecke.

Lydia lief bebend durch den Salon und beugte sich über den Alten.

»Signor Alfredo ... Signor Alfredo ... Sie ist gekommen ...«

»Was?« Der Alte öffnete die Augen und schob seine Brille zurecht. »Was?«

»Salomea Wisramiani steht in unserem Hof und schaut zu den Fenstern. Sie schaut hierher ...«

Der Alte stützte seine Handflächen auf die Knie. Er erhob sich schwer, aber aufgeregt, und schlurfte mit schnellen Schritten zur Eingangshalle.

Die Anwesenden verstummten.

»Das ist ein großes Haus«, sagte plötzlich Bell. »Er kann sie auch woanders empfangen.«

»Sie sind ein schrecklicher Mensch«, zischte Monica. »Was soll denn das?«

Der Alte kam bald wieder herein. Er schlurfte zum Tisch und schaute an der Pfeife entlang.

»Dort ist keiner ... Sicherlich ist sie gegangen ... Geht auch ihr. Tragt eure Pfeife hinaus und grüßt mir Morad Bey. Ich glaube, die Zeit ist gekommen. Zum Gehen, ja? Nehmt eure Pfeife mit. Die Menschen werden euch durch die Straßen folgen. Sie ist aber ganz schön lang. Und nun? Und nun, Mr. Clever?«

GELDSACK, PEITSCHE UND SÄBEL

DIE GESCHICHTE VON WACHTANG AWALIANI, NACHDEM SEINE TOCHTER ZUR ÜBERGANGSKOMMISSARIN ERNANNT WORDEN WAR

E-Mail des Advokaten Sampson Brass an den Schriftsteller Jerry Barton

Grüß dich, Jerry,

als Erstes möchte ich dir mitteilen, dass es keinen Grund zur Aufregung gibt. Deine beiden Villen sind unversehrt, wenn man die ein oder zwei eingeschlagenen Fenster und das etwas verrutschte Dach außer Acht lässt, was nicht der Rede wert ist. Wichtig ist, dass deine Häuser nicht ausgeraubt worden sind. Überhaupt bin ich der Meinung, du könntest nun getrost zurückkehren, um nach deinem Besitz zu sehen. Denn es herrscht jetzt absolute Ordnung und man hat sogar die Wachposten von den Straßen abgezogen. In einem Monat sind Wahlen.

Deinem Wunsch gemäß habe ich deine Häuser besichtigt. Die in meiner Kanzlei aufbewahrten Schlüssel deiner Häuser habe ich noch bei mir. Ich habe abgeschlossen und bin gegangen. Es müsste dennoch alles in Ordnung gebracht und gepflegt werden. Deshalb sag ich dir, dass du kommen kannst. Es gibt nichts mehr zu befürchten. Im nächsten Jahr haben wir sicher auch wieder Touristen.

Deiner Stadtvilla ist überhaupt nichts anzusehen. Bei der Villa an der Küste hat man die Fenster eingeschlagen. Wahrscheinlich haben dort einige Tage lang Soldaten gehaust, ich weiß allerdings nicht, von welcher Seite sie waren. In die Stadtvilla scheint niemand hineingegangen zu sein. Im Garten sind zwar viele Fußstapfen und die hintere Gartenlaube ist voller Kippen und Obstschalen, weil dort anscheinend jemand Mangos geschält und gegessen hat. Und, du wirst dich wundern, ich weiß, wer das war. In deinem Garten, in der Laube, lebt ein Mann. Staune nicht, Jerry, es ist ein völlig friedlicher Mensch, und staune nicht, es ist der Schwiegersohn der Wisramiani, Bu Wisramiani. Ich habe ihn fast nicht erkannt. Diesen zerzausten, vollbärtigen und gekrümmten Mann hätte ich wirklich nicht als Bu Wisramiani identifiziert. Er ist abgemagert und sieht sehr elend aus. Jerry, du kannst dir nicht vorstellen, was dieser Krieg aus uns gemacht hat. Man muss fast alles von Neuem beginnen. Viele haben es geschafft, viele aber auch nicht.

Stell dir mein Entsetzen vor, als ich durch die Zimmer deines Hauses ging und plötzlich von einem zerzausten, in einen dreckigen, zerlumpten Mantel gehüllten Mann überrascht wurde, der mir mit vorgestrecktem Stock verkündete, dass er der Wächter sei. Du hast mir nichts davon gesagt, dass in der Villa ein Wächter hinterlassen wurde. Ich wollte ihm erklären, dass ich dein Freund bin und auch einen zweiten Schlüssel hab. Gerade in diesem Moment zwinkerte er mit den Augen und ich erkannte, dass es Bu Wisramiani war.

Stell dir vor, was für schreckliche Dinge seine Frau Kaia angestellt hat. Warum, kann bis heute niemand begreifen. Kaia hat jetzt Hausarrest auf einer der Farmen der Wisramiani. Ihre Tochter Salomea hat sie als Anführerin der Rebellen entmachtet und ihre Position eingenommen. Sie hat das Kriegsende herbeigeführt, und zwar so, dass keine einzige Kugel mehr flog und keinerlei Verhandlungen mehr stattfanden. Ich weiß nicht, ob du die Zeitungen liest, aber man hat darüber im *Guardian* und im *Telegraph* berichtet. Salomea ist weiterhin höchste Übergangskommissarin der Inseln. Ihr Office ist noch in Betrieb, auch wenn sie sich selbst nicht mehr in die Angelegenheiten mischt und vielleicht auch nicht mehr hier, sondern in London ist. Sie wird sich auch nicht an den Wahlen beteiligen. So oder so lebt der Ehemann und Vater der beiden Hauptdarstellerinnen, denen er aus dem Weg gegangen ist, seit Kriegsbeginn in deinem Gartenhaus.

Das scheint mir ein Stoff zum Schreiben zu sein, genauso wie mein Abenteuer während des Krieges, Jerry. Davon hatte ich dir ja bereits einmal geschrieben. Aber ich habe mich bemüht, dich nicht allzu sehr zu verschrecken. Du weißt doch, ich war der

Rechtsanwalt des großen Wisramiani. Deshalb musste ich vieles erleiden, besonders nachdem die Stadt vollständig von den Sungalen besetzt wurde. Sie schleppten mich zweimal in die Zitadelle und fragten mich über verschiedene Dummheiten aus. Während eines Aufenthalts dort sprang eine Frau aus einem Fenster des Nordturms. Sie wurde in der Zitadelle gefangen gehalten. Wie ich erfuhr, war es eine Klagefrau, eine Sängerin, der sowohl Kaia als auch die Sungalen verschiedene schmutzige Geschäfte angeboten hatten. Deswegen verließ sie ihren Geliebten.

Die Klagefrau zerschlug das Fenster und sprang hinaus. Sie fiel auf das letzte Dach des Stateviertels. Es war schrecklich, aber was war eigentlich nicht schrecklich? Ich hatte auch meine geheime Geschichte. Ich half Data Wisramiani bei der Flucht. Dem Testament nach stand ihm einiges zu. Er wollte für immer weg, gerade in jener wirren Zeit, als die Banken ihre Tätigkeit unterbrachen und unbeschreibliche Verluste machten. Ich konnte einiges für ihn arrangieren. Ich habe keine Ahnung, ob er geflohen ist oder nicht. Vielleicht ist er sogar in London. So sind die Umstände, Jerry. Wir erwarten dich.

Mach dir wegen Bu, der sich in deinem Garten angesiedelt hat, keine Sorgen. Wir werden uns bis zu deinem Kommen etwas überlegen. Es wird sich schon jemand um ihn kümmern. Er lud mich in die Laube ein und zog eine Flasche »Beaujolais« und zwei Kristallpokale hervor, die übrigens blitzblank waren. In einer Pfanne briet er Würstchen und wir unterhielten uns dabei hervorragend. Nachdem wir die Flasche geleert hatten und die Lunchzeit bereits vorüber war, schickte ich mich an zu gehen, da ich mich überzeugt hatte, dass er keinen Schaden anrichten würde. Gerade in diesem Augenblick kam eine junge Frau, Monica Uso di Mare. Die Journalistin. Du hast sicher schon von ihr gehört. Sie hat auch einige Artikel über dich geschrieben. Sie hatte Brot und Zeitungen mitgebracht. Monica erzählte interessante Dinge, fand jedoch nicht, dass meine Freundschaft zu dir etwas Besonderes sei. Du kennst doch die Journalisten. Dann hat sich noch der bekannte Vagabund Archie zu uns gesellt. Ich weiß nicht, ob du von ihm gehört hast. Das ist der, der mit einer schwarzen Brille und der

Fahne herumläuft. Es heißt, er sei blind, aber jemand sagte mir, dass das nicht wahr sei. In dieser Gesellschaft habe ich einen halben Tag verbracht. Nun denk aber bitte nicht, dass dein Garten zum Unterschlupf von Säufern geworden ist. Uso di Mare hat mir versprochen, dass sie sich um die beiden kümmern wird und du nicht belästigt werden wirst. Am Abend wollte sie unbedingt den Museumsdirektor da Costa besuchen, dessen Neffe Sandro (du weißt von seiner berühmten Romanze mit Salomea Wisramiani; ich hatte von Berufes wegen damit zu tun) sich während des Krieges das Leben genommen hat.

Kurz, es gab wenig Gutes in unserem Leben, Jerry.

Mach dir wegen deines Besitzes keine Sorgen. Alles ist in Ordnung. Santa City ist nun wieder Santa City. Die Änderungen musst du selbst in Erfahrung bringen. Der Brief ist sowieso zu lang geraten.

Mit freundlichen Grüßen,
Sampson Brass der IV.

DIE MÖWE NAMENS BU WISRAMIANI AUF DEM HEIMWEG

Was sind das für Flügel, was ist das für ein Geräusch? Welches Geräusch ergibt denn die Luft? Es ist nicht die Luft, sondern das Schlagen der Flügel. Die Luft hat ja einen Geschmack, am besten schmeckt wohl kühle und vorzügliche Luft. Wie viel Luft es hier oben gibt. Und dort unten, in dem Morast, wo gibt es dort solch eine Luft? Sie berauscht einen durch ihre Reichhaltigkeit. Durchquere die Luft, durchquere und koste sie. Hm, hm, hm, sie ist sehr schmackhaft. Die Bergluft ist wie ein Gläschen Likör vor dem Mittagessen. Man bekommt noch mehr Appetit auf immer neue Leckereien. Wer denkt denn jetzt an das Mittagessen? Ich scheiße auf euer Mittagessen. Ah, was sehe ich da, was für schön gebogene und treue Flügel ich doch habe. Alles geht von selbst. Hey, hey, das Fliegen braucht man gar nicht zu erlernen, es geht ganz von selbst. Das ist ja ein Ding. Schau, das hat man uns Georgiern verheimlicht. Wir sind Vögel und man hat es uns verheimlicht. Wir Georgier sind wahrlich Vögel. Hey, wie viele Vögel haben in meiner Jugend die Chinesen vernichtet. Sie hatten die Saat gefressen. In den Zeitungen waren die Säcke voll toter Vögel abgebildet. Sie vernichteten und vernichteten und konnten dennoch nicht alle Vögel vernichten. Die Vögel, die die Chinesen vernichtet haben, sind wir, die Georgier. Man vernichtete und vernichtete uns und konnte uns dennoch nicht vernichten. Genau das hat man mir so lange verheimlicht und ich habe es erst jetzt begriffen. Es kommt aber auch vor, dass man sich sein Lebtag nicht als Vogel versteht und niemals mit den Flügeln schlägt, da man die Flügel für Arme hält. Nicht mal das ... Ich weiß das jetzt, kann es den anderen aber nicht erklären. Ein jeder Georgier kann sich auf einen Felsen stellen – was gibt es denn mehr als Felsen bei uns – dreimal mit den Armen schlagen und losfliegen. Dazu ist kein weiteres Wissen nötig. Man kann hoch hinauffliegen und so lange fliegen, wie man will. Die Hauptsache ist, das zu begreifen. Auf meiner Flucht aus Georgien habe ich mich ganz schön abgemüht. Ich bin vom Schiff gesprungen und schwimmend an dieses elende Ufer gelangt. Was ist das für ein Elend, was hat ein Georgier im Wasser zu suchen? Ein Georgier gehört in die Lüfte. Ein Georgier kann kein Fisch sein, denn er ist ein Vogel und liebt das Meer nicht. Na bitte, schau doch, wie kann man das auch lieben. Ich schaue schon so lange darauf und es ist nichts als Wasser dort unten. Ein Georgier schaut gern auf die Erde, weil es dort vieles zu entdecken gibt.

Auch das habe ich erfahren: Wir Georgier waren früher Vögel und wurden von Mutter Erde genauso betrogen wie die anderen Vögel. Sie gab uns Körner, streichelte uns, zähmte uns und machte Hühner aus uns, oder etwa nicht? So begann man uns zu töten, aber eines haben wir uns bewahrt: Jedes Huhn kann hochfliegen, wenn es den Willen dazu hat. Meide das Futter, das es umsonst gibt, und du lernst das Fliegen, du Huhn. Dann kannst du den Hof verlassen und fliegen, wohin du willst. Schau, wie ich angeflogen komme, ich, Bu Wisramiani ... Ich weiß noch nicht, was für ein Vogel ich bin, aber meine Flügel sind so gekrümmt, dass ich wahrscheinlich eine Möwe bin. Das macht nichts – auch wenn ich kein großer Verehrer meiner Herkunft bin. Eine Möwe muss natürlich über dem Meer schweben ... Du denkst wohl, ich will einem Adler gleichen? Wozu das, er dreht Kreise, fliegt umher und interessiert sich nur dafür, ob sich irgendwo etwas Essbares bewegt. Hätte mich der Schöpfer gefragt, wäre ich lieber eine schöne Drossel gewesen. Ich habe im Dorf Drosseln gesehen, die gefielen mir sehr. Sie kommen oft nahe an einen heran. Ich bin auch einer, der sich gern nähert ... Also, das ist die Luft, so etwas Tolles. Richtige Luft ... Hey, grüß dich, du armseliges Flugzeug, grüß dich. Was leuchtest du mich mit deinen roten Dingern an? ... Aha, du weißt wohl, dass Vögel nicht in der Nacht fliegen? Ich weiß es ja auch, aber ich sehe alles, dich doch auch ... Unten ist Wasser. Hey, ihr Menschen. Was wollt ihr in diesem armseligen Flugzeug, hier ist die Luft, und was für eine Luft! Ein Vogel weiß von selbst, wohin er fliegen muss. Er benötigt keine Landkarten und solche Sachen. Ist die ganze Welt nicht eine Landkarte? Es ist zwar Nacht, aber das macht nichts. Das Land, gleich hinter dem Meer, ist Georgien. Und ich dachte, es sei so weit. Her schwamm ich so lange und hin fliege ich nun so schnell. Hätte ich das bloß früher gewusst. Hätte ich über die Sache mit dem Fliegen eher Bescheid gewusst, hätte ich mich nicht so lange abgequält. Das Festland erscheint genau beim Morgengrauen und ich fliege hübsch darüber. Ich werde mich wieder und wieder herabsinken lassen. Ich werde mich ausruhen und weiterfliegen, über die Dörfer und Städte, und dort meine Kreise ziehen. Man wird sich fragen, was eine Möwe dort zu suchen hat. Es wäre besser, eine Drossel zu sein. Das wäre wirklich besser, aber was kann man da schon tun? Nach einer durchfeierten Nacht mag ich es am liebsten, wenn im Morgengrauen um einen herum allmählich alles zum Vorschein kommt. Ich muss das Morgengrauen abwarten. Ich werde genau im Morgengrauen einfliegen. Ich will nicht im Dunkeln ankommen. Im Dunkeln sieht alles gleich aus. Georgien gibt sich dennoch zu erkennen, es schleudert seine Funken hoch und gibt sich zu erkennen ... Pah, ich möchte trotzdem im Morgengrauen einfliegen. Ein echtes Morgengrauen ist etwas ganz anderes. Ich sah es vom Schiff aus. Aber Fische können niemals ein Morgengrauen sehen. Ihr Fische, ihr stummen Fische. Schweigen ist Gold, sagen die Fische, doch ich werde lieber einmal aufschreien, nach Möwenart, unschön und unangenehm, aber ein richtiger Aufschrei. Die Fische brutzelt man ebenso stumm und schweigsam in der Pfanne. Die Vögel hat man gezähmt und zu Hühnern gemacht, doch die Fische wurden nicht einmal gezähmt. Wozu sollte man sie auch zähmen, wo sie sowieso stumm sind? Das Futter ist alles. Man sollte nichts von anderen nehmen, sondern sich selbst etwas besorgen. Hätte ich das bloß früher gewusst, dann wäre alles gut gegangen ... Wie hätte ich wissen sollen, dass man ihr Futter besser nicht fressen sollte? Besser hätte man weniger gefressen, dafür aber etwas Richtiges. Man hätte da und dort etwas aufgepickt oder gar nichts gefressen. Wie kann das Futter die Hauptsache sein? Man braucht nichts, es gibt ja diese Luft, so viel davon. Sie regt natürlich den Appetit an, das kann man nicht ändern. Irgendein Wurm wird schon zum Vorschein kommen, ganz bestimmt. Ich werde keine Fische fressen, ich jage ihnen nicht nach. Sie haben es sowieso nicht leicht. Andere verspeisen sie und reiben sich dann vergnügt den Bauch. Essen und dick sein, was ist denn das? Hat man jemals dicke Vögel gesehen? Dicke Vögel sind Hühner.

Das ist aber nahe und ich dachte, es sei viel weiter weg. Dort sieht man einige Lichter ... Ich wollte nicht in der Nacht einfliegen. Nun sind wir schon angeflogen ... Ich schau mal zu einem Fenster herein. Ich setze mich auf den Ast und schaue mich um. Vielleicht erinnert sich jemand daran, dass die Georgier früher Vögel waren. Ach, wie lange hat die Abreise gedauert und wie schnell ist dagegen die Anreise. Früher dachte ich, es sei umgekehrt. Was sind das für verdammte Lichter? Seit wann gibt es an der georgischen Küste Lichter oder Schiffe ... Hey, auch diese Flügel können ermüden. Man muss sie schließlich auf und ab bewegen. Man kann sie gut auf und ab bewegen, wenn ich das richtig verstehe. Man faltet sie zusammen und setzt sich. Nachdem man sich auf diese Weise gut gewärmt hat, geht es wieder hoch. Ich muss mich irgendwo hinsetzen. Wir benötigen keine Feierlichkeiten und keinen Beifall. Wir sollten kommen und sind nun da, ist das nicht besser so? Aber was ist das, seit wann gibt es an der georgischen Küste Felsen? Was sind das für verdammte Felsen, oder bin ich, verflucht noch mal, zurückgeflogen? Sind das Felsen oder Wände? Festungswände. Ich bin doch noch unerfahren. Ein Vogel weiß von selbst, wohin er fliegt. Aber gab es hier Felsen? Hey, wenn ich nun woanders gelandet bin, na dann. Es ist kalt, gottverdammt, was sind das für verfluchte Felsen und was waren das für Lichter? Die Lichter sind aus und die Schiffe sind verschwunden. Warte, man hört das Geräusch der Wellen nicht mehr ... Unten sehe ich weder Wellen noch das Meer, also was zum Teufel ist das? Wo bin ich gelandet? So, nun gehe ich weiter runter, aber ich sehe immer noch nichts. Stockdunkel ist es, oder was? Meinen Berechnungen nach sollte jetzt der Morgen anbrechen, hier aber ist es ganz finster geworden. Auch die Luft ist nicht mehr so gut und vorzüglich ... Ich habe Hunger, vielleicht lassen wir uns nieder und warten den Morgen ab. Wo, zum Teufel, bin ich? Ich bin an irgendeiner unseligen Stelle, ich bin wohl versehentlich zurückgeflogen. Und wie habe ich die Richtung gewechselt? Ein Vogel kennt ja den Weg und ein Georgier ist schließlich ein Vogel. Ich bin schon richtig, zweifellos, ach, ach, was ist das ... Ich habe es nicht gesehen, was kann man schon sehen ... Oh, was ist mit mir geschehen? ... Dieser, dieser Flügel, ach, mein Flügel, kann ich mich irgendwo hinsetzen? ... Wogegen bin ich denn geprallt? Der Flügel, mein Flügel. Mein rechter Flügel, ich kann nicht mehr, kann ich mich wenigstens irgendwo hinsetzen und verschnaufen, wo gibt es denn etwas zum Hinsetzen? Ich habe keine Kraft mehr in meinem Arm ... Nicht im Arm, sondern im Flügel ... Ich habe mich ganz schrecklich gestoßen ... Ach, ich kann nicht mehr fliegen ... Was war das, verflucht, bin ich mit jemandem zusammengeprallt ... Ich bin dagegengeknallt, ich, er stand einfach da. Ja, das waren Felsen, aber was haben Felsen an der georgischen Küste zu suchen? Es waren Wände, Festungswände ... auh...aaa, wieder a... uah ... das ist wirklich bitter ... Lass mich irgendwo landen ... was ist mit mir, ich sinke ... das sollte nicht passieren ... neiiii...n ...

DIE ERWÄHNUNG VON DARBY MCGRAW

»Guten Abend, guten Abend ... *Somebody squeezed your balls, mate?* Englische Pfund, ich nehme nur englische Pfund ... Erkennen Sie diese Gitarre? Das ist eine sehr alte Gitarre. Ich habe sie ihm gestohlen. Elvis, kennen Sie sicher, *mate.* Die Fahne? Die Fahne habe ich nicht mehr, man hisste sie über dem Palast.‹ So spricht er und das ist alles Quatsch«, sagte Pardon Bell und zog Théveneau de Morande am Ärmel. »Wohin schaust du denn? Hör zu ... «

»Wo ist denn Perigo?« Sie schritten die Via Porta Nova entlang. »Ruf mal Perigo an ... Hör zu, wo zum Teufel schaust du denn hin?«

»Sieh mal, wer auf der Terrasse des Cafés sitzt! Dort.«

»Wer? Da sitzt keiner ...«

»Jedenfalls saß er dort. Er ist verschwunden, als er uns gesehen hat.««

»Hör zu ... Ich will etwas mit dir besprechen.«

»Was willst du, es gelingt dir ganz gut, diesen Archie nachzuahmen ...«

»Du weißt nicht, worum es geht. Kannst du dich an den Spruch erinnern? Darby McGraw, Darby McGraw – bring den Rum nach achtern, Darby! ... Kennst du den noch?«

»Lass mich in Ruhe, Pardon. Ich bitte dich. Ich arbeite heute nicht«, sagte Morande. »Hier gibt es ein einfaches Café, jedenfalls gab es das früher. Es war gleichzeitig auch Restaurant ... ›Mamma Amalfi‹ ... Da ist es ja, da ... Komm, gehen wir rein und essen etwas. Es sind nur wenige Leute da. Was erwartet man noch von uns? Was willst du denn? Truppenanführer werden?«

»Hör zu ... Hast du diesen Spruch schon mal gehört? Darby McGraw – bring den Rum nach achtern, Darby! ...«

Sie marschierten ins »Mamma Amalfi«.

Es war die Zeit der leeren Cafés. Die Gäste waren keine Bürde, sondern sehr willkommen. Sie setzten sich. Es gab sehr bequeme Stühle und Tische, so schön abgenutzt, wie es sich für alte und nicht sehr teure Restaurants gehört.

»Jetzt hör mir gut zu.«

»Für mich eine Pizza ›Vesuvio‹, mein Freund, eine große. Und bring uns bitte einen kräftigen Rotwein ...«

»Hör zu, Morande ... Ja, ich werde auch essen. Nichts außer Pizza? Nein, die Pasta ist mir zu viel, siehst du nicht, wie schmächtig ich bin? Gut, dann bringen Sie mir eben eine ›Margherita‹, aber mit Pilzen ... Wein ... Er hat wohl ... Hast du etwa nur zwei Gläser bestellt? Er ist ein halber Franzose und schaut nur für sich, bringen Sie uns eine Flasche, etwas Italienisches ... Ja, das ist gut ... Meinetwegen kann es auch ein ›Merlot‹ sein ... Haben Sie den Wein während der gesamten Kriegszeit aufbewahrt oder wurde er neu geliefert? Wunderbar, also funktioniert die Anlieferung wieder ... Santa Esperanza lebt wieder ... Ja, ein Gläschen trinken wir sofort ...«

»Was ich hier besonders schätze, ist, dass es in den Cafés Zigaretten gibt.«

»In Paris gibt es das auch ... in Frankreich.«

»Ich weiß, was es in Paris gibt ... Ach, danke. Lassen Sie, wir schenken uns selbst ein, so wie es bei uns üblich ist, so wie bei euch, oder ...« Morande füllte geschwind die Weingläser.

»Hör mir mal zu, wir wissen, wer oder was Archie war ... Er ist uns gut bekannt. Aber wir haben Archie nicht nötig. Stimmt's?« Pardon Bell gab immer noch keine Ruhe.

»Das stimmt, aber könntest du mich beim Essen und Trinken mal in Ruhe lassen? Warum tust du das immer wieder? Ich mag den Süden, weil man dort lange bei Tisch sitzt und ... ach«, Morande stieß mit ihm an. »Soll doch jeder sagen, was er will. Man sagt auch, dass Théveneau de Morande einer ist, der Geschichten verkauft. Lass sie ruhig daran glauben. Was soll ich denn tun? Man sagt, ich sei ein Zyniker, sollen sie es bloß glauben. Doch morgen ist Samstag. Morgen wird der Sarg der Königin in die Zitadelle überführt. Morgen wird auch Sandro da Costa in die Familiengruft der da Costa überführt ... Der Alte hat gesagt, dort wäre nur noch ein Platz frei. Er hat außerdem gesagt, dass der Herrgott wohl alles genau bemessen habe. Aber wir glauben doch nicht an Gott, oder?« Er nahm einen Schluck. »So ist es eben, Pardon, du kannst sagen, was du willst. Dieses Land hat mich beeinflusst. Viel mehr noch durch diesen Krieg. Bis dahin war es, als ob etwas fehlte. Weißt du, was hier fehlte? Die Tragödien. Vielleicht gab es hier früher Tragödien, sie sind jedoch verloren gegangen ... Es gab hier echte Biografien, die verloren gingen ... Es gab echte Abenteuer, die verloren gingen ... Jetzt gibt es all das wieder.«

»Wo hast du eigentlich studiert?«, fragte Bell plötzlich.

»Sorbonne – Sozialwissenschaft, Stanford – Politikwissenschaft, Oxford – Geschichte und Literatur«. Théveneau de Morande ließ den Kopf hängen.

»Und das alles bloß, um Vermittler in einem Dorf zu werden?«

»Mir gefällt das ... Lassen wir das. Wo hast du studiert?«

»Ich? Ich habe in der Schule Geografie gelernt und später in der Schule Geografie unterrichtet. Dann habe ich eine Annonce in der Zeitung gesehen, in der man für den Geheimdienst warb. Ich bin hingegangen ... und es gefiel mir. Ich habe die Testbögen ausgefüllt.«

»Was bedeutet Pardon Bell?«

»Friedensglöcklein ... Sieh in ›Brewer's Dictionary of Phrase and Fable‹ nach ... Dort steht es. Und woher kommt Morande?«

»Schau im *Chronicle* von 1776, dort steht, dass der Journalist Morande – ein Mistkerl – die wahre Identität des in London in die bessere Gesellschaft aufgestiegenen Cagliostro öffentlich gemacht hat.« Morande lächelte. »Und was bedeutet Perigo?«

»Ich glaube, das ist ein Agent aus irgendeinem Buch, der mit Antiquitäten handelt. Ja, so ist es. Das Buch heißt *Black-Out in Gretley*, geschrieben von ... na, J. B. Priestley, oder?«

Beide kicherten.

»Das kommt davon, wenn ein Schluck auf den anderen folgt. Das macht der Süden«, sagte Théveneau. »An was wir uns nicht alles erinnert haben. Und du wolltest von der Arbeit sprechen.«

»Die Arbeit ... Das ist wirklich eine wichtige Sache.« Bell schlug sich mit der Hand auf den kahlen Kopf. »Hör zu. Die Geschichte von Archie. Der Vagabund Archie, der sich herumtreibt und in der letzten Zeit einiges in der Gegend herumgebrüllt hat. Wir haben schon von Archie gesprochen. Aber weißt du, was er in letzter Zeit immer wieder brüllt? Darby McGraw – bring den Rum nach achtern ... Wozu hast du denn Literatur studiert? Was bedeutet das? Er brüllt es für uns. Er brüllt es nur für die Engländer, denn ich bezweifle, dass in diesem Land sonst jemand den Sinn dieser Worte verstehen kann ...«

»Gut, und was ist dabei?«

»Woher stammen diese Worte, aus einem Buch?«

»Was brüllt Captain Flint, als er in Savannah stirbt?«

»Ach, ach, ach ... ja. Das ist es. Captain Flint. Das stimmt, Darby McGraw – bring den Rum nach achtern! Wo wir schon dabei sind, ich werde Urlaub in Westindien machen und Rum mitbringen. Ich schicke dir auch welchen, wenn du möchtest.«

»Hier gibt es auch Rum ...«

»Dort ist er ganz anders.«

»Gut ... Hör mal ... Nun erinnere dich noch mal an die letzten Worte von Flint. Die werden auch von einer anderen Person im Buch gesprochen.«

»Von wem?«

»Was hast du denn in Oxford studiert?«

»Proust. Ich habe über Proust geforscht.«

»Gut. Proust können wir nicht gebrauchen. Dort gibt es eine Figur, Ben Gunn. Das ist ein Matrose von Flint, den man auf der Insel ausgesetzt hat ...«

»Da kommt die Pizza. Die Teller werden auch immer größer hier. Weil er kein Stammgast ist? Schon gut, danke ... Vesuvio ... Ja, ich möchte auch Öl dazu, natürlich auch Öl ...«

»Die Margherita sieht aber auch gut aus. Die sind ja riesig ... Waren die schon immer so bei euch? Natürlich war ich schon mal hier ... Unmöglich, dass ich hier gewesen sein soll. Hier ... ich ...«

»Hör mir zu, also, Ben Gunn.«

»Was für ein Ben Gunn, gib doch mal Ruhe ...«

»Ben Gunn kennt diese Worte und der ganze Schatz der Insel ist in seiner Hand. Und als Silver mit seinen Piraten auf Schatzsuche geht, folgt er ihnen unbemerkt durch die Wälder. Dabei ruft er immer wieder: Darby McGraw – bring den Rum nach achtern, Darby! Damit will er den Piraten Angst einjagen. Denn jeder weiß, dass dies die letzten Worte von Flint waren ...«

»Jetzt kann ich mich wieder erinnern. Ich kann mich an alles erinnern. Iss doch oder schenk wenigstens Wein ein.« Morande balancierte das große dreieckige Stück Pizza geschickt in der Hand.

»Gut, wenn du dich erinnern kannst, dann denk doch mal nach, warum Archie immer wieder ruft: Darby McGraw – bring den Rum nach achtern! Warum wohl?«

»Was weiß ich. Ich esse jetzt Pizza. Heute ist mein freier Tag.«

»Wo war Archie die ganzen Jahre über?«

»Weiß der Teufel, wo.«

»Sag es mir.«

»Auf der Sungalen-Insel. Das wissen wir und dann wurde er von diesem … von Chetia befreit … Das ist doch bekannt.«

»Und?«

»Archie weiß über etwas Ähnliches wie Ben Gunn Bescheid und schreit, damit wir es erfahren. An jenem Tag hat er mich auf der anderen Straßenseite gesehen und fing an zu schreien. Darby McGraw – bring den Rum nach achtern …« Pardon Bell konnte nicht mehr zu Ende sprechen.

»Du hast wirklich Urlaub nötig«, nuschelte Morande durch seine fettigen Lippen. »Mir läuft schon der Schweiß runter, ich hab zu viel von diesem scharfen Öl genommen.«

»Auf der Sungalen-Insel …«

»Auf der Sungalen-Insel ist jetzt Krieg. Besser gesagt, die Sungalen eignen sich ihre Ländereien wieder an. Dann wird man unsere Truppen dort stationieren, und es wird Ruhe geben.«

»Es gibt dort einen Schatz. Wirklich …«

»Na und?«

»Und Archie weiß alles.«

Morande trank einen Schluck Wein und schaute Bell in die Augen, so als würde er nur an die Pizza denken.

»Jetzt sage ich dir etwas, aber sei mir nicht böse … Als ich zu dir gesagt habe, dass auf der Terrasse jemand gesessen hat und dann verschwunden ist, du aber nicht mal hingeschaut hast …«

»Ich habe schon hingeschaut.«

»Du hast hingeschaut, er aber rannte weg, verschwand …«

»Okay, lass es gut sein.«

»Dort saß Archie, er hat uns gesehen und lief davon ... Vielleicht hätten wir ihm folgen sollen, aber heute ist kein Werktag ... Probier doch noch mal die Pizza. Probier ...«

Bell riss ein weiteres Stück von der Pizza ab. »So ist es gut ... Das Wichtigste ist ein gutes Essen ...«

»Wirklich?«

»Ja, Essen ist das Wichtigste, hat man dir das nicht beigebracht?«

»War es wirklich Archie?«

»Er war es und ...« Morande füllte von Neuem die Gläser. »Sag mal, wer ist die gefährlichste Person auf den Inseln?«

»Chetia«, antwortete Pardon Bell, ohne zu zögern. »Chetia, einem schlimmeren Menschen bin ich nie begegnet ...«

»Nicht schlimm, aber gefährlich ...«

»Das ist das Gleiche. Wer sonst? Mit Kaia ist es aus. Kaia Wisramiani kann nichts mehr ausrichten und es wird möglicherweise auch einen Prozess geben ... Irgendwann.«

»Nein«, sagte Morande. »Die gefährlichste Person ist Salomea Wisramiani.«

Pardon Bell schaute immer noch auf den Teller, so als wäre er mit der Pizza beschäftigt.

»Du weißt doch, was sie auf der Sungalen-Insel angerichtet hat? So etwas hätte sich nicht einmal ihre Mutter ausdenken können. Einhundertfünfzig Jahre lang wagten sich die Unseren nicht dort rüber. Der Gouverneur nahm seinen Hut vom Kopf, wenn er ans Ufer trat ... Verstehst du das? Und jetzt?«

»Auf der Sungalen-Insel liegt ein Schatz. Dort geschieht jetzt einiges ... Dort gibt es nur noch den Schatz, hinter dem man her sein kann, sonst nichts mehr.«

Morande legte seine zerknüllte Serviette auf den Teller.

»Dort geschieht nicht einiges, sondern dort wird eine Nation vernichtet.«

»Das kann man so nicht sagen, das kann man nicht ...« Bell warf seine Gabel hin.

»Man kann das so sagen, denn wegen eines einzigen Mannes,

wurde alles vernichtet ... Gut, lassen wir das. Gehen wir ... Nein, iss erst. Gehen wir auf die Sungalen-Insel ...«

Bell erhob das Glas.

»Gut, ich wollte dir nichts anderes sagen. Archie ...«

»Suchen wir Archie.« Morande stieß mit ihm an. Er lächelte nicht dabei.

DER BLINDE MANN AUF DER INSEL

»Du hast es dir aber gut eingerichtet, Sam, sehr gut ... Und du bist gar nicht gealtert. Alles, alles, Sam ... Dies ist ein vorzüglicher Ort, genau der richtige Ort für einen bettelarmen Vagabunden. So klang also meine Stimme damals. Ich hatte es ganz vergessen. Wie viele Jahre lang hast du das Lied aufbewahrt? Sogar vier Lieder ... Ach, Sam, Sam, Sam Lobscuser, weißt du, seit wann ich wieder hier bin? Ich habe die ganze Stadt neu kennengelernt. Du scheinst die Umgebung der Zitadelle nicht zu verlassen. Du hast sicher ein paar gute Kräuter oder etwas zum Kiffen. Einem alten Freund würde jeder ein Bier anbieten. Natürlich wächst es dort, aber wild. Cannabis wächst dort fast in jedem Hof. Die Omas vermischen es mit Salz und anderen Kräutern. Dann wird es in großen Gläsern feucht aufbewahrt. Das nennt man Sungalen-Salz. Sie streuen diese Mischung auf gekochtes Fleisch und essen es so. Weißt du, was die Sungalen außerdem machen? Sie zerstampfen Cannabissamen oder Haschischblüten und legen sie kleinen Kindern in den Mund, damit sie nicht weinen. Natürlich gibt es das, Sam, was denkst du, was ich dort dreißig Jahre lang gemacht habe? Was meinst du? Ich kenne diesen Film nicht. De Niro ... kenne ich nicht. Ach, was hast du denn getrieben in diesen dreißig Jahren? Zeitig schlafen gegangen? Das ist ein Kerl, *mate*, das ist ein Kerl ... Ich bin auch früh zu Bett gegangen, dort gehen alle mit den Hühnern zu Bett. Und sie stehen beim ersten Hahnenschrei auf. Erst kommen zwei Dörfer und weiter oben dann ein drittes, Schweinekringelgau genannt. Dahinter beginnen die Wälder. Dort war ich.

Am Waldrand. Der Nachteil dieser Inseln ist, dass sie einander so nahe sind, anderseits aber so weit entfernt. Sie haben meine Lieder und Späße überhaupt nicht verstanden und machten mich bald zu ihrem Knecht. Heu, Kühe, Holz und Essen. Dann habe ich begriffen, dass man mit ihnen weder lachen noch sich freundschaftlich unterhalten kann. Sie machten mich zu ihrem Sklaven, Sam. Ich wusste überhaupt nicht, was ein Sklave ist, Sam. Irgendwelche Bauernburschen setzen sich zu Tisch, du aber bekommst dein Essen ein Stück entfernt. An manchen Tagen mag es nur Brotrinde sein, an anderen ein großer Teller voll. Sie geben dir, was übrig bleibt. Dabei machen sie dich betrunken. Sie selbst trinken Wein, du aber bekommst Schnaps. Wenn man betrunken ist, ist einem alles egal und man denkt nicht viel nach. Nach der harten Arbeit gibt es also ein Getränk gratis, damit man sich so bald wie möglich hinschmeißt und einschläft. Beim Frühstück am Morgen gibt es wieder Schnaps. So wird man behandelt, und man hält es etwa drei Jahre lang aus. Dann nehmen sie sich jemand anderen, der wie du umsonst arbeitet, und lassen ihn genauso dienen. Ich konnte es deshalb aushalten, weil ich das begriffen habe. Ich trank den Schnaps nicht. Ich tat nur so und schüttete ihn weg. Ich hatte einen Vagabundenbart. Darüber goss ich ihren Schnaps, der wie Feuer brennt, und tat so, als würde ich ihn trinken. Der Bart stank furchtbar nach Schnaps. Deshalb dachten sie, ich sei betrunken. So viel Schnaps, wie in diesen Bart floss, kann kein Mensch trinken. Man konnte sie leicht täuschen. Ich erschien dort wie ein Hippie. Wenn ich mir jetzt dieses Lied anhöre, kann ich die Sungalen damals nicht gekannt haben, als ich es geschrieben habe. Wenn man dort wie ein Hippie ankommt, ist gleich alles vorbei. Für sie ist ein freier Mann, ein herumziehender Sänger kein richtiger Mensch. Sie wissen nicht, was Freiheit bedeutet. Sie denken, dass ein freier Mensch verrückt ist. Ein Verrückter aber ist für sie das Letzte. Auf der Insel gibt es eine Irrenanstalt und wenn es Arbeit gibt, dann als Pfleger in dieser Anstalt, wo man sich darin übt, Hände und Füße der armseligen Menschen zu verschnüren. Wenn man auf der Insel ist, benötigt man zweierlei: ein Handwerk oder eine Idee, die sie begeistert. Dort ist das Grab von Keanan. Er war Künstler.

Seine Bilder hängen in jedem Haus. Sie verehren diesen Keanan und haben mir immer wieder gesagt, dass er ein wahrer Mann war, ich aber nur ein Narr Ich betrog sie weiterhin. Außerdem gab es einen Thomas, der vor längerer Zeit auf die Insel gekommen war und sie gegen die Engländer aufgewiegelt hatte. An diese Revolte erinnern sie sich gern. Thomas sei dann gegangen. Sicher haben sie ihn umgebracht. Es ist unvorstellbar, dass sie ihn nicht umgebracht haben. Es gibt dort einen Priester, er ist Priester und Polizist, Priester und alles andere. Sie wählen ihre Priester selbst. Eben der Priester hat die Schuhe von diesem Thomas aufbewahrt. Ich weiß nicht, wie sie so lange aufbewahrt werden konnten. Man hat ihn ganz gewiss umgebracht, Sam Lobscuser. Es ist nicht anders möglich. Sicherlich haben sie auch diesen Keanan umgebracht. Also bringen sie auch diejenigen, die sie mögen, um. Mich mochten sie nicht, doch brachten sie mich nicht um. Sie hätten es aber getan, wenn ich nicht schlau gehandelt hätte.

Ich verbrachte so viele Jahre auf dieser Insel und spürte, dass die Zeit stillstand. Es gab kein Leben. Dort gibt es nur die Irrenanstalt und das Gefängnis, von der Regierung erbaut. Beide befinden sich in den Wäldern. In der Anstalt sind alle außer den Ärzten Sungalen. Es gibt dort drei Dörfer und eine Dumpfheit, die sie Leben nennen. So eine Dumpfheit habe ich nie zuvor gesehen. Meine Gitarre hat man demoliert, weil ich nicht mehr spielen sollte. Die Saiten haben es überlebt. Ich habe eine große Olivendose zerdrückt und sie daran befestigt. Es klang anders, aber immerhin ... Hey, wann war das? Dann kamen sie dahinter und warfen sie samt Saiten ins Wasser. Sie selbst singen ständig etwas vor sich hin. Es wird auf jeden Fall gesungen, wenn man beisammensitzt. Sie singen sehr gut und mehrstimmig. Sonst kann man diesen Gesang nirgendwo hören. Aber andere, die singen, werden von ihnen ausgelacht. Ich glaube, sie haben wegen der Gitarre über mich hergezogen. Ich musste mit Pfeil und Bogen sowie mit einem Gewehr schießen und erwies mich nicht besonders geschickt darin. Wie konnte ich da für sie als Mann taugen ... Deshalb nahm mich einer mit ins Dorf, als man fragte, wer sich um mich kümmern wollte. Er erwarb mich wie in alten Zeiten auf dem Markt ... Jeder,

der wollte, kam und gab mir einen Tritt in den Hintern: Hey, Anglese, wie geht es dir? Am Anfang wehrte ich mich, aber da schlugen sie mich brutal zusammen. Sie glauben überhaupt nicht, dass man irgendein Ehrgefühl haben kann. Hat man langes Haar, wie kann man da Ehrgefühl haben? Badet man vor den anderen, welche Ehre kann man da besitzen? Das Meer nutzen sie nur, um sich darin zu waschen und ein wenig zu fischen, sonst nicht. Sie haben ihre Angelstellen am Ufer. Boote mögen sie nicht ... Ich hätte nicht fliehen können, Sam. Ehe ich zur Küste gelangt wäre, hätte mich jemand gesehen. Auf der Fähre hätte mich der Fuhrmann nicht durchgelassen. Es sind alles Sungalen. Der einzige Ausweg wäre gewesen, zu den Ärzten in der Anstalt Kontakt aufzunehmen. Sie hätten mich in ihrem Wagen versteckt und so rübergebracht. Nach vielen Jahren habe ich es endlich geschafft. Und das auch nur, weil es mir einer von ihnen selbst anbot. Dreißig Jahre habe ich gebraucht, um von dort wegzukommen. Das ist so ein Ort, man kommt leicht hin, aber nur schwer wieder weg.

Es sind ganz andere Menschen, Sam Lobscuser ... Aber warum erzähle ich dir das, du hattest sie doch im ›Menschen‹ als Wächter, oder nicht? Doch auf der Insel ist es ganz anders. Deshalb glaube ich, dass sie sowohl Keanan als auch diesen Thomas umbrachten, von dem niemand sagen kann, warum er den Aufstand anzettelte. Weißt du, warum? Auf der Insel gibt es ein Geheimnis. Man kann sagen, dass es dort außer diesem Geheimnis nichts weiter gibt. Das ist das Einzige. Sie sind dumm. Sie sagen, sie seien die Untertanen des georgischen Königs und zahlen ihm als anständiges Volk Tribut. Sie zahlen bis heute, Sam, stell dir das vor. Die Familien zahlen und aus der Stadt kommen extra für diesen Tag reiche Sungalen und bringen prächtige Gaben mit ... Wie sollten sie es dem König schicken? Hat Georgien überhaupt einen König? Ich weiß es nicht. Sicherlich nicht, sonst hätten sie es ihm geschickt. Was nun, Sam? Sie bewahren es auf. Überleg doch, wie lange sie es schon bewahren. Dort drüben gibt es nichts anderes. Das Geheimnis, das ist das einzig Interessante. Es gibt dort natürlich auch ausgezeichnetes gepökeltes Schweinefleisch. Dieser Schatz wird irgendwo aufbewahrt, weit entfernt von den Dörfern.

Vier Priester wissen, wo sich der Schatz befindet. Es ist eine kleine Insel, und wenn man genau nachdenkt, dann findet man den Platz. Sie wissen das und scheuen deshalb die Ausländer so sehr. Verstehst du, es herrscht dort so ein Reichtum, dass jeder wie ein König leben könnte. Nur sind sie durch einen idiotischen Schwur gebunden und verwenden den Schatz nicht für sich. Im Gegenteil, sie fügen und fügen immer mehr hinzu, für den König, wie sie sagen. Verstehst du das, Sam? Sie haben keinen König und werden nie einen haben. Wenn man das begreift, ist man für sie schon sehr gefährlich. Sie glauben, dass die ganze Welt darauf aus ist, sie zu entehren. Dabei haben sie gar keine Ehre. Was ist das für eine Ehre, sie sind hinterlistig und gewalttätig. Sie sagen dir ständig, dass sie niemanden auf ihre Insel gelassen haben, der sie regieren wollte. Sicher stimmt das und es gab dort auch nie eine Polizei oder etwas Ähnliches. Aber von der Freiheit verstehen sie dennoch nichts. Sie leben nach irgendwelchen ausgedachten Geschichten. Ich weiß, wo dieser Schatz liegt, Sam. Natürlich weiß ich das, aber es kriegt mich keiner mehr dorthin ... Archie ist nicht so dumm, Sam. Cannabis macht einem den Kopf klar. Überhaupt ... Gut, lassen wir diese Geschichte. Nach und nach, als ich feststellte, dass ich durch das Lastenschleppen zugrunde gehen würde, musste ich mir etwas einfallen lassen. Was hätte ich mir anderes einfallen lassen können als die Blindheit, die ich mir ausdachte. Zwei Jahre habe ich dafür benötigt, Sam Lobscuser. Ich tat einfach so, als wenn ich kein Augenlicht mehr hätte. Ich gewöhnte sie allmählich daran, dass mein Sehvermögen nachließ, und erblindete nach zwei Jahren vollkommen. Ich weiß nicht, ob ich ein guter Schauspieler bin, Sam, aber manchmal denke ich, dass ich wirklich blind bin. Was aber kann man von einem Blinden verlangen? Sie gaben mir einen Stock und machten mich zum Dorfnarren. Es bereitete ihnen ein unvorstellbares Vergnügen, einen Blinden zu quälen. Die Erwachsenen saßen da und lachten, die Jungen aber quälten mich. Wie viele Male bin ich in die Pfütze gefallen oder konnte den Hund nicht vertreiben, weil ich ja blind war. Ich habe ganz zerbissene Beine. Ach, Sam ... Aber man bekam immer etwas zu essen. Ein blinder Bettler ... Sie wissen, dass man ihm etwas zu essen geben oder schenken muss. Das wissen sie, Sam, aber sonst ist ein Blinder für sie nur zur Belustigung da. Ich ging von Dorf zu Dorf, es sind fünf Dörfer, zwei auf der anderen Seite. Damals ging ich auch öfters zum Gefängnistor. Die Jungs brachten Cannabis. Ich war in dieser Sache ein Kenner, wusste, wie man es trocknet und lagert. Die Jugendlichen sind ziemlich süchtig danach, insgeheim auch die Erwachsenen.

So war ich als Bettler unterwegs. Ich fand eine Hirtenhütte am Waldrand. Dort lag ich oft, wenn nicht die Hirten kamen und mich hinausschmissen. So war das, mein Freund … Ich weiß alles von diesem Schatz, alles, Sam … Ich wusste es zehn Jahre lang und hatte schon einen Plan. Sie gehen im Frühjahr zur Kasse. Sie nennen die Stelle, in die die Priester die jährlichen Steuern einzahlen, Kasse. Ich wollte die Stelle verlegen, Sam … Wenn das Frühjahr vorbei war, wollte ich das Gold und das Silber anderswo hinbringen. Das wäre eine Sache gewesen. Um die Wahrheit zu sagen, war ich von diesem Geheimnis so sehr eingenommen, dass ich gar nicht mehr versucht habe, zu fliehen. Ach, Sam, ich habe das drei Jahre lang beobachtet … Weißt du, wie es war? Wie Ali Baba und die vierzig Räuber. Sie wären hingegangen und der Schatz wäre weggewesen. Ich weiß es … Keiner sonst. Ich war schon nahe dran, nach und nach einiges zu entwenden. Es gibt kein Schloss und auch keinen Drachen, der ihn beschützt. Die Truhen sind im Fels verborgen. Es ist aber eine verflixte Stelle. Wenn man ein Feuerzeug anzündet, kann man erblinden. Wäre ich doch der König dieser Georgier …

Und eines Tages, in diesem Frühjahr, begegnete mir am Rande des Dorfes ein Mann. Ich wusste, wer er war. Chetia. Er kam öfter. Er ist sehr dick, vielleicht ist er dir schon mal aufgefallen? Die Sungalen mögen ihn. Er kam zu mir, als ich auf einem Stein saß, und sagte zu mir: Hey, du Blinder, komm mal her … Ich wusste natürlich angeblich nicht, dass es Chetia war. Ich wusste es, ja, aber da ich blind war, sagte ich ihm, ich wüsste nicht, wer er sei, und könne nicht kommen. Er näherte sich und riss mir die Brille vom Gesicht. Dann schaute er mir lange in die Augen und sagte schließlich:

›Ich weiß nicht, ob du blind bist oder nicht, aber ich bringe dich weg von hier. Wenn du aber in der Stadt nicht mehr blind bist, bringe ich dich um.‹

Er hat einen alten Ford-Laster. Er schubste mich auf die Ladepritsche und deckte mich zu. Dann sagte er wieder:

›Ich bin Chetia und bringe dich hier weg ... Geh und bleib in der Stadt ...‹

So ist es, *mate* ... Ich laufe wie ein Irrer herum ... Diese Fahne ist ein Blödsinn und alles andere auch. Die Fahne schleppe ich herum, um mich für blind und irre auszugeben. Sam, auf uns wartet so viel Gold, wie du dir nicht vorstellen kannst. Ich weiß nicht, wie ich dorthin zurückkehren kann ... Ach, Sam. Nun sag mal, wie ist es dir ergangen? Ich bin frühzeitig zu Bett gegangen, aber du siehst, dass ich außer dir niemanden in dieser Stadt wähnte. Nicht mal dich habe ich erwartet, so lange ist das jetzt her ...

Komm, mach etwas von früher an, Sam ... aber bitte nichts von mir. Etwas wie ... *Please, help me, I'm falling* ...«

BÄRENFELL MIT SÄBELN BEHÄNGT

NEUE ABENTEUER VON LUKA

Der Tote im Hafen

»Eeeeey ... Luka ... Heeey ... Luka ... Luka ... Luka ...« Busia rannte hinter der Theke hervor und stürzte auf Luka zu ... Luka war ganz nass, völlig durchnässt, das schwarze T-Shirt klebte an seinem Körper, die Leinenshorts waren schwer. Er kauerte barfuß am Eingang von Busias Kneipe. Er war vollkommen nass, wie durchs Wasser gezogen. Sicherlich hatten ihn die Männer vom Hafen gesehen und waren ihm nach einigem Überlegen gefolgt. Sie sagten später, dass sie ihm hinterhergerufen hatten, was er aber nicht bemerkt hatte. Deshalb seien sie ihm gefolgt. Als Busia auf ihn zustürzte, kamen sie von außerhalb angerannt. Luka schlief oder er war ohnmächtig, wer weiß. Vor allem war er nass. Sie wussten, dass Luka auf die Reise gehen wollte. Doch er mochte keine Abschiede und war deshalb nicht mehr vorbeigekommen und hatte keinem eine Nachricht hinterlassen. Nun aber lag der betagte Luka völlig durchnässt da, atmete oder auch nicht, triefend nass, und um ihn herum hatte sich eine Pfütze gebildet.

Sie stellten geschwind einige Tische zusammen, hoben den riesigen Luka mit Mühe hoch und legten ihn auf die zusammengestellten Tische.

Busia rief ihm ins Ohr:

»Luka, Luka! ... Junge, bist du ertrunken? ... Wie ist denn das passiert, du hast es doch bis hierher geschafft ...«

»Hoffentlich hatte er keinen Herzinfarkt«, sagte ein Hafenarbeiter und legte ihm ein Ohr auf die Brust.

»Einen Portwein, Portwein, bringt einen Portwein, gießen wir ihm den in den Mund ...«, rief ein anderer, ein Vagabund, der weniger aufgewühlt war, und Busia stürzte zur Theke.

»Luka liebt Schnaps«, sagte er unwillkürlich.

»Luka, stirb uns nicht weg«, riefen die Hafenarbeiter und rüttelten ihn.

»Rum, Rum ist besser, er wird ihm eher den Hals verbrennen und ihn zu sich bringen«, schrie der Vagabund wieder und Busia riss eine Flasche »Tortuga« aus dem Regal. Auch die Helfer stürzten wieder zu Luka zurück.

»Mensch, wie konnten wir die Zunge vergessen«, stieß ein anderer Hafenarbeiter erregt hervor und zerrte an Lukas Kinnlade. »Er wird doch nicht die Zunge verschluckt haben.«

Der Vagabund zog ein altes Messer hervor und versuchte damit Lukas zusammengepresste Kiefer zu öffnen.

»Na, komm schon, komm, steck ihm den Finger ...«

»Pass auf, dass seine Zähne nicht abbrechen, *mate* ... Und verletz seine Lippe nicht ...«

»Mensch, halt doch mal seinen Kiefer, halt die Zähne, ich habe sie kaum auseinanderbekommen ... Gieß ihn hinein ... Komm schon, gieß mehr hinein.«

Busia hielt die Flasche geschickt und leerte sie fast vollständig in den Mund des immer noch regungslos daliegenden Luka. Der Rum lief ihm über den Bart.

»Luka!«, schrie Busia. »Luka, Junge!« Da sah er, dass Luka seine Lippen bewegte.

»Hau du ihm mal eine runter, damit er es mir nicht übel nimmt.« Der Vagabund klappte sein Messer zusammen.

Die Hafenarbeiter ohrfeigten Luka und Busia versuchte, ihm die Augen zu öffnen.

»Reibt ihm die Ohren«, befahl der Vagabund. »Er lebt, ich habe schon viele Ertrunkene gesehen ...«

»Wieso ertrunken?«, antwortete Busia. »Bis hierher hat er es doch immerhin geschafft. Komm, Luka, schau her ... Erkennst du uns nicht mehr?«

»Er hat es zwar bis hierher geschafft, aber im Magen hat er sicher noch Wasser ... Vielleicht auch in der Lunge. Hast du schon mal etwas von der Lunge gehört?«

»Hör doch mal auf.« Einer der Hafenarbeiter schwenkte den Arm. »Setzen wir ihn auf und dann kommt das Wasser heraus. Du denkst wohl, ich bin eine Kuh. Ich war dreißig Jahre lang auf See und kenne mich mit Wasser aus … Hebt ihn an …«

Man zerrte Luka wieder hoch, um ihn hinzusetzen. Luka war ganz schlaff, ein Kerl, gewaltig wie ein Wal.

»Sein Bauch ist voller Wasser.« Der zweite Hafenarbeiter schlug ihm auf die nassen Sachen.

Luka saß mit geschlossenen Augen da, den Kopf auf die Seite gelegt.

»Gib ihm eins aufs Brustbein, damit er es mir nicht übel nimmt«, sagte der Vagabund wieder.

»Gut«, stimmte ihm Busia verwundert zu. »Wenn es heraus-muss, kann nur das helfen …«

Er machte eine Faust, da murmelte Luka mit geschlossenen Augen:

»Schlag mich nicht, Busia … Sonst bleibt von mir nichts mehr übrig …«

»Hey, Luka, du lebst!« Man schlug ihm auf die Schulter.

»Ich habe doch gesagt, dass er lebt«, entgegnete der Vagabund. »Er kann die Augen nicht öffnen, weil er erschöpft ist.«

»Trink Rum, Luka, einen Rum.« Man setzte ihm die Flasche an den Mund, und er schaffte es, drei oder vier große Schlucke hintereinander zu trinken. »So ist es gut, so.«

»Uh«, stöhnte Luka und fuhr sich mit der Hand übers Gesicht. Er hielt die Augen immer noch geschlossen.

»Du musst das Wasser herauslassen, es darf nicht im Bauch bleiben.«

»Ich habe kein Wasser geschluckt.« Luka öffnete endlich die Augen. »Ich bin nur erschöpft, verflucht …«

»Gib ihm den Rum und etwas zu essen, dann lasst ihn schlafen«, sagte der Vagabund abschließend.

Inzwischen kamen weitere Leute in Busias Kneipe. Als sie den massigen Luka auf den Tischen erblickten, schrien sie auf:

»Was ist denn mit Luka passiert …«,

»Luka war ein Fisch«, sagte Luka. »Was gewesen ist, ist gewesen, ich bin rausgeschwommen. Im ganzen Schwarzen Meer war ich der größte Fisch …«

Die Hafenarbeiter schlugen ihm noch einmal auf die Schulter und halfen ihm vom Tisch herunter.

»Lag er nicht wie eine gebärende Frau auf den Tischen?«, sagte der Vagabund. »Ich habe dich gerettet, Luka, ich habe dir den Kiefer mit dem Messer geöffnet.«

Luka gab keine Antwort. Er setzte sich auf einen Stuhl und legte den Kopf auf den Tisch.

»Er muss sich umziehen«, sagte einer. »Gebt ihm etwas.«

»Wo hab ich bloß etwas in Lukas Größe, ich heiße schließlich nicht umsonst Busia*«, regte sich Busia auf. »Zieh dir das nasse Zeug aus, Luka, ich bringe dir eine Decke.«

Luka schlief schon.

»Ziehen wir ihn aus«, sagten sie, »und wickeln ihn in eine Decke ein.«

»Der ist aber müde«, bemerkte der Vagabund. »Er hat nicht mal nach einer Zigarette verlangt.«

Am Wachposten

Luka lief um den Wachposten herum und fragte einen jungen Sungalen träge:

»Wie geht's deinem Großvater?«

»Wer weiß …«, stöhnte der Sungale. »Ich bin nicht mehr drüben gewesen …«

»Junge«, sagte Luka lächelnd, »vielleicht ist dein Großvater hier und kämpft in Chetias Armee? Was sagst du dazu? Wenn es nun hart auf hart kommt, würdest du dann auf deinen Großvater schießen? Ihr seid zur Hälfte hüben und zur Hälfte drüben. Was kann man da machen?«

»Was weiß ich«, sagte der Sungale noch trübseliger. »So ist eben unsere Lage und wir metzeln uns dabei vielleicht gegenseitig nieder … Später begleichen wir unsere Rechnungen auf unsere Weise. Wir machen das auf unsere Art.«

»Wer hat euch das gesagt?«

»Martia … Martia und Chetia haben miteinander ausgemacht,

---

* Busia – von *Busi*, georgisch: »Fliege«

dass die Sungalen, wenn sie sich im Gefecht gegenüberstehen, nicht aufeinander schießen sollen.«

»Auf wen sollen sie dann schießen? ... Ihr seid doch auf beiden Seiten ...«

»Wieso, bei uns gibt es auch andere Leute, Georgier und einfaches Volk.«

»Sie sollen also von drüben auf das einfache Volk schießen und ihr auf niemanden?«

»Was willst du, Luka, es ist einem sowieso schon schwer ums Herz.«

»Heißt du nicht Fido?«

»Ja, wie mein Großvater.«

»Dein Großvater ist ein guter Mensch ...«

»Ja, ja ... Er ist ein guter Mensch.«

»Muss er denn einen Menschen erschießen, wenn er in Chetias Truppe ist?«

»Es herrscht Krieg, Luka ... Was sonst soll ein Krieg sein?«

Luka zündete sich eine Zigarette an und setzte sich neben den Wachposten.

»Schlafen die anderen?«, fragte er den Wächter.

»Ja, sie schlafen.«

»Sag mal, Fidel, ist Kaia Wisramiani nicht mehr eure Anführerin?«

»Wer weiß, unser Anführer ist Martia ...«

»Ist er ein schlechter Mann, dieser Martia?«

»Er ist eben Martia ... Ein Sungale. Martia kann vieles.«

»Lässt euch Martia kämpfen?«

»Jetzt ist Kaias Tochter gekommen. Salomea Wisramiani soll jetzt die Anführerin sein ...«

Luka schwieg eine Weile und rauchte.

»Hey, Fidel ...«, sagte er dann, »sie ist wohl schön, diese Salomea Wisramiani.«

Der Sungale kratzte sich am Genick. Dann zog er eine Zigarette heraus und zündete sie an. Er nahm das Gewehr von der Schulter und stellte es neben sich. Schließlich setzte er sich neben Luka.

»Das ist eine gute Straße, Luka. Ich habe früher schon im Glücksviertel gestanden ... Ich stand am Eingang vom ›Marana‹. Ich habe so lange als Wächter gedient ...«

Luka gab keine Antwort und rauchte weiter vor sich hin.

Die Kneipenstraße im Glücksviertel war wirklich sehr seltsam. Vieles, was es hier gab und was sich hier tummelte – angefangen von den Frauen bis zu tausenderlei anderen Dingen –, hätte anderswo, auf einer zehnmal größeren Fläche, keinen Platz gehabt. Hier aber hatte alles Platz und noch viel mehr. Die Straße war nur um die zwanzig Schritte breit. Nun war sie leer. Die wegen des Krieges geschlossenen Cafés hatten die Eisenjalousien heruntergelassen, sie waren geschlossen und verriegelt.

Der Wachposten war bei der »Kurzen Reise« positioniert. Das Café war zwar geschlossen, aber man konnte hinten hineingehen und die Toilette benutzen.

Doch das war auf der anderen Straße, drüben, in Richtung State.

»Sag mal, sag ...«, begann Luka von Neuem.

»Was soll ich sagen?«

»Sag mal, Fidel, wie geht es Salomea Wisramiani?«

»Was weiß ich, wie es ihr geht. Sie ruft uns nicht zu sich. Martia begleitet sie. Sie lässt sich immer von Martia begleiten ...«

»Das meine ich nicht, sondern was für eine Frau ist sie?«

Der Soldat schaute zum Himmel, der sich über die Straße spannte. Er schaute empor und sein Blick blieb dort oben hängen. »Warte, mal sehen ...«

»Was?« Luka stieß ihn mit dem Ellenbogen an.

»Ach ...«, stieß Fido aus, »sie ist eine tolle Frau ... Eine ganz tolle Frau eben. Das ist so eine Frau, dass ich keine andere mehr wollen würde, wenn ich sie einmal ficken könnte, keine Schwedin, keine Anglesin und keine Schwarze. Sie ist mehr als eine Schwarze. So eine Frau ist das ... Mit, huch, so einem Euter. Mit, hui, solchen Sachen ... Ich würde sie auf mir reiten lassen, Luka, und sie würde schreien, so sehr schreien, bis zum Himmel ... Wenn ich ihr mit diesem gesunden Teil einen stoßen würde, Luka, dann könnte mich ein Blitz oder egal was erschlagen und zum Teufel schicken ... Hey, was hast du da gesagt? ... Was bist du für ein Onkel, der es genau trifft? ... Ich würde sie an den Knöcheln fassen und zu mir schleppen, ha, sie direkt besteigen ...«

Luka hörte ihm schweigend zu.

»Bist du fertig?«, fragte er dann.

»Wie kann man damit fertig werden, Onkel?«, sagte der Sungale Fido stöhnend.

»Denken alle so?«, fragte ihn Luka.

»Na klar, alle denken so«, entgegnete der Soldat verträumt. »Wer würde nicht so denken?«

Luka schüttelte den Kopf.

»Geh und schieß auf deinen Großvater«, sagte er plötzlich und erhob sich, »denn solange du deinen Großvater nicht erschießt, begreifst du nicht, dass du kleiner als Möwendreck bist. Weißt du, dass sich wegen dieser Frau ein Mann das Leben genommen hat? Was denkst du, Fidel, hat er auch an solche Dinge gedacht und sich deshalb das Leben genommen?«

»Woher soll ich das wissen? ... Du hast mich gefragt und ich habe geantwortet.«

»Was hast du mir denn geantwortet, wiederhol es noch mal. Luka ist etwas schwerhörig ...«

»Ich sagte dir, dass ...«

»Ha, ist es dir unangenehm, dass sie nicht deinesgleichen ist?« Luka lachte auf. »Deshalb herrscht Krieg, nur deshalb. Ihr wisst nicht mehr, was sich gehört. Was würdest du sagen, wenn ich jetzt dein Gewehr, das du hier abgestellt hast, nehmen und auf dich schießen würde?«

Der Sungale erhob sich, sah aber, dass Luka das Gewehr bereits in der Hand hielt.

»Wollt ihr nicht endlich nach Hause gehen, ihr Möchtegern-Helden?« Luka schaute ihn grimmig an. »Was geht eigentlich in deinem Kopf vor? In diesem Land gab es nur ein Zeichen wahren Lebens: Dass Salomea Wisramiani von einem Jungen geliebt wurde, und auch daran habt ihr euch vergriffen.«

»Hast du mich nicht selbst gefragt?« Dem Soldaten überschlug beinahe die Stimme. »Sie ist schließlich meine Vorgesetzte und nicht deine, Onkel Luka.«

»Deshalb habe ich dich auch gefragt, das ist Lukas Art. Wisse, dass ich für diese Frau sterben werde, aber nicht im Krieg. Der Krieg ist dumm. Dort können alle sterben. Ich werde so sterben ...«

Luka warf das Gewehr zu Boden und kehrte ihm den Rücken.

»Wisst ihr um das Wahre, ihr Sungalen? Um das Wahre?«

Er schritt die Glücksstraße hinunter.

»Hast du mich nicht selbst gefragt, Onkel Luka?« Fido hob sein Gewehr auf. »Hast du mich nicht selbst danach gefragt? Sie ist doch meine Vorgesetzte und nicht deine? Sind denn alle verrückt geworden, oder was? ... Jetzt ...«

Das Katzenmiauen im großen Haus

Wer weiß, was für eine Schriftstellerin Jessica de Rider war.

Mit ihren Texten hatte sie eine Menge Geld eingenommen und war in Besitz verschiedener Immobilien gekommen: ein Anwesen mit Garten in London, mitten in Hampstead, ein anderes in der Schweiz, in den Bergen, da sie die Alpen mochte, und eine Villa auf Santa Esperanza. Außerdem unterhielt sie ein Appartement in Venedig und ein Landhaus in der Toskana.

Zuletzt hatte sie den Süden Spaniens ins Auge gefasst, den heißesten Teil Spaniens, und hatte bereits Zeitschriften bestellt, um sich über die dortigen Villen und tausend andere Kleinigkeiten zu informieren. Soweit zu ihren Immobilien. Was das bewegliche Vermögen betrifft, waren zwei Dinge hervorzuheben: ein rosa T-Bird-Cabriolet mit Nickelkotflügeln, Jahrgang 1966, und eine dreizehn Meter lange Yacht namens »Fata Morgana«, auch rosa gestrichen. Nun ergab es sich aber, dass diese spanischen Zeitschriften ganz in Vergessenheit gerieten.

Jessica de Rider war eine Frau in fortgeschrittenem Alter, deren Frühling schon vorüber war, die aber verwegen mit den letzten Herbsttagen kämpfte. Als der Krieg begann, kapitulierte sie.

Sie kam nicht mehr aus dem Land heraus. Es war unter ihrer

Würde, in eines der vollgestopften Flugzeuge zu steigen, und so blieb sie in der zweigeteilten Stadt sitzen, wo die Kugeln unberechenbar durch die Gegend sausten.

An der privaten Anlegestelle des Hafens schaukelte sacht ihre Yacht, die Jessica kein einziges Mal aufsuchte, auch nicht um sie in Sicherheit zu bringen.

Sie war gleich am ersten Abend sehr verängstigt, als auf die Petardenschüsse und den Abschied des Gouverneurs Explosionen folgten und die Armee von Kaia Wisramiani das Militärmuseum und den Flughafen besetzte.

Sie ließ sich also nicht mehr in die Warteliste für Flugtickets eintragen. Angeblich, weil sie nicht in diesem Durcheinander reisen wollte, vielleicht aber auch deshalb, weil sie betrunken war. Jessica fürchtete sich nicht unbedingt vor dem Land, der Stadt, der finsteren Straße oder dem eigenen Hof, sondern sie fürchtete sich vor ihrem Haus. In dieser Zeit erwies sich das Haus als zu groß, raschelnd und voller böser Geister. Anders gesagt, fürchtete Jessica die Einsamkeit. Sie fürchtete sich und begann, gegen diese Einsamkeit zu kämpfen. Sie verbarrikadierte das Haus, legte alle möglichen Waffen, die sie finden konnte, griffbereit und begann zu trinken. Sie hatte eine Menge Wein im Keller. Wäre sie etwas gewissenhafter gewesen, hätte sie als Sammlerin alter Weine gelten können.

Jessica verriegelte die Hinterseite des Hauses besonders sorgfältig. Sie schloss die Fensterläden und schnürte die Riegel mit Seilen fest. Außerdem schob sie eine Kommode vor die Hintertür. An der Vorderseite ließ Jessica nur zwei Fenster unverriegelt. Diese Fenster waren direkt über der Eingangstür und man konnte von dort aus den ganzen Hof überblicken. Die Eingangstür verriegelte sie zwar fest, aber diese Tür hatte zwei schmale Fenster. Hätte jemand gewollt, hätte er die bunten Glasfenster leicht einschlagen und zum Riegel langen können. Deshalb hängte Jessica einige Bilder von den Wänden ab und vernagelte die Fenster. Das gelang ihr großartig. Es schien alles in Ordnung zu sein. Ein oder zwei Mal ging sie sogar hinaus, um einzukaufen. Das Einkaufen war kein Problem, denn die Boulangerie in ihrer Straße war noch geöffnet. Sie ging allerdings mit dem Gewehr einkaufen. Es war ein ausgezeichnetes Jagdgewehr. Sie trug es über der Schulter. In der Tasche hatte sie außerdem einen kleinen Revolver stecken. Messer, Säbel, Scheren, Munition, Flaschenöffner und die Flaschen selbst hatte sie vor dem Sofa am offenen Fenster liegen.

Später bezeichnete Jessica dies alles als Weindiät, da sie es sich nicht verkneifen konnte und ein Buch über ihre Kriegserlebnisse in jenem Monat geschrieben hatte: Die einsame Wächterin Jessica de Rider.

So saß sie da und drehte das Radio laut. Leider berichtete kein einziger Fernsehsender der Welt gebührend und ausführlich über die hiesigen Ereignisse und Santa Esperanza hatte keinen eigenen Fernsehkanal. Früher waren die lokalen Nachrichten auf einem Kanal der BBC ausgestrahlt worden. Sie wurden von den Insulanern nie versäumt. Oft fiel der Strom aus und Jessica stand mit dem Gewehr am Fenster und überwachte den Hof. Sie hatte sogar ein Fernglas, aber der Hof war sehr zugewachsen. Man hätte höchstens vom Dachboden aus etwas sehen können, jedoch auch nicht viel mehr.

Jessica war immer angetrunken, was ihr sehr half. Ihr Haus wurde ihr in diesem Zustand sehr vertraut. Als sie einige Tage überstanden hatte, schwand ihre Angst irgendwohin. Wovor sollte sie sich auch fürchten, dort, wo sie sich zu Hause fühlte?

Und trotzdem fürchtete sie zwei Zimmer, die sie nicht mal betrat. Das Haus raschelte, quietschte, flüsterte, kicherte, stöhnte, ächzte, rauschte. Jessica aber zuckte kaum zusammen, da sie immer, wenn es begann, mit dem Gewehr im Schoß auf dem Sofa schlummerte. Sogar in die Dusche ging Jessica de Rider, die Autorin zahlreicher Bücher, mit dem Gewehr. Völlig beduselt vernahm sie von Weitem die Geräusche des Hauses und das Gewusel der bösen oder neckenden Geister.

Einige Abenteuer erlebte sie trotz allem, auch stellte sie fest, dass sie die teuersten Weine trinken und die angebrochenen Flaschen einfach auf dem Fensterbrett stehen lassen konnte, so dass die Sonne die einst so wertvollen Getränke verdarb. Sie konnte trinken und musste nichts mehr befürchten, da ihre Gespräche mit dem Wein so vieles zutage brachten, dass der Wein bei der Erschaffung einer ganzen Welt half. Diese Welt glich einem Märchen: Jessica schoss, erschoss jedoch niemanden, oder sie dachte, den Feind überwältigt zu haben, er aber erschien, genau wie im Märchen, plötzlich vor ihr. Dann schrieb sie in ihr amüsantes Buch, dass sie ein gütiger Mensch sei, da die Welt, die sie sich ausdachte, eine wahre sei. Nur dass diese Welt für sie einem Märchen glich und trotz aller Unglücke eine gute war, da dort niemand starb. Meines Erachtens habe ich den seligen James Matthew Barrie in seiner Ruhe gestört, schrieb sie nach einer großartigen Entziehungskur, irgendwo in Texas. Jessica begriff das erst später. Bis dahin aber schoss sie wirklich, betrank sich auch wirklich und lief mit sehr ungelenken Schritten durch ihr Haus. Dabei bereiteten ihr die Kurven und Treppenabsätze besondere Mühe.

So verblieb Jessica de Rider im Krieg und so bewachte sie ihr Haus. Einmal jedoch, in der Dämmerung, vernahm Jessica ein Miauen. Sie vernahm es im Schlummer und dachte zuerst, dass sie das Radio nicht ausgestellt hatte oder der Fernseher rauschte. Das Zimmer, in dem Jessica ihr Lager aufgeschlagen hatte, war ein sehr großes Gästezimmer. Jessica mochte Tiere nicht besonders. Sie besaß nie einen Hund und schon gar keine Katze. Sie bezeichnete unverheiratete Frauen als Katzen und sich gewissermaßen auch. Als sie aufwachte, bemerkte sie, dass nicht die leblosen Dinge miauten, sondern dass sich eine Katze vom Dach, oder wer weiß woher, ins Haus geschlichen haben musste. Eine Katze findet überall ein Schlupfloch, man weiß nie, sie gleicht einer unverheirateten Frau und betrachtet das Leben ganz anders.

Das Miauen wurde lauter, wie das kleiner Kätzchen, wenn sie aus ihrem Lager gefallen sind. Also hielt Jessica ihr Gewehr bereit und machte sich auf, die Katze zu suchen. Als sie zur Treppe kam, knipste sie das Licht an und beschloss, auf den Boden zu gehen. Sie stellte sich vor, dass sie dort eine verirrte oder eingeklemmte Katze vorfinden würde. Eine Katze, die weder vor noch zurück konnte, die Jessica, nachdem sie das Gewehr zur Seite gelegt hatte, vorsichtig befreien, streicheln und pflegen würde. Und danach würden sie Freundinnen sein.

Aber das dachte sie ganz umsonst, da das Miauen nicht vom Boden, sondern aus dem ersten Stock kam.

Jessica hielt ihr Gewehr bereit und ging leise die Stufen hinunter. Im ersten Stock gab es sieben Zimmer und die Küche. Die Stimme kam aber nicht von weit her aus der Richtung einer geschlossenen Tür, sondern klang sehr nahe. Jessica erschrak, als das Miauen aufhörte. Sicherlich hatte die Katze ihre Schritte gehört. Jessica ging in die Diele und knipste das Licht an. Die Diele war so groß wie das Gästezimmer, das sich darüber befand. Pfui, zum Teufel ... Da war nichts, keine Katze und auch sonst kein Lebewesen. Es war kein einziges Geräusch zu hören. Jessica schaute sich gut um, dann stieß sie mit dem Gewehr die erste Tür auf.

Drinnen war es dunkel, sie schaltete das Licht an, aber es war wiederum niemand da, kein Miauen und nichts.

Jessica de Rider bereitete sich zum Kampf vor. Mit Mühe betätigte sie den Abzug und hielt das Gewehr im Anschlag. Unterdessen hörte sie erneut ein Miauen. Ohne weiter nachzudenken, schritt sie direkt zur leicht geöffneten Tür der Küche.

An der Tür sagte sie leise:

»Miez, miez, miez ... Miezchen ... Was ist mit dir?«

Sie versuchte mit einer Hand das Gewehr zu halten und mit der anderen in der Dunkelheit den Lichtschalter zu ertasten.

Knack ...

Mitten in der Küche saß im Schaukelstuhl ein riesiger Mann, unrasiert, beleibt, ergraut und kahl, bärtig und fröhlich. Er hielt einen weißen Hut in der Hand.

»Uuu ...«, stöhnte Jessica unwillkürlich auf.

»Miau ...«, sagte der Mann. »Luka ist gekommen.«

»Ich hätte dich fast erschossen ...« Jessica ließ das Gewehr sinken.

»Man erschießt mich immer fast, damals hast du mich auch fast umgebracht«, sagte der Mann.

»Wie bist du reingekommen?«

»Mein Gott, wer wird denn einen alten Freund so begrüßen? Das sind aber viele leere Flaschen. Hast du auch eine volle?«

Jessica stand mit dem Gewehr in der Hand da und weinte.

»Genau so wie in den Büchern von Jessica de Rider«, sagte Luka traurig. »Sie trafen sich wieder, der gealterte Mann und die mit dem Alter kämpfende Frau. Und nun muss alles von vorn beginnen.«

»Was muss beginnen?« Jessica lehnte sich mit der Stirn gegen die Wand. »Was muss beginnen, Luka?«

»Luka ist ein Vagabund«, sagte Luka. »Der Krieg ist bald zu Ende. Morgen ist Schluss, nein, übermorgen ... Luka hat große Sehnsucht nach einigen Menschen. Ich weiß nicht, ob er sich verliebt oder einfach nur Sehnsucht nach ihnen hat. Aber diejenigen, die er vermisst, besucht er auf jeden Fall. Danach wird er vielleicht verschwinden, aber er wird sie vermissen ...«

»Luka ... ich ... damals ... Ich bin damals weggegangen. Ich konnte nicht anders ... Ich ging, weil ich ...«

»Lass das, Esekia ... Du bist gegangen, aber ich bin ja auch nicht mehr zu dir gekommen.«

»Natürlich bist du gekommen ... Zum Teufel mit dem Gewehr ... Jetzt bist du doch gekommen.«

Luka beugte sich vor. Sicherlich wollte er der Frau das Gewehr abnehmen. Er konnte es nicht erreichen, sprang auf, so als würde ihn der Schaukelstuhl nach vorne werfen, und ergriff das Gewehr.

So standen sie eine Weile da. Das Gewehr mit den Händen umklammert schauten sie einander an.

»So trafen sie sich ...«, brachte Luka mit Mühe hervor.

»Ich werde sterben ...«, flüsterte Jessica.

Der Schicksalsstern am Rande des Wassers

Es war ein schöner Sommerabend, voller angenehmer Geräusche.

Die Sonne hatte sich entschieden, die Stadt so weise und himmlisch zu erwärmen, dass sie einem nicht wie ein unirdisches Wesen, wie ein Abbild vorkam, sondern wie eine noch nicht gealterte Witwe, die bis zu ihrem Witwendasein sehr lebenslustig gewesen war. Die Trauer hatte ihr zwar die nötigen, zähmenden

Bande auferlegt, aber sie hatte den Charakter behalten, den sie von Natur aus besaß und der nun unter diesen verpflichtenden Banden umso himmlischer, wärmer, angenehmer und köstlicher geworden war. So stand sie in der Tür, bleich und wie eine Witwe in Schwarz, aber ihren Körper betonend, den Oberschenkel hübsch geschwungen und durch ihr Unglück keineswegs vom Fleisch gefallen. Sie lächelte die Passanten an. So war die Sonne an jenem Abend, die leichte Brise aber schien aus der Hand von Ambrogio zu kommen, dem berühmten Chef des Restaurants »Fortunato«. Die Brise streute die immer neuen Meeresdüfte, die sie den sanften Wellen entnahm, genauso meisterhaft über die Stadt, wie Ambrogio den geriebenen Käse über den Risotto. Genau das zeichnete ja seinen Risotto aus, was er selbst damit erklärte, dass das Wichtigste am Risotto der Käse sei. Das Meeresaroma, welches die Brise herüberwehte, passte ausgezeichnet zur Sonne und beides ergänzte sich vorzüglich. Es ist nur zu bedauern, dass solche Abende, so wunderbar, verknüpft, mit solch einem natürlichen Knoten, nur selten vorkommen. Es gibt einfach gute Abende und wunderbare Abende, aber solche gibt es fast nie. Nicht mal alle fünf, eher nur alle zehn Jahre kommen sie vor, im Mai oder vom 10. bis 20. September. Wie lange aber dauert so ein Abend? Nur eine halbe Stunde. Nicht länger. Dann kriecht auch die Sonne allmählich ins Meer und der Wind verwandelt sich in eine Böe, die die schöne Verbindung ersetzt. Wenn sich dann die Dämmerung niederlegt, ist es nicht mehr Abend, sondern anbrechende Nacht. Und wie rauscht die Welle bei dieser anbrechenden Nacht? Es wird dunkel und man erinnert sich, dass es eine Welle ist. Bis dahin war sie ganz sanft, mit gerade einmal fingerdickem Schaum. Und eben dann, an einem solchen Abend, wenn es eine solch seltsame Kombination von geriebenem Käse und Witwe gibt, ist ein jeder Ort der Insel sehr schön. Sogar ein Treppenhaus, wo dieses ganz genau abgemessene Licht nicht hineindringt. Jawohl, wenn Licht schön sein kann, dann an diesem Abend, was sonst soll Licht sein? Was soll das für eine Schönheit sein? Man muss auch sagen, dass man die Schönheit des Lichts durch den Schatten begreift. Wenn aber kein geeigneter Luftzug darüberliegt, ist alles umsonst. Und es ward so ein Abend und es wurde dunkel.

Luka aber saß an seiner alten Stelle, am Strand der Kariani. Seine nackten Sohlen hatte er auf die warmen Steine gestellt. Er atmete diesen Abend, atmete und betrachtete ihn.

Der gleiche Ort, das gleiche Haus der irgendwo verschollenen Kariani, der gleiche mit Disteln und Gestrüpp bewachsene Hof, der gleiche Strand. Dort waren auch die vom Wasser abgeschliffenen Glasscherben, gefährlich ausschauende vertrocknete Äste, Äste und Baumstämme, kräftig und breit, aber vom Wasser völlig ausgelaugt, leicht und ausgehöhlt, wenn man sie betastete. Ein sonderbarer Krebs, der schon lange vor Luka hin und her krabbelte. Luka nahm seinen Hut ab und legte ihn über den Krebs, der ihn mit Mühe zur Seite schleppte. Luka aber lächelte angesichts des kriechenden Huts und der Anstrengung des erzürnten Seitwärtsläufers. Dann nahm er den Hut und schob den so gefährlich aussehenden Kämpfer an die alte Stelle.

Es war die gleiche Stelle und Luka war wieder hierher zurückgekommen. Er kam sowieso häufiger an diesen Ort. Was konnte Luka tun? Der Frühling war zurückgekehrt. Bald würde die Küstengegend wieder voller Gäste sein und die Stadt wäre überfüllt. Übermorgen plante man ein großes Feuerwerk zum Abschied des Gouverneurs, mit Petarden und allem Drum und Dran. Die Königin war auch bereits in der Öffentlichkeit erschienen. Das Land würde seine Dummheiten in Gang bringen und seinen Weg einschlagen. Luka aber war in eine Frau verliebt.

Das war eine Dummheit.

Es war eine Dummheit, die er nicht einmal zugeben konnte. Obwohl er nie Schwierigkeiten hatte, etwas zuzugeben. Luka war ein freier Mann. Er machte sich eher wegen der Frau Gedanken. Luka würde in diesem Herbst vierundsechzig werden und hatte sich in eine Frau verliebt, die seine Tochter sein könnte. Wenn er sich früher bemüht hätte, vielleicht auch sein Enkelkind.

Gerade hier, am Strand der Kariani, hatte er die Frau zum ersten Mal aus der Nähe gesehen. Er hatte sie vorher schon oft gesehen. Hier lernte er sie kennen und hier half er ihr, von einer schlimmen Sache abzulassen. Man hatte Luka deswegen brutal zusammengeschlagen, auch wenn er mit dieser Geschichte sehr zufrieden und die Frau ihm sehr dankbar war. Nur dankbar. Luka liebte Abenteuer. Er stürzte sich von einer Affäre in die andere. Luka wird nie alt, hatte er einmal gesagt. Er hatte so vieles erlebt und sich ausgedacht, dass er nun völlig frei war. Aber er hatte sich nun einmal verliebt und konnte nichts dafür. Was hatte Luka mit ihr zu schaffen? Luka verliebte sich immer in Frauen, die plötzlich und unerwartet erschienen. So wie Koffer, die beim Beladen des Schiffes vom Ladekran fallen und ins Meer plumpsen. Dann gibt es im Hafen immer Gelächter. Es passiert selten, aber dennoch ... Jetzt saß er an dieser Stelle, am Strand der Kariani, und dachte daran, wie er die Frau das erste Mal in der Dunkelheit gesehen hatte, wie er das Feuerzeug angezündet und sie betrachtet hatte.

So war das. Luka hatte sich in Salomea Wisramiani verliebt.

Luka befand sich in ständiger Erwartung von etwas Wunderbarem.

Überhaupt glaubte er an Wunder und liebte es, Wunderbares zu vollbringen. Das waren für ihn Abenteuer. Das, was man als Gefahr bezeichnet. Luka wartete also auf ein Wunder, da dies so ein Abend war. Luka konnte sich nicht irren.

Das Wunder geschah. Es fiel vom Himmel direkt vor Lukas Füße, zwischen den Krebs und Lukas Hut. Es war eine Zigarettenschachtel »Rothmans Royals«.

Ein alter Trick. Die Frau erinnerte sich an ihr voriges Treffen.

Luka schaute sich wie von Sinnen um.

Salomea trug eine schwarze Brille und sah genau wie jene Witwe aus, der die Sonne an diesem Abend glich.

»Du bist gekommen ...«, sagte Luka.

»Ich komme immer hierher. Bleib sitzen, Luka ... Wie geht es dir?«

»Meine Knochen sind wieder ganz«, lachte Luka. Er hätte es ihr niemals gesagt. Sie hätte ihn ausgelacht.

Salomea sagte nichts.

War sie nicht tatsächlich Witwe? Zumindest für die Öffentlichkeit? Sie stand da und schaute aufs Meer.

»Wartest du auf jemanden?«, fragte Luka. »Wenn du willst,
gehe ich ...«

»Nein ... Er kommt nicht mehr hierher, ich komme nur so. Als
ob ich ihn erwarten würde. Vielleicht kommt er auch. Ich komme
und komme immer wieder ...«

Luka schmunzelte.

»Luka kommt aber deshalb, weil er weiß, dass er nicht mehr
kommt und du dennoch kommst, weil er vielleicht kommt ...
Kannst du Luka sehen?«

Salomea lächelte.

»Deshalb habe ich dich auch leicht gefunden.« Sie legte ihm
die Hand auf den Kopf. »Luka, du hast aber einen heißen Kopf.«

»Wie kann man einen kühlen Kopf bewahren?«, stöhnte Luka.
»Salomea, lass mir diese Schachtel als Andenken und ich schenke
dir diesen Krebs ...« Luka hob seinen Hut hoch.

»Gut«, sagte Salomea. »Hör zu, Luka. Es wird Krieg geben.«

»Was? – Luka hat schon so viele Kriege erlebt.«

»Nein. Es wird ein richtiger Krieg sein ...«

»Woher weißt du das? «

»Du kennst doch meine Mutter ... Leider zettelt ihn meine
Mutter an, wie soll ich darüber nicht Bescheid wissen?«

Luka verstummte. Er nahm den Krebs und betrachtete ihn ruhig.

»So ein Wetter gab es seit zwölf Jahren nicht mehr«, sagte er
und schleuderte den Krebs weg. »Ich schenke ihn dir nicht, er ist
hässlich ...«

»Luka, pass auf dich auf, denk dir etwas aus. Sag es, wem du
willst. Ich bin den ganzen Tag unterwegs und sage es allen ...«

»Wirklich?«, fragte sie Luka geistesabwesend.

»Pass auf, Luka.«

»Ich bin Luka. Luka wird der Krieg nicht treffen ... Dich.
Komm mit und versteck dich wieder bei mir. Ich habe nur noch
zwei heile Rippen und die können auch ...«

Plötzlich kniete sich Salomea vor Luka hin, fasste ihn mit den
Händen an seinen unrasierten, stacheligen Wangen und küsste
ihn auf die Stirn.

»Wau«, sagte Luka.

»Pass auf, Luka, stirb nicht ...«

Salomea stand auf und ging zurück zum Garten der Kariani.

»Ich bin zu früh geboren!«, brüllte Luka. »Ich bin zu früh geboren! Zum Teufel ... Ich werde dich trotzdem anschauen! Trotzdem betrachten. Weiter nichts ... Was will Luka mehr ... Luka ist zu früh geboren. Überhaupt bin ich einverstanden.

Was macht das für einen Unterschied? Wie Sandro da Costa, so auch ich. Ich bin einverstanden ...«

Salomea war nicht mehr da.

DELFINE ODER MENSCHEN

»Ihr werdet lachen, Freunde, ihr werdet lachen. Wer hat so etwas schon gehört ... Man hat Luka entführt ... Luka kann man ja nicht so leicht entführen. Sagt doch, wer hätte schon Luka entführen können? Kannst du dich an so etwas erinnern, Busia? Luka hat den Krieg überstanden, aber so etwas ist ihm nicht zugestoßen. Hui, und man entführte ihn.

Aber Luka schaffte etwas, worauf ihr alle stolz sein könnt. Lange war Luka der größte Fisch im Schwarzen Meer. Im ganzen Schwarzen Meer war er der größte Fisch. Gott stehe den Delfinen bei. Die Delfine waren die gütigsten und besten Menschen, die von solchen Taugenichtsen wie uns vertrieben wurden. Seitdem leben sie im Wasser. Sie haben es mir selbst gesagt. Sie können sprechen, das sage ich doch. Sie sprachen mit Luka. Ihr seid doch Seeleute und kennt die Delfine besser. Ihr seid noch nie bei den Delfinen gewesen, Luka jedoch schon.

Doch davon erzähle ich später. Busia weiß es und einige andere auch, dass Luka von einer reichen Frau bedrängt wurde. Was soll's, das ist mein Schicksal. Ich wurde also von einer reichen Frau bedrängt. Luka gefiel ihr. Er hatte ihr früher schon gefallen, aber Luka lehnte ab. Nun ist Luka alt und begegnete dieser Frau erneut. Er traf sie wieder und nun passt mal auf, Freunde, meidet es in die Hände einer reichen Frau zu geraten. Das stimmt, Weno, man sollte es allgemein vermeiden, in die Hände einer Frau zu geraten, besonders einer reichen. Wenn Luka einen Schnaps wollte, brachte, sie Lime, Tonic, Eis und Zucker. Damit füllte sie das Glas und tröpfelte den Schnaps obendrauf, Gott segne euch, das ist ein Cocktail und nichts anderes. Aber Luka trinkt gern. Er mag es, wenn es in der Kehle brennt. Ihr kennt doch Lukas Medikament? Luka liebt es, wenn man den Fisch direkt in die Pfanne klatscht, so wie es Busia macht. Mit ein wenig Öl darauf. Luka mag die Garnelen nicht, die im Laden in Eis aufbewahrt werden. Luka geht gern an den Hafen, setzt sich zu den Fischhändlern und nimmt gern das feuchte Salz mit den Fischen mit. Im »Fortunata« befestigt man Luka eine Serviette vor der Brust und legt ihm eine Serviette auf die Knie. Auf beiden Seiten von ihm stehen zwei Männer. Luka hat selbst einmal Austern gefischt und nun erzählte man ihm, woher die Austern kamen und dass man sie freitags geliefert hat ... Versteht ihr?

Die Frau? Sie war besser als jene, die du als junger Mann liebtest, aber es fehlte nicht mehr viel bis zu Lukas Greisenalter. Sie hatte alles in Rosa. Sie gefiel Luka ebenfalls, früher schon. Luka wird doch nicht von Frauen sprechen? Das gehört sich nicht. Sie war eine gute Frau und sie versorgte Luka tadellos. Ihr habt doch meine Shorts gesehen. Sie hat einhundertachtzig Pfund dafür bezahlt. Luka staunte nicht darüber. Warum ist Luka schließlich Luka? Erstens wollte er nicht von einer Frau unterhalten werden und zweitens ging er selbst zu ihr hin und der Abschied war ihm peinlich, da er bemerkte, dass Lukas Leben dahinschwand und irgendein anderes Leben begann.

Einige hier haben nicht geglaubt, dass Luka die Frau vergessen hatte. Luka liebte die Frau und wird mit diesem Messer dafür geradestehen, wenn nötig. Aber Luka liebt keine Reichen. Einem Reichen fällt immer wieder etwas ein, was wir uns nicht einmal vorstellen können. Auch die Frau bemerkte, dass Luka dieses Leben nicht gefiel. Sie besaß einen hervorragenden Weinkeller und Luka ließ sich dort nieder. Deshalb entschied sich die Frau, Luka zu entführen. Luka ist ein gutgläubiger Mensch und dachte nicht, dass ihn eine Frau entführen könnte. Er stimmte dem Vorschlag der Frau zu. Die Frau entführte ihn aus Liebe. Außer Luka hätte keiner begriffen, dass es eine Entführung war. Sie lud Luka auf ihre Yacht ein. Sie hisste die Segel und fuhr mit ihm aufs offene Meer. Lass uns die besten Häfen anlaufen, schlug sie vor, und am Anfang freute sich Luka. Wir sollten in Sinop und Galata haltmachen. Vielleicht hätten wir es sogar bis nach Kreta geschafft. Wer war schon ein besserer Matrose als Luka? Sie hatte auch einen guten Skipper angeheuert. Eine rosa Yacht mit rosa Segeln. Eine traumhafte Kajüte. Wunderbare Fanggründe. Glänzende Pfannen, echter Rum und eine gütige Frau. Was brauchte Luka mehr? Lass uns hinausfahren.

Und als sie hinausfuhren und Luka noch einmal das Meer erblickte, das Tau spannte, als seine Lippen sprangen und ihn die Sonne braun brannte, war Luka glücklich. Er saß am Heck, rauchte und sprach mit dem Meer.

So ist das scheinbare Glück, meine Seefahrer. Und eines Nachts, als Luka am Steuerrad allein blieb und den Skipper zur Ruhe schickte, denn Luka sehnte sich nach dem Steuerrad, verstand er, dass man ihn entführt hatte. Er war entführt worden und musste nun für immer bei dieser Frau bleiben und bei keiner anderen. Er liebte diese Frau sehr, aber es gab auch eine andere, die er hin und wieder sehen musste, um nicht zu sterben. Er begriff auch, dass er nie mehr zurückkonnte und nie mehr nach Mitternacht an den Kigli-Leuchtturm pinkeln konnte. Er begriff außerdem, dass ihn niemand so pflegen würde, wie man ihn hier gepflegt hatte, als er halb tot hier angekommen war. Luka begriff, dass ihn die rosa Frau entführt hatte. Er dachte nicht mehr weiter nach, band das Steuerrad fest und sprang ins Wasser. Dann schwamm er aufs Geratewohl hierher. Dieser silbergraue Flaum und die rosa Yacht ... Nein, Freunde, Luka schwamm davon. Er schwamm davon und weiter kann ich mich nicht mehr erinnern. Als er einmal zu sich kam, sah er, dass ihn die Delfine unter den Armen gefasst trugen und dabei flüsterten: Wir ret-te-ten Lu-ka, wir ret-te-ten Lu... Es waren um die dreißig Delfine, meine Lieben ... Wie gern hätte ich alle in Busias Kneipe eingeladen. Sie können nicht laufen. Dann sah ich den Kigli-Leuchtturm und verlor wieder das Bewusstsein. Als ich zu mir kam, lag ich drüben, am Südufer. Natürlich hat mich der Weg bis hierher ermüdet.

Was? Die rosa Yacht liegt immer noch im kostenpflichtigen Hafen?

Ich bezweifle es nicht. Ich bezweifle es nicht. Es gibt eine Frau, auf die ich wenigstens ab und zu einen Blick werfen muss. Sonst stirbt Luka, anders kann er nicht.

DER BURGVOGT
MIT EINEM GROSSEN SÄBEL

DER NEBEL AM RANDE IHRER KÜSTE

Seht da, die uferlosen Strände, die Morgendämmerung, seht da, das ruhige Meer und ein wahrer Sonnenaufgang. Wir sind nur einen Katzensprung von unserem Land entfernt, von unserem schönen Sungalenland!

Der Nebel hat die Insel der Sungalen wie ein langer, endloser Schleier eingehüllt und man sieht von diesem Ufer das Land Sungaliens. Das Heer der Sungalen steht an diesem Ufer und sehnt sich nach Hause zurück.

Es stehen unzählige Autos, Pferde und Maultiere bereit, aber es gibt keine Verbindung, kein Fädchen zwischen den beiden Ufern. Nirgendwo sind die zwei alten, rostigen Fährschiffe und die treuen sungalischen Schiffer zu sehen, unscheinbar, aber unabdingbar, um uns mit unserem Heimatland zu verbinden.

Jetzt wird das Sungalenheer unruhig. Laut Übereinkunft hätten die beiden Fährschiffe, seit jeher Sungaleneigentum, bereitstehen müssen. Nun sind sie nicht da. Was ist der Grund dafür? Handelt es sich um eine Arglist? Manche Sungalen starren mit zusammengekniffenen Augen zum anderen Ufer hinüber, manche aber sitzen schon wieder auf ihren Maultieren oder in ihren Wagen, als bereiteten sie sich darauf vor, in die Stadt zurückzukehren.

Solch einen Verrat haben die Sungalen nicht erwartet. Alles war vereinbart: Sie würden auf ihre Insel zurückgehen und dort bleiben, in ihrem Land.

Dort steht auch Chetia, der Oberste der Sungalen, und sinnt über den Verrat nach, der sich an diesem frühen Morgen im Nebel enthüllte.

Also hat man Chetia betrogen, ihm ein Versprechen gegeben, das man nicht hielt.

Also will man ihn nicht mehr auf seine ruhige Insel hinüberlassen. So ist das also. Die Autos kommen nicht ohne Fähre über das tiefe Wasser. Was will man den Sungalen damit sagen? Dass sie hinüberschwimmen und alles, was sie haben, zurücklassen sollen? Gewehre und Flinten, Kugeln und Schießpulver, Munition und alles andere. Auch jegliches Räderwerk muss hierbleiben. Es muss alles dableiben, was sie im Krieg erbeutet haben, die Hinterlassenschaften des englischen Regiments: gute Waffen, sehr gute Militärwagen und tausend andere Dinge. Ein Floß ist leicht zusammengebunden, das können die Sungalen. Die Maultiere könnte man damit überführen. Es wäre nicht zum ersten Mal. Kleine Boote könnte man auch auftreiben, verflucht sei das Meer. Aber dafür müssen sie sich den ganzen Tag abmühen. Einen ganzen Tag lang schwitzen. Wie viele Male müssten sie den Kanal überqueren? Noch dazu wird ein Floß von der Strömung immer abgetrieben: Es käme nicht geradenwegs zur Anlegestelle zurück. Das würde nichts weiter als eine Qual sein.

Chetia und sein Kameraden hatten sich das anders vorgestellt. Verdächtig war auch, dass zehn bis zwölf Jungs vorgeschickt worden waren. Man hatte ihnen große Kanister voll Öl und Petroleum für die zwei Schiffe mitgegeben, die man liebevoll Fährchen nannte. Sie sollten bereitstehen. Wo waren denn die beiden sungalischen Bootsleute, die Tag und Nacht auf den Fähren verbrachten? Wohin waren sie verschwunden? Wo war denn die Schuhmacherwitwe, die an diesem Ufer ihre Brote und ihren Wein als Proviant für die Sungalen feilbot? Auch sie war nicht da.

So starrten die Hauptleute der Hundertschaften, die Dorfschulzen, die Priester und der Feldherr selbst von diesem Ufer zum Ufer ihrer Insel hinüber und überlegten, was zu tun war.

Zuletzt werden sie sich dennoch entscheiden, Flöße zu binden, einfache Paddelboote aufzutreiben, Steuerruder für die Flöße abzumessen und lange Baumstämme zusammenzubinden. Der Sungale ist nicht faul, Hauptsache, er gelangt nach Hause, dafür scheut er keine Arbeit. Nur, hat der Sungale diese Arbeit erwartet? Wenn er dieses kleine Wäldchen da drüben in Angriff nähme, bräuchte er nicht mehr als zwei Stunden zum Fällen der Baumstämme. Es würden alle gemeinsam anpacken, aber die aus dem Krieg heimkehrenden Sungalen hatten das nicht erwartet. So war statt zweier Stunden schon fast ein halber Tag herum, ehe man sich entschieden hatte.

Inzwischen aber würde sich der Nebel auflösen und die Insel besser sichtbar sein. Die Sungalen machen sich an die Arbeit. Sie legen die Waffen zur Seite, die einen schlagen die Zweige mit der Sichel ab, die anderen mit der kurzen sungalischen Axt, einer hat als Beute aus dem Regiment eine Motorsäge. Die Säge ist das wichtigste Arbeitswerkzeug, die anderen aber warten ab, bis sie dran sind, den gefällten Baumstamm zu behauen, die Äste abzuschlagen und die Stämme für das Floß bereitzulegen.

Und dennoch starren der in Gedanken versunkene Feldherr der Sungalen, Chetia, und der Priester Absalom zum Sungalenufer hinüber, sie starren hinüber und überlegen, was das wohl für eine Arglist ist.

Der Sungale wurde im Krieg von der städtischen List besiegt, er wurde vom heimtückischen Stillschweigen der Salomea Wisramiani besiegt. Der Sungale wusste nicht, dass man auch so besiegt werden kann: Wenn einem plötzlich klar wird, dass man nichts mehr auszurichten vermag. Aber der Sungale hat noch nicht verloren. Alle Sungalen, die im Krieg auf verschiedenen Seiten kämpften, sind jetzt hier. Sie haben sich ihre Toten gegenseitig verziehen, Hand in Hand eingeschlagen, die Versöhnung hat stattgefunden. Es gab keine Beute zu teilen.

»Was ist denn, Cheti?«, fragt der Priester Absalom. »Warum bist du so niedergeschlagen?«

»Was ist das für eine Arglist?«, nuschelt Chetia in sein Kinn hinein, fährt sich mit den Fingernägeln durch seinen Schnurrbart und zeigt zum Sungalenufer hinüber, wo sich der Nebel nicht auflöst. »Hast du schon mal so einen Nebel gesehen, Priester Absalom? Was ist das für ein Nebel?«

Der Priester Absalom schaut mit zusammengekniffenen Augen zum anderen Ufer hinüber.

»Ich habe noch nie von diesem Ufer aus das andere betrachtet, Cheti«, sagt er nachdenklich, »an unserem Ufer gibt es ja auch oft dichtes Spinngewebe, was aber von hier aus sicher nicht zu sehen wäre ...«

»Was ist das für eine Arglist«, nuschelt Chetia erneut, »hat sie uns die Boote gestohlen?«

»Vielleicht hat sie diese auch gestohlen ...«

»Mir gefällt der Nebel nicht, Priester Absalom. Er gefällt mir nicht, er könnte künstlich sein, damit wir unser Ufer nicht sehen.«

»Wie kann man denn einen Nebel künstlich ausbreiten? Wie kann man das befehlen?«

Chetia lässt den Arm sinken und sagt:

»Ach ... Priester Absalom. Nebel gibt es im Laden zu kaufen. Es ist eine Kapsel, drückt man darauf, kommt Nebel heraus. Er liegt und liegt so lange, bis man ihn wegwedelt oder die Sonne ihn auflöst ...«

»Im Laden?«

»Ja ...«

»Hey, hey ... schau mal her ... schau doch mal herüber, Solka, Junge! Hey ... da ist doch unser Fährchen ... Hey!«, schallt es plötzlich von der kleinen Anlegestelle herüber, wo sich eine Menge Sungalen aufhalten. »Hey! Schau mal, Junge ... Solkas Fähre ... Eheeey, hierher ... hier ...«

Im Nebel taucht das große Fährschiff der Sungalen auf.

»Hey, hey ... da ist es ja ...«

»Er hat sich versteckt ... Solka! Hierher, Solka! Halt auf uns zu!« Die Sungalen rennen zum Ufer. »Bring auch die andere Fähre her, die zweite ... Sicher hatten sie sich vor denen versteckt ...«

»Wartet!«, schreit Chetia. »Wartet!« Und er nimmt sein Fernglas zur Hand. »Wartet«, sagt er leise. Dann legt er das Fernglas zur Seite und schreit: »Es ist eine Falle, eine Falle! Schießt, Jungs, schießt auf sie ... schießt, verdammt noch mal!«

Er selbst nimmt sein Gewehr und schießt auf die im Nebel verschwimmende Fähre.

Die Sungalen gehen hinter den Wagen in Deckung, werfen die Äxte zur Seite und greifen sich ihre Gewehre, sie schießen, ohne Kugeln zu sparen, und sie zielen gut.

Es qualmt überall, von der Fähre wird wohl zurückgeschossen.

»Was ist das, Cheti?« Der am Boden liegende Priester Absalom prüft sein Gewehr. »Was ist das? Jesus Christus, stehe uns bei!«

»Das sind Feinde ...«, stöhnt Chetia, »es sind bewaffnete Männer ... das ist nicht Solka ...«

»Sind das ihre Leute?«

»Ich weiß nicht ... das sind welche, die wir noch nie gesehen haben ... Ach, aaaach, aaach ...« Chetia schlägt mit der Faust auf die Erde und schießt, ohne zu zielen. »Das sind Leute aus dem Gefängnis, Priester Absalom, aus dem Gefängnis. Ich hab's an ihrer Kleidung gesehen ... das sind Gefangene ... sie haben ihren Auftrag erfüllt ... ihre Sache getan, Priester Absalom. Sie haben die Gefängnistore geöffnet ... Was wird in den Dörfern vor sich gehen? Wer hat die Gefängnistore geöffnet? Ha, und wenn sie auch die Irrenanstalt geöffnet haben? Wo sind unsere Frauen und Kinder? Priester Absalom ... was ist das für ein Hinterhalt ... Was hat sie uns angetan ...«

»Hat sie das getan?«, fragt Priester Absalom verbittert und schlägt den Kopf auf die Erde. »Dieses Teufelsweib?«

»Wer weiß ... wer weiß ... wir müssen hinüber ... wir müssen zum Rechten sehen ... und ich schwöre, Priester Absalom, ich schwöre, dass ich diese Kugeln über Salomea Wisramiani hageln lasse, wenn sie ...«

Im Kugelhagel gleitet das alte Fährschiff der Sungalen im Nebel zwischen den zwei Inseln dahin. Der alte Motor rattert, aber der Lärm wird vom Kugelsausen übertönt.

Die Kugeln haben den Nebel nicht zerrissen.

Das Schiff fährt vorüber. Es fährt an der Anlegestelle vorbei. Die Sungalen sehen jetzt nur noch sein Heck und feuern immer noch darauf. Das Schiff fährt vorbei.

»Schießt darauf ...«, ruft Chetia, »schießt. Diese verfluchten Schweine ...«

»Haben sie auch auf uns geschossen, Cheti?«, schreit jemand, als der Beschuss aufgehört hat.

»Keine Ahnung, ich habe es nicht gesehen ...«

Ein Sungale legt den Finger auf den Kotflügel eines Wagens.

»Hier, ein Loch ... das ist neu, ganz heiß ...«

Chetia klopft sich den Staub aus den Kleidern und ruft mit wütender Stimme:

»Bindet endlich die Flöße zusammen, Jungs ... macht vorwärts ... Das ist ein Hinterhalt! Sie haben uns betrogen ... wir müssen so schnell wie möglich nach Hause. Dieser Nebel ist künstlich, man hat ihn erzeugt, damit wir unsere Insel nicht sehen ... Macht vorwärts, verdammt! Vielleicht finden wir unser Hab und Gut schon nicht mehr vor ... Vielleicht bleibt uns nichts anderes als zu sterben, wenn wir unsere Leute tot vorfinden ... Man hat uns betrogen und uns eine Falle gestellt ... Aber Sungalen kann man nicht durch Fallstricke aufhalten ... Wir sind vom König, macht schnell. Verflucht seien sie!« Bei diesen Worten wirft Chetia sein Gewehr weg, ergreift ein Beil und stürzt zu den gefällten Baumstämmen.

»Was sagt er, Väterchen?« Zehn Sungalen umringen den Priester Absalom. »Was für ein Verrat?«

»Eine schlimme Sache, Bitschia, eine schlimme« – der Priester Absalom schwenkt sein Gewehr – »auf der Fähre waren Leute aus dem Gefängnis. Wer weiß, ob sie das Tor stürmten oder ob sie jemand absichtlich herausließ. Was denkst du, was jetzt bei uns zu Hause los ist, was geschieht mit den Frauen und Kindern, die wir zurückgelassen haben? Wer weiß, was die Gefangenen angerichtet haben? Das Fährchen haben sie doch auch entwendet ...«

»Aus dem Gefängnis ...«, murmelt ein kräftiger Sungale, »und wenn sie nun auch die Türen der Anstalt geöffnet und den Irren Gewehre in die Hand gegeben haben?«

»Geschwind, Bitschia, geschwind!!!«, schreit Chetia wie rasend. »Wir müssen geschwind hinüber und die Hunde heulen lassen ... ich werde die Hunde heulen lassen, aaach ...« Er stürzt sich behend vor Zorn auf die Baumstämme und beginnt, die Äste abzuschlagen.

»Ja, ja ... kommt, beten wir, dass es nicht wahr ist ... Hey, Chetia, hey ... wäre es nicht besser, gleich jetzt, so in Rage, in die Stadt zurückzukehren und ihnen den Gewehrlauf vor die Nase zu halten? Gehen wir doch erst in die Stadt! Ha ... wenn sie uns betrogen hat ... Gehen wir hin und schleppen diese Salomea Wisramiani heraus. Alle Wisramiani ... alle, die uns in Rage brachten ... Sie gaben uns die Gewehre, Jungs, und wuschen sich dann ihre Hände ... Wir alle dienten ihnen, sie aber hetzten uns gegeneinander auf ... Doch wir versöhnten uns von allein wieder. Wir, das Volk des Königs. Man sollte uns nicht so verraten und hintergehen ... Wart nur, wenn wir hingehen ... Gehen wir hin und zeigen ihnen unsere Muskeln. Sie haben absichtlich die Tore des Gefängnisses geöffnet und unsere Familien und Häuser Sträflingen und Banditen überlassen. Sie öffneten absichtlich die Tore der Anstalt und gaben unsere Familien den Irren preis. Sicher haben sie gebrandschatzt, welche von unseren Frauen hätte sich mit ihnen eingelassen? Während sie uns hier Honig ums Maul schmierten, dachten sie sich so etwas Gotterbärmliches aus. Wahrhaftig, Herrgott, wahrhaftig, so ist es!!! Wer weiß, ob unsere Familien noch leben, unsere Häuser noch stehen. Man wird nur einmal geboren, also lasst uns noch einmal kämpfen ... Sie nehmen uns unser Land, das Land des Königs ... Wenn ich lüge, wenn ich auch nur ein winziges Stück fremden Landes wollte, Herrgott, so lasse auf der Stelle deine Blitze auf mich niederfahren ... Du lässt keine Blitze niederfahren, also bist du auf unserer Seite ... Sie wollen unsere Insel vernichten, das Volk des Königs erniedrigen ... Gehen wir hin, gehen wir, schleifen Salomea Wisramiani heraus und kehren erst danach wieder zurück!« Der alte Priester Absalom hatte fast keine Stimme mehr. Die Worte schossen aus seinem Mund wie Flammen. Die Sungalen aber johlten:

»So ist's!«

»Gehen wir hin!«

»Gehen wir und stürmen sie! Köpfen wir Salomea und ihre Leute!«

»Kämpfen wir auch mit den Anglesen! Schlagen wir auch gegen die Anglesen los, wenn sie kommen!«

Und sie schossen in den Himmel. Indessen hatte sich der Nebel doch aufgelöst, und das Ufer des Sungalenlandes wurde allmählich sichtbar.

Als das Gejohle etwas nachließ, trat Chetia in die Mitte des Haufens und verkündete ruhig:

»Wir werden Salomea Wisramiani töten ... Wir werden die Türme und das Kloster wieder besetzen und den Schatz an uns nehmen, dessen Geschichte allein mir bekannt ist ... Aber vorher müssen wir nach Hause. Wenn man kein festes Rückgrat hat, wenn man nichts von seiner Familie weiß, kann man nicht klug handeln ... Kommt schon, lasst uns jetzt die Flöße zusammenbinden und an unser Ufer rudern. Sag uns ein Gebet, Priester Absalom ...«

Das sagte er ganz ruhig, und er begründete seine Worte gut. Daran merkte Priester Absalom, dass sich Chetia etwas ausgedacht hatte. Deshalb behaute er mit der Axt die Baumstämme und überlegte dabei.

DAS RASEN DER SUNGALEN UND DAS BLUTVERGIESSEN

»Aaaah, ach, seid verflucht ... seid verflucht, ihr Schweine! Ich werde euch wie Hunde zum Heulen bringen! ... Ihr Kinder von Klagefrauen .... Schieß, schieß, Gagria, schieß von dort ... schieß und begrabe sie in der Erde des Königs, sie können uns alle ...!« Und es ratterte das Maschinengewehr, und die mächtigen Granaten erschütterten die Wände. »Bis zum letzten Mann, bis zuletzt, Sandala ... Schneid ihm die Ohren ab und steck sie ihm in die Tasche ...«

Es waren waghalsige, heldenhafte, aufopferungsvolle Kämpfe voller Raserei. Wie Priester Absalom oft sagte: Endlich war ein richtiger Feind erschienen. Wann waren die Sungalen schon einmal so verbittert gewesen? Es gab nur Überlieferungen von Überlieferungen über die Kämpfe der Sungalen vor über einhundert Jahren, unter Thomas, dem Anglesen, als die Sungalen hier und da Eindringlinge auf der Insel bekämpft hatten. Jetzt aber tobte ein echter Krieg. Denn hier ging es nicht um das Besetzen eines fremden Landes und das Herumstiefeln mit Waffen in einer fremden Stadt, hier ging es darum, das eigene Land den Händen der Feinde zu entreißen. Und die Sungalen kämpften so verwegen, wie es niemand für möglich gehalten hätte.

Alles, was Chetia an jenem Ufer vermutet hatte, erwies sich als richtig. Doch es blieb ein Rätsel für die Sungalen, wer die Tore des Gefängnisses und der Anstalt geöffnet hatte, wer so viele Waffen in die Hände der Gefangenen bringen und sie dazu anstiften konnte, die Dörfer der Sungalen zu verwüsten.

Das alles war innerhalb von zwei Tagen geschehen: Sie drangen in die Häuser der Sungalen ein und verbreiteten Angst und Schrecken. Sie tranken den Wein, den sie fanden, und schütteten den Rest aus, sie misshandelten die Kinder der Sungalen, sie vergewaltigten ihre Frauen und Schwestern, wie es ihnen beliebte und wo immer sie ihrer habhaft werden konnten. Den Alten versetzten sie Fußtritte. Sie jagten die Menschen davon und schossen die Fliehenden zur Belustigung ab. Die Sungalen unter den Wächtern hatten sie umgebracht, niemand konnte sie mehr halten. Die Irren hatten sie befreit, die Ärzte aber eingesperrt. Diesen gelang es jedoch, in die Wälder zu fliehen. Dort halfen sie den flüchtenden Sungalen, wo sie nur konnten. Am zweiten Tag jagten die Sträflinge die Irren, die sie selbst aus der Anstalt geholt hatten, und brachten sie um. Sie schafften es in nur zwei Tagen alle Dörfer zu verwüsten. Dann bemächtigten sie sich der Fähren. Die Sungalen, die überlebt hatten, flohen in die Wälder, in Höhlen und in Grotten. Dort warteten sie auf ihre Söhne, ihre Gatten und ihre Väter. Der Sohn des ehemaligen Priesters, Chetia, hatte recht, als er sagte, dass sie zuerst zu Hause nach dem Rechten schauen mussten. Denn was will man in der Ferne, wenn man nicht weiß, was zu Hause geschieht. Und so erblickten die Männer ihre verheerten Dörfer, die zerstörten Terrassen und zerschlagenen Krüge. Sie suchten ihre geschändeten Frauen, ihre weinenden Kinder, beerdigten ihre Toten, die sie in den Häusern, auf den Dorfstraßen, in den Weinkellern, Gemüsegärten und in den Ställen fanden. Sie sagten, wir wollten losziehen und die Zerstörer suchen. Es fiel keine einzige Träne, ihre Gesichter waren eisengrau. Unterwegs fingen sie die Irren, die überlebt hatten, ein und brachten sie wieder in die Anstalt. Wen sie aber nicht einfangen konnten, den erschossen sie auf der Stelle ohne Bedauern. Die Irren kämpften, schleuderten Steine, bissen und kratzten. Die Sungalen waren stärker, gingen in die Wälder, suchten ihre alten Verstecke auf, liebkosten und umarmten ihre Familien und gingen auf die Jagd. Sie gingen auf eine böse Jagd, die den Namen Jagd nicht verdient. Das ist unser Wald, sagten sie. Die Sungalen kämpften und töteten die Sträflinge erbarmungslos. Sie schossen sie über den Haufen und warfen ihre von Kugeln durchsiebten Leichen den berühmten Schambiniani-Abgrund hinunter, wo ihre Körper von den wilden Tieren zerrissen und zerfetzt wurden. Die Sungalen nahmen ihre heranwachsenden Söhne mit, um ihnen beizubringen, wie man auf Verletzte zielt und sie gleich dort, auf dem Kampfplatz, tötet.

Sie wurden es zehn Tage nicht leid und sungalten herum, der Bedeutung dieses alten Wortes wahrhaft gerecht werdend. Sie kannten jeden Adli ihrer Insel, jeden Adli der Küste, des Waldes und der Felsen, jeden kleinsten Fleck. Die Hauptschlacht aber fand auf dem ehemaligen Kornfeld der Beruani statt, wo sie, wie sie glaubten, die letzten übrig gebliebenen Sträflinge töteten. Und so war es. Chetia ging in das offen stehende Gefängnis und schaute die Akten durch. Er las und zählte, wie viele Gefangene es gewesen sein mussten. Es waren weniger Gefangene als Sungalen. Die Gefangenen aber hatten weder zählen können noch die Umgebung gekannt. Jeder Tote war ein Zeichen auf dem Papier. Dort, auf dem ehemaligen Feld der Beruani metzelten sie die letzten nieder, übergossen sie mit Mörtel, schlugen sie mit einem großen Hammer, brandmarkten sie mit heißen Eisenstangen wie in einer Eisenschmiede und gossen kein Wasser darüber. Sie selbst tranken auch kein Wasser und brachten die Toten nicht zum Abgrund, ehe sie nicht auf jeden einzelnen gespuckt hatten. So standen sie da, rasend, und schlugen die toten Gefangenen, die sich an ihrem Land vergriffen hatten. Es wäre ein schrecklicher Anblick für Frauen und Kinder gewesen. Sie feierten nicht einmal den Sieg, sondern konnten und konnten die Blutgier nicht sättigen, gramerfüllt, wie sie waren. Sie dankten den Ärzten, fanden die an den Felsen der Ostküste angedockten Fähren. Dort hatten die Gefangenen ihren eigenen Hafen eingerichtet. Ebendort fanden sie den armen Fuhrmann Solka tot. Neben seiner Leiche lag auch der tote Chebrela. Sie überführten Solka in sein Dorf. In jenen furchtbaren zehn Tagen aßen die Sungalen kaum – nicht mehr als um die zwanzig Brote alle zusammen – und tranken nicht mal Wasser. Sie sprachen nicht. Schweigend verrichteten sie ihr blutiges Werk.

Dann stachen sie mit Messern aufeinander ein, in die Seiten oder in die Arme, um zu prüfen, ob sie noch lebten. Es floss kein Blut. Sie stachen einander heftiger, und es floss immer noch kein Blut. Sie glaubten, das läge daran, dass sie sich gegenseitig schonten, weil sie vom König waren. Also begannen sie, sich selbst zu stechen, in die Hände, Füße und sogar in den Bauch. Noch immer floss kein Blut. So standen sie da, als seien sie aus Eisen, und betrachteten ihre trockenen Messer und Säbel. Der Priester Absalom aber sagte, sie seien dem Tode nahe und würden wohl sterben, und der Priester Germanos stimmte ihm zu. Es gab nur einen Weg für die Sungalen, um festzustellen, ob sie tot waren oder nicht. Denn wenn kein Blut fließt, so ist es entweder in den Adern gefroren vor Entsetzen, oder die Schande, die über die Menschen kam, ist so unermesslich, dass das Blut sich schämt herauszufließen. Es gab ein Mittel, um das zu überprüfen, und Absalom der Priester verriet es den sungalischen Männern: Der Genuss von Wein würde das Blut erwärmen und es herauslocken. Wenn aber der Wein keine Wirkung zeigte, dann waren die Sungalen verloren.

Am gleichen Abend gingen alle in ihre Dörfer zurück zu ihren Familien, zu denen, die lebten und nicht mehr lebten. Ein jeder setzte sich hinter sein Haus und aß und trank mit seiner Familie. Sie tranken viel Wein, manche sogar einen Tschapi. Sie tranken, bis nichts mehr übrig blieb, und kamen nachts mit Fackeln auf die Dorfstraßen heraus. Sie schrien: Wir sind vom König, vom König, und stachen sich mit Dolchen und prüften im Fackellicht, ob das Blut floss. Sie waren so betrunken, dass sie arg zustießen und sich ein-, zweimal sogar die Säbel fingertief in die Rippen stachen. Doch die Umstehenden, die Frauen oder die angetrunkenen Ärzte, die frühmorgens zur Arbeit eilten, verarzteten sie geschwind.

Das Blut der Sungalen floss wieder.

Schön ist das Land der Sungalen. Es gibt auf Erden kaum ein schöneres. Wer es einmal gesehen hat, kommt nicht mehr davon los: vom Wald, der durch den Nebel atmet, den sonnenfarben schimmernden Feldern, den glitzernden Bächen und den Wein-

D

trauben, deren Beeren wie Perlen, wenn auch etwas durcheinander, den Gedanken der Sungalen gleich, an der Rebe hängen.

Am frühen Morgen ertönte in den Dörfern die Pauke, und man versammelte sich bei Schiolas Kalkbrennerei. Dorthin kamen alle Männer und Jünglinge, die beiden Priester, die überlebt hatten, die Hauptleute der Hundertschaften und die Dorfschulzen. Es wurde beratschlagt, was nun geschehen sollte. Es stellte sich heraus, dass alle Sungalen Salomea Wisramiani für ihr Elend verantwortlich machten. Sie hatte mit ihnen verhandelt und ihnen den Frieden Versprochen, gleichzeitig aber hinterhältig ihr Land an andere ausgeliefert. Deshalb beschloss man, in die Stadt zurückzukehren, das Wasser zwischen den zwei großen Inseln noch einmal zu überqueren. Man wollte aber nur Salomea Wisramiani angreifen und niemand anderen. Die Sungalen wollten sich aufmachen, Salomea zugrunde zu richten.

Chetia hatte die ganze Zeit, während sie sprachen und lärmten, stumm auf einem Kalkhaufen gesessen und auf die kalkweiße Erde gestarrt. Nun erhob er seine Stimme.

»Ihr Volk des Königs«, sprach Chetia, »ihr Volk des Königs. Wahrhaftig, es gibt eine Rechnung zu begleichen. Wenn wir aber nur Salomea vernichten wollen, so müssen wir einen Plan schmieden. Wir müssen eine gute Truppe bilden, um die zwanzig Mann, die Salomea töten und der Welt zeigen, dass die Kraft der Sungalen nicht gebrochen ist, dass sie fest auf ihrer Insel stehen und die Antwort nicht schuldig bleiben. Wenn wir das wollen, dann muss gut überlegt werden, wie wir es anstellen, Salomea zuvorzukommen, ehe sie uns zuvorkommt. Deshalb müssen wir hier Wache halten und Schützengräben ausheben, damit wir ankommende Schiffe gleich zerstören und bewaffnete Angreifer töten können. In der Mitte der Insel brauchen wir einen Stützpunkt und Schützengräben vor allen Küsten. Wir brauchen Geld, um die nötigen Mittelsmänner zu finden, von denen wir Waffen kaufen können. Sie werden uns keine Ruhe lassen. Das ist Chetias Meinung ... Uns erwartet ein Krieg, das sehe ich. Deshalb lasst uns überlegen, wie wir uns Salomea vom Hals schaffen. Nur noch zwei von vier Priestern sind übrig. Bitten wir sie, zwei neue Priester zu weihen und uns zum Schatz des Königs zu geleiten, um sicherzugehen, ob dieser noch an Ort und Stelle ist ... Ja, jaaa, das muss geschehen und eine Volkswache aufgestellt werden ... Wer weiß, wer sich auf dieser Insel noch herumtreibt? Wissen wir das? Niemand von uns weiß, wo der Schatz liegt, den wir und unsere Vorfahren angesammelt haben ... Das wissen nur unsere beiden Priester, und Gott sei Dank sind sie noch am Leben ... Sollen sie uns hinführen, dann aber allein weitergehen und prüfen, ob die Stelle entdeckt wurde oder nicht ... Das ist meine Meinung, und nun lasst eure hören ...«

»Stellen wir Wachen auf ... Setzen wir Zeichen ... Sehen wir nach unserem Schatz ...«

Alle stimmten Chetia zu, doch Priester Absalom sagte: »Wir, Priester Germanos und ich, gehen allein. Es gehört sich nicht, sich bewaffnet jenem Ort zu nähern. Wir müssen allein gehen.«

»Priester Absalom«, erwiderte Chetia, »denk auch daran, dass sich dort jemand versteckt halten könnte ... Nicht ein Sträfling, jemand anderes. Was sollen wir tun, wenn er euch ins Jenseits befördert? Deshalb solltet ihr bewaffnet hingehen und euch bis zu einer gewissen Stelle von uns begleiten lassen. Du kannst uns ja ein wenig irreführen und dann eine andere Richtung einschlagen, wenn das Ziel nicht mehr weit entfernt ist. Der Schatz muss bewacht werden, was gibt es denn auf dieser Insel sonst zu bewachen?«

Die Priester sagten nichts, gingen aber zur Seite, um zu beratschlagen.

STIMMEN, DIE AUS DEN WÄLDERN SUNGALIENS DRINGEN

1

Sie ließen die Maultiere an der Steinmauer der Karkusaani stehen und gingen allein durch den Wald in Richtung des Berges weiter.

Unter den Füßen hatten sie Schotter. Über den Köpfen aber

hing ein böser, wolkenbedeckter Tag, so wie es an diesem Ort im
August üblich ist: düster und neblig. Sie gingen über Stein und
Schotter, daneben gab es Nadel- und Laubbäume. Weiter hinten
waren die Nariani-Felsen, mit Dornen und Gestrüpp bewachsen.
Darüber erhob sich der Kuchili*-Berg, nackt und felsig auch er.

Chetia hatte vorgehabt, zehn Leute mitzunehmen. Es blieb
schließlich bei sechs. Nach ihrer Rückkehr wollten sie sogleich
einen Plan für die Schützengräben entwerfen. Es gingen mit ihm
zwei junge Kerle, die das Schießen erst gestern oder vorgestern
ausprobiert hatten, der Familienoberste der Gorakudaani, der beleibte Sungale Fido, der sich in der Nacht zuvor so oft mit dem
Messer gestochen hatte, dass seine Hände vollkommen mit weißem, jetzt blutdurchtränktem Stoff umwickelt waren.

Auch die beiden Priester waren dabei. Sie gingen voneweg. Als
sie zum Berg kamen und den Weg linksherum einschlugen, stockte der Priester Absalom und sagte zu Chetia und den anderen:

»Da unten, seht ihr die Hütte beim ehemaligen Hirtenlager?
Wartet dort unten auf uns. Wenn etwas Unvorhergesehenes ge-
schieht, gebe ich ein Zeichen. Jeder Schuss soll ein Zeichen sein.
Wenn ich einmal schieße, ist es ein Zeichen. Da oben, die Nariani-
Felsen wachen über uns.«

»Seid gesegnet«, sagte Chetia und riss sich die Mütze vom
Kopf, »aber, Vater, ich denke doch, es wäre besser, wenn nur einer
von euch hingeht ... Wenn es ein Hinterhalt ist und ihr weit weg
seid, kann man euch beide umbringen. Was sollen wir dann tun?
Wir kennen den Aufbewahrungsort des Schatzes nicht ... Ich bitte
euch noch einmal, dass einer von euch beiden hierbleibt, du oder
der Priester Germanos. Verspätest du dich, wissen wir, wo wir dich
suchen müssen, dann haben wir immer noch einen, der nach dem
Schatz sehen kann ...«

Der Priester Absalom senkte den Kopf.

»So sei es, ich gehe ...«

»Wann sollen wir dich zurückerwarten, Priester Absalom? Nur,
dass wir es wissen ...«

---

* Kuchili – georgisch: »Donner«

Der Priester Absalom schaute zum nebelverhangenen Himmel und sagte:

»Wenn es dunkel wird ...«

»Hey, dann werden wir ja vor Herzklopfen fast sterben ...«

Priester Absalom drehte ihnen den Rücken zu und ging den Berg hinauf, die anderen aber stiegen hinunter.

2

»Hörst du? ... Chetia, hörst du das?«

»Warte mal ... warte ... Ha?«

»Ja ... er ruft ...«

»Er ruft ...«

»Was ruft er?«

»Des Königs ... ja ... Hörst du, noch mal? Die Stimme kommt vom Berg oben, von den Felsen dort ...«

»Und wenn es Priester Absalom ist ... wenn ...?«

Sie hielten die Gewehre schon im Anschlag.

»Das ist nicht Absalom«, sagte plötzlich Priester Germanos, »das ist nicht Absaloms Stimme.«

»Wart ab ...« Und sie lauschten auf die Stimme, die vom Berg und den überhängenden Felsen kam.

Man konnte es wirklich hören:

»Vom König ... hey ... vom König«, tönte es aus den Wäldern.

Alle lauschten, mucksmäuschenstill wie Jagdhunde auf der Lauer.

»Er ist es ...« Der Familienoberste der Gorakudaani kniff ein Auge zu. »Er ist es ... das ist der blinde Archie. Das ist seine Stimme.«

Die anderen starrten den Familienobersten erstaunt an.

»Archie? Archie ist doch irgendwo verschwunden ... Es heißt, er ist irgendwo gestorben ...«

»Wenn er gestorben ist, dann ist er gestorben«, sagte Chetia laut, »niemand hat den lebenden Archie gefürchtet, warum soll man nun den toten Archie fürchten? Geh voran, Priester, wir können Absalom nicht länger allein lassen ... Wir müssen herausfinden, wer da ruft ... er ruft ja sicher nicht umsonst ... er sieht uns ja ...«

»Warte, Cheti«, sagte der Priester, »warum soll ich euch führen? Um den zu suchen, der da ruft, braucht ihr mich nicht. Lasst mich hier und sucht ihn ...«

Chetia schüttelte den Kopf.

»Du verstehst wohl nicht, Priester Germanos«, sagte Chetia und seufzte, »ihr seid nur noch zwei, die wissen, wo der Schatz liegt. Wo der andere ist, wissen wir nicht, der zweite aber bist du ... Wie können wir dich da allein lassen?«

»Mit einem Gewehr«, sagte der Priester Germanos lächelnd und strich sich über den Bart.

»Nun, so bleib hier, aber, dass du uns nicht irgendwohin wegrennst ...«

»Vom Königig ... e-he-hey ...«, war von oben zu hören.

Er klang heiter und stolz, wer immer es war.

»Cheti, hör mal zu«, wandte sich der Familienoberste der Gorakudaani an den Anführer, »warum willst du unbedingt zu ihm? Absalom kennt den Wald. Ob Archie nun lebendig oder tot ist, was könnte er ihm denn antun?«

Chetia spuckte ins lodernde Feuer und rückte seinen Munitionsgürtel zurecht.

»Auch du verstehst nichts, Familienoberster der Gorakudaani. Archie ist weder blind noch tot. Als ich heute Morgen sagte, dass sich auf dieser Insel noch jemand anderes verstecken könnte, sagte ich das nicht umsonst. Was ist mit den Häftlingen, wo ist denn derjenige hin, der ihnen die Tore öffnete? Und der Schatz. Wenn uns etwas rettet, dann dieser Schatz. Das ist unser Geld. Nicht des Königs ... Man wird die Sungalen-Insel auslöschen, wenn wir ihn nicht nutzen ... Dieses Gold und Silber ist jetzt unser Retter ... es darf nicht mehr in seinem Versteck bleiben. Also geh voran, Priester Germanos, und widersprich mir nicht mehr. Geh voran, unterwegs wird es vielleicht zum Kampf kommen.«

Bei diesen Worten lud Chetia seine Flinte und schaute erst den Priester fest an, dann den zahnlosen Familienobersten der Gorakudaani.

»Nein«, sagte der Priester Germanos.

»Vom König ...«, hörte man von oben.

3

An einem der ausgehobenen Gräben standen acht Sungalen und schauten zum anderen Ufer hinüber. Sie hatten Fackeln dabei. Sie standen nicht direkt am Ufer, sondern etwas weiter weg, wo sie Deckung hatten, und blickten mit dem Fernglas auf das andere Ufer, das sie so gut kannten und an das sie sich gewöhnt hatten. Hätte man tiefer in ihre Herzen geschaut, so hätte man gesehen, dass ihnen jene andere Seite gefiel und dass sie ihre Arbeit in der Stadt gern behalten hätten.

Es war Abendbrotzeit: Die Frauen hatten Töpfe mit heißen Speisen von zu Hause mitgebracht. Alle unterhielten sich miteinander. Gogia fragte:

»Mama, ist mein Bruder nicht zurück? Sind die, die nach dem Schatz sehen wollten, nicht zurück? Chetia war doch auch dabei?«

»Nein, sie sind noch nicht zurück, mein Kind ... nein ...«

»Nun ist schon der vierte Tag verstrichen«, sagte Sasikaanis Frau, »der vierte Tag.«

»Es scheint, dass die Priester vorsichtig sind, oder nicht?«

Als sie so dasaßen, Gogia aber in Richtung Meer blickte und auf das Ufer, sagte dieser plötzlich:

»Mensch, da ist doch Priester Absalom.« Der Mund blieb ihm offen stehen, das Brotstück unzerkaut darin, ein zweites Stück in seiner Hand.

»Da!« Alle drehten sich zum Ufer, erhoben sich und blieben dann wie angewurzelt stehen.

Vom Ufer her kam mit schweren Schritten Priester Absalom, seine Jacke hing wie die Kleidung eines Riesen über seiner Schulter.

Er hatte ein hellblaues Tuch um den Kopf gebunden, sein langer Bart, in friedlichen Zeiten so gepflegt, war wild zerzaust. In der Hand hielt er ein altes Gewehr und ein Maschinengewehr, das man früher nie bei ihm gesehen hatte. Es war das Gewehr des Familienobersten der Gorakudaani.

Auf seiner Brust funkelte ein großes Messingkreuz. Schlamm bedeckte seinen Körper.

Die Wächter warteten nicht länger und stürzten zum Ufer, die Frauen hinterher.

»Priester Absalom, Priester Absalom ... Wo kommst du denn her und wie bist du an die Küste gelangt?«

Priester Absalom warf sein Gewehr zu Boden und blieb stumm stehen.

Sein Blick war leer, es war, als sei er nicht Priester Absalom, sondern nur noch ein Schatten. Hätte man mit einem Messer in seinen Arm gestochen, wäre kein Blut geflossen.

»Priester Absalom, bist du krank? ... Wo sind die anderen?«

»Wo ist mein Bruder Tschetscho? Wo ist unser Nachzügler?«

»Wo ist denn Chetia? Wo, Priester Absalom?«

»Deinen Bruder gibt es nicht mehr ...«, sagte Priester Absalom plötzlich und kniete auf der Erde nieder. »Es gibt keinen mehr ... nur noch mich, Priester Absalom ...«

»Was ... keinen mehr?«

»Den Schatz gibt es nicht mehr ... Den König auch nicht ... Auch Chetia gibt es nicht mehr ... keinen Schaschia Gorakudaani ... noch sonst wen ... nur ich bin geblieben, Absalom ... es gibt keine Sungalen mehr ...« Es war, als spräche er zur Erde und nicht zu den Umstehenden.

»Was ist, Priester, wo ist mein Bruder?«

»Dein Bruder ... den hat Chetia umgebracht, auch den Priester Germanos und den Gorakudaani hat er getötet. Den Schatz gibt es nicht mehr, man hat ihn gestohlen ... oder versteckt ... er ist fort ... Chetia hat in der Scheiße herumgestochert ... er hat all das angerichtet« – Priester Absalom schluchzte – »ich habe es gewusst, ich habe ihn schon früher verdächtigt ... Chetia hat deinen Onkel Martia in der Stadt getötet ... er hat es selbst gesagt ...«

Priester Absalom verstummte, und nun fingen die Frauen an zu schluchzen.

»Und dann ... und dann, Priester Absalom«, fragten die, die noch Kraft zum Fragen hatten.

»Dann gab es etwas zu besprechen ... Es hieß, entweder Chetia oder ich ... Die Kinder waren auf meiner Seite. Er hat eine Salve auf uns abgelassen, ich feuerte zurück ... die Kinder sind tot ... Chetia ist tot ... es ist aus mit den Sungalen ... Sollen wir kämpfen? Gegen wen, wozu? Wozu hat er den Krieg angezettelt? Es gibt keine Sungalen mehr. Sie werden kommen und uns alle umbringen, alle zusammen. Die Armee hat wohl schon bereitgestanden. Er hat es uns verheimlicht ... Die Anglesen sind im Anmarsch. Jetzt müsst ihr entscheiden, was wir tun sollen ...«

MIT ROTEN SCHUHEN IM BISHER UNBEZWINGBAREN LAND FRIEDENSTRUPPEN AUF DER INSEL DER SUNGALEN

Zeitung *Messenger*

Text von Monica Uso di Mare, Fotos von Bikent Lopiani, mit Unterstützung von Art Lopiani

Am Abend, um 7.00 Uhr, betraten von drei Seiten her viertausend identische Kampfstiefel die Insel der Sungalen.

Auf der Insel landeten Friedenstruppen dreier Länder: britische, türkische und russische.

Gleichzeitig mit den viertausend Kampfstiefeln betrat auch ein Paar uralter roter Schuhe das Land, Schuhe, welche die Autorin dieser Zeilen trägt. Ich muss erwähnen, dass der Poet Sandro da Costa mir während des schrecklichen Krieges diese alten genuesischen Schuhe schenkte, bevor er sich das Leben nahm. Die Schuhe sind eines der ältesten Erbstücke der Familie da Costa. Sie wurden immer dann getragen, wenn im Hause die Gespenster und Geister zu sehr herumspukten. Offenbar können sie die rote Farbe nicht ausstehen. Ich zog diese besonderen Schuhe an, um den Geistern auf der Sungalen-Insel Angst einzujagen.

Von den Türken und Russen wurden genauso erfolgreich und zielgerichtet Spezialtruppen ausgesetzt wie von den Briten. Oberbefehlshaber der Blauhelme ist General Hugh Brasset, Stabschef ist Oberst Osman Tatar, dessen Abgesandter Oberst Skawaroda.

Die Bevölkerung empfing die Armee ruhig, nicht besonders wohlwollend, aber auch nicht feindselig.

Bereits heute trafen sich Oberst Tatar und Oberst Skawaroda mit den Anführern des sungalischen Volks, dem Priester Absalom und den Dorfschulzen. Die Friedenstruppen planen keinerlei Kampfoperationen auf der Insel. Sie beziehen nur ihre Stellungen und sollen auf der Insel stationiert bleiben, bis die staatlichen Instanzen eingesetzt sind und man mit den Sungalen wegen der Waffen, die sie besitzen, verhandelt hat.

Dieser trockene Bericht muss durch die Erklärung ergänzt werden, dass alle Sungalen bewaffnet sind und keinem Fremden trauen. Ein Ziel der Friedenstruppen ist es, neue Leader unter den Sungalen zu finden – Sungalen, die früher schon auf der Hauptinsel lebten und ihr nicht feindlich gesonnen sind. Ich habe mich mit einem jungen Mann unterhalten, der früher als Türsteher im Club »Marana« arbeitete und das Leben in Santa City gut kennt. Fidel, 24 Jahre alt, sagt:

»Mir ist das Leben dort drüben nicht fremd. Es ist sehr dumm gelaufen mit diesem Krieg. Bis jetzt habe ich nicht viel über das Leben nachgedacht. Ich fragte mich eher, wie ich mein persönliches Leben gestalten wollte. Ich habe keine Probleme mit der anderen Seite und würde gern wieder Arbeit in der Stadt finden ...«

Auf der Sungalen-Insel, hier, wo das Gewehr als wichtigster Gott verehrt wird, hat man die sozialen Probleme noch vor sich.

Es ist schwer zu sagen, inwieweit die Sungalen der Übergangsverwaltung trauen werden, die auf der Insel eingesetzt werden soll. Viele Männer halten sich noch in den Wäldern versteckt und sind bewaffnet. Der Oberbefehlshaber der Friedenstruppen hat verkündet, dass seine Leute nicht in die Wälder eindringen werden und es nicht darum gehe, jemanden zu bestrafen. Sie seien nur deshalb auf der Insel, um neues Blutvergießen zu vermeiden.

Morgen früh erwartet man hier den Chef der Übergangsverwaltung. Unseren Informationen zufolge soll es sich dabei um den berühmten Anwalt Sampson Brass handeln, der zu den wichtigsten Familien der Inseln bekanntlich gute Kontakte unterhält. Heute Morgen bereits wurde seine Ansprache an das sungalische Volk verbreitet, in der es heißt, dass er nicht komme, um die Sungalen zu regieren, sondern um zu helfen, Strukturen aufzubauen, wie sie im ganzen Land errichtet werden sollen. Diese Ansprache löste keine Reaktion aus.

Hier herrscht also Ruhe.

Wer die Sungalen-Insel betritt, erfährt, wie wunderschön dieses Land ist, das sich seit Jahrhunderten so verschieden vom Leben auf Santa Esperanza entwickelt hat. Das Volk, welches hier lebt, ist eigenartig, aber auch gut- und warmherzig. Die Ruhe, mit der die Friedenstruppen empfangen wurden, ist allerdings wohl eine gefährliche Ruhe, ein sungalisches Sprichwort sagt: »Erde warst du, Erde wirst du.«

Doch diese wunderbare Natur und die zauberhaften genuesischen Schuhe sind für mich eine Hoffnung, dass die Ungeheuer nicht auferstehen. Das las ich auch in den Augen der stadtsehnsüchtigen Sungalen.

Unter dem Titel »Das unbezwingbare Land« finden Sie ab morgen in unserer Zeitung weitere umfassende und interessante Reportagen von Monica Uso di Mare über die Sungalen-Insel.

Aka Mortschiladse, geb. 1966 in Tbilissi, erlebte als junger Mann den Zusammenbruch der Sowjetunion und die Unabhängigkeitserklärung Georgiens. Er studierte Geschichte an der Staatlichen Universität Tbilissi. 1992 erschien sein erster Roman, »Reise nach Karabach«, der auch verfilmt wurde. Von 2005 bis 2006 moderierte er beim ersten öffentlich-rechtlichen Fernsehsender eine eigene TV-Sendung zur Geschichte und Literatur Georgiens. Inzwischen hat er über zwanzig Romane und zwei Erzählungsbände veröffentlicht und ist einer der bekanntesten georgischen Schriftsteller der Gegenwart. Für seine Romane erhielt er die wichtigsten Literaturpreise seines Landes, zuletzt für »Obolé« den Saba-Preis für den besten Roman des Jahres 2011. Aka Mortschiladse lebt und arbeitet in London.

Die Originalausgabe erschien 2004 unter
dem Titel „Santa Esperanza" im Bakur Sulakauri Verlag, Tiflis, Georgien

2018
© mdv Mitteldeutscher Verlag GmbH, Halle (Saale)
www.mitteldeutscherverlag.de

Umschlagillustration: Aka Mortschiladse
Gesamtherstellung: Mitteldeutscher Verlag GmbH, Halle (Saale)

ISBN 978-3-95462-983-1

Printed in the EU